KEN FOLLETT

Der Schlüssel zu Rebecca

Ins Deutsche übertragen
von Bernd Rullkötter

Dreifach

Ins Deutsche übertragen
von Bernd Rullkötter

BASTEI-LÜBBE-TASCHENBUCH
Band 25 358

Der Schlüssel zu Rebecca
Titel der englischen Originalausgabe:
THE KEY TO REBECCA
© 1980 by Fineblend N. V.
© 1981 für die deutsche Ausgabe
by Gustav Lübbe Verlag GmbH, Bergisch Gladbach
Dreifach
Titel der englischen Originalausgabe:
TRIPLE
© 1979 by Fineblend N. V.
© 1980 für die deutsche Ausgabe
by Gustav Lübbe Verlag GmbH, Bergisch Gladbach
Herausgeber des Sammelbandes:
Bastei Verlag Gustav H. Lübbe GmbH & Co., Bergisch Gladbach
Printed in Germany September 1998
Einbandgestaltung: CCG, Köln
Autorenfoto: © FVLGONI
Satz: hanseatenSatz-bremen, Bremen
Druck und Bindung: Elsnerdruck, Berlin
ISBN 3-404-25358-2

Der Preis dieses Bandes versteht sich einschließlich
der gesetzlichen Mehrwertsteuer.

KEN FOLLETT

Der Schlüssel zu Rebecca

TEIL EINS

Tobruk

1

DAS LETZTE KAMEL brach am Mittag zusammen. Es war der fünfjährige weiße Bulle, den er in Gialo gekauft hatte, das jüngste, kräftigste und am wenigsten widerspenstige der drei Tiere. Er mochte es so gern, wie ein Mensch ein Kamel mögen kann. Das heißt, er haßte es nicht allzusehr.

Sie kletterten die Leeseite eines kleinen Hügels empor. Der Mann und das Kamel bohrten ihre schweren, müden Füße in den rieselnden Sand und blieben oben stehen. Dann blickten sie nach vorn, sahen nichts als einen anderen Hügel, den sie bezwingen mußten, und hinter ihm tausend weitere. Es war, als ob das Kamel bei dem Gedanken verzweifelte. Seine Vorderläufe gaben nach, dann senkte es den Rumpf und kauerte schließlich auf der Kuppe des Hügels wie ein Denkmal. Mit dem Gleichmut eines Sterbenden starrte es über die leere Wüste.

Der Mann zog an dem Nasenseil des Kamels. Aber es schob nur den Kopf etwas vor, der Hals streckte sich, doch es stand nicht auf. Der Mann ging um das Tier herum und trat mit aller Kraft drei- oder viermal gegen dessen Hinterteil. Schließlich holte er einen rasiermesserscharfen, geschwungenen Beduinendolch mit feiner Spitze hervor und stach ihn in den Rumpf des Kamels. Blut floß aus der Wunde, aber das Tier schaute sich nicht einmal um.

Der Mann begriff, was geschehen war. Das Körpergewebe des Tieres, das so lange jede Nahrung entbehrt hatte, erfüllte seine Funktionen nicht mehr – wie ein Motor, der kein Benzin mehr hat. Er hatte gesehen, wie Kamele am Rande einer Oase zusammenbrachen, umgeben von lebensspendendem Laubwerk, das sie nicht beachteten, weil ihnen die Energie zum Fressen fehlte.

Es gab noch zwei Tricks, die er hätte anwenden können. Der eine bestand darin, Wasser in die Nüstern des Kamels zu gießen, bis es zu ersticken begann; die andere Methode war, ein Feuer unter seiner Hinterhand anzuzünden. Doch er konnte weder das Wasser für die eine noch das Feuerholz für die andere Methode entbehren, und außerdem versprach keine von beiden großen Erfolg.

Ohnehin wurde es Zeit anzuhalten. Die Sonne brannte hoch am Himmel. Der lange Sommer der Sahara hatte begonnen, und die Mittagstemperatur würde 45 Grad im Schatten erreichen.

Ohne dem Kamel die Last abzunehmen, öffnete der Mann einen der Säcke und zog sein Zelt hervor. Er blickte sich prüfend um: Nirgends gab es Schatten oder Deckung, eine Stelle war so schlecht wie die andere. Er schlug sein Zelt auf der Hügelkuppe auf, neben dem sterbenden Kamel.

Mit gekreuzten Beinen setzte er sich an die offene Seite des Zeltes, um Tee zu kochen. Er kratzte ein kleines Sandquadrat glatt, ordnete ein paar wertvolle trockene Zweige zu einer Pyramide und entzündete das Feuer. Als das Wasser kochte, machte er Tee nach Nomadenart: Er goß die Flüssigkeit aus der Kanne in die Tasse, fügte Zucker hinzu und goß sie in die Kanne zurück, um sie von neuem ziehen zu lassen. Der Vorgang wiederholte sich mehrere Male, und das dabei entstehende Gebräu, sehr stark und sirupähnlich, war das belebendste Getränk der Welt.

Er kaute ein paar Datteln und sah zu, wie das Kamel starb, während er darauf wartete, daß sich die Sonne über ihm weiterschob. Diese Gelassenheit hatte er sich angewöhnt. Er hatte eine große Entfernung in dieser Wüste zurückgelegt, mehr als tausend Meilen. Zwei Monate vorher hatte er El Agheila an der Küste Libyens verlassen und war fünfhundert Meilen weit genau nach Süden, über Gialo und Kufra, in das leere Herz der Sahara gezogen. Dort war er nach Osten abgeschwenkt und hatte die Grenze nach Ägypten völlig unbeobachtet überschritten. Er hatte die felsige Einöde der westlichen Wüste überwunden und sich bei Kharga nach Norden gewandt. Nun war er nicht mehr weit von seinem Ziel entfernt. Er kannte die Wüste, aber er fürchtete sie – alle intelligenten Menschen fürchteten sie, sogar die Nomaden, die hier ihr ganzes Leben verbrachten. Doch er ließ sich nie von dieser Furcht übermannen. Katastrophen kamen immer vor. Navigationsfehler, die einen den nächsten Brunnen um zwei Meilen verpassen ließen; Wasserflaschen, die leckten oder zersprangen; scheinbar gesunde Kamele, die ein paar Tage nach dem Aufbruch krank wurden. Die einzig mögliche Reaktion war ein gemurmeltes *Inschallah:* Es ist der Wille Gottes.

Schließlich begann die Sonne sich nach Westen zu senken. Er betrachtete die Last des Kamels und fragte sich, wieviel davon er tragen könne. Er hatte drei kleine europäische Koffer, zwei schwere und einen leichten, die alle wichtig waren. Dazu kamen ein kleiner Beutel mit Kleidung, ein Sextant, die Karten, die Lebensmittel und die Wasserflasche. Das war schon zuviel: Er würde das Zelt, das Teegeschirr, den Kochtopf und den Sattel zurücklassen müssen.

Er schob die drei Koffer zusammen, band die Kleidung, die Lebensmittel und den Sextanten darauf fest und verschnürte alles mit einem Tuchstreifen. Dann steckte er die Arme durch die Tuchschlaufen, so daß er das Gepäck wie einen Rucksack auf dem Rücken tragen konnte. Er hängte sich den Wassersack aus Ziegenleder um den Hals und ließ ihn vor seiner Brust baumeln.

Es war eine schwere Last.

Drei Monate früher wäre er fähig gewesen, sie einen ganzen Tag lang zu tragen und am Abend noch Tennis zu spielen, denn er war ein kräftiger Mann. Aber die Wüste hatte ihn geschwächt. Seine Eingeweide schienen zu Wasser geworden zu sein, seine Haut war von wunden Stellen übersät, und er hatte zwanzig oder dreißig Pfund verloren. Ohne das Kamel würde er nicht weit kommen.

Mit dem Kompaß in der Hand setzte er sich in Bewegung.

Er folgte der Kompaßanzeige peinlich genau und widerstand der Versuchung, den Hügeln auszuweichen, denn schon ein winziger Fehler konnte ihn um ein paar hundert tödliche Meter in die Irre leiten. Er machte langsame, ausgreifende Schritte. Der Mann verdrängte alle Hoffnungen und Ängste und konzentrierte sich auf den Kompaß und den Sand. Es gelang ihm, die Schmerzen in seinem erschöpften Körper zu vergessen und fast automatisch einen Fuß vor den anderen zu setzen.

Der Tag neigte sich dem kühleren Abend zu. Die Wasserflasche an seinem Hals wurde leichter, während er ihren Inhalt verbrauchte. Er weigerte sich, darüber nachzudenken, wieviel Wasser noch übrig war: Da er ungefähr drei Liter pro Tag trank, wußte er, daß es für einen weiteren Tag nicht mehr reichen würde. Ein Schwarm laut pfeifender Vögel flog über seinen Kopf hinweg. Er blickte auf, beschattete die Augen mit der Hand und erkannte sie als Lichtensteins Flughühner, braune, taubenähnliche Wüstenvögel, die jeden Morgen und Abend zum Wasser schwärmten. Sie hatten dieselbe Richtung wie er eingeschlagen, was bedeutete, daß er nicht vom Weg abgekommen war; doch er wußte, daß sie fünfzig Meilen bis zum Wasser fliegen konnten. Deshalb ermutigte ihn der Anblick nicht sehr.

Wolken sammelten sich am Horizont, während sich die Wüste abkühlte. Hinter ihm senkte sich die Sonne und verwandelte sich in einen großen gelben Ballon. Ein wenig später erschien ein weißer Mond am purpurnen Himmel.

Er überlegte, ob er anhalten sollte. Niemand konnte die ganze Nacht hindurch marschieren. Aber er hatte kein Zelt, keine Decke, keinen Reis und keinen Tee. Und er war davon überzeugt, in der Nähe des Brunnens zu sein. Seiner Schätzung nach hätte er ihn schon erreicht haben müssen.

Der Mann ging weiter. Seine Ruhe begann nun doch, ihn im Stich zu lassen. Er hatte seine Kraft und Erfahrung gegen die brutale Wüste eingesetzt, und es schien, daß die Wüste siegen würde. Wieder dachte er an das Kamel, das er zurückgelassen hatte, und daran, wie es mit erschöpfter Gelassenheit auf dem Hügel saß und auf den Tod wartete. Er würde nicht auf den Tod warten. Wenn der Tod unvermeidlich war, würde er ihm entgegeneilen. Er würde sich nicht mit den Stunden der Qual und des fortschreitenden Wahnsinns abfinden. Schließlich hatte er sein Messer.

Der Gedanke weckte Verzweiflung, und nun konnte er die Furcht nicht mehr unterdrücken. Der Mond verschwand, aber die Landschaft war vom Sternenlicht erhellt. Er sah seine Mutter in der Ferne, wie sie erklärte: »Behaupte nicht, daß ich dich nie gewarnt hätte!« Er hörte einen Zug, der langsam im Takt seines Herzschlages dahinstampfte. Kleine Steine bewegten sich vor ihm wie hüpfende Ratten.

Er roch geröstetes Lammfleisch. Nachdem er eine Anhöhe überwunden hatte, entdeckte er – direkt vor ihm – die rote Glut des Feuers, über dem das Fleisch geröstet worden war; daneben saß ein kleiner Junge, der an den Knochen nagte. Das Feuer war von Zelten umgeben, an den Vorderbeinen gefesselte Kamele weideten die zerstreuten Dornensträucher ab, und im Hintergrund lag der Brunnen. Er schleppte sich weiter. Die Menschen in dem Traum schauten verblüfft zu ihm auf. Ein hochgewachsener Mann stand auf und sprach ihn an. Der Wanderer zog an seiner Houli und löste das Tuch, um sein Gesicht zu enthüllen.

Da trat der hochgewachsene Mann erschrocken vor und sagte: »Mein Cousin!«

Der Wanderer begriff, daß dies doch keine Illusion war. Er lächelte schwach und brach zusammen.

Als er erwachte, glaubte er, ein Junge zu sein, als ob sein Erwachsenenleben nur ein Traum gewesen wäre.

Jemand berührte seine Schulter und sagte in der Sprache der Wüste: »Wach auf, Achmed.« Seit Jahren hatte ihn niemand Achmed genannt. Er merkte, daß er in eine grobe Decke gewickelt war und auf dem kalten Sand lag; sein Kopf war in eine Houli gehüllt. Er öffnete die Augen und sah den herrlichen Sonnenaufgang wie einen Regenbogen vor dem flachen schwarzen Horizont. Der eisige Morgenwind blies ihm ins Gesicht. In dieser Sekunde machte er wieder all die Verwirrung und Besorgnis seines fünfzehnten Lebensjahres durch. Bei seinem ersten Aufwachen in der Wüste hatte er sich ganz verloren gefühlt. Er hatte gedacht: ›Mein Vater ist tot‹, und danach: ›Ich habe einen neuen Vater‹. Bruchstücke aus den Suren des Korans waren ihm durch den Kopf gegangen, gemischt mit Teilen des Apostolischen Glaubensbekenntnisses, das seine Mutter ihn immer noch insgeheim – auf deutsch – lehrte. Er erinnerte sich an den nicht lange zurückliegenden scharfen Schmerz seiner Beschneidung und an die Jubelrufe und Gewehrschüsse der Männer, die ihm dazu gratulierten, daß er endlich einer von ihnen, ein echter Mann geworden war. Dann war die lange Zugreise gefolgt, auf der er überlegt hatte, was für Menschen seine Verwandten in der Wüste sein mochten und ob sie seinen blassen Körper und seine städtischen Manieren verachten würden. Er war schnell aus dem Bahnhof nach draußen gegangen und hatte die beiden Araber gesehen, die im Staub des Vorplatzes neben ihren Kamelen saßen; sie waren in traditionelle Gewänder gehüllt, die sie von Kopf bis Fuß bedeckten. Sie hatten ihn zu dem Brunnen gebracht. Es war schrecklich gewesen: Niemand sprach mit ihm, sondern alle machten sich nur mit Zeichen verständlich. Am Abend wurde ihm klar, daß diese Menschen keine Toiletten besaßen, und das machte ihn ziemlich verlegen. Schließlich konnte er nicht mehr umhin zu fragen. Nach einem Moment des Schweigens brachen alle in Gelächter aus. Wie sich herausstellte, hatten sie geglaubt, er beherrsche ihre Sprache nicht, deshalb hatten sie die Zeichensprache benutzt; außerdem hatte er bei seiner Frage nach den sanitären Einrichtungen einen Kinderausdruck verwendet, was alles noch amüsanter machte. Jemand erklärte ihm, daß er sich etwas von dem Kreis der Zelte entfernen und in den Sand hocken solle. Danach war er nicht mehr so verängstigt gewesen, denn diese Menschen erschienen ihm trotz ihrer Härte nicht unfreundlich.

All diese Gedanken waren ihm durch den Kopf gegangen, während er seinen ersten Sonnenaufgang in der Wüste betrachtete; und jetzt, zwanzig Jahre später, kehrten sie bei den Worten »Wach auf, Achmed« so frisch und schmerzlich zurück wie die schlimmen Erinnerungen an den gestrigen Tag.

Er setzte sich jäh auf, und die Gedanken verzogen sich so schnell wie die Morgenwolken. Eine lebenswichtige Mission hatte ihn gezwungen, die Wüste zu durchqueren. Er hatte den Brunnen gefunden, und es war keine Halluzination gewesen: Seine Verwandten waren hier, wie immer zu dieser Jahreszeit. Er war vor Erschöpfung zusammengebrochen, sie hatten ihn in Decken gehüllt und neben dem Feuer schlafen lassen. Panik überkam ihn, als er an sein wertvolles Gepäck dachte; hatte er es bei seiner Ankunft noch getragen? Dann sah er es, säuberlich zu seinen Füßen aufgestapelt.

Ischmael kauerte neben ihm. So war es immer gewesen: Während des ganzen Jahres, das die beiden Jungen zusammen in der Wüste verbracht hatten, war Ischmael am Morgen stets als erster aufgewacht. Er sagte: »Große Sorgen, Cousin?«

Achmed nickte. »Es ist Krieg.«

Ischmael reichte ihm eine winzige juwelenbesetzte Wasserschüssel. Achmed tauchte die Finger in das Wasser und wusch sich die Augen. Nachdem Ischmael sich entfernt hatte, stand Achmed auf.

Eine der Frauen, schweigend und untertänig, gab ihm Tee. Er nahm die Tasse ohne Dank entgegen und trank sie schnell aus. Dann aß er etwas kalten, gekochten Reis und sah zu, wie die geruhsame Arbeit des Lagers ihren Lauf nahm. Es schien, daß dieser Zweig der Familie noch immer wohlhabend war: Die Zahl der Diener, der vielen Kinder und der über zwanzig Kamele deuteten das an. Die Schafe in der Nähe waren nur ein Teil der Herde, der Rest graste wohl ein paar Meilen entfernt. Wahrscheinlich gab es auch noch mehr Kamele. Sie suchten nachts nach Laubwerk, und obwohl ihre Vorderläufe gefesselt waren, verschwanden sie manchmal aus dem Blickfeld. Die kleineren Jungen würden sie zurücktreiben, wie er und Ischmael es getan hatten. Die Tiere hatten keine Namen, doch Ischmael kannte jedes einzelne von ihnen und war mit seiner Geschichte vertraut.

Er erklärte zuweilen: »Dies ist der Bulle, den mein Vater seinem Bruder Abdel in dem Jahr gab, als vier Frauen starben. Der Bulle wurde lahm, deshalb gab mein Vater

Abdel einen anderen und nahm diesen zurück. Er hinkt immer noch, siehst du?«

Achmed hatte viel über Kamele gelernt, aber er verhielt sich ihnen gegenüber nicht ganz so wie ein Nomade. Ihm fiel ein, daß er gestern kein Feuer unter seinem sterbenden weißen Kamel angezündet hatte. Ischmael hätte es getan.

Achmed beendete sein Frühstück und trat an sein Gepäck. Die Koffer waren nicht verschlossen. Er öffnete den oberen. Als er die Schalter und Instrumente des kompakten Funkgeräts betrachtete, das genau in den ledernen, rechteckigen Koffer eingepaßt war, überkam ihn plötzlich eine lebhafte Erinnerung, wie ein Filmausschnitt: das geschäftige, hastige Berlin, das von Bäumen gesäumte Tirpitzufer; ein vierstöckiges Sandsteingebäude; ein Labyrinth von Korridoren und Treppen; ein Vorzimmer mit zwei Sekretärinnen; ein Büro, das karg mit einem Schreibtisch, einem Sofa, einem Aktenschrank und einem kleinen Bett möbliert war, an der Wand ein japanisches Gemälde eines grinsenden Dämons und ein signiertes Foto von Franco; und jenseits des Büros – auf einem Balkon in Richtung Landwehrkanal – zwei Dakkel und ein Admiral mit vorzeitig ergrauten Haaren, der sagte: »Rommel will, daß ich einen Agenten nach Kairo schleuse.« Der Koffer enthielt auch ein Buch, einen Roman in englischer Sprache. Achmed las die erste Zeile: »Gestern nacht träumte mir, ich sei wieder in Manderley.« Ein gefaltetes Blatt Papier fiel aus den Buchseiten. Achmed hob es sorgfältig auf und legte es zurück. Er klappte das Buch zu, verstaute es wieder im Koffer und schloß ihn. Ischmael stand neben ihm. Er fragte: »War es eine lange Reise?«

Achmed nickte. »Ich bin von El Agheila, in Libyen, gekommen.« Die Namen bedeuteten seinem Cousin nichts. »Vom Meer.«

»Vom Meer!«

»Ja.«

»Allein?«

»Ich hatte ein paar Kamele, als ich aufbrach.«

Ischmael war überwältigt. Sogar die Nomaden legten keine so großen Entfernungen zurück, und er hatte das Meer nie gesehen. »Aber warum?«

»Es hat mit dem Krieg zu tun.«

»Eine Bande von Europäern kämpft mit einer anderen darum, wer in Kairo die Macht besitzt; was geht das die Söhne der Wüste an?«

»Das Volk meiner Mutter nimmt an dem Krieg teil.«

»Ein Mann sollte seinem Vater folgen.«

»Und wenn er zwei Väter hat?«

Ischmael zuckte die Achseln. Er begriff das Dilemma.

Achmed hob den geschlossenen Koffer an. »Kannst du dies für mich aufbewahren?«

»Ja.« Ischmael nahm den Koffer. »Wer gewinnt den Krieg?«

»Das Volk meiner Mutter. Es ist wie die Nomaden, stolz, grausam und stark. Es wird die Welt beherrschen.«

Ischmael lächelte. »Achmed, du hast immer an den Wüstenlöwen geglaubt.«

Achmed erinnerte sich: Er hatte in der Schule gelernt, daß es in der Wüste einst Löwen gegeben habe; es sei möglich, daß sich einige von ihnen immer noch in den Bergen versteckten und sich von Rotwild, Großohrfüchsen und wilden Hammeln ernährten. Ischmael wollte ihm das nicht glauben. Damals war ihnen die Frage enorm wichtig vorgekommen, und sie hätten sich fast darüber zerstritten.

»Ich glaube immer noch an den Wüstenlöwen«, sagte Achmed und grinste.

Die beiden Cousins blickten einander an. Fünf Jahre waren vergangen, seit sie sich zum letztenmal begegnet waren. Die Welt hatte sich verändert. Achmed dachte an all die Dinge, von denen er erzählen könnte: das entscheidende Treffen in Beirut im Jahre 1938, seine Reise nach Berlin, seinen großen Coup in Istanbul ... Nichts davon würde seinem Cousin irgend etwas bedeuten, und Ischmael dachte wahrscheinlich das gleiche über seine eigenen Erlebnisse während der letzten fünf Jahre. Seit sie als Jungen zusammen nach Mekka gepilgert waren, empfanden sie Zuneigung füreinander, hatten sich aber nie etwas zu sagen.

Eine Sekunde später wandte Ischmael sich ab und trug den Koffer zu seinem Zelt. Achmed holte sich in einer Schüssel etwas Wasser. Er öffnete einen weiteren Koffer und nahm ein kleines Stück Seife, einen Pinsel, einen Spiegel und ein Rasiermesser heraus. Er steckte den Spiegel in den Sand, rückte ihn zurecht und begann, die Houli aufzuwickeln.

Der Anblick seines eigenen Gesichts im Spiegel entsetzte ihn. Seine kräftige, sonst reine Stirn war von Geschwüren bedeckt. Die Augen, vor Schmerz wie verschleiert, wirkten faltig an den Winkeln. Der dunkle Bart wuchs verfilzt und struppig an seinen feingeschnittenen Wangen, und die Haut seiner großen, gekrümmten Nase war rot und rissig. Er öffnete die verbrannten Lippen und sah, daß seine geraden, gleichmäßigen Zähne schmutzig und fleckig waren.

Er seifte den Bart ein und begann sich zu rasieren.

Allmählich kam sein eigentliches Gesicht zum Vorschein. Es war eher kräftig als attraktiv und zeigte gewöhnlich jenen Ausdruck, der, wie ihm früher einmal klargeworden war, auf ein ausschweifendes Leben hindeutete; doch nun war es einfach entstellt. Er hatte ein kleines Fläschchen Rasierwasser über Hunderte von Meilen durch die Wüste mitgenommen – nur für diesen Moment –, aber nun benutzte er es nicht, da er wußte, daß es unerträglich brennen würde. Er gab es einem kleinen Mädchen, das ihn beobachtet hatte, und das erfreut mit seiner Beute davonlief.

Achmed trug seinen Koffer zu Ischmaels Zelt und scheuchte die Frauen hinaus. Er zog sein Wüstengewand aus und legte ein weißes, englisches Hemd an, dazu eine gestreifte Krawatte, graue Socken und einen braun-karierten Anzug. Als er versuchte, sich die Schuhe anzuziehen, spürte er zum ersten Mal seine geschwollenen Füße. Es war eine Qual, sie in das harte Leder zu zwängen. Aber er konnte seinen europaischen Anzug nicht zu den behelfsmäßigen Gummisandalen der Wüste tragen. Am Ende schlitzte er die Schuhe mit seinem geschwungenen Messer auf und trug sie lose.

Er wollte mehr: ein heißes Bad, einen Haarschnitt, kühle, lindernde Creme für seine Wunden, ein Seidenhemd, ein Goldarmband, eine Flasche Champagner in einem Eiskübel und eine warme, weiche Frau. Doch darauf würde er noch warten müssen.

Als er aus dem Zelt auftauchte, schauten die Nomaden ihn an, als sei er ein Fremder. Er setzte seinen Hut auf und griff nach den beiden letzten Koffern – der eine war schwer, der andere leicht. Ischmael brachte eine Wasserflasche aus Ziegenhaut. Die beiden Cousins umarmten sich.

Achmed zog eine Brieftasche aus seinem Jackett, um seine Papiere zu überprüfen. Sein Ausweis verriet ihm, daß er wieder Alexander Wolff, 34 Jahre, Geschäftsmann und Europäer war; Adresse: Villa Les Oliviers, Garden City, Kairo.

Mit seinen Koffern machte er sich in der Kühle der Abenddämmerung auf, um die letzten Meilen der Wüste bis zur Stadt zurückzulegen.

*

Die uralte, große Karawanenstraße, der Wolff von Oase zu Oase über die weite, leere Wüste gefolgt war, führte durch einen Paß in der Gebirgskette und ging schließlich in eine befestigte Straße über. Die Straße war wie ein Strich, den Gott auf die Karte gezeichnet hatte, denn an der einen Seite lagen die gelben, staubigen, unfruchtbaren Hügel und an der anderen üppige Baumwollfelder, von Bewässerungsgräben in Quadrate eingeteilt. Die Bauern, über ihre Felder gebeugt, trugen Galabiyas, einfache Gewänder aus gestreifter Baumwolle, und nicht die schwerfälligen, schützenden Roben der Nomaden. Während er auf der Straße nach Norden wanderte, die kühle, feuchte Brise des nahen Nils roch und die häufiger werdenden Zeichen städtischer Zivilisation beobachtete, begann Wolff, sich wieder menschlich zu fühlen. Die über die Felder verstreuten Bauern beruhigten ihn. Endlich hörte er den Motor eines Autos und wußte, daß er in Sicherheit war. Das Fahrzeug näherte sich aus Richtung Assiut, der Stadt. Es kam hinter einer Kurve hervor, und er sah, daß es ein Militärjeep war. Kurz darauf bemerkte er, daß die Insassen britische Armeeuniformen trugen, und begriff, daß er eine Gefahr hinter sich gelassen hatte, nur um mit einer neuen konfrontiert zu werden.

Er zwang sich zur Ruhe. Ich habe jedes Recht, hier zu sein, dachte er. Ich wurde in Alexandria geboren, bin von ägyptischer Nationalität und besitze ein Haus in Kairo. Meine Papiere sind alle echt. Ich bin ein reicher Mann, ein Europäer und ein deutscher Spion hinter den feindlichen Linien.

Der Jeep kam in einer Staubwolke kreischend zum Stehen. Einer der Männer sprang heraus. Er hatte zwei Stoffsterne auf jeder Schulter seines Uniformhemdes: ein Captain. Er wirkte erstaunlich jung und hinkte.

»Woher, zum Teufel, kommen Sie denn?« fragte er.

Wolff stellte seine Koffer ab und deutete, ruckartig mit dem Daumen über die Schulter. »Mein Auto ist auf der Wüstenstraße stehengeblieben.«

Der Captain nickte und gab sich mit der Erklärung sofort zufrieden: Ihm – und jedem anderen – wäre nie eingefallen, daß ein Europäer aus Libyen zu Fuß hierhergekommen sein könnte. »Ich möchte mir Ihre Papiere ansehen, bitte.«

Wolff reichte sie ihm. Der Captain prüfte die Papiere und schaute auf. Wolff dachte: In Berlin gibt es eine undichte Stelle, und jeder Offizier in Ägypten ist auf der Suche nach mir; oder man hat die Papiere geändert, seit ich zum letztenmal hier war, und meine sind veraltet; oder ...

»Sie scheinen müde zu sein, Mr. Wolff«, sagte der Captain. »Wie lange sind Sie schon unterwegs?«

Wolff wurde klar, daß sein Äußeres bei einem anderen Europäer recht nützliche Sympathie erwecken konnte. »Seit gestern nachmittag«, antwortete er mit einer Erschöpfung, die nicht völlig gekünstelt war. »Ich habe mich ein bißchen verlaufen.«

»Sie sind die ganze Nacht hier draußen gewesen?« Der Captain musterte Wolffs Gesicht genauer. »Lieber Himmel, ich glaube, es stimmt. Wir nehmen Sie am besten mit.« Er drehte sich zu dem Jeep um. »Corporal, die Koffer.«

Wolff öffnete den Mund, um zu protestieren, machte ihn jedoch sofort wieder zu. Ein Mann, der die ganze Nacht zu Fuß unterwegs gewesen war, würde froh sein, wenn ihm jemand das Gepäck abnahm. Ein Einwand würde seine Geschichte nicht nur unglaubwürdig erscheinen lassen, sondern auch die Aufmerksamkeit auf die Koffer lenken. Während der Corporal sie hinten auf den Jeep wuchtete, fiel Wolff ein, daß er sich nicht einmal die Mühe gemacht hatte, sie abzuschließen. Wie hatte er so dumm sein können? Die Antwort lag auf der Hand: Er war immer noch auf die Wüste eingestimmt, wo man Glück hat, wenn man einmal in der Woche andere Menschen sieht; dort wäre niemandem in den Sinn gekommen, ein Funkgerät zu stehlen, das an eine Steckdose angeschlossen werden muß. Wolff achtete immer noch auf die falschen Dinge: Er beobachtete die Bewegung der Sonne, schnupperte nach Wasser in der Luft, schätzte die Entfernungen, die er zurücklegte, und musterte den Horizont, als suche er einen einsamen Baum, in dessen Schatten er während der Tageshitze rasten konnte. All das mußte er jetzt vergessen und sich auf Polizisten, Papiere, Schlösser und Lügen konzentrieren.

Er nahm sich vor, wachsamer zu sein, und kletterte in den Jeep.

Der Captain setzte sich neben ihn und befahl dem Fahrer: »Zurück in die Stadt.«

Wolff entschied sich, seine Geschichte auszubauen. Während der Jeep auf der staubigen Straße wendete, fragte er: »Haben Sie etwas Wasser?«

»Natürlich.« Der Captain griff unter seinen Sitz und zog eine filzbedeckte Blechflasche hervor, die einem großen Whiskybehälter glich. Er schraubte den Verschluß ab und reichte sie Wolff.

Wolff trank mit tiefen Zügen und schluckte mehr als einen halben Liter. »Vielen Dank«, sagte er und gab die Flasche zurück.

»Sie sind ganz schön durstig. Kein Wunder. Oh, übrigens, ich bin Captain Newman.« Er streckte die Hand aus.

Wolff schüttelte sie und betrachtete den Mann genauer. Er war tatsächlich jung – vielleicht Anfang Zwanzig –, mit einem frischen Gesicht, einer jungenhaften Tolle und einem raschen Lächeln. Sein Benehmen verriet jene fatale Reife, die im Kampf früh erworben wird. »Sie sind im Einsatz gewesen?«

»Eine Zeitlang.« Captain Newman berührte sein Knie. »Hab' mir das Bein in der Cyrenaika zerschunden. Deshalb bin ich in dieses Nest geschickt worden.« Er grinste. »Ich kann nicht behaupten, daß ich mich danach sehnte, in die Wüste zurückzukehren, aber ich würde gern etwas Wichtigeres tun, als hier, Hunderte von Meilen vom Krieg entfernt, den Aufpasser abzugeben. Die einzigen Gefechte spielen sich in der Stadt zwischen Christen und Moslems ab. Woher stammt Ihr Akzent?«

Die plötzliche Frage, die mit den vorherigen Bemerkungen nichts zu tun hatte, überraschte Wolff. Das war ihr Zweck gewesen, wie ihm schien. Captain Newman war ein scharfsinniger junger Mann. Zum Glück hatte Wolff eine Antwort vorbereitet. »Meine Eltern waren Buren, die aus Südafrika nach Ägypten kamen. Ich wuchs mit Afrikaans und Arabisch auf.« Er zögerte, auf keinen Fall durfte er seine Karte überreizen, indem er allzu bereitwillig Erklärungen abgab. »Mein Name – Wolff – ist niederländisch, und ich wurde nach meiner Geburtsstadt Alex getauft.«

Newman bewies höfliches Interesse. »Was führt Sie hierher?« Auch darauf war Wolff vorbereitet. »Ich habe geschäftliche Verbindungen in mehreren Städten Oberägyptens.« Er lächelte. »Ich möchte sie überraschend besuchen.«

Sie erreichten Assiut. Nach ägyptischen Maßstäben war es eine große Stadt, mit Fabriken, Krankenhäusern, einer islamischen Universität, einem berühmten Kloster und rund 60 000 Einwohnern. Wolff wollte gerade darum bitten, am Bahnhof abgesetzt zu werden, als Newman ihn vor diesem Irrtum bewahrte. »Sie brauchen eine Werkstatt«, sagte der Captain. »Wir bringen Sie zu Nasif. Er hat einen Abschleppwagen.« Wolff zwang sich zu einem: »Vielen Dank.« Er schluckte trocken. Immer noch reagierte er nicht rasch genug. Wenn ich mich nur zusammenreißen könnte, sagte er sich, die verdammte Wüste hat meine Reflexe verdorben. Er blickte auf seine Armbanduhr. Die Zeit reichte, um die Komödie bei der Werkstatt mitzuspielen und den täglichen Zug nach Kairo trotzdem zu erreichen. Was sollte er tun? Er mußte die Werkstatt aufsuchen, da Newman ihn sicher beobachten ließ. Dann würden die Soldaten weiterfahren. Wolff würde sich nach Ersatzteilen oder etwas Ähnlichem erkundigen, um danach zum Bahnhof zu gehen.

Wenn er Glück hatte, würden Nasif und Newman sich nie über das Thema Alex Wolff unterhalten.

Der Jeep fuhr durch die geschäftigen, engen Straßen. Die vertrauten Bilder einer ägyptischen Stadt gefielen Wolff: die bunte Baumwollkleidung, die Frauen mit Bündeln auf dem Kopf, die diensteifrigen Polizisten, die gerissenen Burschen mit Sonnenbrillen, die winzigen Läden, deren Inhalt in die ausgefahrenen Straßen überquoll, die zerbeulten Autos und die überladenen Esel. Sie hielten vor einer Reihe niedriger Gebäude aus Lehmziegeln an. Die Straße war von einem uralten Lastwagen und den Resten eines ausgeschlachteten Fiats halb blockiert. Ein kleiner Junge saß auf dem Boden vor dem Eingang und arbeitete mit dem Schraubenschlüssel an einem Zylinderblock.

»Ich muß Sie leider hier absetzen«, sagte Newman. »Die Pflicht ruft.«

Wolff schüttelte ihm die Hand. »Sie waren sehr freundlich.«

»Es ist mir wirklich peinlich, Sie im Stich zu lassen«, fuhr Newman fort. »Sie haben viel durchgemacht.« Er runzelte die Stirn, dann hellte seine Miene sich auf. »Hören Sie, ich lasse Corporal Cox zurück. Er kann sich um Sie kümmern.«

»Das ist sehr nett, aber nicht ...«

Newman hörte nicht zu. »Nehmen Sie die Koffer des Mannes, Cox, und passen Sie gut auf. Ich möchte, daß Sie ihm helfen, aber überlassen Sie nichts diesen Arabern. Verstanden?«

»Ja, Sir!« entgegnete Cox.

Wolff stöhnte innerlich. Nun würde es weitere Verzögerungen geben; und er mußte den Corporal abschütteln. Captain Newmans Freundlichkeit wurde zu einer Plage – konnte das beabsichtigt sein?

Cox und Wolff stiegen aus, und der Jeep setzte sich in Bewegung. Wolff betrat Nasifs Werkstatt, während Cox ihm mit den Koffern folgte.

Nasif war ein lächelnder junger Mann in einer schmutzigen Galabiya. Er arbeitete beim Licht einer Öllampe an einer Autobatterie und sprach sie auf englisch an. »Möchten Sie wunderbares Auto mieten? Mein Bruder hat Bentley.«

Wolff unterbrach ihn in einem raschen, ägyptischen Arabisch. »Mein Auto ist stehengeblieben. Sie sollen einen Abschleppwagen haben.«

»Ja. Wir können sofort abfahren. Wo ist das Auto?«

»Auf der Wüstenstraße, vierzig oder fünfzig Meilen entfernt. Aber wir kommen nicht mit.« Er zog seine Brieftasche hervor und gab Nasif eine englische Pfundnote. »Sie finden mich im Grand Hotel neben dem Bahnhof, wenn Sie zurück sind.«

Nasif nahm das Geld bereitwillig an. »Sehr gut! Ich fahre gleich los!«

Wolff nickte kurz und drehte sich um. Während er mit Cox im Gefolge die Werkstatt verließ, dachte er über die Konsequenzen seines kurzen Gesprächs mit Nasif nach. Der Mechaniker würde mit seinem Abschleppwagen in die Wüste fahren und die Straße nach dem Auto absuchen. Schließlich würde er ins Grand Hotel zurückkehren, um seinen Mißerfolg zu melden. Dort würde er erfahren, daß Wolff abgereist war. Wenn er sich dann für den verschwendeten Tag auch nicht zu schlecht bezahlt fühlte, dürfte ihn das wahrscheinlich nicht daran hindern, allen möglichen Leuten die Geschichte des verschwundenen Fords und des verschwundenen Fahrers zu erzählen. So würde Captain Newman früher oder später davon hören. Newman, obwohl unschlüssig, was von der Sache zu halten sei, würde sich doch mit Sicherheit veranlaßt sehen, das Rätsel zu untersuchen.

Wolffs Stimmung trübte sich, als ihm klar wurde, daß damit sein Plan, sich unbeobachtet in Ägypten einzuschleichen, gescheitert sein konnte.

Er würde das Beste daraus machen müssen. Noch hatte er Zeit, den Zug zu erreichen. Er würde Cox im Foyer des Hotels abschütteln und – wenn er sich beeilte – noch etwas essen und trinken können, bevor der Zug abfuhr.

Cox war ein kleiner dunkelhaariger Mann mit einem britischen Provinzakzent, den Wolff nicht einordnen konnte. Er schien ungefähr in Wolffs Alter zu sein, und da er es nur zum Corporal gebracht hatte, hielt Wolff ihn für nicht allzu intelligent. Er folgte Wolff über die Midan el-Mahatta und fragte: »Sie kennen diese Stadt, Sir?«

»Ich bin schon einmal hier gewesen«, antwortete Wolff.

Sie betraten das Grand Hotel. Mit 26 Zimmern war es das größere der beiden Hotels der Stadt. Wolff wandte sich zu Cox. »Vielen Dank, Corporal. Ich glaube, Sie können sich jetzt wieder an Ihre Arbeit machen.«

»Keine Eile, Sir«, sagte Cox munter. »Ich trage Ihre Koffer nach oben.«

»Ich bin sicher, daß es hier Träger gibt.«

»Denen würde ich an Ihrer Stelle nicht trauen, Sir.«

Die Situation entwickelte sich mehr und mehr zu einem Alptraum oder einer Farce. Er fragte sich wieder, ob dies vollkommen zufällig sei, und hatte die erschreckende Ahnung, daß sie vielleicht alles wußten und nun einfach mit ihm spielten.

Wolff schob den Gedanken beiseite und antwortete Cox mit so viel Höflichkeit, wie er aufbringen konnte: »Also gut, danke.«

Er wandte sich zur Rezeption und bat um ein Zimmer. Ein Blick auf die Uhr: noch eine Viertelstunde. Er füllte rasch das Formular aus und gab eine fingierte Adresse in Kairo an; es bestand die Möglichkeit, daß Captain Newman die echte Adresse im Ausweis vergaß, und Wolff wollte keinen Hinweis zurücklassen.

Ein nubischer Page führte sie nach oben zu dem Zimmer. Wolff gab ihm an der Tür ein Trinkgeld. Cox legte die Koffer auf das Bett.

Wolff griff zu seiner Brieftasche. Vielleicht erwartete auch Cox ein Trinkgeld. »Corporal«, begann er, »Sie haben mir sehr geholfen ...«

»Gestatten Sie mir, Ihre Sachen auszupacken«, sagte Cox. »Der Captain hat befohlen, nichts den Arabern zu überlassen.«

»Nein, danke«, lehnte Wolff mit fester Stimme ab. »Ich möchte mich sofort hinlegen.«

»Legen Sie sich nur hin«, beharrte Cox großzügig. »Es wird nicht lange ...«

»Nicht öffnen!«

Cox hob den Kofferdeckel. Wolff schob die Hand in die Jacke und dachte: Verdammter Kerl. Jetzt bin ich aufgeflogen. Ich hätte den Koffer abschließen sollen. Ob ich es leise tun kann? Der kleine Corporal starrte auf die säuberlichen Stapel neuer englischer Pfundnoten, die den kleinen Koffer füllten. Er sagte: »Jesus, haben Sie 'ne Menge Kohle!« Während er vortrat, fiel Wolff ein, daß Cox wohl noch nie in seinem Leben so viel Geld gesehen hatte. Cox begann sich umzudrehen. »Was wollen Sie mit all dem ...«

Wolff zog das gefährlich geschwungene Beduinenmesser hervor, es glänzte in seiner Hand, als seine Augen die von Cox trafen. Der zuckte zusammen und öffnete den Mund, um zu schreien, doch da schnitt schon die rasiermesserscharfe Klinge tief in das weiche Fleisch seiner Kehle, sein Angstschrei wurde zu einem blutigen Gurgeln,

und er starb. Wolff spürte nichts als ein Gefühl der Unzu-
friedenheit.

2

ES WAR MAI, und der Chamsin blies, ein heißer, staubiger Südwind. William Vandam stand unter der Du-
sche und litt unter dem deprimierenden Gedanken, daß
dies der einzige Zeitpunkt des Tages sein würde, an dem
er sich frisch fühlte. Er drehte das Wasser ab und rieb
sich rasch trocken. Sein Körper schmerzte an vielen Stellen. Er hatte am Tag zuvor Cricket gespielt, zum erstenn-
mal seit Jahren. Der Nachrichtendienst des Generalstabs
hatte mit Mühe eine Mannschaft zusammenbekommen,
um gegen die Ärzte des Feldlazaretts zu spielen – Spione gegen Quacksalber, wie sie es genannt hatten. Vandam, als Fänger an der Spielfeldgrenze, hatte sich die
Lunge aus dem Hals gerannt, da die Mediziner die von
den Nachrichtendienstlern geworfenen Bälle über den
ganzen Platz schlugen. Nun mußte er zugeben, daß er
nicht bei guter Kondition war. All der Gin oder auch die
Zigaretten hatten seiner Stärke und Ausdauer gescha-
det; außerdem plagten ihn zu viele Sorgen, so daß er dem
Spiel nicht die Konzentration widmen konnte, die es
verdiente.

Er steckte sich eine Zigarette an, hustete und begann
sich zu rasieren. Er rauchte immer beim Rasieren, nur so
konnte er die Langeweile dieser täglichen Routine ertragen. Vor fünfzehn Jahren hatte er geschworen, sich einen
Bart wachsen zu lassen, sobald er die Armee hinter sich
hatte, aber er war immer noch Soldat.

Vandam zog seine gewohnte Uniform an: Socken, schwere Sandalen, Buschhemd und die Khakishorts mit den Laschen, die zum Schutz gegen Moskitos hinuntergeklappt

und unterhalb der Knie zugeknöpft werden konnten. Niemand benutzte die Laschen je, und die jüngeren Offiziere schnitten sie meist ab, weil sie so lächerlich aussahen.

Auf dem Fußboden neben dem Bett stand eine leere Ginflasche. Vandam betrachtete sie, angewidert von sich selbst. Es war das erste Mal, daß er die verdammte Flasche mit ins Bett genommen hatte. Er hob sie auf, schraubte den Verschluß fest und warf sie in den Abfalleimer. Dann ging er nach unten.

Gaafar kochte gerade in der Küche Tee. Vandams Diener war ein alter Kopte mit kahlem Kopf und schlurfendem Gang; er hatte den Ehrgeiz, sich wie ein englischer Butler zu benehmen. Das würde er wohl nie schaffen, aber er besaß etwas Würde und war ehrlich, Eigenschaften, die für ägyptische Hausangestellte nicht gerade typisch waren, wie Vandam herausgefunden hatte.

»Ist Billy aufgestanden?« fragte Vandam.

»Ja, Sir, er kommt sofort herunter.«

Vandam nickte. Wasser sprudelte in einem kleinen Topf auf dem Herd. Er legte ein Ei hinein und stellte die Eieruhr. Danach schnitt er zwei Scheiben von einem nach englischer Art gebackenen Brotlaib ab und machte Toast. Er bestrich den Toast mit Butter, schnitt ihn in Streifen, nahm das Ei aus dem Wasser und köpfte es.

Billy kam in die Küche und sagte: »Guten Morgen, Dad.«

Vandam lächelte seinem zehnjährigen Sohn zu. »Morgen. Das Frühstück ist fertig.«

Der Junge begann zu essen. Vandam saß ihm bei einer Tasse Tee gegenüber und schaute zu. Billy sah in letzter Zeit morgens oft müde aus. Früher war er beim Frühstück immer frisch und munter gewesen. Schlief er schlecht? Oder ähnelte sein Stoffwechsel einfach immer mehr dem eines Erwachsenen? Vielleicht lag es daran, daß er nachts zu lange wach blieb, weil er unter dem Laken beim Licht einer Taschenlampe Detektivgeschichten las.

Man behauptete, daß Billy seinem Vater glich, aber Vandam konnte keine Ähnlichkeit entdecken. Er fand nur Spuren von Billys Mutter: die grauen Augen, die zarte Haut und die etwas arrogante Miene, wenn jemand ihn verärgert hatte.

Vandam bereitete immer das Frühstück für seinen Sohn zu. Der Diener wäre durchaus dazu fähig gewesen, aber Vandam wollte sich dieses kleine Ritual erhalten. Oft waren es die einzigen Minuten des Tages, die er mit Billy verbrachte. Sie redeten nicht viel – Billy aß, und Vandam rauchte –, doch das spielte keine Rolle: Wichtig war nur, daß sie zu Beginn jeden Tages eine Weile zusammen waren.

Nach dem Frühstück putzte Billy sich die Zähne, während Gaafar Vandams Motorrad holte. Billy kam mit seiner Schulmütze auf dem Kopf zurück, und Vandam setzte seine Uniformmütze auf. Wie jeden Tag salutierten sie voreinander. Billy sagte: »Gut, Sir, dann wollen wir mal den Krieg gewinnen.« Damit gingen sie hinaus.

*

Major Vandams Büro lag in Grey Pillars, einer mit Stacheldraht umzäunten Gebäudegruppe, die das »Große Hauptquartier Naher Osten« beherbergte. Bei seiner Ankunft fand er einen Bericht auf dem Schreibtisch vor. Er setzte sich, zündete eine Zigarette an und begann zu lesen.

Der Bericht kam aus Assiut, 300 Meilen südlich, und zuerst verstand Vandam nicht, wieso er an den Nachrichtendienst geleitet worden war. Eine Patrouille hatte auf der Landstraße einen Europäer mitgenommen, der später einen Corporal mit dem Messer ermordete. Die Leiche war am Abend zuvor entdeckt worden, fast unmittelbar nachdem man die Abwesenheit des Corporals bemerkt hatte, aber mehrere Stunden nach dessen Tod. Ein Mann, welcher der Beschreibung des Europäers entsprach, hatte am Bahnhof eine Fahrkarte nach Kairo gekauft, aber zu dem Zeitpunkt, als die Leiche gefunden wurde, war der Zug schon in Kairo angekommen, und der Mörder war in der Stadt untergetaucht.

Es gab keinen Hinweis auf ein Motiv.

Die ägyptische Polizei und die britische Militärpolizei würden schon in Assiut Nachforschungen anstellen, und ihre Kollegen in Kairo würden die Einzelheiten – wie Vandam – heute morgen erfahren. Welchen Grund gab es, den Nachrichtendienst einzuschalten?

Vandam runzelte die Stirn und dachte nach. Ein Europäer wird in der Wüste aufgelesen. Er behauptet, sein Auto habe eine Panne, nimmt sich ein Zimmer in einem Hotel, verläßt es ein paar Minuten später und fährt mit dem Zug ab. Sein Auto wird nicht gefunden. Die Leiche eines Soldaten wird am selben Abend in dem Hotelzimmer entdeckt.

Was hatte das zu bedeuten?

Vandam rief Assiut an. Die Vermittlung des Armeelagers brauchte eine Weile, um Captain Newman aufzustöbern, aber schließlich wurde er im Magazin angetroffen und ans Telefon geholt.

»Dieser Messermord sieht fast nach einer aufgeflogenen Tarnung aus«, sagte Vandam.

»So schien es mir auch, Sir«, antwortete Newman. Seine Stimme klang jung. »Deshalb habe ich den Bericht an den Nachrichtendienst geschickt.«

»Sehr umsichtig. Sagen Sie, welchen Eindruck hatten Sie von dem Mann?«

»Er war ein großer Kerl ...«

»Ich habe Ihre Beschreibung vor mir – einen Meter achtzig, rund 76 Kilo, dunkles Haar, dunkle Augen –, aber das verrät mir nicht, was für ein Mensch er war.«

»Ich verstehe«, entgegnete Newman. »Nun, um ehrlich zu sein, zuerst hegte ich nicht den geringsten Verdacht gegen ihn. Er sah völlig erschöpft aus, was mit seiner Geschichte zusammenzuhängen schien, daß er auf der Wüstenstraße eine Panne hatte, und er wirkte wie ein rechtschaffener Bürger: ein Weißer, anständig gekleidet, ziemlich redegewandt, mit einem holländischen oder – besser gesagt – Afrikaans-Akzent. Seine Papiere waren perfekt, ich bin immer noch ganz sicher, daß sie echt sind.«

»Aber ...?«

»Er erzählte, daß er sich um seine Geschäfte in Oberägypten kümmern wolle.«

»Recht plausibel.«

»Ja, aber er schien mir nicht der Typ, der sein Leben für ein paar Geschäfte, kleine Fabriken oder Baumwollfarmen einsetzt. Er war eher ein selbstbewußter Großstädter: Geld, wenn er etwas besaß, hätte er wahrscheinlich bei einem Londoner Makler oder einer Schweizer Bank investiert. Er war einfach kein Krämer ... Es ist sehr vage, Sir, aber verstehen Sie, was ich meine?«

»Durchaus.« Newman machte einen intelligenten Eindruck. Wieso saß er da draußen in Assiut fest?

Newman fuhr fort: »Und dann fiel mir ein, daß er sozusagen ganz plötzlich in der Wüste aufgetaucht war und ich eigentlich nicht wußte, woher er gekommen sein konnte ... Deshalb befahl ich dem armen alten Cox, bei ihm zu bleiben, unter dem Vorwand, ihm zu helfen. Ich wollte sichergehen, daß er sich nicht davonmachte, bevor wir seine Geschichte überprüft hatten. Ich hätte den Mann natürlich festnehmen sollen, aber aufrichtig gesagt, Sir, bis dahin hatte ich nichts als einen ganz leichten Verdacht.«

»Niemand macht Ihnen Vorwürfe, Captain«, sagte Vandam. »Ausgezeichnet, daß Sie sich den Namen und die Adresse aus den Papieren eingeprägt haben. Alex Wolff, Villa les Oliviers, Garden City, stimmt's?«

»Jawohl, Sir.«

»In Ordnung. Bleiben Sie den Dingen an Ihrem Ort auf der Spur.«

»Jawohl, Sir.«

Vandam hängte ein. Newmans Verdacht entsprach seinen eigenen Instinkten, was den Mord betraf. Er beschloß, mit seinem direkten Vorgesetzten zu reden. Mit dem Bericht in der Hand verließ er das Büro.

Der Nachrichtendienst des Generalstabes wurde von einem Brigadegeneral mit dem Titel Director of Military Intelligence geleitet. Der DMI hatte zwei Stellvertreter: den Chef der Operations- und den der Nachrichtendienstabteilung. Die Stellvertreter waren Obersten. Vandams Vorgesetzter, Oberstleutnant Bogge, unterstand der Operationsabteilung. Bogge war für Personalsicherheit verantwortlich und verbrachte den größten Teil seiner Zeit damit, den Zensurapparat zu verwalten. Vandam hatte mit undichten Stellen im Sicherheitssystem zu tun. Er und seine Leute verfügten über mehrere hundert Agenten in Kairo und Alexandria. In den meisten Klubs und Bars gab es einen Kellner, der von ihm bezahlt wurde, er hatte einen Informanten unter dem Hauspersonal der wichtigeren arabischen Politiker, König Faruks Kammerdiener arbeitete für Vandam ebenso wie der wohlhabendste Dieb von Kairo. Er war an denen interessiert, die zuviel redeten, und an denen, die zuhörten. Unter den Zuhörern faßte er vor allem arabische Nationalisten ins Auge. Es schien jedoch möglich, daß der geheimnisvolle Mann aus Assiut eine andere Bedrohung darstellte.

Vandams Kriegskarriere war bis jetzt von einem aufsehenerregenden Erfolg und einem großen Fehlschlag gekennzeichnet. Der Fehlschlag ereignete sich in der Türkei. Raschid Ali war aus dem Irak dorthin geflüchtet. Die Deutschen wollten ihn herausholen und zu Propagandazwecken einsetzen; die Briten wollten ihn von der Offentlichkeit fernhalten, und die Türken, bestrebt, ihre Neutralität zu wahren, wollten niemanden vor den Kopf stoßen. Vandam hatte dafür sorgen sollen, daß Ali in Istanbul blieb, doch der hatte seine Kleidung mit einem deutschen Agenten getauscht und war direkt vor Vandams Nase aus dem Land entkommen. Ein paar Tage später hatte er über die Deutsche Welle Propagandareden an den Nahen Osten gehalten. Vandam konnte seinen Fehler in Kairo zum Teil wiedergutmachen. London hatte damals Grund zu der Annahme, daß dort entscheidende Nachrichten durchsickerten, und nach drei Monaten mühsamer Nachforschungen entdeckte Vandam, daß ein höherer amerikanischer Diplomat über einen unsicheren Code nach Washington berichtete. Man hatte den Code geändert, die undichte Stelle gestopft und Vandam zum Major befördert.

Wenn er Zivilist oder Soldat in Friedenszeiten gewesen wäre, hätte er auf seinen Triumph stolz sein und sich mit seiner Niederlage abfinden können. Er hätte sich gesagt: »Mal gewinnt man, mal verliert man.« Aber im Krieg kommen Menschen durch den Fehler eines Offiziers um. Bei der Raschid-Ali-Affäre war eine Agentin ermordet worden, was Vandam sich nicht verzeihen konnte.

Er klopfte an Oberstleutnant Bogges Tür und trat ein. Reggie Bogge war ein kleiner, vierschrötiger Mann in den Fünfzigern mit makelloser Uniform und pomadisiertem, schwarzem Haar. Er räusperte sich nervös, wenn er nicht genau wußte, was er sagen sollte – und das geschah oft. Bogge saß an einem riesigen geschwungenen Schreibtisch, größer als der des DMI, und ging seinen Ablagekasten durch. Er war immer gern bereit zu plaudern und bedeutete Vandam, auf einem Stuhl Platz zu nehmen.

Dann nahm er einen hellroten Cricketball und warf ihn von einer Hand zur anderen. »Sie haben gestern gut gespielt.«

»Sie waren auch nicht schlecht«, antwortete Vandam. Es stimmte: Bogge war der einzige anständige Bowler seiner Mannschaft gewesen, und er hatte mit seinen langsamen Bällen vier Schläger in zweiundvierzig Läufen ausgeschaltet. »Aber gewinnen wir den Krieg?«

»Leider gibt es noch mehr miese Nachrichten.« Die Lagebesprechung hatte noch nicht stattgefunden, aber Bogge schnappte immer schon vorher das Neueste auf. »Wir erwarteten, daß Rommel direkt von vorn angreifen würde. Hätten uns denken können, daß der Bursche nie offen und ehrlich kämpft. Er hat unsere Südflanke umgangen, das Hauptquartier der Siebten Panzerdivision erobert und General Messervy gefangengenommen.«

Es war eine deprimierend vertraute Geschichte, und Vandam fühlte sich plötzlich müde. »Was für ein Durcheinander.«

»Zum Glück konnte er nicht bis zur Küste vordringen, so daß die Divisionen an der Ghasala-Front nicht isoliert sind. Trotzdem ...«

»Aber wann werden wir ihn bloß *aufhalten*?«

»Er wird nicht viel weiter kommen.« Es war eine idiotische Bemerkung. Bogge wollte sich nicht auf Kritik an Generälen einlassen. »Was haben Sie da?«

Vandam gab ihm den Bericht. »Ich möchte der Sache nachgehen.«

Bogge las und blickte auf. Seine Miene war verständnislos. »Was soll das Ganze?«

»Es sieht nach einer aufgeflogenen Tarnung aus.«

»Mh?«

»Es gibt kein Motiv für den Mord, deshalb müssen wir spekulieren«, erklärte Vandam. »Eine Möglichkeit: Der Reisende war jemand anders, als er behauptete. Der Corporal kam dahinter und wurde deshalb umgebracht.«

»Jemand anders, als er behauptete, Sie meinen, daß er ein Spion war?« Bogge lachte. »Wie soll er wohl nach Assiut gekommen sein, mit dem Fallschirm? Oder ist er zu Fuß gegangen?«

Das war das Problem, wenn man versuchte, Bogge etwas zu erklären: Er mußte die Idee lächerlich machen, als Entschuldigung dafür, daß er sie nicht selbst gehabt hatte. »Es ist nicht unmöglich, daß ein kleines Flugzeug durchschlüpft, und es ist auch nicht unmöglich, die Wüste zu durchqueren.«

Bogge ließ den Bericht über die weite Fläche seines Schreibtischs segeln. »Nicht sehr wahrscheinlich. Verschwenden Sie damit keine Zeit.«

»Jawohl, Sir.« Vandam hob den Bericht vom Boden auf und unterdrückte seine Wut. Gespräche mit Bogge verwandelten sich immer in einen Wettbewerb, und es war am klügsten, nicht mitzuspielen. »Ich werde die Polizei bitten, uns über ihren Fortschritt auf dem laufenden zu halten – Kopien von Vermerken und so weiter, nur für die Akten.«

»In Ordnung.« Bogge hatte nie etwas dagegen, daß ihm Kopien für die Akten geschickt wurden. Dadurch konnte er überall mitmischen, ohne Verantwortung zu übernehmen.

»Hören Sie, was halten Sie davon, etwas Crickettraining zu organisieren? Ich möchte unsere Mannschaft in Form bringen und noch ein paar Wettkämpfe veranstalten.«

»Gute Idee.«

»Sehen Sie zu, daß Sie etwas auf die Beine stellen.«

»Jawohl, Sir.« Vandam ging hinaus. Auf dem Rückweg zu seinem Büro überlegte er, woran es der Verwaltung der britischen Armee fehlen mochte, wenn sie einen so hohlköpfigen Mann wie Reggie Bogge zum Oberstleutnant beförderte. Vandams Vater, ein Corporal im Ersten Weltkrieg, hatte immer gesagt, britische Soldaten seien »von Eseln geführte Löwen«. Manchmal schien Vandam der Ausspruch noch immer zuzutreffen. Aber Bogge war nicht nur einfältig. Zuweilen traf er schlechte Entscheidungen, weil er nicht klug genug war, um gute zu treffen; aber meistens traf er nach Vandams Ansicht schlechte Entscheidungen, weil es ihm darauf ankam, Eindruck zu schinden und überlegen zu wirken.

Eine Frau in einem weißen Krankenhauskittel salutierte, und Vandam erwiderte den Gruß geistesabwesend. Die Frau sagte: »Major Vandam, nicht wahr?«

Er blieb stehen und sah sie an. Sie hatte bei dem Crikketmatch zugeschaut, und nun entsann er sich ihres Namens. »Dr. Abuthnot. Guten Morgen.« Sie war eine hochgewachsene, beherrschte Frau in seinem Alter. Er erinnerte sich, daß sie Chirurgin war, im Rang eines Captains. Ein ungewöhnlicher Beruf für eine Frau, sogar in Kriegszeiten.

»Sie haben sich gestern sehr angestrengt«, bemerkte Dr. Abuthnot.

Vandam lächelte. »Und heute muß ich dafür büßen. Aber es hat mir Spaß gemacht.«

»Mir auch.« Sie hatte eine tiefe, präzise Stimme und wirkte sehr selbstbewußt. »Werden wir Sie am Freitag begrüßen können?«

»Wo?«

»Beim Empfang in der Union.«

»Ah.« Die Anglo-Ägyptische Union, ein Klub für gelangweilte Europäer, machte gelegentliche Versuche, ihren Namen zu rechtfertigen, indem sie Empfänge für ägyptische Gäste arrangierte. »Gern. Um welche Zeit?«

»17.00 Uhr, zum Tee.«

Vandam hatte professionelles Interesse: Es war ein Ereignis, bei dem Ägypter Armeeklatsch aufschnappen konnten, der manchmal für den Feind nützliche Informationen enthielt. »Ich komme.«

»Sehr schön. Ich werde Sie dort sehen.« Sie wandte sich ab.

»Ich freue mich«, sagte Vandam. Er sah ihr nach und fragte sich, was sie wohl unter dem Krankenhauskittel trug. Sie war schlank, elegant und selbstsicher wie seine Frau.

Vandam betrat sein Büro. Er beabsichtigte nicht, das Crickettraining zu organisieren, und er hatte nicht vor, den Mord in Assiut zu vergessen. Bogge mochte zum Teufel gehen. Er würde sich an die Arbeit machen.

Zunächst sprach er wieder mit Captain Newman und wies ihn an, dafür zu sorgen, daß Alex Wolffs Beschreibung so weit wie möglich verbreitet wurde.

Er rief die ägyptische Polizei an und ließ sich bestätigen, daß sie heute die Hotels und Absteigen von Kairo überprüfen werde.

Dann nahm er Kontakt mit dem Abschirmdienst auf und bat, die Kontrolle von Ausweispapieren für ein paar Tage zu verschärfen.

Er riet dem britischen Generalzahlmeister, besondere Ausschau nach gefälschten Banknoten halten zu lassen.

Darauf informierte er den Funkabhördienst und forderte, auf einen neuen örtlichen Sender zu achten.

Schließlich befahl er einem Sergeanten seines Stabes, alle Radiogeschäfte in Unterägypten – von denen es nicht viele gab – zur Meldung jedes Verkaufs von Einzelteilen anzuweisen, mit denen sich Funkgeräte herstellen oder reparieren ließen.

Dann fuhr er zur Villa les Oliviers.

*

Das Haus hatte seinen Namen von einem kleinen, öffentlichen Garten auf der anderen Straßenseite erhalten, in dem nun ein Hain von Olivenbäumen blühte und weiße Blütenblätter auf das trockene, braune Gras fallen ließ.

Die hohe Mauer des Gebäudes wurde von einem schweren geschnitzten Holztor unterbrochen. Vandam setzte die Füße auf die Verzierungen, kletterte über das Tor und sprang auf der anderen Seite in einen großen Hof. Die getünchten Wände waren verschmiert und schmuddelig, die Fenster mit den abblätternden Läden geschlossen. Er ging zur Mitte des Hofes und betrachtete den Steinbrunnen. Eine hellgrüne Eidechse jagte über den trockenen Boden.

Seit mindestens einem Jahr hatte hier niemand gewohnt. Vandam öffnete einen Laden, zerbrach eine Scheibe, um das Fenster zu entriegeln und kletterte über das Brett ins Haus. Es sieht nicht aus wie das Heim eines Europäers, dachte er, während er durch die dunklen, kühlen Räume ging. An den Wänden hingen keine Jagdbilder, und es gab keine säuberlichen Reihen bunt eingeschlagener Romane von Agatha Christie oder Dennis Wheatley. Auch die üblichen von Maples oder Harrods importierten Möbel fehlten. Statt dessen war das Haus mit großen Kisten und niedrigen Tischen, handgewebten Vorlegern und hängenden Gobelins ausgestattet.

Oben fand er eine verschlossene Tür. Er brauchte drei oder vier Minuten, um sie aufzutreten. Dahinter lag ein Arbeitszimmer.

Der Raum war sauber und ordentlich. Er enthielt ein paar recht luxuriöse Möbelstücke: einen breiten, niedrigen Diwan, der mit Samt überzogen war, einen handgeschnitzten Kaffeetisch, drei aufeinander abgestimmte antike Lampen, ein Bärenfell, einen wunderbar ziselierten Schreibtisch und einen Ledersessel.

Auf dem Schreibtisch befanden sich ein Telefon, eine saubere weiße Löschunterlage, ein Füllfederhalter mit Elfenbeingriff und ein trockenes Tintenfaß. In der Schublade fand Vandam Firmenberichte aus der Schweiz, Deutschland und den Vereinigten Staaten. Ein feines

Kaffeeservice aus gehämmertem Kupfer sammelte auf dem kleinen Tisch Staub. Auf einem Regal hinter dem Schreibtisch standen Bücher in mehreren Sprachen: französische Romane des 19. Jahrhunderts, das Shorter Oxford Dictionary, ein Band arabischer Dichtung mit erotischen Illustrationen – wie es Vandam schien – und eine deutsche Bibel.

Es gab keine persönlichen Dokumente.

Er sah keine Briefe.

Im ganzen Haus war kein einziges Foto.

Vandam setzte sich auf den weichen Ledersessel hinter dem Schreibtisch und musterte das Zimmer. Es war das Zimmer eines Mannes, das Heim eines weltoffenen Intellektuellen, der ebenso vorsichtig, präzise und reinlich zu sein schien wie sensibel und sinnlich.

Vandam war fasziniert.

Ein europäischer Name, ein vollkommen arabisches Haus. Eine Aufstellung über Investitionen in Büromaschinen, ein Band erotischer arabischer Verse. Eine antike Kaffeekanne und ein modernes Telefon. Zahlreiche Informationen über den Charakter des Mannes, aber kein einziger Hinweis, wo man ihn finden konnte.

Das Zimmer war sorgfältig aufgeräumt worden.

Es hätte Bankauszüge, Rechnungen von Handwerkern, eine Geburtsurkunde und ein Testament, Briefe einer Geliebten und Fotografien von Eltern oder Kindern enthalten müssen. Der Mann hatte all diese Dinge gesammelt und entfernt, so daß keine Spur seiner Identität zurückblieb, als habe er gewußt, daß eines Tages jemand nach ihm suchen werde.

»Alex Wolff, wer bist du?« sagte Vandam laut.

Er stand auf und verließ das Arbeitszimmer. Dann ging er durch das Haus und über den heißen, staubigen Hof. Er kletterte wieder über das Tor und ließ sich auf die Straße gleiten. Auf der anderen Seite des Fahrdamms, im Schatten der Olivenbäume, saß ein Araber

mit gekreuzten Beinen. Er trug eine grüngestreifte Galabiya und beobachtete Vandam gleichmütig. Der Engländer spürte keine Veranlassung, ihm seine Gründe
für den Einbruch zu erklären. Die Uniform eines britischen Offiziers war in dieser Stadt Autorität genug, um
fast alles zu rechtfertigen. Er dachte über andere Quellen nach, aus denen er Informationen über den Eigentümer des Hauses beziehen könnte: städtische Verzeich-
nisse, so dürftig sie waren; örtliche Händler, die das
Haus beliefert haben mochten, als es bewohnt war; sogar die Nachbarn. Er würde zwei seiner Männer darauf
ansetzen und Bogge irgendeine Geschichte erzählen, um
sich zu tarnen. Vandam bestieg sein Motorrad und trat
auf den Anlasser. Der Motor röhrte heftig, und er fuhr
davon.

3

WÜTEND UND VERZWEIFELT saß Wolff vor seinem
Haus und sah zu, wie der britische Offizier auf seinem Motorrad davonfuhr.

Er erinnerte sich daran, wie das Haus in seiner Jugend gewesen war: von lauten Gesprächen, Lachen und
Leben erfüllt. Dort, neben dem großen geschnitzten Tor,
hatte immer ein Wächter auf dem Boden gesessen, ein
schwarzer Hüne aus dem Süden, dem die Hitze nichts
ausmachte. Jeden Morgen rezitierte ein heiliger Mann,
alt und fast blind, im Hof aus dem Koran. In der Kühle
des Bogenganges saßen die Männer der Familie auf niedrigen Diwanen und rauchten ihre Wasserpfeifen, während ihnen junge Sklaven Kaffee in langhalsigen Gefä-
ßen servierten. Ein weiterer schwarzer Wächter stand
an der Tür zum Harem, hinter der die Frauen sich lang-

weilten und dick wurden. Die Tage waren lang und warm, die Familie war reich, und die Kinder wurden verwöhnt.

Der britische Offizier – mit seinen Shorts und seinem Motorrad, dem anmaßenden Gesicht und den neugierigen Augen, die vom Schatten der spitzen Uniformmütze verdeckt wurden – war hier eingebrochen und hatte Wolffs Kindheit entweiht. Wolff hätte gern das Gesicht des Mannes gesehen, denn er wollte ihn am liebsten eines Tages umbringen.

Während seiner ganzen Reise hatte er an dieses Haus gedacht: in Berlin und Tripolis und El Agheila, während des Schmerzes und der Erschöpfung in der Wüste. Bei seiner ängstlichen, hastigen Flucht aus Assiut war ihm die Villa als sicherer Hafen erschienen, ein Ort, an dem er sich nach der Reise erholen, säubern und ausheilen konnte. Er hatte sich darauf gefreut, im Bad zu liegen, im Hof Kaffee zu schlürfen und Frauen mit nach Hause in das große Bett zu bringen.

Jetzt würde er verschwinden und Distanz halten müssen.

Er hatte den ganzen Morgen draußen gewartet, bald auf und ab gehend, bald unter den Olivenbäumen sitzend, für den Fall, daß Captain Newman sich an die Adresse erinnerte und jemanden schickte, das Haus zu durchsuchen. Und vorher im Zug hatte er eine Galabiya gekauft, da er wußte, daß man nach einem Europäer, nicht nach einem Araber fahnden würde.

Es war ein Fehler gewesen, echte Papiere vorzuzeigen. Das wurde ihm im Rückblick klar. Er war daran gescheitert, daß er den Fälschungen der Abwehr mißtraute. Von anderen Spionen hatte er Schauergeschichten über grobe Irrtümer gehört, welche dem deutschen Geheimdienst auf Dokumenten unterliefen: verpfuschter Druck, Papier minderer Qualität, sogar orthographische Fehler in ganz normalen englischen Wörtern. In der Spionageschule, auf der er seinen Chiffrierlehrgang absolviert hatte, war das Gerücht umgegangen, daß jeder Polizist in England den Besitzer einer Lebensmittelkarte mit einer bestimmten Serie von Zahlen als deutschen Spion identifizieren könne.

Wolff hatte die Alternativen abgewogen und die scheinbar weniger riskante gewählt. Er hatte sich geirrt und seine Unterkunft verloren.

Seine Familie? Seine Mutter und sein Stiefvater waren tot, aber er hatte in Kairo drei Stiefbrüder und eine Stiefschwester. Es wäre schwer für sie, ihn zu verstekken. Man würde sie verhören, sobald die Briten die Identität des Villenbesitzers entdeckten, was schon heute der Fall sein konnte. Und wenn seine Verwandten auch um seinetwillen lügen mochten, die Diener würden mit Sicherheit reden. Außerdem konnte er ihnen eigentlich nicht trauen, denn als sein Stiefvater gestorben war, hatte Alex als ältester Sohn das Haus und einen weiteren Teil des Erbes erhalten, obwohl er Europäer und nur ein adoptierter Sohn war. Es hatte bittere Auftritte und Besprechungen mit Rechtsanwälten gegeben; Alex war unnachgiebig geblieben, und die anderen hatten ihm nie verziehen.

Sollte er ins Shepheard's Hotel ziehen? Auch das schied aus, denn man hatte dort sicher bereits die Beschreibung des Mörders von Assiut erhalten. Die anderen größeren Hotels würden sie ebenfalls bald bekommen. Damit blieben die Pensionen. Ob sie alarmiert wurden, hing von der Gründlichkeit der Polizei ab. Da die Briten betroffen waren, könnte die Polizei sich verpflichtet fühlen, peinlich genau zu sein. Aber die Geschäftsführer kleiner Gästehäuser hatten oft zuviel zu tun, um schnüffelnden Polizisten Aufmerksamkeit zu schenken.

Er verließ Garden City und steuerte auf die Innenstadt zu. Die Straßen waren noch geschäftiger und lauter als bei seiner Abreise aus Kairo. Es gab zahllose Uniformen, nicht nur britische, sondern auch australische, neuseeländische, polnische, jugoslawische, palästinensische, indische und griechische. Die schlanken, kecken ägyptischen Mädchen in ihren leichten Baumwollkleidern und mit ihrem schweren Schmuck behaupteten sich erfolgreich neben den rotgesichtigen, deprimierten Europäerinnen. Wolff schien, daß nicht mehr so viele ältere Frauen das traditionelle schwarze Gewand und den Schleier trugen. Die Männer begrüßten einander auf dieselbe überschwengliche Art wie früher. Sie holten mit dem rechten Arm aus, bevor sie die Hände mit lautem Klatschen aufeinanderprallen ließen; sie schüttelten sich wenigstens ein oder zwei Minuten lang die Hände, während sie die Schulter des anderen mit der Linken packten und aufgeregt plauderten. Die Bettler und Hausierer waren in großer Zahl vertreten und nutzten den Zustrom naiver Europäer aus. Wolff war in seiner Galabiya vor ihnen sicher. Doch die Ausländer wurden von Krüppeln, Frauen, deren Babys mit Fliegen übersät waren, Schuhputzern und Männern belagert, die alles mögliche verkauften, von gebrauchten Rasierklingen bis zu riesigen Füllfederhaltern, die garantiert sechs Monate lang schreiben sollten.

Der Verkehr war schlimmer geworden. Die langsamen, verlausten Straßenbahnen schienen voller als je; Fahrgäste hielten sich waghalsig draußen auf dem Trittbrett fest, zwängten sich in die Fahrerkabine oder saßen mit gekreuzten Beinen auf dem Dach. Die Busse und Taxis hatten nicht weniger Probleme. Es schien an Ersatzteilen zu mangeln, denn viele Autos hatten zerbrochene Scheiben, geplatzte Reifen und stotternde Motoren; außerdem fehlten ihnen Scheinwerfer und Scheibenwischer. Wolff sah zwei Taxis – einen uralten Morris und einen noch älteren Packard –, die sich nicht mehr aus eigener Kraft fortbewegen konnten und von Eseln gezogen wurden. Die einzigen brauchbaren Autos waren die monströsen amerikanischen Limousinen der reichen Paschas und die seltenen englischen Austins aus der Vorkriegszeit. Unter die Motorfahrzeuge mischten sich von Pferden gezogene Gharrys, die Maultierkarren der Bauern sowie Kamele, Schafe und Ziegen, deren Anwesenheit im Stadtzentrum durch das unwirksamste Gesetz der ägyptischen Rechtsordnung verboten war.

Und der Lärm – Wolff hatte den Lärm vergessen.

Die Straßenbahnen ließen ihre Glocken ständig klingeln. Bei Stauungen hupten alle Autos ununterbrochen, und wenn es keinen besonderen Anlaß gab, hupten sie aus Prinzip. Um nicht zurückzustehen, brüllten die Kutscher und Kameltreiber aus Leibeskräften. Viele Läden und Cafes ließen arabische Musik aus voll aufgedrehten, billigen Radios schmettern. Straßenhändler priesen ihre Ware an, und Fußgänger scheuchten sie davon. Hunde bellten, und kreisende Milane krächzten in der Luft. Von Zeit zu Zeit wurde alles vom Dröhnen eines Flugzeugs übertönt.

Dies ist meine Stadt, dachte Wolff. Hier können sie mich nicht fangen.

Es gab etwa ein Dutzend bekannte Pensionen für Touristen verschiedener Nationalität: für Schweizer, Österreicher, Deutsche, Dänen und Franzosen. Wolff schloß alle als zu auffällig aus. Schließlich erinnerte er sich an ein billiges Gästehaus, das von Nonnen im Bulaq, dem Hafenviertel, betrieben wurde. Es beherbergte vor allem Seeleute, die in Schleppdampfern und Feluken, beladen mit Baumwolle, Kohle, Papier und Stein, den Nil herunterkamen. Er konnte sicher sein, dort nicht ausgeraubt, infiziert oder ermordet zu werden, und niemand würde ihn dort vermuten.

Während er das Hotelviertel hinter sich ließ, verringerte sich die Menschenmenge auf den Straßen ein wenig. Er konnte den Fluß selbst nicht sehen, aber gelegentlich erkannte er, durch die zusammengedrängten Gebäude hindurch, das hohe dreieckige Segel einer Feluke.

Die Herberge war ein großes verfallenes Haus, die frühere Villa irgendeines Paschas. Nun hing ein bronzenes Kruzifix über der Wölbung des Eingangs. Eine schwarzgekleidete Nonne begoß ein winziges Blumenbeet vor dem Gebäude. Durch den Bogen sah Wolff einen kühlen, ruhigen Flur. Er hatte heute mit seinen schweren Koffern mehrere Meilen zu Fuß zurückgelegt und freute sich auf eine Erholungspause.

Zwei ägyptische Polizisten kamen aus der Herberge.

Wolff registrierte mit einem raschen Blick die breiten Ledergürtel, die unvermeidlichen Sonnenbrillen und die militärischen Frisuren. Seine Zuversicht ließ nach. Er wandte den Männern den Rücken zu und sprach die Nonne im Garten auf französisch an. »Guten Tag, Schwester.«

Sie richtete sich auf und lächelte ihm zu. »Guten Tag.« Sie war auffallend jung. »Möchten Sie ein Quartier?«

»Nein, nur Ihren Segen.«

Die beiden Polizisten kamen näher. Wolff straffte sich und bereitete seine Antworten vor, falls sie ihm Fragen stellen sollten. Er überlegte, welche Richtung am günstigsten wäre, wenn er davonlaufen müßte. Dann gingen sie vorbei, in ein Gespräch über Pferderennen vertieft.

»Gott segne Sie«, sagte die Nonne.

Wolff dankte ihr und ging weiter. Es war schlimmer, als er sich vorgestellt hatte. Die Polizei stellte überall Nachforschungen an. Ihm taten die Füße weh und seine Arme schmerzten unter der Last des Gepäcks. Er war enttäuscht und sogar ein wenig empört, denn diese Stadt, die für ihre Planlosigkeit berüchtigt war, schien sich ausgerechnet für ihn zu einer schlagkräftigen Operation durchgerungen zu haben. Wolff steuerte wieder auf das Stadtzentrum zu. Er begann, sich so wie in der Wüste zu fühlen, als ob er seit einer Ewigkeit unterwegs gewesen wäre, ohne sein Ziel zu erreichen.

In der Ferne erkannte er eine vertraute hochgewachsene Gestalt: Hussein Fahmy, ein alter Schulfreund. Wolff war für einen Moment wie gelähmt. Hussein würde ihn bestimmt aufnehmen, und vielleicht war ihm zu trauen. Aber er hatte eine Frau und drei Kinder, und wie sollte man ihm erklären, daß Onkel Achmed bei ihnen wohnen werde, daß es jedoch ein Geheimis sei und sein Name Freunden gegenüber nicht erwähnt werden dürfe ... Wolff wußte nicht einmal, wie er Hussein selbst alles erklären sollte. Hussein blickte in Wolffs Richtung, der sich rasch abwandte, die Straße überquerte und hinter einer Straßenbahn verschwand. Auf dem gegenüberliegenden Bürgersteig bog er schnell in eine Gasse ein, ohne zurückzuschauen. Nein, er konnte bei seinem alten Schulfreund keine Zuflucht suchen.

Die Gasse führte auf eine größere Straße, und Wolff merkte, daß er in der Nähe der deutschen Schule war. Ob sie noch geöffnet war? Viele Deutsche in Kairo waren interniert worden. Er ging auf die Schule zu und sah vor dem Gebäude eine Patrouille der Militärpolizei, die Papiere überprüfte. Er drehte sich um und kehrte dorthin zurück, woher er gekommen war. Er mußte von der Straße verschwinden.

Wolff fühlte sich wie eine Ratte in einem Labyrinth: Jeder Ausweg schien versperrt. Er entdeckte ein Taxi, einen großen alten Ford, unter dessen Haube Dampf hervorquoll. Er hielte es an und sprang hinein. Nachdem er dem Fahrer eine Adresse gegeben hatte, ruckte das Auto im dritten Gang an – es war offenbar der einzige, der funktionierte. Unterwegs stoppte der Fahrer zweimal, um Wasser in den kochenden Kühler zu gießen. Wolff drückte sich in den Rücksitz und versuchte, sein Gesicht zu verbergen.

Das Taxi brachte ihn zum koptischen Kairo, dem alten christlichen Ghetto.

Wolff bezahlte den Fahrer und stieg die Stufen zum Eingang des Ghettos hinab. Er gab der alten Frau, die den großen Holzschlüssel in der Hand hielt, ein paar Piaster, damit sie ihn einließ.

Es war eine Insel der Dunkelheit und Ruhe im stürmischen Meer von Kairo. Wolff schritt durch die engen Passagen und hörte leisen Gesang aus den Kirchen. Er kam an der Schule vorbei, der Synagoge und dem Keller, in den Maria den Säugling Jesus gebracht haben soll. Schließlich betrat er die kleinste der fünf Kirchen.

Der Gottesdienst begann gerade. Wolff stellte seine kostbaren Koffer neben eine Bank. Er verbeugte sich vor den Heiligenbildern an der Wand, näherte sich dem Altar, kniete nieder und küßte die Hand des Priesters. Dann kehrte er zu seiner Bank zurück und setzte sich.

Der Chor fing an, einen Abschnitt der Heiligen Schrift auf arabisch zu singen. Wolff machte es sich auf seinem Platz bequem. Bis zum Anbruch der Dunkelheit würde er hier sicher sein. Dann wollte er seinen letzten Versuch machen.

*

Das »Cha-Cha« zählte zu den großen Nachtklubs und lag in einem Garten neben dem Fluß. Es war zum Bersten voll, wie gewöhnlich. Wolff wartete in der Schlange britischer Offiziere und ihrer Mädchen, während die Safragis in den kleinsten Lücken zusätzliche Tische aufstellten. Auf der Bühne sagte ein Komiker: »Wartet nur, bis Rommel das Shepheard's Hotel erreicht, das wird ihn aufhalten.«

Wolff bekam schließlich einen Tisch und eine Flasche Champagner. Es herrschte drückende Hitze an diesem

Abend, die durch die Bühnenbeleuchtung noch gesteigert wurde. Die Zuschauer benahmen sich rüpelhaft; sie waren durstig, und da nur Champagner serviert wurde, wurden sie rasch betrunken. Sie begannen, nach dem Star der Show, Sonja el-Aram, zu rufen.

Zuerst mußten sie sich eine schwergewichtige Griechin anhören; sie sang »Ich werde von dir träumen« und »Ich habe niemanden« (was die Zuschauer zum Lachen brachte). Dann wurde Sonja angekündigt. Aber sie erschien noch nicht. Das Publikum wurde lauter und ungeduldiger, während die Minuten verstrichen. Endlich, als ein Krawall kaum noch abwendbar schien, ertönte ein Trommelwirbel. Die Bühnenbeleuchtung wurde ausgeschaltet, und Stille trat ein.

Als der Scheinwerfer aufleuchtete, stand Sonja mit erhobenen Armen in der Mitte der Bühne. Sie trug eine transparente Hose und ein flitterbesetztes Oberteil, ihr Körper war weiß gepudert. Die Musik begann – Trommeln und eine Flöte –, und Sonja fing an, sich zu bewegen.

Wolff nippte an seinem Champagner und sah lächelnd zu. Sie war immer noch unübertroffen.

Langsam zuckte sie mit den Hüften, stampfte mit dem einen, dann mit dem anderen Fuß auf. Ihre Arme fingen an zu zittern, dann bewegten sich ihre Schultern, und ihre Brüste bebten. Ihr berühmter Bauch kreiste hypnotisch. Der Rhythmus verschärfte sich. Sie schloß die Augen. Jeder Teil ihres Körpers schien sich unabhängig von den anderen zu bewegen. Wolff hatte – wie viele Männer unter den Zuschauern – das Gefühl, mit ihr allein zu sein. Nur für ihn schien ihre Darbietung bestimmt, die keine Verstellung, keine magische Bühnenkunst war. Ihre sinnlichen Zuckungen wirkten zwanghaft, als werde sie von ihrem üppigen Körper zu sexueller Raserei getrieben.

Das schwitzende Publikum war konzentriert, still,

gebannt. Sie wurde immer schneller, wie in Trance. Die Musik erreichte donnernd ihren Höhepunkt. In dem Moment des Schweigens, der folgte, stieß Sonja einen kurzen durchdringenden Schrei aus. Dann fiel sie nach hinten, die Beine untergeschlagen, die Knie gespreizt, bis ihr Kopf die Bühnenbretter berührte. Sie blieb eine Sekunde in dieser Position, dann erloschen die Lichter. Die Zuschauer erhoben sich und klatschten begeistert.

Die Lichter gingen an, und sie war verschwunden. Sonja ließ sich nie auf Zugaben ein.

Wolff stand auf. Er gab einem Kellner ein Pfund – drei Monatsgehälter für die meisten Ägypter –, um hinter die Bühne geführt zu werden. Der Kellner zeigte ihm die Tür zu Sonjas Garderobe und entfernte sich.

»Wer ist da?«

Wolff trat ein.

Sonja saß auf einem Hocker, hatte sich einen Seidenumhang übergeworfen und schminkte sich ab. Sie sah ihn im Spiegel und wirbelte herum.

»Hallo, Sonja«, sagte Wolff.

Sie starrte ihn an. Nach einigen Sekunden erwiderte sie: »Du Lump.«

*

Sie hatte sich nicht verändert. Sonja war eine hübsche Frau. Sie hatte glänzendes schwarzes Haar, lang und kräftig; große, leicht hervortretende braune Augen mit dichten Wimpern; hohe Wangenknochen, die ihr Gesicht vor Rundheit bewahrten und ihm Form gaben; eine gebogene Nase von anmutiger Arroganz; und einen vollen Mund mit gleichmäßigen, weißen Zähnen. Ihr Körper schien nur aus weichen Kurven zu bestehen, aber da sie die Durchschnittsgröße um fünf Zentimeter übertraf, wirkte sie nicht üppig.

Ihre Augen blitzten vor Zorn. »Was hast du hier zu suchen? Wo warst du? Was ist mit deinem Gesicht los?«

Wolff stellte seine Koffer ab und setzte sich auf den Diwan. Er schaute zu ihr auf. Sie hatte die Hände auf die Hüften gestützt und das Kinn vorgereckt; die Konturen ihrer Brüste waren von grüner Seide umhüllt. »Du bist schön«, sagte er.

»Verschwinde.«

Er musterte sie eingehend. Er kannte sie zu gut, um sie gern zu haben oder abzulehnen: Sie war ein Teil seiner Vergangenheit, wie ein alter Freund, der immer ein Freund bleibt, einfach weil er immer dagewesen ist. Was mochte Sonja in den Jahren erlebt haben, seit er Kairo verlassen hatte. Hatte sie geheiratet, ein Haus gekauft, sich verliebt, ihren Manager gewechselt, ein Kind geboren? Am Nachmittag, in der kühlen, düsteren Kirche, hatte er lange darüber nachgedacht, wie er sich ihr nähern sollte. Aber er war zu keinem Schluß gekommen, da er nicht genau wußte, wie sie sich verhalten würde. Er war immer noch nicht sicher. Sie schien Zorn und Verachtung zu empfinden, aber waren das ihre wahren Gefühle? Sollte er charmant und amüsant, aggressiv und zudringlich oder hilflos und inständig bittend auftreten?

»Ich brauche Hilfe«, erklärte er ruhig.

Ihre Miene änderte sich nicht.

»Die Briten sind hinter mir her«, fuhr er fort. »Sie beobachten mein Haus, und alle Hotels haben meine Beschreibung. Ich kann nirgends schlafen. Laß mich zu dir ziehen.«

»Geh zum Teufel!«

»Ich möchte dir erklären, weshalb ich dich verlassen habe.«

»Nach zwei Jahren ist keine Entschuldigung gut genug.«

»Nur eine Minute. Das bist du mir nach allem schuldig.«

»Ich schulde dir nichts.« Sie betrachtete ihn noch einen Moment lang gereizt und öffnete dann die Tür. Wolff fürchtete, hinausgeworfen zu werden. Er musterte ihr Gesicht, während sie, den Türgriff in der Hand, seinem Blick standhielt. Dann steckte sie den Kopf hinaus und rief: »Bringt mir was zu trinken!«

Wolff atmete auf.

Sonja schloß die Tür. »Eine Minute.«

»Willst du wie eine Gefängniswärterin auf mich aufpassen? Ich bin nicht gefährlich.« Er lächelte.

»Oh doch«, entgegnete sie, kehrte aber zu ihrem Hocker zurück und beschäftigte sich wieder mit ihrem Make-up.

Er zögerte. Wie konnte er ihr erklären, weshalb er sie ohne ein Abschiedswort verlassen und seitdem nie wieder mit ihr Kontakt aufgenommen hatte? Nichts klang überzeugender als die Wahrheit. So ungern er sein Geheimnis teilte, blieb ihm doch nichts anderes übrig, denn seine Lage war verzweifelt und Sonja seine einzige Hoffnung.

»Erinnerst du dich, daß ich 1938 in Beirut war?« fragte er.

»Nein.«

»Ich brachte dir ein Armband aus Jade mit.«

Ihre Augen trafen sich im Spiegel. »Ich habe es nicht mehr.«

Er wußte, daß sie log. »Ich reiste dorthin, um mit einem deutschen Heeresoffizier namens Heinz zu sprechen. Er forderte mich auf, im kommenden Krieg für Deutschland zu arbeiten. Ich war einverstanden.«

Sie drehte sich zu ihm, und nun entdeckte er in ihren Augen etwas, was ihn hoffen ließ.

»Sie befahlen mir, nach Kairo zurückzukehren und auf eine Nachricht zu warten. Vor zwei Jahren war es soweit. Sie wollten, daß ich nach Berlin reiste. Dort machte ich einen Lehrgang und arbeitete später auf dem Balkan und in der Levante. Im Februar wurde ich nach

Berlin zurückgerufen, um Instruktionen für einen neuen Auftrag zu erhalten. Man schickte mich hierher ...«

»Worauf willst du hinaus?« unterbrach sie ihn ungläubig. »Du bist ein *Spion*?«

»Ja.«

»Ich glaube dir nicht.«

»Sieh her.« Er nahm einen der beiden Koffer und öffnete ihn. »Dies ist ein Funkgerät, um Nachrichten an Rommel zu senden.« Er schloß den Koffer wieder und öffnete den anderen. »Dies sind meine Finanzen.«

Sie starrte die Banknotenstapel an. »Mein Gott! Ein Vermögen.«

Jemand klopfte an die Tür. Wolff schloß den Koffer. Ein Kellner kam mit einer Flasche Champagner in einem Eiskübel herein. Bei Wolffs Anblick fragte er: »Soll ich ein zweites Glas bringen?«

»Nein«, antwortete Sonja ungeduldig. »Raus.«

Der Kellner verschwand. Wolff öffnete die Flasche, füllte das Glas, reichte es Sonja und nahm selbst einen langen Zug aus der Flasche.

»Hör zu«, sagte er. »Unsere Armee siegt in der Wüste. Wir können ihr helfen. Unsere Kommandeure müssen über die britische Stärke unterrichtet werden: Anzahl der Soldaten, Art der Divisionen, Namen der Befehlshaber, Qualität von Waffen und Ausrüstung und – wenn möglich – Schlachtpläne. Hier in Kairo können wir diese Dinge herausfinden. Dann werden wir Helden sein, wenn die Deutschen die Macht übernehmen.«

»Wir?«

»Du kannst mich unterstützen. Und als erstes mußt du mir eine Unterkunft geben. Du haßt die Briten doch. Willst du nicht, daß sie davongejagt werden?«

»Ich würde es für jeden anderen tun, nur nicht für dich.« Sie trank ihren Champagner aus und füllte das Glas von neuem. Wolff nahm es ihr aus der Hand und nippte daran. »Sonja, wenn ich dir aus Berlin eine Postkarte geschickt hätte, hätten die Briten dich ins Gefängnis geworfen. Du darfst mir nicht böse sein. Jetzt kennst du doch den Grund.« Er senkte die Stimme. »Es wird wieder sein wie früher. Wir werden gutes Essen und den besten Champagner, neue Kleidung, wunderbare Partys und einen amerikanischen Wagen haben. Wir gehen nach Berlin – schließlich wolltest du dort schon immer tanzen –, und du wirst ein Star. Deutschland ist eine Nation ganz neuer Art. Wir werden die Welt beherrschen, und du kannst eine Prinzessin sein. Wir ...« Er unterbrach sich. Nichts schien auf sie Eindruck zu machen. Es war Zeit, seinen letzten Trumpf auszuspielen. »Wie geht's Fawzi?«

Sonja schlug die Augen nieder. »Das Luder ist weg.«

Wolff stellte das Glas ab und legte beide Hände an ihren Hals. Sie blickte zu ihm auf, ohne sich zu bewegen. Seine Daumen unter ihrem Kinn zwangen sie aufzustehen. »Ich werde eine neue Fawzi für uns finden«, flüsterte er. Er sah, daß ihre Augen plötzlich feucht geworden waren. Seine Hände strichen über den Seidenumhang, schoben sich über ihren Körper und streichelten ihre Schenkel. »Ich bin der einzige, der weiß, was du brauchst.« Er senkte den Mund, nahm ihre Lippen zwischen die Zähne und biß zu, bis er Blut schmeckte.

Sonja schloß die Augen. »Ich hasse dich«, stöhnte sie.

In der Kühle des Abends ging Wolff über den Treidelpfad am Nil auf das Hausboot zu. Die offenen Stellen in seinem Gesicht waren zugeheilt, und seine Eingeweide hatten sich beruhigt. Er hatte einen neuen weißen Anzug an und trug zwei Tüten mit Lebensmitteln, Delikatessen, die er bevorzugte. Der Inselvorort Samalek wirkte still und friedlich. Der rauhe Lärm Zentralkairos war über den breiten Wasserstreifen hinweg nur schwach zu hören. Der schlammige Fluß schwappte sanft gegen die Hausboote, die das Ufer säumten. In zahlreichen Formen und Größen, farbenprächtig gestrichen und luxuriös ausgestattet, glänzten sie in der Abendsonne.

Sonjas Boot war kleiner, aber großzügiger eingerichtet als die meisten. Ein Steg führte von dem Pfad zum Oberdeck, das die Brise durchließ, aber durch ein grünweiß gestreiftes Dach vor der Sonne geschützt wurde. Wolff ging an Bord und kletterte die Leiter hinunter. Das Innere war mit Möbeln vollgestopft: Sesseln, Diwanen, Tischen und Schränken, gefüllt mit Nippsachen. Im Bug lag eine winzige Küche. Von der Decke bis zum Boden reichende Vorhänge aus kastanienbraunem Samt teilten den Raum und trennten das Schlafzimmer ab. Hinter dem Schlafzimmer, im Heck, war das Bad. Sonja saß auf einem Kissen und bemalte ihre Zehennägel. Es war erstaunlich, wie schlampig sie aussehen konnte. Sie trug ein schmuddeliges Baumwollkleid, ihr Gesicht wirkte müde und ihr Haar ungekämmt. In einer halben Stunde, wenn sie sich zum Cha-Cha-Klub aufmachte, würde sie traumhaft aussehen.

Wolff stellte die Tüten auf den Tisch und begann sie zu leeren. »Französischer Champagner ... englische Marmelade ... deutsche Würste ... Wachteleier ... schottischer Lachs ...«

Sonja blickte verblüfft auf. »Niemand kann so etwas auftreiben, schließlich herrscht Krieg.«

Wolff lächelte. »In Kuleli gibt es einen kleinen griechischen Krämer, der sich an gute Kunden erinnert.«

»Ist er zuverlässig?«

»Er weiß nicht, wo ich wohne, und außerdem hat er den einzigen Laden in ganz Nordafrika, in dem man Kaviar kaufen kann.«

Sie trat auf ihn zu und steckte die Hand in eine der Tüten. »Kaviar!« Sie schraubte den Deckel des Glases ab und begann, mit den Fingern zu essen. »Ich habe keinen Kaviar gesehen, seit ...«

»Seit ich nicht mehr hier war«, vollendete Wolff. Er legte eine Flasche Champagner in den Kühlschrank. »Wenn du ein paar Minuten wartest, kannst du kalten Champagner dazu trinken.«

»Ich kann nicht warten.«

»Dein alter Fehler.« Er zog eine englischsprachige Zeitung aus einer der Tüten und blätterte sie durch. Es war eine lausige Zeitung, voll von Pressemeldungen. Die Kriegsnachrichten waren stärker zensiert als die der BBC, die sich jeder anhörte. Die Lokalberichte schienen erst recht verstümmelt. Es war illegal, Reden der offiziellen ägyptischen Oppositionspolitiker zu drucken. »Immer noch nichts über mich«, sagte Wolff. Er hatte Sonja von den Ereignissen in Assiut erzählt.

»Die Nachrichten verspäten sich immer«, erwiderte sie mit vollem Mund.

»Es hat andere Gründe. Wenn man von dem Mord berichtet, muß man das Motiv erwähnen. Wenn man es nicht tut, werden die Leute mißtrauisch. Die Briten wollen vertuschen, daß die Deutschen Spione in Ägypten haben. Es schadet ihrem Ansehen.«

Sie ging ins Schlafzimmer, um sich umzuziehen, und rief durch den Vorhang: »Heißt das, daß die Suche nach dir eingestellt ist?«

»Nein. Ich habe Abdullah im Suk getroffen. Er sagt, die ägyptische Polizei sei eigentlich nicht interessiert, aber ein gewisser Major Vandam mache immer noch Dampf.« Wolff ließ die Zeitung sinken und runzelte die Stirn. Er hätte gern gewußt, ob es sich bei Vandam um den Offizier handelte, der in die Villa les Oliviers eingebrochen war. Er ärgerte sich, daß er den Mann damals nicht genauer betrachten konnte, aber von der anderen Straßenseite war das Gesicht des Offiziers, durch die Mütze beschattet, nur ein dunkler Fleck gewesen. »Woher weiß Abdullah das?« fragte Sonja.

»Keine Ahnung.« Wolff zuckte die Achseln. »Er ist

ein Dieb und hört alles mögliche.« Er trat an den Eisschrank und nahm die Flasche heraus. Sie war noch nicht kühl genug, aber er hatte Durst. Er füllte zwei Gläser. Sonja hatte sich angezogen und kam hervor. Sie war tatsächlich wie umgewandelt: Ihr Haar lag makellos, das Gesicht war geschickt geschminkt, sie trug ein hauchdünnes, kirschrotes Kleid und dazu passende Schuhe. Ein paar Minuten später hörte man Schritte auf dem Steg, und jemand klopfte an die Luke. Sonjas Taxi war eingetroffen. Sie trank ihr Glas aus und verließ das Boot. Die beiden verabschiedeten sich nicht voneinander.

Wolff näherte sich dem Schrank, in dem er sein Funkgerät aufbewahrte. Er holte den englischen Roman und das Blatt Papier mit dem Codeschlüssel hervor und studierte das System. Es war der 28. Mai. Er mußte 42 – die Jahreszahl – zu 28 hinzuzählen, um die Seitenzahl des Romans zu erhalten, mit der seine Botschaft zu verschlüsseln war. Im Mai, dem fünften Monat des Jahres, mußte jeder fünfte Buchstabe auf der Seite übergangen werden.

Er wollte senden: HABE ZIELORT ERREICHT. ERSTE MELDUNG. BESTÄTIGEN. Er begann oben auf Seite 70 des Buches und suchte den Buchstaben H. Es war der zehnte, wenn man jedes fünfte Zeichen ausließ. In diesem Code würde er deshalb durch den zehnten Buchstaben des Alphabets – J – repräsentiert werden. Als nächstes benötigte er ein A. In dem Buch war es der dritte Buchstabe nach dem H. Das A von HABE würde also durch den dritten Buchstaben des Alphabets – C – verschlüsselt werden. Spezielle Methoden dienten dazu, seltene Buchstaben, zum Beispiel X, wiederzugeben.

Diese Art Code war eine Variation des einmal verwendbaren Tauschverfahrens, des einzigen Codes, der in Theorie und Praxis nicht zu brechen war. Um die Botschaft zu dechiffrieren, mußte ein Zuhörer sowohl das Buch als auch den Schlüssel haben.

Als er seine Botschaft chiffriert hatte, blickte er auf die Uhr. Er sollte um Mitternacht senden. Damit blieben ihm noch zwei Stunden, bis das Gerät sich warmlaufen mußte. Er schenkte sich ein weiteres Glas Champagner ein und beschloß, den Kaviar aufzuessen. Nachdem er einen Löffel gefunden hatte, nahm er das Glas. Es war leer. Sonja hatte nichts übriggelassen.

*

Die Runway war ein Wüstenstreifen, den man hastig von Kameldorn und größeren Steinen gesäubert hatte. Rommel schaute nach unten, während der Boden ihm entgegenkam. Der Fieseler Storch – das bewährte leichte Aufklärungs- und Verbindungsflugzeug des Zweiten Weltkriegs – landete wie eine Fliege mit Rädern. Das Flugzeug hielt an, und Rommel sprang heraus.

Zuerst schlug ihm die Hitze entgegen, dann der Staub. Oben, in der Luft, war es relativ kühl gewesen; nun hatte er das Gefühl, einen Hochofen zu betreten. Er fing an zu schwitzen. Sobald er einatmete, legte sich eine dünne Sandschicht über seine Lippen und seine Zungenspitze. Eine Fliege ließ sich auf seiner großen Nase nieder, er scheuchte sie fort.

Von Mellenthin, Rommels Nachrichtenoffizier, rannte über den Sand auf ihn zu; seine hohen Stiefel wirbelten Staubwolken auf. »Kesselring ist hier«, sagte er aufgeregt.

»Auch das noch«, knurrte Rommel.

Kesselring, der lächelnde Feldmarschall, stand für alles, was Rommel in den deutschen Streitkräften verabscheute. Er war Generalstabsoffizier, und Rommel haßte den Generalstab; er war einer der Begründer der Luftwaffe, die Rommel im Wüstenkrieg so oft im Stich gelassen hatte; und – das schlimmste – er war ein Snob. Eine seiner beißenden

Bemerkungen war Rommel zugetragen worden. Kesselring hatte sich beklagt, daß Rommel zu barsch mit den ihm untergebenen Offizieren umspringe, und erklärt: »Man könnte vielleicht mit ihm darüber sprechen, wenn er nicht aus Württemberg stammte.« Diese Bemerkung war typisch für die Vorurteile, die Rommel während seiner ganzen Karriere zu bekämpfen hatte.

Von Mellenthin hinter sich, stapfte er durch den Sand zum Befehlswagen. »Wir haben General Cruewell gefangengenommen«, sagte von Mellenthin. »Ich mußte Kesselring bitten, das Kommando zu übernehmen. Er hat den ganzen Nachmittag versucht herauszufinden, wo Sie waren.«

»Noch schlimmer«, antwortete Rommel mürrisch.

Sie stiegen hinten in das Befehlsfahrzeug, einen riesigen Lastwagen. Der Schatten war willkommen. Kesselring hatte sich über eine Karte gebeugt und wedelte Fliegen mit der linken Hand fort, während er mit der rechten einer Linie folgte. Er blickte auf und lächelte. »Mein lieber Rommel, Gott sei Dank, daß Sie zurück sind«, sagte er mit sanfter Stimme.

Rommel nahm die Mütze ab. »Ich habe eine Schlacht geschlagen«, grunzte er.

»Das habe ich gehört. Was ist geschehen?«

Rommel zeigte auf die Karte. »Das ist die Ghasala-Front.« Es war eine durch Minenfelder verbundene Linie befestigter »Boxen«, die von Ghasala an der Küste fünfzig Meilen südlich in die Wüste verlief. »Wir schlugen einen Haken um das südliche Ende der Front und griffen sie in ihrem Rücken an.«

»Gute Idee. Was ist schiefgegangen?«

»Wir hatten kein Benzin und keine Munition mehr.« Rommel setzte sich. Plötzlich war er sehr müde. »Wieder einmal«, fügte er hinzu.

Kesselring war als Oberbefehlshaber Süd für Rommels Nachschub verantwortlich, doch der Feldmarschall schien die Kritik nicht zu bemerken.

Eine Ordonnanz brachte auf einem Tablett Becher mit Tee. Rommel nippte nur – es war Sand darin.

Kesselring sagte im Konversationston: »Heute nachmittag habe ich eine ungewöhnliche Erfahrung gemacht. Ich habe mich nämlich in die Rolle eines Ihrer untergeordneten Kommandeure versetzt.«

Rommel räusperte sich. Offenbar mußte er sich auf eine sarkastische Bemerkung gefaßt machen. Aber er wollte jetzt nicht mit Kesselring debattieren, er wollte über die Schlacht nachdenken.

»Es war enorm schwierig«, fuhr Kesselring fort, »da meine Hände durch ein Hauptquartier gebunden waren, das keine Befehle erteilte und nicht zu erreichen war.«

»Ich war im Herzen der Schlacht und gab meine Befehle an Ort und Stelle.«

»Immerhin hätten Sie Kontakt halten können.«

»So kämpfen die Briten«, entgegnete Rommel schroff. »Die Generäle sind weit hinter der Front und halten Kontakt. Aber ich siege. Wenn ich Nachschub hätte, wäre ich jetzt schon in Kairo.«

»Sie marschieren nicht nach Kairo«, sagte Kesselring heftig. »Sie marschieren nach Tobruk. Dort bleiben Sie, bis ich Malta genommen habe. Das sind die Befehle des Führers.«

»Selbstverständlich.« Rommel wollte sich nicht wieder auf diese Diskussion einlassen, noch nicht. Tobruk war das unmittelbare Ziel. Wenn dieser befestigte Hafen erobert war, konnten die Konvois aus Europa – so unzulänglich sie waren – direkt die Front erreichen. Das würde die lange, so viel Benzin verbrauchende Fahrt durch die Wüste überflüssig machen. »Und um nach Tobruk zu kommen, müssen wir die Ghasala-Front durchbrechen.«

»Was ist Ihr nächster Schritt?«

»Wir weichen zurück und formieren uns neu.«

Der Feldmarschall zog die Augenbrauen hoch. Er wußte,

wie sehr Rommel den Rückzug haßte. »Und was wird der Feind unternehmen?« Kesselring richtete die Frage an von Mellenthin, der als Ic, also als Feindlageoffizier, für die Beurteilung der Feindsituation verantwortlich war.

»Er wird nachsetzen, aber nicht sofort«, antwortete von Mellenthin. »Zum Glück dauert es immer einige Zeit, bis er seinen Vorteil nutzt. Aber früher oder später wird er einen Durchbruchversuch machen.«

»Die Frage ist: wann und wo?« warf Rommel ein.

»Genau«, stimmte von Mellenthin zu. Er schien zu zögern. »Ein Punkt der heutigen Berichte dürfte Sie interessieren, Herr General. Der Spion hat sich gemeldet.«

»Der Spion?« Rommel runzelte die Stirn. »Ach ja!« Ihm fiel ein, daß er zu der Oase von Gialo, tief in der Libyschen Wüste, geflogen war, um dem Spion letzte Instruktionen zu geben, bevor dieser seine lange Wanderung begann. Wolff war sein Name. Rommel war von seinem Mut beeindruckt gewesen, hatte seine Chancen aber pessimistisch eingeschätzt. »Von wo hat er gesendet?«

»Kairo.«

»Er ist also angekommen. Wenn er dazu fähig ist, kann er alles schaffen. Vielleicht kann er uns vor dem Durchbruchversuch warnen.«

Kesselring schaltete sich ein: »Mein Gott, Sie wollen sich jetzt doch nicht etwa auf Spione verlassen?«

»Ich verlasse mich auf niemanden!« erwiderte Rommel. »Ich bin es, auf den sich alle anderen verlassen.«

»Gut.« Kesselring blieb gelassen wie immer. »Sie wissen, daß Nachrichtendienste selten etwas taugen, und Nachrichten von Spionen sind die schlechtesten.«

»Zugegeben«, meinte Rommel, ruhiger geworden. »Aber ich habe so ein Gefühl, als ob es diesmal anders ist.«

»Das bezweifle ich.«

4

ELENE FONTANA BETRACHTETE ihr Gesicht im Spiegel und dachte: Ich bin 23 Jahre alt, es mußte sich eigentlich langsam bemerkbar machen.

Sie beugte sich vor und suchte nach Zeichen des Verfalls. Ihr Teint war vollkommen, ihre runden, braunen Augen waren so klar wie eine Gebirgsquelle, sie hatte keine Falten. Es war ein junges Gesicht, fein geschnitten, mit einem Ausdruck kindlicher Unschuld. Sie glich einem Sammler, der sein kostbarstes Stück untersucht; das Gesicht schien nicht ihr selbst, sondern einer anderen zu gehören. Elene lächelte, und das Gesicht im Spiegel lächelte zurück. Es war ein vertrautes, schwaches Lächeln, mit einem Anflug von Übermut. Sie wußte, daß es einen Mann aus der Fassung bringen konnte.

Sie nahm den Brief und las ihn noch einmal durch.

Meine liebe Elene,
leider ist alles vorbei. Meine Frau ist dahintergekommen. Wir haben uns versöhnt, aber ich mußte versprechen, Dich nie wiederzusehen. Natürlich kannst Du in der Wohnung bleiben, nur die Miete werde ich nicht mehr bezahlen. Es ist schade, daß es so kommen mußte, aber wir wußten ja beide, daß es nicht ewig dauern würde. Viel Glück.

Dein Claude

Einfach so, dachte sie. Sie zerriß den Brief. Claude, halb Franzose, halb Grieche, war ein dicker Geschäftsmann, der drei Restaurants in Kairo und eines in Alexandria besaß. Er war kultiviert, gutgelaunt und freundlich, aber wenn es darauf ankam, ließ er Elene im Stich. Er war der dritte in sechs Jahren.

Mit Charles, dem Makler, hatte es angefangen. Sie war siebzehn Jahre alt gewesen, ohne Geld und Arbeit, und hatte sich gefürchtet, nach Hause zu gehen. Charles hatte ihr die Wohnung eingerichtet und sie jeden Dienstagabend besucht. Sie warf ihn hinaus, nachdem er sie seinem Bruder angeboten hatte, als wäre sie ein Bonbon. Dann war Johnnie gekommen, der netteste der drei, der sich von seiner Frau scheiden lassen und Elene heiraten wollte. Sie hatte abgelehnt. Nun war es auch mit Claude vorbei.

Es war jedoch nicht allein die Schuld ihrer Liebhaber, daß die Affären zu Ende gegangen waren. Der eigentliche Grund lag bei ihr, und er hatte sich nie geändert: Elene war unglücklich. Sie dachte darüber nach, wie wohl ihr nächstes Verhältnis verlaufen werde. Alles würde so sein wie immer. Eine Zeitlang würde sie von ihren Ersparnissen in Barclays Bank an der Sharia Kasr-el-Nil leben; es gelang ihr immer, etwas zu sparen, wenn sie einen Mann hatte. Dann würde ihr Guthaben langsam zusammenschmelzen, sie würde in einer Tanztruppe arbeiten, in irgendeinem Club ein paar Tage lang die Beine in die Luft werfen und mit dem Hinterteil wackeln. Dann ... sie blickte durch den Spiegel hindurch und stellte sich ihren vierten Liebhaber vor. Vielleicht würde es ein Italiener sein, mit blitzenden Augen, glänzendem Haar und manikürten Händen. Sie könnte ihm in der Bar des Metropolitan Hotels begegnen, die von Reportern besucht wurde. Er würde sie ansprechen und ihr einen Drink anbieten. Ihr Lächeln würde ihn faszinieren. Sie würden sich für den nächsten Abend zum Dinner verabreden.

Elene würde atemberaubend aussehen. Alle Köpfe in dem Restaurant würden sich nach ihr umwenden, und er würde stolz sein. Sie würden sich noch öfter verabreden, und er würde ihr Geschenke mitbringen. Er würde einen ersten Annäherungsversuch machen, dann einen zweiten; der dritte würde erfolgreich sein. Sie würde seine Umarmungen genießen, die Berührungen, die Koseworte, und er würde sich wie ein König fühlen. Im Morgengrauen würde er sie verlassen, doch am selben Abend zurückkehren.

Sie würden nicht mehr zusammen in Restaurants gehen. ›Zu riskant‹, würde er sagen, doch er würde immer mehr Zeit in ihrer Wohnung verbringen und anfangen, die Miete und die Rechnungen zu bezahlen. Dann würde Elene alles haben, was sie wollte: ein Heim, Geld und Zuneigung. Sie würde sich fragen, weshalb sie sich so elend fühlte, und ihm eine Szene machen, wenn er eine halbe Stunde zu spät käme. Immer, wenn er seine Frau erwähnte, würde sie unversöhnlich schmollen. Sie würde seine Geschenke nachlässig annehmen, sich aber beklagen, wenn er ihr keine machte. Der Mann würde gereizt, aber unfähig sein, sie zu verlassen, denn inzwischen würde er sich nach ihren widerwilligen Küssen und ihrem vollkommenen Körper sehnen; und sie würde ihm im Bett immer noch das Gefühl geben, ein König zu sein.

Sie würde seine Konversation langweilig finden, mehr Leidenschaft von ihm verlangen, als er zu geben imstande wäre. Es würde zu Streitigkeiten und schließlich zur Krise kommen. Seine Frau würde mißtrauisch oder ein Kind krank werden, er würde eine sechsmonatige Geschäftsreise machen müssen, oder ihm würde das Geld ausgehen. Und Elene würde sich am Ausgangspunkt wiederfinden: dahintreibend, allein, verrufen – und ein Jahr älter.

Ihre Pupillen verengten sich, und sie erkannte wieder ihr Gesicht im Spiegel. Ihr Gesicht war an allem schuld, seinetwegen führte sie dieses sinnlose Leben. Du hast mich in die Irre geführt, dachte sie; du hast mir vorgetäuscht, jemand anders zu sein. Du bist nicht mein Gesicht, du bist eine Maske. Hör endlich auf, über mein Leben zu bestimmen.

Ich bin keine Schönheit der höheren Gesellschaft von Kairo, ich stamme aus den Slums von Alexandria.

Ich bin keine unabhängige, reiche Frau, sondern kaum besser als eine Hure.

Ich bin keine Ägypterin, sondern eine Jüdin.

Mein Name ist nicht Elene Fontana, sondern Abigail Asmani. Und ich möchte nach Hause.

Der junge Mann am Schreibtisch der Jewish Agency in Kairo trug ein schwarzes Käppchen. Abgesehen von ein paar dünnen Bartstoppeln, waren seine Wangen glatt. Er fragte sie nach ihrem Namen und ihrer Adresse. Sie vergaß ihren Vorsatz und nannte sich Elene Fontana.

Der junge Mann schien verwirrt. Sie war daran gewöhnt: Die meisten Männer gerieten aus der Fassung, wenn sie sie anlächelte. Er sagte: »Werden Sie – ich meine, haben Sie etwas dagegen, wenn ich Sie frage, weshalb Sie nach Palästina wollen?«

»Ich bin Jüdin«, antwortete sie abrupt. Sie konnte diesem Jungen nicht alles erklären. »Alle meine Verwandten sind tot. Ich vergeude mein Leben.«

»Welche Arbeit würden Sie in Palästina übernehmen?«

Daran hatte sie nicht gedacht. »Jede.«

»Es gibt vor allem landwirtschaftliche Arbeit.«

»In Ordnung.«

Er lächelte sanft. Langsam gewann er die Fassung zurück. »Ich möchte Ihnen nicht zu nahe treten, aber Sie sehen nicht aus wie eine Landarbeiterin.«

»Wenn ich mein Leben nicht ändern wollte, hätte ich nicht vor, nach Palästina zu gehen.«

»Ja.« Er spielte mit seinem Federhalter. »Was tun Sie zur Zeit?«

»Ich singe. Wenn ich kein Angebot bekomme, tanze ich, und wenn ich nicht tanzen kann, arbeite ich als Kellnerin.« Es entsprach fast der Wahrheit. Sie hatte alle drei

Tätigkeiten schon einmal ausgeübt, allerdings war sie nur beim Tanzen erfolgreich gewesen, und auch dafür war sie nicht allzu begabt. »Ich habe Ihnen schon gesagt, daß ich mein Leben vergeude. Was sollen all die Fragen? Nimmt Palästina nur noch Universitätsabsolventen auf?«

»Davon kann keine Rede sein, aber es ist sehr schwer hineinzukommen. Die Briten haben eine Quote festgelegt, und alle Plätze werden von Flüchtlingen vor den Nazis beansprucht.«

»Wieso haben Sir mir das nicht schon vorher gesagt?« fragte sie wütend.

»Aus zwei Gründen. Der eine ist, daß wir Leute illegal einschleusen können. Der andere ... der andere läßt sich nicht so leicht erklären. Wenn Sie einen Moment warten? Ich muß jemanden anrufen.«

Sie war immer noch verärgert. »Ich bin nicht sicher, daß es Zweck hat zu warten.«

»Es hat Zweck, das verspreche ich Ihnen. Nur ein oder zwei Minuten. Es ist ganz wichtig.«

»Also gut.«

Er ging in ein Hinterzimmer, um zu telefonieren. Elene wartete ungeduldig. Es wurde wärmer, und das Zimmer war schlecht belüftet. Sie kam sich ein wenig lächerlich vor, da sie so impulsiv hierhergekommen war, ohne sich Gedanken über die Emigration gemacht zu haben. Zu viele ihrer Entscheidungen kamen so zustande. Sie hätte vorhersehen müssen, daß man ihr Fragen stellen würde. Dann hätte sie sich Antworten zurechtlegen können. Außerdem hätte sie etwas weniger Auffälliges anziehen sollen.

Der junge Mann kam zurück. »Es ist so heiß«, sagte er. »Wollen wir über die Straße gehen und etwas Kaltes trinken?«

So war das also! Sie beschloß, ihn zurechtzuweisen, musterte ihn abschätzig und erwiderte: »Nein, Sie sind viel zu jung für mich.«

Er war schrecklich verlegen. »Oh, bitte mißverstehen Sie mich nicht. Ich möchte Sie nur mit jemandem bekannt machen.«

Elene wußte nicht, ob sie ihm glauben konnte. Aber sie hatte nichts zu verlieren und war durstig. »Einverstanden.«

Er öffnete ihr die Tür. Sie überquerten die Straße, wichen den wackligen Karren und klapprigen Taxis aus und wurden plötzlich von der lodernden Sonnenhitze umhüllt. Sie beugten sich unter eine gestreifte Markise und betraten das Cafe, das angenehm kühl war. Der junge Mann bestellte Zitronensaft. Elene entschied sich für Gin und Tonic.

»Sie können Leute illegal einschleusen?«

»Manchmal.« Er stürzte die Hälfte des Getränks hinunter. »Zum Beispiel, wenn der Betreffende verfolgt wird. Deshalb mußte ich Ihnen ein paar Fragen stellen.«

»Ich werde nicht verfolgt.«

»Eine andere Möglichkeit ist, daß jemand viel für unsere Sache getan hat.«

»Sie meinen, ich muß mir das Recht verdienen?«

»Vielleicht werden eines Tages alle Juden das Recht haben, in Palästina zu leben. Aber solange die Quoten bestehen, muß es Auswahlkriterien geben.«

Sie war versucht zu fragen: mit wem muß ich schlafen? Aber sie hatte ihn schon einmal falsch eingeschätzt. Trotzdem glaubte sie, daß er sie irgendwie ausnutzen wolle. »Was muß ich tun?«

Er schüttelte den Kopf. »Ich kann nicht mit Ihnen handeln. Ägyptische Juden dürfen nicht nach Palästina, außer in Sonderfällen, und Sie sind kein Sonderfall. Andere Möglichkeiten gibt es nicht.«

»Worauf wollen Sie also hinaus?«

»Sie können nicht nach Palästina, aber Sie können hier für unsere Sache kämpfen.«

»Woran hatten Sie gedacht?«

»Als erstes müssen wir die Nazis besiegen.«

Sie lachte. »Ich werde mein Bestes tun!«

Er ging nicht auf ihre Bemerkung ein. »Wir halten nicht viel von den Briten, aber jeder Feind Deutschlands ist unser Freund. Deshalb arbeiten wir im Moment mit dem britischen Geheimdienst zusammen. Ich glaube, daß Sie ihm helfen könnten.«

»Um Gottes willen! Wie?«

Ein Schatten fiel über den Tisch, und der junge Mann blickte auf. »Ah!« Er schaute Elene wieder an. »Ich möchte Ihnen meinen Freund Major William Vandam vorstellen.«

*

Er war ein hochgewachsener, kräftiger Mann. Seine breiten Schultern und muskulösen Beine waren die eines Athleten. Nun war er jedoch fast vierzig und erschlaffte schon ein wenig. Er hatte ein rundes, offenes Gesicht und drahtiges, braunes Haar, das sich vielleicht kräuseln würde, wenn es über die Einheitslänge hinauswachsen dürfte. Er schüttelte ihr die Hand, setzte sich und schlug die Beine übereinander. Dann zündete er sich eine Zigarette an und bestellte Gin. Seine Miene war streng, als halte er das Leben für sehr ernst und lehne jede Albernheit ab.

Elene glaubte, er sei ein typischer, steifer Engländer.

Der junge Mann von der Jewish Agency fragte ihn: »Was gibt's Neues?«

»Die Ghasala-Front hält stand, aber es wird sehr heftig gekämpft.«

Vandams Stimme überraschte sie. Englische Offiziere sprachen gewöhnlich mit dem gedehnten Ton der Oberklasse, der für gewöhnliche Ägypter Überheblichkeit symbolisierte. Vandam sprach präzise, aber leise, mit abgerundeten Vokalen und etwas guttural. Elene hatte das Gefühl, die Spur eines Provinzakzentes zu bemerken.

Sie beschloß, ihn zu fragen. »Woher sind Sie, Major?«

»Dorset. Weshalb fragen Sie?«

»Ihr Akzent hat mich darauf gebracht.«

»Der Südwesten von England. Sie sind sehr aufmerksam. Ich glaubte, keinen Akzent zu haben.«

»Er ist nur ganz schwach.«

Vandam steckte sich eine zweite Zigarette an. Elene beobachtete seine Hände. Sie waren lang und schmal und schienen nicht zu seinem Körper zu passen. Die Nägel waren sorgsam maniküriert, und die Haut war weiß, abgesehen von den bernsteinfarbenen Nikotinflekken.

Der junge Mann verabschiedete sich. »Major Vandam kann Ihnen alles erklären. Ich hoffe, daß Sie mit ihm zusammenarbeiten werden. Es ist sehr wichtig.«

Vandam schüttelte ihm die Hand und dankte ihm. Der junge Mann ging hinaus.

»Erzählen Sie mir von sich«, forderte der Major Elene auf.

»Nein. Erzählen *Sie* mir von sich.«

Er zog eine Augenbraue hoch, leicht verblüfft, ein wenig belustigt und plötzlich gar nicht mehr steif. »Einverstanden«, sagte er nach einem Moment. »Kairo ist voll von Offizieren und Soldaten, die Geheimnisse kennen. Sie sind über unsere Stärke, unsere Schwächen und unsere Pläne unterrichtet. Der Feind möchte diese Geheimnisse erfahren. Wir können sicher sein, daß die Deutschen jederzeit Leute in Kairo haben, die Informationen für sie sammeln. Es ist meine Aufgabe, sie daran zu hindern.«

»Sehr einfach.«

Er überlegte. »Einfach, aber nicht leicht.«

Elene merkte, daß er jedes ihrer Worte ernst nahm. Vielleicht lag es daran, daß er humorlos war, aber es gefiel ihr trotzdem: Männer behandelten ihre Konversation im allgemeinen wie die Hintergrundmusik in einer Cocktailbar, wie ein angenehmes, aber im Grunde unwichtiges Geräusch.

Er wartete. »Sie sind an der Reihe.«

Plötzlich hatte sie den Wunsch, ihm die Wahrheit zu sagen. »Ich bin eine lausige Sängerin und eine mittelmäßige Tänzerin, aber manchmal finde ich einen reichen Mann, der meine Rechnungen bezahlt.«

Er schwieg, doch er wirkte verblüfft.

»Schockiert?« fragte Elene.

»Haben Sie das nicht erwartet?«

Sie blickte zur Seite, denn ihr war klar, was er dachte. Bis jetzt hatte er sie höflich behandelt, als wäre sie eine ehrbare Frau aus seiner eigenen Gesellschaftsschicht. Nun hatte er seinen Irrtum eingesehen. Seine Reaktion war ganz verständlich, aber Elene empfand trotzdem Bitternis. »Tun das nicht die meisten Frauen, wenn sie heiraten, sie finden einen Mann, der die Rechnungen bezahlt?«

»Ja«, sagte er ernst.

Sie sah ihn an, Übermut packte sie. »Ich habe nur einen etwas größeren Verbrauch als die durchschnittliche Hausfrau.«

Vandam explodierte vor Lachen. Plötzlich war er ein anderer Mensch. Er warf den Kopf zurück, streckte Arme und Beine zur Seite und war ganz entspannt. Als sein Gelächter verstummt war, wirkte er für einen kurzen Moment gelöst. Sie grinsten einander an. Der Moment ging vorüber, und er schlug wieder die Beine übereinander. Schweigen. Elene kam sich vor wie ein Schulmädchen, das im Unterricht gekichert hat.

Vandam war wieder ernst geworden. »Informationen sind mein Problem. Niemand spricht mit einem Engländer. Deshalb brauche ich Sie. Da Sie Ägypterin sind, hören Sie Klatsch und Straßengespräche, von denen ich nie etwas erfahre. Und weil Sie Jüdin sind, hoffe ich, daß Sie so etwas an mich weitermelden.«

»Welche Art von Klatsch?«

»Ich bin an jedem interessiert, der Fragen nach der britischen Armee stellt.« Er unterbrach sich und schien zu überlegen, wieviel er ihr erzählen konnte. »Vor allem ... Im Moment suche ich einen Mann namens Alex Wolff. Er wohnte früher in Kairo und ist vor kurzem zurückgekehrt. Wahrscheinlich braucht er einen Unterschlupf und hat eine Menge Geld. Auf jeden Fall erkundigt er sich nach den britischen Streitkräften.«

Elene zuckte die Achseln. »Nach der langen Vorrede hatte ich etwas Dramatischeres erwartet.«

»Zum Beispiel?«

»Ich weiß nicht. Vielleicht, daß ich Walzer mit Rommel tanzen und seine Taschen leermachen soll.«

Vandam lachte wieder. Elene dachte: Ich könnte Gefallen daran finden.

»Wenn es auch ganz alltäglich ist, werden Sie's tun?«

»Mal sehen.« Aber sie hatte sich schon entschieden. Sie wollte nur das Gespräch ausdehnen, weil es ihr Spaß machte.

Vandam beugte sich vor. »Ich brauche Menschen wie Sie, Miß Fontana.« Ihr Name klang albern, wenn er so höflich ausgesprochen wurde. »Sie sind aufmerksam, Sie haben eine perfekte Tarnung, und Sie sind offensichtlich intelligent. Bitte, entschuldigen Sie, daß ich so direkt ...«

»Sie brauchen sich nicht zu entschuldigen. Ich bin geschmeichelt. Reden Sie weiter.«

»Die meisten meiner Leute sind nicht so zuverlässig. Sie tun es des Geldes wegen, während Sie ein besseres Motiv ...«

»Einen Moment«, unterbrach sie. »Ich möchte auch Geld haben. Wie wird die Sache bezahlt?«

»Das hängt von der Information ab, die Sie uns liefern.«

»Was ist das Minimum?«

»Nichts.«

»Das ist etwas weniger, als ich erhofft hatte.«

»Wieviel brauchen Sie?«

»Sie könnten den Gentleman spielen und meine Miete bezahlen.« Sie biß sich auf die Lippe. Es hatte billig geklungen.

»Wieviel?«

»Fünfundsiebzig im Monat.«

Vandams Brauen zuckten hoch. »Haben Sie etwa einen Palast?«

»Die Preise sind gestiegen. Haben Sie nicht davon gehört? Das liegt an all den englischen Offizieren, die dringend eine Unterkunft brauchen.«

»Touché.« Er runzelte die Stirn. »Sie müssen sich schon sehr nützlich machen, um fünfundsiebzig im Monat wert zu sein.«

Elene zog die Schultern hoch. »Warum lassen wir es nicht auf einen Versuch ankommen?«

»Sie verstehen zu feilschen.« Er lächelte. »In Ordnung, einen Monat auf Probe.«

Sie versuchte, sich ihren Triumph nicht anmerken zu lassen. »Wie nehme ich mit Ihnen Kontakt auf?«

»Schicken Sie mir eine Botschaft.« Er zog einen Bleistift und ein Stück Papier aus seiner Hemdtasche und begann zu schreiben. »Ich gebe Ihnen meine Adresse und Telefonnummer, im Großen Hauptquartier und zu Hause. Sobald ich von Ihnen höre, komme ich zu Ihnen.«

»Gut.« Sie schrieb ihre Adresse auf und fragte sich, was der Major von ihrer Wohnung halten würde. »Und wenn Sie beobachtet werden?«

»Spielt das eine Rolle?«

»Man könnte mich fragen, wer Sie sind.«

»Nun, Sie verzichten besser auf die Wahrheit.«

Sie grinste. »Ich werde sagen, daß Sie mein Liebhaber sind.«

Er sah zur Seite. »Wie Sie wollen.«

»Aber Sie müssen glaubhaft wirken.« Elene verzog keine Miene. »Sie müssen mir riesige Blumensträuße und Pralinenschachteln bringen.«

»Ich weiß nicht ...«

»Schenken Engländer ihren Geliebten keine Blumen und Pralinen?«

Er blickte sie unverwandt an. Sie bemerkte, daß er graue Augen hatte. »Ich weiß nicht«, sagte Vandam ruhig. »Ich hatte nie eine Geliebte.«

Elene dachte: Ich habe einen Fehler gemacht. »Dann müssen Sie noch viel lernen.«

»Bestimmt. Möchten Sie noch etwas trinken?«

Und jetzt bin ich entlassen, dachte sie. Sie sind etwas anstrengend, Major Vandam. Ich sehe eine gewisse Selbstgerechtigkeit, und Sie haben gern alles in der Hand. Sie sind so überlegen. Ich könnte Ihre Eitelkeit verletzen und Ihnen ein bißchen weh tun. »Nein, danke«, sagte sie. »Ich habe keine Zeit mehr.«

Er stand auf. »Ich freue mich darauf, von Ihnen zu hören.« Sie schüttelte ihm die Hand und ging. Irgendwie hatte sie das Gefühl, daß er sie nicht beobachtete.

*

Vandam zog für den Empfang in der Anglo-Ägyptischen Union Zivilkleidung an. Zu Lebzeiten seiner Frau wäre er niemals in die Union gegangen, die sie als »plebby« einschätzte. Er hatte sie gebeten, »plebejisch« zu sagen, damit sie nicht wie ein Snob klinge. Sie hatte geantwortet, sie sei ein Snob, und er möge gefälligst aufhören, seine klassische Erziehung vorzuführen. Vandam hatte sie damals geliebt, und er liebte sie immer noch. Ihr Vater, ein wohlhabender Mann, war Diplomat geworden, weil ihm nichts Besseres eingefallen war. Die Aussicht, daß seine Tochter den Sohn eines Briefträgers heiraten würde, hatte ihn nicht gerade erfreut. Auch als er hörte, Vandam sei Stipendiat einer weniger bekannten Public School gewesen und habe die Londoner Universität besucht, war seine Einstellung unverändert geblieben. Und es hatte ihn nicht einmal beeindruckt, daß Vandam als einer der hoffnungsvollsten Offiziere seiner Generation galt. Aber Angela war wie immer unnachgiebig gewesen, und schließlich hatte der Vater die Verbindung akzeptiert. Seltsamerweise kamen die Väter bei ihrer einzigen Begegnung recht gut miteinander aus. Aber die Mütter haßten sich, und weitere Familientreffen fanden nicht statt.

All das berührte Vandam kaum, auch nicht die Tatsache, daß seine Frau jähzornig und kleinlich sein konnte. Angela war anmutig, würdevoll und schön. Für ihn verkörperte sie alles Weibliche, und er hielt sich für einen Glückspilz. Der Gegensatz zu Elene Fontana hätte nicht auffälliger sein können.

Er fuhr mit seinem Motorrad zur Union. Diese BSA 350 war in Kairo sehr praktisch. Er konnte sie das ganze Jahr über benutzen, denn das Wetter war fast immer gut; und er konnte sich durch die Verkehrsstauungen schlängeln, die Taxis und andere Autos aufhielten. Dabei war es eine sehr schnelle Maschine, die ihn insgeheim faszinierte – ein Rückfall in seine Jugend, als er sich nach solchen Motorrädern gesehnt, sich aber keines hatte leisten können. Angela hatte es verabscheut, wie die Union war es für sie »plebby«, aber in diesem Punkt hatte Vandam sich entschlossen widersetzt.

Der Tag wurde kühler, als er vor der Union parkte. Er kam am Clubhaus vorbei, blickte durch ein Fenster und sah ein Billardspiel, das in vollem Gange war. Er widerstand der Versuchung und betrat den Rasen.

Er nahm ein Glas zyprischen Sherry, mischte sich unter die Menge, nickte, lächelte und tauschte mit Bekannten Höflichkeiten aus. Für die abstinenten mohammedanischen Gäste wurde Tee gereicht, doch nicht viele waren erschienen. Vandam probierte den Sherry und überlegte, ob man den Barkellnern beibringen könnte, einen Martini zu mixen.

Er blickte über den Rasen zum ägyptischen Offiziersclub und wünschte sich, dort die Gespräche belauschen zu können. Jemand nannte seinen Namen. Vandam drehte sich um und stand der Ärztin gegenüber. Wieder mußte er nachdenken, bevor er sich an ihren Namen erinnerte. »Dr. Abuthnot.«

»Hier brauchen wir nicht so förmlich zu sein. Ich heiße Joan.«

»William. Ist Ihr Mann hier?«

»Ich bin nicht verheiratet.«

»Entschuldigen Sie.« Plötzlich sah er sie in einem anderen Licht. Sie war ledig, er war Witwer, und man hatte sie dreimal innerhalb einer Woche zusammen gesehen. Inzwischen dürfte die englische Kolonie in Kairo sie praktisch miteinander verlobt haben. »Sie sind Chirurgin?«

Sie lächelte. »Im Moment scheine ich nur Menschen zusammenzuflicken, aber es stimmt, vor dem Krieg war ich Chirurgin.«

»Wie haben Sie das geschafft? Der Beruf ist doch nicht leicht für eine Frau.«

»Ich habe darum gekämpft.« Sie lächelte immer noch, doch Vandam entdeckte einen grollenden Unterton. »Wie ich höre, sind Sie auch ein wenig unkonventionell.«

Vandam hielt sich selbst für ganz und gar konventionell. »Wieso denn das?« fragte er überrascht.

»Weil Sie Ihren Sohn allein aufziehen.«

»Ich habe keine Wahl. Wenn ich ihn nach England zurückschicken wollte, wäre ich nicht dazu in der Lage. Man bekommt nur eine Passage, wenn man Invalide oder General ist.«

»Aber Sie wollen es auch gar nicht.«

»Nein.«

»Genau das meine ich.«

»Er ist mein Sohn. Ich will nicht, daß er bei einem anderen aufwächst, und er auch nicht.«

»Das verstehe ich. Nur ... manche Väter würden es für ... unmännlich halten.«

Er zog die Augenbrauen hoch, und zu seiner Überraschung lief sie rot an. »Sie haben vermutlich recht. So habe ich die Sache noch nie betrachtet.«

»Ich schäme mich, weil ich neugierig gewesen bin. Möchten Sie noch etwas zu trinken?«

Vandam sah in sein Glas. »Ich glaube, ich sollte hineingehen, um einen echten Drink ausfindig zu machen.«

»Viel Glück.« Sie lächelte und wandte sich ab.

Er schritt über den Rasen auf das Clubhaus zu. Sie war eine attraktive Frau, und sie hatte keinen Zweifel daran gelassen, daß sie ihn besser kennenlernen wollte. Warum, zum Teufel, war sie ihm so gleichgültig? All diese Leute waren der Meinung, daß sie gut zueinander paßten.

Er ging hinein und gab dem Barkellner seine Bestellung: »Gin, Eis, eine Olive und ein paar Tropfen sehr trockenen Wermut.« Der Martini war nicht schlecht, und er trank zwei weitere. Wieder dachte er an Elene. Es gab tausend Frauen wie sie in Kairo, griechische, jüdische, syrische, palästinensische und ägyptische. Sie waren nur so lange Tänzerinnen, bis sie irgendeinen reichen Lebemann auf sich aufmerksam gemacht hatten. Die meisten von ihnen hatten wahrscheinlich den Wunsch, zu heiraten und ein großes Haus in Alexandria oder Paris oder Surrey zu führen, aber sie wurden fast immer enttäuscht.

Sie alle hatten zarte, braune Gesichter und geschmeidige Körper mit schlanken Beinen und kecken Brüsten. Vandam fand, daß Elene sich von den anderen abhob. Ihr Lächeln war bezaubernd. Daß sie in Palästina auf dem Land arbeiten könnte, erschien ihm kaum vorstellbar. Immerhin hatte sie einen Versuch gemacht und sich erst dann bereit erklärt, für Vandam zu arbeiten. Aber vermutlich war sie nicht anders als die anderen Tänzerinnen. Vandam interessierte sich nicht für diese Sorte Frauen.

Die Martinis begannen zu wirken. Er hatte Angst, den Ladys gegenüber ausfallend zu werden, bezahlte seine Rechnung und ging hinaus.

Er fuhr zum Großen Hauptquartier, um sich die letzten Nachrichten geben zu lassen. Wie es schien, hatte der Tag nach schweren Verlusten auf beiden Seiten – allerdings schwereren bei den Briten – ausgeglichen geendet. Es ist so verdammt entmutigend, dachte Vandam. Wir haben eine sichere Basis, guten Nachschub, überlegene Waffen und mehr Männer. Wir planen sorgfältig und kämpfen umsichtig, aber wir gewinnen nie etwas. Er fuhr nach Hause.

Gaafar hatte Lammfleisch mit Reis zubereitet. Vandam nahm beim Dinner noch einen Drink zu sich. Billy unterhielt sich mit ihm. Die heutige Geographiestunde hatte sich mit dem Weizenanbau in Kanada befaßt. Vandam hätte es vorgezogen, wenn die Schule dem Jungen etwas über das Land beibrachte, in dem er lebte.

Nachdem Billy ins Bett gegangen war, saß Vandam allein im Wohnzimmer, rauchte und dachte über Joan Abuthnot, Alex Wolff und Erwin Rommel nach. Sie alle bedrohten ihn auf ihre Weise. Als es draußen dunkel wurde, erschien ihm das Zimmer drückend eng. Vandam füllte sein Zigarettenetui und ging hinaus.

Die Stadt war jetzt genauso lebendig wie zu jeder anderen Tageszeit. Viele Soldaten, manche von ihnen sehr betrunken, drängten sich auf den Straßen. Es waren harte Männer, die in der Wüste gekämpft, den Sand, die Hitze, Bomben und Granaten ertragen hatten. Ihnen kamen die Einheimischen oft undankbar vor. Wenn ein Ladenbesitzer zu wenig Wechselgeld herausgab, in einem Restaurant zu hohe Preise verlangt wurden oder ein Barkellner die Bedienung verweigerte, fiel den Soldaten ein, daß ihre Freunde bei der Verteidigung Ägyptens in die Luft gejagt worden waren. Dann begannen sie, sich zu prügeln, Fenster einzuschlagen und Möbel zu Kleinholz zu machen. Vandam begriff, weshalb die Ägypter undankbar waren: Ihnen war gleichgültig, ob sie von den Briten oder den Deutschen unterdrückt wurden. Trotzdem hatte er wenig Sympathie für die Geschäftsleute von Kairo, die durch den Krieg ein Vermögen verdienten.

Er spazierte, mit einer Zigarette in der Hand, langsam dahin, genoß die kühle Nachtluft, blickte in die winzigen, vorn offenen Läden und weigerte sich, ein Baumwollhemd, das auf der Stelle maßgeschneidert werden sollte, zu kaufen, oder eine Lederhandtasche oder ein zerfleddertes Exemplar der Zeitschrift »Saucy Snips«. Ein Straßenverkäufer, der pornographische Bilder in der linken Jackentasche und Kruzifixe in der rechten hatte, amüsierte ihn. Er sah eine Gruppe von Soldaten, die sich beim Anblick zweier ägyptischer Polizisten, die Hand in Hand durch die Straße patrouillierten, vor Lachen schüttelten.

Er betrat eine Bar. Außer in britischen Clubs war es ratsam, auf Gin zu verzichten. Deshalb bestellte er Sibib, ein Anisgetränk, das trübe wurde, wenn man ihm Wasser zusetzte. Um 22.00 Uhr wurde die Bar auf gemeinsamen Beschluß der mohammedanischen Wafd-Regierung und des griesgrämigen Kommandeurs der Militärpolizei geschlossen. Vandams Augen waren schon ein wenig verschwommen, als er hinausging.

Vorbei an einem Schild mit der Aufschrift *FÜR TRUPPENANGEHÖRIGE VERBOTEN* betrat er die Birka. In den engen Straßen und Gassen saßen die Frauen auf den Stufen und beugten sich aus den Fenstern; sie rauchten, warteten auf Kunden und plauderten mit der Militärpolizei. Manche von ihnen sprachen Vandam an und boten ihren Körper auf englisch, französisch oder italienisch an. Er bog in einen engen Durchgang ein, überquerte einen verlassenen Hof und ging durch eine offene Tür ohne Kennzeichnung.

Vandam stieg die Treppe hoch und klopfte an eine Tür im ersten Stock. Eine Ägypterin mittleren Alters öffnete. Er zahlte ihr fünf Pfund und wurde eingelassen.

In einem großen, schwach beleuchteten Raum, der mit verblassendem Luxus ausgestattet war, setzte er sich auf ein Kissen und knöpfte sich den Hemdkragen auf. Eine junge Frau in Pluderhosen reichte ihm die Nargileh. Er sog den Haschischrauch mehrere Male tief in die Lungen. Bald überkam ihn wohlige Lethargie. Er lehnte sich auf die Ellbogen zurück und blickte sich um. Im Schatten des Zimmers entdeckte er vier andere Männer. Zwei waren Paschas, reiche arabische Landbesitzer, die nebeneinander auf einem Diwan saßen. Sie unterhielten sich leise. Ein Dritter, den das Haschisch beinahe eingeschläfert zu haben schien, sah englisch aus, wahrscheinlich war er Offizier wie Vandam. Der vierte saß in der Ecke und redete mit einem der Mädchen. Vandam hörte Gesprächsfetzen: Der Mann wollte das Mädchen offenbar mit nach Hause nehmen, sie diskutierten über den Preis. Der Mann kam ihm irgendwie bekannt vor, aber Vandam, betrunken und nun auch unter Rauschgifteinfluß, konnte ihn nicht mehr einordnen.

Eines der Mädchen kam auf ihn zu und nahm seine Hand. Sie führte ihn in eine Nische und schloß den Vorhang. Dann legte sie den Büstenhalter ab, sie hatte kleine braune Brüste. Vandam streichelte ihre Wange. Im Kerzenlicht veränderte sich ihr Antlitz ständig: mal alt, mal sehr jung, dann raubtierhaft, dann liebevoll. Einmal glich sie Joan Abuthnot. Aber schließlich, während er in sie eindrang, sah sie aus wie Elene.

5

ALEX WOLFF TRUG eine Galabiya und einen Fes; er stand dreißig Meter vom Großen Hauptquartier der Briten entfernt und verkaufte Papierfächer, die nach zweiminütiger Benutzung zerbrachen.

Die Verfolgungsjagd war abgeflaut. Seit einer Woche hatte er keine Briten gesehen, die Stichproben machten und Ausweise kontrollierten. Dieser Vandam konnte den Druck wohl nicht mehr aufrechterhalten.

Wolff war zum Großen Hauptquartier gegangen, sobald er sich einigermaßen sicher fühlte. Kairo zu erreichen, war ein Triumph gewesen. Aber der Triumph war verfrüht, wenn er seine Lage nicht dazu nutzen konnte, die von Rommel gewünschte Information zu beschaffen – und zwar bald. Er erinnerte sich an sein kurzes Gespräch mit Rommel in Gialo. Der Wüstenfuchs hatte überhaupt nicht listig gewirkt. Er war ein kleiner, unermüdlicher Mann mit dem Gesicht eines aggressiven Bauern: große Nase, nach unten verzogener Mund, gespaltenes Kinn, eine gezackte Narbe auf der linken Wange, das Haar so kurz geschnitten, daß unter seinem Mützenrand nichts zu sehen war. Er hatte gesagt: »Truppenanzahl, Divisionsnamen, im Feld und in Reserve, Ausbildungsstand. Panzerzahl, im Feld und in Reserve, technischer Zustand. Munitions-, Lebensmittel- und Treibstoffversorgung. Charakter und Einstellung der Kommandeure. Strategische und taktische Pläne. Sie sollen gut sein, Wolff. Ich hoffe, es stimmt.«

Es war leichter gesagt als getan.

Wolff konnte gewisse Informationen einholen, indem er einfach in der Stadt spazierenging. Er konnte die Uniformen der beurlaubten Soldaten beobachten und ihre Gespräche belauschen; so erfuhr er, welche Männer wo gewesen waren und wann sie zurückkehren würden.

Manchmal erwähnte ein Sergeant Toten- und Verletztenzahlen oder die verheerende Wirkung der 88-Millimeter-Kanonen, welche die Deutschen an ihren Panzern angebracht hatten. Er hatte einen Mechaniker klagen hören, daß neununddreißig der fünfzig neuen Panzer, die gestern eingetroffen waren, vor der Verwendung gründlich repariert werden müßten. Es waren nützliche Informationen, die er nach Berlin weitergeben konnte; dort würden Geheimdienstanalytiker sie mit anderen Bruchstücken zusammensetzen, um ein umfassendes Bild zu erhalten. Aber es war nicht das, was Rommel wollte.

Irgendwo im Großen Hauptquartier befanden sich Schriftstücke, in denen Detailinformationen wie diese standen: »Ausgeruht und neu ausgerüstet wird Division A, mit hundert Panzern und vollen Beständen, morgen Kairo verlassen, um sich mit Division B in Oase C zusammenzuschließen und einen Gegenangriff westlich von D für Samstagmorgen einzuleiten.«

Auf solche Schriftstücke hatte Wolff es abgesehen.

Für ihr Hauptquartier hatten die Briten eine Anzahl großer Häuser in dem Vorort Garden City requiriert (Wolff war dankbar, daß die Villa les Oliviers nicht erfaßt worden war). Die belegten Häuser waren von einem Stacheldrahtzaun umgeben. Uniformierte ließ man rasch durch das Tor, doch Zivilisten wurden angehalten und eingehend befragt, während die Posten Telefonate führten und sich die Angaben bestätigen ließen.

Es gab andere Hauptquartiere in anderen Gebäuden der Stadt; im Semiramis Hotel, zum Beispiel, war die Zentrale von »British Troops in Egypt« untergebracht, aber dies war das Große Hauptquartier Naher Osten, die entscheidende Stelle. Wolff hatte in der Spionageschule der Abwehr viel Zeit darauf verwandt, sich Uniformen, Regimentskennzeichen und die Gesichter von einigen hundert höheren britischen Offizieren einzuprägen. Nun hatte er an mehreren Morgen hintereinander beobachtet, wie große Stabsfahrzeuge ankamen; er hatte durch die Fenster gespäht und Oberste, Generäle, Admirale, Fliegermajore und sogar den Oberbefehlshaber selbst, Sir Claude Auchinleck, erkannt.

Die Angehörigen des Generalstabs fuhren mit dem Auto, doch ihre Adjutanten gingen zu Fuß. Jeden Morgen trafen die Captains und Majore mit ihren kleinen Aktentaschen ein. Gegen Mittag, nach der regelmäßig stattfindenden Morgenkonferenz, wie Wolff annahm, kamen einige von ihnen heraus; sie hatten immer noch ihre Aktentaschen bei sich.

Jeden Morgen folgte Wolff einem der Adjutanten.

Die meisten arbeiteten im Großen Hauptquartier, und ihre Geheimpapiere wurden am Abend im Büro eingeschlossen. Aber einige nahmen im Großen Hauptquartier zwar an der Morgenkonferenz teil, hatten jedoch ihre eigenen Büros in anderen Teilen der Stadt; sie mußten ihre Instruktionspapiere also unterwegs bei sich haben. Einer von ihnen ging zum Semiramis, zwei suchten die Kaserne in der Kasr-el-Nil auf, und ein vierter steuerte auf ein nicht gekennzeichnetes Gebäude in der Sharia Suleiman Pascha zu.

Wolff mußte sich mit dem Inhalt dieser Aktentaschen vertraut machen.

Heute würde eine Generalprobe stattfinden.

Während er in der glühenden Sonne darauf wartete, daß die Adjutanten herauskamen, dachte er an die letzte Nacht zurück, und ein Lächeln spielte um seine Mundwinkel unter dem neugewachsenen Schnurrbart. Er hatte Sonja versprochen, eine neue Fawzi für sie zu finden. Gestern abend war er in die Birka gegangen und hatte sich in Madame Fahmys Etablissement ein Mädchen ausgesucht. Sie war nicht wie Fawzi mit echter Begeisterung bei der Sache gewesen, aber sie taugte als zeitweiliger Ersatz. Sie hatten sich nacheinander, dann zusammen mit ihr vergnügt; dann hatten sie Sonjas seltsame, aufregende Spiele gespielt ... Es war eine lange Nacht gewesen.

Als die Adjutanten herauskamen, folgte Wolff den beiden, während sie zur Kaserne gingen.

Eine Minute später tauchte Abdullah aus einem Café auf und paßte sich seinem Schritt an.

»Diese beiden?« fragte Abdullah.

»Ja.«

Abdullah war ein fetter Mann mit einem stählernen Zahn. Er war einer der reichsten Männer in Kairo, doch im Gegensatz zu den meisten wohlhabenden Arabern äffte er die Europäer nicht nach. Er trug Sandalen, ein schmutziges Gewand und einen Fes. Sein fettiges Haar kräuselte sich um seine Ohren, und seine Fingernägel waren schwarz. Er bezog seinen Reichtum nicht aus dem Boden wie die Paschas oder aus dem Handel wie die Griechen, sondern aus Verbrechen.

Abdullah war ein Dieb.

Wolff mochte ihn gern. Er war listig, betrügerisch, grausam, großzügig und lachte ständig. Wolff schien er die uralten Laster und Tugenden des Nahen Ostens zu verkörpern. Seine Armee von Kindern, Enkeln, Neffen, Nichten und Cousins brach in Kairo seit dreißig Jahren in Häuser ein und raubte Taschen aus. Abdullah hatte seine Fühler überall: Er besaß einen Haschisch-Großhandel, hatte Einfluß bei Politikern, und ihm gehörte die Hälfte der Häuser in der Birka, auch das von Madame Fahmy. Zusammen mit seinen vier Frauen wohnte er in einem großen verrottenden Haus in der Altstadt. Sie folgten den beiden Offizieren ins moderne Stadtzentrum. »Willst du eine Aktentasche oder beide?« erkundigte Abdullah sich.

Wolff überlegte. Eine würde auf einen zufälligen Diebstahl deuten, zwei auf eine vorbedachte Aktion. »Eine«, sagte er. »Welche?«

»Das ist egal.«

Als er entdeckte, daß die Villa les Oliviers ihm keine Sicherheit mehr bot, hatte Wolff erwogen, Abdullah um Hilfe zu bitten. Doch er hatte sich dagegen entschieden. Abdullah hätte Wolff zwar auf unabsehbare Zeit verstecken können, wahrscheinlich in einem Bordell. Aber er hätte ihn mit Sicherheit an die Briten verraten. Abdullah teilte die Welt in zwei Bereiche: seine Familie und den Rest. Er war seiner Familie gegenüber vollkommen loyal und traute ihr uneingeschränkt, aber jeden anderen betrog er und erwartete ebenso, von anderen betrogen zu werden. Seine Geschäfte wurden auf der Basis gegenseitigen Mißtrauens abgewickelt. Wolff fand heraus, daß dieses System überraschend gut funktionierte.

Sie erreichten eine belebte Kreuzung. Die beiden Offiziere wichen dem Verkehr aus und überquerten die Straße. Wolff wollte ihnen folgen, da legte Abdullah ihm seine Hand auf den Arm.

»Hier werden wir's machen.«

Wolff blickte sich um, musterte die Gebäude, den Bürgersteig, die Kreuzung und die Straßenverkäufer. Er lächelte langsam und nickte. »Ideal.«

*

Es geschah am nächsten Tag.

Abdullah hatte tatsächlich die ideale Stelle für den Diebstahl gewählt. Eine geschäftige Nebenstraße mündete hier in eine Hauptstraße ein. An der Ecke lag ein Café mit Tischen davor, die den Bürgersteig um die Hälfte schmaler machten. Vor dem Café, an der Hauptstraße, war eine Bushaltestelle. Auch nach sechzig Jahren britischer Herrschaft hatte sich die Regel, an der Haltestelle Schlange zu stehen, in Kairo nicht durchgesetzt. Man drängte sich einfach auf dem ohnehin überfüllten

Bürgersteig. In der Seitenstraße war es etwas geräumiger, obwohl das Café auch hier Tische stehen hatte, denn es gab keine Haltestelle. Abdullah hatte diesen kleinen Nachteil bemerkt und ihn ausgeglichen, indem er zwei Akrobaten anwies, dort ihre Kunststücke vorzuführen.

Wolff saß am Ecktisch. Von dort konnte er die Haupt- und die Nebenstraße überschauen. Er machte sich Sorgen um alles, was schiefgehen könnte.

Die Offiziere würden heute vielleicht nicht zur Kaserne zurückkehren.

Sie könnten einen anderen Weg benutzen.

Vielleicht würden sie ihre Aktentaschen nicht bei sich haben. Die Polizei könnte zu früh eintreffen und alle Beteiligten verhaften.

Die Offiziere könnten den Jungen packen und ausfragen.

Abdullah könnte auf die Idee kommen, daß das Geld leichter zu verdienen sei, wenn er einfach Major Vandam anrief und ihm mitteilte, Alex Wolff befinde sich heute um 12.00 Uhr mittags im Café Nasif.

Wolff fürchtete sich vor dem Gefängnis. Er fürchtete sich nicht nur, der Gedanke flößte ihm Todesangst ein und ließ ihm trotz der Mittagssonne den kalten Schweiß ausbrechen. Er konnte ohne gutes Essen, Wein und Mädchen auskommen, wenn ihn die ungeheure, wilde Leere der Wüste tröstete. Und er konnte auf die Freiheit der Wüste verzichten und in einer überfüllten Stadt leben, wenn er über den Luxus der Zivilisation verfügte. Aber er war nicht in der Lage, beides aufzugeben. Es war sein geheimer Alptraum, von dem er nie jemandem erzählt hatte.

Um 11.45 Uhr watschelte Abdullahs große, schmuddelige Gestalt an dem Café vorbei. Seine Miene war ausdruckslos, doch seine kleinen schwarzen Augen glitten aufmerksam hin und her und überprüften seine Vorbereitungen. Er überquerte die Straße und verschwand aus dem Blickfeld.

Um 12.05 Uhr entdeckte Wolff zwei Militärmützen zwischen den vielen Köpfen in der Ferne.

Er rutschte auf den Stuhlrand.

Die Offiziere kamen näher. Sie hatten ihre Aktentaschen bei sich.

Auf der anderen Straßenseite heulte der Motor eines geparkten Wagens im Leerlauf auf.

Ein Bus blieb an der Haltestelle stehen, und Wolff dachte: Das kann Abdullah unmöglich geplant haben, es ist ein glücklicher Zufall.

Die Offiziere waren fünf Meter von Wolff entfernt.

Das Auto auf der anderen Straßenseite setzte sich plötzlich in Bewegung. Es war ein großer, schwarzer Packard mit mächtigem Motor und weicher amerikanischer Federung. Wie ein anstürmender Elefantenbulle – der Motor kreischte im ersten Gang – donnerte er, ohne Rücksicht auf den Verkehr der Hauptstraße, auf die Seitenstraße zu; seine Hupe heulte ständig. An der Ecke, knapp vor Wolff, rammte er den Kühler eines alten Fiats, eines Taxis.

Die beiden Offiziere standen neben Wolffs Tisch und starrten auf die Unfallszene.

Der Taxifahrer, ein junger Araber mit einem westlichen Hemd und einem Fes, sprang aus dem Wagen.

Ein junger Grieche in einem Mohairanzug hüpfte aus dem Packard.

Der Araber nannte den Griechen den Sohn eines Schweins. Der Grieche bezeichnete den Araber als Hinterteil eines verendeten Kamels.

Der Araber versetzte dem Griechen ein Ohrfeige, und der Grieche antwortete mit einem Schlag auf die Nase.

Die Menschen, die aus dem Bus stiegen, und diejenigen, die gewartet hatten, kamen näher.

In der Seitenstraße drehte sich der Akrobat, der auf dem

Kopf seines Kollegen stand, um, als wolle er dem Kampf zusehen. Er schien das Gleichgewicht zu verlieren und fiel zwischen die Zuschauer.

Ein kleiner Junge rannte an Wolffs Tisch vorbei. Wolff stand auf, zeigte auf den Jungen und rief so laut er konnte: »Haltet den Dieb!«

Der Junge huschte davon. Wolff lief hinter ihm her, und vier in der Nähe sitzende Gäste des Cafés sprangen auf und versuchten, den Jungen zu packen. Das Kind drängte sich zwischen die beiden Offiziere, die den Kampf auf der Straße beobachteten. Wolff und seine Helfer prallten auf sie und stießen beide zu Boden. Mehrere Leute schrien: »Haltet den Dieb!«, obwohl die meisten keine Ahnung hatten, wer der Dieb war. Einige Neuankömmlinge glaubten, es handele sich um einen der beiden Fahrer. Die Wartenden von der Bushaltestelle, die Zuschauer der Akrobaten und die meisten Gäste des Cafés drängten sich heran und begannen, den einen oder anderen der zwei Kontrahenten anzugreifen. Die Araber hielten den Griechen für den Schuldigen, alle anderen aber den arabischen Chauffeur. Mehrere Männer mit Stöcken schoben sich in den Menschenauflauf und schlugen blindlings auf die Köpfe ein. Sie wollten den Kampf beenden, erreichten jedoch genau das Gegenteil.

Jemand hob einen Caféhaus-Stuhl hoch und schleuderte ihn in die Menge. Zum Glück flog er zu weit und zertrümmerte die Windschutzscheibe des Packard. Nun aber eilten das Küchenpersonal und der Besitzer des Cafés heraus und stürzten sich auf jeden, der taumelte, stolperte oder auf ihrem Mobiliar saß. Alle brüllten sich in fünf verschiedenen Sprachen an. Vorüberfahrende Autos hielten an, weil die Insassen das Getümmel beobachten wollten. Der Verkehr staute sich in drei Richtungen, und jeder haltende Wagen ließ seine Hupe ertönen. Ein Hund riß sich von seiner Leine los und begann in rasender Erregung, Menschen in die Beine zu beißen. Alle verließen den Bus. Die raufende Menge wurde mit jeder Sekunde größer. Fahrer, die angehalten hatten, um sich den Spaß anzuschauen, bedauerten es bald, denn schnell tobte der Kampf auch um ihre Autos herum, und sie konnten nicht mehr vor- und zurückfahren. Sie mußten ihre Türen verriegeln und die Fenster hochkurbeln, während Männer, Frauen und Kinder, Araber, Griechen, Syrer, Juden, Australier und Schotten auf ihre Autodächer kletterten, sich auf den Kühlerhauben prügelten, auf die Trittbretter fielen und ihr Blut über den Lack schmierten.

Neben dem Café fiel jemand durch das Fenster eines Schneiderladens; eine erschrockene Ziege rannte in ein Souvenirgeschäft an der anderen Seite des Cafés und stieß die Tische mit den Porzellan-, Töpferei- und Glasartikeln um. Ein Pavian, der wahrscheinlich die Ziege geritten hatte, schwang sich behende über die Köpfe der Menge und verschwand in Richtung Alexandria. Ein Pferd schüttelte sein Geschirr ab und preschte zwischen den Autoreihen hindurch über die Straße. Aus einem Fenster über dem Café leerte eine Frau einen Eimer schmutzigen Wassers in das Getümmel. Niemand merkte es.

Endlich traf die Polizei ein.

Als die Menschen die Pfiffe hörten, schienen alle Schläge, Stöße und Beleidigungen plötzlich nicht mehr so wichtig. Die Kampfhähne rappelten sich hastig auf und machten sich davon, um nicht festgenommen zu werden. Die Menge wurde rasch kleiner. Wolff, der gleich am Anfang gestürzt war, erhob sich und schlenderte über die Straße. Er wollte das Ende des Spektakels beobachten. Nachdem man sechs Leuten Handschellen angelegt hatte, war alles vorbei; niemand kämpfte mehr, außer einer alten, schwarzgekleideten Frau und einem einbeinigen Bettler, die sich kraftlos hin und her stießen. Der Cafébesitzer, der Schneider und der Eigentümer des Souvenirgeschäfts rangen die Hände und machten den Polizisten Vorwürfe, weil sie nicht schneller gewesen seien. Insgeheim jedoch verdoppelten oder verdreifachten sie bereits den Schaden für die Versicherung.

Der Busfahrer hatte sich den Arm gebrochen, aber alle anderen waren mit Schnittwunden und Quetschungen davongekommen.

Es gab nur einen einzigen Todesfall: Der Hund hatte die Ziege gebissen, die danach geschlachtet werden mußte.

Als die Polizisten die beiden zusammengestoßenen Autos in Gang setzen wollten, entdeckten sie, daß Straßenbengel die Fahrzeuge aufgebockt und die Reifen gestohlen hatten.

Verschwunden war auch jede einzelne Glühbirne aus dem Bus – und außerdem eine Aktentasche der britischen Armee.

*

Alex Wolff war sehr zufrieden, während er zügig durch die Gassen von Alt-Kairo schritt. Noch eine Woche zuvor war es ihm fast unmöglich erschienen, dem Großen Hauptquartier Geheimnisse zu entlocken. Nun glaubte er, es geschafft zu haben. Abdullahs Idee, einen Straßenkampf zu inszenieren, war einzigartig gewesen.

Was wohl in der Aktentasche war?

Abdullahs Haus unterschied sich nicht von den anderen niedrigen Slumgebäuden. Seine rissige und abbröckelnde Fassade wurde in unregelmäßigen Abständen von kleinen unförmigen Fenstern durchbrochen. Der Eingang bestand aus einem türlosen Bogen mit einer dunklen Passage dahinter. Wolff senkte den Kopf unter dem Bogen, folgte der Passage und stieg eine steinerne

Wendeltreppe hoch. Oben angekommen, schob er einen Vorhang beiseite und betrat Abdullahs Wohnzimmer. Es war – wie sein Besitzer – schmutzig, bequem und reich. Drei kleine Kinder und ein junger Hund jagten einander um die teuren Sofas und ziselierten Tische. In einem Alkoven am Fenster arbeitete eine alte Frau an einem Gobelin. Eine weitere Frau verließ langsam das Zimmer, als Wolff eintrat. Hier gab es keine streng mohammedanische Trennung der Geschlechter wie in Wolffs Jugend. Abdullah saß, die Beine gekreuzt, in der Mitte des Fußbodens auf einem bestickten Kissen; er hatte ein Baby auf dem Schoß. Mit einem breiten Lächeln blickte er zu Wolff auf. »Mein Freund, welch ein Erfolg!«

Wolff ließ sich vor ihm auf den Boden nieder. »Es war großartig«, sagte er. »Sie sind ein Zauberer.«

»So ein Aufruhr! Und daß der Bus gerade im richtigen Moment kam und der Pavian wegrannte ...«

Wolff beobachtete verblüfft, womit Abdullah sich gerade beschäftigte. Auf dem Fußboden neben ihm lag ein Stapel Brieftaschen, Handtaschen, Portemonnaies und Uhren. Während der Araber sprach, nahm er eine kunstvoll gefertigte Lederbrieftasche in die Hand. Er zog ein Bündel ägyptischer Banknoten, ein paar Briefmarken und einen winzigen goldenen Kugelschreiber hervor und ließ sie unter seinem Gewand verschwinden. Dann warf er die Brieftasche zurück, hob eine Handtasche hoch und begann, sie zu durchstöbern.

Wolff war klar, woher die Sachen stammten. »Alter Schuft. Ihre Jungs haben in dem Getümmel eine Menge Taschen leergemacht.«

Abdullah grinste, wobei sein stählerner Zahn sichtbar wurde. »Wer will sich schon so viel Mühe machen und dann nur eine Aktentasche stehlen ...«

»Aber Sie haben die Aktentasche.«

»Natürlich.«

Wolff atmete auf. Doch Abdullah machte keinerlei Anstalten, ihm die Tasche zu geben. »Wo bleibt sie denn?«

»Sofort«, entgegnete Abdullah, rührte sich aber immer noch nicht. Einen Moment später sagte er: »Sie wollten mir bei Ablieferung noch fünfzig Pfund zahlen.«

Wolff zählte die Scheine ab, die unter dem schmutzigen Gewand untergebracht wurden. Abdullah beugte sich vor, drückte sich das Baby mit dem einen Arm an die Brust, griff mit dem anderen unter sein Kissen und zog die Aktentasche hervor.

Das Schloß war aufgebrochen, wie Wolff sofort bemerkte. Er war ungehalten: Irgendwann mußte die Doppelzüngigkeit schließlich aufhören. Aber er zwang sich, ruhig zu sprechen. »Sie haben sie schon geöffnet.«

Abdullah zuckte die Achseln. »Maalish«, antwortete er. Es war ein vielfältig verwendbares Wort, das gleichzeitig »Verzeihung« und »Na und?« bedeutete.

Wolff seufzte. Er war zu lange in Europa gewesen und hatte vergessen, was zu Hause Brauch war.

Er öffnete die Tasche und fand ein Bündel von zehn oder zwölf Blättern, alle eng beschrieben mit englischer Schrift. Während er zu lesen begann, stellte jemand eine winzige Kaffeetasse neben ihn. Er blickte auf und sah ein schönes junges Mädchen vor sich. »Ihre Tochter?« fragte er Abdullah.

Abdullah lachte. »Meine Frau.«

Das Mädchen war etwa vierzehn Jahre alt. Wolff konzentrierte sich wieder auf die Papiere.

Er las das erste und blätterte, immer erstaunter, den Rest durch.

Dann ließ er die Papiere sinken. »Du lieber Gott«, sagte er leise und fing an zu lachen.

Er hatte die kompletten Speisepläne der Kaserne für den Monat Juni gestohlen.

*

Vandam erklärte Oberstleutnant Bogge: »Ich habe einen Vermerk herausgegeben, in dem Offiziere daran erinnert werden, daß Stabspapiere nur in Ausnahmefällen mit in die Stadt genommen werden dürfen.«

Bogge saß an seinem großen geschwungenen Tisch und polierte einen roten Cricketball mit seinem Taschentuch. »Gute Idee. Da bleiben die Leute auf Draht.«

»Eine meiner Informantinnen, das neue Mädchen, von dem ich Ihnen erzählt habe ...«

»Die Nutte.«

»Ja.« Vandam widerstand der Versuchung, Bogge aufzuklären, daß »Nutte« nicht das richtige Wort für Elene sei. »Sie hat ein Gerücht gehört, daß Abdullah für den Aufruhr verantwortlich sei ...«

»Wer ist das?«

»Ein ägyptischer Diebeskönig, und zufällig ist er auch einer meiner Informanten, aber das ist für ihn nur ein kleiner Nebenerwerb.«

»Zu welchem Zweck wurde der Aufruhr denn organisiert, diesem Gerücht zufolge?«

»Diebstahl.«

»Ach so.« Bogge wirkte skeptisch.

»Viele Dinge wurden gestohlen, aber wir müssen mit der Möglichkeit rechnen, daß es den Dieben nur auf die Aktentasche ankam.«

»Eine Verschwörung!« sagte Bogge zweifelnd und belustigt. »Und wozu sollte dieser Abdullah hinter unseren Kantinenplänen her sein?« Er lachte.

»Er konnte nicht wissen, was die Aktentasche enthielt. Vielleicht hatte er einfach Geheimdokumente erwartet.«

»Ich wiederhole meine Frage«, meinte Bogge mit der Miene eines Vaters, der geduldig ein Kind belehrt. »Warum sollte er hinter Geheimdokumenten her sein?«

»Jemand könnte ihn dazu angestiftet haben.«

»Wer?«

»Alex Wolff.«

»Wer?«

»Der Messermörder von Assiut.«

»Also wirklich, Major, ich dachte, daß wir das nun endlich begraben hätten.«

Bogges Telefon klingelte, er nahm den Hörer ab. Vandam nutzte die Gelegenheit, sich ein wenig zu beruhigen. Wahrscheinlich war Bogges Problem, daß er sich nicht auf sein eigenes Urteilsvermögen verlassen konnte. Da ihm das Selbstbewußtsein fehlte, um echte Entscheidungen zu treffen, versuchte er, anderen immer eine Nasenlänge voraus zu sein und sich als Besserwisser aufzuspielen. So bewahrte er sich wenigstens die Illusion, clever zu sein. Natürlich hatte Bogge nicht die geringste Ahnung, ob der Diebstahl der Aktentasche bedeutsam war oder nicht. Er hätte Vandam zuhören und sich dann entscheiden können, doch davor hatte er Angst. Zu einer fruchtbaren Diskussion mit einem Untergebenen war er nicht fähig. Denn seine ganze intellektuelle Energie verwandte er darauf, einen Widerspruch ausfindig zu machen, Irrtümer zu entdecken oder fremde Ideen zu verhöhnen. Und wenn er sich auf diese Weise schließlich seine »Überlegenheit« bewiesen hatte, war die Entscheidung – mehr oder weniger zufällig – schon gefallen.

»Natürlich, Sir, ich werde mich sofort darum kümmern«, sagte Bogge. Vandam wunderte sich, daß er mit diesem Vorgesetzten schon so lange ausgekommen war. Der Oberstleutnant legte auf. »Also, wo waren wir?«

»Der Mörder von Assiut ist immer noch frei. Es könnte von Bedeutung sein, daß kurz nach seiner Ankunft in Kairo die Aktentasche eines Generalstabsoffiziers gestohlen wird.«

»Mit Kantinenplänen.«

Es geht schon wieder los, dachte Vandam. So beherrscht wie möglich sagte er: »Beim Geheimdienst glauben wir doch nicht an Zufälle, oder?«

»Sie brauchen mir keinen Vortrag zu halten, mein Junge. Sogar wenn Sie recht hätten, was könnten wir dann tun, von dem Vermerk abgesehen, den Sie schon verteilt haben?«

»Ich habe mit Abdullah gesprochen. Er behauptet, Alex Wolff nicht zu kennen. Ich glaube, er lügt.«

»Wenn er ein Dieb ist, könnten Sie doch der ägyptischen Polizei einen Wink geben.«

Und welchen Zweck hätte das? dachte Vandam. »Die ägyptische Polizei weiß über ihn Bescheid. Sie kann ihn nicht festnehmen, weil zu viele hohe Offiziere von ihm bestochen werden. Aber wir könnten ihn herbeischaffen und verhören, ihn ein wenig unter Druck setzen. Er ist ein Mann ohne Loyalität, beim geringsten Anlaß würde er die Seite wechseln ...«

»Der Nachrichtendienst des Generalstabs schafft keine Leute herbei und setzt sie unter Druck, Major ...«

»Der Abschirmdienst könnte es, oder sogar die Militärpolizei.«

Bogge lächelte. »Wenn ich mit dieser Geschichte von einem arabischen Diebeskönig, der Kantinenpläne stiehlt, zum Abschirmdienst ginge, würde man sich totlachen.«

»Aber ...«

»Wir haben lange genug darüber diskutiert, Major, genauer gesagt, zu lange.«

»Verdammt noch mal ...«

Bogge hob die Stimme. »Ich glaube nicht, daß der Aufruhr organisiert war, ich glaube nicht, daß Abdullah vorhatte, die Aktentasche zu stehlen, und ich glaube nicht, daß Wolff ein Nazi-Spion ist. Ist das klar?«

»Hören Sie, ich wollte nur ...«

»Ist das *klar*?«

»Ja, Sir.«

»Gut. Abtreten.« Vandam ging hinaus.

6

ICH BIN EIN kleiner Junge. Mein Vater hat mir gesagt, wie alt ich bin, aber ich habe es vergessen. Ich werde ihn noch einmal fragen, wenn er wieder nach Hause kommt. Mein Vater ist Soldat. Das, wohin er fährt, ist ein Sudan. Ein Sudan ist sehr weit.

Ich gehe zur Schule und lerne den Koran. Der Koran ist ein heiliges Buch. Ich lerne auch lesen und schreiben. Lesen ist leicht, aber Schreiben ist schwer, ohne alles schmutzig zu machen. Manchmal pflücke ich Baumwolle oder führe die Tiere zur Tränke.

Meine Mutter und meine Großmutter kümmern sich um mich. Meine Großmutter ist berühmt. Fast alle in der ganzen Welt kommen zu ihr, wenn sie krank sind. Sie gibt ihnen Medizin aus Kräutern.

Mir gibt sie Sirup. Ich mag ihn gern mit dicker Milch. Wenn ich auf dem Ofen in meiner Küche liege, erzählt sie mir Geschichten. Meine Lieblingsgeschichte ist die Ballade von Zahran, dem Helden von Denshway. Wenn sie mir die Geschichte erzählt, sagt sie immer, Denshway sei in der Nähe. Wahrscheinlich wird sie alt und vergeßlich, denn Denshway ist sehr weit weg. Ich bin einmal mit Abdel dorthin gegangen, und wir brauchten den ganzen Morgen.

In Denshway schossen die Briten auf Tauben, da zündete eine ihrer Kugeln eine Scheune an. Alle Männer des Dorfes rannten herbei, um herauszufinden, wer das Feuer angezündet hatte. Einer der Soldaten erschrak, als die starken Männer des Dorfes auf ihn zurannten, und feuerte auf sie. Es gab einen Kampf zwischen den Soldaten und den Dorfbewohnern. Niemand gewann den Kampf, aber der Soldat, der auf die Scheune geschossen hatte, wurde getötet. Bald kamen noch mehr Soldaten und verhafteten alle Männer im Dorf.

Die Soldaten machten ein Holzding, es heißt Galgen. Ich weiß nicht, was ein Galgen ist, aber darauf werden Menschen gehängt. Ich weiß nicht, was passiert, wenn ein Mensch gehängt wird. Einige Dorfbewohner wurden gehängt und andere ausgepeitscht. Über das Auspeitschen weiß ich Bescheid. Es ist die schlimmste Sache der Welt, sogar schlimmer als Hängen, glaube ich.

Zahran wurde als erster gehängt, denn er hatte am stärksten gegen die Soldaten gekämpft. Er ging mit erhobenem Kopf zum Galgen. Er war stolz, daß er den Mann getötet hatte, der das Feuer in der Scheune gemacht hatte.

Ich wünschte, ich wäre Zahran.

Ich habe noch nie einen britischen Soldaten gesehen, aber ich weiß, daß ich sie hasse.

Ich heiße Anwar el-Sadat, und ich werde einmal ein Held sein.

*

Sadat befingerte seinen Schnurrbart. Er war stolz darauf. Mit seinen 22 Jahren sah er in seiner Hauptmannsuniform fast wie ein Junge aus, der Krieg spielte. Doch der Schnurrbart ließ ihn älter wirken. Er brauchte so viel Autorität wie möglich, denn der Vorschlag, den er machen wollte, war, wie immer, etwas ausgefallen. Bei Versammlungen wie dieser gab er sich Mühe, so zu reden, als stünde die Handvoll Hitzköpfe, die zusammengekommen waren, wirklich kurz davor, die Briten aus Ägypten hinauszuwerfen.

Er ließ seine Stimme absichtlich etwas tiefer klingen, während er begann: »Wir alle haben gehofft, daß Rommel die Briten in der Wüste besiegen und dadurch unser Land befreien würde.« Er schaute sich im Zimmer um, denn er wollte jedem den Eindruck vermitteln, daß Sadat zu ihm persönlich sprach. »Aber nun haben wir sehr schlechte Nachrichten bekommen. Hitler hat sich bereit erklärt, den Italienern Ägypten zu übergeben.«

Sadat übertrieb: Dies war keine Nachricht, sondern ein Gerücht. Außerdem wußten die meisten Zuhörer, daß es ein Gerücht war. Doch melodramatisches Taktieren war an der Tagesordnung, und alle reagierten mit wütendem Gemurmel. Er fuhr fort: »Ich schlage vor, daß die Bewegung Freier Offiziere einen Vertrag mit Deutschland aushandelt, nach dem wir in Kairo einen Aufstand gegen die Briten organisieren, während die Deutschen uns Unabhängigkeit und Souveränität nach der britischen Niederlage garantieren.« Als er sprach, wurde ihm die Lächerlichkeit der Situation von neuem bewußt: Er, ein Bauernjunge, der gerade seinen Hof verlassen hatte, ließ sich vor einem halben Dutzend unzufriedener Subalternoffiziere über Verhandlungen mit dem Deutschen Reich aus. Aber wer sonst sollte das ägyptische Volk repräsentieren? Die Briten waren Eroberer, das Parlament war eine Marionette, und der König war Ausländer.

Es gab noch einen weiteren Grund für den Vorschlag, einen, der hier nicht zur Sprache kommen würde und den sich Sadat selbst sogar kaum in der Nacht eingestehen mochte: Abdel Nasser war mit seiner Einheit in den Sudan abkommandiert worden, und seine Abwesenheit verschaffte ihm, Sadat, die Chance, sich selbst zum Führer der Rebellenbewegung zu machen.

Er drängte den unwürdigen Gedanken zurück. Die anderen mußten zunächst seinem Vorschlag und dann der Methode zustimmen, wie man ihn durchführen könne.

Kemel sprach als erster. »Aber werden die Deutschen uns ernst nehmen?« fragte er.

Sadat nickte, als halte auch er dies für eine wichtige Überlegung. In Wirklichkeit hatte er diese Frage mit Kemel vorher vereinbart, denn sie sollte die Zuhörer auf eine falsche Fährte bringen. Das Problem war eigentlich, ob die Deutschen eine Vereinbarung mit einer Gruppe inoffizieller Rebellen einhalten würden. Aber Sadat wollte nicht, daß die Versammlung diesen Punkt diskutierte. Wahrscheinlich würden die Deutschen ihren Teil des Handels nicht einhalten. Falls die Ägypter nach einem Aufstand gegen die Briten aber von den Deutschen verraten würden, würden sie wohl einsehen, daß es für sie kein anderes Ziel gab als die Unabhängigkeit – und vielleicht würden sie sich den Mann zum Führer wählen, der den Aufstand organisiert hatte.

Harte politische Realitäten wie diese eigneten sich nicht für solche Versammlungen; sie waren zu kompliziert und beruhten auf allzu kühlen Berechnungen. Kemel war der einzige, mit dem Sadat über Taktik sprechen konnte. Er arbeitete als Detektiv bei der Polizei von Kairo; er war ein ausgekochter, bedächtiger Mann. Vielleicht hatte die Polizeiarbeit ihn zynisch gemacht.

Die anderen begannen, darüber zu palavern, ob der Plan Erfolg haben könne. Sadat beteiligte sich nicht an der Diskussion. Sollen sie doch reden, dachte er, das macht ihnen schließlich am meisten Spaß. Wenn es um Aktionen ging, enttäuschten sie ihn gewöhnlich. Während die anderen debattierten, erinnerte Sadat sich an die mißlungene Revolution des vergangenen Sommers. Sie hatte damit begonnen, daß der Scheich von el-Azhar predigte: »Wir haben nichts mit dem Krieg zu tun.« Dann hatte das ägyptische Parlament, in einem seltenen Anflug von Unabhängigkeit, seine Politik verkündet: »Rettet Ägypten vor der Geißel des Krieges.« Bis zu diesem Zeitpunkt hatte die ägyptische Armee Seite an Seite mit den Briten in der Wüste gekämpft, doch nun befahlen die Briten den Ägyptern, ihre Waffen niederzulegen und sich zurückzuziehen. Die Ägypter wollten sich nur zu gern zurückziehen, aber es widerstrebte ihnen, sich entwaffnen zu lassen.

Sadat erkannte eine gottgesandte Möglichkeit, Zwietracht zu säen. Er und viele andere junge Offiziere weigerten sich, ihre Waffen abzugeben, und planten, nach Kairo zu marschieren. Zu Sadats großer Enttäuschung gaben die Briten sofort nach und ließen ihnen ihre Waffen. Sadat versuchte weiterhin, den Funken der Rebellion zur Flamme der Revolution anzufachen, doch die Briten hatten ihn durch ihre Nachgiebigkeit ausmanövriert. Der Marsch auf Kairo war ein Fiasko. Sadats Einheit traf am Sammelpunkt ein, aber niemand sonst erschien. Die Soldaten säuberten ihre Fahrzeuge, setzten sich, warteten eine Weile und fuhren dann weiter in ihr Lager.

Sechs Monate später erlitt Sadat einen weiteren Mißerfolg. Diesmal hatte er mit dem dicken, ausschweifenden türkischen König von Ägypten zu tun. Die Briten stellten König Faruk ein Ultimatum: Entweder gebe er seinem Premier die Anweisung zur Bildung einer neuen, probritischen Regierung, oder er müsse abdanken. Unter Druck gesetzt, rief der König Mustafa el-Nahas Pascha zu sich und befahl ihm, eine neue Regierung zu bilden. Sadat war kein Royalist, aber er war Opportunist. Deshalb verkündete er, dies sei eine Verletzung der ägyptischen Souveränität, und die jungen Offiziere marschierten zum Palast, um dem König aus Protest zu huldigen. Erneut versuchte Sadat, die Rebellion weiterzutreiben. Er plante, den Palast zu einer symbolischen Verteidigung des Königs umzingeln zu lassen. Aber wieder war er der einzige, der zu der Aktion erschien.

In beiden Fällen war er tief enttäuscht und nahe daran gewesen, die Sache der Rebellen aufzugeben. In solchen Momenten hatte er die Ägypter zur Hölle gewünscht. Doch diese Momente vergingen, denn er wußte, daß es eine gute Sache war und er genug Verstand hatte, ihr nützlich zu sein.

»Aber wir haben kein Mittel, um mit den Deutschen Kontakt aufzunehmen.« Das war Imam, einer der Piloten. Sadat freute sich, daß sie schon darüber diskutierten, wie, nicht ob es zu tun sei.

Kemel hatte eine Antwort parat. »Wir könnten die Botschaft mit dem Flugzeug schicken.«

»Ja!« Imam war jung und ungestüm. »Einer von uns könnte eine Routinepatrouille fliegen, dann vom Kurs abweichen und hinter den deutschen Linien landen.«

Einer der älteren Piloten gab zu bedenken: »Bei seiner Rückkehr würde er die Abweichung rechtfertigen müssen ...«

»Er könnte überhaupt nicht zurückkommen«, sagte Imam. Seine vorher lebhafte Miene hatte sich plötzlich verfinstert.

»Er könnte mit Rommel zurückkommen«, warf Sadat ruhig ein.

Imams Augen leuchteten auf, und Sadat wußte, daß der junge Pilot sich vorstellte, mit Rommel an der Spitze einer Befreiungsarmee in Kairo einzumarschieren. Sadat beschloß, daß Imam die Botschaft überbringen sollte.

»Wir wollen uns über den Text der Botschaft einigen«, erklärte Sadat scheinbar demokratisch. Niemand bemerkte, daß eine Entscheidung darüber, ob man überhaupt eine Nachricht senden solle, nicht zur Debatte gestanden hatte. »Meiner Meinung nach sollten wir vier Punkte herausstellen: Erstens: Wir sind ehrliche Ägypter, die eine Organisation innerhalb der Armee besitzen. Zweitens: Wie ihr kämpfen wir gegen die Briten. Drittens: Wir sind in der Lage, eine Rebellenarmee aufzustellen, die an eurer Seite kämpft. Viertens: Wir werden einen Aufstand gegen die Briten in Kairo organisieren, wenn ihr euerseits die Unabhängigkeit und Souveränität Ägyptens nach der Niederlage der Briten garantiert.« Er unterbrach sich. Dann runzelte er die Stirn und fuhr fort: »Ich glaube, daß wir ihnen vielleicht ein Zeichen unserer Zuverlässigkeit schicken sollten.«

Schweigen. Kemel kannte auch die Antwort auf diese Frage, aber es würde besser aussehen, wenn sie von einem der anderen käme.

Imam wurde den Erwartungen gerecht. »Wir könnten der Botschaft ein paar nützliche militärische Informationen beilegen.«

Kemel gab nun vor, gegen die Idee zu sein. »Was für Informationen könnten *wir* schon bekommen! Ich kann mir nicht vorstellen ...«

»Luftaufnahmen von den britischen Positionen.«

»Wie wäre das möglich?«

»Wir können es bei einer Routinepatrouille mit einer gewöhnlichen Kamera tun.«

Kemel schien skeptisch. »Und wer entwickelt den Film?«

»Nicht nötig«, erwiderte Imam aufgeregt. »Wir können einfach die Negative schicken.«

»Nur einen Film?«

»So viele, wie wir wollen.«

»Ich glaube, Imam hat recht«, sagte Sadat. Wieder diskutierten sie die Durchführbarkeit einer Idee statt ihrer Risiken. Nun war nur noch ein Hindernis zu überwinden. Sadat wußte aus bitterer Erfahrung, daß diese Rebellen so lange mutig waren, bis es um Kopf und Kragen ging. »Damit bleibt nur noch die Frage, wer von uns die Maschine fliegt.« Er blickte sich im Zimmer um und ließ die Augen schließlich auf Imam ruhen.

Nach einem Moment des Zögerns stand Imam auf.

Sadats Augen blitzten triumphierend.

*

Zwei Tage später legte Kemel die drei Meilen von der Kairoer Innenstadt bis zu dem Vorort, in dem Sadat wohnte, zu Fuß zurück. Als Detektivinspektor konnte

Kemel jederzeit einen Dienstwagen benutzen, aber aus Sicherheitsgründen machte er selten davon Gebrauch, wenn er Rebellenversammlungen besuchte. Aller Wahrscheinlichkeit nach würden seine Kollegen von der Polizei mit der Bewegung der Freien Offiziere sympathisieren, doch er hatte es nicht eilig, sie auf die Probe zu stellen.

Kemel war fünfzehn Jahre älter als Sadat, aber er brachte dem Jüngeren fast so etwas wie Heldenverehrung entgegen. Er teilte Sadats Zynismus und dessen realistische Einschätzung der politischen Macht. Doch Sadat besaß noch mehr: einen brennenden Idealismus, der ihm Energie und Hoffnung gab. Wie sollte Kemel ihm die Nachricht beibringen?

Die Botschaft an Rommel war getippt, von Sadat und allen führenden Freien Offizieren – außer dem abwesenden Nasser – unterzeichnet und in einem großen braunen Umschlag versiegelt worden. Die Luftaufnahmen von britischen Positionen waren fertig. Imam war mit seiner Gladiator gestartet und Baghdadi in einer zweiten Maschine gefolgt. Sie waren in der Wüste gelandet, um mit Kemel zusammenzutreffen, der dann Imam den braunen Umschlag überreicht hatte und in Baghdadis Flugzeug geklettert war. Imams Gesicht hatte vor jugendlichem Idealismus gestrahlt.

Kemel dachte: Wie soll ich es Sadat beibringen?

Er war zum erstenmal geflogen. Die Wüste, die vom Boden aus so monoton wirkte, war ein endloses Mosaik von Formen und Mustern gewesen: Kiesflächen, vereinzelter Pflanzenbewuchs und vulkanische Hügel.

Baghdadi sagte: »Du wirst frieren.« Kemel glaubte an einen Scherz – die Wüste war wie ein Hochofen –, aber während die kleine Maschine stieg, fiel die Temperatur stetig, und bald fröstelte er in seinem dünnen Baumwollhemd.

Nach einer Weile schwenkten beide Maschinen nach

Osten ab. Darauf teilte Baghdadi dem Stützpunkt über Funk mit, daß Imam vom Kurs abgekommen sei und nicht auf Funksprüche reagiere. Wie erwartet, wurde Baghdadi vom Stützpunkt befohlen, Imam zu folgen. Diese Farce war nötig, damit Baghdadi bei seiner Rückkehr nicht in Verdacht geriet.

Sie flogen über ein Armeelager. Kemel sah Panzer, Lastwagen, Feldgeschütze und Jeeps. Eine Gruppe von Soldaten winkte. Es müssen Briten sein, dachte Kemel. Beide Flugzeuge stiegen hoch. Direkt vor sich sahen sie Zeichen einer Schlacht: große Staub- und Explosionswolken. Sie umrundeten das Schlachtfeld im Süden.

Kemel überlegte: Wir sind über einen britischen Stützpunkt geflogen, dann über ein Schlachtfeld, als nächstes müßte ein deutscher Stützpunkt kommen.

Vor ihnen verlor Imams Maschine an Höhe. Statt ihm zu folgen, kletterte Baghdadi ein wenig höher und scherte nach Süden aus. Kemel blickte nach rechts und sah, was die Piloten entdeckt hatten: ein kleines Lager mit einem geebneten Streifen, der als Landebahn markiert war.

Auf dem Weg zu Sadats Haus fiel Kemel ein, wie freudig erregt er sich dort oben über der Wüste gefühlt hatte, als ihm klar wurde, daß sie hinter den deutschen Linien waren und Rommel den Vertrag schon fast in der Hand hatte.

Er klopfte an die Tür. Noch immer wußte er nicht, was er Sadat erzählen sollte.

Es war ein gewöhnliches Einfamilienhaus, um einiges ärmlicher als Kemels Heim. Einen Moment später kam Sadat zur Tür; er trug eine Galabiya und rauchte eine Pfeife. Nach einem Blick in Kemels Gesicht sagte er sofort: »Es ist schiefgegangen.«

»Ja.« Kemel trat ein. Sie gingen in den kleinen Raum, der Sadat als Arbeitszimmer diente. Er enthielt einen

Schreibtisch und ein Bücherregal; ein paar Kissen lagen auf dem Fußboden. Auf einem Papierstapel ruhte eine Pistole.

Sie setzten sich. Kemel berichtete:»Wir fanden ein deutsches Lager mit einer Landebahn. Imam setzte zur Landung an. Da begannen die Deutschen, seine Maschine zu beschießen. Es war ja ein englisches Flugzeug, daran hatten wir nicht gedacht.«

»Aber sie mußten doch gesehen haben, daß er kein Feind war, er feuerte nicht, warf keine Bomben ab ...«

»Er ließ sich immer weiter sinken«, fuhr Kemel fort. »Er wackelte mit den Tragflächen, und ich nehme an, er versuchte, sie über Funk zu erreichen. Aber sie hörten nicht auf zu schießen, bis das Leitwerk getroffen wurde.«

»Mein Gott.«

»Er schien sehr schnell abzusacken. Irgendwie gelang es ihm, auf dem Fahrwerk zu landen. Die Maschine hüpfte auf und ab. Ich glaube nicht, daß Imam sie noch unter Kontrolle hatte. Jedenfalls konnte er das Tempo nicht vermindern. Er kam von der harten Oberfläche ab und geriet auf Sandboden. Die linke Tragfläche schlug auf und brach ab, der Bug senkte sich und pflügte durch den Sand. Dadurch fiel der Rumpf auf die zerbrochene Tragfläche.«

Sadat starrte Kemel an; seine Miene war ausdruckslos, die Pfeife in seiner Hand wurde kalt. Vor seinem inneren Auge sah Kemel das im Sand liegende, zerbrochene Flugzeug. Ein deutsches Feuerwehrfahrzeug und ein Unfallwagen rasten, gefolgt von zehn oder fünfzehn Soldaten, über die Landebahn auf das Wrack zu. Er würde nie vergessen, wie der Flugzeugrumpf – ähnlich einer Blume, die ihre Blütenblätter öffnet in einem Schwall roter und gelber Flammen explodiert war. »Es flog in die Luft«, erklärte er Sadat.

»Und Imam?«

105

»Er hätte das Feuer nie überleben können.«

»Wir müssen einen neuen Versuch machen«, sagte Sadat. »Es muß einen Weg geben, um eine Botschaft durchzubekommen.«

Kemel musterte ihn und merkte, daß sein brüsker Tonfall gekünstelt war. Sadat versuchte, seine Pfeife anzustecken, doch die Hand, die das Streichholz hielt, zitterte. Kemel sah, daß Sadat Tränen in den Augen hatte.

»Der arme Junge«, flüsterte Sadat.

7

WOLFF WAR WIEDER da, wo er angefangen hatte: Er wußte, wo die Geheimnisse lagen, aber er konnte sie nicht in die Finger bekommen.

Er hätte nach derselben Methode noch eine weitere Aktentasche stehlen können, aber das hätte den Briten wie eine Verschwörung erscheinen müssen. Selbst wenn er auf andere Weise eine Aktentasche an sich brachte, würden die Sicherheitsmaßnahmen vielleicht verschärft werden. Und eine einzelne Tasche nützte ihm ohnehin nicht viel. Er benötigte regelmäßigen, ungehinderten Zugang zu geheimen Papieren. Deshalb rasierte er Sonjas Schamhaar.

Ihr Haar war schwarz und kräftig und wuchs sehr schnell. Da sie es regelmäßig rasierte, konnte sie ihre durchscheinende Hose ohne die übliche, mit Flittern besetzte Schnur darüber tragen. Die zusätzliche Bewegungsfreiheit – wie auch das hartnäckige und zutreffende Gerücht, daß sie unter der Hose nichts anhatte – trug dazu bei, daß sie momentan als die führende Bauchtänzerin galt.

Wolff tauchte den Pinsel in die Schüssel und begann, sie einzuseifen.

Sie lag auf dem Bett, den Rücken auf einen Haufen Kissen gestützt, und beobachtete ihn mißtrauisch. Über diese neueste Perversion war sie nicht begeistert. Sie war sicher, daß sie keinen Spaß daran haben würde.

Wolff wußte es besser.

Er war mit ihren Gedanken vertraut, er kannte ihren Körper besser als sie selbst, und er wollte etwas von ihr.

Während er sie mit dem weichen Rasierpinsel streichelte, sagte er: »Mir ist etwas anderes eingefallen, wie man an die Aktentaschen kommen könnte.«

»Was?«

Er antwortete nicht sofort, sondern legte den Pinsel hin und hob das Rasiermesser auf. Er prüfte die scharfe Klinge mit dem Daumen und sah sie an. Sie beobachtete ihn voll ängstlicher Faszination. Wolff beugte sich näher zu ihr, spreizte ihre Beine ein wenig mehr, setzte das Rasiermesser an und zog es mit einer leichten, vorsichtigen Bewegung nach oben.

»Ich werde mich mit einem britischen Offizier anfreunden«, erklärte er.

Sonja schwieg; sie hörte ihm nur mit halbem Ohr zu. Er wischte das Rasiermesser an einem Handtuch ab. Mit dem Zeigefinger der linken Hand berührte er die rasierte Stelle, straffte die Haut und setzte das Messer erneut an.

»Dann werde ich den Offizier hierher bringen.«

Sonja sagte: »Oh nein.«

Er berührte sie mit der Klinge des Rasiermessers und schabte sanft nach oben.

Sie begann, schwerer zu atmen.

Wolff wischte das Rasiermesser ab und strich einmal, zweimal, dreimal über ihre Haut.

»Ich werde irgendwie dafür sorgen, daß der Offizier seine Aktentasche bei sich hat.«

Er legte den Finger auf ihre empfindlichste Stelle und rasierte um sie herum. Sie schloß die Augen.

Wolff goß heißes Wasser aus einem Kessel in eine Schüssel, die neben ihm auf dem Boden stand. Er tauchte einen Waschlappen ins Wasser und wrang ihn aus.

»Dann werde ich die Aktentasche durchsuchen, während der Offizier mit dir im Bett ist.«

Er preßte den heißen Waschlappen gegen ihre rasierte Haut.

Sie schrie heftig auf: »Aaah, mein Gott.«

Wolff ließ seinen Bademantel fallen und stand nackt da. Er nahm ein Tübchen lindernder Hautcreme, drückte ein wenig davon auf seine rechte Handfläche und kniete sich neben Sonja auf das Bett. Dann cremte er ihre Scham ein.

»Ich tu's nicht«, sagte sie und fing an, sich zu krümmen.

Er massierte noch mehr Creme in alle Fältchen. Mit der linken Hand packte er ihre Kehle und hielt sie fest. »Du wirst es tun.«

Seine Finger strichen und preßten, nicht mehr so sanft wie vorher.

»Nein«, keuchte sie.

»Doch.«

Sonja warf den Kopf hin und her. Ihr Körper krümmte sich hilflos, von heftiger Lust gepackt. Sie schauderte und stöhnte: »Oh, oh, oh, oh, oh!« Dann entspannte sie sich.

Wolff ließ sie nicht zur Ruhe kommen. Er streichelte weiterhin ihre glatte, unbehaarte Haut, während er mit der linken Hand ihre braunen Brustwarzen massierte. Unfähig, ihm zu widerstehen, bewegte sie sich von neuem.

Sonja öffnete die Augen und sah, daß auch er erregt war. »Du Lump, komm her.«

Wolff grinste. Das Gefühl der Macht war wie eine Droge. Er legte sich über sie und zögerte absichtlich.

»Schnell!« rief sie.

»Wirst du es tun?«

»Schnell!«

Er berührte sie mit seinem Körper und hielt wieder ein.

»Wirst du es tun?«

»Ja! Bitte!«

»Aaah«, stieß Wolff hervor und senkte sich zu ihr.

*

Danach wollte sie ihr Wort natürlich brechen.

»So ein Versprechen zählt nicht«, sagte sie.

Wolff kam, in ein großes Handtuch gehüllt, aus dem Badezimmer. Er betrachtete sie. Sie lag, immer noch nackt, auf dem Bett und aß Pralinen aus einer Schachtel. Es gab Momente, in denen er sie beinahe liebte.

»Ein Versprechen ist ein Versprechen.«

»Du hast versprochen, eine neue Fawzi für uns zu finden.« Sie schmollte, wie sie es nach Sex immer tat.

»Ich habe das Mädchen von Madame Fahmy mitgebracht.«

»Sie war keine neue Fawzi. Fawzi hat nicht jedesmal zehn Pfund verlangt, und sie ging morgens nicht nach Hause.«

»Schon gut. Ich suche ja noch.«

»Du hast nicht versprochen, nach ihr zu suchen, sondern sie zu *finden*.«

Wolff ging in das andere Zimmer und holte eine Flasche Champagner aus dem Kühlschrank. Er nahm zwei Gläser und brachte sie mit ins Schlafzimmer. »Möchtest du etwas?«

»Nein«, sagte sie. »Ja.«

Er schenkte ein Glas ein und reichte es ihr. Sie nahm einen Schluck und steckte sich eine neue Praline in den Mund. Wolff brachte einen Trinkspruch aus. »Auf den unbekannten britischen Offizier, dem die schönste Überraschung seines Lebens bevorsteht.«

»Ich werde nicht mit einem Engländer ins Bett gehen«, widersprach Sonja. »Sie riechen schlecht und haben klebrige Haut. Ich hasse sie.«

»Deshalb wirst du es tun, weil du sie haßt. Stell dir nur vor: Während er es mit dir treibt und sein Glück gar nicht fassen kann, werde ich seine Geheimpapiere lesen.«

Wolff begann, sich anzuziehen. Er schlüpfte in ein Hemd, das in einem der winzigen Schneiderläden in Alt-Kairo für ihn angefertigt worden war, ein britisches Uniformhemd mit den Sternen eines Captains auf den Schultern.

»Was ziehst du da an?« fragte Sonja.

»Die Uniform eines britischen Offiziers. Mit Ausländern sprechen die nämlich nicht.«

»Willst du dich für einen Briten ausgeben?«

»Für einen Südafrikaner, glaube ich.«

»Und wenn du einen Fehler machst?«

Er betrachtete sie. »Dann werde ich wahrscheinlich als Spion erschossen.«

Sie schaute zur Seite.

»Wenn ich einen geeigneten finde, bringe ich ihn mit ins Cha-Cha.« Er schob die Hand unter sein Hemd und zog das Messer aus der Scheide unter dem Arm. Dann trat er dicht an sie heran und berührte ihre nackte Schulter mit der Spitze.

»Wenn du mich im Stich läßt, schneide ich dir die Lippen ab.« Sonja musterte sein Gesicht. Sie schwieg, aber in ihren Augen stand Furcht. Wolff ging hinaus.

*

Shepheard's Hotel war überfüllt wie immer.

Wolff bezahlte den Taxifahrer, drängte sich durch die Menge von Straßenhändlern und Dragomanen, stieg die Treppe hoch und betrat das Foyer. Es quoll über von Menschen: levantinischen Kaufleuten, die lärmende Besprechungen abhielten, Europäern, die das Postamt und die Banken benutzten, ägyptischen Mädchen in ihren billigen Fähnchen und britischen Offizieren – den unteren Rängen war der Zutritt verboten. Wolff schritt zwischen den beiden überlebensgroßen Bronzedamen hindurch, die Lampen hochhielten, und erreichte den Salon. Die kleine Band spielte eine kaum einzuordnende Musik, während die Gäste, nun meist Europäer, unaufhörlich nach den Kellnern riefen. Wolff wich den Diwanen und Marmortischen aus und bahnte sich einen Weg zu der langen Bar am anderen Ende.

Hier war es ein wenig ruhiger. Frauen waren nicht zugelassen, und man trank mit voller Konzentration. Dies war der Ort, zu dem die einsamen Offiziere kamen.

Wolff setzte sich an die Bar. Er wollte schon Champagner bestellen, dann fiel ihm seine Verkleidung ein und er bat um Whisky und Wasser.

Er hatte seine Kleidung sorgfältig ausgewählt. Die braunen Schuhe entsprachen dem Offiziersmuster und waren auf Hochglanz poliert; die Khaki-Socken hatte er genau an der richtigen Stelle umgekrempelt; die weiten, braunen Shorts zeigten eine scharfe Bügelfalte; das Buschhemd mit den Sternen eines Captains trug er über den Shorts; die flache Mütze war nur ein wenig zur Seite geschoben.

Sein Akzent machte ihm etwas Kopfzerbrechen. Er hatte eine Erklärung parat, dieselbe Geschichte, die er Captain Newman in Assiut erzählt hatte, nämlich daß er im niederländisch sprechenden Südafrika aufgewachsen sei. Was aber, wenn der Offizier, den er sich aussuchte, Südafrikaner war? Wolff konnte englische Akzente nicht gut genug auseinanderhalten, um einen Südafrikaner zu erkennen.

Sein Mangel an militärischen Kenntnissen machte ihm noch mehr zu schaffen. Er suchte einen Offizier vom Großen Hauptquartier, deshalb würde er behaupten, selbst zu BTE – British Troops in Egypt – zu gehören, einer völlig anderen und unabhängigen Einheit. Leider wußte er kaum etwas darüber. Ihm war unklar, was BTE tat und wie es organisiert war, und er konnte nicht den Namen eines einzigen Offiziers nennen. Wolff stellte sich eine Unterhaltung vor:

»Wie geht's dem alten Buffy Jenkins?«

»Dem alten Buffy? In meiner Abteilung habe ich nicht viel mit ihm zu tun.«

»Nicht viel mit ihm zu tun? Er leitet den Verein! Sprechen wir von demselben BTE?«

Und weiter:

»Und Simon Frobisher?«

»Oh, Simon geht's so wie immer.«

»Einen Moment – jemand hat mir erzählt, er sei nach Hause zurückgekehrt. Ja, ich bin ganz sicher. Wieso wußten Sie das nicht?«

Dann die Anschuldigungen, der Anruf bei der Militärpolizei, der Kampf und schließlich das Gefängnis.

Das Gefängnis war das einzige, was Wolff wirklich Angst einjagte. Er verdrängte den Gedanken und bestellte noch einen Whisky.

Ein schwitzender Oberst kam herein und stellte sich neben Wolffs Hocker an die Bar. Er rief dem Barkellner zu: »*Ezma!*« Es bedeutete »Hör zu!«, aber alle Briten glaubten, es heiße »Kellner«. Der Oberst blickte Wolff an.

Wolff nickte höflich und sagte: »Sir.«

»Mütze ab in der Bar, Captain«, knurrte der Oberst. »Was fällt Ihnen bloß ein?«

Wolff nahm die Mütze ab und verfluchte seinen Fehler im stillen. Der Oberst bestellte sich ein Bier. Wolff schaute fort. In der Bar waren fünfzehn oder zwanzig Offiziere, doch er erkannte keinen von ihnen. Er hielt nach einem der acht Adjutanten Ausschau, die das Große Hauptquartier jeden Mittag mit ihren Aktentaschen verließen. Da er sich die Gesichter jedes einzelnen eingeprägt hatte, würde er sie sofort erkennen. Er hatte sich schon erfolglos im Metropolitan Hotel und im Turf Club umgesehen; nach einer halben Stunde in Shepheard's Hotel würde er es im Offiziersclub, im Gezira Sporting Club und sogar in der Anglo-Ägyptischen Union versuchen. Wenn es heute nacht nicht gelang, würde er morgen einen neuen Versuch machen. Früher oder später mußte er einem von ihnen begegnen.

Dann würde alles von seinem Geschick abhängen.

Sein Plan war vielversprechend. Die Uniform ließ ihn zu einem der ihren werden, zu einem vertrauenswürdigen Kameraden. Wie die meisten Soldaten in einem fremden Land waren sie vermutlich einsam und ausgehungert nach Sex. Sonja war zweifellos eine sehr begehrenswerte Frau, und der durchschnittliche englische Offizier würde gegen die Lockungen einer orientalischen Verführerin kaum gefeit sein.

Und wenn er das Pech hatte, an einen Adjutanten zu geraten, der klug genug war, der Versuchung zu widerstehen, könnte er den Mann immer noch fallenlassen und sich einen anderen suchen.

Er hoffte, daß es nicht allzu lange dauern würde. Tatsächlich dauerte es nur noch fünf Minuten.

Der Major, der die Bar betrat, war klein, sehr schmächtig und etwa zehn Jahre älter als Wolff. Auf seinen Wangen zeigten sich die geplatzten Äderchen des schweren Trinkers. Er hatte hervorquellende blaue Augen, und sein dünnes sandfarbenes Haar klebte ihm am Kopf.

Jeden Mittag verließ er das Große Hauptquartier und ging zu einem nicht gekennzeichneten Gebäude in der Sharia Suleiman Pascha. Dabei hatte er immer eine Aktentasche bei sich. Wolffs Herz machte einen Sprung.

Der Major trat an die Bar, nahm seine Mütze ab und sagte: »*Ezma!* Scotch, ohne Eis. Bißchen schnell.« Er wandte sich Wolff zu. »Verfluchtes Wetter«, begann er im Konversationston.

»Ist das nicht immer so, Sir?« entgegnete Wolff.

»Und ob. Heiße Smith, Großes Hauptquartier.«

»Freut mich, Sir.« Wolff wußte, daß Smith nicht zum Großen Hauptquartier gehören konnte, da er jeden Tag von dort aus ein anderes Gebäude aufsuchte. Wieso log der Mann? Er schob den Gedanken zunächst beiseite und sagte: »Mein Name ist Slavenburg, BTE.«

»Prächtig. Noch einen?«

Mit einem Offizier ins Gespräch zu kommen, war noch leichter, als er erwartet hatte. »Sehr freundlich von Ihnen, Sir.«

»Hören Sie auf mit dem ›Sir‹. An der Bar kommen wir ohne den Quatsch aus, oder?«

»Natürlich.« Noch ein Schnitzer.

»Was soll's sein?«

»Whisky mit Wasser, bitte.«

»An ihrer Stelle würde ich kein Wasser nehmen. Soll direkt aus dem Nil kommen.«

Wolff lächelte. »Ich bin wohl daran gewöhnt.«

»Keine Magenbeschwerden? Sie müssen der einzige Weiße in Ägypten sein, der keine hat.«

»In Afrika geboren, seit zehn Jahren in Kairo.« Wolff paßte sich Smith' abgekürzter Sprechweise an. Ich hätte Schauspieler werden sollen, dachte er.

»Afrika, was?« meinte Smith. »Sie schienen mir einen leichten Akzent zu haben.«

»Holländischer Vater, englische Mutter. Wir haben eine Farm in Südafrika.«

Smith setzte eine mitfühlende Miene auf. »Schlimm für Ihren Vater, wo doch die Deutschen ganz Holland besetzt haben.« Daran hatte Wolff nicht gedacht. »Er starb, als ich noch ein Kind war«, erklärte er.

»Traurig.« Smith leerte sein Glas.

»Noch einmal das gleiche?« bot Wolff an.

»Danke.«

Wolff bestellte weitere Drinks. Smith hielt ihm eine Zigarettenschachtel hin, doch Wolff lehnte ab.

Smith beklagte sich über das schlechte Essen, die hohe Miete für seine Wohnung, die Grobheit arabischer Kellner und darüber, daß die Bars oft nichts zu trinken hätten. Es juckte Wolff zu erklären, daß das Essen schlecht sei, weil Smith englische Gerichte ägyptischen vorzog, daß die Getränke wegen des Krieges knapp seien und die Mieten wegen der vielen tausend Ausländer so hoch kletterten. Er wollte noch hinzufügen, daß die Kellner ihn grob behandelten, weil er zu träge oder zu arrogant sei, um der Höflichkeit halber ein paar Sätze ihrer Sprache zu lernen. Doch Wolff biß sich nur auf die Zunge und nickte, als sei er derselben Meinung wie Smith.

Während Smith immer noch seine Beschwerden aufzählte, blickte Wolff an seiner Schulter vorbei und sah, daß sechs Militärpolizisten die Bar betraten.

Smith bemerkte seinen veränderten Gesichtsausdruck und fragte:»Was ist los – ein Gespenst gesehen?«

Es waren ein Militärpolizist des Heeres, einer der Marine mit weißen Gamaschen, ein Australier, ein Neuseeländer, ein Südafrikaner und ein Gurkha mit Turban. Wolff spürte den Drang davonzulaufen. Was würden sie ihn fragen? Was würde er antworten?

Smith schaute sich um, entdeckte die Militärpolizisten und sagte:»Die übliche Nachtstreife, sucht nach betrunkenen Offizieren und deutschen Spionen. Dies ist eine Offiziersbar, sie werden uns nicht stören. Was ist denn, sind Sie hier etwa nicht zugelassen?«

»Nein, nein.« Wolff improvisierte hastig:»Der Mann von der Marine sieht genauso aus wie ein Bekannter von mir, der in Halfaya gefallen ist.« Er starrte die Streife immer noch an. Die Männer erschienen mit ihren Stahlhelmen und Pistolenhalftern sehr geschäftsmäßig. Würden sie ihn nach seinen Papieren fragen?

Smith hatte sie schon vergessen. Er fuhr fort: »Und was die Diener betrifft ... Scheißkerle. Bin ganz sicher, daß meiner den Gin verdünnt. Aber ich werde ihn überführen. Habe eine leere Ginflasche mit Sibib gefüllt, Sie wissen doch, das Zeug, das trübe wird, wenn man Wasser dazu gibt? Was meinen Sie, was passiert, wenn er das verdünnen will? Er wird eine ganze neue Flasche kaufen und so tun müssen, als sei nichts geschehen. Haha! Geschieht ihm recht.«

Der Führer der Streife, ein Offizier, ging zu dem Oberst, der Wolff befohlen hatte, die Mütze abzunehmen. »Alles in Ordnung, Sir?« erkundigte sich der Militärpolizist.

»Nichts Ungewöhnliches«, antwortete der Oberst.

»Was ist nur los mit Ihnen?« fragte Smith. »Sie sind doch wohl berechtigt, diese Sterne zu tragen?«

»Natürlich«, erwiderte Wolff. Ein Schweißtropfen lief ihm ins Auge, und er wischte ihn mit einer zu schnellen Geste fort.

»Wollte Sie nicht beleidigen«, sagte Smith. »Aber da Shepheard's Hotel für untere Ränge verboten ist, kann's schon passieren, daß jemand sich ein paar Sterne aufs Hemd näht, um hier reinzukommen.«

Wolff riß sich zusammen. »Hören Sie, Sir, wenn Sie überprüfen wollen, ob ich ...«

»Nein, nein, nein«, unterbrach Smith hastig.

»Die Ähnlichkeit war ein ziemlicher Schock für mich.«

»Klar, kann ich verstehen. Lassen Sie uns noch was trinken. *Ezma*!«

Der Militärpolizist, der mit dem Oberst gesprochen hatte, blickte sich gründlich in der Bar um. Seine Armbinde wies darauf hin, daß er stellvertretender Kommandeur der Militärpolizei war. Er blickte Wolff an. Wolff überlegte, ob sich der Mann an die Beschreibung des Messermörders von Assiut erinnern könnte. Wohl kaum. Außerdem würde man nicht nach einem britischen Offizier Ausschau halten, auf

116

den diese Beschreibung zutraf. Um die Sache noch schwieriger zu machen, hatte Wolff sich einen Schnurrbart wachsen lassen. Er zwang sich, dem Blick des Militärpolizisten standzuhalten, und schaute dann unbeteiligt zur Seite. Er setzte seinen Drink an die Lippen und war sicher, daß der Mann ihn immer noch anstarrte.

Dann polterten Stiefel, und die Streife ging hinaus.

Wolff hätte vor Erleichterung aufatmen mögen, beherrschte sich aber. Mit ruhiger Hand hob er noch einmal sein Glas und sagte: »Prost.«

Sie tranken. »Sie kennen sich hier aus«, meinte Smith. »Was kann man noch unternehmen, außer im Shepheard's Hotel zu trinken?«

Wolff tat so, als ob er über die Frage nachdachte. »Waren Sie mal beim Bauchtanz?«

Smith schnaubte verächtlich. »Einmal. Irgendeine fette Ägypterin wackelte mit den Hüften.«

»Ah, dann müßten Sie sehen, wie's wirklich gemacht wird.«

»Glauben Sie?«

»Echter Bauchtanz ist erotischer als alles, was Sie je erlebt haben.«

In Smith' Augen erschien ein seltsames Leuchten. »Tatsächlich?«

Wolff dachte: Major Smith, Sie sind genau das, was ich brauche. »Sonja ist am besten. Sie sollten sich ihre Vorführung ansehen.«

Smith nickte. »Vielleicht.«

»Wissen Sie, ich hatte mit dem Gedanken gespielt, noch in den Cha-Cha-Club zu gehen. Wenn Sie mitkommen wollen?«

»Lassen Sie uns zuerst noch etwas trinken.«

Während er Smith beim Trinken beobachtete, überlegte Wolff, daß der Major, zumindest dem ersten Eindruck nach, sehr bestechlich wirkte. Er schien gelangweilt, charakterschwach und dem Alkohol zugeneigt. Wenn er normale sexuelle Gelüste hatte, würde Sonja ihn mühelos verführen können. Sie mußten zunächst herausfinden, ob er etwas Nützlicheres als Speisepläne in seiner Aktentasche hatte. Dann brauchten sie eine Methode, um ihm seine Geheimnisse zu entlocken. Es gab viele Ungewißheiten, und die Zeit war kurz. Wolff war klar, daß er nur Schritt für Schritt vorgehen konnte, und zunächst mußte er Smith in seine Gewalt bekommen.

Sie leerten ihre Gläser und machten sich zum Cha-Cha auf. Da sie kein Taxi finden konnten, nahmen sie ein Gharry, eine offene Pferdekutsche. Der Fahrer peitschte sein altes Pferd gnadenlos.

»Der Kerl geht etwas brutal mit dem Tier um«, meinte Smith.

»Das stimmt«, erwiderte Wolff und dachte: Du solltest mal sehen, was wir mit unseren Kamelen machen.

Im Club war es heiß; wieder war er überfüllt. Wolff mußte einen Kellner bestechen, um einen Tisch zu bekommen.

Sonjas Darbietung begann unmittelbar nachdem sie sich gesetzt hatten. Smith beobachtete Sonja, während Wolff Smith beobachtete. Nach wenigen Minuten war der Major gebannt.

»Gut, was?« fragte Wolff.

»Phantastisch«, antwortete Smith, ohne sich umzusehen.

»Ich bin übrigens oberflächlich mit ihr bekannt«, sagte Wolff. »Soll ich sie bitten, sich nachher zu uns zu setzen?« Diesmal blickte Smith sich um. »Meine Güte! Würden Sie das tun?«

*

Der Rhythmus wurde schneller. Sonja überschaute den überfüllten Club mit einem Blick. Hunderte von Männern starrten ihren großartigen Körper gierig an. Sie schloß die Augen.

Die Bewegungen wurden automatisch: Ihre Gefühle schoben sich in den Vordergrund. Sie spürte, wie ihre Brüste bebten, ihr Bauch sich wand und ihre Hüften zuckten, und es kam ihr vor, als wäre sie eine Marionette, als berührten all die lüsternen Männer im Publikum ihren Körper. Ihr Tanz hatte nichts Künstliches mehr an sich, nun tanzte sie für sich selbst. Sie folgte nicht einmal der Musik, die Musik folgte ihr. Sie genoß die Erregung, tanzte, bis sie am Rand der Ekstase war und wußte, daß sie nur noch zu springen brauchte, um zu fliegen. Sonja zögerte und breitete die Arme aus. Die Musik kam donnernd zum Höhepunkt. Sie stieß einen Schrei der Enttäuschung aus und fiel zurück, die Beine untergeschlagen, die Schenkel zum Publikum geöffnet, bis ihr Kopf auf die Bühne schlug. Dann gingen die Lichter aus.

So war es immer.

Während des Beifallssturms stand sie auf, überquerte die verdunkelte Bühne und verschwand in den Kulissen. Rasch näherte sie sich ihrer Garderobe, den Kopf gesenkt, ohne jemandem einen Blick zu schenken. Sie kam ohne die Worte, ohne das Lächeln der anderen aus. Niemand verstand sie, niemand wußte, was es für sie bedeutete, was sie jeden Abend beim Tanzen durchmachte.

Sonja zog ihre Schuhe und die durchsichtige Hose aus, legte den mit Flittern besetzten Büstenhalter ab und schlüpfte in eine Seidenrobe. Sie setzte sich vor den Spiegel, um ihr Make-up zu entfernen. Das tat sie immer sofort, da sie wußte, daß das Make-up der Haut schadete. Sie mußte ihren Körper pflegen. Ihr war aufgefallen, wie fleischig ihr Gesicht und ihre Kehle wieder wurden. Sie mußte damit aufhören, Pralinen zu essen. Das Alter, in dem Frauen dick zu werden beginnen, hatte sie längst hinter sich. Ihr Alter war ein Geheimnis, das ihr Publikum nicht erfahren durfte. Sie war fast genauso alt wie ihr Vater bei seinem Tode. Ihr Vater.

Er war ein großer, stolzer Mann gewesen, dessen Taten immer hinter seinen Hoffnungen zurückstanden. Sonja und ihre Eltern hatten zusammen in einem engen, harten Bett in einer Kairoer Mietwohnung geschlafen. Nie wieder hatte sie sich so sicher und warm gefühlt wie in jener Zeit. Sie hatte sich immer an den breiten Rücken ihres Vaters gekuschelt; noch heute konnte sie sich an seinen vertrauten Geruch erinnern. Dann, wenn sie schon hätte schlafen sollen, war da ein anderer Geruch gewesen, etwas, das sie auf unerklärliche Weise erregte. Ihre Mutter und ihr Vater, Seite an Seite liegend, begannen, sich in der Dunkelheit zu bewegen, und Sonja bewegte sich mit ihnen. Ein paarmal merkte ihre Mutter, was geschah. Dann verprügelte ihr Vater sie. Schließlich zwangen ihre Eltern sie, auf dem Boden zu schlafen. Nun konnte Sonja sie hören, aber ihr Vergnügen nicht teilen. Es schien so grausam. Sie machte ihre Mutter dafür verantwortlich. Ihr Vater war bestimmt bereit, das Bett mit ihr zu teilen; er hatte von Anfang an gewußt, was sie tat. Auf dem Boden liegend, frierend, ausgeschlossen, hatte sie versucht, zuzuhören und von weitem an der Lust teilzuhaben, doch es war ihr nicht gelungen. Nie wieder war es ihr gelungen, bis Alex Wolff kam ...

Sie hatte nie mit Wolff über das enge Bett in der Mietwohnung gesprochen, aber irgendwie verstand er sie. Er hatte einen Instinkt für die geheimen Bedürfnisse. Er und das Mädchen Fawzi hatten die Szene ihrer Kindheit für Sonja wiedererschaffen, und es war sehr schön gewesen.

Sonja wußte, daß er es nicht aus Liebe tat. Er hatte nie etwas anderes im Sinn, als Menschen auszunutzen. Nun wollte er sie ausnutzen, um bei den Briten zu spionieren. Sie wäre beinahe zu allem bereit gewesen, um den Briten zu schaden außer mit ihnen ins Bett zu gehen.

Jemand klopfte an ihre Garderobentür. Sie rief: »Herein.«

Einer der Kellner brachte ihr einen Zettel. Sie entließ den Jungen mit einem Nicken und entfaltete das Stück Papier. Darauf stand einfach: »Tisch 41. Alex.«

Sie zerknüllte den Zettel und ließ ihn auf den Boden fallen. Er hatte also einen der Offiziere gefunden. Es hatte nicht lange gedauert. Sein Instinkt für die Schwächen anderer war ihm auch diesmal nützlich gewesen.

Sonja durchschaute ihn, weil sie ihm ähnelte. Auch sie nutzte die Menschen aus, wenn auch weniger geschickt. Sie nutzte sogar ihn aus. Er hatte Stil, Geschmack, hochgestellte Freunde und Geld; und eines Tages würde er sie mit nach Berlin nehmen. In Ägypten ein Star zu sein, war etwas anderes, als in Europa bewundert zu werden. Sie wollte vor den aristokratischen alten Generälen und den gutaussehenden jungen SA-Männern tanzen; sie wollte mächtige Männer und schöne weiße Mädchen verführen, sie wollte die Kabarettkönigin in der verruchtesten Stadt der Welt sein. Wolff würde ihr dazu verhelfen. Ja, sie nutzte ihn aus.

Wie ungewöhnlich, dachte sie, daß sich zwei Menschen so nahestehen und so wenig Liebe füreinander empfinden.

Er würde ihr tatsächlich die Lippen abschneiden.

Sonja schauderte und begann, sich anzuziehen. Sie wählte ein weißes Kleid mit weiten Ärmeln und tiefem Ausschnitt. Es hob ihre Brüste hervor und ließ ihre Hüften schlanker wirken. Sie schlüpfte in weiße, hochhakkige Sandalen, befestigte an jedem Handgelenk ein schweres Goldarmband und legte sich eine goldene Halskette mit einem tränenförmigen Anhänger um, der sich zwischen ihre Brüste schmiegte. Das würde dem Engländer gefallen – sie hatten unglaublich schlechten Geschmack.

Sie betrachtete sich noch einmal im Spiegel, bevor sie in den Club ging.

Schweigen umgab sie, während sie den Raum durchquerte. Alle verstummten, wenn sie sich näherte, und sprachen über sie, wenn sie wieder außer Hörweite war. Ihr schien, als lade sie zu einer massenhaften Vergewaltigung ein. Auf der Bühne war es etwas anderes: Dort trennte eine unsichtbare Wand sie vom Publikum. Hier unten aber konnte man sie berühren, und alle wollten es. Sie taten es nie, doch die Gefahr elektrisierte sie. Sie erreichte den Tisch 41, und beide Männer erhoben sich. Wolff sagte: »Sonja, meine Liebe, Sie waren einmalig, wie immer.«

Sie nahm sein Kompliment mit einem Nicken entgegen.

»Erlauben Sie mir, Ihnen Major Smith vorzustellen.«

Sonja schüttelte ihm die Hand. Er war ein magerer Mann mit fliehendem Kinn, einem blonden Schnurrbart und häßlichen, knochigen Händen. Er musterte sie, als sei sie ein köstliches Dessert, das man ihm gerade vorgesetzt hatte.

»Entzückt, vollkommen entzückt«, sagte Smith.

Sie setzten sich, und Wolff goß Champagner ein. Smith erklärte: »Ihr Tanz war herrlich, Mademoiselle, einfach herrlich. Sehr ... kunstvoll.«

»Vielen Dank.«

Er beugte sich über den Tisch und tätschelte ihre Hand. »Sie sind sehr schön.«

Und du bist ein Trottel, dachte sie. Sonja fing einen warnenden Blick von Wolff auf: Er wußte, was in ihr vorging. »Sie sind sehr freundlich, Major«, antwortete sie.

Sonja merkte, daß Wolff nervös war. Er war sich nicht sicher, ob sie seinen Wünschen gehorchen würde. Sie hatte sich noch nicht entschieden.

Wolff sagte zu Smith: »Ich kannte Sonjas verstorbenen Vater.«

Es war eine Lüge, aber Sonja wußte, weshalb er sie ausgesprochen hatte. Er wollte sie an etwas erinnern.

Ihr Vater war ein Gelegenheitsdieb gewesen. Wenn er keine Arbeit fand, stahl er. Eines Tages hatte er versucht, einer europäischen Frau auf der Sharia el-Koubri die Handtasche zu entreißen. Der Begleiter der Frau hatte Sonjas Vater gepackt, und in dem Gemenge war die Frau niedergeschlagen worden und hatte sich das Handgelenk verstaucht. Sie war einflußreich, und man hatte Sonjas Vater ausgepeitscht. Dabei war er gestorben.

Natürlich hatte man ihn nicht umbringen wollen. Wahrscheinlich hatte er ein schwaches Herz gehabt. Das war den Briten, die für die Gesetze verantwortlich waren, gleichgültig. Der Mann hatte ein Verbrechen begangen, die gebührende Strafe erhalten, und die Strafe hatte ihn getötet. Sonja, damals zwölf Jahre alt, war untröstlich gewesen. Seitdem haßte sie die Briten aus ganzem Herzen.

Ihrer Meinung nach hatte Hitler die richtigen Ideen, aber das falsche Ziel. Nicht die Juden infizierten die Welt, sondern die Briten. Die Juden in Ägypten waren mehr oder weniger wie alle anderen: manche reich, andere arm, manche gut, andere schlecht. Aber die Briten waren alle arrogant, gierig und böse. Sie lachte bitter über die hochherzige Art, mit der die Briten versuchten, Polen vor der deutschen Unterdrückung zu schützen, während sie selbst weiterhin Ägypten unterdrückten.

Doch, aus welchen Gründen auch immer, die Deutschen kämpften gegen die Briten, und das genügte, um Sonja auf die deutsche Seite zu ziehen.

Sie wünschte sich, daß Hitler Großbritannien besiegen, erniedrigen und ruinieren würde. Jedes Mittel war ihr recht, dazu beizutragen. Sie würde sogar einen Engländer verführen.

Sonja beugte sich vor. »Major Smith, Sie sind ein sehr attraktiver Mann.«

Wolff entspannte sich merklich.

Smith war verblüfft. Seine Augen schienen aus den Höhlen zu quellen. »Mein Gott! Meinen Sie das wirklich?«

»Ja, Major.«

»Bitte, sagen Sie doch Sandy zu mir.«

Wolff stand auf. »Ich muß jetzt leider gehen. Sonja, darf ich Sie nach Hause begleiten?«

Smith schaltete sich ein: »Das können Sie mir überlassen, Captain.«

»Ja, Sir.«

»Das heißt, wenn Sonja ...«

Sonja zwinkerte. »Natürlich, Sandy.«

»Ich möchte nicht unhöflich sein, aber ich muß morgen früh aus den Federn.«

»Kein Grund zur Aufregung«, sagte Smith. »Lassen Sie sich nicht aufhalten.«

Als Wolff hinausging, brachte ein Kellner das Abendessen. Es war eine europäische Mahlzeit, Steak und Kartoffeln; Sonja stocherte darin herum, während Smith redete. Er erzählte ihr von seinen Erfolgen in der Schüler-Cricketmannschaft. Seitdem schien er nichts Bemerkenswertes geleistet zu haben. Er war über alle Maßen langweilig.

Sonja erinnerte sich immer wieder an die Auspeitschung.

Smith trank während des Essens ständig. Als sie den Club verließen, schwankte er leicht. Sie reichte ihm den Arm, wohl mehr, um ihn zu stützen. In der kühlen Nachtluft schlenderten sie bis zum Hausboot. Smith blickte zum Himmel und sagte: »Diese Sterne ... wunderbar.« Seine Zunge war schwer.

Sie blieben vor dem Boot stehen. »Hübsch«, brachte Smith hervor.

»Es ist sehr nett. Möchten Sie sich das Innere ansehen?«

»Gern.«

Sie führte ihn über den Steg, über das Deck und die Treppe hinunter.

Er schaute sich mit großen Augen um. »Ich muß schon sagen, es ist sehr luxuriös.«

»Möchten Sie etwas trinken?«

»Sehr gern.«

Sonja mißfiel die Art, wie er ständig »sehr« sagte. »Champagner oder etwas Stärkeres?«

»Ein Schluck Whisky wäre nicht schlecht.«

»Setzen Sie sich doch.«

Sie reichte ihm seinen Drink und setzte sich dicht neben ihn. Er berührte ihre Schulter, küßte sie auf die Wange und legte grob die Hand auf ihre Brust. Sie fuhr zusammen. Er hielt es für ein Zeichen von Leidenschaft und drückte noch fester zu.

Sonja zog ihn zu sich herab. Smith war sehr ungeschickt: Seine Ellbogen und Knie taten ihr weh. Er tastete tolpatschig unter ihr Kleid.

»Oh, Sandy, du bist so stark«, stöhnte sie.

Sie blickte über seine Schulter hinweg und erkannte Wolffs Gesicht. Er kniete auf Deck, beobachtete sie durch die Luke und lachte lautlos.

8

WILLIAM VANDAM BEGANN zu zweifeln, ob er Alex Wolff je finden werde. Der Mord von Assiut lag schon fast drei Wochen zurück, und Vandam war seiner Beute immer noch nicht näher. Die Spur wurde kälter und kälter. Er wünschte sich beinahe, daß noch eine Aktentasche gestohlen würde, damit er wenigstens erraten könnte, was Wolff vorhatte.

Er wußte, daß der Mann langsam zu einer fixen Idee wurde. Oft wachte er mitten in der Nacht auf, wenn der Alkohol nicht mehr wirkte, und machte sich bis zum

Tagesanbruch Sorgen. Am stärksten beschäftigte ihn Wolffs Stil: die Art, wie er sich in Ägypten eingeschlichen hatte, der plötzliche Mord an Corporal Cox, die Leichtigkeit, mit der Wolff in der Stadt untergetaucht war. Vandam ging diese Details immer wieder von neuem durch und fragte sich, wieso er diesen Fall so faszinierend fand.

Zwar hatte er keinen echten Fortschritt gemacht, aber er besaß ein paar Informationen, die ihn ermutigten.

Die Villa les Oliviers gehörte einem Mann namens Achmed Rahmha. Die Rahmhas waren eine reiche Kairoer Familie. Achmed hatte das Haus von seinem Vater Gamal Rahmha, einem Anwalt, geerbt. Einer von Vandams Untergebenen hatte einen Vermerk über die Ehe zwischen Gamal Rahmha und einer gewissen Eva Wolff, Witwe von Hans Wolff, beide deutscher Nationalität, ausfindig gemacht. Außerdem war er auf Adoptionspapiere gestoßen, denen zufolge Hans' und Evas Sohn Alex das legale Kind von Gamal Rahmha geworden war ...

Achmed Rahmha war also Deutscher und konnte gleichzeitig gültige ägyptische Papiere für den Namen Alex Wolff besitzen.

Unter den Urkunden war auch ein Testament, das Achmed oder Alex den größten Teil von Gamals Vermögen und das Haus zusprach.

Nachforschungen bei allen überlebenden Rahmhas waren ergebnislos geblieben. Achmed war zwei Jahre zuvor verschwunden, und man hatte seitdem nichts mehr von ihm gehört. Der Ermittler war mit dem Eindruck zurückgekehrt, daß man den Adoptivsohn der Familie nicht sehr vermißte. Vandam war überzeugt, daß Achmed sich nach seinem Verschwinden in Deutschland aufgehalten hatte.

Es gab noch einen weiteren Zweig der Familie Rahmha,

doch es waren Nomaden, und niemand wußte, wo sie sich befanden. Nach Vandams Meinung mußten sie Wolff bei seiner Rückkehr nach Ägypten irgendwie geholfen haben.

Vandam sah nun ein, daß Wolff nicht über Alexandria ins Land gekommen sein konnte. Die Sicherheitsmaßnahmen in der Hafenstadt waren streng. Man hätte seine Einreise bemerkt, Nachforschungen angestellt und früher oder später seine deutsche Herkunft aufgedeckt, wonach er interniert worden wäre. Dadurch aber, daß er von Süden zurückkehrte, konnte er unbeobachtet bleiben und seinen früheren Status als geborener Ägypter wiederaufnehmen. Es war ein glücklicher Zufall für die Briten gewesen, daß Wolff in Assiut Schwierigkeiten bekommen hatte.

Dies war, wie Vandam schien, der letzte glückliche Zufall gewesen.

Er saß in seinem Büro, rauchte eine Zigarette nach der anderen und machte sich über Wolff Gedanken.

Der Mann war kein gewöhnlicher Sammler von Klatsch und Gerüchten. Er war nicht wie andere Agenten damit zufrieden, Berichte über die Zahl der Soldaten in Kairos Straßen und den Mangel an Autoersatzteilen abzugeben. Der Diebstahl der Aktentasche bewies, daß er es auf streng geheime Informationen abgesehen hatte und geschickte Methoden ersinnen konnte, um sie sich zu verschaffen. Wenn er lange genug in Freiheit blieb, würde er früher oder später Erfolg haben.

Vandam marschierte in seinem Zimmer hin und her: vom Kleiderständer zum Schreibtisch, um den Schreibtisch herum, ein kurzer Blick aus dem Fenster, dann um die andere Seite des Schreibtisches und zurück zum Kleiderständer.

Auch der Spion hatte seine Probleme. Er mußte neugierigen Nachbarn Erklärungen liefern, sein Funkgerät irgendwo verbergen, sich in der Stadt umsehen und Informanten finden. Ihm konnte das Geld knapp werden, sein Funkgerät konnte versagen, seine Informanten konnten ihn verraten, oder jemand konnte ganz zufällig sein Geheimnis entlarven. Jedenfalls mußten die Spuren des Spions irgendwann sichtbar werden.

Je klüger er war, desto länger würde es dauern.

Vandam hatte keinen Zweifel, daß Abdullah, der Dieb, eine Verbindung zu Wolff unterhielt. Nachdem Bogge die Verhaftung Abdullahs abgelehnt hatte, hatte Vandam eine große Summe für Hinweise auf Wolffs Aufenthaltsort ausgesetzt. Abdullah behauptete immer noch, niemanden namens Wolff zu kennen, aber er konnte die Habgier in seinen Augen nicht verbergen.

Es mochte stimmen, daß Abdullah nicht wußte, wo Wolff sich aufhielt. Wolff war bestimmt nicht so unvorsichtig, sich einem notorisch unehrlichen Mann auszuliefern. Aber vielleicht konnte Abdullah es herausfinden. Vandam hatte deutlich gemacht, daß das Geld immer noch zur Verfügung stand. Andererseits konnte Abdullah, wenn er Bescheid wußte, einfach zu Wolff gehen, ihm von Vandams Belohnung erzählen und eine höhere Summe fordern.

Vandam ging im Zimmer auf und ab.

Es hatte irgend etwas mit der Methode zu tun. Wolff hatte sich angeschlichen, mit einem Messer gemordet, war untergetaucht und ... Noch etwas gehörte dazu, etwas, von dem Vandam wußte, daß er es in einem Bericht gelesen oder in einer Lagebesprechung gehört hatte. Wolff war vielleicht ein Mann, den Vandam vor langer Zeit gekannt hatte, an den er sich aber nun nicht mehr erinnern konnte. Das Telefon klingelte.

Er nahm den Hörer ab. »Major Vandam.«

»Oh, hallo, hier spricht Major Calder im Büro des Zahlmeisters.«

Vandam straffte sich. »Ja?«

»Sie haben uns vor ein paar Wochen gebeten, nach gefälschten Pfund Sterling Ausschau zu halten. Wir haben welche gefunden.«

Das war sie – das war die Spur. »Sehr gut!«

»Eine ganze Menge sogar«, fuhr die Stimme fort.

»Ich muß sie so bald wie möglich sehen.«

»Sie sind schon unterwegs. Ich habe jemanden geschickt, er müßte bald bei Ihnen sein.«

»Wissen Sie, wer sie eingezahlt hat?«

»Es gibt verschiedene Quellen, aber wir haben einige Namen für Sie.«

»Prächtig. Ich rufe später zurück, wenn ich die Noten gesehen habe. Sagten Sie Calder?«

»Ja.« Der Mann gab seine Telefonnummer durch.

»Wir unterhalten uns also später.« Vandam hängte ein. Gefälschte Pfund Sterling, es paßte genau: Dies könnte der Durchbruch sein. Sterling war in Ägypten nicht mehr gültig. Offiziell wurde Ägypten als souveränes Land angesehen. Aber man konnte Sterling jederzeit im Büro des britischen Generalzahlmeisters gegen ägyptisches Geld eintauschen. Deshalb nahmen Leute, die geschäftlich viel mit Ausländern umgingen, Pfundnoten meist als Bezahlung an.

Vandam öffnete seine Tür und rief durch den Flur: »Jakes!«

»Sir!« brüllte Jakes genauso laut zurück.

»Bringen Sie mir die Akte über gefälschte Banknoten.«

»Ja, Sir!«

Vandam betrat das angrenzende Büro und wandte sich an seinen Sekretär: »Ich erwarte ein Päckchen vom Zahlmeister. Bitte, bringen Sie mir's sofort herein.«

»Jawohl, Sir.«

Er kehrte in sein Büro zurück. Jakes erschien einen Moment später mit einer Akte. Er war der Ranghöchste in Vandams Team, ein eifriger, zuverlässiger junger Mann, der Befehle buchstabengetreu befolgte und dann selbst die Initiative ergriff. Er war noch größer als Vandam, schmal und schwarzhaarig, mit seltsam kummervoller Miene. Gegenüber Vandam achtete er auf lässige Formalität: Er grüßte sorgfältig und redete Vandam oft mit »Sir« an, aber sie sprachen wie Gleichberechtigte über ihre Arbeit, und Jakes fluchte dabei mit großer Meisterschaft. Er hatte sehr gute Beziehungen und würde es in der Armee höchstwahrscheinlich weiter bringen als Vandam.

Vandam knipste seine Schreibtischlampe an und sagte: »Zeigen Sie mir ein Bild von den Nazi-Blüten.«

Jakes legte die Akte nieder und blätterte sie durch. Er zog ein Bündel Glanzfotos hervor und breitete sie auf dem Schreibtisch aus. Jeder Abzug zeigte die Vorder- und die Rückseite einer Banknote, etwas größer als im Original.

»Pfundnoten, Fünfer, Zehner und Zwanziger.« Jakes hatte die Bilder sortiert.

Schwarze Pfeile auf den Fotos verwiesen auf die Fehler, durch die die Fälschungen identifiziert werden konnten.

Als Informationsquelle diente Falschgeld, das man in England gefangenen deutschen Spionen abgenommen hatte. Jakes kommentierte: »Man sollte glauben, daß sie nicht so dumm wären, ihren Spionen Blüten zu geben.«

Vandam antwortete, ohne von den Bildern aufzublikken: »Spionage ist ein teures Geschäft, und der größte Teil des Geldes ist sowieso verschwendet. Weshalb sollten sie in der Schweiz englische Währung kaufen, wenn sie sie selbst machen können? Ein Spion hat gefälschte Papiere, also kann er genausogut auch Falschgeld haben. Außerdem schadet es der britischen Wirtschaft ein bißchen, wenn es in Umlauf kommt. Es heizt die Inflation an.«

»Aber inzwischen müßten sie doch gemerkt haben, daß wir die Kerle fangen.«

»Nein, wenn wir sie fangen, sorgen wir dafür, daß die Deutschen es nicht erfahren.«

»Trotzdem hoffe ich, daß unsere Spione nicht gefälschte Reichsmark benutzen.«

»Das glaube ich kaum. Wir nehmen die Spionage viel ernster als die Deutschen. Ich wünschte, daß wir das gleiche von der Panzertaktik sagen könnten.«

Vandams Sekretär klopfte an und trat ein. Er war ein zweiundzwanzigjähriger Corporal mit Brille. »Sendung vom Zahlmeister, Sir.«

»Sehr schön!«

»Wenn Sie hier unterschreiben könnten, Sir.«

Vandam unterzeichnete die Quittung und riß den Umschlag auf. Er enthielt mehrere hundert Pfundnoten.

»Verdammt noch mal!« keuchte Jakes.

»Ich hatte gehört, daß es eine Menge sein sollte«, sagte Vandam. »Holen Sie ein Vergrößerungsglas, Corporal. Im Laufschritt.«

»Jawohl, Sir.«

Vandam legte eine Pfundnote aus dem Umschlag neben eine der Fotografien und suchte nach dem Fehler.

Er benötigte das Vergrößerungsglas nicht.

»Hier, Jakes.«

Jakes schaute genau hin.

Die Note zeigte den gleichen Fehler wie die auf dem Foto.

»Das ist es, Sir«, sagte Jakes.

»Nazi-Geld, made in Germany. Jetzt sind wir ihm auf der Spur.«

*

Oberstleutnant Reggie Bogge wußte, daß Major Vandam ein cleverer Bursche war. Er besaß die Art von Gerissenheit, die man manchmal bei der Arbeiterklasse fand, aber der Major war jemandem wie Bogge nicht gewachsen.

An jenem Abend spielte Bogge im Sporting Club von

Gezira Billard mit Brigadegeneral Povey, dem Direktor des Militärischen Geheimdienstes. Der Brigadegeneral war ausgekocht und hielt nicht allzuviel von seinem Untergebenen, aber Bogge glaubte, mit ihm fertig werden zu können.

Sie spielten um einen Schilling pro Punkt, und der Brigadegeneral begann.

Während des Spiels sagte Bogge: »Hoffe, es macht Ihnen nichts aus, im Club über Dienstliches zu sprechen, Sir.«

»Oberhaupt nichts.«

»Es liegt daran, daß ich tagsüber fast nie Gelegenheit habe, meinen Schreibtisch zu verlassen.«

»Was haben Sie auf dem Herzen?« Der General rieb sein Queue mit Kreide ein.

Bogge brachte eine rote Kugel im Loch unter und zielte auf die rosarote. »Ich bin ziemlich sicher, daß ein ernst zu nehmender Spion in Kairo am Werk ist.« Er verfehlte die rosarote Kugel. Der Brigadegeneral beugte sich über den Tisch. »Fahren Sie fort.«

Bogge betrachtete den breiten Rücken des Generals. Ein wenig Finesse war am Platze. Natürlich war der Abteilungsleiter für die Erfolge seiner Leute verantwortlich, denn nur gut geführte Abteilungen hatten Erfolge, wie jeder wußte. Trotzdem galt es, behutsam vorzugehen, wenn man die Lorbeeren für sich einheimsen wollte. Er begann: »Sie erinnern sich, daß ein Corporal vor ein paar Wochen in Assiut erstochen wurde?«

»Vage.«

»Ich hatte irgendeine Ahnung und bin der Sache nachgegangen. Letzte Woche ist einem Mitarbeiter des Generalstabs während einer Straßenkeilerei die Aktentasche gestohlen worden. Daran war natürlich nichts Besonderes, aber ich zählte zwei und zwei zusammen.«

Der Brigadegeneral stieß die weiße Kugel aus Versehen ins Loch. »Verdammt«, sagte er. »Sie sind dran.«

»Ich bat den Generalzahlmeister, nach gefälschtem englischen Geld Ausschau zu halten. Und siehe da, er fand einiges. Ich habe es von meinen Jungs untersuchen lassen: Wie sich herausstellt, ist es in Deutschland hergestellt worden.«

Bogge traf eine rote, eine blaue und noch eine rote Kugel, dann verpaßte er die rosarote wieder.

»Sie geben mir keine schlechte Chance«, sagte der Brigadegeneral, der den Tisch mit zusammengekniffenen Augen musterte. »Kann der Bursche mit Hilfe des Geldes aufgespürt werden?«

»Die Möglichkeit besteht. Wir arbeiten schon daran.«

»Reichen Sie mir doch bitte die Brücke.«

»Aber sicher.«

Der General legte die Brücke auf das grüne Tuch und nahm Maß.

»Jemand hat vorgeschlagen, daß der Generalzahlmeister die Fälschungen weiterhin annehmen soll, damit wir neue Anhaltspunkte bekommen«, sagte Bogge. Der Vorschlag stammte von Vandam, und Bogge hatte ihn abgelehnt. Vandam hatte ihm widersprochen und Bogge hatte ihn zusammenstauchen müssen. Aber der Fall war keineswegs eindeutig, und wenn er eine schlimme Wendung nahm, wollte Bogge sich damit entschuldigen, daß er seine Vorgesetzten konsultiert habe.

Der General straffte sich und überlegte. »Hängt davon ab, um wieviel Geld, es geht, nicht wahr?«

»Bis jetzt um mehrere hundert Pfund.«

»Das ist eine Menge.«

»Nach meiner Meinung ist es wirklich nicht nötig, die Fälschungen noch anzunehmen, Sir.«

»In Ordnung.« Der Brigadegeneral versenkte die letzte der roten Kugeln und begann mit den anderen Farben.

Bogge markierte die Punkte. Der General lag in Führung, aber Bogge hatte erreicht, was er erreichen wollte.

»Wen haben Sie auf diese Spionagegeschichte angesetzt?« fragte Povey.

»Eigentlich kümmere ich mich selbst darum ...«

»Ja, aber welchen Ihrer Majore haben Sie beauftragt?«

»Vandam.«

»Ah, Vandam. Tüchtiger Bursche.«

Bogge hielt wenig von der Richtung, die das Gespräch
nahm. Der Brigadegeneral war sich nicht darüber im Klaren, wie vorsichtig man mit Leuten wie Vandam sein mußte. Schlimm genug, daß die Armee solche Männer auf höhere Posten beförderte, als ihnen zustand. Bogges Alptraum
war, eines Tages Befehle von dem Sohn eines Briefträgers
mit Dorset-Akzent zu empfangen. »Vandam hat leider eine
kleine Schwäche für die Einheimischen. Aber er ist, wie Sie
sagen, ganz tüchtig – auf seine schwerfällige Art.«

»Ja.« Der General hatte eine lange Glückssträhne und
ließ eine farbige Kugel nach der anderen verschwinden.
»Er hat dieselbe Schule besucht wie ich – zwanzig Jahre
später natürlich.«

Bogge lächelte. »Aber wissen Sie, Sir, er war doch nur
Stipendiat.«

»Ja«, antwortete der Brigadegeneral. »Genauso wie ich.«
Er brachte die schwarze Kugel im Loch unter.

»Sie scheinen gewonnen zu haben, Sir«, sagte Bogge.

*

Der Manager des Cha-Cha-Clubs sagte aus, daß mehr als
die Hälfte seiner Gäste ihre Rechnungen mit Sterling
bezahle; er könne natürlich keine Angabe darüber machen, wer welche Währung benutze, und außerdem kenne er nur wenige Stammgäste mit Namen.

Der Hauptkassierer des Shepheard's Hotel machte eine
ähnliche Aussage, desgleichen zwei Taxifahrer, der Eigentümer einer Soldatenbar und die Bordellwirtin Madame Fahmy.

Vandam erwartete deshalb nicht viel mehr von der nächsten Person auf seiner Liste, einem gewissen Mikis Aristopoulos, dem ein Laden gehörte.

Aristopoulos hatte eine große Summe Sterling gewechselt, von der der größte Teil gefälscht war. Vandam hatte sich einen Laden von beträchtlichen Ausmaßen vorgestellt, doch Aristopoulos hatte nur ein kleines Lebensmittelgeschäft. Es roch nach Gewürzen und Kaffee, aber die Regale waren nur karg bestückt. Aristopoulos war ein kleiner Grieche von etwa 25 Jahren mit einem breiten Lächeln und weißen Zähnen. Er trug eine gestreifte Schürze über seiner Baumwollhose und seinem weißen Hemd.

»Guten Morgen, Sir. Was kann ich für Sie tun?«

»Sie scheinen nicht viel zum Verkauf anzubieten«, sagte Vandam.

Aristopoulos lächelte. »Wenn Sie etwas Bestimmtes suchen, habe ich es vielleicht im Lagerraum. Waren Sie schon einmal hier, Sir?«

Das also war das System: seltene Delikatessen im Hinterzimmer, nur für regelmäßige Käufer. Also mußte Aristopoulos seine Kundschaft kennen. Mit dem Falschgeld war wahrscheinlich eine große Bestellung bezahlt worden, an die er sich erinnern würde.

»Ich bin nicht hier, um einzukaufen«, erklärte Vandam. »Vor zwei Tagen haben Sie 127 englische Pfund zum britischen Generalzahlmeister gebracht und gegen ägyptische Währung eingewechselt.«

Aristopoulos runzelte die Stirn; er wirkte besorgt.

»Ja ...«

»Die 127 Pfund waren gefälscht, wertlos.«

Der Ladenbesitzer lächelte, zuckte die Achseln und breitete die Arme aus. »Das tut mir leid für den Zahlmeister. Ich bekomme das Geld von den Engländern und gebe es den Engländern zurück ... Was soll ich sonst tun?«

»Sie könnten ins Gefängnis kommen, weil Sie Falschgeld weitergegeben haben.«

Aristopoulos lächelte nicht mehr. »Bitte, es ist nicht
gerecht. Woher sollte ich das wissen?«

»Haben Sie das ganze Geld von einer Person erhalten?«

»Ich weiß nicht ...«

»Denken Sie nach!« drängte Vandam mit scharfer Stimme. »Hat Ihnen jemand 127 Pfund bezahlt?«

»Ah ... ja! Ja!« Aristopoulos sah plötzlich beleidigt aus.
»Ein sehr ehrenhafter Kunde. 126 Pfund und 10 Schilling.«

»Sein Name?« Vandam hielt den Atem an.

»Mr. Wolff ...«

»Aha.«

»Ich bin so erstaunt. Mr. Wolff ist seit vielen Jahren
ein guter Kunde, und er hat immer prompt bezahlt.«

»Hören Sie zu. Haben Sie die Lebensmittel abgeliefert?«

»Nein.«

»Verdammt.«

»Wir boten an, sie wie gewöhnlich abzuliefern, aber diesmal war Mr. Wolff ...«

»Sie bringen Mr. Wolff sonst alles ins Haus?«

»Ja, aber diesmal ...«

»Was ist seine Adresse?«

»Warten Sie – Villa Les Oliviers, Garden City.«

Vandam trommelte enttäuscht mit der Faust auf den
Tresen. Aristopoulos schien ein wenig verängstigt. »Aber
in letzter Zeit haben Sie nichts dorthin gebracht?«

»Nicht, seitdem Mr. Wolff zurückgekehrt ist. Sir, es tut
mir sehr leid, daß dieses Falschgeld durch meine unschuldigen Hände gegangen ist. Vielleicht läßt sich etwas arrangieren ...?«

»Vielleicht«, sagte Vandam nachdenklich.

»Lassen Sie uns zusammen Kaffee trinken.«

Vandam nickte. Aristopoulos führte ihn ins Hinterzimmer. Hier waren die Regale voll von – meist importierten
– Flaschen und Dosen. Vandam bemerkte russischen

Kaviar, amerikanischen Schinken und englische Marmelade. Aristopoulos goß dickflüssigen, starken Kaffee in winzige Tassen. Er lächelte wieder.

»Diese kleinen Probleme lassen sich unter Freunden leicht lösen«, murmelte der Händler.

Sie tranken Kaffee.

Aristopoulos sagte: »Vielleicht könnte ich Ihnen – als Geste der Freundschaft – etwas aus meinem Lager anbieten. Ich habe einen kleinen Vorrat französischer Weine ...«

»Nein, nein.«

»Gewöhnlich kann ich noch etwas schottischen Whisky auftreiben, wenn in Kairo niemand welchen anbietet ...«

»An einem *solchen* Arrangement bin ich nicht interessiert«, unterbrach Vandam ungeduldig.

»Oh!« Aristopoulos war fest davon überzeugt gewesen, daß Vandam bestochen werden wollte.

»Ich möchte Wolff finden«, fuhr Vandam fort. »Ich muß wissen, wo er jetzt wohnt. Sie sagten, er sei Stammkunde?«

»Ja.«

»Was für Sachen kauft er denn?«

»Viel Champagner, auch etwas Kaviar, eine Menge Kaffee, alkoholische Getränke aus dem Ausland, eingelegte Walnüsse, Knoblauchwurst, Aprikosen in Brandy ...«

»Hm.« Vandam nahm diese beiläufige Information begierig auf. Was für ein Spion gab seine Mittel für importierte Delikatessen aus? Antwort: einer, der es nicht ernst meinte. Aber Wolff meinte es ernst. Es war eine Frage des Stils. »Wann wird er wiederkommen?«

»Sobald er keinen Champagner mehr hat.«

»Gut. Wenn er auftaucht, muß ich erfahren, wo er wohnt.«

»Aber, Sir, wenn er sich die Ware wieder nicht ins Haus bringen lassen will?«

»Darüber habe ich nachgedacht. Ich werde Ihnen eine Hilfe geben.«

Der Gedanke sagte Aristopoulos nicht zu. »Ich möchte Ihnen helfen, Sir, aber mein Geschäft ist privat ...«

»Sie haben keine Wahl. Entweder arbeiten Sie mit mir zusammen, oder Sie gehen ins Gefängnis.«

»Aber wenn ein englischer Offizier hier in meinem Geschäft ist ...«

»Keine Sorge, es wird kein englischer Offizier sein.« Ein Soldat würde sofort auffallen und Wolff wahrscheinlich abschrecken. Vandam lächelte. »Ich glaube, ich habe die ideale Person für diese Aufgabe.«

*

An jenem Abend suchte Vandam nach dem Dinner Elenes Wohnung auf. Er hatte einen riesigen Blumenstrauß in der Hand und kam sich albern vor.

Sie wohnte in einem anmutigen, alten Mietshaus unweit der Place de l'Opera. Ein nubischer Concierge wies Vandam auf die dritte Etage. Er stieg die gewundene Marmortreppe hinauf, welche die Mitte des geräumigen Gebäudes einnahm, und klopfte an die Tür von 3A.

Sie erwartete ihn nicht, und plötzlich fiel ihm ein, daß sie einen Freund bei sich haben könnte.

Ungeduldig wartete er auf dem Flur und überlegte, wie sie sich in ihrer eigenen Wohnung geben mochte. Er war zum erstenmal hier. Vielleicht war sie nicht zu Hause. Sie hatte abends bestimmt viele Möglichkeiten, sich zu unterhalten.

Die Tür öffnete sich.

Elene trug ein gelbes Baumwollkleid mit gebauschtem Rock, ziemlich einfach, aber fast durchsichtig. Ihre hellbraune Haut hob sich vorteilhaft gegen die Farbe ab. Sie starrte ihn einen Moment verständnislos an, dann erkannte sie ihn und lächelte schelmisch.

»Hallo«, grüßte sie.

»Guten Abend.«

Sie trat vor und küßte ihn auf die Wange. »Nur herein.«

Er ging hinein, und sie schloß die Tür.

»Den Kuß hatte ich nicht erwartet.«

»Das gehört alles zur Rolle. Warten Sie, ich nehme Ihnen Ihre Verkleidung ab.«

Vandam reichte ihr die Blumen. Er hatte das Gefühl, daß sie sich über ihn lustig machte.

»Dort hinein. Ich stelle sie nur eben ins Wasser.«

Er ging in das Wohnzimmer und blickte sich um. Der Raum war bequem, und seine Atmosphäre wirkte fast sinnlich. Die Tapeten waren hellrot und golden, und zum Mobiliar gehörten tiefe, weiche Sessel und ein heller Eichentisch. Es war ein Eckzimmer mit Fenstern an beiden Seiten, und die Abendsonne, die hereinschien, ließ alles schwach erglühen. Auf dem Boden lag ein dicker Läufer aus braunem Fell, ein Bärenfell vermutlich. Vandam bückte sich und berührte es. Plötzlich stellte er sich vor, wie Elene sich nackt auf dem Läufer wand. Er zwinkerte und richtete sich wieder auf. Auf dem Sessel neben ihm lag ein Buch, das sie vermutlich gelesen hatte, als er anklopfte. Er nahm es und ließ sich in den Sessel fallen, der noch warm war von ihrem Körper. Das Buch trug den Titel »Stambul Train«; es schien ein Spionageroman zu sein. An der Wand ihm gegenüber hing ein modern wirkendes Gemälde einer Abendgesellschaft: Alle Frauen trugen Abendkleider, und alle Männer waren nackt. Vandam setzte sich auf die Couch unter dem Bild, damit er es nicht anschauen mußte. Er fand es absonderlich.

Elene brachte die Blumen, und der Duft von Glyzinien erfüllte das Zimmer. »Möchten Sie einen Drink?«

»Können Sie Martinis machen?«

»Ja. Rauchen Sie, wenn Sie möchten.«

»Vielen Dank.« Sie versteht es, sich gastfreundlich zu geben, dachte Vandam. Kein Wunder bei der Art und Weise, wie sie ihren Lebensunterhalt verdiente. Er zog seine Zigaretten hervor. »Ich hatte Angst, daß Sie nicht zu Hause sein würden.«

»Heute abend schon.« Ihre Stimme hatte einen seltsamen Unterton, den Vandam sich nicht erklären konnte. Er sah zu, wie sie mit dem Cocktailshaker hantierte. Eigentlich hatte er das Treffen geschäftsmäßig durchführen wollen, doch dazu war er nicht in der Lage, da sie den Verlauf bestimmte. Er kam sich vor wie ein heimlicher Liebhaber.

»Gefällt Ihnen das Zeug?« Er deutete auf das Buch.

»In letzter Zeit lese ich Thriller.«

»Warum?«

»Um herauszufinden, wie ein Spion sich zu benehmen hat.«

»Ich glaube nicht, daß Sie ...« Er merkte, daß sie lächelte. Sie machte sich also wieder über ihn lustig. »Ich weiß nie, ob Sie etwas ernst meinen.«

»Ganz selten.« Sie reichte ihm seinen Drink, setzte sich ans andere Ende der Couch und schaute ihn an.

Er nippte an seinem Martini: vollendet – genau wie sie. Die milde Sonne ließ ihre Haut schimmern, ihre Arme und Beine waren glatt und sanft. Wahrscheinlich war sie im Bett nicht anders als jetzt: entspannt, amüsant und zu allem bereit. Zum Teufel. Sie hatte schon beim letztenmal diese Wirkung auf ihn gehabt, und er war auf eine seiner seltenen Sauftouren gezogen und hatte sich in einem elenden Bordell wiedergefunden.

»Woran denken Sie?« fragte Elene.

»An Spionage.«

Sie lachte. Irgendwie schien sie zu ahnen, daß er gelogen hatte. »Sie müssen Ihren Beruf lieben.«

Vandam dachte: Wie macht sie das nur? Mit ihrem Spott

und ihrem Scharfsinn, dem unschuldigen Gesicht und den langen braunen Gliedern brachte sie ihn ständig aus dem Gleichgewicht. »Ich liebe meinen Beruf nicht, aber Spione zu fangen, kann sehr befriedigend sein.«

»Was geschieht mit ihnen, wenn Sie sie gefangen haben?«

»Gewöhnlich werden sie aufgehängt.«

»Oh.«

Endlich war es ihm einmal gelungen, sie aus dem Gleichgewicht zu bringen. Sie schauderte.

»Verlierer überleben einen Krieg nur selten.«

»Lieben Sie Ihren Beruf deshalb nicht – weil sie aufgehängt werden?«

»Nein. Ich liebe ihn nicht, weil ich sie nicht immer fange.«

»Sind Sie stolz darauf, so hart zu sein?«

»Ich glaube nicht, daß ich hart bin. Wir versuchen, mehr von ihnen zu töten als sie von uns.« Er dachte: Wieso muß ich mich plötzlich verteidigen?

Sie stand auf, um ihm einen weiteren Drink einzuschenken. Vandam beobachtete sie, während sie das Zimmer durchquerte. Sie bewegte sich anmutig wie eine Katze, nein, wie ein Kätzchen. Er betrachtete ihren Rücken, als sie sich vorbeugte, um nach dem Cocktailshaker zu greifen, und fragte sich, was sie unter dem gelben Kleid anhatte. Während sie das Getränk eingoß, fielen ihm ihre Hände auf: Sie waren schlank und kräftig. Elene selbst verzichtete auf einen weiteren Martini. Aus was für einer Familie mochte sie stammen? Er fragte: »Leben Ihre Eltern noch?«

»Nein«, erwiderte sie schroff.

»Tut mir leid.« Er wußte, daß sie gelogen hatte.

»Weshalb haben Sie mich danach gefragt.«

»Reine Neugier. Bitte, entschuldigen Sie.«

Sie lehnte sich zu ihm und berührte seinen Arm; ihre Fingerspitzen strichen sanft über seine Haut. »Sie entschuldigen sich zuviel.« Elene wandte den Blick ab, als zögere sie; dann schien sie sich zu überwinden und begann, ihm von ihrer Familie zu erzählen.

Sie war das älteste von fünf Kindern in einer bitterarmen Familie gewesen. Ihre Eltern waren kultiviert und liebevoll. »Mein Großvater hat mir Englisch beigebracht, und meine Mutter hat mich gelehrt, saubere Kleidung zu tragen«, sagte sie. Ihr Vater, Schneider von Beruf und ein äußerst orthodoxer Jude, lag mit der jüdischen Gemeinde von Alexandria im Streit. Als Elene fünfzehn Jahre alt war, begann er zu erblinden. Er konnte nicht mehr als Schneider arbeiten, aber er weigerte sich, die, wie er sagte »abtrünnigen« Juden von Alexandria um Hilfe zu bitten. Elene zog als Zimmermädchen in einen britischen Haushalt und schickte den Lohn an ihre Familie.

Von diesem Punkt an – das wußte Vandam – entsprach ihre Geschichte dem, was sich im Laufe der letzten hundert Jahre in den Häusern der britischen Oberschicht ständig wiederholt hatte: Sie verliebte sich in den Sohn des Hauses, und er verführte sie. Elene hatte Glück, weil jemand die beiden ertappte, bevor sie schwanger wurde. Der Sohn wurde auf die Universität geschickt und Elene ausbezahlt. Sie fürchtete sich, nach Hause zurückzukehren und ihrem Vater zu gestehen, daß sie wegen unzüchtiger Beziehungen – dazu noch mit einem Nichtjuden – entlassen worden war. Also lebte sie von ihrer Abfindung und sandte jede Woche den gewohnten Betrag nach Hause, bis das Geld verbraucht war. Dann richtete ein lüsterner Geschäftsmann, dem sie bei den Briten begegnet war, ihr eine Wohnung ein, und ihre Karriere begann. Kurz darauf erfuhr ihr Vater von ihrem Lebenswandel und ließ die Familie Shiva für sie abhalten.

»Was ist Shiva?« fragte Vandam.

»Die Trauerfeier.«

Seitdem hatte sie nichts mehr von ihrer Familie gehört,

aber eine Bekannte hatte ihr mitgeteilt, daß ihre Mutter gestorben war.

»Hassen Sie Ihren Vater?«

Elene zuckte die Achseln. »Ich glaube, daß sich die Dinge nicht schlecht entwickelt haben.« Sie breitete die Arme aus und deutete auf die Wohnung.

»Aber sind Sie glücklich?«

Sie sah ihn an. Zweimal schien sie sprechen zu wollen, brachte aber kein Wort heraus. Schließlich schaute sie zur Seite. Vandam merkte, daß sie ihre impulsive Lebensbeichte bedauerte. Sie wechselte das Thema. »Was führt Sie heute abend zu mir, Major?«

Vandam sammelte sich. Sein Interesse an ihr, an ihren Händen, ihren Augen, war so stark gewesen, daß er den Zweck seines Kommens vorübergehend vergessen hatte. »Ich suche immer noch nach Alex Wolff«, begann er. »Bis jetzt habe ich nur seinen Lebensmittelhändler gefunden.«

»Wie haben Sie das gemacht?«

Er beschloß, sie nicht einzuweihen. Es war besser, wenn außerhalb des Geheimdienstes niemand wußte, daß sich deutsche Spione durch ihr Falschgeld verrieten. »Das ist eine lange Geschichte. Wichtig ist nur, daß ich jemanden in dem Laden unterbringen möchte, falls er zurückkommt.«

»Mich.«

»Daran hatte ich gedacht.«

»Und dann, wenn er hereinkommt, schlage ich ihm eine Zuckertüte über den Schädel und bewache den bewußtlosen Spion, bis Sie da sind.«

Vandam lachte. »Dazu wären Sie imstande«, sagte er. »Ich kann mir gut vorstellen, wie Sie über den Tresen springen würden.« Er merkte, wie sehr seine Konzentration nachließ, und versuchte, sich zusammenzureißen.

»Im Ernst, was soll ich tun?«

»Im Ernst, Sie sollen herausfinden, wo er wohnt.«

»Wie?«

»Ich weiß es noch nicht genau.« Vandam zögerte. »Ich dachte, Sie könnten sich vielleicht mit ihm anfreunden. Sie sind eine sehr attraktive Frau, es wäre leicht für Sie.«

»Was meinen Sie mit ›anfreunden‹?«

»Das ist Ihre Sache. Hauptsache, Sie erfahren seine Adresse.«

»Aha.« Plötzlich hatte ihre Stimmung sich geändert, ihr Tonfall verriet Bitterkeit. Der Umschwung verblüffte Vandam. Eine Frau wie Elene würde sich durch seinen Vorschlag doch nicht beleidigt fühlen? Sie sagte: »Wieso lassen Sie ihn nicht durch einen Ihrer Soldaten beschatten?«

»Das wird vielleicht nötig sein, wenn Sie sein Vertrauen nicht gewinnen können. Das Problem ist, daß er den Verfolger womöglich bemerkt und abschüttelt. Dann wird er nie mehr zu seinem Händler zurückkehren. Aber wenn Sie ihn dazu bringen, daß er Sie zum Dinner nach Hause einlädt, bekommen wir unsere Information, ohne unsere Karten aufdecken zu müssen. Natürlich kann die Sache fehlschlagen. Beide Methoden sind riskant, aber ich bin für die subtilere.«

»Das leuchtet mir ein.«

Natürlich leuchtet es ihr ein, dachte Vandam; das Ganze ist doch sonnenklar. Was, zum Teufel, ist nur los mit ihr? Sie war eine merkwürdige Frau. In einer Sekunde bezauberte sie ihn, in der nächsten machte sie ihn wütend. Zum erstenmal kam ihm der Gedanke, daß sie seine Bitte abschlagen könnte. Gespannt fragte er: »Werden Sie mir helfen?«

Sie stand auf und füllte sein Glas von neuem. Diesmal goß sie auch sich selbst etwas ein. Sie war sehr nervös, wollte ihm die Ursache dafür aber offensichtlich nicht verraten. Vandam spürte, wie er langsam ärgerlich wurde. Es wäre verdammt unangenehm, wenn sie sich jetzt weigerte, mit ihm zusammenzuarbeiten.

Schließlich sagte sie: »Wahrscheinlich ist es nicht schlimmer als das, was ich schon immer getan habe.«

»Eben«, meinte Vandam erleichtert.

Sie warf ihm einen finsteren Blick zu.

»Sie fangen morgen an.« Er reichte ihr einen Zettel, auf dem die Adresse des Ladens stand. Sie nahm das Stück Papier entgegen, ohne es anzusehen. »Das Geschäft gehört Mikis Aristopoulos«, setzte er hinzu.

»Wie lange, glauben Sie, wird es dauern?«

»Ich weiß nicht.« Er stand auf. »Ich werde alle paar Tage mit Ihnen Kontakt aufnehmen, um sicherzugehen, daß alles in Ordnung ist. Aber Sie werden mich doch benachrichtigen, sobald er auftaucht?«

»Ja.«

Vandam fiel etwas ein. »Übrigens, der Ladenbesitzer nimmt an, daß wir Wolff wegen Geldfälscherei suchen. Reden Sie mit ihm nicht über Spionage.«

»Gut.«

Ihr Stimmungswechsel war nicht rückgängig zu machen. Beide fühlten sich unbehaglich. »Ich werde Sie Ihrem Roman überlassen«, sagte Vandam.

»Ich begleite Sie hinaus.«

Sie gingen zur Tür. Als Vandam hinaustrat, begegnete ihm der Mieter der Nachbarwohnung. Vandam hatte sich mehrmals am Abend mit dieser Situation beschäftigt, und nun tat er, was er unbedingt hatte vermeiden wollen. Er nahm Elenes Arm, senkte den Kopf und küßte sie auf den Mund.

Ihre Lippen reagierten flüchtig. Er hob den Kopf. Der Nachbar ging weiter. Vandam betrachtete Elene. Der Nachbar schloß seine Tür auf, ging in die Wohnung und schlug die Tür hinter sich zu. Vandam ließ Elenes Arm los.

»Sie sind ein guter Schauspieler.«

»Ja«, erwiderte er. »Auf Wiedersehen.«

Vandam drehte sich um und durchquerte den Flur mit zügigen Schritten. Im Grunde hätte er mit dem Ergebnis dieses Abends zufrieden sein können, doch statt dessen kam es ihm vor, als habe er etwas Unanständiges getan. Er hörte, wie die Tür ihrer Wohnung laut zufiel.

*

Elene lehnte sich mit dem Rücken gegen die geschlossene Tür und verfluchte William Vandam.

Er war, voll englischer Höflichkeit, in ihr Leben getreten, hatte sie aufgefordert, etwas Neues zu tun und zum Gewinn des Krieges beizutragen; und nun schickte er sie wieder auf den Strich.

Sie hatte wirklich geglaubt, daß er ihr Leben ändern werde. Nie wieder reiche Geschäftsleute, nie wieder heimliche Affären, nie wieder Arbeit als Tänzerin oder Kellnerin. Sie hatte eine lohnende Aufgabe, etwas, von dem sie überzeugt war, etwas, auf das es ankam. Nun stellte sich heraus, daß es dasselbe alte Spiel war.

Seit sieben Jahren hatte sie von ihrem Gesicht und ihrem Körper gelebt, und jetzt wollte sie damit aufhören.

Elene ging in ihr Wohnzimmer, um etwas zu trinken. Sein Glas stand halbleer auf dem Tisch. Sie setzte es an die Lippen. Das Getränk war warm und bitter.

Zuerst hatte Vandam ihr nicht gefallen; er hatte steif, ernst und langweilig gewirkt. Dann hatte sie ihre Meinung über ihn geändert. Wann war ihr zum erstenmal der Gedanke gekommen, daß sich unter dem strengen Äußeren ein ganz anderer Mann verbarg? Es fiel ihr ein: als er lachte. Dieses Lachen hatte sie fasziniert. Das gleiche war heute abend geschehen, nachdem sie bemerkt hatte, daß sie Wolff eine Zuckertüte über den Kopf schlagen werde. Tief in seinem Inneren versteckte sich ungekünstelte Heiterkeit, die, wenn sie geweckt wurde, für einen Moment seine ganze Persönlichkeit beherrschen konnte. Sie vermutete, daß er sehr lebenslustig war; doch er schien diese Lebenslust gut unter

Kontrolle zu haben, zu gut. Elene wollte Vandam aufrütteln, dafür sorgen, daß er zu sich selbst fand. Deshalb hatte sie versucht, ihn wieder zum Lachen zu bringen.

Sie war seltsam glücklich gewesen, als er auf ihrer Couch saß, rauchte und mit ihr redete. Sie hatte sogar daran gedacht, wie schön es wäre, mit diesem starken, ernsthaften Mann ins Bett zu gehen und ihm Dinge zu zeigen, von denen er vielleicht nur geträumt hatte. Weshalb gefiel er ihr? Lag es daran, daß er sie ernst nahm und nicht wie ein kleines Mädchen behandelte? Sie wußte, daß er nie ihre Hüften tätscheln und sagen würde: »Zerbrich dir nicht deinen hübschen kleinen Kopf ...«

Aber nun hatte er alles verdorben. Warum machte diese Sache mit Wolff ihr so zu schaffen? Eine Affäre mehr oder weniger würde ihr nicht schaden. Das hatte auch Vandam ziemlich deutlich zum Ausdruck gebracht. Kein Zweifel: Er betrachtete sie als Hure. Deshalb war sie so wütend. Sie wollte seine Achtung, und als er sie bat, sich mit Wolff »anzufreunden«, hatte sie gewußt, daß sie dieses Ziel nie erreichen konnte. Überhaupt war alles aussichtslos: Die Beziehung zwischen einer Frau wie ihr, und einem englischen Offizier war dazu verurteilt, sich wie alle ihre Affären zu entwickeln – einerseits Manipulation, andererseits Abhängigkeit und nirgendwo Achtung. Vandam würde sie immer als Hure ansehen. Eine Zeitlang hatte sie geglaubt, daß er sich von den anderen unterscheiden könne, aber sie hatte sich geirrt. Sie dachte: Aber weshalb macht es mir so viel aus?

*

Vandam saß mitten in der Nacht an seinem Schlafzimmerfenster, rauchte Zigaretten und blickte auf den vom Mond beleuchteten Nil hinaus, als ihm plötzlich eine deutliche Erinnerung an seine Kindheit durch den Kopf ging.

Er ist elf Jahre alt, von sexueller Unschuld, körperlich immer noch ein Kind. Der Schauplatz ist das graue terrassenförmige Ziegelhaus, in dem er seit seiner Geburt gewohnt hat. Das Haus hat ein Badezimmer, dessen Wasser durch das Kohlefeuer in der Küche darunter geheizt wird. Man hat ihm gesagt, daß dies ein Glück für seine Familie sei und er nicht damit prahlen dürfe; wenn er die neue Schule, die piekfeine Schule in Bournemouth, besucht, soll er so tun, als sei es vollkommen normal, ein Badezimmer und fließendes heißes Wasser zu haben. In dem Badezimmer ist auch ein Wasserklosett. Dorthin geht er jetzt, um Pipi zu machen. Seine Mutter badet gerade seine Schwester, die sieben Jahre alt ist, aber sie werden nichts dagegen haben, wenn er hereinkommt; es ist auch vorher schon geschehen, und die andere Toilette ist nur nach einem langen Spaziergang durch den kalten Garten zu erreichen. Doch er hat vergessen, daß seine Cousine ebenfalls gebadet wird. Sie ist acht Jahre alt. Er betritt das Badezimmer. Seine Schwester sitzt in der Wanne, seine Cousine ist aufgestanden und will heraussteigen. Seine Mutter hält ein Handtuch. Er sieht seine Cousine an.

Sie ist natürlich nackt. Es ist das erste Mal, daß er, außer seiner Schwester, ein nacktes Mädchen sieht. Seine Cousine hat einen etwas drallen Körper, und ihre Haut ist durch die Hitze des Wassers gerötet. Sie ist das Schönste, was er je gesehen hat. Er steht in der Badezimmertür und betrachtet sie mit unverhülltem Interesse und voll Bewunderung. Er sieht den Schlag nicht kommen. Die große Hand seiner Mutter scheint aus dem Nichts aufzutauchen. Sie trifft seine Wange mit einem lauten Klatschen. Seine Mutter versteht es zuzuschlagen, und dies ist eine besonders gelungene Ohrfeige. Sie tut sehr weh, aber der Schock ist noch schlimmer als der Schmerz. Am schlimmsten aber ist, daß das wohlige Gefühl, von dem er eingehüllt wurde, sich aufgelöst hat.

»Raus!« schreit seine Mutter, und er geht hinaus, beleidigt und gedemütigt.

Vandam erinnerte sich daran, während er allein dasaß und in die ägyptische Nacht hinausschaute, und er dachte, wie er damals gedacht hatte: Weshalb hat sie das bloß getan?

9

DER MIT FLIESEN ausgelegte Boden der Moschee fühlte sich am frühen Morgen unter Alex Wolffs nackten Füßen kalt an. Die wenigen Betenden verloren sich in der Weite der Säulenhalle. Es war still, eine friedliche Atmosphäre lag über dem Raum, die Dämmerung war trübe und grau. Ein Sonnenstrahl brach durch einen der hohen, engen Schlitze der Wand herein, und in diesem Moment begann der Muezzin zu rufen:

»Allahu akbar! Allahu akbar! Allahu akbar! Allahu akbar!«

Wolff dreht sich mit dem Gesicht nach Mekka.

Er trug ein langes Gewand und einen Turban, und die Schuhe in seiner Hand waren einfache arabische Sandalen. Wolff wußte selbst nicht, warum er dies tat. Er gehörte nur formal dem islamischen Glauben an. Zwar hatte man ihn beschnitten und er war nach Mekka gepilgert, doch er trank Alkohol, aß Schweinefleisch und bezahlte keine Zakat-Steuer. Auch hatte er nie den Fastenmonat Ramadan eingehalten, und er weigerte sich, täglich zu beten, geschweige denn fünfmal pro Tag. Aber bisweilen verspürte er das Bedürfnis, sich, wenn auch nur für ein paar Minuten, in das vertraute Ritual der Religion seines Stiefvaters zu versenken. Dann stand er auf, während es noch dunkel war, zog traditionelle Kleidung an und ging durch die kalten, stillen Straßen zu der Moschee, die sein Vater immer besucht hatte.

Hier vollzog er die zeremoniellen Waschungen im Vorhof und trat rechtzeitig zu den ersten Gebeten des neuen Tages ein.

Er berührte seine Ohren mit den Händen und verschränkte die Hände vor sich, die linke in der rechten. Dann verneigte er sich und kniete nieder. Er rezitierte die El-Fatha, wobei er den Boden zu den vorgeschriebenen Momenten mit der Stirn berührte:

»Im Namen Gottes, des gnadenreichen und mitleidsvollen. Gelobt sei Gott, der Herr der Welten, der gnadenreiche und mitleidsvolle, der Fürst des Jüngsten Gerichtes; dir dienen wir, und zu dir beten wir um Hilfe; führe uns auf den richtigen Weg, den Weg jener, denen du Gnade gezeigt hast, auf denen kein Zorn ruht und die sich nicht verirren.«

Wolff blickte über seine rechte Schulter, dann über seine linke, um die beiden Engel zu grüßen, die seine guten und schlechten Taten aufzeichneten.

Während er über seine linke Schulter schaute, sah er Abdullah.

Ohne sein Gebet zu unterbrechen, lächelte der Dieb breit und zeigte seinen Metallzahn.

Wolff stand auf und ging hinaus. Draußen bückte er sich, um seine Sandalen anzuziehen, während Abdullah ihm nachwatschelte. Sie schüttelten sich die Hände.

»Sie sind ein frommer Mann, genau wie ich«, sagte Abdullah. »Ich wußte, daß Sie früher oder später zur Moschee Ihres Vaters kommen würden.«

»Sie haben mich gesucht?«

»Viele Leute suchen Sie.«

Sie ließen die Moschee hinter sich. Abdullah erklärte: »Da ich Sie als wahren Gläubigen kenne, konnte ich Sie nicht an die Briten verraten, nicht einmal für eine so große Summe. Deshalb habe ich bei Major Vandam ausgesagt, daß ich niemanden namens Alex Wolff oder Achmed Rahmha kenne.«

Wolff blieb abrupt stehen. Man jagte ihn also immer noch. Er hatte sich schon sicher gefühlt – zu früh. Rasch nahm er Abdullahs Arm und zog den erstaunten Araber in ein Cafe. Sie setzten sich.

»Er kennt meinen arabischen Namen«, sagte Wolff.

»Er weiß alles über Sie, bloß nicht, wo er Sie finden kann.«

Wolff war beunruhigt und zugleich sehr neugierig. »Was ist dieser Major für ein Mensch?« fragte er.

Abdullah zog die Schultern hoch. »Ein Engländer. Keine Raffinesse, keine Manieren, Khaki-Shorts und ein Gesicht von der Farbe einer Tomate.«

»Es geht doch bestimmt genauer.«

Abdullah nickte. »Der Mann ist geduldig und entschlossen. An Ihrer Stelle würde ich Angst vor ihm haben.«

Plötzlich *hatte* Wolff Angst.

»Was hat er unternommen?«

»Er hat sich nach Ihrer Familie erkundigt und mit jedem Ihrer Brüder gesprochen. Ihre Brüder haben behauptet, nichts von Ihnen zu wissen.«

Der Cafébesitzer brachte einen Brei aus Favabohnen und einen flachen Laib grobkörniges Brot. Wolff brach ein Stück von seinem Brot ab und tunkte es in die Bohnen. Fliegen sammelten sich um die Teller. Beide Männer achteten nicht auf sie.

Abdullah sagte mit vollem Mund: »Vandam bietet hundert Pfund für Ihre Adresse. Ha! Als wenn wir einen der unseren für Geld verraten würden.«

Wolff schluckte. »Aber Sie kennen meine Adresse ja gar nicht.«

Abdullah zuckte die Achseln. »Das ließe sich leicht herausfinden.«

»Ich weiß. Deshalb werde ich sie Ihnen verraten – als Zeichen meines Vertrauens. Ich wohne im Shepheard's Hotel.«

Der Dieb schien gekränkt. »Mein Freund, das stimmt nicht. Dort würden die Briten zuerst suchen ...«

»Sie mißverstehen mich.« Wolff lächelte. »Ich bin dort kein Gast, sondern arbeite in der Küche und wasche Geschirr ab. Abends lege ich mich mit einem Dutzend anderer auf den Fußboden und schlafe im Hotel.«

»Wie gerissen!« Abdullah grinste. Die Idee gefiel ihm, und er freute sich, die Information zu besitzen. »Sie verstecken sich direkt vor der Nase der Briten!«

»Ich weiß, daß Sie das Geheimnis bewahren werden«, sagte Wolff. »Und ich hoffe, daß Sie als Zeichen der Dankbarkeit für Ihre Freundschaft ein Geschenk von hundert Pfund annehmen werden.«

»Aber das ist nicht nötig ...«

»Ich bestehe darauf.«

Abdullah seufzte und gab scheinbar widerwillig nach. »Also gut.«

»Ich werde Ihnen das Geld schicken lassen.«

Der Dieb wischte mit seinem Brotrest über den leeren Teller.

»Ich muß jetzt gehen. Gestatten Sie mir, daß ich unser Frühstück bezahle.«

»Vielen Dank.«

»Oh! Ich habe kein Geld mitgebracht. Vergeben Sie mir tausendmal.«

»Keine Ursache. *Alallah* mit Gottes Segen ...«

Abdullah erwiderte wie üblich: »*Allah yisallimak* – möge Gott Sie schützen.« Er verließ das Café.

Wolff bestellte Kaffee und dachte über Abdullah nach. Der Dieb würde ihn vermutlich für weit weniger als hundert Pfund verraten. Bis jetzt hatte ihn nur die Tatsache daran gehindert, daß er Wolffs Adresse nicht kannte. Er war bemüht, sie herauszufinden, deshalb hatte er die Moschee besucht. Nun würde er überprüfen, ob Wolff tatsächlich in der Küche des Shepheard's Hotel wohnte. Dies könnte schwierig sein, denn natürlich würde niemand zugeben, daß Angehörige des Personals auf dem Küchenfußboden schliefen, und Wolff selbst war

nicht einmal sicher, ob das überhaupt stimmte. Jedenfalls mußte er damit rechnen, daß Abdullah früher oder
später seine Lüge aufdeckte. Die Geschichte diente, genau wie die Bestechungssumme, nur der Verzögerung.
Wenn Abdullah allerdings herausfand, daß Wolff sich
auf Sonjas Hausboot versteckt hielt, würde er wahrscheinlich eher von Wolff mehr Geld verlangen, als zu
Vandam zu gehen.

Die Lage war unter Kontrolle, jedenfalls für den Augenblick. Wolff ließ ein paar Millièmes auf dem Tisch liegen und ging hinaus.

Die Stadt war zum Leben erwacht. Die Straßen hatte
bereits der Verkehr verstopft, auf den Bürgersteigen wimmelte es von Händlern und Bettlern, in der Luft mischten sich gute und schlechte Gerüche. Wolff bahnte sich
einen Weg zum Hauptpostamt, um zu telefonieren. Er
rief das Große Hauptquartier an und fragte nach Major
Smith.

»Davon haben wir siebzehn«, antwortete die Vermittlung. »Wissen Sie seinen Vornamen?«

»Sandy.«

»Das muß Major Alexander Smith sein. Er ist im Moment nicht hier. Soll ich ihm etwas ausrichten?«

Wolff hatte gewußt, daß der Major nicht im Großen
Hauptquartier sein würde. Es war noch zu früh. »Folgendes: 12.00 Uhr mittags in Samalek. Unterschrift: S. Haben Sie das?«

»Ja, aber dürfte ich Ihren vollen ...«

Wolff hängte ein. Er verließ das Postamt und machte
sich nach Samalek auf.

Seitdem Smith von Sonja verführt worden war, hatte
der Major ihr ein Dutzend Rosen, eine Schachtel Pralinen, einen Liebesbrief und zwei Botschaften geschickt, in
denen er um ein weiteres Treffen bat. Wolff hatte ihr verboten, darauf zu antworten. Smith sollte sich fragen, ob
er sie je wiedersehen würde. Wolff war überzeugt, daß

Sonja die erste schöne Frau war, mit der Smith geschlafen hatte. Nach ein paar Tagen der Spannung würde Smith sie unbedingt wiedertreffen wollen und jede Chance dazu nutzen.

Auf dem Heimweg kaufte Wolff sich eine Zeitung, doch er fand nichts darin als den üblichen Unsinn. Als er das Hausboot erreichte, schlief Sonja noch. Er warf die zusammengerollte Zeitung auf ihr Bett, um sie zu wecken. Sie seufzte und drehte sich um.

Wolff kehrte durch die Vorhänge ins Wohnzimmer zurück. Am entlegenen Ende, im Bug des Bootes, war eine winzige offene Küche. Sie hatte einen verhältnismäßig großen Schrank, in dem Besen und Säuberungsmaterial untergebracht waren. Wolff öffnete die Schranktür. Er paßte gerade hinein, wenn er die Knie beugte und den Kopf einzog. Der Türriegel konnte nur von außen betätigt werden. Er durchsuchte die Küchenschubladen und fand ein Messer mit biegsamer Klinge. Wahrscheinlich konnte er den unter Federdruck stehenden Riegel von innen öffnen und schließen, wenn er das Messer durch den Türspalt steckte. Er zwängte sich in den Schrank, schloß die Tür hinter sich und versuchte es. Es gelang.

Aber er konnte nicht durch den Türpfosten sehen.

Wolff nahm einen Nagel und ein Bügeleisen und schlug den Nagel in Augenhöhe durch das dünne Holz der Tür. Er benutzte eine Küchengabel, um das Loch zu vergrößern. Dann kroch er wieder in den Schrank und schloß die Tür. Er legte das Auge an das Loch.

Bald sah er, wie sich die Vorhänge öffneten, und Sonja ins Wohnzimmer kam. Sie blickte sich um, überrascht, ihn nicht zu entdecken. Schließlich zuckte sie die Achseln, hob ihr Nachthemd und kratzte sich am Bauch. Wolff unterdrückte ein Lachen. Sie kam herüber zur Küche, ergriff den Wasserkessel und öffnete den Hahn.

Wolff schob das Messer durch den Türspalt, ließ den Riegel aufschnappen und sagte: »Guten Morgen.«

Sonja schrie auf.

Er lachte.

Sie schleuderte den Kessel nach ihm, doch er wich aus. »Ein gutes Versteck, was?«

»Du hast mir einen Riesenschreck eingejagt, du Schuft.«

Er hob den Kessel auf und reichte ihn ihr. »Mach Kaffee.« Dann legte er das Messer in den Schrank, schloß die Tür und setzte sich hin.

»Wofür brauchst du ein Versteck?«

»Um dich und Major Smith zu beobachten. Es ist sehr lustig: Er sieht aus wie eine leidenschaftliche Schildkröte.«

»Wann kommt er?«

»Heute um 12.00 Uhr.«

»Oh nein. Warum so früh?«

»Hör zu. Wenn er überhaupt etwas Wertvolles in seiner Aktentasche hat, wird man ihm bestimmt nicht erlauben, es den ganzen Tag durch die Stadt zu schleppen. Er hat wahrscheinlich Anweisung, es sofort zu seinem Büro zu bringen und dort im Safe zu verschließen. Dazu dürfen wir ihm keine Zeit lassen – denn die ganze Sache ist nutzlos, wenn er seine Tasche nicht hierherbringt. Wir müssen dafür sorgen, daß er direkt vom Großen Hauptquartier angerannt kommt. Wenn er sich verspätet und seine Aktentasche nicht bei sich hat, werden wir die Tür abschließen und so tun, als wärest du nicht da – dann wird er beim nächstenmal wissen, daß er sich beeilen muß.«

»Du hast dir wohl alles genau überlegt?«

Wolff lachte. »Du solltest dich langsam vorbereiten. Ich möchte, daß du unwiderstehlich aussiehst.«

»Ich bin immer unwiderstehlich.« Sie ging ins Schlafzimmer. Er rief hinter ihr her: »Wasch dir die Haare.« Sonja antwortete nicht.

Wolff blickte auf seine Uhr. Es wurde Zeit. Er überprüfte das Hausboot, verwischte alle Spuren am Küchenschrank und ließ seine Schuhe, sein Rasiermesser, die Zahnbürste und den Fes verschwinden. Sonja kletterte, mit einem Morgenmantel bekleidet, an Deck, um ihr Haar in der Sonne zu trocknen. Wolff machte den Kaffee und brachte ihr eine Tasse. Nachdem er seine eigene Tasse ausgetrunken hatte, wusch er sie ab und ließ sie im Schrank verschwinden. Dann nahm er eine Flasche Champagner aus dem Kühlschrank, legte sie in einen Eiskübel und stellte diesen mit zwei Gläsern neben das Bett. Er dachte daran, die Laken zu wechseln, beschloß dann aber, es erst nach Smith' Besuch zu tun. Sonja kam vom Deck herunter. Sie tupfte sich Parfüm auf die Schenkel und zwischen die Brüste. Wolff blickte sich zum letztenmal um. Alles war bereit. Er setzte sich auf einen Diwan neben ein Bullauge, um den Treidelpfad zu beobachten.

Es war ein paar Minuten nach 12.00, als Major Smith erschien. Er beeilte sich, als fürchte er, zu spät zu kommen. Zwar trug er sein Uniformhemd, Khaki-Shorts, Socken und Sandalen, aber er hatte seine Offiziersmütze abgenommen. Er schwitzte in der Mittagssonne.

Smith hatte seine Aktentasche bei sich.

Wolff grinste befriedigt. »Er kommt. Bist du fertig?«

»Nein.«

Sie versuchte, ihn nervös zu machen. Doch sie würde fertig sein. Er stieg in den Schrank, schloß die Tür und legte das Auge an das Guckloch.

Schon hörte er Smith' Schritte auf dem Steg und dann auf Deck. Der Major rief: »Hallo?«

Sonja antwortete nicht.

Wolff sah durch das Guckloch, wie Smith die Treppe herunterkam.

»Ist jemand hier?«

Smith musterte die Vorhänge, die das Schlafzimmer

abteilten. Seine Stimme war voll enttäuschter Erwartung. »Sonja?« Die Vorhänge teilten sich. Sonja hatte die Arme gehoben, um sie zu öffnen. Wie für ihren Auftritt hatte sie ihr Haar zu einer komplizierten Pyramide aufgeschichtet. Sie trug die bauschige Hose aus dünner Gaze, doch aus dieser Entfernung war ihr Körper durch den Stoff zu erkennen. Von der Hüfte aufwärts war sie nackt, abgesehen von einem juwelenbesetzten Band um den Hals. Ihre braunen Brüste waren voll und rund. Sie hatte Lippenstift auf die Brustwarzen aufgetragen. Wolff dachte: Braves Mädchen!

Major Smith starrte sie an. Er hatte die Fassung verloren und stammelte: »Oh, meine Güte. Oh, mein Gott. Oh, Himmel.«

Wolff mußte sich zusammennehmen, um nicht zu lachen.

Smith ließ seine Aktentasche fallen und ging auf sie zu. Während er Sonja umarmte, trat sie zurück und schloß die Vorhänge hinter seinem Rücken.

Wolff öffnete die Schranktür und stieg hinaus.

Die Aktentasche lag knapp vor den Vorhängen auf dem Boden. Wolff raffte seine Glabiya, kniete nieder und drehte die Tasche um. Er probierte die Verschlüsse aus. Die Tasche war abgeschlossen.

»Lieber Gott«, flüsterte Wolff.

Er sah sich nach einer Stecknadel, einer Büroklammer, einer Nähnadel um, nach irgend etwas, womit er die Schlösser öffnen konnte. Leise schlich er in die Küche und zog vorsichtig eine Schublade auf. Fleischmesser, zu dick; Borste einer Drahtbürste, zu dünn; Gemüsemesser, zu breit ... In einem kleinen Gefäß neben dem Ausguß fand er eine von Sonjas Haarspangen.

Wolff kehrte zu der Aktentasche zurück und steckte das Spangenende in eines der Schlüssellöcher. Er drehte es versuchsweise hin und her, traf auf eine Art elastischen Widerstand und drückte kräftiger.

Wolff fluchte verhalten.

Er blickte unwillkürlich auf seine Armbanduhr. Beim letztenmal war Smith mit Sonja in ungefähr fünf Minuten fertig gewesen. Er hätte ihr einschärfen sollen, die Sache in die Länge zu ziehen.

Er nahm das biegsame Messer, das er benutzt hatte, um die Schranktür von innen aufzumachen. Behutsam schob er es in eines der Schlösser. Als er zudrückte, gab das Messer nach. Die Schlösser hätten sich innerhalb weniger Sekunden aufbrechen lassen, aber darauf wollte er verzichten. Smith sollte nicht merken, daß seine Aktentasche geöffnet worden war. Nicht daß er Angst vor Smith gehabt hätte, aber der Major sollte über den wahren Grund seiner Verführung im unklaren bleiben: Wenn die Tasche wertvolles Material enthielt, wollte Wolff sie regelmäßig öffnen.

Aber wenn er die Tasche nun nicht öffnen konnte? Alles wäre umsonst.

Was würde geschehen, wenn er die Schlösser einfach aufbräche? Smith würde mit Sonja zu Ende kommen, seine Hose anziehen, die Tasche holen und merken, daß sie geöffnet worden war. Er würde Sonja bezichtigen, und Wolff würde sich nicht mehr auf dem Hausboot verstecken können. Was aber, wenn er Smith umbrächte? Ein weiterer britischer Soldat wäre ermordet, diesmal in Kairo. Man würde eine umfassende Fahndung einleiten. Würde man den Mord mit Wolff in Verbindung bringen? Hatte Smith irgend jemandem von Sonja erzählt? Wer hatte sie zusammen im Cha-Cha-Club gesehen? Und würden die Nachforschungen die Briten zu dem Hausboot führen?

Es wäre riskant, doch das Schlimmste wäre wohl, daß Wolff dann keine Informationsquelle mehr hätte und wieder von vorn anfangen müßte.

Undenkbar, wo doch seine Freunde, die draußen in der Wüste Krieg führten, die Informationen so dringend benötigten.

Wolff stand schweigend in der Mitte des Wohnzimmers und zermarterte sich das Hirn. Er war auf etwas gestoßen, das die Antwort lieferte, aber es war ihm entfallen. Auf der anderen Seite des Vorhangs murmelte und stöhnte Smith. Wolff fragte sich, ob er seine Hose schon ausgezogen hatte.

Die Hose, das war es.

Er mußte den Schlüssel in seiner Hosentasche haben.

Wolff lugte zwischen den Vorhängen hindurch. Smith und Sonja lagen auf dem Bett. Sie hatte sich auf den Rücken gedreht und die Augen geschlossen. Er lag, auf einen Ellbogen gestützt, neben ihr und streichelte sie. Sie bewegte den Rücken auf und ab, als mache es ihr Spaß. Während Wolff zusah, rollte sich Smith halb über sie und schmiegte das Gesicht an ihre Brüste.

Smith hatte seine Shorts immer noch an.

Wolff steckte den Kopf durch die Vorhänge und winkte mit dem Arme um Sonjas Aufmerksamkeit zu erregen. Er dachte: Sieh her! Smith schob den Kopf von einer Brust zur anderen. Sonja öffnete die Augen, schaute auf Smith' Scheitel, strich über sein pomadisiertes Haar und fing Wolffs Blick auf.

Er formte mit den Lippen: Zieh ihm die Hose aus.

Sie runzelte verständnislos die Stirn.

Wolff trat durch die Vorhänge und zog sich pantomimisch die Hose aus.

Sonjas Miene hellte sich auf.

Wolff zog sich durch die Vorhänge zurück, schloß sie leise und ließ nur einen winzigen Spalt offen, um hindurchzuschauen.

Er sah, wie Sonjas Hand zu Smith' Shorts glitt und sich mit seinen Hosenknöpfen abmühte. Smith keuchte. Sonja rollte voll Verachtung die Augen nach oben. Wolff dachte: Ich hoffe, sie ist klug genug, die Shorts hierher zu werfen.

Nach einer Minute wurde Smith ungeduldig, setzte sich

auf und riß sich selbst die Hose herunter. Er ließ sie übers Bettende fallen und wandte sich wieder Sonja zu.

Das Bettende war rund eineinhalb Meter von den Vorhängen entfernt.

Wolff legte sich flach auf den Fußboden. Er teilte die Vorhänge mit den Händen und schob sich Zentimeter um Zentimeter vor, wie ein Indianer.

Smith sagte: »Oh Gott, du bist so schön.«

Wolff erreichte die Shorts. Mit einer Hand drehte er den Stoff behutsam um, bis er eine Tasche sah. Er steckte die Hand hinein und tastete nach einem Schlüssel.

Die Tasche war leer.

Vom Bett her kam das Geräusch einer Bewegung. Smith grunzte. Sonja befahl: »Nein, lieg still.«

Gut gemacht, dachte Wolff.

Er hantierte mit den Shorts, bis er die andere Tasche fand. Auch sie war leer.

Vielleicht hatte sie noch mehr Taschen. Wolff wurde leichtsinnig. Er betastete das Kleidungsstück und suchte nach Metall. Nichts. Er hob die Shorts auf.

Ein Schlüsselbund lag darunter.

Wolff unterdrückte einen Seufzer der Erleichterung. Die Schlüssel müssen aus der Tasche gerutscht sein, als Smith die Shorts auf den Boden fallen ließ.

Wolff packte die Schlüssel und die Shorts und begann, sich durch die Vorhänge zurückzuschieben.

Da hörte er Fußtritte auf Deck.

»Himmel, was ist das denn!« sagte Smith mit schriller Stimme.

»Still!« erwiderte Sonja. »Nur der Briefträger. Weiter, gefällt dir das ...«

»Oh ja.«

Wolff war durch die Vorhänge geglitten und blickte auf. Der Briefträger legte einen Brief auf die oberste Treppenstufe, neben die Luke. Zu Wolffs Entsetzen bemerkte der Briefträger ihn und rief: »*Sabah el-kheir* – guten Morgen!«

Wolff drückte seinen Zeigefinger auf die Lippen, hielt die Wange gegen die Hand, um Schlaf anzudeuten, und wies auf das Schlafzimmer.

»Entschuldigen Sie!« flüsterte der Briefträger und verschwand.

Aus dem Schlafzimmer war kein Laut zu hören.

Hatte der Gruß des Briefträgers Smith' Mißtrauen geweckt? Wahrscheinlich nicht; ein Briefträger konnte durchaus einen guten Morgen wünschen, selbst wenn er niemanden sah, denn die offene Luke zeigte an, daß jemand zu Hause war.

Die Geräusche des Liebesspiels im Nebenzimmer setzten sich fort, und Wolff atmete leichter.

Er ordnete die Schlüssel, fand den kleinsten und steckte ihn in eines der Aktentaschenschlösser.

Es öffnete sich.

Er machte das zweite Schloß auf und hob den Deckel. Innen lag ein Bündel Papiere in einem steifen Pappordner. Wolff dachte: Bitte, nicht noch mehr Speisepläne. Er schlug den Ordner auf und musterte die erste Seite. Darauf stand:

UNTERNEHMEN ABERDEEN

1. Alliierte Streitkräfte werden am 5. Juni im Morgengrauen einen entscheidenden Gegenangriff führen.
2. Der Angriff wird zwei Stoßrichtungen haben ...

Wolff blickte von den Papieren auf. »Mein Gott«, flüsterte er. »Das ist es!«

Er lauschte. Die Geräusche aus dem Schlafzimmer waren lauter geworden. Er hörte die Bettfedern quietschen, und ihm schien, daß sogar das Boot ein wenig schaukelte. Also hatte er nicht mehr viel Zeit.

Der Bericht, den Smith bei sich hatte, war detailliert. Wolff wußte nicht genau, wie die britische Kommandokette funktionierte, aber vermutlich wurden die Schlachten in allen Einzelheiten von General Ritchie im Wüstenhauptquartier geplant und dann zur Billigung durch Auchinleck zum Großen Hauptquartier in Kairo geschickt. Pläne für wichtigere Schlachten diskutierte man wohl auf den morgendlichen Konferenzen, an denen Smith offensichtlich teilnahm. Wolff überlegte wieder, welche Abteilung in dem nicht gekennzeichneten Gebäude in der Sharia Suleiman Pascha untergebracht sein mochte, zu dem Smith jeden Nachmittag zurückkehrte. Doch dann schob er den Gedanken beiseite. Er mußte sich Aufzeichnungen machen.

Wolff hielt nach Papier und Bleistift Ausschau und dachte: Das hätte ich schon vorher tun sollen. Schließlich fand er in einer Schublade einen Schreibblock und einen Rotstift. Er hockte sich neben die Aktentasche und las weiter.

Die Hauptkräfte der Alliierten waren in einem Gebiet eingeschlossen, das sie den Kessel nannten. Der Gegenangriff am 5. Juni sollte den Durchbruch bringen. Er würde um 02.50 Uhr mit dem Beschuß des Aslagh-Kammes, an Rommels Ostflanke, durch vier Artillerieregimenter beginnen. Die Artillerie sollte den Gegner mürbe machen und den direkten Angriff durch die Infanterie der 10. Indischen Brigade vorbereiten. Wenn die Inder die Front am Aslagh-Kamm aufgerissen hatten, sollten die Tanks der 22. Panzerbrigade durch die Lücke preschen und Sidi Muftah einnehmen, während die 9. Indische Brigade ihnen folgen und die Lage konsolidieren sollte.

Mittlerweile könnte die 32. Heerespanzerbrigade Rommels Nordflanke am Sidra-Kamm mit Infanterieunterstützung angreifen.

Als er das Ende des Berichtes erreichte, merkte Wolff, daß er gar nicht registriert hatte, wie Major Smith zum

Höhepunkt kam. Jetzt quietschte das Bett, und ein Paar Füße traten auf den Boden.

Wolff spannte sich.

»Liebling, gieß uns etwas Champagner ein«, sagte Sonja.

»Nur einen Moment ...«

»Ich möchte ihn sofort.«

»Ich komme mir ohne meine Hose ein bißchen albern vor, mein Kind.«

Wolff dachte: Teufel, er will seine Hose.

»Du gefällst mir, wenn du ausgezogen bist«, erwiderte Sonja. »Trink ein Glas mit mir, bevor du dich anziehst.«

»Dein Wunsch ist mir Befehl.«

Wolff beruhigte sich. Sie meckert zwar, dachte er, aber sie tut, was ich will!

Schnell überflog er die übrigen Papiere, entschlossen, sich nicht ein zweites Mal überraschen zu lassen. Smith war eine wunderbare Entdeckung, und es wäre eine Tragödie, die Gans schon nach dem ersten goldenen Ei schlachten zu müssen. Er notierte sich, daß bei dem Angriff vierhundert Panzer eingesetzt werden würden, dreihundertdreißig bei dem östlichen Vorstoß und nur siebzig bei dem nördlichen; daß die Generale Fesservy und Briggs ein gemeinsames Hauptquartier einrichten sollten; daß Auchinleck – etwas verärgert, wie es schien – gründliche Aufklärung und enge Zusammenarbeit zwischen Infanterie und Panzern verlangte.

Ein Korken knallte, während er schrieb. Wolff leckte sich die Lippen und dachte: Das täte mir auch gut. Wie lange würde Smith wohl brauchen, um ein Glas Champagner auszutrinken. Er beschloß, kein Risiko einzugehen.

Er legte die Papiere in den Ordner zurück und steckte ihn wieder in die Tasche. Nachdem er sie sorgfältig abgeschlossen hatte, brachte er den Schlüsselbund in einer der

Hosentaschen unter, stand auf und spähte durch den Vorhang.

Smith saß in seiner Armeeunterwäsche auf dem Bett, hielt ein Glas in der einen und eine Zigarette in der anderen Hand und sah selbstzufrieden aus. Die Zigaretten mußten in seiner Hemdentasche gewesen sein; hätte er sie in einer Hosentasche aufbewahrt, wäre es unangenehm geworden.

Im Moment war Wolff in Smith' Gesichtsfeld. Er zog sich von dem winzigen Spalt zwischen den Vorhängen zurück und wartete. Sonja sagte: »Gieß mir noch etwas ein, bitte.« Er blickte von neuem hindurch. Smith nahm ihr Glas und drehte sich zu der Flasche um. Nun hatte er Wolff den Rücken zugewandt. Wolff streckte die Shorts durch die Vorhänge und legte sie auf den Boden. Sonja bemerkte ihn und hob erschrocken die Augenbrauen. Wolff zog den Arm zurück. Smith reichte Sonja das Glas.

Wolff stieg in den Schrank, schloß die Tür und ließ sich zu Boden sinken. Wie lange würde er warten müssen, bis Smith verschwand? Es spielte keine Rolle, denn seine Stimmung war so gut, als wäre er auf eine Goldader gestoßen.

Erst eine halbe Stunde später sah er durch sein Guckloch, wie Smith, wieder bekleidet, ins Wohnzimmer kam. Inzwischen schmerzten Wolff alle Muskeln. Sonja folgte Smith und fragte: »Mußt du schon gehen?«

»Leider ja. Es ist eine sehr ungünstige Zeit für mich, weißt du.« Er zögerte. »Um ganz ehrlich zu sein, ich sollte diese Aktentasche eigentlich nicht dauernd bei mir haben. Es war verdammt schwierig, dich hier um 12.00 Uhr zu besuchen. Eigentlich müßte ich vom Großen Hauptquartier direkt zu meinem Büro gehen. Heute habe ich das nicht getan – ich hatte einfach Angst, dich zu verpassen. Deshalb habe ich im Büro gesagt, daß ich im Großen Hauptquartier Mittag essen würde, und die Jungs im

Großen Hauptquartier glaubten, ich äße im Büro. Aber nächstes Mal laufe ich sofort in mein Büro, liefere die Aktentasche ab und komme hierher – wenn du damit einverstanden bist, Schätzchen.«

Wolff dachte: Um Gottes willen, Sonja, sag etwas!

»Oh, aber, Sandy, meine Haushälterin kommt jeden Nachmittag zum Saubermachen ... wir wären nicht allein.«

Smith runzelte die Stirn. »Mist. Tja, dann müssen wir uns eben abends treffen.«

»Aber ich muß arbeiten, und nach meinem Auftritt muß ich im Club bleiben und mich mit den Kunden unterhalten. Jeden Abend könnte ich nicht an deinem Tisch sitzen: Die Leute würden klatschen.«

Im Schrank war es heiß und stickig. Wolff schwitzte heftig.

»Kannst du nicht auf deine Haushälterin verzichten?«

»Aber Liebling, ich könnte hier doch nicht selbst saubermachen; damit kenne ich mich nicht aus.«

Wolff sah, wie sie lächelte, Smith' Hand nahm und sie sich zwischen die Beine legte. »Oh, Sandy, bitte, komm doch mittags.«

Smith konnte ihr nicht länger widerstehen. »Natürlich, mein Liebling.«

Sie küßten sich, und Smith verabschiedete sich endlich. Wolff lauschte, bis die Schritte leiser wurden, dann stieg er aus dem Schrank.

Sonja beobachtete schadenfroh, wie er seine schmerzenden Glieder rieb. »Tut es weh?« fragte sie mit gespielter Anteilnahme.

»Die Sache war es wert. Du warst großartig.«

»Hast du bekommen, was du wolltest?«

»Mehr, als ich mir erträumt hatte.«

Wolff schnitt Brot und Würste zum Lunch, während Sonja ein Bad nahm. Nach dem Lunch suchte er den englischen Roman und den Codeschlüssel heraus und faßte seine Meldung an Rommel ab. Sonja fuhr mit einer Gruppe ägyptischer Freunde zur Rennbahn. Wolff gab ihr fünfzig Pfund zum Wetten.

Am Abend ging sie in den Cha-Cha-Club, und Wolff saß zu Hause, trank Whisky und las arabische Gedichte. Kurz vor Mitternacht stellte er das Funkgerät auf.

Genau um 24.00 Uhr morste er sein Rufzeichen, Sphinx. Ein paar Sekunden später antwortete Rommels Horchkompanie in der Wüste. Wolff sendete eine Serie des Buchstaben V, damit sie sich genau auf ihn einstellen konnten, dann fragte er, wie hoch seine Sendestärke sei. In der Mitte des Satzes machte er einen Fehler und sendete eine Serie des großen I – für Irrtum –, bevor er von neuem begann. Sie erwiderten, daß seine Signale maximale Kraft hätten, und baten ihn fortzufahren. Er gab KA, um den Anfang seiner Botschaft zu kennzeichnen; dann begann er im Code: »Unternehmen Aberdeen ...«

Am Ende gab er AR für »Meldung beendet« und K für »Over«. Sie antworteten mit einer Serie R, was bedeutete: »Ihr Bericht ist empfangen und verstanden worden.«

Wolff verpackte das Funkgerät, das Buch und den Codeschlüssel; dann schenkte er sich einen weiteren Drink ein.

Alles in allem hatte er unglaublich viel geleistet.

10

DIE BOTSCHAFT DES Spions war nur einer von zwanzig oder dreißig Berichten auf dem Schreibtisch von Mellenthins. Mehrere andere Berichte von Lauscheinheiten lagen an diesem 4. Juni um 7.00 Uhr morgens vor: Infanterie hatte *au clair* Kontakt zu Panzern gehabt; Feldhauptquartiere hatten Befehle in einfachen Codes ausgegeben, die über Nacht entschlüsselt worden waren; und es gab anderen feindlichen Funkverkehr, der, obwohl nicht zu entschlüsseln, trotzdem durch Standort und Frequenz Hinweise auf die Absichten des Gegners bot. Neben den Berichten der Funkaufklärung fanden sich Meldungen der Ic im Feld, die Informationen aus erbeuteten Waffen, den Uniformen toter Feinde, dem Verhör von Gefangenen und der Beobachtung des Gegners mit bloßem Auge bezogen hatten. Hinzu kamen Luftaufklärung, ein Situationsbericht von einem Aufmarschexperten und eine – nahezu nutzlose – Zusammenfassung, wie Berlin Pläne und Stärke der Alliierten gegenwärtig einschätzte.

Wie alle Nachrichtenoffiziere im Felde verachtete von Mellenthin die Berichte von Spionen. Auf Diplomatenklatsch, Zeitungsartikel und sogar Rätselraten gegründet, trafen sie in der Hälfte aller Fälle nicht zu.

Er mußte zugeben, daß dieser Bericht ganz anders wirkte.

Ein durchschnittlicher Geheimagent meldete etwa folgendes: »9. Indische Brigade hat erfahren, daß sie in der nahen Zukunft an einer wichtigen Schlacht teilnehmen wird« oder »Alliierte planen Durchbruch aus dem Kessel im frühen Juni« oder »Gerüchte, daß Auchinleck als Oberkommandierender abgelöst werden soll«.

Der Spion mit dem Rufzeichen Sphinx hingegen begann seinen Bericht ganz präzise: »Unternehmen Aberdeen.« Er meldete das Angriffsdatum, die betroffenen Brigaden und ihre spezifischen Aufgaben, die Orte, an denen sie zuschlagen würden, und die taktischen Überlegungen der Planer.

Von Mellenthin war nicht überzeugt, aber er war interessiert. Während das Thermometer in seinem Zelt über 40 Grad Celsius stieg, begann er seine üblichen Morgengespräche. Er unterhielt sich persönlich, über Feldtelefon und – seltener – über Sprechfunk mit den Ic der Divisionen, dem Luftwaffenverbindungsoffizier von der Luftaufklärung, dem Horchkompanieverbindungsoffizier und einigen der fähigeren Brigade-Ic. All diesen Männern gegenüber erwähnte er die 9. und 10. Indische Brigade, die 22. Panzerbrigade und die 32. Heerespanzerbrigade. Er wies sie an, nach diesen Brigaden Ausschau zu halten. Zudem befahl er, auf Schlachtvorbereitungen in den Gebieten zu achten, aus denen, nach dem Bericht des Spions, der Gegenschlag kommen würde. Außerdem sollten sie die Beobachter des Feindes im Auge behalten: Wenn der Spion recht hatte, würden die Alliierten ihre Luftaufklärung dort verstärken, wo sie angreifen wollten, nämlich am Aslagh-Kamm, am Sidra-Kamm und in Sidi Muftah. An diesen Positionen konnte die Bombardierung verstärkt werden, um die Deutschen zu zermürben; allerdings wäre das ziemlich verräterisch, so daß die meisten Kommandeure vermutlich darauf verzichten würden.

Die Gespräche ermöglichten nicht zuletzt den Ic an der Front, ihre während der Nacht übermittelten Berichte zu ergänzen. Als sie beendet waren, schrieb von Mellenthin seine eigene Meldung für Rommel und brachte sie zum Befehlsfahrzeug. Er diskutierte sie mit dem Stabschef, der sie dann Rommel übergab.

Die morgendliche Besprechung war kurz, denn Rommel hatte schon am Abend zuvor seine wichtigsten Entscheidungen getroffen und die Tagesbefehle erteilt. Außerdem war Rommel morgens nicht in nachdenklicher Stimmung: Ihn dürstete nach Aktion. Er raste durch die Wüste, suchte mit seinem Stabswagen oder seinem Fieseler Storch eine Frontposition nach der anderen auf, gab neue Befehle, scherzte mit den Männern und übernahm bei kleineren Gefechten das Kommando. Doch obwohl er sich ständig dem feindlichen Feuer aussetzte, war er seit 1914 nicht mehr verwundet worden. Von Mellenthin begleitete ihn heute, nahm die Gelegenheit wahr, sich sein eigenes Bild von der Frontsituation zu machen und zu einem persönlichen Urteil über die Ic zu kommen, die ihm sein Ausgangsmaterial schickten. Manche waren übervorsichtig und verzichteten auf alle unbestätigten Informationen, andere übertrieben, um zusätzliche Vorräte und Verstärkungen für ihre Einheiten zu erhalten.

Am frühen Abend, als das Thermometer endlich zu fallen begann, trafen weitere schriftliche Berichte und mündliche Meldungen ein. Von Mellenthin suchte aus der Fülle von Einzelheiten jene Informationen heraus, die sich auf den von Sphinx vorhergesagten Gegenangriff bezogen.

Die Panzerdivision Ariete, eine italienische Division, die den Aslagh-Kamm besetzte, meldete erhöhte feindliche Luftaktivität. Von Mellenthin fragte, ob es sich um Bombenabwürfe oder Aufklärung handele, und erfuhr, daß von Aufklärung die Rede war; die Bombardierung war sogar ganz eingestellt worden.

Die Luftwaffe meldete Aktivitäten im Niemandsland; es könnte eine Vorhut sein, die einen Sammelpunkt markierte. Ein verstümmelter, leicht zu entschlüsselnder Funkspruch war aufgefangen worden, in dem die Indische Brigade (?) dringend um Klärung der morgendlichen ... (Befehle?) besonders im Hinblick auf den Zeitpunkt des Artilleriebeschusses von ... (?) bat. Von Mellenthin wußte, daß Artilleriebeschuß nach britischer Taktik im allgemeinen einem Angriff vorausging. Die Indizien verdichteten sich.

Von Mellenthin suchte die 32. Heerespanzerbrigade in seinem Kartenregister heraus und entdeckte, daß sie vor kurzem am Rigel-Kamm gesichtet worden war – eine logische Position, um den Sidra-Kamm anzugreifen.

Die Aufgabe eines Ic war nicht zu lösen: Er sollte die Schritte des Feindes auf der Basis unzureichender Informationen vorhersagen. Er zog alle Hinweise in Betracht, benutzte seine Intuition und setzte auf das Glück.

Von Mellenthin beschloß, auf Sphinx zu setzen.

Um 18.30 Uhr brachte er seinen Bericht zum Kommandofahrzeug. Rommel war mit seinem Stabschef Oberst Bayerlein und Kesselring dort. Sie standen um einen großen Feldtisch und musterten die Lagekarte. Ein Leutnant saß nicht weit entfernt und wartete darauf, Notizen zu machen.

Rommel hatte die Mütze abgesetzt. Sein mächtiger, kahl werdender Schädel schien zu groß für seinen kleinen Körper. Er wirkte müde und hager. Von Mellenthin wußte, daß er immer wieder an Magenbeschwerden litt und oft tagelang nichts essen konnte. Sein gewöhnlich rundes Gesicht war mager geworden, und die Ohren schienen stärker als sonst abzustehen. Doch seine schmalen dunklen Augen glänzten vor Begeisterung und Siegesgewißheit.

Von Mellenthin schlug die Hacken zusammen, übergab seinen Bericht formell und erklärte seine Schlußfolgerungen anhand der Karte. Als er fertig war, fragte Kesselring: »Und all das basiert nur auf der Meldung eines Spions?«

»Nein, Herr Feldmarschall«, entgegnete von Mellenthin mit fester Stimme. »Es gibt bestätigende Hinweise.«

»Man kann bestätigende Hinweise für alles mögliche finden«, meinte Kesselring.

Aus den Augenwinkeln konnte von Mellenthin erkennen, daß Rommel sich zu ärgern begann.

Kesselring fuhr fort: »Wir können doch keine Schlachten auf der Basis von Informationen planen, die uns irgendein schäbiger kleiner Geheimagent in Kairo geschickt hat.«

»Ich bin geneigt, dieser Meldung zu glauben«, sagte

Rommel. Von Mellenthin beobachtete die beiden Männer. Ihre Macht war seltsam ausbalanciert – seltsam für ein Heer, in dem die Hierarchien normalerweise genau festgelegt waren. Kesselring war Oberbefehlshaber Süd und hatte einen höheren Rang als Rommel, aber Rommel stand, durch irgendeine Laune Hitlers, nicht unter seinem Befehl. Beide hatten Gönner in Berlin: Kesselring, der Mann der Luftwaffe, war Görings Liebling, und Rommel lieferte so gute Reklame, daß Goebbels ihn gewöhnlich unterstützte. Kesselring war bei den Italienern beliebt, während Rommel sie ständig beleidigte. Letzten Endes war Kesselring einflußreicher, denn als Feldmarschall hatte er direkten Zugang zu Hitler, während Rommel sich zuerst an Jodl wenden mußte; aber dies war ein Trumpf, den Kesselring nicht zu oft ausspielen durfte. Deshalb stritten sich die beiden Männer dauernd; und obwohl Rommel hier in der Wüste das letzte Wort hatte, zog Kesselring in Europa – wie von Mellenthin wußte – alle Register, um sich seiner zu entledigen.

Rommel wandte sich der Karte zu. »Wir wollen uns also auf einen Angriff mit zwei Stoßrichtungen einstellen. Sehen wir uns zuerst den schwächeren Vorstoß im Norden an. Der Sidra-Kamm wird von der 22. Panzerdivision mit Panzerabwehrkanonen gehalten. Hier, wo die Briten vorrücken, ist ein Minenfeld. Die Panzer werden die Briten in das Minenfeld locken und sie mit Panzerabwehrfeuer vernichten. Wenn der Spion recht hat und die Briten nur siebzig Panzer in den Angriff werfen, sollte die 21. rasch mit ihnen fertig werden und später am Tag einsatzbereit für weitere Aktionen sein.« Er fuhr mit einem dicken Zeigefinger über die Karte nach unten. »Und nun zum zweiten Vorstoß, dem Hauptangriff, an unserer östlichen Flanke. Sie wird von der italienischen Armee gehalten. Der Angriff soll von einer Indischen Brigade geführt werden. Da ich diese Inder und unsere Italiener kenne, nehme ich an, daß der Angriff erfolgreich sein wird. Deshalb befehle ich einen heftigen Gegenschlag. Erstens: Die Italiener werden den Angriff von Westen erwidern. Zweitens: Die Panzer, die den anderen Vorstoß am Sidra-Kamm abgeschlagen haben, werden eine Kehrtwendung machen und die Inder von Norden her angreifen. Drittens: Heute nacht werden unsere Pioniere im Minenfeld bei Bir el-Harmat eine Lücke schaffen, damit die 15. Panzerdivision nach Süden schwenken, aus der Lücke auftauchen und die britischen Streitkräfte von hinten angreifen kann.«

Von Mellenthin nickte anerkennend, während er lauschte und zusah. Es war ein für Rommel typischer Plan: rasche Bewegung der Kräfte und damit maximale Steigerung ihrer Wirkung; Einkreisung; überraschendes Erscheinen einer starken Division dort, wo sie am wenigsten erwartet wurde, im Rücken des Feindes. Wenn alles planmäßig verlief, würden die angreifenden Brigaden der Alliierten umzingelt, abgeschnitten und ausgelöscht werden.

Wenn alles planmäßig verlief.

Wenn der Spion recht hatte.

Kesselring sagte: »Ich glaube, Sie machen einen großen Fehler.«

»Das steht Ihnen frei«, antwortete Rommel ruhig.

Von Mellenthin war alles andere als ruhig. Wenn der Plan mißlang, würde Berlin bald von Rommels leichtsinnigem Vertrauen auf schlechte Geheimdienstarbeit erfahren; und man würde von Mellenthin dafür verantwortlich machen, daß er die Informationen geliefert hatte. Rommel war zu Untergebenen, die ihn enttäuschten, rücksichtslos.

Rommel warf dem Leutnant, der die Aufzeichnungen machte, einen Blick zu. »Das sind also meine Befehle für morgen.« Er sah Kesselring trotzig an.

*

Von Mellenthin erinnerte sich an diesen Moment, als er sechzehn Tage später zusammen mit Rommel den Sonnenaufgang über Tobruk beobachtete.

Sie standen auf der Böschung nordöstlich von El Adem und warteten auf den Beginn der Schlacht. Rommel trug die Staubbrille, die er dem in Gefangenschaft geratenen General O'Connor abgenommen hatte, und die seitdem zu einer Art Gütezeichen für ihn geworden war. Er schien in bester Verfassung: lebhaft, tatendurstig und selbstbewußt. Man glaubte, sein Gehirn ticken zu hören, während er die Landschaft musterte und den Schlachtverlauf berechnete.

»Der Spion hatte recht«, sagte von Mellenthin.

Rommel lächelte. »Genau das habe ich auch gedacht.«

Der Gegenangriff der Alliierten war, wie vorausgesagt, am 5. Juni eingeleitet worden, und Rommels Verteidigung so erfolgreich gewesen, daß sie sich in einen Gegen-Gegenangriff verwandelt hatte. Drei der vier alliierten Brigaden waren vernichtet und vier Artillerieregimenter gefangengenommen worden. Rommel hatte unerbittlich nachgesetzt. Am 14. Juni hatten seine Truppen die Ghasala-Front durchbrochen, und heute, am 20. Juni, würden sie die lebenswichtige Küstengarnison Tobruk belagern.

Von Mellenthin schauderte zusammen. Es war erstaunlich, wie kalt die Wüste um 5.00 Uhr morgens sein konnte.

Er beobachtete den Himmel.

Um 5.20 Uhr begann der Angriff.

Ein Geräusch wie ferner Donner wuchs zu einem fürchterlichen Getöse, während sich die Stukas näherten. Die erste Formation flog vorbei, stieß zu den britischen Positionen hinab und ließ ihre Bomben fallen. Eine riesige Wolke aus Staub und Rauch erhob sich, und gleichzeitig eröffnete Rommels gesamte Artillerie mit ohrenbetäubendem Krachen das Feuer. Noch eine Welle von Stukas flog vorbei, dann eine weitere: Es waren Hunderte von Bombern.

»Phantastisch. Kesselring hat es wirklich geschafft«, kommentierte von Mellenthin.

Das war die falsche Bemerkung. Rommel entgegnete heftig: »Das ist nicht Kesselrings Verdienst. Heute dirigieren wir selbst die Flugzeuge.«

Trotzdem war die Leistung der Luftwaffe beeindrukkend, dachte von Mellenthin, aber er sagte nichts.

Tobruk war eine konzentrische Festung. Die Garnison selbst lag innerhalb der Stadt, und die Stadt befand sich im Mittelpunkt eines größeren, von den Briten gehaltenen Gebietes, das von einem 35 Meilen langen Begrenzungsdraht mit zahlreichen Befestigungsstellen umgeben war. Die Deutschen mußten den Draht überwinden, dann durch die Stadt vordringen und schließlich die Garnison einnehmen.

Eine orangefarbene Rauchwolke stieg in der Mitte des Schlachtfeldes auf. Von Mellenthin sagte: »Das ist ein Signal der Pioniere. Die Artillerie soll ihre Reichweite vergrößern.« Rommel nickte »Gut. Wir machen Fortschritte.«

Plötzlich wurde von Mellenthin optimistisch. In Tobruk gab es Beute: Treibstoff, Dynamit, Zelte und Lastwagen – schon mehr als die Hälfte von Rommels motorisiertem Transport bestand aus erbeuteten britischen Fahrzeugen. Außerdem würde man die Lebensmittelvorräte auffrischen. Von Mellenthin lächelte und fragte: »Frischen Fisch zum Abendessen?«

Rommel begriff. »Leber«, antwortete er. »Bratkartoffeln, frisches Brot.«

»Ein richtiges Bett mit einem Federkissen.«

»In einem Haus mit Steinwänden, die die Hitze und die Insekten fernhalten.«

Ein Kurier traf mit einer Botschaft ein. Von Mellenthin nahm sie entgegen und überflog sie. Er versuchte, seine

Aufregung zu unterdrücken, während er erklärte: »Sie haben den Draht bei Befestigungsstelle 69 durchtrennt. Gruppe Menny greift mit der Infanterie des Afrikakorps an.«

»Das ist es. Wir haben eine Bresche geschlagen. Lassen Sie uns gehen.«

*

Es war 10.30 Uhr, als Oberstleutnant Reggie Bogge den Kopf in Vandams Büro steckte und sagte: »Tobruk wird belagert.«

Danach schien es sinnlos weiterzuarbeiten. Vandam fuhr mechanisch fort, las Berichte von Informanten, dachte über den Fall eines trägen Leutnants nach, der zur Beförderung anstand, sie aber nicht verdiente, und versuchte, eine neue Methode für den Fall Alex Wolff zu entwickeln. Aber alles schien hoffnungslos unwichtig. Die Nachrichten wurden immer deprimierender, während der Tag verging. Die Deutschen durchbrachen den Begrenzungsdraht; sie überbrückten den Panzerabwehrgraben; sie durchquerten das innere Minenfeld; sie erreichten die strategische Straßenkreuzung, die King's Cross genannt wurde.

Vandam fuhr um 19.00 Uhr nach Hause und aß mit Billy zu Abend. Er konnte dem Jungen nicht von Tobruk erzählen, da die Nachricht noch nicht freigegeben war. Während sie ihre Lammkoteletts aßen, berichtete Billy, sein Englischlehrer, ein junger Mann, der wegen seiner schwachen Lunge dienstuntauglich sei, rede immer davon, wie gerne er in die Wüste ziehen und es den verdammten Deutschen geben würde. »Aber ich glaube ihm nicht«, meinte Billy. »Du etwa?«

»Ich nehme an, er meint es ehrlich«, sagte Vandam. »Er fühlt sich eben schuldbewußt.«

Billy war in einem Alter, in dem Kinder gern widersprechen.

»Schuldbewußt? Er kann sich nicht schuldbewußt fühlen – es liegt nicht an ihm.«

»Unbewußt doch.«

»Und wo ist der Unterschied?«

In die Falle gegangen, dachte Vandam. Er überlegte ein paar Sekunden. »Wenn du etwas Schlechtes getan hast und weißt, daß es schlecht war, dann Gewissensbisse hast und auch weißt, warum, dann ist es ein bewußtes Schuldgefühl. Mr. Simkisson hat nichts Schlechtes getan, aber er hat trotzdem Gewissensbisse, und er weiß nicht, warum. Das ist ein unbewußtes Schuldgefühl. Deshalb ist er erleichtert, wenn er darüber sprechen kann, wie gern er kämpfen würde.«

»Oh«, machte Billy.

Vandam wußte nicht, ob der Junge ihn verstanden hatte.

Billy ging mit einem neuen Buch ins Bett. Er sagte, es sei eine Detektivgeschichte. Sie hieß *Death on the Nile.*

Vandam kehrte ins Große Hauptquartier zurück. Die Nachrichten waren immer noch schlecht. Die 21. Panzerdivision war in die Stadt Tobruk vorgedrungen und hatte vom Kai aus auf mehrere britische Schiffe gefeuert, die zu spät versuchten, aufs offene Meer zu entkommen. Einige waren versenkt worden.

Vandam verbrachte die Nacht in der Offiziersmesse und wartete auf Nachrichten. Er trank stetig und rauchte so viel, daß er Kopfschmerzen bekam. Ab und zu trafen Mitteilungen aus der Befehlszentrale ein. In der Nacht beschloß Ritchie, der Kommandeur der 8. Armee, sich von der Front zurückzuziehen und nach Marsa Matruch zurückzuweichen. Man erzählte sich, daß Auchinleck, der Oberbefehlshaber, mit finsterer Miene aus dem Zimmer schritt, als er diese Nachricht hörte.

Kurz vor dem Morgengrauen dachte Vandam plötzlich an seine Eltern. Einige Häfen an der Südküste Eng-

lands hatten so sehr wie London unter den Bombenab-
würfen gelitten, aber seine Eltern lebten landeinwärts,
in einem Dorf in Dorset. Sein Vater war Vorsteher eines kleinen Postamtes. Vandam blickte auf seine Uhr:
In England war es jetzt 4.00 Uhr morgens, der Alte
würde seine Fahrradklammern anlegen und im Dunkeln mit dem Rad zur Arbeit fahren. Trotz seiner sechzig Jahre hatte er eine beneidenswerte Konstitution.
Vandams religiöse Mutter verbot Rauchen, Trinken und
alle Arten »ausschweifenden« Benehmens; doch sie
kränkelte dauernd.

Schließlich ließen Alkohol, Erschöpfung und Langeweile Vandam eindämmern. Er träumte, mit Billy, Elene und seiner Mutter in der Garnison von Tobruk zu sein.
Er lief hastig umher, um alle Fenster zu schließen. Draußen lehnten die Deutschen – die sich in Feuerwehrleute
verwandelt hatten – Leitern gegen die Mauer und kletterten herauf. Plötzlich hörte Vandams Mutter auf, ihr
Falschgeld zu zählen. Sie öffnete ein Fenster, deutete
auf Elene und schrie: »Da ist die Hure!« Rommel, mit
einem Feuerwehrhelm auf dem Kopf, kletterte durch das
Fenster und richtete einen Schlauch auf Billy. Die Kraft
des Wasserstrahls trieb den Jungen über eine Brüstung,
und er fiel ins Meer. Schweißgebadet wachte Vandam
auf. Er zündete sich eine Zigarette an. Sie schmeckte ab-
scheulich.

Die Sonne ging auf. Vandam knipste alle Lichter in der
Messe aus, nur um etwas zu tun zu haben. Ein Früh-
stückskoch kam mit einer Kanne Kaffee. Während Vandam trank, traf ein Captain mit einer neuen Mitteilung
ein. Er stand in der Mitte der Messe und wartete, bis alles still wurde.

Dann sagte er: »General Klopper hat Rommel heute bei
Tagesanbruch die Garnison Tobruk übergeben.«

Vandam verließ die Messe und ging zu seinem Haus
am Nil. Er kam sich ohnmächtig und nutzlos vor, weil er

in Kairo saß und Spione fing, während sein Land dort draußen in der Wüste den Krieg verlor. Ihm fiel ein, daß Alex Wolff etwas mit Rommels letzten Siegen zu tun haben könnte, aber er verdrängte den Gedanken. Vandam war so deprimiert, daß er sich fragte, ob sich die Lage überhaupt noch verschlimmern könne.

Als er zu Hause ankam, ging er sofort ins Bett.

TEIL ZWEI

Marsa Matruch

11

DER GRIECHE BETASTETE sie ständig.
Elene mochte Männer wie ihn nicht. Sie hatte nichts
gegen unverhüllte Lust; davon hielt sie sogar sehr viel.
Aber sie war gegen diese verstohlene, unerwünschte Tät-
schelei.

Schon nach zwei Stunden in seinem Geschäft war Mikis Aristopoulos ihr unsympathisch gewesen. Nach zwei
Wochen hätte sie ihn am liebsten erwürgt.

An dem Laden hatte sie nichts auszusetzen. Ihr gefielen die würzigen Düfte und die Reihen bunter Kartons
und Dosen auf den Regalen im Hinterzimmer. Die Arbeit war leicht, und die Zeit verging recht schnell. Sie
erstaunte die Kunden, wenn sie die Rechnungen sehr
rasch im Kopf addierte. Von Zeit zu Zeit kaufte sie sich
eine der importierten Delikatessen, um sie zu Hause auszuprobieren: ein Glas Leberpastete, einen Schokoladen-
riegel, eine Flasche mit Suppenkonzentrat, eine Dose ge-
backener Bohnen. Allerdings war es ihr neu, einer
gewöhnlichen, langweiligen, acht Stunden dauernden
Arbeit nachzugehen.

Aber wirklich unerträglich waren nur die Zudringlich-
keiten des Chefs. Bei jeder Gelegenheit berührte er ihren
Arm, ihre Schulter oder ihre Hüfte; jedesmal wenn er,
hinter dem Tresen oder im Lagerraum, an ihr vorbeikam,
streift er ihre Brust oder ihre Schenkel. Zuerst hatte sie
an einen Zufall geglaubt, weil er gar nicht der Typ zu sein
schien: Er war zwischen zwanzig und dreißig und sah

recht gut aus. Aristopoulos mußte ihr Schweigen für Duldung gehalten haben; sie würde ihn ein wenig zusammenstauchen müssen.

Elene konnte keine neuen Probleme gebrauchen. Ihre Gefühle waren ohnehin verwirrt. Sie empfand gleichzeitig Sympathie und Abneigung für William Vandam, der mit ihr sprach, als sei sie gleichberechtigt, und sie dann behandelte wie eine Hure; sie sollte Alex Wolff verführen, dem sie nie begegnet war, und sie wurde von Mikis Aristopoulos betätschelt, für den sie nichts als Verachtung übrig hatte.

Alle nutzen mich aus, dachte sie, das ist mein Leben.

Was für ein Mensch Wolff wohl sein mochte? Vandam hatte leicht reden, wenn er sie aufforderte, sich mit ihm anzufreunden. Als ob nicht auch eine Menge von dem Mann abhing. Manchen Männern gefiel sie vom ersten Moment an, bei anderen kostete es einige Mühe. Dann und wann war es sogar unmöglich. Ein wenig hoffte sie, daß es auch bei Wolff so sein könne. Dann aber fiel ihr ein, daß er ein deutscher Spion war und Rommel mit jedem Tag näher kam.

Aristopoulos brachte einen Karton Nudeln aus dem Lager. Elene schaute auf ihre Uhr: Bald konnte sie nach Hause gehen. Aristopoulos stellte den Karton ab und öffnete ihn. Auf dem Rückweg schob er die Hände unter ihre Arme und berührte ihre Brüste, während er sich an ihr vorbeidrückte. Elene wich zur Seite. Sie hörte, wie jemand den Laden betrat, und dachte: Ich werde dem Griechen eine Lektion erteilen. Als er im Lagerraum verschwand, rief sie laut auf arabisch hinter ihm her: »Wenn du mich noch einmal anfaßt, schneide ich dir den Schwanz ab!«

Der Kunde brach in lautes Gelächter aus. Sie drehte sich um und betrachtete ihn. Er war Europäer, doch er mußte arabisch verstehen. Elene sagte: »Guten Tag.«

Er blickte zum Vorratsraum und rief: »Was haben Sie angestellt, Aristopoulos, Sie junger Bock?«

Aristopoulos steckte den Kopf durch die Tür. »Guten Tag, Sir. Das ist meine Nichte Elene.« Sein Gesicht verriet Verlegenheit und etwas anderes, was Elene nicht enträtseln konnte. Er zog sich wieder in den Lagerraum zurück.

»Seine Nichte!« wiederholte der Kunde und musterte Elene. »Sehr überzeugend.«

Er war ein großer Mann, Mitte Dreißig, mit dunklem Haar, dunkler Haut und dunklen Augen. Er hatte eine gebogene Nase, die typisch arabisch oder typisch für die europäische Aristokratie sein mochte. Sein Mund war dünnlippig, und wenn er lächelte, zeigte er kleine ebenmäßige Zähne; wie die einer Katze, dachte Elene. Sie kannte die Zeichen des Reichtums und bemerkte sie an ihm: ein Seidenhemd, eine goldene Armbanduhr, eine maßgeschneiderte Baumwollhose mit Krokodilledergürtel, handgemachte Schuhe und ein schwach duftendes, männliches Parfüm.

»Was kann ich für Sie tun?« fragte Elene.

Er betrachtete sie, als habe er mehrere Antworten im Sinn, dann sagte er: »Lassen Sie uns mit englischer Marmelade anfangen.«

»Ja.« Die Marmelade war im Lagerraum. Sie ging dort hinein, um ein Glas zu holen.

»Das ist er!« zischte Aristopoulos.

»Wovon reden Sie?« fragte sie in normaler Lautstärke. Sie war immer noch wütend auf ihn.

»Der Mann mit dem Falschgeld – Mr. Wolff –, das ist er!«

»Oh Gott!« Sie hatte einen Moment vergessen, weshalb sie hier war. Aristopoulos' Panik steckte sie an, und ihre Geistesgegenwart verließ sie. »Was soll ich zu ihm sagen? Was soll ich tun?«

»Ich weiß nicht – geben Sie ihm die Marmelade – ich weiß nicht ...«

»Ja, die Marmelade, richtig ...« Elene nahm ein Glas Cooper's Oxford von einem Regal und kehrte in den Laden zurück. Sie zwang sich, Wolff fröhlich anzulächeln, während sie das Glas auf den Tresen stellte. »Noch etwas?«

»Zwei Pfund dunklen Kaffee, feingemahlen.«

Er beobachtete sie, als sie den Kaffee abwog und mahlte. Plötzlich hatte sie Angst vor ihm. Er war nicht wie Charles, Johnnie und Claud, die Männer, die sie ausgehalten hatten. Sie waren weich, bequem, komplexbeladen und mühelos zu beeinflussen gewesen. Wolff wirkte ausgeglichen und selbstbewußt. Sie vermutete, daß es schwer sein würde, ihn zu täuschen, und unmöglich, seine Pläne zu vereiteln.

»Noch etwas?«

»Eine Dose Schinken.«

Sie holte alles, was er wollte, und stellte die Waren auf den Tresen. Seine Augen folgten ihr überallhin. Sie dachte: Ich muß mit ihm reden, ich kann nicht dauernd nur sagen: Noch etwas?, ich soll mich mit ihm anfreunden. »Noch etwas?« fragte sie.

»Eine halbe Kiste Champagner.«

Der Pappkarton mit sechs vollen Flaschen war sehr schwer. Sie zerrte ihn aus dem Lagerraum. »Ich nehme an, daß wir die Sachen bei Ihnen abliefern sollen.« Elene versuchte, ihre Worte beiläufig klingen zu lassen. Sie war etwas außer Atem, nachdem sie den Karton herangeschleppt hatte, und hoffte, dadurch ihre Nervosität zu verdecken.

Seine dunklen Augen schienen sie zu durchbohren. »Liefern?« fragte er. »Nein, danke.«

Elene betrachtete den schweren Karton. »Ich hoffe, daß Sie in der Nähe wohnen.«

»Nahe genug.«

»Sie müssen sehr stark sein.«

»Stark genug.«

»Wir haben einen sehr zuverlässigen Zusteller ...«

»Keine Zustellung«, sagte er entschieden.

Sie nickte. »Wie Sie wünschen.« Eigentlich hätte sie nicht damit gerechnet, daß es gelingen werde, aber sie war trotzdem enttäuscht. »Noch etwas?«

»Ich glaube, das ist alles.« Sie begann, die Preise zusammenzurechnen.

»Aristopoulos muß gut zurechtkommen, wenn er eine Verkäuferin anstellen kann.«

»Fünf Pfund, zwölf Schilling, sechs Pence – das würden Sie nicht sagen, wenn Sie wüßten, wieviel er mir bezahlt –, fünf Pfund, dreizehn Schilling, sechs Pence, sechs Pfund ...«

»Gefällt Ihnen die Arbeit nicht?«

Sie blickte ihn gerade an. »Ich würde alles tun, um hier herauszukommen.«

»Woran hatten Sie gedacht?« Er schaltete sehr schnell.

Elene zuckte die Achseln und rechnete weiter. Schließlich sagte sie: »Dreizehn Pfund, zehn Schilling, vier Pence.«

»Und woher wußten Sie, daß ich mit Sterling bezahlen will?« Er schaltete wirklich schnell. Elene hatte Angst, sich verraten zu haben. Sie merkte, wie sie errötete. Plötzlich hatte sie einen Einfall. »Sie sind doch britischer Offizier, oder nicht?« Der Mann lachte laut, zog ein Bündel Pfundnoten hervor und reichte ihr vierzehn Scheine. Elene gab ihm sein Wechselgeld in ägyptischen Münzen. Sie fragte sich: Was kann ich bloß tun? Langsam packte sie die Lebensmittel in eine Einkaufstasche aus braunem Papier.

»Geben Sie eine Party? Ich liebe Partys.«

»Weshalb fragen Sie?«

»Wegen des Champagners.«

»Ach so. Nun, das Leben ist eine einzige Party.«

Elene dachte: Ich habe es nicht geschafft. Jetzt geht er fort, und vielleicht kommt er wochenlang nicht wieder, vielleicht nie mehr. Ich habe ihn in Reichweite gehabt, mit ihm gesprochen, und nun muß ich ihn in der Stadt verschwinden lassen. Sie hätte erleichtert sein sollen, doch statt dessen fühlte sie sich tief enttäuscht.

Er hob sich die Champagnerkiste auf die linke Schulter und nahm die Einkaufstasche in die rechte Hand. »Auf Wiedersehen.«

»Auf Wiedersehen.«

An der Tür drehte er sich um. »Treffen Sie sich mit mir am Mittwochabend um halb acht im Oasenrestaurant.«

»Einverstanden!« sagte sie voller Freude. Aber er war schon fort.

Sie brauchten den größten Teil des Morgens, um den Jesushügel zu erreichen. Jakes saß vorn neben dem Fahrer; Vandam und Bogge hatten hinten Platz genommen. Vandam triumphierte. Eine australische Kompanie hatte den Hügel während der Nacht eingenommen und einen deutschen Funkhorchposten erobert, der noch fast intakt war. Es war die erste gute Nachricht, die Vandam seit Monaten gehört hatte.

Jakes drehte sich um und rief, den Lärm des Motors übertönend: »Anscheinend haben die Australier auf Socken angegriffen, um sie zu überraschen. Die meisten Italiener sind in ihren Pyjamas gefangengenommen worden.«

Vandam hatte die Geschichte auch gehört. »Aber die Deutschen schliefen nicht. Es war eine ziemlich böse Sache.«

Sie schlugen die Hauptstraße nach Alexandria ein und dann die Küstenstraße nach El Alamein. Schließlich bogen sie auf einen »Faßweg« ab – einen Pfad durch die Wüste, der mit Fässern markiert war.

Fast der ganze übrige Verkehr bewegte sich, auf dem Rückzug, in die entgegengesetzte Richtung. Niemand

hörte, was sich abspielte. Sie hielten an einem Material-
lager an, um aufzutanken. Bogge mußte dem zuständi-
gen Offizier gegenüber einen höheren Rang hervorkeh-
ren, um einen Gutschein zu bekommen.

Ihr Fahrer erkundigte sich nach der Route zum Hügel.
»Faßweg«, sagte der Offizier schroff. Die Wege, von der
Armee angelegt, hießen Flasche, Stiefel, Mond und Stern;
entsprechende Symbole waren in die leeren Fässer und
Benzinkanister an den Pfaden eingeritzt. Nachts stellte
man kleine Kerzen in die Fässer, um die Symbole zu be-
leuchten.

Bogge fragte den Offizier: »Was geht hier draußen vor?
Alles scheint zurück nach Osten zu fahren.«

»Keine Ahnung«, antwortete der Offizier.

Sie holten sich eine Tasse Tee und ein Sandwich mit
Pökelfleisch vom Betreuungswagen. Auf der Weiter-
fahrt kamen sie durch ein Gebiet, in dem vor kurzem
gekämpft worden war: Sie sahen ausgebrannte Panzer und einen Beerdigungstrupp, der lustlos Leichen
einsammelte. Die Fässer verschwanden, aber der Fahrer entdeckte sie an der entlegenen Seite einer Kies-
ebene wieder.

Gegen Mittag fanden sie den Hügel. Nicht weit entfernt
tobte eine Schlacht. Sie konnten die Kanonen hören und
Staubwolken sehen, die im Westen aufstiegen. Vandam
wurde klar, daß er der Front noch nie so nah gewesen
war. Er hatte einen Eindruck von Schmutz, Panik und
Verwirrung. Sie meldeten sich am Befehlsfahrzeug und
wurden zu den erbeuteten deutschen Funklastwagen geschickt.

Männer des Frontabwehrdienstes waren schon an der
Arbeit. Gefangene wurden einzeln in einem kleinen Zelt
verhört, während die anderen in der glühenden Sonne
warteten. Experten für feindliche Geschütze untersuch-
ten Waffen und Fahrzeuge und notierten sich die Serien-
nummern der Hersteller. Die Funkaufklärung suchte nach

Hinweisen auf Wellenlängen und Codes. Bogges kleiner Trupp sollte herausfinden, wieviel die Deutschen über die Bewegung der Alliierten erfahren hatten.

Jeder nahm sich einen Lastwagen vor. Wie die meisten Angehörigen des Geheimdienstes verfügte Vandam über ein paar Deutschkenntnisse. Er kannte mehrere hundert Wörter, meist militärische Begriffe, so daß er zwar nicht zwischen einem Liebesbrief und einem Wäscheverzeichnis unterscheiden, wohl aber Armeebefehle und -meldungen lesen konnte. Es gab eine Menge zu untersuchen: Der eroberte Posten war äußerst wertvoll für den Nachrichtendienst. Die meisten Unterlagen würden, in Kisten verpackt, nach Kairo transportiert und dort gründlich von einem großen Team studiert werden müssen. Heute würde man das Material nur vorläufig sichten.

Vandams Lastwagen war übel zugerichtet. Die Deutschen hatten versucht, ihre Papiere zu vernichten, als sie merkten, daß die Schlacht verloren war. Man hatte Kartons geleert und ein kleines Feuer angezündet, doch der Schaden hielt sich in Grenzen. An einem Aktenordner aus Pappe klebte Blut: Jemand war bei der Verteidigung seiner Geheimnisse gestorben.

Vandam machte sich an die Arbeit. Da der Feind wahrscheinlich versucht hatte, die wichtigsten Papiere zuerst zu vernichten, begann er mit den halbverbrannten Unterlagen. Darunter befanden sich viele Funksprüche der Alliierten, die man abgefangen und in manchen Fällen entschlüsselt hatte. Es waren meist Routineangelegenheiten, aber Vandam wurde klar, daß der deutsche Funkabhördienst sehr viele nützliche Informationen auffing. Er war besser, als Vandam sich vorgestellt hatte, und die alliierte Funksicherung war mangelhaft.

Ganz unten in dem halbverbrannten Stoß lag ein Buch, ein Roman in englischer Sprache. Vandam runzelte die

Stirn. Er öffnete das Buch und las die erste Zeile: »Gestern nacht träumte mir, ich sei wieder in Manderley.« Das Buch hieß »Rebecca« und war von Daphne du Maurier. Der Titel schien Vandam nicht völlig unbekannt. Vielleicht hatte seine Frau den Roman gelesen. Er handelte offenbar von einer jungen Frau, die in einem englischen Landhaus lebte.

Vandam kratzte sich den Kopf. Es war, gelinde gesagt, eine merkwürdige Lektüre für das Afrikakorps.

Und wieso in englischer Sprache?

Man konnte es einem gefangenen englischen Soldaten abgenommen haben, doch das hielt Vandam für unwahrscheinlich. Seiner Erfahrung nach lasen Soldaten Pornographie, harte Detektivgeschichten und die Bibel. Irgendwie fiel ihm schwer, sich auszumalen, daß sich die Wüstenratten für die Probleme der Herren von Manderley interessierten.

Nein, das Buch war aus einem bestimmten Grund hier. Aus welchem? Vandam fiel nur ein einzige Möglichkeit ein: Es diente als Code.

Ein Buchcode war eine Variante des Tauschverfahrens. Beim Tauschverfahren wurden Buchstaben und Ziffern in jeweils fünf beliebigen Symbolgruppen auf einen Block gedruckt. Nur zwei Exemplare jedes Blocks existierten; einen hatte der Absender, den anderen der Empfänger der Signale. Jede Seite wurde für eine einzige Botschaft benutzt, dann abgerissen und vernichtet. Da jede Seite nur einmal verwendet wurde, konnte der Code nicht gebrochen werden. Ein Buchcode benutzte die Seiten eines Druckwerkes auf dieselbe Weise – mit der Ausnahme, daß die Seiten nach der Verwendung nicht unbedingt vernichtet wurden.

Es gab einen großen Vorteil, den ein Buch einem Block gegenüber hatte. Der Block war unmißverständlich für Verschlüsselungszwecke bestimmt, während das Buch ganz unverfänglich wirkte. Auf dem Schlachtfeld spielt dies keine Rolle, aber es war wichtig für einen Agenten hinter den feindlichen Linien.

So mochte sich auch erklären, weshalb es sich um ein englisches Buch handelte. Deutsche Soldaten, die einander Funksprüche schickten, würden, wenn überhaupt, ein deutsches Buch benutzen, aber ein Spion auf britischem Gebiet müßte ein englisches Buch bei sich haben.

Vandam untersuchte das Buch eingehender. Der Preis war mit Bleistift auf die Innenseite des Einbandes geschrieben und dann ausradiert worden. Das Buch könnte also aus zweiter Hand gekauft worden sein. Vandam hielt es gegen das Licht und versuchte, die Bleistiftspuren zu entziffern. Er erkannte die Zahl 50, gefolgt von mehreren Buchstaben. War es *eic*? Es könnte auch *erc* oder *esc* sein. Natürlich: *esc* – fünfzig Escudos. Das Buch war in Portugal gekauft worden. Portugal war ein neutrales Gebiet, hatte eine deutsche und eine britische Botschaft und galt als Zentrum zweitrangiger Spionage.

Sobald er nach Kairo zurückkehrte, würde er der Geheimdienstniederlassung in Lissabon einen Bericht schikken. Man könnte die englischen Buchläden in Portugal überprüfen – es waren bestimmt nicht viele – und zu ermitteln versuchen, wo das Buch gekauft worden war und, wenn möglich, von wem.

Wenigstens zwei Exemplare mußten verkauft worden sein, und ein Buchhändler könnte sich an einen solchen Vorfall erinnern. Die interessante Frage war: Wo befand sich das andere Exemplar? Vandam war ziemlich sicher, daß es in Kairo war, und er glaubte auch zu wissen, wer es benutzte. Er beschloß, Oberstleutnant Bogge seinen Fund zu zeigen, hob das Buch auf und stieg aus dem Lastwagen.

Bogge kam ihm entgegen.

Vandam starrte ihn an. Bogges Gesicht war weiß und

wütend, fast hysterisch. Mit einem Blatt Papier in der Hand stapfte er durch den feinen Sand.

Was, zum Teufel, ist mit ihm los? dachte Vandam.

Bogge brüllte: »Was tun Sie eigentlich den ganzen Tag?«

Vandam antwortete nicht. Bogge reichte ihm das Blatt Papier. Es war ein chiffrierter Funkspruch, mit dem entschlüsselten Text zwischen den Zeilen. Die Nachricht war am 3. Juni um Mitternacht abgeschickt worden. Der Absender benutzte das Rufzeichen Sphinx. Nach den üblichen Einleitungen über die Signalstärke folgte die Überschrift UNTERNEHMEN ABERDEEN.

Vandam war wie vom Donner gerührt. Unternehmen Aberdeen hatte am 5. Juni stattgefunden, und die Deutschen hatten am 3. Juni eine Nachricht darüber erhalten.

»Allmächtiger Herrgott«, sagte Vandam, »das ist eine Katastrophe.«

»Natürlich ist's eine verdammte Katastrophe!« schrie Bogge. »Es bedeutet, daß Rommel alle Einzelheiten über unsere Angriffe erfährt, bevor sie überhaupt beginnen!«

Vandam las den Rest der Mitteilung. »Alle Einzelheiten« traf zu. Die Nachricht nannte die betroffenen Brigaden, den Zeitpunkt der verschiedenen Angriffsstadien und beschrieb die Gesamtstrategie.

»Kein Wunder, daß Rommel gewinnt«, murmelte Vandam.

»Hören Sie auf mit Ihren verfluchten Witzen!« kreischte Bogge.

Jakes, begleitet von einem Oberst der australischen Brigade, die den Hügel erobert hatte, erschien an Vandams Seite und sagte: »Entschuldigen Sie, Sir ...«

»Nicht jetzt, Jakes«, unterbrach Vandam.

»Bleiben Sie hier, Jakes«, befahl Bogge. »Dies geht auch Sie an.«

Vandam gab das Blatt an Jakes weiter. Er fühlte sich, als habe ihm jemand einen körperlichen Schlag versetzt. Die Information war so gut, daß sie aus dem Großen Hauptquartier stammen mußte.

»Verdammte Scheiße«, flüsterte Jakes.

Bogge fragte: »Ihnen ist doch klar, daß sie dieses Zeug von einem englischen Offizier kriegen müssen?«

»Ja«, erwiderte Vandam.

»Was soll das heißen: *Ja*? Personalsicherheit ist Ihre Aufgabe, Sie sind für diesen Mist verantwortlich!«

»Das sehe ich ein, Sir.«

»Sehen Sie auch ein, daß der Oberbefehlshaber von einer undichten Stelle dieser Größe erfahren muß?«

Der australische Oberst, der das Ausmaß der Katastrophe nicht einschätzen konnte, war peinlich berührt, weil ein Offizier in der Öffentlichkeit abgekanzelt wurde. Er sagte: »Wir wollen uns die Vorwürfe für später aufheben, Bogge. Ich bezweifle, daß nur ein einzelner schuld hat. Sie müssen zuerst den Umfang des Schadens feststellen und Ihren Vorgesetzten einen vorläufigen Bericht liefern.«

Bogge hatte offensichtlich noch weiter toben wollen, aber er stand dem anderen im Rang nach. Er unterdrückte seinen Zorn mit erkennbarer Mühe und knurrte: »Also gut, an die Arbeit, Vandam.« Dann stolzierte er davon, und der Oberst wandte sich in die entgegengesetzte Richtung.

Vandam ließ sich auf das Trittbrett des Lastwagens sinken. Er zündete sich mit bebenden Fingern eine Zigarette an. Je länger er sie kannte, desto schlimmer erschien ihm die Nachricht. Alex Wolff war nicht nur nach Kairo vorgedrungen und Vandams Netz entgangen, sondern er hatte sogar Einblick in wichtigste Geheimnisse gewonnen.

Wer ist dieser Mann nur? dachte Vandam.

Im Laufe von ein paar Tagen hatte er sein Ziel ausgewählt, seine Vorbereitungen getroffen und die Zielperson dann zum Verrat erpreßt oder bestochen.

Wer war die Zielperson, wer ließ Wolff die Informationen zukommen? Buchstäblich Hunderte von Menschen kannten solche Geheimnisse: die Generäle, ihre Adjutanten, die Sekretärinnen, die schriftliche Nachrichten tippten, die Männer, die Funksprüche verschlüsselten, die Offiziere, die mündliche Botschaften überbrachten, alle Geheimdienstleute, alle Verbindungsoffiziere zwischen den Waffengattungen ...

Irgendwie mußte Wolff einen unter diesen Hunderten von Menschen gefunden haben, der bereit war, sein Land gegen Geld oder aus politischer Überzeugung oder unter dem Druck von Erpressung zu verraten. Natürlich bestand die Möglichkeit, daß Wolff nichts damit zu tun hatte, doch Vandam hielt es für unwahrscheinlich, denn ein Verräter benötigte eine Kommunikationsmöglichkeit mit dem Feind. Wolff hatte eine solche Möglichkeit, und es war schwer zu glauben, daß sich zwei Agenten von Wolffs Kaliber in Kairo befanden.

Jakes stand neben Vandam und wirkte benommen. Der Major sagte: »Diese Informationen erreichen Rommel nicht nur, sondern er setzt sie auch ein. Wenn Sie sich an die Kämpfe am 5. Juni erinnern ...«

»Ja, es war ein Massaker.«

Und es war meine Schuld, dachte Vandam. Bogge hatte recht gehabt: Es war Vandams Aufgabe, die Verbreitung von Geheimnissen zu verhindern, und wenn sie trotzdem verraten wurden, war er verantwortlich.

Ein Mann allein konnte den Krieg nicht gewinnen, aber ein Mann allein konnte ihn verlieren. Vandam wollte nicht zu diesem Mann werden.

Er stand auf. »Also los, Jakes, Sie haben Bogge gehört. An die Arbeit.«

Jakes schnalzte mit den Fingern. »Ich hatte vergessen, weshalb ich mit Ihnen sprechen wollte: Sie werden am

Feldtelefon verlangt. Das Große Hauptquartier ist dran. Anscheinend ist eine Ägypterin in Ihrem Büro, die nicht gehen will, bevor sie mit Ihnen gesprochen hat. Sie behauptet, eine dringende Nachricht zu haben, und läßt sich nicht abwimmeln.«

Elene!

Vielleicht hatte sie Kontakt mit Wolff aufgenommen. Das mußte es sein, denn warum sonst würde sie so sehr auf einem Gespräch mit Vandam bestehen? Er rannte zum Befehlsfahrzeug, Jakes dicht auf den Fersen.

Der Fernmeldemajor reichte ihm den Hörer. »Ein bißchen fix, Vandam, wir brauchen das Ding.«

Vandam hatte für heute genug geschluckt. Er riß den Hörer an sich, musterte den Major aus nächster Nähe und entgegnete mit lauter Stimme: »Ich werde es so lange benutzen wie nötig.« Dann wandte er dem Major den Rücken zu und sprach in die Muschel. »Ja?«

»William?«

»Elene!« Er hätte ihr am liebsten gestanden, wie gern er ihre Stimme hörte, doch statt dessen fragte er: »Was ist geschehen?«

»Er ist in den Laden gekommen.«

»Sie haben ihn gesehen! Haben Sie seine Adresse?«

»Nein – aber ich bin mit ihm verabredet.«

»Gut gemacht!« Vandam war von wilder Freude erfüllt: nun würde er den Hund schnappen. »Wann und wo?«

»Morgen abend, halb acht, im Oasenrestaurant.«

Vandam nahm einen Bleistift und einen Zettel. »Oasenrestaurant, halb acht«, wiederholte er. »Ich werde dort sein.«

»Gut.«

»Elene.«

»Ja?«

»Ich kann Ihnen gar nicht sagen, wie dankbar ich bin.«

»Bis morgen.«

»Auf Wiederhören.« Vandam legte den Hörer auf.

Bogge stand mit dem Fernmeldemajor hinter ihm. »Was fällt Ihnen ein, das Feldtelefon zu benutzen, um sich mit Ihren blöden Freundinnen zu verabreden?«

Vandam lächelte ihm heiter zu. »Das war nicht meine Freundin, sondern eine Informantin. Sie hat Kontakt mit dem Spion aufgenommen. Ich denke, ich kann ihn morgen abend verhaften.«

12

WOLFF BEOBACHTETE SONJA beim Essen. Die Leber war schwach gebraten, hellrot und weich. Sie aß mit Genuß, wie üblich. Ihm ging durch den Kopf, wie sehr sie sich ähnelten. In ihrer Arbeit waren sie beide professionell und höchst erfolgreich. Jeder von ihnen war mit einer schrecklichen Kindheitserfahrung belastet: sie mit dem Tod ihres Vaters, er mit der Wiederverheiratung seiner Mutter in eine arabische Familie. Keiner hatte je an Heirat gedacht, denn sie waren zu sehr von sich selbst eingenommen, um eine andere Person zu lieben. Was sie vereinte, war nicht Liebe, nicht einmal Zuneigung, sondern geteilte Lust. Das wichtigste im Leben war für beide, ihre Instinkte zu befriedigen. Sie wußten, daß Wolff ein geringes, aber unnötiges Risiko auf sich nahm, weil er in einem Restaurant aß, aber beide waren der Meinung, daß das Risiko gerechtfertigt sei, denn ohne gutes Essen wäre für sie das Leben kaum lebenswert gewesen.

Sie aß die Leber auf, und der Kellner brachte Eiskrem als Nachtisch. Sonja hatte nach ihren Vorstellungen im Cha-Cha-Club immer großen Hunger. Das war verständlich, denn sie verbrauchte auf der Bühne sehr viel Energie. Sicher würde sie, wenn sie einmal aufhörte zu tanzen, sehr dick werden. Wolff stellte sich vor, wie sie in zwanzig Jahren aussehen würde: dreifaches Kinn, riesiger Busen, brüchiges, graues Haar. Sie würde sich plattfüßig fortbewegen und außer Atem geraten, wenn sie die Treppe hinaufstieg.

»Worüber lächelst du?« fragte Sonja.

»Ich habe dich als alte Frau vor mir gesehen, mit einem plumpen schwarzen Kleid und einem Schleier.«

»So etwas wird mir nie passieren. Ich werde sehr reich sein und in einem Palast wohnen, umgeben von nackten jungen Männern und Frauen, die sich danach sehnen, meine kleinste Laune zu befriedigen. Und du?«

Wolff grinste. »Ich werde vermutlich Hitlers Botschafter in Ägypten sein und beim Gang in die Moschee eine SS-Uniform tragen.«

»Du würdest deine Stiefel ausziehen müssen.«

»Soll ich dich in deinem Palast besuchen?«

»Ja, aber in Uniform.«

»Müßte ich die Stiefel in deiner Gegenwart ausziehen?«

»Alles andere, aber die Stiefel nicht.«

Sonja war in so guter Stimmung wie selten. Er rief den Kellner, bestellte Kaffee und Brandy und bat um die Rechnung. Dann sagte er zu Sonja: »Es gibt eine gute Nachricht. Ich habe sie mir bis jetzt aufbewahrt. Es könnte sein, daß ich eine neue Fawzi gefunden habe.«

Sie war plötzlich sehr still geworden und blickte ihn konzentriert an. »Wer ist es?« frage sie leise.

»Ich war gestern im Lebensmittelgeschäft: Aristopoulos' Nichte. Sie arbeitet bei ihm.«

»Ein Ladenmädchen!«

»Eine Schönheit. Sie hat ein hübsches, unschuldiges Gesicht und ein ironisches Lächeln.«

»Wie alt?«

»Schwer zu sagen. Um die Zwanzig, denke ich. Sie hat einen so mädchenhaften Körper.«

Sonja leckte sich die Lippen. »Und du glaubst, daß sie ...?«

»Bestimmt. Sie will unbedingt von Aristopoulos loskommen und hat sich mir praktisch an den Hals geworfen.«

»Wann?«

»Ich habe sie für morgen abend zum Dinner eingeladen.«

»Bringst du sie mit nach Hause?«

»Vielleicht. Ich muß erst einmal vorfühlen. Ich möchte nicht durch Eile alles verderben.«

»Du meinst, du willst sie als erster haben.«

»Möglich.«

»Glaubst du, daß sie Jungfrau ist?«

»Kann sein.«

»Wenn sie es ist ...«

»Dann werde ich sie dir zuerst überlassen. Du hast dich so gut um Major Smith gekümmert, daß du eine kleine Belohnung verdienst.«

Wolff lehnte sich zurück und musterte Sonja. Ihr Gesicht zeigte einen deutlichen Ausdruck sexueller Gier. Sie schien sich auszumalen, wie sie das schöne und unschuldige Mädchen verführte. Wolff nahm einen Schluck von seinem Brandy. Wärme breitete sich in seinem Magen aus. Ein großartiges Gefühl: Er war gesättigt von Essen und Wein, seine Mission entwickelte sich erstaunlich gut, und ein neues sexuelles Abenteuer zeichnete sich ab.

Die Rechnung wurde gebracht, und er bezahlte sie mit englischen Pfundnoten.

*

Es war ein kleines, florierendes Restaurant. Ibrahim kümmerte sich um die Verwaltung, und sein Bruder kochte. Sie hatten das Gewerbe in einem französischen Hotel in ihrer Heimat Tunesien erlernt; als ihr Vater gestorben war, hatten sie die Schafe verkauft und waren nach Kairo gekommen, um dort »ein Vermögen« zu machen. Ibrahims Philosophie war unkompliziert: Sie kannten sich nur in der französisch-arabischen Küche aus, deshalb boten sie nichts anderes an. Vielleicht hätten sie mehr Kunden angezogen, wenn die Speisekarte im Fenster auch Spaghetti Bolognese und Roastbeef und Yorkshire Pudding angeboten hätte. Aber diese Gäste wären nicht zurückgekehrt, und außerdem hatte Ibrahim seinen Stolz.

Es war das richtige Rezept. Sie verdienten sehr gut, mehr Geld, als ihr Vater je gesehen hatte. Der Krieg hatte das Geschäft noch verbessert. Doch Ibrahim war durch den Wohlstand nicht unvorsichtig geworden.

Zwei Tage zuvor hatte er mit einem Freund Kaffee getrunken, der als Kassierer im Metropolitan Hotel arbeitete. Der Freund hatte ihm berichtet, daß der britische Generalzahlmeister sich geweigert habe, vier englische Pfundnoten einzuwechseln, die in der Hotelbar eingenommen worden waren. Die Briten hätten behauptet, die Scheine seien gefälscht. Und unfairerweise hätten sie das Geld auch noch konfisziert.

So etwas würde Ibrahim nicht passieren.

Etwa die Hälfte seiner Gäste waren Briten, und viele bezahlten mit Sterling. Seit er die Neuigkeit gehört hatte, untersuchte er jede Pfundnote sorgfältig, bevor er sie in die Kasse legte. Sein Freund vom Metropolitan Hotel hatte ihm beschrieben, woran die Fälschungen zu erkennen seien.

Es war typisch für die Briten. Sie gaben keine öffentliche Erklärung heraus, um die Geschäftsleute von Kairo vor einem Betrug zu bewahren, sondern warteten einfach ab und beschlagnahmten das Falschgeld. Die Geschäftsleute von Kairo waren diese Art Behandlung gewöhnt und hielten zusammen. Ihr Nachrichtensystem funktionierte ausgezeichnet.

Als Ibrahim die gefälschten Scheine von dem hochgewachsenen Europäer erhielt, der zusammen mit der berühmten Bauchtänzerin aß, war er nicht sicher, was er
unternehmen sollte. Alle Scheine waren unzerknittert und
neu und hatten den gleichen Fehler. Ibrahim verglich sie
mit den echten Noten in seiner Kasse: Es gab keinen
Zweifel. Sollte er dem Kunden die Sache vielleicht in aller Ruhe erklären? Der Mann konnte beleidigt sein oder
zumindest Verärgerung vorschützen, und wahrscheinlich
würde er hinausgehen, ohne zu zahlen. Seine Rechnung
war hoch – er hatte die teuersten Gerichte und einen Port-
wein bestellt –, und Ibrahim wollte einen solchen Verlust
nicht riskieren.

Er beschloß, die Polizei anzurufen. Sie würde den Gast
zurückhalten und ihn vielleicht auffordern, mit einem
Scheck zu zahlen oder wenigstens einen Schuldschein zu
hinterlassen.

Aber welche Polizei? Die ägyptische Polizei würde wahrscheinlich behaupten, nicht zuständig zu sein. Und sie
würde erst in einer Stunde auftauchen und dann eine
Bestechungssumme verlangen. Der Gast war vermutlich
Engländer – woher hätte er sonst Sterling? Wahrscheinlich ein Offizier. Ibrahim entschied sich, die Militärpolizei anzurufen.

Er trat mit der Brandyflasche an den Tisch der Gäste
und lächelte ihnen zu. »Monsieur, Madame, ich hoffe, daß
Ihnen die Mahlzeit geschmeckt hat.«

»Es war ausgezeichnet«, sagte der Mann. Er sprach wie
ein britischer Offizier.

Ibrahim wandte sich an die Frau. »Es ist eine Ehre, die
größte Tänzerin der Welt zu bedienen.«

Sie nickte majestätisch.

»Ich hoffe, daß ich Ihnen auf Kosten des Hauses ein Glas
Brandy einschenken darf.«

»Sehr freundlich«, erwiderte der Mann.

Ibrahim füllte ihre Brandygläser und entfernte sich

unter zahlreichen Verbeugungen. Jetzt müßten sie noch eine Weile sitzen bleiben, dachte er. Er schlich sich durch die Hintertür hinaus und lief zu dem Haus eines Nachbarn, der ein Telefon hatte.

*

Wenn ich ein Restaurant besäße, dachte Wolff, würde ich es genauso machen. Die zwei Gläser Brandy kosteten den Wirt im Vergleich zu Wolffs Rechnung verhältnismäßig wenig, doch sie bedeuteten eine freundliche Geste für den Kunden. Wolff hatte oft mit dem Gedanken gespielt, ein Restaurant zu eröffnen, aber er wußte, daß er nicht zu dieser Arbeit taugte. Auch Sonja genoß die besondere Aufmerksamkeit. Sie strahlte über so viel Schmeichelei. Heute nacht im Bett würde sie schlafen wie ein Murmeltier.

Der Wirt war für ein paar Minuten verschwunden und dann zurückgekehrt. Aus dem Augenwinkel sah Wolff, daß der Mann mit dem Kellner flüsterte. Vermutlich unterhielten sie sich über Sonja. Wolff verspürte einen Anflug von Eifersucht. Es gab Restaurants in Kairo, in denen man ihn, wegen seiner hohen Rechnungen und üppigen Trinkgelder, mit Namen kannte und wie einen König begrüßte; aber er hatte es für klüger gehalten, diese Lokale zu meiden – jedenfalls so lange, wie die Briten ihn suchten. Nun überlegte er, ob er es sich leisten konnte, seine Wachsamkeit noch ein wenig mehr zu lockern. Sonja gähnte. Es war Zeit, sie ins Bett zu bringen. Wolff winkte dem Kellner und sagte: »Bitte, holen Sie Madames Umhang.« Der Mann entfernte sich, blieb stehen, um dem Wirt etwas zuzumurmeln, und ging dann zur Garderobe.

Irgendwo in Wolffs Unterbewußtsein erklang eine Alarmglocke, fern und schwach.

Er spielte mit einem Löffel, während sie auf Sonjas

Umhang warteten. Sonja aß noch ein Petit four. Der Wirt ging durch das ganze Restaurant, trat durch die Vordertür auf die Straße und kam wieder herein. Er näherte sich ihrem Tisch und fragte: »Soll ich Ihnen ein Taxi rufen?«

Wolff blickte Sonja an. Sie sagte: »Ist mir egal.«

»Ich könnte etwas frische Luft gebrauchen. Laß uns ein kurzes Stück zu Fuß gehen.«

»Einverstanden.«

Wolff wandte sich an den Wirt. »Kein Taxi.«

»Sehr wohl, Sir.«

Der Kellner brachte Sonjas Umhang. Sein Chef schaute immer wieder zur Tür. Wolff hörte eine zweite, lautere Alarmglocke.

»Ist etwas?« erkundigte er sich.

Der Mann schien bedrückt. »Ich muß ein sehr peinliches Problem ansprechen, Sir.«

Wolff wurde langsam ärgerlich. »Also, was ist denn? Wir wollen nach Hause.«

Ein Fahrzeug hielt draußen vor dem Restaurant.

Wolff packte die Jackenaufschläge des Wirts. »Was soll das alles heißen?«

»Das Geld, mit dem Sie Ihre Rechnung bezahlt haben, Sir, ist nicht in Ordnung.«

»Sie nehmen die Sterling nicht an? Weshalb haben Sie dann nicht ...«

»Daran liegt es nicht, Sir. Das Geld ist gefälscht.«

Die Restauranttür wurde aufgestoßen, und drei Militärpolizisten marschierten herein.

Wolff starrte sie mit offenem Mund an. Alles war so plötzlich geschehen, er konnte kaum Atem schöpfen ... Militärpolizei. Falschgeld. Mit einem Mal hatte er Angst. Man könnte ihn ins Gefängnis stecken. Diese Idioten in Berlin hatten ihm Falschgeld gegeben. Es war zu dumm!

Er schüttelte den Kopf. Im Moment konnte er sich

keinen Gefühlsausbruch leisten. Er mußte ruhig bleiben und versuchen, sich irgendwie aus der Affäre zu ziehen.

Die Militärpolizisten marschierten an seinen Tisch. Zwei waren Briten, der dritte Australier. Sie trugen schwere Stiefel und Stahlhelme, und jeder hatte eine kleine Pistole in seinem Halfter. Einer der Briten fragte: »Ist das der Mann?«

»Einen Moment, bitte«, sagte Wolff und war selbst erstaunt, wie kühl und überlegen seine Stimme klang. »Der Wirt hat mir gerade mitgeteilt, daß mein Geld nicht echt sei. Ich glaube ihm nicht, aber ich bin bereit, ihm entgegenzukommen. Wir können bestimmt eine Regelung finden, mit der er zufrieden ist.« Er warf dem Wirt einen vorwurfsvollen Blick zu. »Es war wirklich nicht nötig, die Polizei zu rufen.«

Der ranghöhere Militärpolizist erklärte: »Es ist strafbar, Falschgeld zu verbreiten.«

»Wissentlich«, korrigierte Wolff. »Es ist strafbar, wissentlich Falschgeld zu verbreiten.« Während er seiner eigenen Stimme zuhörte, wuchs sein Selbstvertrauen. »Also, ich schlage folgendes vor: Hier habe ich mein Scheckbuch und etwas ägyptisches Geld. Ich werde einen Scheck ausschreiben, um die Rechnung zu bezahlen, und meine ägyptischen Scheine als Trinkgeld geben. Morgen werde ich dem britischen Zahlmeister diese angeblichen Fälschungen vorlegen, und wenn sie wirklich nicht echt sind, werde ich sie gern abliefern.« Er lächelte die Militärpolizisten an. »Damit dürften alle zufrieden sein.«

Der Wirt sagte: »Es wäre mir lieber, wenn Sie alles bar bezahlen könnten, Sir.«

Wolff hätte ihm am liebsten ins Gesicht geschlagen.

»Ich habe vielleicht genug ägyptisches Geld«, warf Sonja ein.

Gott sei Dank, dachte Wolff.

Sie öffnete ihre Handtasche.

Der Streifenführer sagte: »Trotzdem muß ich Sie bitten, uns zu begleiten, Sir.«

Wolffs Zuversicht verließ ihn wieder. »Weshalb?«

»Wir müssen Ihnen ein paar Fragen stellen.«

»Schön. Besuchen Sie mich doch morgen früh. Ich wohne ...«

»Sie sollen mitkommen. So lautet mein Befehl.«

»Von wem?«

»Vom stellvertretenden Kommandeur der Militärpolizei.«

»Also gut, wie Sie wollen.« Wolff erhob sich. Er merkte, wie die Furcht seinen Armen Kraft verlieh. »Aber morgen früh werden entweder Sie oder Ihr Kommandeur Riesenprobleme haben.« Dann packte er den Tisch und schleuderte ihn auf den Polizisten.

Er hatte seinen Plan in wenigen Sekunden gefaßt und abgewogen. Es war ein kleiner runder Tisch aus massivem Holz. Sein Rand traf den Militärpolizisten am Nasenrücken; der Mann stürzte nach hinten, und der Tisch landete auf ihm.

Tisch und Polizist lagen links von Wolff; zu seiner Rechten stand der Wirt. Sonja saß ihm gegenüber, und die beiden anderen Militärpolizisten standen hinter ihr.

Wolff packte den Wirt und stieß ihn gegen einen der Polizisten. Dann sprang er auf den anderen, den Australier, zu und schlug ihm ins Gesicht. Er wollte an den beiden vorbeikommen und weglaufen. Es ging nicht. Die Militärpolizisten wurden nach Größe, Geschicklichkeit und Roheit ausgewählt. Sie hatten sich daran gewöhnt, es mit Soldaten zu tun zu haben, die durch die Wüste abgehärtet und durch den Alkohol aggressiv waren. Der Australier steckte den Schlag ein, taumelte einen Schritt zurück, ging aber nicht zu Boden. Wolff trat ihm gegen das Knie und schlug ihm nochmals ins Gesicht. Da schob der andere Militärpolizist, einer der Engländer, den Wirt aus dem Weg und zog Wolff mit einem Tritt die Beine weg.

Wolff landete schwer. Sein Brustkasten und seine Wange schlugen auf den Fliesenboden. Das Gesicht schmerzte, er bekam kaum Luft und sah Sterne. Wieder wurde er getreten, diesmal in die Seite; der Schmerz ließ ihn krampfhaft zusammenzucken. Der Militärpolizist sprang auf ihn und trommelte auf seinen Kopf ein. Wolff bemühte sich, den Mann abzuwerfen. Ein anderer setzte sich ihm auf die Füße. Dann sah er, hinter dem Engländer, Sonjas Gesicht, das vor Wut verzerrt war. Sie erinnerte sich wohl an eine andere Prügelszene mit britischen Soldaten. Plötzlich hob sie den Stuhl, auf dem sie gesessen hatte, hoch in die Luft. Der Polizist auf Wolffs Brust merkte etwas und hob die Arme, um den Schlag abzuwehren. Doch sie ließ den schweren Stuhl mit aller Gewalt nach unten krachen. Eine Ecke der Sitzfläche traf den Mund des Polizisten; er schrie laut auf, während Blut von seinen Lippen sprudelte.

Der Australier sprang von Wolffs Füßen hoch, packte Sonja von hinten und hielt ihre Arme fest. Wolff spannte die Muskeln, schleuderte den verletzten Engländer zur Seite und rappelte sich auf.

Er schob die Hand unters Hemd und zog sein Messer. Der Australier stieß Sonja weg, machte einen Schritt nach vorn, sah das Messer und blieb stehen. Er und Wolff starrten einander in die Augen. Wolff sah, wie der Blick des Mannes rasch von seiner Seite zur anderen glitt. Die Hand des Australiers fuhr an die Pistolentasche.

Wolff wirbelte herum und rannte zur Tür. Sein Auge schwoll an; er konnte kaum sehen. Die Tür war geschlossen. Er wollte den Griff packen, verfehlte ihn aber. Er hätte aufschreien mögen. Dann ertastete er den Griff und riß die Tür weit auf. Sie schlug krachend gegen die Wand. Ein Schuß knallte.

Vandam steuerte sein Motorrad mit halsbrecherischer Geschwindigkeit durch die Straßen. Er hatte die Verdunklungsmaske vom Scheinwerfer gerissen – in Kairo wurde die Verdunklung ohnehin kaum ernst genommen – und drückte den Daumen auf die Hupe. Die Straßen waren immer noch voll von Taxis, Gharrys, Armeelastwagen, Eseln und Kamelen. Fußgänger drängten sich auf den Bürgersteigen; die Läden waren durch elektrisches Licht, Öllampen oder Kerzen erleuchtet. Vandam schlängelte sich verwegen durch den Verkehr, achtete nicht auf das wütende Hupen der Autos, die erhobenen Fäuste der Gharry-Fahrer und die Trillerpfeife eines ägyptischen Polizisten.

Der stellvertretende Kommandeur der Militärpolizei hatte ihn zu Hause angerufen. »Ah, Vandam, hatten Sie nicht wegen dieser Blüten Alarm gegeben? Wir sind nämlich gerade von einem Restaurant benachrichtigt worden, in dem ein Europäer versucht ...«

»Wo?«

Der Mann hatte ihm die Adresse genannt, und Vandam war aus dem Haus gestürzt.

Er raste um eine Ecke und ließ seinen Absatz über die staubige Straße schleifen, um Halt zu bekommen. Ihm fiel ein, daß auch andere Europäer etwas von dem Falschgeld besitzen konnten und daß der Mann im Restaurant vielleicht unschuldig war. Vandam hoffte, daß es nicht so war. Er wollte Alex Wolff unbedingt in die Hände bekommen. Wolff hatte ihn überlistet und gedemütigt, ja, er drohte sogar, den Deutschen die Eroberung Ägyptens zu ermöglichen. Aber das war nicht alles. Vandam brannte vor Neugier. Er wollte diesen Wolff sehen, um herauszufinden, wie er sprach und sich benahm. War er gerissen, oder hatte er nur Glück? War er mutig oder tollkühn, entschlossen oder halsstarrig? Hatte er ein gutgeschnittenes Gesicht und ein freundliches Lächeln oder Knopfaugen und ein öliges Grinsen?

Würde er sich zur Wehr setzen oder widerstandslos mitkommen? Vandam wollte all das wissen. Und er hatte eine unbändige Wut.

Er wich einem Schlagloch aus, gab Gas und donnerte eine ruhige Straße entlang. Die angegebene Adresse lag nicht genau im Stadtzentrum, sondern schon in der Nähe der Altstadt. Vandam kannte die Straße, aber nicht das Restaurant. Er bog um zwei weitere Ecken und wäre beinahe auf einen alten Mann geprallt, der auf einem Esel ritt. Dann fand er die Straße, die er gesucht hatte.

Sie war schmal und dunkel, mit hohen Gebäuden zu beiden Seiten. In den Erdgeschossen waren mehrere Schaufenster und einige Hauseingänge. Vandam hielt neben zwei kleinen Jungen an, die in der Gosse spielten, und nannte den Namen des Restaurants. Sie zeigten ihm vage die Richtung.

Vandam fuhr weiter und stoppte kurz, wenn er ein erleuchtetes Fenster sah. Er hatte die Hälfte der Straße hinter sich, als er einen leicht gedämpften Pistolenschuß und das Geräusch von klirrendem Glas hörte. Sein Kopf zuckte herum. Das Licht aus einem zerbrochenen Fenster glitzerte in den Glasscherben, und ein hochgewachsener Mann rannte plötzlich auf die Straße.

Das mußte Wolff sein.

Er lief in die andere Richtung.

Vandam spürte ungezügelte Wildheit in sich aufsteigen. Er gab Gas und raste hinter dem Mann her. Als er an dem Restaurant vorbeikam, tauchte ein Militärpolizist auf und feuerte drei Schüsse ab. Die Schritte des Flüchtenden wurden nicht langsamer.

Vandam fing ihn mit dem Strahl des Scheinwerfers ein. Wolff rannte mit athletischen, gleichmäßigen Bewegungen; seine Arme und Beine pumpten rhythmisch auf und ab. Als der Lichtkegel ihn traf, blickt er über die Schulter zurück, und Vandam sah flüchtig eine Hakennase, ein kräftiges Kinn und einen Schnurrbart über dem keuchenden Mund.

Er hätte den Flüchtling mühelos erschießen können, aber Offiziere des Großen Hauptquartiers trugen keine Waffen.

Das Motorrad holte rasch auf. Als sie fast auf gleicher Höhe waren, bog Wolff plötzlich um eine Ecke. Vandam bremste, und sein Hinterrad rutschte zur Seite; er hatte Mühe, mit der Maschine die Balance zu halten.

Er sah, wie Wolffs Rücken in einer schmalen Gasse verschwand. Ohne das Tempo zu vermindern, bog Vandam um die Ecke. Das Motorrad raste ins Leere. Vandam drehte sich der Magen um. Er glaubte, in eine Grube zu stürzen. Plötzlich erhellte der Scheinwerfer eine Treppe. Das Motorrad schnellte hoch und landete wieder. Vandam bemühte sich verzweifelt, das Vorderrad gerade zu halten. Die Maschine holperte die Stufen mit einer Serie von Stößen hinunter, und bei jedem Stoß war Vandam sicher, die Kontrolle zu verlieren und zu stürzen. Er entdeckte Wolff am Fuß der Treppe.

Vandam ließ die letzte Stufe hinter sich und hatte das Gefühl, unglaubliches Glück gehabt zu haben. Wolff bog um eine andere Ecke, und er folgte ihm. Sie waren in einem Labyrinth von Gassen. Wolff hetzt eine kurze Treppe hinauf.

Verdammt, dachte Vandam.

Er hatte keine Wahl, also beschleunigte er und hielt direkt auf die Stufen zu. Eine Sekunde bevor er die unterste Stufe erreichte, riß er den Lenker mit aller Kraft hoch. Das Vorderrad hüpfte, die Maschine schlug gegen die Stufen und bäumte sich auf, aber er klammerte sich mit aller Kraft fest. Das Motorrad holperte mit wahnsinniger Geschwindigkeit nach oben. Vandam blieb im Sattel und erreichte die oberste Stufe. Er fand sich in einer langen Passage mit hohen Wänden wieder. Wolff war vor ihm und rannte noch immer. Vandam glaubte, ihn einholen zu können, bevor er das Ende der Passage erreichte. Er schoß nach vorn.

Wolff warf einen Blick über die Schulter, lief weiter und sah sich noch einmal um. Vandam merkte, daß er langsamer wurde. Seine Schritte waren nicht mehr stetig und rhythmisch, seine Arme schaukelten, seine Bewegungen wirkten mühsam. Vandam sah an Wolffs Gesicht, wie es vor Anstrengung verzerrt war.

Noch einmal gab Wolff sich einen Ruck, doch es reichte nicht. Vandam holte ihn ein, schob sich vor, bremste scharf und riß den Lenker herum. Das Hinterrad schleuderte, und das Vorderrad krachte gegen die Wand. Vandam sprang aus dem Sattel, bevor die Maschine umstürzte. Er landete auf den Füßen, direkt vor Wolff. Der wußte, daß es sinnlos war weiterzulaufen, denn Vandam war frisch und konnte ihn leicht einholen. Also sprang Wolff über die Maschine und prallte auf Vandam. Dieser, immer noch unsicher auf den Beinen, stolperte zurück und fiel zu Boden. Wolff trippelte und machte einen weiteren Schritt nach vorn. Vandam griff blindlings ins Dunkel, packte Wolffs Ferse und riß sie heftig zurück. Wolff krachte zu Boden.

Der zerbrochene Scheinwerfer tauchte den letzten Teil der Gasse in ein schwaches Licht. Der Motor war abgewürgt, und in der Stille hörte Vandam Wolffs heiseren, abgerissenen Atem. Er konnte sein Gegenüber auch riechen, den Alkohol und den Schweiß, aber das Gesicht konnte er nicht erkennen.

Für den Bruchteil einer Sekunde lagen beide auf dem Pflaster, der eine erschöpft, der andere benommen. Dann rappelten sie sich auf. Vandam warf sich auf Wolff, und sie umklammerten sich.

Wolff war stark. Vandam versuchte, seine Arme festzuhalten, aber es gelang ihm nicht. Plötzlich ließ er los und schlug zu. Seine Faust landete an einer weichen Stelle, und Wolff keuchte auf. Vandam schlug wieder zu und zielte diesmal auf das Gesicht. Wolff wich aus, und die Faust traf ins Leere. Da glänzte in dem trüben Licht etwas auf.

Vandam dachte: ein Messer! Die Klinge schnellte blitzend auf seine Kehle zu. Er zuckte reflexartig zurück. Ein brennender Schmerz überzog seine Wange. Seine Hand fuhr hoch, und er fühlte klebriges, warmes Blut. Plötzlich wurde der Schmerz unerträglich. Er preßte die Finger auf die Wunde und spürte etwas Hartes. Ihm wurde klar, daß er seine eigenen Zähne berührte: Das Messer hatte seine Wange durchschnitten. Dann sackte er zusammen, hörte noch, wie Wolff davonlief, und alles wurde schwarz.

13

WOLFF ZOG SEIN Taschentuch und wischte das Blut von der Klinge. Er musterte das Messer in dem trüben Licht und wischte es noch einmal ab. Während er weiterging, polierte er den schmalen Stahl mit heftigen Bewegungen. Dann warf er das Taschentuch weg und schob das Messer wieder in die Scheide unter seinem Arm. Er bog von der Gasse in eine Straße, orientierte sich und steuerte auf die Altstadt zu.

Unwillkürlich stellte er sich eine Gefängniszelle vor. Sie war einen Meter achtzig lang, einen Meter zwanzig breit, und die Hälfte wurde von einem Bett eingenommen. Unter dem Bett stand ein Nachttopf. Die Wände waren aus glattem, grauem Stein. Eine kleine elektrische Birne hing an einem Draht von der Decke. An einem Ende der Zelle war eine Tür, an dem anderen, knapp über Augenhöhe, ein kleines quadratisches Fenster. Dort konnte er den hellen, blauen Himmel erkennen. Er malte sich aus, morgens aufzuwachen und all dies zu sehen. Was würde er empfinden, wenn er in dieser Zelle säße? Wolff schüttelte den Kopf, um den Alptraum zu verscheuchen. Schließlich war er noch einmal davongekommen. Er merkte, daß einige Leute auf der Straße ihn anstarrten. In einem Schaufenster sah er einen Spiegel und musterte sich. Sein Haar war zerzaust, eine Seite seines Gesichts geschwollen, sein Ärmel zerrissen, und an seinem Kragen klebte Blut. Immer noch keuchte er von der Anstrengung des Laufes und des Kampfes. Wolff dachte: Ich sehe gefährlich aus. Er ging weiter und bog an der nächsten Ecke, ab, um eine indirekte Route einzuschlagen, an den Hauptstraßen vorbei.

Die Trottel in Berlin hatten ihm Falschgeld gegeben! Kein Wunder, daß sie so großzügig waren, schließlich druckten sie es selbst. Es war dermaßen dumm, daß Wolff sich fragte, ob nicht mehr als Dummheit dahintersteckte. Die Abwehr wurde vom Militär, nicht von der Partei geleitet; Canaris, ihr Chef, gehörte nicht zu Hitlers treuesten Anhängern.

Wenn ich wieder in Berlin bin, wird es eine gewaltige Säuberung geben ...

Aber wie war man ihm hier in Kairo auf die Spur gekommen? Er hatte mit vollen Händen Geld ausgegeben. Die Blüten waren verbreitet worden, und die Banken hatten sie entdeckt – nein, nicht die Banken, der Generalzahlmeister. Jedenfalls hatte man begonnen, das Geld zurückzuweisen, und die Sache hatte sich in Kairo herumgesprochen. Der Restaurantbesitzer hatte gemerkt, daß Wolffs Geld gefälscht war, und die Militärpolizei gerufen. Wolff grinste bitter, als ihm einfiel, wie geschmeichelt er über den spendierten Brandy gewesen war.

Der Mann auf dem Motorrad kam ihm in den Sinn. Der Schuft mußte äußerst entschlossen gewesen sein, sonst wäre er mit der Maschine nicht durch all die Gassen und über die Treppen gefahren. Wolff vermutete, daß er unbewaffnet gewesen war, da er sonst bestimmt geschossen hätte. Er hatte auch keinen Stahlhelm getragen, gehörte also nicht zur Militärpolizei. Jemand vom Geheimdienst vielleicht? Möglicherweise sogar Major Vandam?

Wolff hoffte es.

Ich habe den Mann verletzt, dachte er. Wahrscheinlich ist er böse zugerichtet.

Er dachte an das Wichtigste: Die Polizisten hatten Sonja in ihrer Gewalt. Sie würde behaupten Wolff kaum zu kennen, ihn gerade im Cha-Cha-Club getroffen zu haben. Man würde sie nicht lange festhalten können, da sie berühmt war – ein Star, eine Art Heldin für die Ägypter. Aber sie würde ihre Adresse nennen müssen, was bedeutete, daß Wolff nicht zum Hausboot zurückkehren konnte. Er war aber erschöpft, aufgelöst und mit Prellungen übersät. Er mußte sich säubern und ein paar Stunden ausruhen – irgendwo.

Schon einmal war er, von den Engländern gejagt, müde und ziellos durch die Stadt gewandert.

Diesmal würde er bei Abdullah Unterschlupf suchen müssen. Er hatte sich der Altstadt genähert, da er instinktiv ahnte, daß Abdullah seine letzte Hoffnung war. Nun stand er ein paar Schritte von dem Haus des alten Diebes entfernt. Er senkte den Kopf, ging unter dem Torbogen her, einen kurzen dunklen Gang entlang und kletterte die steinerne Wendeltreppe zu Abdullahs Behausung hinauf.

Abdullah saß zusammen mit einem anderen Mann auf dem Boden. Zwischen den beiden stand eine Nargileh, und die Luft war mit würzigem Haschischgeruch geschwängert. Der Dieb blickte zu Wolff auf und verzog das Gesicht zu einem schläfrigen Lächeln. Er sagte auf arabisch: »Yasef, mein Bruder, da ist mein Freund Achmed, auch Alex genannt. Willkommen, Achmed-Alex.« Beide kicherten.

Wolff setzte sich zu ihnen auf den Boden und begrüßte sie auf arabisch.

Abdullah fuhr fort: »Mein Freund Achmed-Alex ist schlau. Fast so schlau wie ein Araber, weil er fast einer ist. Er ist der einzige Europäer, der mich je hereingelegt hat.«

»Das halte ich für unwahr«, sagte Wolff und paßte sich ihrer rauschhaften Sprechweise an. »Ich würde nie versuchen, meinen Freund Abdullah zu betrügen, denn wer kann den Teufel überlisten?«

Yasef lächelte und nickte beifällig über den Scherz. »Hör mir zu, mein Bruder, ich will es dir erklären.« Abdullah runzelte die Stirn: das Rauschgift hemmte seine Konzentration. »Achmed-Alex bat mich, etwas für ihn zu stehlen. Auf diese Weise sollte ich das Risiko auf mich nehmen, und er wollte den Vorteil haben. Natürlich hat er mich nicht so einfach überlistet. Ich stahl den Gegenstand – es war eine Aktentasche – und hatte natürlich vor, ihren Inhalt für mich zu behalten, denn nach den Gesetzen Gottes hat der Dieb ein Recht auf den Erlös seines Verbrechens. Deshalb hätte ich ihn übers Ohr hauen müssen, nicht wahr?«

»Ganz richtig«, entgegnete Yasef, »obwohl ich mich nicht an die Stelle in der Heiligen Schrift erinnern kann, an der steht, daß ein Dieb ein Recht auf den Erlös seines Verbrechens hat. Aber ...«

»Mag sein«, unterbrach Abdullah. »Wovon hatte ich gesprochen?«

Wolff, der noch bei klarem Verstand war, half ihm. »Du hättest mich überlisten müssen, weil du die Tasche selbst geöffnet hast.«

»Stimmt! Aber warte: Die Tasche enthielt nichts von

Wert, also hatte Achmed-Alex mich hereingelegt. Aber warte: Ich ließ mich für den Dienst bezahlen, den ich ihm geleistet hatte; also bekam ich hundert Pfund, und er stand mit leeren Händen da.«

Yasef zog die Brauen hoch. »Dann hast du ihn also wirklich reingelegt.«

»Nein.« Abdullah schüttelte traurig den Kopf. »Er bezahlte mich mit gefälschten Banknoten.«

Yasef und Abdullah starrten einander an und brachen in Gelächter aus. Sie schlugen sich gegenseitig auf die Schulter, stampften mit den Füßen auf den Boden, rollten auf den Kissen umher und lachten, bis ihnen Tränen in die Augen traten.

Wolff zwang sich zu einem Lächeln. Es war genau die Art von Anekdote, die arabischen Geschäftsleuten zusagte. Abdullah würde sie noch jahrelang erzählen. Aber Wolff lief ein Schauder über den Rücken. Auch Abdullah wußte also von den Blüten. Wer noch? Wolff kam es vor, als ob die Meute der Jäger ihn schon umkreist hätte. Und der Kreis wurde mit jedem Tag enger.

Abdullah schien Wolffs Äußeres erst jetzt wahrzunehmen. Sofort zeigte er sich sehr besorgt. »Was ist dir zugestoßen? Hat man dich ausgeraubt?« Er griff nach einer winzigen Silberglocke und läutete. Fast im selben Moment kam eine schläfrige Frau aus dem Nachbarzimmer. »Hol heißes Wasser«, befahl Abdullah. »Bade die Wunden meines Freundes. Gib ihm ein europäisches Hemd und bring ihm einen Kamm. Er braucht Kaffee. Schnell!«

In einem europäischen Haus hätte Wolff protestiert, wenn die Frauen seinetwegen nach Mitternacht geweckt worden wären. Doch hier galt ein solcher Protest als unhöflich. Die Frauen waren dazu da, den Männern zu dienen, und sie würden über Abdullahs gebieterische Forderungen weder überrascht noch verärgert sein.

Wolff erklärte: »Die Briten haben versucht, mich festzunehmen, und ich war gezwungen, mit ihnen zu kämpfen, bevor ich entkommen konnte. Leider wissen sie jetzt,
wo ich gewohnt habe, und das ist ein Problem.«

»Ah.« Abdullah zog an der Nargileh und ließ sie herum-
gehen. Bald spürte Wolff die Wirkung des Haschischs: Er
war entspannt, ein wenig schläfrig und konnte nur mühsam nachdenken. Die Zeit schien sich zu dehnen. Zwei
von Abdullahs Frauen versorgten ihn, wuschen ihm das
Gesicht und kämmten sein Haar. Er genoß ihre Dienste.

Abdullah döste eine Weile, dann öffnete er die Augen
und sagte: »Du mußt hierbleiben. Mein Haus gehört dir.
Ich werde dich vor den Briten verstecken.«

»Du bist ein wahrer Freund.« Wolff hatte beabsichtigt,
Abdullah Geld für sein Versteck anzubieten. Doch Abdullah wußte, daß das Geld nichts taugte, und Wolff hatte
überlegt, was er unternehmen könne. Nun würde der Dieb
ihn ohne Bezahlung verbergen. Ein wahrer Freund. Aber
Abdullah hatte keine Freunde. In seiner Welt gab es nur
die Familie, für die er alles tun würde, und die übrigen,
für die er nichts tun würde. Wolff fragte sich schläfrig:
Wie habe ich diese Sonderbehandlung verdient?

Wieder erklang seine Alarmglocke. Er zwang sich nachzudenken, was wegen des Haschischs nicht leicht war.
Abdullah fordert mich auf hierzubleiben. Warum? Weil
ich in Schwierigkeiten bin; weil ich sein Freund bin; weil
ich ihn überlistet habe.

Weil ich ihn überlistet habe. Die Geschichte war noch
nicht beendet. Abdullah wollte die Kette durch einen
weiteren Betrug verlängern. Wie? Indem er Wolff an die
Briten verriet. Das war es. Sobald Wolff eingeschlafen war,
würde Abdullah Major Vandam benachrichtigen. Die Briten würden Wolff verhaften, dem Dieb die Information
bezahlen, und die Geschichte würde Abdullah endlich
Ehre machen.

Verdammt. Eine der Frauen brachte ein weißes europäisches Hemd. Wolff stand auf und zog sein eigenes zerrissenes und blutiges Hemd aus. Die Frau wandte die Augen von seiner nackten Brust ab.

»Er braucht es noch nicht«, sagte Abdullah. »Gib es ihm morgen früh.«

Wolff nahm der Frau das Hemd ab und schlüpfte hinein.

»Vielleicht wäre es unter deiner Würde, im Haus eines Arabers zu schlafen, mein Freund Achmed?«

»Die Briten haben ein Sprichwort: Wer mit dem Teufel ißt, muß einen langen Löffel benutzen.«

Abdullah grinste und entblößte seinen Metallzahn. Er wußte, daß Wolff seinen Plan erraten hatte. »Fast ein Araber.«

»Auf Wiedersehen, meine Freunde«, sagte Wolff.

»Bis zum nächstenmal«, antwortete Abdullah.

Wolff ging hinaus. Die Nacht war kalt und er fragte sich, wohin er noch gehen könne.

*

Im Lazarett vereiste eine Krankenschwester Vandams Gesicht mit einem Betäubungsmittel, dann nähte Dr. Abuthnot seine Wange mit ihren langen gefühlvollen Fingern. Sie legte einen Schutzverband an und befestigte ihn mit einer langen Bandage, die sie ihm um den Kopf legte.

»Ich muß aussehen wie die Karikatur eines Mannes mit Zahnschmerzen«, sagte er.

Dr. Abuthnot verzog keine Miene. Sie hatte wenig Humor. »Sie werden nicht mehr so fröhlich sein, wenn die Betäubung nachläßt. Ihr Gesicht wird sehr weh tun. Ich werde Ihnen eine Schmerztablette geben.«

»Nein, danke.«

»Spielen Sie nicht den Helden, Major. Sie werden es bedauern.« Er betrachtete sie in ihrem weißen Kittel und den flachen Schuhen und rätselte, wie er sie auch nur ein wenig begehrenswert hatte finden können. Sie war recht angenehm, sogar hübsch, doch gleichzeitig kalt, überlegen und antiseptisch. Nicht ...

Nicht wie Elene.

»Eine Schmerztablette würde mich einschlafen lassen«, sagte er.

»Um so besser. Wenn Sie schlafen, können wir sicher sein, daß die Verletzungen ein paar Stunden lang ungestört heilen.«

»Ich würde gern schlafen, aber ich habe eine wichtige Aufgabe, die sich nicht verschieben läßt.«

»Sie können nicht arbeiten. Eigentlich sollten Sie sich nicht bewegen und so wenig sprechen wie möglich. Der Blutverlust hat Sie geschwächt, und eine Wunde wie diese zieht meistens ein Trauma nach sich. In ein paar Stunden werden Sie die Wirkung spüren. Sie werden schwindelig, erschöpft und verwirrt sein und unter Brechreiz leiden.«

»Mir wird's noch schlechter gehen, wenn die Deutschen Kairo erobern«, murmelte Vandam und erhob sich.

Dr. Abuthnot schien verärgert. Doch sie war sich nicht sicher, wie sie offenem Ungehorsam begegnen sollte. »Sie sind albern.«

»Schon möglich. Kann ich essen?«

»Nein. Nehmen Sie Traubenzucker zu sich, in warmem Wasser aufgelöst.«

Vielleicht versuche ich es mit warmem Gin, dachte Vandam. Er schüttelte ihr die Hand. Sie war kalt und trocken.

Jakes wartete vor dem Lazarett mit einem Wagen. »Ich wußte, daß man Sie nicht lange festhalten könnte, Sir. Soll ich Sie nach Hause fahren?«

»Nein.« Vandams Armbanduhr war stehengeblieben. »Wie spät ist es?«

»Fünf nach zwei.«

»Ich nehme an, daß Wolff nicht allein gegessen hat.«

»Nein, Sir. Seine Begleiterin wurde festgenommen und ist im Großen Hauptquartier.«

»Fahren Sie mich dorthin.«

»Wenn Sie sicher sind ...«

»Ja.«

Der Wagen setzte sich in Bewegung. Vandam fragte: »Haben Sie unsere Vorgesetzten verständigt?«

»Über die Ereignisse dieses Abends? Nein, Sir.«

»Gut. Morgen ist es noch früh genug.« Vandam sprach nicht aus, was sie beide wußten: daß ihre Abteilung, die schon in Ungnade gefallen war, weil sie Wolffs Arbeit zugelassen hatte, sich nun, da er ihr entschlüpft war, vollends mit Schande bedeckt hatte.

»Wer war Wolffs Begleiterin?« erkundigte sich Vandam.

»Etwas ganz Besonderes. Sie heißt Sonja.«

»Die Tänzerin?«

»Keine geringere.«

Sie fuhren schweigend weiter. Wolff mußte ein kaltblütiger Bursche sein, wenn er mit der berühmtesten Bauchtänzerin Ägyptens ausging und zwischendurch britische Militärgeheimnisse stahl. Aber nun durfte er etwas nervöser geworden sein. Doch das war nicht unbedingt ein Vorteil für die Briten. Der Vorfall hatte ihn gewarnt, daß man ihm auf der Spur war, und er würde von nun an vorsichtiger sein. Es kam nicht darauf an, Spione zu erschrekken, sondern nur darauf, sie zu fangen. Sie erreichten das Große Hauptquartier und stiegen aus dem Wagen. Vandam fragte: »Was ist seit ihrer Ankunft mit ihr angestellt worden?«

»Wir haben ihr die kalte Schulter gezeigt«, sagte Jakes. »Eine nackte Zelle, nichts zu essen, nichts zu trinken, keine Fragen.«

»Gut.« Trotzdem war es schade, daß man ihr Zeit gegeben hatte, sich zu sammeln. Vandam wußte von den

Verhören Kriegsgefangener, daß die besten Ergebnisse unmittelbar nach der Gefangennahme erzielt wurden, wenn die Feinde noch Angst hatten, getötet zu werden.

Vandam hätte Sonja sofort nach dem Kampf in dem Restaurant verhören sollen. Da dies unmöglich gewesen war, schien es die zweitbeste Lösung, sie zu isolieren und nicht mit ihr zu reden, bis er eintraf.

Jakes ging über einen Flur voran zum Vernehmungszimmer. Vandam blickte durch den Spion. Es war ein quadratischer Raum ohne Fenster, aber hell von elektrischem Licht erleuchtet. Ein Tisch mit einem Aschenbecher darauf, zwei Stühle mit gerader Lehne. An einer Seite war eine türlose Nische mit einer Toilette.

Sonja saß, der Tür gegenüber, auf einem Stuhl. Jakes hat recht, dachte Vandam, sie ist etwas Besonderes. Aber sie war durchaus nicht hübsch, sondern erinnerte mit ihrem üppigen Körper und den kräftigen, wohlproportionierten Zügen an eine Amazone. Junge Ägypterinnen waren im allgemeinen schlank, langbeinig und anmutig. Sonja glich eher – Vandam runzelte die Stirn und überlegte – einer Tigerin. Sie trug ein langes hellgelbes Kleid, das Vandam zu grell schien, im Cha-Cha-Club aber durchaus *à la mode* sein dürfte. Er beobachtete sie ein, zwei Minuten lang. Sie saß ganz ruhig da, ohne zu zappeln oder die kahle Zelle mit nervösen Blicken zu mustern, ohne zu rauchen oder auf den Nägeln zu kauen. Vandam dachte: Das wird eine harte Nuß. Plötzlich änderte sich ihre Miene, sie erhob sich und ging auf und ab. Doch nicht so hart, sagte sich Vandam.

Er öffnete die Tür und trat ein.

Wortlos setzte er sich an den Tisch. Sie blieb stehen, so als ob sie Angst habe. Den ersten Punkt für mich, dachte Vandam. Er hörte, wie Jakes hinter ihm hereinkam und die Tür schloß. Dann blickte er zu Sonja auf. »Setzen Sie sich.«

Sie starrte ihn an, und ein Lächeln glitt über ihr Gesicht. Sie zeigte auf seinen Verband. »Hat er das getan?«

Den zweiten Punkt für sie.

»Setzen Sie sich.«

»Vielen Dank.« Sie nahm Platz.

»Wer ist ›er‹?«

»Alex Wolff, der Mann, den Sie heute abend verprügeln wollten.«

»Und wer ist Alex Wolff?«

»Ein reicher Besucher des Cha-Cha-Clubs.«

»Wie lange kennen Sie ihn schon?«

Sonja blickte auf ihre Armbanduhr. »Fünf Stunden.«

»Wie haben Sie ihn kennengelernt?«

»Auf die übliche Art. Nach meinem Auftritt brachte ein Kellner mir eine Einladung, mich an Mr. Wolffs Tisch zu setzen.«

»Welcher war es?«

»Welcher Tisch?«

»Welcher Kellner.«

»Ich entsinne mich nicht.«

»Erzählen Sie weiter.«

»Mr. Wolff gab mir ein Glas Champagner und bat mich, mit ihm zu Abend zu essen. Ich war einverstanden, wir fuhren zu dem Restaurant, und den Rest kennen Sie.«

»Setzen Sie sich nach Ihrem Auftritt immer an den Tisch von Zuschauern.«

»Ja, das ist so Brauch.«

»Gehen Sie gewöhnlich mit ihnen zum Abendessen?«

»Manchmal.«

»Weshalb waren Sie diesmal einverstanden?«

»Mr. Wolff schien ein außergewöhnlicher Mann zu sein.« Sie betrachtete Vandams Verband von neuem und grinste. »Das war er tatsächlich.«

»Wie lautet Ihr voller Name?«

»Sonja el-Aram.«

»Adresse?«

»*Jihan,* Samalek. Es ist ein Hausboot.«

»Alter?«

»Wie unhöflich.«

»Alter.«

»Ich weigere mich zu antworten.«

»Sie begeben sich auf gefährliches Gebiet ...«

»Nein, *Sie* begeben sich auf gefährliches Gebiet.« Sie überraschte Vandam, indem sie plötzlich ihre Gefühle zeigte, und ihm wurde klar, daß sie bis dahin ihre Wut nur unterdrückt hatte. Sonja schüttelte einen Finger vor seinem Gesicht hin und her. »Wenigstens zehn Menschen haben gesehen, wie ihre uniformierten Schläger mich in dem Restaurant festgenommen haben. Bis morgen Mittag wird halb Kairo wissen, daß die Briten Sonja ins Gefängnis gesteckt haben. Wenn ich morgen abend nicht im Cha-Cha auftrete, gibt es einen Aufstand. Mein Volk wird die Stadt niederbrennen. Sie werden Truppen aus der Wüste zurückziehen müssen, um die Kontrolle zu behalten. Und wenn ich hier mit einer einzigen Quetschung oder einem Kratzer herauskomme, werde ich sie der Welt morgen abend auf der Bühne zeigen, und das Ergebnis wird das gleiche sein. Nein, Mister, nicht ich bin auf gefährlichem Gebiet.«

Vandam betrachtete sie während der Tirade, ohne eine Miene zu verziehen, und sprach weiter, als habe sie nichts Wichtiges gesagt. Er mußte ihre Worte ignorieren, weil sie recht hatte.

»Fangen wir noch einmal von vorn an«, schlug er mit ruhiger Stimme vor. »Sie behaupten, Wolff im Cha-Cha-Club kennengelernt ...«

»Nein«, unterbrach sie. »Wir fangen nicht noch einmal von vorn an. Ich werde kooperieren und Ihre Fragen beantworten, aber ich lasse mich nicht verhören.« Sie stand auf, drehte ihren Stuhl um und setzte sich mit dem Rükken zu Vandam. Er starrte ihren Hinterkopf ein paar Sekunden lang an. Sie hatte ihn sehr geschickt ausmanövriert. Er ärgerte sich, doch gleichzeitig bewunderte er sie im stillen. Er stand auf und verließ das Zimmer. Jakes folgte ihm.

Auf dem Flur fragte Jakes: »Was meinen Sie?«

»Wir müssen sie gehen lassen.«

Jakes entfernte sich, um die entsprechenden Anweisungen zu geben. Während er wartete, dachte Vandam über Sonja nach. Woher hatte sie die Kraft gehabt, sich ihm zu widersetzen? Ob ihre Geschichte stimmte oder nicht, sie hätte erschrocken, eingeschüchtert und letztes Endes gefügig sein müssen.

Er überdachte das Gespräch noch einmal. Die Frage nach ihrem Alter hatte sie rebellieren lassen. Ihr Talent hatte ihr offenbar ermöglicht, länger aufzutreten als eine durchschnittliche Tänzerin; vielleicht fürchtete sie sich deshalb vor den verstreichenden Jahren. Hier bot sich kein Anhaltspunkt. Ihre Miene war ruhig und ausdruckslos gewesen, abgesehen davon, daß sie über seine Verletzung gelächelt hatte. Am Ende hatte sie sich einen Gefühlsausbruch gestattet. Aber sogar dann hatte sie ihren Zorn gesteuert, war nicht von ihm beherrscht worden. Er erinnerte sich an ihr Gesicht, während sie tobte. Was hatte *er* dort gesehen? Nicht nur Zorn, schließlich begriff er: Es war Haß gewesen.

Sie haßte ihn. Dabei war er für sie nur ein unbekannter britischer Offizier. Also mußte sie die Briten hassen. Und ihr Haß hatte ihr Kraft verliehen.

Plötzlich war Vandam müde. Er setzte sich schwer auf eine Bank im Flur. Woher sollte er Kraft bekommen? Kühl überlegte er, was auf dem Spiel stand. Er stellte sich die Deutschen vor, wie sie nach Kairo einmarschierten, die Gestapo auf den Straßen, die ägyptischen Juden, die in Konzentrationslager getrieben wurden, die faschistische Propaganda im Rundfunk ...

Die Betäubung seines Gesichts ließ nach. Er spürte eine scharfe Linie des Schmerzes wie eine Verbrennung auf der Wange. Außerdem hatte er Kopfschmerzen. Er hoffte, daß Jakes nicht so bald zurückkehren werde, damit er noch ein bißchen länger auf der Bank sitzen konnte.

Vandam dachte an Billy. Er wollte nicht, daß der Junge ihn beim Frühstück vermißte. Vielleicht bleibe ich bis zum Morgen wach, bringe ihn zur Schule, fahre nach Hause und schlafe mich aus, überlegte er. Wie würde Billys Leben unter den Nazis aussehen? Sie würden ihm beibringen, die Araber zu verachten. Seine jetzigen Lehrer waren keine großen Bewunderer der afrikanischen Kultur, aber wenigstens konnte Vandam seinem Sohn zu der Erkenntnis verhelfen, daß Menschen, die anders waren, nicht notwendig dumm sein mußten. Ihm fiel Elene ein. Sie ließ sich aushalten, aber wenigstens konnte sie ihre Liebhaber wählen, und wenn ihr nicht gefiel, was sie im Bett anstellen wollten, konnte sie sie hinauswerfen. In dem Bordell eines Konzentrationslagers würde sie diese Wahl nicht haben ... Es schauderte ihn.

Ja, wir sind nicht gerade großartig, schon gar nicht in unseren Kolonien, aber die Nazis sind noch schlimmer, ob die Ägypter es wissen oder nicht. Dafür lohnt es sich zu kämpfen. In England macht die Menschlichkeit allmählich Fortschritte, in Deutschland wird sie zurückgedrängt.

Er stand auf.

Jakes kam zurück.

»Sie ist anglophob«, sagte Vandam.

»Bitte, Sir?«

»Sonja. Sie haßt die Briten. Ich glaube nicht, daß Wolff eine Zufallsbekanntschaft ist. Los.«

Sie verließen zusammen das Gebäude. Draußen war es immer noch dunkel. Jakes meinte: »Sir, Sie sind sehr müde ...«

»Ja, ich bin sehr müde, aber ich kann noch klar denken, Jakes. Fahren Sie mich zur Hauptpolizeiwache.«

»Jawohl, Sir.«

Sie starteten. Vandam gab Jakes sein Zigarettenetui und sein Feuerzeug; der Mann steuerte mit einer Hand, während er die Zigarette anzündete. Jakes reichte ihm die brennende Zigarette. Am liebsten hätte ich auch einen Martini, dachte Vandam.

Jakes bremste vor dem Polizeihauptquartier. Vandam sagte: »Wir brauchen den Chef der Kriminalpolizei.«

»Ich glaube nicht, daß er jetzt da ist ...«

»Nein. Lassen Sie sich seine Adresse geben. Wir werden ihn aufwecken.«

Jakes betrat das Gebäude. Vandam starrte durch die Windschutzscheibe. Die Morgendämmerung zog herauf. Der Himmel war nun eher grau als schwarz. Ein paar Menschen waren schon auf den Straßen. Er sah einen Mann, der zwei mit Gemüse beladene Esel führte, wahrscheinlich zum Markt. Die Muezzins hatten noch nicht zum ersten Gebet des Tages gerufen.

Dann kehrte Jakes zurück. »Gezira«, murmelte er, während er den Gang einlegte und Gas gab.

Vandam dachte über seinen Untergebenen nach. Jemand hatte ihm erzählt, daß Jakes einen prächtigen Humor habe. Vandam hatte ihn immer als zuvorkommend und munter eingeschätzt, aber er hatte nie ein Zeichen echten Humors bemerkt. Bin ich ein solcher Tyrann, daß meine Leute in meiner Gegenwart Angst haben, einen Witz zu machen? Niemand bringt mich je zum Lachen. Außer Elene.

»*Mir* erzählen sie nie Witze, Jakes.«

»Sir?«

»Sie sollen einen prächtigen Humor haben, aber mir erzählen Sie nie Witze.«

»Nein, Sir.«

»Könnten Sie ganz ehrlich sein und mir sagen, weshalb nicht?«

Nach einer Pause erwiderte Jakes: »Sie laden nicht zu Vertraulichkeiten ein, Sir.«

Vandam nickte. »Sehr taktvoll ausgedrückt, Jakes. Das Thema ist beendet.«

Die Sache mit Wolff geht mir zu nahe, dachte er. Vielleicht tauge ich gar nicht zu meiner Arbeit, und vielleicht tauge ich zu gar nichts. Außerdem schmerzt mein Gesicht.

Sie überquerten die Brücke zur Insel. Der Himmel war nicht mehr schiefergrau, sondern perlfarbig. Jakes räusperte sich. »Ich möchte Ihnen gern sagen, Sir, daß Sie – wenn Sie mir das Urteil gestatten – bei weitem der beste Vorgesetzte sind, den ich je hatte.«

»Oh.« Vandam war verblüfft. »Du lieber Himmel. Tja, vielen Dank, Jakes. Vielen Dank.«

»Keine Ursache, Sir. Wir sind da.«

Er parkte den Wagen vor einem hübschen kleinen Haus mit einem gutbewässerten Garten. Vandam vermutete, daß der Chef der Kriminalpolizei von seinen Bestechungsgeldern ganz gut leben konnte.

Sie gingen den Pfad hinauf und hämmerten an die Tür. Nach ein bis zwei Minuten erschien ein Kopf am Fenster und sagte etwas auf arabisch.

Jakes setzte seine Feldwebelstimme auf. »Militärischer Geheimdienst – öffnen Sie die verdammte Tür!«

Eine Minute später machte ein kleiner gutaussehender Araber die Tür auf. Während er immer noch an seinem Hosengürtel hantierte, fragte er auf englisch: »Was ist los?«

Vandam nahm die Sache in die Hand. »Ein dringender Fall. Würden Sie uns bitte einlassen?«

»Natürlich.« Der Beamte gab die Tür frei, und sie traten ein. Er führte sie in ein schmales Wohnzimmer. »Was ist passiert?« Er schien verängstigt, und Vandam dachte:

Wer wäre das nicht, wenn mitten in der Nacht an die Tür geklopft wird ...

»Kein Grund zur Panik«, beruhigte Vandam. »Aber wir möchten, daß Sie jemanden überwachen lassen, und zwar sofort.«

»Sicher. Bitte, nehmen Sie Platz.« Der Beamte, ein Detektiv, suchte sich sein Notizbuch und einen Bleistift. »Um wen geht's?«

»Sonja el-Aram.«

»Die Tänzerin?«

»Ja. Ich möchte, daß ihr Heim, das Hausboot *Jihan* in Samalek, rund um die Uhr beobachtet wird.«

Während der Beamte die Einzelheiten niederschrieb, wünschte sich Vandam, auf die ägyptische Polizei verzichten zu können. Aber er hatte keine Wahl: In einem afrikanischen Land war es unmöglich, weiße, englischsprechende Männer bei Überwachungen einzusetzen.

»Um was für ein Verbrechen handelt es sich?« wollte der Detektiv wissen.

Das werde ich dir bestimmt nicht erzählen, dachte Vandam. »Wir glauben, daß sie mit jemandem unter einer Decke steckt, der gefälschte Pfundnoten in Kairo verbreitet.«

»Sie möchten also erfahren, wer kommt und geht, ob die Besucher etwas bei sich haben, ob Treffen an Bord des Hausbootes abgehalten werden ...«

»Ja. Und an einem Mann sind wir besonders interessiert. Er heißt Alex Wolff und wird als der Messermörder von Assiut verdächtigt. Sie müßten seine Beschreibung schon haben.«

»Natürlich. Tägliche Berichte?«

»Ja, aber wenn Wolff gesehen wird, möchte ich sofort unterrichtet werden. Sie können Captain Jakes oder mich tagsüber im Großen Hauptquartier erreichen. Geben Sie ihm unsere privaten Telefonnummern, Jakes.«

»Ich kenne diese Hausboote«, meinte der Detektiv. »Der Treidelpfad wird gern zu Abendspaziergängen benutzt, besonders von Liebespaaren.«

»Das stimmt«, warf Jakes ein.

Vandam zog eine Augenbraue hoch.

Der Beamte fuhr fort: »Kein schlechter Platz für einen Bettler. Niemand würde einen Bettler zur Kenntnis nehmen. Nachts ... nun, es gibt dort Büsche, auch sehr beliebt bei jungen Paaren.«

»Stimmt das, Jakes?« fragte Vandam.

»Keine Ahnung, Sir.« Jakes merkte, daß Vandam sich über ihn lustig machte, und lächelte. Er reichte dem Araber ein Stück Papier mit den Telefonnummern. Ein kleiner Junge trat ins Zimmer und rieb sich die Augen. Er blickte sich schläfrig um und ging dann auf den Detektiv zu.

»Mein Sohn«, sagte der Beamte stolz.

»Ich glaube, wir können jetzt weiterfahren«, erklärte Vandam. »Oder möchten Sie, daß wir Sie in der Stadt absetzen?«

»Nein, danke, ich habe einen Wagen.«

»In Ordnung, aber beeilen Sie sich.« Vandam stand auf. Plötzlich verschwamm ihm alles vor den Augen. Er merkte, daß er das Gleichgewicht verlor. Sofort war Jakes neben ihm und packte seinen Arm.

»Fühlen Sie sich nicht wohl, Sir?«

Langsam kehrte sein Sehvermögen zurück. »Es geht schon besser.«

»Sie haben eine schlimme Verletzung«, kommentierte der Kriminalbeamte mitfühlend.

Sie gingen zur Tür. Der Detektiv sagte: »Meine Herren, ich versichere Ihnen, daß ich mich persönlich um diese Überwachung kümmern werde. Niemand wird auch nur eine Maus an Bord des Bootes schmuggeln, ohne daß Sie davon erfahren.« Er hatte den kleinen Jungen auf den Arm genommen.

»Auf Wiedersehen.« Vandam schüttelte ihm die Hand. »Übrigens, ich bin Major Vandam.«

Der Detektiv machte eine kleine Verbeugung. »Inspektor Kemel, zu Ihren Diensten, Sir.«

14

SONJA GRÜBELTE. EIGENTLICH hatte sie erwartet, Wolff im Hausboot vorzufinden, als sie kurz vor dem Morgengrauen zurückkehrte. Doch das Boot war kalt und leer gewesen. Sie wußte nicht, was sie davon halten sollte. Als sie festgenommen wurde, war sie auf Wolff wütend gewesen, weil er geflüchtet war und sie den britischen Schlägern ausgeliefert hatte. Sie hatte große Angst vor dem gehabt, was man ihr antun könnte. Wolff hätte bleiben müssen, um sie zu verteidigen, hatte sie gedacht. Doch dann hatte sie eingesehen, daß dies unklug gewesen wäre. Denn dadurch, daß er sie im Stich ließ, hatte er den Verdacht von ihr abgelenkt. Es war nicht leicht, sich damit abzufinden, aber es war die beste Lösung. Während sie in dem kahlen kleinen Raum im Großen Hauptquartier saß, hatte sich ihre Wut von Wolff abgewendet und auf die Briten gerichtet.

Sie hatte sich nicht einschüchtern lassen, und die Briten hatten einen Rückzieher gemacht.

Zunächst war sie nicht sicher gewesen, daß es sich bei dem Mann, der sie verhörte, um Major Vandam handelte, aber später, als man sie freiließ, war dem Beamten der Name entschlüpft. Die Bestätigung hatte ihr Spaß gemacht. Sie lächelte wieder, als sie an den grotesken Verband auf Vandams Gesicht dachte. Wolff mußte ihn mit dem Messer verletzt haben. Er hätte ihn töten sollen.

Wo mochte Wolff jetzt sein? Wahrscheinlich hatte er irgendwo in der Stadt Unterschlupf gefunden. Er würde auftauchen, wenn die Luft rein war. Sie konnte nichts für ihn tun, aber sie hätte sich gefreut, ihn bei sich zu haben und den Triumph mit ihm zu teilen.

Sonja zog ihr Nachthemd an. Sie hätte sich hinlegen sollen, doch sie war nicht müde. Vielleicht würde ein Drink ihr helfen. Sie nahm eine Flasche Scotch, goß etwas Whisky in ein Glas und gab Wasser hinzu. Als sie den ersten Schluck nahm, hörte sie Schritte auf dem Steg. Ohne zu überlegen, rief sie: »Achmed ...?« Dann merkte sie, daß die Schritte zu leicht und schnell waren. Sie stand im Nachthemd, mit dem Getränk in der Hand, am Fuß der Leiter. Die Luke wurde hochgehoben, und ein arabisches Gesicht blickte herein.

»Sonja?«

»Ja ...«

»Sie haben wohl jemand anderen erwartet.« Der Mann kletterte die Leiter herunter. Sonja beobachtete ihn. Er setzte den Fuß von der Leiter und stand vor ihr: ein kleiner Mann mit einem gutgeschnittenen Gesicht. Er trug europäische Kleidung; eine dunkle Hose, glänzende schwarze Schuhe und ein weißes Hemd mit kurzen Ärmeln. »Ich bin Kriminalinspektor Kemel. Es ist mir eine Ehre, Sie kennenzulernen.« Der Mann hielt ihr die Hand hin.

Sonja drehte sich um, schritt hinüber zum Diwan und setzte sich. Sie hatte geglaubt, die Polizei abgewimmelt zu haben. Nun mischten sich auch noch die Ägypter ein. Aber wahrscheinlich würde sich mit einer Bestechungssumme alles regeln lassen. Sie nahm einen Schluck von ihrem Whisky und starrte Kemel an. Schließlich fragte sie: »Was wollen Sie?«

Kemel nahm unaufgefordert Platz. »Ich interessiere mich für Ihren Freund Alex Wolff.«

»Er ist nicht mein Freund.«

Der Beamte achtete nicht auf ihren Einwand. »Die Briten haben mir zwei Dinge über Mr. Wolff berichtet: erstens, daß er einen Soldaten in Assiut erstochen hat; zweitens, daß er versucht hat, mit gefälschten englischen Banknoten in einem Restaurant in Kairo zu bezahlen. Die Geschichte klingt etwas seltsam. Weshalb war er in Assiut? Warum hat er den Soldaten ermordet? Und woher hat er das Falschgeld?«

»Ich weiß überhaupt nichts von dem Mann«, sagte Sonja und hoffte, daß Wolff noch nicht zurückkehrte.

»Aber ich«, erklärte Kemel. »Ich habe Informationen, über die die Briten vielleicht noch nicht verfügen. Ich weiß, wer Alex Wolff ist. Sein Stiefvater war Anwalt hier in Kairo, seine Mutter war Deutsche. Außerdem weiß ich, daß Wolff Nationalist ist, daß er Ihr Liebhaber war und daß Sie Nationalistin sind.«

Sonja lief es kalt über den Rücken. Sie saß still da, rührte ihr Getränk nicht an und lauschte dem durchtriebenen Detektiv, während er die Beweise gegen sie vorbrachte.

»Woher hat er das Falschgeld?« fuhr Kemel fort. »Nicht aus Ägypten. Ich glaube nicht, daß es einen Drukker in Ägypten gibt, der das herstellen könnte; und wenn es einen gäbe, würde er ägyptische Scheine drucken. Also stammt das Geld aus Europa. Nun ist Wolff, auch als Achmed Rahmha bekannt, vor zwei Jahren still und leise verschwunden. Wohin? Nach Europa? Er ist zurückgekehrt – über Assiut. Warum? Wollte er sich unbemerkt in das Land einschleichen? Vielleicht tat er sich mit einer englischen Fälscherbande zusammen und ist nun mit seinem Anteil zurückgekommen. Aber das kann ich mir nicht vorstellen, denn er ist kein armer Mann und kein Verbrecher. Worin besteht also sein Geheimnis?«

Er weiß es, dachte Sonja. Lieber Gott, er weiß es.

»Die Briten haben mich aufgefordert, dieses Hausboot

überwachen zu lassen und ihnen über jeden Bericht zu erstatten, der kommt oder geht. Sie hoffen, daß Wolff hierherkommt. Dann werden sie ihn verhaften und sich alle ihre Fragen beantworten lassen.«

Das Boot wird überwacht! Er konnte nie mehr zurückkehren. Aber – aber weshalb erzählt Kemel mir das alles?

»Der Schlüssel liegt, glaube ich, in Wolffs Herkunft: Er ist gleichzeitig Deutscher und Ägypter.« Kemel stand auf, durchquerte das Boot, setzte sich neben Sonja und schaute ihr ins Gesicht: »Ich glaube, daß er in diesem Krieg kämpft, für Deutschland und für Ägypten. Das Falschgeld dürfte von den Deutschen kommen, und Wolff ist ein Spion.«

Sonja dachte: Aber du weißt nicht, wo du ihn finden kannst. Deshalb bist du hier. Kemel starrte sie an. Sie wandte den Blick ab, weil sie Angst hatte, er könnte ihre Gedanken lesen.

»Wenn er ein Spion ist, kann ich ihn fangen«, sagte Kemel. »Oder ich kann ihn retten.«

Sie warf den Kopf herum. »Was soll das heißen?«

»Ich möchte ihn treffen. Heimlich.«

»Aber warum?«

Kemel setzte sein schlaues, wissendes Lächeln auf. »Sonja, Sie sind nicht die einzige, die will, daß Ägypten frei ist. Es gibt noch viele andere. Wir wollen, daß die Briten besiegt werden, und für uns ist unwichtig, wer sie besiegt. Wir möchten mit den Deutschen zusammenarbeiten. Deshalb müssen wir mit ihnen Kontakt aufnehmen und mit Rommel sprechen.«

»Und Sie meinen, daß Achmed Ihnen helfen kann?«

»Wenn er ein Spion ist, muß er eine Möglichkeit haben, den Deutschen Nachrichten zu übermitteln.«

Sonja war nicht fähig, ihre Gedanken zu ordnen. Kemel hatte sich von einem Ankläger in einen Mitverschwörer verwandelt. Aber wenn es nun eine Falle war? Sie wußte nicht, ob sie ihm trauen konnte, und sie hatte keine Zeit, darüber nachzudenken. Da sie zu keinem Schluß kommen konnte, antwortete sie nicht.

Kemel hakte vorsichtig nach: »Können Sie eine Begegnung arrangieren?«

Eine solche Entscheidung ließ sich nicht spontan fällen. »Nein.«

»Vergessen Sie nicht, daß das Hausboot überwacht wird. Die Berichte treffen bei mir ein, bevor sie an Major Vandam weitergegeben werden. Wenn Sie also diese Begegnung arrangieren könnten, würde ich meinerseits dafür sorgen, daß die Berichte an Vandam gründlich überprüft werden und nichts ... Peinliches enthalten.«

Daran hatte Sonja nicht mehr gedacht. Wenn Wolff irgendwann zurückkam, würden die Beobachter Meldung machen und Vandam würde es erfahren, falls Kemel sich nicht einschaltete. Das änderte die Situation. Sie hatte keine Wahl. »Ich werde ein Treffen arrangieren.«

»Gut.« Er erhob sich. »Rufen Sie die Hauptpolizeiwache an und hinterlassen Sie, daß Sirhan mich sehen möchte. Wenn ich diese Nachricht bekomme, werde ich Kontakt mit Ihnen aufnehmen, um Ort und Zeit mit Ihnen abzusprechen.«

»In Ordnung.«

Kemel trat an die Leiter, kehrte jedoch noch einmal zurück. Er zog ein Portemonnaie aus der Hosentasche, entnahm ihm ein kleines Foto und reichte es Sonja. Es war ein Bild von ihr. »Würden Sie dies für meine Frau unterzeichnen? Sie ist eine große Bewunderin von Ihnen.« Er gab ihr einen Federhalter. »Sie heißt Hesther.«

Sonja schrieb: »Für Hesther mit den besten Wünschen, Sonja.« Sie hielt ihm das Foto hin und dachte: Es ist unglaublich.

»Vielen Dank. Sie wird sich sehr freuen.«

»Ich werde so bald wie möglich von mir hören lassen«, sagte Sonja.

»Danke.« Er streckte die Hand aus. Diesmal schüttelte Sonja sie. Dann stieg er die Leiter hoch und schloß die Luke hinter sich.

Sonjas Nervosität legte sich. Sie hatte das Richtige getan. Zwar war sie immer noch nicht ganz von Kemels Aufrichtigkeit überzeugt, aber sie vermochte keine Falle zu erkennen.

Sie war müde. Nachdem sie den Whisky ausgetrunken hatte, teilte sie den Vorhang und ging in ihr Schlafzimmer. Ihr war in ihrem Nachthemd kalt geworden. Sie trat ans Bett und zog die Decke zurück. Plötzlich hörte sie ein Klopfen. Ihr stockte der Atem. Sie stürzte zu dem Bullauge, das auf den Fluß hinausging. Hinter dem Glas sah sie ein Gesicht.

Sie schrie auf.

Das Gesicht verschwand.

Es war Wolff gewesen.

Sonja stieg rasch die Leiter hinauf und rannte an Deck. Sie sah Wolff im Wasser; er schien nackt zu sein. Er hielt sich an den Bullaugen fest und kletterte an dem kleinen Boot hoch. Sie packte seinen Arm und zog ihn an Deck. Er kniete einen Moment lang auf allen vieren und warf hastige Blicke über den Fluß wie eine in die Enge getriebene Wasserratte. Dann sprang er durch die Luke. Sie folgte ihm.

Wolff stand, tropfend und zitternd, auf dem Teppich. Er war tatsächlich nackt. Sie fragte: »Was ist geschehen?«

»Laß mir ein Bad ein.«

Sie ging durch das Schlafzimmer ins Badezimmer. Dort stand eine kleine Wanne mit einem elektrischen Boiler. Sie drehte die Hähne auf und warf eine Handvoll Badesalz ins Wasser. Wolff stieg in die Wanne und ließ das Wasser über seinen Körper laufen.

»Was ist geschehen?« wiederholte Sonja.

Er unterdrückte sein Zittern. »Es war mir zu riskant, über den Treidelpfad zu kommen. Deshalb zog ich mich am entgegengesetzten Ufer aus und schwamm hierher. Ich blickte ins Boot und sah einen Mann bei dir – ich vermute, es war ein Polizist?«

»Ja.«

»Darum wartete ich im Wasser, bis er wegging.«

Sie lachte. »Armer Kerl.«

»Das ist kein Spaß. Mein Gott, ich friere. Die Scheißabwehr hat mir Blüten gegeben. Wenn ich wieder in Deutschland bin, werde ich jemandem den Hals umdrehen.«

»Warum haben sie's getan?«

»Ich weiß nicht, ob es Unfähigkeit oder Verrat ist. Canaris hat nie viel von Hitler gehalten. Bitte, dreh das Wasser ab.« Er begann, sich den Flußschlamm von den Beinen zu waschen.

»Du wirst dein eigenes Geld benötigen.«

»Daraus wird nichts. Du kannst sicher sein, daß die Bank angewiesen ist, die Polizei zu rufen, sobald ich mich zeige. Ich könnte ab und zu eine Rechnung mit Schecks bezahlen, aber sogar das könnte ihnen helfen, mich aufzuspüren. Auch wenn ich einige meiner Aktien oder sogar die Villa verkaufte, müßte das Geld von einer Bank abgehoben werden ...«

Also brauchst du mein Geld, dachte Sonja. Du wirst mich nicht einmal darum bitten, du wirst es dir einfach nehmen. Sie schob den Gedanken zunächst beiseite. »Der Kriminalbeamte läßt das Boot überwachen – auf Vandams Anweisung.«

Wolff grinste. »Es war also Vandam.«

»Hast du ihn mit dem Messer verletzt?«

»Ja, aber ich weiß nicht, wo. Es war dunkel.«

»Im Gesicht. Er trug einen riesigen Verband.«

Wolff lachte laut. »Ich wünschte, ich könnte ihn sehen.« Er fragte, wieder ernst geworden: »Hat er dich verhört?«

»Ja.«

233

»Was hast du ihm erzählt?«

»Daß ich dich kaum kenne.«

»Gut gemacht.« Er musterte sie, und Sonja wußte, daß er erfreut und ein wenig überrascht war, weil sie nicht den Kopf verloren hatte. »Hat er dir geglaubt?«

»Vermutlich nicht, da er die Überwachung angeordnet hat.«

Wolff runzelte die Stirn. »Das wird schwierig. Ich kann nicht jedes Mal, wenn ich nach Hause möchte, über den Fluß schwimmen ...«

»Keine Sorge, ich habe alles geregelt.«

»*Du* hast es geregelt?«

Es stimmte nicht ganz, doch es klang gut. »Der Detektiv ist einer von uns.«

»Ein Nationalist?«

»Ja. Er möchte dein Funkgerät benutzen.«

»Woher weiß er, daß ich eins habe?« Wolffs Stimme hatte einen drohenden Unterton.

»Er weiß es gar nicht«, antwortete Sonja ruhig. »Aus dem, was die Briten ihm erzählt haben, schließt er, daß du ein Spion bist. Und vermutet, daß ein Spion eine Möglichkeit hat, mit den Deutschen Kontakt aufzunehmen. Die Nationalisten wollen Rommel eine Botschaft schicken.«

Wolff schüttelte den Kopf. »Damit möchte ich lieber nichts zu tun haben.«

Sie konnte nicht zulassen, daß er ihre Absprache ignorierte. »Du hast keine andere Wahl«, sagte sie eindringlich.

»Wahrscheinlich nicht«, gab er müde zurück.

Sonja verspürte ein seltsames Gefühl der Macht. Es war, als habe sie die Oberhand gewonnen. Ein anregendes Gefühl.

»Sie kreisen mich ein«, sagte Wolff. »Ich kann auf Überraschungen wie gestern abend verzichten. Am liebsten würde ich nicht mehr auf dem Boot bleiben, aber ich weiß nicht, wohin ich gehen soll. Abdullah hat erfahren, daß mein Geld nichts taugt; er möchte mich den Briten ausliefern. Verdammt.«

»Hier bist du sicher, solange du dich mit dem Detektiv einigst.«

»Mir bleibt nichts anderes übrig.«

Sie setzte sich auf den Rand der Badewanne und betrachtete seinen nackten Körper. Er schien ... noch nicht besiegt, aber zumindest in Bedrängnis. Sein Gesicht war von Linien der Erschöpfung durchzogen, und seine Stimme enthielt einen Anflug von Panik. Wahrscheinlich fragte er sich zum erstenmal, ob er bis zu Rommels Ankunft durchhalten würde. Und zum erstenmal war er von ihr abhängig. Er brauchte ihr Geld, ihr Hausboot, gestern abend war ihr Schweigen beim Verhör lebenswichtig für ihn gewesen, und nun glaubte er, durch ihre Absprache mit dem nationalistischen Detektiv gerettet worden zu sein. Langsam geriet er unter ihre Kontrolle.

»Ich weiß nicht, ob ich meine Verabredung mit dieser Elene heute abend einhalten soll«, sagte Wolff.

»Wieso nicht? Sie hat nichts mit den Briten zu tun. Du hast sie in einem Laden kennengelernt!«

»Trotzdem könnte es sicherer sein, hier zu bleiben.«

»Nein«, widersprach Sonja mit fester Stimme. »Ich will sie haben.«

Er sah mit verengten Augen zu ihr auf. »Also gut«, murmelte er schließlich. »Ich muß eben vorsichtig sein.«

Er hatte nachgegeben. Sonja hatte ihre Kraft auf die Probe gestellt und gewonnen. Ein Zittern durchlief ihren Körper.

»Ich friere immer noch. Stell das heiße Wasser wieder an«, befahl Wolff.

»Nein.« Ohne ihr Nachthemd auszuziehen, stieg Sonja in die Wanne. Sie kniete sich über ihn, so daß ihre Beine gegen die Seiten der schmalen Wanne gepreßt waren, und

hob den nassen Saum des Nachthemdes bis zur Hüfte.
Dann sagte sie: »Fang an.«

Er tat es.

*

Vandam war guter Laune, während er mit Jakes im Oasenrestaurant saß und einen kalten Martini trank. Er hatte den ganzen Tag geschlafen und war zerschlagen, doch kampfbereit aufgewacht. Dann war er ins Lazarett gefahren, wo Dr. Abuthnot ihn zu einem Narren erklärt hatte, weil er schon wieder unterwegs sei, aber zu einem glücklichen Narren, da seine Wunde begonnen habe zu heilen. Sie hatte seinen Verband gegen einen kleineren, weniger unförmigen ausgetauscht. Jetzt war es 19.15 Uhr, und in ein paar Minuten würde er Alex Wolff fangen.

Vandam und Jakes saßen im hinteren Teil des Restaurants, von wo aus sie alle Gäste beobachten konnten. Der Tisch am Eingang war von zwei bulligen Sergeants besetzt, die auf Kosten des Nachrichtendienstes Brathuhn aßen. Draußen in einem unauffälligen Wagen an der anderen Straßenseite, warteten zwei Militärpolizisten in Zivil; sie hatten ihre Pistolen in die Jackentaschen gesteckt. Die Falle war vorbereitet, nur der Köder fehlte noch. Elene mußte in jeder Sekunde eintreffen.

Billy war am Morgen beim Frühstück über den Verband erschrocken gewesen. Vandam hatte den Jungen zum Schweigen ermahnt und ihm dann die Wahrheit erzählt. »Ich habe mit einem deutschen Spion gekämpft. Er hatte ein Messer und ist entkommen, aber ich glaube, daß ich ihn heute abend fangen kann.«

Es war gegen die Sicherheitsbestimmungen, doch der Junge mußte schließlich wissen, wieso sein Vater verletzt war. Nachdem er die Geschichte gehört hatte, war Billy nicht mehr beunruhigt, sondern fasziniert gewesen. Gaafar hatte sich vor Ehrfurcht nur ganz leise bewegt und im Flüsterton gesprochen, als habe es in der Familie einen Todesfall gegeben.

Vandams impulsive Offenheit, die er am Vortag Jakes gegenüber gezeigt hatte, schien keine Spur hinterlassen zu haben. Sie waren wieder zu ihrer förmlichen Beziehung zurückgekehrt: Jakes nahm Befehle entgegen, nannte ihn »Sir« und äußerte keine Meinung, ohne gefragt worden zu sein. Vielleicht ist es so am besten, dachte Vandam. Sie waren ein gutes Team, und es war besser, nichts zu verändern.

Er blickte auf seine Armbanduhr. Es war 19.30 Uhr. Er zündete sich eine neue Zigarette an. Bald würde Alex Wolff eintreten. Vandam war sicher, daß er ihn erkennen würde: ein hochgewachsener, hakennasiger Europäer mit braunem Haar und braunen Augen, ein kräftiger, gesunder Mann. Aber Vandam würde nichts unternehmen, bis Elene hereinkam und sich zu Wolff setzte. Dann würden er und Jakes an seinen Tisch treten. Wenn Wolff zu flüchten versuchte, würden die beiden Sergeants die Tür blockieren, und für den unwahrscheinlichen Fall, daß er an den beiden vorbeikam, würden Militärpolizisten auf der Straße das Feuer eröffnen.

19.35 Uhr. Vandam freute sich darauf, Wolff zu verhören. Er würde ihn schon zu einem Geständnis zwingen, denn alle Vorteile waren auf seiner Seite. Er würde Wolff abtasten, seine schwachen Stellen finden und dann Druck ausüben, bis der Gefangene keinen Widerstand mehr leistete.

19.39 Uhr. Wolff hatte sich verspätet. Natürlich war es denkbar, daß er überhaupt nicht erschien. Das hätte noch gefehlt. Vandam lief ein Schauder über den Rükken, wenn er sich überlegte, wie hochmütig er zu Bogge gesagt hatte: »Ich rechne damit, ihn morgen abend festzunehmen.« Vandams Abteilung hatte im Moment einen sehr schlechten Ruf, und nur Wolffs sofortige Festnahme konnte ihr wieder zu Ansehen verhelfen. Wenn aber Wolff nach dem Schock von gestern abend beschlossen hatte, sein Versteck für eine Weile nicht zu verlassen? Vandam hatte das Gefühl, daß es nicht Wolffs Stil entsprach, sich dauernd zu verstecken. Er hoffte es jedenfalls.

Um 19.40 Uhr öffnete sich die Tür des Restaurants, und Elene trat ein. Vandam hörte, wie Jakes leise vor sich hin pfiff. Sie sah in ihrem cremefarbenen Seidenkleid phantastisch aus. Der einfache Schnitt unterstrich ihre schlanke Gestalt, die Farbe und der Stoff schmeichelten ihrer glatten braunen Haut. Vandam hatte plötzlich das Bedürfnis, sie zu streicheln.

Sie blickte sich im Restaurant um, entdeckte Wolff aber nicht. Ihre Augen trafen die Vandams und glitten ohne Zögern weiter. Der Oberkellner ging auf sie zu, und sie sprach mit ihm. Er gab ihr einen Tisch für zwei Personen nicht weit von der Tür.

Vandam schaute zu einem der Sergeants hinüber und senkte den Kopf in Elenes Richtung. Der Sergeant antwortete mit einem leichten Nicken und sah auf die Uhr.

Wo war Wolff?

Vandam steckte sich eine Zigarette an und begann, sich Sorgen zu machen. Wolff als Gentleman hätte etwas früher und Elene etwas später eintreffen müssen. Dann wäre Wolff in dem Moment, in dem sie Platz nahm, verhaftet worden. Es klappt nicht, dachte er, verflucht, es klappt nicht.

Ein Kellner brachte Elene etwas zu trinken. Es war 19.45 Uhr. Sie blickte zu Vandam herüber und hob ihre schlanken Schultern fast unmerklich.

Die Tür wurde geöffnet. Vandam erstarrte, wurde aber enttäuscht: Es war nur ein kleiner Junge. Er reichte einem Kellner ein Stück Papier und ging wieder hinaus.

Vandam beschloß, noch einen Drink zu bestellen. Er sah, wie der Kellner an Elenes Tisch trat und ihr den Zettel gab.

Was hatte das zu bedeuten? Entschuldigte sich Wolff etwa, weil er die Verabredung nicht einhalten konnte? Elenes Gesicht spiegelte leichte Verwirrung. Sie blickte zu Vandam und zog wieder die Schultern hoch.

Vandam überlegte, ob er sie fragen solle, was passiert sei aber das hätte den Hinterhalt vereitelt, falls Wolff im selben Moment hereinkam. Wolff könnte sich in der Tür umdrehen und fortlaufen; er würde nur die Militärpolizisten gegen sich haben – zwei Männer statt sechs.

»Warten Sie«, murmelte Vandam Jakes zu.

Elene nahm ihre Handtasche von dem Stuhl neben sich und stand auf. Sie warf Vandam wieder einen Blick zu und drehte sich um. Er glaubte, sie wolle zur Toilette gehen. Statt dessen wandte sie sich zum Ausgang.

Vandam und Jakes sprangen gleichzeitig auf. Einer der Sergeants erhob sich halb von seinem Stuhl und sah Vandam fragend an. Dieser bedeutete ihm, sitzen zu bleiben: Schließlich hatte es keinen Zweck, Elene festzunehmen. Vandam und Jakes eilten durch das Restaurant auf die Tür zu.

Als sie an den Sergeants vorbeikamen, befahl Vandam: »Mir nach.«

Sie traten hinaus auf die Straße. Vandam schaute sich um. An der Wand saß ein blinder Bettler, der einen gesprungenen Teller mit ein paar Piastern ausstreckte. Drei Soldaten in Uniform, schon betrunken und die Arme umeinandergelegt, taumelten über den Bürgersteig und sangen ein vulgäres Lied. Ein paar Ägypter hatten sich gerade vor dem Restaurant getroffen und schüttelten einander kräftig die Hände. Ein Straßenverkäufer bot Vandam billige Rasierklingen an. Ein paar Meter von ihm entfernt stieg Elene in ein Taxi.

Vandam rannte los.

Der Schlag des Taxis fiel zu, und es startete.

An der anderen Straßenseite heulte der Wagen der Militärpolizisten auf, schoß nach vorn und stieß mit einem Bus zusammen.

Vandam holte das Taxi ein und sprang auf das Trittbrett. Das Auto schleuderte plötzlich. Er verlor den Halt, stieß mit den Füßen auf das Pflaster und stürzte zu Boden.

Er rappelte sich auf. Sein Gesicht brannte vor Schmerz: Seine Wunde blutete wieder, und er spürte die klebrige Wärme unter dem Verband. Jakes und die beiden Sergeants umringten ihn. Auf der anderen Straßenseite stritten sich die Militärpolizisten mit dem Busfahrer.

Das Taxi war verschwunden.

15

ELENE HATTE ANGST. Alles war fehlgeschlagen. Wolff hätte im Restaurant festgenommen werden sollen, aber nun saß er in einem Taxi neben ihr und lächelte sein wildes Lächeln. Sie saß still und versuchte sich zu sammeln.

»Wer war das?« fragte Wolff immer noch lächelnd.

Ihr fiel keine Antwort ein. Sie sah Wolff an, blickte zur Seite und sagte: »Was?«

»Der Mann, der hinter uns herlief. Er sprang auf das Trittbrett. Ich konnte ihn nicht erkennen, aber ich glaube, er war Europäer. Wer war das?«

Elene unterdrückte ihre Furcht. *Es war William Vandam, und er sollte dich festnehmen.* Sie mußte eine Geschichte erfinden. Weshalb würde ihr jemand aus einem Restaurant folgen und versuchen, zu ihr ins Taxi zu stei-

gen? »Er ... ich kenne ihn nicht. Er war im Restaurant.«
Plötzlich hatte sie einen Einfall. »Er hat mich belästigt.
Ich war allein. Es ist Ihre Schuld, weil Sie zu spät ka-
men.«

»Tut mir leid.«

Elenes Selbstvertrauen wuchs, nachdem er ihre Geschichte bereitwillig hingenommen hatte. »Und wieso
sind wir in einem Taxi?« erkundigte sie sich. »Was soll
das alles? Was wird aus unserem Dinner?« Sie hörte
ein leichtes Zittern in ihrer Stimme und haßte sich selbst
dafür.

»Ich hatte eine wunderbare Idee.« Er lächelte wieder,
und Elene wäre fast zusammengefahren. »Wir werden ein
Picknick machen. Im Kofferraum steht ein Korb.«

Sie wußte nicht, ob sie ihm glauben konnte. Warum
hatte er einen Jungen mit der Botschaft »Kommen Sie
nach draußen. – A. W.« ins Restaurant geschickt, wenn
er nicht auf eine Falle gefaßt war? Was würde er jetzt
tun – sie in die Wüste bringen und erstechen? Elene
verspürte plötzlich den Drang, aus dem fahrenden Auto
zu springen. Sie schloß die Augen und zwang sich,
ruhig zu überlegen. Wenn er eine Falle geahnt hatte,
weshalb war er dann überhaupt gekommen? Nein, es
war nicht so einfach. Er schien ihr die Geschichte über
den Mann auf dem Trittbrett geglaubt zu haben, aber
sie wußte nicht, was sich hinter seinem Lächeln verbarg.

»Wohin fahren wir?« fragte sie.

»Ein paar Meilen hinter die Stadtgrenze, zu einer idyl-
lischen Stelle am Flußufer, wo wir den Sonnenuntergang
beobachten können. Es wird ein schöner Abend werden.«

»Ich will nicht mit.«

»Was ist los?«

»Ich kenne Sie kaum.«

»Seien Sie nicht albern. Der Fahrer wird immer bei uns
sein, und ich bin ein Gentleman.«

»Ich sollte aussteigen.«

»Bitte, tun Sie das nicht.« Er berührte leicht ihren Arm. »Ich habe etwas geräucherten Lachs, ein kaltes Huhn und eine Flasche Champagner. Restaurants langweilen mich.«

Elene grübelte. Noch konnte sie gehen, dann würde sie sicher sein und ihn nie wiedersehen. Das wünschte sie sich: nie wieder mit dem Mann zu tun zu haben. Sie dachte: Aber ich bin Vandams einzige Hoffnung. Was geht er mich an? Ich wäre froh, ihm nie wieder zu begegnen und zu meinem alten friedlichen Leben zurückzukehren ...

Das alte Leben.

Sie merkte, daß Vandam ihr nicht gleichgültig war. Jedenfalls wollte sie ihn nicht enttäuschen. Sie *mußte* bei Wolff bleiben, eine neue Verabredung treffen, herausfinden, wo er wohnte. Impulsiv sagte sie: »Lassen Sie uns in Ihre Wohnung fahren.« Er zog die Augenbrauen hoch. »Das ist ein plötzlicher Sinneswandel.«

Sie hatte einen Fehler gemacht. »Ich bin verwirrt. Sie haben mich überrascht. Warum haben Sie nicht gleich von einem Picknick gesprochen?«

»Es fiel mir erst vor einer Stunde ein. Ich hatte keine Ahnung, daß die Idee Sie erschrecken könnte.«

Elene wurde bewußt, daß sie – ohne es eigentlich zu wollen – die Rolle des dümmlichen Mädchens spielte. Sie beschloß, es nicht zu übertreiben. »Gut.«

Wolff musterte sie. »Sie sind doch nicht so verletzlich, wie Sie tun, oder?«

»Ich weiß nicht.«

»Aber ich habe nicht vergessen, was Sie zu Aristopoulos sagten, als ich Sie zum erstenmal in seinem Geschäft sah.«

Elene erinnerte sich: Sie hatte gedroht, Mikis' Schwanz abzuschneiden, wenn er sie noch einmal anfaßte. Eigentlich hätte sie erröten müssen, doch dazu reichte ihre Schauspielkunst nicht aus. »Ich war so wütend.«

Wolff lachte glucksend. »So hörte es sich auch an. Versuchen Sie, daran zu denken, daß ich nicht Aristopoulos bin.«

Sie lächelte schwach. »Gern.«

Er wandte seine Aufmerksamkeit dem Fahrer zu. Sie hatten die Stadt hinter sich gelassen, und Wolff begann, Anweisungen zu geben. Elene fragte sich, wo er wohl dieses Taxi gefunden hatte. Nach ägyptischen Maßstäben war es luxuriös: ein amerikanischer Wagen mit großen weichen Sitzen und viel Platz, dazu erst ein paar Jahre alt.

Sie kamen durch mehrere Dörfer und bogen dann in eine nicht ausgebaute Straße ein. Das Auto folgte dem verschlungenen Pfad einen kleinen Hügel hinauf und erreichte eine Ebene auf dem Felsenufer. Der Fluß war genau unter ihnen, und auf der anderen Seite konnte Elene das säuberliche Muster der bestellten Äcker sehen, die sich in die Ferne erstreckten, bis sie auf die scharfe gelbbraune Linie des Wüstenrandes trafen.

»Ist es nicht ein wunderbarer Ort?« fragte Wolff.

Elene mußte ihm zustimmen. Schwalben stiegen am anderen Ufer in die Luft, und sie bemerkte, daß die Abendwolken schon rosig umsäumt waren. Ein junges Mädchen balancierte einen riesigen Wasserkrug auf dem Kopf. Eine einsame Feluke segelte stromaufwärts, getrieben von einer leichten Brise.

Der Fahrer stieg aus dem Wagen und ging fünfzig Meter weiter. Er setzte sich, wandte ihnen demonstrativ den Rücken zu, steckte sich eine Zigarette an und entfaltete eine Zeitung. Wolff holte den Picknickkorb aus dem Kofferraum. Während er die Lebensmittel auspackte, sagte Elene: »Wie haben Sie diese Stelle entdeckt?«

»Meine Mutter brachte mich hierher, als ich noch ein Kind war.« Er reichte ihr ein Glas Wein. »Nach dem Tod meines Vaters heiratete meine Mutter einen Ägypter. Von

Zeit zu Zeit konnte Sie den islamischen Haushalt nicht mehr ertragen, dann brachte sie mich in einem Gharry her und erzählte mir von ... Europa.«

»Hat es Ihnen gefallen?«

Er zögerte. »Ich weiß nicht – es lag wohl an meiner Mutter, sie sagte dauernd: ›Du bist so egoistisch, genau wie dein Vater.‹ Damals zog ich meine arabische Familie vor. Meine Stiefbrüder waren übermütig, und niemand versuchte, sie zu zügeln. Wir stahlen Orangen aus den Gärten anderer Leute, bewarfen Pferde mit Steinen, um sie durchgehen zu lassen, durchstachen Fahrradreifen ... Meine Mutter warnte mich immer vor der Strafe. Sie wiederholte oft: ›Eines Tages wird man dich fangen, Alex.‹«

Die Mutter hatte recht, dachte Elene: Eines Tages würde man Alex fangen.

Ihre Nervosität hatte nachgelassen. Sie überlegte, ob Wolff wohl das Messer bei sich trug, das er in Assiut benutzt hatte, und wurde wieder unruhig. Die Situation dieses Picknicks war so normal, daß sie für einen Moment vergessen hatte, weshalb sie hier war.

»Wo wohnen Sie jetzt?«

»Mein Haus ist ... von den Briten requiriert worden. Ich wohne bei Freunden.« Er reichte ihr eine Scheibe Räucherlachs auf einem Porzellanteller; dann schnitt er eine Zitrone mit einem Küchenmesser durch. Elene beobachtete seine geschickten Hände. Was wollte dieser Mann von ihr? Warum gab er sich so viel Mühe?

Vandam war niedergeschlagen. Sein Gesicht schmerzte, und sein Stolz war angekratzt. Die große Festnahme war ein Fiasko gewesen. Er hatte in seinem Beruf versagt, war schmählich überlistet worden und hatte Elene unbekannten Gefahren ausgesetzt.

Er saß zu Hause und trank Gin, um den Schmerz zu lindern. Seine Wange hatte man neu bandagiert. Vandam war überzeugt, daß Wolff nichts von dem Hinterhalt geahnt hatte, sonst wäre er überhaupt nicht aufgetaucht. Nein, er hatte nur Vorsichtsmaßnahmen ergriffen; und die Vorsichtsmaßnahmen hatten ausgezeichnet funktioniert.

Sie besaßen eine gute Beschreibung des Taxis. Es war ein auffallender Wagen, fast neu, und Jakes hatte sich die Nummer gemerkt. Jeder Polizist und Militärpolizist in der Stadt hielt nach ihm Ausschau. Alle hatten Order, ihn sofort anzuhalten und die Insassen festzunehmen. Sie würden das Taxi früher oder später finden, aber vermutlich zu spät, fürchtete Vandam. Trotzdem saß er neben dem Telefon.

Was Elene jetzt wohl tat? Vielleicht saß sie in einem kleinen Restaurant, trank Wein und lachte über Wolffs Scherze. Vandam stellte sie sich vor in dem cremefarbenen Kleid, wie sie ein Glas in der Hand hielt und spitzbübisch lächelte. Er blickte auf die Uhr. Vielleicht hatten sie ihr Dinner schon beendet. Was würden sie danach unternehmen? Nach altem Brauch sah man sich die Pyramiden im Mondlicht an: den schwarzen Himmel, die Sterne, die endlose flache Wüste und die sauberen dreieckigen Flächen der Pharaonengräber. Die Gegend würde verlassen sein, abgesehen vielleicht von einigen anderen Liebespaaren. Sie könnten ein paar Stufen hinaufsteigen; er würde voranklettern und dann den Arm ausstrecken, um ihr zu helfen. Vielleicht setzten sie sich auch auf die großen Steine und genossen die milde Nachtluft.

Auf dem Rückweg zum Taxi würde sie in ihrem ärmellosen Abendkleid zittern, und er den Arm um ihre Schultern legen, um sie zu wärmen. Würde er sie im Taxi küssen? Nein, dafür war er zu alt. Wenn er einen Annäherungsversuch machte, dann auf raffiniertere Weise. Würde er vorschlagen, in seine Wohnung zu fahren, oder in ihre? Vandam wußte nicht, was ihm lieber war. Wenn sie zu ihm fuhren, würde Elene am Morgen Bericht erstatten, und er würde Wolff zu fassen kriegen samt Funkgerät, Codebuch und vielleicht sogar den Aufzeichnungen früherer Gespräche. Vom professionellen Standpunkt die bessere Möglichkeit – aber es würde bedeuten, daß Elene eine Nacht mit Wolff verbrachte. Dieser Gedanke erbitterte Vandam mehr, als er sich eingestand. Andererseits, wenn sie zu ihrer Wohnung fuhren, wo Jakes mit zehn Männern und drei Autos wartete, würde man Wolff schnappen, bevor er eine Chance hatte, mit ihr ...

Vandam stand auf und lief im Zimmer hin und her. Geistesabwesend nahm er das Buch »Rebecca« in die Hand, das Wolff wahrscheinlich als Vorlage für seinen Code benutzte. Er las die erste Zeile: »Gestern nacht träumte mir, ich sei wieder in Manderley.« Er legte das Buch auf den Tisch, nahm es dann doch wieder und las weiter. Die Geschichte des empfindsamen, eingeschüchterten Mädchens war eine willkommene Ablenkung von seinen Sorgen. Als im klar wurde, daß das Mädchen den attraktiven älteren Witwer heiraten und die Ehe durch das gespenstische Vorleben des Mannes ruiniert werden würde, schloß er das Buch. Wie war der Altersunterschied zwischen ihm und Elene? Wie lange würde sie ihrem bisherigen Leben nachtrauern? Er zündete sich eine Zigarette an. Wieso verging die Zeit so langsam? Warum klingelte das Telefon nicht? Ob etwas mit Elene passiert war?

Wo war sie?

Schon einmal hatte er eine Frau einer ähnlichen Gefahr ausgesetzt. Es war nach seiner anderen großen Niederlage gewesen, als Raschid Ali direkt vor Vandams Nase aus der Türkei geflüchtet war. Er hatte eine Agentin auf den deutschen Spion angesetzt, der die Kleidung mit Ali getauscht und dessen Flucht ermöglicht hatte. Vandam hatte gehofft, wenigstens etwas über den deutschen Spion herauszufinden. Aber am nächsten Tag lag die Frau tot in ihrem Hotelbett. Es war eine Parallele, die ihm das Blut gefrieren ließ.

Es war sinnlos, zu Hause zu bleiben. Er konnte hier nichts mehr tun, und an Schlaf war nicht zu denken. Dr. Abuthnots Anweisungen zum Trotz würde er sich Jakes und den anderen anschließen. Er zog einen Mantel an, setzte seine Uniformmütze auf und schob sein Motorrad aus der Garage.

*

Elene und Wolff standen dicht am Rand des Felsenufers. Sie betrachteten die fernen Lichter von Kairo und die flackernden Feuer der Bauern in den dunklen Dörfern. Elene stellte sich einen dieser armen Bauern vor, wie er seine Strohmatratze auf den Erdboden legte, sich in eine grobe Decke wickelte und Trost in den Armen seiner Frau suchte. Elene hatte die Armut hinter sich gelassen, für immer, wie sie hoffte; aber manchmal schien ihr, daß sie auch etwas anderes hinter sich gelassen hatte, etwas, auf das sie nicht verzichten konnte. In ihrer Kindheit in Alexandria markierte man die roten Schlammwände mit blauen Handabdrücken, um das Böse abzuwehren. Elene war nicht abergläubisch; aber trotz der Ratten, der nächtlichen Schreie, wenn der Geldverleiher seine beiden Frauen verprügelte, der Zecken, die niemanden verschonten, und des frühen Todes vieler Babys glaubte sie, daß es irgend etwas gab, was das Böse abwehrte. Sie hatte danach gesucht, wenn sie Männer mit nach Hause nahm, mit ihnen ins Bett ging, ihre Geschenke und Liebkosungen und ihr Geld akzeptierte, aber sie hatte es nie gefunden.

Elene wollte dieses Leben aufgeben. Sie hatte zuviel Zeit damit verbracht, an den falschen Stellen nach Liebe zu suchen. Vor allem wollte sie nicht bei Alex Wolff danach suchen. Mehrere Male hatte sie sich selbst gefragt: Warum nicht noch ein einziges Mal? Das war Vandams kühler, logischer Standpunkt. Aber immer, wenn sie daran dachte, mit Wolff zu schlafen, fiel ihr wieder der Tagtraum ein, der sie in den letzten Wochen gequält hatte – der Tagtraum von der Verführung William Vandams. Sie wußte ganz genau, wie Vandam sein würde: Er würde sie mit unschuldigem Erstaunen ansehen und mit naiver Freude berühren. Wenn sie es sich ausmalte, war sie fast hilflos vor Sehnsucht. Sie wußte auch, wie Wolff sein würde. Er würde erfahren, egoistisch, geschickt und unerschütterlich sein.

Ohne ein Wort wandte sie sich von dem Panorama ab und ging zurück zum Auto. Es wurde Zeit, daß er seinen Annäherungsversuch machte. Sie hatten die Mahlzeit beendet, den Champagner und die Thermosflasche mit Kaffee ausgetrunken und die Weintrauben aufgegessen. Nun würde er die ihm zukommende Belohnung erwarten. Sie beobachtete ihn vom Rücksitz des Wagens aus. Er blieb noch einen Moment am Rand der Klippe stehen, kam dann auf sie zu und rief den Fahrer. Er besaß die selbstbewußte Anmut, über die hochgewachsene Männer oft verfügen. Wolff war attraktiv, viel attraktiver als alle Liebhaber Elenes, doch sie hatte Angst vor ihm. Irgendwie ahnte sie, daß sein Charme nicht spontan war. Sie wußte, daß er sie manipulieren wollte.

Wolff stieg in den Wagen. »Hat Ihnen das Picknick gefallen?« Elene bemühte sich, munter zu wirken. »Ja, es war großartig. Vielen Dank.«

Der Wagen startete. Entweder würde er sie jetzt zu sich einladen oder sie zu ihrer Wohnung bringen und um einen Drink bitten. Sie würde einen Weg finden müssen, seine Bitte abzuschlagen, ohne ihn zu verärgern. Es war lächerlich: Sie benahm sich wie eine erschrockene Jungfrau.

Sie war zu lange stumm gewesen. Schließlich sollte sie

witzig sein und ihn für sich einnehmen. »Haben Sie die Kriegsnachrichten gehört?« fragte sie und merkte sofort, daß es nicht das unbeschwerteste Thema war.

»Die Deutschen siegen immer noch«, sagte er. »Natürlich.«

»Wieso ›natürlich‹?«

Er lächelte herablassend. »Die Welt teilt sich in Herren und Sklaven, Elene.« Er sprach, als erkläre er einem Schuljungen einfachste Tatsachen. »Die Briten sind zu lange Herren gewesen. Sie sind weich geworden, und nun ist jemand anders an der Reihe.«

»Und die Ägypter – sind sie Herren oder Sklaven?« Elene wußte, daß sie sich auf dünnem Eis bewegte, aber seine Selbstgefälligkeit machte sie wütend.

»Die Beduinen sind Herren, aber der durchschnittliche Ägypter ist ein geborener Sklave.«

Er meint es so, wie er es sagt, dachte Elene. Ein Schauder überlief sie.

Sie erreichten die Außenbezirke der Stadt. Es war nach Mitternacht, und die Vororte waren ruhig.

»Wo wohnen Sie?« fragte Wolff.

Sie nannte ihre Adresse. Er hatte sich also für ihre Wohnung entschieden.

Wolff sagte: »Wir müssen das mal wieder machen.«

»Sehr gern.«

Sie kamen an der Sharia Abbas an, und er befahl dem Fahrer anzuhalten. Elene überlegte, was nun geschehen würde. Wolff drehte sich zu ihr. »Vielen Dank für den schönen Abend. Wir werden uns bald sehen.« Damit stieg er aus dem Auto.

Sie starrte ihn erstaunt an. Er beugte sich zum Fenster des Fahrers, gab dem Mann etwas Geld und nannte ihm Elenes Adresse. Der Fahrer nickte. Wolff pochte auf das Dach des Wagens, und der Chauffeur startete. Elene blickte sich um und sah ihn winken. Als das Auto um eine Ecke bog, begann Wolff, auf den Fluß zuzugehen.

Was sollte sie davon halten?

Kein Annäherungsversuch, keine Einladung in seine Wohnung, keinen Drink zum Abschied, nicht einmal ein Gutenachtkuß – versuchte er, den keuschen Junggesellen zu spielen?

Sie grübelte weiter, während das Taxi sie nach Hause brachte. Vielleicht war dies Wolffs Technik, um eine Frau für sich zu gewinnen; vielleicht war er einfach exzentrisch. Was auch der Grund sein mochte, Elene war sehr dankbar. Sie lehnte sich zurück und entspannte sich. Nun mußte sie nicht entscheiden, ob sie ihn abweisen oder mit ihm ins Bett gehen sollte. Das Taxi hielt vor ihrem Wohnhaus an. Plötzlich rasten drei Autos heran. Eines stoppte direkt vor dem Taxi, das zweite dahinter, und das dritte daneben. Männer tauchten aus dem Schatten auf. Alle vier Türen des Taxis wurde aufgerissen, und vier Pistolen ins Innere gerichtet. Elene stieß einen Schrei aus.

Dann steckte jemand den Kopf in den Wagen, und Elene erkannte Vandam.

»Ist er weg?«

Sie begriff, was sich abspielte. »Ich dachte, Sie wollten mich erschießen.«

»Wo ist er ausgestiegen?«

»In der Sharia Abbas.«

»Wann?«

»Vor fünf oder zehn Minuten. Darf ich jetzt aussteigen?«

Er reichte ihr seine Hand. »Tut mir leid, daß wir Sie erschreckt haben«, sagte Vandam.

»Sie schlagen die Stalltür zu, nachdem das Pferd durchgegangen ist.«

»Stimmt.« Er schien vollkommen deprimiert.

Elene wurde von plötzlicher Zuneigung überwältigt. Sie berührte seinen Arm. »Sie können sich nicht vorstellen, wie froh ich bin, Ihr Gesicht zu sehen.«

Er warf ihr einen merkwürdigen Blick zu, als sei er nicht sicher, ob er ihr glauben solle.

»Warum schicken Sie Ihre Männer nicht nach Hause, und wir reden in meiner Wohnung weiter?«

Vandam zögerte. »In Ordnung.« Er wandte sich an einen seiner Männer, einen Captain. »Jakes, ich möchte, daß Sie den Taxichauffeur verhören. Sehen Sie zu, was Sie aus ihm herausholen können. Lassen Sie die Männer gehen. Wir treffen uns in etwa einer Stunde im Großen Hauptquartier.«

»Jawohl, Sir.«

Elene ging voran. Es war so schön, die eigene Wohnung zu betreten, sich aufs Sofa fallen zu lassen und die Schuhe fortzuschleudern. Sie hatte die Prüfung überstanden, Wolff war verschwunden und Vandam bei ihr. »Nehmen Sie sich einen Drink.«

»Nein, danke.«

»Was ist eigentlich schiefgegangen?«

Vandam setzte sich ihr gegenüber und zog seine Zigaretten hervor. »Wir rechneten damit, daß er ganz arglos in die Falle gehen würde. Aber er war mißtrauisch oder wenigstens vorsichtig und ist uns entkommen. Was geschah dann?«

Sie lehnte den Kopf an das Polster des Sofas, schloß die Augen und erzählte ihm mit wenigen Worten von dem Picknick. Sie sprach nicht von ihren Gedanken über eine Affäre mit Wolff und erwähnte auch nicht, daß Wolff sie während des ganzen Abends kaum berührt hatte. Elene faßte sich kurz: Sie wollte sich nicht erinnern, sondern vergessen. Als sie ihre Geschichte beendet hatte, sagte sie: »Machen Sie mir einen Drink, auch wenn Sie selbst keinen wollen.«

Er trat an den Schrank. Elene merkte, daß er wütend war. Sie betrachtete seinen Verband, den sie schon im Restaurant und noch einmal vor ein paar Minuten gesehen hatte. »Was ist mit Ihrem Gesicht passiert?«

»Wir hätten Wolff gestern abend beinahe gefangen.«

»Wirklich?« Er hatte also zweimal innerhalb von 24

Stunden versagt. Kein Wunder, wenn er so deprimiert aussah. Sie wollte ihn trösten, ihn umarmen, seinen Kopf auf ihren Schoß legen und sein Haar streicheln. Die Sehnsucht war wie ein Schmerz. Sie beschloß – impulsiv, wie sie es immer tat –, heute nacht mit ihm ins Bett zu gehen.

Vandam reichte ihr einen Drink. Er hatte nun doch einen für sich selbst gemixt. Während er sich vorbeugte, um ihr das Glas zu geben, streckte sie die Hand aus, berührte sein Kinn mit den Fingerspitzen und drehte seinen Kopf, so daß sie seine Wange sehen konnte. Er ließ es eine Sekunde lang zu, dann wandte er den Kopf ab.

Sie hatte ihn noch nie so verkrampft gesehen. Vandam durchquerte das Zimmer und nahm ihr gegenüber steif auf dem Stuhlrand Platz. Er wirkte zerknirscht, aber als sie in seine Augen blickte, sah sie nicht Wut, sondern Schmerz.

»Welchen Eindruck haben Sie von Wolff?« fragte er.

Elene begriff nicht, worauf er hinauswollte. »Er ist charmant, intelligent, gefährlich.«

»Sein Äußeres?«

»Saubere Hände, ein Seidenhemd, ein Schnurrbart, der ihm nicht steht. Warum fragen Sie?«

Er schüttelte gereizt den Kopf und zündete sich noch eine Zigarette an.

Elene konnte nicht zu ihm durchdringen, wenn er in dieser Stimmung war. Sie wollte, daß er sich neben sie setzte, ihr bestätigte, daß sie schön und mutig sei und gute Arbeit geleistet habe. Obwohl sie wußte, daß es keinen Zweck hatte, ihn zu fragen, versuchte sie es: »Wie bin ich gewesen?«

»Keine Ahnung. Was haben Sie getan?«

»Sie wissen, was ich getan habe.«

»Ja, ich bin sehr dankbar.«

Er lächelte und sie merkte, daß sein Lächeln unaufrichtig war. Was hatte er nur? Sein Ton verbarg irgend etwas, was sie noch nicht richtig einschätzen konnte. Es hatte nicht nur mit dem Gefühl seines Versagens zu tun, sondern mit seinem Verhalten ihr gegenüber, mit der Art und Weise, wie er sprach, wie er sich weit von ihr gesetzt hatte, und besonders damit, wie er sie ansah. Seine Miene drückte ... beinahe Abscheu aus.

»Will er Sie wiedersehen?«

»Ja.«

»Hoffentlich wird etwas daraus.« Er stützte das Kinn auf die Hände. Sein Gesicht war verzerrt vor Spannung. Rauchkringel stiegen von seiner Zigarette auf. »Wirklich, ich hoffe, daß etwas daraus wird.«

»Er sagte: ›Wir müssen das mal wieder machen‹ oder so ähnlich.«

»Ach so. ›Wir müssen das mal wieder machen‹.«

»So ähnlich.«

»Was genau kann er denn gemeint haben?«

Sie zuckte die Achseln. »Ein neues Picknick, eine neue Verabredung, zum Teufel, William, was ist in Sie gefahren?«

»Ich bin nur neugierig.« Er grinste krampfhaft, wie sie es noch nie an ihm gesehen hatte. »Ich würde gern wissen, was Sie – neben dem Essen und Trinken – auf dem Rücksitz des großen Taxis und am Flußufer getan haben. Wenn zwei Menschen so lange im Dunkeln zusammen sind, ein Mann und eine Frau ...«

»Halten Sie den Mund.« Sie schloß die Augen. Nun wußte sie Bescheid. Ohne die Augen zu öffnen, sagte sie: »Ich lege mich schlafen. Sie können allein hinausgehen.«

Ein paar Sekunden später wurde die Wohnungstür zugeschlagen.

Elene trat ans Fenster und schaute auf die Straße. Sie sah, wie er das Gebäude verließ und auf sein Motorrad stieg. Er startete den Motor, donnerte mit halsbrecherischer Geschwindigkeit los und bog um die Ecke, als nähme er an einem Rennen teil. Elene war sehr müde und ein wenig traurig, weil sie nun die Nacht doch allein verbringen mußte, aber sie war nicht unglücklich, denn sie verstand seinen Zorn, und das gab ihr Hoffnung. Während er aus dem Blickfeld verschwand, lächelte sie schwach und sagte leise: »William Vandam, ich glaube, du bist wirklich eifersüchtig.«

16

ALS MAJOR SMITH dem Hausboot seinen dritten Mittagsbesuch abstattete, waren Wolff und Sonja schon gut eingespielt. Wolff versteckte sich in dem Schrank, wenn der Major kam. Sonja empfing ihn im Wohnzimmer und hielt schon einen Drink bereit. Sie lud ihn ein, sich hinzusetzen, und sorgte dafür, daß er seine Aktentasche niederlegte, und nach ein oder zwei Minuten begann sie, ihn zu küssen. Nun konnte sie ihn schon um den Finger wickeln, denn er war willenlos vor Begierde. Sie half ihm, seine Shorts auszuziehen, und führte ihn kurz darauf ins Schlafzimmer.

Wolff war klar, daß der Major noch nie etwas Ähnliches erlebt hatte. Er war Sonjas Sklave, solange sie ihm gestattete, mit ihr zu schlafen. Wolff war dankbar, denn ein willensstärkerer Mann hätte ihnen größere Schwierigkeiten bereitet.

Sobald Wolff das Bett quietschen hörte, kam er aus seinem Versteck hervor. Er nahm den Schlüssel aus den Shorts und öffnete die Aktentasche. Sein Notizbuch und sein Bleistift lagen neben ihm.

Smith' zweiter Besuch war enttäuschend gewesen und hatte Wolff rätseln lassen, ob der Major vielleicht nur gelegentlich Schlachtpläne zu sehen bekam. Doch diesmal hatte er wieder Glück.

General Sir Claude Auchinleck, der Oberbefehlshaber im Nahen Osten, hatte den direkten Befehl über die 8. Armee von General Ritchie übernommen. Als Zeichen für die Panik der Alliierten wäre schon dies allein eine willkommene Nachricht für Rommel gewesen. Und es bedeutete auch für Wolff eine Hilfe, denn die Schlachten würden jetzt in Kairo und nicht in der Wüste geplant werden, wodurch Smith wahrscheinlich öfter Kopien in seiner Tasche hatte.

Die Alliierten hatten sich zu einer neuen Verteidigungslinie bei Marsa Matruch zurückgezogen, und das wichtigste Papier in Smith' Aktentasche war eine Zusammenfassung der neuen Dispositionen.

Die neue Linie begann an dem Küstendorf Matruch und erstreckte sich nach Süden bis zu einer Rundumstellung namens Sidi Hamza in die Wüste. Das 10. Korps lag in Matruch; ein schweres, fünfzehn Meilen langes Minenfeld schloß sich an; darauf folgte ein leichteres, zehn Meilen langes Minenfeld; dann kam die Rundumstellung; und südlich davon lag das 13. Korps.

Wolff lauschte mit halbem Ohr auf die Geräusche aus dem Schlafzimmer und überdachte die Lage. Das Bild war ziemlich klar: Die Linie der Alliierten war stark zu beiden Seiten und schwach in der Mitte.

Rommels wahrscheinlichster Schachzug – nach alliierten Vorstellungen – war ein schneller Vormarsch um das Südende der Linie, ein für Rommel typisches Umgehungsmanöver, das durch die Erbeutung von etwa fünfhundert Tonnen Treibstoff in Tobruk erleichtert wurde. Ein solcher Vorstoß würde vom 13. Korps zurückgeschlagen werden, das aus der starken 1. Panzerdivision und der 2. Neuseeländischen Division bestand; die letztere war, wie die Zusammenfassung hilfreich mitteilte, frisch aus Syrien eingetroffen.

Mit Wolffs Information könnte Rommel jedoch gegen das weiche Zentrum der Linie vorgehen und seine Truppen durch die Lücke treiben. Es wäre wie ein Strom, der einen Damm an der schwächsten Stelle durchbricht.

Wolff lächelte vor sich hin. Er hatte den Eindruck, eine entscheidende Rolle im Kampf um die deutsche Vorherrschaft in Nordafrika zu spielen.

Im Schlafzimmer knallte ein Korken.

Smith überraschte Wolff immer wieder durch die Schnelligkeit seines Liebesaktes. Das Knallen des Korkens zeigte an, daß alles vorüber war. Wolff hatte noch ein paar Minuten, um aufzuräumen, dann würde Smith herauskommen, um sich seine Shorts anzuziehen.

Er legte die Papiere zurück in die Tasche, verschloß sie und ließ den Schlüssel zurück in die Shorts gleiten. Danach zwängte er sich nicht wieder in den Schrank – einmal hatte ihm gereicht. Er schob sich die Schuhe in die Hosentaschen, kletterte auf Socken die Leiter hinauf, überquerte das Deck und erreichte den Treidelpfad über die Planke. Dann zog er sich die Schuhe an und ging zum Mittagessen.

*

Kemel schüttelte ihm höflich die Hand und sagte: »Ich hoffe, daß Ihre Wunde schnell verheilt, Major.«

»Nehmen Sie Platz«, forderte Vandam ihn auf. »Der Verband ist lästiger als die Wunde. Was haben Sie für uns?«

Der Araber setzte sich, schlug die Beine übereinander und zog die Falte seiner schwarzen Baumwollhose gerade. »Ich wollte Ihnen den Überwachungsbericht selbst bringen, obwohl er leider nichts Interessantes enthält.«

Vandam nahm den Umschlag entgegen und öffnete ihn.

Er enthielt ein einzelnes mit Schreibmaschine beschriebenes Blatt. Vandam begann zu lesen.

Sonja war in der vorletzten Nacht, vermutlich aus dem Cha-Cha-Club, um 23.00 Uhr allein nach Hause gekommen. Sie war am Morgen um 10.00 Uhr aufgetaucht und auf Deck in einer Robe gesehen worden. Der Briefträger hatte ihr um 13.00 Uhr die Post gebracht. Sonja war um 16.00 Uhr ausgegangen und um 18.00 Uhr mit einer Tasche zurückgekehrt, die den Namen eines der teuren Modegeschäfte in Kairo trug. Zu diesem Zeitpunkt war der Beobachter von seinem Kollegen der Nachtschicht abgelöst worden.

Gestern hatte Vandam durch einen Boten von Kemel einen ähnlichen Bericht erhalten, der die ersten zwölf Stunden der Überwachung betraf. Seit zwei Tagen war Sonjas Verhalten also ganz normal und völlig unverdächtig gewesen, und weder Wolff noch sonst jemand hatte sie auf dem Hausboot besucht. Vandam war enttäuscht.

»Meine Männer sind vollkommen zuverlässig, und sie liefern ihre Berichte direkt an mich«, sagte Kemel.

Vandam grunzte, dann zwang er sich, höflich zu sein. »Ja, davon bin ich überzeugt. Vielen Dank für Ihren Besuch.«

Der Inspektor stand auf. »Keine Ursache. Auf Wiedersehen.« Er ging hinaus.

Grübelnd blieb Vandam sitzen. Er las Kemels Bericht noch einmal, als könnte es zwischen den Zeilen Anhaltspunkte geben. Wenn Sonja etwas mit Wolff zu tun hatte – und Vandam glaubte es immer noch –, war die Verbindung offenbar nicht eng. Wenn sie jemanden traf, mußten die Begegnungen anderswo, nicht auf dem Hausboot, stattfinden.

Vandam trat zur Tür und rief: »Jakes!«

»Sir!«

Jakes kam herein. Vandam hatte sich wieder hingesetzt.

»Ich möchte, daß Sie von jetzt an Ihre Abende im Cha-Cha-Club verbringen. Beobachten Sie Sonja und achten Sie darauf, an wessen Tisch sie nach ihrem Auftritt Platz nimmt. Bestechen Sie außerdem einen Kellner, um zu erfahren, ob irgend jemand ihre Garderobe aufsucht.«

»Jawohl, Sir.«

Er entließ Jakes mit einem Nicken und fügte lächelnd hinzu: »Sie haben die Erlaubnis, sich zu amüsieren.«

Das Lächeln war ein Fehler gewesen: Es schmerzte. Wenigstens brauchte er nicht mehr von Traubenzuckerlösungen zu leben. Gaafar gab ihm Kartoffelbrei und Sauce, ein »Spezialgericht«, das er mit dem Löffel essen und ohne zu kauen schlucken konnte. Es war das einzige, was er zu sich nahm, abgesehen vom Gin. Dr. Abuthnot hatte ihn gewarnt, er trinke und rauche zuviel, und er hatte versprochen, sich einzuschränken – nach dem Krieg. Insgeheim dachte er: wenn ich Wolff gefangen habe.

Wenn Sonja ihn nicht zu Wolff führte, dann konnte es nur Elene. Vandam schämte sich für sein Benehmen in Elenes Wohnung. Er hatte sich über sein Versagen geärgert, und war erbittert gewesen bei dem Gedanken an ihren Ausflug mit Wolff. Dabei wäre Höflichkeit das mindeste gewesen, was er ihr schuldete.

Wolff hatte geäußert, daß er Elene wiedersehen wolle. Vandam verspürte immer noch Zorn, wenn er sich die beiden zusammen vorstellte. Aber nun, da die Überwachung des Hausbootes sich als nutzlos erwiesen hatte, war Elene seine einzige Hoffnung. Er saß an seinem Schreibtisch, wartete darauf, daß das Telefon klingelte, und fürchtete sich vor dem, was er so sehr wünschte.

*

Elene ging am späten Nachmittag einkaufen. Ihre Wohnung erdrückte sie, nachdem sie den größten Teil des Tages auf und ab gegangen war, unfähig, sich auf etwas zu konzentrieren. Also zog sie ein gestreiftes Kleid an und ging hinaus in den Sonnenschein.

Der Obst- und Gemüsemarkt gefiel ihr besonders. Hier ging es lebhaft zu, vor allem zu dieser Tageszeit, wenn die Händler versuchten, den Rest ihrer Waren loszuschlagen. Sie blieb stehen, um Tomaten zu kaufen. Der Mann, der sie bediente, hob eine leicht angestoßene auf und warf sie mit theatralischer Geste zur Seite, bevor er eine Papiertüte mit unversehrten Tomaten füllte. Elene lachte, denn sie wußte, daß er die angestoßene Tomate zurückholen und wieder zu den anderen legen würde, sobald sie außer Sicht war. Dann würde er die Vorstellung für den nächsten Käufer wiederholen. Sie feilschte kurz um den Preis, doch der Händler merkte, daß sie nicht bei der Sache war, und sie zahlte fast so viel, wie er ursprünglich verlangt hatte.

Elene kaufte auch Eier, denn sie wollte sich ein Omelett zum Abendessen machen. Es war immer gut, mehr Lebensmittel im Hause zu haben, als man für eine Mahlzeit brauchte. Das gab ein Gefühl der Sicherheit. Sie konnte sich an Tage erinnern, an denen sie kein Abendessen bekommen hatte.

Sie verließ den Markt und sah sich die Kleider in den Schaufenstern an. Die meisten Kleidungsstücke kaufte sie sich impulsiv, denn sie hatte genaue Vorstellungen von dem, was ihr gefiel, und wenn sie plante, etwas Bestimmtes zu kaufen, konnte sie es nie finden. Eines Tages würde sie ihre eigene Schneiderin haben.

Ob William Vandam sich das für seine Frau leisten könnte? Wenn sie an Vandam dachte, war sie glücklich, bis ihr Wolff wieder einfiel.

Elene wußte, daß sie sich nur zu weigern brauchte, Wolff wiederzusehen.

Nichts zwang sie, den Lockvogel für einen Messermörder zu spielen.

Plötzlich verlor sie das Interesse an Kleidern und ging

nach Hause. Sie wünschte sich, ein Omelett für zwei Personen machen zu können, aber man mußte auch für eine Portion dankbar sein. Sie erinnerte sich an das Gefühl, wenn Sie als Kind ohne Abendessen ins Bett ging und morgens aufwachte, ohne ein Frühstück erwarten zu können. Die zehnjährige Elene hatte sich manchmal gefragt, wie lange Menschen brauchten, um zu verhungern. Sie war sicher, daß Vandam in seiner Kindheit solche Sorgen nicht gekannt hatte.

Als sie in den Eingang ihres Mietshauses einbog, sagte eine Stimme: »Abigail.«

Sie erstarrte vor Schreck. Es war die Stimme eines Geistes. Sie wagte nicht hinzusehen. Die Stimme meldete sich wieder. »Abigail.«

Sie drehte sich um. Eine Gestalt kam aus dem Schatten: ein alter Jude, schäbig gekleidet, mit verfilztem Bart, rot geäderten Füßen in Gummisandalen ...

Elene flüsterte: »Vater.«

Er stand vor ihr, als habe er Angst, sie zu berühren, und blickte sie an. »Immer noch so schön, und nicht arm ...«

Sie machte einen Schritt nach vorn, küßte ihn auf die Wange und trat wieder zurück. Sie wußte nicht, was sie sagen sollte.

»Dein Großvater, mein Vater, ist gestorben.«

Sie nahm seinen Arm und führte ihn die Treppe hinauf.

In der Wohnung sagte sie: »Du solltest etwas essen«, und schob ihn in die Küche. Sie erhitzte eine Pfanne und begann, die Eier zu schlagen. Mit dem Rücken zu ihrem Vater fragte sie: »Wie hast du mich gefunden?«

»Ich habe immer gewußt, wo du warst. Deine Freundin Esme schreibt an ihren Vater, den ich manchmal treffe.«

Esme war keine Freundin, eher eine Bekannte, und Elene begegnete ihr alle zwei oder drei Monate. Sie hatte nie erwähnt, daß sie Briefe nach Hause schickte. »Ich wollte nicht von dir gebeten werden, nach Hause zu kommen.«

»Was hätte ich dir schon sagen können? ›Komm zurück, du hast die Pflicht, zusammen mit deiner Familie zu hungern.‹ Nein.«

Sie zerschnitt die Tomaten und mischte sie unter das Omelett. »Du hättest gesagt, daß es besser ist zu hungern, als unmoralisch zu leben.«

»Ja, das hätte ich gesagt. Und wäre ich im Unrecht gewesen?« Elene wandte sich zu ihm. Der grüne Star, der sein linkes Auge vor Jahren hatte erblinden lassen, legte sich nun auch auf das rechte. Er mußte fünfundfünfzig Jahre alt sein, aber er sah aus wie siebzig.

»Ja, du wärest im Unrecht gewesen. Es ist immer besser, zu überleben.«

»Vielleicht.«

Ihre Überraschung mußte sich in ihrem Gesicht widergespiegelt haben, denn er fuhr fort: »Ich bin mir dieser Dinge nicht mehr so sicher wie früher. Ich werde alt.«

Elene halbierte das Omelett und ließ es auf zwei Teller gleiten. Sie stellte Brot auf den Tisch. Ihr Vater wusch sich die Hände und segnete das Brot. »Gesegnet seist du, oh Herr unser Gott, König der Welt ...« Elene war überrascht darüber, daß das Gebet sie nicht in Wut brachte. In den schwärzesten Momenten ihres einsamen Lebens hatte sie ihren Vater und seine Religion verflucht, weil sie für ihre jetzige Existenz verantwortlich waren. Sie hatte versucht, Gleichmut, vielleicht sogar milde Verachtung aufzubringen, aber es war ihr nicht ganz gelungen. Während sie ihm jetzt beim Beten zusah, dachte sie: Und was tue ich, wenn dieser Mann, den ich hasse, an meiner Schwelle auftaucht? Ich küsse ihn auf die Wange, lade ihn zu mir ein und gebe ihm ein Abendessen.

Sie begannen zu essen. Ihr Vater war sehr hungrig und

schlang seine Mahlzeit hinunter. Weshalb mochte er gekommen sein? Nur um vom Tod ihres Großvaters zu berichten? Nein.

Sie erkundigte sich nach ihren Schwestern. Nach dem Tod ihrer Mutter hatte jede der vier auf ihre Art mit ihrem Vater gebrochen. Zwei waren nach Amerika gegangen, eine hatte den Sohn des größten Feindes ihres Vaters geheiratet, und die jüngste, Naomi, hatte den sichersten Ausweg gewählt und war gestorben. Elene begann zu begreifen, daß ihr Vater alles verloren hatte.

Er fragte nach ihrer Beschäftigung. Sie beschloß, ihm die Wahrheit zu sagen. »Die Briten versuchen, einen Deutschen zu fangen; sie halten ihn für einen Spion. Meine Aufgabe ist, mit ihm Freundschaft zu schließen ... Ich bin der Köder in der Falle. Aber ... es könnte sein, daß ich ihnen nicht mehr helfen werde.«

Ihr Vater hörte auf zu essen. »Hast du Angst?«

Sie nickte. »Er ist sehr gefährlich und hat einen Soldaten erstochen. Gestern abend ... sollte ich ihn in einem Restaurant treffen, wo die Briten ihn verhaften wollten, aber etwas ging schief, und ich verbrachte den ganzen Abend mit ihm. Ich fürchtete mich so, und als es vorbei war, hat der Engländer ...« Sie schöpfte tief Atem. »Jedenfalls mache ich vielleicht nicht mehr mit.«

Ihr Vater aß weiter. »Liebst du diesen Engländer?«

»Er ist kein Jude«, sagte sie herausfordernd.

»Ich versuche nicht mehr, über jeden ein Urteil zu fällen.« Elene war erstaunt. Hatte ihr Vater sich völlig geändert?

Sie beendeten ihre Mahlzeit, und Elene stand auf, um ihm ein Glas Tee zu bringen. Er sagte: »Die Deutschen kommen. Es wird sehr schlimm für die Juden werden. Ich verschwinde.« Sie runzelte die Stirn. »Wohin?«

»Nach Jerusalem.«

»Wie denn? Die Züge sind überfüllt, es gibt eine Quote für Juden ...«

»Ich werde zu Fuß gehen.«

Sie starrte ihn an. Er konnte es nicht ernst gemeint haben, aber über so etwas würde er nicht scherzen. »Zu Fuß?«

Er lächelte. »Es wäre nicht das erste Mal.«

Elene merkte, daß er entschlossen war, und wurde wütend. »Wenn ich mich recht erinnere, hat Moses es nicht geschafft.«

»Vielleicht nimmt mich jemand ein Stück mit.«

»Das ist verrückt!«

»Bin ich nicht immer ein bißchen verrückt gewesen?«

»Ja!« rief sie. Plötzlich flaute ihr Zorn ab. »Ja, du bist immer ein bißchen verrückt gewesen, und ich sollte wissen, daß ich dich nicht umstimmen kann.«

»Ich werde zu Gott beten, daß er dich verschont. Du hast eine Chance, denn du bist jung und schön, vielleicht werden sie nicht erfahren, daß du Jüdin bist. Aber ich, ein nutzloser alter Mann, der hebräische Gebete murmelt ... mich würden sie in ein Lager schicken, wo ich bestimmt umkäme. Es ist immer besser zu überleben. Das sind deine eigenen Worte.«

Sie redete ihm zu, bei ihr zu bleiben, wenigstens für eine Nacht, doch er ließ sich nicht erweichen. Elene gab ihm einen Pullover, einen Schal und alles Bargeld, das sie im Hause hatte. Sie erklärte ihm, daß sie mehr Geld von der Bank holen und ihm einen guten Mantel kaufen könne, wenn er nur einen Tag warte. Aber er war nicht aufzuhalten. Sie weinte, trocknete sich die Augen und weinte von neuem. Schließlich blickte sie aus dem Fenster und sah, wie er die Straße entlangging: ein alter Mann, der in die Fußstapfen der Kinder Israel trat, Ägypten verließ und in die Wildnis zog. Etwas von dem Mann, den sie gekannt hatte, war doch noch übriggeblieben: Obwohl er nicht mehr so orthodox war wie früher, besaß er immer noch einen eisernen Willen. Er verschwand in der Menge, und Elene trat vom Fenster zurück. Wenn sie an den Mut ihres Vaters dachte, wußte sie, daß sie Vandam nicht im Stich lassen konnte.

*

»Ein rätselhaftes Mädchen«, sagte Wolff. »Ich weiß nicht ganz, was ich von ihr halten soll.« Er saß auf dem Bett und beobachtete Sonja, die sich anzog. »Sie ist etwas nervös. Nachdem sie erfahren hatte, daß wir ein Picknick machen würden, schien sie ziemlich verängstigt, als brauche sie eine Anstandsdame.«

»Die hätte sie bei dir auch gebraucht.«

»Aber sie kann auch sehr derb und direkt sein.«

»Bring sie einfach mit nach Hause. Ich werde sie schon enträtseln.«

»Es beunruhigt mich.« Wolff zog die Brauen zusammen, er dachte laut nach. »Jemand versuchte, zu uns ins Taxi zu springen.«

»Ein Bettler.«

»Nein, es war ein Europäer.«

»Ein europäischer Bettler.« Sonja hörte auf, ihr Haar zu bürsten, und sah Wolff im Spiegel an. »Diese Stadt ist voll von Verrückten, das weißt du doch. Wenn du Bedenken hast, stell dir einfach vor, wie sie sich dort auf dem Bett krümmt und wir beide rechts und links neben ihr liegen.«

Wolff grinste. Es war ein lockendes, aber kein unwiderstehliches Bild, denn es war Sonjas Wunschtraum, nicht seiner. Sein Instinkt riet ihm, sich jetzt zurückzuziehen und sich mit niemandem zu verabreden. Aber Sonja würde nicht nachgeben – und er brauchte sie noch immer.

»Und wann soll ich Kontakt mit Kemel aufnehmen?« fragte Sonja. »Inzwischen weiß er bestimmt, daß du hier wohnst.« Wolff seufzte. Noch eine Verabredung, noch jemand, der Ansprüche an ihn stellte, noch eine Gefahr –

doch wiederum jemand, dessen Schutz er benötigte. »Ruf ihn heute abend aus dem Club an. Ich bin nicht scharf auf dieses Treffen, aber wir müssen ihn bei Laune halten.«

»In Ordnung.« Sie war fertig, und ihr Taxi wartete. »Verabrede dich mit Elene.« Damit ging sie hinaus.

Sonja war nicht mehr so fest wie früher in seiner Macht. Die Mauern, die man baut, um sich zu schützen, engen gleichzeitig ein. Konnte er es sich leisten, ihren Wunsch zu ignorieren? Sie würde ihn vielleicht verraten, wenn sie wirklich verärgert war.

Wolff stand vom Bett auf, holte Papier und einen Federhalter und setzte sich, um Elene einen kurzen Brief zu schreiben.

17

DIE BOTSCHAFT WURDE einen Tag nachdem Elenes Vater sich nach Jerusalem aufgemacht hatte, abgegeben. Ein kleiner Junge kam mit einem Umschlag an die Tür. Elene gab ihm ein Trinkgeld und las den Brief. Er war kurz. »Meine liebe Elene, bitte treffen Sie sich am nächsten Donnerstag um 20.00 Uhr mit mir im Oasenrestaurant. Ich sehe dem Abend mit großer Freude entgegen. Herzlichst, Alex Wolff.« Im Gegensatz zu seiner Redeweise hatten die geschriebenen Worte eine Steifheit, die deutsch schien; aber vielleicht bildete sie sich das nur ein. Donnerstag, also übermorgen. Sie wußte nicht, ob sie erfreut oder erschrocken sein sollte. Ihr erster Gedanke war, Vandam anzurufen. Dann zögerte sie.

Elene war sehr neugierig geworden, was Vandam betraf. Sie wußte so wenig über ihn. Was tat er, wenn er nicht auf Spione Jagd machte? Hörte er sich Musik an, sammelte er Briefmarken, schoß er Enten? War er interessiert an Dichtung oder Architektur oder antiken Teppichen? Wie sah sein Heim aus? Mit wem lebte er? Welche Farbe hatte sein Schlafanzug? Sie wollte ihren Streit beenden und sehen, wo er wohnte. Nun hatte sie einen Vorwand, um mit ihm Verbindung aufzunehmen, doch statt ihn anzurufen, würde sie ihn in seinem Haus besuchen.

Elene beschloß, ein Bad zu nehmen. Sie wollte sich das Haar waschen und ihr Kleid wechseln. In der Badewanne dachte sie darüber nach, welches sie anziehen sollte. Sie versuchte, sich zu erinnern, was sie bei ihren Begegnungen mit Vandam getragen hatte. Er hatte das hellrote Kleid mit den gebauschten Schultern und den vielen Knöpfen an der Vorderseite noch nicht gesehen. Es war sehr hübsch.

Sie betupfte sich mit ein wenig Parfüm und zog die seidene Unterwäsche an, die Johnnie ihr geschenkt hatte und in der sie sich immer so fraulich fühlte. Ihr kurzes Haar war schon trocken, und sie setzte sich vor den Spiegel, um es zu kämmen. Die feinen dunklen Locken glänzten nach dem Waschen. Ich sehe entzückend aus, dachte sie, und lächelte sich selbst verführerisch zu.

Als sie die Wohnung verließ, nahm sie Wolffs Brief mit. Vandam würde sich für seine Handschrift interessieren. Er war an jeder kleinen Einzelheit interessiert, wenn es um Wolff ging. Die Schrift war sehr sauber, leicht zu lesen, fast wie die Buchstaben eines Künstlers. Vandam würde daraus einige Schlüsse ziehen.

Elene steuerte auf Garden City zu. Es war 19.00 Uhr. Da Vandam bis spät abends arbeitete, hatte sie viel Zeit. Die Sonne war noch kräftig, und sie genoß die Wärme beim Gehen. Eine Gruppe Soldaten pfiff ihr zu, und in ihrer gelösten Stimmung lächelte sie zurück. Die Soldaten folgten ihr ein paar Minuten, bis sie von einer Bar abgelenkt wurden. Sie fühlte sich froh und unbekümmert. Eine gute Idee, ihn zu Hause zu besuchen, so viel besser, als allein in der Wohnung zu sitzen. Sie war zu oft allein gewesen.

Das Haus ließ sich leicht finden. Es war eine kleine Villa im französischen Kolonialstil, mit Säulen und hohen Fenstern; der weiße Stein warf die Abendsonne gleißend zurück. Elene überquerte die kurze Auffahrt, klingelte und wartete im Schatten des Säulenganges.

Ein älterer kahlköpfiger Ägypter kam an die Tür. »Guten Abend, Madam«, sagte er wie ein englischer Butler.

»Ich würde gern Major Vandam sprechen. Ich heiße Elene Fontana.«

»Der Major ist noch nicht zurückgekehrt, Madam.« Der Diener zögerte.

»Vielleicht könnte ich auf ihn warten.«

»Natürlich, Madame.« Er machte einen Schritt zur Seite, um sie einzulassen.

Elene trat über die Schwelle und schaute sich mit nervösem Eifer um. Sie stand in einem kühlen gekachelten Flur mit hoher Decke. Bevor sie alles mustern konnte, forderte der Diener sie auf: »Hier entlang, Madam.« Er führte sie in ein Wohnzimmer. »Ich heiße Gaafar. Bitte, rufen Sie mich, wenn Sie irgend etwas benötigen.«

»Vielen Dank, Gaafar.«

Der Diener ging hinaus. Elene war begeistert, in Vandams Haus zu sein und sich umsehen zu können. Das Wohnzimmer hatte einen großen Marmorkamin und war sehr englisch möbliert. Irgendwie gewann sie den Eindruck, daß nicht er selbst es ausgestattet hatte. Alles war sauber und wirkte, als werde es nicht oft benutzt. Was sagte es über seinen Charakter aus? Vielleicht gar nichts.

Die Tür öffnete sich, und ein Junge trat ein. Er war sehr hübsch, hatte lockiges braunes Haar und glatte, noch von der Pubertät unberührte Haut. Er war ungefähr zehn Jahre alt und kam ihr irgendwie bekannt vor.

»Hallo, ich bin Billy Vandam«, sagte der Junge.

Elene starrte ihn entsetzt an. Ein Sohn – Vandam hatte einen Sohn! Jetzt wußte sie, weshalb sie geglaubt hatte, ihn zu kennen: Er ähnelte seinem Vater. Wieso war ihr nie eingefallen, daß Vandam verheiratet sein könnte? Wie dumm von ihr anzunehmen, daß sie ihn als erste begehrt hatte! Sie fühlte sich so albern, daß sie rot wurde.

Sie schüttelte Billy die Hand. »Freut mich. Ich heiße Elene Fontana.«

»Wir wissen nie, wann Dad nach Hause kommt. Ich hoffe, daß Sie nicht zu lange warten müssen.«

Noch hatte sie sich nicht wieder in der Gewalt. »Keine Sorge, es macht mir nichts aus, spielt überhaupt keine Rolle ...«

»Möchten Sie vielleicht etwas trinken?«

Er war sehr höflich, wie sein Vater; seine Förmlichkeit wirkte entwaffnend. »Nein, danke.«

»Ich muß jetzt mein Abendbrot essen. Entschuldigen Sie, daß ich Sie allein lasse.«

»Aber natürlich ...«

»Wenn Sie etwas brauchen, rufen Sie nur nach Gaafar.«

»Vielen Dank.«

Der Junge ging hinaus, und Elene ließ sich in einen Sessel fallen. Plötzlich bemerkte sie ein Foto auf dem marmornen Kaminsims. Sie stand auf, um es sich anzuschauen. Es war das Bild einer schönen Frau von Anfang Zwanzig, einer kühlen, aristokratisch aussehenden Frau mit einem leicht hochmütigen Lächeln. Elene bewunderte das Kleid, das sie trug: etwas Seidenes, Wallendes, das ihre schlanke Figur mit eleganten Falten umgab. Haar und Make-up waren perfekt. Die Augen schienen überraschend vertraut, klar, aufmerksam und hell. Elene fiel ein, daß Billy die gleichen Augen hatte. Dies war also Billys Mutter, Vandams Frau, eine Klassische englische Schönheit mit überlegener Miene.

Elene war eine Närrin gewesen. Solche Frauen standen Schlange, um Männer wie Vandam zu heiraten. Als ob er an ihnen allen vorbeigegangen wäre, nur um sich in eine ägyptische Kurtisane zu verlieben! Sie überlegte sich, was ihn von ihr trennte: Vandam war geachtet, und sie hatte einen schlechten Ruf; er war Brite und sie Ägypterin; er war – vermutlich – Christ, und sie war Jüdin; er hatte eine gute Erziehung genossen, und sie stammte aus den Slums von Alexandria; er war fast vierzig und sie dreiundzwanzig ... Die Liste war lang.

Hinten im Rahmen des Fotos steckte eine Seite, die aus einer Zeitschrift herausgerissen war. Das Papier war alt und vergilbt; darauf war das gleiche Foto abgebildet. Elene entdeckte, daß es eine Seite aus der Zeitschrift »The Tatler« war. Sie hatte davon gehört: Die Frauen höherer Offiziere in Kairo lasen »The Tatler« gern, da er über alle trivialen Ereignisse der Londoner Gesellschaft berichtete. Das Bild von Mrs. Vandam nahm den größten Teil der Seite ein, und ein Textabschnitt unter dem Foto teilte mit, daß sich Angela, Tochter von Sir Peter und Lady Beresford, mit Leutnant William Vandam, Sohn von Mr. und Mrs. John Vandam aus Gately, Dorset, verlobt habe. Elene faltete den Ausschnitt wieder zusammen und steckte ihn zurück in den Rahmen.

Das Bild der Familie war vollständig: attraktiver britischer Offizier, kühle, selbstbewußte englische Ehefrau, intelligenter, liebenswerter Sohn, prächtiges Haus, Geld, hohe soziale Stellung und Glück.

Sie ging im Zimmer umher und fragte sich, ob es noch weitere Überraschungen geben würde. Der Raum war natürlich von Mrs. Vandam eingerichtet worden, mit absolut »neutralem« Geschmack. Das unaufdringliche Muster der Vorhänge war auf die zurückhaltende Tönung der Möbelbezüge und die eleganten gestreiften Tapeten abgestimmt. Wie wohl das Schlafzimmer aussehen mochte? Wahrscheinlich würde es auch von distanziertem Geschmack zeugen. Vielleicht würde Blaugrün die Hauptfarbe sein, die Nuance, die Nilgrün genannt wurde, obwohl sie nicht im geringsten an das trübe Wasser des Nils erinnerte. Ob sie Einzelbetten hatten? Elene hoffte es. Sie würde es nie erfahren.

An einer Wand stand ein kleines Klavier. Wer mochte es spielen?Vielleicht saß Mrs. Vandam manchmal abends hier und ließ Chopin erklingen, während Vandam dort drüben im Sessel saß und ihr liebevoll zusah. Vielleicht begleitete Vandam sich selbst, während er ihr mit kräftiger Tenorstimme romantische Balladen vortrug. Vielleicht hatte Billy eine Klavierlehrerin und übte jeden Tag nach der Schule Tonleitern. Elene blätterte die Partituren durch, die sich auf dem Klavierhocker stapelten. Sie hatte recht gehabt, was Chopin betraf: Ein Buch enthielt seine Walzer.

Sie nahm sich einen Roman, der auf dem Klavier lag und öffnete ihn. Die erste Zeile lautete: »Heute nacht träumte mir, ich sei wieder in Manderley.« Die einführenden Sätze weckten ihr Interesse. Ob Vandam das Buch gerade las? Vielleicht konnte sie es sich ausleihen. Es wäre gut, etwas von ihm zu haben. Andererseits hatte sie nicht das Gefühl, daß er sich viel mit Belletristik abgab. Sie wollte sich das Buch nicht von seiner Frau leihen.

Billy kam herein. Elene legte das Buch rasch zurück. Billy bemerkte die Geste. »Das taugt nichts. Es handelt von einer albernen Frau, die sich vor der Haushälterin ihres Mannes fürchtet. Und es passiert gar nichts.«

Elene setzte sich, und Billy nahm ihr gegenüber Platz.

Offenbar wollte er sie unterhalten. Er war, abgesehen von den klaren, grauen Augen, eine Miniaturausgabe seines Vaters. »Du hast es also gelesen?«

»Rebecca? Ja. Es hat mir nicht gut gefallen, aber ich lese meine Bücher immer zu Ende.«

»Was liest du am liebsten?«

»Krimis. Ich habe alles von Agatha Christie und Dorothy Sayers gelesen. Aber am liebsten mag ich Amerikaner, S. S. Van Dine und Raymond Chandler.«

»Wirklich?« Elene lächelte. »Ich habe auch viel für Detektivgeschichten übrig.«

»Oh! Wer ist ihr Lieblingsdetektiv?«

Sie dachte nach. »Maigret.«

»Ich habe noch nie von ihm gehört. Wie heißt der Autor?«

»Georges Simenon. Er schreibt französisch, aber jetzt sind einige seiner Bücher ins Englische übersetzt worden. Sie spielen meist in Paris und sind sehr ... kompliziert.«

»Würden Sie mir eins leihen? Es ist so schwer, neue Bücher zu kriegen. Ich habe alle in diesem Haus und in der Schulbücherei gelesen. Und ich tausche mit meinen Freunden, aber denen gefallen Geschichten von Kindern, die in den Schulferien Abenteuer erleben.«

»Einverstanden. Tauschen wir. Was kannst du mir leihen? Ich glaube nicht, daß ich schon mal einen amerikanischen Krimi gelesen habe.«

»Ich werde Ihnen Chandler leihen. Die amerikanischen sind viel realistischer, wissen Sie. Ich interessiere mich nicht mehr für Geschichten über englische Landhäuser und Menschen, die wahrscheinlich keiner Fliege etwas zuleide tun könnten.«

Sie fand seinen Sinn für Realismus bemerkenswert. »Liest deine Mutter Detektivgeschichten?«

»Meine Mutter ist letztes Jahr auf Kreta gestorben«, entgegnete Billy.

»Oh!« Elene schlug die Hand vor den Mund. Sie merkte, daß sie bleich wurde. Vandam war also *nicht* verheiratet!

Dann war sie beschämt über ihre Reaktion und sagte: »Billy, wie schrecklich für dich. Es tut mir leid.«

»Keine Ursache. Das ist eben der Krieg.«

Nun war er wieder wie sein Vater. Eine Zeitlang, als er von den Büchern sprach, war er von jungenhafter Begeisterung erfüllt gewesen, aber nun hatte er seine Maske aufgesetzt, und sie ähnelte der seines Vaters: Höflichkeit, Förmlichkeit, das Benehmen des entgegenkommenden Gastgebers. Sie fragte sich, ob er erst seit dem Tod seiner Mutter »realistischen« Morden gegenüber wenig plausiblen Gewalttaten in Landhäusern den Vorzug gab. Nun blickte er sich um und schien etwas zu suchen, vielleicht eine Anregung. Gleich würde er ihr Zigaretten, Whisky, Tee anbieten. Es war schwer genug, die richtigen Worte für einen trauernden Erwachsenen zu finden; Billy gegenüber fühlte sie sich hilflos. Sie beschloß von etwas anderem zu sprechen.

»Ich nehme an, du erfährst mehr über den Krieg als wir anderen, da dein Vater im Großen Hauptquartier arbeitet.«

»Kann sein, aber meistens verstehe ich's nicht ganz. Wenn mein Vater schlecht gelaunt nach Hause kommt, weiß ich, daß wir wieder eine Schlacht verloren haben.« Er begann, an einem Fingernagel zu kauen, dann vergrub er die Hände in den Taschen seiner Shorts. »Wenn ich nur älter wäre.«

»Du möchtest kämpfen?«

Er blickte sie wütend an, als glaube er, sie mache sich über ihn lustig. »Ich gehöre nicht zu den Kindern, die das alles für einen großen Spaß halten, wie in einem Cowboyfilm.«

»Davon bin ich überzeugt«, murmelte sie.

»Ich habe einfach Angst, daß die Deutschen siegen werden.« Elene dachte: Oh, Billy, wenn du zehn Jahre älter wärest, würde ich mich auch in dich verlieben. »Vielleicht wäre es gar nicht so schlimm. Es sind keine Ungeheuer.«

Billy betrachtete sie skeptisch. »Sie würden nur das mit uns machen, was wir seit fünfzig Jahren mit den Ägyptern gemacht haben.«

Sie war sicher, daß dies wieder ein Ausspruch seines Vaters war.

Billy fuhr fort: »Aber dann wäre alles umsonst gewesen.« Er kaute wieder auf dem Fingernagel. Was wäre umsonst gewesen: der Tod seiner Mutter? Sein persönliches Streben nach Mut? Das zweijährige Hin und Her des Wüstenkrieges? Die europäische Zivilisation?

»Nun, noch ist es nicht soweit«, sagte sie.

Billy schaute zu der Uhr auf dem Kaminsims. »Ich soll um neun ins Bett gehen.« Plötzlich,war er wieder ein Kind.

»Nur zu.«

»Ja.« Er stand auf.

»Darf ich in ein paar Minuten zu dir kommen und dir gute Nacht sagen?«

»Wenn Sie wollen.« Er ging hinaus.

Was für ein Leben führten sie in diesem Haus? Der Mann, der Junge und der alte Diener lebten hier zusammen, jeder mit seinen Sorgen. Gemessen an ihrer eigenen Kindheit, besaß Billy enorme Privilegien. Trotzdem fürchtete sie, daß dieser Haushalt für einen Jungen zu »erwachsen« war. Seine naive Weisheit war bezaubernd, aber er wirkte wie ein Kind, das nicht viel Spaß hatte. Mitleid überwältigte sie.

Elene verließ das Wohnzimmer und ging nach oben. Im ersten Stock schien es drei oder vier Schlafzimmer zu geben; eine schmale Treppe führte zur zweiten Etage hinauf, in der wahrscheinlich Gaafar schlief. Eine der Türen war geöffnet, und sie trat ein.

Es sah nicht aus wie das Schlafzimmer eines kleinen Jungen. Elene wußte nicht viel über kleine Jungen – sie hatte vier Schwestern gehabt –, doch sie hatte Modellflugzeuge, Puzzles, eine Eisenbahn, Sportausrüstung und vielleicht einen alten, vernachlässigten Teddybär erwartet. Sie wäre nicht überrascht gewesen, wenn sie Kleidungsstücke auf dem Boden, einen Stabilbaukasten auf dem Bett und ein Paar schmutziger Fußballstiefel auf einer polierten Schreibtischplatte entdeckt hätte. Aber nichts dergleichen. Was sie vorfand, sah eher aus wie das Schlafzimmer eines Erwachsenen. Die Kleidung auf dem Stuhl war säuberlich gefaltet, nichts lag oben auf der Kommode, die Schulbücher waren auf dem Schreibtisch aufgestapelt, und das einzige sichtbare Spielzeug war das Pappmodell eines Panzers. Billy lag im Bett, seine gestreifte Pyjamajacke war bis zum Hals zugeknöpft, er hatte ein Buch in der Hand.

»Dein Zimmer gefällt mir«, log Elene.

»Es ist nicht schlecht.«

»Was liest du da?«

»›Das Geheimnis des griechischen Sarges‹.«

Sie setzte sich auf den Bettrand. »Bleib nicht zu lange wach.«

»Ich muß das Licht um halb zehn ausmachen.«

Elene beugte sich plötzlich vor und küßte ihn auf die Wange. In diesem Moment öffnete sich die Tür und Vandam kam herein.

*

Es war die Vertrautheit der Szene, die ihn so schockierte: der Junge, der mit seinem Buch im Bett lag, das Licht der Nachttischlampe, die Frau, die sich vorbeugte, um dem Jungen einen Gutenachtkuß zu geben. Vandam stand da und starrte vor sich hin wie jemand, der weiß, daß er träumt, aber trotzdem nicht aufwachen kann.

Elene erhob sich und sagte: »Hallo, William.«

»Hallo, Elene.«

»Gute Nacht, Billy.«

»Gute Nacht, Miß Fontana.«

Sie ging an Vandam vorbei und verließ das Zimmer. Vandam setzte sich in die Mulde am Bettrand, die sie hinterlassen hatte. »Hast du unsere Besucherin unterhalten?«

»Ja.«

»Gut gemacht.«

»Ich mag sie, sie liest Detektivgeschichten. Wir wollen Bücher tauschen.«

»Das ist schön. Hast du deine Hausaufgaben gemacht?«

»Ja. Französische Vokabeln.«

»Soll ich sie dir abhören?«

»Nicht nötig, Gaafar hat's schon getan. Sie ist wirklich sehr hübsch, nicht wahr?«

»Ja. Sie arbeitet für mich, man darf nicht darüber reden. Also ...«

»Meine Lippen sind versiegelt.«

Vandam lächelte. »So ist's richtig.«

Billy senkte die Stimme. »Ist sie ... eine Geheimagentin?« Sein Vater legte einen Finger an die Lippen. »Wände haben Ohren.«

Der Junge schien mißtrauisch. »Du machst Witze.«

Vandam schüttelte den Kopf.

»Mann!«

»Licht aus um halb zehn.« Vandam stand auf.

»Klar. Gute Nacht.«

»Gute Nacht, Billy.« Vandam ging hinaus. Während er die Tür schloß, schoß ihm durch den Kopf, daß der Gutenachtkuß von Elene Billy wahrscheinlich mehr gegeben hatte als das Gespräch von Mann zu Mann mit seinem Vater.

Elene war im Wohnzimmer und mixte Martinis. Er hätte ihr übelnehmen sollen, wie rasch sie sich bei ihm heimisch machte, aber er war zu müde, um Gefallen an Posen zu finden. Dankbar setzte er sich in einen Sessel und nahm einen Drink entgegen.

»Viel zu tun gehabt?« fragte Elene.

Vandams ganze Abteilung hatte an den neuen Funksicherungsmaßnahmen gearbeitet, die nach der Erbeutung des deutschen Horchpostens auf dem Jesushügel eingeführt wurden, aber das würde er Elene nicht sagen. Außerdem schien sie die Rolle der besorgten Ehefrau zu spielen, wozu sie kein Recht hatte. »Weshalb sind Sie hierhergekommen?«

»Ich habe eine Verabredung mit Wolff.«

»Wunderbar!« Vandam vergaß sofort alle geringeren Probleme. »Wann?«

»Donnerstag.« Sie reichte ihm das Blatt Papier.

Er musterte den Brief. Es war eine gebieterische Aufforderung, geschrieben mit deutlichen, eleganten Buchstaben.

»Wie wurde der Brief abgeliefert?«

»Ein Junge brachte ihn an meine Tür.«

»Haben Sie den Jungen ausgefragt? Wo hatte er die Botschaft erhalten und von wem?«

Sie war niedergeschlagen. »Daran habe ich nicht gedacht.«

»Macht nichts.« Wolff hatte sich bestimmt abgesichert; der Junge konnte nichts Wertvolles gewußt haben.

»Was werden wir tun?«

»Das gleiche wie beim letzten Mal, nur besser.« Vandam versuchte, zuversichtlicher zu klingen, als er war. Es hätte ganz einfach sein sollen. Der Mann verabredet sich mit einem Mädchen; man wartet also am Treffpunkt und verhaftet ihn, wenn er auftaucht. Aber Wolff war unberechenbar. Noch einmal würde der Trick mit dem Taxi nicht gelingen: Vandam würde das Restaurant von zwanzig oder dreißig Männern und mehreren Wagen umzingeln lassen und Vorsorge für Straßensperren treffen. Aber Wolff könnte einen anderen Trick versuchen. Vandam konnte sich nicht vorstellen, welchen – und das war das Problem.

Als ob sie seine Gedanken gelesen habe, sagte Elene: »Ich will nicht noch einen Abend mit ihm verbringen!«

»Warum nicht?«

»Er macht mir Angst.«

Vandam war schuldbewußt, unterdrückte aber sein Mitgefühl. »Beim letztenmal hat er Ihnen doch nichts getan.«

»Er hat nicht versucht, mich zu verführen, deshalb brauchte ich nicht abzulehnen. Aber er wird es versuchen, und ich fürchte, daß er sich mit einer Absage nicht zufriedengeben wird.«

»Wir haben unsere Lektion gelernt«, versicherte Vandam, ohne es selbst zu glauben. »Diesmal wird's keine Fehler geben.« Insgesamt war er von ihrer Entschlossenheit, nicht mit Wolff ins Bett zu gehen, überrascht. Er hatte vermutet, daß diese Dinge für sie keine Rolle spielten. Also hatte er sie falsch eingeschätzt. Plötzlich war er sehr froh, sie in diesem neuen Licht zu sehen. Er beschloß, ehrlich zu sein. »Ich sollte es anders formulieren: Ich werde alles tun, was in meiner Macht steht, damit es diesmal keine Fehler gibt.«

Gaafar kam herein und verkündete: »Das Dinner ist serviert, Sir.« Vandam lächelte: Gaafar bemühte sich, der Besucherin zu Ehren wie ein englischer Butler aufzutreten.

»Haben Sie schon gegessen?« fragte Vandam.

»Nein.«

»Was hast du zu bieten, Gaafar?«

»Für Sie, Sir, Brühe, Rührei und Joghurt. Aber ich habe mir die Freiheit genommen, ein Kotelett für Miß Fontana zu braten.«

»Essen Sie immer nur so etwas?« erkundigte sich Elene.

»Nein, es ist wegen meiner Verletzung. Ich kann nicht kauen.« Er stand auf.

Während sie ins Eßzimmer gingen, fragte Elene: »Tut es immer noch weh?«

»Nur wenn ich lache. Aber ich kann die Muskeln an dieser Stelle nicht spannen. Deshalb habe ich mich daran gewöhnt, nur mit einer Gesichtshälfte zu lächeln.«

Sie setzten sich, und Gaafar servierte die Suppe.

»Ich mag Ihren Sohn sehr gern«, sagte Elene.

»Ich auch.«

»Er ist älter als seine Jahre.«

»Halten Sie das für schlecht?«

Sie zuckte die Achseln. »Wer weiß?«

»Er hat ein paar Dinge durchgemacht, die nur Erwachsene erleben sollten.«

»Ja.« Elene zögerte. »Wann ist Ihre Frau gestorben?«

»Am Abend des 28. Mai 1941.«

»Billy hat mir erzählt, daß es auf Kreta geschah.«

»Ja. Sie arbeitete bei der Dechiffrierabteilung der Luftwaffe. Als die Deutschen die Insel angriffen, hielt sie sich vorübergehend auf Kreta auf. Am 28. Mai wurde den Briten klar, daß sie die Schlacht verloren hatten, und sie beschlossen, sich zurückzuziehen. Anscheinend wurde sie von einer verirrten Granate getroffen und sofort getötet. Natürlich haben wir damals versucht, Lebende zu retten, nicht Leichen zu bergen. Also ... Es gibt kein Grab, keinen Gedenkstein, nichts.«

»Lieben Sie sie immer noch?« fragte Elene ruhig.

»Ich glaube, daß ich sie immer lieben werde. So ist das wohl mit Menschen, die man wirklich liebt. Es spielt keine Rolle, ob sie fortgehen oder sterben. Wenn ich je wieder heiraten sollte, werde ich Angela immer noch lieben.«

»Waren Sie sehr glücklich?«

»Wir ...« Er zögerte, um nicht antworten zu müssen, dann merkte er, daß sein Zögern auch eine Antwort war.

»Glauben Sie, daß Sie wieder heiraten werden?«

»Tja ...« Er zuckte die Achseln. Elene schien ihn zu verstehen, denn sie schwieg und begann, ihr Dessert zu essen.

Danach brachte Gaafar ihnen Kaffee ins Wohnzimmer. Um diese Tageszeit begann Vandam gewöhnlich, sich dem Alkohol hinzugeben, aber heute abend wollte er sich zurückhalten. Er schickte Gaafar ins Bett, und sie tranken ihren Kaffee. Vandam rauchte eine Zigarette.

Er hatte Lust, Musik zu hören. Früher hatte er Musik geliebt, doch in letzter Zeit war sie aus seinem Leben verschwunden. Nun, da die milde Nachtluft durch die offenen Fenster drang und der Rauch seiner Zigarette hochstieg, wollte er klare Töne, süße Harmonien und sanfte Rhythmen hören. Er trat ans Klavier und betrachtete die Partituren. Elene beobachtete ihn schweigend. Er fing an, »Für Elise« zu spielen.

Als das Stück vorbei war, setzte er sich neben Elene und küßte sie auf die Wange. Ihr Gesicht war feucht von Tränen. Sie sagte: »William, ich liebe dich von ganzem Herzen.«

*

Sie flüstern.

»Ich mag deine Ohren.«

»Niemand hat je an ihnen geleckt.«

Sie kichert. »Gefällt es dir?«

»Ja, ja.« Er seufzt. »Darf ich ...?«

»Die Knöpfe öffnen – hier – so ist's richtig – ah.«

»Ich mache das Licht aus.«

»Nein, ich will dich sehen ...«

»Der Mond scheint.« Ein Klicken. »Siehst du? Das Mondlicht genügt.«

»Komm sofort wieder her ...«

»Hier bin ich.«

»Küß mich noch einmal, William.«

Eine Weile fällt kein Wort. Dann fragt er: »Darf ich dieses Ding abmachen?«

»Ich helfe dir ... So.«

»Oh! Oh, sie sind so schön.«

»Ich freue mich, daß sie dir gefallen ... Könntest du das etwas kräftiger tun ... Saug ein wenig ... Ah, Gott ...«

Etwas später sagt sie: »Ich möchte *deine* Brust fühlen. Verdammte Knöpfe – ich habe dein Hemd zerrissen ...«

»Zum Teufel damit.«

»Ich wußte, daß es so sein würde ... Sieh nur.«

»Was?«

»Unsere Haut im Mondlicht – du bist so blaß, und ich bin fast schwarz. Sieh ...«

»Ja.«

»Berühre mich, streichle mich. Drücke und kneife, ich möchte deine Hände überall fühlen ...«

»Ja ...«

»... Überall, deine Hände, dort, ja, besonders dort, oh, du *weißt*, du weißt *genau*, wo!«

»Du bist so weich.«

»Es ist ein Traum.«

»Nein, es ist Wirklichkeit.«

»Ich möchte nie aufwachen.«

»So weich ...«

»Und du bist so hart ... Darf ich ihn küssen?«

»Ja, bitte ... Ah ... Himmel, wie schön – Himmel ...«

»William?«

»Ja?«

»Jetzt, William?«

»Oh ja.«

»Zieh sie aus.«

»Seide.«

»Ja, mach schnell.«

»Ja.«

»Das habe ich mir so lange gewünscht ...«

Sie keucht, er stößt etwas wie ein Schluchzen aus, und dann ist minutenlang nur ihr Atmen zu hören, bis er schließlich laut zu schreien beginnt. Sie erstickt seine Schreie mit ihren Küssen, dann spürt auch sie es, drückt das Gesicht ins Kissen, öffnet den Mund und schreit.

Er ist an so etwas nicht gewöhnt, glaubt, daß etwas schiefgegangen ist, und sagt: »Alles ist gut, gut, gut ...«

Schließlich wird sie schlaff, liegt eine Weile mit geschlossenen Augen und schwitzend da, bis ihr Atem normal wird. Dann blickt sie zu ihm auf. »Nun weiß ich, wie es sein soll!«

Er lacht, sie sieht ihn fragend an, und er erklärt: »Genau das habe ich auch gedacht.«

Dann lachen sie beide, und er sagt: »Ich habe schon vieles danach ... hinterher getan, aber ich glaube nicht, daß ich schon einmal gelacht habe.«

»Ich freue mich so. Oh, William, ich freue mich so.«

18

ROMMEL KONNTE DAS Meer riechen. In Tobruk waren die Hitze, der Staub und die Fliegen nicht weniger schlimm als in der Wüste, aber alles wurde durch gelegentliche Brisen salziger Feuchtigkeit erleichtert.

Von Mellenthin kam mit seinem Geheimdienstbericht in das Befehlsfahrzeug. »Guten Abend, Herr Generalfeldmarschall!« Rommel lächelte. Er war nach dem Sieg von Tobruk befördert worden und hatte sich noch nicht an den Titel gewöhnt. »Etwas Neues?«

»Eine Mitteilung vom Spion in Kairo. Er sagt, daß die Marsa-Matruch-Linie in der Mitte schwach sei.«

Rommel nahm den Bericht und überflog ihn. Er lächelte darüber, daß die Alliierten mit einem Vorstoß um das Südende der Linie rechneten. Offenbar begannen sie, seine Denkweise zu verstehen. »Das Minenfeld wird an dieser Stelle also schwächer ... Aber dort wird die Linie von zwei Kolonnen verteidigt. Was ist eine Kolonne?«

»Ein neuer Begriff, den sie benutzen. Einer unserer Kriegsgefangenen sagt aus, eine Kolonne sei eine Brigade, die zweimal von Panzern überrannt worden ist.«

»Eine schwache Truppe also.«

»Ja.«

Rommel pochte mit dem Zeigefinger auf den Bericht. »Wenn das stimmt, können wir die Marsa-Matruch-Linie durchbrechen, sobald wir sie erreichen.«

»Ich werde natürlich mein Bestes tun, um die Meldung des Spions in den nächsten ein oder zwei Tagen zu überprüfen«, sagte von Mellenthin. »Aber letztes Mal hatte er recht.«

Die Fahrzeugtür wurde aufgerissen und Kesselring kam herein.

Rommel war verblüfft. »Herr Generalfeldmarschall! Ich dachte, Sie seien in Sizilien.«

»Da war ich auch.« Kesselring stampfte auf, um den Staub von seinen handgefertigten Stiefeln zu schütteln. »Ich bin gerade hierhergeflogen, um mit Ihnen zu reden. Verdammt noch mal, Rommel, das muß aufhören. Ihre Befehle sind eindeutig: Sie sollten bis Tobruk vordringen und nicht weiter.«

Rommel lehnte sich in seinem Segeltuchstuhl zurück. Er hatte gehofft, der Diskussion mit Kesselring zu entgehen. »Die Umstände haben sich geändert.«

»Aber Ihre ursprünglichen Befehle sind durch das italienische Oberkommando bestätigt worden. Und was war

Ihre Reaktion? Sie haben den ›Rat‹ abgelehnt und Bastico zum Mittagessen in Kairo eingeladen!«

Nichts erboste Rommel mehr als Befehle von den Italienern. »Die Italiener haben in diesem Krieg nichts geleistet«, sagte er wütend.

»Das spielt keine Rolle. Wir brauchen Ihre Luft- und Seeunterstützung jetzt für den Angriff auf Malta. Wenn wir Malta genommen haben, werden Ihre Nachschubwege für den Vormarsch nach Ägypten gesichert sein.«

»Sie scheinen überhaupt nichts gelernt zu haben!« Rommel bemühte sich, die Stimme zu senken. »Während wir uns eingraben, wird auch der Feind sich eingraben. Ich bin nicht dadurch so weit gekommen, daß ich das alte Spiel von Vormarsch, Konsolidierung, Vormarsch gespielt habe. Wenn der Feind angreift, weiche ich aus; wenn er eine Position verteidigt, umgehe ich sie; und wenn er sich zurückzieht, jage ich ihn. Jetzt ist er auf der Flucht, und jetzt muß Ägypten genommen werden.«

Kesselring blieb beherrscht. »Aber wie wollen Sie Ägypten mit einer Handvoll Panzer erobern?«

Rommel sagte: »Von Mellenthin, gehen Sie zum Funkwagen, und sehen Sie, was eingetroffen ist.«

Von Mellenthin runzelte die Stirn, doch Rommel verzichtete auf eine Erläuterung. Er ging hinaus.

»Die Alliierten formieren sich nur bei Marsa Matruch. Sie erwarten, daß wir das Südende ihrer Linie umgehen. Statt dessen werden wir die Mitte angreifen, wo sie am schwächsten sind ...«

»Woher wissen Sie das alles?« unterbrach Kesselring.

»Die Einschätzung unseres Nachrichtendienstes ...«

»Worauf basiert diese Einschätzung?«

»In erster Linie auf dem Bericht eines Spions ...«

»Mein Gott!« Zum erstenmal erhob Kesselring die Stimme.

»Sie haben keine Panzer, aber sie haben Ihren Spion!«

»Beim letztenmal hatte er recht.«

Von Mellenthin kam zurück.

»All das ist vollkommen gleichgültig«, antwortete Kesselring. »Ich bin hier, um die Befehle des Führers zu unterstreichen: Sie rücken nicht weiter vor.«

Rommel lächelte. »Ich habe einen persönlichen Abgesandten zum Führer geschickt.«

»Sie ...?«

»Ich bin jetzt Feldmarschall und habe direkten Zugang zum Führer!«

»Natürlich.«

»Ich glaube daß von Mellenthin die Antwort des Führers hat.«

»Ja«, sagte von Mellenthin und zeigte Kesselring die Zustimmung Hitlers zum Vormarsch nach Kairo.

Schweigen.

Kesselring stolzierte hinaus.

19

ALS VANDAM IN seinem Büro eintraf, erfuhr er, daß Rommel am letzten Abend vorgerückt und weniger als sechzig Meilen von Alexandria entfernt war.

Rommel schien unaufhaltsam. Die Marsa-Matruch-Linie war zerbrochen wie ein Streichholz. Im Süden war das 13. Korps in Panik zurückgewichen, und im Norden hatte die Festung Marsa Matruch kapituliert. Die Alliierten hatten sich wieder zurückgezogen, aber dies würde das letzte Mal sein. Die neue Verteidigungslinie erstreckte sich über eine dreißig Meilen lange Lücke zwischen dem Meer und der undurchdringlichen Kattara-Senke. Wenn auch diese Linie fiel, würde es keine Verteidigung mehr geben. Ägypten würde Rommel gehören.

Die Nachricht reichte nicht aus, um Vandams gehobene Stimmung zu beeinträchtigen. Es war mehr als vierundzwanzig Stunden her, daß er im Morgengrauen, mit Elene in den Armen, auf dem Sofa seines Wohnzimmers aufgewacht war. Seitdem beherrschte ihn eine Art jugendliche Ausgelassenheit. Er erinnerte sich immer wieder an Einzelheiten: daran, wie klein und braun ihre Brustwarzen waren, an den Geschmack ihrer Haut, an ihre scharfen Fingernägel, die sich in seine Schenkel gruben. Wie er wußte, hatte er sich im Büro ein wenig untypisch verhalten. Er hatte seiner Stenotypistin einen Brief mit den Worten: »Sie haben sieben Fehler gemacht. Vielleicht schreiben Sie's noch einmal«, zurückgegeben und sie fröhlich angelächelt. Die Stenotypistin wäre fast vom Stuhl gefallen.

Am frühen Morgen besuchte ihn ein Offizier der Spezialverbindungstruppe. Jeder, der sich im Großen Hauptquartier auskannte, wußte, daß die Spezialverbindungstruppe eine besonders wertvolle, ganz und gar geheime Nachrichtenquelle besaß. Die Meinungen darüber, wie gut die Nachrichten seien, gingen auseinander, und die Auswertung war immer schwierig, weil man die Quelle nicht erfuhr. Brown, der den Rang eines Captains innehatte, an dem aber offensichtlich nichts Soldatisches war, lehnte sich auf den Tischrand und sagte, ohne die Pfeife aus dem Mund zu nehmen: »Werden Sie evakuiert, Vandam?«

Diese Burschen lebten in einer eigenen Welt, und es hatte keinen Zweck, sie daran zu erinnern, daß ein Captain einen Major mit »Sir« anzureden hatte. »Was? Evakuiert? Wieso?« fragte Vandam.

»Unsere Leute werden nach Jerusalem verlegt – genau wie alle, die zuviel wissen. Sie sollen dem Feind nämlich nicht in die Hände fallen.«

»Die hohen Tiere werden also nervös.« Eigentlich war es einleuchtend: Rommel konnte sechzig Meilen innerhalb eines Tages zurücklegen.

»Es wird Unruhen am Bahnhof geben, warten Sie nur. Halb Kairo versucht zu verschwinden, und die andere Hälfte putzt sich schon für die Befreiung heraus. Ha!«

»Sie werden es doch nicht unter die Leute bringen, daß Sie sich absetzen ...«

»Nein, nein. Ich habe eine Kleinigkeit für Sie. Wir alle wissen, daß Rommel einen Spion in Kairo hat.«

»Woher wissen Sie das?«

»So was erfährt man aus London, mein Lieber. Jedenfalls ist der Knabe als – ich zitiere – ›der Held der Raschid-Ali-Geschichte‹ identifiziert worden. Können Sie damit etwas anfangen?«

Vandam war wie vom Donner gerührt. »Und ob!«

»Tja, das wär's.« Brown stützte sich vom Tisch ab.

»Einen Moment. Ist das alles?«

»Leider ja.«

»Handelt es sich um einen entschlüsselten Funkspruch oder um einen Agentenbericht?«

»Es mag genügen, daß die Quelle zuverlässig ist.«

»Das sagen Sie immer.«

»Ja. Vielleicht sehen wir uns eine Weile nicht mehr. Viel Glück.«

»Danke«, murmelte Vandam geistesabwesend.

»Tschüs!« Brown ging paffend hinaus.

Der Held der Raschid-Ali-Geschichte. Es war unglaublich, daß Wolff der Mann sein sollte, der Vandam in Istanbul überlistet hatte. Andererseits war es plausibel: Vandam erinnerte sich, daß ihm irgend etwas an Wolffs Stil vertraut vorgekommen war. Dem Mädchen, das Vandam ausgesandt hatte, um den Drahtzieher zu stellen, war die Kehle durchgeschnitten worden.

Und jetzt schickte Vandam Elene aus, um denselben Mann zu fangen.

Ein Corporal kam mit einem Befehl herein. Vandam las ihn mit wachsendem Unglauben. Alle Abteilungen sollten jene Papiere, die in Feindeshand gefährlich sein könnten, aus ihren Akten aussortieren und verbrennen. Fast alles in den Akten einer Geheimdienstaktion könnte in Feindeshand gefährlich sein. Da können wir ja gleich das ganze Zeug verbrennen, dachte Vandam. Und wie sollten die Abteilungen danach operieren? Offenbar glaubte man an der Spitze, daß alle Operationen bald für immer eingestellt werden müßten. Natürlich war es eine Vorsichtsmaßnahme, doch sie erschien sehr drastisch. Die gesammelten Ergebnisse mehrerer Arbeitsjahre vernichten zu lassen, das konnte nur heißen: An der Eroberung Ägyptens durch die Deutschen bestand kein Zweifel mehr.

Alles zerbröckelt, dachte Vandam. Der Zusammenbruch ist nahe.

Es war undenkbar. Vandam hatte der Verteidigung Ägyptens drei Jahre seines Lebens gewidmet. Tausende von Männern waren in der Wüste gestorben. Konnten sie nun einfach aufgeben, sich umdrehen und davonlaufen? Die Vorstellung war unerträglich.

Er rief Jakes zu sich und beobachtete ihn, während er den Befehl las. Jakes nickte nur, als habe er damit gerechnet. »Ein bißchen viel, nicht wahr?« fragte Vandam.

»Es ist so wie das, was in der Wüste passiert ist, Sir«, erwiderte Jakes. »Wir richten unter enormen Kosten riesige Nachschubdepots ein; dann, wenn wir uns zurückziehen, sprengen wir sie in die Luft, um sie nicht dem Feind auszuliefern.«

Vandam nickte. »Gut, Sie sollten anfangen. Versuchen Sie, daß Ganze um der Moral willen ein wenig herunterzuspielen – die hohen Tiere regen sich unnötig auf oder so ähnlich, Sie wissen ja.«

»Jawohl, Sir. Sollen wir das Freudenfeuer im Hinterhof machen?«

»In Ordnung. Suchen Sie sich einen alten Mülleimer, und durchbohren Sie seinen Boden. Sorgen Sie dafür, daß das Zeug vollkommen verbrennt.«

»Was ist mit Ihren eigenen Akten?«

»Ich werde sie jetzt durchsehen.«

»Jawohl, Sir.« Jakes verließ das Zimmer.

Vandam öffnete seine Aktenschublade und begann, seine Papiere zu sichten. Unzählige Male in den letzten drei Jahren hatte er gedacht: daran brauche ich mich nicht zu erinnern, ich kann ja nachsehen. Er hatte Namen und Adressen, Sicherheitsberichte über Einzelpersonen, Details von Codes, Übermittlungssysteme von Befehlen, Notizen zu wichtigen Fällen und eine kleine Akte mit Bemerkungen über Alex Wolff gesammelt. Jakes brachte einen großen Pappkarton mit der Aufschrift »Lipton's Tea« herein, und Vandam füllte ihn mit Papieren. Er dachte: So ist das also, wenn man verliert.

Der Karton war halb voll, als Vandams Corporal die Tür öffnete. »Major Smith möchte mit Ihnen sprechen, Sir.«

»Schicken Sie in herein.« Vandam kannte keinen Major Smith.

Der Major war ein kleiner, schmächtiger Mann über vierzig; er hatte hervorstehende blaue Augen und wirkte ziemlich selbstgefällig. Während er Vandam die Hand schüttelte, sagte er: »Sandy Smith, Geheimer Nachrichtendienst.«

»Was kann ich für Sie tun?«

»Ich bin eine Art Verbindungsmann zwischen dem Geheimen Nachrichtendienst und dem Generalstab«, erklärte Smith. »Sie haben sich nach einem Buch mit dem Titel ›Rebecca‹ erkundigt ...«

»Ja.«

»Die Antwort ist uns übermittelt worden.« Smith zog schwungvoll ein Stück Papier hervor.

Vandam las die Botschaft. Der Chef des Geheimen Nachrichtendienstes in Portugal war der Anfrage nachgegangen. Er hatte einen seiner Männer alle englischen

Buchläden des Landes besuchen lassen. Im Feriengebiet von Estoril war dieser auf einen Buchhändler gestoßen, der sich daran erinnerte, seinen gesamten Bestand – sechs Exemplare – des Romans »Rebecca« an eine Frau verkauft zu haben. Nach weiteren Nachforschungen hatte sich herausgestellt, daß die Frau mit dem deutschen Militärattaché in Lissabon verheiratet war.

»Das bestätigt meinen Verdacht«, sagte Vandam. »Vielen Dank, daß Sie sich die Mühe gemacht haben, mir die Mitteilung zu bringen.«

»Keine Ursache. Ich bin sowieso jeden Morgen hier. Freut mich, daß ich Ihnen helfen konnte.« Er ging hinaus.

Vandam grübelte, während er seine Arbeit fortsetzte. Es gab nur eine Erklärung für die Tatsache, daß das Buch von Estoril in die Sahara gelangt war. Es mußte die Grundlage eines Codes bilden – und wenn es nicht zwei erfolgreiche deutsche Spione in Kairo gab, war es Alex Wolff, der diesen Code benutzte.

Die Information würde früher oder später nützlich sein. Es war schade, daß man den Codeschlüssel nicht zusammen mit dem Buch und dem dechiffrierten Text erbeutet hatte. Plötzlich fiel ihm auf, wie wichtig es war, seine Geheimpapiere zu verbrennen. Er beschloß, bei der Auswahl der Papiere rücksichtsloser vorzugehen.

Am Ende betrachtete er seine Akten über den Sold und die Beförderung von Untergebenen und entschied sich, auch sie zu verbrennen, da sie bei feindlichen Verhören helfen könnten, Prioritäten zu setzen. Der Pappkarton war voll. Er wuchtete ihn auf die Schulter und trug ihn hinaus.

Jakes hatte das Feuer in einem rostigen Wassertank anzünden lassen, der von Ziegelsteinen gestützt wurde. Ein Corporal warf Papiere in die Flammen. Vandam setzte seinen Karton ab und beobachtete das lodernde Feuer. Es erinnerte ihn an die Guy-Fawkes-Nacht in England, an Feuerwerkskörper, gebackene Kartoffeln und die brennende Puppe eines Verräters aus dem 17. Jahrhundert. Verkohlte Papierfetzen wurden aufgewirbelt. Vandam wandte sich ab.

Er wollte nachdenken und beschloß spazierenzugehen. Nachdem er das Große Hauptquartier verlassen hatte, steuerte er auf die Stadtmitte zu. Seine Wange schmerzte. Er hätte froh über den Schmerz sein sollen, denn er war ein Zeichen der Heilung. Vandam ließ sich einen Bart stehen, um die Wunde zu verdecken. Jeden Morgen genoß er es, sich nicht rasieren zu müssen.

Er dachte an Elene, und ihm fiel ein, wie der Schweiß auf ihren nackten Brüsten geglänzt hatte. Das, was nach dem ersten Kuß geschehen war, hatte ihn überrascht und fasziniert. Es war eine Nacht neuer Erfahrungen für ihn gewesen: Zum erstenmal hatte er eine Frau nicht nur im Bett geliebt; zum erstenmal hatte er erlebt, daß sie wie ein Mann zum Höhepunkt kam; zum erstenmal war Sex ein gegenseitiges Vergnügen gewesen, und er hatte es nicht nötig gehabt, einer mehr oder weniger widerstrebenden Partnerin seinen Willen aufzuzwingen. Natürlich war es ein Problem, daß er und Elene sich ineinander verliebt hatten. Seine Eltern, seine Freunde und Vorgesetzten würden fassungslos sein, wenn sie hörten, daß er eine Ägypterin heiraten wollte. Vandam beschloß, sich vorerst darüber keine Gedanken zu machen. Elene und er wollten ihr Glück genießen, solange das noch möglich war ...

Ihm fiel das Mädchen ein, dem man in Istanbul die Kehle durchgeschnitten hatte. Er fürchtete, daß Elene am Donnerstag etwas Ähnliches zustoßen könnte.

Vandam merkte, daß Feststimmung in der Luft lag. Er kam an einem überfüllten Frisiersalon vorbei, vor dem die Frauen geduldig warteten. Auch in den Modegeschäften herrschte Hochbetrieb. Eine Frau kam mit einem Korb voller Konserven aus einem Lebensmittelladen, und Vandam sah, daß sich eine Warteschlage bis auf den Bürgersteig gebildet hatte. Auf ein Plakat im Schaufenster des nächsten Geschäftes war hastig gekritzelt worden: »Makeup leider ausverkauft.« Die Ägypter bereiteten sich voller Freude auf die Befreiung vor.

Vandam fühlte sich niedergeschlagen. Sogar der Himmel schien finster. Ein grauer, wirbelnder Nebel, lag über der Stadt.

Plötzlich wurde Vandam wütend über sich selbst und über die Armeen der Alliierten, die sich so gleichmütig auf die Niederlage einstellten. Wo war der Geist der Schlacht um England? Was war aus der berühmten Mischung von Hartnäckigkeit, Einfallsreichtum und Mut geworden? Warum unternimmst du selbst nichts, fragte Vandam sich.

Er drehte sich um und ging zurück nach Garden City, wo das Große Hauptquartier in requirierten Villen untergebracht war. Unterwegs stellte er sich die El-Alamein-Linie vor, an der die Alliierten zu ihrer letzten Verteidigung antreten würden. Dieses Bollwerk konnte Rommel nicht umgehen, denn an seinem südlichen Ende lag die riesige unpassierbare Kattara-Senke. Rommel mußte die El-Alamein-Linie also durchbrechen.

Die Frage war nur: Wo würde er den Versuch wagen? Wenn er im Norden durchbrach, gab es für ihn zwei Alternativen: Entweder marschierte er direkt nach Alexandria oder er schwenkte herum und griff die alliierten Streitkräfte von hinten an. Wenn er im Süden durchbrach, mußte er sich entweder in Richtung Kairo halten oder ebenfalls herumschwenken und die Reste der alliierten Truppen vernichten. Unmittelbar hinter der Linie lag der Alam-Halfa-Kamm, der, wie Vandam wußte, stark befestigt war. Es wäre eindeutig besser für die Alliierten, wenn Rommel nach dem Durchbruch zurückschwenkte, denn dann könnte er seine Kräfte vielleicht am Alam Halfa verausgaben.

Es gab noch einen weiteren Faktor. Der südliche Zugang nach Alam Halfa führte durch gefährlichen weichen Sand. Es war unwahrscheinlich, daß Rommel von dem Treibsand wußte, denn er war noch nie so weit nach Osten vorgedrungen, und nur die Alliierten besaßen gute Wüstenkarten.

Also, dachte Vandam, muß ich Alex Wolff hindern, Rommel mitzuteilen, daß Alam Halfa gut geschützt und von Süden her unangreifbar ist.

Zufällig hatte sich Vandam der Villa les Oliviers genähert. Er setzte sich unter die Olivenbäume in dem kleinen Park und starrte das Gebäude an, als könnte es ihm verraten, wo Wolff sich aufhielt. Wenn er nur einen Fehler machte und Rommel ermunterte, Alam Halfa von Süden her anzugreifen.

Plötzlich hatte Vandam einen Einfall.

Angenommen, ich fange Wolff. Angenommen, ich finde sein Funkgerät. Angenommen, ich entdecke sogar seinen Codeschlüssel.

Dann könnte ich mich für Wolff ausgeben, über Funk mit Rommel Kontakt aufnehmen und ihm raten, von Süden her auf Alam Halfa zu marschieren.

Die Idee ließ seine Stimmung steigen. Rommel war zweifellos überzeugt, daß Wolffs Informationen zutrafen. Wenn er nun eine Botschaft erhielt, die besagte, daß die El-Alamein-Linie am südlichen Ende schwach, der südliche Zugang nach Alam Halfa mühsam und Alam Halfa selbst kaum geschützt sei, würde er vermutlich darauf ansprechen.

Er würde die Linie am Südende durchbrechen und dann nach Norden schwenken, da er erwartete, Alam Halfa ohne Schwierigkeiten zu erobern. Dort aber würde er auf den Treibsand stoßen. Während er sich durch den Sand kämpfte, würde unsere Artillerie seine Kräfte dezimieren. Wenn er Alam Halfa erreichte, würde er es stark befestigt finden. Zu diesem Zeitpunkt würden wir weitere Truppen von der Front abziehen und den Feind vernichtend schlagen.

Durch diesen Hinterhalt, dachte Vandam, könnte ich vielleicht Ägypten retten und außerdem sogar das ganze Afrikakorps auslöschen.

Ich muß denen an der Spitze meine Idee erklären, sagte er sich.

Es würde nicht leicht sein, denn Alex Wolff hatte dafür gesorgt, daß sein Ruf im Hauptquartier ruiniert war.

Er erhob sich von der Bank und machte sich zu seinem Büro auf. Plötzlich sah die Zukunft anders aus. Vielleicht würden die Schaftstiefel nicht über die Fliesenböden der Moscheen dröhnen und die Schätze des Ägyptischen Museums brauchten nicht nach Berlin transportiert zu werden. Vielleicht müßte Billy nicht in die Hitlerjugend eintreten und man würde Elene nicht nach Dachau schicken.

Wir könnten alle gerettet werden, dachte er.

Wenn ich Wolff fange.

TEIL DREI

Alam Halfa

20

EINES TAGES, DACHTE Vandam, schlage ich Bogge die Nase ein.

Heute war Oberstleutnant Bogge in schlechtester Form: unschlüssig, sarkastisch und reizbar. Er hatte einen nervösen Husten, den er immer einsetzte, wenn er sich fürchtete zu sprechen. Und jetzt hustete er sehr viel. Außerdem zappelte er ständig herum, rückte Papierstöße auf seinem Schreibtisch zurecht, schlug die Beine abwechselnd übereinander und polierte seinen elenden Cricketball.

Vandam saß ruhig da und wartete darauf, daß sein Vorgesetzter sich noch weiter verhedderte.

»Also, hören Sie, Vandam, für die Strategie ist Auchinleck zuständig. Ihre Aufgabe ist Personalsicherheit – und Sie sind nicht sehr erfolgreich.«

»Auchinleck auch nicht.«

Bogge tat so, als habe er nichts gehört. Er nahm den Bericht in die Hand. Vandam hatte seinen Täuschungsplan niedergeschrieben und Bogge vorgelegt. Eine Kopie war dem Brigadegeneral zugegangen. »Das Ganze ist doch voller Löcher.«

Vandam sagte nichts.

»Voller Löcher.« Bogge hustete. »Es setzt doch voraus, daß wir den alten Rommel die Linie durchbrechen lassen, oder?«

»Vielleicht könnte man den Plan davon abhängig machen, daß er durchbricht.«

»Ja. Sehen Sie? Genau das meine ich. Wenn Sie einen Plan vorlegen, der so voller Löcher ist – zumal Ihre Leistungen im Moment verdammt niedrig eingeschätzt werden –, wird ganz Kairo über Sie lachen. Also.« Er hustete. »Sie wollen Rommel ermutigen, die Linie an ihrem schwächsten Punkt anzugreifen, und ihm dadurch eine bessere Chance zum Durchbruch geben!«

»Ja. Manche Teile der Linie sind schwächer als andere. Da Rommel über Luftaufklärung verfügt, besteht die Möglichkeit, daß er weiß, welche Teile.«

»Und Sie wollen die Möglichkeit zur Gewißheit machen.«

»Um des späteren Hinterhalts willen, ja.«

»Mir scheint, wir sollten den alten Rommel dazu bringen, daß er den *stärksten* Teil der Linie angreift, damit er überhaupt nicht durchkommt.«

»Aber wenn wir ihn zurückschlagen, wird er seine Kräfte einfach neu formieren und abermals angreifen. Wenn wir ihm eine Falle stellen, könnten wir ihn dagegen für immer erledigen.«

»Nein, nein, nein. Riskant, riskant. Das ist unsere letzte Verteidigungslinie, mein Junge.« Bogge lachte. »Danach liegt nur noch ein kleiner Kanal zwischen ihm und Kairo. Sie scheinen nicht zu begreifen ...«

»Ich begreife sehr gut, Sir. Erstens: Wenn Rommel die Linie durchbricht, muß er durch die falsche Aussicht auf einen leichten Sieg nach Alam Halfa abgelenkt werden. Zweitens: Für uns ist vorteilhaft, daß er Alam Halfa – wegen des Treibsandes – von Süden her angreift. Drittens: Entweder warten wir ab, welches Ende der Linie er angreift – mit dem Risiko, daß er im Norden zuschlägt –, oder wir ermuntern ihn, nach Süden zu marschieren, und nehmen in Kauf, daß er die Linie überhaupt durchbricht.«

»Hm, wenn wir den Plan so formulieren, sieht er schon etwas vernünftiger aus. Folgendes: Sie müssen ihn mir für eine Weile überlassen. Wenn ich Zeit habe, nehme ich ihn genau unter die Lupe und sorge dafür, daß er etwas überzeugender aussieht. Dann können wir ihn vielleicht nach oben weiterleiten.«

Zweck der Übung ist also, den Plan als Bogges Idee zu verkaufen, dachte Vandam. Egal. Wenn Bogge in diesem Stadium nichts anderes im Kopf hat, als sich ins rechte Licht zu rücken, ist das seine Sache. Es kommt darauf an, daß wir siegen, nicht darauf, wer sich den Sieg als Verdienst anrechnen läßt.

»Jawohl, Sir«, sagte Vandam. »Wenn ich nur auf den Zeitfaktor hinweisen dürfte ... Falls der Plan überhaupt angewendet werden soll, muß es rasch geschehen.«

»Ich glaube, über die Dringlichkeit kann ich am besten urteilen, Major, meinen Sie nicht?«

»Doch, Sir.«

»Und schließlich hängt alles davon ab, daß der verdammte Spion gefangen wird, wobei Sie bisher keine allzu gute Figur gemacht haben. Habe ich recht?«

»Jawohl, Sir.«

»Ich werde die Operation heute abend selbst leiten, um sicherzugehen, daß nichts mehr versaut wird. Legen Sie mir heute nachmittag Ihre Vorschläge vor, und wir werden sie zusammen ...«

Ein Klopfen an der Tür; der Brigadegeneral trat ein. Vandam und Bogge standen auf.

»Guten Morgen, Sir«, sagte Bogge.

»Rühren, meine Herren. Ich habe Sie gesucht, Vandam.«

Bogge erklärte: »Wir haben gerade an der Idee für einen Täuschungsplan gearbeitet.«

»Ja, ich habe den Bericht gesehen.«

»Ah, Vandam hat Ihnen eine Kopie geschickt.«

Vandam schaute Bogge nicht an, aber er wußte, daß der Oberstleutnant wütend über ihn war.

»Ja, stimmt.« Der Brigadegeneral wandte sich an Vandam: »Sie sollen Spione fangen, Major, und nicht Generälen strategische Ratschläge geben. Wenn Sie weniger Zeit darauf verschwendeten, wären Sie vielleicht ein besserer Sicherheitsoffizier.«

Vandam verlor den Mut.

»Ich habe auch gerade gesagt, daß ...«

Der General unterbrach Bogge: »Aber da Sie sich nun mal die Arbeit gemacht haben und es ein ausgezeichneter Plan ist, möchte ich, daß Sie mit mir kommen und Auchinleck die Sache schmackhaft machen. Sie können ihn doch entbehren, Bogge?«

»Natürlich, Sir«, stieß Bogge mit zusammengebissenen Zähnen hervor.

»Also gut, Vandam. Die Konferenz kann jede Sekunde losgehen. Kommen Sie.«

Vandam folgte dem Brigadegeneral und schloß Bogges Tür sehr leise.

*

An dem Tag, an dem Wolff sich wieder mit Elene treffen wollte, kam Major Smith gegen Mittag zum Hausboot.

Die Information, die er mitbrachte, war die bisher wertvollste. Sonja und Wolff verhielten sich inzwischen routiniert. Wolff kam sich vor wie ein Schauspieler in einer französischen Komödie, der sich Abend für Abend auf der Bühne in einem Kleiderschrank verstecken muß. Sonja und Smith begannen, dem Drehbuch gemäß, auf der Couch und zogen sich dann ins Schlafzimmer zurück. Als Wolff aus dem Schrank auftauchte, waren die Vorhänge geschlossen. Auf dem Boden lagen Smith' Aktentasche, seine Schuhe und seine Shorts mit dem Schlüsselring.

Wolff öffnete die Tasche und fing an zu lesen.

Smith war wieder von der Morgenkonferenz im Großen Hauptquartier direkt zum Hausboot gekommen. Auchinleck und sein Stab hatten auf dieser Konferenz die alliierte Strategie diskutiert und wichtige Entscheidungen gefällt.

Nach kurzer Lektüre merkte Wolff, daß er eine vollständige Zusammenfassung der letzten Verteidigungsmaßnahmen der Alliierten an der El-Alamein-Linie vor sich hatte.

Die Linie bestand aus Artillerie an den Kämmen, Panzern auf ebenem Boden und Minenfeldern über die ganze Entfernung. Der Alam-Halfa-Kamm, fünf Meilen hinter dem Mittelpunkt der Linie, war ebenfalls schwer befestigt.

Wolff notierte sich, daß das Südende der Linie schwächer war, sowohl was die Truppen als auch was die Minenfelder betraf. Smith' Aktentasche enthielt auch ein Papier über die feindliche Position. Der alliierte Nachrichtendienst war der Meinung, daß Rommel wahrscheinlich versuchen würde, die Linie am südlichen Ende zu durchbrechen, hielt jedoch auch das nördliche Ende nicht für ausgeschlossen.

Darunter, mit Bleistift, vermutlich in Smith' Handschrift, stand etwas, was Wolff stärker erregte als alle übrigen Informationen: »Major Vandam schlägt ein Täuschungsmanöver vor. Rommel ermutigen, am Südende durchzubrechen, ihn nach Alam Halfa locken, im Treibsand überraschen, dann knacken. Plan von Auk akzeptiert.«

»Auk« war zweifellos Auchinleck. Welch eine Entdeckung! Wolff hatte nicht nur die Details der alliierten Verteidigungslinie in der Hand, er wußte auch, was sie von Rommel erwarteten, *und* er kannte ihren Täuschungsplan.

Der Plan stammte von Vandam!

Dies würde der größte Spionagecoup des Jahrhunderts werden. Wolff selbst würde Rommels Sieg in Nordafrika garantieren. Dafür sollten sie mich zum König von Ägypten machen, dachte er und lächelte.

Er blickte auf und sah Smith, der zwischen den Vorhängen stand und zu ihm herabstarrte.

»Wer, zum Teufel, sind Sie?« brüllte Smith.

Wolff war wütend über sich selbst, weil er nicht auf die Geräusche aus dem Schlafzimmer geachtet hatte. Irgend etwas war schiefgegangen, man hatte sich nicht an das

Drehbuch gehalten. Vermutlich hatte er das Knallen des Champagnerkorkens überhört, weil ihn die strategische Auswertung zu sehr beschäftigte. Die endlosen Namen von Divisionen und Brigaden, die Zahlen von Soldaten und Panzern, die Mengen von Treibstoff und Vorräten, die Kämme und Senken und Treibsandgebiete hatten ihn jede Vorsicht vergessen lassen.

»Verdammt, das ist meine Aktentasche« sagte Smith. Er machte einen Schritt nach vorn.

Wolff streckte die Hand aus, packte Smith' Fuß und riß ihn zur Seite. Der Major wankte und stürzte zu Boden.

Sonja schrie.

Wolff und Smith rappelten sich auf.

Smith war ein kleiner, magerer Mann, zehn Jahre älter als Wolff und in schlechter Verfassung. Furcht spiegelte sich in seinem Gesicht. Er machte einen Schritt zurück, stieß gegen ein Regal, warf einen Blick zur Seite, sah eine Obstschale aus Kristall, griff danach und schleuderte sie auf Wolff.

Sie verfehlte ihn, prallte auf das Küchenbecken und zerschmetterte.

Der Lärm, dachte Wolff: Wenn er noch mehr Lärm macht, wird jemand herkommen, um nachzusehen. Er schob sich auf Smith zu.

Smith, mit dem Rücken zur Wand, kreischte: »Hilfe!«

Wolff traf ihn mit einem Schlag an der Kinnspitze. Smith brach zusammen, rutschte an der Wand nach unten und blieb bewußtlos auf dem Boden sitzen.

Sonja kam heraus und starrte ihn an.

Wolff rieb sich die Knöchel. »Es ist das erste Mal, daß ich so etwas getan habe.«

»Was?«

»Jemanden mit einem Schlag auszuknocken. Ich dachte, nur Boxer könnten das.«

»Ist doch unwichtig. Was willst du mit ihm anfangen?«

»Ich weiß nicht.« Wolff überlegte sich die Möglichkeiten. Es wäre gefährlich, Smith zu töten, denn der Tod eines Offiziers – und das Verschwinden seiner Aktentasche – würde in der ganzen Stadt für Unruhe sorgen. Außerdem müßte die Leiche beseitigt werden, und Smith würde keine Geheimnisse mehr liefern.

Smith stöhnte und rührte sich.

Könnte Wolff ihn gehen lassen? Sicher, er würde vermutlich schweigen, denn wenn er verriet, was sich auf dem Hausboot abgespielt hatte, müßte er auch seine eigene Schuld eingestehen. Seine Karriere wäre ruiniert, und man würde ihn wahrscheinlich einsperren.

Trotzdem, das Risiko war zu groß. Ein britischer Offizier in der Stadt, der alle Geheimnisse Wolffs kannte ... unmöglich.

Smith hatte die Augen geöffnet. »Sie ... sind Slavenburg ...« Sein Blick wanderte zu Sonja, dann zurück zu Wolff. »Sie haben uns bekannt gemacht ... im Cha-Cha. Es war alles geplant ...«

»Halt's Maul«, sagte Wolff leise. Sollte er Smith töten oder freilassen? Welche anderen Möglichkeiten gab es? Nur eine: ihn hier, gefesselt und geknebelt, festzuhalten, bis Rommel Kairo erreichte.

»Ihr seid verfluchte Spione«, flüsterte Smith. Sein Gesicht war weiß.

»Und du dachtest, ich sei verrückt nach deinem mickrigen Körper«, höhnte Sonja.

»Ja.« Smith begann, sich zu erholen. »Ich hätte wissen sollen, daß euch Arabern nicht zu trauen ist.«

Sonja trat vor und stieß ihm ihren nackten Fuß ins Gesicht. »Hör auf!« befahl Wolff. »Wir müssen überlegen, was wir mit ihm machen. Haben wir ein Seil, um ihn zu fesseln?«

Sonja dachte nach. »Auf Deck, in dem Kasten am Bug.«

Wolff zog die schwere Stahlstange, mit der er das Tranchiermesser schärfte, aus der Küchenschublade. Er gab sie Sonja. »Wenn er sich bewegt, schlag damit zu.«

Er glaubte nicht, daß Smith sich bewegen würde.

Gerade wollte er die Leiter zum Deck hinaufklettern, als er Schritte auf dem Steg hörte.

»Der Briefträger!« sagte Sonja.

Wolff kniete sich vor Smith und zog sein Messer.

»Öffne den Mund!«

Smith wollte etwas sagen, doch Wolff schob ihm das Messer zwischen die Zähne.

»Wenn du dich bewegst oder einen Laut von dir gibst, schneide ich dir die Zunge ab«, zischte Wolff.

Smith saß totenstill und starrte Wolff entsetzt an.

Plötzlich merkte Wolff, daß Sonja völlig nackt war.

»Zieh etwas an. Schnell!«

Sie zog ein Laken vom Bett und wickelte es um sich, während sie zur Leiter ging. Die Luke öffnete sich. Wolff wußte, daß er und Smith von der Luke aus gesehen werden konnten. Sonja ließ das Laken ein wenig sinken, als sie sich reckte, um von dem Mann einen Brief entgegenzunehmen.

»Guten Morgen!« grüßte der Briefträger. Seine Augen waren auf Sonjas halbentblößte Brust gerichtet.

Sie stieg die Leiter weiter hoch, so daß er zurückweichen mußte, und ließ das Laken noch weiter fallen.

»Vielen Dank«, säuselte sie und schloß die Luke.

Wolff atmete auf. Die Schritte des Briefträgers überquerten das Deck und verklangen auf dem Steg.

»Gib mir das Laken«, sagte Wolff.

Sie wickelte sich aus und war wieder nackt.

Wolff zog das Messer zwischen Smith' Zähnen hervor und schnitt einen Streifen vom Laken ab. Er knüllte die Baumwolle zusammen und stopfte sie Smith in den Mund. Der Major leistete keinen Widerstand. Wolff ließ das Messer in die Scheide unter seiner Achsel gleiten. Er stand auf. Smith schloß die Augen; er schien kraftlos und resigniert.

Sonja erhob die Stahlstange und stellte sich neben Smith, während Wolff über die Leiter an Deck kletterte.

Der Kasten, den Sonja erwähnt hatte, war in einer Erhebung am Bug untergebracht. Wolff öffnete ihn und fand ein Knäuel aus dünnem Seil. Vielleicht hatte man es benutzt, um das Schiff festzumachen, bevor es zu einem Hausboot geworden war. Wolff prüfte das Seil: Es war kräftig, aber nicht zu dick, ideal, um jemanden an Händen und Füßen zu fesseln.

Er hörte Sonja unter Deck aufschreien. Füße trappelten über die Leiter.

Wolff ließ das Seil fallen und wirbelte herum.

Smith, nur mit seiner Unterhose bekleidet, sprang durch die Luke.

Er war nicht so resigniert gewesen, wie es geschienen hatte – und Sonja mußte ihn mit der Stahlstange verfehlt haben.

Wolff rannte auf den Steg zu, um ihm den Weg abzuschneiden.

Smith drehte sich um, lief zur anderen Seite des Bootes und sprang ins Wasser.

»Scheiße« knurrte Wolff.

Er blickte sich rasch um. Auf den Decks der anderen Hausboote war niemand zu sehen. Der Treidelpfad war verlassen, abgesehen von dem »Bettler« – Kemel würde sich um ihn kümmern müssen – und einem Mann in der Ferne. Auf dem Fluß lagen zwei Feluken, mindestens vierhundert Meter entfernt, und ein langsamer Lastkahn hinter ihnen.

Wolff lief zum Bootsrand. Smith tauchte keuchend auf. Er rieb sich die Augen und versuchte, sich zu orientieren. Plätschernd und ungeschickt hielt er sich über Wasser. Er versuchte mühsam, vom Hausboot fortzuschwimmen.

Wolff nahm Anlauf und sprang kraftvoll in den Fluß.

Er landete mit den Füßen auf Smith' Kopf.

Mehrere Sekunden lang verlor er die Übersicht. Wolff mühte sich, die Oberfläche zu erreichen und Smith gleichzeitig niederzudrücken. Als er den Atem nicht länger anhalten konnte, ließ er Smith los und tauchte auf.

Er wischte sich die Augen. Smith' Kopf hüpfte vor ihm hoch; er hustete und spuckte. Wolff griff mit beiden Händen nach vorn, packte Smith, zog ihn zu sich und preßte ihn nieder. Smith zappelte wie ein Fisch. Wolff legte ihm den Arm um den Hals und drückte ihn nach unten. Dabei verschwand er selbst unter Wasser, kam aber einen Moment später wieder hoch. Smith zappelte immer noch unter der Oberfläche.

Wolff dachte: Wie lange braucht man, um einen Mann zu ertränken?

Smith riß sich mit einem krampfhaften Ruck los. Sein Kopf tauchte auf, und er pumpte sich die Lungen voll Luft. Wolff schlug zu; der Hieb landete, hatte aber keine Wucht. Smith hustete und würgte keuchend. Wolff selbst hatte Wasser geschluckt. Er packte Smith von neuem. Diesmal schob er sich hinter den Major und umklammerte dessen Kehle mit einem Arm, während er seinen Kopf mit dem anderen nach unten drückte.

Hoffentlich sieht niemand zu, dachte er. Smith ging unter. Sein Gesicht war im Wasser, Wolff stemmte ihm die Knie in den Rücken und hielt seinen Kopf mit festem Griff. Er schlug immer noch unter Wasser um sich, drehte sich, zappelte, ließ die Arme wirbeln. Wolff verstärkte den Griff und hielt ihn unter Wasser.

Ertrink endlich, du Hund, ertrink!

Er merkte, wie sich Smith' Kiefer öffneten, und wußte, daß der Mann endlich Wasser einatmete. Die Krämpfe wurden noch wilder. Wolff hatte das Gefühl, loslassen zu müssen. Smith zog ihn unter Wasser. Wolff preßte die Augen zusammen und hielt den Atem an. Smith schien schwächer zu werden. Inzwischen mußten seine Lungen halb voll Wasser sein. Ein paar Sekunden später brauchte auch Wolff Luft.

Smith' Bewegungen wurden kraftlos. Wolff lockerte den Griff, stieg hoch und erreichte die Oberfläche. Eine Minute lang atmete er tief durch. Der Major wurde zu einer bleiernen Last. Wolff schwamm mit energischen Beinstößen auf das Hausboot zu und zog Smith mit sich. Smith' Kopf tauchte auf, aber er gab kein Lebenszeichen.

Wolff erreichte die Bootswand. Sonja war auf Deck – sie trug eine Robe – und starrte ins Wasser.

»Hat uns irgend jemand gesehen?« fragte Wolff.

»Ich glaube nicht. Ist er tot?«

»Ja.«

Wolff dachte: Und was nun?

Er drückte Smith gegen die Bootswand. Wenn ich ihn loslasse, wird er an die Oberfläche treiben. Man wird die Leiche in der Nähe finden und jedes Boot durchsuchen.

Plötzlich krampfte Smith sich zusammen und spuckte Wasser.

»Verdammt, er lebt noch!« sagte Wolff.

Er drückte Smith wieder unter Wasser. So würde es zu lange dauern. Er ließ Smith los, zog sein Messer und stieß zu. Der Major bewegte sich schwach. Wolff konnte unter Wasser nicht zielen. Er fuchtelte mit der Waffe, und Smith drosch um sich. Das schäumende Wasser wurde hellrot. Endlich gelang es Wolff, Smith am Haar zu packen. Und während er seinen Kopf festhielt, durchschnitt er ihm die Kehle.

Jetzt war er tot.

Wolff ließ Smith wieder los, und steckte das Messer in die Scheide. Das Flußwasser färbte sich schmutzig-rot. Ich schwimme im Blut, dachte er, und ekelte sich plötzlich.

Die Leiche trieb davon. Wolff zog sie zurück. Ihm wurde zu spät klar, daß ein ertrunkener Major einfach in den Fluß gefallen sein konnte, während ein Major mit durchschnittener Kehle unzweifelhaft ermordet war. Nun *mußte* er die Leiche verstecken.

Er blickte auf. »Sonja!«

»Mir ist übel.«

»Denk nicht daran. Wir müssen die Leiche sinken lassen.«

»Oh Gott, das Wasser ist ganz blutig.«

»Hör mir zu!« Er hätte sie am liebsten angebrüllt, aber er mußte leise sprechen. »Hol ... hol das Seil. Los!«

Sonja verschwand und kehrte mit dem Seil zurück. Sie war hilflos. Wolff mußte ihr genaue Anweisungen geben.

»Jetzt hol Smith' Aktentasche und leg etwas Schweres hinein.«

»Etwas Schweres ... Aber was?«

»Himmel ... Was für schwere Sachen haben wir? Was ist schwer? Hm ... Bücher, Bücher sind schwer. Nein, das reicht vielleicht nicht ... Ich weiß, Flaschen. Volle Flaschen – Champagnerflaschen. Füll seine Aktentasche mit Champagnerflaschen.«

»Warum?«

»Mein Gott, reiß dich zusammen. Tu, was ich dir sage!«

Sonja verschwand wieder. Durch das Bullauge konnte er sehen, wie sie die Leiter hinunterstieg. Sie bewegte sich sehr langsam, wie eine Schlafwandlerin.

Mit zeitlupenhaften Bewegungen hob sie die Aktentasche vom Boden auf, trug sie in die Küche und öffnete den Eisschrank.

Dann blickte sie hinein, als wolle sie etwas zum Abendessen aussuchen.

Wolff konnte die Spannung kaum noch ertragen.

Sonja nahm eine Champagnerflasche und runzelte die Stirn, als könne sie sich nicht erinnern, was sie damit tun sollte. Endlich legte sie die Flasche flach in die Tasche und nahm eine weitere Champagnerflasche aus dem Kühlschrank. Wolff dachte: Leg sie abwechselnd nach links und rechts, damit mehr hineingehen.

Sonja legte die zweite Flasche hinein, zögerte, holte sie wieder heraus und drehte sie andersherum.

Brillant, dachte Wolff.

Sie brachte vier Flaschen in der Tasche unter und schloß den Kühlschrank. Um das Gewicht zu vergrößern, legte sie noch die Stahlstange und einen gläsernen Briefbeschwerer darauf und kam wieder an Deck.

»Und jetzt?«

»Binde das Seilende um den Taschengriff.«

Sie schien ihre Benommenheit zu überwinden. Ihre Finger bewegten sich schneller.

»Binde es ganz fest.«

»Ja.«

»Ist jemand in der Nähe?«

Sie blickte nach links und rechts. »Nein.«

»Beeil dich.«

Sonja zog den Knoten zu.

»Wirf das Seil her.«

Sie warf ihm das andere Seilende zu, und er fing es auf. Wolffs Kraft reichte kaum noch, sich selbst über Wasser zu halten. Er mußte Smith für einen Moment loslassen, da er beide Hände für das Seil benötigte. Mühsam führte er das Seil unter den Achseln des Toten hindurch. Er wickelte es zweimal um den Oberkörper und machte einen Knoten. Dabei ging er mehrere Male unter, und einmal füllte sich sein Mund mit dem ekelhaft blutigen Wasser.

Endlich hatte er es geschafft.

»Überprüf den Knoten«, befahl er Sonja.

»Er ist fest.«

»Wirf die Aktentasche ins Wasser, so weit, wie du kannst.« Sonja wuchtete die Tasche über Bord. Sie landete zwei Meter vom Hausboot entfernt im Wasser und ging sofort unter. Langsam folgte das Seil der Tasche, und zog Smith' Leiche hinter sich her. Wolff vergewisserte sich noch einmal: Die Knoten hielten. Er trat mit den Füßen dorthin, wo der Körper untergegangen war: Sie fanden keinen Widerstand. Die Leiche war tief nach unten gesunken.

»Verflucht, warum mußte das nur passieren«, murmelte er. Er kletterte an Deck, blickte zurück und sah, daß der hellrote Fleck sich rasch auflöste.

Eine Stimme sagte: »Guten Morgen!«

Wolff und Sonja zuckten zusammen.

»Guten Morgen!« antwortete Sonja. Sie flüsterte Wolff zu: »Eine Nachbarin.«

Die Nachbarin war ein Mischling mittleren Alters. Sie stand auf dem Treidelpfad und trug einen Einkaufskorb. »Ich habe starkes Plätschern gehört – stimmt etwas nicht?«

»Ah ... nein«, gab Sonja zurück. »Mein kleiner Hund ist ins Wasser gefallen, und Mr. Robinson hier hat ihn gerettet.«

»Wie galant! Ich wußte gar nicht, daß Sie einen Hund haben.«

»Er ist noch jung. Ein Geschenk.«

»Welche Rasse?«

Wolff hätte brüllen mögen: Hau ab, du dummes Weib! »Ein Pudel.«

»Kann ich ihn sehen?«

»Vielleicht morgen, ich habe ihn jetzt zur Strafe eingeschlossen.«

»Der arme Kerl.«

»Ich sollte mich umziehen«, sagte Wolff.

Sonja verabschiedete sich von der Nachbarin: »Bis morgen.«

»Hat mich gefreut, Sie kennenzulernen, Mr. Robinson.«

Wolff und Sonja gingen nach unten.

Sonja ließ sich auf die Couch fallen und schloß die Augen. Wolff zog sich die feuchte Kleidung aus.

»Es ist das Schlimmste, was ich je erlebt habe«, meinte Sonja.

»Du wirst es überleben.«

»Wenigstens war's ein Engländer.«

»Ja. Du solltest vor Freude in die Luft springen.«

»Wenn sich mein Magen beruhigt hat.«

Wolff ging ins Badezimmer und drehte die Wasserhähne auf. Als er zurückkam, fragte Sonja: »Hat es sich gelohnt?«

»Ja.« Wolff zeigte auf die Militärpapiere, die immer noch

dort auf dem Boden lagen. »Das Zeug ist einmalig – das Beste, was er uns je gebracht hat. Damit kann Rommel den Krieg gewinnen.«

»Wann schickst du den Bericht ab?«

»Heute abend, um Mitternacht.«

»Heute abend bringst du Elene hierher.«

Er starrte sie an. »Wie kannst du daran denken, nachdem wir gerade einen Mann ermordet und seine Leiche versenkt haben?«

Sie erwiderte seinen Blick herausfordernd. »Keine Ahnung, aber ich weiß, daß es mich sehr erregt hat.«

»Mein Gott.«

»Du bringst sie heute abend hierher. Das schuldest du mir.«

Wolff zögerte. »Ich müßte die Botschaft senden, während sie hier ist.«

»Ich werde sie schon ablenken.«

»Ich weiß nicht ...«

»Verdammt noch mal, Alex, du schuldest es mir!«

»Also gut.«

»Danke.«

Wolff kehrte ins Badezimmer zurück. Sonja war unglaublich. Sie schien von ihrem Laster besessen zu sein. Er stieg in das heiße Wasser.

Sonja rief aus dem Schlafzimmer: »Aber jetzt wird Smith dir keine neuen Geheimnisse mehr liefern.«

»Ich glaube nicht, daß wir sie nach der nächsten Schlacht noch brauchen«, erwiderte Wolff. »Er hat seinen Zweck erfüllt.«

Damit nahm er die Seife und begann, sich das Blut abzuwaschen.

VANDAM KLOPFTE AN Elenes Wohnungstür. Sie hatte noch eine Stunde Zeit, bevor sie Alex Wolff treffen würde.

Elene öffnete die Tür. Sie trug ein schwarzes Cocktailkleid, hochhackige schwarze Schuhe und Seidenstrümpfe. Um ihren Hals lag eine schmale goldene Kette. Ihr Gesicht war geschminkt, und das Haar schimmerte. Sie hatte Vandam erwartet. Er lächelte ihr zu. Sie war ihm vertraut und doch überraschend schön. »Hallo!«

»Komm herein.« Sie führte ihn ins Wohnzimmer. »Setz dich.«

Vandam hatte sie küssen wollen, doch sie hatte ihm keine Gelegenheit dazu gegeben. Er setzte sich auf die Couch. »Ich möchte dir die Einzelheiten für heute abend erzählen.«

»In Ordnung.« Sie nahm auf dem Stuhl gegenüber Platz. »Möchtest du etwas trinken?«

»Ja.«

»Bediene dich.«

Er musterte sie. »Stimmt etwas nicht?«

»Wieso? Hol dir einen Drink und gib mir meine Anweisungen.«

Vandam runzelte die Stirn. »Was ist los?«

»Nichts. Wir haben zu arbeiten, also laß uns anfangen.«

Er stand auf, ging zu ihr und kniete sich vor ihren Stuhl. »Elene, was soll das?«

Sie funkelte ihn wütend an. Den Tränen nahe, fragte sie mit lauter Stimme: »Wo bist du in den letzten zwei Tagen gewesen?«

Er wandte den Blick ab und dachte nach. »Ich habe gearbeitet.«

»Und wo meinst du, daß ich gewesen bin?«

»Hier, nehme ich an.«

»Genau.«

Er verstand nicht, was das zu bedeuten hatte. »Ich habe gearbeitet, und du bist hier gewesen. Und deshalb bist du wütend auf mich?«

Sie rief: »Ja!«

»Beruhige dich. Ich begreife nicht, weshalb du so verärgert bist, und ich möchte, daß du es mir erklärst.«

»Nein!«

»Dann weiß ich nicht, was ich sagen soll.« Vandam setzte sich auf den Boden, drehte ihr den Rücken zu und zündete sich eine Zigarette an. Er wußte wirklich nicht, was sie so verärgert hatte.

Sie saßen schweigend da; ohne einander anzuschauen. Elene schnüffelte. Vandam konnte sie nicht sehen, doch er wußte, daß sie geweint hatte. Sie sagte: »Du hättest mir einen Brief oder wenigstens einen verdammten Blumenstrauß schicken können!«

»Einen Brief? Wozu? Du wußtest doch, daß wir uns heute abend treffen würden.«

»Oh, mein Gott.«

»Blumen? Was willst du mit Blumen? Auf solche Spiele können wir doch jetzt verzichten.«

»Oh, wirklich?«

»Was willst du von mir hören?«

»Wir haben uns vorgestern nacht geliebt, falls du das vergessen hast ...«

»Sei nicht albern ...«

»Du hast mich nach Hause gebracht und zum Abschied geküßt. Dann ... nichts mehr.«

Er zog an seiner Zigarette. »Falls du es vergessen hast, ein gewisser Erwin Rommel klopft an die Tür, und ich gehöre zu denen, die ihn nicht reinlassen wollen.«

»Fünf Minuten. Länger hätte es nicht gedauert, mir ein paar Worte zu schicken.«

»Wozu?«

»Ja eben, wozu? Ich bin schließlich eine unmoralische

Frau, nicht wahr? Ich gebe mich Männern hin. Das ist es doch, was du meinst. Hör zu, William Vandam, du sorgst dafür, daß ich mich billig fühle!«

Auf einmal bemerkte er den Schmerz in ihrer Stimme. Er drehte sich um und sagte:»Bitte, verzeih, es war dumm von mir.« Er nahm ihre Hand.

Sie senkte die Augen, biß sich auf die Lippe und unterdrückte ihre Tränen.»Ja, das war es.« Elene berührte sein Haar.»Ich liebe dich«, flüsterte sie und streichelte seinen Kopf. Tränen überströmten ihr Gesicht.

»Ich muß so viel über dich lernen.«

»Und ich über dich.«

Er blickte zur Seite und dachte laut nach.»Man hat mir meinen Gleichmut immer übelgenommen.« Er verzog das Gesicht zu einem Lächeln.»Aber so bin ich nun mal: distanziert, doch keineswegs gleichgültig. Ich betrachte alles aus einer gewissen Entfernung und weigere mich, sinnlose Dinge zu tun, symbolische Gesten zu machen oder mich zu ziellosen Wutausbrüchen hinreißen zu lassen. Entweder lieben wir einander oder nicht. Ich habe sehr wohl den ganzen Tag an dich gedacht, mußte mich aber immer wieder auf andere Dinge konzentrieren. Ich arbeite zielstrebig und mache mir keine Sorgen um dich, wenn ich weiß, daß es dir gutgeht. Hältst du es für möglich, dich daran zu gewöhnen?«

Sie lächelte, immer noch mit Tränen in den Augen.»Ich werde es versuchen.«

Er kratzte sich am Kopf.»Am liebsten möchte ich dir sagen: Denk nicht mehr an heute abend, du brauchst nicht zu gehen, wir kommen ohne dich aus. Aber das stimmt nicht. Wir brauchen dich, und es ist ungeheuer wichtig.«

»Ich verstehe.«

»Aber darf ich dir zuerst einen Begrüßungskuß geben?«

»Gern.«

Er knicte sich neben ihren Stuhl, nahm ihr Gesicht in seine großen Hände und küßte ihre Lippen. Ihr Mund war weich und nachgiebig und etwas feucht. Er kostete die

Empfindung und den Geschmack aus. Zum erstenmal hatte er das Gefühl, eine Frau die ganze Nacht küssen zu können, ohne müde zu werden.

Schließlich schob sie den Kopf zurück und schöpfte tief Atem. »Meine Güte, du meinst es wirklich ernst.«

»Das kannst du mir glauben.«

Sie lachte. »Eben warst du einen Moment lang wieder der alte Major Vandam – der, den ich früher kannte.«

»Und dein ironisches ›Meine Güte‹ war typisch für die alte Elene.«

»Meine Anweisung, Major.«

»Erst muß ich in sicherer Entfernung sein.«

»Setz dich dort drüben hin und schlag die Beine übereinander. Übrigens, was hast du heute eigentlich getan?«

Vandam durchquerte das Zimmer, trat an den Getränkeschrank und nahm den Gin heraus. »Ein Major des Nachrichtendienstes ist verschwunden, und mit ihm eine Aktentasche voller Geheimpapiere.«

»Wolff?«

»Könnte sein. Wie sich herausstellte, ist dieser Major ein paarmal in der Woche gegen Mittag untergetaucht. Ich habe den Verdacht, daß er Wolff getroffen hat.«

»Aber weshalb würde er dann verschwinden?«

Er zuckte die Achseln. »Irgend etwas ist schiefgegangen.«

»Was war heute in dieser Aktentasche?«

Vandam fragte sich, wieviel er ihr sagen sollte. »Eine Zusammenfassung unserer Verteidigungspläne, die so vollständig war, daß sie das Ergebnis der nächsten Schlacht beeinflussen könnte.« Smith hatte auch den Vorschlag von Vandams Täuschungsmanöver bei sich gehabt, aber das brauchte Elene nicht zu erfahren: Er hatte volles Vertrauen zu ihr, doch sein Sicherheitsinstinkt machte ihn vorsichtig. »Also müssen wir Wolff heute abend fangen.«

»Aber es könnte schon zu spät sein!«

»Nein. Wir haben vor einer Weile die Entschlüsselung

315

eines Funkspruchs von Wolff gefunden. Er wurde um Mitternacht gesendet. Spione schicken ihre Berichte zu einer bestimmten Zeit, die sich im allgemeinen nicht ändert. Sonst würden ihre Auftraggeber nicht zuhören, wenigstens nicht auf der richtigen Wellenlänge. Deshalb glaube ich, daß Wolff heute um Mitternacht seine Informationen senden wird.« Er zögerte, dann beschloß er, ihr alles zu sagen. »Es gibt noch etwas. Er benutzt einen Code, der auf dem Roman ›Rebecca‹ basiert. Ich habe ein Exemplar des Romans. Wenn ich den Codeschlüssel, bekommen kann ...«

»Was ist das?«

»Nur ein Stück Papier, auf dem steht, wie Funksprüche mit Hilfe des Buches verschlüsselt werden.«

»Weiter.«

»Wenn ich den Codeschlüssel habe, kann ich mich am Funkgerät für Wolff ausgeben und Rommel falsche Informationen schicken. Das könnte den Spieß umdrehen und Ägypten retten. Aber ich muß den Schlüssel haben.«

»Gut. Wie sieht der Plan für heute abend aus?«

»Ungefähr so wie beim letzten Mal. Ich werde mit Jakes im Restaurant warten, und wir werden beide bewaffnet sein.«

Ihre Augen weiteten sich. »Du hast eine Pistole?«

»Noch nicht. Jakes bringt sie mit ins Restaurant. Außerdem werden noch zwei Männer im Restaurant und sechs weitere – möglichst unauffällig natürlich – draußen sein. Zivilautos können auf einen Pfiff hin alle Ausgänge aus der Stadt blockieren. Was Wolff heute abend auch unternimmt, wenn er dich sehen will, wird er gefangen.«

Jemand klopfte an die Wohnungstür.

»Was ist das?« fragte Vandam.

»Die Tür ...«

»Ja, ich weiß, erwartest du Besuch?«

»Nein, natürlich nicht um diese Zeit.«

Vandam runzelte die Stirn. Er war beunruhigt. »Das gefällt mir nicht. Mach die Tür nicht auf.«

»Einverstanden«, sagte Elene. Dann besann sie sich anders. »Ich muß aufmachen. Es könnte mein Vater sein, oder vielleicht bringt jemand eine Nachricht von ihm.«

»Also gut.«

Elene ging hinaus. Vandam lauschte. Das Klopfen wiederholte sich, dann öffnete sie die Tür.

Er hörte sie sagen: »Alex!«

»Herrgott!« flüsterte Vandam.

Wolffs Stimme war zu hören. »Sie sind schon fertig. Reizend.« Es war eine tiefe, selbstbewußte Stimme. »Aber wir wollten uns doch im Restaurant treffen ...«

»Ich weiß. Darf ich eintreten?«

Vandam sprang über die Sofalehne und legte sich auf den Boden.

»Natürlich ...«

Wolffs Stimme näherte sich. »Meine Liebe, Sie sehen heute abend wunderbar aus.«

Du aalglatter Kerl, dachte Vandam.

Die Wohnungstür fiel zu.

»Hier entlang?« fragte Wolff.

»Ah ... ja ...«

Vandam hörte, wie die beiden ins Zimmer kamen. Wolff sagte: »Was für eine schöne Wohnung. Mikis Aristopoulos muß Sie gut bezahlen.«

»Oh, ich arbeite nicht ständig bei ihm. Er ist ein entfernter Verwandter, und ich helfe nur aus.«

»Onkel. Er muß Ihr Onkel sein.«

»Oh ... Onkel, Cousin zweiten Grades oder so. Der Einfachheit halber nennt er mich seine Nichte.«

»Die sind für Sie.«

»Blumen. Vielen Dank.«

Vandam dachte: Zur Hölle damit.

»Darf ich mich setzen?«

»Aber natürlich.«

Vandam merkte, wie sich das Sofa verschob, als Wolff

sich setzte. Er war ein schwerer Mann. Vandam erinnerte sich, wie er in der Gasse mit ihm gekämpft hatte. Ihm fiel auch das Messer ein, und seine Hand fuhr zu seiner Wunde. Was konnte er nur tun?

Er konnte Wolff jetzt überfallen. Der Spion war hier, praktisch in seiner Hand! Sie waren ungefähr gleich schwer, und der Kampf wäre ausgeglichen – wenn das Messer nicht gewesen wäre. Wolff hatte das Messer damals beim Abendessen mit Sonja bei sich gehabt. Wahrscheinlich trug er es immer bei sich, also auch jetzt.

Wenn Wolff den Vorteil des Messers hatte, würde er gewinnen. Es war schon einmal so gewesen, in der Gasse. Vandam berührte noch einmal seine Wange.

Warum hatte er nur seine Pistole nicht mitgebracht? Was würde geschehen, wenn sie kämpften und Wolff siegte? Wolff würde wissen, daß Elene versucht hatte, ihm eine Falle zu stellen. Was würde er ihr antun? In Istanbul, in einer ähnlichen Situation, hatte er einem Mädchen die Kehle durchgeschnitten.

Vandam versuchte, das gräßliche Bild zu vertreiben.

»Wie ich sehe, haben sie gerade etwas getrunken«, sagte Wolff. »Könnte ich auch einen Drink haben?«

»Natürlich«, sagte Elene. »Was möchten Sie?«

»Was ist das?« Wolff schnupperte. »Oh, etwas Gin wäre nicht schlecht.«

Das war mein Glas, dachte Vandam. Ein Glück, daß Elene auf einen Drink verzichtet hatte; zwei Gläser hätten alles verraten. Er hörte Eis klirren.

»Prost!« sagte Wolff.

»Prost.«

»Es scheint Ihnen nicht zu schmecken.«

»Das Eis ist geschmolzen.«

Vandam wußte, weshalb sie beim Trinken das Gesicht verzogen hatte: Es war purer Gin gewesen. Sie wurde so gut mit der Situation fertig. Was erwartete sie von Vandam? Inzwischen mußte sie erraten haben, wo er sich versteckte. Sie würde verzweifelt versuchen, nicht in diese Richtung zu blicken. Arme Elene!

Er hoffte, daß sie den Weg des geringsten Widerstandes wählen und ihm trauen würde.

Plante Wolff immer noch, ins Oasenrestaurant zu fahren? Vielleicht. Wenn ich nur sicher sein könnte, dachte Vandam, dann würde ich Jakes alles überlassen.

»Sie scheinen nervös, Elene«, meinte Wolff. »Habe ich ihre Pläne durcheinandergebracht, weil ich hier aufgekreuzt bin? Wenn Sie noch nicht ganz fertig sind – dabei könnten Sie gar nicht mehr vollkommener aussehen –, lassen Sie mich einfach mit der Ginflasche hier.«

»Nein ... das heißt, wir hatten verabredet, uns im Restaurant zu treffen ...«

»Und nun habe ich in letzter Minute wieder alles umgestoßen. Um ehrlich zu sein, Restaurants langweilen mich, aber sie sind nun mal ein konventioneller Treffpunkt. Deshalb verabrede ich mich manchmal zum Abendessen, aber wenn es soweit ist, graut mir vor dem Gedanken und ich lasse mir etwas anderes einfallen.«

Sie fahren also nicht ins Oasenrestaurant, dachte Vandam. Mist.

»Was haben Sie vor?« frage Elene.

»Darf ich Sie wieder überraschen?«

Vandam dachte: Bitte ihn, es dir zu sagen!

Aber Elene antwortete: »Wie Sie wollen.«

Vandam hätte aufstöhnen mögen. Wenn Wolff das neue Ziel verriet, könnte Vandam mit Jakes Kontakt aufnehmen und den Hinterhalt verlegen lassen. Elene dachte nicht logisch. Kein Wunder, denn sie klang verängstigt.

»Wollen wir gehen?«

»Ja, gut.«

Das Sofa quietschte, als Wolff aufstand. Vandam dachte: Jetzt könnte ich auf ihn zuspringen!

Zu riskant.

Er hörte, wie sie das Zimmer verließen, und blieb noch

eine Weile im Versteck. Dann sagte Wolff im Flur: »Nach Ihnen.« Die Wohnungstür fiel ins Schloß.

Vandam kam auf die Beine. Er würde ihnen folgen und die erste Gelegenheit nutzen, um das Große Hauptquartier anzurufen und Jakes zu unterrichten. Elene hatte, wie die meisten Menschen in Kairo, kein Telefon. Sogar wenn sie eines besäße, würde die Zeit nicht reichen. Vandam ging zur Wohnungstür und lauschte. Er öffnete sie einen Spaltbreit: Die beiden waren verschwunden. Er trat hinaus und rannte die Treppe hinunter.

Als er das Gebäude verließ, sah er sie auf der anderen Straßenseite. Wolff hatte Elene den Schlag eines Autos geöffnet. Es war kein Taxi. Wolff mußte sich also für den Abend ein Auto gemietet, geliehen oder gestohlen haben. Er schloß die Tür an Elenes Seite und ging um den Wagen herum zum Fahrersitz. Elene schaute aus dem Fenster und fing Vandams Blick auf. Sie starrte ihn an. Er wandte die Augen ab, da er Angst hatte, Wolff könne etwas an ihm auffallen.

Vandam ging zu seinem Motorrad, stieg auf und ließ den Motor an.

Wolffs Wagen startete, und Vandam folgte ihm.

Der Stadtverkehr war immer noch dicht. Vandam konnte fünf oder sechs Autos zwischen sich und Wolff lassen, ohne ihn aus den Augen zu verlieren. Es dämmerte, doch nur wenige Fahrer hatten ihre Scheinwerfer eingeschaltet.

Was mochte Wolffs Ziel sein? Sie würden irgendwo anhalten müssen, wenn der Mann nicht vorhatte, die ganze Nacht umherzufahren. Wenn sie nur irgendwo hielten, wo es ein Telefon gab ...

Sie ließen die Stadt hinter sich und schlugen die Richtung von Gise ein. Es wurde dunkel, und Wolff stellte die Scheinwerfer des Autos an. Vandam ließ sein Motorrad unbeleuchtet, damit Wolff nicht merkte, daß er verfolgt wurde.

Die Fahrt war ein Alptraum: überall Unebenheiten, Schlaglöcher und gefährliche Ölpfützen. Vandam mußte das Pflaster genauso aufmerksam beobachten wie den Verkehr. Die Wüstenstraße war noch schlimmer, aber jetzt mußte er sogar ohne Scheinwerfer fahren und den Wagen vor sich im Auge behalten. Drei oder viermal wäre er fast gestürzt.

Er fror. Da er mit dieser Fahrt nicht gerechnet hatte, trug er nur ein kurzärmeliges Uniformhemd, das bei hoher Geschwindigkeit keinen Schutz vor dem Wind bot. Was hatte Wolff vor?

Die Pyramiden ragten vor ihnen auf.

Vandam dachte: Dort gibt's kein Telefon.

Wolffs Auto wurde langsamer. Sie wollten ein Picknick bei den Pyramiden machen. Vandam stellte den Motor ab und ließ die Maschine ausrollen. Bevor Wolff aus seinem Wagen steigen konnte, schob Vandam das Motorrad von der Straße in den Sand. Die Wüste wirkte nur aus der Ferne flach, und er fand einen Felsenvorsprung, hinter den er die Maschine legen konnte. Er ließ sich in den Sand gleiten und beobachtete das Auto.

Nichts geschah.

Der Wagen bewegte sich nicht; er war dunkel, und sein Motor war abgestellt. Was taten sie dort? Vandam wurde wieder eifersüchtig. Er ermahnte sich, nicht albern zu sein: Sie aßen, das war alles. Elene hatte ihm von dem letzten Picknick erzählt, von dem geräucherten Lachs, dem kalten Huhn, dem Champagner. Mit einem Mund voller Fisch konnte man kein Mädchen küssen. Aber ihre Finger würden sich berühren, wenn er ihr den Wein reichte ...

Schluß damit!

Vandam beschloß, sich eine Zigarette zu leisten. Er schob sich hinter den Vorsprung, um sie anzuzünden und hielt sie dann nach Soldatenart in der Handfläche, um das Glühen zu verbergen, während er zu seinem Aussichtspunkt zurückkehrte.

Fünf Zigaretten später öffneten sich die Autotüren.

Die Wolken hatten sich verzogen, und der Mond schien.

Die Landschaft wirkte dunkelblau und silbrig, die Schatten der Pyramiden erhoben sich auf glänzendem Sand. Zwei dunkle Gestalten stiegen aus dem Wagen und gingen auf die nächste der uralten Grabstätten zu. Vandam sah, daß Elene die Arme über der Brust verschränkt hatte, als friere sie, oder vielleicht, weil sie Wolffs Hand nicht halten wollte. Wolff legte einen Arm leicht um ihre Schultern, und sie leistete keinen Widerstand.

Sie blieben am Fuß der Pyramide stehen und unterhielten sich. Wolff zeigte nach oben, und Elene schien den Kopf zu schütteln. Wahrscheinlich wollte sie nicht hinaufklettern. Sie umrundeten das steinerne Grabmal und verschwanden dahinter.

Vandam wartete, daß sie an der anderen Seite wiederauftauchten. Sie schienen sehr lange zu brauchen. Was ging dort vor? Der Drang nachzusehen, war fast unwiderstehlich. Jetzt konnte er den Wagen erreichen. Er spielte mit dem Gedanken, ihn zu beschädigen, in die Stadt zu rasen und mit seinen Männern zurückzukehren. Aber dann würde Wolff nicht mehr hier sein. Es wäre unmöglich, die Wüste bei Nacht abzusuchen. Bis zum Morgen konnte Wolff schon viele Meilen zurückgelegt haben.

Das Warten wurde beinahe unerträglich, aber Vandam wußte, daß es keine bessere Lösung gab.

Endlich kamen Wolff und Elene wieder ins Blickfeld. Er hatte immer noch den Arm um sie gelegt. Sie kehrten zum Auto zurück und stellten sich neben die Tür. Wolff legte Elene die Hände auf die Schultern, sagte etwas und beugte sich vor, um sie zu küssen.

Vandam stand auf.

Elene bot Wolff die Wange, wandte sich ab, entzog sich seinem Griff und stieg in den Wagen.

Vandam legte sich wieder in den Sand.

Die Wüstenstille wurde vom Aufheulen des Motors unterbrochen. Vandam sah zu, während Wolffs Auto einen weiten Kreis beschrieb und auf die Straße rollte. Die Scheinwerfer leuchteten auf, und Vandam zog unwillkürlich den Kopf ein, obwohl er gut verborgen war. Das Auto hielt auf Kairo zu. Er sprang auf, schob sein Motorrad auf die Straße und trat auf den Anlasser. Der Motor sprang nicht an. Vandam fluchte: Hoffentlich war kein Sand in den Vergaser geraten. Doch beim nächstenmal zündete der Motor. Er stieg auf und folgte dem Wagen.

Der Mondschein machte es ihm leichter, die Löcher und Unebenheiten auf der Straße zu erkennen, aber er bot ihm auch weniger Tarnung. Vandam blieb weit hinter Wolffs Auto zurück, da nur Kairo als Ziel in Frage kam. Würde Wolff Elene jetzt nach Hause bringen? Wohin würde er danach fahren? Vielleicht würde er Vandam zu seinem Unterschlupf führen.

Vandam dachte: Wenn ich bloß die Pistole hätte.

Der Mann mußte irgendwo wohnen, in irgendeinem Gebäude der Stadt ein Bett haben. Vandam war sicher, daß Wolff beabsichtigte, Elene zu verführen. Wolff war sehr geduldig und zuvorkommend gewesen, doch Vandam wußte, daß er in Wirklichkeit ein Mann war, der gern rasch ans Ziel kam. Eine Verführung könnte die geringste der Gefahren sein, die Elene drohten. Vandam dachte: Was würde ich für ein Telefon geben!

Sie erreichten die Außenbezirke der Stadt, und Vandam mußte dichter hinter dem Wagen herfahren, aber zum Glück herrschte immer noch lebhafter Verkehr. Er überlegte, ob er anhalten und einem Polizisten eine Botschaft geben sollte, doch Wolff fuhr zu schnell. Außerdem, was sollte die Botschaft enthalten? Vandam wußte immer noch nicht, wohin Wolff steuerte.

Er begann, die Antwort zu ahnen, als sie die Brücke nach Samalek überquerten. Hier hatte Sonja, die Tänzerin, ihr Hausboot. Aber Wolff konnte unmöglich dort wohnen, denn das Boot wurde seit Tagen überwacht. Vielleicht wollte er Elene nicht zu seinem eigentlichen

Unterschlupf bringen und hatte sich das Hausboot ausgeliehen.

Wolff parkte den Wagen und stieg aus. Vandam lehnte sein Motorrad gegen eine Mauer und sicherte es hastig mit einer Kette.

Er folgte Wolff und Elene zum Treidelpfad. Hinter einem Busch versteckt, sah er, wie sie eine kurze Strecke zurücklegten. Was mochte Elene denken? Hatte sie damit gerechnet, schon früher gerettet zu werden? Vertraute sie darauf, daß Vandam sie immer noch beobachtete? Würde sie jetzt die Hoffnung verlieren?

Sie blieben neben einem der Boote stehen – Vandam merkte sich genau, neben welchem –, und Wolff half Elene auf den Steg. War Wolff nicht darauf gefaßt, daß das Hausboot überwacht werden könnte? Offenbar nicht. Wolff stieg nach Elene an Deck und öffnete eine Luke. Die beiden verschwanden nach unten.

Was nun? Dies war bestimmt die beste Gelegenheit, Hilfe zu holen. Wolff würde wahrscheinlich einige Zeit auf dem Boot verbringen. Aber wenn etwas schiefging, während Vandam zum Telefon rannte: Elene könnte darauf bestehen, nach Hause gebracht zu werden, Wolff könnte seine Pläne ändern oder beschließen, einen Nachtclub zu besuchen.

Der Halunke könnte mir immer noch entwischen, dachte Vandam.

Irgendwo in der Nähe mußte ein Polizist sein.

»He!« zischte er. »Ist irgend jemand hier? Polizei? Ich bin Major Vandam. He, wo sind ...«

Eine dunkle Gestalt kam hinter einem Baum hervor. Eine arabische Stimme sagte:»Ja?«

»Hallo. Ich bin Major Vandam. Sind Sie der Polizist, der das Hausboot beobachtet?«

»Jawohl, Sir.«

»Schön, hören Sie zu. Der Mann, den wir suchen, ist jetzt auf dem Boot. Haben Sie eine Pistole?«

»Nein, Sir.«

»Verflucht.« Vandam überlegte, ob er und der Araber das Boot allein stürmen sollten, entschied sich aber dagegen. Der Araber würde wenig Lust zu einem Kampf zeigen, und in dem begrenzten Raum konnte Wolffs Messer verheerende Wirkung haben. »Ich möchte, daß Sie zum nächsten Telefon gehen, das Große Hauptquartier anrufen und Captain Jakes oder Oberstleutnant Bogge eine ganz dringende Nachricht übermitteln: Sie sollen möglichst viele Leute mitbringen und das Hausboot sofort stürmen. Ist das klar?«

»Captain Jakes oder Oberstleutnant Bogge, Großes Hauptquartier. Sie sollen das Hausboot sofort stürmen. Jawohl, Sir.«

»In Ordnung. Beeilen Sie sich!«

Der Araber trottete davon.

Vandam fand eine Stelle, an der er sich verstecken konnte, ohne das Hausboot und den Treidelpfad aus den Augen zu verlieren. Ein paar Minuten später kam eine Frau den Pfad entlang. Vandam glaubte, ihr schon einmal begegnet zu sein. Sie kletterte auf das Hausboot, und er sah, daß es Sonja war. Zumindest konnte Wolff Elene nicht belästigen, wenn noch eine andere Frau auf dem Boot war. Vandam war erleichtert. Er richtete sich darauf ein, längere Zeit zu warten.

22

DER ARABER MACHTE sich Sorgen. »Gehen Sie zum nächsten Telefon«, hatte der Engländer gesagt. Es gab Telefone in manchen der nahe gelegenen Häuser, aber in solchen Häusern wohnten Europäer, die nicht erfreut sein würden, wenn ein Ägypter, ob er Polizist war oder nicht, um 23.00 Uhr an ihre Tür donnerte und verlangte, ihr Telefon zu benutzen. Sie würden sich mit Sicherheit – unter Beschimpfungen und Flüchen – weigern. Es würde ein demütigendes Erlebnis sein. Er trug keine Uniform, nicht einmal seine gewohnte Zivilkleidung, sondern war wie ein Fellache angezogen. Niemand würde ihm glauben, daß er Polizist war.

Auf Samalek gab es seines Wissens keine öffentlichen Telefone. Damit blieb ihm nur eine Möglichkeit: von der Wache aus anzurufen. Er schlug, immer noch im Laufschritt, deren Richtung ein.

Zudem machte er sich Sorgen über den Anruf beim Großen Hauptquartier. Es war ein ungeschriebenes Gesetz für ägyptische Beamte in Kairo, daß niemand je freiwillig Verbindung mit den Briten aufnahm. Das zog immer Schwierigkeiten nach sich. Die Vermittlung im Großen Hauptquartier würde sich weigern, ihn zu verbinden, oder man würde die Botschaft bis zum Morgen liegenlassen – und dann leugnen, sie je bekommen zu haben – oder ihn auffordern, später noch einmal anzurufen. Wenn es Komplikationen gab, würde man ihn dafür verantwortlich machen. Woher wollte er überhaupt wissen, daß der Mann auf dem Treidelpfad wirklich Major Vandam war? Schließlich konnte sich jeder das Uniformhemd eines Majors anziehen.

Der Beamte reagierte in Situationen wie dieser immer gleich: Er wälzte die Verantwortung ab. Ohnehin hatte er Anweisung, über diesen Fall nur seinem Vorgesetzten Bericht zu erstatten. Er würde zur Wache gehen und von dort aus Inspektor Kemel zu Hause anrufen.

Kemel würde wissen, was zu tun war.

*

Elene stieg von der Leiter und blickte sich nervös im Hausboot um. Sie hatte damit gerechnet, eine karge und seemännische Einrichtung vorzufinden. Tatsächlich aber war sie luxuriös, wenn auch ein wenig überladen. Sie bestand aus dicken Teppichen, niedrigen Diwanen, zwei eleganten Tischchen und üppigen, von der Decke bis zum Boden reichenden Samtvorhängen, welche die andere Hälfte des Bootes, vermutlich das Schlafzimmer, abteilten. Den Vorhängen gegenüber, wo sich das Boot zum Heck verjüngte, lag eine winzige Küche mit modernen Einbauten.

»Gehört es dir?« fragte sie Wolff.

»Einer Bekannten. Setz dich.«

Elene fühlte sich in die Enge getrieben. Wo war nur William Vandam? Während des Abends hatte sie mehrere Male geglaubt, von einem Motorrad verfolgt zu werden, aber aus Angst, Wolff darauf aufmerksam zu machen, hatte sie nicht genau hingesehen. Immer wieder hatte sie erwartet, daß Soldaten das Auto umzingeln, Wolff verhaften und sie freilassen würden. Nachdem die Sekunden zu Stunden geworden waren, hatte sie sich gefragt, ob alles ein Traum sei, ob William Vandam überhaupt existiere.

Jetzt trat Wolff an den Kühlschrank, nahm eine Flasche Champagner heraus, suchte zwei Gläser und wickelte die Silberfolie über dem Korken ab. Er löste die Drahtbefestigung, zog den Korken mit leichtem Knall heraus und goß den Champagner in die Gläser. *Wo, zum Teufel war William?*

Elene fürchtete sich vor Wolff. Sie hatte viele Affären mit Männern gehabt, manche von ihnen oberflächlich, aber sie hatte ihren Partnern immer getraut. Sie hatte Angst um ihren Körper: Welche Spiele würde Wolff erfinden, wenn sie ihn mit ihrem Körper spielen ließ? Ihre Haut war empfindlich, sie war weich und verletzlich, wenn sie auf dem Rücken lag und die Beine spreizte ... Es wäre eine Freude mit jemandem, der sie liebte, aber mit Wolff, der ihren Körper nur *benutzen* wollte ... Sie schauderte.

»Frierst du?« Wolff reichte ihr ein Glas.

»Nein, ich habe nicht gezittert ...«

Er erhob sein Glas. »Auf deine Gesundheit.«

Ihr Mund war trocken. Sie nippte an dem kalten Champagner und nahm dann einen großen Schluck. Danach fühlte sie sich etwas besser.

Er setzte sich neben sie auf die Couch. »Welch großartiger Abend. Ich fühle mich so wohl in deiner Gesellschaft. Du bist zauberhaft.«

Jetzt fängt es an, dachte sie.

Er legte die Hand auf ihr Knie.

Sie erstarrte.

»Du bist ein Rätsel. Begehrenswert, reserviert, sehr schön, manchmal naiv und manchmal so wissend ... Könntest du mir etwas sagen?«

»Ich glaube schon.« Sie blickte ihn nicht an.

Er folgte dem Umriß ihres Gesichts mit der Fingerspitze: Stirn, Nase, Lippen, Kinn. »Warum gehst du mit mir aus?« Was meinte er? Hatte er Verdacht geschöpft? Oder war dies nur sein nächster Schachzug?

Sie wandte ihm das Gesicht zu. »Du bist ein sehr attraktiver Mann.«

»Ich freue mich, daß du dieser Meinung bist.« Er legte ihr die Hand wieder aufs Knie und beugte sich vor, um sie zu küssen. Sie bot ihm ihre Wange, wie sie es schon einmal getan hatte. Seine Lippen streiften ihre Haut, dann flüsterte er: »Weshalb hast du Angst vor mir?«

Auf Deck war ein Geräusch zu hören – schnelle, leichte Schritte –, und dann öffnete sich die Luke.

Elene dachte: William!

Ein hochhackiger Schuh und der Fuß einer Frau erschienen. Die Frau kam herunter, schloß die Luke über sich und stieg von der Leiter. Elene sah ihr Gesicht und erkannte sie: Es war Sonja, die Bauchtänzerin.

Was um alles in der Welt ging hier vor?

*

»Gut gemacht, Sergeant«, sagte Kemel in die Telefonmuschel. »Es war genau richtig, mich anzurufen. Ich kümmere mich selbst um alles. Sie können jetzt nach Hause gehen.«

»Vielen Dank«, gab der Sergeant zurück. »Gute Nacht.«

»Gute Nacht.« Kemel hängte ein. Es war eine Katastrophe. Die Briten hatten Alex Wolff bis zum Hausboot beschattet, und Vandam versuchte, eine Razzia zu organisieren. Die Konsequenzen lagen auf der Hand. Erstens würden die Freien Offiziere keine Chance mehr haben, das Funkgerät des Deutschen zu benutzen, und es würde keine Möglichkeit zu Verhandlungen mit dem Reich geben, bevor Rommel Ägypten eroberte. Zweitens, wenn die Briten einmal entdeckt hatten, daß das Hausboot ein Spionagenest war, würden sie rasch folgern, daß Kemel die Tatsachen verschleiert und die Agenten geschützt hatte. Kemel bedauerte, daß er Sonja nicht stärker zugesetzt, sie nicht gezwungen hatte, innerhalb von Stunden ein Treffen zu arrangieren. Aber für solche Überlegungen war es zu spät. Was sollte er jetzt unternehmen?

Er kehrte in sein Schlafzimmer zurück und zog sich schnell an. Vom Bett her flüsterte seine Frau: »Was ist los?«

»Eine dienstliche Angelegenheit.«

»Oh nein.« Sie drehte sich um.

Kemel nahm seine Pistole aus der Schreibtischschublade und steckte sie in seine Jackentasche. Dann küßte er seine Frau und verließ leise das Haus. Er stieg in seinen Wagen und ließ den Motor an. Eine Minute lang saß er da und dachte nach. Er mußte sich mit Sadat beratschlagen, aber das würde zu lange dauern. Inzwischen könnte Vandam ungeduldig werden und etwas Übereiltes tun. Also mußte er sich zuerst um Vandam kümmern, bevor er Sadat aufsuchte.

Er schlug die Richtung von Samalek ein. Am liebsten hätte er sich alles langsam und sorgfältig überlegt, doch die Zeit reichte nicht. Sollte er Vandam töten? Er hatte noch nie einen Menschen getötet und wußte nicht, ob er dazu imstande war. Es war Jahre her, daß er jemanden auch nur geschlagen hatte. Und wie würde er seine Beteiligung an allem geheimhalten? Es konnte noch Tage dauern, bis die Deutschen Kairo erreichten – ja, sogar in diesem Stadium war es noch möglich, daß sie zurückgeworfen wurden. Dann würde man Nachforschungen anstellen und früher oder später Kemel die Verantwortung für das anlasten, was heute nacht am Treidelpfad geschah. Wahrscheinlich würde man ihn erschießen.

»Nur Mut«, sagte er laut und erinnerte sich, wie Imams gestohlenes Flugzeug nach der Bruchlandung in der Wüste in Flammen aufgegangen war.

Er parkte in der Nähe des Treidelpfades. Dann nahm er ein Seil aus dem Kofferraum des Autos. Er stopfte es in seine Jackentasche und hielt die Pistole in der rechten Hand.

Er hatte die Pistole am Lauf gepackt, um mit dem Griff zuschlagen zu können. Wie lange hatte er sie nicht mehr benutzt? Sechs Jahre, gelegentliche Zielübungen nicht mitgerechnet.

Am Flußufer angelangt, blickte er über den glänzenden Nil, die schwarzen Konturen der Hausboote, die schwache Linie des Treidelpfades und die Dunkelheit der Büsche. Vandam würde sich irgendwo in den Büschen versteckt halten. Kemel ging leise weiter.

*

Vandam schaute auf seine Armbanduhr. Es war 23.30 Uhr. Irgend etwas stimmte nicht. Entweder hatte der arabische Polizist die Nachricht falsch weitergegeben, oder das Große Hauptquartier war nicht in der Lage gewesen, Jakes aufzuspüren, oder Bogge hatte wieder einmal alles verdorben. Vandam konnte nicht riskieren, daß Wolff seine jetzigen Informationen an Rommel weiterleitete. Ihm blieb nichts anderes übrig, als selbst an

Bord des Hausbootes zu gehen und alles aufs Spiel zu setzen.

Er drückte seine Zigarette aus, dann hörte er Schritte irgendwo in den Büschen. »Wer ist da?« zischte er. »Jakes?«

Eine dunkle Gestalt tauchte auf und flüsterte: »Ich bin's.«

Vandam erkannte die Stimme nicht und konnte das Gesicht nicht sehen. »Wer?«

Die Gestalt kam näher und erhob einen Arm. Vandam fragte; »Wer ...«, dann merkte er, daß der Arm zu einem Schlag niedersauste. Er zuckte zur Seite, etwas glitt von seinem Kopf ab und traf seine Schulter. Vandam schrie vor Schmerz auf, und sein rechter Arm wurde gefühllos. Der Arm des Fremden hob sich wieder. Vandam trat vor und griff ungeschickt mit der linken Hand nach dem Angreifer. Die Gestalt wich aus und schlug noch einmal zu; diesmal traf sie Vandams Kopf genau in der Mitte. Nach einem Moment flammenden Schmerzes verlor Vandam das Bewußtsein.

Kemel steckte die Pistole in die Tasche und kniete sich neben Vandams Körper. Zuerst berührte er dessen Brust und war erleichtert, starken Herzschlag zu fühlen. Rasch entfernte er Vandams Sandalen, zog ihm die Socken aus, rollte sie zusammen und stopfte sie dem Bewußtlosen in den Mund. Danach rollte er Vandam auf den Bauch, kreuzte seine Handgelenke hinter dem Rücken und fesselte sie mit dem Seil. Mit dem anderen Ende band er Vandams Knöchel zusammen. Schließlich befestigte er das Seil an einem Baum.

Vandam würde in ein paar Minuten zu sich kommen, sich aber nicht bewegen oder schreien können. Er würde hier liegen, bis jemand über ihn stolperte. Gewöhnlich hielten sich junge Männer mit ihren Freundinnen oder Soldaten mit ihren Mädchen in den Büschen auf, doch heute nacht hatte es so viel Unruhe gegeben, daß sie bestimmt verscheucht worden waren. Möglicherweise würde ein später eintreffendes Paar Vandam sehen oder ihn vielleicht stöhnen hören ... Dieses Risiko mußte Kemel eingehen. Es hatte keinen Zweck, hier stehenzubleiben und sich Gedanken zu machen.

Er beschloß, einen raschen Blick auf das Hausboot zu werfen, und schlich leichtfüßig über den Treidelpfad zur *Jihan*. Im Inneren brannten Lichter, aber es waren keine Vorhänge über die Bullaugen gezogen. Er war versucht, an Bord zu gehen, doch er wollte zunächst Sadat um Rat fragen, da er sich seiner nächsten Schritte nicht sicher war. Kemel drehte sich um und kehrte zu seinem Auto zurück.

*

»Alex hat mir viel von Ihnen erzählt, Elene«, sagte Sonja und lächelte.

Elene erwiderte ihr Lächeln. War Sonja Wolffs Bekannte, der das Hausboot gehörte? Wohnte Wolff bei ihr? Hatte er sie nicht so früh zurückerwartet? Wieso war keiner der beiden verwirrt oder verärgert? Um Konversation zu machen, fragte Elene: »Sind Sie gerade aus dem Cha-Cha-Club gekommen?«

»Ja.«

»Wie war's?«

»Wie immer – anstrengend, faszinierend, erfolgreich.« Sonja litt nicht an falscher Bescheidenheit.

Wolff reichte ihr ein Glas Champagner. Sie nahm es, ohne ihn anzusehen, und erkundigte sich bei Elene: »Sie arbeiten also in Mikis' Laden?«

»Nein.« Elene dachte: Interessiert dich das wirklich? »Ich habe ihm nur ein paar Tage ausgeholfen. Wir sind miteinander verwandt.«

»Sie sind Griechin?«

»Richtig.« Das Geplauder erhöhte Elenes Selbstvertrauen. Ihre Furcht wich. Was auch passieren mochte, Wolff würde sie schwerlich mit dem Messer bedrohen und vor den Augen dieser Frau vergewaltigen. Sonja verschaffte ihr eine Atempause. William war entschlossen, Wolff vor Mitternacht zu fangen.

Mitternacht!

Sie hatte fast vergessen, daß Wolff um Mitternacht über Funk mit dem Feind Kontakt aufnehmen und die Einzelheiten der Verteidigungslinie durchgeben wollte. Aber wo war das Funkgerät? Hier auf dem Boot? Wenn es woanders war, würde Wolff sich bald empfehlen müssen. Und wenn es hier war, würde er dann seine Botschaft vor Elene und Sonja senden? Was hatte er vor?

Er setzte sich neben Elene. »Was für ein Glück ich habe, hier zwischen den beiden schönsten Frauen von Kairo zu sitzen«, sagte Wolff.

Elene blickte vor sich. Ihr fiel keine Antwort ein.

»Ist sie nicht schön, Sonja?«

»Oh ja.« Sonja berührte Elenes Gesicht, nahm ihr Kinn und drehte ihren Kopf zu sich. »Meinst du, daß ich schön bin, Elene?«

»Natürlich.« Elene runzelte die Stirn. Es wurde immer seltsamer.

»Das freut mich«, sagte Sonja und legte die Hand auf Elenes Knie.

Plötzlich verstand Elene.

Alles gab einen Sinn: Wolffs Geduld, seine gekünstelte Höflichkeit, das Hausboot, Sonjas unerwartetes Erscheinen ... Elene wurde bewußt, daß sie durchaus nicht sicher war. Ihre Furcht vor Wolff kehrte zurück. Die beiden wollten sie ausnutzen, und sie würde keine Wahl haben. Sie würde stumm und widerstandslos daliegen müssen, während die beiden mit ihr anstellten, was sie wollten.

Sie nahm sich zusammen.

Ich werde keine Angst haben. Was ist schon dabei, wenn sich die zwei mit mir vergnügen wollen? Schließlich steht einiges auf dem Spiel: das Funkgerät – Wolff darf es nicht benutzen!

333

Dieses Spiel zu dritt mochte Vorteile haben.

Sie blickte verstohlen auf ihre Armbanduhr. Es war 23.45 Uhr. Zu spät, um sich noch auf William zu verlassen. Sie, Elene, war die einzige, die Wolff aufhalten konnte.

Und sie glaubte auch zu wissen, wie.

Sonja und Wolff tauschten ein Signal aus. Sie beugten sich vor – jeder mit einer Hand auf Elenes Schenkel – und küßten sich vor ihren Augen.

Es war ein langer, wollüstiger Kuß. Elene dachte: Was erwarten sie von mir?

Sie lösten sich voneinander.

Wolff küßte nun Elene, die keinen Widerstand leistete, auf dieselbe Weise. Dann spürte sie Sonjas Hand an ihrem Kinn. Sonja drehte ihr Gesicht zu sich und küßte sie auf die Lippen.

Elene schloß die Augen und redete sich ein: Es kann mir nicht weh tun, es kann mir nicht weh tun.

Es tat ihr nicht weh, aber es war sonderbar, so zärtlich von einem Frauenmund geküßt zu werden.

Irgendwie muß ich die Kontrolle übernehmen, dachte Elene. Sonja öffnete ihre Bluse. Sie hatte große braune Brüste. Wolff neigte den Kopf und nahm eine Brustwarze in den Mund. Elene merkte, wie Sonja ihren Kopf nach unten drückte. Offenbar sollte sie Wolffs Beispiel folgen. Sie tat es. Sonja seufzte.

All das geschah Sonja zu Gefallen. Es war ihr Wunsch, ihre Eigenart. Nur sie keuchte und stöhnte, nicht Wolff. Elene fürchtete, daß Wolff sich jeden Moment von Sonja lösen und zu seinem Funkgerät gehen könne. Während sie mechanisch versuchte, Sonja zu befriedigen, suchte sie verzweifelt nach einer Möglichkeit, Wolff vor Lust die Beherrschung verlieren zu lassen.

Aber das Ganze war so albern, so absurd.

Ich muß Wolff von dem Funkgerät fernhalten, dachte sie.

Wo liegt der Schlüssel zu allem? Was wollen sie wirklich von mir?

Sie gab Sonja frei und küßte Wolff. Er wandte ihr den Mund zu. Sie suchte seine Hand und drückte sie sich zwischen die Schenkel. Er atmete tief, und Elene dachte: Zumindest hat er Interesse.

Sonja versuchte, sie auseinanderzustoßen. Wolff blickte Sonja an und versetzte ihr einen heftigen Schlag ins Gesicht. Elene schnappte vor Überraschung nach Luft. War dies der Schlüssel? Es mußte eines ihrer Spiele sein.

Wolff konzentrierte sich wieder auf Elene. Sonja bemühte sich von neuem, sie auseinanderzubringen.

Diesmal schlug Elene zu.

Sonja stöhnte kehlig.

Elene dachte: Das ist es, ich durchschaue das Spiel, ich habe die Oberhand.

Sie sah, daß Wolff auf die Armbanduhr blickte.

Plötzlich stand sie auf. Beide starrten sie an. Langsam hob sie die Arme, zog sich das Kleid über den Kopf, warf es zur Seite und stand in ihrer schwarzen Unterwäsche und ihren Strümpfen da. Sanft berührte sie ihren Körper, ließ die Hände über ihre Schenkel und Brüste gleiten. Wolffs Gesichtsausdruck änderte sich: Seine Gelassenheit verschwand, und er betrachtete sie mit gierig aufgerissenen Augen. Er war wie hypnotisiert und leckte sich die Lippen. Elene hob den linken Fuß, setzte den hochhackigen Schuh zwischen Sonjas Brüste und stieß sie zurück. Dann packte sie Wolffs Kopf und zog ihn an ihren Bauch.

Sonja begann, Elenes Fuß zu küssen.

Wolff stieß einen gepreßten Laut hervor und vergrub das Gesicht zwischen Elenes Schenkeln.

Elene schaute auf ihre Armbanduhr.

Es war Mitternacht.

23

ELENE LAG NACKT auf dem Rücken im Bett. Ihre Muskeln waren gespannt, sie war ganz still und starrte zu der weißen Decke empor. Zu ihrer Rechten lag Sonja; sie hatte das Gesicht nach unten gedreht, Arme und Beine über die Laken ausgebreitet, schlief fest und schnarchte. Sonjas rechte Hand ruhte schlaff auf Elenes Hüfte. Wolff lag an Elenes linker Seite und streichelte schläfrig ihren Körper. Sie dachte: Ich hab's überlebt.

Das Spiel hatte darin bestanden, Sonja zurückzustoßen und zu akzeptieren. Je stärker Elene und Wolff sie abwiesen, desto leidenschaftlicher wurde sie, bis Wolff am Ende Elene zurückwies und Sonja liebte. Es war ein Drehbuch, das die beiden offensichtlich gut kannten.

Es hatte Elene wenig Vergnügen bereitet, aber sie war nicht angewidert oder gedemütigt. Schlimm war nur, daß diese Nacht der Höhepunkt einer Entwicklung zu sein schien: In den acht Jahren, seit sie ihre Familie verlassen hatte, war sie unaufhaltsam in den Abgrund der Prostitution geglitten, und nun hatte sie den Eindruck, dort angekommen zu sein.

Das Streicheln hörte auf, und sie warf einen Blick zur Seite. Wolffs Augen waren geschlossen. Er schlief ein.

Was war mit Vandam geschehen?

Irgend etwas war schiefgegangen. Vielleicht hatte Vandam Wolffs Auto in Kairo aus den Augen verloren, vielleicht hatte er einen Verkehrsunfall gehabt. Wie auch immer, Vandam paßte nicht mehr auf sie auf. Sie war auf sich allein gestellt. Es war ihr gelungen, Wolff seinen mitternächtlichen Funkspruch an Rommel vergessen zu lassen, aber was sollte ihn nun daran hindern, die Botschaft in einer der nächsten Nächte zu senden? Elene mußte unbedingt das Große Hauptquartier erreichen und Jakes sagen, wo er Wolff finden konnte. Sie mußte es sofort tun ...

Aber es würde zu lange dauern. Wolff könnte aufwachen, merken, daß sie verschwunden war, und wieder untertauchen.

War sein Funkgerät hier auf dem Hausboot oder woanders? Ihr fiel etwas ein, was Vandam am Abend gesagt hatte: »Wenn ich den Codeschlüssel bekomme, kann ich mich am Funkgerät für Wolff ausgeben ... Ich könnte den Spieß umdrehen ...«

Vielleicht kann ich den Schlüssel finden, dachte Elene.

Sie wußte von Vandam, daß es ein Zettel war, dessen Text erklärte, wie Botschaften mit Hilfe des Buches »Rebecca« zu verschlüsseln seien.

Jetzt hatte Elene die Chance, das Funkgerät und den Schlüssel ausfindig zu machen.

Sie mußte das Hausboot durchsuchen.

Elene bewegte sich nicht. Sie hatte wieder Angst bekommen. Wenn Wolff sie überraschte ... Sie erinnerte sich an seine Theorie über die menschliche Natur: Die Welt teile sich in Herren und Sklaven. Das Leben eines Sklaven sei nichts wert. Nein, dachte sie, ich verabschiede mich morgen früh, und dann erzähle ich den Briten, wo Wolff ist. Sie werden das Hausboot stürmen und ...

Aber wenn Wolff bis dahin verschwunden war? Wenn er das Funkgerät woanders versteckt hatte?

Dann wäre alles umsonst gewesen.

Wolff atmete jetzt langsam und gleichmäßig; er schlief fest. Elene griff vorsichtig nach Sonjas Hand und schob sie von ihrem Schenkel auf das Laken. Sonja rührte sich nicht.

Nun berührte keiner von beiden Elene. Es war eine große Erleichterung.

Sie setzte sich leise auf.

Die Gewichtsverschiebung auf der Matratze störte die beiden anderen. Sonja grunzte, hob den Kopf, drehte ihn zur anderen Seite und begann wieder zu schnarchen. Wolff rollte sich auf den Rücken, ohne die Augen zu öffnen.

Langsam – sie erschrak bei jeder Bewegung der Matratze drehte Elene sich auf Hände und Knie. Mit dem Gesicht zum Kopfende des Bettes, kroch sie mühsam zurück: rechtes Knie, linke Hand, linkes Knie, rechte Hand. Sie beobachtete die beiden Schlafenden. Das Hausboot schaukelte im Kielwasser eines vorüberfahrenden Kahns hin und her. Elene nutzte das Schaukeln, um rasch aus dem Bett zu kriechen. Sie blieb wie festgewurzelt stehen und musterte Sonja und Wolff, bis das Boot aufhörte, sich zu bewegen. Die beiden schliefen weiter. Wo sollte sie mit der Suche beginnen? Elene beschloß, methodisch vorzugehen und sich von vorn nach hinten durchzuarbeiten. Das Badezimmer war im Bug des Bootes. Plötzlich merkte sie, daß sie es ohnehin aufsuchen mußte. Sie schlich auf Zehenspitzen hinaus.

Auf der Toilette sitzend, blickte sie sich um. Wo könnte das Funkgerät versteckt sein? Sie hatte keine Vorstellung, wie groß es sein mochte: wie ein Koffer, eine Aktentasche, eine Handtasche? Hier gab es ein Waschbecken, eine kleine Wanne und einen Wandschrank. Sie stand auf und öffnete den Schrank. Nichts.

Das Funkgerät war nicht im Badezimmer.

Elene hatte nicht den Mut, das Schlafzimmer zu durchsuchen – noch nicht. Sie durchquerte es und trat durch die Vorhänge ins Wohnzimmer. Rasch sah sie sich um, bemüht, ruhig und umsichtig zu sein. Sie begann an der Steuerbordseite. Hier stand ein Diwan. Sanft klopfte sie an das Unterteil: Er schien hohl zu sein. Sie versuchte, ihn anzuheben, schaffte es aber nicht. Dann merkte sie, daß er am Boden festgeschraubt war. Dort konnte das Funkgerät also nicht sein. Nun untersuchte sie einen hohen Schrank. Die Tür quietschte ein wenig, und sie erstarrte. Ein Grunzen aus dem Schlafzimmer. Elene sah schon Wolff durch die Vorhänge springen, aber nichts geschah.

Sie schaute hinein: ein Besen, ein paar Staubtücher, Putzzeug und eine Taschenlampe. Kein Funkgerät. Sie schloß die Tür. Wieder quietschte sie.

Jetzt war die Küche an der Reihe. Sie mußte sechs kleine Schränke öffnen. Sie enthielten Geschirr, Konserven, Töpfe, Gläser, Kaffee, Reis- und Teevorräte, Handtücher. Unter dem Ausguß stand ein Abfalleimer. Elene warf einen Blick in den Kühlschrank: nur eine Flasche Champagner. Es gab mehrere Schubladen. War ein Funkgerät klein genug, um in eine Schublade zu passen? Sie öffnete eine. Das Klirren von Bestecken ließ sie zusammenzucken. Kein Funkgerät. Die nächste: eine große Auswahl an Gewürzen, von Vanilleessenz bis Currypulver – irgend jemand kochte gern. Noch eine Schublade: Küchenmesser.

An die Küche schloß sich ein kleines Pult mit herunterklappbarer Schreibfläche an. Darunter stand ein kleiner Koffer. Elene zog ihn hervor. Er war schwer. Sie öffnete ihn. Das Funkgerät!

Es war ein ganz gewöhnlicher Koffer mit zwei Schlössern, einem Ledergriff und verstärkten Kanten. Das Gerät paßte genau hinein, als sei der Koffer dafür vorgesehen. Der gewölbte Deckel ließ über dem Funkgerät etwas Platz. Dort war ein Buch verstaut. Sein Pappeinband war abgerissen worden, damit es unter den Deckel gezwängt werden konnte. Elene nahm das Buch und schlug es auf. Sie las: »Heute nacht träumte mir, ich sei wieder in Manderley.« Es war »Rebecca«. Sie blätterte das Buch rasch durch. In der Mitte lag etwas zwischen den Seiten. Elene drehte das Buch um, und ein Blatt Papier fiel heraus. Sie beugte sich vor und hob es auf. Es war eine Liste von Ziffern und Daten mit einigen deutschen Wörtern. Dies mußte der Codeschlüssel sein.

Das war es also, was Vandam brauchte, um den Verlauf des Krieges zu ändern.

Ohne diesen Schlüssel, dachte sie, kann Wolff keine Nachrichten an Rommel senden. Er könnte seine Botschaften zwar unverschlüsselt übermitteln, aber die Deutschen würden dann an ihrer Authentizität zweifeln und fürchten, daß die Alliierten sie belauscht hätten ... Nein, ohne dieses Blatt ist Wolff hilflos. Mit ihm kann Vandam den Krieg gewinnen.

Sie mußte sofort weglaufen und den Schlüssel mitnehmen. Ihr fiel ein, daß sie völlig nackt war.

Elene erwachte aus ihrer Trance. Ihr Kleid lag zusammengeknüllt auf der Couch. Sie durchquerte das Boot, nahm das Kleid und zog es sich über den Kopf.

Das Bett knarrte.

Hinter den Vorhängen stand jemand auf, eine schwere Person. Es konnte nur Wolff sein. Elene war wie gelähmt. Sie hörte, wie Wolff auf die Vorhänge zuging, sich wieder entfernte und die Badezimmertür öffnete.

Elene hatte keine Zeit, ihr Höschen anzuziehen. Sie packte ihre Handtasche, ihre Schuhe und das Buch mit dem Schlüssel. Wolff kam aus dem Badezimmer. Sie lief zur Leiter und begann hinaufzuklettern. Immer wenn die Kanten der schmalen Holzstufen in ihre nackten Füße schnitten, fuhr sie zusammen. Wolff erschien zwischen den Vorhängen und blickte erstaunt zu ihr hoch. Seine Augen glitten zu dem Koffer, der geöffnet auf dem Boden lag. Elene konzentrierte sich auf die Luke, die von innen mit zwei Riegeln gesichert war. Sie schob beide zurück. Aus den Augenwinkeln sah sie, wie Wolff zur Leiter stürmte. Sie stieß die Luke auf und zwängte sich hindurch. Als sie auf dem Deck stand, war Wolff bereits auf der Leiter. Sie beugte sich rasch vor und hob den schweren Holzdeckel. Wolffs rechte Hand umklammerte den Rand der Öffnung, und Elene schleuderte die Luke mit aller Kraft auf seine Finger. Ein Schmerzensschrei. Sie rannte über das Deck und überquerte den Steg.

Er bestand nur aus einem Brett. Sie bückte sich, hob es auf und schleuderte es in den Fluß.

Wolff kletterte durch die Luke. Sein Gesicht zeigte eine Mischung aus Schmerz und Wut.

Elene geriet in Panik, während er über das Deck stürmte. Sie dachte: Er ist nackt, er kann mich nicht verfolgen!

Wolff sprang mit einem gewaltigen Satz über die Reling. Er kann es nicht schaffen!

Wolff landete an der Uferkante und wirbelte mit den Armen, um das Gleichgewicht zu halten. Elene faßte plötzlich Mut, lief auf ihn zu und stieß ihn zurück ins Wasser. Sie drehte sich um und rannte den Treidelpfad hinunter.

Als sie die Einmündung zur Straße erreicht hatte, blieb sie stehen und schaute zurück. Ihr Herz hämmerte, und sie atmete keuchend. Ihre Zuversicht stieg, als sie sah, wie Wolff, tropfnaß und nackt, an das schlammige Flußufer kletterte. Es wurde hell. In diesem Zustand konnte er sie nicht lange verfolgen. Sie rannte zur Straße, erhöhte ihr Tempo und stieß plötzlich mit jemandem zusammen.

Starke Arme umklammerten sie. Elene wehrte sich verzweifelt, konnte sich befreien und wurde wieder gepackt. Sie resignierte: Nach all dem, dachte sie, nach all dem.

Sie wurde herumgedreht und in Richtung Hausboot gestoßen. Wolff kam auf sie zu. Sie sträubte sich wieder, und der Mann, der sie festhielt, legte ihr einen Arm um die Kehle. Elene öffnete den Mund, sie wollte um Hilfe rufen, aber bevor sie einen Laut von sich geben konnte, hatte der Mann ihr die Finger in den Rachen geschoben, so daß sie würgen mußte.

»Wer sind Sie?« fragte Wolff.

»Ich bin Kemel. Sie müssen Wolff sein.«

»Gott sei Dank, daß Sie hier waren.«

»Es sieht schlecht für Sie aus, Wolff«, sagte Kemel. »Kommen Sie besser mit an Bord – verflucht, sie hat das Brett ins Wasser geworfen.« Wolff suchte den Fluß ab und entdeckte das Brett neben dem Hausboot. »Nasser kann ich nicht mehr werden.« Er rutschte vom Ufer ins Wasser, packte das Brett, schob es nach oben und kletterte ihm nach. Dann legte er es an seinen Platz zurück. »Hier entlang.«

Kemel drückte Elene vor sich her.

»Dorthin mit ihr.« Wolff zeigte auf die Couch.

Wolff verschwand hinter den Vorhängen und kehrte

einen Moment später mit einem großen Handtuch zurück. Er fing an, sich damit trockenzureiben. Seine Nacktheit schien ihm nicht das geringste auszumachen.

Zu Elenes Überraschung war Kemel ziemlich klein. Sein harter Griff hatte sie getäuscht: Er hatte längst nicht Wolffs Statur. Kemel war ein gutaussehender, dunkelhäutiger Araber. Unbehaglich schaute er an Wolff vorbei.

Wolff legte sich das Handtuch um die Hüften und setzte sich. Er musterte seine Hand. »Beinahe hätte sie mir die Finger gebrochen.« Er sah Elene zornig und zugleich belustigt an.

»Wo ist Sonja?«

»Im Bett.« Wolff deutete ruckartig mit dem Kopf auf die Vorhänge. »Sie könnte ein Erdbeben verschlafen, besonders wenn sie ihre Wollust gestillt hat.«

Elene merkte, daß Kemel bei diesen Worten verlegen wurde. »Es sieht schlecht für Sie aus«, wiederholte er.

»Ich weiß. Sie arbeitet wohl für Vandam?«

»Keine Ahnung. Mein Mann am Treidelpfad hat mich mitten in der Nacht angerufen. Vandam war aufgetaucht und hat ihn weggeschickt, um Hilfe holen zu lassen.«

Wolff war bestürzt. »Wir haben Glück gehabt. Wo ist Vandam jetzt?«

»Immer noch dort draußen. Ich habe ihn mit meiner Pistole bewußtlos geschlagen und dann gefesselt.«

Elene verließ der Mut. Vandam war verletzt, kampfunfähig; jetzt wußte niemand, wo sie war.

Wolff nickte. »Vandam ist ihr hierher gefolgt. Nun kennen die beiden mein Versteck. Wenn ich hierbleibe, werde ich sie töten müssen.«

Elene schauderte. Er sprach so leichtfertig davon, Menschen umzubringen. Herren und Sklaven.

»Die Idee taugt nichts«, sagte Kemel. »Wenn Sie Vandam töten, wird man mich für den Mord verantwortlich machen. Sie können sich absetzen, aber ich muß in dieser Stadt leben.«

Er beobachtete Wolff mit zusammengekniffenen Augen. »Und wenn Sie mich töten, bleibt immer noch der Mann, der mich angerufen hat.«

»Also ...« Wolff zog die Brauen hoch und knurrte ärgerlich: »Also habe ich keine Wahl. Ich muß hier weg. Verdammt.«

Kemel nickte. »Wenn Sie verschwinden, kann ich Sie decken. Aber ich will etwas von Ihnen. Sie wissen, weshalb wir Ihnen geholfen haben?«

»Sie möchten Kontakt mit Rommel aufnehmen.«

»Ja.«

»Ich werde morgen nacht eine Botschaft senden, das heißt, heute nacht. Sagen Sie mir, was Sie ihm mitteilen wollen, und ich werde ...«

»Das reicht uns nicht«, unterbrach Kemel. »Wir selbst wollen die Nachricht senden. Dazu brauchen wir Ihr Funkgerät.«

Wolff runzelte die Stirn. Elene begriff, daß Kemel ein nationalistischer Rebell war, der mit den Deutschen zusammenarbeitete oder versuchte, mit ihnen zusammenzuarbeiten.

Kemel fuhr fort: »Wir könnten Ihre Botschaft für Sie senden ...«

»Nicht nötig.« Wolff schien einen Entschluß gefällt zu haben. »Ich habe noch ein Funkgerät.«

»Es ist also abgemacht.«

»Da ist das Gerät.« Wolff zeigte auf den geöffneten Koffer, der immer noch auf dem Boden lag. »Es ist schon auf die richtige Wellenlänge eingestellt. Sie brauchen nur noch um Mitternacht zu senden, egal, an welchem Tag.«

Kemel trat an das Gerät und untersuchte es. Elene überlegte, weshalb Wolff den »Rebecca«-Code nicht erwähnt hatte. Anscheinend war es Wolff gleichgültig, ob Kemel Verbindung mit Rommel bekam oder nicht; und wenn er den Code besaß, bestand die Gefahr, daß auch andere davon erfuhren. Wolff versuchte wieder, ein Risiko auszuschalten.

»Wo wohnt Vandam?« fragte Wolff.

Kemel nannte ihm die Adresse.

Elene dachte: Worauf hat er es jetzt abgesehen?

»Er ist verheiratet, nehme ich an.«

»Nein.«

»Ein Junggeselle. So ein Pech.«

»Kein Junggeselle«, sagte Kemel, der das Funkgerät immer noch musterte. »Er ist Witwer. Seine Frau ist letztes Jahr auf Kreta umgekommen.«

»Kinder?«

»Ja. Ein kleiner Junge namens Billy, wie ich gehört habe. Warum?«

Wolff zuckte die Achseln. »Es interessiert mich – schließlich hätte der Mann mich beinahe gefangen.«

Elene war überzeugt, daß er log.

Kemel schloß den Koffer. Er schien zufrieden. Wolff bat ihn: »Würden Sie für einen Moment auf sie achten?«

»Natürlich.«

Wolff wandte sich ab, drehte sich aber sofort wieder um. Er hatte bemerkt, daß Elene den Roman »Rebecca« immer noch in der Hand hielt. Nun streckte er die Hand aus und nahm ihr das Buch ab. Er verschwand hinter den Vorhängen.

Elene dachte: Wenn ich Kemel von dem Code erzähle, wird er ihn sich vielleicht von Wolff geben lassen, vielleicht könnte Vandam ihn von Kemel bekommen – aber was wird aus mir?

Kemel begann: »Was ...« Er unterbrach sich jäh, als Wolff mit seiner Kleidung zurückkam und sich anzog.

»Haben Sie ein Rufzeichen?«

»Sphinx«, gab Wolff zurück.

»Einen Code?«

»Nein.«

»Was war in dem Buch?«

Wolff schien verärgert. »Ein Code, aber das geht Sie nichts an.«

»Wir brauchen ihn.«

»Ich kann Ihnen den Code nicht geben. Sie müssen die Gefahr auf sich nehmen und ihre Botschaft unverschlüsselt senden.«

Kemel nickte.

Plötzlich hielt Wolff sein Messer in der Hand. »Keine Diskussionen. Ich weiß, daß Sie eine Pistole in der Tasche haben. Vergessen Sie nicht, wenn Sie schießen, werden Sie es den Briten erklären müssen. Sie sollten jetzt verschwinden.«

Wortlos wandte sich Kemel ab, stieg die Leiter hoch und kletterte durch die Luke. Elene hörte seine Schritte auf Deck. Wolff trat an das Bullauge und beobachtete ihn, während er über den Treidelpfad ging.

Wolff steckte sein Messer in die Scheide und knöpfte sein Hemd zu. Er zog sich die Schuhe an und schnürte sie fest. Dann holte er das Buch aus dem Nachbarraum, zog den Zettel mit dem Codeschlüssel hervor, zerknüllte das Papier, ließ es in einen großen Glasaschenbecher fallen und zündete es an. Er muß bei dem anderen Funkgerät noch einen Schlüssel haben, dachte Elene.

Als das Papier völlig verbrannt war, musterte Wolff das Buch, als wolle er es ebenfalls anzünden. Dann öffnete er ein Bullauge und warf es in den Fluß.

Er nahm einen kleinen Koffer aus dem Schrank und begann, ein paar Sachen einzupacken.

»Wohin gehst du?« fragte Elene.

»Das wirst du noch erfahren, du kommst nämlich mit.«

»Nein.« Was würde er mit ihr anstellen? Sie hatte versucht, ihn zu verraten. Hatte er sich eine Strafe einfallen lassen? Sie war sehr erschöpft und verängstigt. Nichts war ihr gelungen. Zunächst hatte sie nur den Sex mit ihm gefürchtet. Inzwischen hatte sie viel mehr Gründe zur Furcht. Elene dachte an einen neuen Fluchtversuch, aber ihr fehlte die Energie.

Wolff packte immer noch seinen Koffer. Elene bemerkte ein paar ihrer eigenen Kleidungsstücke, die auf dem Boden verstreut waren, und ihr fiel ein, daß sie nicht richtig bekleidet war. Ihr Höschen, ihre Strümpfe und ihr Büstenhalter fehlten noch. Sie beschloß, die Sachen anzuziehen, stand auf und zog sich das Kleid über den Kopf. Dann beugte sie sich vor, um ihre Unterwäsche aufzuheben. Als sie sich aufrichtete, legte Wolff die Arme um sie. Er küßte sie heftig und schien sich nichts daraus zu machen, daß sie überhaupt nicht reagierte. Danach griff er zwischen ihre Beine und schob einen Finger in ihre Vagina. Er zog den Finger zurück und stieß ihn in ihren Anus. Elene erstarrte. Er stieß den Finger noch weiter hinein, und sie keuchte vor Schmerz.

Er blickte ihr in die Augen. »Weißt du, ich glaube, ich würde dich sogar mitnehmen, wenn du mir nicht so nützlich sein könntest.«

Sie schloß gedemütigt die Augen. Er wandte sich von ihr ab und kehrte zu seinem Koffer zurück.

Elene zog sich an.

Als er fertig war, sah er sich zum letztenmal um. Dann sagte er: »Komm jetzt.«

Elene folgte ihm an Deck und überlegte, ob er Sonja stillschweigend verlassen wolle.

Als habe er ihre Gedanken erraten, erklärte Wolff: »Ich möchte Sonjas Schönheitsschlaf nicht stören.« Er grinste. »Mach schon.«

Sie gingen über den Treidelpfad. Wieso ließ er Sonja zurück? Elene durchschaute Wolffs Motive nicht, aber sie wußte, daß sein Verhalten gefühllos war. Wolff kannte keine Skrupel. Die Erkenntnis ließ sie schaudern, denn sie war in seiner Gewalt.

Würde sie imstande sein, ihn zu töten?

Er trug seinen Koffer in der linken Hand und hatte ihren Arm mit der rechten gepackt. Sie erreichten die Straße und näherten sich seinem Wagen. Wolff schloß die Tür an der Fahrerseite auf und zwang sie, über den Schalthebel zum Beifahrersitz zu klettern. Er setzte sich neben sie und ließ den Motor an.

Es war ein Wunder, daß das Auto nach einer Nacht auf der Straße immer noch unversehrt war. Normalerweise wäre alles Abnehmbare gestohlen worden, auch die Räder. Wolffs Glück schien unerschöpflich zu sein.

Der Wagen setzte sich in Bewegung. Wohin fuhren sie? Wo es auch sein mochte, an ihrem Ziel waren Wolffs zweites Funkgerät, ein weiteres Exemplar von »Rebecca« und der zusätzliche Codeschlüssel. Wenn wir dort ankommen, muß ich es noch einmal versuchen, dachte Elene müde. Nun hing alles von ihr ab. Sie allein mußte Wolff daran hindern, Kontakt mit Rommel aufzunehmen und, wenn möglich, den Codeschlüssel stehlen. Eigentlich wünschte sie sich nur, vor diesem rücksichtslosen, gefährlichen Mann zu fliehen, nach Hause zurückzukehren, Spione, Codes und Krieg zu vergessen.

Sie dachte an ihren Vater, der zu Fuß nach Jerusalem unterwegs war, und wußte, daß sie nicht einfach aufgeben konnte. Wolff stoppte. Elene merkte plötzlich, wo sie waren. Sie sagte: »Das ist Vandams Haus!«

»Ja.«

Sie bemühte sich, in Wolffs Miene zu lesen. »Vandam ist nicht hier.«

»Nein.« Wolff lächelte kalt. »Aber Billy.«

24

ANWAR EL-SADAT ZEIGTE sich hocherfreut über das Funkgerät.

»Es ist ein Hallicrafter/Skychallenger«, erklärte er Kemel. »Ein amerikanisches Modell.« Er schloß es an, um es zu testen, und überzeugte sich, daß es sehr leistungsfähig war. Kemel erläuterte, daß er um Mitternacht auf der vorgegebenen Wellenlänge senden müsse und daß das Rufzeichen Sphinx sei. Da Wolff sich geweigert habe, ihm den Code zu geben, müßten sie das Risiko eingehen, den Text unverschlüsselt zu senden.

Sie versteckten das Radio im Herd in der Küche des kleinen Hauses.

Kemel verließ Sadat und fuhr von Kubri al-Qubbah zurück nach Samalek. Unterwegs grübelte er darüber nach, wie er seine Rolle bei den Ereignissen dieser Nacht vertuschen könne.

Seine Geschichte mußte mit der des Beamten übereinstimmen, den Vandam um Hilfe geschickt hatte. Also würde er zugeben, daß er angerufen worden war. Vielleicht wäre es am besten zu behaupten, er habe die Briten nicht sofort benachrichtigt, weil er erst an Ort und Stelle habe klären müssen, ob es sich bei »Major Vandam« um einen Betrüger handele. Und dann? Er habe auf dem Treidelpfad und in den Büschen nach Vandam gesucht und sei ebenfalls bewußtlos geschlagen worden. Der Haken war, daß er nicht so viele Stunden ohnmächtig gewesen sein konnte. Er mußte also vorgeben, gefesselt worden zu sein. Ja, er würde sagen, er sei gefesselt worden und habe sich eben erst selbst befreien können. Dann würden er und Vandam an Bord des Hausbootes gehen – und es leer vorfinden.

Kemel parkte sein Auto und stieg vorsichtig zum Treidelpfad hinunter. Er machte die Stelle in den Büschen aus, an der er Vandam zurückgelassen hatte, legte sich dreißig oder vierzig Meter davon entfernt auf die Erde und rollte von einer Seite auf die andere, um seine Kleidung schmutzig zu machen. Darin rieb er etwas Sand über sein Gesicht und fuhr sich mit den Fingern durchs Haar. Nachdem er sich die Handgelenke zerkratzt hatte, um Abschürfungen vorzutäuschen, suchte er nach Vandam.

Er fand ihn genau dort, wo er ihn zurückgelassen hatte. Fesseln und Knebel waren nicht gelockert. Vandam starrte Kemel mit aufgerissenen Augen an.

»Mein Gott, man hat Sie auch erwischt!« sagte Kemel.

Er bückte sich, entfernte den Knebel und begann, Vandam loszubinden. »Der Sergeant hat mich angerufen. Ich kam hierher, und plötzlich wachte ich mit Kopfschmerzen, gefesselt und geknebelt, auf. Das ist ein paar Stunden her. Ich habe mich gerade befreit.«

Vandam antwortete nicht.

Kemel warf das Seil zur Seite. Vandam erhob sich steif. »Wie fühlen Sie sich?«

»Es geht.«

»Lassen Sie uns nachsehen, ob auf dem Hausboot noch etwas zu finden ist«, schlug Kemel vor. Er drehte sich um.

*

Sobald Kemel ihm den Rücken zuwandte, trat Vandam vor und schlug ihm mit aller Kraft die Handkante in den Nacken. Der Hieb hätte Kemel töten können, aber das war Vandam gleichgültig. Er war gefesselt und geknebelt gewesen und hatte den Treidelpfad nicht sehen können. Doch er hatte die Worte: »Ich bin Kemel. Sie müssen Wolff sein«, gehört. Deshalb wußte er, daß der Araber ihn verraten hatte. Offenbar hatte Kemel an diese Möglichkeit nicht gedacht. Seitdem hatte Vandam vor Wut gekocht, und er hatte all seinen aufgestauten Zorn auf diesen Schlag konzentriert.

Kemel lag benommen am Boden. Vandam rollte ihn auf den Rücken, durchsuchte ihn und fand die Pistole. Er nahm das Seil, mit dem gerade noch seine eigenen Hände gefesselt gewesen waren, und band damit die Hände des Inspektors auf dessen Rücken zusammen. Dann ohrfeigte er Kemel, bis dieser zu sich kam.

»Aufstehen«, befahl Vandam.

Der Araber schien nicht zu begreifen, aber plötzlich trat Furcht in seine Augen. »Was machen Sie?«

Vandam schlug zu. »Ich schlage Sie. Aufstehen.«

Kemel rappelte sich mühsam auf.

»Umdrehen.«

Der Inspektor drehte sich um. Vandam packte Kemels Kragen mit der linken und hielt die Pistole in der rechten Hand.

»Los.«

Sie gingen zum Hausboot. Vandam stieß Kemel über den Steg und über das Deck.

»Öffnen Sie die Luke.«

Kemel schob die Schuhspitze in den Griff und öffnete die Luke.

»Nach unten.«

Kemel kletterte unbeholfen die Leiter hinab. Vandam beugte sich vor, um ins Innere zu sehen. Niemand war da. Rasch stieg er hinterher. Er stieß Kemel zur Seite, zog den Vorhang zurück und hielt die Pistole schußbereit.

Sonja lag immer noch schlafend im Bett.

»Rein mit Ihnen.«

Kemel ging ins Schlafzimmer und stellte sich neben das Kopfende des Bettes.

»Wecken Sie sie.«

Der Inspektor berührte Sonja mit dem Fuß. Sie rollte sich auf die andere Seite, ohne die Augen zu öffnen. Vandam nahm ihre Nacktheit flüchtig wahr. Er streckte die Hand aus und kniff in ihre Nase. Sonja öffnete die Augen und setzte sich sofort mürrisch auf. Sie erkannte Kemel, dann sah sie Vandam mit der Pistole.

»Was ist passiert?« fragte sie.

Wie aus einem Munde stießen Sonja und Vandam hervor: »Wo ist Wolff?«

Vandam war sicher, daß sie sich nicht verstellte. Er wußte jetzt, daß Kemel Wolff gewarnt hatte und daß Wolff geflüchtet war, ohne Sonja zu wecken. Vermutlich hatte er Elene mitgenommen – aber Vandam konnte sich nicht vorstellen, weshalb.

Er legte die Pistole auf Sonja an, genau unterhalb der linken Brust. Dann wandte er sich an Kemel.

»Ich werde Ihnen eine Frage stellen. Wenn Sie die falsche Antwort geben, stirbt Sonja. Verstanden?«

Kemel nickte nervös.

»Hat Wolff um Mitternacht einen Funkspruch gesendet?«

»Nein!« schrie Sonja. »Nein, nein!«

»Was ist hier geschehen?« Vandam fürchtete sich vor der Antwort.

»Wir sind ins Bett gegangen.«

»Wer?«

»Wolff, Elene und ich.«

»Zusammen?«

»Ja.«

Das war es also. Und Vandam hatte sie in Sicherheit geglaubt, weil noch eine andere Frau anwesend war! So erklärte sich Wolffs fortgesetztes Interesse an Elene: Er hatte sie für ihr Spiel zu dritt haben wollen. Vandam war angewidert – nicht über das, was sie getan hatte, sondern weil Elene seinetwegen daran teilgenommen hatte.

Er verdrängte den Gedanken. Sagte Sonja die Wahrheit? Hatte Wolff in der letzten Nacht wirklich keinen Kontakt mit Rommel aufgenommen? Es gab keine Möglichkeit, ihre Behauptung zu überprüfen.

»Ziehen Sie sich an«, befahl er Sonja.

Sie stieg aus dem Bett und schlüpfte hastig in ein Kleid. Vandam richtete die Pistole auf die beiden, ging zum Bug des Bootes und schaute durch die kleine Tür. Er sah ein winziges Badezimmer mit zwei Bullaugen.

»Hierher, alle beide.«

Kemel und Sonja gingen in das Badezimmer. Vandam schloß die Tür hinter ihnen und durchsuchte das Hausboot. Er öffnete alle Schränke und Schubladen und warf den Inhalt auf den Boden. Nachdem er das Bett abgezogen hatte, schlitzte er die Matratze und das Polster der Couch mit einem Küchenmesser auf. Er blätterte die Papiere in dem Schreibpult durch. Dann entdeckte er in einem großen Glasaschenbecher verkohltes Papier. Er leerte den Kühlschrank, stieg an Deck und räumte die Kästen aus.

Nach einer halben Stunde war er sicher, daß auf dem Hausboot weder ein Funkgerät noch ein Exemplar von »Rebecca« noch der Codeschlüssel versteckt waren.

Er holte die beiden Gefangenen aus dem Badezimmer. In einer der Deckskisten fand er ein Seil. Er fesselte Sonja die Hände und band sie mit Kemel zusammen.

Vandam trieb die beiden vom Boot, über den Treidelpfad und zur Straße. Sie gingen zur Brücke, wo er ein Taxi anhielt. Er ließ Sonja und Kemel auf dem Rücksitz Platz nehmen und setzte sich selbst, ohne die Pistole von ihnen abzuwenden, vorn neben den erschrockenen arabischen Chauffeur.

»Großes Hauptquartier«, sagte Vandam zu dem Fahrer.

Die beiden Gefangenen mußten verhört werden, aber im Grunde gab es nur zwei Fragen:

Wo war Wolff?

Und wo war Elene?

*

Wolff stellte den Motor ab und packte Elenes Handgelenk. Sie versuchte, sich loszureißen, aber sein Griff war zu fest. Er zog sein Messer und ließ die Schneide leicht über ihren Handrücken gleiten. Das Messer war sehr scharf. Elene starrte entsetzt ihre Hand an. Zuerst war nur ein dünner Strich, wie eine Bleistiftlinie, zu sehen. Dann quoll Blut aus dem Schnitt, und sie spürte einen heftigen Schmerz. Sie keuchte.

»Du bleibst ganz dicht bei mir und sagst nichts«, wies Wolff sie an.

Plötzlich haßte Elene ihn. Sie blickte ihm in die Augen. »Sonst verwundest du mich mit dem Messer?« fragte sie mit aller Verachtung, die sie aufbringen konnte.

»Nein, sonst verletze ich Billy.«

Er ließ ihr Handgelenk los und stieg aus dem Wagen. Elene blieb still sitzen. Sie fühlte sich hilflos. Was konnte sie gegen diesen starken, skrupellosen Mann ausrichten? Sie nahm ein kleines Tuch aus ihrer Handtasche und wickelte es um die Schnittwunde.

Ungeduldig kam Wolff zu ihrer Seite des Autos und öffnete den Schlag. Er ergriff ihren Oberarm und zog sie aus dem Wagen. Dann überquerten sie die Straße zu Vandams Haus. Er klingelte. Elene erinnerte sich, wie sie zum letztenmal zwischen diesen Säulen gestanden und darauf gewartet hatte, daß die Tür geöffnet wurde. Seitdem war viel geschehen.

Die Tür öffnete sich. Elene erkannte Gaafar. Der Diener erinnerte sich an sie und sagte: »Guten Morgen, Miß Fontana.«

»Hallo, Gaafar.«

»Guten Morgen, Gaafar«, grüßte Wolff. »Ich bin Captain Alexander. Der Major schickt mich. Würden Sie uns bitte einlassen?«

»Natürlich, Sir.« Gaafar trat zur Seite. Wolff, der immer noch Elenes Arm gepackt hatte, ging ins Haus. Der Diener schloß die Tür. Elene erinnerte sich an den gekachelten Flur. Gaafar sagte: »Ich hoffe, daß dem Major nichts zugestoßen ist ...«

»Nein, es ist alles in Ordnung. Aber er kann heute morgen nicht nach Hause kommen. Deshalb soll ich Ihnen ausrichten, daß Sie sich keine Sorgen zu machen brauchen. Er hat mich gebeten, Billy zur Schule zu fahren.«

Elene war entsetzt. Wolff beabsichtigte, Billy zu entführen. Sie hätte es schon erraten müssen, als Wolff den Namen des Jungen erwähnte. Aber was konnte sie tun? Am liebsten hätte sie Gaafar gewarnt. Doch Wolff hatte das Messer, und Gaafar war alt. Billy konnte ihm nicht entkommen.

Gaafar schien zu zögern.

»Nun beeilen Sie sich schon, Gaafar«, befahl Wolff. »Wir haben nicht den ganzen Tag Zeit.«

»Jawohl, Sir.« Gaafar reagierte wie jeder ägyptische Diener, der gebieterisch von einem Europäer angesprochen wird. »Billy beendet gerade sein Frühstück. Wenn Sie einen Moment hier warten?« Er öffnete die Wohnzimmertür.

Wolff stieß Elene in das Zimmer und ließ endlich ihren Arm los. Sie betrachtete die Möbel, die Tapeten, den Marmorkamin und das Foto aus dem »Tatler« von Angela Vandam. Diese Dinge erschienen ihr jetzt wie Eindrücke aus einem Alptraum. Angela hätte gewußt, was zu tun ist, dachte Elene verzweifelt. »Machen Sie sich nicht lächerlich!« hätte sie gesagt und Wolff mit einer energischen Handbewegung aus dem Haus gewiesen. Elene schüttelte den Kopf: Angela wäre genauso hilflos gewesen.

Wolff setzte sich an den Schreibtisch. Er öffnete eine Schublade, nahm einen Block und einen Bleistift heraus und begann zu schreiben.

Elene fragte sich, was Gaafar tun würde. War es möglich, daß er das Große Hauptquartier anrief, um sich bei Billys Vater zu erkundigen? Ägypter telefonierten nur sehr ungern mit dem Großen Hauptquartier. Sie blickte sich um und sah, daß das Telefon im Wohnzimmer stand. Wenn Gaafar zu telefonieren versuchte, würde Wolff ihn daran hindern.

»Weshalb hast du mich hierhergebracht?« rief sie. Verzweiflung und Furcht ließen ihre Stimme schrill klingen. Wolff blickte von seinen Notizen auf. »Um den Jungen zu beruhigen. Wir haben einen langen Weg vor uns.«

»Laß Billy hier«, flehte sie. »Er ist noch ein Kind.«

»Vandams Kind«, antwortete Wolff mit einem Lächeln. »Du brauchst ihn nicht.«

»Vandam könnte erraten, wohin ich will. Ich möchte sichergehen, daß er mich nicht verfolgt.«

»Glaubst du wirklich, daß er zu Hause sitzen wird, während du seinen Sohn hast?«

Wolff schien zu grübeln. »Das hoffe ich«, sagte er schließlich. »Außerdem, was habe ich zu verlieren? Wenn ich den Jungen nicht mitnehme, wird er mich ganz bestimmt verfolgen.«

Elene war den Tränen nahe. »Ich glaube nicht, daß du es tust, damit Vandam zu Hause bleibt. Du tust es aus Bosheit. Du denkst an die Qual, die du ihm bereitest. Du bist pervers und ekelhaft.«

»Vielleicht hast du recht.«

»Du bist krank.«

»Das reicht!« Wolffs Gesicht war leicht gerötet. Er schien sich mühsam zur Ruhe zu zwingen. »Halt den Mund, während ich schreibe.«

Elene konzentrierte sich. Sie hatten eine lange Reise vor sich. Wolff fürchtete, von Vandam verfolgt zu werden. Er hatte Kemel von einem zweiten Funkgerät erzählt. Vandam könnte sein Ziel erraten. Am Ende der Reise warteten das zweite Funkgerät, ein Exemplar von »Rebecca« und eine Kopie des Codeschlüssels. Irgendwie mußte sie Vandam helfen, ihnen zu folgen. Wenn Vandam das Ziel erraten kann, dachte Elene, müßte ich auch dazu in der Lage sein. Wo würde Wolff ein zweites Funkgerät verwahren? Er könnte es irgendwo versteckt haben, bevor er Kairo erreicht hatte. Irgendwo in der Wüste oder irgendwo zwischen Kairo und Assiut. Vielleicht..

Billy kam herein. »Hallo«, begrüßte er Elene. »Haben Sie mir das Buch mitgebracht?«

Sie wußte nicht, wovon er sprach. »Das Buch?« Sie starrte ihn an und dachte, daß er trotz seiner Erwachsenenmanieren immer noch sehr kindlich war. Er hatte graue Flanellshorts und ein weißes Hemd an. Auf der glatten Haut seiner nackten Unterarme war kein Härchen zu sehen. Er trug einen Schulranzen und hatte sich eine Schulkrawatte umgebunden.

»Sie haben es vergessen.« Es hörte sich an, als wäre er verraten worden. »Sie wollten mir einen Detektivroman von Simenon leihen.«

»Ich habe es wirklich vergessen. Es tut mir leid.«

»Würden Sie ihn nächstes Mal mitbringen?«

»Bestimmt.«

Wolff hatte Billy unterdessen mit einem merkwürdigen Blick angestarrt. Nun stand er auf. »Hallo, Billy«, sagte er mit einem Lächeln. »Ich bin Captain Alexander.«

Billy schüttelte ihm die Hand. »Guten Morgen, Sir.«

»Dein Vater hat mich gebeten, dir auszurichten, daß er sehr viel zu tun habe.«

»Er kommt immer zum Frühstück nach Hause.«

»Heute nicht. Er wird von dem alten Rommel ganz schön in Anspruch genommen, weißt du.«

»War er wieder in einen Kampf verwickelt?«

Wolff zögerte. »Ja, um ehrlich zu sein, aber es geht ihm gut. Er hat einen Schlag auf den Kopf bekommen.«

Billy schien eher stolz als besorgt, wie Elene beobachtete.

Gaafar trat ein und wandte sich an Wolff. »Sind Sie sicher, Sir, daß der Major Sie beauftragt hat, den Jungen zur Schule zu bringen?«

Er ist doch mißtrauisch, dachte Elene.

»Natürlich«, entgegnete Wolff. »Stimmt etwas nicht?«

»Nein, aber ich bin für Billy verantwortlich, und wir kennen Sie doch nicht ...«

»Aber Sie kennen Miß Fontana. Sie war dabei, als Major Vandam mit mir sprach. Nicht wahr, Elene?« Wolff schaute sie an und berührte seine linke Achsel, unter der das Messer verborgen war.

»Ja«, bestätigte Elene mit leiser Stimme.

»Aber es ist ganz richtig, daß Sie vorsichtig sind, Gaafar«, fuhr Wolff fort. »Vielleicht sollten sie das Große

Hauptquartier anrufen und selbst mit dem Major sprechen.« Er deutete auf das Telefon.

Elene dachte: Nein, Gaafar, er wird dich umbringen, bevor du die Nummer gewählt hast.

Gaafar zögerte: »Ich glaube nicht, daß das nötig ist, Sir. Es stimmt, wir kennen Miß Fontana.«

Es ist alles meine Schuld, dachte Elene.

Gaafar ging hinaus.

Wolff sagte rasch auf arabisch zu Elene: »Kümmere dich ein paar Minuten um den Jungen.« Er schrieb weiter.

Elene sah Billys Ranzen an und hatte eine vage Idee. »Zeig mir deine Schulbücher.«

Billy schien sie für verrückt zu halten.

»Mach schon.« Der Ranzen war offen, und ein Atlas ragte heraus. Sie nahm ihn sich. »Womit beschäftigt ihr euch in Geographie?«

»Mit den norwegischen Fjorden.«

Elene sah, wie Wolff aufhörte zu schreiben und das Blatt Papier in einen Umschlag legte. Er leckte die Gummierung, klebte den Umschlag zu und steckte ihn in die Tasche.

»Laß uns Norwegen suchen.« Elene blätterte die Atlasseiten um.

Wolff hob den Telefonhörer ab und wählte eine Nummer. Er warf Elene einen Blick zu und schaute dann aus dem Fenster. Elene fand die Karte Ägyptens.

Billy sagte: »Aber das ist ...«

Hastig berührte Elene seine Lippen mit dem Finger. Er unterbrach sich und runzelte die Stirn.

Sie dachte: Bitte, Billy, sei still und überlaß alles mir.

»Skandinavien, ja, Norwegen liegt in Skandinavien. Sieh her.« Sie löste das Tuch von ihrer Hand. Billy starrte die Schnittwunde an. Elene öffnete die Wunde mit dem Fingernagel, so daß sie wieder anfing zu bluten. Billy wurde weiß. Er schien etwas sagen zu wollen, doch Elene berührte seine Lippen und schüttelte flehend den Kopf.

Elene war sicher, daß Wolff nach Assiut fahren wollte.

Es war eine naheliegende Vermutung. In diesem Moment sprach er in die Telefonmuschel: »Hallo? Geben Sie mir die Abfahrtzeit des Zuges nach Assiut.«

Ich habe recht gehabt, dachte Elene. Sie tauchte die Fingerspitze in das Blut, das aus ihrer Verletzung quoll. Mit drei Strichen zog sie einen blutigen Pfeil über die Karte Ägyptens; die Pfeilspitze zeigte auf die Stadt Assiut, dreihundert Meilen südlich von Kairo. Sie klappte den Atlas zu, schmierte mit ihrem Taschentuch Blut über den Einband und schob ihn hinter sich.

»Ja, und wann trifft er ein?« fragte Wolff.

»Aber weshalb gibt es Fjorde in Norwegen und nicht in Ägypten?«

Billy war sprachlos. Er starrte ihre Hand an. Sie mußte ihn aufrütteln, bevor er sie verriet. »Hör zu, hast du Agatha Christies Roman ›Der Hinweis auf dem blutbefleckten Atlas‹ gelesen?«

»Nein, es gibt keinen ...«

»Der Detektiv ist sehr schlau und kann alles mit Hilfe dieses einen Hinweises aufklären.«

Er zog die Brauen hoch, aber nicht mehr aus Verblüffung, sondern weil er grübelte.

Wolff legte den Hörer auf und erhob sich. »Laßt uns gehen. Du willst doch nicht zu spät in die Schule kommen, Billy.« Er trat zur Tür und öffnete sie.

Billy nahm seinen Ranzen und ging hinaus. Elene zögerte. Sie hatte Angst, daß Wolff den Atlas entdecken würde.

»Komm schon«, sagte er ungeduldig.

Sie ging hinaus, und er folgte ihr. Billy war schon auf der Veranda. Im Flur lag ein kleiner Stapel Briefe auf einem Nierentisch. Wolff legte seinen Umschlag auf den Stapel. Die Haustür fiel hinter ihnen zu.

Wolff fragte: »Kannst du fahren?«

»Ja«, antwortete sie und biß sich auf die Lippen, weil sie nicht schnell genug reagiert hatte. Sie hätte nein sagen sollen.

»Ihr beide sitzt vorn«, ordnete Wolff an. Er stieg hinten ein. Während sie starteten, beugte Wolff sich nach vorn. »Siehst du das?«

Er zeigte Billy das Messer.

»Ja«, erwiderte Billy mit unsicherer Stimme.

»Wenn du Schwierigkeiten machst, schneide ich dir den Kopf ab.«

Billy fing an zu weinen.

25

STILLGESTANDEN! BRÜLLTE JAKES mit seiner Kasernenhofstimme. Kemel stand stramm. Das Vernehmungszimmer war leer, abgesehen von einem Tisch. Vandam, einen Stuhl in der rechten und eine Tasse Tee in der linken Hand, folgte Jakes und setzte sich.

»Wo ist Alex Wolff?« fragte Vandam.

»Ich weiß nicht«, entgegnete Kemel und lockerte seine Haltung ein wenig.

»Stillgestanden!« brüllte Jakes. »Ganz gerade, mein Junge!« Kemel nahm wieder Habachtstellung an.

Vandam schlürfte seinen Tee. Es war ein Teil des Vernehmungszeremoniells – eine Methode klarzumachen, daß er viel Zeit habe.

»Gestern abend wurden Sie von einem Beamten angerufen, der das Hausboot *Jihan* überwachte.«

Jakes schrie: »Antworte dem Major!«

»Ja.«

»Was hat er Ihnen mitgeteilt?«

»Er sagte, daß Major Vandam zum Treidelpfad gekommen sei und ihn um Hilfe geschickt habe.«

»Sir« korrigierte Jakes. »Ihn um Hilfe geschickt habe, Sir!«

»Ihn um Hilfe geschickt habe, Sir.«

»Und was taten Sie?« fragte Vandam.

»Ich fuhr persönlich zum Treidelpfad, um Nachforschungen anzustellen, Sir.«

»Und dann?«

»Ich wurde bewußtlos geschlagen. Als ich zu mir kam, war ich an Händen und Füßen gefesselt. Es dauerte mehrere Stunden, bis ich mich befreien konnte. Dann band ich Major Vandam los, worauf er mich überfiel.«

Jakes trat dicht an Kemel heran. »Du bist ein verdammter kleiner Lügner!« Der Araber machte einen Schritt zurück.

»Vortreten!« rief Jakes. »Du bist ein verdammter kleiner Lügner. Was bist du?«

Kemel antwortete nicht.

»Hören Sie zu, Kemel«, sagte Vandam. »Nach Lage der Dinge werden Sie wegen Spionage erschossen. Wenn Sie uns alles erzählen, was Sie wissen, könnten Sie mit einer Gefängnisstrafe davonkommen. Seien Sie vernünftig. Also, Sie kamen zum Treidelpfad und schlugen mich nieder, nicht wahr?«

»Nein, Sir.«

Vandam seufzte. Kemel wollte von seiner Geschichte nicht abgehen. Selbst wenn er wußte oder vermutete, wo Wolff sich aufhielt, würde er es nicht verraten, solange er entschlossen war, Unschuld vorzutäuschen.

»Was hat Ihre Frau mit der ganzen Sache zu tun?«

Kemel sagte nichts, doch er wirkte erschrocken.

»Wenn Sie meine Fragen nicht beantworten, muß ich sie selbst verhören.«

Der Araber preßte die Lippen zusammen.

Vandam stand auf. »Jakes, lassen Sie die Frau unter Spionageverdacht festnehmen.«

»Die typische Gerechtigkeit der Briten«, stieß Kemel hervor.

»Wo ist Wolff?«

»Das weiß ich nicht.«

Vandam ging hinaus. Er wartete vor der Tür auf Jakes. Als der Captain herauskam, sagte er: »Er ist Polizist und kennt die Methoden. Am Ende wird er zusammenbrechen, aber heute noch nicht.« Doch Vandam mußte Wolff heute finden.

Jakes fragte: »Soll ich seine Frau festnehmen?«

»Noch nicht. Vielleicht später.« Und wo war Elene?

Sie legten ein paar Meter zu einer anderen Zelle zurück. »Ist hier alles vorbereitet?« wollte Vandam wissen.

»Ja.«

»Gut.« Er öffnete die Tür und trat ein. Dieses Zimmer war nicht so leer. Sonja saß auf einem harten Stuhl; sie trug eine derbe graue Gefängnisuniform. Neben ihr stand eine Wärterin. Sie war untersetzt und hatte ein strenges männliches Gesicht und kurze graue Haare. In einer Ecke der Zelle befand sich eine Pritsche und in einer anderen eine Schüssel mit kaltem Wasser.

Während Vandam hereinkam, sagte die Wärterin: »Aufstehen!«

Vandam und Jakes setzten sich. »Nehmen Sie Platz, Sonja.« Die Wärterin drückte Sonja auf ihren Stuhl.

Er musterte Sonja für eine Minute. Bei ihrem letzten Verhör war sie stärker gewesen. Diesmal würde es anders aussehen. Elenes Sicherheit stand auf dem Spiel, und Vandam hatte nur noch wenig Skrupel.

»Wo ist Alex Wolff?«

»Weiß ich nicht.«

»Wo ist Elene Fontana?«

»Weiß ich nicht.«

»Wolff ist ein deutscher Spion, und Sie haben ihm geholfen.«

»Lächerlich.«

»Sie werden großen Ärger haben.«

Sonja antwortet nicht. Vandam beobachtete ihr Gesicht. Sie war stolz, selbstbewußt, furchtlos. Was mochte heute morgen auf dem Hausboot vorgefallen sein? Jedenfalls hatte Wolff sich abgesetzt, ohne Sonja zu warnen. Fühlte sie sich nicht verraten?

»Wolff hat Sie verraten«, sagte Vandam. »Der Polizist Kemel hat Wolff vor der Gefahr gewarnt, doch er hat Sie schlafen lassen und ist mit einer anderen Frau verschwunden. Wollen Sie ihn danach weiter schützen?«

Sie blieb stumm.

»Wolff hatte sein Funkgerät auf Ihrem Boot versteckt. Er sendete um Mitternacht Botschaften an Rommel. Da Sie Bescheid wußten, sind Sie Mittäterin bei einem Spionageakt. Dafür wird man Sie erschießen.«

»Ganz Kairo wird rebellieren! Sie werden es nicht wagen!«

»Glauben Sie? Was macht es uns aus, wenn Kairo jetzt rebelliert? Die Deutschen stehen vor den Toren – sollen *sie* doch den Aufstand niederschlagen.«

»Wagen Sie nicht, mich anzurühren.«

»Wo ist Wolff?«

»Ich weiß nicht.«

»Können Sie es nicht erraten?«

»Nein.«

»Sie sind nicht sehr hilfsbereit, Sonja. Das wird Ihre Lage verschlimmern.«

»Sie können mir nichts anhaben.«

»Ich werde Ihnen beweisen, daß Sie sich irren.« Vandam nickte der Wächterin zu.

Die Frau hielt Sonja fest, während Jakes sie an den Stuhl fesselte. Sie setzte sich einen Moment lang zur Wehr, aber es war hoffnungslos. Zum erstenmal erschien eine Spur von Furcht in ihren Augen. »Was habt ihr Lumpen vor?«

Die Wärterin zog eine große Schere aus ihrer Handtasche. Sie packte einen Strang von Sonjas langen, dichten Haaren und schnitt ihn ab.

»Das könnt ihr nicht tun!« kreischte Sonja.

Die Wärterin schnitt das Haar mit schnellen Bewegungen ab. Sie ließ die schweren Locken in Sonjas Schoß fallen. Die Tänzerin heulte auf und verfluchte Vandam, Jakes und die ganze britische Nation. Sie benutzte Ausdrücke, die Vandam noch nie von einer Frau gehört hatte.

Die Wärterin nahm eine kleinere Schere und schnitt Sonjas Haar dicht an der Kopfhaut ab.

Sonjas Schreie gingen in Schluchzen über. Vandam sagte: »Wie Sie sehen, spielen Legalität und Gerechtigkeit keine große Rolle mehr für uns, und die ägyptische öffentliche Meinung ist uns gleichgültig. Wir stehen mit dem Rücken zur Wand. Wir sind verzweifelt.«

Die Frau seifte Sonjas Kopf ein und begann, sie zu rasieren. »Wolff hat seine Informationen von jemandem aus dem Großen Hauptquartier. Von wem?« fragte Vandam.

»Du bist der Teufel«, entgegnete Sonja.

Schließlich zog die Wärterin einen Spiegel aus ihrer Handtasche und hielt ihn vor Sonjas Gesicht. Zuerst wollte sie nicht hineinblicken, aber nach einem Moment gab sie nach. Sie schnappte nach Luft, als sie ihren glattrasierten Schädel sah und brach in Tränen aus.

»Woher hat Wolff seine Informationen?« forschte Vandam mit leiser Stimme.

»Von Major Smith.«

Vandam atmete erleichtert auf. Sie war gebrochen. Gott sei Dank.

»Vorname?«

»Sandy Smith.«

Er warf Jakes einen Blick zu. Das war der Name des Majors von MI 6, der verschwunden war; ihre Befürchtung hatte sich erfüllt.

»Wie erhielt er die Informationen?«

»Sandy kam in seiner Mittagspause zum Hausboot, um mich zu besuchen. Während wir im Bett waren, durchsuchte Alex seine Aktentasche.«

So einfach also, dachte Vandam. Smith war Verbindungsoffizier zwischen dem Geheimen Nachrichtendienst – auch als MI 6 bekannt – und dem Großen Hauptquartier, und in dieser Funktion war er in die gesamte strategische Planung eingeweiht, denn MI 6 mußte über die Absichten der Armee unterrichtet sein, damit seine Spione nach den richtigen Informationen Ausschau hielten. Smith war, mit einer Aktentasche voller Geheimnisse, direkt von den Morgenkonferenzen im Großen Hauptquartier zum Hausboot gegangen. Vandam hatte schon gewußt, daß Smith im Großen Hauptquartier vorgab, im Büro des MI 6 Mittag zu essen, während er seinen Vorgesetzten beim MI 6 erzählte, im Großen Hauptquartier zu essen, damit niemand merkte, daß er eine Affäre mit einer Tänzerin hatte. Früher hatte Vandam angenommen, daß Wolff jemanden besteche oder erpresse. Ihm war nie der Gedanke gekommen, daß Wolff seine Kenntnisse von jemandem ohne dessen Wissen beziehen könnte.

»Wo ist Smith jetzt?«

»Er überraschte Alex beim Durchsuchen seiner Aktentasche. Alex brachte ihn um.«

»Wo ist die Leiche?«

»Im Fluß beim Hausboot.«

Vandam nickte Jakes zu, und der Captain ging hinaus.

»Erzählen Sie mir von Kemel.«

Sonja brauchte keinen Anstoß mehr, ihr Widerstand war gebrochen. Nun war sie zu allem bereit, nur um nachsichtig behandelt zu werden. »Er kam zu mir und sagte, Sie hätten ihm befohlen, das Hausboot zu bewachen. Er versprach, seine Berichte zu fälschen, wenn ich ein Treffen zwischen Alex und Sadat arrangierte.«

»Alex und wem?«

»Anwar el-Sadat. Er ist Armeehauptmann.«

»Wozu wollte er sich mit Wolff treffen?«

»Damit die Freien Offiziere Rommel eine Botschaft schicken können.«

Vandam dachte: Diese Sache hat Aspekte, von denen ich nichts geahnt habe. »Wo wohnt Sadat?«

»In Kubri al-Qubbah.«

»Adresse?«

»Ich weiß nicht.«

Er wandte sich an die Wärterin. »Finden Sie die genaue Adresse von Hauptmann Anwar el-Sadat heraus.«

»Jawohl, Sir.« Das Lächeln der Frau war erstaunlich anziehend. Sie ging hinaus.

»Wolff hatte sein Funkgerät auf Ihrem Hausboot versteckt?«

»Ja.«

»Er benutzte einen Code für seine Nachrichten?«

»Ja, er hatte einen englischen Roman, mit dessen Hilfe er die Mitteilungen abfaßte.«

»›Rebecca‹.«

»Ja.«

»Und er hatte einen Codeschlüssel.«

»Einen Codeschlüssel?«

»Ein Stück Papier, auf dem stand, welche Buchseiten er benutzen sollte.«

Sie nickte langsam. »Ja, das kann sein.«

»Das Funkgerät, das Buch und der Schlüssel sind verschwunden. Wissen Sie, wohin?«

»Nein.« Sonja erschrak wieder. »Ganz ehrlich, ich weiß es nicht. Ich sage die Wahrheit ...«

»In Ordnung, ich glaube Ihnen. Wissen Sie, wohin Wolff gegangen sein könnte?«

»Er hat ein Haus ... die Villa les Oliviers.«

»Gute Idee. Andere Vorschläge?«

»Abdullah. Er könnte zu Abdullah gegangen sein.«

»Ja. Und sonst?«

»Zu seinen Cousins in der Wüste.«

»Und wo könnte man sie finden?«

»Das weiß keiner. Es sind Nomaden.«

»Könnte Wolff über ihre Routen orientiert sein?«

»Das ist möglich.«

Vandam betrachtete sie noch eine Weile. Sonja war keine Schauspielerin, sie hätte sich nicht so gut verstellen können. Inzwischen war sie nicht nur bereit, sondern begierig, ihre Freunde zu verraten und all ihre Geheimnisse preiszugeben. Sie sprach die Wahrheit.

»Wir sehen uns noch«, sagte Vandam und verließ das Zimmer.

Die Wärterin reichte ihm einen Zettel, auf dem Sadats Adresse stand, und kehrte in die Zelle zurück. Vandam eilte zur Schreibstube. Jakes wartete schon. »Die Marine leiht uns ein paar Taucher«, erklärte er. »Sie werden in einigen Minuten hier sein.«

»Gut.« Vandam zündete sich eine Zigarette an. »Ich möchte Abdullahs Wohnung durchsuchen, und ich werde diesen Sadat verhaften. Schicken Sie für alle Fälle ein paar Leute zur Villa les Oliviers; vermutlich werden sie nichts finden. Sind alle instruiert worden?«

Jakes nickte. »Sie wissen, daß wir ein Funkgerät, ein Exemplar von ›Rebecca‹ und ein Blatt mit Codeanweisungen suchen.«

Vandam blickte sich um und merkte erst jetzt, daß drei ägyptische Polizisten in dem Zimmer waren. »Wieso sind uns die verdammten Araber zugeteilt worden?« fragte er ärgerlich.

»Protokoll, Sir«, antwortete Jakes förmlich. »Oberst Bogges Idee.«

Er unterdrückte eine bissige Bemerkung. »Wenn Sie mit Abdullah fertig sind, treffen wir uns im Hausboot.«

»Jawohl, Sir.«

Vandam drückte seine Zigarette aus. »An die Arbeit.«

Sie traten hinaus in die Morgensonne. Ein Dutzend oder mehr Jeeps standen aufgereiht auf dem Vorplatz; die

Motoren liefen bereits im Leerlauf. Jakes gab den Sergeants der Stoßtrupps ihre Befehle und nickte Vandam zu. Die Männer stiegen in die Jeeps und rasten davon.

Sadat wohnte in einem Vorort in Richtung Heliopolis, drei Meilen von Kairo entfernt. Sein Haus war ein gewöhnliches Einfamilienhaus in einem kleinen Garten. Vier Jeeps donnerten heran, die Soldaten umringten das Haus und begannen, den Garten zu durchsuchen. Vandam pochte an die Vordertür. Ein Hund bellte laut. Er klopfte noch einmal. Die Tür öffnete sich.

»Hauptmann Anwar el-Sadat?«

»Ja.«

Sadat war ein schmaler, ernster junger Mann von mittlerer Größe. Sein gelocktes, braunes Haar wich schon zurück: Er trug seine Hauptmannsuniform und einen Fes, als wolle er ausgehen.

»Sie sind verhaftet«, sagte Vandam und zwängte sich an ihm vorbei ins Haus. Ein weiterer junger Mann erschien in einer Tür. »Wer ist das?« wollte Vandam wissen.

»Mein Bruder Tal'at.«

Vandam musterte Sadat. Der Araber war ruhig und würdevoll, aber er verbarg eine gewisse Spannung. Er hat Angst, dachte Vandam, aber nicht vor mir und nicht davor, eingesperrt zu werden. Der Mann fürchtete etwas anderes. Welche Absprache hatte Kemel heute morgen mit Wolff getroffen? Die Rebellen brauchten Wolff, um Verbindung mit Rommel aufzunehmen. Hatten sie Wolff irgendwo verborgen?

»Welches ist Ihr Zimmer, Hauptmann?«

Sadat deutete auf eine Tür. Vandam betrat den Raum. Es war ein einfaches Schlafzimmer, mit einer Matratze auf dem Boden und einer Galabiya an einem Haken. Er nickte zwei britischen Soldaten und einem ägyptischen Polizisten zu. »Anfangen.« Sie begannen, das Zimmer zu durchsuchen.

»Was hat das zu bedeuten?« fragte Sadat ruhig.

»Sie kennen Alex Wolff?«

»Nein.«

»Er nennt sich auch Achmed Rahmha, aber er ist Europäer.«

»Ich habe nie von ihm gehört.«

Sadat war anscheinend nicht so leicht zu beeindrucken; er würde nicht zusammenbrechen und alles gestehen, nur weil ein paar stämmige Soldaten sein Haus umkrempelten. Vandam deutete auf eine Tür. »Was ist das?«

»Mein Arbeitszimmer ...«

Er trat an die Tür.

»Aber die Frauen der Familie sind dort drin. Sie müssen mir gestatten, sie zu warnen ...«

»Die Frauen wissen, daß wir hier sind. Öffnen Sie die Tür.« Er ließ Sadat zuerst eintreten. Zwar waren keine Frauen zu sehen, aber eine Hintertür stand offen, als ob jemand gerade hinausgegangen sei. Es konnte jedoch niemand entkommen, da der Garten voll von Soldaten war. Vandam sah eine Armeepistole auf dem Schreibtisch liegen; sie beschwerte mehrere Blätter, die mit arabischen Buchstaben beschrieben waren. Er näherte sich dem Bücherregal: »Rebecca« war nicht zu entdecken.

Aus einem anderen Teil des Hauses rief jemand: »Major Vandam!«

Er folgte dem Ruf in die Küche. Ein Sergeant der Militärpolizei stand neben dem Herd; der Haushund kläffte. Die Herdtür war geöffnet, und der Sergeant zog ein Kofferfunkgerät hervor.

Vandam betrachtete Sadat, der ihm in die Küche gefolgt war. Das Gesicht des Arabers war vor Bitterkeit und Enttäuschung verzerrt. Dies war also die Absprache gewesen: Sie hatten Wolff gewarnt und dafür dieses Funkgerät erhalten. Hieß das, daß er ein zweites besaß? Oder hatte Wolff vor, seine Botschaften von Sadats Haus aus zu senden?

»Gut gemacht«, lobte Vandam den Sergeant. »Bringen Sie Hauptmann Sadat zum Großen Hauptquartier.«

»Ich protestiere«, sagte Sadat. »Laut Gesetz dürfen Offiziere der ägyptischen Armee nur unter Bewachung eines Kameraden in der Offiziersmesse festgehalten werden.«

Der ranghöchste ägyptische Polizist stand in der Nähe. »Das ist korrekt«, bestätigte er.

Vandam verfluchte Bogge dafür, daß er die Ägypter hinzugezogen hatte. »Das Gesetz verlangt auch, daß Spione erschossen werden«, erklärte er Sadat. Er wandte sich an den Sergeant. »Schicken Sie meinen Fahrer hinaus. Beenden Sie die Hausdurchsuchung, und lassen Sie Hauptmann Sadat wegen Spionage anklagen.«

Er sah wieder Sadat an. Bitterkeit und Enttäuschung waren aus dessen Miene verschwunden, statt dessen zeigte sich ein berechnender Ausdruck. Er überlegt sich, wie er das Beste aus allem machen kann, dachte Vandam. Wahrscheinlich bereitet er sich darauf vor, den Märtyrer zu spielen.

Vandam verließ das Haus und ging zu seinem Jeep. Ein paar Sekunden später rannte sein Fahrer nach draußen und sprang neben ihm auf den Sitz. »Nach Samalek.«

»Jawohl, Sir.« Der Fahrer ließ den Jeep an.

Als Vandam das Hausboot erreichte, hatten die Taucher ihre Arbeit beendet und legten auf dem Treidelpfad ihre Ausrüstung ab. Zwei Soldaten zerrten etwas Gräßliches aus dem Nil. Die Taucher hatten Seile an der Leiche befestigt, die sie auf dem Grund gefunden hatten.

Jakes kam auf Vandam zu. »Sehen Sie sich das an, Sir.« Er reichte ihm ein mit Wasser vollgesogenes Buch. Der Einband war abgerissen worden. Es war »Rebecca«.

Sadat hatte das Funkgerät erhalten, das Codebuch war im Fluß gelandet. Vandam erinnerte sich an den Aschenbecher mit verkohltem Papier auf dem Hausboot: Hatte Wolff den Codeschlüssel verbrannt?

Wieso hatte er sich des Geräts, des Buches und des Schlüssels entledigt, obwohl er Rommel eine wichtige Nachricht schicken mußte? Es gab nur eine Schlußfolgerung: Er hatte irgendwo ein weiteres Funkgerät, ein Buch und einen Schlüssel versteckt.

Die Soldaten zogen die Leiche ans Ufer und traten dann zurück, als wollten sie nichts mehr mit ihr zu tun haben. Vandam beugte sich über sie. Die Kehle war durchschnitten, und der Kopf fast vom Körper abgetrennt. Jemand hatte ihr eine Aktentasche um die Hüfte gebunden. Vandam öffnete die Tasche vorsichtig. Sie war mit Champagnerflaschen gefüllt.

»Mein Gott«, sagte Jakes.

»Häßlich. Kehle durchschnitten, dann mit einer Last Champagner in den Fluß geworfen, um ihn niederzuhalten.«

»Kaltblütiger Bursche.«

»Und verdammt geschickt mit dem Messer.« Vandam berührte seine Wange. Der Verband war jetzt abgenommen, und ein mehrere Tage alter Bart verdeckte die Wunde. »Sie haben ihn also nicht gefunden.«

»Ich habe überhaupt nichts gefunden. Abdullah wurde festgenommen, vorsichtshalber, aber in seinem Haus war nichts. Ich habe die Villa les Oliviers auf dem Rückweg besucht: das gleiche Ergebnis.«

»Genau wie in Hauptmann Sadats Haus.« Plötzlich fühlte Vandam sich völlig ausgezehrt. Wolff schien ihn ständig zu überlisten. Vielleicht war er einfach nicht klug genug, um diesen schlauen, aalglatten Spion zu fassen. »Wir könnten verloren haben.« Er rieb sich das Gesicht. In den letzten 24 Stunden hatte er nicht geschlafen. Wieso war er hier und beugte sich über die scheußliche Leiche von Major Sandy Smith? Sie konnte ihm keine Anhaltspunkte mehr liefern. »Ich glaube, ich fahre nach Hause und schlafe ein paar Stunden.« Jakes schien überrascht. »Es könnte mir helfen, klarer zu sehen. Heute nachmittag verhören wir alle Gefangenen noch einmal.«

_____ 370 _____

»Jawohl, Sir.«

Vandam ging zu seinem Wagen zurück. Auf der Fahrt über die Brücke von Samalek zum Festland fiel ihm ein, daß Sonja eine andere Möglichkeit erwähnt hatte: Wolffs Cousins, die Nomaden. Er sah sich die Boote auf dem breiten, langsamen Fluß an. Die Strömung trieb sie abwärts, und der Wind blies sie stromaufwärts. Die Bootsleute benutzten immer noch das einzelne Dreieckssegel, ein Modell, das vor langer Zeit vervollkommnet worden war, vielleicht vor Tausenden von Jahren. So viele Dinge in diesem Land wurden genauso getan wie vor Tausenden von Jahren. Vandam schloß die Augen und sah Wolff in einer Feluke stromaufwärts fahren. Er bediente das Dreieckssegel mit der einen Hand, und morste mit der anderen auf dem Funkgerät Nachrichten an Rommel. Der Wagen hielt plötzlich an, und Vandam öffnete die Augen. Hatte er Tagträume gehabt? Warum sollte Wolff stromaufwärts segeln? Um seine Cousins zu finden. Aber wer wußte, wo sie waren? Wolff könnte sie vielleicht finden, wenn sie auf ihren Wanderungen alljährlich einer bestimmten Route folgten.

Der Jeep hatte vor Vandams Haus gehalten. Er stieg aus. »Ich möchte, daß Sie auf mich warten. Kommen Sie mit herein.« Er führte den Fahrer in sein Haus und zeigte ihm den Weg zur Küche. »Mein Diener Gaafar wird Ihnen etwas zu essen geben, wenn Sie ihn nicht wie einen Untermenschen behandeln.«

»Vielen Dank, Sir«, antwortete der Fahrer.

Auf dem Flurtisch lag ein kleinerer Stapel Briefe. Der oberste Umschlag war nicht frankiert, und die Handschrift kam Vandam bekannt vor. In die obere linke Ecke war »Dringend« gekritzelt.

Ihm wurde klar, daß er mehr unternehmen mußte. Wolff könnte inzwischen den Weg nach Süden eingeschlagen haben. In allen wichtigen Städten auf dieser Route müßten Straßensperren errichtet werden. An jeder Eisenbahnstation müßte jemand nach Wolff Ausschau halten. Und der Fluß selbst ... es mußte eine Möglichkeit geben, den Flußverkehr zu überprüfen. Vandam hatte Mühe, sich zu konzentrieren. All das würde wenig nützen, wenn Wolff in Kairo untergetaucht war. Könnte er sich auf den Friedhöfen verstecken? Viele Mohammedaner bestatteten ihre Toten in winzigen Häuschen, und es gab unzählige davon. Vandam hätte tausend Männer gebraucht, um sie alle durchsuchen zu lassen.

Er ging ins Wohnzimmer und schaute sich nach einem Brieföffner um. Irgendwie mußte die Suche begrenzt werden. Vandam hatte nicht Tausende von Männern zur Verfügung, die meisten waren in der Wüste und kämpften. Er mußte entscheiden, welche Möglichkeit am meisten versprach. Ihm fiel ein, wo alles begonnen hatte: in Assiut. Vielleicht sollte er Kontakt mit Captain Newman aufnehmen. Dort schien Wolff aus der Wüste gekommen zu sein. Also könnte er von dort auch in die Wüste zurückkehren. Vielleicht waren seine Cousins in der Gegend. Vandam betrachtete unschlüssig das Telefon. Wo war der verdammte Brieföffner? Er trat zur Tür und rief:»Gaafar!«

Als er ins Zimmer zurückging, sah er Billys Schulatlas auf einem Stuhl. Er schien schmutzig zu sein. Der Junge hatte ihn wohl in eine Pfütze fallen lassen. Vandam nahm ihn in die Hand. Der Atlas war klebrig. Er merkte, daß es Blut war. Was ging hier vor?

Gaafar kam herein. Vandam fragte:»Was soll diese Unordnung?«

»Tut mir leid, Sir, das wußte ich nicht. Sie blätterten darin, während Captain Alexander hier war ...«

»Wer ist ›sie‹? Wer ist Captain Alexander?«

»Der Offizier, den Sie geschickt haben, um Billy zur Schule bringen zu lassen, Sir. Sein Name war ...«

»Einen Moment.« Schreckliche Furcht verscheuchte Vandams Müdigkeit. »Ein britischer Captain ist heute morgen hier gewesen und hat Billy mitgenommen?«

»Ja, Sir, er brachte ihn zur Schule. Er sagte, Sie hätten ihn geschickt ...«

»Gaafar, ich habe niemanden geschickt.«

Das braune Gesicht des Dieners wurde grau.

»Hast du dich nicht überzeugt, daß er kein Betrüger war?«

»Aber, Sir, Miß Fontana war bei ihm. Deshalb schien alles in Ordnung zu sein.«

»Oh, mein Gott.« Vandam starrte auf den Umschlag in seiner Hand. Jetzt wußte er, weshalb die Schrift ihm bekannt vorkam: Es war die gleiche Schrift wie in dem Brief, den Wolff Elene geschickt hatte. Er riß den Umschlag auf. Auf dem gefalteten Bogen stand:

Verehrter Major Vandam,
Billy ist bei mir. Elene kümmert sich um ihn. Es wird ihm gutgehen, solange ich sicher bin. Ich rate Ihnen zu bleiben, wo Sie sind, und nichts zu unternehmen. Wir führen keinen Krieg gegen Kinder, und ich möchte den Jungen nicht gefährden. Aber das Leben eines Kindes ist nichts, verglichen mit der Zukunft meiner beiden Nationen, Ägypten und Deutschland. Sie können also davon überzeugt sein, daß ich Billy töten werde, wenn es meinen Zwecken nützt.

Hochachtungsvoll
Alex Wolff

Es war der Brief eines Verrückten: die höflichen Floskeln, der groteske Versuch, die Entführung eines unschuldigen Kindes zu rechtfertigen ... Nun wußte Vandam, daß Wolff wahnsinnig war. Und er hatte Billy in seiner Gewalt.

Vandam reichte den Brief an Gaafar weiter, der sich mit zitternden Händen seine Brille aufsetzte. Wolff hatte Elene mitgenommen, als er das Hausboot verließ. Wahrscheinlich hatte er sie mühelos zwingen können, ihm zu helfen: Er brauchte nur Billy zu bedrohen. Aber was war der Zweck der Entführung? Und wohin waren sie gefahren? Woher stammte das Blut?

Gaafar weinte. »Wer war verletzt?« fragte Vandam. »Wer blutete?«

»Er hat keine Gewalt angewandt. Ich glaube, daß sich Miß Fontana in die Hand geschnitten hatte.«

Sie hatte Blut auf Billys Atlas geschmiert und ihn auf dem Stuhl liegenlassen. Es war ein Zeichen, irgendeine Nachricht. Vandam hielt den Atlas in der Hand und klappte ihn auf. Sofort sah er die Karte Ägyptens mit einem grob gezeichneten, verwischten roten Pfeil. Er zeigte nach Assiut.

Vandam hob den Telefonhörer und wählte die Nummer des Großen Hauptquartiers. Als die Vermittlung antwortete, hängte er ein. Was wird geschehen, wenn ich Bericht erstatte? Bogge wird eine Abteilung leichte Infanterie abkommandieren, um Wolff in Assiut verhaften zu lassen. Es wird zu einem Kampf kommen. Wolff wird wissen, daß er verloren hat. Und dann?

Wolff ist wahnsinnig, dachte Vandam. Er wird meinen Sohn töten.

Die Furcht lähmte ihn. Genau das war es, was Wolff beabsichtigte; deshalb hatte er Billy mitgenommen.

Wenn Vandam die Armee zu Hilfe rief, würde es zu einer Schießerei kommen. Wolff könnte Billy schon aus Wut ermorden. Also gab es nur einen Ausweg.

Vandam mußte ihnen ganz allein folgen.

»Hol mir zwei Flaschen Wasser«, befahl er Gaafar.

Der Diener verließ das Zimmer. Vandam ging auf den Flur, setzte seine Motorradbrille auf und wickelte sich einen Schal um Mund und Hals. Gaafar kehrte mit den Wasserflaschen aus der Küche zurück. Vandam trat aus der Haustür und ging zu seinem Motorrad. Er steckte die Flaschen in die Satteltaschen und kletterte auf die Maschine. Dann trat er den Motor an und ließ ihn aufheulen. Der Treibstofftank war voll. Gaafar stand, immer noch weinend, neben ihm. Vandam berührte die Schulter des alten Mannes. »Ich bringe sie zurück.« Er wuchtete die Maschine von ihrem Ständer und fuhr los.

26

MEIN GOTT, DER Bahnhof sah aus wie ein Trümmerfeld. Wahrscheinlich wollen jetzt alle aus Kairo verschwinden. Keine Erste-Klasse-Plätze in den Zügen nach Palästina, nicht einmal Stehplätze. Die britischen Frauen und Kinder flüchten in panischer Angst. Zum Glück sind die Züge nach Süden weniger begehrt. Der Schalterbeamte behauptete trotzdem, daß der Zug überfüllt sei, aber das sagen sie immer; wenn man ein paar Piaster an den richtigen Stellen verteilt, bekommt man bestimmt einen Platz, oder auch drei. Ich hatte Angst, Elene und den Jungen auf dem Bahnsteig aus den Augen zu verlieren.

Hunderte von Bauern, barfüßig, in schmutzigen Galabiyas, trugen verschnürte Kartons, Hühner in Holzkästen, frühstückten im Bahnhof; eine dicke Frau in Schwarz reichte ihrem Mann, ihren Söhnen, Cousins und Schwiegertöchtern gekochte Eier, Pitabrot und Reisklumpen. Klug von mir, den Jungen an der Hand zu halten – wenn er in meiner Nähe ist, wird Elene uns folgen. Eine clevere Idee. Überhaupt bin ich viel cleverer als Vandam. Da hilft dir alles nichts, Major Vandam, ich habe deinen Sohn.

Jemand führte eine Ziege an einer Leine. Man stelle sich vor, mit einer Ziege im Zug zu fahren. Ich mußte nie mit den Bauern und ihren Ziegen zweiter Klasse reisen. Gott sei Dank, daß wir erster Klasse fahren. Ich reise erster Klasse durchs Leben, ich hasse Schmutz. Himmel, war der Bahnhof schmutzig. Verkäufer auf dem Bahnsteig: Zigaretten, Zeitungen, ein Mann mit einem riesigen Brotkorb auf dem Kopf. Ich mag Frauen, wenn sie Körbe auf dem Kopf tragen, so anmutig und stolz. Am liebsten möchte man es sofort im Stehen mit ihnen machen. Ich mag Frauen, die Spaß daran haben, die vor Lust den Verstand verlieren und schreien! Da sitzt Elene neben dem Jungen, so verängstigt, so schön. Ich möchte es bald wieder mit ihr machen und Sonja vergessen. Am liebsten hier im Zug, vor all diesen Leuten, um sie zu erniedrigen, während Vandams Sohn entsetzt zusieht. Ha!

Vororte aus Schlammziegeln, Häuser, die sich aneinanderlehnen, Kühe und Schafe in den engen, staubigen Straßen. Was fressen diese Stadtschafe mit den fetten Schwänzen, wo grasen sie? Die dunklen kleinen Häuser neben den Schienen haben keine Rohrleitungen. Frauen in den Türen schälen Gemüse, sitzen mit gekreuzten Beinen auf dem Boden. Katzen. So elegant, die Katzen. Europäische Katzen sind anders, langsamer und viel fetter; kein Wunder, daß Katzen hier heilig sind, eine junge Katze bringt Glück. Die Engländer lieben Hunde. Abscheuliche Tiere: unsauber, würdelos, speicheltriefend, sklavisch, schnüffelnd. Katzen sind überlegen, und sie wissen es. Es ist so wichtig, überlegen zu sein. Man ist Herr oder Sklave. Ich halte den Kopf hoch wie eine Katze; ich achte nicht auf den Pöbel, kümmere mich nur um meine eigenen geheimnisvollen Aufgaben, nutze Menschen so aus, wie Katzen ihre Besitzer ausnutzen. Sie bedanken sich nicht und akzeptieren keine Zuneigung; das, was man ihnen anbietet, ist kein Geschenk, sondern eine Selbstverständlichkeit. Ich bin ein geborener Herrscher, ein deutscher Nazi, ein ägyptischer Beduine.

Wie viele Stunden noch bis Assiut; acht, zehn? Muß mich beeilen und Ischmael finden. Er dürfte am Brunnen sein oder nicht weit entfernt. Ich hole das Funkgerät und sende heute um Mitternacht. Die vollständige britische Verteidigung, welch ein Coup, sie werden mir Orden verleihen. Die Deutschen als Beherrscher von Kairo. Ja, wir werden aufräumen. Welch eine Mischung, Deutsche und Ägypter: Tüchtigkeit bei Tag und Sinnlichkeit bei Nacht. Teutonische Technologie und die Wildheit der Beduinen, Beethoven und Haschisch. Wenn ich überlebe, Assiut erreiche und Rommel benachrichtige. Dann kann Rommel die letzte Brücke überqueren, die letzte Verteidigungslinie zerstören und die Briten vernichten. Welch ein Sieg! Wenn ich es schaffe. Welch ein Triumph! Welch ein Triumph! Welch ein Triumph!

*

Mir wird nicht übel, mir wird nicht übel, mir wird nicht übel. Der Zug rattert über die Schienen und sagt es für mich: Ich bin zu alt, um mich im Zug zu übergeben. Das habe ich getan, als ich acht Jahre alt war. Dad nahm mich mit nach Alexandria, kaufte mir Bonbons und Orangen und Limonade. Ich hatte zuviel gegessen. Nicht daran denken, mir wird übel, wenn ich nur daran denke. Elene hat Schokolade gekauft, aber ich habe abgelehnt. Kinder lehnen Schokolade nie ab, aber ich bin fast erwachsen. Da sind die Pyramiden, eins, zwei, und die kleine muß Gise sein. Wohin fahren wir? Er sollte mich zur Schule bringen, aber dann zog er das Messer. Es ist gebogen. Er wird mir den Kopf abschneiden, wo ist Dad? Ich sollte in der Schule sein, wir haben heute in der ersten Stunde Geographie, eine Prüfung über die norwegischen Fjorde. Gestern abend habe ich alles gelernt. Es wäre nicht nötig gewesen, ich habe die Prüfung verpaßt. Inzwischen ist sie fast beendet, und Mr. Johnstone sammelt die Arbeiten ein.

Wenn ich nur in der Schule wäre. Wenn Elene nur den Arm um mich legte. Wenn der Mann nur aufhörte, mich so zufrieden anzustarren. Er muß verrückt sein. Wo ist Dad? Wenn ich nicht an das Messer denke, ist es genauso, als wäre es nicht da. Ich darf nicht an das Messer denken. Es ist aber unmöglich, absichtlich nicht an etwas zu denken. Wenn ich einen Polizisten sehe, werde ich rufen: Retten Sie mich, retten Sie mich! Ich werde so schnell sein, daß *er* mich nicht aufhalten kann. Vielleicht sehe ich einen Offizier, einen General. Ich werde rufen: Guten Morgen, Herr General! Er wird mich überrascht ansehen und sagen: Na, mein Junge, du bist ein prächtiger Bursche! Entschuldigen Sie, Sir, werde ich sagen, ich bin Major Vandams Sohn. Dieser Mann nimmt mich mit, mein Vater weiß nichts davon. Tut mir leid, Sie zu belästigen, aber ich brauche Hilfe. Was? antwortet der General. Hören Sie, Sir, das können Sie mit dem Sohn eines britischen Offiziers nicht machen! So geht das nicht! Also verschwinden Sie schon! Wofür, zum Teufel, halten Sie sich eigentlich? Und Sie brauchen gar nicht mit Ihrem kleinen Taschenmesser herumzufuchteln, ich habe eine Pistole! Du bist ein tapferer Kerl, Billy.

Ich bin ein tapferer Kerl. Jeden Tag werden Männer in der Wüste getötet. Zu Hause fallen Bomben. Schiffe auf dem Atlantik werden von U-Booten versenkt, Männer stürzen ins eisige Wasser und ertrinken. Piloten werden über Frankreich abgeschossen. Alle sind mutig. Kopf hoch! Zur Hölle mit diesem Krieg. Das sagen sie immer wieder: Zur Hölle mit diesem Krieg. Dann klettern sie ins Cockpit, laufen in den Luftschutzbunker, greifen die nächste Düne an, feuern Torpedos auf die U-Boote, schreiben Briefe nach Hause. Ich habe es immer für aufregend gehalten. Nun weiß ich es besser. Es ist überhaupt nicht aufregend, übel wird einem davon.

*

Billy ist so blaß. Er fühlt sich schlecht, aber er versucht, tapfer zu sein. Es wäre besser, wenn er sich wie ein Kind benähme. Er sollte schreien und weinen. Damit würde Wolff nicht fertig werden. Aber das wird Billy natürlich nicht tun, denn man hat ihn gelehrt, die Tränen zu unterdrücken, sich zu beherrschen. Er weiß, wie sein Vater sich verhalten würde. Jeder Junge folgt dem Vorbild seines Vaters.

Neben den Schienen ist ein Kanal. Ein Hain mit Dattelpalmen. Ein Mann, die Galabiya über seine lange weiße Unterhose gerafft, hockt auf einem Feld. Ein Esel grast, so viel kräftiger als die elenden Tiere, die in der Stadt Karren ziehen. Drei Frauen sitzen neben dem Kanal und waschen; sie klatschen die Kleidung auf Steine. Ein Mann zu Pferde, er galoppiert; es muß der hiesige Effendi sein, nur die reichsten Bauern haben Pferde. In der Ferne geht das üppige grüne Land plötzlich in eine Kette staubiger Hügel über. Ägypten ist eigentlich nur dreißig Meilen breit: Der Rest ist Wüste. Was soll ich tun? Mich fröstelt, wenn ich Wolff ansehe. Wie er Billy anstarrt. Das Glitzern in seinen Augen. Seine Unruhe: wie er aus dem Fenster schaut, das Abteil mustert, dann mich, wieder Billy – immer mit diesem Ausdruck von Triumph.

Ich sollte Billy trösten. Wenn ich nur mehr über ihn wüßte. Ich möchte den Arm um ihn legen, ihn rasch an mich drücken, aber ich bin nicht sicher, ob er es will. Er könnte sich noch schlechter fühlen.

Vielleicht könnte ich ihn durch ein Spiel ablenken. Er blickt mich neugierig an. Was für ein Spiel? Schiffe versenken. Hier ist sein Schulranzen. Ein Schreibheft. Wie er mich mustert, während er den Bleistift nimmt. Er scheint auf diese Idee einzugehen, um *mich* zu trösten!

Wolff hat noch ein Funkgerät in Assiut. Vielleicht sollte ich bei ihm bleiben und ihn hindern, es zu benutzen. Doch das klappt bestimmt nicht! Ich muß mit Billy verschwinden und Vandam benachrichtigen, wo ich bin. Ich hoffe, daß er den Atlas gesehen hat. Vielleicht hat der Diener ihn bemerkt und das Große Hauptquartier angerufen. Vielleicht kehrt Vandam heute nicht nach Hause zurück. Ich muß Billy wegschaffen. Billy macht ein Kreuz in die Mitte des Spielfeldes. Ich zeichne einen Kreis und kritzele hastig: *Wir müssen entkommen. Sei bereit.* Billy macht noch ein Kreuz und schreibt: *Okay.* Mein Kreis, Billys Kreuz und *wann?* Mein Kreis und *Nächste Station.* Billys drittes Kreuz vervollständigt eine Reihe. Er hat gewonnen und lächelt mich frohlockend an. Der Zug wird langsamer.

*

Vandam wußte, daß der Zug immer noch vor ihm war. Er hatte am Bahnhof von Gise, dicht an den Pyramiden, angehalten und sich erkundigt, wann der Zug durchgekommen sei. Dann hatte er an den drei nächsten Stationen die gleiche Frage gestellt. Jetzt, nachdem er eine Stunde unterwegs war, brauchte er sich nicht mehr zu erkundigen, denn die Straße und das Gleis verliefen parallel zu beiden Seiten eines Kanals.

Er würde den Zug sehen, wenn er ihn einholte.

Bei jedem Halt hatte er einen Schluck Wasser getrunken. Durch seine Uniformmütze, die Motorradbrille und den um Mund und Hals gewickelten Schal war er vor dem schlimmsten Staub geschützt. Aber die Sonne war schrecklich heiß, und er hatte dauernd Durst. Schließlich merkte er, daß er leichtes Fieber hatte. Gestern nacht, als er stundenlang neben dem Fluß auf dem Boden gelegen hatte, mußte er sich erkältet haben. Sein Atem brannte in der Kehle, und seine Rückenmuskeln schmerzten.

Er mußte sich auf die Straße konzentrieren. Es war die einzige, die durch ganz Ägypten, von Kairo nach Assuan, führte. Der größte Teil war gepflastert, und in den letzten Monaten hatte die Armee einige Reparaturen durchgeführt, aber er mußte trotzdem auf Unebenheiten und Schlaglöcher achten. Zum Glück war die Straße schnurgerade, so daß er schon von weitem die Rinder, Wagen, Kamelzüge und Schafherden erkennen konnte. Vandam fuhr sehr schnell, außer in Dörfern und Städten. Er wollte kein Kind töten, um ein anderes zu retten.

Bis jetzt hatte er erst zwei Autos überholt, einen Rolls-Royce und einen zerbeulten Ford. Der Rolls war von einem uniformierten Chauffeur gefahren worden, und der alte Ford hatte wenigstens ein Dutzend Araber befördert. Inzwischen war Vandam ziemlich sicher, daß Wolff den Zug benutzte. Plötzlich hörte er ein Pfeifen in der Ferne. Zu seiner Linken sah er, wenigstens eine Meile vor sich, eine weiße Rauchfahne, die nur von einer Dampflokomotive stammen konnte. Er erhöhte das Tempo.

Merkwürdigerweise ließ der Rauch ihn an England denken, an sanfte Hügel, endlose grüne Felder und einen quadratischen Kirchturm, der über die mächtigen Kronen der Eichen lugte; an Eisenbahnschienen durch das Tal und an eine schnaufende Lokomotive, die am Horizont verschwand. Einen Moment lang war er in diesem englischen Tal und schmeckte die feuchte Morgenluft; dann löste die Vision sich auf, und er hatte wieder den stahlblauen afrikanischen Himmel, die Reisfelder, die Palmen und die fernen braunen Klippen vor sich.

Der Zug näherte sich einer Stadt. Sein geographisches Wissen war nicht allzu gut, und er wußte nicht mehr, welche Strecke er zurückgelegt hatte. Es war ein kleiner Ort mit drei oder vier Ziegelgebäuden und einem Markt.

Der Zug würde vor ihm eintreffen. Vandam hatte einen Plan, aber er brauchte Zeit. Er konnte nicht einfach in den Bahnhof laufen und auf den Zug springen; er mußte Vorbereitungen treffen. Am Stadtrand wurde er langsamer. Die Straße war von einer kleinen Schafherde blockiert. Aus einer Tür beobachtete ihn ein alter Mann, der eine Wasserpfeife rauchte. Ein Europäer auf einem Motorrad war ein seltener, aber kein unbekannter Anblick. Ein Esel, der an einen Baum gebunden war, schnaubte das Motorrad an. Ein Wasserbüffel, der aus einem Eimer trank, blickte nicht einmal auf. Zwei schmutzige, in Lumpen gekleidete Kinder rannten neben ihm her und machten »Brrrm, brrrm«. Vandam entdeckte den Bahnhof. Vom Vorplatz aus konnte er den Bahnsteig nicht erkennen, denn er wurde von einem langen, niedrigen Stationsgebäude verdeckt. Aber er hatte den Ausgang im Blickfeld.

Er würde draußen warten, bis der Zug weiterfuhr. Falls Wolff nicht ausstieg, würde er starten und die nächste Station viel früher als der Zug erreichen. Er hielt die Maschine an und stellte den Motor ab.

Der Zug rollte langsam über einen Bahnübergang. Elene sah die geduldigen Gesichter der Menschen hinter der Schranke: ein dicker Mann auf einem Esel, ein ganz kleiner Junge, der ein Kamel führte, ein von einem Pferd gezogenes Taxi, eine Gruppe schweigender alter Frauen. Das Kamel legte sich nieder, der Junge begann, seinen Kopf mit einem Stock zu prügeln, und dann verschwand die Szene aus dem Blickfeld. In wenigen Augenblicken würde der Zug an der Station halten. Elene verließ der Mut. Noch nicht, dachte sie. Ich habe noch keine Zeit gehabt, einen Plan zu machen. An der nächsten Station, ich warte noch. Aber sie hatte Billy wissen lassen, daß sie an dieser Station einen Fluchtversuch wagen würden. Wenn sie nichts unternahm, würde er ihr nicht mehr vertrauen. Es mußte jetzt geschehen.

Sie versuchte, sich einen Plan auszudenken. Was war am wichtigsten? Billy aus Wolffs Nähe zu schaffen. Nur darauf kam es an. Wenn Billy eine Chance haben sollte, mußte sie Wolff daran hindern, ihm nachzusetzen. Plötzlich erinnerte sie sich an einen Kampf aus ihrer Kindheit, in einer schmutzigen Slumstraße in Alexandria. Ein großer brutaler Junge hatte sie geschlagen, ein anderer hatte sich eingemischt und mit ihm gerungen. Der kleinere rief ihr zu: »Lauf, lauf!«, während sie entsetzt, aber fasziniert den Kampf beobachtete. Elene blickte sich um. Schnell! Sie waren in einem offenen Wagen mit fünfzehn oder zwanzig

Sitzreihen. Billy und sie saßen in Fahrtrichtung, Wolff ihnen gegenüber. Neben ihm war ein leerer Sitz, hinter ihm die Ausgangstür zum Bahnsteig. Die anderen Passagiere, eine Mischung aus Europäern und wohlhabenden Ägyptern, die alle westliche Kleidung trugen, schwitzten und schienen müde zu sein; einige schliefen. Der Zugbegleiter servierte einer Gruppe ägyptischer Armeeoffiziere am anderen Ende des Wagens Tee in Gläsern.

Durch das Fenster sah sie eine kleine Moschee, ein Gerichtsgebäude, dann den Bahnhof. Ein paar Bäume wuchsen auf dem staubigen Boden neben dem Betonbahnsteig. Ein alter Mann saß mit gekreuzten Beinen unter einem Baum und rauchte eine Zigarette. Sechs jungenhaft wirkende arabische Soldaten drängten sich auf einer kleinen Bank zusammen. Eine schwangere Frau trug ein Baby auf den Armen. Der Zug hielt an.

Noch nicht, dachte Elene, noch nicht. Sie fieberte vor Nervosität, blieb aber still sitzen. Auf dem Bahnsteig war eine Uhr mit römischen Ziffern. Sie war um 16.45 Uhr stehengeblieben. Ein Mann kam ans Fenster, um Obstsäfte anzubieten. Wolff winkte ihn zu sich.

Ein Priester in koptischen Gewändern betrat den Zug, steuerte auf den Sitz neben Wolff zu und erkundigte sich höflich: *»Vous permettez, m'sieur?«*

Wolff lächelte charmant und erwiderte: *»Je vous en prie.«* Elene flüsterte Billy zu: »Wenn du das Signalhorn hörst, lauf zur Tür und steig aus.« Ihr Herz schlug schneller: Nun gab es kein Zurück mehr.

Billy sagte nichts. Wolff fragte: »Was war das?« Elene schaute zur Seite. Der Pfiff ertönte.

Zögernd sah Billy sie an.

Wolff runzelte die Stirn.

Elene warf sich auf Wolff und streckte die Hände nach seinem Gesicht aus. Plötzlich war sie überwältigt von Haß und Wut.

Er hob die Hände, um sich zu schützen, konnte sie aber

nicht aufhalten. Ihre Stärke verblüffte sie. Elene zerkratzte ihm das Gesicht mit den Fingernägeln und sah Blut hervortreten. Der Priester schrie entsetzt auf.

Über Wolffs Sitzlehne hinweg verfolgte sie, wie Billy zur Tür rannte und sich bemühte, sie zu öffnen.

Sie fiel auf Wolff und stieß mit dem Gesicht gegen seine Stirn. Dann richtete sie sich wieder auf und versuchte, ihm die Fingernägel in die Augen zu rammen.

Endlich brüllte er vor Zorn. Er sprang auf und trieb Elene zurück. Sie packte sein Hemd mit beiden Händen. Dann schlug er zu. Seine Hand ballte sich zur Faust und traf ihren Kiefer. Sie hatte nicht gewußt, daß ein Schlag solche Schmerzen verursachen konnte. Für einen Moment war ihr die Sicht genommen. Sie ließ Wolffs Hemd los und fiel zurück auf ihren Platz. Dann hob sich der Schleier vor ihren Augen und sie sah ihn zur Tür laufen. Elene rappelte sich auf.

Es war Billy gelungen, die Tür zu öffnen. Er sprang auf den Bahnsteig. Wolff setzte ihm nach. Elene eilte zur Tür. Billy rannte wie wild über den Bahnsteig. Wolff verfolgte ihn. Die wenigen Ägypter, die herumstanden, sahen mit Erstaunen zu und taten nichts. Elene stieg aus dem Zug und lief hinter Wolff her. Der Zug begann, sich in Bewegung zu setzen. Wolff erhöhte sein Tempo. Elene schrie: »Lauf, Billy, lauf!« Billy blickte über die Schulter. Er hatte den Ausgang fast erreicht. Ein Bahnsteigschaffner im Regenmantel sperrte den Mund auf. Elene dachte: Man wird ihn nicht hinauslassen, er hat keine Fahrkarte. Aber das spielte keine Rolle mehr, denn der Zug schob sich vorwärts, und Wolff mußte einsteigen. Wolff warf einen Blick auf den Zug, wurde jedoch nicht langsamer. Elene sah, daß Wolff Billy nicht einholen konnte und dachte: Wir haben es geschafft! Da stürzte Billy.

Er rutschte aus, verlor das Gleichgewicht und landete schwer auf dem Boden. Wolff beugte sich blitzartig vor. Elene holte die beiden ein und sprang auf Wolffs Rücken.

Er stolperte und ließ Billy los. Elene umklammerte ihn. Der Zug bewegte sich langsam, aber stetig. Wolff packte Elenes Arme, schüttelte seine breiten Schultern und schleuderte sie zu Boden.

Für einen Moment blieb sie benommen liegen. Wolff hatte sich Billy über die Schulter geworfen. Der Junge schrie und hämmerte auf seinen Rücken ein, vergeblich. Wolff lief ein paar Schritte neben dem fahrenden Zug her, bevor er durch eine offene Tür sprang. Elene wollte liegenbleiben und aufgeben, doch sie konnte Billy nicht allein lassen. Sie rappelte sich auf, und stolperte neben dem Zug her. Jemand streckte eine Hand aus. Sie packte sie, stieß sich ab und war im Zug.

Ein kläglicher Mißerfolg. Sie fühlte sich der Verzweiflung nahe.

Elene folgte Wolff durch die Wagen zu ihren Plätzen. Sie sah die Gesichter der Menschen nicht an, an denen sie vorbeikamen. Wolff gab Billy einen heftigen Schlag aufs Hinterteil und drückte ihn in seinen Sitz. Der Junge weinte still.

Wolff drehte sich zu Elene. »Du bist ein albernes, verrücktes Mädchen«, sagte er laut, so daß die anderen Passagiere es hören konnten. Er ergriff ihren Arm und zog sie an sich. Dann ohrfeigte er sie abwechselnd mit der Handfläche und dem Handrücken, immer wieder. Es tat weh, aber Elene hatte nicht mehr die Energie, ihm Widerstand zu leisten. Endlich stand der Priester auf, berührte Wolffs Schulter und murmelte etwas.

Wolff ließ sie los und setzte sich. Sie blickte sich um. Alle starrten sie an. Keiner würde ihr helfen, denn sie war eine Frau, und Frauen mußten, wie Kamele, von Zeit zu Zeit geschlagen werden. Als Elene den anderen Passagieren in die Augen sah, schauten sie verlegen zur Seite und konzentrierten sich wieder auf ihre Zeitungen, ihre Bücher und die Aussicht aus dem Fenster. Niemand sprach mit ihr.

Sie ließ sich auf ihren Platz fallen. Ohnmächtige Wut kochte in ihr.

Elene legte den Arm um den Jungen und zog ihn dicht an sich. Sie begann, sein Haar zu streicheln. Nach einer Weile schlief er ein.

27

VANDAM HÖRTE, WIE der Zug schnaufte, ruckte und wieder schnaufte. Er gewann an Geschwindigkeit und ließ den Bahnhof hinter sich. Vandam nahm noch einen Schluck Wasser. Die Flasche war leer. Er verstaute sie in der Satteltasche, paffte an seiner Zigarette und warf die Kippe weg. Nur ein paar Bauern waren aus dem Zug gestiegen. Vandam startete die Maschine und fuhr weiter.

Ein paar Sekunden später war er wieder auf der geraden, schmalen Straße neben dem Kanal. Bald war der Zug hinter ihm zurückgeblieben. Es war Mittag. Die Sonne brannte so sehr, daß die Hitze greifbar schien. Die Straße vor ihm flimmerte und kam ihm unendlich vor. Er dachte, wie kühl und erfrischend es wäre, direkt in den Kanal zu steuern.

Irgendwo faßte er einen Entschluß: Er war in Kairo gestartet, um Billy zu retten, dies konnte nicht seine einzige Pflicht sein. Er mußte sich auch um den Krieg kümmern.

Vandam war fast sicher, daß Wolff gestern um Mitternacht keine Möglichkeit gehabt hatte, das Funkgerät zu benutzen. Heute morgen hatte er das Gerät verschenkt, das Buch in den Fluß geworfen und den Codeschlüssel verbrannt. Also mußte es noch eine zweite Funkausstattung geben; und die war vermutlich in Assiut versteckt. Wenn Vandams Täuschungsmanöver gelingen sollte, brauchte er das Funkgerät und den Schlüssel, und das bedeutete, er mußte Wolff ungehindert nach Assiut fahren lassen und warten, bis dieser das andere Gerät in Händen hatte.

Erst danach konnte er Billy und Elene retten. Es würde schwer für den Jungen werden, aber er hatte keine andere Wahl.

Zunächst wollte Vandam sich überzeugen, daß Wolff wirklich im Zug war. Er hatte sich eine Methode überlegt, die gleichzeitig Billy und Elene etwas Erleichterung bringen würde.

Als er die nächste Stadt erreichte, schätzte Vandam, daß er dem Zug wenigstens eine Viertelstunde voraus war. Der Ort ähnelte der letzten Station: die gleichen Tiere, die gleichen staubigen Straßen, die gleichen behäbigen Menschen, die gleichen Ziegelgebäude. Die Polizeiwache lag am Marktplatz, dem Bahnhof gegenüber, flankiert von einer großen Moschee und einer kleinen Kirche. Vandam stoppte vor der Wache und drückte ein paarmal gebieterisch auf die Hupe.

Zwei arabische Polizisten kamen aus dem Gebäude: ein grauhaariger Mann in einer weißen Uniform, mit einer Pistole am Gürtel, und ein unbewaffneter Junge von achtzehn oder zwanzig Jahren. Der Ältere knöpfte sich das Hemd zu. Vandam stieg von der Maschine und brüllte: »Achtung!« Beide Männer standen stramm und salutierten. Er erwiderte den Gruß und schüttelte dem Älteren die Hand. »Ich verfolge einen gefährlichen Verbrecher und brauche Ihre Hilfe«, erklärte er dramatisch. Die Augen des Mannes funkelten. »Wir wollen uns drinnen weiterunterhalten.«

Er ging voran, da er das Gefühl hatte, unbedingt die Initiative behalten zu müssen. Wie weit seine Befehlsgewalt reichte, war ihm unklar, und wenn die Polizisten nicht mit ihm kooperieren wollten, konnte er sie kaum dazu zwingen. Er betrat das Gebäude und sah einen Tisch mit einem Telefon. Er marschierte dorthin, und die beiden Männer folgten ihm.

Vandam sagte zu dem älteren:»Rufen Sie das britische Hauptquartier in Kairo an.« Er gab ihm die Nummer, und der Mann hob den Hörer. Vandam wandte sich an den jüngeren Polizisten. »Haben Sie das Motorrad gesehen?«

»Ja, ja.« Er nickte heftig.

»Könnten Sie es fahren?«

Der Junge war begeistert. »Ich fahre sehr gut.«

»Versuchen Sie's.«

Der Junge warf seinem Vorgesetzten, der etwas in die Telefonmuschel rief, einen unsicheren Blick zu.

»Machen Sie schon.«

Der Junge ging hinaus.

Der Ältere hielt Vandam den Hörer hin. »Ich habe das Große Hauptquartier.«

Vandam sprach in die Muschel: »Verbinden Sie mich mit Captain Jakes. Schnell!« Er wartete.

Jakes Stimme war nach ein, zwei Minuten zu hören. »Hallo, ja?«

»Hier spricht Vandam. Ich bin im Süden, gehe einem Verdacht nach.«

»Hier herrscht die reinste Panik, seit die hohen Tiere gehört haben, was gestern nacht passiert ist. Der Brigadegeneral ist völlig aus dem Häuschen, und Bogge springt im Quadrat. Wo sind Sie denn bloß, Sir?«

»Das spielt jetzt keine Rolle. Ich bin nicht mehr lange hier, und ich muß im Moment allein arbeiten. Um die maximale Unterstützung durch die lokale Gendarmerie zu gewährleisten ...« Er redete so, daß der Polizist ihn nicht verstehen konnte. »... möchte ich, daß Sie Ihre berühmte Standpauke halten. Fertig?«

»Jawohl, Sir.«

Vandam reichte dem grauhaarigen Polizisten den Hörer und trat zurück. Er konnte erraten, was Jakes sagte. Der Polizist straffte sich unwillkürlich, während Jakes

ihn barsch anwies, alles zu tun – und zwar rasch –, was
Vandam verlangte.

»Jawohl, Sir!« stieß der Polizist mehrere Male hervor.
Schließlich antwortete er: »Bitte, ich versichere Ihnen, Sir,
daß wir alles in unserer Macht ...« Er unterbrach sich. Jakes
mußte eingehängt haben. Der Polizist warf Vandam einen
Blick zu und sagte »Auf Wiederhören« in die leere Leitung.
Vandam ging zum Fenster und sah hinaus. Der junge Polizist umkreiste den Platz mit dem Motorrad, drückte auf
die Hupe und ließ den Motor aufheulen. Eine kleine Menschenmenge hatte sich angesammelt, ein paar Kinder rannten hinter der Maschine her. Der Junge grinste von einem
Ohr zum anderen. Vandam dachte: Er müßte es schaffen.

»Hören Sie, ich steige in den Zug nach Assiut, wenn er
in ein paar Minuten hier hält. An der nächsten Station
steige ich aus. Ich möchte, daß der Junge mit dem Motorrad zum nächsten Bahnhof fährt und mich erwartet. Verstehen Sie?«

»Jawohl, Sir«, erwiderte der Polizist. »Der Zug wird also
hier halten?«

»Tut er das sonst nicht?«

»Der Zug nach Assiut hält hier gewöhnlich nicht an.«

»Dann gehen Sie zum Bahnhof und befehlen Sie, ihn
stoppen zu lassen!«

»Jawohl, Sir!« Er lief hinaus.

Vandam beobachtete ihn, während er den Platz überquerte. Noch war der Zug nicht zu hören. Also hatte er
Zeit für einen weiteren Anruf. Er hob den Hörer ab, wartete auf die Vermittlung und bat, ihn mit dem Armeestütz-
punkt in Assiut zu verbinden. Es war ein Wunder, wenn
das Telefonsystem zweimal hintereinander funktionierte. Das Wunder geschah. Assiut antwortete, und Vandam
fragte nach Captain Newman. Er mußte lange warten,
endlich meldete er sich.

»Hier ist Vandam. Ich glaube, daß ich Ihrem Messermörder auf der Spur bin.«

»Großartig, Sir«, sagte Newman. »Kann ich Ihnen irgendwie helfen?«

»Ja, hören Sie zu. Wir müssen sehr vorsichtig sein. Aus vielerlei Gründen, die ich Ihnen später erklären werde, bin ich ganz auf mich allein gestellt. Es wäre vollkommen sinnlos, Wolff mit einem Trupp Soldaten zu verfolgen.«

»Verstanden. Was kann ich für Sie tun?«

»Ich werde in etwa zwei Stunden in Assiut eintreffen. Ich brauche ein Taxi, eine große Galabiya und einen kleinen Jungen. Können Sie sich mit mir treffen?«

»Natürlich, kein Problem. Benutzen Sie die Straße?«

»Ja, ich bin mit dem Motorrad unterwegs.«

»Ich treffe Sie an der Stadtgrenze, wenn Sie einverstanden sind.«

»In Ordnung.« Vandam hörte ein fernes Stampfen. »Jetzt muß ich Schluß machen.«

»Ich warte auf Sie.«

Vandam hängte ein. Er legte eine Fünfpfundnote auf den Tisch neben dem Telefon: Ein kleines Bakschisch konnte nie schaden. Dann ging er hinaus auf den Platz. Im Norden konnte er den Rauch des Zuges erkennen. Der jüngere Polizist fuhr mit dem Motorrad auf ihn zu. »Ich steige in den Zug«, sagte Vandam. »Sie fahren mit der Maschine zur nächsten Station und erwarten mich dort. Okay?«

»Okay, okay!« Er war hocherfreut.

Vandam zog eine Pfundnote hervor und riß sie entzwei. Die Augen des jungen Polizisten weiteten sich. Vandam gab ihm eine Hälfte. »Sie bekommen die andere Hälfte, wenn wir uns treffen.«

»Okay!«

Der Zug hatte den Bahnhof fast erreicht. Vandam rannte über den Platz. Der ältere Polizist kam ihm entgegen. »Der Stationsvorsteher hält den Zug an.«

Vandam schüttelte ihm die Hand. »Vielen Dank. Wie heißen Sie?«

»Sergeant Nesbah.«

»Ich werde Sie in Kairo empfehlen. Auf Wiedersehen.« Vandam eilte auf den Bahnsteig und lief eine Strecke, so daß er am Vorderende des Zuges einsteigen konnte, ohne von einem der Passagiere durch das Fenster gesehen zu werden.

Der Zug fuhr ein; Rauchwolken türmten sich auf. Der Stationsvorsteher kam über den Bahnsteig auf Vandam zu. Als der Zug hielt, sprach er mit dem Lokomotivführer und dem Heizer. Vandam gab allen drei Männern ein Bakschisch und kletterte in den ersten Wagen.

Es war ein Zweite-Klasse-Abteil. Wolff würde bestimmt erster Klasse reisen. Vandam schob sich an den Menschen vorbei, die mit ihren Kartons, Tieren und Kisten auf dem Boden saßen. Ihm fiel auf, daß es vor allem Frauen und Kinder waren. Die aus Holzlatten gezimmerten Sitze waren von den Männern belegt, die Bier tranken und Zigaretten rauchten. In den unerträglich heißen Abteilen roch es abstoßend. Einige Frauen kochten auf behelfsmäßigen Herden. Vandam wäre fast auf ein winziges Baby getreten, das über den schmutzigen Boden kroch. Er war sicher, man hätte ihn gelyncht, wenn er dem Kind nicht im letzten Moment ausgewichen wäre.

Er durchquerte drei Wagen, bevor er endlich die Tür eines Erste-Klasse-Abteils erreichte. Davor saß ein Schaffner auf einem kleinen Hocker und schlürfte Tee. Der Schaffner stand auf: »Etwas Tee, Herr General?«

»Nein, danke.« Vandam mußte brüllen, um sich trotz des Lärms verständlich zu machen. »Ich muß die Papiere aller Reisenden in der ersten Klasse überprüfen.«

»Alles in Ordnung, alles sehr gut«, sagte der Schaffner hilfsbereit.

»Wie viele Erste-Klasse-Wagen gibt es?«

»Alles in Ordnung ...«

Er beugte sich vor, um dem Mann ins Ohr zu rufen: »Wie viele Erste-Klasse-Wagen?«

Der Schaffner hielt zwei Finger hoch.

Vandam nickte und richtete sich auf. Er schaute zur Tür. Plötzlich war er nicht sicher, daß er die Nerven hatte, seinen Plan auszuführen. Wahrscheinlich hatte Wolff ihn nie deutlich gesehen; sie hatten im Dunkeln gekämpft, aber die Schnittwunde an seiner Wange konnte ihn verraten, er mußte versuchen, Wolff die andere Seite seines Gesichts zu zeigen. Billy war das eigentliche Problem. Vandam mußte seinen Sohn irgendwie warnen, damit er schwieg und so tat, als kenne er seinen Vater nicht. Leider konnte er keine Vorbereitungen treffen, so daß ihm nichts anderes übrigblieb, als hineinzugehen und zu improvisieren.

Er atmete tief durch und öffnete die Tür.

Nervös musterte er die ersten Sitze und erkannte niemanden. Er wandte dem Abteil den Rücken zu, während er die Tür schloß, dann drehte er sich um. Sein Blick glitt über die Sitzreihen: Billy war nicht da.

Er sprach die Passagiere an, die ihm am nächsten waren. »Ihre Papiere, bitte, Gentlemen.«

»Was soll das, Major?« fragte ein ägyptischer Armeeoffizier, ein Oberst.

»Eine Routinekontrolle, Sir«, erwiderte Vandam.

Er schob sich langsam durch den Gang und überprüfte die Papiere der Reisenden. Als er die Hälfte des Wagens hinter sich hatte, wußte er, daß die drei nicht hier waren. Aber er durfte die Kontrolle nicht einfach abbrechen. Könnte er sich verrechnet haben? Vielleicht waren sie überhaupt nicht im Zug, vielleicht fuhren sie nicht einmal nach Assiut, vielleicht war der Hinweis im Atlas ein Trick gewesen ...

Vandam erreichte das Ende des Abteils und ging über die Plattform zum zweiten Wagen. Wenn Billy im Zug ist, werde ich ihn jetzt sehen, dachte er.

Er öffnete die Tür.

Sofort fiel ihm Billy ins Auge. Schmerz durchfuhr ihn.

Der Junge schlief auf seinem Platz; seine Füße berührten gerade den Boden, sein Körper war zur Seite geneigt, das Haar fiel ihm über die Stirn. Billy hatte den Mund geöffnet und bewegte langsam die Kiefer. Vandam wußte, daß Billy im Schlaf mit den Zähnen mahlte.

Die Frau, die den Arm um ihn gelegt hatte und an deren Brust sein Kopf ruhte, war Elene. Vandam hatte ein verwirrendes Gefühl des *Déjà-vu:* Er wurde an den Abend erinnert, an dem Elene Billy einen Gutenachtkuß gegeben hatte ...

Elene blickte auf.

Sie erkannte Vandam. Er sah, wie sich ihre Miene veränderte: Ihre Augen weiteten sich, der Mund öffnete sich zu einem Schrei. Rasch legte er einen Finger auf seine Lippen. Sie begriff und schlug die Augen nieder. Aber Wolff hatte ihren Blick bemerkt und drehte den Kopf, um herauszufinden, wen sie gesehen hatte.

Die drei saßen, von Vandam aus gesehen, links, und es war seine linke Wange, die Wolff mit dem Messer verletzt hatte. Er wandte sich um und sagte zu den Passagieren, die Wolff gegenübersaßen: »Ihre Papiere, bitte.«

Vandam war nicht darauf gefaßt gewesen, daß Billy schlafen könnte.

Er hatte sich darauf eingestellt, dem Jungen und Elene ein Zeichen zu geben, und gehofft, daß Billy geistesgegenwärtig reagieren werde. Aber diese Situation war ganz anders. Wenn Billy aufwachte und seinen Vater vor sich sah, würde er wahrscheinlich alles auffliegen lassen.

Vandam forderte Wolff auf: »Papiere, bitte.«

Zum erstenmal musterte er seinen Feind von Angesicht zu Angesicht. Wolff war ein gutaussehender Bursche: breite Stirn, gekrümmte Nase, ebenmäßige, weiße Zähne, starke Kiefer. Nur um die Augen und die Mundwinkel war ein Anflug von Schwäche, von Zügellosigkeit und Lasterhaftigkeit zu entdecken. Er reichte Vandam seine Dokumente und blickte gelangweilt aus dem Fenster. Die

Papiere identifizierten ihn als Alex Wolff, Villa les Oliviers, Garden City. Der Mann besaß eine erstaunliche Frechheit.

»Wohin fahren Sie, Sir?« fragte Vandam.

»Nach Assiut.«

»Geschäftlich?«

»Um Verwandte zu besuchen.« Die Stimme war tief und kräftig. Vandam hätte den Akzent nicht bemerkt, wenn er sich nicht darauf konzentriert hätte.

»Gehören Sie zusammen?«

»Das sind mein Sohn und sein Kindermädchen«, sagte Wolff. Vandam nahm Elenes Papiere und musterte sie. Am liebsten hätte er Wolff an der Kehle gepackt und ihn heftig durchgeschüttelt. *Das sind mein Sohn und sein Kindermädchen.* Du Schwein.

Er gab Elene ihre Papiere zurück. »Sie brauchen das Kind nicht zu wecken.« Dann nahm er die Brieftasche des Priesters, der neben Wolff saß.

»Weshalb kontrollieren Sie uns, Major?« erkundigte Wolff sich.

Vandam wandte sich ihm wieder zu und bemerkte, daß er einen langen, frischen Kratzer am Kinn hatte. Vielleicht hatte Elene ihm Widerstand geleistet. »Sicherheitsgründe, Sir.«

»Ich fahre auch nach Assiut«, erklärte der Priester.

»Zum Kloster?«

»Richtig. Sie haben davon gehört?«

»Die Heilige Familie wohnte dort nach ihrem Aufenthalt in der Wüste.«

»Ja. Sind Sie schon einmal dort gewesen?«

»Noch nicht, vielleicht schaffe ich's diesmal.«

»Das hoffe ich.«

Vandam reichte ihm seine Papiere. »Vielen Dank.« Er ging langsam zur nächsten Sitzreihe und kontrollierte die Dokumente der anderen Passagiere. Als er aufsah, begegnete er Wolffs Blick. Wolff beobachtete ihn mit ausdrucksloser Miene. Vandam überlegte, ob er etwas Verdächtiges getan hatte. Als er das nächste Mal die Augen hob, starrte Wolff wieder aus dem Fenster.

Was Elene wohl denkt? Sie muß sich fragen, was ich vorhabe. Vielleicht kann sie es erraten. Trotzdem muß es schwer für sie sein, stillzusitzen und mich ohne ein Wort vorbeigehen zu lassen. Wenigstens weiß sie jetzt, daß sie nicht allein ist.

Und Wolff? Vielleicht war er ungeduldig oder gespannt ... nein, offensichtlich langweilte er sich.

Vandam kam zum Ende des Wagens und überprüfte die letzten Papiere. Er gab sie zurück und wollte sich gerade wieder einen Weg durch den Gang bahnen, als er einen Schrei hörte:

»Das ist mein Vater!«

Er zuckte zusammen. Billy lief schwankend, gegen die Sitze stoßend, mit ausgestreckten Armen auf ihn zu.

Oh Gott.

Wolff und Elene waren aufgesprungen. Wolff beobachtete die Szene konzentriert, Elene voller Furcht. Vandam öffnete die Tür hinter sich, tat so, als habe er Billy nicht bemerkt, und schob sich rückwärts hinaus. Billy rannte ihm nach. Vandam warf die Tür zu und nahm seinen Sohn in die Arme.

»Keine Angst«, versuchte er, Billy zu beruhigen. »Keine Angst.«

Wolff würde ihm folgen.

»Er hat mich mitgenommen!« sprudelte Billy hervor. »Ich habe die Geographiestunde verpaßt, und ich habe so einen Schrecken gekriegt!«

»Nun ist alles vorbei.« Vandam wollte Billy nicht mehr allein lassen; er würde den Jungen bei sich behalten und Wolff töten ... Nein, es war unmöglich, er *mußte* weitermachen ... Vandam nahm sich zusammen. »Paß auf. Ich bin hier, und ich lasse dich nicht im Stich, aber ich muß den Mann fangen. Er darf nicht wissen, wer ich bin. Er ist der deutsche Spion, den ich schnappen wollte. Verstehst du?«

»Ja, ja..«

»Kannst du so tun, als hättest du dich geirrt? Kannst du ihm sagen, ich sei nicht dein Vater, und zu ihm zurückgehen?«

Billy starrte ihn mit offenem Mund an. Er brachte kein Wort hervor, aber seine ganze Miene schien zu sagen: Nein, nein, nein!

»Dies ist eine echte Detektivgeschichte, Billy, und wir beide spielen darin mit. Du mußt zu ihm zurückkehren und so tun, als hättest du dich geirrt. Aber vergiß nicht, ich werde in der Nähe sein und wir werden ihn erwischen. Kannst du das? Kannst du das?«

Billy antwortete nicht.

Die Tür öffnete sich und Wolff kam heraus.

»Was ist los?« fragte er.

Vandam setzte eine höfliche Miene auf und zwang sich zu einem Lächeln. »Er scheint aus einem Traum aufgewacht zu sein und hielt mich für seinen Vater.«

Wolff blickte Billy an. »Was für ein Unsinn!« knurrte er. »Komm sofort zurück zu deinem Platz.«

Billy stand still.

Vandam legte dem Jungen eine Hand auf die Schulter. »Los, junger Mann, dann wollen wir mal den Krieg gewinnen!«

Die vertrauten Worte rüttelten Billy auf. Er grinste tapfer. »Entschuldigen Sie, Sir, ich muß wohl geträumt haben.«

Vandam fühlte sich auf einmal sehr elend.

Billy drehte sich um und ging zurück in den Wagen. Wolff und Vandam folgten ihm. Während sie sich durch den Gang schoben, wurde der Zug langsamer. Er näherte – sich der nächsten Station, wo Vandams Motorrad wartete. Billy erreichte seinen Platz und setzte sich. Elene starrte Vandam verständnislos an. Billy berührte ihren

Arm und sagte: »Ich habe mich geirrt, ich muß geträumt haben.« Elene schaute von Billy zu Vandam, und ein seltsames Leuchten erschien in ihren Augen: Offenbar war sie den Tränen nahe.

Vandam wollte nicht an ihnen vorbeigehen. Er wollte sich hinsetzen, mit ihnen reden, irgend etwas tun, um länger bei ihnen bleiben zu können. Draußen tauchte wieder ein staubiger kleiner Ort auf. Er gab der Versuchung nach und blieb an der Tür stehen. »Gute Reise«, wünschte er Billy.

»Vielen Dank, Sir.«

Er ging hinaus.

Der Zug lief in den Bahnhof ein und bremste. Vandam stieg aus. Er stellte sich in den Schatten einer Markise und wartete. Außer ihm verließ niemand den Zug, aber zwei oder drei Passagiere stiegen in die zweite Klasse. Ein Pfiff, und der Zug setzte sich in Bewegung. Vandam hatte die Augen auf das Fenster neben Billys Platz gerichtet: Er sah das Gesicht seines Sohnes. Billy hob die Hand zu einem schwachen Winken. Vandam winkte zurück, und das Gesicht war verschwunden. Er merkte, daß er am ganzen Körper zitterte.

Vandam blickte dem Zug nach, bis er am Horizont verschwand. Dann verließ er den Bahnhof. Draußen stand sein Motorrad; der junge Polizist aus dem letzten Ort saß im Sattel und erklärte einer kleinen Gruppe von Bewunderern die Geheimnisse der Maschine. Vandam gab ihm die andere Hälfte der Pfundnote. Der junge Mann salutierte.

Vandam kletterte auf die Maschine und startete. Er wußte nicht, wie der Polizist nach Hause zurückkehren würde, aber es war ihm gleichgültig. Er fuhr nach Süden aus der Stadt. Die Sonne hatte den Zenit überschritten, doch die Hitze war immer noch gewaltig.

Bald überholte Vandam den Zug. Er schätzte, daß er Assiut in dreißig oder vierzig Minuten erreichen würde.

Dort würde er sich mit Captain Newman treffen. Vandam hatte eine ungefähre Vorstellung von dem, was er danach unternehmen wollte, aber was die Einzelheiten betraf, würde er improvisieren müssen.

Er ließ den Zug mit Billy und Elene hinter sich, die einzigen Menschen, die er liebte.

28

DER ZUG FUHR in den Bahnhof ein und hielt. Elene sah ein Schild mit der Aufschrift »Assiut« in arabischer und englischer Sprache.

Es war eine ungeheure Erleichterung gewesen, Vandams gütiges, besorgtes Gesicht im Zug zu sehen. Eine Zeitlang hatte sie wieder Hoffnung geschöpft. Sie hatte erwartet, er würde eine Pistole ziehen, seine Identität enthüllen oder Wolff angreifen. Doch allmählich hatte sie eingesehen, daß es nicht so einfach war. Die eisige Ruhe, mit der Vandam seinen eigenen Sohn zu Wolff zurückschickte, hatte sie erstaunt, beinahe entsetzt; und Billys Tapferkeit war unglaublich gewesen. Ihr war der Mut noch weiter gesunken, als Vandam ihnen vom Bahnsteig aus zugewinkt hatte. Was hatte er vor? Natürlich, der »Rebecca«-Code beschäftigte ihn immer noch. Er mußte einen Plan haben, nach dem er sie und Billy retten, sich aber zugleich den Codeschlüssel verschaffen wollte. Zum Glück schien Billy sicher zu sein, daß sein Vater die Situation unter Kontrolle hatte. Er war wieder munter geworden, hatte sich für die Landschaft interessiert und Wolff sogar gefragt, woher er das Messer habe. Elene wünschte sich, genauso zuversichtlich zu sein.

Wolff war ebenfalls in bester Laune. Der Zwischenfall mit Billy hatte ihn aus der Fassung gebracht, und er war

Vandam gegenüber feindselig und argwöhnisch gewesen. Aber er schien beruhigt, als Vandam aus dem Zug stieg. Erst bei der Ankunft in Assiut gewann die Erregung die Oberhand. In den letzten 24 Stunden hatte sich irgend etwas an Wolff verändert. Bei ihrer ersten Begegnung war er ein sehr selbstsicherer, höflicher Mann gewesen. Außer einer leichten Arroganz hatte er nur selten Emotionen gezeigt. Nun war alles anders. Er zappelte, blickte sich unstet um, und alle paar Sekunden zuckten seine Mundwinkel fast unmerklich. Er schien, die ihm eigene Beherrschung verloren zu haben. Es mußte daran liegen, daß sein Kampf mit Vandam sich zugespitzt hatte. Was als Spiel der Kräfte begonnen hatte, war zu einer tödlichen Auseinandersetzung geworden. Seltsam, daß der rücksichtslose Wolff nervös wurde, während Vandam immer kühler reagierte.

Wolff stand auf und hob seinen Koffer aus dem Gepäcknetz. Elene und Billy stiegen hinter ihm auf den Bahnsteig. Diese Stadt war größer und geschäftiger als die anderen, und der Bahnhof war überfüllt. Während sie den Zug verließen, wurden sie von Menschen angerempelt, die einsteigen wollten. Wolff, einen Kopf größer als die meisten Männer, begann, ihnen einen Pfad zum Ausgang zu bahnen. Plötzlich packte ein schmutziger, barfüßiger Junge, der einen gestreiften, grünen Pyjama trug, Wolffs Koffer und rief: »Ich hole Taxi! Ich hole Taxi!« Wolff ließ den Koffer nicht los, und der Junge auch nicht. Er zuckte halb belustigt, halb verlegen die Achseln und ließ sich von dem Jungen zum Tor ziehen.

Sie zeigten ihre Fahrkarten und gingen hinaus auf den Platz. Es war später Nachmittag, aber hier im Süden brannte die Sonne immer noch sehr stark. Der Platz war von hohen Gebäuden umsäumt. Vor dem Bahnhof stand eine Reihe Taxis, vor die Pferde gespannt waren. Elene schaute sich um. Von Vandam war nichts zu sehen. Wolff sagte zu dem Araberjungen: »Ein Motortaxi, ich brauche

ein Motortaxi.« Es gab nur ein einziges Auto, einen alten
Morris, der ein paar Meter hinter den Pferdetaxis parkte.
Der Junge führte sie zu ihm.

»Steig vorn ein«, befahl Wolff Elene. Er gab dem Jungen
eine Münze und setzte sich mit Billy nach hinten. Der
Fahrer trug eine dunkle Brille und arabische Kopfbeklei-
dung, um sich vor der Sonne zu schützen. »Nach Süden,
in Richtung des Klosters«, wies Wolff den Fahrer auf arabisch an.

»Okay«, antwortete der Fahrer.

Elenes Herz setzte einen Schlag aus. Sie erkannte die
Stimme und musterte den Chauffeur. Es war Vandam.

*

Vandam ließ den Bahnhof hinter sich und dachte: so weit,
so gut – von der Sprache abgesehen. Ihm war nicht eingefallen, daß Wolff mit einem Taxichauffeur arabisch sprechen könnte. Vandams Arabischkenntnisse waren küm-
merlich, aber er war in der Lage, Richtungsanweisungen
zu verstehen. Er konnte einsilbig, mit Grunzlauten oder
sogar auf englisch antworten, denn die Araber, die ein
wenig englisch sprachen, brannten immer darauf, ihre
Kenntnisse zu zeigen, sogar wenn ein Europäer sie auf
arabisch anredete. Es würde keine Probleme geben, solange Wolff nicht beabsichtigte, sich über das Wetter und
die Ernte zu unterhalten.

Captain Newman hatte alles geliefert, was Vandam
verlangt hatte, sogar Diskretion. Er hatte ihm seinen
Revolver, einen sechsschüssigen Enfield 380, geliehen, der
nun unter der Galabiya in Vandams Hosentasche steckte. Während er auf den Zug wartete, hatte Vandam Newmans Karte von Assiut und Umgebung studiert; deshalb
wußte er, wo die nach Süden aus der Stadt führende Straße zu finden war. Er fuhr durch die Suks, wobei er ständig hupte, wie es in Ägypten Brauch war, lenkte gefähr-

lich nahe an den großen Holzrädern der Karren vorbei und schob Schafe mit der Stoßstange aus dem Weg. An beiden Seiten drängten sich Läden, Cafés und Werkstätten auf die Straße. Die ungepflasterte Fahrbahn war mit Staub, Abfällen und Dung bedeckt. Vandam blickte in den Rückspiegel und sah, daß vier oder fünf Kinder sich auf die hintere Stoßstange gesetzt hatten.

Wolff sagte etwas, und diesmal verstand Vandam ihn nicht. Er tat, als habe er die Bemerkung nicht gehört. Wolff wiederholte sie. Vandam verstand das Wort für Benzin. Wolff zeigte auf eine Tankstelle, doch Vandam zeigte auf die Anzeige am Armaturenbrett:»*Kifaya*«, sagte er. »Genug.« Wolff schien, zufrieden zu sein. Vandam verstellte seinen Spiegel und warf verstohlen einen Blick auf Billy. Ob er ihn erkannt hatte? Billy starrte Vandams Hinterkopf freudig an. Verrate uns nicht, um Gottes willen!

Sie fuhren aus der Stadt und steuerten auf einer geraden Wüstenstraße nach Süden. Zu ihrer Linken waren bewässerte Felder und Haine; zu ihrer Rechten lag die Mauer der Granitklippen, die von einer Staubschicht beige gefärbt waren. Im Auto herrschte eine eigenartige Atmosphäre. Vandam spürte Elenes Spannung, Billys Euphorie und Wolffs Ungeduld. Er selbst war sehr nervös. Ob Wolff etwas ahnte? Der Spion brauchte sich den Taxifahrer nur etwas genauer anzusehen, um zu merken, daß es sich um den Mann handelte, der seine Papiere im Zug kontrolliert hatte. Vandam hoffte, daß Wolff von dem Gedanken an das Funkgerät in Anspruch genommen wurde.

»*Ruh alyaminak*«, sagte Wolff.

Vandam wußte, daß dies »Rechts abbiegen« bedeutete. Vor sich entdeckte er eine Abzweigung, die direkt zur Klippe zu führen schien. Er senkte die Geschwindigkeit, bog ab und merkte, daß er auf einen Paß zusteuerte, der durch die Hügel führte.

Er war überrascht. Newmans Karte zufolge lagen weiter südlich ein paar Dörfer und das berühmte Kloster an der Straße, doch hinter diesen Hügeln war nichts als die Westliche Wüste. Wenn Wolff das Gerät im Sand vergraben hatte, würde er es nie wiederfinden. Vandam hoffte es nicht, denn von dem Funkgerät hing alles ab.

Die Straße begann anzusteigen, und das alte Auto mühte sich ab, die Anhöhe zu bewältigen. Vandam schaltete einmal, zweimal. Der Wagen nahm den Gipfel im zweiten Gang. Er blickte über eine scheinbar endlose Wüste. Wenn er nur einen Jeep hätte! Er fragte sich, wie weit Wolff fahren wollte. Hoffentlich kehrten sie vor Anbruch der Dunkelheit nach Assiut zurück. Er konnte Wolff keine Fragen stellen, da er Angst hatte, sich mit seinen mangelhaften Arabischkenntnissen zu verraten.

Die Straße wurde zu einem Pfad. Vandam fuhr so schnell wie möglich und wartete auf Anweisungen von Wolff. Genau vor ihnen versank die Sonne am Himmel. Eine Stunde später kamen sie an einer kleinen Schafherde vorbei, die, von einem Mann und einem Jungen bewacht, zwischen kargen büscheligen Kameldornen weidete. Wolff richtete sich auf und begann, sich umzusehen. Kurz danach kreuzte die Straße ein Wadi. Vorsichtig ließ Vandam das Auto die Böschung des ausgetrockneten Flusses hinunterrollen.

»*Ruh ashshimalak*«, sagte Wolff.

Vandam bog nach links ab. Der Boden war hart. Zu seinem Erstaunen sah er Menschen, Zelte und Tiere in dem Wadi. Es war wie eine Geheimgesellschaft. Eine Meile später sahen sie die Erklärung: ein Brunnen.

Die Brunnenöffnung war durch eine niedrige runde Mauer aus Schlammziegeln gekennzeichnet. Vier grob behauene Baumstämme über der Öffnung hielten eine primitive Winde. Vier oder fünf Männer holten ununterbrochen Wasser heraus und leerten die Eimer in strahlenförmig neben dem Brunnen stehende Tröge. Kamele und Frauen drängten sich um sie.

Vandam fuhr dicht an den Brunnen heran. Wolff sagte: *»Andak.«* Vandam bremste. Die Wüstenbewohner zeigten keine Neugier, obwohl sie sicher nur selten ein Motorfahrzeug zu sehen bekamen. Vielleicht, dachte er, läßt ihr schweres Leben ihnen keine Zeit, sich um seltsame Dinge zu kümmern. Wolff stellte einem der Männer in schnellem arabisch Fragen. Nach einem kurzen Austausch deutete der Mann nach vorn. Wolff sagte: *»Dughri.«* Vandam fuhr weiter.

Endlich erreichten sie ein großes Lager; Wolff ließ ihn anhalten. Es bestand aus mehreren dicht nebeneinanderstehenden Zelten, ein paar eingepferchten Schafen, einigen an den Vorderbeinen gefesselten Kamelen und zwei Feuern. Wolff streckte plötzlich die Hand aus, schaltete den Motor ab und zog den Zündschlüssel heraus. Ohne ein Wort stieg er aus dem Taxi.

*

Ischmael saß am Feuer und kochte Tee. Er blickte auf und murmelte: »Friede sei mit dir« – so beiläufig, als wäre Wolff aus dem Nachbarzelt gekommen.

»Und mit dir seien Gesundheit, Gottes Gnade und Segen«, erwiderte Wolff förmlich.

»Wie ist deine Gesundheit?«

»Gott segne dich. Es geht mir gut, Gott sei Dank.«

Wolff hockte sich in den Sand. Ischmael reichte ihm eine Tasse. »Nimm.«

»Gott schenke dir Glück.«

»Und dir auch.«

Wolff trank den Tee, der heiß, süß und sehr stark war. Ihm fiel ein, wie dieses Getränk ihn bei seinem Treck durch die Wüste gekräftigt hatte ... War das erst zwei Monate her?

Als Wolff ausgetrunken hatte, hob Ischmael die Hand zum Kopf und sagte: »Es möge dir bekommen.«

»Gott gebe, daß es dir bekommt.«

Die Förmlichkeiten waren beendet. Ischmael fragte: »Und deine Freunde?« Er nickte zum Taxi hinüber, das in der Mitte des Wadis parkte.

»Es sind keine Freunde.«

Ischmael nickte wieder. Er kannte keine Neugier.

»Du hast meinen Koffer noch?« erkundigte Wolff sich.

»Ja.«

Er würde ja sagen, ob er ihn hat oder nicht, dachte Wolff. Ischmael schickte sich nicht an, den Koffer zu holen. Er war unfähig, sich zu beeilen. »Schnell« bedeutete: »innerhalb der nächsten Tage«; »sofort« bedeutete: »morgen«.

»Ich muß heute in die Stadt zurückkehren«, sagte Wolff.

»Aber du wirst in meinem Zelt schlafen.«

»Leider nein.«

»Dann wirst du mit uns essen.«

»Auch nicht, so leid es mir tut. Die Sonne steht schon niedrig, und ich muß in der Stadt sein, bevor die Nacht hereinbricht.«

Der Araber schüttelte traurig den Kopf. Er schien Wolff für einen hoffnungslosen Fall zu halten. »Du bist gekommen, um deinen Koffer abzuholen.«

»Ja. Bitte, laß ihn mir bringen, mein Cousin.«

Ischmael wandte sich an einen Mann, der hinter ihm stand; dieser sprach mit einem jüngeren Mann, der einem Kind befahl, den Koffer zu holen. Wolff nahm aus Höflichkeit eine Zigarette, die sein Cousin ihm anbot. Ischmael zündete sie mit einem Zweig aus dem Feuer an. Wolff überlegte, wie die Zigaretten hierhergekommen waren. Das Kind brachte den Koffer und hielt ihn Ischmael hin. Ischmael deutete auf Wolff.

Er packte den Koffer und öffnete ihn. Ungemeine Erleichterung überkam Wolff, während er das Funkgerät, das Buch und den Codeschlüssel betrachtete. Auf der langen und mühsamen Zugreise war sein Optimismus geschwunden, doch nun kehrte er zurück. Nun war er wieder überzeugt, daß er den Krieg entscheiden werde. Er senkte den Kofferdeckel. Seine Hände waren unsicher.

Ischmael musterte ihn mit verengten Augen. »Dieser Koffer ist sehr wichtig für dich.«

»Er ist wichtig für die Welt.«

»Die Sonne geht auf, und die Sonne geht unter. Manchmal regnet es. Wir leben, dann sterben wir.« Er zuckte die Schultern.

Er wird mich nie verstehen, aber andere werden es, dachte Wolff und stand auf. »Ich danke dir, mein Cousin.«

»Gehe in Frieden.«

»Möge Gott dich schützen.«

Wolff drehte sich um und ging auf das Taxi zu.

*

Elene sah, wie Wolff mit einem Koffer in der Hand von dem Feuer zurückkehrte. »Er kommt zurück. Und nun?«

»Er wird nach Assiut fahren wollen.« Vandam wich ihrem Blick aus. »Diese Funkgeräte haben keine Batterien, sie sind auf das Stromnetz angewiesen. Deshalb müssen wir wieder nach Assiut, wo es Elektrizität gibt.«

»Kann ich vorn sitzen?« fragte Billy.

»Nein. Still jetzt. Es dauert nicht mehr lange.«

»Ich habe Angst vor ihm.«

»Ich auch.«

Elene zitterte. Wolff stieg in das Taxi. »Assiut«, sagte er. Vandam hielt ihm die Handfläche hin, und Wolff ließ den Schlüssel hineinfallen. Er startete den Wagen und wendete. Sie fuhren durch das Wadi, am Brunnen vorbei und bogen auf die Straße ab. Elene dachte über den Koffer nach, den Wolff auf den Knien hatte. Er enthielt all das, wofür sie jetzt ihr Leben riskierten. Sie war sehr müde. Die Sonne stand niedrig hinter ihnen, und die kleinsten Gegenstände – Sträucher, Grasbüschel – warfen lange Schatten. Abendwolken zogen sich über den Hügeln vor ihnen zusammen.

»Schneller«, sagte Wolff auf arabisch. »Es wird dunkel.«

Vandam schien ihn zu verstehen, denn er gab Gas. Der Wagen holperte und schaukelte auf der unebenen Straße. Nach ein paar Minuten klagte Billy: »Mir ist schlecht.«

Elene drehte sich um. Sein Gesicht war bleich und gespannt; er saß kerzengerade. »Langsamer«, bat sie Vandam und wiederholte ihre Worte auf arabisch, als sei ihr zu spät eingefallen, daß er nicht englisch sprach.

Er senkte die Geschwindigkeit ein wenig, aber Wolff befahl: »Schneller.« Er sagte zu Elene: »Kümmere dich nicht um das Kind.«

Vandam fuhr schneller.

Elene drehte sich wieder zu Billy um. Er war kreidebleich und schien den Tränen nahe. »Du gemeiner Schuft«, flüsterte sie Wolff zu.

»Anhalten«, sagte Billy.

Wolff ignorierte ihn, und Vandam mußte vorgeben, seinen Sohn nicht verstanden zu haben.

Auf der Straße war eine leichte Erhebung. Das Auto nahm sie mit hoher Geschwindigkeit, stieg ein paar Zentimeter in die Luft und krachte wieder auf die Fahrbahn. Billy schrie: »Dad, halt an. Dad!«

Vandam trat die Bremse durch.

Elene stemmte sich gegen das Armaturenbrett und blickte sich zu Wolff um.

Einen Sekundenbruchteil lang war er wie gelähmt. Seine Augen glitten zu Vandam, zu Billy, dann zurück zu Vandam. Elene sah an seiner Miene zuerst Verblüffung, dann Furcht. Sie wußte, daß er an den Vorfall im Zug, an den Araberjungen am Bahnhof und die Kaffiyeh dachte, die das Gesicht des Taxifahrers bedeckte. Plötzlich merkte sie, daß er alles begriff. Das Auto kam quietschend zum Stehen, und die Insassen wurden nach vorn geschleudert. Wolff gewann sofort das Gleichgewicht. Mit einer schnellen Bewegung warf er den linken Arm um Billy und zog den Jungen an sich. Elene sah, wie seine Hand in sein Hemd fuhr und das Messer hervorzog.

Der Wagen stand.

Vandam blickte sich um. Im selben Moment glitt seine Hand zum Seitenschlitz seiner Galabiya, aber er erstarrte.

Wolffs Messer war nur zwei Zentimeter von der weichen Haut an Billys Kehle entfernt. Billy hatte angstvoll die Augen aufgerissen. Vandam war verzweifelt. Um Wolffs Mundwinkel spielte der Anflug eines wahnsinnigen Lächelns.

»Verdammt«, sagte er. »Fast hätten Sie mich gehabt.«

Alle starrten ihn schweigend an.

»Nehmen Sie das alberne Ding ab«, befahl er.

Vandam zog sich die Kaffiyeh vom Kopf.

»Lassen Sie mich raten«, meinte Wolff. »Major Vandam.« Er schien den Moment zu genießen. »Wie gut, daß ich Ihren Sohn als Sicherheit mitgenommen habe.«

»Es ist vorbei, Wolff«, sagte Vandam. »Die halbe britische Armee ist Ihnen auf der Spur. Entweder lassen Sie sich von mir festnehmen, oder man wird Sie töten.«

»Ich glaube nicht, daß Sie die Wahrheit sagen. Sie würden die Armee niemals einschalten, weil Sie Ihren Sohn nicht gefährden wollen. Ich glaube, Ihre Vorgesetzten wissen nicht einmal, wo Sie sind.«

Elene wußte, daß Wolff recht hatte, und gab alle Hoffnung auf. Sie war überzeugt: Vandam hatte die Schlacht verloren.

»Unter seiner Galabiya trägt Major Vandam eine Khakihose. In einer der Taschen oder im Gürtel wirst du eine Pistole finden. Hol sie raus.«

Elene griff durch den Seitenschlitz der Galabiya und

fand die Pistole in Vandams Tasche. Sie dachte: Woher wußte Wolff das? Er mußte es erraten haben. Sie zog die Pistole hervor. Elene blickte Wolff an. Er konnte ihr die Pistole nicht abnehmen, ohne Billy loszulassen, und dann würde Vandam etwas unternehmen.

Aber Wolff hatte daran gedacht. »Klapp die Pistole auf, so daß der Lauf nach vorn fällt. Sieh zu, daß du nicht zufällig den Hahn durchdrückst.«

Sie hantierte an der Pistole.

»Wahrscheinlich ist am Zylinder eine Sperre.«

Elene fand die Sperre und öffnete die Pistole.

»Nimm die Patronen heraus und wirf sie aus dem Auto.«

Sie tat es.

»Leg die Pistole auf den Boden.«

Sie legte die Waffe hin.

Wolff schien erleichtert. Nun war sein Messer wieder die einzige Waffe. Er sagte zu Vandam: »Steigen Sie aus.«

Vandam blieb bewegungslos sitzen.

»Steigen Sie aus«, wiederholte Wolff. Mit einer plötzlichen, genau kalkulierten Bewegung schlitzte er Billys Ohrläppchen auf. Ein Blutstropfen quoll hervor.

Vandam stieg aus.

Wolff wandte sich an Elene. »Auf den Fahrersitz.« Sie kletterte über den Schalthebel.

Vandam hatte die Autotür offengelassen. »Schließ die Tür.« Elene machte sie zu. Vandam stand neben dem Auto und starrte hinein.

»Los.«

Der Motor hatte ausgesetzt. Elene legte den Leerlauf ein und drehte den Zündschlüssel um. Der Motor stotterte und erstarb. Sie hoffte, daß er nicht anspringen würde. Wieder drehte sie den Schlüssel, und wieder versagte die Zündung.

»Gib Gas, während du den Schlüssel umdrehst«, sagte Wolff. Sie tat es. Der Motor zündete und heulte auf.

»Fahr schon.«

Elene startete.

»Schneller.«

Sie legte den zweiten Gang ein.

Im Rückspiegel sah sie, daß Wolff das Messer wegsteckte und Billy losließ. Hinter dem Auto, schon fünfzig Meter entfernt, stand Vandam auf der Wüstenstraße. Seine Silhouette hob sich gegen den Sonnenuntergang ab. Er stand ganz still. »Er hat kein Wasser!« rief Elene.

»Richtig«, entgegnete Wolff.

Da begann Billy zu toben.

Elene hörte ihn schreien: »Du kannst ihn nicht zurücklassen!« Sie drehte sich um und achtete nicht mehr auf die Straße. Billy hatte Wolff wie eine rasende Wildkatze angesprungen. Er schlug, kratzte und trat mit den Füßen; sein Gesicht war eine Maske kindlicher Wut, er kreischte, und sein Körper verkrampfte sich, als habe er einen epileptischen Anfall. Wolff war überrascht und konnte sich nicht sofort zur Wehr setzen. In dem engen Raum, mit Billy so dicht bei ihm, war er nicht in der Lage, zu einem Schlag auszuholen. Deshalb hob er die Arme, um sich zu schützen, und versuchte, den Jungen zurückzustoßen.

Elene schaute wieder auf die Straße. Während sie sich umgedreht hatte, war das Auto von der Fahrbahn abgekommen, und nun pflügte das linke Vorderrad durch das Gestrüpp neben der Straße. Sie wollte das Lenkrad drehen, aber es schien einen eigenen Willen zu besitzen. Elene trat auf die Bremse, und der hintere Teil des Wagens rutschte zur Seite. Zu spät sah sie direkt vor sich eine tiefe Furche. Die Breitseite des rutschenden Autos traf mit solcher Wucht auf die Furche, daß ihre Knochen durchgerüttelt wurden. Aus dem Augenwinkel sah sie, daß Wolff und Billy hilflos hin und her geschleudert wurden.

Das Taxi glitt von der Fahrbahn in den weichen Sand. Es wurde jäh langsamer, und Elene knallte mit der Stirn an den Rand des Lenkrades. Der Wagen schien sich überschlagen zu wollen. Sie fiel zur Seite, klammerte sich am

Lenkrad und am Schalthebel fest. Das Auto überschlug sich nicht, sondern balancierte auf der Kante wie eine rollende Münze. Der Schalthebel brach ab. Sie stürzte gegen die Tür und stieß sich wieder den Kopf. Das Taxi stand still.

Elene erhob sich auf Hände und Knie, sie hielt den abgebrochenen Schalthebel immer noch in der Hand. Ängstlich warf sie einen Blick auf den Rücksitz. Wolff und Billy waren übereinander gefallen. Der Spion bewegte sich.

Mit einem Knie stützte sie sich auf die Autotür, mit dem anderen auf das Fenster. Zu ihrer Rechten stand das Wagendach senkrecht in die Höhe, zu ihrer Linken war der Sitz. Sie schaute durch die Lücke zwischen der Sitzlehne und dem Dach.

Wolff riß sich hoch.

Billy schien bewußtlos zu sein.

Elene kniete jetzt auf dem Seitenfenster des Wagens. Sie fühlte sich verwirrt und hilflos.

Wolff stand auf der Innenseite der linken Hintertür und warf sein Gewicht gegen den Boden des Autos. Es schaukelte. Er wiederholte den Versuch, und der Wagen schaukelte stärker. Beim drittenmal neigte das Auto sich und fiel krachend auf seine vier Räder. Elene war benommen. Sie sah, wie Wolff die Tür öffnete und ausstieg. Er stand draußen, bückte sich und zog sein Messer. Vandam kam näher.

Elene kniete auf dem Sitz und beobachtete die beiden. Sie konnte sich nicht bewegen, bis sie ihre Benommenheit überwunden hatte. Vandam duckte sich, während Wolff, bereit zum Sprung, die Hände schützend erhob. Vandams Gesicht war gerötet, und er keuchte: Er war hinter dem Wagen hergelaufen. Sie umkreisten einander. Wolff hinkte leicht. Die Sonne hinter ihnen war eine riesige orangefarbene Kugel.

Vandam bewegte sich nach vorn und schien dann seltsam zu zögern. Wolff stieß mit dem Messer zu, doch Vandams Zögern hatte ihn überrascht, und er verfehlte seinen Gegner. Vandams Faust zuckte vor, Wolff taumelte zurück. Elene sah, daß seine Nase blutete.

Sie standen einander gegenüber wie Boxer im Ring.

Wieder sprang Vandam nach vorn. Diesmal wich Wolff zurück. Vandam trat zu, aber Wolff war außer Reichweite. Er holte mit dem Messer aus. Es durchschnitt Vandams Hose, die sich blutig färbte. Wolff stach wieder zu, doch Vandam war zurückgeschnellt. Der dunkle Fleck an seinem Hosenbein vergrößerte sich.

Elene schaute zu Billy. Der Junge lag schlaff, mit geschlossenen Augen auf dem Boden des Taxis. Sie kletterte nach hinten und hob ihn auf den Sitz. War er tot oder lebendig? Sie berührte sein Gesicht. Er regte sich nicht. »Billy, oh, Billy.« Sie blickte wieder hinaus. Vandam kniete im Sand. Sein linker Arm hing kraftlos an der blutbedeckten Schulter. Er hielt den rechten Arm abwehrend vor sich. Wolff kam näher.

Elene sprang aus dem Auto. Sie hatte immer noch den abgebrochenen Schalthebel in der Hand. Wolff holte aus, um von neuem zuzustoßen. Sie stolperte durch den Sand. Vandam zuckte zur Seite und wich aus. Elene hob den Schalthebel hoch in die Luft und hämmerte ihn mit voller Kraft auf Wolffs Hinterkopf. Er schien einen Moment stillzustehen.

»Gott«, stöhnte Elene.

Dann schlug sie noch einmal zu.

Ein drittes Mal.

Er fiel zu Boden.

Sie traf ihn noch einmal. Danach ließ sie den Schalthebel fallen und kniete sich neben Vandam.

»Gut gemacht«, sagte er mit schwacher Stimme.

»Kannst du aufstehen?«

Er legte ihr eine Hand auf die Schulter und wuchtete sich hoch. »Es ist gar nicht so schlimm.«

»Laß sehen.«

»Sofort. Hilf mir erst einmal.« Mit seinem unverletzten Arm packte er Wolffs Bein und zog ihn zum Wagen. Elene zerrte am Arm des Bewußtlosen. Als Wolff neben dem Auto lag, nahm Vandam dessen schlaffen Arm und legte die Hand auf das Trittbrett. Dann hob er den Fuß und trat auf den Ellbogen. Wolffs Arm brach knackend. Elene wurde weiß. »Wir müssen sichergehen, daß er keine Schwierigkeiten macht, wenn er zu sich kommt«, erklärte Vandam.

Er beugte sich über den Rücksitz und legte Billy seine Hand auf die Brust. »Er lebt. Gott sei Dank.«

Billy öffnete die Augen.

»Es ist alles vorbei«, sagte Vandam.

Der Junge schloß die Augen wieder.

Vandam kletterte auf den Fahrersitz. »Wo ist der Schalthebel?«

»Abgebrochen. Damit habe ich zugeschlagen.«

Er drehte den Zündschlüssel um. Der Wagen ruckte. »Gut, der Gang ist noch eingelegt.« Er trat auf die Kupplung und drehte den Schlüssel noch einmal um. Der Motor sprang an. Vandam ließ die Kupplung kommen, und der Wagen schob sich vor. Er stellte den Motor ab. »Wir sind mobil. Was für ein Glück.«

»Was machen wir mit Wolff?«

»Wir legen ihn in den Kofferraum.«

Vandam konzentrierte sich wieder auf Billy. Er war jetzt bei Bewußtsein und hatte die Augen weit geöffnet. »Wie geht's dir, mein Junge?«

»Entschuldige, daß mir schlecht geworden ist.«

»Du mußt fahren«, sagte Vandam zu Elene. Er hatte Tränen in den Augen.

*

Plötzlich war das Donnern von Flugzeugen zu hören. Rommel sah die britischen Bomber, die dicht über der nächsten Hügellinie auftauchten. »Deckung!« brüllte der

Feldmarschall. Er rannte zu einem Splittergraben und sprang hinein.

Der Lärm war furchtbar. Rommel lag mit geschlossenen Augen da. Er hatte Magenschmerzen. Man hatte ihm einen Arzt aus Deutschland geschickt, doch Rommel wußte, daß ein Sieg die einzig wirksame Medizin war.

Es war der 1. September. Alles war scheußlich mißlungen. Was wie der schwächste Punkt der alliierten Verteidigungslinie ausgesehen hatte, glich immer mehr einem Hinterhalt. Die Minenfelder, die nur leicht hätten sein sollen, waren kaum zu durchdringen; wo man harten Boden erwartet hatte, war Treibsand gewesen, und der Alam-Halfa-Kamm, der nur schwach befestigt sein sollte, wurde wirkungsvoll verteidigt. Rommels Strategie war falsch, sein Nachrichtendienst hatte sich getäuscht, sein Spion war im Irrtum gewesen.

Die Bomber flogen vorüber. Rommel kroch aus dem Graben. Seine Offiziere kamen aus der Deckung hervor und sammelten sich um ihn. Er hob den Feldstecher und blickte über die Wüste. Dutzende von Fahrzeugen standen still im Sand; viele von ihnen waren in Flammen gehüllt. Wenn der Feind angreift, dachte Rommel, können wir mit ihm fertig werden. Aber die Alliierten hatten sich fest verschanzt und zerstörten einen Panzer nach dem anderen.

Es hatte keinen Zweck. Seine Vorhut war 25 Kilometer von Alexandria entfernt, doch sie war steckengeblieben. 25 Kilometer, dachte er. Noch 25 Kilometer, und Ägypten hätte mir gehört. Er musterte die Offiziere und las in ihren Mienen.

Er sah die Vorahnung der Niederlage.

*

Er wußte, daß es ein Alptraum war, aber er konnte nicht aufwachen.

Die Zelle war einen Meter achtzig lang und einen Meter

zwanzig breit. Die Hälfte wurde von einem Bett eingenommen, unter dem ein Nachttopf stand. Die Wände waren aus glattem grauen Stein. Eine kleine Glühbirne hing an einem Draht von der Decke. Am einen Ende der Zelle war eine Tür, am anderen ein kleines, quadratisches Fenster, hinter dem man den hellen, blauen Himmel sehen konnte.

In seinem Traum dachte er: Bald wache ich auf, dann ist alles in Ordnung. Ich wache auf, und neben mir liegt eine schöne Frau auf einem Seidenlaken, wir trinken Champagner und ...

Aber dann kehrte der Traum von der Gefängniszelle zurück. Irgendwo in der Nähe donnerte eine große Trommel. Soldaten marschierten zu dem Rhythmus. Das Donnern war entsetzlich. Die Trommel und die Soldaten und die engen grauen Zellenwände und das ferne, lockende Quadrat des blauen Himmels – er hatte solche Angst, daß er sich zwang, die Augen zu öffnen. Und er wachte auf.

Verständnislos blickte er um sich. Kein Zweifel: Er war wach, der Traum war vorbei. Aber er befand sich immer noch in der Gefängniszelle. Er stand auf, schaute unter das Bett und entdeckte einen Nachttopf.

Er stand kerzengerade. Dann begann er, mit fürchterlicher Ruhe, den Kopf gegen die Wand zu hämmern.

*

Jerusalem, den 24. September 1942

Meine liebe Elene,

heute war ich an der Klagemauer. Ich stand mit vielen anderen Juden davor und betete. Dann schrieb ich ein Kvitl und steckte es in einen Spalt der Mauer. Möge Gott meine Bitte erfüllen.

Dies ist der schönste Ort der Erde, Jerusalem. Natürlich lebe ich nicht im Wohlstand. Ich schlafe auf einer Matratze in einem kleinen Zimmer mit fünf anderen Männern. Manchmal fege ich eine Werkstatt, in der einer meiner Zimmergefährten, ein junger Mann, Holz für die Tischler trägt. Ich bin sehr arm, wie immer, aber jetzt bin ich arm in Jerusalem, was besser ist, als reich in Ägypten zu sein.

Ich habe die Wüste in einem britischen Armeelastwagen durchquert. Sie fragten mich, was ich getan hätte, wenn ich nicht mitgenommen worden wäre. Als ich antwortete, ich wäre zu Fuß gegangen, hielten sie mich für verrückt. Aber dies ist das Vernünftigste, was ich je getan habe.

Du sollst wissen, daß ich sterbe. Meine Krankheit ist unheilbar, selbst wenn ich mir Ärzte leisten könnte, und ich habe nur noch Wochen, vielleicht ein, zwei Monate zu leben. Sei nicht traurig. Ich bin nie glücklicher gewesen.

Ich möchte dir sagen, was in meinem Kvitl steht. Ich habe Gott gebeten, meiner Tochter Elene Glück zu gewähren. Er wird meine Bitte erfüllen, wie ich glaube.

Leb wohl.
Dein Vater.

*

Der geräucherte Schinken war papierdünn geschnitten und zu zarten Zylindern gerollt. Die Brötchen waren am selben Morgen zu Hause gebacken worden. Ein Glas enthielt Kartoffelsalat mit echter Mayonnaise und kleingehackten Zwiebeln. Neben einer Flasche Wein gab es eine Flasche Soda, eine Tüte mit Orangen und ein Päckchen Zigaretten. Seine Marke.

Elene begann, alles in den Picknickkorb zu packen.

Sie hatte gerade den Deckel geschlossen, als an die Tür geklopft wurde. Bevor Elene sie öffnete, legte sie die Schürze ab.

Vandam trat ein, schloß die Tür hinter sich und küßte sie. Er umarmte sie und drückte sie fest an sich. Wie immer tat es ihr weh, aber sie beklagte sich nicht, denn sie hatten einander beinahe verloren, und jetzt waren sie dankbar, wenn sie zusammensein konnten.

Sie gingen in die Küche. Vandam hob den Picknickkorb an. »Meine Güte, was ist da drin – die Kronjuwelen?«

»Gibt es Neuigkeiten?«

Er wußte, daß sie Neuigkeiten über den Wüstenkrieg meinte. »Achsenmächte überall auf dem Rückzug. Das ist ein Zitat.«

Wie gelöst er in diesen Tagen war. Er sprach sogar anders. Sein Haar wurde etwas grau, und er lachte viel.

»Ich glaube, du gehörst zu den Männern, die mit zunehmendem Alter immer besser aussehen.«

»Warte nur, bis mir die Zähne ausfallen.«

Sie ging hinaus. Der Himmel war seltsam schwarz, und Elene sagte verblüfft »Oh!«, als sie die Straße betraten.

»Heute ist das Ende der Welt«, sagte Vandam.

»So etwas habe ich noch nie gesehen.«

Sie stiegen auf das Motorrad und machten sich zu Billys Schule auf. Der Himmel wurde noch dunkler. Die ersten Regentropfen fielen, als sie am Shepheard's Hotel vorbeikamen. Elene sah, wie ein Ägypter sich ein Taschentuch über den Fes legte. Die Regentropfen waren gewaltig; jeden durchnäßten sie bis auf die Haut. Vandam wendete und parkte vor dem Hotel.

Sie stellten sich unter die Hotelmarkise und beobachteten das Unwetter. Die Wassermenge war unglaublich. Innerhalb von Minuten flossen die Rinnsteine über, und die Bürgersteige wurden überflutet. Auf der anderen Straßenseite wateten Geschäftsbesitzer durch die Flut, um die Fensterläden zu schließen. Die Autos mußten stehenbleiben, wo sie waren.

»In dieser Stadt gibt es keine Kanalisation«, bemerkte Vandam. »Das Wasser kann nur in den Nil fließen. Sieh es dir an!« Die Straße war zu einem Strom geworden.

»Was ist mit dem Motorrad?«

»Es könnte weggeschwemmt werden«, erwiderte Vandam. »Ich muß es hierherbringen.« Er zögerte, sprintete dann auf den Bürgersteig, packte das Motorrad am Lenker und schob es durch das Wasser zur Hoteltreppe. Als er wieder den Schutz der Markise erreicht hatte, war seine Kleidung völlig durchtränkt, und das Haar klebte ihm am Kopf. Elene lachte.

Es regnete noch lange weiter. »Was wird aus Billy?« fragte Elene.

»Man wird die Kinder in der Schule behalten, bis der Regen aufhört.«

Schließlich gingen sie auf einen Drink ins Hotel.

Endlich klang der Sturm ab, und sie begaben sich wieder nach draußen. Aber sie mußten noch etwas warten, bis die Wassermassen abgelaufen waren. Als die Sonne herauskam, versuchten die Autofahrer, ihre Wagen anzulassen. Das Motorrad war nicht allzu feucht und sprang sofort an.

Die Straßen dampften im Sonnenschein, während sie zur Schule fuhren. Billy wartete schon. »Was für ein Sturm!« rief er aufgeregt. Er kletterte zwischen Elene und Vandam auf das Motorrad.

Ein paar Stunden später fuhren sie hinaus in die Wüste. Elene hielt sich an Vandams Rücken fest und hatte die Augen halb geschlossen. Deshalb bemerkte sie die Veränderung erst, als die Maschine stoppte.

Die Wüste war von einem Blumenteppich bedeckt.

Die Blumen, winzig wie Miniaturen, leuchteten bunt und schienen nur auf den Regen gewartet zu haben. Billy entfernte sich ein paar Schritte von der Straße und beugte sich vor, um eine Blüte zu untersuchen. Vandam umfaßte Elene und küßte sie.

Schließlich riß sie sich lachend los. »Du machst Billy verlegen.«

»Er wird sich daran gewöhnen müssen.«

Elene hörte auf zu lachen. »Wirklich?« fragte sie.

Vandam lächelte und küßte sie wieder.

KEN FOLLETT

Dreifach

Für Al Zuckerman

Man muß sich im klaren sein,
daß die einzige Schwierigkeit bei der Herstellung
einer gleichwie gearteten Atombombe
darin besteht,
eine bestimmte Menge spaltbaren Materials
von angemessener Reinheit herzustellen;
die Konstruktion der Bombe selbst
ist relativ einfach ...

Encyclopedia Americana

PROLOG

NUR EIN EINZIGES Mal waren sie alle zusammenge-
wesen, vor vielen Jahren, in ihrer Jugend, bevor all
dies geschah. Aber diese Begegnung warf Schatten weit
über die Jahrzehnte hinweg.

Es war der erste Sonntag im November des Jahres 1947,
um genau zu sein. Jeder von ihnen lernte all die anderen
kennen – ein paar Minuten lang waren sie sogar alle in
einem Zimmer. Manche vergaßen sofort die Gesichter, die
sie sahen, und die Namen, die bei der förmlichen Vorstellung genannt wurden. Manche vergaßen sogar jenen Tag,
und als er 21 Jahre später so wichtig wurde, mußten sie
so tun, als erinnerten sie sich, und »Ach ja, natürlich«
murmeln.

Diese frühe Begegnung war ein Zufall, aber kein sehr
verblüffender. Fast alle waren sie jung und begabt; waren
dazu bestimmt, Macht zu besitzen, Entscheidungen zu fällen und Veränderungen zu bewirken – jeder auf seine Art,
in seinem Land. Solche Menschen treffen sich in ihrer Jugend eben an Orten wie z. B. in der Universität Oxford.
Davon abgesehen, wurden all jene, die anfangs nicht betroffen waren, in all diese Geschehnisse hineingezogen,
einfach *weil* sie die anderen in Oxford kennengelernt hatten.

Allerdings ließ damals nichts an eine historische Begegnung denken. Es war nur eine von vielen Sherrypartys an einem Ort, an dem es zu viele Sherrypartys gab
(und, wie die Studenten immer hinzufügten, nicht genug

Sherry). Sie war kein Ereignis im besonderen, diese Party – jedenfalls fast.

*

Al Cortone klopfte an und wartete im Flur darauf, daß ein Toter ihm die Tür öffnete.

Der Verdacht, daß sein Freund tot sei, hatte sich in den letzten drei Jahren zu einer Überzeugung verfestigt. Zuerst hatte Cortone gehört, daß Nat Dickstein in Gefangenschaft geraten war. Gegen Ende des Krieges verbreiteten sich Geschichten über das, was mit Juden in den Nazilagern angestellt wurde. Dann, ganz am Ende, wurde die bittere Wahrheit bekannt.

Auf der anderen Seite der Tür scharrte ein Geist mit einem Stuhl über den Fußboden und tappte durch das Zimmer.

Cortone wurde plötzlich nervös. Und wenn Dickstein verkrüppelt war, entstellt? Oder vielleicht verrückt geworden? Cortone hatte nie mit Krüppeln oder Geistesgestörten umzugehen verstanden. Er und Dickstein hatten enge Freundschaft geschlossen – für ein paar Tage, damals 1943 –, aber was war inzwischen aus Dickstein geworden?

Die Tür öffnete sich, und Cortone sagte: »Hallo, Nat.« Dickstein starrte ihn an, dann verzog sich sein Gesicht zu einem breiten Grinsen, und er brachte eine seiner komischen Cockney-Phrasen hervor: »Mensch, ich kipp' ins Kraut!«

Cortone grinste erleichtert zurück. Sie schüttelten einander die Hand, klopften sich auf den Rücken und ließen aus reiner Freude ein paar Soldatenflüche los. Dann gingen sie hinein.

Dickstein besaß ein Zimmer mit hoher Decke in einem alten Haus, das in einem vernachlässigten Teil der Stadt lag. Ein Einzelbett, säuberlich nach Kasernenart gemacht; daneben ein schwerer, alter Kleiderschrank aus dunklem

Holz mit einem entsprechenden Frisiertisch; ein mit Büchern überhäufter Tisch vor einem kleinen Fenster. Auf Cortone wirkte der Raum kahl. Wenn er hier wohnen müßte, würde er einige Habseligkeiten verteilen, damit das Zimmer eine persönliche Note bekäme: Fotografien seiner Familie, Souvenirs von den Niagarafällen und Miami Beach, seinen Football-Pokal aus der Schulzeit.

»Ich möchte gern wissen, wie du mich gefunden hast«, sagte Dickstein.

»Das war keine Kleinigkeit.« Cortone zog seine Uniformjacke aus und legte sie auf das schmale Bett. »Es hat mich fast den ganzen gestrigen Tag gekostet.« Er musterte den einzigen Lehnsessel des Zimmers. Beide Armlehnen neigten sich in merkwürdigem Winkel zur Seite, eine Feder stach durch die verwaschenen Chrysanthemen des Stoffes, und ein Bein war durch ein Exemplar von Platos *Theaitetos* ersetzt worden. »Können Menschen darauf sitzen?«

»Nur, wer es nicht weiter als bis zum Sergeant gebracht hat, aber ...«

»Die anderen sind sowieso keine Menschen.«

Beide lachten. Es war ein alter Witz. Dickstein zog einen Thonet-Stuhl vom Tisch heran und setzte sich rittlings darauf. Er betrachtete seinen Freund einen Moment lang von oben bis unten und sagte: »Du wirst dick.«

Cortone tätschelte die leichte Wölbung seines Bauches. »Wir leben gut in Frankfurt. Durch deine Entlassung hast du wirklich etwas verpaßt.« Er beugte sich vor und senkte die Stimme, als habe er etwas Vertrauliches mitzuteilen. »Ich habe ein Vermögen gemacht. Juwelen, Porzellan, Antiquitäten – alles für Zigaretten und Seife gekauft. Die Deutschen sind am Verhungern. Und was das beste ist, die Mädchen lassen sich für ein Paar Nylonstrümpfe auf alles ein.« Er lehnte sich zurück und wartete auf ein Lachen, doch Dickstein verzog keine Miene. Aus der Fassung gebracht, wechselte Cortone das Thema. »Du bist jedenfalls nicht dick.«

Er war zunächst so erleichtert darüber gewesen, daß Dickstein unversehrt war und immer noch so grinste wie früher, daß er ihn nicht genauer betrachtet hatte. Nun merkte er, daß sein Freund nicht nur schlank, sondern geradezu ausgemergelt war. Nat Dickstein war immer klein und schmal gewesen, aber jetzt schien er nur noch Haut und Knochen zu sein. Die totenbleiche Haut und die großen braunen Augen hinter den von Kunststoff eingefaßten Brillengläsern verstärkten den Eindruck. Zwischen seiner Socke und dem Umschlag seiner Hose zeigten sich ein paar Zentimeter seines blassen, spanartigen Schienbeins. Vier Jahre vorher war Dickstein braun und sehnig gewesen und so hart wie die Ledersohlen seiner britischen Armeestiefel. Wenn Cortone von seinem englischen Kumpel erzählte, was er oft tat, sagte er immer: »Der zäheste, gerissenste Kämpfer, der mir je mein verdammtes Leben gerettet hat – ohne Flachs.«

»Dick? Nein«, entgegnete Dickstein. »Dieses Land ist immer noch auf eiserne Rationen gesetzt, Alter. Aber wir schaffen's schon.«

»Du hast schon Schlimmeres erlebt.«

Dickstein lächelte. »Und Schlimmeres gegessen.«

»Du bist gefangengenommen worden?«

»Bei La Molina.«

»Wie, zum Teufel, konnten sie dich bloß schnappen?«

»Kein Problem.« Dickstein zuckte die Achseln. »Eine Kugel zerschlug mir das Bein, und ich wurde bewußtlos. Als ich zu mir kam, lag ich auf einem deutschen Lastwagen.«

Cortone musterte Dicksteins Beine. »Es ist wieder gut zusammengeheilt?«

»Ich hatte Glück. Auf meinem Gefangenenzug war ein Arzt – er richtete den Knochen ein.«

Cortone nickte. »Und dann das Lager ...?« Vielleicht hätte er nicht fragen sollen, aber er wollte mehr wissen. Dickstein wandte den Blick ab. »Nichts Besonderes, bis sie herausfanden, daß ich Jude bin. Möchtest du eine Tasse Tee? Whisky kann ich mir nicht leisten.«

»Nein.« Cortone wollte, er hätte den Mund gehalten. »Morgens trinke ich sowieso keinen Whisky mehr. Das Leben kommt mir nicht mehr so kurz vor wie früher.«

Dicksteins Augen schwenkten zu Cortone zurück. »Sie beschlossen, zu prüfen, wie oft man ein Bein an derselben Stelle brechen und wieder heilen lassen kann.«

»Jesus.« Cortones Stimme hatte sich zu einem Flüstern gesenkt.

»Das war noch das Beste«, sagte Dickstein tonlos. Er blickte wieder zur Seite.

»Die Schufte.« Cortone fiel nichts anderes ein. Dicksteins Gesicht zeigte einen seltsamen Ausdruck, den Cortone noch nie an ihm gesehen hatte – etwas, was, wie er gleich darauf erkannte, an Furcht erinnerte. Merkwürdig. Schließlich war doch jetzt alles vorbei. »Tja, wenigstens haben wir gewonnen, oder?« Er knuffte Dicksteins Schulter.

Sein Freund grinste. »Stimmt. Aber was treibst du hier in England? Und wie hast du mich gefunden?«

»Ich bin auf der Rückreise nach Buffalo, konnte in London Zwischenstation machen. War beim War Office ...«

Cortone zögerte. Er war zum War Office gegangen, um sich zu erkundigen, wie und wann Dickstein gestorben war. »Man gab mir eine Adresse in Stepney«, fuhr er fort. »Als ich hinkam, stand nur noch ein einziges Haus in der ganzen Straße. Darin fand ich – unter ein paar Zentimetern Staub – einen alten Mann.«

»Tommy Coster.«

»Richtig. Nachdem ich neunzehn Tassen schwachen Tee getrunken und mir seine Lebensgeschichte angehört hatte, schickte er mich zu einem anderen Haus um die Ecke. Dort traf ich deine Mutter, trank noch mehr schwachen Tee und hörte mir ihre Lebensgeschichte an. Als ich endlich deine Adresse hatte, war es für den letzten Zug nach

Oxford zu spät. Deshalb wartete ich bis heute morgen, und da bin ich. Ich habe nur wenig Zeit – mein Schiff legt morgen ab.«

»Bist du schon entlassen?«

»In drei Wochen, zwei Tagen und vierundneunzig Minuten.«

»Was willst du machen, wenn du zu Hause bist?«

»Mich um das Familiengeschäft kümmern. Ich habe in den letzten ein, zwei Jahren gemerkt, daß ich ein erstklassiger Geschäftsmann bin.«

»Womit befaßt sich deine Familie? Du hast mir nie davon erzählt.«

»Mit Transporten«, sagte Cortone kurz angebunden. »Und du? Was, um Himmels willen, willst du denn an der Universität Oxford? Was studierst du?«

»Hebräische Literatur.«

»Du machst Witze.«

»Ich konnte schon hebräisch schreiben, bevor ich zur Schule ging. Habe ich das nie erwähnt? Mein Großvater war der reinste Gelehrte. Er wohnte in einem muffigen Zimmer über einem Pastetenladen in der Mile End Road. Ich besuchte ihn jeden Samstag und Sonntag, seit ich mich erinnern kann. Aber zur Klage hatte ich keinen Anlaß – es machte mir Spaß. Außerdem, was sollte ich denn sonst studieren?«

Cortone zuckte mit den Schultern. »Keine Ahnung, vielleicht Atomphysik oder Betriebswirtschaft. Warum willst du überhaupt studieren?«

»Um glücklich, klug und reich zu werden.«

Cortone schüttelte den Kopf. »Verrückt wie immer. Gibt's hier viele Mädchen?«

»Sehr wenige. Außerdem habe ich zu tun.« Dickstein schien zu erröten.

»Lügner. Du bist verliebt, du Dummkopf. Mir machst du nichts vor. Wer ist es?«

»Nun, um ehrlich zu sein ...« Dickstein war verlegen.

»Sie ist unerreichbar. Die Frau eines Professors. Exotisch, intelligent, die schönste Frau, die ich je gesehen habe.«

Cortone verzog zweifelnd das Gesicht. »Das klingt nicht aussichtsreich, Nat.«

»Ich weiß, aber trotzdem ...« Dickstein stand auf. »Du wirst sehen, was ich meine.«

»Ich werde sie kennenlernen?«

»Professor Ashford gibt eine Sherryparty. Ich bin eingeladen. Als du ankamst, wollte ich gerade los.« Dickstein zog seine Jacke an.

»Eine Sherryparty in Oxford«, sagte Cortone. »Mann, wenn das die in Buffalo hören!«

Es war ein kalter, heller Morgen. Bleicher Sonnenschein ergoß sich über den cremefarbenen Stein der alten Gebäude. Sie schritten in behaglichem Schweigen durch die Stadt, die Hände in den Taschen, die Schultern hochgezogen gegen den beißenden Novemberwind, der durch die Straßen pfiff. Cortone murmelte immer wieder: »Träumende Türme. Mist.«

Nur wenige Menschen waren unterwegs, aber nachdem sie ungefähr eine Meile zurückgelegt hatten, deutete Dickstein über die Straße hinweg auf einen hochgewachsenen Mann, der sich einen College-Schal um den Hals gelegt hatte. »Da ist der Russe.« Er rief: »He, Rostow!« Der Russe blickte auf, winkte und kam auf ihre Straßenseite. Er hatte einen Armeehaarschnitt und war zu groß und zu schlank für seinen Anzug von der Stange. Cortone begann zu glauben, daß jeder in diesem Land zu schlank war.

Dickstein stellte vor: »Rostow studiert in Balliol, demselben College wie ich. David Rostow, Alan Cortone. Al und ich waren eine Zeitlang zusammen in Italien. Gehen Sie auch zu Ashford, Rostow?«

Der Russe nickte würdevoll. »Für einen Drink bin ich zu allem bereit.«

»Interessieren Sie sich auch für hebräische Literatur?«
fragte Cortone.

»Nein, ich bin hier, um die bourgeoise Wirtschaftslehre
zu studieren.«

Dickstein lachte laut. Er erläuterte, da Cortone die
Pointe nicht verstand:»Rostow stammt aus Smolensk. Er
ist Mitglied der KPdSU.«

Cortone begriff die Pointe immer noch nicht. »Ich dachte,
daß niemand Rußland verlassen darf«, sagte er. Rostow gab
eine lange und komplizierte Erklärung ab, die darauf hinauslief, daß sein Vater bei Kriegsausbruch als Diplomat in
Japan gewesen sei. Er hatte einen ernsten Gesichtsausdruck,
der gelegentlich von einem listigen Lächeln verdrängt wurde. Obwohl sein Englisch mangelhaft war, brachte er es fertig, auf Cortone herablassend zu wirken. Cortone schob den
Gedanken an Rostow beiseite und begann, darüber nachzudenken, wie man einen Mann lieben konnte, als wäre er der
eigene Bruder, nachdem man Seite an Seite mit ihm gekämpft hatte. Dann aber verschwand dieser Mann plötzlich, um hebräische Literatur zu studieren, und man begriff,
daß man ihn eigentlich nie richtig gekannt hatte. Schließlich wandte Rostow sich an Dickstein. »Haben Sie sich schon
entschieden, ob Sie nach Palästina wollen?«

»Palästina? Wozu?« erkundigte sich Cortone. Dickstein
schien besorgt. »Ich habe mich noch nicht entschieden.«

»Sie sollten hinfahren«, sagte Rostow. »Eine nationale
Heimstätte der Juden wird dazu beitragen, die letzten
Reste des Britischen Imperiums im Nahen Osten zu zer-
stören.«

»Ist das die Parteilinie?« fragte Dickstein mit einem
schwachen Lächeln.

»Ja«, antwortete Rostow unbeeindruckt. »Sie sind Sozialist ...«

»In Grenzen.«

»... und der neue jüdische Staat muß unbedingt soziali-
stisch sein.«

Cortone konnte es nicht fassen. »Die Araber bringen eure Leute dort um. Mensch, Nat, du bist doch gerade erst den Deutschen entwischt!«

»Ich habe mich noch nicht entschieden«, wiederholte Dickstein. Er schüttelte gereizt den Kopf. »Ich weiß nicht, was ich tun soll.« Offenbar wollte er nicht darüber sprechen.

Ihre Gangart war flott. Cortones Gesicht fror, aber er schwitzte unter seiner Winteruniform. Die beiden anderen begannen, über einen Vorfall zu diskutieren: Ein Mann namens Mosley – der Name sagte Cortone nichts – war überredet worden, in einem Lastwagen nach Oxford zu fahren und am Märtyrer-Ehrenmal eine Rede zu halten. Mosley war ein Faschist, schloß er einen Moment später. Rostow argumentierte, der Vorfall beweise, daß die Sozialdemokratie dem Faschismus näher stehe als dem Kommunismus. Dagegen behauptete Dickstein, daß die Studenten, die die Sache organisiert hatten, sich nur »schokkierend« hatten aufführen wollen.

Cortone hörte zu und beobachtete die beiden Männer. Es war ein seltsames Paar: der hochgewachsene, mit langen Schritten dahinstürmende Rostow mit dem Schal, der wie eine gestreifte Bandage wirkte, und den wie Fahnen flatterden, zu kurzen Hosenbeinen, und der winzige Dickstein mit seinen großen Augen und runden Brillengläsern, der einen typischen Nachkriegsanzug trug und aussah wie ein dahineilendes Skelett. Cortone war kein Akademiker, aber er war sich sicher, daß ihm Redequatsch in keiner Form entgehen würde. Er wußte, daß die Worte keines der beiden ehrlich waren: Rostow plapperte irgendein offizielles Dogma nach, und Dicksteins spröde Gleichgültigkeit verdeckte eine andere, tiefergehende Einstellung. Wenn Dickstein über Mosley lachte, hörte es sich an, als wenn ein Kind nach einem Alptraum lachte. Beide debattierten geschickt, aber ohne Emotion – es war wie ein Gefecht mit stumpfen Säbeln. Schließlich schien Dickstein zu merken, daß Cortone nicht in die Diskussion einbezogen war, und fing an, über ihren Gastgeber zu sprechen. »Stephen Ashford ist ein bißchen exzentrisch, aber ein bemerkenswerter Mann«, sagte er. »Er hat den größten Teil seines Lebens im Nahen Osten verbracht. Er machte ein kleines Vermögen und verlor es wieder, wie man hört. Er tat immer wieder verrückte Dinge, zum Beispiel durchquerte er die Arabische Wüste auf einem Kamel.«

»Das ist vielleicht die am wenigsten verrückte Methode, sie zu durchqueren«, entgegnete Cortone.

»Ashford hat eine libanesische Frau«, warf Rostow ein. Cortone schaute Dickstein an. »Sie ist ...

»Sie ist jünger als er«, unterbrach Dickstein hastig. »Er brachte sie kurz vor dem Krieg mit nach England und wurde hier Professor für Semitische Literatur. Wenn er einem Marsala statt Sherry anbietet, weiß man, daß es Zeit ist, sich zu verabschieden.«

»Kennt denn jeder den Unterschied?« fragte Cortone.

»Das hier ist sein Haus.«

Cortone hatte fest mit einer Villa im maurischen Stil gerechnet, aber das Haus der Ashfords war im imitierten Tudorstil gebaut, weiß bemalt mit grünem Holzwerk. Der Vorgarten bestand aus einem Sträucherdschungel. Die Haustür war offen; sie betraten einen kleinen quadratischen Flur. Irgendwo im Haus lachten Menschen: Die Party hatte begonnen. Eine Doppeltür schwang auf, und die schönste Frau der Welt kam heraus.

Cortone war wie gebannt. Er stand da und starrte sie an, während sie über den Teppich schritt, um die Männer zu begrüßen. Er hörte Dickstein sagen: »Das ist mein Freund Al Cortone«, und plötzlich berührte er ihre lange, braune Hand, warm und trocken und feingliedrig. Am liebsten hätte er sie nie wieder losgelassen.

Sie wandte sich um und geleitete ihre Gäste zum Salon. Dickstein tippte Cortones Arm an und grinste. Ihm war nicht entgangen, was in seinem Freund vorging.

Cortone faßte sich so weit, daß er hervorbrachte: »Eine Wucht!«

Kleine Sherrygläser waren mit militärischer Präzision auf einem kleinen Tisch aufgereiht. Sie reichte Cortone eines, lächelte und sagte: »Übrigens, ich bin Eila Ashford.«

Cortone musterte sie eingehend, während sie die Drinks verteilte. Sie trug keinen Schmuck, ihr bezauberndes Gesicht war ohne Make-up, ihr schwarzes Haar war glatt, sie hatte ein weißes Kleid und Sandalen an – doch die Wirkung war so, als wäre sie nackt. Die sinnlichen Gedanken, die Cortone durch den Kopf schossen, während er sie betrachtete, ließen ihn verlegen werden.

Er zwang sich dazu, sich abzuwenden und seine Umgebung in Augenschein zu nehmen. Das Zimmer hatte die unvollkommene Eleganz von Räumen, in denen Leute wohnen, die etwas über ihre Verhältnisse leben. Der dikke Perserteppich wurde von einem Streifen brüchigen grauen Linoleums begrenzt; jemand hatte am Radio herumrepariert, und die Einzelteile lagen über einen Nierentisch verstreut; dort, wo man Bilder abgenommen hatte, zeigten sich ein paar helle Rechtecke auf der Tapete, und einige Sherrygläser paßten nicht ganz zu den übrigen. Ungefähr ein Dutzend Menschen hielt sich im Zimmer auf.

Ein Araber, der einen teuren perlgrauen Anzug trug, stand am Kamin und betrachtete eine Holzschnitzerei auf dem Sims. Eila Ashford rief ihn zu sich. »Ich möchte Sie mit Yasif Hassan bekannt machen, einem Freund meiner Familie von zu Hause. Er ist am Worcester College.«

»Ich kenne Dickstein«, sagte Hassan. Er schüttelte allen die Hand.

Cortone stufte ihn als recht gut aussehend – für einen »Nigger« – und arrogant ein, so, wie sie eben waren, wenn sie etwas Geld verdient hatten und in die Häuser von Weißen eingeladen wurden.

»Sie sind aus dem Libanon?« fragte Rostow.

»Palästina.«

»Ah!« Rostow wurde lebhaft. »Und was halten Sie vom Teilungsplan der Vereinten Nationen?«

»Irrelevant«, antwortete der Araber träge. »Die Briten müssen verschwinden, und mein Land wird eine demokratische Regierung haben.«

»Aber dann werden die Juden in der Minderheit sein.«

»Sie sind auch in England in der Minderheit. Sollte man ihnen allein schon deshalb Surrey als nationale Heimstätte geben?«

»Surrey hat ihnen nie gehört, Palästina dagegen schon.«

Hassan zuckte mit lässiger Eleganz die Achseln. »Stimmt – als den Walisern England, den Engländern Deutschland gehörte und die normannischen Franzosen in Skandinavien lebten.« Er wandte sich an Dickstein. »Sie haben Sinn für Gerechtigkeit – wie denken Sie darüber?«

Dickstein nahm seine Brille ab. »Hier spielt Gerechtigkeit keine Rolle. Ich möchte etwas haben, was ich meine Heimat nennen kann.«

»Sogar, wenn Sie meine stehlen müssen?«

»Sie können den Rest des Nahen Ostens haben.«

»Den will ich nicht.«

»Diese Diskussion beweist, daß eine Teilung notwendig ist«, sagte Rostow.

Eila Ashford reichte eine Schachtel Zigaretten herum. Cortone nahm eine und gab ihr Feuer. Während die anderen über Palästina debattierten, fragte Eila: »Kennen Sie Dickstein schon lange?«

»Wir sind uns 1943 begegnet«, antwortete Cortone. Er beobachtete, wie sich ihre braunen Lippen um die Zigarette schlossen. Sogar beim Rauchen war sie vollendet schön. Mit graziöser Bewegung streifte sie ein Stück Tabak von ihrer Zungenspitze.

»Ich bin schrecklich neugierig, was ihn betrifft«, erklärte sie.

»Wieso?«

»Alle sind es. Er ist noch ein Junge, und trotzdem scheint er so alt. Außerdem merkt man, daß er ein Cockney ist, aber all diese Engländer der Oberklasse schüchtern ihn nicht im geringsten ein. Doch er redet um keinen Preis über sich selbst.«

Cortone nickte. »Mir wird klar, daß ich ihn eigentlich auch nicht kenne.«

»Mein Mann sagt, er ist ein brillanter Student.«

»Er hat mir das Leben gerettet.«

»Mein Gott.« Sie schaute ihn eindringlicher an, so, als frage sie sich, ob er bloß sentimental sei. Dann schien sie sich zu seinen Gunsten zu entscheiden. »Ich würde gern mehr darüber hören.«

Ein Mann mittleren Alters in ausgebeulten Kordhosen berührte ihre Schulter und fragte: »Alles in Ordnung, meine Liebe?«

»Es könnte nicht besser sein. Mr. Cortone, darf ich Ihnen meinen Mann, Professor Ashford, vorstellen?«

»Freut mich« sagte Cortone.

Ashford war ein kahl werdender Mann in schlechtsitzender Kleidung. Cortone hatte Lawrence von Arabien erwartet. Er dachte: Vielleicht hat Nat doch noch eine Chance.

»Mr. Cortone wollte mir gerade erzählen, wie Nat Dickstein ihm das Leben rettete«, erläuterte Eila.

»Tatsächlich!« sagte Ashford.

»Es ist keine lange Geschichte«, begann Cortone. Er warf einen Blick zu Dickstein hinüber, der nun in das Gespräch mit Hassan und Rostow vertieft war. Ihm fiel auf, daß die drei Männer ihre Einstellung durch die Art, wie sie dastanden, preisgaben: Rostow hatte die Beine gespreizt und deklarierte seine unerschütterliche Überzeugung mit erhobenem Zeigefinger; Hassan hatte sich an einen Bücherschrank gelehnt, hatte eine Hand in die Tasche gesteckt, rauchte und gab vor, daß die internationale Diskussion über die Zukunft seines Landes von rein theoretischem

Interesse sei; Dickstein hatte die Arme fest verschränkt, die Schultern hochgezogen und beugte konzentriert den Kopf, so daß seine Stellung die Leidenschaftslosigkeit seiner Bemerkungen Lügen strafte. Cortone hörte den Ausspruch: *Die Briten haben den Juden Palästina versprochen,* und die Antwort: *Man hüte sich vor den Geschenken eines Diebes.* Er drehte sich wieder den Ashfords zu und sprach weiter.

»Es war in Sizilien, in der Nähe von Ragusa, einem Bergstädtchen. Ich war mit einem Erkundungstrupp um die Außenbezirke gefahren. Nördlich der Stadt trafen wir auf einen deutschen Panzer in einer kleinen Mulde, am Rande einer Baumgruppe. Der Panzer sah verlassen aus, aber ich warf eine Granate hinein, um sicherzugehen. Als wir vorbeifuhren, knallte ein Schuß – nur einer –, und ein Deutscher mit einem Maschinengewehr fiel aus einem Baum. Er hatte sich dort oben versteckt, um uns in Ruhe abzuknallen. Nat Dickstein hatte ihn erschossen.« Eila schien aufgeregt – ihre Augen glänzten –, aber ihr Mann war bleich geworden. Offenbar hatte der Professor keinen Geschmack an Geschichten von Leben und Tod. Cortone dachte: Wenn dich das schon nervös macht, alter Knabe, hoffe ich, daß dir Dickstein nie eine von *seinen* Geschichten erzählt.

»Die Briten hatten die Stadt von der anderen Seite umgangen«, fuhr Cortone fort. »Nat hatte wie ich den Panzer gesehen und eine Falle gerochen. Er hatte den Scharfschützen entdeckt und hielt nach weiteren Ausschau, als wir auftauchten. Wenn er nicht so verdammt clever gewesen wäre, wäre ich jetzt tot.«

Die beiden anderen schwiegen einen Moment lang, dann faßte Ashford sich. »Es ist noch gar nicht lange her, aber man vergißt so schnell.«

Eila erinnerte sich an ihre Gäste. »Ich möchte mich noch etwas mit Ihnen unterhalten, bevor Sie gehen«, sagte sie zu Cortone. Danach durchquerte sie das Zimmer und näherte sich Hassan, der versuchte, eine Flügeltür zu öffnen, die zum Garten hinausführte. Ashford strich sich nervös über den Haarflaum hinter den Ohren. »Die Öffentlichkeit hört von den großen Schlachten, aber ich nehme an, daß sich der Soldat an diese kleinen persönlichen Vorfälle erinnert.«

Cortone nickte. Ashford hatte offensichtlich keine Vorstellung vom Krieg. War die Jugend des Professors wirklich so abenteuerlich gewesen, wie Dickstein behauptet hatte? »Später nahm ich ihn mit, als ich meine Cousins besuchte – meine Familie kommt aus Sizilien. Wir aßen Pasta, tranken Wein, und sie feierten Nat als Helden. Wir waren nur ein paar Tage zusammen, aber wir fühlten uns wie Brüder.«

»Wirklich?«

»Als ich hörte, daß er gefangengenommen worden war, glaubte ich, daß ich ihn nie wiedersehen würde.«

»Wissen Sie, was mit ihm passierte?« fragte Ashford. »Er spricht nicht viel ...

Cortone zog die Schultern hoch. »Er hat die Lager überlebt.«

»Er hat Glück gehabt.«

»Meinen Sie?«

Ashford blickte Cortone einen Augenblick lang verwirrt an, wandte sich ab und sah sich im Zimmer um. Dann sagte er: »Dies ist keine sehr typische Party für Oxford, wissen Sie. Dickstein, Rostow und Hassan sind etwas ungewöhnliche Studenten. Sie sollten Toby kennenlernen – er ist das Urbild unserer Schüler.« Er machte einen rotgesichtigen Jungen mit Tweedanzug und einer sehr breiten, getupften Krawatte auf sich aufmerksam. »Toby, darf ich Sie mit Dicksteins Waffengefährten bekannt machen – Mr. Cortone.«

Toby schüttelte ihm die Hand und fragte abrupt: »Haben Sie einen Tip aus erster Hand? Wird Dickstein gewinnen?«

»Was gewinnen?«

»Dickstein und Rostow werden eine Partie Schach spielen. Beiden sollen unheimlich gut sein«, erklärte Ashford. »Toby glaubt, daß Sie Geheiminformationen haben könnten. Wahrscheinlich will er eine Wette abschließen.«

»Ich habe immer geglaubt, daß Schach ein Spiel für alte Männer ist«, gab Cortone zurück.

»Ah!« machte Toby ziemlich laut und leerte sein Glas. Er und Ashford schienen verblüfft über Cortones Bemerkung.

Ein kleines Mädchen von vier oder fünf Jahren kam aus dem Garten; es trug einen alten grauen Kater. Ashford stellte es mit dem scheuen Stolz eines Mannes vor, der im mittleren Alter Vater geworden ist.

»Das ist Suza.«

»Und das ist Hezekiah«, sagte das Mädchen.

Suza hatte die Haut und das Haar ihrer Mutter; auch sie würde schön werden. Cortone fragte sich, ob sie wirklich Ashfords Tochter war. Nichts an ihrem Äußeren erinnerte an ihn. Sie streckte die Pfote des Katers vor. Cortone schüttelte sie pflichtgemäß und sagte: »Sehr erfreut, Hezekiah.«

Das Mädchen ging zu Dickstein hinüber. »Guten Morgen, Nat. Möchtest du Hezekiah streicheln?«

»Ein süßes Kind«, sagte Cortone zu Ashford. »Ich muß mit Nat reden. Würden Sie mich entschuldigen?« Er näherte sich Dickstein, der sich niedergekniet hatte und den Kater streichelte.

Nat und Suza schienen gut miteinander auszukommen. »Das ist mein Freund Alan«, erklärte er.

»Wir kennen uns schon«, erwiderte sie und ließ die Wimpern flattern. Cortone dachte: Das hat sie von ihrer Mutter gelernt.

»Wir waren zusammen im Krieg«, fuhr Dickstein fort.

Suza blickte Cortone ins Gesicht. »Hast du Menschen getötet?«

Er zögerte. »Ja, natürlich.«

»Tut es dir leid?«

»Nicht allzu leid. Es waren böse Menschen.«

»Nat tut es leid. Deshalb möchte er nicht gern davon sprechen.«

Das Kind hatte mehr aus Dickstein herausgeholt als alle Erwachsenen zusammengenommen.

Der Kater sprang mit überraschender Gewandtheit aus Suzas Armen. Das Mädchen lief ihm nach, und Dickstein stand auf.

»Ich würde nicht sagen, daß Mrs. Ashford unerreichbar ist«, begann Cortone ruhig.

»So?«

»Sie kann nicht mehr als fünfundzwanzig sein. Er ist mindestens zwanzig Jahre älter, und ich wette, daß er sein Pulver längst verschossen hat. Wenn sie vor dem Krieg geheiratet haben, ist sie damals ungefähr siebzehn gewesen. Und sie scheinen nicht gerade zärtlich miteinander umzugehen.«

»Wenn ich dir nur glauben könnte«, sagte Dickstein. Er war nicht so interessiert, wie er hätte sein sollen. »Komm und sieh dir den Garten an.«

Sie gingen durch die Terrassentür hinaus. Die Sonne war kräftiger geworden und die Luft nicht mehr so von klirrender Kälte erfüllt. Der Garten dehnte sich als grüne und braune Wildnis bis hinab zum Flußrand. Sie ließen das Haus hinter sich.

»Du hältst nicht viel von diesen Leuten«, sagte Dickstein.

»Der Krieg ist vorbei«, antwortete Cortone. »Du und ich, wir leben jetzt in verschiedenen Welten. All das – Professoren, Schachpartien, Sherrypartys ... ich könnte genausogut auf dem Mars sein. Für mich geht es darum, Geschäfte zu machen, Konkurrenten auszutricksen, ein paar Dollars zu verdienen. Ich wollte dir einen Job bei mir anbieten, aber ich nehme an, daß ich meine Zeit verschwenden würde.«

»Alan ...«

»Ach, zum Teufel. Unser Kontakt wird jetzt wahrscheinlich abreißen – ich bin kein großer Briefschreiber. Aber ich werde nicht vergessen, daß ich dir mein Leben verdanke. Wenn ich einmal meine Schuld begleichen kann, weißt du, wo du mich finden kannst.«

Dickstein öffnete den Mund, um etwas zu erwidern, dann hörten sie die Stimmen.

»Oh ... nein, nicht hier, nicht jetzt ...« Es war eine Frau.

»Doch!« Ein Mann.

Dickstein und Cortone standen neben einer dichten, kastenförmigen Hecke, die einen Winkel des Gartens abschnitt: Jemand hatte angefangen, ein Labyrinth zu pflanzen, und die Arbeit nicht beendet. Ein paar Schritte von ihnen entfernt öffnete sich eine Lücke, dann knickte die Hecke im rechten Winkel ab und führte am Flußufer entlang. Die Stimmen waren deutlich von der anderen Seite des Laubwerks zu hören.

Die Frau wieder, leise und mit heiserer Stimme. »Hör auf, verdammt, oder ich schreie.«

Dickstein und Cortone traten durch die Lücke.

Cortone würde nie vergessen, was er sah. Er starrte die beiden Menschen an und warf Dickstein neben sich einen entsetzten Blick zu. Dicksteins Gesicht war grau vor Schreck, er wirkte krank; sein Mund öffnete sich, während er voll Abscheu und Verzweiflung zusah. Cortone richtete den Blick wieder auf das Paar.

Die Frau war Eila Ashford. Ihr Kleid war bis zur Taille hochgeschoben, ihr Gesicht war vor Lust gerötet, und sie küßte Yasif Hassan.

1

DIE LAUTSPRECHERANLAGE IM Flughafen von Kairo machte ein Geräusch wie eine Türklingel, dann wurde die Ankunft des Alitalia-Fluges aus Mailand auf arabisch, italienisch, französisch und englisch angekündigt. Tofik el-Masiri verließ seinen Tisch am Büfett und bahnte sich einen Weg zur Aussichtsterrasse. Er setzte seine Sonnenbrille auf, um über die glänzende Betonbrüstung zu blicken. Die Caravelle war schon gelandet und rollte heran.

Tofik war eines Telegramms wegen gekommen. Es war am Morgen von seinem »Onkel« in Rom eingetroffen und verschlüsselt gewesen. Jedes Unternehmen konnte für internationale Telegramme einen Code benutzen, vorausgesetzt, daß es den Schlüssel beim Postamt hinterlegte. Solche Codes wurden immer öfter benutzt, mehr um Geld zu sparen – indem einfache Sätze auf ein Wort reduziert wurden – als um Geheimnisse zu bewahren. Das Telegramm von Tofiks Onkel, das nach dem registrierten Code verschlüsselt war, teilte Einzelheiten über das Testament seiner verstorbenen Tante mit. Tofik hatte jedoch einen anderen Schlüssel, und danach lautete die Botschaft:

PROFESSOR FRIEDRICH SCHULZ BEOBACHTEN UND BESCHATTEN EINTRIFFT KAIRO AUS MAILAND MITTWOCH 28. FEBRUAR 1968 FÜR MEHRERE TAGE. ALTER 51 GRÖSSE 180 CM GEWICHT 150 PFUND HAAR WEISS

AUGEN BLAU NATIONALITÄT ÖSTERREICHISCH BE-GLEITET NUR VON EHEFRAU.

Die Passagiere kamen der Reihe nach aus der Maschine, und Tofik entdeckte seinen Mann fast sofort. Nur ein einziger hochgewachsener, schlanker, weißhaariger Mann war mitgeflogen. Er trug einen hellblauen Anzug, ein weißes Hemd und eine Krawatte; bei sich hatte er eine Plastikeinkaufstasche aus einem Duty-Free-Shop und eine Kamera. Seine Frau war viel kleiner; sie trug einen modernen Minirock und eine blonde Perücke. Während sie die Rollbahn überquerten, schauten sie sich um und schnupperten die warme, trockene Wüstenluft wie die meisten Leute, die zum erstenmal in Nordafrika landen.

Die Passagiere verschwanden im Ankunftsgebäude. Tofik wartete auf der Aussichtsterrasse, bis das Gepäck aus dem Flugzeug geladen wurde. Dann ging er hinein und mischte sich unter die kleine Gruppe von Menschen, die jenseits der Zollschranke warteten.

Er mußte oft warten. Das war etwas, was einem nicht beigebracht wurde. Man lernte, mit Waffen umzugehen, sich Karten einzuprägen, Safes aufzubrechen und Menschen mit bloßen Händen zu töten – alles in den ersten sechs Trainingsmonaten; aber es gab keine Vorlesungen über Geduld, keine Übungen für schmerzende Füße, keine Seminare über Langeweile. Und das *Irgend-etwas-stimmt-nicht*-Gefühl meldete sich. In der Menge war noch ein Agent.

Tofiks Unterbewußtsein hatte Alarm geschlagen, während er über Geduld nachdachte. Diejenigen in der Gruppe, die auf Verwandte, Freunde und Geschäftspartner auf den Flug von Mailand warteten, waren ungeduldig. Sie rauchten, verlagerten ihr Gewicht von einem Fuß auf den anderen, reckten die Hälse und zappelten nervös. Zu ihnen gehörten eine Mittelstandsfamilie mit vier Kindern, zwei Männer in den traditionellen gestreiften Galabiya-Gewändern aus Baumwolle, ein Geschäftsmann ein einem dunklen Anzug, eine junge weiße Frau, ein Chauffeur mit einem Schild, das die Aufschrift FORD MOTOR COMPANY trug, und – und ein geduldiger Mann.

Wie Tofik hatte er dunkle Haut und kurzes Haar und trug einen europäisch geschnittenen Anzug. Auf den ersten Blick schien er die Mittelstandsfamilie zu begleiten, genauso wie Tofik für einen flüchtigen Betrachter den Geschäftsmann im dunklen Anzug zu begleiten schien. Der andere Agent stand lässig da, mit den Händen auf dem Rücken; er hatte das Gesicht dem Ausgang der Gepäckhalle zugewandt und sah unauffällig aus. Neben seiner Nase zog sich ein Streifen hellerer Haut – wie eine alte Narbe – entlang. Er berührte ihn einmal mit einer vielleicht nervösen Geste und legte die Hand dann wieder auf den Rücken.

Die Frage war, ob er Tofik im Visier hatte.

Tofik sprach den Geschäftsmann neben sich an: »Ich begreife nie, warum es so lange dauern muß.« Er lächelte und sprach leise, so daß sich der Geschäftsmann näher zu ihm neigte, bevor er das Lächeln erwiderte. Die beiden wirkten wie Bekannte, die sich oberflächlich unterhielten.

Der Geschäftsmann sagte: »Die Formalitäten dauern länger als der Flug.«

Tofik schaute verstohlen zu dem anderen Agenten hinüber. Der Mann hatte seine Position nicht verändert und beobachtete den Ausgang. Er hatte nicht versucht, sich zu tarnen. Bedeutete das, daß Tofik unbemerkt geblieben war? Oder hatte er Tofik durchschaut und beschlossen, daß ein Tarnungsversuch seinerseits ihn verraten würde? Die Passagiere begannen aufzutauchen, und Tofik wurde klar, daß er in keinem Fall etwas unternehmen durfte. Er hoffte, daß die Leute, die der Agent abholen wollte, vor Professor Schulz herauskommen würden.

Es sollte nicht sein. Schulz und seine Frau waren unter dem ersten kleinen Pulk von Passagieren, die erschienen.

Der andere Agent trat auf sie zu und schüttelte ihnen die Hand. Natürlich, natürlich.

Der Agent war hier, um Schulz zu empfangen. Tofik sah zu, wie der Agent Gepäckträger herbeiwinkte und die beiden fortführte; dann ging er durch einen anderen Ausgang zu seinem Wagen. Bevor er einstieg, zog er sein Jakkett aus, löste seine Krawatte und setzte eine Sonnenbrille und eine weiße Baumwollmütze auf. Nun würde er nicht mehr ohne weiteres als der Mann zu erkennen sein, der am Treffpunkt gewartet hatte. Er nahm an, daß der Agent seinen Wagen im Parkverbot direkt vor dem Haupteingang abgestellt habe, und fuhr dorthin. Es stimmte. Er sah, wie die Träger das Gepäck von Schulz und seiner Frau in den Kofferraum eines fünf Jahre alten grauen Mercedes luden, und rollte weiter. Tofik steuerte seinen schmutzigen Renault zu der Hauptverkehrsstraße, die von Heliopolis, wo der Flugplatz liegt, nach Kairo führt. Er fuhr sechzig Kilometer pro Stunde und blieb auf der rechten Spur. Der graue Mercedes überholte ihn zwei oder drei Minuten später, und Tofik gab Gas, um ihn nicht aus dem Blickfeld zu verlieren. Da es immer nützlich ist, die Autos des Gegners zu kennen, prägte er sich die Nummer ein.

Der Himmel begann, sich zu bewölken. Während er über die gerade, von Palmen umsäumte Straße raste, faßte Tofik das zusammen, was er bisher herausgefunden hatte. Das Telegramm hatte ihm, abgesehen von dem Äußeren des Mannes und der Tatsache, daß er ein österreichischer Professor war, nichts über Schulz verraten. Der Empfang am Flughafen hatte jedoch eine Menge zu bedeuten. Es war eine Art heimlicher VIP-Behandlung gewesen. Tofik hielt den Agenten für einen Einheimischen. Darauf wies alles hin – seine Kleidung, sein Auto, die Art und Weise, wie er gewartet hatte. Schulz war also vermutlich auf Einladung der Regierung hier, aber entweder er oder die Leute, die er besuchte, wollten sein Eintreffen nicht bekanntwerden lassen.

Es war wenig genug. In welchem *Fach* war Schulz Professor? Er konnte ein Bankier, ein Waffenproduzent, ein Raketenexperte oder ein Baumwollaufkäufer sein. Er konnte sogar zur Al Fatah gehören. Was aber Tofik sich schwerlich vorstellen konnte, war, daß der Mann ein wiederauferstandener Nazi war. Doch alles war möglich. Jedenfalls stufte Tel Aviv Schulz nicht als wichtig ein. Hätte man es getan, wäre nicht Tofik, der jung und unerfahren war, zu seiner Überwachung eingesetzt worden. Es war sogar nicht undenkbar, daß die ganze Sache nichts als ein weiterer Teil seines Trainings war.

Sie fuhren auf der Shari Ramses nach Kairo ein. Tofik schloß die Lücke zwischen seinem Wagen und dem Mercedes, bis nur noch ein Fahrzeug sie trennte. Das graue Auto bog an der Corniche-al-Nil nach rechts ab, überquerte dann den Fluß an der Brücke des 26. Juli und rollte in den Samalek-Bezirk der Insel al-Gasira.

In dem reichen, langweiligen Vorort herrschte weniger Verkehr, und Tofik wurde nervös, weil er fürchtete, von dem Agenten am Steuer des Mercedes entdeckt zu werden. Zwei Minuten später bog der andere Wagen jedoch in eine Wohnstraße in der Nähe des Offiziersklubs ein und hielt vor einem Apartmentgebäude mit einem Jakarandabaum im Garten. Tofik bog sofort nach rechts in eine Seitenstraße ein und war außer Sicht, bevor die Türen des anderen Autos sich öffnen konnten. Er parkte, sprang hinaus und eilte zur Ecke zurück. Von dort aus sah er gerade noch, wie der Agent, Schulz und seine Frau, gefolgt von einem Hausverwalter in der Galabiya, der sich mit ihrem Gepäck abmühte, im Haus verschwanden.

Tofik erfaßte die Straße mit einem Blick. Es gab keine Stelle, an der sich ein Mann, ohne aufzufallen, herumdrücken konnte. Er kehrte zu seinem Wagen zurück, setzte ihn rückwärts um die Ecke und parkte zwischen zwei anderen Autos auf derselben Straßenseite wie der Mercedes.

Eine halbe Stunde später kam der Agent allein heraus, stieg in seinen Wagen und fuhr davon.

Tofik machte es sich bequem und wartete.

*

Es dauerte zwei Tage, bis etwas Ungewöhnliches geschah.

Bis dahin verhielten Schulz und seine Frau sich wie Touristen und schienen Spaß daran zu haben. Am ersten Abend aßen sie in einem Nachtklub und sahen einer Truppe von Bauchtänzerinnen zu. Am nächsten Tag besichtigten sie die Pyramiden und die Sphinx, nahmen ihr Mittagessen bei Groppi und ihr Abendessen im Nile Hilton ein. Am Morgen des dritten Tages standen sie früh auf und fuhren mit einem Taxi zur Ibn-Tulun-Moschee.

Tofik ließ sein Auto am Gayer-Anderson-Museum zurück und folgte ihnen. Sie sahen sich flüchtig in der Moschee um und wandten sich danach auf der Shari-al-Salibah nach Osten. Sie bummelten, betrachteten Brunnen und Gebäude, spähten in winzige, dunkle Läden, beobachteten *Baladi*-Frauen, die Zwiebeln, Paprika und Kamelfüße an Ständen kauften.

Die beiden machten an einer Kreuzung halt und betraten ein Teegeschäft. Tofik überquerte die Straße zum Sebil, einem gewölbten Brunnen hinter Fenstern aus Eisengeflecht, und studierte das barocke Relief an seinen Wänden. Er bewegte sich weiter die Straße hinauf, ohne das Teegeschäft aus den Augen zu verlieren, und verbrachte einige Zeit damit, an einem Stand vier unförmige Riesentomaten von einem barfüßigen Verkäufer mit weißer Mütze zu erwerben.

Schulz und seine Frau kamen aus dem Teegeschäft und schlenderten nach Norden – hinter Tofik her – zum Straßenmarkt. Hier fiel es Tofik leichter, bald vor ihnen, bald hinter ihnen zu spazieren. Frau Schulz kaufte Pantoffeln und einen goldenen Armreif und zahlte einem halbnackten Kind zuviel für einen Minzezweig. Tofik war so weit vor ihnen, daß er es sich leisten konnte, eine kleine Tasse starken, ungesüßten türkischen Mokka unter der Markise des Café Nasif zu trinken.

Sie ließen den Straßenmarkt hinter sich und betraten einen überdachten *Suk*, der sich auf Sattlerei spezialisiert hatte. Schulz warf einen Blick auf seine Armbanduhr und sprach mit seiner Frau, was Tofik zum erstenmal leichte Besorgnis verursachte. Dann gingen sie ein wenig schneller, bis sie bei Bab Suwela herauskamen, dem Tor zu der ursprünglichen, von Mauern umgebenen Stadt. Ein paar Sekunden lang wurde Tofik die Sicht durch einen Esel verstellt, der einen Karren mit Ali-Baba-Gläsern – ihre Öffnungen waren mit zerknülltem Papier verstopft – hinter sich herzog. Als der Karren vorbeigefahren war, sah Tofik, daß Schulz sich von seiner Frau verabschiedete und in einen alten grauen Mercedes stieg. Tofik fluchte verhalten.

Die Tür schlug zu, und das Auto setzte sich in Bewegung. Frau Schulz winkte. Tofik las das Nummernschild – es war der Wagen, dem er von Heliopolis gefolgt war – und beobachtete, wie er nach Westen fuhr und bald in die Shari Port Said einbog.

Ohne auf Frau Schulz zu achten, wirbelte er herum und lief hastig davon.

Sie waren ungefähr eine Stunde unterwegs gewesen, hatten aber nur eine Meile zurückgelegt. Tofik rannte durch den *Suk* mit den Sattlereien und durch den Straßenmarkt, wich den Ständen aus und prallte gegen Männer in langen Gewändern und Frauen in Schwarz, ließ seine Tüte Tomaten bei einem Zusammenstoß mit einem nubischen Straßenkehrer fallen und erreichte endlich das Museum und sein Auto.

Er zwängte sich auf den Fahrersitz, schwer atmend, und verzog das Gesicht über den Schmerz an seiner Seite. Dann ließ er den Motor an und fuhr auf kürzestem Weg zur Shari Port Said.

Der Verkehr war spärlich, deshalb vermutete er, hinter dem Mercedes zu sein, als er auf die Hauptstraße kam. Er fuhr weiter nach Südwesten, über die Insel Roda und die Gisa-Brücke zur Gisa-Straße. Schulz hatte nicht bewußt versucht, seinen Verfolger abzuschütteln. Wenn der Professor vom Fach gewesen wäre, hätte er Tofik entschlossen und endgültig hinter sich gelassen. Nein, er hatte einfach einen Morgenspaziergang über den Markt gemacht, bevor er jemanden an einem Orientierungspunkt traf. Aber Tofik zweifelte nicht daran, daß der Agent den Treffpunkt und den Spaziergang vorgeschlagen hatte.

Sie hätten jede beliebige Richtung einschlagen können, aber wahrscheinlich verließen sie die Stadt – denn sonst hätte Schulz einfach ein Taxi am Bab-Suwela-Tor nehmen können, und dies war die Hauptverkehrsstraße nach Westen. Tofik fuhr sehr schnell. Bald lag außer der pfeilgeraden, grauen Straße nichts vor ihm, und zu beiden Seiten war nichts als gelber Sand und blauer Himmel.

Er erreichte die Pyramiden, ohne den Mercedes eingeholt zu haben. Hier gabelte sich die Straße; sie führte nördlich nach Alexandria oder südlich nach Fayum. Von dort, wo der Mercedes Schulz abgeholt hatte, wäre es eine unwahrscheinliche, umständliche Route nach Alexandria gewesen. Deshalb entschied Tofik sich für Fayum. Endlich bekam er den anderen Wagen wieder zu Gesicht – er sah ihn im Rückspiegel auf sich zurasen.

Bevor der Mercedes ihn jedoch erreicht hatte, bog Tofik nach rechts von der Hauptstraße ab. Er bremste schlagartig und setzte den Renault zu der Abzweigung zurück. Das andere Auto war schon eine Meile vor ihm auf der Nebenstraße. Er verfolgte es.

Jetzt wurde es gefährlich. Die Straße führte wahrscheinlich tief in die westliche Wüste, vielleicht sogar bis zum Ölfeld von Kattara. Sie schien selten benutzt zu werden, und jeder starke Wind konnte sie unter einer Sandschicht verschwinden lassen. Der Agent im Mercedes würde mit

Sicherheit merken, daß er verfolgt wurde. Wenn er ausgekocht war, konnte der Anblick des Renaults sogar Erinnerungen an die Fahrt von Heliopolis auslösen.

Hier wurde jedes Training überflüssig. Alle sorgfältigen Tarnungen und einschlägigen Tricks wurden sinnlos; es galt, sich einfach jemandem an die Fersen zu heften und sich nicht abschütteln lassen, ob man gesehen wurde oder nicht, denn vor allem mußte herausgefunden werden, welches Ziel der andere hatte. Wenn man das nicht fertigbrachte, taugte man nichts.

Er schlug also jede Vorsicht in den Wind und folgte dem anderen. Trotzdem verlor er den Anschluß.

Der Mercedes war schneller und besser für die schmale, holprige Straße gebaut. Nach einigen Minuten war er außer Sicht. Tofik fuhr weiter. Er hoffte, ihn einzuholen, falls er anhielt, oder wenigstens auf etwas zu stoßen, das sein Ziel sein konnte.

Nach sechzig Kilometern, tief in der Wüste und etwas beunruhigt über seinen Benzinvorrat, erreichte er ein winziges Oasendorf an einer Straßenkreuzung. Ein paar knochige Tiere grasten in der spärlichen Vegetation um einen schlammigen Teich. Ein Glas Fava-Bohnen und drei Fanta-Dosen auf einem behelfsmäßigen Tisch vor einer Hütte zeigten das örtliche Café an. Tofik stieg aus dem Wagen und wandte sich an einen alten Mann, der einen mageren Büffel tränkte.

»Haben Sie einen grauen Mercedes gesehen?«

Der Bauer starrte ihn verständnislos an, als redete er in einer fremden Sprache.

»Haben Sie einen grauen Wagen gesehen?«

Der alte Mann streifte sich eine große schwarze Fliege von der Stirn und nickte einmal.

»Wann?«

»Heute.«

Mit einer genaueren Antwort konnte Tofik wahrscheinlich nicht rechnen. »Wohin ist er gefahren?«

Der alte Mann deutete nach Westen, in die Wüste.

»Wo kann ich Benzin bekommen?«

Der alte Mann deutete nach Osten, in Richtung Kairo. Tofik gab ihm eine Münze und kehrte zu seinem Auto zurück. Er ließ den Motor an und betrachtete die Treibstoffanzeige. Sein Benzin reichte gerade noch, um zurück nach Kairo zu kommen; wenn er weiter nach Westen fuhr, würde er die Rückfahrt nicht mehr schaffen. Er hatte getan, was er konnte. Erschöpft wendete er den Renault und fuhr zur Stadt zurück.

*

Tofik liebte seine Arbeit nicht. Wenn sie eintönig war, langweilte er sich, wenn sie aufregend war, hatte er Angst. Aber man hatte ihm gesagt, daß wichtige, gefährliche Aufgaben in Kairo zu erfüllen seien und daß er die nötigen Eigenschaften für einen guten Spion habe. Es gebe nicht genug ägyptische Juden in Israel, so daß man nicht einfach einen anderen mit den erforderlichen Qualitäten finden könnte, wenn Tofik sich weigerte. Daraufhin hatte er natürlich zugestimmt. Es war nicht Idealismus, der ihn bewog, sein Leben für sein Land aufs Spiel zu setzen. Er hatte eher sein eigenes Interesse im Auge: Die Vernichtung Israels würde seine eigene Vernichtung sein; wenn er für Israel kämpfte, kämpfte er für sich selbst; er riskierte sein Leben, um sein Leben zu retten. Es war nur logisch. Trotzdem freute er sich auf die Zeit in fünf Jahren? zehn? zwanzig? – wenn er zu alt sein würde für den Außeneinsatz. Dann würde man ihn nach Hause zurückholen und ihn an einen Schreibtisch setzen. Er würde ein nettes jüdisches Mädchen finden, es heiraten und seßhaft werden können, um sich an dem Land zu erfreuen, für das er gekämpft hatte.

Inzwischen aber folgte er Frau Schulz, da er den Professor aus den Augen verloren hatte.

Sie besuchte weiterhin Sehenswürdigkeiten, begleitet von einem jungen Araber, den die Ägypter vermutlich bereitgestellt hatten, damit er sich in Abwesenheit ihres Mannes um sie kümmere. Am Abend führte der Araber sie zum Essen in ein ägyptisches Restaurant, brachte sie nach Hause und küßte sie unter dem Jakarandabaum im Garten auf die Wange.

Am nächsten Morgen ging Tofik zum Hauptpostamt und schickte ein verschlüsseltes Telegramm an seinen Onkel in Rom:

SCHULZ AM FLUGHAFEN VON MUTMASSLICH EINHEI-MISCHEN AGENTEN ABGEHOLT. ZWEI TAGE SEHENS-WÜRDIGKEITEN BESICHTIGT. VON ERWÄHNTEM AGEN-TEN RICHTUNG KATTARA GEFAHREN. ÜBERWACHUNG FEHLGESCHLAGEN. BEOBACHTE NUN SEINE FRAU.

Um 9.00 Uhr war er wieder in Samalek. Um 11.30 Uhr sah er Frau Schulz auf einem Balkon Kaffee trinken und konnte folgern, in welchem Apartment sie wohnte.

Bis zum Mittag war es im Renault sehr heiß geworden. Tofik aß einen Apfel und trank lauwarmes Bier aus einer Flasche.

Professor Schulz traf spätnachmittags in demselben grauen Mercedes ein. Er sah müde und ein wenig zerknit-tert aus, wie ein Mann mittleren Alters, der zu weit ge-reist ist. Schulz verließ den Wagen und ging ins Gebäu-de, ohne sich umzusehen. Danach fuhr der Agent an dem Renault vorbei und musterte Tofik einen Moment. Tofik konnte es nicht ändern.

Wo war Schulz gewesen? Er hatte den Großteil eines Tages benötigt, um an sein Ziel zu kommen, spekulierte Tofik; dort hatte er eine Nacht, einen vollen Tag und eine zweite Nacht zugebracht; und er hatte für die Rückfahrt fast den ganzen heutigen Tag gebraucht. Kattara war nur eine von mehreren Möglichkeiten. Die Wüstenstraße hatte

Matruh an der Mittelmeerküste zum Ziel; eine Abzweigung führte nach Karkur Tohl im fernen Süden; wenn sie das Auto gewechselt und einen Wüstenführer getroffen hatten, wäre sogar ein Rendezvous an der libyschen Grenze möglich gewesen.

Um 21.00 Uhr kamen Schulz und seine Frau wieder heraus. Der Professor wirkte erfrischt. Sie waren zum Abendessen angezogen. Nach einem kurzen Spaziergang stoppten sie ein Taxi.

Tofik entschloß sich, ihnen nicht zu folgen.

Er stieg aus dem Auto und betrat den Garten des Gebäudes. Auf dem staubigen Rasen fand er hinter einem Busch einen Aussichtspunkt, von dem aus er durch die offene Vordertür in den Flur blicken konnte. Der nubische Hausverwalter saß auf einer niedrigen Holzbank und bohrte in der Nase.

Tofik wartete.

Zwanzig Minuten später verließ der Mann seine Bank und verschwand im hinteren Teil des Hauses.

Tofik eilte durch den Flur und lief mit leisen Schritten die Treppe hinauf.

Er hatte drei Dietriche für Yale-Schlösser, aber keiner von ihnen paßte für Apartment drei. Schließlich gelang es ihm, die Tür mit einem biegsamen Plastikstück zu öffnen, das er von einem Zeichendreieck abgebrochen hatte.

Tofik betrat das Apartment und schloß die Tür hinter sich.

Nun war es draußen recht dunkel. Das schwache Licht einer Straßenlaterne drang durch die Fenster. Tofik holte eine kleine Taschenlampe hervor, knipste sie aber noch nicht an.

Das Apartment war groß und luftig, mit weiß getünchten Wänden und Möbeln im englischen Kolonialstil. Es hatte das karge, frostige Aussehen einer Wohnung, in der niemand lebt. Es umfaßte einen großen Salon, ein Eßzimmer, drei Schlafzimmer und eine Küche. Nach einer raschen allgemeinen Prüfung begann Tofik, gründlich herumzuschnüffeln.

Die beiden kleineren Schlafzimmer waren leer. In dem größeren durchsuchte Tofik hastig alle Schubladen und Schränke.

Ein Kleiderschrank enthielt die recht geschmacklose Garderobe einer Frau, die ihre Blüte hinter sich hatte: helle Baumwollröcke, mit Flitter besetzte Kleider, türkis-, orangefarben und rosa. Die Etiketten waren amerikanisch. Das Telegramm hatte Schulz als österreichischen Staatsbürger bezeichnet, aber vielleicht lebte er in den USA. Tofik hatte ihn nie sprechen hören. Auf dem Nachttisch lagen ein englischer Reiseführer für Kairo, ein Exemplar von *Vogue* und der Korrekturabzug einer Vorlesung über Isotope.

Schulz war also Wissenschaftler.

Tofik blätterte die Abhandlung durch. Das meiste überstieg seinen Horizont. Schulz mußte ein prominenter Chemiker oder Physiker sein. Wenn er hier war, um im Waffenfach zu arbeiten, mußte Tel Aviv unterrichtet werden.

Persönliche Papiere waren nicht zu finden – Schulz hatte seinen Paß und seine Brieftasche offenbar eingesteckt. Die Aufkleber der Fluggesellschaft waren von der Garnitur brauner Koffer entfernt worden.

Zwei leere Gläser auf einem niedrigen Tisch im Salon rochen nach Gin. Die beiden hatten einen Cocktail getrunken, bevor sie ausgegangen waren.

Im Badezimmer fand Tofik die Kleidung, die Schulz bei seiner Fahrt in die Wüste getragen hatte. In den Schuhen hatte sich viel Sand gesammelt, und auf den Hosenumschlägen entdeckte er kleine, staubige graue Flecken, die von Zement herrühren konnten. In der Brusttasche der zerknüllten Jacke war ein blauer Plastikbehälter, etwa vier Zentimeter im Quadrat und sehr flach. Er enthielt einen vor Licht schützenden Umschlag, wie sie für fotografische Filme benutzt wurden.

Tofik steckte das Plastikkästchen in die Tasche.

Die Gepäckaufkleber lagen in einem Papierkorb auf dem kleinen Flur. Der Wohnort von Schulz und seiner Frau war Boston, Massachusetts, was wahrscheinlich bedeutete, daß der Professor in Harvard, am MIT oder an einer der weniger bedeutenden Universitäten der Gegend lehrte. Tofik stellte ein paar rasche Berechnungen an. Schulz mußte während des Zweiten Weltkriegs zwischen zwanzig und dreißig gewesen sein; er konnte leicht zu den deutschen Raketenexperten gehören, die nach dem Krieg in die USA gegangen waren.

Oder auch nicht. Man brauchte kein Nazi zu sein, um für die Araber zu arbeiten.

Nazi oder nicht, Schulz war ein Geizhals: Seine Seife, Zahnpasta, Schaumbad und sein Rasierwasser stammten ohne Ausnahme aus Flugzeugen und Hotels.

Auf dem Boden neben einem Rohrstuhl, nicht weit von dem Tisch mit den leeren Cocktailgläsern, lag ein linierter Notizblock, dessen obere Seite leer war. Auf dem Notizblock befand sich ein Bleistift. Vielleicht hatte Schulz Aufzeichnungen über seine Reise gemacht, während er seinen Gin schlürfte. Tofik durchsuchte das Apartment nach Seiten, die der Professor aus dem Block herausgerissen hatte. Er fand sie auf dem Balkon; sie waren in einem großen gläsernen Aschenbecher zu Asche verbrannt.

Die Nacht war kühl. Zu späterer Jahreszeit würde die Luft warm sein und nach Blüten des Jakarandabaums im Garten duften. Der Stadtverkehr röhrte in der Ferne. Tofik wurde an die Wohnung seines Vaters in Jerusalem erinnert. Er fragte sich, wie lange es noch dauern würde, bis er Jerusalem wiedersah.

Er hatte getan, was er hier tun konnte. Aber er nahm sich vor, den Notizblock noch einmal zu prüfen, um zu sehen, ob Schulz' Bleistift einen Abdruck auf der Seite hinterlassen hatte. Er wandte sich von der Brüstung ab und ging über den Balkon zu der Fenstertür, die in den Salon führte.

Er hatte die Hand auf den Türgriff gelegt, als er die Stimmen hörte.

Tofik erstarrte.

»Tut mir leid, Liebling, ich konnte einfach kein zu stark gebratenes Steak mehr vertragen.«

»Aber wir hätten doch irgend etwas essen können, um Himmels willen.«

Schulz und seine Frau waren zurück.

Tofik überlegte eilig, wie er die Räume hinterlassen hatte: Schlafzimmer, Badezimmer, Salon, Küche ... Alles, was er angefaßt hatte, war wieder an seinem Platz, außer dem kleinen Plastikkästchen. Das mußte er ohnehin behalten. Schulz würde hoffentlich annehmen, daß er es verloren hatte.

Wenn Tofik nun ungesehen verschwinden konnte, würden sie von seinem Besuch vielleicht nie etwas ahnen.

Er schob sich über die Brüstung und hing in voller Länge nur an seinen Fingerspitzen. Es war so dunkel, daß er den Boden nicht erkennen konnte. Er ließ sich fallen, landete leichtfüßig und schlenderte davon.

Es war sein erster Einbruch gewesen, und er war mit sich zufrieden. Die Sache war so glatt abgelaufen wie eine Trainingsübung, obwohl die Bewohner zu früh zurückgekehrt waren und der Spion sich plötzlich über eine vorher bedachte Notroute hatte empfehlen müssen. Er grinste. Vielleicht würde er doch noch lange genug leben, um zu seinem Schreibtischposten zu kommen.

Tofik stieg in seinen Wagen, startete den Motor und schaltete die Scheinwerfer an.

Zwei Männer tauchten aus dem Schatten auf und standen zu beiden Seiten des Renault.

Wer ...?

Er nahm sich nicht die Zeit, den Dingen auf den Grund zu gehen, sondern rammte den Schalthebel in den ersten Gang und fuhr an. Die beiden Männer sprangen zur Seite.

Sie machten keinen Versuch, ihn anzuhalten. Weshalb waren sie dagewesen? Um sicherzugehen, daß er im Auto blieb ...?

Er trat voll auf das Bremspedal und blickte auf den Rücksitz. Dann erkannte er mit unendlicher Trauer, daß er Jerusalem nie wiedersehen würde.

Ein großer Araber in einem dunklen Anzug lächelte ihn über die Mündung einer kleinen Pistole an.

»Weiterfahren«, sagte der Mann auf arabisch, »aber nicht ganz so schnell, bitte.«

F: Wie heißt du?

A: Tofik el-Masiri.

F: Beschreibe dich selbst.

A: Alter sechsundzwanzig, einen Meter fünfundsiebzig, hundertachtzig Pfund, braune Augen, schwarzes Haar, semitische Züge, hellbraune Haut.

F: Für wen arbeitest du?

A: Ich bin Student.

F: Was für ein Tag ist heute?

A: Samstag.

F: Deine Nationalität?

A: Ägyptisch.

F: Wieviel sind zwanzig minus sieben?

A: Dreizehn.

Die oben aufgeführten Fragen dienen dazu, die Feineinstellung des Lügendetektors zu erleichtern.

F: Du arbeitest für die CIA.

A: Nein. (WAHR)

F: Für die Deutschen?

A: Nein. (WAHR)

F: Für Israel also.

A: Nein. (UNWAHR)

F: Du bist wirklich Student?

A: Ja. (UNWAHR)

F: Erzähl mir von deinem Studium.

A: Ich studiere Chemie an der Universität Kairo. (WAHR) Ich interessiere mich für Polymere. (WAHR) Ich möchte Petrochemieingenieur werden. (UNWAHR)

F: Was sind Polymere?

A: Komplexe organische Verbindungen aus langen Kettenmolekülen – das häufigste ist Polyäthylen. (WAHR)

F: Wie heißt du?

A: Das habe ich doch gesagt, Tofik el-Masiri. (UNWAHR)

F: Die Kontakte an deinem Kopf und deiner Brust messen Puls, Herzschlag, Atmung und Transpiration. Wenn du die Unwahrheit sagst, verrät dich dein Stoffwechsel – du atmest schneller, schwitzt stärker und so weiter. Diese Maschine, die wir von unseren russischen Freunden erhalten haben, zeigt mir an, wenn du lügst. Außerdem weiß ich zufällig, daß Tofik el-Masiri tot ist. Wer bist du?

A: (Schweigt)

F: Der Draht, der an der Spitze deines Penis geheftet ist, gehört zu einer anderen Maschine. Er ist mit diesem Knopf hier verbunden. Wenn ich auf den Knopf drükke ...

A: (Schreit)

F: ... fährt ein elektrischer Stromstoß durch den Draht und versetzt dir einen Schock. Wir haben deine Füße in einen Eimer Wasser gestellt, um die Wirkung des Apparates zu erhöhen. Wie heißt du?

A: Avram Ambash.

Der elektrische Apparat stört die Funktionen des Lügendetektors.

F: Eine Zigarette?

A: Danke.

F: Ob du es glaubst oder nicht, ich hasse diese Arbeit. Das Problem ist, daß Leute, die Spaß daran haben, sie nie sehr gut beherrschen – man braucht Sensibilität, muß du wissen. Ich bin ein sensibler Mensch ... ich hasse es, andere leiden zu sehen. Du auch?

A: (Schweigt)

F: Du versuchst, dir etwas einfallen zu lassen, um mir Widerstand zu leisten. Bitte, mach dir nicht die Mühe. Es gibt keinen Schutz gegen moderne ... Befragungsmethoden. Wie heißt du?

A: Avram Ambash. (WAHR)

F: Wer ist dein Führungsoffizier?

A: Ich weiß nicht, was Sie meinen. (UNWAHR)

F: Ist es Bosch?

A: Nein, Friedman. (ANZEIGE UNGENAU)

F: Es ist Bosch.

A: Ja. (UNWAHR)

F: Nein, es ist nicht Bosch, sondern Krantz.

A: Also gut, es ist Krantz – wie Sie wollen. (WAHR)

F: Wie nimmst du Kontakt auf?

A: Ich habe ein Funkgerät. (UNWAHR)

F: Du belügst mich.

A: (Schreit)

F: Wie nimmst du Kontakt auf?

A: Ein toter Briefkasten in einem Vorort.

F: Du glaubst, daß der Lügendetektor nicht richtig funktioniert, wenn du Schmerzen hast, und daß die Qual dir deshalb Sicherheit bietet. Du hast nur teilweise recht. Dies ist eine sehr raffinierte Maschine, und ich habe viele Monate darauf verwendet, ihre korrekte Benutzung zu erlernen. Wenn ich dir einen Schock verabreicht habe, dauert es nur Sekundenbruchteile, bis die Maschine auf deinen schnelleren Stoffwechsel eingestellt ist. Und dann kann ich wieder erkennen, ob du lügst. Wie nimmst du Kontakt auf?

A: Ein toter – (Schreit)

F: Ali! Er hat seine Füße losgerissen – diese Krämpfe sind sehr stark. Binde ihn wieder fest, bevor er zu sich kommt. Nimm den Eimer und schütte mehr Wasser hinein.
(Pause)
In Ordnung, er wacht auf. Verschwinde. Kannst du mich hören, Tofik?

A: (Undeutlich)

F: Wie heißt du?

A: (Schweigt)

F: Ein kleiner Stich wird dir helfen –

A: (Schreit)

F: – nachzudenken.

A: Avram Ambash.

F: Welcher Tag ist heute?

A: Samstag.

F: Was haben wir dir zum Frühstück gegeben?

A: Fava-Bohnen.

F: Wieviel sind zwanzig minus sieben?

A: Dreizehn.

F: Was ist dein Beruf?

A: Ich bin Student. Nein, bitte nicht – und ein Spion. Ja, ich bin ein Spion. Den Knopf nicht berühren, bitte. Oh Gott, oh Gott –

F: Wie nimmst du Kontakt auf?

A: Durch verschlüsselte Telegramme.

F: Eine Zigarette. Hier ... oh, du scheinst sie nicht zwischen den Lippen halten zu können – warte, ich helfe dir ... na also.

A: Vielen Dank.

F: Du mußt versuchen, ganz ruhig zu sein. Vergiß nicht, solange du die Wahrheit sagst, wirst du keine Schmerzen haben.
(Pause)
Fühlst du dich besser?

A: Ja.

F: Ich mich auch. Jetzt erzähl mir von Professor Schulz. Warum bist du ihm gefolgt?

A: Ich hatte den Befehl dazu. (WAHR)

F: Aus Tel Aviv?

A: Ja. (WAHR)

F: Von wem in Tel Aviv?

A: Das weiß ich nicht. (ANZEIGE UNKLAR)

F: Aber du kannst raten.

A: Von Bosch. (ANZEIGE UNKLAR)

F: Oder von Krantz?

A: Vielleicht. (WAHR)

F: Krantz ist ein guter Mann. Zuverlässig. Wie geht's seiner Frau?

A: Sehr gut, ich ... (schreit)

F: Seine Frau starb 1958. Warum zwingst du mich, dir weh zu tun? Was hat Schulz unternommen?

A: Zwei Tage lang Sehenswürdigkeiten besichtigt, dann ist er in einem grauen Mercedes in der Wüste verschwunden.

F: Und du bist in sein Apartment eingebrochen?

A: Ja. (WAHR)

F: Was hast du erfahren?

A: Er ist Wissenschaftler. (WAHR)

F: Sonst noch etwas?

A: Amerikaner. (WAHR) Das ist alles. (WAHR)

F: Wer war dein Ausbilder?

A: Ertl. (ANZEIGE UNKLAR)

F: Aber das war nicht sein richtiger Name.

A: Ich weiß nicht. (UNWAHR) Nein! Nicht den Knopf. Lassen Sie mich nachdenken; es war einmal, nur ganz kurz, ich glaube, jemand sagte, daß sein richtiger Name Manner ist. (WAHR)

F: Oh, Manner. Eine Schande. Er gehört zu der altmodischen Sorte. Glaubt immer noch, man könne Agenten so ausbilden, daß ihr Widerstand bei einem Verhör nicht zu brechen ist. Es ist seine Schuld, daß du so leiden mußt. Und deine Kollegen? Wer wurde mit dir zusammen ausgebildet?

A: Ich kannte ihre wirklichen Namen nicht. (UNWAHR)

F: Nein?

A: (Schreit)

F: Die wirklichen Namen.

A: Nicht alle –

F: Nenne mir diejenigen, die du kanntest.

A: (Schweigt) – (Schreit)

Der Gefangene verliert das Bewußtsein.
(Pause)

F: Wie heißt du?

A: A ... Tofik. (Schreit)

F: Was hast du zum Frühstück gegessen?

A: Weiß ich nicht.

F: Wieviel sind zwanzig minus sieben?

A: Siebenundzwanzig.

F: Was hast du Krantz über Professor Schulz gemeldet?

A: Besichtigungen ... westliche Wüste ... Überwachung gescheitert ...

F: Mit wem zusammen wurdest du ausgebildet?

A: (Schweigt)

F: Mit wem wurdest du ausgebildet?

A: (Schreit)

F: Mit wem wurdest du ausgebildet?

A: Ja, wenn ich auch durch das Tal des Todesschattens wandle –

F: Mit wem wurdest du ausgebildet?

A: (Schreit)

Der Gefangene stirbt.

*

Wenn Kawash um ein Treffen bat, zögerte Pierre Borg nicht. Zeit und Ort wurden nicht diskutiert: Kawash sandte eine Botschaft, in welcher der Treffpunkt genannt wurde, und Borg verpaßte das Rendevous nicht. Kawash war der beste Doppelagent, den Borg je gehabt hatte – alles andere war unwichtig.

Der Chef des Mossad stand an einem Ende des Bahnsteigs der Bakerloo-Linie – Richtung Norden – in der U-Bahn-Station Oxford Circus, las ein Plakat, das für eine Vortragsreihe über Theosophie warb, und wartete auf Kawash. Er hatte keine Ahnung, weshalb der Araber London für dieses Treffen gewählt hatte; er wußte nicht, welche Gründe Kawash seinen Vorgesetzten für den Aufenthalt in der Stadt genannt hatte; er wußte nicht einmal, weshalb Kawash ein Verräter war. Aber dieser Mann hatte den Israelis geholfen, zwei Kriege zu gewinnen und einen dritten zu vermeiden. Borg brauchte ihn. Borg blickte den Bahnsteig entlang und hielt nach einem hochstirnigen, braunen Schädel mit großer, schmaler Nase Ausschau. Er glaubte zu ahnen, worüber Kawash sprechen wollte, und hoffte, daß sich seine Ahnung bestätigen würde.

Er machte sich große Sorgen über die Sache mit Schulz. Sie hatte als ganz normale Überwachung begonnen, genau der richtige Auftrag für seinen neuesten, unerfahrensten Agenten in Kairo: Ein hochqualifizierter amerikanischer Physiker, der in Europa Urlaub macht, beschließt, nach Ägypten zu reisen. Die erste Warnung war gekommen, als Tofik Schulz aus den Augen verloren hatte. In jenem Moment hatte Borg die Aktivitäten für dieses Projekt verstärkt. Ein freier Journalist in Mailand, der gelegentlich Erkundigungen für deutsche Geheimdienste einzog, hatte festgestellt, daß Schulz' Flugkarte nach Kairo von der Frau eines ägyptischen Diplomaten in Rom bezahlt worden war. Dann hatte die CIA routinemäßig einen Satz Satellitenfotos der Gegend um Kattara, die Zeichen von Bauarbeiten aufzuweisen schien, an den Mossad weitergereicht – und Borg war eingefallen, daß Schulz in Richtung Kattara gefahren war, als Tofik den Kontakt verloren hatte.

Irgend etwas ging vor. Aber er wußte nicht, was, und das beunruhigte ihn.

Er war immer beunruhigt. Wenn es nicht an den Ägyptern lag, dann an den Syrern; wenn nicht an den Syrern, dann an den Feddajin; wenn nicht an seinen Feinden, dann an seinen Freunden und an der Frage, wie lange sie noch seine Freunde sein würden. Er hatte eine beunruhigende Arbeit. Seine Mutter hatte einmal gesagt: »Arbeit? Unsinn – es ist dir angeboren wie deinem armen Vater. Wenn du Gärtner wärst, würdest du dir auch über deine Arbeit Sorgen machen.« Sie könnte recht gehabt haben, aber trotzdem: Paranoia war die einzig vernünftige Geisteshaltung für einen Spionagechef.

Jetzt war die Verbindung mit Tofik abgerissen, und das war das beunruhigendste Zeichen von allen.

Vielleicht hatte Kawash eine Erklärung.

Ein Zug donnerte herein. Borg wartete nicht auf einen Zug; er begann, die Namen der Mitwirkenden auf einem Kinoplakat zu lesen. Die Hälfte der Namen war jüdisch.

Vielleicht hätte ich Filmproduzent werden sollen, dachte er.

Der Zug setzte sich in Bewegung, und ein Schatten fiel auf Borg. Er blickte auf – und in das Gesicht von Kawash.

Der Araber sagte: »Vielen Dank, daß Sie gekommen sind.« Das tat er jedesmal.

Borg ignorierte seine Worte; er wußte nie, wie er auf Dankesbezeigungen reagieren sollte. »Was gibt's Neues?«

»Ich mußte am Freitag einen Ihrer jungen Leute in Kairo aufgreifen.«

»Sie *mußten* es?«

»Der militärische Geheimdienst bewachte ein großes Tier. Sie merkten, daß der Junge sie beschattete. Das Militär hat kein Operationspersonal in der Stadt. Deshalb wurde meine Abteilung gebeten, ihn zu fassen. Es war ein offizielles Ersuchen.«

»Verflucht«, sagte Borg erbittert. »Was ist mit ihm geschehen?«

»Ich mußte mich an die Vorschriften halten«, antwortete Kawash. Er wirkte betrübt. »Der Junge wurde verhört und getötet. Sein Name war Avram Ambash, aber er
arbeitete als Tofik el-Masiri.«

Borg runzelte die Stirn. »Er hat Ihnen seinen richtigen
Namen verraten?«

»Er ist tot, Pierre.«

Borg schüttelte gereizt den Kopf. Kawash wollte sich
immer an persönlichen Einzelheiten aufhalten. »Warum
hat er seinen Namen preisgegeben?«

»Wir benutzen die russische Ausrüstung – Elektro-
schock, kombiniert mit Lügendetektor. Ihr trainiert sie
nicht so, daß sie damit fertig werden können.«

Borg lachte kurz. »Wenn wir davon sprächen, würden
wir keinen gottverdammten Rekruten kriegen. Was hat
er noch verraten?«

»Nichts, was wir nicht wußten. Er hätte es getan, aber
ich brachte ihn vorher um.«

»*Sie* brachten ihn um?«

»Ich führte das Verhör, um sicherzugehen, daß er nichts
Wichtiges sagte. All diese Vernehmungen werden jetzt auf
Band aufgenommen, und die Abschrift kommt zu den
Akten. Wir lernen von den Russen.« Der Kummer in seinen braunen Augen vertiefte sich. »Wieso – würden Sie
es vorziehen, wenn ich Ihre Jungs von jemand anderem
töten ließe?«

Borg starrte ihn an und wandte schließlich den Blick
ab. Wieder mußte er das Gespräch von Sentimentalitä-
ten fortsteuern. »Was hatte der Junge über Schulz herausgefunden?«

»Daß ein Agent den Professor in die westliche Wüste
brachte.«

»Sicher, aber wozu?«

»Das weiß ich nicht.«

»Sie *müssen* es wissen, Sie gehören zum ägyptischen Geheimdienst!« Borg unterdrückte seinen Ärger. Sollte der Mann sich doch Zeit lassen; letzten Endes würde er seine Informationen weitergeben.

»Ich weiß nicht, was sich dort draußen abspielt, weil sich eine Spezialtruppe damit befaßt«, erklärte Kawash. »Meine Abteilung wird nicht unterrichtet.«

»Irgendeine Ahnung, weshalb?«

Der Araber zuckte die Achseln. »Ich würde sagen, sie wollen nicht, daß die Russen davon Wind bekommen. Heutzutage erfährt Moskau alles, was über uns läuft.«

Borg verbarg seine Enttäuschung nicht. »Ist das alles, was Tofik geschafft hat?«

Plötzlich klang Zorn aus der sanften Stimme des Arabers. »Der Junge ist für Sie gestorben.«

»Ich werde ihm im Himmel danken. Ist er umsonst gestorben?«

»Er hat dies aus Schulz' Apartment geholt.« Kawash zog eine Hand aus der Manteltasche und zeigte Borg ein kleines quadratisches Kästchen aus blauem Kunststoff.

Borg nahm das Kästchen. »Woher wissen Sie, wem es gehörte?«

»Es trägt Schulz' Fingerabdrücke. Und wir nahmen Tofik fest, nachdem er gerade in das Apartment eingebrochen hatte.«

Borg öffnete das Kästchen und betastete den vor Licht schützenden Umschlag. Er war unversiegelt. Der Israeli zog das Negativ hervor.

»Wir haben den Umschlag geöffnet und den Film entwickelt. Er ist leer«, erläuterte der Araber.

Mit einem Gefühl tiefer Befriedigung setzte Borg das Kästchen wieder zusammen und steckte es in die Tasche. Nun ergab alles einen Sinn; nun wußte er, was zu tun war. Ein Zug fuhr ein. »Nehmen Sie diesen?« fragte er. Kawash runzelte leicht die Stirn, nickte bestätigend und trat an den Rand des Bahnsteiges, während der Zug anhielt und die Türen sich öffneten. Er stieg ein und blieb an der Tür stehen. »Ich weiß wirklich nicht, was mit dem Kästchen sein könnte.«

Du magst mich nicht, aber ich halte dich für großartig, sinnierte Borg. Er bedachte den Araber mit einem dünnen Lächeln, während die Türen der U-Bahn zuglitten. »Ich weiß es«, sagte er.

2

DAS AMERIKANISCHE MÄDCHEN war von Nat Dickstein sehr beeindruckt.

Sie jäteten und hackten Seite an Seite in einem staubigen Weingarten, während ein leichte Brise vom Galiläischen Meer herüberblies. Dickstein hatte sein Hemd ausgezogen und arbeitete in Shorts und Sandalen – mit jener Geringschätzung der Sonne, die nur in der Stadt Geborene besitzen können.

Er war ein schmächtiger Mann, feingliedrig, mit schmalen Schultern, einem flachen Brustkasten, knorrigen Ellbogen und Knien. Karen beobachtete ihn immer, wenn sie eine Pause machte, was oft geschah, während er sich nie auszuruhen schien. Zähe Muskeln bewegten sich wie knotige Taue unter seiner braunen, vernarbten Haut. Sie war eine sinnliche Frau, und am liebsten hätte sie die Narben mit den Fingern berührt und ihn gefragt, woher er sie hatte.

Manchmal blickte er auf und überraschte sie dabei, wie sie ihn anstarrte. Dann grinste er ohne Scheu und arbeitete weiter. Sein Gesicht war regelmäßig geschnitten und wies keine besonderen Merkmale auf. Er hatte dunkle Augen hinter billigen, runden Brillengläsern von der Art, die Karens Generation gefiel, weil John Lennon sie trug.

Sein Haar war ebenfalls dunkel und kurz; Karen wünschte sich, daß er es wachsen ließe. Wenn er sein schiefes Grinsen aufsetzte, sah er jünger aus. Aber es war stets schwer zu raten, wie alt er sein mochte. Er hatte die Kraft und Energie eines jungen Mannes, doch sie hatte die Tätowierung des Konzentrationslagers unter seiner Armbanduhr gesehen. Er konnte also nicht viel jünger als vierzig sein.

Er war im Sommer 1967, kurz nach Karen, im Kibbuz eingetroffen. Sie war mit ihren Deodorants und ihren Antibabypillen gekommen – auf der Suche nach einem Ort, wo sie ihre Hippie-Ideale ausleben konnte, ohne 24 Stunden am Tag unter Drogen zu stehen. Man hatte ihn in einem Krankenwagen gebracht. Sie nahm an, daß er im Sechstagekrieg verwundet worden war, und die anderen Kibbuzniks stimmten vage zu, daß es so etwas gewesen sei.

Seine Begrüßung hatte sich sehr von ihrer unterschieden. Karen war freundlich, aber vorsichtig empfangen worden: In ihrer Philosophie erkannten sie ihre eigene, mit gefährlichen Zusätzen. Nat Dickstein kehrte wie ein lange verlorener Sohn zurück. Sie scharten sich um ihn, fütterten ihn mit Suppe und hatten Tränen in den Augen, nachdem sie seine Wunden gesehen hatten.

Wenn Dickstein eine Art Sohn für diese Leute war, dann war Esther ihre Mutter. Sie war das älteste Mitglied des Kibbuz. Karen hatte einmal gesagt: »Sie sieht aus wie Golda Meirs Mutter«, und einer der anderen hatte geantwortet: »Ich glaube, sie ist Goldas *Vater*.« Und alle hatten liebevoll gelacht. Sie benutzte einen Spazierstock, stapfte durch das Dorf und gab ungebeten Ratschläge, von denen die meisten sehr weise waren. Sie hatte vor Dicksteins Krankenzimmer Wache gestanden und lärmende Kinder fortgescheucht, indem sie ihren Stock schwenkte und Prügel androhte, von denen selbst die Kinder wußten, daß sie nie ausgeteilt werden würden.

Dickstein hatte sich sehr schnell erholt. Schon nach

einigen Tagen saß er draußen in der Sonne, putzte Gemüse für die Küche und erzählte den größeren Kindern derbe Witze. Zwei Wochen später arbeitete er auf den Feldern, und bald schaffte er mehr als alle, außer den jüngsten Männern.

Seine Vergangenheit lag im Dunkel, aber Esther hatte Karen die Geschichte seiner Ankunft in Israel im Jahre 1948, während des Unabhängigkeitskrieges, erzählt.

1948 war für Esther jüngste Vergangenheit. Sie hatte als junge Frau in den ersten beiden Jahrzehnten des Jahrhunderts in London gelebt und war an einem halben Dutzend radikaler linker Bewegungen, vom Suffragettentum bis zum Pazifismus, aktiv beteiligt gewesen, bevor sie nach Palästina emigrierte; aber ihre Erinnerung reichte noch weiter zurück, zu Pogromen in Rußland, die vage in monströsen Alptraumbildern vor ihr standen.

Sie hatte in der Tageshitze unter einem Feigenbaum gesessen, einen Stuhl lackiert, den sie mit ihren eigenen knotigen Händen gemacht hatte, und von Dickstein erzählt wie von einem schlauen, aber boshaften Schuljungen.

»Sie waren acht oder neun Männer, einige von der Universität, andere Arbeiter aus dem East End. Wenn sie je Geld besessen hatten, war es ausgegeben, bevor sie Frankreich erreichten. Sie ließen sich von einem Lastwagen nach Paris mitnehmen und sprangen dann auf einen Güterzug nach Marseille auf. Vor dort aus sind sie anscheinend den größten Teil der Strecke nach Italien zu Fuß gegangen. Danach stahlen sie ein riesiges Auto, einen Stabswagen des deutschen Heeres, einen Mercedes, und fuhren bis zur Stiefelspitze von Italien.« Esthers Gesicht war zu einem Lächeln zerknittert, und Karen dachte: Die Alte wäre damals gern bei ihnen gewesen.

»Dickstein war im Krieg in Sizilien gewesen und schien die Mafia dort zu kennen. Sie besaß alle Waffen, die noch vom Krieg übriggeblieben waren. Dickstein wollte Waffen für Israel, hatte aber kein Geld. Er überredete die Sizilianer, eine Schiffsladung Maschinenpistolen an einen Araber zu verkaufen und dann den Juden zu verraten, wo die Übergabe stattfinden würde. Sie wußten, was er vorhatte, und waren begeistert. Der Handel wurde abgeschlossen, die Sizilianer bekamen ihr Geld, und dann kaperten Dickstein und sein Freund das Schiff mit seiner Fracht und stachen nach Israel in See!«

Karen lachte laut auf unter dem Feigenbaum, und eine grasende Ziege schaute trübsinnig zu ihr hin.

»Warte«, sagte Esther, »du hast noch nicht alles gehört. Ein paar der Studenten hatten einmal Rudersport betrieben, und einer der anderen war ein Werftarbeiter, aber das war auch alles, was sie von der Seefahrt verstanden. Und nun sollten sie ganz allein ein Frachtschiff mit 5 000 Tonnen steuern. Sie improvisierten mit der Navigation, aber das Schiff hatte wenigstens Karten und einen Kompaß. Dickstein hatte in einem Buch nachgesehen, wie das Schiff in Gang zu setzen war, aber in dem Buch stand nicht, wie man es stoppte. Sie dampften also nach Haifa, schrien und winkten und warfen ihre Hüte in die Luft, als wäre es ein Studentenstreich – und rammten das Dock.

Man verzieh ihnen natürlich sofort, denn die Waffen waren buchstäblich wertvoller als Gold. Und damals begann man, Dickstein den ›Piraten‹ zu nennen.«

Er erinnert nicht gerade an einen Piraten, wie er da mit seinen ausgebeulten Shorts und seiner Brille im Weingarten arbeitet, dachte Karen. Trotzdem war er attraktiv. Sie wollte ihn verführen, wußte aber nicht, wie sie es anstellen sollte. Offenbar gefiel sie ihm, und sie hatte ihn vorsorglich wissen lassen, daß sie frei war. Aber er machte keinen Annäherungsversuch. Vielleicht hielt er sie für zu jung und unschuldig, oder vielleicht interessierte er sich nicht für Frauen.

Seine Stimme unterbrach ihre Gedanken. »Wir sind fertig, glaube ich.«

Sie blickte zur tiefstehenden Sonne. Es war Zeit aufzuhören. »Du hast zweimal soviel geschafft wie ich.«

»Ich bin an die Arbeit gewöhnt. Schließlich bin ich, mit kleinen Pausen, seit zwanzig Jahren hier. Der Körper paßt sich an.«

Sie gingen zum Dorf zurück, während der Himmel sich purpurn und gelb färbte. »Was tust du sonst – wenn du nicht hier bist?« fragte Karen.

»Oh ... ich vergifte Brunnen und entführe Kinder von Christen.«

Karen lachte.

»Wie läßt sich das Leben hier mit dem in Kalifornien vergleichen?« erkundigte sich Dickstein.

»Hier ist es wunderbar, aber ich glaube, daß noch eine Menge getan werden muß, bevor die Frauen wirklich gleichberechtigt sind.«

»Das scheint im Moment das Hauptthema zu sein.«

»Du hast nie viel darüber zu sagen.«

»Hör zu, ich meine, daß du recht hast. Aber es ist besser, wenn sich Menschen ihre Freiheit nehmen, als wenn sie ihnen gegeben wird.«

»Das klingt wie eine gute Entschuldigung dafür, überhaupt nichts zu unternehmen.«

Jetzt lachte Dickstein.

Als sie das Dorf erreichten, kamen sie an einem jungen Mann auf einem Pony vorbei; er trug ein Gewehr und war unterwegs, um an den Grenzen der Siedlung zu patrouillieren. »Sei vorsichtig, Yisrael«, rief Dickstein. Die Beschießung von den Golanhöhen aus war natürlich vorbei, und die Kinder brauchten nicht mehr unter der Erde in Löchern zu schlafen, aber der Kibbuz führte weiter Patrouillen durch. Dickstein hatte zu denen gehört, die für fortdauernde Wachsamkeit plädierten.

»Ich werde Mottie vorlesen«, sagte Dickstein.

»Darf ich mitkommen?«

»Warum nicht?« Dickstein blickte auf seine Uhr. »Wir

haben gerade noch Zeit, um uns zu waschen. Komm in fünf Minuten zu meinem Zimmer.«

Sie trennten sich, und Karen ging zu den Duschen. Wenn man eine Waise ist, gibt es keinen besseren Ort als einen Kibbuz, überlegte sie, während sie sich auszog. Motties Eltern waren tot – der Vater war bei einem Angriff auf die Golanhöhen im letzten Krieg von einer Granate getötet worden, die Mutter war ein Jahr vorher bei einem Schußwechsel mit den Feddajin umgekommen. Beide waren enge Freunde von Dickstein gewesen. Es war natürlich eine Tragödie für den Kleinen, aber er schlief immer noch im selben Bett, aß im selben Zimmer und hatte fast hundert andere Erwachsene, die ihn liebten und umsorgten. Mottie wurde nicht unwilligen Tanten oder alternden Großeltern aufgezwungen, oder, noch schlimmer, in ein Waisenhaus gesteckt. Und er hatte Dickstein.

Nachdem sie sich den Staub abgewaschen hatte, zog Karen saubere Kleidung an und näherte sich Dicksteins Zimmer. Mottie war schon da, saß auf Dicksteins Schoß, lutschte am Daumen und hörte sich *Die Schatzinsel* auf hebräisch an. Außer Dickstein kannte Karen niemanden, der hebräisch mit einem Cockney-Akzent sprach. Seine Aussprache war jetzt noch seltsamer, da er den Personen in der Geschichte verschiedene Stimmen verlieh: Jim hatte eine hohe Jungenstimme, Long John Silver knurrte tief, und der wahnsinnige Ben Gunn flüsterte fast. Karen saß da und betrachtete die beiden in dem gelben Licht der Deckenlampe. Wie jungenhaft Dickstein wirkte, und wie erwachsen das Kind war!

Als das Kapitel zu Ende war, brachten sie Mottie in seinen Schlafsaal, gaben ihm einen Gutenachtkuß und betraten das Eßzimmer. Karen dachte: Wenn wir weiter so oft zusammen gesehen werden, müssen alle glauben, daß wir schon ein Liebespaar sind.

Sie setzten sich zu Esther. Nach dem Essen erzählte sie ihnen eine Geschichte. In ihren Augen funkelte der

Schalk wie bei einer Jungen. »Als ich zum erstenmal nach Jerusalem kam, hieß es allgemein, daß ein Haus kaufen könne, wer ein Federkissen besäße.«

Dickstein biß gern auf den Köder an. »Wieso?«

»Man konnte ein Federkissen für ein Pfund verkaufen. Mit diesem Pfund konnte man in einen Darlehnsverein eintreten, was einem das Recht gab, zehn Pfund zu borgen. Dann suchte man sich ein Stück Land. Der Eigentümer des Landes nahm zehn Pfund als Anzahlung und den Rest in Schuldscheinen. Nun war man Landbesitzer. Man ging zu einem Bauherrn und sagte: ›Baue dir ein Haus auf diesem Grundstück. Ich möchte nur eine kleine Wohnung für mich selbst und meine Familie.‹«

Sie alle lachten. Dickstein blickte zur Tür hinüber. Karen folgte seinem Blick und sah einen Fremden, einen stämmigen Mann über vierzig mit einem derben, fleischigen Gesicht. Dickstein stand auf und ging auf ihn zu.

Esther wandte sich an Karen. »Nimm es dir nicht zu sehr zu Herzen, Kind. Der taugt nicht zum Ehemann.«

Karen schaute erst Esther, dann wieder die Tür an. Dickstein war verschwunden. Ein paar Sekunden später hörte sie das Geräusch eines Autos, das angelassen wurde und fortfuhr.

Esther legte ihre alte auf Karens junge Hand und drückte sie fest. Karen sollte Dickstein nie wiedersehen.

*

Nat Dickstein und Pierre Borg saßen auf dem Rücksitz eines großen schwarzen Citroën. Borgs Leibwächter steuerte; seine Maschinenpistole lag auf dem Vordersitz neben ihm. Sie fuhren durch die Dunkelheit, und vor ihnen war nichts als die Lichtkegel der Scheinwerfer. Nat Dickstein hatte Angst.

Er schätzte sich nie so ein, wie andere es taten – als fachmännischen, sogar brillanten Agenten, der seine Fähigkeit, fast alles zu überleben, bewiesen hatte. Später, wenn die Mission begonnen hatte, er sich auf seinen Verstand verlassen mußte und spontan mit Strategie, Problemen und Persönlichkeiten fertig zu werden hatte, würde es für Angst keinen Platz geben. Aber jetzt, während Borg ihn instruieren wollte, konnte er keine Pläne schmieden, keine Voraussagen weiterentwickeln, keine Charaktere einschätzen. Er wußte nur, daß er Frieden und schwere körperliche Arbeit, das Land, die Sonne und die Sorge um wachsende Pflanzen hinter sich lassen mußte und daß vor ihm schreckliche Risiken und große Gefahr, Lügen und Schmerz, Blutvergießen und – vielleicht – sein eigener Tod lagen. Deshalb drückte er sich in die Ecke des Sitzes, hatte Arme und Beine fest gekreuzt und beobachtete Borgs schwach erleuchtetes Gesicht, während die Furcht vor dem Unbekannten seinen Magen verkrampfte und ihm Übelkeit verursachte. In dem matten, wechselnden Licht sah Borg aus wie der Riese im Märchen. Er hatte massige Züge: dicke Lippen, breite Wangen und hervorstehende Augen, die von dichten Brauen überschattet waren. Als Kind hatte er immer wieder gehört, daß er häßlich sei, und so war er zu einem häßlichen Mann aufgewachsen. Wenn er sich unbehaglich fühlte – wie jetzt –, fuhren seine Hände ständig an sein Gesicht, bedeckten seinen Mund, rieben seine Nase, kratzten seine Stirn, um unterbewußt seine Unansehnlichkeit zu verbergen. Einmal, in einer ruhigen Minute, hatte Dickstein gefragt: »Warum brüllst du jeden an?«, und er hatte geantwortet: »Weil sie alle so verdammt hübsch sind.«

Man wußte nie, in welcher Sprache man sich mit Borg unterhalten sollte. Er war gebürtiger Frankokanadier und hatte Mühe mit dem Hebräischen. Dicksteins Hebräisch war gut, sein Französisch passabel. Gewöhnlich entschieden sie sich für Englisch.

Dickstein arbeitete seit zehn Jahren für Borg, aber der Mann gefiel ihm immer noch nicht. Er glaubte, Borgs unruhigen, unglücklichen Charakter zu verstehen, und er respektierte sein Fachwissen und seine besessene Hingabe an die Geheimdienstarbeit, aber für Dickstein reichte das nicht aus, um einen Menschen zu mögen. Wenn Borg ihn belog, gab es dafür immer gute, vernünftige Gründe, aber Dickstein nahm die Lüge trotzdem übel.

Er rächte sich, indem er Borgs Taktik gegen ihn selbst anwandte. Gewöhnlich weigerte er sich zu sagen, was sein Ziel war, oder er machte falsche Angaben. Er meldete sich nie planmäßig, wenn er eine Operation durchführte: Er rief einfach an oder sandte Botschaften mit gebieterischen Forderungen. Manchmal enthielt er Borg seinen ganzen Plan oder einen Teil seines Planes vor. Das hinderte erstens Borg daran, sich mit eigenen Vorhaben einzumischen, und es war zweitens auch sicherer – denn Borg mochte verpflichtet sein, alles, was er wußte, Politikern mitzuteilen; und was diese wußten, konnte wiederum dem Gegner zu Ohren kommen. Dickstein kannte die Stärke seiner Position – er war verantwortlich für viele Triumphe, die Borgs Karriere auszeichneten –, und er nutzte das bis zum äußersten aus.

Der Citroën brauste durch das arabische Städtchen Nazareth, das jetzt menschenleer war, da es wahrscheinlich unter Ausgangsverbot stand, und fuhr hinein in die Nacht in Richtung Tel Aviv. Borg steckte sich eine dünne Zigarre an und begann zu sprechen.

»Nach dem Sechstagekrieg hat einer der klugen Knaben im Verteidigungsministerium eine Abhandlung mit dem Titel ›Die unvermeidliche Vernichtung Israels‹ geschrieben. Er brachte folgendes Argument vor: Im Unabhängigkeitskrieg kauften wir Waffen von der Tschechoslowakei. Als sich der sowjetische Block auf die Seite der Araber schlug, wandten wir uns an Frankreich und später an Westdeutschland. Deutschland machte alle Vereinbarungen rückgängig, sobald die Araber davon Wind bekamen. Frankreich verhängte nach dem Sechstagekrieg ein Embargo. Sowohl Großbritannien wie die Vereinigten Staaten haben sich ständig geweigert, uns Waffen zu liefern. Wir verlieren unsere Bezugsquellen, eine nach der anderen.

Angenommen, wir können diese Verluste ausgleichen, indem wir dauernd neue Lieferanten finden und unsere eigene Waffenindustrie aufbauen. Selbst dann bleibt die Tatsache bestehen, daß Israel den Rüstungswettlauf des Nahen Ostens verlieren muß. Die Olländer werden in vorhersehbarer Zukunft reicher sein als wir. Unser Verteidigungshaushalt ist schon jetzt eine schreckliche Last für die Wirtschaft, während unsere Feinde ihre Milliarden für nichts Besseres ausgeben können. Wenn sie zehntausend Panzer haben, werden wir sechstausend brauchen; wenn sie zwanzigtausend Panzer haben, werden wir zwölftausend brauchen und so weiter. Wenn sie ihre Waffenkäufe jedes Jahr einfach verdoppeln, können sie damit unsere Wirtschaft lahmlegen, ohne einen einzigen Schuß abzufeuern.

Schließlich zeigt die jüngste Geschichte des Nahen Ostens ein Muster begrenzter Kriege, die ungefähr einmal im Jahrzehnt stattfinden. Die Logik dieses Musters richtet sich gegen uns. Die Araber können sich erlauben, von Zeit zu Zeit einen Krieg zu verlieren. Wir nicht: Unsere erste Niederlage wird unser letzter Krieg sein.

Schlußfolgerung: Das Überleben Israels hängt davon ab, daß wir den Teufelskreis durchbrechen, den unsere Feinde uns auferlegt haben.«

Dickstein nickte. »Nicht gerade ein neuer Gedankengang. Es ist das übliche Argument für ›Frieden um jeden Preis‹. Ich nehme an, daß der kluge Knabe für diese Arbeit aus dem Verteidigungsministerium gefeuert wurde.«

»Zweimal falsch geraten. Sein Gedankengang geht weiter: ›Wir müssen der nächsten arabischen Armee, die unsere Grenzen überschreitet, permanenten und lähmenden Schaden zufügen oder jedenfalls die Macht dazu haben. Was wir brauchen, sind nukleare Waffen.‹«

Dickstein schwieg einen Moment lang, dann stieß er langsam pfeifend den Atem aus. Es war eine jener phantastischen Ideen, die völlig einleuchtend scheinen, sobald sie geäußert worden sind. Dadurch würde sich alles ändern. Er versuchte, die Schlußfolgerungen zu verdauen. Zahllose Fragen bestürmten ihn. War es technisch machbar? Würden die Amerikaner helfen? Würde das israelische Kabinett seine Zustimmung geben? Würden die Araber mit ihrer eigenen Bombe zurückschlagen? Schließlich sagte er: »Ein kluger Knabe im Verteidigungsministerium? Haha. Der Vorschlag stammte von Moshe Dayan.«

»Kein Kommentar.«

»War das Kabinett einverstanden?«

»Es gab eine lange Debatte. Gewisse achtbare Politiker argumentierten, daß sie nicht so weit hierhergekommen wären, um den Nahen Osten in einem atomaren Holocaust untergehen zu sehen. Aber die Opposition versteifte sich vor allem auf das Argument, daß sich die Araber auch eine Bombe verschaffen würden, wenn wir eine besäßen, und daß wir damit wieder von vorne anfangen könnten. Wie sich herausstellte, war das ihr großer Fehler.« Borg griff in seine Tasche und zog ein kleines Plastikkästchen hervor. Er übergab es Dickstein. Dickstein knipste die Innenbeleuchtung an und untersuchte das Kästchen. Es hatte eine Seitenlänge von ungefähr vier Zentimetern, war flach und blau. Als er es öffnete, enthüllte er einen kleinen Umschlag, der aus schwerem, vor Licht schützendem Papier bestand. »Was ist das?«

»Ein Physiker namens Friedrich Schulz besuchte Kairo im Februar«, sagte Borg. »Er ist Österreicher, arbeitet aber in den Vereinigten Staaten. Anscheinend verbrachte er seinen Urlaub in Europa, aber seine Flugkarte nach Ägypten wurde von der ägyptischen Regierung bezahlt. Ich ließ ihn beschatten, aber er entwischte unserem Mann und verschwand für 48 Stunden in der westlichen Wüste. Wir wissen von Satellitenfotos des CIA, daß in diesem Teil der Wüste ein großes Bauvorhaben durchgeführt wird. Als Schulz zurückkam, hatte er dies in der Tasche. Es ist ein Taschendosimeter. Der Umschlag, der lichtundurchlässig ist, enthält ein Stück eines gewöhnlichen Films. Man trägt das Kästchen in der Tasche oder heftet es an den Aufschlag oder den Hosengürtel. Wenn man einer Strahlung ausgesetzt ist, trübt sich der Film nach der Entwicklung. Dosimeter werden routinemäßig von jedem getragen, der ein Atomkraftwerk besucht oder darin arbeitet.«

Dickstein knipste das Licht aus und gab Borg das Kästchen zurück. »Du meinst also, daß die Araber schon Atombomben herstellen«, sagte er leise.

»Richtig.« Borg sprach unnötig laut.

»Deshalb hat das Kabinett Dayan ermächtigt, eine eigene Bombe zu produzieren.«

»Im Prinzip ja.«

»Was soll das heißen?«

»Es gibt ein paar praktische Schwierigkeiten. Die Mechanik der Sache ist einfach – das eigentliche Uhrwerk der Bombe sozusagen. Jeder, der eine konventionelle Bombe anfertigen kann, kann eine Atombombe herstellen. Das Problem ist, sich das explosive Material, das heißt Plutonium, zu verschaffen. Man erhält Plutonium aus einem Atomreaktor. Es ist ein Nebenprodukt. Wir haben einen Reaktor bei Dimona in der Negev-Wüste. Wußtest du das?«

»Ja.«

»Es ist unser am schlechtesten gehütetes Geheimnis. Wir haben jedoch nicht die Apparatur, um das Plutonium dem verbrauchten Brennstoff zu entziehen. Wir könnten eine Wiederaufbereitungsanlage bauen, aber das Problem ist, daß wir kein *eigenes* Uran besitzen, mit dem wir den Reaktor füttern könnten.«

»Einen Moment.« Dickstein legte die Stirn in Falten. »Wir müssen doch Uran haben, um den Reaktor normal zu betreiben.«

»Korrekt. Wir erhalten es aus Frankreich, und es wird

unter der Bedingung geliefert, daß wir den verbrauchten Brennstoff zur Wiederaufbereitung zurückgeben, damit *sie* das Plutonium bekommen.«

»Andere Lieferanten?«

»Würden dieselbe Bedingung stellen – sie ist Teil des Atomwaffensperrvertrages.«

»Aber die Leute in Dimona könnten ein wenig von dem verbrauchten Brennstoff abzweigen, ohne daß jemand etwas merkt.«

»Nein. Aus der Menge des ursprünglich gelieferten Urans läßt sich präzise errechnen, wieviel Plutonium am anderen Ende herauskommt. Und sie wiegen es sorgfältig ab – es ist teures Zeug.«

»Das Problem ist also, sich Uran zu verschaffen.«

»Richtig.«

»Und die Lösung?«

»Die Lösung ist, daß du es stiehlst.«

Dickstein blickte aus dem Fenster. Der Mond kam hervor und enthüllte eine Herde von Schafen, die sich – bewacht von einem arabischen Hirten mit einem Stab – in einer Feldecke zusammengedrängt hatten: eine biblische Szene. Das war es also – gestohlenes Uran für das Land, in dem Milch und Honig fließen. Beim letztenmal war es die Ermordung eines Terroristenführers in Damaskus gewesen; davor die Erpressung eines reichen Arabers in Monte Carlo, der die Feddajin nicht mehr finanziell unterstützen sollte.

Dicksteins Gefühle waren in den Hintergrund gedrängt worden, während Borg über Politik, Schulz und Atomreaktoren gesprochen hatte. Nun wurde er daran erinnert, daß dies alles *ihn* betraf. Die Angst kehrte zurück, und mit ihr die Erinnerung. Nach dem Tod seines Vaters war seine Familie unglaublich arm gewesen, und als die Gläubiger sich meldeten, war Nat zur Tür geschickt worden, um zu sagen, daß seine Mutter nicht da sei. Im Alter von dreizehn Jahren hatte er es als unerträglich erniedrigend empfunden, da die Gläubiger wußten, daß er log, und da er wußte, daß sie es wußten. Sie sahen ihn immer mit einer Mischung aus Verachtung und Mitleid an, die ihm bis ins Mark drang. Er würde dieses Gefühl nie vergessen – und es kam wie eine Erinnerung aus seinem Unterbewußtsein zurück, wenn jemand wie Borg etwas sagte wie: »Kleiner Nathaniel, geh und stiehl ein bißchen Uran für unsere Heimat.«

Seine Mutter hatte er immer gefragt: »Muß ich das wirklich?« Und jetzt sagte er zu Pierre Borg: »Wenn wir es sowieso stehlen wollen, weshalb kaufen wir es dann nicht und weigern uns einfach, es zur Wiederaufbereitung zurückzuschicken?«

»Weil dann jeder wüßte, was wir planen.«

»Na und?«

»Die Wiederaufbereitung braucht Zeit – viele Monate. In dieser Zeit könnten zwei Dinge passieren: Die Ägypter könnten ihr Programm beschleunigen, oder die Amerikaner würden uns unter Druck setzen, die Bombe nicht zu bauen.«

»Oh!« Es war also noch schlimmer. »Du willst also, daß ich das Zeug stehle, ohne daß jemand merkt, wer es war.«

»Das reicht noch nicht.« Borgs Stimme war schroff und heiser. »Es darf noch nicht einmal jemand wissen, daß es gestohlen wurde. Es muß so aussehen, als wenn der Kram nur verloren wurde. Ich möchte, daß die Eigentümer und die internationalen Geheimdienste wegen des Verschwindens so sehr in Verlegenheit gesetzt werden, daß sie es vertuschen. Und wenn sie später entdecken, daß sie bestohlen worden sind, wird ihre eigene Tarnaktion sie kompromittieren.«

»Irgendwann wird es bestimmt herauskommen.«

»Nicht, bevor wir unsere Bombe haben.«

Sie hatten die Küstenstraße von Haifa nach Tel Aviv erreicht. Während der Wagen durch die Nacht raste, konnte Dickstein zur Rechten gelegentlich einen Blick auf das

Mittelmeer erhaschen, das wie ein Juwel im Mondlicht glitzerte. Als er wieder zu sprechen begann, war er über den Beiklang erschöpfter Resignation in seiner eigenen Stimme überrascht.

»Wieviel Uran brauchen wir?«

»Sie wollen zwölf Bomben haben. In Form von Yellow Cake – das ist das Uranerz – wären es etwa hundert Tonnen.«

»Ich kann es also nicht einfach in die Tasche stecken.« Dickstein runzelte die Stirn. »Was würde das alles kosten, wenn wir es kauften?«

»Ein bißchen mehr als eine Million Dollar.«

»Und du glaubst, daß die Verlierer die Sache vertuschen werden?«

»Wenn man es richtig anstellt.«

»Wie?«

»Das ist deine Sache, Pirat.«

»Ich bin mir nicht so sicher, daß es möglich ist.«

»Das muß es einfach sein. Ich habe dem Ministerpräsidenten zugesagt, daß wir es schaffen können. Meine Karriere steht auf dem Spiel, Nat.«

»Hör mit deiner verdammten Karriere auf.«

Borg zündete sich eine weitere Zigarre an – eine nervöse Reaktion auf Dicksteins verächtliche Bemerkung. Dickstein öffnete das Fenster ein paar Zentimeter, um den Rauch hinauszulassen. Seine plötzliche Feindseligkeit hatte nichts mit Borgs ungeschicktem persönlichen Appell zu tun: Dieser war typisch für die Unfähigkeit des Mannes zu fühlen, wie andere zu ihm standen. Was Dickstein so entnervte, war die plötzliche Vision von Atompilzen über Jerusalem und Kairo, von Baumwollfeldern am Nil und Weingärten am See Genezareth, die durch Fallout verpestet wurden – von einem durch Feuer ruinierten Nahen Osten, von Kindern, die Generationen lang an Mißbildungen und Erbschäden leiden würden.

Er sagte: »Ich meine immer noch, daß Frieden eine Alternative ist.«

Borg zuckte die Achseln. »Woher soll ich das wissen? Ich mische mich nicht in die Politik ein.«

»Dummes Zeug.«

Borg seufzte. »Hör zu, wenn die anderen eine Bombe haben, brauchen wir doch auch eine, nicht wahr?«

»Wenn es nur darum ginge, bräuchten wir nur eine Pressekonferenz abhalten und verkünden, daß die Ägypter eine Bombe herstellen, und sie von dem Rest der Welt zur Räson bringen lassen. Aber ich glaube, daß unsere Leute die Bombe sowieso wollen. Sie freuen sich, nun einen Vorwand zu haben.«

»Und vielleicht haben sie recht!« gab Borg zurück. »Wir können nicht alle paar Jahre einen Krieg führen – vielleicht verlieren wir nämlich mal.«

»Wir könnten Frieden schließen.«

»Du bist so verflucht naiv«, schnaubte Borg.

»Wenn wir in ein paar Punkten nachgäben – die besetzten Gebiete, das Rückkehrgesetz, gleiche Rechte für Araber in Israel –«

»Die Araber haben gleiche Rechte.«

Dickstein lächelte freudlos. »Du bist so verflucht naiv.«

»Hör mich an!« Borg kämpfte um Selbstbeherrschung. Dickstein begriff seinen Zorn; es war eine Reaktion, die Borg mit vielen Israelis teilte. Sie meinten, daß es der Anfang vom Ende wäre. Wenn diese liberalen Ideen jemals Fuß fassen sollten, würde eine Konzession der anderen folgen, bis man das Land den Arabern mit Kußhand zurückgab – und diese Aussicht brachte die Grundlage ihres Selbstverständnisses ins Wanken. »Hör mich an«, wiederholte Borg. »Vielleicht sollten wir unser Geburtsrecht für ein Linsengericht verkaufen. Aber dies ist die reale Welt, und die Menschen dieses Landes werden nicht ›Frieden um jeden Preis‹ wählen. Im tiefsten Inneren weißt du doch, daß auch die Araber sich nicht gerade um einen Friedensschluß reißen. In der realen Welt müssen wir also immer noch mit ihnen kämpfen; und wenn wir mit ihnen kämpfen, sollten wir besser gewinnen. Aber damit wir unseres Sieges sicher sein können, mußt du uns etwas Uran besorgen.«

»Am meisten mißfällt mir an dir, daß du gewöhnlich recht hast«, erwiderte Dickstein.

Borg kurbelte seine Fensterscheibe herunter und warf den Zigarrenstummel hinaus. Er hinterließ eine Funkenspur auf der Straße. Die Lichter von Tel Aviv wurden vor ihnen sichtbar. Sie waren fast da. »Weißt du, mit den meisten meiner Leute muß ich nicht jedesmal über Politik diskutieren, wenn ich ihnen einen Auftrag gebe. Sie nehmen einfach ihre Befehle entgegen, wie es sich für Agenten gehört.«

»Ich glaube dir nicht«, sagte Dickstein. »Dies ist eine Nation von Idealisten. Sonst wäre sie nichts wert.«

»Vielleicht.«

»Ich kannte einmal einen Mann namens Wolfgang. Er behauptete dauernd: ›Ich führe nur Befehle aus.‹ Dann brach er mir immer wieder das Bein.«

»Ja, du hast mir davon erzählt.«

*

Wenn eine Firma einen Buchhalter einstellt, damit die Bücher geführt werden, dann verkündet er als erstes, er habe so viel für die allgemeine Finanzpolitik der Firma zu tun, daß er einen Hilfsbuchhalter einstellen müsse, damit die Bücher geführt werden. Ähnliches trifft auf Spionage zu. Ein Land richtet einen Geheimdienst ein, um herauszufinden, wie viele Panzer sein Nachbar besitzt und wo sie stationiert sind, und bevor man sich versieht, verkündet der Geheimdienst, er sei so sehr davon in Anspruch genommen, subversive Elemente im eigenen Land zu überwachen, daß man einen separaten Dienst brauche, der sich der Abwehr widmen müsse.

Genau das geschah in Ägypten im Jahre 1955. Der gerade flügge gewordene Geheimdienst des Landes wurde in zwei Abteilungen untergliedert: Der »Militärische Geheimdienst« hatte die Aufgabe, die israelischen Panzer zu zählen, und die Abteilung »Allgemeine Nachforschungen« heimste den Ruhm ein.

Der Mann, der beide Abteilungen leitete, trug den Titel Direktor des Allgemeinen Geheimdienstes, um alles noch komplizierter zu machen. Theoretisch hatte er dem Innenminister Bericht zu erstatten. Aber eine andere Tatsache, mit der Spionageabteilungen sich immer herumschlagen müssen, ist die, daß der Staatschef versucht, sie unter seine Kontrolle zu bekommen. Dafür gibt es zwei Gründe. Einer ist, daß die Spione ständig wahnsinnige Mord-, Erpressungs- und Invasionspläne ausbrüten, die schrecklich peinlich werden können, wenn sie in die Tat umgesetzt worden sind; deshalb behalten Präsidenten und Premierminister solche Abteilungen gern persönlich im Auge. Der andere Grund ist, daß Geheimdienste eine Quelle der Macht sind, besonders in wenig stabilen Ländern, und daß das Staatsoberhaupt sich der Einfachheit halber diese Macht sichern will.

Der Direktor des Allgemeinen Geheimdienstes in Kairo erstattete also in der Praxis entweder dem Präsidenten oder dem Staatsminister im Amt des Präsidenten Bericht. Kawash, der hochgewachsene Araber, der Tofik verhört und getötet und Pierre Borg später das Taschendosimeter übergeben hatte, arbeitete in der Abteilung für Allgemeine Nachforschungen, der glanzvolleren zivilen Hälfte des Geheimdienstes. Er war ein intelligenter und würdevoller Mann von großer Integrität, aber er war auch tief religiös – bis hin zum Mystizismus. Es war jene unerschütterliche, machtvolle Art von Mystizismus, welche zu den unwahrscheinlichsten – um nicht zu sagen bizarrsten – Vorstellungen von der realen Welt führen kann. Er hing einer Richtung des Christentums an, die die Auffassung vertrat, daß die Rückkehr der Juden ins Gelobte Land in der Bibel prophezeit und ein Omen des Weltendes sei. Deshalb war es eine Sünde, sich dieser Rückkehr entgegenzustellen, und eine heilige Aufgabe, auf sie hinzuwirken. Aus diesem Grund war Kawash Doppelagent.

Seine Arbeit war alles, was er besaß. Sein Glaube hatte ihn diesem Leben im geheimen zugeführt, und dort hatte er sich allmählich von Freunden, Nachbarn und – mit wenigen Ausnahmen – seiner Familie gelöst. Er kannte keinen persönlichen Ehrgeiz außer dem, in den Himmel zu kommen. Da er asketisch lebte, bestand sein einziges irdisches Vergnügen darin, im Spionagespiel Punkte zu sammeln. Kawash ähnelte Borg sehr, mit dem Unterschied, daß er glücklich war. Im Moment machte er sich jedoch Sorgen. Bis jetzt verlor er Punkte in der Angelegenheit, die mit Professor Schulz begonnen hatte, und das bedrückte ihn. Sein Problem war, daß nicht die »Allgemeinen Nachforschungen« für das Kattara-Projekt verantwortlich waren, sondern die andere Hälfte der Spionageorganisation, der Militärische Geheimdienst. Kawash hatte jedoch gefastet und meditiert und in schlaflosen Nächten einen Plan entwickelt, um das Geheimprojekt zu durchlöchern.

Er hatte einen Cousin zweiten Grades, Assam, der im Amt des Direktors des Allgemeinen Geheimdienstes arbeitete – der Organisation, welche die Tätigkeit des Militärischen Geheimdienstes und der Allgemeinen Nachforschungen koordinierte. Assam hatte einen höheren Rang als Kawash, aber Kawash war klüger.

Die beiden Cousins saßen in der Mittagshitze im Hinterzimmer eines kleinen, schmutzigen Kaffeehauses an der Sherif Pasha, tranken lauwarmen Limonenlikör und bliesen Tabakrauch auf die Fliegen. In ihren leichten Anzügen und mit ihren Nasser-Schnurrbärten sahen sie wie Zwillinge aus. Kawash wollte von Assam etwas über Kattara erfahren. Er hatte sich eine plausible Methode ausgedacht, auf die Assam wahrscheinlich ansprechen würde, aber er wußte, daß er sehr behutsam vorgehen mußte, um Assams Unterstützung zu gewinnen. Trotz der Besorgnis, die er in sich spürte, wirkte er unerschütterlich wie immer.

Er begann mit einer scheinbar direkten Frage. »Mein Cousin, weißt du, was bei Kattara geschieht?«

Assams gutgeschnittenes Gesicht wurde recht verschlossen. »Wenn du es nicht weißt, kann ich dir nichts darüber sagen.«

Kawash schüttelte den Kopf, als ob Assam ihn mißverstanden habe. »Ich will nicht, daß du Geheimnisse enthüllst. Außerdem kann ich erraten, was für ein Projekt es ist.« Das war eine Lüge. »Was mich beunruhigt, ist, daß es in Marajis Hand ist.«

»Wieso?«

»Deinetwegen. Ich denke an deine Karriere.«

»Ich bin zuversichtlich ...«

»Dazu besteht kein Anlaß. Maraji will deinen Posten, das mußt du doch wissen.«

Der Cafébesitzer brachte einen Teller mit Oliven und zwei flache Laibe Pitabrot. Kawash schwieg, bis der Mann hinausgegangen war. Er beobachtete Assam, während dessen angeborene Skepsis sich an der Lüge über Maraji nährte.

Kawash fuhr fort: »Maraji macht dem Ministerium direkt Meldung, wie ich höre.«

»Aber ich sehe alle Dokumente«, verteidigte sich Assam.

»Du kannst nicht wissen, was er dem Minister unter vier Augen mitteilt. Er hat eine sehr starke Position.«

Assam zog die Brauen zusammen. »Wie hast du eigentlich von dem Projekt erfahren?«

Kawash lehnte sich gegen die kühle Betonmauer. »Einer von Marajis Männern arbeitete als Leibwächter in Kairo und merkte, daß er verfolgt wurde. Der Verfolger war ein israelischer Agent namens Tofik. Maraji hat keine Außendienstagenten in der Stadt, deshalb wurde die

Bitte des Leibwächters um Aktion an mich weitergereicht. Ich schnappte Tofik.«

Assam grunzte entrüstet. »Schlimm genug, sich beschatten zu lassen. Noch schlimmer, sich an die falsche Abteilung um Hilfe zu wenden. Unglaublich.«

»Vielleicht können wir etwas unternehmen, mein Cousin.«

Assam kratzte sich an der Nase. Die schweren Ringe an seiner Hand blitzten dabei auf. »Sprich weiter.«

»Berichte dem Direktor von Tofik. Melde ihm, daß Maraji – trotz seiner erheblichen Talente – bei der Auswahl seiner Männer Fehler macht, da er im Vergleich zu jemandem wie dir jung und unerfahren ist. Bestehe darauf, daß *du* für das Personal am Kattara-Projekt verantwortlich sein solltest. Dann besetze dort einen Posten mit einem Mann, der uns ergeben ist.«

Assam nickte langsam. »Ich verstehe.«

Kawash sah den Erfolg zum Greifen nahe. Er beugte sich vor. »Der Direktor wird dir dankbar sein, weil du diese Nachlässigkeit in einer Sache von höchster Geheimhaltungsstufe entdeckt hast. Und du wirst in der Lage sein, alles im Auge zu behalten, was Maraji tut.«

»Das ist ein sehr guter Plan«, lobte Assam. »Noch heute spreche ich mit dem Direktor. Ich bin dir dankbar, Cousin.«

Kawash wollte noch etwas sagen – das Wichtigste –, und zwar im bestmöglichen Moment. In ein paar Minuten, entschied er. Er stand auf. »Bist du nicht schon immer mein Gönner gewesen?«

Sie traten Arm in Arm in die Hitze der Stadt hinaus. »Und ich werde sofort einen geeigneten Mann finden«, sagte Assam.

»Ach ja«, fiel Kawash ein, als wäre es eine weitere unbedeutende Einzelheit. »Ich habe einen Mann, der ideal wäre. Er ist intelligent, erfinderisch und sehr diskret – und der Sohn meines Schwagers.«

Assams Augen verengten sich. »Er würde also auch dir Bericht erstatten.«

Kawash schien verletzt. »Wenn meine Bitte übertrieben ist ...« Er breitete die Hände zu einer Geste der Resignation aus.

»Nein«, sagte Assam. »Wir haben einander doch immer geholfen.«

Sie erreichten die Ecke, an der sie sich trennen mußten. Kawash strengte sich an, das Triumphgefühl nicht an seiner Miene sehen zu lassen. »Ich werde den Mann zu dir schicken. Du wirst sehen, er ist hundertprozentig zuverlässig.«

»In Ordnung«, stimmte Assam zu.

*

Pierre Borg kannte Nat Dickstein seit zwanzig Jahren. Damals, im Jahre 1948, war Borg überzeugt, daß der Junge, ungeachtet des Streiches mit der Schiffsladung Maschinenpistolen, nicht zum Agenten tauge. Er war schmächtig, blaß, schüchtern und unansehnlich gewesen. Aber die Entscheidung hatte nicht bei Borg gelegen, und man hatte Dickstein auf die Probe gestellt. Borg hatte rasch anerkennen müssen, daß der Junge bei aller Unscheinbarkeit selten ausgekocht war. Er besaß auch einen Charme, den Borg nicht durchschaute. Manche Frauen im Mossad waren verrückt nach ihm, während andere ihn nicht leiden konnten. Dickstein zeigte ohnehin kein Interesse – in seiner Akte stand: »Geschlechtsleben: keines«.

Im Laufe der Jahre waren Dicksteins Geschick und Selbstvertrauen gewachsen, und nun verließ sich Borg mehr auf ihn als auf jeden anderen. Wenn Dickstein mehr persönlichen Ehrgeiz gehabt hätte, säße er jetzt vielleicht sogar auf Borgs Stuhl.

Trotzdem glaubte Borg nicht, daß Dickstein seinen Auftrag würde erfüllen können. Das Resultat der politischen Debatte über Atomwaffen war einer jener blödsinnigen Kompromisse, welche die Arbeit der Beamten so verdarben: Man hatte nur unter der Bedingung zugestimmt, das Uran stehlen zu lassen, daß niemand – jedenfalls für viele Jahre – wissen würde, daß Israel der Dieb gewesen war. Borg hatte gegen den Beschluß angekämpft. Er war für einen plötzlichen, blitzschnellen Piratenakt gewesen, und zum Teufel mit den Konsequenzen. Eine etwas ausgewogenere Art, die Dinge zu lösen, hatte sich im Kabinett durchgesetzt; aber es blieb Borg und seiner Mannschaft überlassen, diese Entscheidung in die Praxis umzusetzen.

Es gab auch noch andere Männer im Mossad, die einen vorgegebenen Plan so gut ausführen konnten wie Dickstein. Mike, der Leiter der Sondereinsätze, war ein solcher, und Borg selbst schließlich auch. Aber es gab niemanden außer Dickstein, zu dem Borg hätte sagen können: Das ist das Problem – löse es.

Die beiden Männer verbrachten einen Tag in einem Mossad-Unterschlupf in der Stadt Ramat Gan, etwas außerhalb von Tel Aviv. Mossad-Angestellte, die einer Sicherheitsprüfung unterzogen worden waren, kochten Kaffee, servierten Mahlzeiten und patrouillierten durch den Garten mit Revolvern unter den Jacken. Am Morgen unterhielt Dickstein sich mit einem jungen Physikdozenten vom Weizmann-Institut in Rehovot. Der Wissenschaftler hatte lange Haare und eine geblümte Krawatte; er erklärte die chemische Beschaffenheit von Uran, das Wesen der Radioaktivität und das Funktionieren eines Atomreaktors mit höchster Klarheit und endloser Geduld. Nach dem Mittagessen sprach Dickstein mit einem Verwaltungsangestellten aus Dimona über Uranbergwerke, Anreicherungsanlagen, Brennstoffherstellungswerke, Lagerung und Transport; über Sicherheitsvorkehrungen und internationale Verordnungen; über die Internationale Atomenergieagentur, die Atomenergiekommission der

Vereinigten Staaten, die Atomenergiebehörde des Vereinigten Königreichs und über Euratom.

Am Abend nahmen Borg und Dickstein ihre Mahlzeit gemeinsam ein. Borg folgte wie gewöhnlich einer halbherzigen Diät: Er aß kein Brot zu seinem Lammfleischspieß, aber er trank die ganze Flasche des roten israelischen Weines fast allein aus. Seine Entschuldigung war, daß er seine Nerven beruhigen müsse, um Dickstein gegenüber seine Besorgnis nicht zu zeigen.

Nach dem Essen gab er Dickstein drei Schlüssel. »In Schließfächern in London, Brüssel und Zürich findest du zusätzliche Papiere. In jedem befinden sich ein Paß, ein Führerschein, Bargeld und eine Waffe. Wenn du die Identität wechseln mußt, läßt du die alten Dokumente im Fach.«

Dickstein nickte zustimmend.

»Erstatte ich dir oder Mike Bericht?«

Borg dachte: Du erstattest ja doch nie Bericht, du Lump. »Mir, bitte. Wenn möglich, ruf mich direkt an und benutze unseren Jargon. Wenn du mich nicht erreichen kannst, nimm mit einer beliebigen Botschaft Verbindung auf und verwende den Code für ein Treffen – ich werde dann versuchen, zu dir zu kommen, wo du auch bist. Im äußersten Notfall kannst du verschlüsselte Briefe mit der Diplomatenpost schicken.«

Dickstein nickte ausdruckslos: All das war Routine. Borg starrte ihn an und versuchte, seine Gedanken zu lesen. Wie fühlte *er* sich? Glaubte er, daß er es schaffen könnte? Hatte er irgendwelche Pläne? Wollte er einfach nur so tun, als habe er es versucht, und dann melden, daß es unmöglich sei? War er wirklich davon überzeugt, daß Israel die Bombe benötigte?

Borg hätte fragen können, aber er würde keine Antwort erhalten haben.

»Vermutlich gibt's einen letzten Termin«, sagte Dickstein.

»Ja, aber wir kennen ihn noch nicht.« Borg begann,

Zwiebelstücke aus dem Salatrest zu stochern. »Wir müssen unsere Bombe haben, bevor die Ägypter ihre kriegen. Das bedeutet, daß dein Uran in den Reaktor eingegeben werden muß, bevor der ägyptische Reaktor betriebsfähig ist. Danach hängt alles von der Chemie ab – keine Seite kann subatomare Teilchen schneller machen. Wer als erster anfängt, wird auch als erster fertig.«

»Wir brauchen einen Agenten in Kattara«, meinte Dickstein.

»Daran arbeite ich.«

Dickstein nickte. »Wir benötigen einen sehr guten Mann in Kairo.«

Borg wollte über andere Dinge sprechen. »Was willst du – möchtest du mich etwa aushorchen?« fragte er mürrisch.

»Ich habe nur laut gedacht.«

Sie schwiegen ein paar Sekunden lang. Borg zermalmte weitere Zwiebelstücke.

»Ich habe dir gesagt, was ich will, aber ich habe dir alle Entscheidungen darüber überlassen, ganz wie du es schaffst.«

»Oh ja, das hast du.« Dickstein stand auf. »Ich lege mich jetzt am besten hin.«

»Hast du schon eine Vorstellung, wo du anfangen willst?«

»Ja, gute Nacht.«

3

NAT DICKSTEIN HATTE sich nie daran gewöhnen können, Geheimagent zu sein. Das dauernde Sichverstellenmüssen machte ihm zu schaffen. Er mußte ständig Menschen belügen, sich verstecken, sich für einen anderen ausgeben, sich verstohlen an die Fersen anderer heften und Beamten an Flugplätzen falsche Papiere zeigen. Er wurde die Angst nicht los, daß man ihn entlarven könnte. Tagsüber hatte er oft einen Alptraum, in dem er plötzlich von Polizisten eingekreist wurde. Sie riefen: »Du bist ein Spion! Du bist ein Spion!« und brachten ihn ins Gefängnis, wo sie ihm das Bein brachen.

Auch jetzt fühlte er sich unbehaglich. Er befand sich im Jean-Monnet-Gebäude auf dem Kirchberg-Plateau in Luxemburg, das sich jenseits der Hügelstadt an einem schmalen Flußbett erhebt. Er saß am Eingang zu den Büros der Euratom-Sicherheitsbehörde und prägte sich die Gesichter der Angestellten ein, die zur Arbeit eintrafen. Eigentlich wartete er auf einen Pressesprecher namens Pfaffer, aber er war absichtlich viel zu früh gekommen, um nach einer Schwachstelle Ausschau zu halten. Der Nachteil dieser Methode war, daß das gesamte Personal ebenfalls sein Gesicht sah. Aber er hatte keine Zeit, subtile Vorsichtsmaßnahmen zu treffen. Pfaffer erwies sich als unordentlicher junger Mann mit mürrischer Miene und einer abgenutzten braunen Aktentasche. Dickstein folgte ihm in ein gleichermaßen unordentliches Büro und nahm sein Angebot einer Tasse Kaffee an. Sie sprachen französisch. Dickstein war beim Pariser Büro einer obskuren Zeitschrift namens *Science International* akkreditiert. Er erzählte Pfaffer, daß er den Ehrgeiz habe, für den *Scientific American* zu arbeiten.

»Über welches Thema genau schreiben Sie gerade?«

»Der Artikel heißt ›UVM‹«, erklärte Dickstein. »Unerklärt Verschwundenes Material. In den Vereinigten Staaten geht ständig radioaktiver Brennstoff verloren. Hier in Europa gibt es, wie ich höre, ein internationales System, das über solches Material auf dem laufenden ist.«

»Richtig. Die Mitgliedsländer überlassen Euratom die Kontrolle spaltbarer Substanzen. Wir haben vor allem eine komplette Liste ziviler Einrichtungen, die Vorräte besitzen – von Bergwerken über Vorbereitungs- und Herstel-

lungsanlagen, Lagern und Reaktoren bis zu Wiederauf-
bereitungsanlagen.«

»Sie sprachen von zivilen Einrichtungen.«

»Ja. Die militärischen sind unserem Einfluß entzogen.«

»Fahren Sie fort.« Dickstein war erleichtert darüber, daß
er Pfaffer zum Reden gebracht hatte, bevor dieser hatte
merken können, wie begrenzt Dicksteins eigene Kenntnis dieser Thematik war.

»Nehmen Sie zum Beispiel eine Fabrik, die Brennstoffelemente aus gewöhnlichem Yellow Cake herstellt. Der
Rohstoff, der in die Fabrik kommt, wird von Euratom-
Inspektoren gewogen und analysiert. Die Ergebnisse werden in den Euratom-Computer programmiert und mit den
Informationen der Inspektoren an der Versandanlage
verglichen – in diesem Fall wahrscheinlich ein Uranberg-
werk. Wenn es eine Differenz zwischen der Menge, die
die Versandanlage verlassen hat, und der Menge gibt, die
in der Fabrik eintrifft, macht der Computer darauf aufmerksam. Ähnliche Messungen – Quantität und Qualität
– werden bei dem Material durchgeführt, das aus der
Fabrik hinausgeht. Die Zahlen werden ihrerseits mit der
Information verglichen, die von Inspektoren an dem Ort
kommt, wo der Brennstoff benutzt wird – wahrscheinlich
in einem Atomkraftwerk. Außerdem werden alle Rück-
stände in der Fabrik gewogen und analysiert.

Dieser Prozeß der Prüfung und Gegenprüfung wird bis
zur endgültigen Ablagerung der radioaktiven Rückstän-
de durchgeführt. Davon abgesehen, findet wenigstens
zweimal jährlich in der Fabrik eine Bestandsaufnahme
statt.«

»Ich verstehe.« Dickstein wirkte beeindruckt und fühlte sich völlig entmutigt. Zweifellos übertrieb Pfaffer die
Leistungsfähigkeit des Systems. Aber wie sollte man,
selbst wenn nur die Hälfte der vorgeschriebenen Prüfun-
gen vorgenommen wurde, hundert Tonnen Yellow Cake
fortzaubern, ohne daß der Computer etwas merkte? Er

gab Pfaffer ein weiteres Stichwort: »Ihr Computer weiß also jederzeit, wo jedes Stückchen Uran in Europa ist.«

»Innerhalb der Mitgliedsländer – Frankreich, Deutschland, Italien, Belgien, den Niederlanden und Luxemburg. Und nicht nur von Uran, sondern von allem radioaktiven Material.«

»Wie steht's mit Einzelheiten des Transports?«

»Alle müssen von uns gebilligt werden.«

Dickstein klappte sein Notizbuch zu. »Scheint ein gutes System zu sein. Kann ich es in Aktion sehen?«

»Das hängt nicht von uns ab. Sie müßten sich an die Atomenergiebehörde in dem jeweiligen Mitgliedsland wenden und die Genehmigung zum Besuch einer Anlage beantragen. Manche von ihnen halten Führungen ab.«

»Können Sie mir eine Liste der Telefonnummern geben?«

»Natürlich.« Pfaffer stand auf und öffnete einen Aktenschrank.

Dickstein hatte ein Problem gelöst, nur um neuerlich mit einem konfrontiert zu werden. Er hatte erfahren wollen, wo er den Standort von Vorräten radioaktiven Materials herausfinden konnte, und nun war seine Frage beantwortet: im Computer der Euratom. Aber alles Uran, von dem der Computer wußte, unterlag einem strengen Kontrollsystem und war deshalb äußerst schwer zu stehlen. Während er in dem unaufgeräumten kleinen Büro saß und zusah, wie der selbstgefällige Herr Pfaffer in seinen alten Pressemitteilungen wühlte, dachte Dickstein: Wenn du wüßtest, was ich vorhabe, du kleiner Bürokrat, würdest du an die Decke gehen. Er unterdrückte ein Grinsen, und seine Laune besserte sich ein wenig.

Pfaffer reichte ihm ein hektographiertes Blatt. Dickstein faltete es und steckte es in die Tasche. »Vielen Dank für Ihre Hilfe.«

»Wo wohnen Sie?«

»Im ›Alfa‹, dem Bahnhof gegenüber.«

Pfaffer begleitete ihn zur Tür. »Viel Spaß in Luxemburg.«

»An mir soll's nicht liegen«, sagte Dickstein und schüttelte ihm die Hand.

*

Dickstein half seinem Gedächtnis durch einen Trick nach. Er hatte ihn als kleines Kind gelernt, als er mit seinem Großvater in einem muffigen Zimmer über einem Pastetengeschäft in der Mile End Road gesessen und sich bemüht hatte, die seltsamen Zeichen des hebräischen Alphabets wiederzuerkennen. Es gelang, wenn er sich auf einprägsame Formmerkmale beschränkte und alles andere außer acht ließ. Genau das hatte Dickstein mit den Gesichtern des Euratom-Personals getan.

Er wartete am späten Nachmittag vor dem Jean-Monnet-Gebäude und beobachtete die Menschen, die sich nach Hause aufmachten. Einige interessierten ihn ganz besonders. Sekretärinnen, Boten und Kaffeekocherinnen waren ihm gleichgültig, ebenso wie hohe Verwaltungsbeamte. Er brauchte die Leute dazwischen: Computerprogrammierer, Bürovorsteher, Leiter kleiner Abteilungen, persönliche Assistenten und stellvertretende Chefs. Er hatte den vermutlichen Kandidaten Namen gegeben, die ihn an ihr einprägsamstes Merkmal erinnerten: Diamanta, Steifkragen, Tony Curtis, Ohne Nase, Schneekopf, Zapata, Fettarsch.

Diamanta war eine mollige Frau Ende dreißig, ohne Ehering. Ihr Name leitete sich von dem hellen Glitzern ihrer Brillengläser ab. Dickstein folgte ihr zum Parkplatz, wo sie sich auf den Fahrersitz eines weißen Fiat 500 zwängte. Sein gemieteter Peugeot war in der Nähe abgestellt.

Sie überquerte den Pont-Adolphe, fuhr schlecht, jedoch langsam ungefähr fünfzehn Kilometer nach Südosten und erreichte schließlich ein kleines Dorf namens Mondorfles-Bains. Dort parkte sie in dem gepflasterten Hof eines quadratischen luxemburgischen Hauses, dessen Tür mit Nägeln beschlagen war. Sie schloß die Tür auf. Das Dorf hatte Thermalquellen und war eine Touristenattraktion. Dickstein hängte sich eine Kamera um den Hals und schlenderte umher, wobei er mehrere Male an Diamantas Haus vorbeikam. Einmal sah er – durch ein Fenster –, wie Diamanta einer alten Frau eine Mahlzeit servierte.

Der kleine Fiat blieb bis nach Mitternacht, als Dickstein wegfuhr, vor dem Haus geparkt.

Es war eine schlechte Wahl gewesen. Diamanta war eine unverheiratete Frau, die mit ihrer alten Mutter zusammenlebte, weder reich noch arm war – das Haus gehörte wahrscheinlich der Mutter – und offenbar keine Laster hatte. Wäre Dickstein ein anderer gewesen, hätte er vielleicht versucht, sie zu verführen; einen anderen Weg gab es nicht, sie in die Hand zu bekommen.

Er kehrte enttäuscht und deprimiert in sein Hotel zurück – was unvernünftig war, denn aufgrund seiner Informationen war die Wahl Diamantas die bestmögliche gewesen. Trotzdem hatte er sich mit dem Problem einen ganzen Tag lang befaßt und wollte ihm endlich zu Leibe rücken, damit seine vagen Sorgen endlich ihre Rechtfertigung fänden.

Auch in den nächsten drei Tagen blieb er erfolglos. Zapata, Fettarsch und Tony Curtis erwiesen sich als Nieten.

Aber Steifkragen war genau der Richtige.

Er war etwa so alt wie Dickstein, ein schlanker, eleganter Mann im dunkelblauen Anzug mit schlichter blauer Krawatte und einem weißen Hemd mit gestärktem Kragen. Sein dunkles Haar, ein wenig länger als üblich für einen Mann seines Alters, wurde an den Schläfen grau. Er trug handgefertigte Schuhe.

Steifkragen ging vom Büro über die Alzette und bergan in die Altstadt. Er schritt eine schmale Pflasterstraße hinunter und betrat ein altes terrassenförmiges Haus.

Zwei Minuten später ging ein Licht unter dem Dach an. Dickstein vertrieb sich zwei Stunden lang die Zeit.

Als Steifkragen wieder herauskam, trug er eine enganliegende helle Hose und einen orangefarbenen Schal. Sein Haar war nach vorn gekämmt, was ihn jünger aussehen ließ, und sein Gang war unbeschwert.

Dickstein folgte ihm in die Rue Dicks, wo er in einem unbeleuchteten Eingang verschwand. Die Tür war geöffnet, aber nichts deutete an, was sich dahinter verbergen mochte. Nackte Treppenstufen führten nach unten. Nach einer Weile hörte Dickstein schwache Musik.

Zwei junge Männer mit aufeinander abgestimmten gelben Jeans gingen an ihm vorbei und traten ein. Einer von ihnen grinste zu ihm zurück und sagte: »Ja, hier ist es.«

Dickstein folgte ihnen die Treppe hinab.

Es war ein scheinbar normaler Nachtklub mit Tischen und Stühlen, ein paar Nischen, einem kleinen Tanzboden und einem Jazztrio in einer Ecke. Dickstein bezahlte Eintrittsgeld, setzte sich in eine Nische und behielt Steifkragen im Auge. Er bestellte Bier.

Er hatte schon erraten, weshalb hier eine so diskrete Atmosphäre herrschte, und während er sich umsah, wurde seine Vermutung bestätigt: Es war ein Homosexuellenklub. Dickstein hatte einen Klub dieser Art noch nie besucht und war leicht verblüfft darüber, daß ihm kaum etwas außergewöhnlich vorkam. Einige der Männer hatten dezentes Make-up aufgelegt, zwei übertrieben aufgeputzte Tunten trieben an der Bar ihr Spiel, und ein sehr hübsches Mädchen hielt Händchen mit einer älteren Frau in Hosen. Aber die meisten Gäste waren nach den Maßstäben des pfauenhaften Europa normal angezogen, und es gab keine Männer in Frauenkleidung.

Steifkragen saß dicht neben einem blonden Mann mit einem kastanienbraunen zweireihigen Jackett. Dickstein hatte keine Vorurteile gegenüber Homosexuellen. Er war nicht beleidigt, wenn jemand fälschlich annahm, daß er homosexuell sei, weil er Anfang vierzig und immer noch Junggeselle war. Für ihn war Steifkragen nichts als ein Mann, der für Euratom arbeitete und ein Geheimnis hatte, das ihm Schuldgefühle bereitete.

Dickstein lauschte der Musik und trank sein Bier. Ein Kellner kam auf ihn zu und fragte: »Bist du allein, mein Guter?«

Er schüttelte den Kopf. »Ich warte auf meinen Freund.« Ein Gitarrist löste das Trio ab und begann, vulgäre deutsche Volkslieder zu singen. Dickstein entgingen die meisten Pointen, doch die übrigen Zuhörer brüllten vor Lachen. Danach tanzten mehrere Paare.

Dickstein sah, wie Steifkragen die Hand auf das Knie seines Gefährten legte. Er stand auf und ging auf ihre Nische zu.

»Hallo«, grüßte er munter, »habe ich Sie nicht vor kurzem bei Euratom gesehen?«

Steifkragen wurde blaß. »Ich weiß nicht ...«

Dickstein streckte die Hand aus. »Ed Rodgers.« Diesen Namen hatte er auch Pfaffer genannt. »Ich bin Journalist.«

Steifkragen murmelte: »Sehr erfreut.« Er war total perplex, hatte aber genug Geistesgegenwart, seinen Namen zu verschweigen.

»Ich bin in Eile«, sagte Dickstein. »Schön, Sie getroffen zu haben.«

»Auf Wiedersehen also.«

Dickstein drehte sich um und verließ den Klub. Er hatte alles getan, was im Moment nötig war: Steifkragen wußte, daß sein Geheimnis aufgedeckt war, und hatte Angst.

Während er zu seinem Hotel zurückkehrte, konnte Dickstein sich nicht des Gefühls beschämender Schmierigkeit erwehren.

*

Jemand folgte ihm von der Rue Dicks. Der Beschatter war kein Fachmann und versuchte nicht, sich zu tarnen. Er blieb fünfzehn oder zwanzig Schritte hinter ihm, und seine Ledersohlen klatschten regelmäßig auf das Pflaster.

Dickstein gab vor, nichts zu merken. Er überquerte die Straße und erhaschte einen Blick auf seinen Verfolger: ein großer junger Mann, langes Haar, abgetragene braune Lederjacke.

Augenblicke später trat ein anderer Junge aus dem Schatten, stellte sich vor Dickstein und versperrte ihm den Weg. Dickstein stand still und wartete. Er dachte: Was, zum Teufel, soll das? Er konnte sich nicht vorstellen, daß er bereits überwacht wurde. Und warum würde jemand, der ihn überwachen ließ, ungeschickte Amateure von der Straße einsetzen?

Die Klinge eines Messers glänzte im Straßenlicht. Der Verfolger kam dicht heran.

Der Junge vor ihm sagte: »Also gut, schwules Kerlchen, gib uns deine Brieftasche.«

Dickstein war zutiefst erleichtert. Es waren bloß Diebe, die annahmen, daß jeder, der aus dem Nachtklub kam, eine leichte Beute sein würde.

»Schlagt mich nicht«, bat Dickstein. »Ich gebe euch mein Geld.« Er zog seine Brieftasche hervor.

»Die Brieftasche«, befahl der Junge.

Dickstein wollte nicht mit ihnen kämpfen. Bargeld konnte er sich jederzeit leicht verschaffen, aber wenn er alle seine Papiere und Kreditkarten verlöre, wäre das äußerst unangenehm. Er nahm die Banknoten aus der Brieftasche und bot sie den beiden an. »Ich brauche meine Papiere. Wenn ihr euch mit meinem Geld begnügt, zeige ich euch nicht an.«

Der Junge vor ihm riß die Scheine an sich. Der hinter ihm sagte: »Die Kreditkarten.« Der Junge vor ihm war der Schwächere. Dickstein blickte ihn scharf an und fragte: »Warum hörst du nicht auf, solange das Glück auf deiner Seite ist, Söhnchen?« Dann ging er weiter und schob sich an der Außenkante des Bürgersteigs an dem Jungen vorbei.

Ledersohlen trommelten kurz auf dem Asphalt, als sich der andere auf Dickstein stürzte. Jetzt gab es nur noch eine Möglichkeit, wie die Begegnung enden konnte. Dickstein wirbelte herum, packte den Fuß des Jungen, der zutreten wollte, zog, drehte und brach den Knöchel des Angreifers. Der Junge schrie vor Schmerz auf, fiel zu Boden und blieb liegen.

Jetzt sprang der mit dem Messer auf Dickstein zu. Dieser wich leichtfüßig zurück, trat gegen das Schienbein des Jungen, wich wieder zurück und trat noch einmal zu.

Der Junge führte einen Stoß mit dem Messer. Dickstein wich aus und trat zum drittenmal gegen genau dieselbe Stelle. Ein Geräusch wie von einem brechenden Knochen, und der Junge sackte zu Boden. Dickstein blieb einen Moment lang stehen und betrachtete die beiden verletzten Räuber. Er fühlte sich wie ein Vater, dessen Kinder ihm so lange zugesetzt hatten, bis ihm nichts anderes übrigblieb, als sie zu schlagen. Warum habt ihr mich dazu gezwungen? dachte er. Sie waren tatsächlich Kinder – vielleicht siebzehn Jahre alt. Die beiden waren bösartig, denn sie machten Jagd auf Homosexuelle. Aber genau das hatte Dickstein an diesem Abend auch getan.

Er ging weiter. Es war ein Abend, den er vergessen wollte. Am Morgen würde er die Stadt verlassen.

*

Wenn Dickstein an der Arbeit war, blieb er so oft wie möglich in seinem Hotelzimmer, um nicht gesehen zu werden. In solchen Phasen hätte er zum schweren Trinker werden können, aber es war unklug, während eines Einsatzes zu trinken – Alkohol ließ die Wachsamkeit abstumpfen –, und zu anderen Zeiten verspürte er kein Bedürfnis nach Alkohol. Viele Stunden verbrachte er damit, aus dem Fenster zu schauen oder vor einem flimmernden Bildschirm zu sitzen. Er ging nicht in den Straßen spazieren, saß nicht in Hotelbars und aß nicht einmal in Hotelrestaurants, sondern nahm immer die Zimmerbedienung in Anspruch. Aber auch seine Vorsichtsmaßnahmen hatten ihre Grenzen. Er konnte sich nicht unsichtbar machen. Im Foyer des Alfa-Hotels in Luxemburg stieß er auf jemanden, der ihn kannte.

Dickstein stand an der Rezeption und meldete sich ab. Er hatte die Rechnung geprüft, eine Kreditkarte auf den Namen Ed Rodgers vorgelegt und wartete darauf, den American-Express-Abschnitt zu unterzeichnen, als eine Stimme hinter ihm auf englisch sagte: »Mein Gott! Das ist doch Nat Dickstein, oder?«

Es war der Moment, den er gefürchtet hatte. Wie jeder Agent, der falsche Papiere benutzt, lebte er in ständiger Angst davor, zufällig jemanden aus seiner fernen Vergangenheit zu treffen, der ihn demaskieren könnte. Das hier war der Alptraum mit den Polizisten, die riefen: »Sie sind ein Spion!« und dem Gerichtsvollzieher, der darauf beharrte: »Aber deine Mutter ist zu Hause. Ich habe durchs Fenster geschaut und gesehen, wie sie sich unter dem Küchentisch versteckte.«

Wie jeder Agent war er auf diesen Augenblick vorbereitet worden. Die Regel war einfach: *Wer es auch ist, du kennst ihn nicht.* In der Schule mußte man es üben. Man erhielt den Befehl »Heute sind Sie Chaim Meyerson, Maschinenbaustudent« und so weiter. Dann mußte man umhergehen, seine Arbeit verrichten und Chaim Meyerson sein; spät am Nachmittag wurde dafür gesorgt, daß man auf seinen Cousin, seinen alten Professor oder einen Rabbi stieß, der die ganze Familie kannte. Beim erstenmal lächelte man immer, grüßte und unterhielt sich kurz über alte Zeiten. Am Abend erfuhr man dann von seinem Lehrer, daß man tot war. Schließlich lernte man, alten

Freunden direkt in die Augen zu blicken und zu sagen: »Wer, zum Teufel, sind Sie?«

Dicksteins Training machte sich jetzt bemerkbar. Er blickte zuerst den Angestellten an der Rezeption an, bei dem er sich gerade unter dem Namen Ed Rodgers abmeldete. Der Angestellte reagierte nicht. Vermutlich begriff er nicht, hatte nichts gehört oder verhielt sich gleichgültig.

Eine Hand tippte an Dicksteins Schulter. Er setzte ein entschuldigendes Lächeln auf, drehte sich um und sagte auf französisch: »Leider haben Sie den falschen ...«

Ihr Kleid war bis zur Taille hoch geschoben, ihr Gesicht war vor Lust gerötet, und sie küßte Yasif Hassan.

»Du bist es wirklich!« rief Yasif Hassan.

Und dann verlor Dickstein – unter der schrecklichen Wucht der Erinnerung an jenen Morgen in Oxford vor zwanzig Jahren – einen Moment lang die Beherrschung, sein Training ließ ihn im Stich, und er machte den größten Fehler seiner Karriere. Er starrte den anderen schockiert an und sagte: »Du lieber Himmel! Hassan.«

Hassan lächelte und streckte die Hand aus. »Wie lange ... es muß ... mehr als zwanzig Jahre her sein!« Dickstein schüttelte mechanisch die ihm dargebotene Hand. Er war sich seines Schnitzers bewußt und versuchte, sich zusammenzureißen. »Bestimmt«, murmelte er. »Was machst du denn hier?«

»Ich wohne in Luxemburg. Und du?«

»Ich reise gerade ab.« Dickstein beschloß, so schnell wie möglich zu verschwinden, bevor er sich noch weiteren Schaden zufügen konnte. Der Angestellte reichte ihm das Kreditkartenformular, und er kritzelte »Ed Rodgers« darauf. Ein Blick auf seine Armbanduhr. »Verdammt, ich darf mein Flugzeug nicht verpassen.«

»Mein Wagen steht draußen«, sagte Hassan. »Ich bringe dich zum Flugplatz. Wir *müssen* miteinander reden.«

»Ich habe ein Taxi bestellt ...«

Hassan wandte sich an den Angestellten. »Machen Sie die Bestellung rückgängig – geben Sie dem Fahrer dies für seine Mühe.« Er schob ein paar Münzen hinüber.

»Ich habe es wirklich eilig«, drängte Dickstein.

»Dann komm schon!« Hassan nahm Dicksteins Koffer und ging hinaus.

Dickstein, der sich hilflos, dumm und unfähig vorkam, folgte ihm.

Sie stiegen in einen verbeulten englischen Zweisitzer. Dickstein musterte Hassan, während dieser den Sportwagen aus dem Parkverbot in den Verkehr einfädelte. Der Araber hatte sich verändert, und es lag nicht nur an den Jahren. Die grauen Strähnen in seinem Schnurrbart, seine fülliger gewordene Taille, seine tiefere Stimme – all das war zu erwarten gewesen. Aber es gab noch einen anderen Unterschied. Hassan war Dickstein immer wie der Prototyp des Aristokraten vorgekommen. Er hatte bedächtig, leidenschaftslos und etwas gelangweilt gewirkt, während alle anderen jung und leicht erregbar gewesen waren. Nun schien seine Arroganz verschwunden zu sein. Er glich seinem Wagen: recht mitgenommen und von einer Aura des Getriebenseins umgeben. Immerhin hatte Dickstein sich schon früher gefragt, wieviel an Hassans Aristokratenerscheinung nur eine Pose war. Dickstein fand sich mit den Konsequenzen seines Fehlers ab und versuchte, das Ausmaß des Schadens zu ermitteln. »Du wohnst jetzt also hier?«

»Meine Bank hat hier ihre europäische Zentrale.«

Vielleicht ist er also immer noch reich, dachte Dickstein. »Welche Bank ist das?«

»Die Cedar Bank of Libanon.«

»Wieso in Luxemburg?«

»Es ist ein bedeutendes Bankzentrum«, erwiderte Hassan. »Die Europäische Investitionsbank hat ihren Sitz in Luxemburg, und es gibt hier eine internationale Börse. Aber wie sieht's bei dir aus?«

»Ich lebe in Israel. Mein Kibbuz hat sich auf Wein spezialisiert – ich halte nach europäischen Absatzmöglichkeiten Ausschau.«

»Du trägst Eulen nach Athen.«

»Das glaube ich langsam auch.«

»Vielleicht kann ich dir helfen, wenn du zurückkommst. Ich habe eine Menge Kontakte und könnte ein paar Besprechungen für dich arrangieren.«

»Vielen Dank. Ich werde dein Angebot nicht vergessen.« Im schlimmsten Fall, dachte Dickstein, kann ich die Termine einhalten und wenigstens etwas Wein verkaufen.

»Nun ist dein Heim also in Palästina und meines in Europa.« Sein Lächeln wirkte gezwungen.

»Wie kommt die Bank zurecht?« fragte Dickstein. Hatte »meine Bank« bedeutet »die Bank, die mir gehört« oder »die Bank, die ich leite« oder »die Bank, bei der ich arbeite«?

»Oh, ausnehmend gut.«

Sie hatten sich offenbar nicht viel mehr zu sagen. Dickstein hätte sich gern danach erkundigt, was mit Hassans Familie in Palästina geschehen war, wie sein Verhältnis mit Eila Ashford geendet hatte und warum er einen Sportwagen fuhr. Aber er fürchtete, daß die Antworten – entweder für Hassan oder für ihn selbst – schmerzlich sein würden.

»Bist du verheiratet?« fragte Hassan.

»Nein. Und du?«

»Nein.«

»Wie seltsam.«

Hassan lächelte. »Wir gehören eben nicht zu dem Typ, der sich Verpflichtungen auflädt.«

»Oh, ich habe Verpflichtungen.« Dickstein dachte an Mottie, der *Die Schatzinsel* noch nicht zu Ende gehört hatte.

»Aber du läßt nichts anbrennen, was?« sagte Hassan augenzwinkernd.

»Wenn ich mich richtig erinnere, warst du doch unser Frauenheld«, antworte Dickstein unbehaglich. »Ah, das waren noch Zeiten.«

Dickstein versuchte, nicht an Eila zu denken, Sie erreichten den Flughafen, und Hassan hielt an.

»Vielen Dank für deine Hilfe.«

Hassan schwenkte seinen Kübelsitz herum und starrte Dickstein an. »Ich komme nicht darüber weg. Du siehst tatsächlich jünger aus als 1947.«

Dickstein schüttelte ihm die Hand.

»Tut mir leid, daß ich mich so beeilen muß.« Er stieg aus dem Auto.

»Vergiß nicht, mich anzurufen, wenn du das nächste Mal hier bist.«

»Auf Wiedersehen.« Dickstein schloß die Autotür hinter sich und betrat das Flughafengebäude.

Dann ließ er seiner Erinnerung endlich freien Lauf.

*

Die vier Menschen in dem kühlen Garten standen einen Herzschlag lang still. Dann glitten Hassans Hände über Eilas Körper. Sofort schoben sich Dickstein und Cortone an dem Loch in der Hecke vorbei außer Sicht. Die beiden anderen hatten sie nicht bemerkt.

Sie schlenderten zum Haus zurück. Als sie außer Hörweite waren, sagte Cortone: »Jesus, das war heiß.«

»Ich möchte nicht darüber reden«, erwiderte Dickstein. Er fühlte sich wie ein Mann, der nicht aufgepaßt hat und dabei gegen einen Laternenpfahl geprallt ist: Man empfindet Schmerz und Wut und kann niemandem als sich selbst Vorwürfe machen.

Zum Glück ging die Party zu Ende. Sie verschwanden, ohne sich von Professor Ashford, dem gehörnten Ehemann, zu verabschieden, der in einer Ecke in ein Gespräch mit einem Doktoranden vertieft war. Im »George«, das sie zum Lunch aufsuchten, aß Dickstein sehr wenig, trank aber einige Glas Bier.

»Hör zu, Nat, ich weiß nicht, weshalb du so sauer bist. Schließlich weißt du jetzt, daß sie zu haben ist, stimmt's?«

»Ja«, sagte Dickstein, aber er meinte es nicht so.

Ihre Rechnung belief sich auf mehr als zehn Shilling. Cortone bezahlte, und Dickstein begleitete ihn zum Bahnhof. Sie schüttelten einander feierlich die Hand, Cortone kletterte in den Zug.

Dickstein wanderte mehrere Stunden lang durch den Park. Er spürte die Kälte kaum, während er versuchte, sich über seine Gefühle klarzuwerden. Vergeblich. Er wußte, daß er weder Hassan beneidete noch aller Illusionen über Eila beraubt war noch in seinen Hoffnungen enttäuscht, denn er hatte nie Hoffnungen gehegt. Er war niedergeschmettert, aber ihm fehlten die Worte, um die Ursache zu beschreiben. Wenn er nur mit jemandem darüber hätte reden können!

Kurz darauf wanderte er nach Palästina aus, wenn auch nicht nur Eilas wegen.

In den folgenden einundzwanzig Jahren hatte er nie eine Frau gehabt; aber auch daran war nicht ausschließlich Eila schuld.

*

Yasif Hassan war außer sich vor Wut, als er den Flugplatz von Luxemburg hinter sich ließ. Er konnte sich den jungen Dickstein so deutlich vorstellen, als wäre es gestern gewesen: einen blassen Juden in einem billigen Anzug, schmächtig wie ein Mädchen, immer leicht gebeugt, als erwarte er, ausgepeitscht zu werden; einen Jungen, der den üppigen Körper Eila Ashfords sehnsüchtig anstarrte und hartnäckig argumentierte, daß sein Volk Palästina bekommen werde, ob die Araber nun zustimmten oder nicht. Hassan hatte ihn für lächerlich, für ein Kind gehalten. Aber jetzt lebte Dickstein in Israel und erntete Trauben, aus denen Wein gemacht wurde. Er hatte eine Heimat gefunden, und Hassan hatte eine verloren.

Hassan war nicht mehr reich. Er hatte nie ein fabelhaftes Vermögen besessen, auch nicht nach levantinischen Maßstäben, aber er hatte sich immer gutes Essen, teure Kleidung und die beste Ausbildung leisten können und sich bewußt die Manieren der arabischen Aristokraten angeeignet. Sein Großvater war ein erfolgreicher Arzt gewesen, der seinen älteren Sohn in der Medizin und seinen jüngeren im Geschäftsleben untergebracht hatte. Der jüngere, Hassans Vater, kaufte und verkaufte Textilien in Palästina, im Libanon und in Transjordanien. Das Geschäft blühte unter britischer Herrschaft, und die zionistische Einwanderung ließ den Markt weiter anwachsen. Bis 1948 hatte die Familie überall in der Levante Läden eingerichtet und den Besitz an ihrem Heimatdorf in der Nähe von Nazareth erworben.

Der Krieg von 1948 ruinierte sie.

Als der Staat Israel ausgerufen wurde und die arabischen Armeen angriffen, machte die Familie Hassan den verhängnisvollen Fehler, ihre Sachen zu packen und nach Syrien zu fliehen. Sie sollte nie zurückkehren. Das Warenhaus in Jerusalem brannte nieder; die Läden wurden zerstört oder von Juden übernommen, und die israelische Regierung begann, das Land seiner Familie zu »verwalten«. Hassan hatte gehört, daß das Dorf zu einem Kibbuz gemacht worden war.

Hassans Vater hatte seitdem in einem Flüchtlingslager der Vereinten Nationen gelebt. Seine letzte positive Tat hatte darin bestanden, einen Empfehlungsbrief für Yasif an seine libanesischen Bankiers zu schreiben. Yasif hatte sein Studium abgeschlossen und sprach ausgezeichnet englisch. Die Bank gab ihm die Stelle.

Er stellte nach dem Landerwerbsgesetz von 1953 einen

Entschädigungsantrag an die israelische Regierung, der jedoch abgewiesen wurde.

Nur einmal besuchte er seine Familie im Lager, doch was er dort sah, würde er für den Rest seines Lebens nicht vergessen. Seine Angehörigen wohnten in einer Holzhütte und teilten mit vielen die Gemeinschaftstoiletten. Sie erhielten keine Vorzugsbehandlung, sondern waren nur eine unter Tausenden von Familien ohne Heim, ohne Ziel oder Hoffnung. Yasif wünschte sich, Bomben auf Schulbusse werfen zu können, als er mit ansah, wie sein Vater, ein kluger, entschlossener Mann, der einst ein großes Geschäft mit fester Hand regiert hatte, nun gezwungen war, um sein Essen Schlange zu stehen und seine Zeit mit Backgammon zu verbringen.

Die Frauen holten Wasser und machten sauber, als hätte sich wenig verändert, aber die Männer drückten sich in Kleidung aus zweiter Hand herum und warteten auf nichts. Ihre Körper wurden schlaff, ihr Geist wurde stumpf. Teenager stolzierten durch das Lager, zankten sich und gingen mit Messern aufeinander los, vielleicht weil sie keine andere Zukunftschance für sich sahen als das stumpfe Dahinbrüten in einer mörderischen Hitze. Das Lager roch nach Abwässern und Verzweiflung. Hassan besuchte es nie wieder, obwohl er weiterhin an seine Mutter schrieb. Er war der Falle entkommen, und wenn er seinen Vater im Stich ließ – nun, sein Vater hatte ihm dabei geholfen und mochte es wohl nicht anders gewollt haben.

Als Bankangestellter hatte er bescheidenen Erfolg. Er war intelligent und zuverlässig, aber seine Erziehung machte ihn untauglich für exakte Arbeit, die verlangte, daß man sorgfältig mit Rechnungen umging und Aktennotizen mit zwei Durchschlägen anfertigte. Außerdem war sein Herz woanders.

Hassan hatte immer bitteren Groll über den Verlust der Heimat empfunden. Er schleppte seinen Haß durch das

Leben wie eine geheime Bürde. Sein logisches Denken mochte versuchen, ihn zu beschwichtigen, aber seine Gefühle sagten ihm, daß er seinen Vater in Zeiten der Not im Stich gelassen hatte, und sein Schuldbewußtsein nährte seinen Haß auf Israel. Jedes Jahr erwartete er, daß die arabischen Armeen die zionistischen Eindringlinge vernichten würden, und mit jedem Scheitern wurde er deprimierter und zorniger.

Im Jahre 1957 begann er, für den ägyptischen Geheimdienst zu arbeiten.

Er war kein sehr wichtiger Agent, aber während die Bank ihr Europageschäft ausweitete, schnappte er gelegentlich – sowohl im Büro als auch durch den allgemeinen Bankenklatsch – interessante Informationen auf. Manchmal forderte Kairo spezifische Angaben über die Finanzen eines Waffenproduzenten, eines jüdischen Philantropen oder eines arabischen Millionärs. Wenn Hassan die Details nicht in seinen Bankdaten hatte, konnte er sie oft von Freunden und Geschäftspartnern erfahren. Er hatte auch den allgemeinen Auftrag, israelische Geschäftsleute in Europa für den Fall, daß sie Agenten waren, im Auge zu behalten. Deshalb hatte er sich Nat Dickstein genähert und ein freundschaftliches Verhalten vorgetäuscht.

Hassan hielt es für wahrscheinlich, daß Dicksteins Geschichte stimmte. Mit seinem schäbigen Anzug, den gleichen runden Brillengläsern und der gleichen unauffälligen Miene wie früher sah er tatsächlich aus wie ein unterbezahlter Vertreter, der ein Produkt nicht absetzen kann. Aber da war die merkwürdige Sache in der Rue Dicks am Abend zuvor gewesen: Zwei junge Männer, der Polizei als kleine Diebe bekannt, waren brutal zugerichtet in der Gosse aufgefunden worden. Hassan hatte alle Einzelheiten von einem Kontaktmann bei der Stadtpolizei erfahren. Offensichtlich hatten sie sich das falsche Opfer ausgesucht. Ihre Verletzungen deuteten auf einen

Profi hin: Der Mann, der sie ihnen zugefügt hatte, mußte Soldat, Polizist, Leibwächter – oder Agent sein. Nach einem solchen Vorfall war jeder Israeli, der am nächsten Morgen überstürzt abflog, einer Überprüfung wert.

Hassan fuhr zum Alfa-Hotel zurück und sprach mit dem Empfangschef. »Ich war vor einer Stunde hier, als einer Ihrer Gäste sich abmeldete. Erinnern Sie sich?«

»Ich glaube, ja.«

Hassan gab ihm zweihundert Luxemburger Francs. »Würden Sie mir sagen, unter welchem Namen er sich eingetragen hat?«

»Natürlich.« Der Angestellte zog einen Ordner zu Rate. »Edward Rodgers von der Zeitschrift *Science International.*«

»Nicht Nathaniel Dickstein?«

Der Angestellte schüttelte geduldig den Kopf.

»Würden Sie nachsehen, ob sich überhaupt ein Nathaniel Dickstein aus Israel eingetragen hat?«

»Gern.« Der Empfangschef benötigte mehrere Minuten, um ein dickes Bündel Papiere durchzusehen. Hassans Erregung verstärkte sich. Wenn Dickstein sich unter einem falschen Namen eingetragen hatte, war er kein Weinvertreter – was konnte er also anderes sein als ein israelischer Agent? Schließlich klappte der Mann seinen Ordner zu und blickte auf. »Ganz bestimmt nicht.«

»Vielen Dank.« Hassan verließ das Hotel. Auf der Fahrt ins Büro war er strahlender Laune. Er hatte seine Intelligenz eingesetzt und etwas Wichtiges entdeckt. Sobald er an seinem Schreibtisch saß, entwarf er eine Nachricht.

MUTMASSLICHER ISRAELISCHER AGENT HIER ENTDECKT.
NAT DICKSTEIN ALIAS ED RODGERS.
EIN METER ACHTUNDSECHZIG, SCHLANK GEBAUT, DUNKLES HAAR, BRAUNE AUGEN, ALTER ETWA VIERZIG.

Er verschlüsselte die Botschaft, setzte ein weiteres Codewort an die Spitze und sandte es über Telex an die ägyptische Zentrale der Bank. Sie würde nie dort ankommen, denn das zusätzliche Codewort instruierte das Postamt in Kairo, das Telex an die Abteilung für Allgemeine Nachforschungen umzuleiten.

Es war natürlich eine Enttäuschung, die Botschaft abzuschicken. Von der anderen Seite würde es keine Reaktion, keinen Dank geben. Hassan blieb nichts anderes übrig, als wieder seine Bankarbeit aufzunehmen und alle Tagträume zu verbannen.

Dann rief Kairo ihn doch an.

Das war noch nie der Fall gewesen. Manchmal schickte man ihm Telegramme, Fernschreiben oder sogar Briefe – alle verschlüsselt, wie es sich verstand. Ein- oder zweimal hatte er Leute von arabischen Botschaften getroffen und mündliche Anweisungen erhalten. Aber man hatte ihn noch nie angerufen. Sein Bericht mußte mehr Aufsehen erregt haben, als er erwartet hatte.

Der Anrufer wollte mehr über Dickstein erfahren. »Ich möchte die Identität des Mannes klären, der in Ihrer Botschaft erwähnt wird. Trug er eine runde Brille?«

»Ja.«

»Sprach er Englisch mit einem Cockney-Akzent? Würden Sie einen solchen Akzent erkennen?«

»Zweimal ja.«

»Bemerkten Sie eine Nummer, die auf dem Unterarm tätowiert ist?«

»Heute habe ich sie nicht gesehen, aber ich weiß, daß er sie hat ... Vor Jahren waren wir zusammen an der Oxford University. Ich bin völlig sicher, daß er es ist.«

»Sie *kennen* ihn?« In der Stimme aus Kairo drückte sich Erstaunen aus. »Ist diese Information in Ihrer Akte?«

»Nein, ich habe nie ...«

»Dann sollte sie es sein«, sagte der Mann ärgerlich. »Wie lange sind Sie schon bei uns?«

»Seit 1957.«

»Deshalb also ... Damals sah es noch anders aus. Gut, hören Sie jetzt zu. Dieser Mann ist ein sehr wichtiger ... Kunde. Wir wollen, daß Sie ihn rund um die Uhr nicht aus den Augen verlieren.«

»Das geht nicht«, antwortete Hassan zerknirscht. »Er hat die Stadt verlassen.«

»Wohin ist er gereist?«

»Ich habe ihn am Flughafen abgesetzt. Ich weiß nicht, wohin er geflogen ist.«

»Dann finden Sie es heraus. Rufen Sie die Fluggesellschaften an, erkundigen Sie sich, welchen Flug er genommen hat.«

»Ich werde mein Bestes tun ...«

»Ihr Bestes interessiert mich nicht«, unterbrach ihn die Stimme aus Kairo. »Ich brauche sein Reiseziel, und zwar bevor er dort eintrifft. Rufen Sie mich in einer Viertelstunde an. Endlich haben wir Kontakt mit ihm, und wir dürfen ihn *auf keinen Fall wieder verlieren.*«

»Ich kümmere mich sofort darum«, versprach Hassan, aber bevor er den Satz beenden konnte, hatte sein Gesprächspartner aufgelegt.

Er wiegte den Hörer in der Hand. Es stimmte, Kairo hatte ihm nicht gedankt. Aber das hier war noch besser. Plötzlich war er wichtig geworden, seine Arbeit war dringlich, man verließ sich auf ihn. Er hatte eine Chance, etwas für die arabische Sache zu tun, eine Chance, endlich zurückzuschlagen.

Hassan hob den Hörer wieder ans Ohr und begann, die Fluggesellschaften anzurufen.

NAT DICKSTEIN BESCHLOSS, ein Atomkraftwerk in Frankreich zu besuchen, aus dem einfachen Grund, weil Französisch die einzige europäische Sprache war, die er annehmbar beherrschte – abgesehen von Englisch natürlich, aber Großbritannien gehörte nicht zur Euratom. Er fuhr mit einer gemischten Gruppe aus Studenten und Touristen zum Kraftwerk. Die Landschaft, die an den Fenstern vorbeihuschte, erinnerte mit ihrem staubigen südlichen Grün eher an Galiläa als an Essex, das für Dickstein in seiner Jugend »das Land« gewesen war. Er war seitdem in der Welt herumgekommen, hatte Flugzeuge so lässig wie ein Jet-setter bestiegen, aber er konnte sich noch an die Zeit entsinnen, da Park Lane im Westen und Southendon-Sea im Osten seine Horizonte gewesen waren. Und er erinnerte sich auch noch daran, wie plötzlich diese Horizonte sich geweitet hatten, als er begann, sich – nach seiner Bar-Mizwa-Feier und dem Tod seines Vaters – als Mann zu fühlen. Andere Jungen seines Alters dachten daran, im Hafen oder in den Fabriken zu arbeiten, Mädchen aus dem Ort zu heiraten, Häuser eine Viertelmeile von den Heimen ihrer Eltern entfernt zu finden und ein seßhaftes Leben zu führen. Ihre Träume erschöpften sich darin, einen Windhundchampion zu züchten, Westham als Sieger des Pokalfinales zu sehen oder sich ein Auto kaufen zu können.

Der junge Nat dagegen malte sich aus, daß er nach Kalifornien, Rhodesien oder Hongkong gehen und Gehirnchirurg, Archäologe oder Millionär werden würde. Es lag zum Teil daran, daß er intelligenter war als die meisten Gleichaltrigen, denen Fremdsprachen unnahbar, geheimnisvoll, als Schulfach gleich der Mathematik und nicht als Instrument, sich auszudrücken, erschienen. Aber der Hauptunterschied war sein Judentum. Harry Chieseman,

Dicksteins Schachpartner in seinen Kindertagen, war gescheit, dynamisch und schlagfertig, aber er sah sich als Londoner der Arbeiterklasse und glaubte nicht, daß sich daran etwas ändern könne. Dickstein dagegen wußte – obwohl er sich nicht erinnern konnte, es von jemandem gehört zu haben –, daß Juden, wo sie auch geboren sein mochten, fähig waren, sich zu den größten Universitäten emporzuarbeiten, neue Industrien wie das Filmgeschäft aufzubauen, die erfolgreichsten Bankiers, Rechtsanwälte und Fabrikanten zu werden; und wenn sie es nicht in dem Land schafften, in dem sie geboren worden waren, zogen sie in ein anderes und versuchten es dort. Es ist seltsam, dachte Dickstein, während er sich seine Jugend ins Gedächtnis zurückrief, daß ein seit Jahrhunderten drangsaliertes Volk so von seiner Fähigkeit überzeugt ist, alles zu erreichen, was es sich vorgenommen hat. Wenn es zum Beispiel Atombomben braucht, macht es sich ans Werk und beschafft sie sich.

Diese Tradition war ein Trost, aber sie half ihm bei seinem eigenen Vorgehen wenig.

Das Kraftwerk zeichnete sich in der Ferne ab. Als sich der Bus näherte, erkannte Dickstein, daß der Reaktor größer war, als er ihn sich vorgestellt hatte. Er nahm ein Gebäude von zehn Stockwerken Höhe ein. Irgendwie hatte Dickstein erwartet, er würde in einem kleinen Raum Platz finden.

Die äußeren Sicherheitsvorkehrungen entsprachen eher industriellen als militärischen Verhältnissen. Das Gelände war von einem hohen, nicht elektrisch geladenen Zaun umgeben. Dickstein blickte in das Pförtnerhäuschen, während der Touristenführer die Formalitäten erledigte. Die Wärter hatten nur die Schirme von zwei internen Fernsehanlagen vor sich. Dickstein traute sich zu, am hellichten Tag fünfzig Männer auf das Grundstück zu schmuggeln, ohne daß den Wärtern etwas auffallen würde. Ein schlechtes Zeichen, entschied er verdrossen. Es bedeutete, daß sie andere Gründe hatten, sich sicher zu fühlen.

Er verließ den Bus mit den anderen der Gruppe und ging über den asphaltierten Parkplatz auf das Empfangsgebäude zu. Das Gelände war so angelegt, daß man einen positiven Eindruck gewinnen sollte. Man sah gepflegte Rasen und Blumenbeete und viele neugepflanzte Bäume; alles war sauber und natürlich, weiß bemalt und rauchfrei. Dickstein wandte sich zum Pförtnerhäuschen um, an dem eben ein grauer Opel anhielt. Einer der beiden Insassen stieg aus und unterhielt sich mit den Wärtern, die ihm die Richtung zu weisen schienen. Im Innern des Wagens spiegelte etwas ganz kurz die Sonnenstrahlen wider.

Dickstein folgte der Gruppe ins Foyer. In einem Glasbehälter stand ein Rugby-Pokal, den die Mannschaft des Kraftwerks gewonnen hatte. Ein Luftbild der Anlage hing an der Wand. Dickstein stand davor, prägte sich die Details ein und überlegte müßig, wie er das Werk überfallen könnte, während er sich in Wirklichkeit über den grauen Opel Sorgen machte.

Vier Hostessen in adretten Uniformen führten sie durch das Kraftwerk. Dickstein interessierte sich nicht für die gewaltigen Turbinen, den das Raumzeitalter heraufbeschwörenden Kontrollraum mit seinen Reihen von Skalen und Schaltern oder das Wasseraufnahmesystem, das so gebaut war, daß es Fische aussortierte und in den Fluß zurückbeförderte. Er fragte sich, ob die Männer im Opel ihm gefolgt waren. Und wenn, aus welchem Grund?

Doch er interessierte sich enorm für den Zubringer und erkundigte sich bei der Hostess: »Wie wird der Brennstoff hierherbefördert?«

»Auf Lastwagen«, sagte sie schalkhaft. Ein paar Leute kicherten nervös bei dem Gedanken, daß Uran mit Lastwagen durch die Landschaft gefahren wurde. »Es ist nicht gefährlich«, fuhr sie fort, sobald das erwartete Gelächter verstummt war. »Es ist nicht einmal radioaktiv, bevor es in den Reaktor eingegeben wird. Man lädt es vom Lastwagen direkt in den Lift und transportiert es in den Brennstoffspeicher im siebten Stockwerk. Danach geht alles automatisch.«

»Wie werden Quantität und Qualität der Ladung überprüft?« fragte Dickstein.

»Das geschieht im Brennstoffherstellungswerk. Die Ladung wird dort versiegelt, und hier überprüfen wir nur noch diese Siegel.«

»Vielen Dank.« Dickstein nickte erfreut. Das System war nicht ganz so streng, wie Herr Pfaffer von Euratom behauptet hatte. Ein oder zwei Pläne nahmen langsam in Dicksteins Phantasie Gestalt an.

Sie sahen, wie die Reaktorlademaschine funktionierte. Ausschließlich durch Fernsteuerung bedient, brachte sie das neue Element aus dem Lager zum Reaktor, hob den Betondeckel eines Brennstoffkanals, entfernte das verbrauchte Element, führte das neue ein, schloß den Deckel und ließ das verbrauchte Element in einen mit Wasser gefüllten Schacht fallen, der zu den Kühlteichen führte. Die Hosteß sprach perfektes Pariser Französisch mit seltsam verführerischer Stimme. »Der Reaktor hat dreitausend Brennstoffkanäle, von denen jeder acht Brennstäbe enthält. Die Stäbe halten fünf bis sieben Jahre. Die Lademaschine erneuert fünf Kanäle bei jeder Operation.«

Sie gingen weiter, um die Kühlteiche zu besichtigen. Sechs Meter tief unter Wasser wurden die verbrauchten Elemente in Abklingbecken gekühlt, dann – immer noch hochradioaktiv – in fünfzig Tonnen schwere Bleiflaschen verschlossen, zweihundert Elemente pro Flasche, um über Straße und Schiene zu einer Wiederaufbereitungsanlage transportiert zu werden.

Während die Hostessen im Foyer Kaffee und Gebäck servierten, überlegte Dickstein, was er gelernt hatte. Er hatte erwogen, verbrauchten Brennstoff zu stehlen, da er letzten Endes Plutonium haben wollte. Jetzt wußte er, warum niemand ihm den Vorschlag gemacht hatte. Es wäre einfach genug, den Lastwagen zu entführen – das könnte er ohne jede Hilfe schaffen –, aber wie sollte er eine fünfzig Tonnen schwere Bleiflasche aus dem Land schmuggeln und nach Israel bringen, ohne daß es jemandem auffiel?

Uran aus dem Kraftwerk selbst zu stehlen war auch keine verheißungsvollere Idee. Die Sicherheitsvorkehrungen waren zwar oberflächlich – schon die Tatsache, daß man ihm gestattet hatte, seine Erkundigung durchzuführen, dazu noch bei einer öffentlichen Besichtigung, war ein Beweis dafür –, aber der Brennstoff innerhalb des Werkes war in ein automatisches, ferngesteuertes System eingeschlossen. Er kam erst heraus, wenn er den nuklearen Prozeß durchlaufen hatte und in den Kühlteichen auftauchte. Und dann würde Dickstein wieder vor dem Problem stehen, einen riesigen Behälter mit radioaktivem Material durch irgendeinen europäischen Hafen zu schmuggeln.

Es mußte einen Weg geben, in das Brennstofflager einzubrechen. Dann könnte man das Zeug in den Lift schleppen, es nach unten schaffen, auf einen Lastwagen laden und wegfahren. Aber hierzu wäre es nötig, einige oder alle Werksangehörigen eine Zeitlang mit der Waffe zu bedrohen. Er hatte jedoch den Auftrag, die Sache geheim auszuführen.

Eine Hosteß bot ihm an, seine Tasse nachzufüllen, und er nahm dankend an. Bei den Franzosen konnte man sich darauf verlassen, guten Kaffee zu bekommen. Ein junger Ingenieur begann einen Vortrag über nukleare Sicherheit. Er trug ungebügelte Hosen und einen sackartigen Pullover. Dickstein hatte beobachtet, daß alle Wissenschaftler und Techniker ähnlich aussahen: Ihre Kleidungsstücke waren alt, nicht aufeinander abgestimmt und bequem;

daß viele von ihnen einen Bart hatten, war gewöhnlich eher ein Zeichen von Gleichgültigkeit als von Eitelkeit. Es konnte daran liegen, daß es bei ihrer Arbeit überhaupt nicht auf persönliche Eindrücke, sondern nur auf Intelligenz ankam, so daß man auf sein Äußeres keinen Wert zu legen brauchte. Aber vielleicht war das eine romantische Einschätzung der Wissenschaft.

Er schenkte dem Vortrag keine Aufmerksamkeit. Der Physiker aus dem Weizmann-Institut war viel präziser gewesen. »Es gibt keine sichere Strahlungsmenge«, hatte er gesagt. »Wer so redet, verwechselt Strahlung mit Wasser in einem Swimmingpool; wenn dieses einen Meter tief ist, ist man sicher, wenn es drei Meter tief ist, ertrinkt der Nichtschwimmer. In Wirklichkeit sind Strahlungsmengen eher mit Geschwindigkeitsbegrenzungen auf der Straße zu vergleichen – dreißig Meilen pro Stunde sind sicherer als achtzig, aber nicht so sicher wie zwanzig, und völlig sicher ist man nur, wenn man gar nicht erst ins Auto steigt.«

Dickstein konzentrierte sich wieder auf das Problem des Urandiebstahls. Die *Geheimhaltung* machte jeden Plan zunichte, den er sich erträumen konnte. Vielleicht war die ganze Sache zum Scheitern verurteilt. Was unmöglich ist, ist schließlich unmöglich. Nein, es war noch zu früh, um dieses Urteil zu fällen. Er widmete sich wieder den Grundgegebenheiten.

Er würde eine Lieferung während des Transports an sich bringen müssen – so viel war aus dem, was er heute gesehen hatte, deutlich geworden. Die Brennstoffelemente wurden am Ende nicht überprüft, sondern direkt ins System eingegeben. Er könnte einen Lastwagen entführen, den Brennstoffelementen das Uran entnehmen, sie wieder verschließen, die Ladung von neuem versiegeln und den Fahrer bestechen oder so einschüchtern, daß er die leeren Hülsen ablieferte. Die leeren Elemente würden allmählich – je fünf, über Monate hinweg – in den Reaktor gelangen. Schließlich würde die Leistung des Reaktors um einen Bruchteil abfallen. Man würde Nachforschungen anstellen, Tests durchführen. Vielleicht würde man zu keinem Ergebnis kommen, bevor die leeren Elemente ausgetauscht waren und neue, echte Brennstoffelemente verwendet wurden, welche die Leistung wieder steigen ließen. Vielleicht würde niemand verstehen, was geschehen war, bis man die leeren Elemente wiederaufbereitete und zuwenig Plutonium gewonnen wurde. Bis dahin – vier bis sieben Jahre später – müßte die Spur nach Tel Aviv kalt geworden sein.

Aber man könnte die Ursache auch schneller aufdecken. Und weiterhin blieb die Frage ungelöst, wie das Zeug aus dem Land hinausgeschafft werden sollte.

Immerhin hatte er die Konturen eines möglichen Planes vor Augen, was ihn ein wenig aufheiterte.

Der Vortrag ging zu Ende. Nach ein paar oberflächlichen Fragen marschierte die Gruppe zurück zum Bus. Dickstein setzte sich nach hinten. Eine Frau mittleren Alters sagte: »Das war *mein* Platz.« Er starrte sie mit eisiger Miene an, bis sie sich zurückzog.

Auf der Rückfahrt vom Kraftwerk schaute Dickstein immer wieder aus dem Hinterfenster. Nach rund einer Meile bog der graue Opel aus einer Abzweigung und folgte dem Bus. Dicksteins Laune verschlechterte sich wieder.

*

Man hatte ihn entdeckt. Es war entweder hier oder in Luxemburg geschehen, wahrscheinlich in Luxemburg. Verantwortlich dafür konnte entweder Yasif Hassan – es gab keinen Grund, weshalb er kein Agent sein sollte – oder jemand anders sein. Sie mußten ihm aus allgemeiner Neugier folgen, denn es gab keine Möglichkeit für sie – oder doch? –, von seinen Plänen zu wissen. Er brauchte sie nur abzuschütteln.

Dickstein verbrachte einen Tag in der Stadt, die in der Nähe des Atomkraftwerks lag, und ihrer Umgebung; er fuhr mit Bussen, Taxis, einem Mietwagen und ging spazieren. Am Ende des Tages hatte er die drei Fahrzeuge – den grauen Opel, einen schmutzigen kleinen Lastwagen und einen deutschen Ford – und fünf Männer der Überwachungsmannschaft identifiziert. Die Männer erinnerten vage an Araber, aber in diesem Teil Frankreichs stammten viele der Verbrecher aus Nordafrika. Jemand könnte hiesige Helfer angeworben haben. Die Größe der Mannschaft erklärte, weshalb die Überwachung ihm nicht früher aufgefallen war. Sie waren in der Lage gewesen, ständig ihre Autos und ihre Leute auszutauschen. Die lange Hin- und Rückfahrt zum Kraftwerk auf einer Landstraße mit sehr wenig Verkehr hatte schließlich dafür gesorgt, daß die Aktion nicht mehr geheim blieb.

Am nächsten Tag fuhr er aus der Stadt hinaus auf die *Autoroute*. Der Ford folgte ihm ein paar Meilen, dann wurde er von dem grauen Opel abgelöst. In jedem Wagen waren zwei Männer. Zwei weitere würden in dem Lastwagen sitzen, und einer würde bei seinem Hotel warten.

Der Opel war immer noch hinter ihm, als er an einer Stelle, an der es für vier oder fünf Meilen in beiden Richtungen keine Abzweigungen von der Autobahn gab, eine über die Straße führende Fußgängerbrücke fand. Dickstein steuerte auf den Straßenrand zu, hielt den Wagen an, stieg aus und machte die Motorhaube auf. Er machte sich ein paar Minuten lang darunter zu schaffen. Der graue Opel verschwand vor ihm, und der Ford fuhr eine Minute später vorbei. Der Ford würde an der nächsten Abzweigung warten, und der Opel würde auf der Gegenfahrbahn zurückkommen, damit seine Insassen sehen konnten, was Dickstein tat. Das schrieben die Lehrbücher für diese Situation vor.

Dickstein hoffte, daß seine Verfolger sich ans Lehrbuch

halten würden, denn sonst würde sein Vorhaben fehlschlagen.

Er holte ein zusammenklappbares Warndreieck aus dem Kofferraum des Wagens und stellte es vor das linke Hinterrad.

Der Opel fuhr auf der Gegenfahrbahn vorbei. Sie folgten dem Lehrbuch.

Dickstein marschierte los.

Als er die Autobahn verlassen hatte, bestieg er den ersten Bus, den er sah, und ließ sich bis in die nächste Stadt befördern. Unterwegs entdeckte er jedes der drei Überwachungsautos zu verschiedenen Zeiten. Er gestattete sich einen bescheidenen verfrühten Triumph: Sie fielen darauf herein.

Von der Stadt aus nahm er ein Taxi und ließ sich in der Nähe seines Wagens, aber auf der anderen Seite der Autobahn, absetzen. Der Opel zog vorbei, dann bog der Ford zweihundert Meter hinter ihm von der Straße ab. Dickstein begann zu laufen.

Nach den Monaten der Feldarbeit im Kibbuz war er in guter Kondition. Er sprintete zu der Fußgängerbrücke, überquerte sie und rannte an der anderen Straßenseite am Bankett entlang. Schwer atmend und schwitzend erreichte er sein Auto in weniger als drei Minuten.

Einer der Männer war aus dem Ford ausgestiegen und hatte versucht, ihm zu folgen. Er merkte nun, daß er überlistet worden war. Der Ford startete. Der Mann lief zurück und sprang hinein, während der Wagen schneller wurde und in die erste Fahrspur einschwenkte.

Dickstein kletterte in sein Auto. Die Überwachungsfahrzeuge waren jetzt auf der falschen Seite der Autobahn und würden erst an der nächsten Abfahrt zu ihm herüberwechseln können. Bei sechzig Meilen pro Stunde würden sie für die Hin- und Rückfahrt zehn Minuten benötigen, was bedeutete, daß er wenigstens fünf Minuten Vorsprung vor ihnen hatte. Sie würden ihn nicht einholen.

Er startete und hielt auf Paris zu, wobei er eine Melodie summte, die auf den Zuschauerrängen von Westham gesungen wird: »Easy, easy, eeeezeee.«

*

In Moskau fiel man aus allen Wolken, als man von der arabischen Atombombe hörte.

Das Außenministerium geriet in Panik, weil es nicht früher davon erfahren hatte, das KGB geriet in Panik, weil es nicht als erstes davon gehört hatte, und im Amt des Generalsekretärs geriet man in Panik, weil man sich nichts Schlimmeres als einen neuen Zuständigkeitsstreit zwischen dem Außenministerium und dem KGB vorstellen konnte – der letzte hatte elf Monate gedauert und jedem im Kreml das Leben zur Hölle gemacht.

Zum Glück gestattete die Art, in der die Ägypter ihr Geheimnis enthüllten, gewisse Rückzugsmöglichkeiten. Die Ägypter legten Wert auf die Feststellung, daß sie keine diplomatische Verpflichtung hätten, ihre Alliierten von diesem Geheimprojekt zu unterrichten, und daß die technische Hilfe, die sie für dessen erfolgreiche Durchführung erbaten, nur nebensächlich sei. Ihre Einstellung war: »Oh, wir bauen übrigens diesen Atomreaktor, damit wir Plutonium bekommen, Atombomben herstellen und Israel vom Erdboden verschwinden lassen können. Wollt ihr uns also helfen oder nicht?« Die Nachricht, aufgeputzt mit diplomatischen Nettigkeiten, wurde wie ein nachträglicher Einfall am Ende eines routinemäßigen Treffens zwischen dem ägyptischen Botschafter in Moskau und dem stellvertretenden Leiter der Abteilung Nahost im Außenministerium übermittelt.

Der Stellvertreter, der die Botschaft empfing, überlegte sehr gewissenhaft, was er mit der Information anfangen sollte. In erster Linie hatte er natürlich die Pflicht, die Nachricht an seinen Vorgesetzten weiterzuleiten, der dann den Minister informieren würde. Jedoch würde sein Vorgesetzter das Lob für die Information einheimsen und auch die Gelegenheit, gegen das KGB Punkte zu sammeln, nicht auslassen. Gab es einen Weg, wie er selbst persönlichen Vorteil aus der Sache ziehen konnte? Er wußte, daß man am besten im Kreml vorankam, wenn man sich das KGB irgendwie verpflichtete. Jetzt war er in der Lage, den Knaben einen großen Gefallen zu tun. Wenn er sie jetzt sogleich über die Mitteilung des ägyptischen Botschafters unterrichtete, würden sie Zeit haben, sich darauf einzustellen und dabei so zu tun, als hätten sie alles über die arabische Atombombe ohnehin schon gewußt und wären gerade selbst im Begriff gewesen, die Neuigkeit ans Licht zu bringen.

Er zog seinen Mantel an und wollte fortgehen, um seinen Bekannten beim KGB von einer Telefonzelle aus anzurufen, ohne zu riskieren, daß das Gespräch abgehört würde. Dann wurde ihm klar, wie albern das wäre, denn er beabsichtigte ja ohnehin, die Organisation anzurufen, die alle Telefonate belauschte. Also zog er seinen Mantel wieder aus und benutzte den Apparat in seinem Büro. Der Verwaltungsbeamte des KGB, mit dem er sprach, verstand genauso fachmännisch mit dem System umzugehen. Er machte großen Wirbel in dem neuen KGB-Gebäude an der Moskauer Ringstraße. Zuerst rief er die Sekretärin seines Chefs an und bat um eine dringende Zusammenkunft in fünfzehn Minuten. Er achtete sorgfältig darauf, sich nicht an den Chef selbst zu wenden. Dann rief er lärmend ein halbes Dutzend weitere Stellen an und hetzte die Sekretärinnen und Boten, die Aufzeichnungen machen und Akten sammeln sollten, durch das Gebäude. Doch die Tagesordnung war sein Meisterstück. Zufällig war die Tagesordnung für die nächste Konferenz des Politischen Komitees Nahost am Tag vorher getippt worden und wurde nun gerade vervielfältigt. Er ließ sich das Papier zurückschicken und setzte einen neuen Punkt an die Spitze: »Letzte Entwicklungen in der ägyptischen Rüstung – Sonderbericht«; danach folgte sein eigener Name in Klammern. Als nächstes befahl er, die neue Tagesordnung, deren Datum unverändert war, vervielfältigen und am selben Nachmittag an die interessierten Abteilungen weiterleiten zu lassen.

Als er sichergestellt hatte, daß halb Moskau seinen Namen und keinen anderen mit der Nachricht in Verbindung bringen würde, suchte er seinen Chef auf.

Am selben Tag ging eine weit weniger auffällige Information ein. Im Rahmen des routinemäßigen Austausches zwischen dem ägyptischen Geheimdienst und dem KGB teilte Kairo mit, daß ein israelischer Agent namens Nat Dickstein in Luxemburg entdeckt worden sei und nun überwacht werde. Der Umstände wegen wurde dem Bericht weniger Aufmerksamkeit gewidmet, als er verdiente. Es gab nur einen einzigen Mann im KGB, der den leisen Verdacht hegte, daß die beiden Punkte miteinander zu tun haben könnten.

Sein Name war David Rostow.

David Rostows Vater war ein kleiner Diplomat gewesen, dessen Karriere durch Mangel an Beziehungen, vor allem zum Geheimdienst, gebremst worden war. Sein Sohn durchschaute diesen Sachverhalt und trat mit der unerbittlichen Logik, die seine Entscheidungen sein ganzes Leben hindurch kennzeichnen sollte, in das damalige NKWD ein, das später in KGB umbenannt wurde.

Schon in Oxford war er ein Agent gewesen. In jenen idealistischen Zeiten, als Rußland gerade den Krieg gewonnen hatte und man das Ausmaß von Stalins Säuberungen noch nicht begriff, waren die großen englischen Universitäten ein fruchtbarer Boden für den sowjetischen Geheimdienst gewesen. Rostow hatte ein paar ausgezeichnete Leute angeworben, von denen einer noch im Jahre 1968 Geheimnisse aus London weiterleitete. Nat Dickstein war einer seiner Fehlschläge gewesen.

Rostow erinnerte sich, daß der junge Dickstein ein undefinierbarer Sozialist gewesen war und seine Persönlichkeit sich für Spionagezwecke geeignet hatte: Er war zurückhaltend, leidenschaftlich und mißtrauisch; außerdem hatte er Köpfchen. Doch dem Russen fiel ein, wie er mit ihm, Professor Ashford und Yasif Hassan in dem grünweißen Haus am Fluß über den Nahen Osten diskutiert hatte. Und die Schachpartie zwischen ihm und Dickstein war ein harter Kampf gewesen.

Dicksteins Augen aber spiegelten keinen Idealismus wider, ihm fehlte der Bekehrungseifer. Obwohl er in seinen eigenen Ansichten gefestigt war, hatte er nicht den Wunsch, den Rest der Welt davon zu überzeugen. Die meisten Kriegsveteranen waren wie er gewesen. Rostow legte immer wieder den Köder aus – »Natürlich, wenn du *wirklich* für den Weltsozialismus kämpfen willst, mußt du für die Sowjetunion arbeiten« –, und die Veteranen murmelten stets: »Blödsinn«.

Nach Oxford hatte Rostow in den sowjetischen Botschaften verschiedenster europäischer Hauptstädte gearbeitet: Rom, Amsterdam, Paris. Er verließ nie das KGB, um in den diplomatischen Dienst einzutreten. Im Laufe der Jahre wurde ihm klar, daß er nicht den nötigen politischen Weitblick besaß, um die Rolle des großen Staatsmannes zu spielen, in der sein Vater ihn am liebsten gesehen hätte. Die Begeisterung seiner Jugend schwand. Er dachte – alles in allem – immer noch, daß der Sozialismus wahrscheinlich das politische System der Zukunft sei, aber dieses Credo erfüllte ihn nicht mehr mit inbrünstiger Leidenschaft. Er glaubte an den Kommunismus, wie die meisten Menschen an Gott glauben: Es würde ihn nicht sehr überrascht oder enttäuscht haben, wenn sich herausgestellt hätte, daß er nicht recht hatte. Inzwischen lebte er weiter wie bisher.

In der Zeit seiner Reife widmete er sich näher gesteckten Zielen mit vielleicht noch größerer Energie. Er wurde ein brillanter Techniker, ein Meister der Listen und Grausamkeiten, die für Geheimdienste typisch sind; und, was in der UdSSR genauso wichtig war wie im Westen, er lernte, die Bürokratie so zu manipulieren, daß er immer das höchste Lob für seine Triumphe einstreichen konnte. Die Erste Hauptabteilung des KGB war eine Art Zentrale, die Informationen sammelte und analysierte. Die meisten Außenagenten gehörten zur Zweiten Hauptabteilung, der größten des KGB, die mit Unterwanderung, Sabotage, Verrat, Wirtschaftsspionage und jeder Art von innerer Polizeiarbeit, die für politisch heikel gehalten wurde, zu tun hatte. Die Dritte Hauptabteilung, die einst Smersch genannt worden war, bis diese Bezeichnung im Westen zuviel peinliches Aufsehen erregte, war für Spionageabwehr und Sonderoperationen verantwortlich. Sie beschäftigte einige der mutigsten und gerissensten Leute der Agentenwelt.

Rostow arbeitete in der Dritten Hauptabteilung – und er war einer ihrer Stars.

Er hatte den Rang eines Obersten und war mit einem Orden ausgezeichnet worden, weil er einen inhaftierten Agenten aus einer Zelle in Wormwood Scrubs befreit hatte. Im Laufe der Zeit hatte er sich auch eine Ehefrau, zwei Kinder und eine Geliebte zugelegt. Die Geliebte war Olga, zwanzig Jahre jünger als er, eine blonde nordische Göttin aus Murmansk und die aufregendste Frau, der er je begegnet war. Er wußte, daß sie ohne die KGB-Privilegien, die er ihr bieten konnte, sich nicht auf eine Affäre mit ihm eingelassen hätte; trotzdem glaubte er, daß sie ihn liebte. Sie glichen einander, und da jeder den anderen als kühl und ehrgeizig durchschaute, war ihre Leidenschaft irgendwie noch rasender geworden. In seiner Ehe gab es keine Leidenschaft mehr, dafür aber andere Dinge: Zuneigung, Kameradschaft, Stabilität und die Tatsache, daß Marja immer noch der einzige Mensch der Welt war, der ihn dazu bringen konnte, daß er sich unter Lachkrämpfen schüttelte. Da waren die Jungen: Jurij Davidowitsch, der an der Moskauer Staatsuniversität studierte und sich eingeschmuggelte Beatles-Schallplatten anhörte, und Wladimir Davidowitsch, das junge Genie, schon jetzt als möglicher Schachgroßmeister im Gespräch. Wladimir hatte sich um einen Platz an der hochangesehenen Physikalisch-Mathematischen Schule Nummer 2 beworben, und Rostow war sicher, daß er aufgenommen werden würde. Sein Sohn hatte den Platz verdient, und außerdem war ein KGB-Oberst natürlich auch nicht ganz ohne Einfluß.

Rostow war in der sowjetischen Leistungsgesellschaft hoch gestiegen, aber er rechnete sich aus, daß er noch etwas höher steigen konnte. Seine Frau brauchte nicht mehr auf den Märkten mit dem gewöhnlichen Volk Schlange zu stehen – sie kaufte mit der Elite in den Berjoska-Läden ein –, sie hatten eine große Wohnung in Moskau und eine kleine Datscha an der Ostsee. Aber Rostow wollte eine Wolga-Limousine mit Chauffeur, eine zweite Datscha in einem Kurort am Schwarzen Meer, wo er Olga unterbringen konnte, Einladungen zu Privatvorführungen dekadenter westlicher Filme und ärztliche Versorgung in der Kreml-Klinik, wenn das Alter ihm später zu schaffen machen sollte.

Seine Karriere war an einem Scheideweg angekommen. In diesem Jahr wurde er fünfzig. Er verbrachte etwa die Hälfte seiner Zeit an einem Schreibtisch in Moskau, die andere Hälfte war den Operationen mit seiner eigenen kleinen Mannschaft gewidmet. Schon jetzt war er älter als jeder andere Agent, der im Ausland arbeitete. Nun gab es für ihn nur noch zwei Möglichkeiten. Wenn er nachließ und seine früheren Erfolge in Vergessenheit gerieten, würde er seine Karriere damit beschließen, zukünftige Agenten an der KGB-Schule Nummer 311 in Nowosibirsk auszubilden. Konnte er aber weiterhin aufsehenerregende Ergebnisse vorweisen, dann würde er auf einen reinen Verwaltungsposten befördert werden, die Mitgliedschaft

in ein oder zwei Komitees erhalten, und eine anspruchs-
volle, aber sichere Karriere in der Organisation des sowjetischen Nachrichtendienstes stand ihm offen. Und
dann würde er die Wolga-Limousine und die Datscha am
Schwarzen Meer bekommen,

Irgendwann in den nächsten zwei oder drei Jahren
mußte er noch einen großen Coup landen. Als die Nachricht über Nat Dickstein eintraf, fragte er sich, ob dies
seine Chance sein könnte.

Er hatte Dicksteins Karriere mit der träumerischen
Faszination eines Mathematiklehrers beobachtet, dessen
klügster Schüler beschließt, Kunst zu studieren. Noch in
Oxford hatte er Geschichten über die gestohlene Schiffsladung Gewehre gehört und selbst Dicksteins KGB-Akte
angelegt. Inzwischen hatten er und andere die Akte aufgrund von gelegentlichen Beobachtungen, Gerüchten,
Mutmaßungen und guter altmodischer Spionage ergänzt.
Die Akte ließ keinen Zweifel daran, daß Dickstein nun
einer der durchschlagskräftigsten Agenten des Mossad
war. Wenn Rostow Dicksteins Kopf auf dem Tablett ser-
vieren konnte, war seine eigene Zukunft gesichert.

Aber Rostow war vorsichtig. Wenn er sich seine Zielscheibe aussuchen konnte, wählte er eine einfache. Ihm ging es
nicht um Ruhm um jeden Preis – im Gegenteil. Eines seiner wichtigsten Talente bestand darin, unsichtbar zu werden, wenn riskante Aufträge vergeben wurden. Ein Wettstreit zwischen ihm und Dickstein wäre auf unangenehme
Weise ein Kampf mit ausgeglichenen Siegeschancen.

Er würde also mit Interesse weitere Berichte aus Kairo
über Nat Dicksteins Aktionen in Luxemburg abwarten,
aber darauf achten, selbst nicht einbezogen zu werden.
Schließlich hatte er es nur deshalb so weit gebracht, weil
er allzu gefährlichen Spielen immer aus dem Weg gegangen war.

*

Das Forum, wo über das Für und Wider der arabischen Bombe diskutiert wurde, war das Politische Komitee Nahost. Es hätte jedes der elf oder zwölf Kreml-Komitees sein können, denn dieselben Fraktionen waren in allen interessierten Komitees vertreten. Man hätte überall das gleiche gesagt und das gleiche Ergebnis erzielt, denn das Problem war groß genug, um fraktionelle Erwägungen auszuschalten.

Das Komitee hatte neunzehn Mitglieder, aber zwei waren im Ausland, eines war krank und eines war am Tag der Konferenz von einem Lastwagen überfahren worden. Es spielte keine Rolle, es kam nur auf drei Menschen an: einen aus dem Außenministerium, einen KGB-Mann und einen, der den Generalsekretär vertrat. Unter den Statisten waren David Rostows Chef, der aus Prinzip alle nur möglichen Komiteemitgliedschaften sammelte, und Rostow selbst, der als Assistent fungierte. (An einem Zeichen wie diesem las Rostow ab, daß seine nächste Beförderung in Bctracht gezogen wurde.)

Das KGB war gegen die arabische Bombe, weil es seine Macht hinter den Kulissen entfaltete und die Bombe viele Entscheidungen in die offene Sphäre und damit aus dem Bereich der KGB-Aktivitäten bringen würde. Genau aus diesem Grund war das Außenministerium *für* die Bombe – sie würde ihm mehr Arbeit und Einfluß geben. Der Generalsekretär war dagegen, denn wie sollte sich die UdSSR weiter im Nahen Osten behaupten, wenn die Araber einen entscheidenden Sieg davontrugen?

Die Diskussion wurde mit der Verlesung eines KGB-Berichtes, »Letzte Entwicklungen in der ägyptischen Rüstung«, eröffnet. Rostow erkannte sogleich, wie hier eine einzige Information durch ein paar Hintergrundinformationen, gewonnen durch einen Anruf in Kairo, plus einer Menge Mutmaßungen und vieler leere Phrasen zu einer Tirade ausgewalzt worden war, die zwanzig Minuten dauerte. Er selbst hatte so etwas oft genug getan.

Platz. »Wie werden wir vorgehen, Sie und ich? Ich habe Befehl, mit Ihnen zusammenzuarbeiten.«

»Meine Leute treffen heute abend ein«, sagte Rostow. Er dachte: Zusammenarbeiten, das könnte dir so passen – du befolgst meine Befehle. »Ich verwende immer dieselben beiden Männer – Nik Bunin und Pjotr Tyrin. Wir sind bestens aufeinander eingespielt. Sie wissen, wie ich operiere. Ich möchte, daß Sie mit ihnen arbeiten, daß Sie tun, was die beiden sagen. Sie können eine Menge lernen, es sind sehr gute Agenten.«

»Und meine Leute ...«

»Wir werden sie nicht mehr benötigen«, erwiderte Rostow eilig. »Eine kleine Mannschaft ist am besten. Zuerst müssen wir sichergehen, daß wir Dickstein entdecken. Falls er nach Luxemburg zurückkehren sollte.«

»Ich habe Tag und Nacht einen Mann an Flughafen.«

»Daran wird er gedacht haben und nicht mit dem Flugzeug kommen. Wir müssen ein paar andere Möglichkeiten abdecken. Er könnte zu Euratom gehen ...«

»Das Jean-Monnet-Gebäude, ja.«

»Wir können das Alfa-Hotel überwachen, indem wir den Empfangschef bestechen, aber er wird nicht noch einmal da wohnen. Und den Nachtklub in der Rue Dicks. Sie sagten, daß er sich einen Wagen mietete.«

»Ja, in Frankreich.«

»Er wird ihn inzwischen abgestoßen haben, denn er weiß, daß Sie die Nummer kennen. Ich möchte, daß Sie die Leihfirma anrufen und herausfinden, wo das Auto abgegeben wurde. So erfahren wir vielleicht die Richtung, die er eingeschlagen hat.«

»Wird gemacht.«

»Moskau hatte ein Funkbild von ihm durchgegeben. Unsere Leute werden in jeder Hauptstadt der Welt nach ihm Ausschau halten.« Rostow trank aus. »Wir werden ihn fangen – so oder so.«

»Glauben Sie wirklich?«

»Ich habe mit ihm Schach gespielt und weiß, wie sein Geist arbeitet. Seine Eröffnungszüge sind reine Routine, durchschaubar. Aber dann tut er plötzlich etwas völlig Unerwartetes, meist etwas sehr Riskantes. Man muß darauf warten, daß er den Hals in die Schlinge steckt – und dann zuziehen.«

»Wenn ich mich nicht täusche, haben Sie die Schachpartie verloren.«

Rostow grinste raubtierhaft. »Ja, aber jetzt ist es kein Spiel mehr.«

*

Es gibt zwei Arten von Beschattern: Pflasterkünstler und Bulldoggen. Pflasterkünstler betrachten die Überwachung von Menschen als Fertigkeit höchsten Ranges, vergleichbar mit Schauspielerei oder Zellbiophysik oder Dichtkunst. Als Perfektionisten sind sie fähig, sich beinahe unsichtbar zu machen. Sie besitzen ganze Garderoben unauffälliger Kleidung, üben vor dem Spiegel, das Gesicht ausdruckslos werden zu lassen, kennen Dutzende von Tricks, bei denen sie sich Ladeneingänge, Busschlangen, Polizisten, Kinder, Brillen, Einkaufstaschen und Hecken zunutze machen. Sie verachten die Bulldoggen, die meinen, daß Beschattung nichts anderes als Verfolgung sei, und die sich an das Opfer hängen wie ein Hund an seinen Herrn.

Nik Bunin gehörte zu den Bulldoggen. Er war ein junger Schläger, der Typ, der, je nachdem, ob er Glück oder Pech hat, entweder Polizist oder Verbrecher wird. Das Glück hatte Nik zum KGB gebracht; sein Bruder dagegen zu Hause in Georgien war Rauschgifthändler, der Haschisch aus Tbilisi an die Moskauer Universität beförderte (wo es unter anderem auch von Rostows Sohn Jurij konsumiert wurde). Nik war offiziell Chauffeur, inoffiziell Leibwächter und dazu ein professioneller Raufbold. Er war es, der den Piraten schließlich entdeckte. Nik war einen Meter achtzig groß und sehr breit. Er trug eine Lederjacke, hatte kurzes blondes Haar, wäßriggrüne Augen und war gehemmt, weil er sich mit fünfundzwanzig immer noch nicht regelmäßig zu rasieren brauchte.

In dem Nachtklub in der Rue Dicks wurde er für ungemein niedlich gehalten.

Er kam um 19.30 Uhr herein, kurz nachdem der Klub geöffnet worden war, saß die ganze Nacht hindurch in derselben Ecke, trank mit sentimentalem Behagen Wodka on the rocks und sah einfach zu. Jemand forderte ihn zum Tanzen auf, und er riet dem Mann in schlechtem Französisch, abzuhauen. Als er am zweiten Abend auftauchte, fragte man sich, ob er ein verlassener Liebhaber sei, der auf eine Auseinandersetzung mit seinem Ehemaligen lauere. Mit seinen breiten Schultern, der Lederjacke und der mürrischen Miene machte er den Eindruck eines »rabiaten Kunden«.

Nik merkte nichts von diesen unterschwelligen Strömungen. Ihm war das Foto eines Mannes gezeigt worden, und er hatte den Befehl erhalten, den Klub zu besuchen und nach diesem Mann Ausschau zu halten; also prägte er sich das Gesicht ein, ging in den Klub und wartete. Für ihn spielte es kaum eine Rolle, ob er es mit einem Bordell oder einer Kathedrale zu tun hatte. Es gefiel ihm, wenn er gelegentlich Leute verprügeln konnte, aber sonst brauchte er nichts als regelmäßige Bezahlung und zwei freie Tage in der Woche, die er seinem Hobby – Wodka und Malbüchern – widmete.

Als Nat Dickstein den Nachtklub betrat, verspürte Nik keinerlei Erregung. Wenn er Erfolg hatte, schrieb Rostow es immer dem Umstand zu, daß er, Nik, sich genau an das gehalten hatte, was ihm befohlen worden war. Und im allgemeinen hatte er recht. Nik beobachtete, wie Dickstein sich allein an einen Tisch setzte, etwas zu trinken bestellte, bedient wurde und an einem Bier nippte. Es schien, daß auch er auf jemanden wartete.

Nik ging zu dem Telefon im Vorraum und rief das Hotel an. Rostow antwortete.

»Hier ist Nik. Unser Mann ist gerade gekommen.«

»Gut! Was macht er?«

»Er wartet.«

»Allein?«

»Ja.«

»Bleib in seiner Nähe und melde dich, wenn er etwas unternimmt.«

»Klar.«

»Ich schicke Pjotr hin. Er wird draußen warten. Wenn unser Mann den Klub verläßt, folgst du ihm abwechselnd mit Pjotr. Der Araber schließt sich euch in einem Wagen an, weit dahinter. Es ist ein ... einen Moment ... ein grüner Volkswagen mit Heckklappe.«

»Verstanden.«

»Geh jetzt wieder hinein.«

Nik hängte den Hörer ein und kehrte zu seinem Tisch zurück. Während er den Klub durchquerte, sah er Dickstein nicht an.

Ein paar Minuten später kam ein elegant gekleideter, gutaussehender Mann von etwa vierzig Jahren in den Klub. Er blickte sich um, schritt an Dicksteins Tisch vorbei und trat an die Bar. Nik sah, daß Dickstein ein Stück Papier vom Tisch nahm und es sich in die Tasche schob. Alles spielte sich sehr diskret ab. Nur wer Dickstein bewußt beobachtete, konnte wissen, daß etwas geschehen war.

Nik ging wieder zum Telefon.

»Ein warmer Bruder ist reingekommen und hat ihm etwas gegeben – sah wie eine Karte aus«, meldete er Rostow.

»Eine Theaterkarte vielleicht?«

»Keine Ahnung.«

»Haben sie miteinander gesprochen?«

»Nein, der Schwule ließ die Karte einfach im Vorübergehen auf den Tisch fallen. Sie sahen sich nicht einmal an.«

»In Ordnung. Bleib dran. Pjotr müßte inzwischen draußen sein.«

»Eine Sekunde. Unser Mann ist gerade in den Vorraum gekommen. Warten Sie ... er geht zum Tisch ... er gibt die Karte ab. Das war es also, eine Garderobennummer.«

»Bleib am Apparat und sag mir, was passiert.«

Rostows Stimme war von tödlicher Ruhe.

»Der Bursche hinter dem Tresen reicht ihm eine Aktentasche und bekommt ein Trinkgeld ...«

»Eine Übergabe. Gut.«

»Unser Mann verläßt den Klub.«

»Folge ihm.«

»Soll ich ihm die Aktentasche klauen?«

»Nein, ich möchte nicht, daß er auf uns aufmerksam wird, bevor wir wissen, was er vorhat. Du mußt nur herausfinden, wohin er geht. Halte dich zurück. Los!«

Nik hängte ein. Er gab dem Garderobenmann ein paar Scheine. »Ich muß mich beeilen. Das reicht für meine Rechnung.« Dann stieg er die Treppe hinauf.

Es war ein heller Sommerabend. Viele Menschen waren unterwegs zu Restaurants und Kinos. Nik schaute nach links und rechts und entdeckte Dickstein auf der gegenüberliegenden Straßenseite, etwa fünfzig Meter vor sich. Er überquerte die Straße und folgte ihm.

Dickstein machte schnelle Schritte und blickte geradeaus; er trug die Aktentasche unter dem Arm. Nik stapfte ein paar Häuserblocks hinter ihm her. Wenn Dickstein sich jetzt umschaute, würde er in einiger Entfernung hinter sich einen Mann sehen, der ebenfalls in dem Nachtklub gewesen war, und er würde sich fragen, ob man ihn beschattete. Dann tauchte Pjotr neben Nik auf, berührte seinen Arm und ging weiter. Nik ließ sich soweit zurückfallen, daß er nur noch Pjotr, nicht aber den Verfolgten ausmachen konnte. Wenn Dickstein nun hinter sich blickte, würde er Nik nicht sehen und Pjotr nicht erkennen. Es war sehr schwierig für den Beschatteten, bei dieser Art von Überwachung Verdacht zu schöpfen. Doch je länger ein Opfer verfolgt wurde, desto mehr Männer waren natürlich nötig, um einander regelmäßig abzulösen. Nach einer weiteren halben Meile hielt der grüne Volkswagen am Bordstein neben Nik an. Yasif Hassan lehnte sich vom Fahrersitz herüber und öffnete die Tür. »Neue Befehle. Setzen Sie sich rein.«

Nik stieg in den Wagen, und Hassan steuerte zurück zu dem Nachtklub in der Rue Dicks.

»Gute Arbeit«, sagte Hassan.

Nik ignorierte die Bemerkung.

»Wir möchten, daß Sie in den Klub zurückkehren und dem Überbringer der Aktentasche nach Hause folgen.«

»Hat Oberst Rostow das gesagt?«

»Ja.«

»In Ordnung.«

Hassan stoppte das Auto in der Nähe des Klubs. Nik ging hinein. Er blieb in der Tür stehen und musterte den Raum.

Der Überbringer war verschwunden.

*

Der Computerausdruck umfaßte mehr als hundert Seiten. Dickstein verlor den Mut, als er das ersehnte Bündel Papier durchblätterte, für dessen Besitz er so hart gearbeitet hatte. Nichts schien einen Sinn zu ergeben. Er fing noch einmal von vorne an und betrachtete die Menge durcheinandergewürfelter Ziffern und Buchstaben von neuem. Konnte es sich um einen Code handeln? Nein, dieser Ausdruck wurde jeden Tag von den gewöhnlichen Büroangestellten der Euratom benutzt. Er mußte also leicht verständlich sein.

Dickstein konzentrierte sich. »U-234« – das war, wie er

wußte, ein Uranisotop. Eine andere Gruppe von Buchstaben und Ziffern war »180KG« – einhundertachtzig Kilogramm. »17F68« mußte ein Datum sein, der 17. Februar dieses Jahres. Allmählich begannen die Zeilen des Computeralphabets, ihre Bedeutung preiszugeben: Er fand Ortsnamen aus verschiedenen europäischen Ländern, Wörter wie »ZUG« und »LASTWAGEN« mit daneben eingefügten Entfernungen und Namen mit dem Zusatz. »SA« oder »ING«, die auf Firmen hinwiesen. Schließlich wurde ihm das Schema der Eintragungen klar: Die erste Zeile gab Materialtyp und -menge an, die zweite Name und Adresse des Absenders und so weiter. Seine Stimmung besserte sich. Er las mit wachsendem Verständnis und dem Gefühl, etwas Großes vollbracht zu haben, weiter. Etwa sechzig Lieferungen waren aufgeführt. Es schien drei Haupttypen zu geben: Riesige Mengen von rohem Uranerz, die aus den Minen in Südafrika, Kanada und Frankreich in die europäischen Veredelungsanlagen kamen; Brennstoffelemente, Oxyde, Uranmetall oder angereicherte Mischungen, die von der Herstellung zu den Reaktoren transportiert wurden; und verbrauchter Reaktorbrennstoff, der zur Wiederaufbereitung oder Ablagerung gebracht wurde. Einige Lieferungen fielen aus dem Rahmen; sie betrafen meist Plutonium und Transuranelemente, die man aus verbrauchtem Brennstoff gewann und an Universitätslaboratorien und Forschungsinstitute sandte.

Dickstein schmerzte der Kopf, und seine Augen hatten sich getrübt, als er endlich fand, was er gesucht hatte: Auf der allerletzten Seite war eine Lieferung unter der Überschrift »NICHT-NUKLEAR« verzeichnet.

Der Physiker mit der geblümten Krawatte aus dem Weizmann-Institut hatte ihm in aller Kürze die nichtnukleare Verwendung von Uran und seinen Verbindungen erläutert: im Bereich der Fotografie, zum Färben, als Tönungsmittel für Glas und Keramik und als industrielle Katalysatoren. Natürlich verlor das Zeug sein Spaltpotential nicht, wie alltäglich und harmlos seine Benutzung auch sein mochte, so daß die Euratom-Vorschriften immer noch gültig waren. Dickstein hielt jedoch für wahrscheinlich, daß die Sicherheitsmaßnahmen in der herkömmlichen industriellen Chemie weniger streng sein würden. Die Eintragung auf der letzten Seite bezog sich auf zweihundert Tonnen Yellow Cake oder rohes Uranoxyd. Sie lagen in Belgien in einer Metallveredelungsanlage nahe der holländischen Grenze; das Werk hatte eine Lizenz zur Lagerung spaltbaren Materials. Die Veredelungsanlage gehörte der Société Général de la Chimie, einer internationalen Bergbaugesellschaft mit dem Hauptquartier in Brüssel. SGC hatte den Yellow Cake an einen deutschen Konzern, F. A. Pedler in Wiesbaden, verkauft. Pedler plante, es zur »Herstellung von Uranverbindungen, besonders Urankarbid, in kommerziellen Mengen« zu benutzen. Dickstein erinnerte sich, daß das Karbid ein Katalysator für die Produktion synthetischen Ammoniaks war.

Es schien jedoch, daß Pedler das Uran nicht selbst, jedenfalls nicht am Anfang, bearbeiten würde. Dicksteins Interesse erhöhte sich, als er las, daß der Konzern nicht um eine Lizenz für seine eigenen Werke in Wiesbaden, sondern statt dessen um die Erlaubnis nachgesucht hatte, den Yellow Cake zu Wasser nach Genua zu befördern. Dort sollte eine Firma namens Angeluzzi e Bianco ihn »nicht-nuklear aufbereiten«.

Zu Wasser! Die Schlußfolgerung wurde Dickstein sofort deutlich: Jemand anders würde die Ladung aus einem europäischen Hafen ausschiffen.

Er las weiter. Von der Veredelungsanlage der SGC würde das Material mit der Eisenbahn zu den Docks von Antwerpen gebracht werden. Dort würde man den Yellow Cake zur Beförderung nach Genua auf das Motorschiff *Coparelli* verladen. Für den kurzen Transport von dem italienischen Hafen bis zur Fabrik von Angeluzzi e Bianco würde man Lastwagen einsetzen.

Der Yellow Cake – der wie Sand aussieht, allerdings von intensiverem Gelb ist – sollte für die Reise in fünfhundertsechzig 200-Liter-Öltonnen mit versiegelten Deckeln verpackt werden. Die Bahn würde elf Waggons benötigen, das Schiff wurde für diese Fahrt keine andere Fracht laden, und die Italiener würden die letzte Etappe mit sechs Lastwagen zurücklegen.

Es war die Seereise, die Dickstein in Erregung versetzte: durch den Ärmel-Kanal, über den Golf von Biskaya, an der Atlantikküste von Spanien entlang, durch die Straße von Gibraltar und über eintausend Meilen des Mittelmeers hinweg.

Bei einer solchen Entfernung konnte eine Menge schiefgehen.

Reisen über Land waren unkompliziert und leicht zu kontrollieren: Ein Zug fuhr heute vormittag ab und kam am nächsten Morgen um 8.30 Uhr an; ein Lastwagen befuhr Straßen, auf denen immer auch andere Fahrzeuge, darunter Polizeiautos, unterwegs waren. Ein Flugzeug hatte ständig Kontakt mit Bodenstationen. Aber das Meer war undurchschaubar, besaß seine eigenen Gesetze – eine Reise konnte zehn oder zwanzig Tage dauern, man mußte mit Stürmen, Kollisionen, Maschinenschäden, ungeplanten Anlaufhäfen und plötzlichen Richtungsänderungen rechnen. Wenn man ein Flugzeug entführte, erfuhr es die ganze Welt eine Stunde später durch das Fernsehen; von einem gekaperten Schiff würde die Öffentlichkeit tage- oder wochenlang, vielleicht auch nie erfahren.

Das Meer war der geschaffene Aktionsraum für den »Piraten«!

Dickstein überlegte mit wachsender Begeisterung und dem Gefühl, daß die Lösung seines Problems greifbar nahe war. Die *Coparelli* mußte entführt werden ... Und dann? Dann konnte man die Fracht auf das Piratenschiff umladen. Die *Coparelli* hatte wahrscheinlich ihre eigenen La- debäume. Aber ein solches Manöver konnte auf See ris- kant sein. Dickstein suchte auf dem Computerausdruck nach dem geplanten Reisedatum: November. Das war schlecht. Es könnte Stürme geben – diese Möglichkeit bestand im November sogar auf dem Mittelmeer. Also? Sollte man die *Coparelli* kapern und mit ihr nach Haifa fahren? Es würde schwer gehen, mit einem gestohlenen Schiff unbemerkt anzulegen – sogar in Israel mit seiner starken Abschirmung.

Er warf einen Blick auf seine Armbanduhr. Es war nach Mitternacht. Dickstein begann, sich zu entkleiden. Er mußte mehr über die *Coparelli* erfahren: ihre Tonnage, wie viele Besatzungsmitglieder sie hatte, wo sie sich ge- genwärtig aufhielt, wem sie gehörte und, wenn möglich, ihren Grundriß. Morgen würde er nach London reisen. Bei Lloyd's in London konnte man jede Information über fast jedes Schiff bekommen.

Es gab noch etwas, was er wissen mußte: Wer verfolgte ihn in Europa? In Frankreich war es eine große Gruppe gewesen. Heute abend, als er den Nachtklub in der Rue Dicks verlassen hatte, war ein brutales Gesicht hinter ihm aufgetaucht. Er hatte den Verdacht, beschattet zu wer- den, aber das Gesicht war plötzlich verschwunden – Zu- fall oder wieder eine große Mannschaft? Es hing davon ab, ob Hassan zum »Geschäft« gehörte. Auch danach konn- te er sich in England erkundigen.

Er überlegte, wie er reisen sollte. Wenn jemand heute abend seine Spur aufgenommen hatte, mußte er sich morgen in acht nehmen. Selbst wenn das brutale Gesicht nichts zu bedeuten hatte, mußte Dickstein sichergehen, daß er am Luxemburger Flughafen nicht entdeckt wur- de. Er hob den Telefonhörer und wählte den Empfang; als der Angestellte antwortete, sagte er: »Wecken Sie mich um 6.30 Uhr, bitte.«

»Sehr gern, mein Herr.«

Dickstein legte den Hörer auf und schlüpfte ins Bett. Endlich hatte er ein genaues Ziel: die *Coparelli*. Noch besaß er keinen Plan, aber er wußte ungefähr, was zu tun war. Welche Schwierigkeiten sich auch ergeben mochten, die Kombination einer nicht-nuklearen Lieferung und einer Seereise war unwiderstehlich.

Er knipste das Licht aus, schloß die Augen und dachte: Was für ein guter Tag.

*

David Rostow war nach Yasif Hassans Meinung immer ein arroganter Scheißkerl gewesen, und er hatte sich im Laufe der Jahre nicht gebessert. Mit überheblichem Lächeln sagte er Sätze wie: »Was Ihnen wahrscheinlich nicht klar ist ...« – »Wir werden Ihre Leute nicht mehr benötigen, eine kleine Mannschaft ist am besten« – »Sie können im Auto hinterherfahren und außer Sicht bleiben«. Und schließlich auch noch: »Passen Sie auf das Telefon auf, während ich in die Botschaft gehe.«

Hassan war bereit gewesen, unter Rostow als einer von dessen Mannschaft zu arbeiten, aber wie es schien, war sein Status noch niedriger. Er faßte es, milde ausgedrückt, als Beleidigung auf, tiefer als ein Mann wie Nik Bunin eingestuft zu werden.

Das Problem war, daß einiges für Rostow sprach. Nicht, daß die Russen klüger gewesen wären als die Araber, aber das KGB war zweifellos eine größere, reichere, mächtigere und professionellere Organisation als der ägyptische Geheimdienst.

Hassan blieb nichts anderes übrig, als Rostows Behandlung hinzunehmen, ob berechtigt oder nicht. Kairo war hocherfreut darüber, daß das KGB einen der größten Feinde der arabischen Welt jagte. Wenn Hassan sich beschwerte, würde wahrscheinlich er und nicht Rostow abgezogen werden.

Aber Rostow sollte nicht vergessen, dachte Hassan, daß die Araber Dickstein zuerst entdeckt hatten. Ohne diese ursprüngliche Leistung würde es überhaupt keine Nachforschungen geben.

Trotzdem wollte er Rostows Respekt erringen, damit der Russe sich ihm anvertraute, Entwicklungen mit ihm diskutierte, ihn um seine Meinung fragte. Er würde Rostow beweisen müssen, daß er zuverlässiger war und ein Profi, der Nik Bunin und Pjotr Tyrin nicht im geringsten nachstand.

Das Telefon klingelte. Hassan griff hastig nach dem Hörer. »Hallo?«

»Ist der andere da?« Es war Tyrins Stimme.

»Er ist nicht da. Was ist los?«

Tyrin zögerte. »Wann kommt er zurück?«

»Ich weiß nicht«, log Hassan. »Machen Sie mir Meldung.«

»Also gut. Unser Kunde ist in Zürich aus dem Zug gestiegen.«

»Zürich? Weiter.«

»Er nahm ein Taxi zu einer Bank, wo er den Tresorraum betrat. Diese Bank hat Schließfächer. Er kam heraus und trug eine Aktentasche.«

»Und dann?«

»Er ging zu einem Autohändler am Rande der Stadt und kaufte einen gebrauchten Jaguar. Das Bargeld entnahm er der Aktentasche.«

»Ich verstehe.« Hassan glaubte zu wissen, was nun kommen würde.

»Er fuhr mit dem Wagen aus Zürich hinaus auf die Autobahn E 17 und erhöhte seine Geschwindigkeit auf einhundertvierzig Meilen pro Stunde.«

»Und Sie haben ihn aus den Augen verloren«, sagte Hassan gleichermaßen schadenfroh und besorgt. »Wir hatten ein Taxi und einen Botschafts-Mercedes.«

Hassan stellte sich die Straßenkarte Europas vor. »Er

könnte ein beliebiges Ziel in Frankreich, Spanien, Deutschland oder Skandinavien haben ... Es sei denn, daß er wendet. Dann kämen Italien und Österreich in Frage ... Er ist also verschwunden. Kehren Sie zum Hauptquartier zurück.«

Das große KGB ist also doch nicht unbesiegbar, dachte er. So sehr es ihm gefiel, das Kollektiv scheitern zu sehen, so sehr wurde seine Schadenfreude von der Furcht überschattet, daß sie Dickstein für immer aus den Augen verloren hatten. Er überlegte immer noch, was als nächstes zu unternehmen sei, als Rostow zurückkam.

»Was Neues?« fragte der Russe.

»Ihre Leute haben Dickstein verloren«, sagte Hassan.

Rostows Miene verfinsterte sich. »Wie?«

Hassan erklärte es ihm.

»Und was tun sie jetzt?«

»Ich schlug ihnen vor zurückzufahren.«

Rostow grunzte.

»Ich habe darüber nachgedacht, was wir als nächstes tun sollen.«

»Wir müssen Dickstein wiederfinden.« Rostow hantierte in seiner Aktentasche und schien geistesabwesend.

»Ja, aber davon abgesehen.«

Rostow drehte sich um. »Kommen Sie zur Sache.«

»Ich meine, wir sollten uns den Überbringer schnappen und ihn fragen, was er Dickstein geliefert hat.«

Der Russe stand still und überlegte. »Ja«, sagte er nachdenklich.

Hassan freute sich. »Wir müssen ihn ausfindig machen ...«

»Das dürfte nicht schwer sein. Wenn wir den Nachtklub, den Flughafen, das Alfa-Hotel und das Jean-Monnet-Gebäude ein paar Tage lang beobachten ...«

Hassan musterte Rostow, seine große hagere Gestalt, sein leidenschaftsloses, undurchdringliches Gesicht mit der hohen Stirn und dem kurzgeschnittenen ergrauenden Haar. Ich habe recht, triumphierte Hassan, und er muß es zugeben.

»Sie haben recht«, sagte Rostow. »Das hätte ich nicht übersehen dürfen.«

Hassan spürte das Gefühl des Stolzes heiß in sich aufsteigen und dachte: Vielleicht ist er doch nicht so ein Scheißkerl.

6

OXFORD HATTE SICH nicht so sehr verändert wie die Menschen. Die Stadt hatte sich zwar gewandelt, wie erwartet: Sie war größer, die Autos und Läden waren zahlreicher und prunkhafter und die Straßen belebter. Aber das hervorstechende Merkmal war immer noch der cremefarbene Stein der College-Gebäude, durch deren Bögen man gelegentlich einen Blick auf den erstaunlich grünen Rasen eines viereckigen Hofes erhaschen konnte. Dickstein bemerkte auch das seltsam bleiche englische Licht, das einen solchen Kontrast zu dem metallischen Gleißen der israelischen Sonne bot. Natürlich war es nie anders gewesen, aber als Einheimischem war es ihm nicht aufgefallen.

Die Studenten schienen jedoch einer völlig neuen Rasse anzugehören. Im Nahen Osten und in ganz Europa hatte Dickstein Männer gesehen, die sich das Haar über die Ohren wachsen ließen, mit orangefarbenen und hellroten Halstüchern, mit unten weit ausladenden Hosen und hochhackigen Schuhen. Er hatte zwar nicht erwartet, daß die Männer hier so angezogen sein würden wie 1948 – mit Tweedjacken und Cordhosen, Oxfordhemden und getupften Krawatten von Hall's. Trotzdem war er auf dieses Bild nicht vorbereitet gewesen. Viele von ihnen gingen barfuß oder trugen seltsame offene Sandalen ohne Socken. Männer und Frauen hatten Hosen an, deren Enge Dickstein vulgär erschien. Nachdem er mehrere Frauen beobachtet hatte, deren Brüste unter losen, farbenprächtigen Hemden hüpften, schloß er, daß Büstenhalter aus der Mode gekommen waren. Es gab eine Menge blauen Jeansstoff – nicht nur Hosen, sondern auch Hemden, Jakken, Röcke und sogar Mäntel. Und das Haar! Dies schokkierte ihn wirklich. Die Männer ließen es sich nicht nur über die Ohren, sondern manchmal bis halb über den Rücken wachsen. Er sah zwei Burschen mit Zöpfen. Andere, Männer und Frauen, ließen ihr Haar in einem Gewirr von Locken nach oben und zur Seite wachsen, so daß es aussah, als äugten sie durch ein Loch in einer Hecke. Da dies offenbar für einige nicht ausgefallen genug war, hatten sie sich zusätzlich mit Jesusbärten, mexikanischen Schnurrbärten oder baumelnden Koteletten geschmückt. Sie hätten vom Mars stammen können.

Er ging voll Staunen durch das Stadtzentrum und hielt auf die Vororte zu. Es war zwanzig Jahre her, seit er diesen Weg gegangen war, aber er kannte sich noch aus. Kleinigkeiten aus seiner Studentenzeit fielen ihm ein: die Entdeckung von Louis Armstrongs verblüffendem Kornettspiel; die Art, wie er sich insgeheim seines Cockneyakzents geschämt hatte; die Frage, warum alle außer ihm sich so gern betranken; die Tatsache, daß er Bücher schneller ausgeliehen hatte, als er sie lesen konnte, so daß der Stoß auf dem Tisch in seinem Zimmer immer höher geworden war.

Ob die Jahre ihn verändert hatten? Nicht sehr. Damals war er ein verängstigter Mann gewesen, der eine Festung suchte. Nun war Israel seine Festung, aber statt sich dort verstecken zu können, mußte er es verlassen und für seine Verteidigung kämpfen. Damals wie heute war er ein halbherziger Sozialist gewesen, der wußte, daß die Gesellschaft ungerecht war, der aber nicht sicher war, wie sie verbessert werden könnte. Er war älter geworden und hatte mehr Fertigkeiten, aber nicht mehr Weisheit erworben. Ihm schien sogar, daß er mehr wußte und weniger verstand.

Aber jetzt war er irgendwie glücklicher. Er wußte, wer er war und was er zu tun hatte; er hatte herausgefunden, welchen Zweck das Leben hatte, und gemerkt, daß er ihm gewachsen war, obwohl seine Ansichten sich seit 1948 kaum verändert hatten, war er nun überzeugter davon. Doch der junge Dickstein hatte sich gewisse andere Arten des Glücks erhofft, die ihm bisher nicht beschieden gewesen waren; im Laufe der Jahre war die Möglichkeit immer geringer geworden. Dieser Ort erinnerte ihn wehmütig an all diese Dinge. Vor allem dieses Haus.

Dickstein stand davor und betrachtete es. Es war dasselbe geblieben: Immer noch war es grün und weiß bemalt, immer noch ähnelte sein Vorgarten einem Dschungel. Er öffnete die Pforte, schritt über den Pfad zur Tür und klopfte an.

Dies war keineswegs klug. Ashford könnte fortgezogen, gestorben oder einfach im Urlaub sein. Dickstein hätte vielleicht die Universität anrufen sollen, um sich zu vergewissern. Aber wenn die Nachforschung unauffällig und diskret sein sollte, war es nötig, das Risiko unnötigen Zeitaufwands auf sich zu nehmen. Außerdem hatte er sich darauf gefreut, das alte Haus nach so vielen Jahren wiederzusehen.

Die Tür öffnete sich, und eine Frau sagte: »Ja?«

Ein Kälteschauer durchfuhr Dickstein. Sein Unterkiefer senkte sich. Er taumelte leicht und stützte sich mit einer Hand gegen die Mauer. Falten des Erstaunens durchfurchten seine Stirn.

Sie war es wirklich, und sie war immer noch 25 Jahre alt. Mit ungläubiger Stimme murmelte Dickstein: »Eila ...?«

*

Sie starrte den sonderbaren kleinen Mann auf der Schwelle an. Mit seiner runden Brille, dem alten, grauen Anzug und dem borstigen, kurzen Haar sah er wie ein Universitätsdozent aus. Ihm schien nichts gefehlt zu haben, als sie die Tür öffnete, aber sobald er die Augen auf sie gerichtet hatte, war er fahl im Gesicht geworden. Etwas Ähnliches war ihr schon einmal passiert, während sie die High Street hinunterging. Ein netter alter Herr hatte sie gemustert, den Hut gelüftet, sie angehalten und gesagt: »Entschuldigen Sie, ich weiß, daß wir einander nicht vorgestellt wurden, aber ...«

Hier handelte es sich offensichtlich um das gleiche Phänomen. Deshalb erklärte sie: »Ich bin nicht Eila, sondern Suza.«

»Suza!« wiederholte der Fremde.

»Man sagt, daß ich genauso aussehe wie meine Mutter, als sie in meinem Alter war. Sie kannten sie offenbar. Wollen Sie hereinkommen.«

Der Mann blieb stehen, wo er war. Er schien sich von seinem Schock zu erholen, aber er war immer noch bleich. »Ich bin Nat Dickstein«, sagte er mit einem schwachen Lächeln.

»Sehr angenehm. Wollen Sie nicht ...« Dann wurde sie sich des Namens bewußt, den er genannt hatte. Nun war es an ihr, überrascht zu sein. »Mister Dickstein!« Ihre Stimme hob sich so sehr, daß sie beinahe schrill klang. Sie warf die Arme um seinen Hals und küßte ihn.

»Sie erinnern sich also an mich«, meinte er, als sie ihn losgelassen hatte. Er wirkte erfreut und verlegen.

»Natürlich! Sie haben Hezekiah immer gestreichelt. Außer Ihnen konnte niemand verstehen, was er sagte.«

Er lächelte wieder so wie vorher. »Hezekiah, der Kater ... Ich hatte ihn ganz vergessen.«

»Aber kommen Sie doch herein!«

Er trat an ihr vorbei ins Haus, und sie schloß die Tür.

Dann nahm sie ihn am Arm und führte ihn durch den quadratischen Flur. »Wunderbar, daß Sie hier sind. Gehen wir in die Küche. Ich habe gerade in der Küche herumgemurkst, um einen Kuchen zu backen.«

Sie schob ihm einen Hocker hin. Er setzte sich, blickte sich langsam um und nickte leicht, als er den alten Küchentisch, den Kamin und die Aussicht durch das Fenster wiedererkannte.

»Lassen Sie uns Kaffee trinken«, schlug Suza vor. »Oder würden Sie Tee vorziehen?«

»Kaffee, bitte. Vielen Dank.«

»Ich nehme an, daß Sie Daddy sehen wollen. Er unterrichtet heute vormittag, aber er kommt bald zum Lunch.« Sie schüttete Kaffeebohnen in eine Handmühle.

»Und Ihre Mutter?«

»Sie starb vor vierzehn Jahren. Krebs.« Suza schaute ihn an und erwartete das obligatorische »Tut mir leid.« Die Worte blieben aus, aber der Gedanke zeichnete sich in seiner Miene ab. Aus irgendeinem Grunde mochte sie ihn deshalb lieber. Sie mahlte die Bohnen, und der Lärm überbrückte das Schweigen.

Als sie fertig war, sagte Dickstein: »Professor Ashford unterrichtet also noch ... Ich habe gerade versucht, mir sein Alter auszurechnen.«

»Fünfundsechzig. Er gibt nicht mehr viele Stunden.« Fünfundsechzig klang uralt, aber ihr Vater schien nicht alt. Sein Geist war immer noch messerscharf. Sie überlegte, wovon Dickstein leben mochte. »Sind Sie nicht nach Palästina ausgewandert?«

»Nach Israel. Ich lebe in einem Kibbuz. Dort arbeite ich in Weingärten und mache Wein.«

Israel. In diesem Haus wurde es immer Palästina genannt. Wie würde ihr Vater auf diesen alten Freund reagieren, der nun all das repräsentierte, was er ablehnte? Suza kannte die Antwort: Es würde keine Rolle spielen, denn ihr Vater war ein Theoretiker, er trieb keine praktische Politik. Sie fragte sich, warum Dickstein gekommen war. »Haben Sie Urlaub?«

»Ich bin geschäftlich hier. Wir meinen, daß unser Wein jetzt gut genug ist, um nach Europa exportiert zu werden.«

»Wie schön. Und Sie verkaufen ihn?«

»Ich mache Möglichkeiten ausfindig. Erzählen Sie von sich selbst. Ich wette, daß Sie kein Professor sind.«

Die Bemerkung verärgerte sie ein wenig, und sie fühlte, daß sie unterhalb der Ohren leicht errötet war. Sie wollte nicht, daß dieser Mann sie für nicht klug genug hielt, um an einer Universität zu lehren. »Wie kommen Sie darauf?« fragte sie kühl.

»Sie sind so ... herzlich.« Dickstein wandte den Blick ab, als habe er seine Worte sofort bedauert. »Und Sie sind auch viel zu jung.« Sie hatte ihn falsch eingeschätzt. Es war nicht herablassend gewesen. »Ich habe die Begabung meines Vaters für Sprachen, aber nicht seine akademische Einstellung. Deshalb bin ich Stewardeß.« Stimmte es wirklich, daß sie keine akademische Einstellung hatte, daß sie nicht intellektuell genug war, um zu unterrichten? Suza goß kochendes Wasser in einen Filter, und das Aroma von Kaffee füllte das Zimmer. Sie wußte nicht, was sie als nächstes sagen sollte. Dickstein war tief in Gedanken versunken und starrte sie offen an. Seine Augen waren groß und dunkelbraun. Plötzlich fühlte sie Schüchternheit, was höchst ungewöhnlich war. Sie verriet es ihm.

»Schüchtern? Das liegt daran, daß ich Sie angesehen habe, als wären Sie ein Gemälde oder so. Ich versuche, mich an die Tatsache zu gewöhnen, daß Sie nicht Eila, sondern das kleine Mädchen mit dem alten grauen Kater sind.«

»Hezekiah ist eingegangen. Es muß bald nach Ihrer Abreise gewesen sein.«

»Vieles hat sich verändert.«

»Waren Sie ein guter Freund meiner Eltern?«

»Ich war einer der Studenten Ihres Vaters, und ich bewunderte Ihre Mutter aus der Ferne. Eila ...« Wieder blickte er zur Seite, als wolle er vorgeben, daß ein anderer redete. »Sie war nicht nur schön – sie war *eindrucksvoll.*«

Suza blickte ihm ins Gesicht. Sie dachte: Du hast sie geliebt. Der Gedanke kam unerwartet, intuitiv, und sie hatte sofort den Verdacht, sich getäuscht zu haben. Immerhin würde es die Stärke seiner Reaktion erklären, als sie ihm die Tür geöffnet hatte. »Meine Mutter gehörte zu den ersten Hippies – wußten Sie das?«

»Was meinen Sie damit?«

»Sie wollte frei sein. Deshalb rebellierte sie gegen die Beschränkungen, die arabischen Frauen auferlegt werden, obwohl sie aus einer wohlhabenden, liberalen Familie stammte. Sie heiratete meinen Vater, um dem Nahen Osten zu entkommen. Natürlich merkte sie bald, daß die westliche Gesellschaft ihre eigenen Methoden hat, um Frauen zu unterdrücken. Also machte sie sich daran, die meisten Konventionen zu brechen.«

Suza erinnerte sich wieder daran, wie sie gemerkt hatte, daß ihre Mutter Liebhaber hatte; damals war sie gerade selbst zur Frau gereift und begann zu ahnen, was Leidenschaft bedeutet. Natürlich war sie schockiert gewesen, aber dieses Gefühl blieb jetzt, da sie jene Zeit in ihr Bewußtsein zurückholte, aus.

»Deshalb war sie ein Hippie?« fragte Dickstein.

»Hippies glauben an freie Liebe.«

»Ich verstehe.«

Seine Reaktion darauf zeigte ihr, daß Nat Dickstein kein Liebhaber ihrer Mutter gewesen war. Das machte sie ohne jeden Grund traurig. »Erzählen Sie mir von Ihren Eltern.« Sie sprach mit ihm, als wären sie gleichaltrig.

»Nur, wenn Sie den Kaffee eingießen.«

Sie lachte. »Ich hab's ganz vergessen.«

»Mein Vater war Schuhmacher«, begann Dickstein. »Er

konnte Schuhe flicken, aber er verstand nicht viel vom Geschäft. Trotzdem, die dreißiger Jahre waren eine gute Zeit für die Schuster im Osten von London. Die Leute konnten sich keine neuen Stiefel leisten und ließen ihre alten Jahr um Jahr von neuem flicken. Wir waren nie reich, aber wir hatten ein bißchen mehr Geld als die meisten Menschen in unserer Umgebung. Natürlich übte die Familie einigen Druck auf meinen Vater aus, damit er das Geschäft vergrößere, einen zweiten Laden aufmache, Leute einstelle.«

Suza reichte ihm seinen Kaffee. »Milch, Zucker?«

»Zucker, keine Milch. Danke.«

»Erzählen Sie weiter.« Es war eine andere Welt – eine, von der sie nichts wußte. Sie war nie auf den Gedanken gekommen, daß es einem Schuhmacher in einer wirtschaftlichen Depression gutgehen könnte.

»Die Lederhändler hielten meinen Vater für einen unangenehmen Burschen. Sie konnten ihm immer nur das Beste verkaufen. Wenn einer zweitklassiges Leder hatte, sagte man ihm: ›Biete es Dickstein gar nicht erst an, er schickt es sofort zurück.‹ Das habe ich jedenfalls gehört.« Er lächelte wieder versonnen.

»Lebt er noch?«

»Er starb vor dem Krieg. Grämte sich zu Tode.«

»Warum?«

»Nun, die dreißiger Jahre waren die faschistischen Jahre in London. Jeden Abend wurden Freiluftveranstaltungen abgehalten. Die Sprecher redeten davon, daß die Juden den arbeitenden Menschen auf der ganzen Welt das Blut aussaugten. Die Organisatoren und Sprecher waren respektable Leute aus der Mittelklasse, aber die Menge bestand aus arbeitslosen Rowdys. Nach den Veranstaltungen marschierten sie durch die Straßen, warfen Scheiben ein und schlugen Passanten zusammen. Unser Haus war die ideale Zielscheibe für sie. Wir waren Juden, mein Vater hatte ein Geschäft und war deshalb ein Blutsauger. Und genau wie ihre Propaganda behauptete, ging es uns etwas besser als den anderen in unserer Umgebung.«

Er unterbrach sich und starrte vor sich hin. Suza wartete darauf, daß er fortfuhr. Während er die Geschichte erzählte, schien er sich zusammenzukauern – er hatte die Beine fest gekreuzt, die Arme um die Schultern gelegt und den Rücken hochgezogen. Auf dem Küchenhokker, mit seinem schlechtsitzenden Anzug, dessen grauer Stoff für einen Büroangestellten getaugt hätte, mit seinen in alle Richtungen zeigenden Ellbogen, Knien und Schultern erinnerte er an ein Bündel Stöcke in einem Sack.

»Wir wohnten über dem Laden. Jede Nacht lag ich wach und wartete darauf, daß sie vorbeikämen. Ich war außer mir vor Angst, hauptsächlich weil ich wußte, daß mein Vater so eingeschüchtert war. Manchmal taten sie nichts, sondern marschierten nur vorbei. Gewöhnlich brüllten sie irgendwelche Parolen. Oft, sehr oft schmissen sie die Fenster ein. Ein- bis zweimal brachen sie in den Laden ein und zertrümmerten alles. Ich dachte, daß sie die Treppe heraufkommen würden. Weinend schob ich den Kopf unter das Kissen und verfluchte Gott, weil er mich zu einem Juden gemacht hatte.«

»Unternahm die Polizei nie etwas?«

»Sie tat, was sie konnte. Wenn sie in der Nähe war, schritt sie ein. Aber sie war damals sehr beschäftigt. Die Kommunisten waren die einzigen, die sich mit uns zur Wehr setzen wollten, aber mein Vater verzichtete auf ihre Hilfe. Alle politischen Parteien waren natürlich gegen die Faschisten, aber nur die Roten gaben Axtstiele und Stemmeisen aus und bauten Barrikaden. Ich versuchte, in die Kommunistische Partei einzutreten, doch sie lehnten mich ab – als zu jung.«

»Und Ihr Vater?«

»Er verlor einfach den Mut. Nachdem der Laden zum zweitenmal ruiniert war, hatte er kein Geld mehr, um ihn neu einrichten zu lassen. Es schien, daß ihm die Energie fehlte, um woanders wieder von vorn anzufangen. Er bezog Arbeitslosenunterstützung und siechte nur noch dahin. 1938 starb er.«

»Und Sie?«

»Ich wurde rasch erwachsen. Sobald ich alt genug aussah, schloß ich mich der Armee an. Wurde früh gefangengenommen, kam nach dem Krieg nach Oxford, ließ das Studium sausen und ging nach Israel.«

»Haben Sie dort eine Familie?«

»Der ganze Kibbuz ist meine Familie ... aber ich habe nie geheiratet.«

»Meiner Mutter wegen?«

»Vielleicht – mit ein Grund. Sie sind sehr direkt.«

Suza spürte wieder ein schwaches Brennen unter den Ohren. Es war eine sehr intime Frage an jemanden gewesen, der praktisch ein Fremder war. Doch sie hatte sich ganz natürlich ergeben. »Entschuldigen Sie.«

»Sie brauchen sich nicht zu entschuldigen. Ich spreche nur selten über diese Dinge. Eigentlich ist diese ganze Reise – wie soll ich sagen? – von der Vergangenheit überschattet.«

»Das klingt nach Schwermut.«

Dickstein zuckte die Achseln.

Sie schwiegen. Ich mag diesen Mann, dachte Suza. Mir gefallen seine Worte und sein Schweigen, seine großen Augen, sein alter Anzug und seine Erinnerungen. Ich hoffe, daß er eine Weile bleibt.

Sie nahm die gebrauchten Kaffeetassen und öffnete die Geschirrspülmaschine. Ein Löffel rutschte von einer Untertasse und fiel unter die große alte Tiefkühltruhe. »Verdammt«, sagte Suza ärgerlich.

Dickstein kniete sich hin und spähte unter die Truhe.

»Jetzt bleibt er für immer da unten. Das Ding ist so schwer, daß man es nicht bewegen kann.«

Dickstein hob ein Ende der Tiefkühltruhe mit der rechten Hand an und griff mit der linken darunter. Er ließ die Truhe herunter, stand auf und reichte Suza den Löffel. Sie musterte ihn verblüfft. »Was sind Sie – Captain America? Das Ding ist verdammt schwer.«

»Ich arbeite auf den Feldern. Wieso kennen Sie Captain America? In meiner Jugend waren alle wild auf ihn.«

»Jetzt auch noch. Die Bilder in diesen Comics sind phantastisch.«

»Wir mußten sie heimlich lesen, weil sie angeblich Schund waren.«

Sie lächelte. »Arbeiten Sie wirklich auf den Feldern?« Er sah aus wie ein Angestellter, nicht wie ein Landarbeiter.

»Natürlich.«

»Ein Weinverkäufer, der sich in den Weingärten tatsächlich die Finger schmutzig macht. Das ist ungewöhnlich.«

»Nicht in Israel. Wir sind ein wenig ... besessen, nehme ich an ... was den Boden betrifft.«

Suza blickte auf ihre Armbanduhr. »Daddy müßte jeden Moment zu Hause sein. Sie werden doch mit uns essen?«

»Das wäre wunderbar.«

Sie schnitt ein französisches Brot in Scheiben und begann, Salat anzurichten. Dickstein erbot sich, das Gemüse zu waschen, und sie gab ihm eine Schürze. Nach einer Weile ertappte sie ihn dabei, daß er sie wieder lächelnd beobachtete. »Woran denken Sie?«

»Mir fiel etwas ein, was Ihnen peinlich sein könnte.«

»Sagen Sie mir's trotzdem.«

»Eines Abends kam ich gegen sechs hierher. Ihre Mutter war nicht da. Ich wollte mir ein Buch von ihrem Vater borgen. Sie saßen in der Badewanne. Ihr Vater wurde aus Frankreich angerufen – ich weiß nicht mehr, weshalb. Während er telefonierte, fingen Sie an zu weinen. Ich ging nach oben, holte Sie aus der Wanne, trocknete Sie ab und zog Ihnen Ihr Nachthemd an. Sie müssen vier oder fünf Jahre alt gewesen sein.«

Suza lachte. In einer plötzlichen Vision sah sie Dickstein in einem dampfigen Badezimmer, wie er sich bückte und sie mühelos aus dem warmen, mit Seifenschaum bedeckten Wasser hob. Aber in der Vision war sie kein Kind, sondern eine erwachsene Frau mit nassen Brüsten und Seifenschaum auf den Schenkein; seine Hände waren stark und fest, während er sie an sich zog. Dann öffnete sich die Küchentür, und ihr Vater kam herein. Der Traum löste sich auf und hinterließ nur ein Gefühl der Verwirrung und eine Spur von Schuldbewußtsein.

*

Nat Dickstein schien, daß Professor Ashford sich gut gehalten hatte. Abgesehen von einem Mönchskranz weißer Haare, war er jetzt vollkommen kahlköpfig. Er hatte ein wenig zugenommen, und seine Bewegungen waren bedächtiger, aber in seinen Augen glänzte immer noch der Funken intellektueller Neugier.

»Ein überraschender Gast, Daddy«, sagte Suza.

Ashford sah ihn an und begrüßte ihn, ohne zu zögern: »Der junge Dickstein! Ha, so was! Willkommen, mein Lieber.«

Dickstein schüttelte ihm kräftig die Hand. »Wie geht es Ihnen, Herr Professor?«

»Prächtig, mein Junge. Besonders wenn meine Tochter hier ist und sich um mich kümmert. Sie erinnern sich noch an Suza?«

»Wir haben den ganzen Morgen in Erinnerungen geschwelgt.«

»Wie ich sehe, hat Sie Ihnen schon eine Schürze umgebunden. Das ist ein Schnellschuß, sogar für sie. Ich habe ihr schon oft gesagt, daß sie so nie einen Mann kriegt.

Binden Sie das Ding ab, mein Junge, und lassen Sie uns etwas trinken.«

Dickstein grinste Suza bedauernd zu und folgte Ashford in den Salon.

»Sherry?«

»Danke, einen kleinen, bitte.«

Dickstein fiel plötzlich ein, daß er aus einem bestimmten Grund hier war. Er mußte Informationen aus Ashford herausholen, ohne daß der alte Mann etwas merkte. Zwei Stunden lang war er sozusagen außer Dienst gewesen, nun mußte er sich wieder auf seine Arbeit konzentrieren. Aber Vorsicht war geboten.

Ashford reichte ihm ein kleines Glas hellen Sherry. »Nun lassen Sie hören, was Sie in all den Jahren getrieben haben.«

Dickstein nippte an dem Sherry, der sehr trocken war, so wie man ihn in Oxford bevorzugte. Er erzählte dem Professor die gleiche Geschichte wie Hassan und Suza – darüber, daß er versuchte, Exportmärkte für israelischen Wein zu finden. Ashford stellte sachkundige Fragen. Verließen junge Leute die Kibbuzim, um in die Städte zu gehen? Hatten die Zeit und der Wohlstand die ursprünglichen Ziele der Kibbuzniks untergraben? Gab es Kontakte und Heiraten zwischen europäischen Juden und solchen aus Afrika und der Levante? Dickstein antwortete »Ja«, »Nein« und »Kaum«. Ashford vermied höflich, ihre gegensätzliche Auffassung von der politischen Moral Israels zu berühren, aber trotzdem war aus der distanzierten Art, wie er sich nach Israels Problemen erkundigte, der Wunsch nach schlechten Nachrichten herauszuhören.

Suza rief sie zum Lunch in die Küche, bevor Dickstein Gelegenheit gehabt hatte, seine eigenen Fragen zu stellen. Ihre französischen Sandwiches waren riesig und schmeckten köstlich; dazu hatte sie eine Flasche Rotwein geöffnet. Dickstein verstand nun, weshalb Ashford zugenommen hatte.

Beim Kaffee sagte Dickstein beiläufig: »Vor zwei Wochen habe ich einen Kommilitonen von mir getroffen – ausgerechnet in Luxemburg.«

»Yasif Hassan?« fragte Ashford.

»Woher wissen Sie das?«

»Wir haben noch Kontakt. Ich weiß, daß er in Luxemburg wohnt.«

»Sehen Sie ihn oft?« Dickstein ermahnte sich: vorsichtig, vorsichtig.

»Ein paarmal im Laufe der Jahre.« Ashford machte eine Pause. »Man kann nicht verschweigen, Dickstein, daß die Kriege, durch die Sie alles gewonnen haben, ihn teuer zu stehen gekommen sind. Seine Familie hat ihr ganzes Geld verloren und ist in einem Flüchtlingslager. Er hegt natürlich bittere Gefühle gegenüber Israel.«

Dickstein nickte. Er war sich jetzt fast sicher, daß Hassan im Spionagegeschäft war. »Ich hatte nur sehr wenig Zeit – war auf dem Weg zum Flughafen. Wie geht es ihm sonst?«

Ashford runzelte die Stirn. »Ich finde ihn ein bißchen ... zerstreut. Plötzliche Aufträge, die er ausführen muß, abgesagte Verabredungen, merkwürdige Anrufe zu allen möglichen Zeiten, rätselhafte Abwesenheiten. Vielleicht ist es das Benehmen eines vertriebenen Aristokraten.«

»Vielleicht«, sagte Dickstein. In Wirklichkeit war es das typische Benehmen eines Agenten, und er war nun hundertprozentig davon überzeugt, daß die Begegnung mit Hassan seine Tarnung hatte auffliegen lassen. »Treffen Sie sonst noch jemanden aus meinem Jahrgang?«

»Nur den alten Toby. Er gehört jetzt zur Führung der Konservativen.«

»Großartig!« Dickstein freute sich. »Er redete schon damals wie ein Oppositionssprecher – schwulstig und abwehrend zugleich. Schön, daß er seine Berufung gefunden hat.«

»Noch etwas Kaffee, Nat?« fragte Suza.

»Nein, danke.« Er stand auf. »Ich helfe Ihnen beim Abräumen. Dann muß ich zurück nach London.«

»Daddy räumt ab.« Suza grinste. »Wir haben eine Vereinbarung.«

»Leider hat sie recht«, gab Ashford zu. »Sie spielt für niemanden das Arbeitstier, am wenigsten für mich.« Die Bemerkung überraschte Dickstein, weil sie offensichtlich nicht zutraf. Es mochte sein, daß Suza ihn nicht hinten und vorne bediente, doch sie schien sich um ihn zu kümmern, wie eine berufstätige Ehefrau es tun würde. »Ich begleite Sie noch in die Stadt«, sagte Suza. »Lassen Sie mich nur meine Jacke holen.«

Ashford schüttelte Dickstein die Hand. »War wirklich eine Freude, Sie zu sehen, mein Junge, wirklich eine Freude.«

Suza kam zurück; sie trug eine Samtjacke.

Auf der Straße redete Dickstein viel, nur damit er einen Vorwand hatte, sie anzuschauen. Die Jacke war auf ihre schwarze Samthose abgestimmt, und sie trug ein weites, cremefarbenes Hemd, das wie Seide aussah. Wie ihre Mutter verstand sie es, sich so anzuziehen, daß ihr glänzendes dunkles Haar und ihre makellose braune Haut am besten zur Geltung kamen. Dickstein – er fühlte sich recht altmodisch dabei – reichte ihr den Arm, nur damit sie ihn berührte. Es gab keinen Zweifel, daß sie die gleiche körperliche Anziehungskraft wie ihre Mutter besaß. Sie hatte etwas an sich, was einen Mann wünschen ließ, sie zu besitzen; der Wunsch war weniger von Lust als von Habgier genährt, dem Bedürfnis, sich einen schönen Gegenstand anzueignen, so daß er einem nie mehr genommen werden könnte. Dickstein war jetzt alt genug, um zu wissen, wie falsch solche Wünsche waren, und um einzusehen, daß Eila Ashford ihn nicht glücklich gemacht hätte. Aber ihre Tochter schien das zu haben, was ihrer Mutter gefehlt hatte: Wärme. Es tat Dickstein leid, daß er Suza nie wiedersehen würde. Wenn einmal Zeit wäre ...

Nun, es sollte eben nicht sein.

Als sie den Bahnhof erreichten, fragte er: »Fahren Sie manchmal nach London?«

»Natürlich, morgen.«

»Wozu?«

»Um Sie zum Dinner zu treffen.«

*

Nach dem Tod von Suzas Mutter war ihr Vater großartig gewesen.

Mit elf Jahren war sie alt genug, um den Tod zu begreifen, aber zu jung, um mit ihm fertig zu werden. Ihr Vater hatte sie beruhigt und getröstet. Er hatte gewußt, wann sie allein weinen und wann sie ihre besten Sachen anziehen wollte, um mit ihm zum Lunch zu gehen. Ohne jede Verlegenheit hatte er mit ihr über Menstruation gesprochen und sie gut gelaunt begleitet, um neue Büstenhalter zu kaufen. Er betraute sie mit einer neuen Rolle im Leben: Sie wurde die Hausherrin, die der Reinemachefrau Anweisungen gab, die Wäscheliste aufstellte und am Sonntagmorgen Sherry verteilte. Mit vierzehn war sie für die Finanzen des Haushalts verantwortlich. Sie kümmerte sich besser um ihren Vater, als Eila es je getan hatte. Sie warf abgetragene Hemden fort und ersetzte sie durch identische neue, ohne daß der Professor je etwas merkte. Sie erfuhr, daß man sich auch ohne Mutter lebendig, sicher und geliebt fühlen kann.

Ihr Vater hatte ihr – genau wie ihrer Mutter – eine Rolle zugeteilt; und wie ihre Mutter hatte sie sich gegen die Rolle aufgelehnt, während sie sie weiterhin spielte.

Er wollte, daß sie in Oxford blieb, um erst zu studieren, dann eine Dissertation zu schreiben und schließlich Dozentin zu werden. Das hätte bedeutet, daß sie immer dagewesen wäre, um ihn zu versorgen. Sie behauptete, nicht gescheit genug zu sein – mit dem unbehaglichen Gefühl, daß dies ein Vorwand war –, und nahm eine Stelle an, die erforderte, daß sie wochenlang von zu Hause fort war und ihren Vater sich selbst überließ. Hoch in der Luft, Tausende von Meilen von Oxford entfernt, servierte sie Männern in den besten Jahren Getränke und Mahlzeiten und fragte sich, ob sich wirklich etwas geändert hatte.

Auf dem Weg zum Bahnhof grübelte sie über ihr eingefahrenes Leben nach und darüber, ob sie sich dem alten Trott je würde entziehen können.

Sie hatte eine Liebesaffäre hinter sich, die wie ihr übriges Leben ermüdend und nach vertrautem Muster verlaufen war. Julian war Ende Dreißig, ein Philosophiedozent, der sich auf die Vorsokratiker spezialisiert hatte: brillant, hingebungsvoll und hilflos. Er nahm Drogen für alles Mögliche – Haschisch für den Sex, Amphetamine für die Arbeit und Mogadon für den Schlaf. Er war geschieden und hatte keine Kinder. Zuerst hatte sie ihn für interessant, charmant und attraktiv gehalten. Im Bett zog er es vor, wenn sie oben lag. Er führte sie in avantgardistische Theater von London und zu bizarren Studentenpartys. Aber bald machte ihr das alles keinen Spaß mehr: Sie erkannte, daß er sich nicht wirklich für Sex interessierte, daß er sie ausführte, weil sie an seinem Arm dekorativ wirkte, daß ihre Gesellschaft ihm nur deshalb zusagte, weil sie von seinem Intellekt so beeindruckt war. Eines Tages kam es so weit, daß sie seine Sachen bügelte, während er ein Seminar abhielt. Das war im Grunde das Ende.

Manchmal ging sie mit Männern ihres Alters oder jüngeren ins Bett – hauptsächlich, weil sie ihre Körper begehrte. Sie war meistens enttäuscht und nach einiger Zeit gelangweilt.

Suza bedauerte schon den Impuls, der sie verleitet hatte, sich mit Nat Dickstein zu verabreden. Er war deprimierend typisch: eine Generation älter als sie und offensichtlich der Fürsorge und Aufmerksamkeit bedürftig.

Was das schlimmste war, er hatte ihre Mutter geliebt. Auf den ersten Blick war er eine Vaterfigur wie alle anderen.

Aber irgendwie unterschied er sich von ihnen. Er arbeitete auf dem Lande, nicht an der Universität; wahrscheinlich würde er der am wenigsten belesene Mann sein, mit dem sie je ausgegangen war. Dickstein war nach Palästina emigriert, statt in den Cafés von Oxford zu sitzen und darüber zu reden. Er konnte eine Tiefkühltruhe mit der rechten Hand anheben. In der kurzen Zeit, die sie zusammen verbrachten, hatte er sie mehr als einmal dadurch überrascht, anders zu sein, als sie erwartete.

Vielleicht hilft Nat Dickstein mir aus dem alten Trott, dachte sie.

Und vielleicht mache ich mir wieder einmal etwas vor.

*

Nat Dickstein rief die israelische Botschaft aus einer Telefonzelle in der Paddington Station an. Er bat, ihn mit dem Handelskreditbüro zu verbinden. Ein solches Büro existierte nicht: Es war der Code für das Mossad-Nachrichtenzentrum. Schließlich meldete sich ein junger Mann mit hebräischem Akzent. Dickstein freute sich darüber, denn es war gut zu wissen, daß es Menschen gab, für die Hebräisch die Muttersprache und kein totes Gebilde war. Da das Gespräch automatisch aufgezeichnet werden würde, begann er sofort mit seiner Mitteilung: »Eilig an Bill. Verkauf durch gegnerische Mannschaft gefährdet. Henry.« Er hängte ein, ohne auf eine Bestätigung zu warten.

Vom Bahnhof aus ging er zu Fuß zu seinem Hotel und sann über Suza Ashford nach. Er würde sie morgen abend an der Paddington Station abholen, und sie würde die Nacht in der Wohnung von Freunden verbringen. Dickstein wußte nicht, wie er sich verhalten sollte – er konnte sich nicht erinnern, sich jemals nur zum Vergnügen mit einer Frau zum Dinner getroffen zu haben. Als Teenager war er zu arm gewesen und nach dem Krieg zu nervös und ungeschickt. Später dann war er irgendwie darüber hinaus. Natürlich hatte er mit Kolleginnen und mit Frauen aus dem Kibbuz nach Einkäufen in Nazareth zu Abend gegessen. Aber zu zweit auszugehen, nur um die Gesellschaft des anderen zu genießen ...

Wie stellte man es an? Es gehörte sich, sie mit dem Wagen abzuholen, einen Smoking zu tragen und ihr eine Schachtel Pralinen mit Zierschleife zu schenken. Dickstein würde Suza am Bahnhof erwarten, und er hatte weder ein Auto noch einen Smoking. Wohin sollte er mit ihr gehen? Er kannte nicht einmal in Israel elegante Restaurants, von England ganz zu schweigen.

Dickstein spazierte durch den Hyde Park und mußte lächeln. Es war eine unglaubliche Situation für einen Mann von dreiundvierzig. Sie wußte, daß er kein Weltmann war, aber es machte ihr offenbar nichts aus, da sie sich selbst zum Dinner eingeladen hatte. Sie würde auch die Restaurants kennen und wissen, was man dort bestellte. Es war keine Frage von Leben und Tod. Was auch geschehen mochte, er würde das Beste daraus machen.

In seiner Arbeit war eine Pause eingetreten. Seit er wußte, daß seine Tarnung aufgeflogen war, konnte er nichts unternehmen, bevor er nicht mit Pierre Borg gesprochen hatte. Borg mußte entscheiden, ob man die Sache fallenlassen sollte. Am Abend sah er sich den französischen Film »Ein Mann und eine Frau« an. Es war eine einfache, ergreifend geschilderte Liebesgeschichte, die mit einer eindringlichen lateinamerikanischen Melodie unterlegt war. Er verließ das Kino, noch bevor der Film zu Ende war, da die Geschichte ihn zu Tränen rührte. Aber die Melodie verfolgte ihn die ganze Nacht hindurch.

Am Morgen ging er zu einer Telefonzelle auf der Straße an seinem Hotel und rief noch einmal die Botschaft an. Man verband ihn mit dem Nachrichtenzentrum, und er sagte: »Hier spricht Henry. Gibt's eine Antwort?«

»Finden Sie sich bei dreiundneunzigtausend zur Konferenz ein.«

»Melden Sie: Tagesordnung der Konferenz an der Flughafenauskunft.« Pierre Borg würde morgen um 9.30 Uhr mit dem Flugzeug eintreffen.

*

Die vier Männer saßen stumm und mit geduldiger Aufmerksamkeit im Wagen, während sich die Dämmerung herabsenkte.

Pjotr Tyrin, ein stämmiger Mann mittleren Alters, der einen Regenmantel trug, trommelte mit den Fingernägeln auf das Armaturenbrett, was sich anhörte wie über ein Dach trippelnde Tauben. Yasif Hassan saß neben ihm, David Rostow und Nik Bunin hockten auf den Rücksitzen.

Nik hatte den Überbringer gefunden, als er das Jean-Monnet-Gebäude auf dem Kirchberg den dritten Tag beobachtete. Er erkannte ihn sofort. »In seinem Büroanzug sieht er gar nicht so wie ein Homo aus, aber ich bin mir sicher, daß er einer ist. Wahrscheinlich arbeitet er hier.«

»Darauf hätte ich kommen müssen«, sagte Rostow. »Wenn Dickstein hinter Geheimnissen her ist, können seine Gewährsleute nicht am Flugplatz oder im Alfa-Hotel sitzen. Ich hätte Nik zuerst zur Euratom schicken sollen.«

Er sagte es zu Pjotr Tyrin, aber Hassan, der zuhörte, warf ein: »Sie können nicht an alles denken.«

»Doch«, entgegnete Rostow.

Hassan war befohlen worden, einen großen, dunklen Wagen zu besorgen. Der amerikanische Buick, in dem sie nun saßen, war zwar etwas auffällig, aber dafür geräumig. Nik hatte den Euratom-Mann nach Hause verfolgt, und jetzt warteten die vier in der mit Kopfsteinen gepflasterten Straße nicht weit von dem alten terrassenförmigen Haus.

Rostow haßte dieses verschwörerische Getue. Es war so altmodisch und schien ihm typisch für die zwanziger und dreißiger Jahre, für Städte wie Wien, Istanbul und Beirut, nicht für Westeuropa im Jahre 1968. Er hielt es für zu gefährlich, einen Zivilisten auf der Straße zu schnappen, ihn in ein Auto zu stoßen und ihn so lange zu prügeln, bis er mit der Sprache herausrückte. Man könnte von Passanten gesehen werden, die keine Angst hatten, zur Polizei zu gehen und ihre Beobachtungen zu melden. Rostow liebte eindeutige und überschaubare Situationen: Er war dafür, sein Hirn, nicht seine Fäuste einzusetzen. Aber dieser Überbringer hatte mit jedem Tag, seit Dickstein untergetaucht war, an Bedeutung gewonnen. Rostow mußte wissen, was er Dickstein übergeben hatte, und zwar noch heute.

»Wenn er nur endlich rauskäme«, knurrte Pjotr Tyrin.

»Wir haben Zeit«, meinte Rostow. Das stimmte zwar nicht, aber er wollte nicht, daß seine Leute nervös und ungeduldig wurden und Fehler machten. Um die Spannung zu mindern, sprach er weiter. »Dickstein hat natürlich das gleiche getan wie wir. Er hat das Jean-Monnet-Gebäude beobachtet, ist diesem Mann nach Hause gefolgt und hat hier auf der Straße gewartet. Der Mann kam heraus und ging in den Homosexuellenklub. Danach kannte Dickstein seine Schwäche und nutzte sie aus, um Informationen von ihm zu erpressen.«

»Er ist an den letzten beiden Abenden nicht im Klub gewesen«, sagte Nik.

Rostow antwortete: »Er hat entdeckt, daß alles seinen Preis hat, besonders die Liebe.«

»Liebe?« wiederholte Nik verächtlich.

Rostow schwieg.

Die Dunkelheit fiel über die Straße, und die Laternen leuchteten auf. Die Luft, die durch das offene Autofenster drang, schmeckte feucht: Rostow sah Dunstschwaden im Lichtkreis der Lampen. Sie kamen vom Fluß herüber. Es wäre zu optimistisch gewesen, im Juni auf Nebel zu hoffen.

»Was ist das?« flüsterte Tyrin.

Ein blonder Mann in einem zweireihigen Jackett kam mit schnellen Schritten auf sie zu.

»Ruhe jetzt«, befahl Rostow.

Der Mann blieb vor dem Haus stehen, das sie beobachteten. Er drückte auf einen Klingelknopf.

Hassan legte eine Hand auf den Türgriff.

»Noch nicht«, zischte Rostow.

Ein Netzvorhang vor dem Fenster der Dachwohnung wurde für einen Moment beiseite gezogen.

Der blonde Mann wartete und pochte mit dem Fuß auf das Pflaster.

»Ist das vielleicht der Geliebte?« sagte Hassan.

»Halten Sie den Mund, verdammt noch mal«, grunzte Rostow.

Eine Minute später öffnete sich die Vordertür, und der Blonde trat ein. Rostow sah kurz den Mann, der aufgemacht hatte: Es war der Überbringer. Die Tür schloß sich, und ihre Chance war dahin.

»Zu schnell«, sagte Rostow. »Verflucht.«

Tyrin begann wieder, mit den Fingern zu trommeln, und Nik kratzte sich. Hassan stieß einen ärgerlichen Fluch aus, als habe er seit langem gewußt, daß es albern war zu warten. Rostow beschloß, ihm bald wieder ordentlich auf die Zehen zu steigen.

Eine Stunde lang geschah nichts.

»Sie bleiben heute abend zu Hause«, vermutete Tyrin.

»Wenn sie es mit Dickstein zu tun gekriegt haben, haben sie wahrscheinlich Angst, abends das Haus zu verlassen«, sagte Rostow.

Nik fragte: »Gehen wir rein?«

»Es gibt ein Problem«, erklärte Rostow. »Vom Fenster

aus können sie sehen, wer an der Tür ist. Ich nehme an, daß sie Fremden nicht aufmachen würden.«

»Der Geliebte könnte über Nacht bleiben«, sagte Tyrin.

»Richtig.«

»Wir dürfen eben nicht zimperlich sein«, meinte Nik. Rostow ignorierte das. Nik war nie für Zurückhaltung, er würde aber keine Gewalt anwenden, bevor er nicht den Befehl dazu bekam. Rostow erwog, daß sie nun vielleicht zwei Menschen entführen müßten, was weit schwieriger und gefährlicher war. »Haben wir Schußwaffen?« Tyrin öffnete das Handschuhfach vor sich und zog eine Pistole heraus.

»Gut«, lobte Rostow, »aber du darfst auf keinen Fall schießen.«

»Sie ist nicht geladen«, sagte Tyrin. Er schob die Waffe in die Tasche seines Regenmantels.

»Wenn der Geliebte über Nacht bleibt, schnappen wir sie uns dann morgen früh?«

»Kommt nicht in Frage«, erklärte Rostow. »Wir können so etwas nicht am hellichten Tag machen.«

»Was dann?«

»Ich habe mich noch nicht entschieden.«

Er überlegte bis Mitternacht, danach löste sich das Problem von selbst.

Rostow beobachtete den Eingang aus halb geschlossenen Augen. Er sah die erste Bewegung der sich öffnenden Tür und sagte: »Jetzt.«

Nik war als erster aus dem Wagen, Tyrin folgte ihm. Hassan brauchte einen Moment, um sich zu fassen, dann sprang auch er hinaus.

Die beiden Männer verabschiedeten sich voneinander; der jüngere stand auf dem Bürgersteig, der ältere, der eine Robe trug, in der Tür.

Der Überbringer streckte die Hand aus und drückte den Arm seines Geliebten. Beide blickten erschrocken auf, als Nik und Tyrin sich vom Auto her auf sie stürzten. »Keine

Bewegung und ganz ruhig«, sagte Tyrin leise auf französisch und zeigte ihnen die Waffe.

Rostow bemerkte, daß Niks gesunder taktischer Instinkt ihn dazu gebracht hatte, sich knapp hinter den jungen Mann zu stellen.

»Oh, mein Gott, nein, nicht schon wieder«, wimmerte der Ältere.

»In den Wagen«, befahl Tyrin.

Der Blonde sagte: »Wieso könnt ihr Scheißer uns nicht in Ruhe lassen?«

Rostow, der vom Rücksitz des Wagens aus das Geschehen verfolgte und zugleich die Straße im Auge behielt, dachte: Jetzt entscheidet sich, ob sie ruhig mitkommen. Er ließ den Blick rasch über die dunkle Straße schweifen. Sie war leer.

Nik, der spürte, daß der Blonde an Widerstand dachte, umklammerte ihn unterhalb der Schultern und hielt ihn fest.

»Tun Sie ihm nicht weh. Ich komme mit«, sagte der ältere Mann und trat aus dem Haus.

Sein Freund widersprach: »Auf keinen Fall!« Verdammt, dachte Rostow.

Der Blonde wand sich und versuchte, Nik auf den Fuß zu trampeln. Nik machte einen Schritt zurück und schlug ihm die rechte Faust in die Niere.

»Nein, Pierre!« rief der Ältere – zu laut.

Tyrin umklammerte ihn und preßte seine große Hand auf den Mund des Mannes. Er wehrte sich, bekam den Kopf frei und schrie »Hilfe!«, bevor Tyrin ihn wieder zum Schweigen brachte.

Pierre war auf ein Knie gesunken und stöhnte. Rostow lehnte sich über den Rücksitz des Autos und rief durch das offene Fenster: »Los jetzt!«

Tyrin hob den älteren Mann hoch und trug ihn über den Bürgersteig zum Wagen. Pierre erholte sich plötzlich von Niks Hieb und rannte davon. Hassan stellte ihm ein

Bein, und der Junge kugelte über das Pflaster. Rostow sah, daß ein Licht hinter dem oberen Fenster eines Nachbarhauses anging. Wenn der Zirkus noch länger dauerte, würden sie alle verhaftet werden. Tyrin stieß den Älteren auf den Rücksitz. Rostow packte ihn. »Ich habe ihn. Laß den Motor an. Schnell.«

Nik hatte den Blonden hochgehoben und trug ihn zum Auto. Tyrin schob sich auf den Fahrersitz, und Hassan öffnete die andere Tür. Rostow sagte: »Hassan, Sie Idiot, schließen Sie die Haustür!«

Nik stieß den jungen Mann neben seinen Freund und setzte sich dann nach hinten, so daß er und Rostow die beiden Gefangenen zwischen sich hatten. Hassan schloß die Haustür und sprang auf den Beifahrersitz. Tyrin gab Gas.

»Allmächtiger Gott, was für eine Scheiße!« fluchte Rostow.

Pierre stöhnte immer noch. »Wir haben Ihnen nichts getan«, meinte der ältere Gefangene.

»Wirklich nicht?« fragte Rostow. »Vor drei Tagen haben Sie einem Engländer in dem Klub an der Rue Dicks eine Aktentasche übergeben.«

»Ed Rodgers?«

»Das ist nicht sein richtiger Name.«

»Sind Sie von der Polizei?«

»Nicht ganz.« Sollte der Mann doch glauben, was er wollte. »Ich bin nicht daran interessiert, Beweismaterial zu sammeln und Sie vor Gericht zu bringen. Mich interessiert, was in der Aktentasche war.«

Schweigen. Tyrin erkundigte sich über die Schulter hinweg: »Soll ich aus der Stadt rausfahren und eine ruhige Stelle suchen?«

»Weiter.«

Der ältere Mann brach sein Schweigen. »Ich werde es Ihnen sagen.«

»Fahr einfach in der Stadt herum«, befahl Rostow Tyrin. Er blickte den Euratom-Angestellten an. »Also.«

»Es war ein Computerausdruck von Euratom.«

»Mit welchen Informationen?«

»Einzelheiten über lizensierte Transporte von spaltbarem Material.«

»Spaltbar? Sie meinen atomares Zeug?«

»Yellow Cake, Uranerz, nukleare Abfälle, Plutonium ...«

Rostow lehnte sich zurück und betrachtete die vorbeifliegenden Lichter der Stadt durch das Fenster.

Sein Blut raste vor Erregung: Dicksteins Operation wurde klarer.

Lizensierte Transporte von spaltbarem Material ... Die Israelis brauchten atomaren Brennstoff. Dickstein mußte auf der Liste nach einem von zwei Dingen gesucht haben – entweder nach einem Besitzer von Uran, der bereit sein könnte, etwas auf dem schwarzen Markt zu verkaufen, oder nach einer Uranlieferung, die er stehlen könnte.

Und was sie mit dem Zeug tun würden, wenn sie es einmal hatten.

Der Euratom-Mann unterbrach seine Gedanken. »Lassen Sie uns jetzt nach Hause gehen?«

»Ich muß eine Kopie der Liste haben.«

»Ich kann nicht noch eine machen. Es war schon verdächtig genug, daß die erste verschwand!«

»Ich fürchte, Sie haben keine andere Wahl. Aber wenn Sie wollen, können Sie sie wieder mit ins Büro nehmen, nachdem wir sie fotografiert haben.«

»Oh Gott«, seufzte der Mann.

»Ihnen bleibt nichts anderes übrig.«

»Also gut.«

»Zurück zum Haus«, sagte Rostow zu Tyrin. Dann wandte er sich wieder an den Älteren. »Bringen Sie den Ausdruck morgen mit nach Hause. Jemand wird im Laufe des Abends zu Ihnen kommen und ihn fotografieren.«

Der große Wagen rollte durch die Straßen der Stadt. Rostow hatte das Gefühl, daß die Entführung doch nicht so katastrophal verlaufen war. Nik Bunin mahnte Pierre: »Hör auf, mich anzuglotzen.«

Sie erreichten die Straße mit dem Kopfsteinpflaster, und Tyrin hielt an. »In Ordnung«, sagte Rostow. »Laßt ihn raus. Sein Freund bleibt bei uns.«

Der Euratom-Mann keuchte, als wäre er verwundet worden. »Weshalb?«

»Damit Sie nicht in Versuchung geraten, morgen zu kapitulieren und Ihren Vorgesetzten alles zu beichten. Der gute Pierre ist unsere Geisel. Steigen Sie aus.«

Nik öffnete die Tür und ließ den Mann aussteigen. Er blieb einen Moment lang auf dem Bürgersteig stehen. Nik stieg wieder ein, und Tyrin startete.

»Können wir uns auf ihn verlassen? Wird er es tun?« fragte Hassan.

»Er wird für uns arbeiten, bis er seinen Freund zurückbekommt.«

»Und dann?«

Rostow antwortete nicht. Wahrscheinlich würde es ratsam sein, alle beide umzubringen.

*

Suzas Alptraum. Es ist Abend. Sie ist allein in dem grünweißen Haus am Fluß, nimmt ein Bad und liegt lange in dem heißen, duftenden Wasser. Danach geht sie in das große Schlafzimmer, setzt sich vor den dreiteiligen Spiegel und bestäubt sich mit Puder aus einem Onyxkästchen, das ihrer Mutter gehörte.

Sie öffnet den Kleiderschrank und erwartet, daß die Sachen ihrer Mutter von Motten zerfressen sind und, durchscheinend vor Alter, in graubraunen Fetzen auf den Kleiderbügeln hängen. Aber es stimmt nicht: Alle sind sauber, neu und tadellos, von einem schwachen Mottenkugelgeruch abgesehen. Sie wählt ein Nachthemd, das so weiß wie ein Leichentuch ist, zieht es an und schlüpft ins Bett.

Sie liegt lange still und wartet darauf, daß Nat Dickstein zu seiner Eila kommt. Der Abend wird zur Nacht, der Fluß wispert, die Tür öffnet sich. Der Mann steht am Fuß des Bettes und zieht sich aus. Er legt sich auf sie, und ihre Panik flammt auf wie der erste Funke einer Feuersbrunst, als sie merkt, daß es nicht Nat Dickstein, sondern ihr Vater ist und daß sie – natürlich – schon längst nicht mehr lebt. Das Nachthemd zerkrümelt zu Staub, ihr Haar fällt aus, ihr Fleisch verwelkt, ihre Gesichtshaut vertrocknet und schrumpft, entblößt die Zähne und den Schädel, und sie wird, während der Mann immer noch zustößt, zu einem Skelett. Sie schreit und schreit und schreit, wacht auf, liegt schwitzend, zitternd und verängstigt da. Warum eilt niemand herbei, um sie zu fragen, was ihr fehlt?

Dann begreift sie erleichtert, daß sie sogar die Schreie nur geträumt hat; sie ist beruhigt und denkt vage über den Sinn des Traumes nach, während sie wieder in den Schlaf hinübergleitet.

Am Morgen ist sie fröhlich wie immer, aber ein kleiner, verschwommener dunkler Fleck ist geblieben, wie eine Wolkenfetzen am Himmel ihrer Unbeschwertheit. Sie erinnert sich nicht mehr an den Traum, sondern ihr ist nur bewußt, daß irgend etwas sie beunruhigt hat.

7

NAT DICKSTEIN PLANT, Uran zu stehlen«, sagte Yasil Hassan.

David Rostow nickte zustimmend. Er war nicht bei der Sache, denn er überlegte, wie er Yasil Hassan loswerden könnte.

Sie spazierten durch das Tal am Fuß der Klippe, auf

der die Altstadt von Luxemburg steht. Hier, an den Ufern der Petrusse, gab es Anlagen mit Rasen, Zierbäumen und Fußwegen.

Hassan fuhr fort: »Sie haben einen Atomreaktor bei Dimona in der Wüste Negev. Die Franzosen halfen ihnen beim Bau und lieferten wahrscheinlich den Brennstoff. Seit dem Sechstagekrieg hat de Gaulle die Lieferung von Waffen und vielleicht auch von Uran eingestellt.«

Soweit ist alles klar, dachte Rustow. Es war am besten, Hassans Mißtrauen einzuschläfern, indem er ihm überschwenglich zustimmte. »Es wäre typisch für den Mossad, das Uran, das er braucht, einfach zu stehlen. Genau das ist die Denkweise dieser Leute. Sie glauben, mit dem Rücken zur Wand zu stehen, und sind deshalb imstande, die Feinheiten der internationalen Diplomatie außer acht zu lassen.«

Rostow konnte etwas weitergehende Vermutungen anstellen als Hassan – weshalb er gleichzeitig so gehobener Stimmung und so bestrebt war, sich des Arabers für eine Weile zu entledigen. Er wußte von dem ägyptischen Atomprojekt in Kattara, während Hassan beinahe mit Sicherheit nicht davon unterrichtet war, denn wieso hätte man einem Agenten in Luxemburg solche Geheimnisse verraten sollen?

Allerdings war Kairo so undicht, daß die Israelis wahrscheinlich auch über die ägyptische Bombe informiert waren. Und was würden sie dagegen unternehmen? Sie würden ihre eigene Bombe bauen, wofür sie, um den Ausdruck des Euratom-Mannes zu benutzen, »spaltbares Material« benötigten. Er nahm an, daß Dickstein Uran für eine israelische Atombombe besorgen sollte. Hassan würde zu dieser Schlußfolgerung nicht fähig sein – noch nicht. Rostow hatte nicht vor, ihm zu helfen, denn er wollte nicht, daß Tel Aviv erfuhr, wie heiß seine Spur war.

Wenn der Computerausdruck am Abend eintraf, würde er noch weitere Fortschritte machen, denn aus dieser Liste hatte Dickstein sich wahrscheinlich sein Ziel gewählt. Rostow wollte Hassan auch diese Information vorenthalten.

David Rostows Blut war in Wallung. Er fühlte sich wie bei einer Schachpartie in dem Moment, da drei oder vier Züge des Gegners dessen System verrieten, so daß er wußte, wo der Angriff stattfinden würde und wie er ihn in eine Niederlage verwandeln konnte. Er hatte die Gründe, weshalb er den Kampf mit Dickstein aufgenommen hatte, nicht vergessen – jenen anderen Konflikt innerhalb des KGB zwischen ihm und Felix Woronzow, mit Jurij Andropow als Schiedsrichter und einem Platz in der Physikalisch-Mathematischen Schule als Preis. Aber all das war jetzt in den Hintergrund gedrängt. Was ihn jetzt antrieb, was ihn gespannt und wachsam und skrupellos machte, das waren die Jagdlust und das Wittern von Beute.

Hassan war ihm im Weg. Der laienhafte, ungeschickte Hassan, der eifrig seine Berichte nach Kairo sandte, war in diesem Moment ein gefährlicherer Feind als Dickstein selbst. Bei all seinen Fehlern war er nicht dumm – er besaß sogar eine verschlagene, typisch levantinische Intelligenz, die er zweifellos von seinem kapitalistischen Vater geerbt hatte. Er würde wissen, daß Rostow ihn loswerden wollte. Deshalb mußte er mit einer echten Aufgabe betraut werden.

Sie schritten unter dem Pont Adolphe hindurch, und Rostow blieb stehen, um zurückzublicken und die Aussicht durch den Brückenbogen zu genießen. Er wurde an Oxford erinnert, und plötzlich fiel ihm ein, was er mit Hassan anfangen konnte.

»Dickstein weiß, daß ihn jemand beschattet hat. Vermutlich ahnt er, daß die Begegnung mit Ihnen daran schuld ist.«

»Meinen Sie wirklich?« fragte Hassan.

»Hören Sie zu. Er beginnt, an einem Auftrag zu arbeiten, stößt auf einen Araber, der seinen richtigen Namen kennt, und plötzlich wird er verfolgt.«

»Für ihn reine Spekulation, aber er weiß nichts Bestimmtes.«

»Sie haben recht.«

Hassans Miene verriet Rostow, wie gern er diese Worte – *Sie haben recht* – hörte. Rostow dachte: Er mag mich nicht, aber er braucht meine Anerkennung, sogar sehr. Ich kann seinen Stolz ausnutzen.

»Dickstein muß also Nachforschungen anstellen«, fuhr Rostow fort. »Sind Sie in Tel Aviv registriert?«

Hassan zog mit einem Hauch seiner alten aristokratischen Gelassenheit die Schultern hoch. »Wer weiß?«

»Wie oft sind Sie anderen Agenten – Amerikanern, Briten, Israelis – unter die Augen gekommen?«

»Nie. Ich bin übervorsichtig.«

Rostow hätte beinahe laut aufgelacht. In Wahrheit war Hassan ein zu unbedeutender Agent, als daß er je die Aufmerksamkeit der großen Geheimdienste erregt hätte, und er hatte nie etwas so Wichtiges zu tun gehabt, daß er auf andere Spione gestoßen wäre. »Wenn Sie nicht registriert sind, muß Dickstein sich mit Ihren Freunden unterhalten. Haben Sie gemeinsame Bekannte?«

»Nein, ich hatte ihn seit dem College nicht gesehen. Außerdem könnte er nichts von meinen Freunden erfahren. Sie wissen nichts von meinem Doppelleben. Ich erzähle den Leuten doch nicht ...«

»Natürlich nicht.« Rostow mußte seine Ungeduld zügeln. »Aber Dickstein brauchte doch nur ein paar beiläufige Fragen über Ihr allgemeines Verhalten zu stellen, um zu sehen, ob es dem Muster geheimer Arbeit entspricht. – Bekommen Sie zum Beispiel rätselhafte Anrufe, müssen Sie oft plötzlich verreisen, haben Sie Freunde, die Sie niemandem vorstellen ... Gibt es also in Oxford jemanden, mit dem Sie noch Kontakt pflegen?«

»Mit keinem der Studenten.« Hassan schien sich zu verteidigen, und Rostow wußte, daß er gleich am Ziel war. »Ich habe noch ab und zu Kontakt mit einigen Fakultätsmitgliedern, besonders mit Professor Ashford. Er hat mich ein- oder zweimal mit Leuten zusammengebracht, die bereit waren, Geld für unsere Sache zu spenden.«

»Dickstein kannte Ashford, wenn ich mich recht erinnere.«

»Natürlich. Ashford hatte den Lehrstuhl für Semitische Sprachen. Dickstein und ich studierten dieses Fach.«

»Na also. Dickstein braucht nur Ashford zu besuchen und Ihren Namen am Rande zu erwähnen. Ashford würde ihm erzählen, was Sie tun und wie Sie sich verhalten. Daraus könnte Dickstein schließen, daß sie ein Agent sind.«

»Das wäre reine Glücksache«, sagte Hassan zweifelnd.

»Überhaupt nicht«, widersprach Rostow unbekümmert, obwohl Hassan recht hatte. »Es ist die normale Taktik. Ich habe sie selbst manchmal benutzt. Sie funktioniert.«

»Und wenn er Kontakt mit Ashford aufgenommen hat ...«

»Haben wir eine Chance, seine Spur wiederzufinden. Deshalb möchte ich, daß Sie nach Oxford reisen.«

»Oh!« Hassan hatte nicht gemerkt, worauf die Unterhaltung hinauslief, und jetzt saß er in der Falle. »Dickstein hat ihn vielleicht nur angerufen ...«

»Vielleicht, aber es ist leichter, solche Nachforschungen persönlich anzustellen. Dann kann man behaupten, daß man zufällig gerade in der Stadt ist und über die alten Zeiten reden will ... Bei einem Ferngespräch ist es schwerer, keinen Verdacht zu erwecken. Aus dem gleichen Grund müssen Sie den Professor besuchen. Ein Anruf genügt nicht.«

»Sie haben wahrscheinlich recht«, gab Hassan widerwillig zu. »Ich hatte geplant, Kairo Meldung zu machen, sobald wir den Computerausdruck gelesen haben ...«

Genau das hatte Rostow vermeiden wollen. »Gute Idee. Aber Ihr Bericht wird viel besser aussehen, wenn Sie gleichzeitig melden können, daß Sie Dickstein wieder auf der Spur sind.«

Hassan starrte versonnen in die Ferne. »Lassen Sie uns umkehren«, schlug er jäh vor. »Wir sind weit genug marschiert.«

Es war Zeit, sich kameradschaftlich zu zeigen. Rostow legte Hassan einen Arm um die Schultern. »Ihr Europäer seid verweichlicht.«

»Erzählen Sie mir bloß nicht, daß das KGB in Moskau ein schweres Leben hat.«

»Wollen Sie einen russischen Witz hören?« fragte Rostow, während sie vom Tal zur Straße hinaufstiegen. »Breschnew prahlt vor seiner alten Mutter, wie weit er es gebracht hat. Er zeigt ihr seine Wohnung – riesig, mit westlichen Möbeln, Geschirrspülmaschine, Gefriertruhe, Dienern, nichts fehlt. Sie sagt kein Wort. Er bringt sie zu seiner Datscha am Schwarzen Meer, einer großen Villa mit einem Swimmingpool, einem privaten Strand und noch mehr Dienern. Seine Mutter ist immer noch nicht beeindruckt. Er fährt mit ihr in seiner westlichen Limousine zu seinem Jagdhäuschen und zeigt ihr das schöne Gelände, die Gewehre, die Hunde. Schließlich will er wissen: ›Mutter, wieso sagst du nichts? Bist du nicht stolz?‹ Sie antwortet: ›Es ist wunderbar, Leonid, aber was tust du, wenn die Kommunisten zurückkommen?‹«

Rostow brüllte vor Lachen über seinen eigenen Witz, doch Hassan lächelte nur.

»Sie finden die Geschichte nicht lustig?«

»Nicht sehr«, erwiderte Hassan. »Sie lachen nur aus Schuldbewußtsein darüber. Ich fühle mich nicht schuldig, deshalb ist es für mich nicht lustig.«

Rostow zuckte die Achseln und dachte: Vielen Dank, Yasif Hassan, du islamischer Sigmund Freud. Sie erreichten die Straße, blieben eine Weile stehen und sahen den vorbeirasenden Autos zu, während Hassan noch leicht nach Atem rang.

»Oh, da gibt es etwas, was ich Sie schon immer fragen wollte. Haben Sie wirklich mit Ashfords Frau geschlafen?«

»Nur vier- oder fünfmal die Woche«, sagte Hassan und lachte laut.

»Und wer fühlt sich jetzt schuldig?« fragte Rostow.

*

Dickstein war zu früh am Bahnhof, und da der Zug Verspätung hatte, mußte er eine ganze Stunde lang warten. Es war das erste Mal in seinem Leben, daß er *Newsweek* von vorn bis hinten gelesen hatte. Sie kam fast durch die Sperre gerannt und lächelte über das ganze Gesicht. Genau wie gestern warf sie die Arme um seinen Hals und küßte ihn; diesmal aber dauerte der Kuß länger. Er hatte beinahe erwartet, sie in einem langen Kleid und mit einer Nerzstola zu sehen – wie die Frau eines Bankiers, die abends in den Klub 61 in Tel Aviv geht. Aber Suza gehörte natürlich einem anderen Land und einer anderen Generation an: Sie trug hohe Stiefel, die unter dem Saum ihres knielangen Rocks verschwanden, und ein seidenes Hemd unter einer bestickten Weste, die der eines Matadors glich. Ihr Gesicht war ungeschminkt, ihre Hände waren leer: kein Mantel, keine Handtasche, kein Handkoffer. Sie standen still und lächelten sich einen Moment lang an. Dickstein wußte nicht genau, was er tun sollte, und reichte ihr seinen Arm wie am Tag vorher. Darüber schien sie sich zu freuen. Sie gingen zum Taxistand.

Als sie in das Taxi stiegen, fragte Dickstein: »Wohin wollen Sie?«

»Sie haben nichts bestellt?«

Ich hätte einen Tisch reservieren sollen, dachte er. »Ich kenne keine Londoner Restaurants.«

»Kings Road«, rief Suza dem Fahrer zu.

Das Taxi setzte sich in Bewegung, und sie blickte Dickstein an. »Hallo, Nathaniel.«

Niemand nannte ihn je Nathaniel. Es gefiel ihm. Das Restaurant in Chelsea, für das sie sich entschieden hatte, war offenbar »in«. Es war klein, und man saß im Halbdunkel. Als sie zu einem Tisch gingen, glaubte Dickstein, ein oder zwei Gesichter zu erkennen. Sein Magen verkrampfte sich, während er sich bemühte, sie einzuordnen. Dann wurde ihm klar, daß es Schlagersänger waren, die er in Zeitschriften gesehen hatte, und er entspannte sich wieder. Er war froh darüber, daß seine Reflexe ihn nicht im Stich ließen, obwohl er diesen Abend auf so untypische Weise verbrachte. Außerdem war er erleichtert, weil die anderen Gäste allen Altersgruppen angehörten. Er hatte ein wenig gefürchtet, er könnte der älteste Mann weit und breit sein.

Sie setzten sich, und Dickstein fragte: »Bringen Sie alle Ihre jungen Freunde hierher?«

Suza bedachte ihn mit einem kühlen Lächeln. »Das ist die erste Dummheit, die ich von Ihnen höre.«

»Ich gelobe Besserung.« Er hätte sich ohrfeigen können.

»Was essen Sie gern?« wollte sie wissen, und der peinliche Moment war vorüber.

»Zu Hause esse ich einfache, gesunde Nahrung. Wenn ich auf Reisen bin, wohne ich in Hotels und bekomme wertloses Zeug, das einem als *haute cuisine* angedreht wird. Am liebsten mag ich Dinge, die ich weder in Israel noch in Hotels bekomme: gebratene Lammkeule, Steak-und-Nieren-Pastete, Lancashire-Fleischragout.«

»Mir gefällt an Ihnen«, sagte sie grinsend, »daß Sie keine Ahnung haben, was schick ist und was nicht. Es ist Ihnen sogar völlig egal.«

Er berührte seine Jackenaufschläge. »Was halten Sie von dem Anzug?«

»Ich bin begeistert. Er muß aus der Mode gewesen sein, als Sie ihn kauften.«

Er entschied sich für Roastbeef vom Servierwagen, und

sie bestellte eine Art sautierter Leber, die sie mit enormem Appetit verspeiste. Dickstein ließ eine Flasche Burgunder kommen; ein milderer Wein hätte nicht zu der Leber gepaßt. Seine Weinkenntnis war das einzige, womit er in feiner Gesellschaft bestehen konnte. Aber er ließ sie das meiste trinken; sein Bedürfnis nach Alkohol war gering. Suza erzählte ihm von ihrer Erfahrung mit LSD. »Es war unvergeßlich. Ich konnte meinen ganzen Körper spüren, innen und außen. Meine Haut fühlte sich wunderbar an, wenn ich sie berührte. Ich konnte mein Herz hören. Und die Farben und alles sonst ... Aber die Frage ist, ob die Droge mir erstaunliche Dinge zeigte oder ob sie mich nur in Rausch versetzte. Ist es eine neue Art, die Welt zu sehen, oder stellt es nur künstlich jene Eindrücke her, die man hätte, wenn man die Welt wirklich auf neue Art sehen könnte?«

»Danach wollten Sie nicht noch mehr haben?«

Sie schüttelte den Kopf. »Es behagt mir nicht, zu sehr die Kontrolle über mich zu verlieren. Aber ich bin froh, daß ich weiß, wie es ist.«

»Das hasse ich am Alkohol – den Verlust der Selbstbeherrschung. Obwohl ich sicher bin, daß es sich nicht vergleichen läßt. Jedenfalls hatte ich bei den ein, zwei Malen, als ich betrunken war, nicht das Gefühl, den Schlüssel zum Universum gefunden zu haben.«

Sie machte eine abschätzige Handbewegung. Es war eine lange, schlanke Hand wie die Eilas; und plötzlich erinnerte Dickstein sich, daß Eila immer genau die gleiche anmutige Geste gemacht hatte.

»Ich glaube nicht, daß Drogen die Probleme der Welt lösen können.«

»Woran glauben Sie denn, Suza?«

Sie zögerte und sah ihn mit einem schwachen Lächeln an. »Ich glaube, daß wir nichts brauchen außer Liebe.« Ihre Stimme klang schüchtern und unsicher, so als erwarte sie eine höhnische Bemerkung.

»Diese Philosophie dürfte sich für ›swinging London‹ besser eignen als für ein waffenstarrendes Israel.«

»Es hat wohl keinen Zweck, daß ich versuche, Sie zu bekehren.«

»Dieses Glück sollte ich einmal haben.«

Sie blickte ihm in die Augen. »Niemand kennt sein Glück genau.«

Er betrachtete die Speisekarte. »Nur Erdbeeren kommen in Frage.«

Plötzlich sagte sie: »Wen lieben Sie, Nathaniel?«

»Eine alte Frau, ein Kind und einen Geist«, antwortete er sofort, denn er hatte sich oft und oft die gleiche Frage gestellt. »Die alte Frau heißt Esther, und sie erinnert sich noch an die Pogrome im zaristischen Rußland. Das Kind ist ein Junge namens Mottie. Ihm gefällt *Die Schatzinsel*. Sein Vater ist im Sechstagekrieg gefallen.«

»Und der Geist?«

»Nehmen Sie auch Erdbeeren?«

»Ja, bitte.«

»Sahne?«

»Nein, danke. Wollen Sie mir nicht von dem Geist erzählen?«

»Sobald ich Bescheid weiß, werden Sie es erfahren.« Es war Juni, und die Erdbeeren schmeckten köstlich. »Und nun sagen Sie mir, wen Sie lieben.«

»Hm«, machte sie und überlegte eine Minute lang. »Hm ...« Sie legte den Löffel hin. »Oh Mist, Nathaniel, ich glaube, ich liebe dich.«

*

Ihr erster Gedanke war: Was zum Teufel ist mit mir los? Warum habe ich das gesagt?

Dann dachte sie: Keine Ahnung, aber es stimmt. Und schließlich: *Warum* liebe ich ihn?

Sie wußte nicht, warum, doch sie wußte, wann sie sich

in ihn verliebt hatte. Es hatte zwei Momente gegeben, da sie den echten Dickstein hatte sehen können: zum erstenmal, als er von den Londoner Faschisten in den dreißiger Jahren sprach, und zum zweitenmal, als er den Jungen erwähnte, dessen Vater im Sechstagekrieg umgekommen war. Beide Male hatte er seine Maske fallenlassen. Sie hatte einen kleinen, verängstigten Mann erwartet, der sich in einer Ecke verkroch. Tatsächlich aber war er stark, selbstbewußt und entschlossen. Und in diesen zwei Momenten hatte sie seine Kraft gespürt, und ihr war ein wenig schwindlig geworden.

Der Mann war ungewöhnlich und faszinierend. Suza wollte ihm nahekommen, ihn verstehen, seine geheimsten Gedanken erfahren. Sie wollte seinen knochigen Körper berühren, fühlen, wie seine kräftigen Hände sie packten, wollte in seine traurigen braunen Augen blicken, wenn er vor Leidenschaft aufstöhnte. Sie wollte seine Liebe.

So war es früher noch nie gewesen.

*

Nat Dickstein wußte, daß alles verkehrt war.

Suzas Zutrauen zu ihm war entstanden, als sie fünf Jahre alt und er ein freundlicher Onkel gewesen war, der verstand, mit Kindern und Katzen umzugehen. Jetzt beutete er ihre kindliche Zuneigung aus.

Er hatte Eila geliebt, die jetzt tot war. Es war etwas Unmoralisches an der Beziehung zu dieser Doppelgängerin, die ihre Tochter war.

Dickstein war nicht nur Jude, sondern Israeli; nicht nur Israeli, sondern ein Mossad-Agent. Weniger als jeder andere durfte er ein Mädchen lieben, das eine halbe Araberin war. Immer, wenn sich ein schönes Mädchen in einen Spion verliebt, muß der Spion sich zuallererst fragen, für welchen feindlichen Geheimdienst es möglicherweise arbeitet.

Wenn im Laufe der Jahre eine Frau Dickstein ihre Zuneigung gezeigt hatte, hatte er immer Gründe wie diesen gefunden, um kühl zu bleiben, und früher oder später hatte sie verstanden und sich enttäuscht zurückgezogen. Die Tatsache, daß Suza dieser seiner automatischen Abwehr zuvorgekommen war und solcherart sein Unterbewußtsein ausgeschaltet hatte, war nur ein weiterer Grund, mißtrauisch zu sein.

Es war alles verkehrt.

Aber Dickstein kümmerte sich nicht darum.

*

Sie nahmen ein Taxi zu ihrer Wohnung, in der sie vorhatte, die Nacht zu verbringen. Sie lud ihn ein – ihre Freunde, die Besitzer der Wohnung, waren im Urlaub, und sie gingen zusammen ins Bett. Damit begannen ihre Probleme.

Zuerst dachte Suza, er wäre von allzu ungeduldiger Leidenschaft, als er in dem kleinen Flur ihre Arme packte und sie stürmisch küßte. »Oh Gott«, keuchte er, während sie seine Hände nahm und auf ihre Brüste legte. In diesem Moment ging ihr der zynische Gedanke durch den Kopf: Diese Vorstellung kenne ich schon – er ist so überwältigt von meiner Schönheit, daß er mich praktisch vergewaltigt, und fünf Minuten später schläft er fest und schnarcht. Dann löste sie sich von seinem Kuß und blickte in seine sanften, großen braunen Augen. Ihr wurde klar: Was auch geschieht, es kann keine Schauspielerei sein.

Sie führte ihn in das kleine Zimmer im hinteren Teil der Wohnung, dessen Fenster zum Hof hin lagen. Da sie so oft hier zu Besuch war, galt es als ihr Zimmer; sogar einige ihrer Kleider und auch Wäsche waren im Schrank und in den Schubladen aufbewahrt. Sie setzte sich auf den Rand des Einzelbettes und zog ihre Schuhe aus. Dickstein blieb in der Tür stehen und sah ihr zu. Sie schaute zu ihm auf und lächelte. »Zieh dich aus.«

Er schaltete das Licht aus.

Neugier und Erregung durchfuhren sie wie das erste Kribbeln eines Haschischrausches. Wie war er wirklich? Er war ein Cockney und ein Israeli, ein Schuljunge mittleren Alters und ein Mann mit Bärenkräften, ein wenig ungeschickt und nervös, aber in Wirklichkeit selbstbewußt und irgendwie unwiderstehlich. Wie verhielt sich ein *solcher* Mann im Bett?

Seltsam gerührt, weil er im Dunklen mit ihr schlafen wollte, schob sie sich unter das Laken. Er legte sich neben sie, und diesmal küßte er sie zärtlich. Sie ließ die Hände über seinen harten, knochigen Körper gleiten und öffnete den Mund unter seinen Küssen. Nach kurzem Zögern tat er das gleiche. Sie erriet, daß er noch nie so geküßt hatte – oder zumindest seit langer Zeit nicht.

Dann betastete er sie sanft mit den Fingerspitzen und flüsterte staunend: »Oh!«, als er ihre Brustwarzen aufgerichtet fand. Seine Liebkosungen hatten nichts von der gekonnten Routine, die sie aus ihren früheren Affären kannte. Es war, als ... als wäre er unschuldig.

»Deine Brust ist schön«, sagte er.

»Deine auch«, antwortete Suza und streichelte ihn.

Der Zauber ergriff von ihr Besitz, und sie schwelgte in Empfindungen: der Rauheit seiner Haut, den Haaren an seinen Beinen, seinem Geruch. Dann spürte sie plötzlich eine Veränderung in ihm. Es gab keinen Grund dafür, und einen Moment lang glaubte sie, sich geirrt zu haben, denn er liebkoste sie immer noch. Aber sie spürte, daß er es nur noch mechanisch tat, daß er an etwas anderes dachte. Sie hatte ihn verloren.

Suza wollte gerade sprechen, als er die Hände zurückzog und sagte: »Unmöglich. Ich kann es nicht.«

Panik stieg in ihr auf, doch Suza unterdrückte sie. Sie hatte Angst, nicht ihretwegen – *du hast schließlich ge-*

nug steife Schwänze erlebt, Mädchen, und auch ein paar schlaffe –, sondern seinetwegen, falls er niedergeschlagen oder beschämt sein sollte und ...

Sie legte beide Arme fest um ihn. »Egal, was du tust, bitte, bleib hier.«

»Ich bleibe hier.«

Suza wollte das Licht anmachen, sein Gesicht sehen, aber das schien jetzt nicht das Richtige zu sein. Sie preßte ihre Wange gegen seine Brust. »Hast du irgendwo eine Frau?«

»Nein.«

Sie streckte die Zunge aus und schmeckte seine Haut. »Vielleicht fühlst du dich irgendwie schuldbewußt, weil ich eine halbe Araberin bin?«

»Ich glaube nicht.«

»Oder weil Eila Ashford meine Mutter war? Du hast sie doch geliebt, nicht wahr?«

»Woher weißt du das?«

»Von der Art, wie du über sie gesprochen hast.«

»Oh. Ich glaube nicht, daß ich mich deshalb schuldig fühle, aber ich könnte mich auch täuschen, Doktor.«

»Hmmm.« Er kam langsam aus sich heraus. Sie küßte seine Brust. »Verrätst du mir etwas, wenn ich dich danach frage?«

»Das nehme ich an.«

»Wann hast du zum letztenmal Sex gehabt?«

»Neunzehnvierundvierzig.«

»Du machst Witze!« sagte sie, ehrlich verblüfft.

»Das ist die erste Dummheit, die ich von dir höre.«

»Ich ... du hast recht. Es tut mir leid.« Sie zögerte. »Aber wieso?«

Dickstein seufzte. »Ich kann nicht ... ich bin nicht in der Lage, darüber zu reden.«

»Aber du mußt es.« Sie streckte die Hand nach der Nachttischlampe aus und knipste das Licht an. Dickstein schloß geblendet die Augen. Suza stützte sich auf einen

Ellbogen. »Hör zu, es gibt keine Vorschriften. Wir sind erwachsen, wir liegen nackt im Bett, und wir haben das Jahr neunzehnhundertachtundsechzig. Nichts ist verboten; es kommt nur darauf an, was einem Spaß macht.«

»Es ist nichts.« Seine Augen waren immer noch geschlossen.

»Und es gibt auch keine Geheimnisse. Wenn du ängstlich oder angewidert oder wütend bist, kannst und mußt du darüber reden. Vor heute abend habe ich nie jemandem gesagt, daß ich ihn liebe, Nat. Sprich mit mir, bitte.« Ein langes Schweigen. Er lag still, unbewegt und mit geschlossenen Augen da. Endlich begann er.

»Ich wußte nicht, wo wir waren – weiß es bis heute nicht. Man brachte uns in Viehwagen dorthin. Es war ein Sonderlager, ein medizinisches Forschungszentrum. Die Gefangenen wurden aus sämtlichen Lagern ausgewählt. Wir waren alle jung, gesund und Juden.

Die Verhältnisse waren besser als im ersten Lager. Wir hatten genug zu essen, Decken, Zigaretten; es gab keine Diebstähle und keine Kämpfe. Zuerst dachte ich, ich hätte Glück gehabt. Viele Tests wurden gemacht – Blut, Urin, blase in dieses Röhrchen, fang diesen Ball, lies die Buchstaben an der Tafel. Es war wie in einem Krankenhaus. Dann fingen die Experimente an.

Bis heute weiß ich nicht, ob echte wissenschaftliche Motive dahintersteckten. Ich meine, wenn man so etwas mit Tieren täte, könnte ich einsehen, daß es vielleicht interessant und aufschlußreich wäre. Aber die Ärzte müssen wahnsinnig gewesen sein. Ich weiß es nicht.«

Er unterbrach sich und schluckte. Es fiel ihm immer schwerer, ruhig zu sprechen. Suza flüsterte: »Du mußt mir alles erzählen, was geschehen ist – alles.«

Dickstein war bleich, und er fuhr mit leiser Stimme fort und hielt die Augen weiterhin geschlossen. »Sie brachten mich in dieses Labor. Die Posten, die mich begleiteten, blinzelten mir dauernd zu, stießen mich an und sagten mir, daß ich mich freuen könne. Es war ein großes Zimmer mit niedriger Decke und sehr heller Beleuchtung. Sechs oder sieben von ihnen waren da, mit einer Filmkamera. In der Mitte des Raumes stand ein flaches Bett mit einer Matratze, ohne Laken. Auf der Matratze lag eine Frau. Man befahl mir, mit ihr zu schlafen. Die Frau war nackt und zitterte – auch sie gehörte zu den Gefangenen. Sie flüsterte mir zu: ›Du rettest mein Leben, und ich rette deins.‹ Und dann taten wir's. Aber das war erst der Anfang.«

Suza ließ ihre Hand über seine Lenden gleiten und merkte, daß sein Penis steif war. *Jetzt* begriff sie. Sie streichelte ihn, zunächst ganz sanft, und wartete darauf, daß er weitersprach – denn sie wußte, daß er ihr nun die ganze Geschichte erzählen würde.

»Danach wurde das Experiment variiert. Monatelang dachten sie sich jeden Tag etwas anderes aus. Manchmal Drogen. Eine alte Frau. Einmal ein Mann. Geschlechtsverkehr in verschiedenen Positionen – im Stehen, im Sitzen, alles mögliche. Oral, anal, Masturbation, Gruppensex. Wenn man nicht mitmachte, wurde man ausgepeitscht oder erschossen. Deshalb wurde die Sache nach dem Krieg nie bekannt, verstehst du? Weil alle Überlebenden schuldig waren.«

Suza streichelte ihn stärker. Sie war sicher – ohne zu wissen, warum –, daß es richtig war. »Sag es mir. Alles.« Er atmete schneller. Seine Augen öffneten sich, er starrte an die leere weiße Decke und schien einen anderen Ort und eine andere Zeit zu sehen. »Am Ende ... am beschämendsten es war eine Nonne. Ich glaubte zuerst, daß sie mich belogen, daß man sie nur verkleidet hatte, aber dann begann sie zu beten, auf französisch. Sie hatte keine Beine ... man hatte sie amputiert, nur um die Wirkung auf mich zu beobachten ... Es war fürchterlich, und ich ... und ich ...«

Dann zuckte er zusammen, Suza beugte sich vor und schloß den Mund um seinen Penis. Er stöhnte: »Oh nein,

nein, nein!« im Rhythmus seiner Zuckungen. Danach war alles vorbei, und er weinte.

*

Suza küßte seine Tränen und sagte ihm immer wieder, daß alles in Ordnung sei. Er beruhigte sich langsam und schien ein paar Minuten lang zu schlafen. Sie lag neben ihm und betrachtete sein Gesicht, während sich die Spannung löste. Dann öffnete er die Augen und fragte: »Warum hast du das getan?«

Sie hatte es selbst nicht ganz verstanden, aber nun glaubte sie, die Erklärung zu kennen. »Ich hätte dir einen Vortrag halten können«, sagte sie. »Ich hätte dir versichern können, daß du dich nicht zu schämen brauchst, daß jeder gräßliche Phantasien hat, daß Frauen davon träumen, ausgepeitscht zu werden, und Männer davon, sie auszupeitschen, daß man hier in London pornographische Bücher, farbig illustriert, über Sex mit Amputierten kaufen kann. Ich hätte dir sagen können, daß viele Männer bestialisch genug gewesen wären, um alle Befehle in dem Nazi-Labor auszuführen. Aber wenn ich mit dir diskutiert hätte, wäre alles vergeblich gewesen. Ich mußte es dir zeigen. Außerdem ...« Sie lächelte wehmütig. »Außerdem habe auch ich meine dunklen Seiten.«

Er berührte ihre Wange, beugte sich vor und küßte sie auf die Lippen. »Woher hast du so viel Weisheit, Kind?«

»Es ist nicht Weisheit, es ist Liebe.«

Dann drückte er sie fest an sich, küßte sie und gab ihr zärtliche Namen. Nach einer Weile liebten sie sich einfach, fast ohne Worte, ohne Geständnisse, dunkle Phantasien oder bizarre Begierden. Sie gaben und empfingen Lust mit der Vertrautheit eines alten Paares. Danach schliefen sie von Frieden und Glück erfüllt ein.

*

David Rostow war über den Euratom-Computerausdruck bitter enttäuscht. Nachdem er und Pjotr Tyrin Stunden damit verbracht hatten, ihn zu entschlüsseln, blieb die betrübliche Tatsache bestehen, daß die Lieferungsliste sehr lang war. Sie konnten auf keinen Fall jedes denkbare Ziel überwachen. Die einzige Möglichkeit, das Richtige herauszufinden, bestand darin, Dicksteins Fährte wieder aufzuspüren.

Dadurch gewann Yasif Hassans Mission in Oxford weit größere Bedeutung.

Sie warteten auf den Anruf des Arabers. Um 22.00 Uhr ging Nik Bunin schlafen; er genoß den Schlaf, wie andere Menschen ein Sonnenbad genossen. Tyrin hielt es bis Mitternacht aus, dann zog auch er sich zurück. Rostows Telefon klingelte endlich um 1.00 Uhr. Er fuhr wie unter einem Schock zusammen, packte den Hörer und wartete ein paar Sekunden, um sich zu sammeln.

»Ja?«

Hassan meldete sich über die dreihundert Meilen der internationalen Telefonverbindung hinweg. »Ich habe es geschafft. Der Mann war hier. Vor zwei Tagen.«

Rostow ballte eine Faust, um seine Erregung zu unterdrücken. »Himmel, welch ein Glück!«

»Was jetzt?« Der Russe hielt überlegend inne. »Er weiß nun, daß wir Bescheid wissen.«

»Ja. Soll ich zurückkommen?«

»Ich glaube nicht. Hat der Professor gesagt, wie lange der Mann vorhat, in England zu bleiben?«

»Nein. Ich habe ihm eine direkte Frage danach gestellt. Der Mann hatte sich darüber nicht geäußert.«

»Das war anzunehmen.« Rostow runzelte nachdenklich die Stirn. »Als erstes muß der Mann jetzt melden, daß er aufgeflogen ist. Das bedeutet, daß er sich mit seinem Londoner Büro in Verbindung setzt.«

»Vielleicht hat er das schon getan.«

»Ja, aber er könnte ein Treffen arrangieren. Dieser

Mann ist vorsichtig, und Vorsichtsmaßnahmen brauchen Zeit. Gut, überlassen Sie es mir. Ich werde heute noch nach London fliegen. Wo sind Sie jetzt?«

»Ich bin immer noch in Oxford, bin vom Flughafen sofort hierhergefahren. Ich kann erst morgen früh nach London zurück.«

»In Ordnung. Nehmen Sie ein Zimmer im Hilton. Sie hören dort gegen Mittag von mir.«

»Wird gemacht. *A bientôt.*«

»Moment.«

»Ja, ich bin noch dran.«

»Unternehmen Sie nichts aus eigener Initiative. Warten Sie, bis ich da bin. Sie haben gute Arbeit geleistet, verderben Sie jetzt nicht alles.«

Hassan hängte ein.

Rostow blieb einen Augenblick lang still sitzen. Plante Hassan irgendeine Dummheit, oder nahm er ihm übel, daß er ermahnt worden war, artig zu sein? Das letztere wahrscheinlich. Hassan konnte in den nächsten Stunden ohnehin nicht viel Schaden anrichten.

Er wandte seine Gedanken wieder Dickstein zu. Der Mann würde ihnen keine zweite Chance geben, seine Spur aufzunehmen. Rostow mußte sofort aktiv werden. Er zog seine Jacke an, verließ das Hotel und fuhr mit einem Taxi zur russischen Botschaft.

Er mußte einige Zeit warten und sich vier verschiedenen Leuten gegenüber ausweisen, bevor man ihn mitten in der Nacht einließ. Der diensthabende Telefonist nahm Haltung an, als Rostow den Fernmelderaum betrat. Rostow befahl: »Setzen Sie sich. Wir haben zu arbeiten. Rufen Sie zuerst das Londoner Büro an.«

Der Telefonist nahm den Apparat mit dem Sprachverzerrer und begann, die Verbindung mit der russischen Botschaft in London herzustellen. Rostow zog seine Jakke aus und krempelte sich die Ärmel hoch.

Der Telefonist sagte: »Genosse Oberst David Rostow

verlangt den höchsten Sicherheitsoffizier.« Er bedeutete Rostow, den Zusatzapparat zu benutzen.

»Oberst Petrow.« Es war die Stimme eines Soldaten von mittlerem Alter.

»Petrow, ich brauche Hilfe«, erklärte Rostow ohne Umschweife. »Ein israelischer Agent namens Nat Dickstein hält sich wahrscheinlich in England auf.«

»Ja, sein Bild ist uns mit der Diplomatenpost zugegangen – aber man hat uns nicht mitgeteilt, daß er hier sein soll.«

»Hören Sie zu. Er könnte mit seiner Botschaft Kontakt aufnehmen. Ich möchte, daß Sie alle bekannten israelischen Diplomaten in London von morgen früh an unter Bewachung stellen.«

»Ich bitte Sie, Rostow«, antwortete Petrow mit einem halben Lachen. »Dazu braucht man eine Menge Leute.«

»Seien Sie nicht albern! Sie haben Hunderte von Männern, die Israelis höchstens nur ein oder zwei Dutzend.«

»Tut mir leid, Rostow, ich kann eine solche Operation nicht auf Ihre bloße Behauptung hin einleiten.«

Rostow hätte den Mann am liebsten an der Kehle pakken mögen. »Es ist dringend!«

»Lassen Sie mir die vorschriftsmäßigen Dokumente zukommen, und ich stehe zu Ihrer Verfügung.«

»Bis dahin ist er längst über alle Berge!«

»Nicht meine Schuld, Genosse.«

Rostow knallte wütend den Hörer auf die Gabel. »Scheißrussen! Sind ohne sechs Bevollmächtigungen zu nichts imstande!« Er wandte sich an den Telefonisten. »Rufen Sie Moskau an, sagen Sie, daß man Felix Woronzow finden und zu mir durchstellen soll, wo er auch ist.«

Der Telefonist begann, den Auftrag auszuführen. Rostow trommelte ungeduldig mit den Fingern auf den Schreibtisch. Petrow war wahrscheinlich ein alter Soldat, der bald in den Ruhestand treten würde und außer seiner Pension keinen Ehrgeiz mehr hatte. Es gab zu viele Männer wie ihn im KGB.

Ein paar Minuten später meldete sich die schläfrige Stimme von Rostows Chef. »Ja, wer ist da?«

»David Rostow. Ich bin in Luxemburg und brauche deine Unterstützung. Der Pirat will vermutlich Kontakt mit der israelischen Botschaft in London aufnehmen, und ich möchte, daß die israelischen Diplomaten überwacht werden.«

»Ruf London an.«

»Habe ich getan. Man verlangt eine Vollmacht.«

»Dann beantrage sie.«

»Mein Gott, Felix, ich beantrage sie hiermit.«

»Mitten in der Nacht kann ich nichts für dich tun. Ruf mich morgen früh an.«

»Was soll das? Du kannst doch bestimmt ...« Plötzlich merkte Rostow, was vorging. Er beherrschte sich mühsam. »In Ordnung, Felix. Morgen früh.«

»Wiederhören.«

»Felix —«

»Ja?«

»Das vergesse ich dir nicht!«

Die Verbindung wurde abgebrochen.

»Und jetzt?« fragte der Telefonist.

Rostow zog die Brauen zusammen. »Halten Sie die Leitung nach Moskau offen. Ich muß überlegen.«

Er hätte wissen sollen, daß Felix ihm nicht helfen würde. Der alte Narr wollte, daß diese Mission fehlschlug, um zu beweisen, daß er, Felix, von vornherein die Leitung hätte übernehmen sollen. Es war sogar möglich, daß Felix mit Petrow in London unter einer Decke steckte und ihm inoffiziell befohlen hatte, nicht zu kooperieren.

Nun blieb Rostow nur noch ein einziger Ausweg, ein höchst gefährlicher Ausweg, der zu seiner Ablösung führen konnte. Vielleicht hoffte Felix sogar darauf. Aber er durfte sich nicht darüber beklagen, daß der Einsatz hoch war, denn er selbst hatte ihn hochgespielt.

Er dachte ein oder zwei Minuten darüber nach, wie er

vorgehen sollte. Dann sagte er: »Moskau soll mich mit Jurij Andropows Wohnung am Kutusow-Prospekt 26 verbinden.«

Der Telefonist hob die Augenbrauen – es war wohl das erste und letzte Mal, daß er die Anweisung erhielt, den Chef des KGB höchstpersönlich anzurufen –, aber er widersprach nicht.

Rostow wartete nervös. »Ich wette, daß es leichter ist, für den CIA zu arbeiten«, murmelte er.

Der Telefonist gab ihm ein Zeichen, und er nahm den Hörer auf.

Jemand fragte: »Ja?«

Rostow erhob die Stimme und bellte ins Telefon: »Name und Rang?«

»Major Pjotr Eduardowitsch Scherbitskij.«

»Hier ist Oberst Rostow. Ich möchte mit Andropow sprechen. Es handelt sich um einen äußerst dringenden Fall, und wenn er innerhalb von hundertzwanzig Sekunden nicht am Telefon ist, werden Sie für den Rest Ihres Lebens Dämme in Bratsk bauen. Haben Sie mich verstanden?«

»Ja, Herr Oberst. Bitte, bleiben Sie am Apparat.«

Einen Moment später hörte Rostow die tiefe, selbstbewußte Stimme Jurij Andropows, eines der mächtigsten Männer der Welt.

»Sie haben dem jungen Scherbitskij ganz schön Angst gemacht, David.«

»Ich hatte keine andere Wahl.«

»Schön, lassen Sie hören. Ich hoffe, Sie haben einen triftigen Grund.«

»Der Mossad ist hinter Uran her.«

»Du meine Güte!«

»Ich glaube, daß der Pirat in England ist. Er könnte mit seiner Botschaft Verbindung aufnehmen. Ich möchte, daß die Israelis dort überwacht werden, aber ein alter Trottel namens Petrow in London hält mich hin.«

622

»Ich werde mit ihm reden, bevor ich mich wieder hinlege.«

»Vielen Dank, Jurij Wladimirowitsch.«

»Etwas noch, David.«

»Ja?«

»Sie hatten recht, mich zu wecken – aber es war hart an der Grenze.«

Ein Klicken, und Andropow hängte ein. Rostow lachte auf, während seine Anspannung sich löste. Er dachte: Sollen sie machen, was sie wollen – Dickstein, Hassan, Felix –, ich werde mit ihnen fertig.

»Erfolg gehabt?« meinte der Telefonist mit einem Lächeln.

»Ja. Unser System ist unrationell, umständlich und korrupt, aber letzten Endes kriegen wir, was wir wollen.«

8

ES TAT DICKSTEIN weh, Suza am nächsten Morgen zu verlassen und wieder an die Arbeit zu gehen.

Er war immer noch ... nun, überwältigt, als er um 11.00 Uhr am Fenster eines Restaurants in der Fulham Road saß und auf Pierre Borg wartete. Er hatte bei der Flughafeninformation in Heathrow eine Botschaft hinterlassen, die Borg in ein Café bestellte, das auf der anderen Straßenseite lag. Wahrscheinlich würde dieses Gefühl der Überwältigung noch lange anhalten, vielleicht sein Leben lang.

Dickstein war um 6.00 Uhr aufgewacht und war für einen Augenblick in Panik geraten, weil er nicht wußte, wo er war. Dann sah er Suzas lange, braune Hand, gekrümmt wie ein kleines, schlafendes Tier, auf dem Kissen neben seinem Kopf liegen. Die Erinnerungen an die letzte Nacht überfluteten ihn, und er konnte kaum an sein Glück glauben. Vielleicht hätte er sie nicht wecken sollen, aber plötzlich mußte er ihren Körper einfach anfassen. Sie öffnete die Augen bei seiner Berührung, und sie liebten sich spielerisch, manchmal lachend, und blickten sich während des Höhepunktes in die Augen. Dann alberten sie halb angezogen in der Küche herum, so daß der Kaffee zu schwach wurde und der Toast anbrannte. Am liebsten wäre er nie mehr fortgegangen.

Suza hatte sein Unterhemd mit einem Schrei des Entsetzens aufgehoben. »Was ist das?«

»Mein Unterhemd.«

»Unterhemd? Ich verbiete dir, Unterhemden zu tragen. Sie sind altmodisch und unhygienisch, und sie sind im Weg, wenn ich deine Brustwarzen fühlen will.«

Ihre Miene war so lüstern, daß er vor Lachen prustete. »Einverstanden. Ich werde keine mehr tragen.«

»Gut.« Sie öffnete das Fenster und warf das Unterhemd auf die Straße.

Er fing wieder an zu lachen. »Aber du darfst keine Hosen tragen.«

»Wieso?«

Nun war es an ihm, ein lüsternes Gesicht zu machen.

»Aber meine Hosen haben ohnehin alle einen Schlitz vorne.«

»Das reicht nicht. Keine Bewegungsfreiheit.«

Und so ging es weiter.

Sie benahmen sich, als wenn sie den Sex gerade erfunden hätten. Der einzige ein wenig getrübte Moment kam, als sie seine Narben betrachtete und nach deren Herkunft fragte.

»Wir haben drei Kriege gehabt, seit ich nach Israel ausgewandert bin«, erwiderte er. Es war die Wahrheit, aber nicht die ganze Wahrheit.

»Warum bist du nach Israel gegangen?«

»Zur Sicherheit.«

»Aber dort ist es doch nicht sicher – im Gegenteil.«

»Es ist eine andere Art von Sicherheit.« Er sprach beiläufig, da er es nicht erklären wollte, dann aber überlegte er es sich anders, denn sie sollte alles über ihn wissen. »Es mußte einfach ein Land geben, in dem niemand sagen konnte: ›Du bist anders, du bist kein Mensch, du bist Jude‹, in dem niemand meine Fenster einschlagen oder mit meinem Körper herumexperimentieren konnte, nur weil ich Jude war. Verstehst du ...« Sie schaute ihn mit ihren klaren, offenen Augen an, und er bemühte sich, ihr die ganze Wahrheit zu sagen, ohne Ausflüchte, ohne irgend etwas zu beschönigen. »Für mich spielte keine Rolle, ob wir uns Palästina oder Uganda oder Manhatten Island aussuchten – wo es auch war, ich hätte gesagt: ›Dieses Land gehört *mir*‹, und ich hätte verbissen dafür gekämpft, es zu behalten. Deshalb versuche ich nie, über das moralische Recht oder Unrecht der Gründung Israels zu diskutieren. Gerechtigkeit und Fairneß hatten nie etwas damit zu tun. Nach dem Krieg ... nun, der Gedanke, daß die Idee der Fairneß irgendeine Bedeutung für die internationale Politik habe, schien mir ein schlechter Witz zu sein. Ich behaupte nicht, daß diese Haltung bewundernswert ist; ich erkläre dir nur, wie ich die Dinge sehe. An jedem anderen Ort, egal wo – New York, Paris, Toronto –, wissen die Juden nie, wie lange es dauern wird, bis man ihnen die nächste Krise bequemerweise in die Schuhe schieben wird, gleichgültig, wie wohl sie sich sonst fühlen und wie assimiliert sie auch sein mögen. In Israel kann ich sicher sein, daß ich nie ein Opfer *solcher Umstände* sein werde, was auch immer geschieht. Da dieses Problem beseitigt ist, können wir uns um die Realitäten kümmern, die zu jedem normalen Leben gehören: Saat und Ernte, Kauf und Verkauf, Kampf und Tod. Ich glaube, daß ich deshalb ausgewandert bin ... Vielleicht habe ich es damals nicht so klar gesehen – eigentlich habe ich es noch nie so wie jetzt in Worte gefaßt –, aber das waren jedenfalls meine Beweggründe.«

Nach einer Weile sagte Suza: »Mein Vater ist der Meinung, daß Israel jetzt selbst eine rassistische Gesellschaft ist.«

»Das meinen auch die jungen Leute bei uns. Sie haben nicht unrecht. Wenn ...«

Sie blickte ihn an und wartete.

»Wenn du und ich ein Kind hätten, würde man sich weigern, es als jüdisch einzustufen. Es wäre ein Bürger zweiter Klasse. Aber ich glaube nicht, daß es ewig so weitergehen wird. Zur gleichen Zeit haben die religiösen Fanatiker großen Einfluß in der Regierung. Kein Wunder, denn der Zionismus war eine religiöse Bewegung. Wenn die Nation reifer wird, hören diese Dinge auf. Die Rassengesetze sind schon jetzt umstritten. Wir bekämpfen sie, und am Ende werden wir uns durchsetzen.«

Sie trat auf ihn zu und legte den Kopf auf seine Schulter. Schweigend umarmten sie sich. Er wußte, daß die israelische Politik ihr wenig bedeutete. Es war die Erwähnung eines Kindes, die sie gerührt hatte.

Dickstein saß am Fenster des Restaurants und hing seinen Erinnerungen nach. Er wußte, daß er Suza für immer in seinem Leben haben wollte, und er fragte sich, was er tun würde, wenn sie sich weigerte, ihn in sein Land zu begleiten. Würde er sich für Israel oder Suza entscheiden? Doch er konnte die Frage nicht beantworten.

Er beobachtete die Straße. Es war typisches Juniwetter – regnerisch und recht kühl. Die vertrauten roten Busse und schwarzen Taxis sausten hin und her, wühlten sich durch den Regen und ließen die Pfützen auf der Straße aufspritzen. Sein eigenes Land, seine eigene Frau – vielleicht könnte er beides haben.

War so viel Glück denkbar?

Ein Taxi hielt vor dem gegenüberliegenden Café. Dickstein lehnte sich gespannt noch dichter ans Fenster und spähte durch den Regen. Er erkannte die massige Gestalt von Pierre Borg, der, mit einem kurzen, dunklen Regenmantel und einem weichen Filzhut bekleidet, aus dem Wagen kletterte. Aber er kannte den zweiten Mann nicht, der ausstieg und den Fahrer bezahlte. Die beiden Männer betraten das Café. Dickstein ließ den Blick über die Straße schweifen.

Ein grauer Mark II Jaguar hatte im Halteverbot fünfzig Meter vom Café entfernt gestoppt. Nun setzte er in eine Seitenstraße zurück und parkte an der Ecke in Sichtweite des Cafés. Der Beifahrer stieg aus und kam näher.

Dickstein verließ seinen Tisch und eilte zur Telefonzelle im Restauranteingang. Er hatte das Café gegenüber, dessen Nummer er wählte, immer noch im Auge.

»Ja?«

»Könnte ich Bill sprechen, bitte.«

»Bill? Kenne ich nicht.«

»Würden Sie bitte fragen?«

»Klar. He, heißt hier jemand Bill?« Eine Pause. »Ja, er kommt.«

Kurz darauf hörte Dickstein Borgs Stimme. »Hallo?« »Wer ist der Bursche bei dir?«

»Chef des Londoner Büros. Was meinst du, ist er auf unserer Seite?«

Dickstein achtete nicht auf Borgs Sarkasmus. »Einer von euch hat sich einen Schatten zugelegt. Zwei Männer in einem grauen Jaguar.«

»Wir haben sie gesehen.«

»Schüttelt sie ab.«

»Natürlich. Du kennst diese Stadt – was ist der beste Weg?«

»Schick deinen Bürochef mit einem Taxi zurück zur Botschaft. Dadurch müßten wir den Jaguar loswerden. Warte zehn Minuten und nimm ein Taxi zur ...« Dickstein zögerte. Er versuchte, sich an eine ruhige Straße in der Nähe zu erinnern. »Zur Redcliffe Street. Ich treffe dich dort.«

»Okay.«

Dickstein warf einen Blick auf die andere Straßenseite. »Euer Verfolger geht gerade ins Café.« Dann hängte er ein.

Er kehrte zu seinem Fensterplatz zurück und hielt Ausschau. Borgs Begleiter kam jetzt aus dem Café, spannte einen Schirm auf und stellte sich an den Bordstein, um ein Taxi heranzuwinken. Der Beschatter hatte Borg entweder am Flughafen erkannt, oder er war dem Bürochef aus irgendeinem anderen Grund gefolgt. Es spielte keine Rolle. Ein Taxi hielt an. Als er sich in Bewegung setzte, schob sich der graue Jaguar aus der Seitenstraße und fuhr hinter ihm her. Dickstein verließ das Restaurant und winkte sich selbst ein Taxi heran. Taxifahrer verdienen gut am Spionagegeschäft, dachte er.

Er wies den Fahrer an, die Redcliffe Street anzusteuern und zu warten. Nach elf Minuten bog ein weiteres Taxi in die Straße ein, und Borg stieg aus. »Blinken Sie«, sagte Dickstein. »Das ist der Mann, mit dem ich mich treffe.« Borg bestätigte mit einer Geste, daß er das Blinken gesehen hatte. Während er bezahlte, tauchte ein drittes Taxi in der Straße auf und hielt an. Borg entdeckte es.

Der Verfolger im dritten Taxi wartete ab, was geschehen würde. Borg durchschaute seinen Plan und stieg aus seinem Taxi. Dickstein bat seinen Fahrer, nicht mehr zu blinken.

Borg ging an ihnen vorbei. Der Verfolger stieg aus seinem Taxi aus, bezahlte den Fahrer und heftete sich Borg an die Fersen. Als das Auto des Beschatters verschwunden war, drehte Borg sich um, kam auf Dicksteins Taxi zu und setzte sich hinein.

»Okay, los jetzt«, sagte Dickstein. Sie fuhren davon, während der Verfolger auf dem Bürgersteig zurückblieb und nach einem neuen Taxi Ausschau hielt. Es war eine ruhige Straße, er würde fünf oder zehn Minuten lang keines finden.

»Wie geschmiert«, meinte Borg.

»Keine Kunst.«

»Was sollte der ganze Zirkus?« fragte der Fahrer.

»Kein Grund zur Besorgnis«, antwortete Dickstein. »Wir sind nämlich Geheimagenten.«

Der Fahrer lachte. »Wohin – zum MI 5?«

»Zum Wissenschaftsmuseum.«

Dickstein lehnte sich zurück und lächelte Borg zu. »Na, Bill, du alter Stinker, wie fühlst du dich?«

Borg runzelte die Stirn. »Wieso bist du so verdammt fröhlich?« Sie schwiegen, solange sie im Taxi saßen. Dickstein merkte, daß er sich nicht ausreichend auf dieses Treffen vorbereitet hatte. Er hätte im voraus entscheiden sollen, was er von Borg wollte und wie er es bekommen konnte.

Er dachte: Was will ich wirklich? Die Antwort kam aus seinem Unterbewußtsein und traf ihn wie eine Ohrfeige. Ich will Israel die Bombe verschaffen – und dann möchte ich nach Hause.

Dickstein wandte sich von Borg ab. Regentropfen zogen sich wie Tränen über das Taxifenster. Plötzlich war er froh darüber, daß sie des Fahrers wegen nicht sprechen konnten. Auf dem Bürgersteig standen drei mantellose Hippies, klatschnaß, die Gesichter und Hände erhoben, um den Regen zu genießen. *Wenn ich es schaffe, wenn ich diesen Auftrag beende, könnte ich mich ausruhen.*

Der Gedanke erheiterte ihn unerklärlicherweise. Er sah Borg an und lächelte. Borg wandte das Gesicht zum Fenster.

Sie erreichten das Museum und gingen hinein. Vor der Rekonstruktion eines Dinosauriers sagte Borg: »Ich erwäge, dir diesen Auftrag zu entziehen.«

Dickstein nickte, verbarg seine Betroffenheit und überlegte rasch. Hassan machte Kairo Meldung, und Borgs Mann in Kairo erhielt die Berichte und leitete sie nach Tel Aviv weiter. »Meine Tarnung ist aufgeflogen.«

»Das weiß ich seit Wochen. Wenn du mit uns Kontakt hieltest, würdest du über diese Dinge auf dem laufenden sein.«

»Wenn ich Kontakt hielte, würde man meine Tarnung noch öfter durchschauen.«

Borg grunzte und schritt weiter. Er zog eine Zigarre hervor, und Dickstein sagte: »Rauchen verboten.« Borg steckte die Zigarre weg.

»Es hat nichts zu bedeuten«, erklärte Dickstein. »Ist mir schon ein halbes dutzendmal passiert. Wichtig ist nur, wieviel sie wissen.«

»Dieser Hassan, der dich noch von früher kennt, hat dich verpfiffen. Er arbeitet jetzt für die Russen.«

»Was *wissen* sie?«

»Du bist in Luxemburg und Frankreich gewesen.«

»Das ist nicht viel.«

»Mir ist klar, daß das nicht viel ist. Ich weiß, daß du in Luxemburg und Frankreich gewesen bist, und *ich* habe keine Ahnung, was du dort zu suchen hattest.«

»Du läßt mich also weiterarbeiten«, sagte Dickstein und sah Borg herausfordernd an.

»Das bleibt abzuwarten. Was hast du bis jetzt unternommen?«

»Hm.« Dickstein wandte den Blick nicht von Borg ab. Der Mann war nervös geworden, da er nicht rauchen durfte und nicht wußte, was er mit den Händen anfangen sollte. Die grelle Beleuchtung der Ausstellungsstücke machte seinen schlechten Teint sichtbar. Sein Gesicht glich einem kiesbedeckten Parkplatz. Dickstein mußte genau abwägen, wieviel er Borg mitteilen durfte, genug, um den Eindruck zu erwecken, daß er eine Menge geschafft hatte, aber nicht so viel, daß Borg es für möglich hielt, Dicksteins Plan von einem anderen ausführen zu lassen ... »Ich habe eine Uranlieferung ausgesucht, die wir stehlen können«, begann er. »Sie geht im November über den Seeweg von Antwerpen nach Genua. Ich werde das Schiff entführen.«

»Scheiße!« Borg schien gleichzeitig erfreut und erschrokken über die Kühnheit der Idee. »Wie, zum Teufel, willst du das geheimhalten?«

»Damit beschäftige ich mich gerade.« Dickstein beschloß, Borg ein wenig mehr zu verraten, um ihm den Mund wäßrig zu machen. »Ich muß Lloyd's hier in London aufsuchen. Ich hoffe, das Schiff ist eine Serienanfertigung – die meisten Schiffe werden auf die gleiche Weise gebaut. Wenn ich das gleiche kaufen kann, hätten wir die Möglichkeit, die beiden irgendwo im Mittelmeer auszutauschen.« Borg fuhr sich zweimal mit der Hand über das kurzgeschnittene Haar und zupfte dann an seinem Ohr. »Ich verstehe nicht ...«

»Die Details muß ich noch ausarbeiten, aber ich bin sicher, daß dies der einzige Weg ist, die Sache heimlich über die Bühne zu bringen.«

»Also, beeile dich und kümmere dich um die Details.«

»Aber du hast doch daran gedacht, mich abzulösen?«

»Ja ...« Borg neigte den Kopf unschlüssig von einer Seite zur anderen. »Wenn ich dich durch einen erfahrenen Mann ersetzen lasse, wird man ihn möglicherweise auch erkennen.«

»Und wenn du einen unbekannten einschaltest, fehlt ihm die Erfahrung.«

»Daneben habe ich Zweifel, daß jemand anders – erfahren oder nicht – außer dir damit fertig wird. Und es gibt etwas, was du nicht weißt.«

Sie blieben vor dem Modell eines Atomreaktors stehen. »Also?«

»Wir haben einen Bericht aus Kattara erhalten. Die Russen helfen ihnen jetzt. Wir haben es eilig, Dickstein. Ich kann mir keine Verzögerung leisten, und ein neuer Plan *wäre* eine Verzögerung.«

»Ist es im November früh genug?«

Borg dachte nach. »Gerade noch.« Er schien, zu einem Entschluß gelangt zu sein. »In Ordnung, du machst weiter. Aber du mußt dir ein paar Ausweichmanöver ausdenken.«

Dickstein grinste breit und klopfte Borg auf den Rücken. »Du bist ein echter Kumpel, Pierre. Mach dir keine Sorgen um mich. Ich werde die anderen in den April schikken.«

Borg verzog das Gesicht. »Was ist nur mit dir los? Du hörst überhaupt nicht auf zu grinsen.«

»Es liegt daran, daß du hier bist. Dein Gesicht heitert mich eben auf. Dein sonniges Gemüt ist ansteckend. Wenn du lächelst, Pierre, lächelt die ganze Welt mit dir.«

»Du bist verrückt, du Arsch«, sagte Borg.

*

Pierre Borg war vulgär, gefühllos, boshaft und langweilig, aber er war nicht dumm. Er mag ein Schuft sein, sagte man über ihn, aber ein gerissener Schuft. Als sie sich voneinander verabschiedeten, wußte er, daß sich etwas Wichtiges in Nat Dicksteins Leben verändert hatte. Er dachte darüber nach, während er zur israelischen Botschaft am Palace Green in Kensington zurückkehrte. In den zwanzig Jahren seit ihrer ersten Begegnung hatte Dickstein sich kaum verändert. Immer noch zeigte sich die Kraft des Mannes an ihm nur selten. Er war immer ruhig und zurückhaltend gewesen, hatte wie ein arbeitsloser Bankangestellter ausgesehen und, abgesehen von gelegentlichen, recht zynischen Geistesblitzen, wenig Humor besessen.

Bis heute.

Zuerst war er so wie immer gewesen – kurz angebunden, hart an der Grenze zur Unverschämtheit. Aber gegen Ende hatte er sich in den stereotypen munteren Cockney eines Hollywood-Films verwandelt. Borg mußte den Grund erfahren.

Er nahm bei seinen Agenten eine Menge in Kauf. Vorausgesetzt, daß sie tüchtig waren, konnten sie neurotisch, aggressiv, sadistisch oder ungehorsam sein – solange er Bescheid wußte. Fehler ließen sich einkalkulieren, unbekannte Faktoren nicht. Er würde sich seiner Macht über Dickstein erst wieder sicher sein, wenn er die Ursache der Veränderung herausbekommen hatte. Das war alles. Im Prinzip hatte er nichts dagegen, wenn bei einem seiner Agenten plötzlich der Frohsinn ausbrach. Borg war nun in Sichtweite der Botschaft. Er beschloß, Dickstein überwachen zu lassen. Dazu würden zwei Autos und drei Mannschaften, die Acht-Stunden-Schichten absolvierten, erforderlich sein. Der Chef des Londoner Büros würde sich beschweren. Zur Hölle mit ihm.

Das Verlangen zu erfahren, weshalb Dicksteins Stimmung sich gewandelt hatte, war nur ein Grund für Borg gewesen, ihn nicht abzulösen. Der andere Grund war wichtiger. Dickstein hatte einen halben Plan – er eignete sich für solche Aktionen –, und ein anderer Mann wäre wahrscheinlich nicht fähig, den Plan zu vervollständigen. Wenn Dickstein alles ausgetüftelt hatte, *dann* konnte jemand anders seinen Platz übernehmen. Borg beabsichtigte, ihm den Auftrag dann bei der ersten sich bietenden Gelegenheit zu entziehen. Dickstein würde wütend sein und sich hintergangen fühlen.

Zur Hölle auch mit ihm.

*

Major Pjotr Alexejewitsch Tyrin mochte Rostow im Grunde nicht. Er mochte keinen seiner Vorgesetzten; seiner Ansicht nach mußte man ein Gauner sein, um im KGB über den Rang eines Majors hinaus befördert zu werden. Trotzdem empfand er eine Art ehrfurchtsvolle Zuneigung zu seinem ausgekochten, erfinderischen Chef. Tyrin besaß erhebliche Fähigkeiten, besonders auf elektronischem Gebiet, aber er verstand nicht, Menschen zu manipulieren. Er hatte es nur deshalb zum Major gebracht, weil er zu Rostows unglaublich erfolgreichem Team gehörte.

Abba Allon. In der High Street. Zweiundfünfzig oder Neun? Wo sind Sie, Zweiundfünfzig?

Zweiundfünfzig. Sind in der Nähe? Wir übernehmen ihn. Wie sieht er aus?

Regenmantel aus Plastik, grüner Hut, Schnurrbart.

Als Freund taugte Rostow nicht viel, als Feind war er zu fürchten. Dieser Oberst Petrow in London hatte das am eigenen Leib verspürt. Er hatte versucht, Rostow hinzuhalten, und war mitten in der Nacht durch einen Anruf von Jurij Andropow, dem KGB-Chef persönlich, überrascht worden. Die Leute in der Londoner Botschaft sagten, Petrow habe nach dem Gespräch einem Gespenst geglichen. Seitdem bekam Rostow alles, was er wollte: Wenn er nieste, eilten fünf Agenten hinaus, um Taschentücher zu kaufen.

Wir haben Ruth Davisson. Sie geht ... nach Norden ... Neunzehn, wir können sie übernehmen –

Ruhig, Neunzehn. Fehlalarm. Es ist eine Sekretörin, die ihr ähnlich sieht.

Rostow hatte alle von Petrows Pflasterkünstlern und die meisten seiner Autos requiriert. Das Gelände um die israelische Botschaft in London wimmelte von Agenten – jemand hatte gesagt: »Hier gibt's mehr Rote als in der Kreml-Klinik« –, aber sie waren schwer auszumachen. Sie saßen in Pkws, Lieferwagen, kleinen Taxis, Lastwagen und einem Fahrzeug, das bemerkenswert an einen nicht gekennzeichneten Bus der Stadtpolizei erinnerte. Andere waren zu Fuß unterwegs: Sie hielten sich in öffentlichen Gebäuden auf oder gingen auf den Straßen und den Parkwegen spazieren. Einer war sogar innerhalb der Botschaft und fragte in schauderhaft gebrochenem Englisch, was er tun müßte, um nach Israel emigrieren zu können.

Die Botschaft war für eine solche Übung vorzüglich

geeignet. Sie lag in einem kleinen Diplomatenghetto am Rande von Kensington Gardens. So viele der schmucken Häuser gehörten ausländischen Vertretungen, daß man sie als Embassy Row bezeichnete. Auch die sowjetische Botschaft war nicht weit entfernt in den Kensington Palace Gardens. Das kleine Viertel war Privatbesitz, und man mußte einem Polizisten sein Anliegen erklären, bevor man es betreten durfte.

Neunzehn, diesmal ist es wirklich Ruth Davisson ... Neunzehn, hören Sie mich?

Hier Neunzehn, ja.

Sind Sie immer noch an der Nordseite?

Ja. Und wir wissen, wie sie aussieht.

Keiner der Agenten war in Sichtweite der israelischen Botschaft. Nur eines der Mitglieder des Teams konnte die Tür erkennen: Rostow, der vom zwanzigsten Stockwerk eines Hotels aus, eine halbe Meile entfernt, durch ein leistungsfähiges, auf einen Dreifuß montiertes Zeiss-Teleskop schaute. Mehrere Hochhäuser im Westen von London bieten eine gute Aussicht über den Park zur Embassy Row. Tatsächlich waren gewisse Suiten in gewissen Hotels hier nur für außergewöhnlich hohe Preise zu mieten, weil Gerüchte umgingen, daß man von ihnen aus in Prinzessin Margarets Hinterhof im Nachbarpalast sehen konnte, von dem Palace Green und Kensington Palace Gardens ihren Namen bekommen hatten. Rostow hielt sich in einer dieser Suiten auf; er hatte außer dem Teleskop auch ein Funksprechgerät bei sich. Jede seiner Gruppen auf dem Bürgersteig war mit einem Walkie-talkie ausgerüstet. Petrow sprach mit seinen Männern in schnellem Russisch, benutzte verwirrende Codewörter, und die Wellenlänge, auf der gesendet und empfangen wurde, wurde alle fünf Minuten mit Hilfe eines Computerprogramms geändert, das in die Geräte eingebaut war. Das System funktionierte sehr gut, und Tyrin, der es erfunden hatte, war damit zufrieden; allerdings mußte jeder, der eingeschaltet war, irgendwann fünf Minuten von BBC Radio One über sich ergehen lassen.

Acht, hinauf zur Nordseite.

Verstanden.

Wenn die Israelis ihre Botschaft in Belgravia, dem Sitz der bedeutenderen Botschaften, gehabt hätten, hätte Rostow größere Schwierigkeiten gehabt. In Belgravia gab es fast keine Geschäfte, Cafés oder Amtsstuben, so daß Agenten nirgends untertauchen konnten; und da der ganze Bezirk ruhig, wohlhabend, und mit Botschaftern vollgestopft war, hatte die Polizei es leicht, verdächtige Aktivitäten aufzuspüren. Jeder der üblichen Überwachungstricks – Telefonreparaturwagen, Straßenarbeiter mit gestreiftem Zelt – hätte innerhalb von Minuten Scharen von Bobbies angezogen. Im Gegensatz dazu lag die kleine Oase Embassy Row in Kensington, einem wichtigen Einkaufsviertel mit mehreren Colleges und vier Museen.

Tyrin selbst befand sich in einem Pub in der Kensington Church Street. Die ansässigen KGB-Leute hatten ihm erzählt, daß der Pub häufig von Detektiven der »Special Branch« – der recht verschämte Name der politischen Polizei von Scotland Yard – besucht werde. Die vier jugendlichen, mit ziemlich eleganten Anzügen bekleideten Männer, die an der Bar Whisky tranken, waren vermutlich Detektive. Sie kannten Tyrin nicht und wären auch nicht sehr an ihm interessiert gewesen, falls sie ihn gekannt hätten. Wenn Tyrin sich ihnen genähert und ihnen zugeflüstert hätte: Übrigens, das KGB beschattet im Moment jeden israelischen Diplomaten in London, hätten sie wahrscheinlich gesagt: Was, schon wieder?, und eine neue Runde Drinks bestellt.

Ohnehin wußte Tyrin, daß er nur selten einen zweiten Blick auf sich zog. Er war klein und etwas rundlich, mit einer großen Nase und dem geäderten Gesicht eines Trinkers; er trug einen grauen Regenmantel über einem grünen Pullover. Der Regen hatte die letzte Spur einer Bügelfalte aus seiner schwarzen Flanellhose entfernt. Er saß mit einem Glas englischem Bier und einer kleinen Tüte Kartoffelchips in einer Ecke. Das Funkgerät in seiner Hemdtasche war durch einen feinen, fleischfarbenen Draht mit dem Stöpsel – er sah wie ein Hörgerät aus – in seinem linken Ohr verbunden. Er saß mit der linken Seite zur Wand und konnte mit Rostow sprechen, indem er vorgab, in der Innentasche seines Regenmantels zu kramen, während er das Gesicht abkehrte und in die metallene durchlöcherte Scheibe am oberen Ende des Geräts hineinmurmelte.

Tyrin beobachtete die Whisky trinkenden Detektive und kam zu dem Schluß, daß die Special Branch bessere Spesen zahlte als ihr russisches Pendant: Er selbst durfte nur einen halben Liter Bier pro Tag trinken – die Kartoffelchips hatte tatsächlich er aus eigener Tasche bezahlen müssen. Früher hatten Agenten in England ihr Bier in Viertellitergläsern bestellen müssen, bis man die Buchführung aufgeklärt hatte, daß in vielen Pubs ein Mann, der nur Viertel trank, genauso auffiel wie ein Russe, der seinen Wodka nippte und nicht hinunterstürzte.

Dreizehn, folgen Sie einem grünen Volvo, zwei Männer, High Street.

Verstanden.

Und einer zu Fuß ... Ich glaube, es ist Yigael Meier. Zwanzig?

Tyrin war »Zwanzig«. Er verbarg das Gesicht an der Schulter und sagte: »Beschreiben Sie ihn.«

Groß, graues Haar, Regenschirm, Mantel mit Gürtel. Am Tor der High Street.

»Bin schon unterwegs«, entgegnete Tyrin, trank sein Glas aus und verließ den Pub.

Es regnete. Tyrin zog einen zusammenklappbaren Regenschirm aus der Manteltasche und spannte ihn auf. Einkaufende Menschen drängten sich auf den nassen Bürgersteigen. An der Verkehrsampel entdeckte er den grünen Volvo und – drei Autos dahinter – »Dreizehn« in einem Austin.

Noch ein Auto. Fünf, es gehört Ihnen. Ein blauer Käfer. Verstanden.

Tyrin erreichte Palace Gate, blickte die Palace Avenue hinauf, sah einen Mann, der der Beschreibung entsprach, auf sich zukommen und schritt ohne Pause weiter. Als er sich ausgerechnet hatte, daß der Mann an der Straße angelangt sein mußte, stellte er sich an den Bordstein, als wolle er die Fahrbahn überqueren, und schaute nach rechts und links. Der andere tauchte aus der Palace Avenue auf und wandte sich, von Tyrin fort, nach Westen.

Der Russe folgte ihm.

Auf der High Street machte die Menge der Passanten die Beschattung leichter. Dann bogen sie nach Süden in ein Labyrinth von Seitenstraßen ein, und Tyrin wurde nervös. Doch der Israeli schien keinen Beschatter hinter sich zu vermuten. Er kämpfte sich einfach weiter durch den Regen vor – eine hochgewachsene, gebeugte Gestalt unter einem Regenschirm, die schnelle Schritte machte und sich ganz auf ihr Ziel konzentrierte.

Er ging nicht weit. Knapp hinter der Cromwell Road bog er in ein kleines, modernes Hotel ein. Tyrin spazierte am Eingang vorbei, und ein Blick durch die Glastür verriet ihm, daß der Verfolgte im Foyer eine Telefonzelle betrat. Kurz darauf kam Tyrin an dem grünen Volvo vorbei und schloß, daß der Israeli und seine Kollegen in dem Auto das Hotel überwachten.

Tyrin überquerte die Straße und kehrte auf der gegenüberliegenden Seite zurück, falls der Beschattete gleich wieder herauskommen sollte. Er sah sich nach dem blauen Käfer um und konnte ihn nicht entdecken. Aber er war sicher, daß der Wagen in der Nähe sein mußte. Er sprach in seine Hemdtasche hinein. »Hier ist Zwanzig. Meier und der grüne Volvo überwachen das Jacobian Hotel.«

*Bestätigt, Zwanzig. Fünf und Dreizehn haben die israe-
lischen Wagen unter Kontrolle. Wo ist Meier?*

»Im Foyer.« Tyrin bemerkte den Austin, der den grünen Volvo verfolgte.

Bei ihm bleiben.

»Verstanden.« Tyrin mußte jetzt eine schwierige Entscheidung treffen. Wenn er das Hotel durch den Haupteingang betrat, könnte Meier auf ihn aufmerksam werden; wenn er sich aber die Zeit nahm, den Hintereingang
zu finden, könnte Meier mittlerweile verschwunden sein.

Er entschloß sich, es mit dem Hintereingang zu versuchen, weil er von zwei Autos unterstützt wurde, die für
ein paar Minuten einspringen konnten, wenn das Schlimmste geschah. Neben dem Hotel war eine schmale Gasse
für Lieferwagen. Tyrin ging sie entlang und kam zu einem unverschlossenen Notausgang in der fensterlosen
Seitenfront des Gebäudes. Er trat ein und stand auf einer
Betontreppe, die offensichtlich nur als Feuertreppe diente. Während er die Stufen hinaufkletterte, schob er seinen Schirm zusammen, steckte ihn sich in die Tasche und
zog den Mantel aus. Er faltete ihn und ließ ihn als kleines Bündel auf dem ersten Treppenabsatz zurück, wo er
ihn rasch aufheben konnte, wenn er sich eilig davonmachen mußte. Tyrin stieg bis zum zweiten Stock empor
und nahm den Lift ins Foyer. Als er, mit Pullover und
Hose bekleidet, aus dem Lift trat, sah er aus wie ein Ho-
telgast.

Der Israeli stand immer noch in der Telefonzelle.

Tyrin näherte sich der Glastür am Foyereingang, spähte
hinaus, überprüfte seine Armbanduhr, kehrte zurück und
setzte sich, als erwarte er jemanden. Es schien nicht gerade sein Glückstag zu sein. Zweck der Übung war, Nat
Dickstein zu finden. Man wußte, daß er in England war,
und hoffte, daß er sich mit einem der Diplomaten treffen
würde. Die Russen folgten den Diplomaten, um dieses
Treffen zu beobachten und Dicksteins Spur wiederzufin-

den. Die Israelis in diesem Hotel hatten damit offenbar nichts zu tun. Sie lauerten ebenfalls jemandem auf, wahrscheinlich, um ihn zu beschatten, sobald er sich zeigte, und dieser Jemand würde schwerlich einer ihrer eigenen Agenten sein. Tyrin konnte nur hoffen, daß ihr Vorhaben wenigstens interessant sein würde.

Er sah zu, wie der Verfolgte aus der Telefonzelle kam und in Richtung Bar weiterging. Konnte das Foyer von der Bar aus beobachtet werden? Anscheinend nicht, denn der Israeli kam ein paar Minuten später mit einem Bier in der Hand zurück, setzte sich Tyrin gegenüber hin und nahm sich eine Zeitung.

Er hatte keine Zeit, sein Bier zu trinken.

Die Lifttüren öffneten sich zischend, und Nat Dickstein trat heraus.

Tyrin war so überrascht, daß er den Fehler machte, Dickstein mehrere Sekunden lang anzustarren. Dickstein erwiderte seinen Blick und nickte höflich. Tyrin lächelte schwach und schaute auf seine Uhr. Er sagte sich – allerdings eher hoffnungsvoll als überzeugt –, Dickstein könne gerade diesen bösen Fehler als Beweis dafür ansehen, daß Tyrin *kein* Agent sei.

Er hatte keine Zeit nachzudenken. Mit schnellen und, wie Tyrin schien, irgendwie schwungvollen Schritten ging Dickstein auf den Empfangstisch zu, gab einen Zimmerschlüssel ab und trat auf die Straße hinaus. Der israelische Beschatter, Meier, legte seine Zeitung auf den Tisch und folgte ihm. Als sich die Glastür hinter Meier geschlossen hatte, stand Tyrin auf. Er dachte: Ich bin ein Agent, der einem Agenten folgt, der einem Agenten folgt. Wenigstens sorgen wir dafür, daß wir nicht arbeitslos werden.

Er betrat den Aufzug und drückte auf den Knopf für das erste Stockwerk. Dann sprach er in sein Funkgerät: »Hier Zwanzig. Ich habe den Piraten.«

Keine Antwort – die Mauern des Gebäudes blockierten die Übertragung. Er verließ den Lift in der ersten Etage und rannte die Feuertreppe hinunter; auf dem Treppenabsatz hob er seinen Mantel auf. Sobald er im Freien war, betätigte er das Gerät von neuem. »Hier ist Zwanzig. Ich habe den Piraten.«

Danke, Zwanzig. Dreizehn hat ihn auch.

Tyrin sah, daß der Israeli die Cromwell Road überquerte. »Ich folge Meier«, meldete er.

Fünf und Zwanzig, hört mir beide zu. Nicht folgen. Ist das klar, Fünf?

Ja.

Zwanzig?

»Verstanden«, sagte Tyrin. Er blieb an der Ecke stehen und wartete, bis Meier und Dickstein in Richtung Chelsea verschwanden.

Zwanzig, geh zurück ins Hotel. Ermittle seine Zimmernummer. Nimm dir ein Zimmer nicht weit von seinem. Ruf mich nachher gleich an.

»Verstanden.« Tyrin probte bereits seine Rolle auf dem Rückweg: Entschuldigen Sie, der Mann, der gerade hinausging, der Kleine mit der Brille – ich glaube, daß ich ihn kenne, aber er ist mit einem Taxi weggefahren, bevor ich ihn einholen konnte ... Er heißt John, aber wir nannten ihn immer Jack. Welche Zimmernummer ...? Doch wie sich herausstellte, war all das überflüssig. Dicksteins Schlüssel lag noch auf dem Empfangstisch. Tyrin prägte sich die Nummer ein.

Der Mann an der Rezeption kam zu ihm. »Kann ich Ihnen helfen?«

»Ich hätte gern ein Zimmer«, sagte Tyrin.

*

Dickstein küßte sie wie ein Mann, der den ganzen Tag geschmachtet hat. Er genoß den Duft ihrer Haut und die weichen Bewegungen ihrer Lippen. Dann streichelte er ihr Gesicht und sagte: »Das, das ist es, was ich brauche.«

Sie starrten sich in die Augen, und die Wahrheit war nackt zwischen ihnen. Ich kann tun, was ich will, dachte er. Der Gedanke durchfuhr ihn immer wieder wie eine Beschwörung, wie ein Zauberspruch. Er berührte gierig ihren Körper. Sie standen sich in der kleinen blau und gelb gestrichenen Küche gegenüber und blickten sich in die Augen, während er die geheimen Stellen ihres Körpers betaste. Ihr roter Mund öffnete sich ein wenig, und er spürte, wie ihr Atem schneller wurde und heiß über sein Gesicht strich; er atmete tief ein, um dieselbe Luft wie sie in sich aufzunehmen. Dickstein dachte: Wenn ich tun kann, was ich will, dann kann sie es auch. Als ob sie seine Gedanken gelesen hätte, öffnete sie sein Hemd, neigte sich zu ihm, nahm seine Brustwarze zwischen die Zähne und saugte. Das plötzliche, überraschende Lustgefühl ließ ihn laut stöhnen. Er hielt ihren Kopf sanft in den Händen und schwankte hin und her, um das Gefühl zu vertiefen. Alles, was ich will! Er griff hinter sie, zog ihren Rock hoch und weidete seine Augen an dem weißen Slip, der sich an ihre Kurven schmiegte und sich gegen die braune Haut ihrer langen Beine abhob. Seine rechte Hand streichelte ihr Gesicht, packte ihre Schulter und wiegte ihre Brüste; seine linke Hand schob sich über ihre Hüften, in ihren Slip und zwischen ihre Beine. Alles fühlte sich so gut an, so gut, daß er sich wünschte, vier, nein, sechs Hände zu haben. Dann wollte er plötzlich ihr Gesicht sehen. Er legte ihr die Hände auf die Schultern, so daß sie sich aufrecht hinstellte, und sagte: »Ich möchte dich ansehen.« Ihre Augen füllten sich mit Tränen, und er wußte, daß es kein Zeichen von Trauer, sondern von leidenschaftlicher Lust war. Wieder starrten sie einander in die Augen, und diesmal war nicht nur Wahrheit zwischen ihnen, sondern unverhüllte Erregung, die von einem zum anderen strömte. Wie ein demütiger Bittsteller kniete er sich zu ihren Füßen hin. Zuerst legte er den Kopf an ihre Schenkel und spürte die Hitze ihres Körpers durch die Kleidung. Dann griff er ihr mit beiden Händen hinauf zur Taille unter den Rock und zog ihren Slip langsam herunter; während sie aus dem Slip stieg, hielt er ihre Schuhe am Boden mit den Füßen fest. Dickstein stand auf. Sie waren immer noch an der Stelle, wo sie sich geküßt hatten, als er ins Zimmer gekommen war. Genau dort begannen sie, sich im Stehen zu lieben. Er betrachtete ihr Gesicht. Es war friedlich, ihre Augen waren halb geschlossen. Am liebsten hätte er sich lange ganz ruhig weiterbewegt, aber sein Körper konnte nicht warten. Er war gezwungen, härter und schneller zuzustoßen. Da er merkte, daß er das Gleichgewicht verlor, legte er beide Arme um sie, hob sie ein paar Zentimeter vom Boden hoch und machte, ohne sich von ihrem Körper zu lösen, zwei Schritte, so daß ihr Rücken an die Wand gelehnt war. Sie zog das Hemd aus seinem Hosenbund und grub die Finger tief in seine harten Rückenmuskeln. Dickstein verschränkte die Hände unter ihrem Gesäß und nahm ihr Gewicht auf sich. Suza hob die Beine hoch – ihre Schenkel umklammerten seine Hüften, ihre Knöchel kreuzten sich hinter seinem Rücken –, und er schien, so unglaublich es war, noch tiefer in sie einzudringen. Dickstein spürte, daß er wie ein Uhrwerk aufgezogen wurde, und alles, was sie tat, jeder Ausdruck ihres Gesichts spannte die Feder noch mehr.

Er beobachtete sie durch einen Nebel der Lust. In ihren Augen erschien etwas wie Panik, eine wilde, animalische Leidenschaft. Er verlor jede Beherrschung und wußte, daß das Wunderbare nun geschehen würde. Auch sie sollte es wissen, deshalb flüsterte er: »Suza, jetzt«, und sie antwortete: »Oh, ich auch.« Sie bohrte die Nägel in seine Haut und riß sie an seinem Rückgrat hinunter. Es durchfuhr ihn wie ein elektrischer Schock, und er spürte das Beben in ihrem Körper, gerade als es in ihm selbst ausbrach. Immer noch blickte er sie an: Ihr Mund öffnete sich ganz weit, sie schöpfte Atem, der Höhepunkt der Lust überwältigte sie beide, und Suza schrie auf.

*

»Wir folgen den Israelis, und die Israelis folgen Dickstein. Jetzt braucht Dickstein nur noch uns zu folgen, und wir alle können für den Rest des Tages im Kreis rennen«, sagte Rostow. Er eilte den Hotelkorridor hinunter. Tyrin mit seinen kurzen, dicken Beinen mußte beinahe laufen, um Schritt zu halten.

»Mich würde interessieren, warum Sie die Bewachung haben einstellen lassen, sobald wir ihn gefunden hatten?«

»Das liegt doch auf der Hand«, entgegnete Rostow gereizt. Dann fiel ihm ein, daß Tyrins Loyalität wertvoll war, und er beschloß, eine Erklärung zu liefern. »Dickstein ist in den letzten Wochen sehr häufig überwacht worden. Jedenfalls hat er uns irgendwann entdeckt und abgeschüttelt. Ein gewisses Maß an Überwachung ist für jemanden, der so lange wie Dickstein als Agent arbeitet, unvermeidlich. Aber wenn er bei einer bestimmten Operation dauernd verfolgt wird, ist es um so wahrscheinlicher, daß er schließlich die Durchführung seines Plans anderen überläßt – und wir wüßten vielleicht nicht, wem. Viel zu oft wird die Information, die wir einer Beschattung zu verdanken haben, zunichte gemacht, weil der andere merkt, daß er verfolgt wird, und deshalb über unseren Kenntnisstand unterrichtet ist. Dadurch, daß wir die Überwachung so wie heute aufgeben – wissen wir, wo er ist, aber er weiß nicht, daß wir informiert sind.«

»Ich verstehe.«

»Er wird die Israelis sehr bald entdecken«, setzte Rostow hinzu. »Inzwischen muß er überempfindlich sein.«

»Weshalb sollten sie ihren eigenen Mann verfolgen?«

»Das begreife ich einfach nicht.« Rostow runzelte die Stirn und dachte laut nach. »Ich bin sicher, daß Dickstein heute morgen Borg getroffen hat – das würde erklären, weshalb Borg unseren Mann mit dem Taxitrick abhängte. Es ist möglich, daß Borg Dickstein abgelöst hat und nun einfach überprüfen will, ob Dickstein sich wirklich zurückzieht und nicht inoffiziell weitermacht.« Er schüttelte ratlos den Kopf. »Nein, das überzeugt mich nicht. Die Alternative wäre, daß Borg kein Vertrauen mehr zu Dickstein hat, und auch das finde ich unwahrscheinlich. Vorsicht jetzt!«

Sie standen vor der Tür von Dicksteins Hotelzimmer. Tyrin zog eine kleine, aber starke Taschenlampe hervor und beleuchtete die Türen. »Keine Sicherheitsvorkehrungen.«

Rostow nickte und wartete. Dies war Tyrins Metier. Der kleine, rundliche Mann war nach Rostows Meinung der beste Allroundtechniker des KGB. Er sah zu, wie Tyrin einen Dietrich hervorzog, der aus seiner umfangreichen Sammlung stammte. Er hatte mehrere an der Tür seines eigenen Zimmers ausprobiert und dadurch schon festgestellt, welcher für die Schlösser des Jacobian-Hotels paßte. Langsam öffnete er Dicksteins Tür, blieb aber draußen stehen und blickte hinein.

»Keine Fallen«, verkündete er nach einer Minute.

Er trat ein; Rostow folgte ihm und schloß die Tür. Dieser Teil seiner Arbeit machte Rostow nicht den geringsten Spaß. Er zog es vor, zu beobachten, zu kombinieren, Pläne zu schmieden – Einbruch widersprach seinem Stil. Er fühlte sich ausgesetzt und verwundbar. Wenn nun ein Zimmermädchen oder der Geschäftsführer oder sogar Dickstein selbst käme, der dem Posten im Foyer ausgewichen sein könnte ... Es wäre so würdelos, so erniedrigend. »Beeilen wir uns!«

Das Zimmer entsprach dem üblichen Grundriß: Die Tür führte in eine kurze Passage mit dem Bad auf der einen und dem Kleiderschrank auf der anderen Seite. Dahinter war der Raum quadratisch; das Einzelbett stand an der einen Wand, das Fernsehgerät an der anderen. An der Außenwand gegenüber der Tür war ein großes Fenster. Tyrin nahm den Telefonhörer hoch und schraubte das Mundstück ab. Rostow stand am Fuß des Bettes, schaute sich um und versuchte, einen Eindruck von dem Mann zu bekommen, der in diesem Zimmer wohnte. Es gab nur wenige Anhaltspunkte. Das Zimmer war gesäubert, das Bett gemacht worden. Auf dem Nachttisch lagen ein Buch mit Schachproblemen und eine Abendzeitung. Es gab keine Anzeichen von Tabak oder Alkohol. Der Papierkorb war leer. Ein kleiner schwarzer Kunststoffkoffer auf einem Hocker enthielt saubere Unterwäsche und ein sauberes Hemd. Rostow murmelte: »Der Mann reist mit einem Reservehemd!« Die Schubladen des Friesiertisches waren leer. Rostow blickte in das Bad. Er sah eine Zahnbürste, einen aufladbaren elektrischen Rasierapparat mit Zusatzsteckern für verschiedene Arten von Steckdosen und – das einzige persönliche Zeichen – ein Päckchen Tabletten gegen Verdauungsstörungen.

Rostow kehrte in das Schlafzimmer zurück, wo Tyrin das Telefon wieder zusammensetzte. »Fertig.«

»Bring eine hinter dem Kopfbrett an.«

Tyrin klebte eine Wanze an die Wand hinter dem Bett, als das Telefon klingelte.

Falls Dickstein zurückkam, sollte der Posten im Foyer das Zimmer über den Hausanschluß anrufen, das Telefon zweimal klingeln lassen und dann aufhängen.

Es klingelte zum zweitenmal. Rostow und Tyrin warteten regungslos und stumm.

Es klingelte noch einmal.

Sie atmeten auf.

Nach dem siebten Mal war es zu Ende.

»Wenn er bloß einen Wagen hätte, den wir abhören könnten.«

»Ich habe einen Hemdknopf.«

»Was?«

»Eine Wanze, die wie ein Hemdknopf aussieht.«

»Ich wußte nicht, daß es so was gibt.«

»Es ist neu.«

»Hast du Nadel und Faden?«

»Natürlich.«

»Dann fang an.«

Tyrin trat an Dicksteins Koffer, schnitt den zweiten Knopf ab, ohne das Hemd herauszunehmen, und entfernte sorgfältig alle losen Fäden. Mit ein paar flinken Stichen nähte er den neuen Knopf an. Seine dicklichen Hände waren überraschend geschickt.

Rostows Gedanken waren woanders. Er wollte unbedingt sichergehen, daß er alles belauschen konnte, was Dickstein sagte oder tat. Der Israeli könnte die Wanzen im Telefon und hinter dem Kopfbrett finden, und er würde das präparierte Hemd nicht dauernd tragen. Er schaltete gern alle Fehlerquellen aus, aber Dickstein war so schlüpfrig, daß man rasend werden konnte. Rostow hatte die schwache Hoffnung gehegt, irgendwo in diesem Zimmer ein Foto von jemandem zu finden, den Dickstein liebte.

»Hier.« Tyrin zeigte ihm seine Arbeit. Das Hemd bestand aus einfachem weißen Nylon und hatte ganz gewöhnliche weiße Knöpfe. Der neue war von den anderen nicht zu unterscheiden.

»Gut. Mach den Koffer zu.«

Tyrin tat es. »Sonst noch etwas?«

»Wir müssen uns noch mal nach Sicherheitsvorkehrungen umsehen. Ich kann nicht glauben, daß Dickstein weggeht, ohne irgendeine Vorsichtsmaßnahme getroffen zu haben ...«

Sie suchten wieder – rasch, schweigend, mit geübten und sparsamen Bewegungen, die ihre Eile nicht erkennen ließen. Es gab Dutzende von Methoden, um Verräterfallen zu stellen. Ein Haar, das leicht über den Türspalt geklebt wurde, war am einfachsten; ein Papierfetzen, hinter die Rückseite einer Schublade geklemmt, würde hinunterfallen, wenn man die Schublade öffnete; ein Stück Würfelzucker unter einem dicken Teppich würde lautlos von einem Fuß zermalmt werden; eine Münze hinter dem Futter eines Kofferdeckels würde von vorn nach hinten rutschen, wenn man den Koffer aufmachte.

Sie fanden nichts.

»Alle Israelis leiden an Verfolgungswahn. Wieso sollte er anders sein?« fragte Rostow.

»Vielleicht ist er abgelöst worden.«

Rostow grunzte. »Aus welchem anderen Grund könnte er plötzlich unvorsichtig werden?«

»Er könnte sich verliebt haben.«

»Sicher«, lachte Rostow. »Und Josef Stalin könnte vom Vatikan heiliggesprochen werden. Laß uns verschwinden.«

Er ging hinaus; Tyrin folgte ihm und schloß die Tür leise hinter sich.

*

Es war also eine Frau.

Pierre Borg war schockiert, erstaunt, verblüfft, fasziniert und tief besorgt.

Dickstein hatte *nie* etwas mit Frauen zu tun gehabt.

Borg saß auf einer Parkbank unter einem Regenschirm. Er war unfähig gewesen, in der Botschaft darüber nachzudenken. Da dort ständig Telefone klingelten und man ihm dauernd Fragen stellte, war er trotz des Wetters hierhergegangen. Der Regen peitschte in dichten Schwaden über den leeren Park. Ab und zu landete ein Tropfen auf der Spitze von Borgs Zigarre, und er mußte sie von neuem anzünden.

Es waren die ungelösten Spannungen in Dickstein, die den Mann so fanatisch machten. Borg wollte auf keinen Fall, daß Dickstein sich zu entspannen lernte.

Die Pflasterkünstler waren Dickstein zu einem kleinen Wohnhaus in Chelsea gefolgt, wo er eine Frau getroffen hatte. »Es ist eine sexuelle Beziehung«, hatte einer von ihnen gemeldet. »Ich habe ihren Orgasmus gehört.« Der Hausverwalter war befragt worden, doch er wußte nichts über die Frau, außer daß sie eng mit den Leuten befreundet war, denen das Apartment gehörte.

Die naheliegenden Schlußfolgerungen waren, daß die Wohnung Dickstein gehörte und er den Hausverwalter bestochen hatte zu lügen; daß er die Wohnung nur für diese Rendezvous benutzte; daß er sich mit jemandem von der Gegenseite, einer Frau, traf, daß sie miteinander schliefen und er ihr dabei Geheimnisse verriet.

Borg hätte diese Schlußfolgerungen ziehen müssen, wenn er auf irgendeine andere Weise von der Frau erfahren hätte. Aber wenn Dickstein plötzlich zum Verräter geworden war, würde er Borgs Mißtrauen nicht geweckt haben. Er war zu gerissen, hätte seine Spuren verwischt. Niemals hätte er die Pflasterkünstler direkt zu der Wohnung geführt, ohne sich nur einmal umzublicken. Dicksteins ganzes Verhalten schien seine Unschuld zu beweisen. Er hatte Borg getroffen, über das ganze Gesicht gegrinst und entweder nicht gewußt oder sich nichts daraus gemacht, daß seine Stimmung von seiner Miene abzulesen war. Borg hatte keine andere Wahl gehabt, als ihn beschatten zu lassen. Stunden später bumste Dickstein irgendein Mädchen, das so viel Spaß daran hatte, daß man die Schreie bis auf die Straße hören konnte. Die ganze Sache war so verdammt simpel, daß sie einfach wahr sein mußte.

Also gut. Eine Frau hatte einen Weg gefunden, Dicksteins Abwehr zu überwinden und ihn zu verführen. Dickstein reagierte wie ein Teenager, weil er nie eine Jugend gehabt hatte. Die entscheidende Frage war: Wer war sie?

Die Russen besaßen ebenfalls Akten, und sie hätten wie Borg vermuten müssen, daß Dickstein für sexuelle Annäherungen nicht empfänglich war. Vielleicht waren sie bereit gewesen, es auf einen Versuch ankommen zu lassen, und vielleicht hatten sie recht gehabt.

Wieder riet Borgs Instinkt ihm, Dickstein sofort ablösen zu lassen, und wieder zögerte er. Wenn es sich um jedes andere Projekt und jeden anderen Agenten als Dickstein gehandelt hätte, hätte er nicht geschwankt. Doch Dickstein war der einzige, der dieses Problem lösen konnte. Borg blieb nichts anderes übrig, als an seinem ursprünglichen Vorhaben festzuhalten: zu warten, bis Dickstein seinen Plan voll entwickelt hatte, und ihn dann zurückzurufen.

Zumindest würde er das Londoner Büro veranlassen, so viel wie möglich über die Frau herauszufinden.

Vorerst mußte er eben hoffen, daß Dickstein, wenn sie eine Agentin war, klug genug sein würde, ihr nichts zu erzählen.

Es würde gefährlich werden, aber es gab nichts, was Borg im Moment unternehmen konnte.

Seine Zigarre erlosch, doch er merkte es kaum. Der Park war nun völlig menschenleer. Borg saß auf seiner Bank, rührte sich nicht, was für ihn untypisch war, hielt sich den Regenschirm über den Kopf, sah aus wie ein Denkmal und ängstigte sich zu Tode.

*

Dickstein sagte sich, daß der Spaß vorbei war. Es wurde Zeit, wieder an die Arbeit zu gehen.

Als er sein Hotelzimmer um 10.00 Uhr betrat, wurde ihm klar, daß er – gegen alle Vernunft – keine Sicherheitsvorkehrungen getroffen hatte. Zum erstenmal seit zwanzig Jahren als Agent hatte er einfach die elementarsten Vorsichtsmaßnahmen vergessen. Er stand in der Tür, blickte sich um und dachte an die umwerfende Wirkung, die sie auf ihn gehabt hatte. Suza zu verlassen und die

Arbeit wiederaufzunehmen, war, als stiege er in einen vertrauten Wagen, der ein Jahr lang in der Garage gestanden hatte: Er mußte die alten Gewohnheiten, die alten Instinkte, die alte Paranoia wieder in seinen Geist einsickern lassen.

Er ging ins Bad und ließ die Wanne vollaufen. Nun hatte er so etwas wie eine emotionelle Atempause. Suza mußte ab heute wieder arbeiten. Sie war bei der BOAC, und ihr Dienst würde sie um die ganze Welt führen. Zwar dachte sie, in einundzwanzig Tagen zurück zu sein, aber es konnte auch länger dauern. Er hatte keine Ahnung, wo er in drei Wochen sein würde – er wußte also nicht, wann er sie wiedersehen konnte. Doch er würde sie wiedersehen, wenn er überlebte.

Alles – Vergangenheit und Zukunft – sah jetzt anders aus. Die letzten zwanzig Jahre seines Lebens schienen eintönig, obwohl er Menschen erschossen hatte und auf ihn geschossen worden war, obwohl er durch die ganze Welt gereist war, sich verkleidet, Menschen betrogen und unglaubliche Taten vollbracht hatte. Alles kam ihm jetzt sinnlos vor.

Während er in der Badewanne saß, überlegte er, was er mit dem Rest seines Lebens anfangen sollte. Er hatte sich entschieden, nicht mehr als Spion zu arbeiten – aber was würde er tun? Alle Möglichkeiten schienen ihm offenzustehen. Er konnte für die Knesset kandidieren, sein eigenes Geschäft gründen oder einfach im Kibbuz bleiben und den besten Wein in Israel herstellen. Würde er Suza heiraten? Wenn ja – würde sie in Israel leben? Er genoß die Ungewißheit; es war, als grübelte man darüber nach, welche Geburtstagsgeschenke man bekommen würde.

Wenn ich überlebe, dachte er. Plötzlich stand noch viel mehr auf dem Spiel. Er hatte Angst zu sterben. Bis jetzt war der Tod etwas gewesen, dem man mit allem Geschick aus dem Weg gehen mußte, weil es sozusagen ein schlechter Schachzug war. Aber nun wollte er unbedingt leben: um wieder mit Suza zu schlafen, um ein gemeinsames Heim mit ihr zu haben, um alles über sie zu erfahren – ihre Eigenheiten, ihre Angewohnheiten und Geheimnisse, die Bücher, die sie mochte, was sie von Beethoven hielt und ob sie schnarchte.

Es wäre schrecklich, wenn er so bald sein Leben verlöre, nachdem sie es ihm gerade wiedergegeben hatte.

Dickstein stieg aus der Wanne, trocknete sich mit einem Handtuch ab und zog sich an. Er mußte diesen Kampf gewinnen, um am Leben zu bleiben.

Als nächstes hatte er zu telefonieren. Er erwog, vom Hotel aus anzurufen, beschloß aber, jetzt besonders vorsichtig zu sein, und ging hinaus, um eine Telefonzelle zu suchen.

Das Wetter hatte umgeschlagen. Gestern war die Wolkendecke aufgerissen, und nun schien die Sonne angenehm warm. Er beachtete die Telefonzelle, die dem Hotel am nächsten war, nicht und schlenderte weiter zur nächsten: besonders vorsichtig. Dann schlug er die Nummer von Lloyd's of London im Telefonbuch nach und wählte sie.

»Lloyd's, guten Morgen.«

»Ich benötige ein paar Informationen über ein Schiff.«

»Dafür ist Lloyd's of London Press zuständig. Ich verbinde.«

Dickstein wartete, betrachtete den Londoner Verkehr durch die Glasscheiben der Telefonzelle und überlegte, ob Lloyd's seinen Wunsch erfüllen würde. Er hoffte es, denn er wußte nicht, an wen er sich sonst wenden sollte. Nervös wippte er mit dem Fuß.

»Lloyd's of London Press.«

»Guten Morgen, ich hätte gern eine Auskunft über ein Schiff.«

»Was für eine Auskunft?« fragte die Stimme mit, wie es Dickstein schien, einer Spur von Mißtrauen.

»Ich möchte wissen, ob es Teil einer Bauserie ist. Wenn das der Fall ist, brauche ich die Namen der Schwesterschiffe, der Eigner und ihrer gegenwärtigen Aufenthaltsorte. Und am besten auch ihre Grundrisse.«

»Leider kann ich Ihnen nicht helfen.«

Dickstein wurde beklommen zumute. »Weshalb nicht?«

»Wir haben keine Grundrisse – das ist Lloyd's Register, und sie geben die Pläne nur an die Eigner weiter.«

»Aber die anderen Auskünfte? Die Schwesterschiffe?«

»Auch dabei kann ich Ihnen nicht helfen.«

Dickstein hätte den Mann an der Gurgel packen mögen. »Wer denn?«

»Wir sind die einzigen, die solche Informationen haben.«

»Und Sie halten sie geheim?«

»Wir geben keine telefonische Auskunft.«

»Einen Moment, Sie meinen, daß Sie mir *telefonisch* nicht weiterhelfen können.«

»Genau.«

»Aber Sie können es, wenn ich Ihnen schreibe oder persönlich vorbeikomme.«

»Äh ... ja, diese Frage dürfte sich rasch erledigen lassen. Sie können also persönlich vorsprechen.«

»Geben Sie mir Ihre Adresse.« Er machte sich eine Notiz. »Und Sie wären in der Lage, diese Einzelheiten zu finden, während ich warte?«

»Ich glaube schon.«

»In Ordnung. Ich gebe Ihnen jetzt den Namen des Schiffes, damit Sie die Informationen bereithalten, wenn ich eintreffe. Es heißt *Coparelli*.« Er buchstabierte.

»Und Ihr Name?«

»Ed Rodgers.«

»Firma?«

»*Science International.*«

»Sollen wir Ihrer Firma eine Rechnung ausstellen?«

»Nein, ich bezahle mit einem persönlichen Scheck.«

»Werden Sie sich ausweisen können?«

»Natürlich. Ich bin in einer Stunde bei Ihnen. Auf Wiedersehen.«

Dickstein verließ aufatmend die Telefonzelle. Er überquerte die Straße, betrat ein Café und bestellte sich Kaffee und ein Sandwich.

Natürlich hatte er Borg belogen. Er wußte ganz genau, wie er die *Coparelli* kapern würde. Er würde eines ihrer Schwesterschiffe kaufen – wenn solche existierten – und die *Coparelli* mit seiner Mannschaft auf See überraschen. Nach der Kaperung würde er nicht das Risiko eingehen, die Fracht auf hoher See von einem Schiff auf das andere zu laden, sondern er würde sein eigenes Schiff versenken und seine Papiere auf die *Coparelli* übertragen. Außerdem würde er den Namen der *Coparelli* übermalen und durch den des versenkten Schwesterschiffes ersetzen. Dann würde er scheinbar mit seinem eigenen Schiff Haifa anlaufen.

So weit, so gut. Aber das waren erst die Grundzüge eines Planes. Was würde er mit der Besatzung der *Coparelli* anfangen? Wie wäre der scheinbare Untergang der *Coparelli* zu erklären? Wie konnte er internationale Nachforschungen über den Verlust von etlichen Tonnen Uranerz auf See vermeiden?

Je länger er darüber nachdachte, desto größer schien ihm das letzte Problem. Nach jedem größeren Schiff, das gesunken war, wurde eine umfassende Suche eingeleitet. Wenn das Schiff Uran geladen hatte, würde die Suche öffentliches Interesse erregen und deshalb noch gründlicher sein. Und was wäre, wenn man schließlich nicht die *Coparelli*, sondern das Schwesterschiff hob, das angeblich Dickstein gehörte?

Er setzte sich eine Weile mit der Frage auseinander, ohne eine Lösung zu finden. Die Gleichung enthielt immer noch zu viele Unbekannte. Entweder das Sandwich oder das Problem hatte sich ihm auf den Magen geschlagen; er nahm eine Tablette gegen Verdauungsstörungen.

Dickstein wandte sich einem anderen Aspekt zu: War er seinen Gegnern entkommen? Hatte er seine Spuren gut genug verwischt? Nur Borg konnte von seinen Plänen wissen. Sogar wenn sein Hotelzimmer und die Telefonzelle, die dem Hotel am nächsten war, abgehört wurden, konnte niemand von seinem Interesse an der *Coparelli* erfahren haben. Er war besonders vorsichtig gewesen.

Er schlürfte seinen Kaffee. Ein anderer Gast stieß auf dem Weg nach draußen an Dicksteins Ellbogen, so daß sich die braune Flüssigkeit über sein sauberes Hemd ergoß.

*

»Coparelli«, rief David Rostow erregt. »Wo habe ich nur von diesem Schiff gehört?«

»Es kommt mir auch bekannt vor«, sagte Yasil Hassan. »Lassen Sie mich die Computerliste sehen.«

Sie saßen auf der Ladefläche eines Lauschwagens, der in der Nähe des Jacobean-Hotels geparkt war. Der Lieferwagen, der dem KGB gehörte, war dunkelblau, sehr schmutzig und trug keine Aufschrift. Leistungsstarke Funkausrüstung nahm den größten Teil des Innenraums ein, aber hinter den Vordersitzen war eine kleine Lücke, in die Rostow und Hassan sich hatten hineinquetschen können. Pjotr Tyrin saß am Steuer. Große Lautsprecher über ihren Köpfen übertrugen das schwache Geräusch ferner Gespräche und das gelegentliche Klirren von Porzellan. Gerade hatte sich ein unverständlicher Austausch abgespielt: Jemand hatte sich für irgend etwas entschuldigt, und Dickstein hatte ihn beruhigt, da es ja keine Absicht gewesen sei. Seitdem war kein Wort mehr gefallen.

Rostows Freude darüber, daß er Dickstein zuhören konnte, wurde nur dadurch beeinträchtigt, daß Hassan ebenfalls lauschte. Hassan war seit seinem Triumph – der

Entdeckung, daß Dickstein in England war – selbstbewußt geworden; nun glaubte er, ein Berufsspion zu sein wie die anderen. Er hatte darauf bestanden, an jeder Einzelheit der Londoner Operation teilzunehmen, und gedroht, sich in Kairo zu beschweren, wenn er ausgeschlossen würde. Rostow hatte erwogen, es darauf ankommen zu lassen, aber das hätte einen weiteren direkten Zusammenstoß mit Felix Woronzow bedeutet, und Rostow wollte nach dem letzten Mal Felix nicht schon wieder umgehen und Andropow um Hilfe ersuchen. Deshalb hatte er sich für eine Alternative entschieden: Er würde gestatten, daß Hassan mitkam, ihm aber gleichzeitig davon abraten, irgend etwas an Kairo weiterzumelden.

Hassan, der eben den Computerausdruck studiert hatte, reichte ihn Rostow. Während der Russe die Seiten überflog, kamen aus den Lautsprechern ein oder zwei Minuten lang Straßengeräusche, denen ein kurzer Dialog folgte.

Wohin, Chef?

Dicksteins Stimme: *Lime Street.*

Rostow blickte auf und sagte zu Tyrin: »Das muß Lloyd's sein, die Adresse, die man ihm am Telefon gegeben hat. Laß uns hinfahren.«

Tyrin startete den Lieferwagen und steuerte nach Osten auf den City-Bezirk zu. Rostow beschäftigte sich wieder mit der Liste.

»Lloyd's gibt ihm wahrscheinlich einen schriftlichen Bericht«, meinte Hassan pessimistisch.

Tyrin warf ein: »Die Wanze funktioniert sehr gut ... bis jetzt.« Er lenkte mit einer Hand und biß sich auf die Fingernägel der anderen.

Rostow fand, was er gesucht hatte. »Hier! Die *Coparelli*. Gut, gut, gut!« Er klatschte begeistert aufs Knie. »Zeigen Sie's mir«, bat Hassan.

Der Russe zögerte kurz, sah ein, daß er keine andere Wahl hatte, und lächelte Hassan zu, während er auf die letzte Seite deutete. »Unter NICHT-NUKLEAR. Zweihundert Tonnen Yellow Cake sollen mit dem Motorschiff *Coparelli* von Antwerpen nach Genua gebracht werden.«

»Das ist es also. Das ist Dicksteins Ziel.«

»Aber wenn Sie es nach Kairo melden, wird Dickstein wahrscheinlich auf ein anderes Ziel umschalten. Hassan ...«

Das Gesicht des Arabers wurde vor Zorn noch dunkler. »Das haben Sie schon einmal gesagt«, unterbrach er kühl.

»Schon gut«, erwiderte Rostow. Er dachte: Verdammt, diplomatisch muß man auch noch sein. »Jetzt wissen wir, was er stehlen will und von wem. Das nenne ich Fortschritt.«

»Wir wissen nicht, wann, wo oder wie«, sagte Hassan. Rostow nickte. »Diese ganze Geschichte mit den Schwesterschiffen muß etwas damit zu tun haben.« Er zupfte an seiner Nase. »Aber ich begreife nicht, was.«

Zwei Shilling, Sixpence, bitte, Chef.

Stimmt so.

»Halt irgendwo an, Tyrin«, befahl Rostow.

»Das ist hier nicht so leicht«, klagte Tyrin.

»Wenn du keine Lücke findest, bleib einfach stehen. Ist völlig egal, ob du Strafe zahlen mußt«, meinte Rostow ungeduldig.

Guten Morgen. Mein Name ist Ed Rodgers.

Ach ja. Einen Moment bitte.

Ihr Bericht ist gerade abgetippt worden, Mr. Rodgers. Und hier ist die Rechnung.

Sie sind aber äußerst effektiv.

»Es ist ein schriftlicher Bericht«, sagte Hassan.

Haben Sie vielen Dank.

Auf Wiedersehen, Mr. Rodgers.

»Er ist nicht sehr redselig, oder?« bemerkte Tyrin.

»Das sind gute Agenten nie«, belehrte Rostow ihn. »Du solltest dich danach richten.«

»So ein Mist«, fluchte Hassan. »Jetzt werden wir die Antworten auf seine Fragen nicht erfahren.«

»Spielt keine Rolle«, erwiderte Rostow. »Mir ist gerade etwas eingefallen.« Er lächelte. »Wir kennen die Fragen. Also brauchen wir selbst nur die gleichen Fragen zu stellen, und wir bekommen die gleichen Antworten. Da, er ist wieder auf der Straße. Fahr um den Block, Tyrin. Vielleicht können wir ihn sehen.«

Der Lieferwagen setzte sich in Bewegung, doch bevor er den Häuserblock umrundet hatte, verklang der Straßenlärm wieder.

Bitte, Sir?

»Er ist in einen Laden gegangen«, sagte Hassan.

Rostow warf ihm einen Blick zu. Wenn er seinen Stoff vergaß, war der Araber wie ein Schuljunge von Erregung gepackt – über den Lieferwagen, die Wanzen, die Beschattung. Vielleicht würde er den Mund halten, wenn auch nur, damit er mit den Russen weiter Agent spielen durfte.

Ich brauche eine neues Hemd.

»Oh nein!« stöhnte Tyrin.

Das sehe ich, Sir. Was ist es?

Kaffee.

Es hätte sofort mit einem Schwamm ausgewaschen werden müssen, Sir. Es wird sehr schwierig sein, den Fleck jetzt noch zu entfernen. Möchten Sie ein ähnliches Hemd?

Ja. Weißes Nylon, Knopfmanschetten, Kragenweite vierzehneinhalb.

Hier. Dieses kostet 32 Shilling, Sixpence.

In Ordnung.

Tyrin sagte: »Ich wette, daß er es auf Spesen abrechnet.«

Vielen Dank. Wollen Sie es vielleicht sofort anziehen?

Ja, bitte.

Die Kabinen sind da drüben.

Schritte, dann kurze Stille.

Möchten Sie eine Tüte für das alte, Sir?

Vielleicht können Sie es für mich wegwerfen.

»Der Knopf hat zweitausend Rubel gekostet!« jammerte Tyrin.

Natürlich, Sir.

»Das wär's«, sagte Hassan. »Mehr werden wir nicht erfahren.«

»Zweitausend Rubel!« wiederholte Tyrin.

Rostow beruhigte ihn. »Ich glaube, die Ausgabe hat sich gelohnt.«

»Wohin?« fragte Tyrin.

»Zurück zur Botschaft. Ich möchte mir die Beine vertreten. Verdammt, heute morgen haben wir einiges geleistet.«

Während Tyrin nach Westen fuhr, sagte Hassan nachdenklich. »Wir müssen herauskriegen, wo die *Coparelli* gerade ist.«

»Das können die Eichhörnchen tun.«

»Die Eichhörnchen?«

»Die Büroangestellten im Moskauer Zentrum. Sie sitzen den ganzen Tag auf ihrem Hintern, tun nichts Gefährlicheres, als die Granowskij-Straße in der Hauptverkehrszeit zu überqueren.« Rostow beschloß, die Gelegenheit zu Hassans Weiterbildung zu nutzen. »Ein Agent sollte keine Zeit für die Beschaffung von Informationen verschwenden, die bekannt sind. Die Eichhörnchen können alles finden, was in Büchern, Berichten und Akten steht. Da ein Eichhörnchen weniger kostet als ein Agent – nicht wegen der Gehälter, sondern wegen des Hilfsapparates –, zieht das Komitee es vor, wenn die Eichhörnchen eine bestimmte Arbeit machen können. Man muß sie so oft wie möglich einsetzen.«

Hassan verzog ironisch die Mundwinkel – eine Spur seiner alten Lässigkeit zeichnete sich ab. »Dickstein arbeitet nicht so.«

»Die Israelis haben eine völlig andere Methode. Außerdem vermute ich, daß Dickstein ein Einzelgänger ist.«

»Wie lange werden die Eichhörnchen brauchen, um uns den Standort der *Coparelli* mitzuteilen?«

»Vielleicht einen Tag. Ich werde den Auftrag erteilen, sobald wir in der Botschaft sind.«

Tyrin sagte über die Schulter hinweg: »Können Sie gleichzeitig eine Eilanforderung durchgeben?«

»Was brauchst du?«

»Noch sechs Hemdenknöpfe.«

»Sechs?«

»Wenn sie so sind wie die letzte Lieferung, werden fünf nicht funktionieren.«

Hassan lachte. »Ist das kommunistische Tüchtigkeit?«

»Es hat nichts mit kommunistischer Tüchtigkeit zu tun«, sagte Rostow. »Wir leiden unter russischer Tüchtigkeit.« Der Lieferwagen bog in die Embassy Row ein und wurde von dem diensthabenden Polizisten weitergewunken.

»Was unternehmen wir, wenn wir die *Coparelli* ausfindig gemacht haben?«

»Das ist doch klar. Wir bringen einen Mann an Bord unter.«

9

DER DON HATTE einen schlechten Tag gehabt. Es hatte beim Frühstück mit der Nachricht angefangen, daß zwei seiner Leute in der Nacht geschnappt worden waren. Die Polizei hatte einen Lastwagen angehalten und durchsucht, der 2 500 Paar pelzgefütterte Hauspantoffeln und fünf Kilo verschnittenes Heroin enthielt. Die Ladung, auf dem Weg von Kanada nach New York City, war in Albany entdeckt worden. Man hatte die Ware beschlagnahmt und den Fahrer und den Beifahrer eingesperrt.

Das Zeug gehörte dem Don nicht. Aber die Leute, die es schmuggelten, zahlten ihm Abgaben und erwarteten als Gegenleistung, daß er sie schützte. Sie würden fordern, daß er die Männer aus dem Gefängnis holte und das Heroin wiederbeschaffte. Das war so gut wie unmöglich. Er würde vielleicht dazu in der Lage sein, wenn nur die regionale Polizei für die Aktion verantwortlich wäre; aber wenn es sich nur um die gehandelt hätte, wäre die Sache gar nicht erst passiert.

Und das war erst der Anfang. Sein ältester Sohn hatte aus Harvard telegrafisch mehr Geld verlangt, da er den gesamten Zuschuß für das nächste Semester schon Wochen vor Vorlesungsbeginn verspielt hatte. Am Morgen hatte er ermittelt, weshalb seine Restaurantkette Verlust machte, und am Nachmittag hatte er seiner Geliebten erklärt, weshalb er sie in diesem Jahr nicht mit nach Europa nehmen könne. Zu guter Letzt war er von seinem Arzt informiert worden, daß er Tripper hatte – schon wieder.

Er betrachtete sich im Spiegel seines Ankleidezimmers, rückte seine Schleife zurecht und sagte zu sich selbst: »Was für ein Scheißtag.«

Wie sich herausgestellt hatte, war die Aktion von der New Yorker Stadtpolizei veranlaßt worden. Sie hatte den Tip an die Bundespolizei weitergeleitet, um Schwierigkeiten mit der städtischen Mafia zu vermeiden. Die Stadtpolizei hätte den Tip natürlich ignorieren können; da sie es nicht getan hatte, mußte daraus geschlossen werden, daß der Fingerzeig von einer wichtigen Stelle gekommen war, vielleicht von der Drogenbekämpfungsbehörde. Der Don hatte den verhafteten Fahrern Rechtsanwälte besorgt, ihre Familien besuchen lassen und Verhandlungen mit der Polizei aufgenommen, um das Heroin zurückzukaufen.

Er zog sein Jackett an. Es hatte ihm immer Spaß gemacht, sich zum Dinner umzuziehen. Was sollte er nur mit seinem Sohn Johnny anfangen? Wieso war er im Sommer nicht nach Hause gekommen? Das wurde von Studenten doch erwartet. Der Don hatte daran gedacht, jemanden zu Johnny zu schicken, aber dann würde der Junge annehmen, daß sein Vater sich nur des Geldes wegen Sorgen mache. Wahrscheinlich würde er selbst hinfahren müssen.

Das Telefon klingelte, und der Don nahm den Hörer ab. »Ja.«

»Hier ist der Pförtner, Sir. Ein Engländer will mit Ihnen sprechen, aber er weigert sich, seinen Namen zu nennen.«

»Also schick in weg«, knurrte der Don, dessen Gedanken immer noch bei Johnny waren. »Ich soll Ihnen sagen, daß er ein Freund von der Universität Oxford ist.«

»Ich kenne niemanden ... eine Sekunde. Wie sieht er aus.«

»Ein kleiner Bursche mit Brille, sieht wie ein Stromer aus.«

»Na, so was!« Das Gesicht des Dons verzog sich zu einem Lächeln. »Laß ihn rein – und roll den roten Teppich aus!«

*

In diesem Jahr hatte er mehrere alte Freunde getroffen und dabei feststellen können, wie sehr sie sich verändert hatten. Doch Al Cortones Erscheinung war die verblüffendste von allen. Die Gewichtszunahme, die nach seiner Rückkehr aus Frankfurt gerade begonnen hatte, schien sich über die Jahre hinweg stetig fortgesetzt zu haben, und nun wog er mindestens 250 Pfund. Sein aufgeplustertes Gesicht drückte eine Sinnlichkeit aus, die 1947 nur in Andeutung vorhanden gewesen war und während des Krieges noch völlig gefehlt hatte. Und er war vollkommen kahlköpfig. Dickstein fand dies bei einem Italiener ungewöhnlich.

Dickstein konnte sich so deutlich, als wäre es gestern gewesen, an jenes Ereignis erinnern, bei dem er sich Cortone zu Dank verpflichtet hatte. In jenen Tagen hatte er die psychische Verfassung eines in die Enge getriebenen Tieres begreifen gelernt. Wenn man keine Möglichkeit mehr hat davonzulaufen, merkt man, wie verbissen man kämpfen kann. Dickstein war in einem fremden Land abgesetzt und von seiner Einheit getrennt worden; während er mit dem Gewehr in der Hand über unbekanntes Gelände schlich, hatte er sich Reserven an Geduld, List und Rücksichtslosigkeit zunutze gemacht, von deren Existenz er nichts geahnt hatte. Er hatte eine halbe Stunde lang in dem Dickicht gelegen und den verlassenen Panzer beobachtet, der, wie er *wußte* – ohne zu verstehen, wieso –, der Köder in einer Falle war. Dann hatte er den einen Scharfschützen entdeckt und nach einem anderen Ausschau gehalten, als die Amerikaner angebraust kamen. Dadurch war Dickstein bei seinem Schuß kein Risiko eingegangen – wenn es einen weiteren Scharfschützen gab, würde der auf das offensichtliche Ziel, die Amerikaner, gefeuert und nicht versucht haben, den Schützen in den Büschen ausfindig zu machen.

Ohne also einen Gedanken an etwas anderes als sein eigenes Überleben zu verschwenden, hatte Dickstein Al Cortone das Leben gerettet.

Cortone war noch unerfahrener gewesen als Dickstein, hatte aber genausoschnell gelernt wie er. Beide hatten gesunde Instinkte besessen und alte Prinzipien auf ein neues Gebiet angewandt. Eine Zeitlang kämpften, fluchten und lachten sie zusammen und unterhielten sich über Frauen. Als die Insel erobert war, hatten sie sich während der Vorbereitungen für den nächsten Vorstoß davongemacht und Cortones sizilianische Cousins besucht.

Diese Cousins standen jetzt im Mittelpunkt von Dicksteins Interesse.

Sie hatten ihm schon einmal geholfen, im Jahre 1948. Damals hatten sie einiges verdienen können, deshalb war Dickstein mit seinem Plan direkt an sie herangetreten.

Dieses Projekt hier war etwas anderes. Er wollte, daß man ihm einen Gefallen tat, und er konnte keine Gewinnbeteiligung anbieten. Folglich mußte er sich an Al wenden und ihm die vierundzwanzig Jahre alte Schuld abfordern.

Er war sich überhaupt nicht sicher, daß es gelingen würde. Cortone war nun ein reicher Mann. Das große Haus – in England hätte man so etwas als Landsitz bezeichnet – lag auf einem prächtigen Grundstück hinter einer hohen Mauer, deren Tor bewacht wurde. Auf der kiesbedeckten Anfahrt standen drei Autos, und Dickstein konnte die Bediensteten schon nicht mehr zählen. Ein reicher und bequemer Amerikaner mittleren Alters würde sich wohl kaum darum reißen, in politische Eskapaden im Mittelmeer verwickelt zu werden – auch nicht um eines Mannes willen, der ihm einmal das Leben gerettet hatte.

Cortone schien sich sehr über seinen Besuch zu freuen, was ein gutes Zeichen war. Sie klopften sich wieder, wie damals an dem Novembersonntag im Jahre 1947, auf den Rücken und riefen: »Wie, zum Teufel, geht's dir?«

Cortone musterte Dickstein. »Du hast dich nicht verändert! Ich habe mein ganzes Haar verloren und hundert Pfund zugenommen, und du bist nicht einmal grau geworden. Was hast du getrieben?«

»Ich bin nach Israel gegangen. Arbeite dort in der Landwirtschaft. Und du?«

»Geschäfte gemacht. Komm, wir wollen essen und uns unterhalten.«

Das Essen war eine seltsame Angelegenheit. Mrs. Cortone saß am Ende des Tisches, ohne ein Wort zu sagen und ohne angesprochen zu werden. Zwei schlechterzogene Jungen schlangen ihre Speisen hinunter und verschwanden rasch unter dem Brüllen eines Sportwagenauspuffs. Cortone aß große Mengen des schweren italienischen Gerichts und trank mehrere Glas kalifornischen Rotwein. Aber am erstaunlichsten war ein elegant gekleideter, haifischgesichtiger Mann, der sich manchmal wie ein Freund, manchmal wie ein Berater und manchmal wie ein Diener benahm. Einmal nannte Cortone ihn seinen Anwalt. Während des Essens wurde nicht über Geschäfte gesprochen. Statt dessen erzählten sie einander Kriegsgeschichten. Cortone, der am meisten redete, erzählte auch die Geschichte des Bravourstücks, mit dem Dickstein 1948 die Araber überrumpelt hatte. Er hatte sie von seinen Cousins gehört und war nicht weniger belustigt gewesen als sie. Der Bericht war mit der Zeit immer weiter ausgeschmückt worden.

Dickstein kam zu dem Schluß, daß Cortone sich wirklich über seinen Besuch freute. Vielleicht langweilte der Mann sich. Kein Wunder, wenn er jeden Tag mit einer schweigsamen Frau, zwei mürrischen Jungen und einem haifischgesichtigen Anwalt zu Abend aß. Dickstein gab sich Mühe, die gelöste Stimmung aufrechtzuerhalten; er wollte, daß Cortone guter Laune war, wenn er um den Gefallen gebeten wurde.

Nach dem Dinner setzten Cortone und Dickstein sich in einem gemütlichen Zimmer in Ledersessel, und ein Butler brachte Brandy und Zigarren. Dickstein wies beides zurück.

»Früher konntest du höllisch viel trinken«, sagte Cortone.

»Es war ein höllischer Krieg«, antwortete Dickstein. Der Butler verließ das Zimmer. Dickstein sah zu, wie Cortone seinen Brandy schlürfte und an der Zigarre zog, alles offenbar lustlos, wie in der Hoffnung, er werde irgendwann Geschmack an diesen Dingen finden, wenn er sie nur lange genug tue. Beim Gedanken an die unverfälschte Heiterkeit, der sie sich zusammen mit den sizilianischen Cousins hingegeben hatten, fragte Dickstein sich, ob in Cortones Leben noch wirkliche Menschen existierten.

Plötzlich lachte Cortone laut auf. »Ich erinnere mich an jede Minute des Tages in Oxford. Sag mal, bist du bei der Frau des Professors, der Araberin, noch weit gekommen?«

»Nein.« Dickstein lächelte kaum. »Sie ist jetzt tot.«

»Tut mir leid.«

»Etwas Seltsames geschah. Ich war wieder dort, in dem Haus am Fluß, und traf ihre Tochter ... Sie sieht genauso aus wie Eila vor zwanzig Jahren.«

»Was du nicht sagst. Und ...« Cortone zog eine lüsterne Grimasse. »Und du hast mit der Tochter was angefangen – nicht zu glauben!«

Dickstein nickte. »Wir haben nicht nur was angefangen. Ich möchte sie heiraten. Wenn ich sie das nächste Mal sehe, werde ich sie fragen.«

»Wird sie einwilligen?«

»Ich bin nicht sicher, aber ich nehme es an. Ich bin immerhin älter als sie.«

»Alter spielt keine Rolle. Aber du könntest ein bißchen zunehmen. Eine Frau freut sich, wenn sie sich an etwas festhalten kann.«

Das Gespräch ärgerte Dickstein, und nun merkte er, weshalb: Cortone war offensichtlich entschlossen, nur über Banales zu reden. Es mochte daran liegen, daß ihm Wortkargkeit in den Jahren zur Gewohnheit geworden war; vielleicht war ein großer Teil seines »Familiengeschäfts« kriminell, und er wollte es vor Dickstein verbergen; es mochte auch etwas anderes geben, vor dessen Enthüllung er sich fürchtete, irgendeine geheime Enttäuschung, die er mit niemandem teilen wollte. Jedenfalls war der einstige offene, geschwätzige, leicht erregbare Junge längst in diesem dicken Mann aufgegangen.

Dickstein sehnte sich danach, ihn zu bitten: Sag mir, was dich glücklich macht, wen du liebst und wie sich dein Leben abspielt.

Statt dessen fragte er: »Weißt du noch, was du in Oxford zu mir gesagt hast?«

»Klar. Ich habe gesagt, daß ich dir etwas schulde, weil du mir das Leben gerettet hast.« Cortone inhalierte den Rauch seiner Zigarre.

»Ich bin hier, um dich um einen Gefallen zu bitten.«

»Nur zu.«

»Hast du was dagegen, wenn ich das Radio anstelle?«

Cortone lächelte. »Dieses Haus wird ungefähr einmal die Woche nach Wanzen abgekämmt.«

»Gut«, sagte Dickstein, aber er schaltete das Radio trotzdem ein. »Ich arbeite für den israelischen Geheimdienst.«

Cortones Augen weiteten sich. »Das hätte ich ahnen sollen.«

»Ich plane für November eine Operation im Mittelmeer. Es ist ...« Dickstein überlegte, wieviel er preisgeben mußte. Sehr wenig, entschied er. »Es ist etwas, was das Ende aller Kriege im Nahen Osten bedeuten könnte.« Er machte eine Pause und entsann sich einer Wendung, die Cortone ständig benutzt hatte. »Und ich scheiße dich nicht an.«

Cortone lachte. »Wenn du mich anscheißen wolltest, wärst du wohl nicht erst nach zwanzig Jahren hierhergekommen.«

»Es ist wichtig, daß die Fäden der Operation nicht nach Israel zurückverfolgt werden können. Ich brauche einen Stützpunkt für meine Arbeit: ein großes Haus an der Küste mit einer Anlegestelle für kleine Boote und einen Ankerplatz für ein großes Schiff nicht weit weg davon. Solange ich dort bin – zwei Wochen, vielleicht länger – muß ich vor den Nachforschungen der Polizei und anderer neugieriger Beamter sicher sein. Mir fällt nur ein Ort ein, wo ich all das bekommen kann, und nur eine Person, die es mir verschaffen könnte.«

Cortone nickte. »Ich kenne eine Stelle – ein verlassenes Haus in Sizilien. Es ist nicht gerade luxuriös – keine Heizung, kein Telefon –, aber es könnte genau das sein, was du brauchst.«

Dickstein lächelte breit. »Großartig. Darum wollte ich dich bitten.«

»Du machst Witze«, sagte Cortone. »Das ist *alles*?«

*

An: Leiter des Mossad
Von: Leiter des Londoner Büros
Datum: 29. Juli 1968

Suza Ashford ist mit an Sicherheit grenzender Wahrscheinlichkeit eine Agentin des arabischen Geheimdienstes.

Sie wurde am 17. Juni 1944 in Oxford, England, geboren und ist das einzige Kind von Mr. (nun Professor) Steven Ashford (geboren in Guildford, England, 1908) und Eila Zuabi (geboren in Tripolis, Libanon, 1925).

Die Mutter, die 1954 starb, war reinblütige Araberin. Der Vater ist »Orientalist«; er verbrachte den größten Teil der ersten vierzig Jahre seines Lebens im Nahen Osten als Forscher, Unternehmer und Linguist. Er unterrichtet jetzt semitische Sprachen an der Universität Oxford, wo er für seine gemäßigt proarabische Haltung bekannt ist. Obwohl Suza Ashford genaugenommen Staatsbürgerin des Vereinigten Königreichs ist, kann vermutet werden, daß sie sich der arabischen Sache verpflichtet fühlt.

Sie arbeitet als Stewardeß der BOAC auf interkontinentalen Routen und befliegt unter anderem häufig die Routen nach Teheran, Singapur und Zürich. Infolgedessen hat sie zahlreiche Gelegenheiten, heimlich Kontakte mit arabischem diplomatischen Personal aufzunehmen.

Suza Ashford ist eine auffallend schöne junge Frau (siehe beigefügte Fotografie, die ihr jedoch – laut Erklärung des Außenagenten, der diesen Fall bearbeitet – nicht gerecht wird). Ihre sexuellen Partner wechseln, wenn auch nicht ungewöhnlich oft, gemessen an den Maßstäben ihres Berufes oder denen ihrer Generation in London. Um präzise zu sein: Sexuelle Beziehungen mit einem Mann, um Informationen zu gewinnen, könnten für sie ein unangenehmes, jedoch nicht traumatisches Erlebnis sein.

Schließlich – und das ist entscheidend: Yasif Hassan, der Agent, der Dickstein in Luxemburg entdeckte, studierte zur selben Zeit wie Dickstein bei ihrem Vater und hat seitdem gelegentlich mit Professor Ashford Kontakt aufgenommen. Er könnte den Professor ungefähr zu dem Zeitpunkt besucht haben, als Dicksteins Verhältnis mit Suza Ashford begann (ein Mann, auf den seine Beschreibung zutrifft, hat ihm jedenfalls zur fraglichen Zeit einen Besuch abgestattet). Ich empfehle, die Überwachung fortzusetzen.

(Unterschrift)
Robert Jakes

An: Leiter des Londoner Büros
Von: Leiter des Mossad
Datum: 30. Juli 1968
Bei allem, was gegen sie spricht, ist mir unverständlich, weshalb Sie nicht empfehlen, sie zu töten.

(Unterschrift)
Pierre Borg

An: Leiter des Mossad
Von: Leiter des Londoner Büros
Datum: 31. Juli 1968
Ich lehne es aus folgenden Gründen ab. Suza Ashford zu beseitigen:

1. Das gegen sie sprechende Material ist überzeugend, aber es handelt sich nur um Indizien.

2. Nach allem, was ich über Dickstein weiß, bezweifle ich sehr, daß er ihr irgendwelche Informationen gegeben hat, selbst wenn er eine Liebesbeziehung zu ihr unterhält.

3. Wenn wir sie beseitigen, wird die andere Seite einen neuen Weg suchen, um an Dickstein heranzukommen. Ein bekanntes Übel ist das kleinere Übel.

4. Wir könnten sie benutzen, um Falschinformationen an die andere Seite weiterzuleiten.

5. Ich halte nichts davon, auf der Grundlage von Indizien einen Mord zu begehen. Wir sind keine Barbaren, wir sind Juden.

6. Wenn wir eine Frau töten, die Dickstein liebt, ist damit zu rechnen, daß er Sie, mich und jeden anderen Beteiligten umbringt.

(Unterschrift)

Robert Jakes

An: Leiter des Londoner Büros
Von: Leiter des Mossad
Datum: 1. August 1968
Tun Sie, was Sie für richtig halten.

(Unterschrift)

Pierre Borg

POSTSKRIPTUM (mit dem Zusatz: *Persönlich*):

Punkt 5 ist sehr edel und rührend, aber solche Ansichten werden Ihnen bei uns keine Beförderung einbringen.
P. B.

*

Sie war ein kleines, altes, häßliches, schmutziges, ekliges Luder.

Rost bedeckte in großen orangefarbenen Flecken ihren ganzen Rumpf wie ein Hautausschlag. Wenn auf ihrem Oberwerk je Farbe gewesen war, mußte sie vor langer Zeit abgeblättert, fortgefegt oder von Wind, Regen und Meer aufgelöst worden sein. Ihr Steuerbordschandeck war bei einer Kollision knapp hinter dem Bug stark eingebeult worden, und niemand hatte sich je die Mühe gemacht, es auszubeulen. Der Schornstein trug eine zehn Jahre alte Schmutzschicht. Ihr Deck war gekerbt, mit Dellen und

Flecken übersät; zwar wurde es oft geschrubbt, aber nie gründlich, so daß die Spuren früherer Ladungen – Getreidekörner, Holzsplitter, verfaulende Pflanzenstücke und Sackfetzen – hinter Rettungsbooten, unter Tauwerksrollen und in Spalten, Fugen und Löchern nicht getilgt waren.

Sie hatte rund 2 500 Bruttoregistertonnen, war 65 Meter lang und etwas über zehn Meter breit. An ihrem stumpfen Bug erhob sich ein hoher Funkmast. Ihr Deck wurde fast ganz von zwei großen Luken eingenommen, die in die Hauptladeräume führten. An Deck standen drei Kräne: einer vor den Luken, einer achtern und einer dazwischen. Das Ruderhaus, die Offizierskabinen, die Kombüse und die Mannschaftsunterkunft gruppierten sich am Heck um den Schornstein. Sie hatte eine Schraube, die von einem Sechs-Zylinder-Dieselmotor angetrieben wurde, erbrachte theoretisch 2 450 PS Bremsleistung und eine Reisegeschwindigkeit von dreizehn Knoten.

Wenn sie voll beladen war, stampfte sie heftig. Hatte sie nur Ballast an Bord, gierte sie wie der Teufel. In beiden Fällen rollte sie beim geringsten Anlaß durch siebzig Bogengrade. Die Unterkunft war eng und schlecht gelüftet, die Kombüse wurde oft überflutet, und der Maschinenraum schien von Hieronymus Bosch entworfen zu sein.

Ihre Besatzung bestand aus 31 Offizieren und Matrosen, von denen keiner auch nur ein gutes Wort über sie zu sagen wußte.

Die einzigen Passagiere waren eine Kolonie von Schaben in der Kombüse, ein paar Mäuse und mehrere hundert Ratten.

Niemand liebte sie, und ihr Name war *Coparelli*.

10

NAT DICKSTEIN WAR in New York, um Reeder zu werden. Er brauchte einen ganzen Morgen dazu.

Er schlug im Telefonbuch von Manhatten nach und wählte einen Anwalt an der unteren East Side. Statt anzurufen, fuhr er persönlich hin und war zufrieden, als er sah, daß das Büro des Anwalts über einem chinesischen Restaurant lag. Der Anwalt hieß Mr. Chung.

Dickstein und Chung nahmen ein Taxi zur Park Avenue und suchten die Büros der Liberian Corporation Services, Inc., auf, einer Firma, die gegründet worden war, um Leuten zu helfen, die eine liberianische Handelsgesellschaft eintragen lassen wollten, aber nicht die Absicht hatten, sich Liberia auch nur auf 3 000 Meilen zu nähern. Dickstein wurde nicht um Empfehlungen gebeten, und er brauchte nicht zu beweisen, daß er ehrlich, kreditwürdig und bei Verstand war. Gegen eine Gebühr von fünfhundert Dollar, die Dickstein in bar bezahlte, registrierte man die Savile Shipping Corporation of Liberia. Die Tatsache, daß Dickstein zu diesem Zeitpunkt nicht einmal ein Ruderboot besaß, interessierte niemanden.

Als Adresse des Firmensitzes war 80 Broad Street, Monrovia, Liberia, aufgeführt; die Direktoren waren P. Satia, E. K. Nugba und J. D. Boyd, alle in Liberia ansässig. Dies war auch die Adresse der meisten liberianischen Gesellschaften und der Liberian Trust Company. Satia, Nugba und Boyd waren die Gründer vieler solcher Gesellschaften – auf diese Weise verdienten sie ihren Lebensunterhalt. Sie waren außerdem Angestellte der Liberian Trust Company.

Mr. Chung verlangte fünfzig Dollar und das Taxifahrtgeld. Dickstein bezahlte auch ihn in bar und riet ihm, den Bus zu nehmen.

Ohne auch nur eine Adresse angeben zu müssen, hatte

Dickstein eine vollig legitime Reederei geschaffen, die weder mit ihm noch mit dem Mossad in Verbindung gebracht werden konnte.

Satia, Nugba und Boyd traten, wie es üblich war, 24 Stunden später zurück, und am selben Tag stempelte der Notar von Montserrado Country, Liberia, eine eidesstattliche Erklärung ab, die besagte, daß die Kontrolle über die Savile Shipping Corporation sich nun in den Händen eines gewissen André Papagopulos befinde.

Inzwischen fuhr Dickstein bereits mit dem Bus vom Züricher Flughafen in die Stadt, um sich mit Papagopulos zum Mittagessen zu treffen.

Wenn er Zeit hatte, darüber nachzudenken, war sogar er selbst von der Kompliziertheit seines Plans überwältigt, von der Zahl der Teile in diesem Puzzle, der Menge der Personen, die überredet, bestochen oder gezwungen werden mußten, ihre Rolle zu spielen. Bis jetzt hatte er Erfolg gehabt, zuerst bei Steifkragen, dann bei Al Cortone, von Lloyd's of London und Liberian Corporation Services, Inc., gar nicht zu reden, aber wie lange würde es so weitergehen?

Papagopulos war in mancher Hinsicht die größte Herausforderung. Er war ein Mann, so schwer zu fassen, so stark und so frei von Schwächen wie Dickstein selbst.

Er war 1912 in einem Dorf geboren worden, das während seiner Jugend abwechselnd zur Türkei, zu Bulgarien und Griechenland gehörte. Sein Vater war Fischer. Als Halbwüchsiger arbeitete er sich vom Fischfang zu anderen maritimen Beschäftigungen, hauptsächlich Schmuggel, empor. Nach dem Zweiten Weltkrieg tauchte er in Äthiopien auf und kaufte zu Ramschpreisen die Berge von militärischen Restbeständen, die mit dem Ende des Krieges plötzlich wertlos geworden waren. Er erwarb Gewehre, Handfeuerwaffen, Maschinengewehre, Panzerfäuste und Munition. Dann nahm er Kontakt mit der Jewish Agency in Kairo auf und verkaufte diese Waffen mit enormem Profit an die israelische Untergrundarmee. Er arrangierte den Seetransport – hier erwiesen sich seine Erfahrungen mit der Schmuggelei als unschätzbar – und beförderte die Ware nach Palästina. Dann erkundigte er sich, ob man an weiteren Lieferungen interessiert sei.

Auf diese Weise war er mit Nat Dickstein bekannt geworden.

Bald zog er weiter, in das Kairo Faruks und dann in die Schweiz. Sein Handel mit den Israelis hatte den Übergang von gänzlich illegalen Geschäften zu Operationen eingeleitet, die im schlimmsten Fall anrüchig, im besten Fall unanfechtbar waren. Gegenwärtig bezeichnete er sich als Schiffsmakler, und das war tatsächlich sein wichtigstes, wenn auch keineswegs sein einziges Geschäft.

Er hatte keine feste Adresse. Man konnte ihn über ein halbes Dutzend Telefonnummern in aller Welt erreichen, aber er war nie da – immer nahm jemand anders den Anruf entgegen, und Papagopulos meldete sich später. Viele Leute, besonders im Reedereiwesen, kannten ihn und vertrauten ihm, denn er ließ nie jemanden im Stich; doch dieses Vertrauen gründete sich auf seinen Ruf, nicht auf persönlichen Kontakt. Er lebte ein gutes, aber unauffälliges Leben, und Nat Dickstein war einer der wenigen Menschen, die sein einziges Laster kannten: Er ging gern mit *vielen* Mädchen ins Bett – das heißt, mit zehn oder zwölf gleichzeitig. Er hatte keinen Sinn für Humor.

Dickstein stieg am Bahnhof, wo Papagopulos ihn auf dem Bürgersteig erwartete, aus dem Bus. Der Grieche war ein großer, massiger Mann mit olivfarbener Haut und dünnem dunklen Haar, das er über den immer kahler werdenden Schädel kämmte. An diesem hellen Sommertag in Zürich trug er einen marineblauen Anzug, ein blaßblaues Hemd und eine dunkelblaue, gestreifte Krawatte. Seine Augen waren klein und dunkel.

Sie schüttelten einander die Hand. »Wie geht das Geschäft?« fragte Dickstein.

»Mal besser, mal schlechter.« Papagopulos lächelte. »Meistens besser.« Sie schlenderten durch die sauberen, gepflegten Straßen und wirkten wie ein Generaldirektor und sein Buchhalter. Dickstein atmete die kalte Luft ein. »Ich mag diese Stadt.«

»Ich habe einen Tisch im Veltliner Keller in der Altstadt bestellt«, sagte Papagopulos. »Ich weiß, daß Ihnen egal ist, was Sie essen, aber mir nicht.«

»Sind Sie in der Pelikanstraße gewesen?«

»Ja.«

»Gut.«

Das Züricher Büro der Liberian Corporation Services, Inc., lag in der Pelikanstraße. Dickstein hatte Papagopulos gebeten, sich dort als Präsident und Hauptgeschäftsführer von Savile Shipping registrieren zu lassen. Dafür würde er 10 000 amerikanische Dollar erhalten, die vom Konto des Mossad bei einer Schweizer Bank auf Papagopulos' Konto in derselben Filiale derselben Bank überwiesen wurden – eine Transaktion, die nur sehr schwer aufzudecken war.

»Aber ich habe nicht versprochen, noch mehr zu tun«, sagte Papagopulos. »Sie könnten Ihr Geld verschwendet haben.«

»Ich bin sicher, daß es gut angelegt ist.«

Sie erreichten das Restaurant. Dickstein hatte erwartet, daß Papagopulos hier bekannt sein würde, doch das Verhalten des Oberkellners wies nicht darauf hin. Natürlich, er ist nirgends bekannt, dachte Dickstein.

Sie bestellten jeder ein Gericht und dazu Wein. Dickstein stellte zu seinem Bedauern fest, daß der Schweizer Weißwein immer noch besser war als der israelische.

Während sie aßen, erklärte Dickstein, welche Aufgaben Papagopulos als Präsident von Savile Shipping haben würde.

»Erstens: Sie kaufen eine kleines, schnelles Schiff, tausend oder fünfzehnhundert Tonnen groß, mit nur weni-

gen Mann Besatzung. Sie lassen es in Liberia eintragen.«
Das war mit einem weiteren Besuch in der Pelikanstraße
und einem Honorar von etwa einem Dollar pro Tonne
verbunden. »Bei dem Kauf bekommen Sie die übliche
Maklergebühr. Machen Sie ein paar Geschäfte mit dem
Schiff, und berechnen Sie sich auch dabei Ihre Gebühr.
Mir ist egal, was Sie mit dem Schiff anfangen, vorausge-
setzt, es beendet am 7. Oktober oder vorher eine Fahrt in
Haifa. Dort entlassen Sie die Besatzung. Wollen Sie sich
Notizen machen?«

Papagopulos lächelte. »Ich glaube nicht.«

Der tiefere Sinn blieb Dickstein nicht verborgen. Papagopulos hörte zwar zu, aber er hatte sich noch nicht be-
reiterklärt, den Auftrag zu übernehmen. Dickstein sprach
weiter: »Zweitens: Kaufen Sie irgendeines der Schiffe auf
dieser Liste.« Er reichte dem Griechen ein Blatt Papier,
auf dem die Namen der vier Schwesterschiffe der *Coparelli* mit ihren Eignern und den letzten bekannten Stand-
orten verzeichnet waren – die Information, die er von
Lloyd's erhalten hatte. »Kein Preis ist zu hoch: Ich muß
eines von ihnen haben. Berechnen Sie Ihre Maklergebühr,
liefern sie das Schiff bis zum 7. Oktober in Haifa ab. Entlassen Sie die Besatzung.«

Papagopulos aß Schokoladencreme; sein glattes Gesicht
blieb undurchdringlich. Er ließ den Löffel sinken und setzte seine Goldrandbrille auf, um die Liste zu lesen. Dann
faltete er das Blatt Papier in der Mitte zusammen und
legte es ohne Kommentar auf den Tisch.

Dickstein gab ihm ein weiteres Blatt Papier. »Drittens:
Kaufen Sie dieses Schiff – die *Coparelli*. Aber es muß ge-
nau zum richtigen Zeitpunkt geschehen. Sie sticht am
Sonntag, dem 17. November, von Antwerpen aus in See.
Wir müssen sie kaufen, *nachdem* sie abgelegt hat, aber
bevor sie die Straße von Gibraltar passiert.«

Papagopulos schien skeptisch. »Hm ...«

»Warten Sie, bis Sie den Rest gehört haben. Viertens:

Anfang 1969 verkaufen Sie Schiff Nummer 1, das kleine, und Schiff Nummer 3, die *Coparelli*. Sie bekommen von mir eine Bestätigung, daß Schiff Nummer 2 verschrottet worden ist. Die Bestätigung schicken Sie an Lloyd's. Dann liquidieren Sie Savile Shipping.« Dickstein lächelte und nippte an seinem Kaffee.

»Sie haben also vor, ein Schiff spurlos verschwinden zu lassen.«

Dickstein nickte. Papagopulos' Verstand war rasiermesserscharf.

»Ihnen ist sicher klar«, fuhr Papagopulos fort, »daß dies alles kein Problem ist – bis auf den Kauf der *Coparelli* auf See. Das normale Verfahren beim Kauf eines Schiffes ist folgendes: Verhandlungen finden statt, man einigt sich auf einen Preis, und die Dokumente werden aufgesetzt. Das Schiff kommt zur Inspektion ins Trockendock. Wenn es den Ansprüchen genügt, werden die Dokumente unterzeichnet, die Kaufsumme wird bezahlt, und der neue Eigner holt es aus dem Trockendock. Es ist höchst ungewöhnlich, ein Schiff zu kaufen, während es auf See ist.«

»Aber nicht unmöglich.«

Dickstein beobachtete ihn.

»Nein, nicht unmöglich.« Papagopulos wurde nachdenklich, sein Blick war abwesend. Es war ein gutes Zeichen, daß er das Problem zu lösen versuchte. »Wir müßten die Verhandlungen eröffnen, einen Preis absprechen und die Inspektion auf einen Termin nach Beendigung der Novemberfahrt legen. Dann, wenn das Schiff in See gestochen ist, behaupten wir, daß der Käufer das Geld sofort zahlen muß, vielleicht aus steuerlichen Gründen. Der Käufer würde dann eine Versicherung gegen größere Reparaturen abschließen, die nach der Inspektion nötig sein könnten ... aber das ist nicht die Sorge des Verkäufers. Ihn interessiert nur sein Ruf als Spediteur. Deshalb wird er eine hundertprozentige Garantie fordern, daß seine

Fracht von dem neuen Eigner der *Coparelli* abgeliefert wird.«

»Würde er eine Garantie akzeptieren, die sich auf Ihr persönliches Ansehen stützt?«

»Natürlich. Aber weshalb sollte ich eine solche Garantie abgeben?«

Dickstein sah ihm in die Augen. »Ich kann ihnen versprechen, daß der Eigentümer der Fracht sich nicht beklagen wird.«

Papagopulos hob die Handflächen. »Es ist offensichtlich, daß Sie irgendeinen Schwindel vorhaben. Sie benötigen meine Mitarbeit, um eine ehrbare Fassade zu haben. Das ließe sich machen. Aber Sie wollen auch, daß ich meinen Ruf riskiere und Ihrem Versprechen traue, daß er nicht leiden wird?«

»Ja. Lassen Sie mich Ihnen eine Frage stellen. Sie haben den Israelis schon einmal vertraut, erinnern Sie sich?«

»Gewiß.«

»Haben Sie es je bedauert?«

Papagopulos dachte an die alte Zeit und lächelte. »Es war die beste Entscheidung, die ich je getroffen habe.«

»Werden Sie uns also auch diesmal vertrauen?«

»Damals hatte ich weniger zu verlieren. Ich war ... fünfunddreißig. Wir hatten viel Spaß miteinander. Dies ist das interessanteste Angebot, das ich seit zwanzig Jahren erhalten habe. Was soll's, ich bin einverstanden.« Dickstein streckte die Hand über den Tisch hinweg. Papagopulos schüttelte sie.

Eine Kellnerin brachte auf einem kleinen Teller Schweizer Schokolade zu ihrem Kaffee. Papagopulos nahm ein Stückchen.

»Zu den Einzelheiten«, erklärte Dickstein. »Richten Sie bei Ihrer hiesigen Bank ein Konto für Savile Shipping ein. Die Botschaft wird die jeweils benötigten Summen einzahlen. Sie informieren mich, indem Sie einfach eine schriftliche Mitteilung in der Bank hinterlegen. Ein Botschaftsangestellter wird den Zettel abholen. Wenn wir uns zu einem Gespräch treffen müssen, verwenden wir die üblichen Telefonnummern.«

»Einverstanden.«

»Ich freue mich, daß wir wieder miteinander im Geschäft sind.«

Papagopulos war nachdenklich. »Schiff Nummer 2 ist ein Schwesterschiff der *Coparelli*«, sinnierte er. »Ich kann mir in etwa ausmalen, was Sie vorhaben. Eines hätte ich gern gewußt, obwohl ich sicher bin, daß Sie es mir nicht sagen werden. Was, zum Teufel, ist die Fracht, die die *Coparelli* laden soll – Uran?«

*

Pjotr Tyrin betrachtete die *Coparelli* finster und sagte: »Was für ein schmieriger alter Kasten.«

Rostow antwortete nicht. Sie standen mit ihrem gemieteten Ford an einem Kai der Hafenanlagen vor Cardiff. Die Eichhörnchen im Moskauer Zentrum hatten ihnen mitgeteilt, daß die *Coparelli* heute hier einlaufen würde; nun sahen sie zu, wie das Schilf anlegte. Es sollte eine Ladung schwedisches Holz löschen und eine gemischte Ladung aus kleineren Geräten und Baumwollartikeln übernehmen, was mehrere Tage dauern würde.

»Wenigstens ist die Messe nicht am Vorderdeck«, murmelte Tyrin vor sich hin.

»*So* alt ist sie auch wieder nicht«, entgegnete Rostow. Tyrin war erstaunt darüber, daß Rostow ihn verstanden hatte. Der Mann überraschte ihn immer wieder mit seinen hier und dort gesammelten Kenntnissen.

Vom Rücksitz des Wagens aus fragte Nik Bunin: »Ist das der vordere oder der hintere Teil des Schiffes?«

Rostow und Tyrin tauschten einen Blick und grinsten über Niks Ignoranz. »Der hintere Teil«, sagte Tyrin. »Man nennt ihn das Heck.«

Es regnete. Der Regen in Wales war sogar noch hartnäkkiger und monotoner als in England und außerdem kälter. Pjotr Tyrin haderte mit seinem Schicksal. Zufällig hatte er zwei Jahre in der sowjetischen Marine absolviert. Deshalb und weil er der Funk- und Elektronikexperte war, eignete er sich am besten dazu, an Bord der *Coparelli* geschleust zu werden. Er wollte nicht mehr zur See fahren. Hauptsächlich hatte er sich sogar deshalb um die Aufnahme ins KGB beworben, um der Marine zu entgehen. Er haßte die Feuchtigkeit, die Kälte, das Essen und die Disziplin. Außerdem wartete in einer Wohnung in Moskau seine liebevolle, mollige Frau, und er vermißte sie.

Natürlich kam nicht in Frage, daß er Rostow den Befehl verweigerte.

»Wir lassen dich als Funker anheuern, aber du mußt zur Sicherheit deine eigene Ausrüstung mitnehmen«, sagte Rostow.

Tyrin überlegte, wie das anzustellen sei. Er selbst hätte den Schiffsfunker ausfindig gemacht, ihm einen Schlag über den Kopf versetzt und ihn ins Wasser geworfen. Danach wäre er an Bord gegangen und hätte gesagt: ›Wie ich höre, brauchen Sie einen neuen Funker.‹

Zweifellos würde Rostow sich etwas Raffinierteres ausdenken. Dazu war er schließlich Oberst.

Die Geschäftigkeit an Deck hatte sich gelegt, die Maschinen der *Coparelli* standen still. Fünf oder sechs Seeleute drängten sich lachend und lärmend über die Laufplanke und steuerten auf die Stadt zu. Rostow befahl: »Finde heraus, in welchen Pub sie gehen, Nik.« Bunin stieg aus und folgte den Matrosen.

Tyrin blickte ihm nach. Die ganze Szene hier deprimierte ihn: die Gestalten, die den nassen Betonkai mit hochgeschlagenem Kragen überquerten; die Geräusche von heulenden Schleppern, von Männern, die nautische Anweisungen brüllten, von Ketten, die ein- und abgehievt wurden; die Berge von Strohsäcken; die nackten, an

Wachtposten erinnernden Kräne; der Geruch nach Maschinenöl, Schiffstauen und salzigem Sprühwasser. All das ließ ihn an seine Moskauer Wohnung denken, den Sessel vor dem Paraffinofen, Pökelfisch und Schwarzbrot, Bier und Wodka im Kühlschrank und einen Abend vor dem Fernsehschirm.

Er war nicht in der Lage, Rostows nicht zu übersehenden Frohsinn über den Verlauf der Operation zu teilen. Wieder einmal hatten sie keine Ahnung, wo Dickstein sich aufhielt – zwar war er ihnen nicht entwischt, aber sie hatten ihn absichtlich gehen lassen. Es war Rostows Entscheidung gewesen; er hatte befürchtet, Dickstein zu nahe zu kommen, ihn zu verschrecken. »Wir folgen der *Coparelli,* und Dickstein kommt zu uns«, war Rostows Argument gewesen. Yasif Hassan hatte zwar widersprochen, doch Rostow hatte sich durchgesetzt. Tyrin, der zu solchen strategischen Diskussionen nichts beizusteuern hatte, stimmte zwar mit seinem Chef überein, sah aber keinen Grund, so zuversichtlich zu sein.

»Als erstes mußt du dich mit der Besatzung anfreunden«, unterbrach Rostow seine Gedanken. »Du bist Funker von Beruf. Auf deinem letzten Schiff, der *Christmas Rose,* hattest du einen kleineren Unfall – du brachst dir den Arm –, und wurdest hier in Cardiff entlassen, um gesund zu werden. Die Reeder haben dir eine ausgezeichnete Entschädigung gezahlt. Du amüsierst dich, gibst dein Geld aus. Wenn du nichts mehr hast, wirst du dich vielleicht nach einer neuen Heuer umsehen. Du mußt zwei Dinge herausfinden: den Namen des Funkers sowie den Tag, an dem das Schiff in See stechen soll.«

»Schön«, erwiderte Tyrin, obwohl es alles andere als schön war. *Wie* sollte er sich nur mit diesen Leuten »anfreunden«? Seiner Meinung nach war er kein großer Schauspieler. Würde er die Rolle des munteren Kumpels spielen müssen? Und wenn die Besatzung ihn für einen Langweiler, einen Einzelgänger hielt, der versuchte, sich einer fröhlichen Gruppe anzuschließen? Was, wenn sie ihn einfach ablehnten?

Er zog unbewußt die breiten Schultern hoch. Entweder würde er es schaffen, oder es würde irgendeinen Grund dafür geben, daß es unmöglich war. Er konnte nur versprechen, sein Bestes zu tun.

Bunin kam über den Kai zurück. »Setz dich nach hinten, Nik soll fahren«, sagte Rostow. Tyrin stieg aus und hielt die Tür für Nik auf. Das Gesicht des jungen Mannes war klatschnaß vom Regen. Er ließ den Motor an, und Tyrin stieg ein.

Während das Auto sich in Bewegung setzte, drehte Rostow sich zu Tyrin um. »Hier sind hundert Pfund.« Er reichte Tyrin ein Bündel Banknoten. »Geh nicht zu sparsam damit um.«

Bunin stoppte den Wagen an einer Ecke, gegenüber einer kleinen Hafenkneipe. Auf einem Schild, das sich im Wind bewegte, stand »Brains Beers«. Ein rauchiges, gelbes Licht schimmerte hinter den Milchglasfenstern. An einem Tag wie heute gibt es schlimmere Plätze, dachte Tyrin.

»Welche Nationalität hat die Besatzung?« fragte er plötzlich. »Es sind Schweden«, sagte Bunin.

»Welche Sprache soll ich benutzen?« fragte Tyrin. Seine gefälschten Papiere gaben ihn als Österreicher aus.

»Alle Schweden sprechen englisch«, erläuterte Rostow. Nach kurzem Schweigen fuhr er fort: »Noch Fragen? Ich möchte zu Hassan zurückkehren, bevor er sich irgendwelche Dummheiten einfallen läßt.«

»Keine Fragen mehr.« Tyrin öffnete den Schlag.

»Melde dich bei mir, wenn du heute nacht ins Hotel zurückkommst – egal, wie spät es ist.«

»Klar.«

»Viel Glück.«

Tyrin ließ die Wagentür zufallen und ging über die Straße auf den Pub zu. Als er den Eingang erreichte, kam jemand heraus, und der warme Geruch von Bier und Tabak umhüllte Tyrin einen Moment lang. Er trat ein. Es war eine schäbige kleine Kneipe, mit harten Holzbänken an den Wänden und Kunststofftischen, die am Fußboden festgeschraubt waren. Vier der Matrosen spielten in einem Winkel mit Wurfpfeilen, ein fünfter sah von der Bar aus zu.

Der Barkellner nickte Tyrin zu. »Guten Morgen«, sagte der Russe. »Einen halben Liter Lagerbier, einen doppelten Whisky und ein Schinkensandwich.«

Der Matrose an der Bar wandte sich um und nickte freundlich. Tyrin lächelte. »Seid ihr gerade eingelaufen?«

»Ja, mit der *Coparelli*«, antwortete der Seemann.

»*Christmas Rose*«, sagte Tyrin. »Sie haben mich zurückgelassen.«

»Du hast Glück.«

»Ich hatte mir den Arm gebrochen.«

»Na und?« meinte der schwedische Matrose grinsend. »Trinken kannst du doch.«

»Und nicht schlecht«, sagte Tyrin. »Ich lade dich ein. Was soll's sein?«

*

Zwei Tage später tranken sie immer noch. Die Zusammensetzung der Gruppe änderte sich, weil die einen zum Dienst zurückkehrten und andere an Land kamen; und es gab eine kurze Zeitspanne zwischen 4.00 Uhr morgens und der Öffnungszeit, während der man nirgends in der Stadt – ob legal oder illegal – Alkohol kaufen konnte. Davon abgesehen, war das Leben zu einer einzigen langen Sauftour geworden. Tyrin hatte schon vergessen gehabt, wieviel Seeleute vertragen können. Ihm graute vor dem Katzenjammer. Allerdings war er froh darüber, daß er nicht in eine Situation geraten war, in der er sich mit Prostituierten einlassen mußte. Die Schweden waren an Frauen interessiert, aber nicht an Huren. Tyrin hätte seine Frau nie davon überzeugen können, daß er sich im Dienst für Mütterchen Rußland eine Geschlechtskrankheit geholt hätte. Glücksspiele waren das andere Laster der Schweden. Tyrin hatte ungefähr fünfzig Pfund des KGB-Geldes beim Poker verloren. Er stand auf so gutem Fuß mit der Besatzung der *Coparelli,* daß man ihn in der Nacht zuvor um 2.00 Uhr an Bord eingeladen hatte. Er war auf dem Messedeck eingeschlafen, und die anderen hatten ihn einige Stunden dort gelassen.

Heute nacht würde es anders aussehen. Die *Coparelli* sollte mit der Morgenflut in See stechen, und alle Offiziere und Matrosen mußten bis Mitternacht an Bord sein. Es war 23.10 Uhr. Der Gastwirt sammelte Gläser ein und leerte Aschenbecher. Tyrin spielte Domino mit Lars, dem Funker. Sie hatten das eigentliche Spiel aufgegeben und wetteiferten nun darum, wer die meisten Stükke nebeneinander aufstellen konnte, ohne alle umzustoßen. Lars war stockbetrunken, Tyrin tat nur so. Er hatte große Angst vor dem, was er in ein paar Minuten tun mußte. Der Wirt rief: »Das wär's, Gentlemen! Vielen Dank.«

Tyrin stieß seine Dominosteine um und lachte.

»Siehst du – du bist ein schlimmerer Trinker als ich«, sagte Lars.

Die anderen Besatzungsmitglieder verließen den Pub. Tyrin und Lars standen auf. Der Russe legte den Arm um Lars' Schulter, und sie taumelten zusammen auf die Straße.

Die Nachtluft war kühl und feucht. Tyrin erschauerte. Von jetzt an mußte er nahe bei Lars bleiben. Hoffentlich hat Nik alles genau ausgerechnet, dachte er. Hoffentlich streikt der Wagen nicht. Und hoffentlich wird Lars dabei nicht umgebracht.

Er begann, Fragen nach Lars' Zuhause und Familie zu stellen. Tyrin achtete darauf, daß sie sich ein paar Meter hinter der Hauptgruppe der Seeleute hielten.

Sie kamen an einer blonden Frau mit Minirock vorbei. Sie berührte ihre linke Brust. »Hallo, Jungs, wie wär's mit uns?«

Heute nicht, Liebling, dachte Tyrin und ging weiter. Er durfte Lars nicht anhalten und mit ihr plaudern lassen. Der richtige Zeitpunkt, darauf kam es jetzt an. Nik, wo war Nik?

Dort. Sie näherten sich einem dunkelblauen Ford Capri 2000, der mit abgeschalteten Scheinwerfern am Straßenrand parkte. Dann blitzte die Innenbeleuchtung auf, und Tyrin erkannte das Gesicht des Mannes am Steuer: Es war Nik Bunin. Tyrin zog eine flache weiße Mütze aus der Tasche und setzte sie auf – das Signal, daß Bunin anfangen konnte. Nachdem die Seeleute vorbeigeschlendert waren, wurde das Auto angelassen und rollte in die entgegengesetzte Richtung.

Nicht mehr lange.

»Ich habe eine Verlobte«, sagte Lars.

Oh nein, hör bloß damit auf.

Lars kicherte. »Sie ist ganz schön heiß.«

»Wirst du sie heiraten?« Tyrin spähte angestrengt nach vorn und lauschte. Er sprach nur, damit Lars dicht neben ihm blieb.

Lars verzog lüstern das Gesicht. »Wozu?«

»Ist sie treu?«

»Würde ich ihr raten. Sonst schneide ich ihr die Kehle durch.«

»Ich dachte, daß die Schweden für die freie Liebe sind.« Tyrin sagte das, was ihm gerade einfiel.

»Freie Liebe, ja. Aber ich würde ihr raten, treu zu sein.«

»Aha.«

»Ich kann es dir erklären ...«

Komm schon, Nik. Mach schnell ...

Einer der Matrosen in der Gruppe blieb stehen, um in die Gosse zu urinieren. Die anderen machten derbe Bemerkungen und lachten. Tyrin wünschte, daß der Mann sich beeilen würde – der Zeitpunkt, der Zeitpunkt –, aber es schien eine Ewigkeit zu dauern.

Endlich hörte er auf, und alle setzten sich wieder in Bewegung.

Tyrin hörte Motorengeräusch.

Er erstarrte. »Was ist los?« fragte Lars.

»Nichts.« Tyrin sah die Scheinwerfer. Das Auto kam in der Mitte der Straße stetig auf sie zu. Die Matrosen schoben sich auf den Bürgersteig, um dem Fahrzeug auszuweichen.

Das war doch ganz anders, es konnte nicht gelingen!

Plötzlich wurde Tyrin von Verwirrung und Panik ergriffen – dann konnte er den Umriß des Autos deutlicher ausmachen, als es an einer Straßenlaterne vorbeirollte, und er merkte, daß es nur ein Streifenwagen der Polizei war. Er verschwand in der Dunkelheit, wie er gekommen war.

Die Straße führte auf einen breiten, leeren, schlecht gepflasterten Platz. Es gab keinen Verkehr. Die Matrosen marschierten genau über die Mitte des Platzes.

Jetzt. Komm.

Sie hatten den Platz zur Hälfte überquert.

Komm schon!

Ein Auto bog um eine Ecke und raste mit aufgeblendeten Scheinwerfern auf den Platz. Tyrin packte Lars' Schulter mit festerem Griff. Das Auto schleuderte wild. »Der Fahrer ist besoffen«, sagte Lars mit schwerer Zunge.

Es war ein Ford Capri. Er raste auf die vordere Gruppe zu. Den Matrosen verging das Lachen, und sie sprangen fluchend zur Seite. Der Wagen bog in letzter Sekunde ab, beschrieb dann mit quietschenden Bremsen eine Kurve und jagte direkt auf Tyrin und Lars zu.

»Vorsicht« schrie Tyrin.

Als das Auto sie fast erreicht hatte, zog er Lars zur Seite, so daß der Mann das Gleichgewicht verlor, und warf sich selbst zu Boden.

Es gab einen dumpfen Knall, gefolgt von einem Schrei und dem Krachen von splitterndem Glas. Das Auto fuhr vorbei.

Geschafft, dachte Tyrin.

Er rappelte sich auf und blickte sich nach Lars um.

Der Matrose lag ein paar Schritte von ihm entfernt auf der Straße. Blut glänzte im Lampenlicht.

Lars stöhnte.

Er lebt, dachte Tyrin, Gott sei Dank.

Das Auto bremste. Einer seiner Scheinwerfer war erloschen – derjenige, der Lars getroffen hatte, nahm Tyrin an. Es rollte im Leerlauf weiter, als zögere der Fahrer. Dann erhöhte es die Geschwindigkeit und verschwand einäugig in die Nacht.

Tyrin beugte sich über Lars. Die anderen Seeleute versammelten sich, schwedisch sprechend, um die beiden. Tyrin berührte Lars' Bein. Der Mann schrie vor Schmerz auf.

»Ich glaube, das Bein ist gebrochen«, sagte Tyrin. *Ein Glück, daß das alles ist.*

In einigen der Gebäude, die den Platz umgaben, gingen Lichter an. Einer der Offiziere gab einen Befehl, und ein einfacher Matrose rannte auf ein Haus zu, wahrscheinlich um einen Krankenwagen anzurufen. Nach einem weiteren raschen Dialog lief ein anderer in Richtung Dock.

Lars blutete, aber nicht allzu stark. Der Offizier beugte sich über ihn und gestattete niemandem, Lars' Bein anzufassen.

Der Krankenwagen kam nach wenigen Minuten, aber Tyrin schien es eine Ewigkeit zu dauern: Er hatte noch nie einen Menschen ermordet, und er wollte niemanden ermorden.

Man legte Lars auf eine Bahre. Der Offizier stieg in den Krankenwagen und wandte sich an Tyrin. »Sie sollten besser mitkommen.«

»Ja.«

»Sie haben ihm das Leben gerettet, glaube ich.«

»Oh.«

Er kletterte zu dem Offizier in den Wagen.

Sie rasten durch die nassen Straßen, während das blitzende Blaulicht auf dem Dach einen gespenstischen Schimmer über die Gebäude warf. Tyrin saß hinten. Er war unfähig, Lars oder den Offizier anzuschauen, und wollte nicht wie ein Tourist aus dem Fenster sehen; deshalb wußte er nicht, wohin er den Blick richten sollte. Er hatte im Dienste seines Landes und Oberst Rostows viele unerfreuliche Dinge getan – er hatte die Gespräche von Liebespaaren aufgenommen, um sie hernach erpressen zu können, er hatte Terroristen gezeigt, wie man Bomben herstellte, er hatte geholfen, Menschen zu fangen, die man später foltern würde –, aber er war nie gezwungen gewesen, mit seinem Opfer zusammen in einem Krankenwagen zu fahren. Es gefiel ihm nicht.

Sie erreichten das Krankenhaus. Die Sanitäter trugen die Bahre hinein. Tyrin und der Offizier wurden in ein Wartezimmer geführt. Und plötzlich war jede Hast vorbei. Sie hatten nichts anderes zu tun, als sich Sorgen zu machen. Tyrin blickte auf die schmucklose elektrische Uhr an der Krankenhauswand und sah zu seinem Erstaunen, daß es noch nicht einmal Mitternacht war. Dabei schienen Stunden vergangen zu sein, seit sie den Pub verlassen hatten.

Nach einer langen Wartezeit kam der Arzt heraus. »Das Bein ist gebrochen, und er hat etwas Blut verloren.« Der Arzt wirkte sehr müde. »Er hat eine Menge Alkohol im Körper, was nicht gerade vorteilhaft ist. Aber er ist jung, kräftig und gesund. Sein Bein wird heilen, und er dürfte in ein paar Wochen wieder auf dem Damm sein.«

Tyrin fühlte sich erleichtert. Er merkte, daß er zitterte. Der Offizier sagte: »Unser Schiff legt morgen früh ab.«

»Er kann nicht mit«, erklärte der Arzt. »Ist Ihr Kapitän auf dem Weg hierher?«

»Ich habe nach ihm geschickt.«

»Gut.« Der Arzt drehte sich um und ging hinaus.

Der Kapitän traf gleichzeitig mit der Polizei ein. Er unterhielt sich auf schwedisch mit dem Offizier, während ein junger Sergeant Tyrins vage Beschreibung des Autos zu Protokoll nahm.

Danach näherte der Kapitän sich dem Russen. »Wie ich höre, haben Sie Lars vor einem viel schlimmeren Unfall bewahrt.«

Tyrin wünschte sich, so etwas nicht mehr hören zu müssen. »Ich versuchte, ihn zur Seite zu ziehen, aber er fiel hin. Er war stark betrunken.«

»Horst hier sagt, daß Sie gerade kein Schiff haben.«

»Jawohl.«

»Sie sind vollausgebildeter Funker?«

»Jawohl.«

»Ich brauche jemanden, der den armen Lars ersetzt. Würden Sie morgen früh mit uns in See stechen?«

*

Pierre Borg sagte: »Ich löse dich ab.«

Dickstein wurde bleich. Er starrte seinen Chef an.

»Ich möchte, daß du nach Tel Aviv zurückkehrst und die Operation vom Büro aus leitest«, fuhr Borg fort.

»Darauf scheiße ich.«

Sie standen an dem See in Zürich. Darauf tummelten sich Boote, deren bunte Segel malerisch unter der Schweizer Sonne flatterten. »Keine Diskussionen, Nat«, sagte Borg.

»Keine Diskussionen, *Pierre*. Ich lasse mich nicht ablösen.«

»Ich befehle es dir.«

»Und ich sage dir, daß ich darauf scheiße.«

»Hör zu.« Borg holte tief Atem. »Dein Plan ist fertig. Der einzige Fehler daran ist, daß du bloßgestellt bist: Der

Gegner weiß, daß du einen Auftrag hast, und er versucht, dich zu finden und deine Arbeit, worin sie auch bestehen mag, zu ruinieren. Du kannst das Projekt immer noch leiten – aber du mußt dich im Hintergrund halten.«

»Nein«, sagte Dickstein. »Dies ist kein Projekt, bei dem man im Büro sitzen kann und nur auf Knöpfchen zu drükken braucht. Es ist zu kompliziert, und es gibt zu viele ungewisse Faktoren. Ich muß selbst draußen sein, um an Ort und Stelle Entscheidungen treffen zu können.« Dickstein hörte auf zu sprechen und überlegte: *Warum* will ich es selbst tun? Bin ich wirklich der einzige in Israel, der es schaffen kann? Habe ich es nur auf den Ruhm abgesehen?

Borg gab ähnlichen Gedanken Ausdruck. »Versuch nicht, ein Held zu sein, Nat. Dafür bist du zu klug. Du bist ein Profi, du befolgst Befehle.«

Dickstein schüttelte den Kopf. »Du solltest wirklich wissen, daß so etwas bei mir nicht zieht. Erinnerst du dich daran, was Juden von Menschen halten, die immer nur Befehle befolgen?«

»In Ordnung, du warst also im Konzentrationslager – aber das gibt dir nicht das Recht, den Rest deines Lebens zu tun, was dir paßt!«

Dickstein machte eine abschätzige Geste. »Du kannst mich daran hindern, indem du mich nicht mehr unterstützt. Aber dann bekommst du auch dein Uran nicht, weil ich keinem anderen sagen werde, wie es gemacht werden kann.«

Borg starrte ihn an. »Du Schwein, du meinst es wirklich ernst.«

Dickstein beobachtete Borgs Miene. Er hatte einmal das peinliche Erlebnis gehabt, mitansehen zu müssen, wie Borg sich mit seinem Sohn Dan, einem Teenager, stritt. Der Junge hatte mürrisch, aber selbstbewußt dagestanden, während sein Vater sich bemüht hatte, ihm zu erklären, daß es nicht loyal gegenüber seiner Familie, seiner Heimat und Gott sei, an Friedensmärschen teilzunehmen, bis Borg schließlich an sprachloser Wut fast erstickt war. Dan hatte wie Dickstein gelernt, sich nicht einschüchtern zu lassen, und Borg würde nie so recht verstehen, wie Leute zu behandeln sind, die sich nicht einschüchtern lassen.

Das Drehbuch verlangte jetzt, daß Borgs Gesicht rot anlief und er zu brüllen begann. Plötzlich merkte Dickstein, daß es nicht dazu kommen würde. Sein Chef war ruhig geblieben.

Borg lächelte tückisch. »Ich glaube, daß du eine Agentin der anderen Seite bumst.«

Dickstein stockte der Atem. Er hatte das Gefühl, von hinten mit einem Schmiedehammer geschlagen worden zu sein. Das war das letzte, was er erwartet hatte. Er war erfüllt von irrationaler Schuld – wie ein Junge, den man beim Masturbieren überrascht hat: Scham, Verlegenheit und das Gefühl, daß etwas verdorben war. Suza war etwas Privates, sie war von seinem übrigen Leben getrennt, aber nun zog Borg sie hervor und stellte sie vor aller Öffentlichkeit bloß: Seht nur, was Nat angestellt hat! »Nein«, sagte Dickstein tonlos.

»Ein paar Stichwörter genügen. Sie ist Araberin, ihr Vater ist proarabisch eingestellt, sie reist in ihrem Tarnberuf durch die ganze Welt und hat Gelegenheit zu Kontakten. Der Agent Yasif Hassan, der dich in Luxemburg entdeckte, ist ein Freund der Familie.«

Dickstein wandte sich Borg zu, trat ganz dicht an ihn heran und blickte ihm wütend in die Augen. Sein Schuldbewußtsein verwandelte sich in Zorn. »Das ist alles?«

»Alles? Was soll das heißen, *alles?* Das Material würde dir genügen, um Leute zu liquidieren!«

»Nicht Leute, die ich kenne.«

»Hat sie irgendeine Information aus dir herausgeholt?«

»Nein!« rief Dickstein.

»Du regst dich auf, weil du einen Fehler gemacht hast.«

Dickstein drehte sich um und schaute über den See hinweg. Er bemühte sich, seine Fassung wiederzugewinnen. Nach einer langen Pause sagte er:»Ja, ich rege mich auf, weil ich einen Fehler gemacht habe. Ich hätte dir von ihr erzählen sollen – nicht andersherum. Mir ist klar, welchen Eindruck zu haben ...«

»Eindruck? Glaubst du etwa nicht, daß sie eine Agentin ist?«

»Hast du es durch Kairo überprüfen lassen?«

»Du redest, als wenn Kairo *mein* Geheimdienst wäre.«

»Aber du hast einen sehr guten Doppelagenten im ägyptischen Geheimdienst.«

»Wie kann er gut sein, wenn jeder von ihm zu wissen scheint?«

»Hör mit deinen Spielchen auf. Seit dem Sechstagekrieg steht sogar in den Zeitungen, daß du gute Doppelagenten in Ägypten hast. Entscheidend ist, daß sie bisher nicht überprüft wurde.«

Borg hob besänftigend die Hände. »Okay, ich werde in Kairo nachfragen. Inzwischen schreibst du einen Bericht über alle Einzelheiten deines Planes, und ich setze andere Agenten auf die Sache an.«

Dickstein dachte an Al Cortone und André Papagopulos. Keiner der beiden würde sich auf die Zusammenarbeit mit einem anderen einlassen. »Daraus wird nichts, Pierre«, sagte er ruhig. »Du brauchst das Uran, und ich bin der einzige, der es dir beschaffen kann.«

»Und wenn Kairo bestätigt, daß sie eine Agentin ist?«

»Ich bin sicher, daß die Antwort negativ sein wird.«

»Und wenn nicht?«

»Dann wirst du sie umbringen, nehme ich an.«

»Oh nein.« Borg deutete mit dem Finger auf Dicksteins Gesicht und sprach mit echter, tiefempfundener Schadenfreude. »Wenn sie eine Agentin ist, wirst *du* sie umbringen.«

Langsam und bedächtig packte Dickstein Borgs Handgelenk und schob den Finger vor seinem Gesicht zur Seite. In seiner Stimme war nur ein schwaches, kaum spürbares Beben, als er zurückgab: »Ja, Pierre, ich werde sie umbringen.«

11

IN DER BAR des Flughafens Heathrow bestellte David Rostow eine weitere Runde und beschloß, sich mit Yasif Hassan auf ein Risiko einzulassen. Das Problem war immer noch, Hassan daran zu hindern, daß er einem israelischen Doppelagenten in Kairo alles erzählte, was er wußte. Beide, Rostow und Hassan, mußten Zwischenberichte abgeben, deshalb war die Entscheidung nicht länger hinauszuzögern. Rostow wollte Hassan über alles unterrichten und dann an dessen Professionalismus – soweit davon die Rede sein konnte – appellieren. Die Alternative war, ihn zu provozieren, aber er brauchte den Araber gerade jetzt als Verbündeten, nicht als mißtrauischen Gegner.

»Sehen Sie sich das an«, sagte Rostow und zeigte Hassan eine dechiffrierte Botschaft.

An: Oberst David Rostow über Londoner Botschaft
Von: Moskauer Zentrale
Datum: 3. September 1968
  Genosse Oberst,
  wir nehmen Bezug auf Ihre Mitteilung g/35-21a, in der Sie weitere Informationen über jedes der in Ihrer Nachricht r/35-21 genannten Schiffe anfordern.
  Das Motorschiff *Stromberg*, 2 500 Tonnen, niederländischer Eigner und niederländischer Registration, hat kürzlich den Besitzer gewechselt. Es wurde für 1 500 000 DM

von einem gewissen André Papagopulos, einem Schiffsmakler, im Namen der Savile Shipping Corporation of Liberia gekauft.

Savile Shipping wurde am 6. August dieses Jahres im New Yorker Büro der Liberian Corporation Services, Inc., mit einem Aktienkapital von 500 Dollar amtlich eingetragen.

Die Aktionäre sind Mr. Lee Chung, ein New Yorker Anwalt, und ein gewisser Mr. Robert Roberts, der Mr. Chungs Büro als seine Adresse angegeben hat. Die drei Direktoren wurden wie üblich von den Liberian Corporation Services gestellt, und sie traten wie üblich einen Tag nach Gründung der Gesellschaft zurück. Der erwähnte Papagopulos löste sie als Präsident und Hauptbevollmächtigter ab.

Savile Shipping hat auch das Motorschiff *Gil Hamilton*, 1 500 Bruttoregistertonnen, für 80 000 Pfund gekauft.

Unsere Leute in New York haben sich mit Chung unterhalten. Er berichtet, daß »Mr. Roberts« einfach in sein Büro kam, keine Adresse angab und sein Honorar in bar bezahlte. Er schien Engländer zu sein. Wir haben eine ausführliche Beschreibung in den Akten, aber sie ist nicht sehr hilfreich.

Papagopulos ist uns bekannt. Er ist ein wohlhabender internationaler Geschäftsmann mit unklarer Nationalität. Hauptberuflich ist er Schiffsmakler. Man nimmt an, daß er dicht an der Grenze der Legalität operiert. Wir besitzen keine Adresse. Seine Akte enthält umfassendes Material, doch darunter sind viele Mutmaßungen. Er soll im Jahre 1948 mit dem israelischen Geheimdienst Geschäfte gemacht haben. Trotzdem hat er, soweit bekannt, keine politischen Verbindungen.

Wir sind dabei, weitere Informationen über alle Schiffe auf der Liste zu sammeln.

Moskauer Zentrum.

Hassan gab Rostow das Blatt Papier zurück. »Wie kommen sie nur an all das Zeug heran?«

Rostow zerriß die Nachricht in kleine Fetzen. »Es ist alles irgendwo in den Akten zu finden. Der Verkauf der *Stromberg* muß Lloyd's of London gemeldet worden sein. Jemand aus unserem Konsulat in Liberia hat die Einzelheiten über Savile Shipping aus öffentlichen Verzeichnissen in Monrovia erfahren. Unsere New Yorker Leute fanden Chungs Adresse im Telefonbuch, und über Papagopulos gibt es eine Akte in Moskau. Nichts davon, außer der Papagopulos-Akte, ist geheim. Es kommt nur darauf an, daß man weiß, wo man nachzufragen hat. Darauf spezialisieren sich die Eichhörnchen. Sie tun nichts anderes.«

Rostow legte die Papierfetzen in einen großen, gläsernen Aschenbecher und zündete sie an. »Ihre Leute sollten Eichhörnchen haben.«

»Vielleicht sind wir schon dabei, sie uns zuzulegen.«

»Schlagen Sie es selbst vor. Das dürfte Ihnen nicht schaden. Sie könnten sogar den Auftrag erhalten, die Sache zu organisieren. Es würde Ihrer Karriere dienen.«

Hassan nickte. »Mal sehen.«

Neue Getränke wurden gebracht: Wodka für Rostow, Gin für Hassan. Rostow war erfreut, weil Hassan auf seine freundschaftlichen Annäherungsversuche positiv reagierte. Er untersuchte die Asche, um sicherzugehen, daß die Nachricht vollständig verbrannt war.

»Sie nehmen an, daß Dickstein hinter der Savile Shipping Corporation steckt«, sagte Hassan.

»Ja.«

»Und was ist mit der *Stromberg*?«

»Hm ...« Rostow leerte sein Glas und stellte es auf den Tisch. »Ich vermute, daß er die *Stromberg* braucht, um einen genauen Grundriß ihres Schwesterschiffes *Coparelli* zu bekommen.«

»Das wäre ein teurer Grundriß.«

»Er kann das Schiff wieder verkaufen. Aber er könnte

die *Stromberg* auch bei der Kaperung der *Coparelli* einsetzen – ich weiß nur noch nicht genau, wie.«

»Werden Sie einen Mann auf die *Stromberg* schmuggeln, wie Tyrin auf die *Coparelli?*«

»Hat keinen Zweck. Dickstein wird die alte Besatzung bestimmt entlassen und israelische Matrosen anheuern. Ich muß mir etwas anderes einfallen lassen.«

»Wissen wir, wo die *Stromberg* jetzt ist?«

»Ich habe die Eichhörnchen gefragt. Bis zu meiner Ankunft in Moskau werden sie eine Antwort haben.«

Hassans Flug wurde aufgerufen. Er erhob sich. »Wir treffen uns in Luxemburg?«

»Ich bin nicht sicher. Sie werden von mir hören. Aber ich möchte Ihnen noch etwas sagen. Setzen Sie sich wieder.« Hassan nahm Platz.

»Als wir begannen, gegen Dickstein zusammenzuarbeiten, war ich Ihnen gegenüber sehr feindselig. Das tut mir jetzt leid, und ich möchte mich entschuldigen. Aber ich hatte meine Gründe. Kairo ist nämlich nicht abgeschirmt. Ohne Zweifel gibt es Doppelagenten im ägyptischen Geheimdienstapparat. Was mir Sorgen machte – und noch macht –, ist die Möglichkeit, daß alles, was Sie Ihren Vorgesetzten berichten, über einen Doppelagenten nach Tel Aviv weitergeleitet wird. Dann wird Dickstein erfahren, wie dicht wir ihm auf den Fersen sind, und Ausweichmanöver einleiten.«

»Ich weiß ihre Offenheit zu schätzen.«

Nicht nur das, dachte Rostow, er schwelgt darin. »Nun sind Sie vollkommen im Bilde, und wir müssen darüber reden, wie wir verhindern können, daß die Information, die Sie haben, Tel Aviv erreicht.«

Hassan nickte. »Was schlagen Sie vor?«

»Nun, Sie müssen natürlich melden, was wir ermittelt haben, aber ich möchte, daß Sie sich zu den Einzelheiten so vage wie möglich äußern. Geben Sie keine Namen, Zeiten oder Orte an. Wenn man Ihnen zusetzt, beklagen

Sie sich über mich; sagen Sie, daß ich mich geweigert hätte, alle Informationen mit Ihnen zu teilen. Sprechen Sie mit niemandem über Ihr Wissen, außer mit den Leuten, denen Sie Bericht erstatten müssen. Vor allem sollten Sie niemandem gegenüber Savile Shipping die *Stromberg* oder die *Coparelli* erwähnen. Und versuchen Sie zu vergessen, daß Pjotr Tyrin an Bord der *Coparelli* ist.«

Hassan wirkte beunruhigt. »Was bleibt dann noch?«

»Eine Menge. Dickstein, Euratom, Uran, das Treffen mit Pierre Borg ... Selbst wenn Sie nur die halbe Geschichte erzählen, wird man Sie in Kairo für einen Helden halten.«

Hassan war nicht überzeugt. »Ich will genauso offen sein wie Sie. Wenn ich Ihrem Vorschlag folge, wird mein Bericht weniger eindrucksvoll sein als Ihrer.«

Rostow lächelte ironisch. »Wäre das unfair?«

»Nein«, gab Hassan zu, »das meiste ist Ihr Verdienst.«

»Außerdem werden nur wir beide wissen, wie unterschiedlich die Berichte sind. Und Sie werden am Ende alles Lob, das Ihnen zusteht, ernten.«

»In Ordnung. Mein Bericht wird vage sein.«

»Gut.« Rostow winkte einen Kellner zu sich. »Sie haben noch etwas Zeit für ein Gläschen.« Er ließ sich in seinen Sessel zurücksinken und schlug die Beine übereinander. Rostow war zufrieden: Hassan würde tun, was er ihm geraten hatte. »Ich freue mich darauf, nach Hause zurückzukehren.«

»Irgendwelche Pläne?«

»Ich werde versuchen, mit meiner Frau und den Jungen ein paar Tage an der Küste zu verbringen. Wir haben eine Datscha am Rigaer Meerbusen.«

»Klingt verlockend.«

»Es ist ganz angenehm dort, aber natürlich nicht so warm wie bei Ihnen. Wohin werden Sie reisen – nach Alexandria?«

Hassans Flug wurde zum letztenmal über das Lautsprechersystem ausgerufen, und der Araber stand auf. »Das wäre schön, aber ich rechne damit, die ganze Zeit im schmutzigen Kairo festzusitzen.«

Rostow hatte das merkwürdige Gefühl, daß Yasif Hassan ihn belog.

*

Franz Albrecht Pedler war ruiniert, als Deutschland den Krieg verloren hatte. Mit fünfzig Jahren, als Karriereoffizier der Wehrmacht, war er plötzlich ohne Heim, ohne Geld und ohne Arbeit. Und wie Millionen andere Deutsche fing er wieder ganz von vorne an.

Er arbeitete als Vertreter – gegen eine kleine Provision, ohne Gehalt – für einen französischen Farbstoffhersteller. 1946 gab es wenige Kunden, aber um 1951 war der Aufbau der deutschen Industrie fortgeschritten, und als die Aussichten endlich wieder günstiger wurden, war Pedler in einer guten Position, um die neuen Möglichkeiten zu nutzen. Er eröffnete ein Büro in der Stadt Wiesbaden, die verheißungsvolle Ansätze zu einem Industriezentrum zeigte. Das Verzeichnis seiner Produkte wurde länger, seine Kundenliste ebenfalls. Bald verkaufte er nicht nur Farbstoffe, sondern auch Seife, und er verschaffte sich Zugang zu den amerikanischen Stützpunkten, die damals jenen Teil des besetzten Deutschland verwalteten. In den schweren Jahren hatte er gelernt, opportunistisch zu sein: Wenn ein amerikanischer Beschaffungsoffizier Desinfektionsmittel in Halbliterflaschen wollte, kaufte Pedler Vierzig-Liter-Fässer davon, füllte das Zeug in einer gemieteten Scheune in gebrauchte Flaschen um, klebte ein Etikett mit der Aufschrift »F. A. Pedlers spezielles Desinfektionsmittel« darauf und verkaufte mit hohem Profit.

Vom Kauf en gros und der Neuverpackung war es nur ein kleiner Schritt zum Kauf von Grundsubstanzen und zur Herstellung. Das erste Faß von »F. A. Pedlers speziellem Industriereinigungsmittel« – nie nannte er es einfach »Seife« – wurde in derselben gemieteten Scheune gemixt und zur Verwendung durch Instandhaltungsingenieure an die amerikanische Luftwaffe verkauft. Danach entwickelte die Firma sich stetig aufwärts. In den späten fünfziger Jahren las Pedler ein Buch über chemische Kriegsführung, bemühte sich um einen großen Verteidigungsauftrag zur Lieferung einer Reihe von Lösungen, die verschiedene Arten chemischer Waffen neutralisieren sollten, und bekam ihn auch.

Die Firma F. A. Pedler war Militärlieferant geworden, klein, aber sicher und profitabel. Die gemietete Scheune war zu einem begrenzten Komplex einstöckiger Gebäude angewachsen. Franz heiratete wieder – seine erste Frau war in den Bombardements von 1944 umgekommen – und zeugte ein Kind. Aber im tiefsten Inneren war er immer noch Opportunist, und als er hörte, daß ein kleiner Berg Uranerz billig los geschlagen werden sollte, roch er Gewinn.

Das Uran gehörte einer belgischen Gesellschaft namens Société Générale de la Chimie. Sie war eine der Korporationen, welche die afrikanische Kolonie Belgiens, den mineralreichen Kongo, ausbeuteten. Nach dem Rückzug der Belgier im Jahr 1960 blieb »Chimie« im Kongo; aber da sie wußte, daß alle, die nicht freiwillig gingen, letzten Endes hinausgeworfen werden würden, setzte die Gesellschaft alle Anstrengungen daran, so viel Rohmaterial wie möglich nach Hause zu transportieren, bevor die Tore sich hermetisch schlossen. Zwischen 1960 und 1965 sammelte sie einen riesigen Vorrat von Yellow Cake in ihrer Raffinerie nahe der niederländischen Grenze an. Zum Unglück der Gesellschaft hatte man inzwischen ein Abkommen über die Einstellung von Kernwaffenversuchen ratifiziert, und als die Gesellschaft schließlich aus dem Kongo ausgewiesen wurde, gab es nur wenige Urankäufer. Das Yellow Cake lagerte in einem Silo und blockierte das knappe Kapital.

F. A. Pedler verwendete nicht sehr viel Uran bei der Herstellung seiner Farbstoffe. Doch Franz liebte Spielchen dieser Art: Der Preis war niedrig, er konnte ein wenig dadurch verdienen, daß er das Zeug veredeln ließ, und wenn sich der Uranmarkt verbesserte –, was früher oder später der Fall sein würde –, würde er einen gewaltigen Gewinn erzielen. Also kaufte er Uran.

Nat Dickstein mochte Pedler sofort. Der Deutsche war ein rüstiger Dreiundsiebzigjähriger, der immer noch alle Haare und ein Funkeln in den Augen hatte. Sie trafen sich an einem Samstag. Pedler trug eine auffällige Sportjacke und eine rehbraune Hose, sprach hervorragend Englisch mit amerikanischem Akzent und reichte Dickstein ein Glas Sekt.

Zuerst gingen sie vorsichtig miteinander um. Schließlich hatten sie in einem Krieg, der grausam für beide gewesen war, auf verschiedenen Seiten gekämpft: Aber Dickstein hatte nie Deutschland, sondern den Faschismus für seinen Feind gehalten. Er war deshalb nervös, weil Pedler sich unbehaglich fühlen könnte; offenbar galt das gleiche für den Deutschen.

Dickstein hatte von seinem Hotel in Wiesbaden aus angerufen, um eine Verabredung zu treffen. Er war schon ungeduldig erwartet worden. Der ansässige israelische Konsul hatte Pedler mitgeteilt, daß Herr Dickstein, ein hoher Beschaffungsoffizier der Armee, mit einer langen Einkaufsliste unterwegs sei. Pedler hatte vorgeschlagen, am Samstagmorgen, wenn seine Fabrik leer war, einen kurzen Rundgang mit anschließendem Mittagessen in seinem Haus zu machen.

Wäre Dickstein ein echter Kunde gewesen, der Rundgang hätte ihn abschrecken müssen. Die Fabrik war kein Renommierstück deutscher Tüchtigkeit, sondern eine Ansammlung alter Baracken und unordentlicher, mit

Material aller Art vollgestopfter Höfe, in denen ein penetranter Geruch herrschte.

Nachdem er die halbe Nacht über einem Lehrbuch für Chemie-Ingenieure gesessen hatte, konnte Dickstein ein paar intelligente Fragen über Rührapparate, Ablenkplatten, Materialbeförderung, Qualitätskontrolle und Verpackung stellen. Er verließ sich darauf, daß die Sprachbarriere Fehler vertuschen würde. Es schien zu funktionieren.

Die Situation war höchst ungewöhnlich. Dickstein mußte die Rolle des Käufers spielen, Zweifel und Zögern vortäuschen und sich von dem Verkäufer umwerben lassen, während er in Wirklichkeit hoffte, Pedler in eine Beziehung zu locken, die der Deutsche nicht lösen konnte und wollte. Dickstein brauchte Pedlers Uran, doch darum würde er sich auf keinen Fall bemühen. Statt dessen würde er versuchen, Pedler in eine Lage zu manövrieren, in der sein Lebensunterhalt von Dickstein abhing.

Nach dem Rundgang fuhr Pedler ihn in einem neuen Mercedes von der Fabrik zu einem geräumigen Landhaus an einem Hang. Sie saßen vor einem großen Fenster und nippten an ihrem Sekt, während Frau Pedler – eine hübsche, Frohsinn ausstrahlende Frau in den Vierzigern – sich in der Küche zu schaffen machte. Es war eine jüdische Geschäftsmethode, einen potentiellen Kunden am Wochenende zum Essen einzuladen. Dickstein überlegte, ob Pedler es deshalb so arrangiert hatte.

Man hatte eine herrliche Aussicht über das Tal. Unten wälzte sich der breite Fluß langsam dahin, begleitet von einer schmalen Straße. Niedrige graue Häuser mit weißen Fensterläden drängten sich in kleinen Gruppen an den Ufern, und die Weinberge reichten bis zum Haus der Pedlers herauf und weiter bis zum Kamm des Höhenzuges. Wenn ich in einem kalten Land leben müßte, dachte Dickstein, wäre es hier nicht schlecht.

»Nun, was meinen Sie?« fragte Pedler.

»Zur Aussicht oder zur Fabrik?«

Pedler lächelte und zuckte die Achseln. »Zu beidem.«

»Die Aussicht ist großartig. Die Fabrik ist kleiner, als ich erwartet hatte.«

Pedler zündete sich eine Zigarette an. Er war starker Raucher und hatte Glück gehabt, so alt geworden zu sein. »Klein?«

»Vielleicht sollte ich erklären, was ich suche.«

»Bitte.«

Dickstein begann seine Geschichte. »Im Moment kauft die Armee Reinigungsmittel von einer Vielzahl Lieferanten: Waschmittel von dem einen, gewöhnliche Seife von dem anderen, Lösungsmittel für Maschinen von einem dritten und so weiter. Wir versuchen, die Kosten zu senken. Vielleicht schaffen wir es, wenn wir auf diesem Gebiet nur mit einem einzigen Hersteller Geschäfte machen.«

Pedlers Augen weiteten sich. »Das ist ...«, er suchte nach einem Ausdruck, »... sehr viel verlangt.«

»Ich fürchte, es könnte zuviel für Sie sein«, erwiderte Dickstein und dachte: Sag nicht ja!

»Nicht unbedingt. Der einzige Grund, weshalb wir keine so große Herstellungskapazität haben, ist einfach der, daß unser Geschäftsvolumen es nie erforderte. Aber wir haben das betriebswirtschaftliche und technische Wissen. Wenn wir einen großen Auftrag bekämen, könnten wir unsere Ausweitung finanzieren ... Es hängt eigentlich alles von den Zahlen ab.«

Dickstein hob die Aktentasche, die neben seinem Sessel stand, auf und öffnete sie. »Hier sind die Einzelangaben der Produkte.«

Er reichte Pedler eine Liste. »Dazu die benötigten Mengen und der Zeitplan. Sie werden eine Weile brauchen, um mit Ihren Direktoren zu beraten und Berechnungen anzustellen –«

»Ich bin der Chef«, sagte Pedler mit einem Lächeln. »Ich brauche mich mit niemandem zu beraten. Lassen Sie mich morgen an den Zahlen arbeiten und Montag zur Bank gehen. Dienstag rufe ich Sie an, um Ihnen die Preise zu nennen.«

»Ich hatte gehört, daß man gut mit Ihnen arbeiten kann.«

»Es gibt ein paar Vorteile, wenn man eine kleine Firma hat.«

Frau Pedler kam aus der Küche und verkündete: »Das Essen ist fertig.«

*

Suza, mein Liebling,

ich habe noch nie einen Liebesbrief geschrieben. Bis jetzt habe ich auch noch nie jemanden Liebling genannt. Es ist ein schönes Gefühl.

Ich bin allein in einer fremden Stadt an einem kalten Sonntagnachmittag. Die Stadt ist recht hübsch und hat viele Parks – ich sitze gerade in einem und schreibe mit einem schmierenden Kugelschreiber auf gräßlichem grünem Briefpapier – es war das einzige, was ich bekommen konnte – an Dich. Meine Bank steht unter einer seltsamen Pagode mit einer runden Kuppel und einem Rondell griechischer Säulen – wie ein verrückter Einfall oder die Art von Sommerhäuschen, die man auf einem englischen Privatgrundstück, entworfen von einem viktorianischen Exzentriker, finden könnte. Vor mir liegt ein flacher Rasen mit vereinzelten Pappeln, und in der Ferne kann ich ein Blasorchester hören, das ein Stück von Edward Elgar spielt. Der Park ist voll mit Eltern mit ihren Kindern und Fußbällen und Hunden.

Ich weiß nicht, warum ich Dir das alles erzähle. Eigentlich möchte ich Dir sagen, daß ich Dich liebe und den Rest meines Lebens mit Dir zusammensein will. Das war mir schon zwei Tage, nachdem wir uns getroffen hatten, klar. Ich habe gezögert, es zuzugeben, nicht, weil ich unsicher war, sondern ...

Um ganz aufrichtig zu sein, ich dachte, daß ich Dich erschrecken könnte. Ich weiß, daß Du mich liebst, aber ich weiß auch, daß Du fünfundzwanzig Jahre alt bist, daß Du Dich leicht verliebst (im Gegensatz zu mir) und daß Liebe, die sich mühelos einstellt, genauso leicht verschwinden kann. Deshalb dachte ich: Sei vorsichtig, gib ihr eine Chance, Dich gern zu haben, bevor Du sie um ein »Für immer« bittest. Jetzt sind wir seit so vielen Wochen voneinander getrennt, und ich bin zu solcher Geheimniskrämerei nicht mehr fähig. Ich muß Dir einfach sagen, was Du für mich bedeutest. »Für immer« ist das, was ich will, und Du sollst es nun ruhig erfahren. Ich bin ein anderer Mensch. Das klingt abgedroschen, aber wenn es mit einem selbst geschieht, ist es überhaupt nicht abgedroschen, im Gegenteil. Das Leben sieht jetzt in vielen Punkten anders für mich aus – einige kennst Du, von anderen werde ich Dir eines Tages erzählen. Sogar dies ist anders, dieses Alleinsein an einem fremden Ort, ohne bis Montag etwas zu tun zu haben. Nicht, daß es mir sehr viel ausmachte. Aber früher hätte ich nicht einmal darüber nachgedacht, ob es mir gefällt oder nicht. Nun gibt es immer etwas, was ich lieber täte, und Du bist die Person, mit der ich es tun möchte. Doch ich muß dieses Thema vergessen; es macht mich zappelig.

Ich werde in ein paar Tagen von hier abreisen – wohin, weiß ich nicht. Am schlimmsten ist, daß ich nicht einmal weiß, wann ich Dich wiedersehe. Aber wenn es soweit ist, werde ich Dich zehn oder fünfzehn Jahre lang nicht mehr aus den Augen lassen, das kannst Du mir glauben. Nichts klingt so, wie es klingen soll. Ich möchte Dir schreiben, wie ich mich fühle, aber ich kann es nicht in Worte fassen. Du sollst wissen, wie es für mich ist, mir Dein Gesicht viele Male am Tag vorzustellen, irgendein schlankes Mädchen mit schwarzem Haar zu sehen und gegen alle Vernunft zu hoffen, daß Du es sein könntest, mir dauernd auszumalen, was Du über eine schöne Landschaft, einen Zeitungsartikel, einen kleinen Mann mit einem großen Hund oder ein hübsches Kleid sagen könntest. Du sollst wissen, daß die Sehnsucht, Dich zu berühren, meinen Körper schmerzen läßt, wenn ich allein ins Bett gehe.

Ich liebe Dich so sehr.

N.

*

Franz Pedlers Sekretärin rief Nat Dickstein am Dienstagmorgen in seinem Hotel an und verabredete mit ihm einen Termin zum Mittagessen.

Sie gingen in ein bescheidenes Restaurant in der Wilhelmstraße und bestellten Bier statt Wein; es war schließlich ein Arbeitsessen. Dickstein beherrschte seine Ungeduld – Pedler sollte um ihn werben, nicht umgekehrt. »Tja, ich glaube, daß wir Ihnen helfen können«, sagte Pedler.

Dickstein hätte am liebsten »Hurra!« geschrien, aber er verzog keine Miene.

Pedler fuhr fort: »Die Preise, die ich Ihnen jetzt nennen werde, sind vorbehaltlich. Wir brauchen einen Fünfjahresvertrag. Für die ersten zwölf Monate werden wir die Preise garantieren, danach können sie sich je nach dem Weltmarktpreisindex gewisser Rohstoffe ändern. Bei Abbestellung gilt eine Strafklausel, nach der Sie zehn Prozent des Wertes der Jahreslieferung übernehmen müssen.«

Dickstein wollte antworten: »Abgemacht!« und das Geschäft mit einem Handschlag besiegeln, aber er ermahnte sich, weiterhin seine Rolle zu spielen. »Zehn Prozent ist eine Menge.«

»Es ist nicht übermäßig viel«, widersprach Pedler. »Jedenfalls würde es uns nicht für die Verluste entschädigen, wenn Sie tatsächlich ausstiegen. Aber die Summe muß hoch genug sein, um Sie – wenn nicht sehr zwingende Umstände vorliegen – von einem Rückzieher abzuhalten.«

»Das sehe ich ein, aber wir könnten einen kleineren Prozentsatz vereinbaren.«

Pedler hob die Schultern. »Über alles läßt sich verhandeln. Hier sind die Preise.«

Dickstein studierte die Liste. »Es ist ungefähr das, was wir uns vorgestellt haben.«

»Heißt das, daß die Sache abgemacht ist?«

Dickstein dachte: Ja, ja! Aber er sagte: »Nein, es bedeutet, daß wir meiner Ansicht nach ins Geschäft kommen können.«

Pedler strahlte. »In diesem Fall müssen wir etwas Vernünftiges trinken. Herr Ober!«

Nachdem die Getränke gebracht worden waren, hob Pedler sein Glas zu einem Trinkspruch. »Auf viele Jahre gemeinsamer Geschäfte.«

»Das meine ich auch«, antwortete Dickstein. Er setzte das Glas an den Mund und dachte: Ich habe es also wieder einmal geschafft!

*

Das Leben auf See war unbequem, aber nicht so schlimm, wie Pjotr Tyrin geglaubt hatte. In der sowjetischen Marine waren Schiffe nach dem Prinzip pausenloser harter Arbeit, strenger Disziplin und schlechter Verpflegung geführt worden. Die *Coparelli* war ganz anders. Der Kapitän, Eriksen, war nur an Sicherheit und guter Seemannsarbeit interessiert, doch sogar auf diesem Gebiet waren seine Maßstäbe nicht allzu hoch. Das Deck wurde gelegentlich geschrubbt, doch nichts wurde je poliert oder gestrichen. Das Essen war recht gut, und Tyrin hatte den Vorteil, eine Kabine mit dem Koch zu teilen. Theoretisch mußte er sich zu jeder Tages- und Nachtstunde bereithalten, Funksignale auszusenden, aber in der Praxis spielte sich der ganze Funkverkehr während des normalen Arbeitstages ab, so daß er jede Nacht sogar seine acht Stunden Schlaf bekam. Es war eine geregelte Lebensweise, und darauf legte Pjotr Tyrin Wert.

Leider war das Schiff alles andere als behaglich. Die *Coparelli* war ein Luder. Sobald sie Kap Wrath umrundet, The Minch und die Nordsee hinter sich gelassen hatten, begann sie zu stampfen und zu rollen wie eine Spielzeugjacht im Sturm. Tyrin wurde sogar seekrank, aber er mußte es verheimlichen, da er ja vorgab, hauptberuflich Matrose zu sein. Zum Glück geschah es, während der Koch in der Kombüse zu tun hatte und Tyrin nicht im Funkraum gebraucht wurde. Deshalb konnte er sich in seiner Koje flach auf den Rücken legen, bis das Schlimmste vorbei war.

Die Quartiere waren schlecht gelüftet und unzureichend geheizt. Sobald es also oben etwas feucht wurde, füllte nasse Kleidung, die zum Trocknen aufgehängt war, die Messedecks und beeinträchtigte die Stimmung noch mehr.

Tyrins eigene Funkausrüstung befand sich – gut geschützt von Polyäthylen, Segeltuch und einigen Pullovern – in seinem Seesack. Er durfte sie jedoch nicht in der Kabine aufstellen und benutzen, da der Koch oder jemand anders ihn hätte überraschen können. In einem ruhigen, aber trotzdem aufregenden Moment hatte er, als niemand zuhörte, den Routinekontakt mit Moskau auf dem Funkgerät des Schiffes hergestellt. Aber er brauchte größere Sicherheit und Zuverlässigkeit.

Tyrin liebte die Gemütlichkeit. Während Rostow von einem Botschaftsgebäude in ein Hotelzimmer oder einen Schlupfwinkel umziehen konnte, ohne von seiner Umgebung Notiz zu nehmen, zog Tyrin es vor, einen Stützpunkt zu haben, der behaglich und sicher war. Bei einer ortsfesten Überwachung – jene Art von Auftrag, die ihm am meisten zusagte – stellte er sich immer einen großen Sessel vor das Fenster, saß stundenlang am Teleskop und war vollkommen zufrieden mit seiner Tüte belegter Brote, seiner Limonadenflasche und seinen Gedanken. Hier auf der *Coparelli* hatte er eine Stelle gefunden, um sich gemütlich einzurichten.

Er hatte das Schiff tagsüber erforscht und im Bug, jenseits der vorderen Luke, ein kleines Labyrinth von Speichern gefunden. Der Schiffskonstrukteur hatte sie dort eingefügt, nur um die Lücke zwischen dem Laderaum und dem Bug auszufüllen. In den Hauptspeicher gelangte man durch eine halb versteckte Tür und über eine Treppe. Er enthielt einiges an Werkzeug, mehrere Fässer Schmierfett für die Kräne und – unerklärlicherweise – einen rostigen alten Rasenmäher. Mehrere kleinere Räume schlossen sich an: Manche enthielten Taue, Maschinenteile und verfaulende Pappschachteln mit Schrauben und Muttern, andere waren, von Insekten abgesehen, leer. Tyrin hatte nie jemanden hinuntersteigen sehen; alles Material, das man wirklich brauchte, war achtern gelagert.

Er wählte einen Moment, als die Dunkelheit sich herabsenkte und die meisten Besatzungsmitglieder und Offiziere beim Abendessen waren. Er ging in seine Kabine, packte seinen Seesack und kletterte die Leiter zum Deck hinauf. Dann nahm er eine Taschenlampe aus einem Kasten unterhalb der Brücke, knipste sie aber noch nicht an.

Laut Kalender hätte Vollmond sein müssen, doch der Mond versteckte sich hinter dichten Wolken. Tyrin schlich nach vorn und hielt sich am Schandeckel fest, wo seine Silhouette sich am wenigsten gegen das graue Deck abheben würde. Etwas Licht fiel zwar von der Brücke und dem Ruderhaus her ein, aber die diensthabenden Offiziere würden das Meer, nicht das Deck beobachten. Kalter Schaum spritzte über ihn hinweg, und während die *Coparelli* ihr berüchtigtes Schlingern vollführte, mußte er sich mit beiden Händen an die Reling klammern, um nicht über Bord geschwemmt zu werden. Manchmal schöpfte

sie Wasser – nicht viel, aber genug, um in Tyrins Seestiefel zu sickern und seine Füße frieren zu lassen. Er hoffte
inbrünstig, nie erfahren zu müssen, wie sie sich in einem
richtigen Sturm verhielt.

Total durchnäßt und zitternd vor Kälte, erreichte er den
Bug und betrat den kleinen unbenutzten Speicher. Er
schloß die Tür hinter sich, knipste die Taschenlampe an
und schob sich durch allerlei Gerümpel zu einem der engen Räume vor, die an den Hauptspeicher angrenzten.
Dann machte er auch diese Tür hinter sich zu. Er zog die
Ölhaut aus, rieb die Hände an seinem Pullover, um sie zu
trocknen und etwas zu wärmen, und öffnete den Seesack.
Nun stellte er den Sender in eine Ecke, band ihn mit einem Draht, den er durch Decksringe zog, ans Schott und
klemmte ihn mit einer Pappschachtel fest.

Tyrin trug Stiefel mit Gummisohlen, doch für seine
nächste Aufgabe zog er als weitere Vorsichtsmaßnahme
Gummihandschuhe an. Die Kabel zum Funkmast des
Schiffes liefen durch ein Rohr am Deck über ihm. Mit einer kleinen Metallsäge, die er aus dem Maschinenraum
gestohlen hatte, trennte er ein fünfzehn Zentimeter langes Stück des Rohres ab und legte die Kabel bloß. Er führte
einen Draht von dem Starkstromkabel zur Stromeingabe
des Senders und verband den Antennenstecker seines
Gerätes mit dem Signaldraht des Mastes.

Jetzt stellte er sein Gerät an und rief Moskau.

Seine Signale würden jene des Schiffssenders nicht stören, da er der Funker war und nicht anzunehmen war,
daß ein anderer als er das Gerät benutzen würde. Doch
während er seinen eigenen Sender betätigte, würden ein-
gehende Signale den Funkraum des Schiffes nicht erreichen; und er selbst würde sie auch nicht hören, da er eine
andere Frequenz benutzte. Er hätte alles so verdrahten
können, daß beide Geräte gleichzeitig empfingen, aber
dann würden die Antworten aus Moskau ebenfalls im
Funkraum ankommen, und jemand könnte Verdacht

schöpfen ... Schließlich erregte es kein Aufsehen, wenn ein kleines Schiff ein paar Minuten brauchte, um Signale zu empfangen. Tyrin würde sich bemühen, seinen Sender nur dann zu benutzen, wenn keine Nachrichten für das Schiff erwartet wurden.

Als er Moskau erreicht hatte, meldete er: *Überprüfe Sekundärsender.*

Die Botschaft wurde bestätigt. *Warten Sie auf Signal von Rostow.* All das wurde im normalen KGB-Code übermittelt.

Tyrin sendete: *Ich warte, aber beeilen Sie sich.*

Die Mitteilung traf ein. *Verhalte dich unauffällig, bis etwas geschieht. Rostow.*

Tyrin antwortete: *Verstanden. Over and out.* Ohne auf die Abmeldung zu warten, zog er die Drähte heraus und brachte die Kabel des Schiffes wieder in Ordnung. Es war zeitraubend und lebensgefährlich, nackte Drähte zu verdrehen, sogar mit einer isolierten Zange. Zu seiner Ausrüstung im Funkraum gehörten einige Schnellkontaktleisten; er würde sich ein paar davon einstecken und sie beim nächstenmal mitbringen, um den Vorgang zu beschleunigen.

Tyrin war zufrieden mit der Leistung dieses Abends. Er hatte sich eingerichtet, die Verbindung hergestellt und war unentdeckt geblieben. Jetzt brauchte er sich zunächst nicht mehr von der Stelle zu rühren, und das gefiel ihm am besten.

Er beschloß, eine weitere Pappschachtel hereinzuschleppen und sie vor den Sender zu stellen, damit er vor oberflächlichen Blicken geschützt war. Nachdem er die Tür geöffnet hatte, leuchtete er mit der Taschenlampe in den Hauptspeicher – und fuhr zusammen.

Seine Ruhe war gestört.

Das Oberlicht war angeknipst und warf mit seinem gelben Glühen unruhige Schatten. In der Mitte des Speichers saß ein junger Matrose mit ausgestreckten Beinen an ein Faß mit Schmierfett gelehnt. Er blickte auf, genauso verblüfft wie Tyrin und – wie seine Miene verriet – genauso schuldbewußt.

Tyrin erkannte ihn. Sein Name war Ravlo. Er war vielleicht neunzehn Jahre alt, hatte hellblondes Haar und ein schmales, bleiches Gesicht. Zwar hatte er sich der Sauftour in Cardiff nicht angeschlossen, doch mit seinen dunklen Ringen unter den Augen und einem abwesenden Gesichtsausdruck wirkte er wie in Trance.

»Was machst du hier?« fragte Tyrin. Dann sah er es.

Ravlo hatte sich den linken Ärmel bis über den Ellbogen aufgerollt.

Auf dem Deck zwischen seinen Beinen lagen ein Fläschchen, ein Uhrglas und ein kleiner wasserdichter Beutel. In der rechten Hand hielt er eine Injektionsspritze, die er gerade ansetzen wollte.

Tyrin runzelte die Stirn. »Bist du Diabetiker?«

Ravlos Gesicht verzog sich, und er lachte trocken und freudlos.

»Du bist süchtig.« Tyrin hatte begriffen. Er verstand nicht viel von Drogen, aber er wußte, daß Ravlos Verhalten zu seiner Entlassung im nächsten Hafen führen könnte. Tyrin beruhigte sich ein wenig. Mit diesem Problem konnte er fertig werden.

Ravlo schaute an ihm vorbei in den kleineren Speicher. Tyrin blickte sich um und merkte, daß der Sender deutlich zu sehen war. Die beiden Männer starrten sich an – jeder wußte, daß der andere etwas zu verbergen hatte. »Ich behalte dein Geheimnis für mich, und du meins«, sagte Tyrin.

Ravlo verzog noch einmal das Gesicht und lachte wieder trocken und freudlos. Dann wandte er die Augen von Tyrin ab, betrachtete seinen Arm und stach die Nadel in das Fleisch.

*

Der Austausch zwischen der *Coparelli* und Moskau war von einer Abhörstation des amerikanischen Marinegeheimdienstes aufgefangen und aufgezeichnet worden. Da der normale KGB-Code benutzt wurde, konnte die Unterhaltung entschlüsselt werden. Aber man erfuhr nur, daß jemand an Bord eines Schiffes – man wußte nicht, welchen Schiffes – seinen Sekundärsender überprüfte und daß ein anderer, der Rostow hieß – der Name war in keiner Akte zu finden –, ihm riet, sich unauffällig zu verhalten. Niemand konnte etwas damit anfangen, deshalb legte man eine Akte mit der Aufschrift »Rostow« an, schob die Botschaft hinein und vergaß sie.

12

ALS ER SEINEN Zwischenbericht in Kairo beendet hatte, bat Hassan um Erlaubnis, seine Eltern in dem Flüchtlingslager in Syrien besuchen zu dürfen. Man gewährte ihm vier Tage. Er flog nach Damaskus und nahm ein Taxi zum Lager.

Aber er besuchte seine Eltern nicht.

Hassan zog im Lager verschiedene Erkundigungen ein, und einer der Flüchtlinge fuhr mit ihm unter Benutzung etlicher Autobuslinien nach Dara, über die jordanische Grenze und bis nach Amman. Von dort begleitete ein anderer Mann ihn mit einem weiteren Bus zum Jordan. Am Abend des zweiten Tages überquerte er, geführt von zwei Männern, die Maschinenpistolen trugen, den Fluß. Hassan trug inzwischen wie seine Begleiter ein arabisches Gewand und einen Kopfputz, aber er verlangte keine Waffe. Es waren junge Männer, deren weiche Gesichter eben erst begannen, die harten Linien von Strapazen und Grausamkeit anzunehmen. Sie bewegten sich lautlos und sicher durch das Jordantal und lenkten Hassan mit einer Berührung oder einem Flüstern; es schien, daß sie diesen Weg schon oft gegangen waren. Einmal lagen alle drei hinter einer Kaktusgruppe, während Lichter und Soldatenstimmen eine Viertelmeile vor ihnen vorbeizogen.

Hassan empfand Hilflosigkeit und noch etwas mehr. Zuerst dachte er, dieses Gefühl habe damit zu tun, daß er diesen Burschen so vollkommen ausgeliefert war, daß sein Leben von ihrem Wissen und ihrem Mut abhing. Aber später, als sie ihn verlassen hatten und er auf einer Landstraße versuchte, mitgenommen zu werden, wurde ihm klar, daß diese Reise eine Art Rückkehr bedeutete. Seit Jahren hatte er jetzt in Europa in einer Bank gearbeitet, mit einem Auto, einem Schrank und einem Fernsehapparat in Luxemburg gelebt. Nun schritt er plötzlich wieder in Sandalen über die staubigen palästinensischen Straßen seiner Kindheit: kein Auto, kein Flugzeug; er war wieder ein Araber, ein Bauer, ein Bürger zweiter Klasse im Land seiner Geburt. Keiner seiner Reflexe würde hier funktionieren – es war nicht möglich, ein Problem zu lösen, indem man einen Telefonhörer hob, eine Kreditkarte hervorzog oder ein Taxi rief. Er fühlte sich gleichzeitig wie ein Kind, ein Bettler und ein Flüchtling.

Hassan legte fünf Meilen zurück, ohne ein Fahrzeug zu sehen. Dann kam ein Lastwagen, der Obst geladen hatte, vorbei und hielt ein paar Meter vor ihm an; der Motor hustete ungesund und qualmte. Hassan lief hinter dem Lkw her.

»Nach Nablus?« rief er. »Steigen Sie ein.«

Der Fahrer war ein schwerer Mann, dessen Arme vor Muskeln strotzten, während er den Lastwagen mit Höchstgeschwindigkeit um die Kurven hievte. Er rauchte ständig. Da er in der Mitte der Straße fuhr und nie die Bremse benutzte, mußte er sicher sein, daß ihm die ganze Nacht hindurch kein anderes Fahrzeug begegnen würde. Hassan hätte etwas Schlaf brauchen können, doch der Fahrer wollte sich unterhalten. Er erzählte, daß die Juden gute Herren seien, daß das Geschäft seit der Besetzung Westjordaniens blühe, daß das Land aber natürlich eines Tages frei sein müsse. Zweifellos war mehr als die Hälfte von dem, was er sagte, unehrlich, aber Hassan wußte nicht, welche Hälfte.

Sie erreichten Nablus in der kühlen, wohltuenden Morgendämmerung; die Morgensonne erhob sich hinter den Hügeln, aber die Stadt schlief noch. Der Lastwagen donnerte auf den Marktplatz und hielt an. Hassan verabschiedete sich.

Er wanderte langsam durch die leeren Straßen, während die Sonne begann, die Nachtkühle zu vertreiben. Genußvoll atmete er die saubere Luft ein, erfreute sich an den niedrigen weißen Gebäuden, an jeder Einzelheit und schwelgte in der Sehnsucht nach seiner Kindheit: Er war in Palästina, er war zu Hause.

Man hatte ihm genau beschrieben, welches Haus ohne Nummer in einer Straße ohne Namen er aufsuchen müsse. Es stand in einem ärmeren Viertel, wo die kleinen Steinhäuser zu eng aneinanderstanden und niemand die Straßen fegte. Eine Ziege war vor dem Haus angebunden, und er überlegte kurz, was sie fressen mochte, denn es gab kein Gras. Die Tür war unverschlossen.

Hassan zögerte einen Moment und unterdrückte die Erregung, die ihn überwältigen wollte. Er war zu lange fortgewesen. Viele Jahre hatte er auf diese Gelegenheit gewartet, sich für das zu rächen, was sie seinem Vater angetan hatten. Er hatte das Exil ertragen, er hatte geduldig ausgeharrt und seinen Haß lange genug genährt, vielleicht *zu* lange.

Er trat ein.

Auf dem Boden schliefen vier oder fünf Menschen. Einer von ihnen, eine Frau, öffnete die Augen, sah ihn und setzte sich sofort auf. Ihre Hand schob sich unter das Kissen, vielleicht einer Pistole entgegen.

»Was wollen Sie?«

Hassan nannte den Namen des Mannes, der die Feddajin befehligte.

*

Mahmud hatte nicht weit von Yasif Hassan entfernt gewohnt, als sie beide in den späten dreißiger Jahren Kinder gewesen waren, aber sie waren einander nie begegnet oder erinnerten sich jedenfalls nicht aneinander. Nach dem Krieg in Europa hütete Mahmud mit seinen Brüdern, seinem Vater, seinen Onkeln und seinem Großvater Schafe, während Yasif in England studierte. Ihr Leben hätte sich weiterhin ganz verschieden entwickelt, wenn nicht der Krieg von 1948 gewesen wäre. Mahmuds Vater traf wie der Yasifs die Entscheidung, alles einzupacken und zu fliehen. Die beiden Söhne – Yasif war ein paar Jahre älter als Mahmud – freundeten sich im Flüchtlingslager an. Mahmuds Reaktion auf den Waffenstillstand war noch heftiger als die Yasifs, was paradox schien, da Yasif mehr verloren hatte. Aber Mahmud war von so starkem Zorn besessen, daß er an nichts anderes denken konnte, als für die Befreiung seiner Heimat zu kämpfen. Bis dahin hatte er sich nicht um Politik gekümmert, da sie für Schafhirten keine Bedeutung hatte. Nun bemühte er sich, sie zu verstehen. Doch zunächst mußte er sich selbst das Lesen beibringen.

Sie trafen sich in den fünfziger Jahren wieder. In Gaza. Inzwischen war Mahmud aufgeblüht, wenn dies das richtige Wort für einen so grimmigen Mann war. Er hatte Clausewitz und Platos *Staat, Das Kapital* und *Mein Kampf,* Keynes, Mao, Galbraith und Gandhi, Geschichte und Biographien, klassische Romane und moderne Theaterstücke gelesen. Er sprach gut englisch, schlecht russisch und ein wenig kantonesisch. Mahmud war der Anführer einer kleinen Gruppe von Terroristen, die Ausfälle nach Israel machten, Bomben legten, schossen und stahlen und dann wieder in den Gaza-Lagern verschwanden wie Ratten in einer Mülldeponie. Die Terroristen erhielten Geld, Waffen und Information aus Kairo, Hassan gehörte für kurze Zeit zu den Geheimdienstleuten, die mit ihnen zusammenarbeiteten. Als sie sich wiederbegegneten, gestand Yasif Mahmud, wem er sich letzten Endes verpflichtet fühlte – nicht Kairo, nicht einmal der panarabischen Sache, sondern einzig und allein Palästina.

Yasif war bereit gewesen, sofort alles aufzugeben – seine Arbeit in der Bank, seine Wohnung in Luxemburg, seine Rolle im ägyptischen Geheimdienst – und sich den Freiheitskämpfern anzuschließen. Aber Mahmud hatte es ihm verboten – die Aura des Befehlshabers paßte ihm schon wie ein maßgeschneiderter Mantel. In ein paar Jahren – er blickte weit in die Zukunft – werde man genug Guerillas haben, doch man werde immer noch Freunde in hohen Ämtern, europäische Verbindungen und den Geheimdienst benötigen.

Sie hatten sich noch einmal in Kairo getroffen und ein Kommunikationssystem eingerichtet, das die Ägypter umging. Seinen Vorgesetzten im Geheimdienst machte Hassan etwas vor: weniger scharfsinnig zu sein, als er war. Zuerst hatte er ungefähr die gleichen Informationen hierhergesandt wie sie Kairo von ihm erhielt, hauptsächlich die Namen loyaler Araber, die ein Vermögen in Europa anlegten und deshalb um Zuschüsse angegangen werden konnten. In letzter Zeit hatte er unmittelbar praktischen Wert bewiesen, als die Palästinenserbewegung begann, in Europa zu operieren.

Er hatte Hotelzimmer und Flüge gebucht, Autos und Häuser gemietet, Waffen und überwiesene Gelder gelagert.

Hassan war kein Mann, der mit der Waffe umging. Er

schämte sich dessen ein wenig, war aber um so stolzer, weil er sich auf andere – gewaltlose, aber trotzdem praktische – Weise so nützlich machen konnte.

Die Ergebnisse seiner Arbeit hatten in jenem Jahr zu dem Anschlag in Rom geführt. Yasif war von Mahmuds Programm des europäischen Terrorismus überzeugt. Er war sicher, daß die arabischen Armeen, selbst mit russischer Unterstützung, die Juden nie besiegen könnten, denn die Bedrohung führte bei den Juden dazu, sich als belagertes Volk zu fühlen, das sein Zuhause gegen ausländische Soldaten verteidigte – und daraus bezogen sie ihre Kraft. Die Wahrheit bestand nach Yasifs Meinung jedoch darin, daß die palästinensischen Araber ihr Zuhause gegen einmarschierende Zionisten verteidigten. Es gab immer noch mehr arabische Palästinenser als jüdische Israelis, wenn man die Flüchtlinge in den Lagern mitzählte; und *sie*, nicht ein Heer von Soldaten aus Kairo und Damaskus, würden die Heimat befreien. Aber zuerst mußten sie an die Feddajin glauben. Aktionen wie das Attentat auf dem Flughafen von Rom würden sie davon überzeugen, daß die Feddajin internationale Möglichkeiten besaßen. Und wenn das Volk an die Feddajin glaubte, würde das Volk zu Feddajin *werden* und damit unaufhaltsam sein.

Die Sache in Rom war eine Nebensächlichkeit, verglichen mit dem, was Hassan plante.

Es war ein unerhörtes, überwältigendes Vorhaben, das die Feddajin für Wochen auf die Titelseiten der internationalen Presse bringen und beweisen würden, daß sie eine mächtige politische Kraft waren und nicht eine Schar zerlumpter Flüchtlinge. Hassan hoffte sehnlich, daß Mahmud seinen Plan akzeptieren würde.

Yasif Hassan war gekommen, um vorzuschlagen, daß die Feddajin einen Holocaust kapern sollten.

*

Sie umarmten sich wie Brüder, küßten sich auf die Wangen und traten dann zurück, um sich anzusehen.

»Du riechst wie eine Hure«, sagte Mahmud.

»Du riechst wie ein Ziegenhirt«, entgegnete Hassan. Sie lachten und umarmten sich noch einmal.

Mahmud war ein riesiger Mann, ein paar Zentimeter größer als Hassan und viel breiter; und er *wirkte* riesig durch die Art, wie er den Kopf hielt, ging und sprach. Er roch tatsächlich: Es war der säuerliche, vertraute Geruch, der sich einstellt, wenn man auf engem Raum mit vielen Menschen an einem Ort zusammenlebt, wo moderne Bäder, sanitäre Einrichtungen und Abfallbeseitigung fehlen. Es war drei Tage her, seit Hassan Rasierwasser und Körperpuder benutzt hatte, aber für Mahmud duftete er immer noch wie eine Frau.

Das Haus hatte zwei Zimmer: das eine, in das Hassan eingetreten war, und dahinter ein weiteres, in dem Mahmud mit zwei Männern auf dem Fußboden schlief. Es gab kein Obergeschoß. Man kochte in einem Hinterhof, und die nächste Wasserzapfstelle war hundert Meter entfernt. Die Frau zündete ein Feuer an und begann, einen Brei aus zerstampften Bohnen zu kochen. Während sie darauf warteten, erzählte Hassan seine Geschichte.

»Vor drei Monaten traf ich in Luxemburg einen Mann, den ich noch aus Oxford kannte, einen Juden namens Dickstein. Wie sich herausstellte, ist er ein wichtiger Mossad-Agent. Seitdem habe ich ihn beobachtet, und zwar mit Hilfe der Russen; deren Leiter ist ein KGB-Mann namens Rostow. Wir haben herausbekommen, was Dickstein plant: Er will eine Schiffsladung Uran stehlen, damit die Zionisten Atombomben produzieren können.«

Zuerst weigerte Mahmud sich, ihm zu glauben. Er nahm Hassan ins Kreuzverhör: Wie gut war die Information, was genau war das Beweismaterial, wer könnte lügen, welche Fehler könnten gemacht worden sein? Dann, als

Hassans Antworten immer schlüssiger wurden, begann Mahmud allmählich zu begreifen, und er wurde sehr ernst.

»Das ist nicht nur eine Bedrohung für die Sache der Palästinenser. Diese Bomben könnten den ganzen Nahen Osten verwüsten. Was habt ihr beide, du und dieser Russe, vor?«

»Unser Plan ist, Dickstein zu stoppen und das israelische Komplott aufzudecken, um die Zionisten als gesetzlose Abenteurer bloßzustellen. Wir haben die Einzelheiten noch nicht ausgearbeitet. Aber ich habe einen anderen Vorschlag.« Er machte eine Pause und suchte nach den richtigen Worten, dann stieß er hervor: »Ich meine, die Feddajin sollten das Schiff kapern, noch bevor Dickstein es tut.«

Mahmud starrte ihn einige Sekunden lang verständnislos an.

Hassan betete: Sag etwas, um Gottes willen! Mahmud begann, langsam den Kopf zu schütteln, dann weitete sein Mund sich zu einem Lächeln, und endlich fing er an zu lachen – ein leises Glucksen ging in ein gewaltiges, seinen Körper durchdringendes Gebrüll über, so daß sich der ganze Haushalt versammelte, um zu sehen, was los sei.

»Aber was hältst du davon?« erkundigte Hassan sich furchtsam.

Mahmud seufzte. »Es ist großartig. Ich sehe zwar nicht, wie wir es schaffen können, aber es ist eine wunderbare Idee.«

Dann begann er wieder, Fragen zu stellen.

Er fragte während des Frühstücks und fast den ganzen Morgen hindurch: nach der Uranmenge, nach den Namen der Schiffe, danach, wie Yellow Cake in nuklearen Sprengstoff umgewandelt werde, nach Orten, Daten und Personen. Sie unterhielten sich im Hinterzimmer; meist waren sie allein, aber gelegentlich rief Mahmud jemanden ins Zimmer und befahl ihm zuzuhören, während Hassan einen bestimmten Punkt wiederholte.

Gegen Mittag ließ er zwei Männer kommen, die anscheinend seine Unterführer waren. Sie lauschten, während er noch einmal alles durchging, was er für entscheidend hielt.

»Die *Coparelli* ist ein gewöhnliches Handelsschiff mit einer normalen Besatzung?«

»Ja.«

»Sie wird durch das Mittelmeer nach Genua fahren?«

»Ja.«

»Wie schwer ist das Yellow Cake?«

»Es wiegt zweihundert Tonnen.«

»Und es ist in Fässern?«

»In 565 Fässern.«

»Der Marktpreis?«

»2 Millionen Dollar.«

»Und man benutzt es, um Atombomben herzustellen?«

»Ja. Es ist der Rohstoff.«

»Ist die Umwandlung in den Explosivzustand teuer oder schwierig?«

»Nicht, wenn man einen Atomreaktor hat. Sonst schon.«

Mahmud nickte seinen beiden Unterführern zu. »Geht und berichtet den anderen davon.«

*

Am Nachmittag, als die Sonne im Sinken war und es kühl genug war, um hinauszugehen, wanderten Mahmud und Yasif über die Hügel außerhalb der Stadt. Yasif hätte nur zu gern gewußt, was Mahmud wirklich von seinem Plan hielt, doch der andere weigerte sich, über Uran zu sprechen. Also redete Yasif über David Rostow: Er bewunderte die Tüchtigkeit des Russen trotz der Schwierigkeiten, die er ihm gemacht habe.

»Wir können die Russen bewundern«, sagte Mahmud, »vorausgesetzt, daß wir ihnen nicht trauen. Ihr Herz schlägt nicht für unsere Sache. Es gibt drei Gründe, weshalb sie auf unserer Seite sind. Der am wenigsten wichtige ist, daß wir dem Westen Schwierigkeiten machen, und alles, was für den Westen schlecht ist, ist gut für die Russen. Außerdem geht es ihnen ums Image. Die Entwicklungsländer identifizieren sich eher mit uns als mit den Zionisten; deshalb machen sich die Russen bei der Dritten Welt beliebt, indem sie uns unterstützen – und vergiß nicht, in dem Wettstreit zwischen den Vereinigten Staaten und der Sowjetunion stellt die Dritte Welt die Wechselwähler. Aber der wichtigste Grund – der einzige *wirklich* wichtige Grund – ist das Öl. Die Araber haben Öl.«

Sie kamen an einem Jungen vorbei, der eine kleine Herde abgemagerter Schafe hütete. Der Junge spielte auf einer Flöte. Yasif fiel ein, daß Mahmud einst ein junger Schafhirte gewesen war, der weder lesen noch schreiben konnte.

»Verstehst du, wie wichtig das Öl ist?« fragte Mahmud. »Hitler verlor den Krieg in Europa wegen des Öls.«

»Nein.«

»Hör zu. Die Russen besiegten Hitler. Das war zwangsläufig. Hitler wußte es, er wußte von Napoleon, ihm war klar, daß niemand Rußland erobern konnte. Weshalb versuchte er es also? Das Öl wurde ihm knapp. Es gibt Öl in Georgien, in den kaukasischen Ölfeldern. Hitler wollte unbedingt den Kaukasus haben. Aber man kann den Kaukasus nicht abschirmen, ohne Wolgograd, das damalige Stalingrad, zu besitzen – und dort wendete sich das Blatt gegen Hitler. Öl! Darum geht der Kampf, ob es uns gefällt oder nicht. Siehst du das ein? Wenn das Öl nicht wäre, würde niemand sich wegen ein paar Arabern und Juden beunruhigen, die um ein staubiges kleines Land kämpfen.«

Mahmud besaß magnetische Anziehungskraft, wenn er sprach. Seine starke, klare Stimme formulierte kurze Sätze, einfache Erklärungen, Behauptungen, die wie unverrückbare Urwahrheiten klangen. Hassan vermutete, daß er dieselben Dinge oft zu seinen Truppen sagte. Im Unterbewußtsein erinnerte er sich an die komplizierte Art, wie Politik in Luxemburg und Oxford diskutiert wurde. Nun schien ihm, daß jene Leute, einer Vielzahl von Informationen zum Trotz, weniger Kenntnisse hatten als Mahmud. Er wußte auch, daß internationale Politik tatsächlich kompliziert war, daß das Öl nicht den einzigen Hintergrund bildete, doch im tiefsten Innern war er davon überzeugt, daß Mahmud recht hatte.

Sie saßen im Schatten eines Feigenbaumes. Die glatte, schwarzbraune Landschaft erstreckte sich kahl nach allen Seiten. Der Himmel dehnte sich heiß, blau und wolkenlos. Mahmud entkorkte eine Wasserflasche und reichte sie Hassan, der das lauwarme Wasser trank und die Flasche zurückgab. Dann fragte er Mahmud, ob er Palästina regieren wolle, wenn die Zionisten zurückgeschlagen waren.

»Ich habe viele Menschen getötet«, erwiderte Mahmud. »Zuerst tat ich es mit meinen eigenen Händen, mit einem Messer, einer Pistole oder einer Bombe. Jetzt töte ich, indem ich Pläne entwerfe und Befehle erteile, aber ich töte immer noch. Wir wissen, daß es eine Sünde ist, doch ich kann es nicht bereuen. Ich habe keine Gewissensbisse, Yasif. Sogar wenn wir einen Fehler machen, wenn wir Kinder und Araber statt Soldaten und Zionisten töten, denke ich nur: ›Das ist schlecht für unseren Ruf‹, nicht: ›Das ist schlecht für meine Seele‹. An meinen Händen klebt Blut, und ich will es nicht abwaschen. Ich möchte es nicht einmal versuchen. Es gibt ein Buch mit dem Titel *Das Bildnis des Dorian Gray*. Es handelt von einem Mann, der ein böses und erschöpfendes Leben führt, ein Leben, das ihn alt aussehen lassen, ihm Falten im Gesicht und Säcke unter den Augen, eine zerstörte Leber und Geschlechtskrankheiten bescheren sollte. Trotzdem hat er keine Beschwerden. Während die Jahre vergehen, scheint er sogar jung zu bleiben, als habe er den Jungbrunnen gefunden. Aber in einem verschlossenen Zimmer seines Hauses hängt ein Gemälde von ihm; dieses Bild wird älter und spiegelt die Verwüstungen eines üblen Lebenswandels und schrecklicher Krankheiten wider. Kennst du das Buch? Es wurde von einem Engländer geschrieben.«

»Ich habe den Film gesehen.«

»Ich las es, als ich in Moskau war. Es würde mir Spaß machen, den Film zu sehen. Erinnerst du dich an den Schluß?«

»Oh ja. Dorian Gray zerstört das Gemälde. Danach gehen alle Krankheiten und Entstellungen sofort auf ihn über, und er stirbt.«

»Ja.« Mahmud verkorkte die Flasche wieder und schaute mit leeren Augen über die braunen Hügel hinweg. »Wenn Palästina frei ist, wird mein Bild zerstört werden.«

Danach saßen sie eine Zeitlang schweigend da.

Schließlich erhoben sie sich ohne ein Wort und kehrten in die Stadt zurück.

*

An jenem Abend kamen mehrere Männer in der Dämmerung, kurz vor der Polizeistunde, zu dem kleinen Haus in Nablus. Hassan wußte nicht genau, wer sie waren. Es hätten die örtlichen Führer der Bewegung sein können oder verschiedene Leute, deren Urteil Mahmud schätzte, oder auch ein ständiger Kriegsrat, der sich in Mahmuds Nähe aufhielt, aber nicht bei ihm wohnte. Hassan entschied sich für das letztere, denn es war logisch. Wenn sie alle zusammen wohnten, konnten sie auch alle zusammen vernichtet werden.

Die Frau reichte ihnen Brot, Fisch und wäßrigen Wein, und Mahmud erzählte ihnen von Hassans Plan. Mahmud hatte ihn gründlicher durchdacht als Hassan. Er schlug vor, die *Coparelli* zu kapern, bevor Dickstein sie erreichte, und dann die Israelis zu überfallen, wenn sie an Bord kamen. Da Dicksteins Gruppe nur eine normale Besatzung und halbherzigen Widerstand erwartete, würde sie ausgelöscht werden. Dann würden die Feddajin mit der *Coparelli* einen nordafrikanischen Hafen anlaufen und die Weltpresse einladen, an Bord zu kommen und sich die Leichen der zionistischen Verbrecher anzusehen. Die Fracht würde ihren Eigentümern für ein Lösegeld angeboten werden, das die Hälfte des Marktpreises betrug: eine Million Dollar.

Es folgte eine lange Debatte. Offensichtlich war eine Fraktion der Feddajin schon jetzt nervös, weil Mahmud den Krieg nach Europa getragen hatte; sie sah die geplante Kaperung als weiteren Schritt derselben Strategie. Die Vertreter dieser Richtung deuteten an, daß die Feddajin am meisten erreichen könnten, wenn sie einfach eine Pressekonferenz in Beirut oder Damaskus einberiefen und der internationalen Presse das israelische Komplott enthüllten. Hassan war überzeugt, daß das nicht genügte: Anklagen waren billig, und nicht die Gesetzlosigkeit Israels, sondern die Macht der Feddajin mußte demonstriert werden.

Sie sprachen als Gleichberechtigte, und Mahmud schien jedem mit der gleichen Aufmerksamkeit zuzuhören. Hassan saß still da und lauschte den leisen, ruhigen Stimmen dieser Menschen, die wie Bauern aussahen und wie Senatoren redeten. Er hoffte und fürchtete gleichzeitig, daß sie seinen Plan akzeptieren würden: Es würde die Erfüllung zwanzigjähriger Racheträume sein, jedoch bedeuten, daß er Dinge tun mußte, die schwieriger, brutaler und riskanter waren als seine bisherige Arbeit. Am Ende hielt er es nicht länger aus, ging nach draußen, hockte sich in den schäbigen Hof, genoß den Duft der Nacht und des sterbenden Feuers. Ein wenig später hörte er von innen einen leisen Chor, als werde abgestimmt.

Mahmud kam heraus und setzte sich neben Hassan. »Ich habe nach einem Auto schicken lassen.«

»Wieso?«

»Wir müssen nach Damaskus reisen. Noch heute nacht, denn es gibt eine Menge zu tun. Es wird unsere größte Operation sein. Wir müssen sofort mit der Arbeit anfangen.«

»Es ist also entschieden?«

»Ja. Die Feddajin werden das Schiff kapern und das Uran stehlen.«

»So sei es«, sagte Yasif Hassan.

*

David Rostow hatte seine Familie immer in kleiner Dosierung bevorzugt, und während er älter wurde, verkleinerten sich diese Dosierungen ständig. Mit dem ersten Tag seines Urlaubs war er zufrieden. Er bereitete das Frühstück zu, sie gingen am Strand spazieren, und am Nachmittag spielte Wladimir, das junge Genie, simultan gegen Rostow, Marja und Jurij Schach und gewann alle drei Partien. Sie nahmen sich zum Abendessen stundenlang Zeit, tauschten alle Neuigkeiten miteinander aus und tranken ein wenig Wein. Der zweite Tag verlief ähnlich, aber er machte ihm weniger Freude; und am dritten Tag hatte ihnen ihre eigene Gesellschaft nichts Neues mehr zu bieten. Wladimir erinnerte sich daran, daß er ein Wunderkind sein sollte, und steckte die Nase wieder in seine Bücher; Jurij begann, auf dem Plattenspieler degenerierte westliche Musik zu spielen, und stritt sich mit seinem Vater über abtrünnige Dichter; Marja zog sich in die Küche der Datscha zurück und hörte auf, ihr Gesicht zu schminken.

Als die Nachricht eintraf, daß Nik Bunin aus Rotterdam zurückgekehrt sei und eine Abhörvorrichtung in der *Stromberg* angebracht habe, benutzte Rostow dies als Vorwand, um wieder nach Moskau zu reisen.

Nik berichtete, daß die *Stromberg*, bevor der Verkauf

an Savile Shipping abgeschlossen worden sei, zu der üblichen Inspektion im Trockendock gelegen habe. Eine Anzahl kleinerer Reparaturen sei durchgeführt worden; Nik habe sich als Elektriker ausgegeben, sei ohne Schwierigkeiten an Bord gelangt und habe einen starken Leitstrahlsender im Bug des Schiffes angebracht. Zum Schluß habe der Dockvormann ihn zur Rede gestellt, da sein Plan für jenen Tag keine elektrischen Arbeiten vorsah; Nik habe darauf hingewiesen, daß seine Arbeit sicher nicht bezahlt werden müsse, wenn sie nicht bestellt worden sei.

Von nun an würde der Sender, wenn der Strom eingeschaltet war – also ständig auf See und meistens im Dock –, alle dreißig Minuten ein Signal ausschicken, bis die *Stromberg* sank oder verschrottet wurde. Für den Rest ihres Bestehens würde Moskau sie überall in der Welt innerhalb einer Stunde ausfindig machen können.

Rostow hörte Nik zu und schickte ihn dann nach Hause. Er hatte Pläne für den Abend. Schon seit langem hatte er Olga nicht mehr getroffen, und er war neugierig, was sie mit dem batteriegetriebenen Vibrator anstellen würde, den er ihr als Geschenk aus London mitgebracht hatte.

*

Im israelischen Marinegeheimdienst gab es einen jungen Hauptmann namens Dieter Koch, der als Schiffsingenieur ausgebildet war. Wenn die *Coparelli* mit ihrer Yellow-Cake-Ladung von Antwerpen aus in See stach, mußte Koch an Bord sein.

Nat Dickstein traf in Antwerpen ein und hatte nur eine ganz vage Vorstellung, wie er vorgehen könnte. Von seinem Hotelzimmer aus rief er den örtlichen Repräsentanten der Firma an, der die *Coparelli* gehörte.

Wenn ich sterbe, dachte er, während er auf die Verbindung wartete, wird man mich von einem Hotelzimmer aus zu Grabe tragen.

Ein Mädchen meldete sich. Dickstein sagte energisch: »Hier ist Pierre Beaudaire, geben Sie mir den Direktor.«

»Einen Moment, bitte.«

Eine Männerstimme. »Ja?«

»Guten Morgen, hier ist Pierre Beaudaire von der Beaudaire-Besatzungsvermittlung.« Dickstein improvisierte, während er sprach.

»Nie von Ihnen gehört.«

»Deshalb rufe ich Sie an. Wir erwägen nämlich, ein Büro in Antwerpen zu eröffnen. Mich würde interessieren, ob Sie bereit wären, uns einen Auftrag zu geben.«

»Das bezweifle ich, aber Sie können mir schreiben und ...«

»Sind Sie mit Ihrer jetzigen Besatzungsagentur vollkommen zufrieden?«

»Sie könnte schlechter sein. Hören Sie ...«

»Noch eine Frage, und ich werde Sie nicht länger belästigen. Dürfte ich wissen, mit wem Sie im Moment zusammenarbeiten?«

»Mit Cohen. Aber jetzt habe ich keine Zeit mehr –«

»Ich verstehe. Vielen Dank für Ihre Geduld. Auf Wiederhören.«

Cohen! Ein glücklicher Zufall! Vielleicht kann ich es diesmal ohne Brutalität schaffen, dachte Dickstein, während er den Hörer auflegte. Cohen! Eine Überraschung – das Werft- und Schiffsgeschäft war für Juden nicht typisch. Nun, er hatte eben Glück gehabt.

Er schlug die Besatzungsagentur Cohen im Telefonbuch nach, prägte sich die Adresse ein, zog seinen Mantel an, verließ das Hotel und winkte einem Taxi.

Cohen hatte ein kleines Zweizimmerbüro über einer Seemannsbar im Vergnügungsviertel der Stadt. Es war noch nicht Mittag, und die Nachtmenschen schliefen noch – die Prostituierten und Diebe, Musiker und Nackttänzerinnen, Kellner und Rausschmeißer, die das Viertel am Abend zum Leben erweckten. Zur Zeit sah es aus wie jeder andere vernachlässigte Geschäftsbezirk, grau und kalt und nicht allzu sauber.

Dickstein stieg die Treppe zu einer Tür im ersten Stockwerk hinauf, klopfte an und trat ein. Eine Sekretärin mittleren Alters saß wie ein Wachhund in einem kleinen Empfangsbüro mit Regalen voller Ordner an den Wänden und orangefarbenen Plastikstühlen.

»Ich würde gern mit Herrn Cohen sprechen.«

Sie musterte ihn und kam wohl zu dem Schluß, daß er kein Seemann war. »Brauchen Sie ein Schiff?« fragte sie skeptisch.

»Nein. Ich bin aus Israel.«

»Oh.« Die Sekretärin zögerte. Sie hatte dunkles Haar und tiefliegende, mit Lidschatten bemalte Augen, und sie trug einen Ehering. Dickstein überlegte, ob sie Frau Cohen sein könnte. Sie stand auf und trat durch eine Tür hinter ihrem Schreibtisch in das zweite Zimmer. Von hinten – sie trug einen Hosenanzug – war ihr Alter nicht zu übersehen.

Eine Minute später tauchte sie wieder auf und bat ihn in Cohens Büro. Cohen erhob sich, schüttelte ihm die Hand und sagte ohne Vorrede: »Ich spende jedes Jahr für die gute Sache. Während des Krieges habe ich 20 000 Gulden gespendet, ich kann Ihnen den Scheck zeigen. Geht es um eine neue Sammlung? Gibt es wieder Krieg?«

»Ich bin nicht hier, um Geld zu sammeln, Herr Cohen«, beruhigte Dickstein ihn mit einem Lächeln. Die Sekretärin hatte die Tür offengelassen, Dickstein schloß sie. »Darf ich mich setzen?«

»Wenn Sie kein Geld wollen, nehmen Sie Platz, trinken Sie Kaffee mit mir und bleiben Sie den ganzen Tag«, lachte Cohen.

Dickstein setzte sich. Cohen war ein kleiner Mann mit Brille, kahlköpfig und glattrasiert, und schien etwa fünfzig Jahre alt zu sein. Er trug einen braunkarierten Anzug, der nicht sehr neu war. Dickstein vermutete, daß er kein schlechtes Geschäft hatte, aber längst kein Millionär war. »Waren Sie im Zweiten Weltkrieg hier?«

Cohen nickte. »Damals war ich noch jung. Ich ging aufs Land und arbeitete auf einem Bauernhof, wo niemand mich kannte. Niemand wußte, daß ich Jude war. Ich hatte Glück.«

»Glauben Sie, daß das alles noch einmal passieren könnte?«

»Ja. Es ist in der Geschichte immer wieder passiert, weshalb sollte es jetzt aufhören? Es wird geschehen – aber nicht mehr, solange ich lebe. Hier fühle ich mich wohl. Ich will nicht nach Israel.«

»Gut. Ich arbeite für die israelische Regierung. Wir möchten, daß Sie etwas für uns tun.«

Cohen zuckte die Achseln. »Das wäre?«

»In ein paar Wochen wird sich einer Ihrer Kunden mit einem dringenden Auftrag an Sie wenden. Er wird einen Maschinenoffizier für ein Schiff namens *Coparelli* benötigen. Wir möchten, daß Sie einen unserer Männer vermitteln. Er heißt Koch und ist Israeli, doch er wird einen anderen Namen und gefälschte Papiere benutzen. Aber er ist tatsächlich Schiffsingenieur – Ihr Kunde wird nicht unzufrieden sein.«

Dickstein wartete darauf, daß Cohen etwas sagte. Du bist ein netter Bursche, dachte er, ein anständiger jüdischer Geschäftsmann, clever und fleißig und nicht mehr der Jüngste. Bitte, zwinge mich nicht, dich hart anzufassen. »Sie wollen mir nicht sagen, weshalb die israelische Regierung diesen Koch an Bord der *Coparelli* haben will?« fragte Cohen.

»Nein.«

Schweigen.

»Können Sie sich ausweisen?«

»Nein.«

Die Sekretärin kam herein, ohne anzuklopfen, und brachte Kaffee. Dickstein spürte ihre Feindseligkeit.

Cohen hatte die Unterbrechung benutzt, um sich zu konzentrieren. Als sie hinausgegangen war, sagte er: »Ich müßte meschugge sein, um das zu tun.«

»Wieso?«

»Sie kommen einfach herein, behaupten, daß Sie die israelische Regierung vertreten, aber Sie können sich nicht ausweisen, Sie nennen mir nicht einmal Ihren Namen. Ich soll in etwas verwickelt werden, was offensichtlich anrüchig und wahrscheinlich kriminell ist. Sie wollen mir nicht sagen, was Sie vorhaben, und selbst wenn Sie es mir sagten und ich glaubte Ihnen, weiß ich nicht, ob ich damit einverstanden wäre, daß die Israelis sich so verhalten.«

Dickstein seufzte und überlegte sich die Alternativen: Erpressung, Entführung seiner Frau, Besetzung seines Büros an dem entscheidenden Tag ... »Gibt es nichts, wodurch ich Sie überzeugen könnte?«

»Wenn mich der israelische Ministerpräsident persönlich darum bittet, würde ich mich darauf einlassen.«

Dickstein stand auf, um hinauszugehen, dann dachte er: Warum nicht? Warum nicht, verdammt noch mal? Es war eine unglaubliche Idee. Man würde ihn für verrückt halten ... aber es würde funktionieren, es würde den Zweck erfüllen ... Er grinste. Pierre Borg würde einen Schlaganfall erleiden.

»In Ordnung.«

»Was soll das heißen: ›In Ordnung‹?«

»Ziehen Sie Ihren Mantel an. Wir fliegen nach Jerusalem.«

»Jetzt?«

»Haben Sie dringend zu tun?«

»Meinen Sie das ernst?«

»Ich habe Ihnen doch gesagt, daß es wichtig ist.« Dickstein deutete auf das Telefon auf dem Schreibtisch. »Rufen Sie Ihre Frau an.«

»Sie ist draußen.«

Dickstein trat zur Tür und öffnete sie. »Frau Cohen?«

»Ja.«

»Würden Sie hereinkommen, bitte?«

Sie eilte mit besorgter Miene herbei. »Was ist los, Joseph?« fragte sie ihren Mann.

»Dieser Mann will, daß ich mit ihm nach Jerusalem fliege.«

»Wann?«

»Jetzt.«

»Du meinst in dieser Woche?«

Dickstein sagte: »Ich meine heute morgen, Frau Cohen. Sie müssen wissen, daß dies alles streng geheim ist. Ich habe Ihren Mann gebeten, etwas für die israelische Regierung zu tun. Natürlich möchte er sichergehen, daß die Regierung ihn um diesen Gefallen bittet und nicht irgendein Verbrecher. Deshalb nehme ich ihn mit, um ihn zu überzeugen.«

»Laß dich in nichts hineinziehen, Joseph —«

Cohen hob die Schultern. »Ich bin Jude, damit bin ich schon hineingezogen. Kümmere dich bitte um das Geschäft.«

»Du weißt überhaupt nichts über diesen Mann!«

»Also muß ich es herausfinden.«

»Die Sache gefällt mir nicht.«

»Es besteht keine Gefahr«, erwiderte Cohen. »Wir nehmen eine Linienmaschine, reisen weiter nach Jerusalem, ich treffe den Ministerpräsidenten, und wir fliegen zurück.«

»Den Ministerpräsidenten!« Dickstein war klar, wie stolz sie sein würde, wenn ihr Mann den Ministerpräsidenten von Israel traf. »Dies muß geheim bleiben, Frau Cohen. Bitte, sagen Sie allen, daß Ihr Mann geschäftlich nach Rotterdam gefahren ist.«

Sie starrte die beiden an. »Mein Joseph trifft den Ministerpräsidenten, und ich darf es Rachel Rothstein nicht erzählen?«

Nun wußte Dickstein, daß alles glattgehen würde.

Cohen nahm seinen Mantel vom Haken und zog ihn an. Frau Cohen küßte ihn und legte die Arme um seine Schultern.

»Alles ist in Ordnung. Es kommt sehr plötzlich und scheint seltsam, aber es ist in Ordnung.«

Sie nickte stumm und ließ ihn los.

*

Sie nahmen ein Taxi zum Flughafen. Dicksteins Freude wuchs während der Fahrt. Der Plan hatte etwas Tollkühnes an sich; er kam sich fast wie ein Schuljunge vor, der sich einen großartigen Streich ausgedacht hatte. Dickstein mußte das Gesicht abwenden, damit Cohen sein Grinsen nicht bemerkte.

Pierre Borg würde an die Decke gehen.

Dickstein löste zwei Rückflugkarten nach Tel Aviv und bezahlte mit seiner Kreditkarte. Sie mußten einen Anschlußflug über Paris nehmen. Vor dem Start rief er die Botschaft in Paris an und sorgte dafür, daß jemand sie im Transitsaal erwartete.

In Paris übergab er dem Mann von der Botschaft eine Nachricht an Borg, in der alles Erforderliche erklärt wurde. Der Diplomat gehörte zum Mossad und behandelte Dickstein voll Ehrerbietung. Cohen durfte der Unterhaltung zuhören, und als der Mann zur Botschaft zurückgekehrt war, sagte er: »Wir können zurückfliegen. Ich bin schon überzeugt.«

»Oh nein. Da wir schon einmal hier sind, will ich ganz sichergehen.«

Im Flugzeug meinte Cohen: »Sie müssen in Israel ein wichtiger Mann sein.«

»Nein, aber was ich tue, ist wichtig.«

Cohen wollte wissen, wie er sich zu benehmen habe und wie der Ministerpräsident anzureden sei. »Keine Ahnung, ich bin ihm nie begegnet«, sagte Dickstein. »Schütteln Sie ihm die Hand und reden Sie ihn mit seinem Namen an.«

Der Geschäftsmann lächelte. Er begann, Dicksteins Übermut zu teilen.

Pierre Borg holte sie am Flughafen Lod mit einem Wagen ab, der sie nach Jerusalem bringen sollte. Er lächelte und reichte Cohen die Hand, aber er kochte innerlich vor Wut. Während sie zum Wagen gingen, raunte er Dickstein zu: »Ich hoffe, du hast einen verflucht guten Grund für diesen Zirkus.«

»Habe ich.«

Cohen war dauernd bei ihnen, so daß Borg keine Gelegenheit hatte, Dickstein ins Kreuzverhör zu nehmen. Sie fuhren direkt zur Residenz des Ministerpräsidenten in Jerusalem. Dickstein und Cohen warteten in einem Vorraum, während Borg dem Regierungschef erklärte, worum es ging.

Ein paar Minuten später wurden sie hereingebeten. »Das ist Nat Dickstein, Herr Ministerpräsident«, stellte Borg vor.

Sie schüttelten einander die Hand, und der Ministerpräsident sagte: »Wir sind uns noch nie begegnet, aber ich haben von Ihnen gehört, Herr Dickstein.«

»Und das ist Herr Joseph Cohen aus Antwerpen«, meinte Borg.

»Herr Cohen.« Der Ministerpräsident lächelte. »Sie sind ein sehr vorsichtiger Mann. Sie hätten Politiker werden sollen. Also ... bitte, helfen Sie uns. Es ist sehr wichtig, und es wird Ihnen nicht schaden.«

Cohen war geblendet. »Ja, natürlich, es tut mir leid, daß ich so viele Schwierigkeiten gemacht habe ...«

»Keine Ursache. Sie haben das Richtige getan.« Er gab Cohen noch einmal die Hand. »Vielen Dank für Ihren Besuch. Auf Wiedersehen.«

Auf dem Rückweg zum Flughafen war Borg weniger

höflich. Er saß stumm auf dem Beifahrersitz des Autos, rauchte eine Zigarre und spielte nervös mit den Fingern. Am Flughafen gelang es ihm, eine Minute lang allein mit Dickstein zu sprechen. »Wenn du noch einmal so eine Masche abziehst ...«

»Es ging nicht anders, und es dauerte weniger als eine Minute. Warum nicht?«

»Warum nicht? Meine halbe Abteilung hat den ganzen beschissenen Tag daran gearbeitet, um diese Minute zu ermöglichen. Warum hast du dem Mann nicht einfach die Pistole an die Schläfe gesetzt?«

»Weil wir keine Barbaren sind.«

»Das wird mir immer wieder gesagt.«

»Tatsächlich? Ein schlechtes Zeichen.«

»Wieso?«

»Weil du es eigentlich selbst wissen müßtest.«

Dann wurde ihr Flug aufgerufen. Während er mit Cohen in die Maschine stieg, sann Dickstein darüber nach, daß seine Beziehung zu Borg ruiniert war. Sie waren zwar nie zimperlich zueinander gewesen, aber bis jetzt war ein Unterton von ... vielleicht nicht von Zuneigung, aber wenigstens von Respekt dabeigewesen. Das war vorbei. Borg verhielt sich unverhüllt feindselig. Dicksteins Weigerung, sich ablösen zu lassen, war eine Herausforderung, die Borg nicht dulden konnte. Wenn Dickstein weiter im Mossad hätte arbeiten wollen, hätte er Borg den Posten des Direktors streitig machen müssen – die Organisation bot nicht mehr genügend Platz für beide Männer. Aber dazu würde es nicht kommen, denn er, Dickstein, würde zurücktreten.

Auf dem Nachtflug nach Europa trank Cohen etwas Gin und schlief ein. Dickstein beschäftigte sich in Gedanken mit der Arbeit, die er in den letzten fünf Monaten geleistet hatte. Im Mai hatte er angefangen – ohne klares Konzept. Er hatte sich den jeweils auftretenden Problemen gestellt und für jedes eine Lösung gefunden:

wie Uran ausfindig zu machen war, welches Uran er stehlen sollte, wie er ein Schiff kapern konnte, wie die israelische Beteiligung an dem Diebstahl zu tarnen war, wie man verhindern konnte, daß das Verschwinden des Urans den Behörden gemeldet wurde, wie er die Eigentümer zufriedenstellen konnte. Wenn er sich am Anfang hingesetzt und versucht hätte, den ganzen Plan zu entwerfen, hätte er nie alle Komplikationen vorhersehen können.

Er hatte etwas Glück und etwas Pech gehabt. Die Tatsache, daß die Eigner der *Coparelli* mit einer jüdischen Besatzungsagentur in Antwerpen zusammenarbeiteten, war ein Glücksfall, ebenso die Existenz einer Uranladung für nichtnukleare Zwecke, die noch dazu auf dem Seeweg transportiert wurde. Das Pech beschränkte sich im wesentlichen auf seine zufällige Begegnung mit Yasif Hassan.

Hassan – das Haar in der Suppe. Dickstein war ziemlich sicher, daß er den Gegner abgeschüttelt hatte, als er nach Buffalo geflogen war, um Cortone zu besuchen, und daß seine Spur noch nicht wiederaufgenommen worden war. Aber das bedeutete nicht, daß die anderen aufgegeben hatten.

Es wäre nützlich gewesen zu wissen, wieviel sie herausgefunden hatten, bevor er ihnen entwischt war.

Dickstein konnte Suza nicht wiedersehen, bis die ganze Angelegenheit ausgestanden war – und auch daran war Hassan schuld. Wenn er noch einmal nach Oxford reiste, würde Hassan sich bestimmt wieder irgendwie auf seine Fährte setzen.

Das Flugzeug begann zu landen. Dickstein schnallte seinen Sicherheitsgurt fest. Nun war es soweit, der Plan stand fest, die Vorbereitungen waren getroffen. Alle Karten verteilt. Er wußte, welche Trümpfe er hielt, er kannte einige Karten seiner Gegner und umgekehrt. Jetzt mußte die Partie nur noch gespielt werden, und niemand konnte das Ergebnis voraussagen. Er wünschte sich, die Zukunft klarer sehen zu können, weniger komplizierte Pläne in die Tat umzusetzen, sein Leben nicht mehr riskieren zu müssen, und er wünschte sich, daß das Spiel endlich begänne, damit er endlich handeln könnte.

Cohen war aufgewacht. »Habe ich das alles geträumt?«

»Nein.« Dickstein lächelte. Ihm stand noch eine unangenehme Pflicht bevor. Er mußte Cohen zu Tode erschrecken. »Ich habe Ihnen gesagt, daß die Sache wichtig und geheim ist.«

»Natürlich, ich verstehe.«

»Sie verstehen nicht. Wenn Sie mit irgend jemandem außer Ihrer Frau darüber sprechen, werden wir drastische Maßnahmen ergreifen.«

»Ist das eine Drohung? Worauf wollen Sie hinaus?«

»Ich will darauf hinaus, daß wir Ihre Frau umbringen, wenn Sie nicht den Mund halten.«

Cohen starrte ihn an und wurde bleich. Nach einem Moment wandte er sich ab und blickte aus dem Fenster auf den Flugplatz hinunter, der ihnen entgegenzukommen schien.

13

DAS MOSKAUER HOTEL »Rossija« ist das größte Hotel Europas. Es hat 5 738 Betten, zehn Meilen Flure und keine Klimaanlage.

Yasif Hassan schlief dort sehr schlecht.

Es war einfach zu sagen: Die Feddajin müssen das Schiff kapern, bevor Dickstein es tut, aber je mehr er darüber nachdachte, desto mehr ängstigte ihn die Sache.

Die PLO war 1968 keine straffe politische Einheit, wie sie vorgab. Sie war nicht einmal ein loses Bündnis individueller Gruppen. Eher erinnerte sie an einen Verein für

Menschen mit einem gemeinsamen Interesse; sie repräsentierte ihre Mitglieder, doch sie beherrschte sie nicht. Die einzelnen Guerillagruppen konnten durch die PLO mit einer Stimme sprechen, aber sie agierten nicht einheitlich und konnten es auch nicht. Wenn Mahmud also erklärte, daß die Feddajin etwas unternehmen würden, sprach er nur für seine eigene Gruppe. Außerdem wäre es in diesem Fall unklug gewesen, die PLO auch nur um Unterstützung zu bitten. Die Organisation erhielt Geld, Einrichtungen und Asyl von den Ägyptern, aber sie war auch von ihnen infiltriert worden. Wenn man etwas vor dem arabischen Establishment geheimhalten wollte, mußte man es auch vor der PLO geheimhalten. Wenn nach der Aktion die Weltpresse kam, um sich das gekaperte Schiff mit seiner Atomladung anzusehen, würden die Ägypter natürlich Bescheid wissen und vermutlich argwöhnen, daß die Feddajin ihnen absichtlich einen Strich durch die Rechnung gemacht hatten. Doch Mahmud würde den Unschuldigen spielen, und die Ägypter würden in den allgemeinen Beifall für die Feddajin, die einen israelischen Aggressionsakt vereitelt hatten, einstimmen müssen.

Ohnehin glaubte Mahmud nicht, daß er die Hilfe der anderen benötigte. Seine Gruppe hatte die besten Verbindungen außerhalb Palästinas, die beste europäische Organisation und genug Geld. Er war jetzt in Benghasi, um sich ein Schiff zu borgen, während seine internationale Mannschaft sich aus verschiedenen Teilen der Welt zusammenfand.

Aber die allerwichtigste Aufgabe fiel Hassan zu: Wenn die Feddajin die *Coparelli* vor den Israelis schnappen sollten, mußte er ermitteln, wann und wo genau Dickstein das Schiff kapern wollte. Dazu brauchte er das KGB.

Inzwischen fühlte er sich in Rostows Gegenwart äußerst unbehaglich. Vor seinem Besuch bei Mahmud hatte er sich einreden können, daß er für zwei Organisationen mit dem gleichen Ziel arbeitete. Nun aber war er unbestreitbar ein Doppelagent, der nur vortäuschte, mit den Ägyptern und dem KGB zusammenzuarbeiten, während er in Wirklichkeit ihre Pläne sabotierte. Er schien sich verändert zu haben – in mancher Hinsicht kam er sich wie ein Verräter vor –, und er hatte Angst, daß Rostow die Veränderung bemerken würde.

Bei Hassans Ankunft in Moskau war Rostow selbst verlegen gewesen. Er hatte behauptet, seine Wohnung sei zu klein, um Hassan unterbringen zu können, obwohl der Rest der Familie im Urlaub war. Es schien, daß Rostow etwas zu verbergen hatte. Hassan vermutete, daß er sich mit einer Frau traf und sich dabei nicht stören lassen wollte.

Nach einer ruhelosen Nacht im Hotel »Rossija«, begegnete Hassan Rostow im KGB-Gebäude an der Moskauer Ringstraße, im Büro von Rostows Chef, Felix Woronzow. Auch hier gab es Unterströmungen. Die beiden Männer stritten sich, als Hassan das Zimmer betrat, und obwohl sie sich sofort beherrschten, war die Atmosphäre immer noch von unausgesprochener Feindseligkeit erfüllt. Doch Hassan war zu sehr von seinen eigenen Plänen in Anspruch genommen, um dafür Interesse aufzubringen. Er setzte sich. »Gibt es irgendwelche Entwicklungen?«

Rostow und Woronzow wechselten einen Blick, und Rostow zuckte die Achseln. »Die *Stromberg* ist mit einem sehr starken Leitstrahlsender versehen worden«, sagte Woronzow. »Sie hat das Trockendock jetzt verlassen und über den Golf von Biscaya einen südlichen Kurs eingeschlagen. Wir nehmen an, daß sie nach Haifa fährt, um eine Besatzung von Mossad-Agenten an Bord zu nehmen. Ich finde, daß wir mit den gesammelten Informationen zufrieden sein können. Das Projekt tritt jetzt in die Phase der Verwirklichung ein. Unsere Aufgabe ist sozusagen nicht mehr deskriptiv, sondern wird normativ.«

»Im Moskauer Zentrum reden alle so«, meinte Rostow respektlos. Woronzow starrte ihn nur an.

»Um welche Aktion handelt es sich?« fragte Hassan.

»Rostow wird in Odessa an Bord des polnischen Handelsschiffes *Karla* gehen«, erklärte Woronzow. »Sie sieht wie ein gewöhnliches Frachtschiff aus, aber sie ist sehr schnell und hat eine Zusatzausrüstung – wir benutzen sie recht oft.«

Etwas angewidert starrte Rostow zur Decke hinauf. Hassan erriet, daß er den Ägyptern einige dieser Details hatte vorenthalten wollen. Vielleicht hatte er sich mit Woronzow darüber gestritten.

»Sie müssen uns ein ägyptisches Schiff besorgen und im Mittelmeer mit der *Karla* Kontakt aufnehmen«, fuhr Woronzow fort.

»Und dann?«

»Wir warten, bis Tyrin uns von Bord der *Coparelli* mitteilt, wann die israelische Kaperung stattfindet. Er wird uns auch darüber informieren, ob das Uran von der *Coparelli* auf die *Stromberg* umgeladen werden soll oder ob es einfach auf der *Coparelli* bleibt, um erst in Haifa entladen zu werden.«

»Und danach?« beharrte Hassan.

Woronzow wollte weitersprechen, aber Rostow kam ihm zuvor. »Ich möchte, daß Sie Kairo zur Tarnung etwas anderes erzählen«, sagte er zu Hassan. »Ihre Leute sollen glauben, daß wir nichts von der *Coparelli* wissen, daß wir nur von Plänen der Israelis im Mittelmeer erfahren haben und immer noch versuchen, die Einzelheiten aufzudecken.«

Hassan nickte mit unbewegtem Gesicht. Er *mußte* wissen, was geplant wurde, doch Rostow wollte ihn nicht näher informieren! »Ja, das werde ich tun – wenn Sie mir den tatsächlichen Plan beschreiben.«

Rostow hob die Schultern und blickte Woronzow an.

»Nach der Kaperung durch Dickstein wird die *Karla*

Kurs auf Dicksteins Schiff nehmen, und zwar das mit dem Uran«, erläuterte Woronzow. »Die *Karla* wird das Schiff rammen.«

»Rammen!«

»Ihr eigenes Schiff wird Zeuge des Zusammenstoßes sein, ihn melden und beobachten, daß die Besatzung des gerammten Schiffes aus Israel stammt und die Fracht aus Uran besteht. Auch diese Tatsache werden Sie melden. Es wird eine internationale Untersuchung der Kollision geben. Man wird eindeutig feststellen, daß das Schiff Israelis und gestohlenes Uran an Bord hatte. Man wird das Uran den rechtmäßigen Eigentümern zurückgeben, und die Israelis werden mit Schande bedeckt.«

»Sie werden kämpfen«, gab Hassan zu bedenken.

»Um so besser«, sagte Rostow. »Das ägyptische Schiff wird in der Nähe sein, beobachten, daß sie uns angreifen, und uns helfen, sie zurückzuschlagen.«

»Es ist ein guter Plan«, kommentierte Woronzow. »Er ist einfach. Die beiden Schiffe brauchen nur zu kollidieren – alles übrige ergibt sich von selbst.«

»Ja, es ist ein guter Plan«, sagte Hassan. Er ließ sich ganz mit dem Plan der Feddajin in Einklang bringen. Im Gegensatz zu Dickstein wußte Hassan, daß Tyrin an Bord der *Coparelli* war. Nachdem die Feddajin die *Coparelli* gekapert und die Israelis überfallen hatten, könnten sie Tyrin und seinen Sender ins Meer werfen. Dann würde Rostow keine Möglichkeit haben, sie zu finden.

Aber Hassan mußte wissen, wann und wo Dickstein die Kaperung durchführen wollte, damit die Feddajin ihm mit Sicherheit zuvorkommen konnten.

Es war sehr heiß in Woronzows Büro. Hassan trat ans Fenster und blickte auf den Verkehr der Moskauer Ringstraße hinab. »Wir müssen erfahren, wann und wo Dickstein plant, die *Coparelli* zu kapern.«

»Wozu?« fragte Rostow und breitete die Arme aus. »Wir

haben Tyrin an Bord der *Coparelli* und einen Leitstrahlsender auf der *Stromberg*. Wir wissen jederzeit, wo beide sich aufhalten. Also brauchen wir nur in der Nähe zu bleiben und zuzuschlagen, wenn es soweit ist.«

»Mein Schiff muß zum kritischen Zeitpunkt in der richtigen Gegend sein.«

»Folgen Sie einfach der *Stromberg* jenseits des Horizonts – Sie können sich an ihrem kleinen Signal orientieren, oder halten Sie Kontakt mit mir auf der *Karla*. Meinetwegen auch beides.«

»Angenommen, der Leitstrahlsender versagt oder Tyrin wird entdeckt?«

»Dieses Risiko steht gegen ein anderes, nämlich, daß wir uns verraten, wenn wir Dickstein wieder verfolgen – vorausgesetzt, daß wir ihn finden.«

»Aber er hat nicht unrecht«, sagte Woronzow.

Nun war Rostow an der Reihe, wütend dreinzublicken.

Hassan knöpfte seinen Kragen auf. »Darf ich ein Fenster öffnen?«

»Sie lassen sich nicht öffnen«, antwortete Woronzow.

»Haben Sie hier noch nie etwas von Klimaanlagen gehört?«

»In Moskau?«

Hassan drehte sich zu Rostow um. »Denken Sie darüber nach. Ich möchte völlig sicher sein, daß wir diese Leute festnageln.«

»Ich habe darüber nachgedacht«, erwiderte Rostow. »Wir sind so sicher, wie wir nur sein können. Kehren Sie nach Kairo zurück, besorgen Sie das Schiff und halten Sie mit mir Verbindung.«

Du arrogantes Schwein, dachte Hassan. Er wandte sich an Woronzow. »Um ehrlich zu sein, ich kann meinen Leuten nicht berichten, daß mir der Plan gefällt, solange sich diese Ungewißheit nicht beseitigen läßt.«

»Ich stimme mit Ihnen überein.«

»Aber ich nicht«, sagte Rostow. »Und der Plan ist in

seiner jetzigen Fassung schon von Andropow gebilligt worden.«

Bis jetzt hatte Hassan geglaubt, sich durchsetzen zu können, da er Woronzow auf seiner Seite hatte. Schließlich war Woronzow Rostows Vorgesetzter. Doch die Erwähnung des KGB-Vorsitzenden war in diesem Spiel offenbar ein wichtiger Schachzug. Woronzow schien dadurch beinahe eingeschüchtert, und Hassan mußte wieder seine Verzweiflung unterdrücken.

»Der Plan kann geändert werden«, meinte Woronzow.

»Nur mit Andropows Genehmigung. Und ich werde deinen Wunsch nicht unterstützen.«

Woronzows Lippen waren zu einer schmalen Linie zusammengepreßt. Er haßt Rostow, dachte Hassan, genau wie ich.

»Also gut.« Woronzow gab sich geschlagen.

Während seiner ganzen Jahre im Spionagegeschäft war Hassan Teil einer professionellen Organisation gewesen – des ägyptischen Geheimdienstes, des KGB, sogar der Feddajin. Immer waren andere dagewesen, Erfahrenere und Entschlossenere, die ihm Befehle und Hinweise gegeben und letzten Endes die Verantwortung auf sich genommen hatten. Als er das KGB-Gebäude verließ, um in sein Hotel zurückzukehren, wurde ihm klar, daß er nun auf sich selbst gestellt war.

Ganz allein mußte er einen höchst geschickten und klugen Mann aufspüren und sein am besten gehütetes Geheimnis herausfinden.

Mehrere Tage lang war er in einem panikartigen Zustand. Er flog nach Kairo zurück, erzählte dort zur Tarnung Rostows Geschichte und besorgte das ägyptische Schiff, das die Russen erbeten hatten. Das Problem ragte weiterhin vor ihm auf wie eine schroffe Felsklippe, deren Besteigung er nicht wagen konnte, bevor er nicht wenigstens einen Teil der Route kannte. Er suchte in seinem Unterbewußtsein nach Verhaltensweisen und Methoden, die ihn befähigen würden, eine solche Aufgabe in Angriff zu nehmen, völlig unabhängig zu handeln.

Seine Erinnerungen führten ihn weit in die Vergangenheit zurück.

Früher einmal war Yasif Hassan ein anderer Mensch gewesen: ein wohlhabender, fast aristokratischer junger Araber, dem die Welt zu Füßen lag. Er war der Auffassung gewesen, zu jeder Leistung fähig zu sein. Diese Einstellung hatte ihm immer wieder geholfen. Ohne die geringsten Bedenken hatte er in England, einem ihm fremden Land, studiert; und er hatte in die dortige Gesellschaft Eingang gefunden, ohne sich darum zu kümmern oder sich auch nur zu fragen, was man von ihm halten mochte.

Sogar damals hatte es Zeiten gegeben, in denen er lernen mußte, aber auch das war ihm leichtgefallen. Einmal hatte ihn ein Kommilitone, irgendein Viscount, zum Polospielen eingeladen. Hassan hatte nie vorher Polo gespielt. Er hatte sich nach den Regeln erkundigt, den anderen eine Weile zugesehen, darauf geachtet, wie sie die Schläger hielten, wie sie den Ball vorwärtstrieben, wie sie Pässe schlugen und warum. Dann hatte er sich ihnen angeschlossen. Zwar ging er ungeschickt mit dem Schläger um, aber er konnte reiten wie der Wind: Er spielte nicht schlecht, das Match machte ihm Spaß, und seine Mannschaft gewann.

Heute, im Jahre 1968, sagte er sich: Ich kann alles schaffen, aber wem soll ich nacheifern?

Die Antwort lag auf der Hand: David Rostow.

Rostow war unabhängig, selbstbewußt, fähig, brillant. Er konnte Dickstein finden, sogar wenn er anscheinend ratlos war, keine Anhaltspunkte hatte und in einer Sackgasse steckte. Zweimal war es ihm gelungen. Hassan erinnerte sich:

Frage: Warum ist Dickstein in Luxemburg?

Also, was wissen wir über Luxemburg? Was gibt es hier?

Die Börse, die Banken, den Europarat, Euratom – Euratom!

Frage: Dickstein ist verschwunden – wohin könnte er gereist sein?

Keine Ahnung.

Frage: Aber wen kennen wir, den auch er kennt?

Nur Professor Ashford in Oxford – Oxford!

Rostows Methode war, Informationssplitter zusammenzusetzen – beliebige Informationen, wie banal sie auch sein mochten –, um sich dem Ziel zu nähern.

Die Schwierigkeit bestand darin, daß sie offenbar alle ihre Informationen bereits genutzt hatten.

Also brauche ich mehr Material, dachte Hassan; ich kann alles schaffen.

Er zermarterte sich das Hirn nach all den Einzelheiten, deren er sich aus ihrer gemeinsamen Zeit in Oxford entsann. Dickstein war im Krieg gewesen, er spielte Schach, seine Kleidung war schäbig ... Er hatte eine Mutter.

Aber sie war gestorben.

Hassan war nie Brüdern oder Schwestern, überhaupt keinen Verwandten Dicksteins begegnet. Es war alles so lange her, und sogar damals hatten sie sich nicht sehr nahegestanden.

Doch es gab jemanden, der etwas mehr über Dickstein wissen könnte: Professor Ashford.

In seiner Verzweiflung kehrte Yasif Hassan nach Oxford zurück.

Während der ganzen Reise – im Flugzeug von Kairo aus, im Taxi vom Londoner Flughafen zur Paddington Station, im Zug nach Oxford und im Taxi zu dem kleinen grünweißen Haus am Fluß – beschäftigte er sich in Gedanken mit Ashford. Im Grunde verachtete er den Professor. In seiner Jugend mochte Ashford ein Abenteurer gewesen sein, aber er war zu einem schwachen alten Mann, einem politischen Dilettanten, einem Akademiker geworden, der nicht einmal seine eigene Frau an sich binden konnte. Es war unmöglich, einen alten Hahnrei zu respektieren – und die Tatsache, daß die Engländer eine andere Mentalität hatten, vergrößerte Hassans Verachtung nur noch.

Er fürchtete, daß Ashfords Schwäche, zusammen mit einer gewissen Loyalität gegenüber Dickstein als seinem früheren Freund und Studenten, ihn vor einer Einmischung zurückschrecken lassen könnte.

Hassan fragte sich, ob er versuchen sollte, Dicksteins Judentum auszunutzen. Er wußte aus seiner Zeit in Oxford, daß der hartnäckigste Antisemitismus Englands jener der Oberklassen ist: Die Londoner Klubs, die Juden immer noch ausschlossen, lagen im West End, nicht im East End. Aber Ashfords Fall lag anders. Er liebte den Nahen Osten, und seine proarabische Haltung war ethisch, nicht rassisch begründet.

Nein, ein solches Vorgehen wäre ein Fehler.

Am Ende entschied er sich für die direkte Methode. Er würde Ashford erzählen, weshalb er Dickstein finden mußte, und hoffen, daß der Professor bereit sein würde, ihm aus den gleichen Motiven heraus zu helfen.

*

Als sie einander die Hände geschüttelt und den Sherry eingeschenkt hatten, nahmen sie im Garten Platz. Ashford fragte: »Was hat Sie so rasch wieder nach England zurückgeführt?«

Hassan sagte die Wahrheit. »Ich bin auf der Jagd nach Nat Dickstein.«

Sie saßen am Fluß in dem kleinen Winkel des Gartens, der durch eine Hecke abgetrennt war. Hier hatte Hassan die schöne Eila vor vielen Jahren geküßt. Der Winkel war vor dem Oktoberwind geschützt, und eine milde Herbstsonne wärmte ihn.

Ashford blieb zurückhaltend und vorsichtig; sein Gesicht war ausdruckslos. »Ich glaube, Sie sollten mir sagen, worum es geht.«

Hassan bemerkte, daß der Professor während des Sommers der Mode tatsächlich ein wenig nachgegeben hatte. Er hatte sich Koteletten zugelegt, seinen mönchischen Haarkranz lang wachsen lassen, und er trug Jeans mit einem breiten Ledergürtel unter seiner alten Tweedjakke. »Ich werde es Ihnen sagen«, entgegnete Hassan mit dem beschämenden Gefühl, daß Rostow geschickter vorgegangen wäre. »Aber ich brauche Ihr Wort, daß es unter uns bleibt.«

»Einverstanden.«

»Dickstein ist israelischer Spion.«

Ashfords Augen verengten sich, doch er blieb stumm.

Hassan sprach rasch weiter. »Die Zionisten planen, Atombomben zu produzieren, aber sie haben kein Plutonium. Was sie brauchen, ist eine geheime Uranlieferung, um ihren Reaktor zur Plutoniumherstellung zu füttern. Dickstein hat die Aufgabe, das Uran zu stehlen – und meine Aufgabe ist es, ihn zu finden und daran zu hindern. Ich möchte, daß Sie mir helfen.«

Der Professor starrte in seinen Sherry und trank das Glas in einem Zug aus. »Es geht hier um zwei Fragen«, sagte er, und Hassan merkte, daß Ashford das Ganze als intellektuelles Problem behandeln würde – die typische Verteidigung des eingeschüchterten Theoretikers. »Die erste ist, ob ich helfen kann oder nicht, die zweite, ob ich es *sollte* oder nicht. Die zweite Frage ist, glaube ich, wichtiger, moralisch jedenfalls.«

Hassan hätte Ashford am liebsten am Kragen gepackt und kräftig durchgeschüttelt. Vielleicht konnte er es tun, zumindest im übertragenen Sinn. »Natürlich sollten Sie es. Sie glauben doch an unsere Sache.«

»So einfach ist es nicht. Ich werde aufgefordert, mich in den Streit von zwei Männern einzumischen, die beide meine Freunde sind.«

»Aber nur einer von ihnen ist im Recht.«

»Ich sollte also dem helfen, der im Recht ist, und den verraten, der im Unrecht ist?«

»Natürlich.«

»Es ist alles andere als ›natürlich‹ ... Was werden Sie tun, falls Sie Dickstein finden?«

»Ich arbeite für den ägyptischen Geheimdienst, Professor. Aber meine Loyalität – und, wie ich denke, auch Ihre – gehört Palästina.«

Ashford weigerte sich, auf den Köder anzubeißen. »Fahren Sie fort«, sagte er unverbindlich.

»Ich muß ermitteln, wann und wo genau Dickstein das Uran stehlen will.« Hassan zögerte. »Die Feddajin werden Dickstein zuvorkommen und es selbst stehlen.«

Ashfords Augen glänzten. »Mein Gott, wie wunderbar.« Ich habe es fast geschafft, dachte Hassan. Er hat Angst, aber er ist auch fasziniert. »Es ist leicht für Sie, hier in Oxford loyal zu Palästina zu stehen. Sie brauchen nur Vorlesungen zu halten und Versammlungen zu besuchen. Für diejenigen von uns, die dort draußen für unser Land kämpfen, ist die Lage etwas schwieriger. Ich bin hier, weil ich Sie bitten will, etwas Konkretes für Ihre politische Überzeugung zu tun, zu entscheiden, ob Ihnen Ihre Ideale wirklich etwas bedeuten. Nun muß sich erweisen, ob die arabische Sache für Sie mehr ist als eine romantische Idee. Dies ist die Stunde der Wahrheit, Professor.«

»Vielleicht haben Sie recht.«

Und Hassan dachte: Jetzt habe ich dich.

*

Suza hatte beschlossen, ihren Vater wissen zu lassen, daß sie Nat Dickstein liebte.

Zuerst war sie sich selbst nicht sicher gewesen. Die wenigen Tage, die sie zusammen in London verbracht hatten, waren voll Ungestüm, Glück und Zärtlichkeit gewesen, aber danach hatte sie sich gesagt, daß es vorübergehende Gefühle sein könnten. Suza hatte entschieden, sich nicht festzulegen. Sie wollte so tun, als wäre nichts vorgefallen, und abwarten, wie sich die Dinge entwickelten.

In Singapur war etwas geschehen, was ihre Meinung geändert hatte. Zwei der Stewards waren homosexuell und brauchten nur eines der beiden Hotelzimmer, die man ihnen zugewiesen hatte. Deshalb konnte die Besatzung das andere Zimmer benutzen, um eine Party zu feiern. Bei der Party hatte der Pilot bei Suza einen Annäherungsversuch gemacht. Er war ein stiller, lächelnder blonder Mann von zierlicher Gestalt und mit einem skurrilen Humor. Alle Stewardessen schwärmten für ihn. Normalerweise wäre Suza ohne Zögern mit ihm ins Bett gegangen. Aber sie hatte nein gesagt und damit die gesamte Besatzung verblüfft. Als sie später darüber nachdachte, wurde ihr klar, daß sie nicht mehr wahllos mit Männern schlafen wollte. Es gefiel ihr einfach nicht mehr. Sie wollte keinen anderen als Nathaniel. Es war ungefähr so ... wie vor fünf Jahren, als die zweite Langspielplatte der Beatles herausgekommen war und sie ihren Stapel Schallplatten von Elvis, Roy Orbison und den Everly Brothers durchgesehen hatte. Ihr war klargeworden, daß sie sie nicht mehr spielen wollte, die Platten hatten ihren Zauber für sie verloren, sie hatte die alten vertrauten Melodien zu oft gehört und sich Musik von höherem Niveau gewünscht. Nun, es war ungefähr so, aber viel wichtiger.

Dicksteins Brief hatte den Ausschlag gegeben. Er war Gott weiß wo geschrieben und am Pariser Flughafen Orly abgeschickt worden. In seiner kleinen, sauberen Handschrift mit den übertriebenen Schleifen am G hatte er ihr sein Herz ausgeschüttet, was um so überwältigender war, da es von einem sonst schweigsamen Mann stammte. Der Brief hatte sie zu Tränen gerührt.

Sie wünschte, daß es einen Weg gäbe, um ihrem Vater all das zu erklären.

Suza wußte, daß er gegen die Israelis eingestellt war. Dickstein war ein früherer Student, ihr Vater hatte sich wirklich gefreut, ihn zu sehen, und war bereit gewesen, die Tatsache außer acht zu lassen, daß sein früherer Schüler jetzt auf der Seite des Feindes stand. Aber nun plante sie, Dickstein zu einem Mitglied der Familie zu machen. In seinem Brief stand: »Für immer‹ ist das, was ich will.« Sie konnte kaum erwarten, ihm zu sagen: »Oh ja, ich auch.«

Suza glaubte, daß beide Seiten im Nahen Osten unrecht hatten. Die Not der Flüchtlinge war ein Unrecht und bemitleidenswert, aber nach ihrer Meinung hätten sie besser daran getan, sich eine neue Heimat aufzubauen – es war nicht leicht, jedoch leichter als Krieg. Sie verachtete die theatralische Heldenpose, die für viele arabische Männer so unwiderstehlich war. Andererseits lag auf der Hand, daß die ganze verdammte Geschichte ursprünglich die Schuld der Zionisten war, die sich ein Land angeeignet hatten, das einem anderen Volk gehörte. Eine so zynische Haltung war ihrem Vater unverständlich, der Recht auf der einen und Unrecht auf der anderen Seite sah, und der schöne Geist seiner Frau stand auf der Seite des Rechts.

Es würde schwer für ihn werden. Sie hatte ihm schon vor langer Zeit seinen Traum ausgeredet, daß er eines Tages seine Tochter im weißen Hochzeitskleid zum Altar führen würde; aber er redete gelegentlich noch davon, daß sie heimisch werden und ihm eine Enkelin schenken könnte. Die Vorstellung, daß dieses Enkelkind ein Israeli sein könnte, wäre ein schrecklicher Schlag für ihn.

Aber das ist der Preis, den Eltern zahlen müssen, dachte Suza, als sie das Haus betrat. Sie rief: »Daddy, ich bin zurück«, während sie ihren Mantel auszog und die Reisetasche ihrer Fluggesellschaft auf den Boden stellte. Sie hörte keine Antwort, doch seine Aktentasche stand im

Flur. Er mußte im Garten sein. Suza setzte den Wasser-kessel auf, trat aus der Küche und ging zum Fluß hinab. Sie zerbrach sich immer noch den Kopf, um die richtigen Worte für ihre Neuigkeit zu finden. Vielleicht sollte sie zunächst über ihre Reise sprechen und dann allmählich zur Sache kommen.

Sie hörte Stimmen, als sie sich der Hecke näherte.

»Und was werden Sie mit ihm anfangen?« Es war die Summe ihres Vaters.

Suza blieb stehen und überlegte, ob sie stören durfte.

»Ich werde ihm nur folgen«, antwortete eine andere, fremde Stimme. »Dickstein darf natürlich nicht getötet werden, bevor alles vorbei ist.«

Sie schlug die Hand vor den Mund, um einen Schrei des Entsetzens zu unterdrücken. Dann drehte sie sich erschrocken um und lief mit leisen Schritten zurück ins Haus.

*

»Gut«, sagte Professor Ashford, »wir wollen uns an das halten, was wir die Rostow-Methode nennen könnten. Lassen Sie uns alles ins Auge fassen, was wir über Nat Dickstein wissen.«

Tu, was du willst, dachte Hassan, aber laß dir um Got-tes willen *irgend etwas* einfallen.

Ashford fuhr fort: »Er wurde im Londoner East End geboren. Sein Vater starb, als er noch ein Junge war. Was ist mit seiner Mutter?«

»Laut unseren Akten ist sie ebenfalls tot.«

»Aha. Hm, er trat nach der Hälfte des Krieges – 1943, glaube ich – in die Armee ein. Jedenfalls kam er rechtzei-tig, um an dem Angriff auf Sizilien teilzunehmen. Kurz danach wurde er gefangengenommen, etwa auf der Hälf-te des italienischen Stiefels – ich erinnere mich nicht an den Ort. Es ging ein Gerücht um – Sie wissen es bestimmt noch –, daß er in den Konzentrationslagern als Jude besonders viel zu leiden hatte. Nach dem Krieg kam er hierher. Er ...«

»Sizilien«, unterbrach Hassan.

»Ja?«

»Sizilien wird in seiner Akte erwähnt. Er soll eine Schiffsladung Waffen gestohlen haben. Unsere Leute hatten sie von einer Verbrecherbande in Sizilien gekauft.«

»Wenn wir unseren Zeitungen glauben können, gibt es nur eine einzige Verbrecherbande in Sizilien.«

»Unsere Leute vermuteten, daß die Diebe die Sizilianer bestochen hatten, um einen Tip zu bekommen.«

»War es nicht Sizilien, wo er diesem Mann das Leben rettete?«

Hassan fragte sich, wovon Ashford da redete. Er beherrschte seine Ungeduld. Sollte der Alte doch abschweifen – vielleicht kam dabei etwas heraus. »Er hat jemandem das Leben gerettet?«

»Dem Amerikaner. Erinnern Sie sich nicht? Ich habe es nie vergessen. Dickstein brachte den Mann hierher, einen ziemlich primitiven GI. Er erzählte mir die ganze Geschichte, hier in diesem Haus. Jetzt machen wir Fortschritte. Sie müssen dem Mann begegnet sein. Wissen Sie nicht mehr, daß Sie an dem Tag auch hier waren?«

»Leider nicht«, murmelte Hassan. Er war verlegen ... Wahrscheinlich war er in der Küche gewesen und hatte Eila abgetätschelt.

»Es war ... beunruhigend«, sagte Ashford. Er starrte auf das träge dahinfließende Wasser, während er sich um zwanzig Jahre zurückversetzte. Ein Schatten der Trauer überflog sein Gesicht, als erinnere er sich an seine Frau. »Lehrer und Studenten waren hier zusammengekommen, diskutierten wahrscheinlich atonale Musik oder Existenzialismus und nippten an unserem Sherry, als plötzlich ein großer Soldat auftauchte und über Scharfschützen, Panzer, Blut und Tod zu reden begann. Es ließ mich frösteln, deshalb erinnere ich mich so deutlich daran. Er erzählte, daß seine Familie aus Sizilien stamme und daß seine Cousins Dickstein nach seiner Lebensrettung gefeiert hätten. Haben Sie gesagt, daß eine sizilianische Bande Dickstein den Tip für die Schiffsladung Waffen gab?«

»Es ist jedenfalls möglich.«

»Vielleicht brauchte er sie gar nicht zu bestechen.«

Hassan schüttelte den Kopf. Dies war die Art banaler Information, aus der Rostow immer etwas zu machen schien – aber was sollte er selbst damit anfangen? »Ich verstehe nicht, wie uns das alles weiterhelfen soll. Wie könnte Dicksteins damaliger Coup mit der Mafia zu tun haben?«

»Die Mafia«, wiederholte Ashford. »Das ist das Wort, nach dem ich suchte. Der Name des Mannes war Cortone – Tony Cortone – nein, Al Cortone, aus Buffalo. Ich habe Ihnen doch gesagt, daß ich mich an jede Einzelheit erinnere.«

»Aber wo ist der Zusammenhang?« fragte Hassan ungeduldig.

Ashford zuckte die Achseln. »Ganz einfach. Dickstein hat schon einmal seine Freundschaft zu Cortone genutzt, um sich von der sizilianischen Mafia bei einem Piratenakt im Mittelmeer helfen zu lassen. Die Menschen durchleben ihre Jugenderfahrungen immer wieder neu. Er könnte noch einmal das gleiche versuchen.«

Hassan begann zu begreifen, und mit der Erleuchtung faßte er wieder Mut. Es war eine vage Möglichkeit, eine Vermutung, aber sie ergab Sinn. Vielleicht hatte er eine echte Chance, Dickstein wieder ausfindig zu machen.

Der Professor wirkte selbstzufrieden. »Es ist eine nette Spekulation – ich wünschte, ich könnte sie veröffentlichen, mit Fußnoten.«

»Sie könnten recht haben«, sagte Hassan sehnsüchtig.

»Es wird kühl. Lassen Sie uns ins Haus gehen.«

Während sie den Garten durchquerten, fiel Hassan flüchtig ein, daß er immer noch nicht wie Rostow war; die Inspiration war von Ashford gekommen. Vielleicht war seine frühere stolze Unabhängigkeit für immer verloren. Daran war etwas Unmännliches. Er überlegte, ob die anderen Feddajin ähnlich empfanden und deshalb so blutdürstig waren.

»Das Problem ist, daß Cortone Ihnen wohl kaum sagen wird, was er weiß«, meinte der Professor.

»Würde er es Ihnen sagen?«

»Wieso sollte er? Er wird sich nur vage an mich erinnern. Ja, wenn Eila noch am Leben wäre, könnte sie ihn besuchen und ihm irgendeine Geschichte erzählen ...«

»Hm ...« Hassan hätte es vorgezogen, wenn Eila nicht erwähnt worden wäre. »Dann muß ich es eben selbst versuchen.«

Sie erreichten das Haus, traten in die Küche und sahen Suza. Die beiden tauschten einen Blick und wußten, daß sie die Antwort gefunden hatten.

*

Bevor die beiden Männer ins Haus zurückkamen, war es Suza beinahe gelungen, sich einzureden, daß sie sich getäuscht hatte. Sie konnte nicht gehört haben, daß Nat Dicksteins Ermordung geplant wurde. Es war einfach unwirklich: der Garten, der Fluß, die Herbstsonne, ein Professor und sein Gast ... Mord paßte nicht hierher, die ganze Vorstellung war so absurd wie ein Eisbär in der Sahara. Außerdem gab es eine sehr gute psychologische Erklärung für ihren Fehler: Sie hatte beabsichtigt, ihrem Vater zu gestehen, daß sie Dickstein liebte, und sie hatte sich vor seiner Reaktion gefürchtet – Freud hätte wahrscheinlich voraussagen können, daß sie sich nun einbilden würde, ihr Vater wolle ihren Geliebten umbringen. Weil sie von dieser Argumentation fast überzeugt war, brachte sie es fertig, den beiden zuzulächeln und zu fragen: »Wer möchte Kaffee? Ich habe gerade ein paar Tassen gemacht.«

Ihr Vater küßte sie auf die Wange. »Ich wußte nicht, daß du zurück bist, mein Kind.«

»Bin gerade eingetroffen. Ich wollte schon in den Garten gehen, um dich zu suchen.« Weshalb lüge ich?

»Du kennst Yasif Hassan nicht – er war einer meiner Studenten, als du noch klein warst.«

Hassan küßte ihr die Hand und starrte sie so an wie alle, die Eila gekannt hatten. »Sie sind genauso schön wie Ihre Mutter.« Seine verblüffte Stimme verriet, daß er weder einen Flirt noch eine Schmeichelei beabsichtigte.

Ihr Vater sagte: »Yasif war vor ein paar Monaten hier, kurz nachdem einer seiner Kommilitonen uns besucht hatte – Nat Dickstein. Du hast Dickstein, glaube ich, getroffen, aber du warst schon wieder fort, als Yasif kam.«

»Hat das eine ... etwas mit dem ... anderen zu tun?« fragte Suza. Sie hätte die Unsicherheit ihrer Stimme verfluchen mögen.

Die beiden Männer sahen sich an, und ihr Vater antwortete: »Allerdings.«

Nun war ihr klar, daß es stimmte, daß sie sich nicht verhört hatte. Die beiden wollten tatsächlich den einzigen Mann umbringen, den sie je geliebt hatte. Sie war den Tränen gefährlich nahe und wandte sich ab, um mit Tassen und Untertassen zu hantieren.

»Ich möchte dich um etwas bitten, mein Kind – etwas sehr Wichtiges, um deiner Mutter willen. Setz dich.«

Nein, dachte Suza, es kann nicht noch schlimmer werden, bitte, nein!

Sie holte tief Atem, drehte sich um und nahm ihm gegenüber Platz.

»Ich möchte, daß du Yasif hilfst, Nat Dickstein zu finden.«

Von diesem Moment an haßte sie ihren Vater. Plötzlich

wußte sie, daß seine Liebe zu ihr nicht ehrlich war, daß er sie nie als Persönlichkeit gesehen hatte; er hatte sie ausgenutzt wie früher ihre Mutter. Nie wieder würde sie sich um ihm kümmern, ihm dienen; nie wieder würde sie sich Sorgen darüber machen, wie er sich fühlte, was er brauchte, ob er einsam war ... Sie erkannte im gleichzeitigen Aufblitzen von Einsicht und Haß, daß ihre Mutter irgendwann auch an diesem Punkt angelangt sein mußte. Nun würde sie das gleiche tun wie Eila und ihn verachten.

Ashford fuhr fort: »In Amerika gibt es einen Mann, der wissen könnte, wo Dickstein ist. Ich möchte, daß du ihn mit Yasif zusammen besuchst.«

Sie schwieg. Hassan hielt ihre Sprachlosigkeit für Unverständnis und begann zu erklären. »Sehen Sie, dieser Dickstein ist ein israelischer Agent, der gegen unser Volk arbeitet. Wir müssen ihn aufhalten. Cortone – der Mann in Buffalo – unterstützt ihn vielleicht. Allerdings wird er sich weigern, uns zu helfen. Aber er wird sich an Ihre Mutter erinnern und Ihnen deshalb vielleicht entgegenkommen. Sie könnten ihm erzählen, daß Sie und Dickstein ineinander verliebt sind.«

»Haha!« Suzas Lachen klang etwas hysterisch, und sie hoffte, daß die beiden es den falschen Ursachen zuschreiben würden. Sie beherrschte sich, und es gelang ihr, völlig gefühllos zu werden, ihren Körper still und ihre Miene ausdruckslos erscheinen zu lassen, während sie ihr von dem Yellow Cake, dem Mann an Bord der *Coparelli,* dem Leitstrahlsender auf der *Stromberg,* von Mahud und seinem Kaperungsplan und davon erzählten, was all das für die Palästinensische Befreiungsbewegung bedeuten würde. Am Ende *war* sie gefühllos und brauchte es nicht mehr vorzutäuschen.

Schließlich fragte ihr Vater: »Also, mein Kind, hilfst du uns? Wirst du es tun?«

Mit einer Selbstbeherrschung, die sie selbst erstaunte,

bedachte sie die beiden mit einem unbekümmerten Stewardessenlächeln, stand von ihrem Hocker auf und sagte: »Das ist eine ganze Menge, um es auf einmal zu verdauen, nicht wahr? Ich werde darüber nachdenken, während ich ein Bad nehme.«

Und sie ging hinaus.

*

Allmählich wurde ihr alles klar, als sie – die verschlossene Tür zwischen sich und ihnen – in dem heißen Badewasser lag.

Das war es also, was Nathaniel tun mußte, bevor er sie wiedersehen konnte: ein Schiff stehlen. Und dann würde er sie zehn oder fünfzehn Jahre lang nicht aus den Augen lassen, wie er geschrieben hatte ... Vielleicht bedeutete es, daß er seine Arbeit aufgeben wollte.

Aber natürlich würde keiner seiner Pläne Erfolg haben, da seine Feinde über alles Bescheid wußten. Dieser Russe hatte vor, Nats Schiff zu rammen, und Hassan wollte die *Coparelli* noch vorher kapern und Nat überrumpeln. In beiden Fällen war Dickstein in Gefahr, in beiden Fällen wollten sie ihn vernichten. Doch Suza konnte ihn warnen.

Wenn sie nur wüßte, wo er war.

Wie schlecht ihr Vater und Hassan sie kannten! Hassan nahm als arabischer männlicher Chauvinist einfach an, daß sie gehorchen würde. Ihr Vater setzte voraus, daß sie auf der Seite der Palästinenser sein würde, weil er es war und weil er die Intelligenz der Familie verkörperte. Er hatte nie gewußt, was im Geist seiner Tochter vorging – genausowenig wie in dem seiner Frau. Eila hatte ihn immer mühelos betrügen können; er hatte nie geahnt, daß sie nicht so war, wie sie schien.

Suza begriff, was sie tun mußte, und wieder wurde sie von Entsetzen gepackt.

Schließlich gab es doch eine Möglichkeit, Nathaniel zu finden und ihn zu warnen.

Die beiden wollten, daß sie Nat fand.

Suza wußte, daß sie ihren Vater und Hassan täuschen konnte, denn sie wähnten sie schon jetzt auf ihrer Seite. Warum sollte sie nicht tun, was sie wollten? Sie könnte Nat finden – und ihn dann warnen.

Würde sie dadurch nicht alles noch schlimmer machen? Um ihn selbst zu finden, mußte sie auch Hassan zu ihm führen.

Aber sogar wenn Hassan ihn nicht entdeckte, drohte Nat Gefahr von den Russen.

Wenn er jedoch rechtzeitig gewarnt würde, könnte er beiden Gefahren entkommen.

Vielleicht würde es auch möglich sein, Hassan irgendwie abzuschütteln, bevor sie Nat erreichte.

Was war die Alternative? Zu warten, weiterzumachen, als wenn nichts geschehen wäre, und vielleicht für immer vergeblich auf einen Anruf zu hoffen ... Es war teilweise die Sehnsucht, Dickstein wiederzusehen, die sie so denken ließ, teilweise die Befürchtung, daß er nach der Kaperung tot sein könnte, so daß dies ihre letzte Chance sein mochte. Aber sie hatte auch gute Gründe, zu handeln: Wenn sie nichts tat, würde sie vielleicht Hassans Absicht durchkreuzen, aber dann blieben immer noch die Russen und deren Plan.

Ihre Entscheidung war gefallen: Sie würde so tun, als arbeitete sie mit Hassan zusammen, um Nathaniel zu finden.

Suza war eigenartigerweise glücklich. Sie saß in der Falle, doch sie fühlte sich frei; sie gehorchte ihrem Vater, aber sie hatte endlich den Eindruck, ihm Widerstand zu leisten. Was auch geschehen mochte, sie gehörte zu Nathaniel.

Aber sie hatte Angst.

Sie stieg aus der Wanne, trocknete sich ab, zog sich an

und ging nach unten, um ihnen die gute Nachricht mitzuteilen.

*

Am 16. November 1968 drehte die *Coparelli* um 4.00 Uhr morgens vor Vlissingen an der niederländischen Küste bei und nahm einen Hafenlotsen an Bord, der sie durch den Kanal der Westerschelde nach Antwerpen steuern sollte. Vier Stunden später, am Eingang zum Hafen, wurde er von einem weiteren Lotsen abgelöst, der sie durch die Docks brachte. Vom Haupthafen aus glitt sie durch die Royers-Schleuse, am Suez Canel entlang, unter der Sibirienbrücke hindurch und ins Kattendijk-Dock, wo sie an ihrem Liegeplatz festmachte.

Nat Dickstein beobachtete sie.

Als er sie langsam heranrauschen sah, den Namen *Coparelli* an ihrer Seite las und an die Fässer Yellow Cake dachte, die bald ihre Laderäume füllen würden, überkam ihn ein ganz merkwürdiges Gefühl. Es glich dem, was er empfand, wenn er Suzas nackten Körper betrachtete ... Ja, es war ein Gefühl der Lust.

Er schaute vom Liegeplatz Nummer 42 zu der Eisenbahnstrecke hinüber, die fast bis an den Rand des Kais führte. Ein Zug – elf Waggons und eine Lokomotive – stand jetzt auf den Gleisen. Zehn Waggons hatten je einundfünfzig versiegelte 200-Liter-Fässer mit dem aufgedruckten Wort PLUMBAT geladen, der elfte Wagen enthielt nur fünfzig Fässer. Dickstein war diesem Uran nun so nahe. Er konnte hinübergehen und die Eisenbahnwaggons berühren – früh am Morgen hatte er es schon einmal getan und gedacht: Wäre es nicht herrlich, den Hafen einfach mit Hubschraubern und einer israelischen Kommandoeinheit zu überfallen und das Zeug zu rauben.

Die *Coparelli* sollte rasch wieder in See stechen. Die Hafenbehörden waren zwar überzeugt worden, daß der

Umgang mit dem Yellow Cake sicher war, aber trotzdem wollten sie nicht, daß es eine Minute länger als nötig in ihrem Hafen blieb. Ein Kran stand bereit, um die Fässer auf das Schiff zu verladen.

Trotzdem mußten einige Formalitäten erledigt werden, bevor das Verladen beginnen konnte.

Der erste, den Dickstein an Bord des Schiffes gehen sah, war ein Vertreter der Reederei. Er mußte die Lotsen entlohnen und sich vom Kapitän eine Mannschaftsliste für die Hafenpolizei geben lassen.

Als zweiter ging Joseph Cohen an Bord. Er mußte das Verhältnis zu seinen Kunden pflegen. Cohen würde dem Kapitän eine Flasche Whisky überreichen und ein Gläschen mit ihm und dem Vertreter der Reederei trinken. Außerdem hatte er ein Bündel Karten bei sich, die im besten Nachtklub der Stadt freien Eintritt und ein kostenloses Getränk gewährten; diese Karten würde der Kapitän an die Offiziere verteilen. Cohen würde auch den Namen des Schiffsingenieurs ermitteln. Dickstein hatte einen Weg vorgeschlagen: Cohen sollte um die Mannschaftsliste bitten und dann eine Freikarte für jeden Offizier abzählen.

Wie er es auch gemacht hatte, er war erfolgreich gewesen. Als Cohen das Schiff verließ und den Kai überquerte, um in sein Büro zurückzukehren, kam er an Dickstein vorbei, und ohne seine Schritte zu verlangsamen, flüsterte er: »Der Ingenieur heißt Sarne.«

Erst am Nachmittag wurde der Kran eingesetzt, und die Hafenarbeiter begannen, die Fässer in die drei Laderäume der *Coparelli* zu schaffen. Jede Tonne mußte einzeln verladen und im Innern des Schiffes mit Holzkeilen gesichert werden. Wie erwartet, wurde man an diesem Tag noch nicht fertig.

Am Abend besuchte Dickstein den besagten Nachtklub. An der Bar, in der Nähe des Telefons, saß eine erstaunliche Frau von etwa dreißig Jahren, mit schwarzem Haar und einem langen, aristokratischen Gesicht, das einen etwas hochmütigen Ausdruck hatte. Sie trug ein elegantes schwarzes Kleid, das ihre aufregenden Beine und ihre hohen, runden Brüste betonte. Dickstein nickte ihr fast unmerklich zu, sprach aber kein Wort mit ihr.

Er saß in einer Ecke, hatte die Hände um ein Glas Bier gelegt und hoffte, daß die Seeleute bald kommen würden. Sie mußten einfach kommen. Lehnten Seeleute je ein kostenloses Getränk ab?

Nein.

Der Klub begann, sich zu füllen. Zwei Männer machten der Frau im schwarzen Kleid einen unsittlichen Antrag, doch sie wies beide zurück und zeigte dadurch, daß sie keine Prostituierte war. Um 21.00 Uhr ging Dickstein hinaus in den Vorraum und rief vom dort befindlichen Telefonautomaten Cohen an. Wie verabredet, hatte Cohen unter einem Vorwand mit dem Kapitän der *Coparelli* telefoniert. Er hatte erfahren, daß alle außer zwei Offizieren von ihren Freikarten Gebrauch machten. Die Ausnahmen waren der Kapitän selbst, der Schreibarbeiten zu erledigen hatte, und der Funker – ein neuer Mann, in Cardiff angeheuert, nachdem Lars sich das Bein gebrochen hatte –, der an einer Erkältung litt.

Dann wählte Dickstein die Nummer des Klubs, in dem er sich aufhielt. Er bat, mit Mr. Sarne sprechen zu dürfen, der, wie er gehört habe, in der Bar sei. Während er wartete, hörte er, wie ein Barkellner Sarnes Namen ausrief; die Stimme war doppelt zu vernehmen: direkt von der Bar her und durch mehrere Meilen Telefonkabel. Schließlich meldete sich jemand am Telefon. »Ja? Hallo? Hier spricht Sarne. Wer ist dort? Hallo?«

Dickstein hängte auf und kehrte rasch in die Bar zurück. Er blickte zum Bartelefon hinüber. Die Frau in dem schwarzen Kleid sprach mit einem großen, sonnengebräunten blonden Mann in den Dreißigern, den Dickstein früher am Tag am Kai gesehen hatte. Das also war Sarne.

Die Frau lächelte Sarne zu. Es war ein freundliches Lächeln, das jeden Mann zu einem zweiten Blick verlokken mußte; es war herzlich, zeigte ebenmäßige Zähne hinter roten Lippen und wurde von einem trägen Augenaufschlag begleitet, der sehr verführerisch war und nicht so wirkte, als sei er tausendmal vor einem Spiegel geprobt worden.

Dickstein schaute fasziniert zu. Er hatte kaum eine Vorstellung davon, wie sich so etwas abspielte, wie Männer mit Frauen anbändelten und umgekehrt, und er verstand erst recht nicht, wie eine Frau sich einen Mann angeln konnte, während der Mann gleichzeitig glaubte, der aktive Teil zu sein.

Sarne hatte offenbar seinen eigenen Charme. Er grinste so schelmisch und jungenhaft, daß er zehn Jahre jünger aussah. Er sagte etwas zu ihr, und sie lächelte wieder. Sarne zögerte wie ein Mann, der weiterplaudern möchte, dem aber nichts mehr einfällt. Dann wandte er sich zu Dicksteins Entsetzen ab.

Doch die Frau war der Situation gewachsen. Dickstein hätte sich keine Sorgen zu machen brauchen. Sie berührte den Ärmel von Sarnes Blazer, und er drehte sich wieder zu ihr um. Eine Zigarette war plötzlich in ihrer Hand aufgetaucht. Sarne tastete seine Taschen nach Streichhölzern ab. Anscheinend rauchte er nicht. Dickstein hätte am liebsten aufgestöhnt. Die Frau zog ein Feuerzeug aus der Abendtasche, die vor ihr auf der Bar lag, und reichte es ihm. Er gab ihr Feuer.

Es war Dickstein unmöglich, jetzt fortzugehen. Er drängte sich zur Bar und stellte sich hinter Sarne, der die Frau ansah. Dickstein bestellte ein weiteres Bier.

Die Stimme der Frau war angenehm und einladend, jetzt zog sie alle Register ihres Könnens.

»Diese Dinge passieren mir ständig«, sagte Sarne.

»Der Anruf?« fragte die Frau.

Sarne nickte. »Probleme mit Frauen. Ich hasse sie. Mein ganzes Leben lang haben Frauen mir Schmerz und Leid zugefügt. Ich wünschte, ich wäre homosexuell.«

Dickstein war verblüfft. Was redete er da? Meinte er es ernst? Versuchte er, ihr einen Korb zu geben?

Sie sagte: »Weshalb werden Sie es nicht?«

»Ich mache mir nichts aus Männern.«

»Werden Sie Mönch.«

»Sehen Sie, ich habe noch ein Problem: diesen unersättlichen sexuellen Appetit. Ich brauche es dauernd, oft mehrere Male in der Nacht. Das ist wirklich ein großes Problem. Möchten Sie noch etwas trinken?«

Aha, es war also nur eine Masche. Wie war er darauf gekommen? Dickstein nahm an, daß Seeleute ständig solche Tricks benutzten. Jeder von ihnen mußte ein Fachmann auf diesem Gebiet sein.

So ging es weiter. Dickstein mußte die Art bewundern, mit der die Frau Sarne an der Nase herumführte, während sie ihn glauben ließ, daß er die Initiative hatte. Sie erzählte ihm, daß sie nur über Nacht in Antwerpen sei und ein Zimmer in einem guten Hotel gemietet habe. Kurz darauf schlug er vor, Champagner zu trinken, doch der Champagner des Klubs sei erbärmliches Gesöff, nicht zu vergleichen mit dem, den sie vielleicht in einem Hotel bekommen würden – in ihrem Hotel zum Beispiel.

Sie verließen den Klub, als die Vorstellung begann. Dickstein war zufrieden: So weit, so gut. Er sah zehn Minuten lang einer Gruppe von Mädchen zu, die die Beine in die Luft warfen, und ging hinaus.

Er nahm ein Taxi zum Hotel und stieg die Treppe zu seinem Zimmer hinauf. Dann stellte er sich dicht an die Verbindungstür, die zum nächsten Zimmer führte. Er hörte, wie die Frau kicherte und Sarne mit leiser Stimme etwas sagte.

Dickstein setzte sich auf das Bett und überprüfte den

Gaszylinder. Er drehte den Hahn rasch auf und zu, und es stieg ein scharfer, süßer Duft zu ihm auf. Keine Wirkung war zu verspüren. Er fragte sich, wieviel man einatmen mußte, bevor das Gas wirkte. Ihm hatte die Zeit gefehlt, das Zeug gründlich auszuprobieren.

Die Geräusche aus dem Nachbarzimmer wurden lauter, und Dickstein wurde verlegen. Wie pflichtbewußt mochte Sarne sein? Würde er sofort zum Schiff zurückkehren wollen, wenn er mit der Frau fertig war? Das wäre unangenehm. Es würde einen Kampf auf dem Hotelflur bedeuten – unprofessionell und auch riskant. Dickstein wartete gespannt, verlegen, unruhig. Die Frau verstand ihr Geschäft. Sie wußte, daß Sarne danach schlafen sollte, und sie versuchte, ihn zu ermüden. Es schien kein Ende zu nehmen.

Erst um 2.00 Uhr klopfte sie an die Verbindungstür. Sie hatten abgesprochen, daß sie dreimal langsam klopfen sollte, wenn er schlief, oder sechsmal schnell, wenn er fortging.

Sie klopfte dreimal langsam.

Dickstein öffnete die Tür. Mit dem Gaszylinder in der einen und einer Gesichtsmaske in der anderen Hand betrat er leise das Nachbarzimmer.

Sarne lag flach auf dem Rücken, nackt, das blonde Haar zerwühlt, mit weitgeöffnetem Mund und geschlossenen Augen. Sein Körper sah durchtrainiert und kräftig aus. Dickstein trat dicht an ihn heran und lauschte seinen Atemzügen. Sarne atmete ein, dann tief aus – und gerade als er wieder einzuatmen begann, drehte Dickstein den Hahn auf und preßte die Maske auf Nase und Mund des schlafenden Mannes.

Sarne riß die Augen auf. Dickstein drückte die Maske noch fester auf sein Gesicht. Ein halber Atemzug, Verständnislosigkeit in Sarnes Augen. Das Atmen wurde zu einem Keuchen, er bewegte den Kopf, konnte Dicksteins Griff nicht lösen und fing an, um sich zu schlagen. Dickstein lehnte sich mit dem Ellbogen auf die Brust des Seemannes und dachte: Um Gottes willen, es dauert zu lange!

Der Schiffsingenieur atmete aus. Die Verwirrung in seinen Augen hatte sich in Furcht und Panik verwandelt. Er keuchte noch einmal, bevor er seinen Widerstand verstärkte. Dickstein überlegte, ob er die Frau zu Hilfe rufen sollte. Aber Sarnes zweiter Atemzug brachte die erwünschte Reaktion.

Er zappelte merklich schwächer, seine Augenlider flatterten und schlossen sich, und bevor er wieder ausgeatmet hatte, war er eingeschlafen.

Das Ganze hatte ungefähr sechs Sekunden gedauert. Dicksteins Spannung ließ nach. Wahrscheinlich würde Sarne sich an nichts erinnern. Er ließ ihn noch ein wenig Gas einatmen, um sicherzugehen, dann stand er auf.

Er sah die Frau an. Sie trug Schuhe, Strümpfe und Strumpfhalter, sonst nichts. Sie fing seinen Blick auf, öffnete die Arme und bot sich ihm an: Zu ihren Diensten. Dickstein schüttelte den Kopf mit einem bedauernden Lächeln, das nur zum Teil unaufrichtig war.

Dann setzte er sich auf den Stuhl neben dem Bett und schaute zu, während sie sich anzog: einen hauchdünnen Slip, einen weichen Büstenhalter, Schmuck, Kleid, Mantel, Tasche. Die Frau kam auf ihn zu, und er gab ihr 8 000 Gulden. Sie küßte seine Wange und danach die Banknoten. Ohne ein einziges Wort ging sie hinaus.

Dickstein trat ans Fenster. Ein paar Minuten später erkannte er die Scheinwerfer ihres Sportwagens, der an der Hotelfront vorüberfuhr und wieder zurück nach Amsterdam steuerte.

Er setzte sich, um wieder zu warten. Nach einer Weile wurde er schläfrig. Er ging in den anderen Raum und bestellte Kaffee bei der Zimmerbedienung.

Am Morgen rief Cohen an und teilte mit, daß der Erste Offizier der *Coparelli* die Bars, Bordelle und Pennen von Antwerpen nach seinem Ingenieur durchsuche.

Um 12.30 Uhr meldete Cohen sich erneut. Der Kapitän hatte ihn angerufen, um ihm zu sagen, daß die Fracht verladen sei und er seinen Schiffsingenieur verloren habe. »Kapitän, heute ist Ihr Glückstag«, hatte der Geschäftsmann geantwortet.

Um 14.30 Uhr berichtete Cohen, daß er sich persönlich überzeugt habe, daß Dieter Koch mit seinem Seesack über der Schulter an Bord der *Coparelli* gegangen sei.

Dickstein verabreichte Sarne jedesmal, wenn er aufzuwachen drohte, etwas Gas. Die letzte Dosis gab er ihm am folgenden Morgen um 6.00 Uhr, dann beglich er die Rechnung für die beiden Zimmer und verschwand.

*

Als Sarne endlich aufwachte, merkte er, daß die Frau, mit der er geschlafen hatte, fortgegangen war, ohne sich zu verabschieden. Er spürte auch, daß er total ausgehungert war.

Im Laufe des Morgens entdeckte er, daß er nicht eine Nacht verschlafen hatte, sondern zwei und den Tag dazwischen.

Ihn plagte der hartnäckige Gedanke, irgend etwas Erstaunliches vergessen zu haben, aber er fand nie heraus, was in jenen verlorenen 24 Stunden mit ihm geschehen war.

*

Inzwischen, am Sonntag, dem 17. November 1968, war die *Coparelli* in See gestochen.

14

SUZA HÄTTE IRGENDEINE israelische Botschaft anrufen und eine Nachricht für Nat Dickstein hinterlassen können.

Dieser Einfall kam ihr, eine Stunde nachdem sie ihrem Vater gesagt hatte, daß sie Hassan helfen wolle. Sie packte gerade einen Koffer und hob sofort den Hörer des Telefons in ihrem Schlafzimmer ab, um die Nummer bei der Auskunft zu erkunden. Doch ihr Vater kam herein und fragte, wen sie anriefe. Sie nannte den Flugplatz, und er sagte, daß er selbst sich darum kümmern werde. Danach hatte sie ständig nach einer Gelegenheit Ausschau gehalten, ein heimliches Telefonat zu führen, aber vergeblich. Hassan war jede Minute bei ihr. Sie fuhren zum Flugplatz, stiegen in die Maschine, nahmen am Kennedy Airport ein Flugzeug nach Buffalo und fuhren sofort zu Cortones Haus.

Während der Reise begann sie, Yasif Hassan zu verabscheuen. Er prahlte endlos, jedoch ohne ins Detail zu gehen, über seine Arbeit für die Feddajin, er lächelte ölig und legte ihr die Hand aufs Knie, er deutete an, daß Eila und er mehr als Freunde gewesen wären und daß er auch für Suza mehr als ein Freund sein wolle. Sie erwiderte, daß Palästina erst dann frei sein werde, wenn auch seine Frauen frei seien, und daß Araber lernen müßten, zwischen männlichem und schweinischem Verhalten zu unterscheiden. Diese Bemerkung brachte ihn zum Schweigen.

Sie hatten einige Mühe, Cortones Adresse zu ermitteln – Suza hoffte beinahe, daß sie erfolglos bleiben würden –, aber am Ende fanden sie einen Taxifahrer, der das Haus kannte. Suza wurde abgesetzt; Hassan würde eine halbe Meile weiterfahren und auf sie warten.

Das Haus war groß, von einer hohen Mauer umgeben

766

und am Tor von Posten bewacht. Suza sagte, daß sie Cortone sprechen wolle und eine Freundin Nat Dicksteins sei.

Sie hatte lange darüber nachgedacht, was sie Cortone erzählen sollte: die ganze oder nur einen Teil der Wahrheit? Angenommen, er wußte oder konnte herausfinden, wo Dickstein war – weshalb sollte er es ihr verraten? Sie würde ihn beschwören, daß Dickstein in Gefahr sei und sie ihn unbedingt warnen müsse. Welchen Grund hatte Cortone, ihr zu glauben? Sie würde ihn bezaubern – das war bei Männern seines Alters kein Problem –, aber er würde immer noch mißtrauisch sein.

Suza hätte Cortone am liebsten völlig aufgeklärt, daß sie Nat suche, um ihn zu warnen, aber daß sie auch von seinen Feinden als Köder benutzt werde, daß Hassan sie eine halbe Meile weiter in einem Taxi erwarte. Aber dann würde er ihr mit Sicherheit nichts sagen.

Es fiel ihr schwer, einen klaren Gedanken zu fassen. Sie hatte es mit zu vielen Täuschungen und doppelten Täuschungen zu tun. Und daneben war der Wunsch, Nathaniel zu sehen und selbst mit ihm zu sprechen, übermächtig.

Sie hatte immer noch keine Entscheidung getroffen, als der Posten ihr das Tor öffnete und sie über die Kieseinfahrt zum Haus führte. Dieses war schön, aber drinnen recht überladen, als ob der Innenarchitekt es großzügig eingerichtet und die Besitzer dann eine Menge teuren Trödels ihrer eigenen Wahl hinzugefügt hätten. Es schien sehr viele Bedienstete zu geben. Einer von ihnen brachte Suza nach oben, da Mr. Cortone in seinem Schlafzimmer ein spätes Frühstück einnahm.

Als sie eintrat, saß Cortone an einem kleinen Tisch und schaufelte Eier und Pommes frites in sich hinein. Er war ein dicker, völlig kahlköpfiger Mann. Suza konnte sich an seinen Besuch in Oxford nicht mehr erinnern, aber er mußte damals ganz anders ausgesehen haben.

Er warf ihr einen Blick zu, sprang mit entsetzter Miene auf und rief: »Mein Gott, sie ist nicht gealtert!« Dann bekam er das Frühstück in die falsche Röhre und fing an zu keuchen und zu prusten.

Der Diener packte Suza von hinten und hielt ihre Arme mit schmerzhaftem Griff fest. Doch er ließ sie sofort wieder los, um seinem Chef auf den Rücken zu klopfen. »Wie haben Sie das gemacht?« brüllte Cortone. »Wie, zum Teufel, haben Sie das gemacht?«

Diese Farce half ihr merkwürdigerweise, sich ein wenig zu beruhigen. Sie konnte keine Angst vor einem Mann haben, der so viel Angst vor ihr selbst hatte. Suza ließ sich von ihrem Selbstbewußtsein leiten, setzte sich an seinen Tisch und goß sich Kaffee ein. Nachdem Cortone zu husten aufgehört hatte, sagte sie: »Es war meine Mutter.«

»Du meine Güte.« Cortone hustete noch einmal, scheuchte den Diener mit einer Handbewegung hinaus und nahm wieder Platz. »Sie sind ihr so ähnlich, daß Sie mich beinahe zu Tode erschreckt hätten.« Er kniff die Augen zusammen, während er sich konzentrierte. »Sind Sie damals – äh, 1947 – vielleicht vier oder fünf Jahre alt gewesen?«

»Das stimmt.«

»Teufel, jetzt erinnere ich mich. Sie hatten eine Schleife im Haar, und jetzt haben Sie sich mit Nat eingelassen.«

»Er ist also hier gewesen.« Ihr Herz machte vor Freude einen Sprung.

»Vielleicht.« Cortones Freundlichkeit war verschwunden. Sie merkte, daß es nicht leicht sein würde, ihn hinters Licht zu führen.

»Ich möchte wissen, wo er ist.«

»Und ich möchte wissen, wer Sie hierhergeschickt hat.«

»Niemand hat mich geschickt.« Suza sammelte sich und versuchte, ihre Spannung zu verbergen. »Ich habe vermutet, daß er sich bei diesem ... Projekt, an dem er arbeitet, an Sie um Hilfe gewandt haben könnte. Die Araber haben nämlich davon erfahren und wollen ihn töten. Ich muß ihn warnen ... Bitte, helfen Sie mir, wenn Sie wissen, wo er ist.«

Sie war plötzlich den Tränen nahe, aber Cortone blieb ungerührt. »Ihnen zu helfen ist kein Problem, aber es fällt mir schwer, Ihnen zu trauen.« Er wickelte in aller Ruhe eine Zigarre aus und zündete sie an. Suza beobachtete ihn mit krampfhafter Ungeduld. Er sah sie nicht mehr an und sprach beinahe zu sich selbst. »Wissen Sie, es gab eine Zeit, in der ich alles an mich raffte, was ich haben wollte. So einfach ist es nicht mehr. Nun ist alles viel komplizierter geworden. Ich muß dauernd zwischen Dingen wählen, von denen mir eigentlich keins gefällt. Es könnte an mir liegen oder daran, daß sich die Verhältnisse geändert haben.«

Er sah sie wieder an. »Ich verdanke Dickstein mein Leben. Nun habe ich eine Chance, ihm das Leben zu retten, wenn Sie die Wahrheit sagen. Es ist eine Ehrenschuld, die ich persönlich zurückzahlen muß. Was soll ich also tun?« er machte eine Pause.

Suza hielt den Atem an.

»Dickstein ist in einem verkommenen Haus irgendwo am Mittelmeer. Es ist eine Ruine – seit Jahren hat niemand darin gewohnt –, deshalb gibt's dort kein Telefon. Ich könnte ihm eine Nachricht schicken, aber ich wäre nicht sicher, daß sie ihn erreicht. Und, wie gesagt, er soll es von mir persönlich hören.« Er zog an seiner Zigarre. »Ich könnte Ihnen sagen, wo Sie ihn suchen sollen, aber vielleicht würden Sie diese Information an die falschen Leute weiterleiten. Das Risiko kann ich nicht eingehen.«

»Was dann?« fragte Suza mit schriller Stimme. »Wir müssen ihm helfen!«

»Das weiß ich«, gab Cortone unbeeindruckt zurück. »Deshalb reise ich selbst zu ihm.«

»Oh!« Suza war überrascht; mit dieser Möglichkeit hatte sie überhaupt nicht gerechnet.

»Und was wird aus Ihnen?« fuhr er fort. »Ich werde Ihnen nicht sagen, wohin ich reise, aber Sie könnten mich verfolgen lassen. Von nun an will ich, daß Sie ganz in meiner Nähe bleiben. Seien wir ehrlich, Sie könnten ein falsches Spiel treiben. Ich nehme Sie also mit mir.«

Suza starrte ihn an. Ihre Spannung löste sich schlagartig, und sie sackte in sich zusammen. »Oh, vielen Dank.« Dann endlich weinte sie.

*

Sie flogen erster Klasse – das tat Cortone immer. Nach dem Essen tat Suza so, als wolle sie zur Toilette gehen. Sie spähte durch den Vorhang in die zweite Klasse, gegen alle Vernunft hoffend, doch sie wurde enttäuscht: Hassans argwöhnisches braunes Gesicht war über die Reihen von Kopfstützen hinweg zu erkennen.

Suza betrat die Kombüse und sprach den Chefsteward mit vertraulicher Stimme an. Sie habe ein Problem: Es sei unbedingt notwendig für sie, mit ihrem Freund Verbindung aufzunehmen, aber ihr italienischer Vater lasse sie nicht aus den Augen – er wolle am liebsten, daß sie bis zu ihrem einundzwanzigsten Geburtstag einen Keuschheitsgürtel trage. Ob der Steward das israelische Konsulat in Rom anrufen und eine Nachricht für Nathaniel Dickstein hinterlassen könne? Er solle nur sagen, daß Hassan ihr alles erzählt habe und mit ihr auf der Reise zu ihm sei. Sie gab ihm Geld für den Anruf – viel zuviel, es war quasi ein Trinkgeld. Er schrieb sich die Botschaft auf und versprach, den Auftrag auszuführen.

Sie kehrte zu Cortone zurück. Schlechte Nachrichten. Einer der Araber sei hinten in der Zweiten Klasse. Er folge ihnen offenbar.

Cortone fluchte, riet ihr aber, sich keine Sorgen zu machen. Man werde sich später um den Mann kümmern.

Suza dachte: Oh Gott, was habe ich getan?

*

Von dem großen Haus auf der Klippe stieg Dickstein über eine lange serpentinenförmige Treppe, die in den Fels gehauen war, zum Strand hinunter. Er plätscherte durch das seichte Wasser zu einem wartenden Motorboot, sprang hinein und nickte dem Mann am Steuer zu. Der Motor heulte auf, und das Boot startete mit steil aufgerichtetem Bug aufs Meer hinaus. Die Sonne war gerade untergegangen. Im letzten schwachen Licht ballten sich Wolken zusammen und verdeckten die Sterne, sobald sie aufblinkten. Dickstein war in Gedanken versunken; er zermarterte sich das Hirn nach Versäumnissen, Vorsichtsmaßnahmen, die er noch treffen könnte, Lücken, die zu schließen waren.

Der hohe Schatten der *Stromberg* ragte vor ihnen auf, und der Bootsmann zog das kleine Gefährt in einem schäumenden Bogen herum, um längsseits anzuhalten, wo eine Strickleiter ins Wasser baumelte. Dickstein kletterte über die Leiter zum Deck empor.

Der Kapitän schüttelte ihm die Hand und stellte sich vor. Wie alle Offiziere an Bord der *Stromberg* war er von der israelischen Flotte ausgeliehen.

Sie spazierten über das Deck. Dickstein fragte: »Irgendwelche Probleme, Kapitän?«

»Es ist kein gutes Schiff«, sagte der Kapitän. »Es ist langsam, schwerfällig und alt. Aber wir haben es in gute Verfassung gebracht.«

Nach dem zu schließen, was Dickstein im Zwielicht sehen konnte, war die *Stromberg* in besserem Zustand als ihr Schwesterschiff, die *Coparelli*. Alles an Deck wirkte ordentlich und blitzblank.

Sie stiegen zur Brücke hinauf, musterten die imposanten Geräte im Funkraum und gingen zur Messe hinab, wo die Besatzung gerade ihr Abendessen beendete. Im Gegensatz zu den Offizieren waren die Matrosen alle Mossad-Agenten; die meisten von ihnen hatten etwas seemännische Erfahrung. Dickstein hatte mit einigen von ihnen zusammengearbeitet. Alle waren wenigstens zehn Jahre jünger als er. Es waren aufgeweckte, muskulöse Kerle, bekleidet mit einer seltsamen Kombination aus Jeans und zu Hause gestrickten Pullovern; sie waren zäh, humorvoll und gut ausgebildet.

Dickstein nahm eine Tasse Kaffee und setzte sich an einen der Tische. Er hatte einen weit höheren Rang als alle anderen, aber in den israelischen Streitkräften wurde davon nicht viel Aufhebens gemacht, vom Mossad gar nicht zu reden. Die vier Männer am Tisch nickten und begrüßten ihn. Ish, ein mürrischer Sabra mit dunkler Hautfarbe, sagte: »Das Wetter schlägt um.«

»Hör bloß auf. Dabei wollte ich auf dieser Kreuzfahrt braun werden.« Der Sprecher war ein schlaksiger aschblonder New Yorker namens Feinberg, ein Mann mit trügerisch hübschem Gesicht, den Frauen um seine Wimpern beneideten. Es war schon zu einem Standardwitz geworden, diesen Auftrag als »Kreuzfahrt« zu bezeichnen. Bei seiner Einsatzbesprechung früh am Tag hatte Dickstein erklärt, daß die *Coparelli* bei ihrer Kaperung beinahe verlassen sein würde. »Kurz nachdem sie die Straße von Gibraltar passiert hat, werden ihre Maschinen versagen. Der Schaden wird so groß sein, daß er auf See nicht zu reparieren ist. Der Kapitän schickt den Eignern ein entsprechendes Kabel – und wir sind jetzt die Eigner. Durch einen scheinbar glücklichen Zufall wird ein anderes unserer Schiffe in der Nähe sein. Es ist die *Gil Hamilton,* die jetzt hier auf der anderen Seite der Bucht ankert. Sie wird die *Coparelli* anlaufen und die ganze Besatzung, außer dem Ingenieur, an Bord nehmen. Dann verschwindet sie von der Bildfläche: Sie wird den nächsten Hafen anlaufen, wo man die Besatzung der *Coparelli* absetzt und ihr das Fahrgeld für Zugfahrkarten nach Hause gibt.«

Sie hatten den ganzen Tag Zeit gehabt, über die Instruktionen nachzudenken, und Dickstein rechnete mit Fragen. Jetzt meldete sich Levi Abbas, ein kleiner, massiger Mann – »gebaut wie ein Panzer und etwa genauso schön«, hatte Feinberg über ihn gesagt. »Weshalb sind Sie so sicher, daß die *Coparelli* genau dann einen Maschinenschaden haben wird, wenn Sie es für nötig halten?«

»Ah.« Dickstein schlürfte seinen Kaffee. »Kennen Sie Dieter Koch vom Marinegeheimdienst?«

Feinberg kannte ihn.

»Er ist der Ingenieur der *Coparelli*.«

Abbas nickte. »Also deshalb werden wir die *Coparelli* reparieren können. Wir wissen, was mit ihr los sein wird.«

»Richtig.«

Abbas fuhr fort: »Wir übermalen den Namen *Coparelli,* taufen sie in *Stromberg* um, tauschen die Logbücher aus, versenken die alte *Stromberg* und bringen die *Coparelli,* die dann *Stromberg* heißt, mit der Fracht nach Haifa. Aber warum laden wir die Fracht nicht auf See von einem Schiff auf das andere um? Wir haben doch Kräne.«

»Das war meine ursprüngliche Idee«, sagte Dickstein. »Es war zu riskant. Ich konnte niemandem garantieren, daß es möglich sein würde, besonders bei schlechtem Wetter.«

»Wir könnten es immer noch tun, wenn das gute Wetter anhält.«

»Ja, aber da wir nun identische Schwesterschiffe haben, ist es leichter, die Namen – und nicht die Fracht – auszuwechseln.«

»Außerdem wird das gute Wetter nicht anhalten«, meinte Ish pessimistisch.

Der vierte Mann am Tisch war Porush, ein junger Mann mit Bürstenhaarschnitt und einem Brustkasten wie ein

Bierfaß. Zufällig war er mit Abbas' Schwester verheiratet. »Wenn alles so leicht ist, was haben dann harte Burschen wie wir dabei zu suchen?«

»Ich bin in den letzten sechs Monaten durch die ganze Welt gereist, um dieses Projekt vorzubereiten. Ein- oder zweimal bin ich natürlich auf Leute von der anderen Seite gestoßen. Ich *glaube* nicht, daß sie wissen, was wir vorhaben ... aber *wenn* sie es wissen, dürften wir erfahren, wie hart wir wirklich sind.«

Einer der Offiziere kam mit einem Zettel auf Dickstein zu. »Eine Nachricht aus Tel Aviv. Die *Coparelli* hat gerade Gibraltar passiert.«

»Darauf habe ich gewartet.« Dickstein stand auf. »Morgen früh geht's los.«

*

Suza Ashford und Al Cortone stiegen in Rom in eine andere Maschine und trafen früh am Morgen in Sizilien ein. Zwei von Cortones Cousins holten sie am Flugplatz ab. Eine lange Debatte folgte – ohne Schärfe, aber trotzdem laut und erregt. Suza konnte nicht allen Einzelheiten des schnellen Dialogs folgen, aber sie begriff, daß die Cousins Cortone begleiten wollten, während er darauf bestand, alles allein zu erledigen, da es sich um eine Ehrenschuld handle.

Cortone schien sich durchzusetzen. Sie verließen den Flugplatz – ohne die Cousins – in einem großen weißen Fiat. Suza saß am Steuer. Cortone dirigierte sie zur Küstenstraße. Zum hundertsten Male ließ sie sich die Szene des Wiedersehens mit Nathaniel durch den Kopf gehen: Sie entdeckte seinen schmalen, eckigen Körper; er blickte auf, erkannte sie, und sein Gesicht weitete sich zu einem Lächeln der Freude; sie rannte auf ihn zu, und sie umarmten sich; er drückte sie so fest an sich, daß es weh tat; sie sagte: »Oh, ich liebe dich«, und küßte ihn auf die

Wangen, die Nase, den Mund ... aber sie war auch schuldbewußt und ängstlich. Deshalb gab es eine andere, seltener von ihr heraufbeschworene Szene, in der er sie steinernen Gesichts anstarrte und fragte: »Was hast du hier zu suchen, verdammt noch mal?«

Es war ein bißchen so wie damals, als sie am Heiligen Abend unartig gewesen war. Ihre Mutter war erzürnt gewesen und hatte ihr gedroht, daß der Weihnachtsmann Steine statt Spielzeug und Süßigkeiten in ihren Strumpf stecken werde. Suza hatte nicht gewußt, ob sie es glauben sollte oder nicht, und hatte wach gelegen, während sie den Morgen halb ersehnte, halb fürchtete. Sie warf einen Seitenblick auf Cortone, der neben ihr saß. Die Reise über den Atlantik hatte ihn erschöpft. Suza hatte Mühe, ihn für genauso alt wie Nat zu halten. Er war so dick und kahl und ... er hatte Spuren einer Lasterhaftigkeit an sich, die vielleicht amüsant gewesen wären, wenn sie ihn nicht noch älter gemacht hätten.

Die Insel war hübsch. Suza betrachtete die Landschaft, um sich abzulenken und die Zeit schneller vergehen zu lassen. Die Straße schlängelte sich von Stadt zu Stadt an der Küste entlang, und zu ihrer Rechten konnte sie die Aussicht auf felsige Strände und das gleißende Mittelmeer genießen.

Cortone steckte sich eine Zigarre an. »Früher, als ich jung war, habe ich so etwas oft gemacht. Ich bin in ein Flugzeug gestiegen, mit einem hübschen Mädchen irgendwohin geflogen und dann in der Gegend rumgefahren, um mich umzusehen. Jetzt nicht mehr. Ich sitze seit Jahren in Buffalo fest – so scheint's jedenfalls. So ist es eben, wenn man Geschäfte macht: Man wird reich, aber man muß sich dauernd über etwas den Kopf zerbrechen. Deshalb rührt man sich nicht von der Stelle, sondern läßt andere zu sich kommen. Man wird zu träge, um Spaß zu haben.«

»Es war Ihre Wahl«, sagte Suza. Sie verspürte mehr Mitgefühl für Cortone, als sie zeigen mochte. Er war ein

Mann, der schwer gearbeitet hatte, um die falschen Dinge zu erreichen.

»Es war meine Wahl«, gab Cortone zu. »Junge Leute sind gnadenlos.«

Er zeigte einen Anflug von Lächeln, was nur selten geschah, und paffte seine Zigarre. Zum drittenmal sah Suza das silberblaue Auto im Rückspiegel. »Wir werden verfolgt.« Sie versuchte, ihre Stimme ruhig und normal klingen zu lassen.

»Der Araber?«

»Er muß es sein.« Sie konnte das Gesicht hinter der Windschutzscheibe nicht erkennen. »Was sollen wir tun? Sie sagten, daß Sie sich darum kümmern würden.«

»Das werde ich.«

Er schwieg. Suza, die eine Erklärung erwartet hatte, blickte zur Seite. Er lud eine Pistole mit häßlichen braunschwarzen Kugeln. Sie schnappte nach Luft, da sie noch nie eine richtige Pistole gesehen hatte.

Cortone schaute erst sie an und spähte dann nach vorn. »Jesus, passen Sie auf die gottverdammte Straße auf!«

Sie bremste scharf, um eine enge Kurve nehmen zu können. »Woher haben Sie das Ding?«

»Von meinem Cousin.«

Suzas Gefühl, einen Alptraum durchzumachen, verstärkte sich. Sie hatte seit vier Tagen nicht mehr in einem Bett geschlafen. Von dem Moment an, als ihr Vater so gelassen über den Mord an Nathaniel gesprochen hatte, war sie auf der Flucht gewesen: auf der Flucht vor der schrecklichen Wahrheit über Hassan und ihren Vater in die Geborgenheit von Dicksteins drahtigen Armen. Und wie in einem Alptraum schien ihr Ziel genausoschnell zurückzuweichen, wie sie sich ihm näherte.

»Warum sagen Sie mir nicht, wohin wir fahren?« fragte sie Cortone.

»Jetzt kann ich es wohl riskieren. Nat bat mich, ihm

ein Haus zur Verfügung zu stellen, das einen Anlegeplatz hat und Schutz vor Schnüfflern bietet. Dorthin fahren wir.«

Suzas Herz schlug schneller. »Wie weit?«

»Ein paar Meilen.«

Eine Minute später sagte Cortone: »Wir werden es schon schaffen. Vorsichtig, oder wollen Sie unterwegs sterben?«

Suza merkte, daß sie unbewußt Gas gegeben hatte. Sie verminderte das Tempo, aber sie konnte ihre Gedanken nicht im Zaum halten. Jetzt gleich würde sie ihn sehen, sein Gesicht berühren, ihn zur Begrüßung küssen, seine Hände auf den Schultern fühlen –

»Biegen Sie dort rechts ein.«

Sie fuhr durch ein offenes Tor und über einen kurzen Kiesweg, der von Unkraut überwachsen war, zu der Ruine einer großen Villa aus weißem Stein. Als sie vor dem Säulengang anhielt, erwartete Suza, daß Nathaniel herauslaufen würde, um sie zu begrüßen.

Es rührte sich jedoch nichts. Kein Lebenszeichen von Nat!

Sie stiegen aus dem Auto und kletterten über die geborstene Steintreppe zum Vordereingang. Die riesige Holztür war nicht verschlossen. Suza öffnete sie, und die beiden traten ein.

Vor ihnen lag eine große Diele mit einem Boden aus zertrümmertem Marmor. Die Decke sackte durch, und die Wände waren von feuchten Flecken übersät. In der Mitte der Diele lag ein gewaltiger Kronleuchter, der sich wie ein toter Adler auf dem Boden ausbreitete.

Cortone rief: »Hallo, ist hier jemand?«

Keine Antwort.

Suza dachte: Es ist ein riesiges Haus, er muß hier sein. Wahrscheinlich hört er uns nicht, weil er im Garten ist. Sie durchquerten die Diele und umrundeten den Kronleuchter. Dann kamen sie in einen höhlenartigen, nackten Salon, in dem ihre Schritte laut widerhallten, und gingen durch die glaslosen Fenstertüren im hinteren Teil des Gebäudes wieder hinaus.

Der schmale Garten reichte bis zum Klippenrand. Sie durchschritten ihn und sahen eine lange Treppe, die in den Felsen gehauen war und in Serpentinen zum Meer hinabführte.

Niemand war zu sehen.

Er ist nicht hier, dachte Suza. Diesmal habe ich zu Weihnachten wirklich Steine bekommen.

»Dort.« Cortone deutete mit seiner dicklichen Hand aufs Meer hinaus. Suza erkannte ein Schiff und ein Motorboot. Das Motorboot näherte sich ihnen rasch, indem es die Wellen übersprang und das Wasser mit seinem scharfen Bug durchpflügte; es hatte nur einen Mann an Bord. Das Schiff glitt aus der Bucht und zog eine breite Kielwasserspur hinter sich her.

»Scheint, daß wir ihn verpaßt haben«, sagte Cortone.

Suza rannte die Stufen hinunter, schrie und winkte mit aller Kraft, um die Menschen auf dem Schiff auf sich aufmerksam zu machen. Doch sie wußte, daß es unmöglich war – das Schiff hatte sich schon zu weit entfernt. Sie rutschte auf den Steinen aus, fiel hin und begann zu weinen.

Cortone lief hinter ihr her, sein schwammiger Körper ruckte förmlich über die Stufen. »Es hat keinen Zweck.« Er half ihr auf die Beine.

»Das Motorboot«, sagte sie verzweifelt. »Vielleicht können wir das Motorboot nehmen und das Schiff einholen –«

»Ausgeschlossen. Bis das Boot hier ist, wird das Schiff viel zu weit entfernt sein und auch viel schneller fahren, als das Boot es könnte.«

Er führte sie wieder die Stufen hinauf. Sie waren eine beträchtliche Strecke gelaufen, und der Aufstieg machte ihm sehr zu schaffen. Suza war so elend zumute, daß sie es kaum bemerkte.

Sie konnte keinen Gedanken fassen, während sie den Hang hinaufgingen und ins Haus zurückkehrten.

»Muß mich hinsetzen«, sagte Cortone in der Mitte des Salons.

Suza betrachtete ihn. Er atmete schwer, und sein Gesicht war grau und schweißbedeckt. Plötzlich wurde ihr klar, daß er seinem überlasteten Körper zuviel abverlangt hatte. Für einen Moment vergaß sie ihre schreckliche Enttäuschung. »Die Treppe«, sagte sie.

Sie betraten die verwüstete Diele. Suza führte Cortone zu der breiten gewundenen Treppe und ließ ihn auf der zweiten Stufe Platz nehmen. Er ließ sich wuchtig zu Boden sinken, schloß die Augen und lehnte den Kopf an die Wand.

»Hören Sie«, flüsterte er, »man kann Schiffe über den Sender erreichen ... oder ihnen ein Telegramm schicken ... wir können ihn immer noch erreichen ...«

»Sitzen Sie eine Minute lang still. Sprechen Sie nicht.«

»Fragen Sie meine Cousins ... Wer ist da?«

Suza wirbelte herum. Ein paar Kronleuchterscherben hatten geklirrt, und nun erkannte sie die Ursache.

Yasif Hassan kam durch die Diele auf sie zu.

Plötzlich stand Cortone mit größter Anstrengung auf.

Hassan blieb stehen.

Cortones Atemzüge waren keuchend und stoßhaft. Er kramte in seiner Tasche.

»Nein –«, rief Suza.

Cortone zog die Pistole.

Hassan stand wie angewurzelt auf der Stelle.

Suza schrie. Cortone taumelte, und die Pistole in seiner Hand wedelte durch die Luft.

Er drückte den Abzug. Zwei Schüsse ertönten mit einem gewaltigen, ohrenbetäubenden Doppelschlag. Sie schlugen ziellos in die Decke. Cortone sank zu Boden, sein Gesicht war dunkel wie der Tod. Die Pistole entfiel seiner Hand und krachte auf den gespaltenen Marmorboden.

Yasif Hassan übergab sich.

Suza kniete neben Cortone nieder.

Er öffnete die Augen. »Hören Sie mich an«, bat er heiser.

»Lassen Sie ihn, wir müssen gehen«, sagte Hassan.

Suza wandte ihm das Gesicht zu. Sie schrie so laut wie sie konnte: »Zur Hölle mit Ihnen.« Dann drehte sie sich wieder zu Cortone um.

»Ich habe viele Männer getötet«, sagte Cortone. Suza beugte sich näher zu ihm. »Elf Männer, die ich eigenhändig getötet habe ... Ich habe mit vielen Frauen geschlafen ...« Seine Stimme verklang, seine Augen schlossen sich, und dann sprach er nach einer mächtigen Anstrengung weiter. »Mein ganzes verfluchtes Leben hindurch bin ich ein Dieb und ein Tyrann gewesen. Aber ich sterbe für meinen Freund, nicht wahr? Das ist doch etwas wert? Ja?«

»Ja, es ist etwas wert.«

»Okay.«

Dann war er tot.

Suza hatte nie einen Menschen sterben sehen. Es war fürchterlich. Plötzlich war nichts mehr da, nichts außer einer Leiche – die Person war entschwunden. Kein Wunder, daß der Tod uns weinen läßt, dachte sie. Ihr wurde bewußt, daß ihr selbst Tränen über das Gesicht liefen. Dabei hatte sie ihn nicht einmal gern gehabt – bis eben.

»Sie haben gute Arbeit geleistet. Wir müssen uns davonmachen«, sagte Hassan.

Suza verstand nicht. Gute Arbeit? Plötzlich begriff sie. Hassan wußte nicht, daß sie Cortone von einem Verfolger erzählt hatte. Seiner Ansicht nach hatte sie genau das getan, was er von ihr erwartet hatte, das heißt, sie hatte ihn hierhergeführt.

Nun mußte sie versuchen, die Illusion, daß sie auf seiner Seite war, aufrechtzuerhalten, bis sie einen Weg gefunden hatte, Verbindung mit Nat aufzunehmen.

Ich kann nicht mehr lügen und betrügen, ich kann es nicht, es ist zuviel, ich bin müde, dachte sie.

Aber Cortone hatte gesagt, daß man ein Schiff über den Sender oder zumindest telegrafisch erreichen konnte.

Es war immer noch möglich, Nat zu warnen.

Oh Gott, wann darf ich schlafen?

Sie stand auf. »Worauf warten wir noch?«

Sie verließen das Haus durch den hohen, baufälligen Eingang. »Wir nehmen meinen Wagen«, befahl Hassan. Sie erwog, ihm davonzulaufen, aber es war eine närrische Idee. Er würde sie bald gehen lassen. Schließlich hatte sie getan, was er wollte. Nun würde er sie nach Hause schicken.

Suza stieg in den Wagen.

»Warten Sie«, sagte Hassan. Er lief zu Cortones Auto, zog den Zündschlüssel ab und warf ihn in die Büsche. Danach kehrte er zu seinem Wagen zurück. »Damit der Mann im Motorboot uns nicht folgen kann«, erklärte er. Während das Auto sich in Bewegung setzte, bemerkte er: »Ich bin über Ihre Haltung enttäuscht. Der Mann hat unseren Feinden geholfen. Sie sollten sich freuen, nicht weinen, wenn ein Feind stirbt.«

Sie bedeckte die Augen mit einer Hand. »Er hat seinem Freund geholfen.«

Hassan tätschelte ihr Knie. »Sie haben ausgezeichnet gearbeitet, ich sollte Sie nicht kritisieren. Durch Sie habe ich die Information, die ich brauchte.«

Suza blickte ihn an. »Durch mich?«

»Sicher, das große Schiff, das die Bucht verließ, war die *Stromberg*. Ich kenne ihre Abfahrtszeit und ihre Höchstgeschwindigkeit. Nun kann ich also ausrechnen, wann sie frühestens mit der *Coparelli* zusammentreffen wird. Und ich kann dafür sorgen, daß meine Leute einen Tag früher dort sind.« Er tätschelte ihr Knie von neuem und ließ diesmal die Hand auf ihrem Schenkel ruhen.

»Rühren Sie mich nicht an«, sagte sie.

Er zog die Hand zurück.

Suza schloß die Augen und versuchte nachzudenken. Ihr Entschluß hatte das allerschlimmste Ergebnis gehabt. Sie hatte Hassan nach Sizilien geführt, aber es war ihr nicht gelungen, Nat zu warnen. Auf jeden Fall mußte sie herausfinden, wie man einem Schiff telegrafierte, und es sofort tun, wenn sie und Hassan sich getrennt hatten. Es gab jetzt nur noch eine einzige Chance: den Steward, der versprochen hatte, das israelische Konsulat in Rom anzurufen.

»Mein Gott, werde ich froh sein, wenn ich wieder in Oxford bin«, sagte Suza.

»Oxford?« Hassan lachte. »Noch nicht, Sie müssen bei mir bleiben, bis die Operation beendet ist.«

Sie dachte: Himmel, ich halte es nicht aus. »Aber ich bin so müde.«

»Wir werden uns bald ausruhen. Ich darf Sie noch nicht gehen lassen. Aus Gründen der Sicherheit, wissen Sie. Außerdem wollen Sie bestimmt nicht versäumen, die Leiche Nat Dicksteins zu sehen.«

*

Am Alitalia-Schalter des Flughafens kamen drei Männer auf Yasif Hassan zu. Zwei von ihnen waren jung und wirkten wie Schläger, der dritte war ein hochgewachsener Mann in den Fünfzigern mit scharfgeschnittenen Zügen.

Der ältere Mann zischte Hassan zu: »Verdammter Narr, Sie hätten es verdient, *erschossen* zu werden.«

Hassan blickte zu ihm auf, und Suza entdeckte nackte Furcht in seinen Augen, als er ausrief: »Rostow!«

Suza fragte sich: Oh Gott, was nun?

Rostow packte Hassans Arm. Einen Moment lang schien es, als ob der Araber Widerstand leisten und sich losreißen wollte. Die beiden jungen Schläger schoben sich näher heran. Suza und Hassan waren umzingelt. Rostow führte Hassan vom Flugschalter fort. Einer der Schläger nahm Suzas Arm, und sie gingen hinterher.

Sie suchten sich eine ruhige Ecke. Rostow war offensichtlich immer noch empört, aber er mäßigte seine Stimme. »Sie hätten die ganze Sache verderben können, wenn Sie nicht ein paar Minuten zu spät gekommen wären.«

»Ich weiß nicht, was Sie meinen«, entgegnete Hassan.

»Meinen Sie, ich wußte nicht, daß Sie sich überall in der Welt herumgetrieben haben, um nach Dickstein zu suchen? Meinen Sie, man könnte Sie nicht wie jeden anderen Trottel beschatten? Ich habe seit Ihrer Abreise aus Kairo stündlich Berichte über jede Ihrer Bewegungen erhalten. Und wieso glauben Sie, ihr trauen zu können?« Er deutete mit dem Daumen auf Suza.

»Sie hat mich hierhergeführt.«

»Ja, aber daß sie es tun würde, haben Sie nicht von vornherein gewußt.«

Suza stand stumm und eingeschüchtert da. Sie war hoffnungslos verwirrt. Die vielen Schocks des Morgens – Nats Verschwinden, Cortones Tod und nun diese Szene – hatten ihr Hirn gelähmt. Nun war dieser Rostow hinzugekommen, den Hassan belog, und sie hatte nicht die geringste Vorstellung, ob Rostow von ihr die Wahrheit oder eine neue Lüge erfahren sollte.

»Wie sind Sie hierhergekommen?« fragte Hassan.

»Mit der *Karla* natürlich. Wir waren nur vierzig oder fünfzig Meilen von Sizilien entfernt, als mir berichtet wurde, daß Sie hier gelandet waren. Außerdem habe ich die Erlaubnis aus Kairo, Sie sofort und auf direktem Wege dorthin zurückzuschicken.«

»Ich glaube trotzdem, daß ich das Richtige getan habe.«

»Gehen Sie mir aus den Augen.«

Hassan zog sich zurück. Suza wollte ihm folgen, aber Rostow befahl »Nicht Sie!« Er nahm ihren Arm und setzte sich in Bewegung.

Suza leistete keinen Widerstand. Was sollte sie nur tun?

»Ich weiß, daß Sie uns Ihre Loyalität bewiesen haben, Miß Ashford, aber wir können neuangeworbenen Leuten mitten in einer Aktion nicht einfach erlauben, nach Hause zurückzukehren. Andererseits habe ich hier in Sizilien nur die Männer, die ich auf dem Schiff benötige, deshalb kann niemand Sie begleiten. Ich fürchte, Sie müssen mit mir an Bord der *Karla* kommen, bis diese Sache vorbei ist. Ich hoffe, es macht Ihnen nichts aus. Wissen Sie, daß Sie genauso aussehen wie Ihre Mutter?«

Sie hatten das Flughafengebäude verlassen und standen vor einem wartenden Auto. Rostow öffnete ihr die Tür. Dies war vielleicht ihre letzte Fluchtmöglichkeit. Sie zögerte. Einer der Schläger hatte sich neben ihr aufgebaut. Sein Jackett öffnete sich etwas, und sie sah den Knauf einer Pistole. Suza erinnerte sich an den schrecklichen Knall von Cortones Pistole in der verfallenen Villa und an ihren Schrei. Plötzlich hatte sie Angst zu sterben, wie der arme, dicke Cortone zu einem leblosen Klumpen zu werden. Entsetzen packte sie beim Gedanken an die Pistole, den Knall und die in ihren Körper eindringende Kugel, und sie fing an zu zittern.

»Was ist los?« erkundigte Rostow sich.

»Al Cortone ist tot.«

»Das wissen wir. Steigen Sie ein.«

Suza stieg in den Wagen.

*

Pierre Borg ließ Athen hinter sich und parkte sein Auto am Ende eines Küstenstreifens, wo gelegentlich Liebespaare spazierengingen. Er stieg aus und wanderte am Strand entlang, bis er Kawash traf, der aus der entgegengesetzten Richtung kam. Sie standen Seite an Seite und blickten auf das Meer hinaus, während kleine Wellen sanft gegen ihre Schuhe plätscherten. Borg konnte das gutgeschnittene Gesicht des hochgewachsenen arabischen Doppelagenten im Sternenlicht erkennen. Kawash wirkte nicht so selbstsicher wie gewöhnlich.

»Vielen Dank, daß Sie doch gekommen sind«, sagte Kawash.

Borg wußte nicht, was er davon halten sollte. Wenn sich jemand zu bedanken hatte, dann er selbst. Plötzlich wurde ihm klar, daß Kawash genau darauf angespielt hatte. Der Mann ging stets subtil vor, sogar bei Beleidigungen.

»Die Russen haben den Verdacht, daß es in Kairo eine undichte Stelle gibt«, begann Kawash. »Sie lassen sich sozusagen nicht mehr in ihre kollektiven kommunistischen Karten schauen.« Er lächelte dünn. Borg fand die Bemerkung nicht witzig. »Sogar als Yasif Hassan in Kairo war, um Bericht zu erstatten, erfuhren wir nicht viel – und nicht alle von Hassans Informationen sind an *mich* weitergeleitet worden.«

Borg rülpste laut; er hatte eine üppige griechische Mahlzeit gegessen. »Verschwenden Sie bitte keine Zeit mit Entschuldigungen. Sagen Sie mir einfach, was Sie wissen.«

»In Ordnung.« Kawash lächelte milde. »Die Russen wissen, daß Dickstein Uran stehlen soll.«

»Das haben Sie mir schon beim letzten Mal mitgeteilt.«

»Ich glaube nicht, daß sie irgendwelche Einzelheiten kennen. Sie haben die Absicht, alles geschehen zu lassen und es dann später an den Pranger zu stellen. Zwei ihrer Schiffe sind im Mittelmeer, aber sie wissen nicht, wohin sie sie schicken sollen.«

Eine Plastiktasche trieb mit der Flut heran und landete zu Borgs Füßen. Er beförderte sie mit einem Tritt ins Wasser zurück. »Was ist mit Suza Ashford?«

»Sie arbeitet mit Sicherheit für die arabische Seite. Zwischen Rostow und Hassan hat es eine Meinungsverschiedenheit gegeben. Hassan wollte herausfinden, wo genau Dickstein war, und Rostow hielt es für unnötig.«

»Schlechte Nachrichten. Weiter.«

»Danach machte Hassan sich auf eigene Faust an die Arbeit. Er bearbeitete Suza Ashford, ihm bei der Suche nach Dickstein zu helfen. Sie flogen nach Buffalo in den USA und trafen einen Gangster namens Cortone, der sie nach Sizilien brachte. Sie verpaßten Dickstein, wenn auch nur knapp; jedenfalls sahen sie noch, wie die *Stromberg* auslief. Hassan steckt wegen dieser Sache in großen Schwierigkeiten. Er hat den Befehl, nach Kairo zurückzukehren, ist aber noch nicht aufgetaucht.«

»Das Mädchen führte ihn zu Dicksteins Versteck?«

»Richtig.«

»Jesus Christus, das ist schlimm.« Borg dachte an die Nachricht, die im römischen Konsulat für Nat Dickstein von seiner »Freundin« eingetroffen war. Er zitierte Kawash den Inhalt: »Hassan hat mir alles gesagt. Er und ich werden dich besuchen.« Was, zum Teufel, konnte das bedeuten? Sollte es Dickstein warnen, ihn zurückhalten oder verwirren? Oder war es ein doppelter Bluff – ein Versuch, ihn glauben zu lassen, daß sie gezwungen wurde, Hassan zu ihm zu führen?

»Ein doppelter Bluff, nehme ich an«, sagte Kawash. »Sie wußte, daß ihre Rolle früher oder später bekanntwerden würde, deshalb bemüht sie sich, Dicksteins Vertrauen zu ihr noch länger aufrechtzuerhalten. Sie werden die Nachricht nicht weiterleiten ...«

»Natürlich nicht.« Borg wandte sich einem anderen Komplex zu. »Wenn sie in Sizilien waren, wissen sie von der *Stromberg*. Welche Schlüsse können sie daraus ziehen?«

»Daß die *Stromberg* bei dem Urandiebstahl eingesetzt wird.«

»Genau. Wenn ich Rostow wäre, würde ich der *Stromberg* folgen, die Kaperung abwarten und dann angreifen. Verflucht, verflucht, verflucht. Es scheint, daß wir unseren Plan aufgeben müssen.« Er bohrte die Schuhspitze in den weichen Sand. »Wie ist die Lage in Kattara?«

»Ich habe die schlechteste Nachricht bis zuletzt aufgehoben. Alle Tests sind zufriedenstellend verlaufen. Die Russen liefern Uran, und der Reaktor nimmt heute in drei Wochen seine Arbeit auf.«

Borg starrte auf das Meer hinaus. Er fühlte sich elender, pessimistischer und deprimierter als je während seines ganzen unglücklichen Lebens. »Scheiße. Sie wissen doch wohl, was das bedeutet? Wir können nicht aufgeben, ich kann Dickstein nicht zurückhalten. Es bedeutet, daß Dickstein Israels letzte Chance ist.«

Kawash schwieg. Borg sah ihn genauer an. Die Augen des Arabers waren geschlossen. »Was tun Sie?«

Nach ein paar Sekunden öffnete Kawash endlich die Augen, blickte Borg an und lächelte höflich, wie es seine Art war. »Ich bete«, sagte er.

Tel Aviv an MS Stromberg
Persönlich Borg nur für Dickstein
Muß von Adressaten entschlüsselt werden

SUZA ASHFORD ALS ARABISCHE AGENTIN ENTLARVT STOP SIE ÜBERREDETE CORTONE, SIE UND HASSAN NACH SIZILIEN ZU BRINGEN STOP TRAFEN NACH DEINER ABREISE EIN STOP CORTONE JETZT TOT STOP DIES UND ANDERE HINWEISE DEUTEN HOHE WAHRSCHEINLICHKEIT AN, DASS IHR AUF SEE ANGEGRIFFEN WERDET STOP WIR KÖNNEN VON HIER AUS NICHTS MEHR UNTERNEHMEN STOP DU HAST ALLES VERSAUT STOP DU BIST AUF DICH ALLEIN GESTELLT UND MUSST ALLEIN EINEN AUSWEG FINDEN ENDE

*

Die Wolken, die sich in den letzten Tagen über dem westlichen Mittelmeer zusammengeballt hatten, barsten in jener Nacht endlich und überschütteten die *Stromberg* mit

Regen. Ein heftiger Wind kam auf, und die Mängel des Schiffes wurden deutlich, als es in den immer stärker werdenden Wellen zu schlingern und zu gieren begann. Nat Dickstein nahm keine Notiz von dem Wetter.

Er saß allein in seiner kleinen Kabine, an dem Tisch, der ans Schott geschraubt war, mit einem Bleistift in der Hand, einem Notizblock, einem Codebuch und einer Nachricht vor sich. Quälend langsam entschlüsselte er Wort für Wort von Borgs Botschaft.

Immer wieder las er sie durch und starrte endlich an die leere Stahlwand.

Es war sinnlos, darüber zu spekulieren, weshalb sie es getan haben könnte, weithergeholte Hypothesen zu erfinden, daß Hassan sie dazu gezwungen oder erpreßt habe, sich einzubilden, sie wäre das Opfer falscher Überzeugungen und verwirrter Motive. Borg hatte gesagt, sie sei eine Spionin, und er hatte recht gehabt. Sie war von Anfang an eine Spionin gewesen. Deshalb hatte sie mit ihm geschlafen.

Das Mädchen hatte eine große Zukunft im Geheimdienstgeschäft.

Dickstein barg das Gesicht in den Händen und preßte die Fingerspitzen gegen die Augen, aber er sah sie immer noch vor sich: Sie war, von ihren hochhackigen Schuhen abgesehen, nackt, hatte sich in der Küche der kleinen Wohnung gegen den Schrank gelehnt und las die Morgenzeitung, während sie darauf wartete, daß das Wasser im Kessel kochte.

Am schlimmsten war, daß er sie immer noch liebte. Bevor er sie getroffen hatte, war er ein Invalide gewesen, ein Gefühlskrüppel, der dort, wo die Liebe hätte sein müssen, nur Leere kannte. Sie hatte ein Wunder vollbracht und ihn geheilt. Nun hatte sie ihn verraten und ihr Geschenk wieder an sich genommen, und er würde noch stärker als je verkrüppelt sein. Er hatte ihr einen Liebesbrief geschrieben. Mein Gott, was war geschehen, als sie den Brief gelesen hatte? Hatte sie gelacht? Hatte sie ihn Yasif Hassan gezeigt und gesagt: »Siehst du, wie er mir aus der Hand frißt?«

Wenn man einem Blinden das Augenlicht zurückgab und ihn dann nach einem Tag nachts im Schlaf wieder blendete, er würde sich nach dem Aufwachen so gefühlt haben wie Dickstein.

Er hatte Borg versprochen, Suza zu töten, wenn sich herausstellen sollte, daß sie eine Agentin war, aber jetzt wußte er, daß das eine Lüge gewesen war. Was sie auch verbrochen haben mochte, er würde ihr nie weh tun können.

Es war spät. Die meisten Besatzungsmitglieder, außer den Wachen, schliefen. Er verließ die Kabine und ging zum Deck hinauf, ohne jemanden zu sehen. Auf dem Weg von der Luke bis zum Schandeckel wurde er bis auf die Haut durchnäßt, doch er merkte es nicht. Er stand an der Reling, blickte in die Dunkelheit hinaus und konnte nicht erkennen, wo das schwarze Meer endete und der schwarze Himmel begann. Regentropfen strömten wie Tränen über sein Gesicht.

Er würde Suza nie töten können, aber bei Yasif Hassan war es etwas anderes.

Wenn ein Mann je einen Feind gehabt hatte, dann war nun Hassan Dicksteins Feind. Er hatte Eila geliebt, und ausgerechnet er mußte sie dann bei einer sinnlichen Umarmung mit Hassan überraschen. Nun hatte er sich in Suza verliebt, um hinterher zu entdecken, daß auch sie von demselben alten Rivalen verführt worden war. Hassan hatte Suza für seinen Plan ausgenutzt, Dickstein die Heimat zu nehmen.

Oh ja, er würde Yasif Hassan töten, wenn möglich, mit bloßen Händen. Und die anderen auch. Der Gedanke verwandelte tiefste Verzweiflung in Wut: Er wollte Knochen knacken hören, er wollte sehen, wie Körper zusammenbrachen, er wünschte sich den Geruch von Furcht und

Pistolenfeuer, er wollte nichts als Tod um sich herum verbreiten.

Borg glaubte, daß sie auf See angegriffen würden. Dickstein packte die Reling, während das Schiff durch die unruhige See pflügte. Der Wind verstärkte sich für einen Moment und peitschte sein Gesicht mit kaltem, hartem Regen. Er würde auf den Angriff warten. Dann öffnete er den Mund und brüllte in den Wind hinaus: »Sie sollen nur kommen – die Hunde sollen nur kommen!«

15

HASSAN KEHRTE NIE mehr nach Kairo zurück. Jubel erfüllte ihn, als sein Flugzeug in Palermo startete.

Es war knapp gewesen, aber er hatte Rostow wieder überlistet! Er hatte seinen Ohren kaum getraut, als Rostow sagte: »Gehen Sie mir aus den Augen.« Hassan war sicher gewesen, daß man ihn mit an Bord der *Karla* nehmen und er folglich die Kaperung durch die Feddajin verpassen würde. Aber Rostow war der festen Ansicht, daß Hassan nur übereifrig, impulsiv und unerfahren sei. Ihm war nie eingefallen, der Araber könnte ein Verräter sein. Wie hätte es ihm auch einfallen können? Hassan war der Vertreter des ägyptischen Geheimdienstes in der Gruppe. Wenn Rostow Zweifel an seiner Loyalität gehabt hätte, hätte er erwogen, ob Hassan für die Israelis arbeitete, denn diese waren der Gegner. Von den Palästinensern, wenn sie überhaupt eine Rolle spielten, konnte man annehmen, daß sie auf arabischer Seite stehen würden.

Es war wunderbar. Der gerissene, arrogante, herablassende Oberst Rostow und die Macht des ganzen berüchtigten KGB waren einem lächerlichen palästinensischen Flüchtling nicht gewachsen gewesen, einem Mann, den sie für ein Nichts hielten!

Aber noch war es nicht geschafft. Er mußte erst noch zu den Feddajin stoßen.

Der Flug von Palermo führte ihn nach Rom, wo er versuchte, eine Maschine nach Annaba oder Constantine, beide in der Nähe der algerischen Küste, zu bekommen. Das Beste, was die Fluggesellschaften anbieten konnten, war Algier oder Tunis. Er entschied sich für Tunis.

Dort fand er einen jungen Taxifahrer mit einem fast neuen Renault und hielt dem Mann mehr Geld in amerikanischen Dollars vor Augen, als der normalerweise in einem ganzen Jahr verdiente. Das Taxi beförderte ihn über die ganze Breite Tunesiens – hundert Meilen – und über die Grenze nach Algerien und setzte ihn in einem Fischerdorf mit einem kleinen natürlichen Hafen ab.

Einer der Feddajin erwartete ihn. Hassan entdeckte ihn am Strand, wo er unter einem aufgestützten Dinghi saß, sich vor dem Regen schützte und mit einem Fischer Backgammon spielte. Die drei Männer stiegen in das Boot des Fischers und legten ab.

Die See war rauh, als sie am späten Nachmittag hinausfuhren.

Hassan, der von seemännischen Dingen nichts verstand, machte sich Sorgen, daß das kleine Motorboot kentern könnte, aber der Fischer grinste die ganze Zeit fröhlich. Die Fahrt dauerte eine knappe halbe Stunde. Während sie sich dem hochaufragenden Rumpf des Schiffes näherten, verspürte Hassan wieder ein Gefühl des Triumphes. Ein Schiff ... sie hatten ein *Schiff*.

Er kletterte auf Deck, während der Mann, der ihn abgeholt hatte, den Fischer bezahlte. Mahmud wartete schon auf ihn. Sie umarmten sich, und Hassan sagte: »Wir sollten sofort den Anker lichten – wir haben keine Zeit zu verlieren.«

»Komm mit mir auf die Brücke.«

Hassan folgte Mahmud nach vorn. Das Schiff war ein kleines Küstenfahrzeug von rund tausend Bruttoregistertonnen, ziemlich neu, elegant und in gutem Zustand. Der größte Teil der Quartiere befand sich unter Deck; eine Luke deutete auf einen einzigen Laderaum hin. Das Schiff war so konstruiert worden, daß es rasch kleine Frachten befördern und in den kleinen nordafrikanischen Häfen manövrieren konnte.

Sie blieben einen Moment lang auf dem Vorderdeck stehen und schauten sich um.

»Genau das, was wir brauchen«, kommentierte Hassan freudig.

»Ich habe sie in *Nablus* umgetauft«, erklärte Mahmud. »Sie ist das erste Schiff der palästinensischen Flotte.«

Hassan merkte, wie ihm Tränen in die Augen stiegen. Sie kletterten die Leiter hinauf. »Ich habe sie von einem libyschen Geschäftsmann, der seine Seele retten wollte«, sagte Mahmud.

Die Brücke war kompakt und sauber. Sie hatte nur einen echten Mangel: Radar. Viele dieser kleinen Küstenfahrzeuge kamen immer noch ohne Radar aus, und man hatte nicht genug Zeit gehabt, die Geräte zu kaufen und einzubauen.

Mahmud stellte den Kapitän, ebenfalls ein Libyer, vor – der Geschäftsmann hatte nicht nur das Schiff, sondern auch die Besatzung gestellt, da keiner der Feddajin Seemann war. Der Kapitän gab Befehl, die Anker zu lichten und die Maschinen anzuwerfen.

Die drei Männer beugten sich über eine Karte, während Hassan berichtete, was er in Sizilien erfahren hatte. »Die *Stromberg* hat heute mittag von der Südküste Siziliens abgelegt. Die *Coparelli* sollte die Straße von Gibraltar gestern am späten Abend passieren und auf Genua zuhalten. Es sind Schwesterschiffe mit der gleichen Höchstgeschwindigkeit. Sie können sich also nicht eher treffen als zwölf Stunden östlich des Mittelpunktes von Sizilien und Gibraltar.«

Der Kapitän stellte einige Berechnungen an und musterte eine andere Karte. »Sie werden sich südöstlich von Menorca treffen.«

»Wir müßten die *Coparelli* mindestens acht Stunden vorher abfangen.«

Der Kapitän fuhr mit dem Finger an der Handelsroute entlang. »Sie müßte morgen in der Dämmerung gerade südlich von Ibiza sein.«

»Können wir es schaffen?«

»Ja, bequem, wenn es keinen Sturm gibt.«

»Ist mit einem Sturm zu rechnen?«

»Irgendwann in den nächsten Tagen, ja. Aber noch nicht morgen.«

»Gut. Wo ist der Funker?«

»Hier. Sein Name ist Yaacov.«

Hassan drehte sich um und sah einen kleinen lächelnden Mann mit vom Tabak gebräunten Zähnen vor sich. »An Bord der *Coparelli* ist ein Russe, ein Mann namens Tyrin, der dem polnischen Schiff *Karla* Signale schicken wird. Sie müssen auf dieser Wellenlänge lauschen.« Er schrieb sie auf. »An Bord der *Stromberg* ist außerdem ein Leitstrahlsender, der jede halbe Stunde für dreißig Sekunden einen einfachen Ton von sich gibt. Wenn wir diesen Ton jedesmal abhören, können wir sicher sein, daß die *Stromberg* uns nicht entwischt.«

Der Kapitän legte den Kurs fest. Unten auf Deck machte der Erste Offizier die Mannschaft einsatzbereit. Mahmud sprach mit einem der Feddajin über seine Waffeninspektion. Der Funker stellte Hassan Fragen nach dem Leitstrahlsender der *Stromberg*. Hassan hörte kaum hin. Er dachte: Was auch geschieht, es wird herrlich sein.

Die Maschinen brüllten auf, und die Fahrt begann.

Dieter Koch, der neue Schiffsingenieur der *Coparelli*,

lag in seiner Koje. Es war nach Mitternacht. Er überlegte: Was sage ich, wenn mich jemand sieht?

Was er tun mußte, war einfach genug. Er mußte aufstehen, zum hinteren Maschinenspeicher gehen, die zusätzliche Ölpumpe hervorholen und beiseite schaffen. Es war fast sicher, daß man ihn nicht beobachten würde, denn seine Kabine lag in der Nähe des Speichers, die meisten Besatzungsmitglieder schliefen, und wer wach war, hielt sich auf der Brücke oder im Maschinenraum auf und würde wahrscheinlich dort bleiben. Aber »fast sicher« genügte bei einer Operation von dieser Bedeutung nicht. Wenn jemand, jetzt oder später, ahnte, was er wirklich beabsichtigte.

Er zog sich einen Pullover, eine Hose, Seestiefel und eine Ölhaut an. Die Sache mußte erledigt werden, und zwar sofort. Er steckte den Speicherschlüssel ein, öffnete seine Kabinentür und trat hinaus. Während er sich am Gang entlangschob, nahm er sich vor: Ich werde sagen, ich könne nicht schlafen und würde deshalb die Speicher überprüfen.

Koch schloß die Speichertür auf, knipste das Licht an, ging hinein und zog die Tür hinter sich zu. Überall lagen Ersatzteile auf Regalen und Gestellen – Dichtungsringe, Ventile, Stecker, Kabel, Schrauben, Filter ... Wenn man einen Zylinderblock hatte, konnte man aus diesen Teilen eine ganze Maschine zusammenbauen.

Er fand die Ersatzölpumpe in einer Kiste auf einem hohen Regal. Nachdem er sie heruntergehoben hatte – sie war nicht sehr groß, aber schwer –, verwendete er fünf Minuten darauf, sich zu überzeugen, daß keine zweite Ersatzpumpe existierte.

Nun kam der schwierigste Teil.

... Ich konnte nicht schlafen, Herr Kapitän, deshalb habe ich die Ersatzteile kontrolliert. – Sehr gut. Alles in Ordnung? – Ja. – Und was haben Sie da unter dem Arm? – Eine Flasche Whisky, Herr Kapitän ... Einen Kuchen, den mir meine Mutter geschickt hat ... Die Ersatzölpumpe. Ich werde sie über Bord werfen ...

Er öffnete die Speichertür und spähte hinaus.

Niemand.

Koch schaltete das Licht aus, trat hinaus, zog die Tür hinter sich zu und schloß sie ab. Er ging an der Passage entlang und erreichte das Deck.

Niemand.

Es regnete immer noch. Er konnte nur ein paar Meilen weit sehen, was ihn freute, weil auch jeder andere eine so schlechte Sicht haben würde.

Er überquerte das Deck zum Schandeckel, beugte sich über die Reling, ließ die Ölpumpe ins Meer fallen, drehte sich um und stieß jemanden an.

Ein Kuchen, den mir meine Mutter geschickt hat. Er war so trocken ...

»Wer ist da?« fragte eine Stimme in fremdländischem Englisch.

»Der Ingenieur. Und Sie?« Während Koch sprach, wurde das Profil des anderen Mannes in der Decksbeleuchtung sichtbar, und er erkannte die rundliche Gestalt und das großnasige Gesicht des Funkers.

»Ich konnte nicht schlafen«, sagte der Funker. »Ich ... ich wollte etwas frische Luft schnappen.«

Er ist genauso schuldbewußt wie ich, dachte Koch. Warum wohl? »Eine lausige Nacht. Ich lege mich hin.«

»Gute Nacht.«

Koch machte sich zu seiner Kabine auf. Merkwürdiger Bursche, dieser Funker. Er gehörte nicht zur Stammbesatzung, sondern war in Cardiff angeheuert worden, nachdem der erste Funker sich das Bein gebrochen hatte. Wie Koch war er so etwas wie ein Außenseiter. Gut, daß er auf ihn, und nicht auf einen der anderen, gestoßen war.

In seiner Kabine zog er seine nasse Oberbekleidung aus und legte sich auf seine Koje. Er wußte, daß er keinen Schlaf finden würde. Sein Plan für morgen stand fest, es hatte wenig Sinn, ihn noch einmal durchzugehen. Also versuchte er, an andere Dinge zu denken: an seine Mutter, die die besten Reibekuchen der Welt machte; an seine Verlobte, deren Lippen Unglaubliches anstellen konnten; an seinen geistesgestörten Vater, der nun in einer Anstalt in Tel Aviv lebte; an das finessenreiche Tonbandgerät, das er sich nach diesem Auftrag von seinem ausstehenden Gehalt kaufen würde; an seine schöne Wohnung in Haifa; an die Kinder, die er haben würde, und daran, daß sie in einem Israel aufwachsen sollten, das von künftigen Kriegen verschont bleiben würde. Zwei Stunden später stand er auf. Er ging nach achtern in die Kombüse, um sich etwas Kaffee zu holen. Der Gehilfe des Schiffskochs stand in mehrere Zentimeter hohem Wasser und briet Schinken für die Mannschaft.

»Scheißwetter«, sagte Koch.

»Es wird noch schlimmer werden.«

Koch trank seinen Kaffee, füllte seinen Becher und einen zweiten von neuem und nahm sie mit zur Brücke hinauf. Dort traf er den Ersten Offizier an. »Guten Morgen.«

»Kann man nicht sagen«, antwortete der Erste Offizier, der den strömenden Regen beobachtete.

»Kaffee?«

»Sehr freundlich von Ihnen. Vielen Dank.« Koch reichte ihm den Becher. »Wo sind wir?«

»Hier.« Der Offizier zeigte ihm ihre Position auf einer Karte. »Genau nach Fahrplan, trotz des Wetters.«

Koch nickte. Es bedeutete, daß er das Schiff in fünfzehn Minuten zum Stehen bringen mußte. »Bis später.« Er verließ die Brücke und ging nach unten in den Maschinenraum.

Der Zweite Ingenieur wartete schon. Er wirkte recht frisch, als wenn er während des Nachtdienstes ein ausgiebiges Schläfchen gemacht hätte. »Wie ist der Öldruck?« fragte Koch.

»Konstant.«

»Gestern schwankte er ein bißchen.«

»Nun, heute nacht gab es jedenfalls keine Probleme«, sagte der Zweite Ingenieur. Er sprach etwas zu lebhaft, als fürchte er, man könnte ihm vorwerfen, er habe geschlafen, während der Anzeiger schwankte.

»Gut. Vielleicht gibt es sich von selbst.« Koch stellte seinen Becher auf eine gerade Motorhaube und nahm ihn schnell wieder hoch, als das Schiff schlingerte. »Wecken Sie Larsen auf dem Weg in Ihre Kabine.«

»In Ordnung.«

»Schlafen Sie gut.«

Der Zweite Ingenieur ging hinaus. Koch trank seinen Kaffee aus und machte sich an die Arbeit.

Der Öldruckanzeiger lag in einer Reihe von Skalen hinter der Maschine. Die Skalen waren von einem dünnen Metallrahmen eingefaßt, der mattschwarz angemalt und von vier Schrauben gesichert war. Koch entfernte sie mit einem großen Schraubenzieher und zog den Rahmen ab. Dahinter lag ein Gewirr vielfarbiger Drähte, die zu verschiedenen Anzeigen führten. Koch tauschte seinen großen Schraubenzieher gegen einen kleinen elektrischen mit isoliertem Griff aus. Mit ein paar Drehungen löste er einen der Drähte zum Öldruckanzeiger. Er wickelte ein paar Zentimeter Isolierband um das bloße Ende des Drahtes und klebte es an die Rückseite des Skalenblattes. Nur eine sehr genaue Prüfung würde verraten, daß der Draht nicht mit dem Meßinstrument verbunden war. Darauf brachte er den Rahmen wieder an und sicherte ihn mit den vier Schrauben.

Als Larsen hereinkam, goß er Getriebeöl nach.

»Kann *ich* das machen?« fragte Larsen. Er war der Bedienungsmann, und Schmieren gehörte zu seinen Aufgaben.

»Ich bin schon fertig.« Koch brachte den Schraubverschluß wieder an und verstaute die Büchse in einem Schrank.

Larsen rieb sich die Augen und steckte sich eine Zigarette an. Er warf einen Blick auf die Skalen, sah genauer hin und sagte: »Öldruck ist Null!«

»Null?«

»Ja.«

»Maschinen stoppen!«

»Aye, aye.«

Ohne Öl würde die Reibung zwischen den Metallteilen der Maschine sehr schnell eine solche Überhitzung verursachen, daß die Teile sich verformten, die Maschine stehenblieb und nie wieder zu reparieren war. Das plötzliche Fehlen des Öldrucks war so gefährlich, daß Larsen die Maschine sogar aus eigener Befugnis – ohne Kochs Genehmigung – hätte stoppen können.

Alle an Bord hörten, wie die Maschine stehenblieb und die *Coparelli* an Geschwindigkeit verlor; sogar jene Tagesarbeiter, die noch in ihren Kojen schliefen, hörten es durch ihre Träume hindurch und wachten auf. Bevor die Maschine ganz stillstand, war die Stimme des Ersten Ingenieurs durch das Sprachrohr zu hören. »Brücke! Was ist da unten los?«

Koch antwortete: »Plötzlicher Abfall des Öldrucks.«

»Haben Sie eine Ahnung, weshalb?«

»Noch nicht.«

»Halten Sie mich auf dem laufenden.«

»Aye, aye.«

Koch wandte sich an Larsen. »Wir müssen die Ölwanne abnehmen.«

Larsen holte einen Werkzeugkasten und folgte Koch ein halbes Deck hinunter, wo sie die Maschine erreichen konnten. »Wenn die Hauptlager oder die großen Endlager im Eimer wären«, fuhr Koch fort, »hätte der Öldruck nur allmählich fallen dürfen. Ein plötzliches Sinken bedeutet, daß es an der Ölzufuhr liegt. Das Aggregat enthält genug Öl – ich hab schon nachgesehen –, und es gibt kein Anzeichen für ein Leck. Wahrscheinlich ist eine Leitung blockiert.«

Koch schraubte die Ölwanne mit einem Elektroschlüssel los, und die beiden ließen sie auf das Deck nieder. Sie kontrollierten das Ölsieb, den Durchlauffilter, den Überdruckventilfilter und den Hauptüberdruckventilfilter, ohne ein Hindernis zu finden.

»Wenn nichts blockiert ist, muß es an der Pumpe liegen«, sagte Koch. »Holen Sie die Reservepumpe.«

»Sie muß in dem Speicher auf dem Hauptdeck sein«, sagte Larsen.

Koch reichte ihm den Schlüssel, und Larsen ging nach oben.

Nun mußte Koch sich beeilen. Er nahm die Verschalung der Ölpumpe ab, so daß zwei Zahnräder mit breiten Zacken freilagen. Dann zog er den Schraubenschlüssel von der elektrischen Bohrmaschine, setzte einen Bohrer auf und rückte den Zahnrädern zu Leibe. Er brach so viele Zacken heraus, daß die Räder fast unbrauchbar waren. Darauf legte er den Bohrer hin, griff zu einer Brechstange und einem Hammer, zwängte das Metall zwischen die beiden Räder und hebelte so lange, bis etwas mit einem lauten, dumpfen Krachen nachgab. Schließlich holte er eine Schraube aus gehärtetem Stahl, zerbeult und zerkratzt, aus der Tasche. Er hatte sie in Antwerpen mit an Bord des Schiffes genommen. Diese Schraube ließ er in die Ölwanne fallen.

Fertig.

Larsen kam zurück.

Koch merkte, daß der Bohrer immer noch auf der Maschine steckte. Als Larsen fortgegangen war, hatte das Gerät den Schraubenschlüsselaufsatz getragen. Er betete, daß es Larsen nicht auffallen würde.

»Die Pumpe ist nicht da«, meldete Larsen.

Der Ingenieur fischte die Schraube aus der Ölwanne. »Sehen Sie sich das an«, sagte er, um Larsen von dem verdächtigen Bohrer abzulenken. Er zeigte Larsen die kaputten Zahnräder der Ölpumpe. »Die Schraube muß hineingefallen sein, als die Filter zum letztenmal ausgetauscht wurden. Sie geriet in die Pumpe und ist seitdem immer wieder zwischen diesen Zahnrädern herumgewirbelt worden. Mich überrascht, daß wir das Geräusch trotz des Maschinenlärms nicht gehört haben. Egal, die Ölpumpe ist nicht mehr zu reparieren. Also müssen Sie die Ersatzpumpe unbedingt finden. Ein paar Leute sollen Ihnen beim Suchen helfen.«

Larsen verschwand. Koch entfernte den Bohrer und setzte den Schraubenschlüssel wieder auf das Gerät. Er rannte die Stufen zum Hauptmaschinenraum empor, um das andere Indiz zu beseitigen. Er arbeitete so schnell, wie er konnte, falls jemand hereinkommen sollte, löste den Rahmen von den Skalen und schloß den Draht wieder an den Öldruckanzeiger an. Nun würde er auch so auf Null stehen. Darauf brachte er den Rahmen wieder an und warf das Isolierband fort.

Das war alles. Nun mußte er noch den Kapitän hinters Licht führen.

Sobald die Suchmannschaft ihre Bemühungen aufgegeben hatte, stieg Koch zur Brücke empor. Er meldete dem Kapitän: »Ein Mechaniker hat eine Schraube in die Ölwanne fallen lassen, als die Maschine zum letztenmal überholt wurde.« Er zeigte dem Kapitän die Schraube. »Irgendwann – vielleicht als das Schiff so stark stampfte – muß sie in die Ölpumpe geraten sein. Danach war es nur noch eine Frage der Zeit. Die Schraube kreiste in den Zahnrädern, bis sie völlig ruiniert waren. Leider können wir solche Zahnräder nicht an Bord herstellen. Das Schiff sollte eine Ersatzpumpe an Bord haben, aber sie ist nicht aufzufinden.«

Der Kapitän war außer sich vor Wut. »Wer dafür verantwortlich ist, kann sich auf etwas gefaßt machen.«

»Der Ingenieur wäre dazu da, die Ersatzteile zu überprüfen, aber wie Sie wissen, bin ich erst in letzter Minute an Bord gekommen.«

»Das bedeutet, daß Sarne daran schuld ist.«

»Es könnte eine Erklärung geben ...«

»Richtig. Zum Beispiel die, daß er dauernd hinter belgischen Huren herlief und sich deshalb nicht um seine Maschine kümmern konnte. Können wir uns wenigstens weiterschleppen?«

»Auf keinen Fall. Die Kolben würden sich schon nach einer halben Kabellänge festfressen.«

»Verdammt. Wo ist der Funker?«

Der Erste Offizier sagte: »Ich hole ihn«, und ging hinaus.

»Sind Sie sicher, daß Sie nicht improvisieren können?« fragte der Kapitän.

»Eine Ölpumpe läßt sich nicht aus Ersatzteilen zusammenbasteln. Deshalb hat man immer eine zweite Pumpe an Bord.«

Der Erste Offizier kam mit dem Funker zurück. Der Kapitän knurrte: »Wo, zum Teufel, sind Sie gewesen?«

Der Funker war der rundliche Mann mit der großen Nase, mit dem Koch in der letzten Nacht auf Deck zusammengeprallt war. Er schien beleidigt. »Ich habe dabei geholfen, im vorderen Speicher nach der Ölpumpe zu suchen, Herr Kapitän. Dann habe ich mir die Hände gewaschen.« Er warf Koch einen Blick zu, doch seine Augen verrieten nicht den geringsten Argwohn. Koch war nicht sicher, wieviel er bei dem kleinen Zusammenstoß auf Deck beobachtet hatte, aber falls er einen Zusammenhang zwischen dem fehlenden Ersatzteil und dem Päckchen sah, das der Ingenieur über Bord geworfen hatte, dann ließ er sich nichts anmerken.

»Also gut«, sagte der Kapitän. »Schicken Sie einen Funkspruch an die Eigner: Melde Maschinenschaden bei ... Wie ist unsere Position, Nummer Eins?«

Der Erste Offizier gab dem Funker die Position an. Der Kapitän fuhr fort. »Benötigen neue Ölpumpe oder Schlepper zum Hafen. Bitte um Anweisung.«

Kochs Schultern entspannten sich ein wenig. Er hatte es geschafft.

Nach einiger Zeit schickten die Eigner ihre Antwort:

COPARELLI AN SAVILE SHIPPING ZÜRICH VERKAUFT. IHRE BOTSCHAFT AN NEUE EIGNER WEITERGEGEBEN. WARTEN SIE AUF INSTRUKTIONEN!

Fast sofort folgte eine Nachricht von Savile Shipping:

UNSER SCHIFF GIL HAMILTON IN IHREN GEWÄSSERN. WIRD GEGEN MITTAG LÄNGSSEITS BEIDREHEN. SCHIFFEN SIE GANZE BESATZUNG AUSSER INGENIEUR AUS. GIL HAMILTON WIRD BESATZUNG NACH MARSEILLE BRINGEN. INGENIEUR WIRD AUF NEUE ÖLPUMPE WARTEN! PAPAGOPULOS.

*

Der Nachrichtenaustausch wurde sechzig Meilen entfernt von Solly Weinberg, dem Kapitän der *Gil Hamilton* und einem Fregattenkapitän der israelischen Flotte, gehört. Er murmelte: »Genau nach Plan. Gut gemacht, Koch.« Dann legte er Kurs auf die *Coparelli* an und befahl volle Geschwindigkeit voraus.

*

Der Nachrichtenaustausch wurde nicht von Yasif Hassan und Mahmud an Bord der *Nablus*, 150 Meilen entfernt, gehört. Sie waren in der Kapitänskabine über eine Skizze gebeugt, die Hassan von der *Coparelli* angefertigt hatte, und überlegten, wie das Schiff zu entern wäre. Hassan hatte den Funker der *Nablus* instruiert, zwei Wellenlängen abzuhören: die eine, die der Leitstrahlsender der *Stromberg* benutzte, und die andere, auf der Ty-

rin seine heimlichen Botschaften von der *Coparelli* an
Rostow auf der *Karla* schickte. Da die Nachrichten nicht
auf der normalen Wellenlänge der *Coparelli* gesendet
wurden, fing die *Nablus* sie nicht auf. Es würde einige
Zeit dauern, bis die Feddajin merkten, daß sie ein fast
verlassenes Schiff zu kapern beabsichtigten.

*

Der Nachrichtenaustausch war zweihundert Meilen entfernt, auf der Brücke der *Stromberg*, gehört worden. Als
die *Coparelli* die Nachricht von Papagopulos bestätigte,
jubelten und klatschten die Offiziere auf der Brücke. Nat
Dickstein, der sich, mit einem Becher schwarzen Kaffee
in der Hand, an ein Schott gelehnt hatte und auf den Regen
und die Wogen der See hinausstarrte, jubelte nicht. Sein
Körper war gebeugt und gespannt, sein Gesicht unbewegt,
und seine braunen Augen bildeten schmale Schlitze hinter der Plastikbrille. Einer der Offiziere bemerkte sein
Schweigen und wandte sich mit den Worten an ihn, daß
die erste große Hürde genommen sei. Dicksteins halblau-
te Antwort war – ganz untypisch für ihn – mit den stärksten Flüchen gepfeffert. Der vergnügte Offizier ließ ihn
in Ruhe und meinte später in der Messe, daß Dickstein
wie ein Mann aussehe, der einem ein Messer in den Bauch
jagen würde, wenn man ihm auf die Zehen träte.

*

Und der Nachrichtenaustausch wurde schließlich auch
dreihundert Meilen entfernt, an Bord der *Karla*, von David Rostow und Suza Ashford gehört.

Suza war wie benommen, als sie von dem sizilianischen
Kai über die Laufplanke an Bord des polnischen Schiffes
ging. Sie nahm kaum zur Kenntnis, was geschah, während Rostow sie in ihre Kabine führte – eine Offizierska-

bine mit eigener Toilette – und ihr wünschte, sie möge sich wohl fühlen. Suza hatte sich auf das Bett gesetzt und ihre Haltung kaum verändert, als ihr ein Seemann eine Stunde später auf einem Tablett eine kalte Mahlzeit brachte und sie ohne ein Wort auf den Tisch stellte. Sie aß nichts. Es wurde dunkel, und sie begann zu zittern. Deshalb legte sie sich hin und starrte mit weitgeöffneten Augen ins Nichts und zitterte immer noch.

Endlich war sie eingeschlafen – unruhig zuerst, mit seltsamen, zusammenhanglosen Alpträumen, dann aber hatte tiefer Schlaf sie überwältigt. Die Morgendämmerung weckte sie.

Sie lag still, spürte die Bewegung des Schiffes und sah sich verständnislos in der Kabine des Schiffes um, bevor ihr einfiel, wohin man sie gebracht hatte. Es war, als wache sie auf und erinnere sich an das blinde Entsetzen eines Alptraums. Aber statt zu denken: Gott sei Dank, es war nur ein Traum, merkte sie, daß der Schrecken Wirklichkeit war und immer noch weiterging.

Suza hatte ein unsagbar schlechtes Gewissen. Nun wurde ihr klar, daß sie sich selbst zum Narren gehalten hatte. Sie hatte sich eingeredet, sie müsse Nat ohne Rücksicht auf das damit verbundene Risiko finden und warnen. In Wahrheit wäre ihr jeder Vorwand recht gewesen, um nach ihm zu suchen. Die katastrophalen Folgen dessen, was sie getan hatte, ergaben sich ganz automatisch aus der Verwirrung ihrer Motive. Zwar war Nat in Gefahr gewesen, aber die Gefahr hatte sich jetzt noch vergrößert, und das war allein ihre Schuld.

Dann fiel ihr ein, daß sie, umgeben von russischen Schlägern, an Bord eines polnischen Schiffes war, das von Nats Feinden kommandiert wurde. Sie drückte den Kopf in ihr Kissen und kämpfte gegen die Hysterie an, die würgend in ihrer Kehle hochstieg. Und plötzlich wurde sie wütend, und das half ihr, bei Verstand zu bleiben.

Suza dachte an ihren Vater, der sie für seine politischen

Ideen einspannen wollte, und war zornig auf ihn. Sie dachte an Hassan, der ihren Vater manipuliert und ihr die Hand aufs Knie gelegt hatte, und sie wünschte, sie hätte ihm einen Schlag ins Gesicht versetzt, als es noch möglich gewesen war. Schließlich dachte sie an Rostow, den Mann mit dem harten, intelligenten Gesicht und dem kalten Lächeln, der Nats Schiff rammen und ihn umbringen wollte. Ihre Wut kannte keine Grenzen mehr. Dickstein war der Mann ihrer Wahl. Er war humorvoll, stark, seltsam verletzlich, er schrieb Liebesbriefe, und er kaperte Schiffe. Und er war der erste Mann, den sie wirklich liebte. Ihn durfte sie nicht verlieren.

Zwar war sie eine Gefangene im feindlichen Lager, aber nur von ihrem eigenen Standpunkt aus. Die Feinde glaubten sie auf ihrer Seite und vertrauten ihr. Vielleicht würde sie eine Chance haben, ihnen das Spiel zu verderben. Danach mußte sie Ausschau halten. Sie würde sich frei auf dem Schiff bewegen, ihre Furcht verbergen, mit ihren Feinden sprechen, deren Vertrauen zu ihr festigen, indem sie vorgab, ihre Ziele und Interessen zu teilen, bis sie eine Gelegenheit sah.

Ihr Vorhaben ließ sie erzittern. Dann sagte sie sich: Wenn ich es nicht tue, werde ich ihn verlieren, und wenn ich ihn verliere, will ich nicht mehr weiterleben.

Sie stand auf, legte die Kleider ab, in denen sie geschlafen hatte, wusch sich und zog einen sauberen Pullover und eine Hose aus ihrem Koffer an. Sie setzte sich an den kleinen angeschraubten Tisch und aß etwas von der Wurst und dem Käse, die am Tag vorher gebracht worden waren. Dann bürstete sie sich das Haar und legte eine Spur von Make-up auf, um ihre Stimmung ein wenig zu heben.

Suza ging an die Kabinentür und merkte, daß diese nicht abgeschlossen war.

Sie ging hinaus.

Der Duft von Essen lockte sie den Gang entlang zur Kombüse. Sie ging hinein und blickte sich rasch um.

Rostow saß allein da und aß mit einer Gabel langsam Rührei. Er hob den Kopf und entdeckte sie. Plötzlich schien sein Gesicht eisig und böse, sein schmaler Mund wurde hart, seine Augen blickten kalt. Suza zögerte, zwang sich dann aber, auf seinen Tisch zuzusteuern. Dort angekommen, stützte sie sich kurz auf einen Stuhl, denn die Knie waren ihr weich geworden.

»Setzen Sie sich«, sagte Rostow.

Sie ließ sich auf den Stuhl fallen.

»Wie haben Sie geschlafen?«

Suza atmete hastig, als wäre sie sehr schnell gegangen. »Gut.« Ihre Stimme bebte.

Seine scharfen, mißtrauischen Augen schienen sich in ihr Hirn zu bohren. »Sie scheinen durcheinander zu sein.« Er sprach mit emotionsloser Stimme, ohne Sympathie oder Feindseligkeit.

»Ich ...« Die Worte blieben ihr in der Kehle stecken, und sie mußte nach Luft schnappen. »Es – es war gestern sehr verwirrend für mich.« Das stimmte zumindest. »Ich habe noch nie jemanden sterben sehen.«

»Ah.« Endlich zeigte sich eine Spur menschlichen Mitgefühls in Rostows Miene. Vielleicht erinnerte er sich daran, wie er zum erstenmal einen Menschen hatte sterben sehen. Er streckte die Hand nach einer Kaffeekanne aus und füllte eine Tasse für sie. »Sie sind sehr jung – nicht viel älter als der ältere meiner beiden Söhne.«

Suza nippte dankbar an dem heißen Kaffee und hoffte, daß er auf diese Art weitersprechen würde – es würde ihr helfen, sich zu beruhigen.

»Ihr Sohn?«

»Jurij Davidowitsch. Er ist zwanzig.«

»Was macht er?«

Rostows Miene war nicht mehr so frostig wie vorher. »Leider hört er meistens dekadente Musik. Er studiert nicht so eifrig, wie er sollte – nicht wie sein Bruder.«

Suza begann allmählich, wieder normal zu atmen, ihre

Hand zitterte nicht mehr, wenn sie die Tasse anhob. Sie wußte, daß dieser Mann nicht weniger gefährlich war, nur weil er eine Familie hatte. Aber er schien weniger erschreckend, wenn er so wie jetzt redete.

»Und Ihr anderer Sohn?«

Rostow nickte. »Wladimir.« Nun wirkte er überhaupt nicht mehr erschreckend. Er starrte mit liebevollem, nachsichtigem Gesichtsausdruck über Suzas Schulter hinweg. »Er ist sehr begabt. Wenn er die richtige Ausbildung erhält, wird er ein großer Mathematiker werden.«

»Das dürfte kein Problem sein. Die sowjetische Erziehung ist die beste der Welt.«

Die Bemerkung war unverfänglich genug gewesen, doch sie mußte für ihn eine besondere Bedeutung haben, denn der verträumte Ausdruck verschwand, und sein Gesicht wurde wieder hart und kalt. »Nein, es dürfte kein Problem sein.« Er begann wieder, sein Rührei zu essen.

Ich muß ihn jetzt bei Laune halten, dachte Suza. Sie suchte verzweifelt nach Worten. Was hatte sie mit ihm gemeinsam, worüber konnten sie sprechen? Dann fiel es ihr ein. »Ich wünschte, daß ich mich noch an Ihre Oxforder Zeit erinnern könnte.«

»Sie waren noch sehr klein.« Er füllte seine Kaffeetasse auf. »Niemand hat Ihre Mutter vergessen. Sie war mit Abstand die schönste Frau der Umgebung. Und Sie sind genauso schön.«

Schon besser. Suza fragte: »Was haben Sie studiert?«

»Volkswirtschaft.«

»Das war damals wohl keine sehr präzise Wissenschaft.«

»Bis heute ist sie nicht viel besser geworden.«

Suza setzte eine fast feierliche Miene auf. »Wir sprechen natürlich von der bourgeoisen Volkswirtschaft.«

»Natürlich.« Rostow blickte sie an, als wisse er nicht, ob sie es ernst meinte oder nicht. Er entschied offenbar, daß sie es ernstgemeint hatte.

Ein Offizier kam in die Kombüse und sprach ihn auf

russisch an. Rostow warf Suza einen bedauernden Blick zu. »Ich muß auf die Brücke.«

Suza wollte ihn begleiten. Sie zwang sich zur Gelassenheit. »Darf ich mitkommen?«

Er zögerte. Suza dachte: Er sollte es eigentlich gestatten. Schließlich hat er sich gern mit mir unterhalten, er glaubt, daß ich auf seiner Seite bin, und da ich auf diesem KGB-Schiff festsitze, kann ich sowieso keine Geheimnisse verraten.

»Warum nicht?« erwiderte Rostow.

Er ging hinaus, und Suza folgte ihm.

Oben im Funkraum lächelte Rostow, während er die Nachrichten las und sie für Suza übersetzte. Er schien sich über Dicksteins Einfallsreichtum zu freuen. »Der Mann ist höllisch ausgekocht.«

»Was ist Savile Shipping?«

»Eine Fassade für den israelischen Geheimdienst. Dickstein schaltet alle Leute aus, die Grund haben, an dem Uran interessiert zu sein. Die Reederei hat kein Interesse, weil ihr das Schiff nicht mehr gehört. Jetzt zieht er den Kapitän und die Besatzung ab. Zweifellos hat er die Leute, denen das Uran tatsächlich gehört, irgendwie unter Kontrolle. Es ist ein wunderbarer Plan.«

Das war es, was Suza wollte. Rostow sprach mit ihr wie mit einer Kollegin. Sie befand sich im Mittelpunkt der Ereignisse und müßte einen Weg finden können, um seine Absichten zu durchkreuzen. »Ich nehme an, der Maschinenschaden war ein Trick?«

»Ja. Nun kann Dickstein das Schiff übernehmen, ohne einen einzigen Schuß abzugeben.«

Suza stellte rasch einige Überlegungen an. Als sie Dickstein »verriet«, hatte sie der arabischen Seite ihre Loyalität bewiesen. Nun hatte sich die arabische Seite in zwei Lager gespalten: Rostow mit dem KGB und dem ägyptischen Geheimdienst auf der einen Seite, Hassan und die Feddajin auf der anderen. Jetzt konnte Suza ihre Loyalität gegenüber Rostows Seite beweisen, indem sie Hassan verriet. Sie sagte so beiläufig wie möglich: »Und Yasif Hassan natürlich auch.«

»Wie?«

»Hassan kann die *Coparelli* auch übernehmen, ohne einen einzigen Schuß abzugeben.«

Rostow starrte sie an. Alles Blut schien aus seinem schmalen Gesicht zu weichen. Suza war überrascht darüber, daß er plötzlich Ausgeglichenheit und Selbstbewußtsein verlor. Er fragte: »Hassan hat vor, die *Coparelli* zu kapern?«

Nun gab Suza vor, überrascht zu sein. »Wollen Sie behaupten, daß Sie das nicht wußten?«

»Aber wer steckt dahinter? Doch bestimmt nicht die Ägypter?«

»Die Feddajin. Hassan meinte, es sei Ihr Plan.«

Rostow hämmerte mit der Faust gegen das Schott, seine Wut schien sich noch zu steigern.

Suza wußte, daß dies ihre Chance war. Hoffentlich würde ihre Kraft ausreichen. »Vielleicht können wir ihn aufhalten ...«

Rostow schaute sie an. »Was ist sein Plan?«

»Er will die *Coparelli* kapern, bevor Dickstein sie erreicht, dann die israelische Besatzung überfallen und Kurs auf ... er hat mir nicht gesagt, welcher Kurs genau eingeschlagen werden soll, aber das Ziel liegt irgendwo in Nordafrika. Was war Ihr Plan?«

»Das Schiff zu rammen, nachdem Dickstein das Uran gestohlen hat ...«

»Können wir das nicht trotzdem tun?«

»Nein. Wir sind noch zu weit entfernt.«

Suza wußte, daß sie und Dickstein sterben würden, wenn ihr nächster Vorschlag nicht erfolgreich war. Sie verschränkte die Arme, um das Zittern ihrer Hände zu verbergen. »Dann gibt es nur eins, was wir tun können.«

Rostow hab den Kopf. »Und zwar?«

»Wir müssen Dickstein vor dem Hinterhalt der Feddajin warnen, damit er die *Coparelli* wieder an sich bringen kann.«

Es war heraus. Sie beobachtete Rostows Gesicht. Er mußte zustimmen, es war logisch, es war die einzige Möglichkeit für ihn!

Rostow dachte angestrengt nach. »Dickstein warnen, damit er den Feddajin die *Coparelli* wieder abjagt. Dann kann er sich an seinen Plan halten, und wir können unserem eigenen folgen.«

»Ja! Das ist doch die einzige Möglichkeit! Habe ich nicht recht?«

*

VON: SAVILE SHIPPING, ZÜRICH
AN: ANGELUZZI E BIANCO, GENUA
IHRE YELLOW-CAKE-LIEFERUNG VON
F. A. PEDLER
WEGEN
MASCHINENSCHADENS AUF SEE AUF
UNBESTIMMTE ZEIT
VERZÖGERT. WERDE NEUEN LIEFERTERMIN
SO SCHNELL WIE
MÖGLICH MITTEILEN. PAPAGOPULOS.

*

Als die *Gil Hamilton* in Sicht kam, stellte Pjotr Tyrin den rauschgiftsüchtigen Ravlo auf dem Zwischendeck der *Coparelli*.

Er packte den schmächtigen Burschen am Pulloverärmel und zerrte ihn mit einem Ruck zu sich heran. »Hör zu, du wirst etwas für mich tun.«

»Sicher, was du willst.«

Tyrin zögerte. Es war riskant, aber er hatte keine andere Wahl. »Ich bleibe an Bord, wenn ihr von der *Gil Hamilton* übernommen werdet. Wenn man mich vermißt, mußt du sagen, daß du gesehen hast, wie ich über Bord kletterte.«

»Klar, in Ordnung.«

»Wenn ich entdeckt werde und an Bord der *Gil Hamilton* muß, mußt du damit rechnen, daß ich dein Geheimnis verrate.«

»Ich werde tun, was ich kann.«

»Das würde ich dir auch raten.«

Tyrin ließ ihn los. Er hatte immer noch Zweifel: Ein solcher Mann würde alles mögliche versprechen, doch wenn es darauf ankam, könnte er versagen.

Alle Matrosen wurden für den Schiffswechsel auf Deck beordert. Das Meer war zu unruhig, als daß die *Gil Hamilton* längsseits hätte beidrehen können; deshalb schickte sie eine Barkasse. Alle mußten für die Überfahrt Rettungsgürtel anlegen. Die Offiziere und Matrosen der *Coparelli* standen geduldig im strömenden Regen, während sie gezählt wurden. Dann kletterte der erste Matrose die Leiter hinunter und sprang in die Vertiefung der Barkasse.

Das Boot war zu klein, um die ganze Mannschaft tragen zu können – man würde in zwei oder drei Schichten überwechseln müssen. Während sich die ganze Aufmerksamkeit auf die ersten Männer, die über die Reling kletterten, konzentrierte, flüsterte Tyrin Ravlo zu: »Versuche, als letzter dranzukommen.«

»In Ordnung.«

Die beiden schoben sich bis zum Rand der an Deck wartenden Menge zurück. Die Offiziere spähten nach unten auf die Barkasse. Die einfachen Besatzungsmitglieder warteten stehend, das Gesicht zur *Gil Hamilton* gewandt.

Tyrin schlüpfte hinter ein Schott.

Er war zwei Schritte von einem Rettungsboot entfernt,

dessen Verdeck er vorher gelockert hatte. Der Bug des Bootes konnte von mitschiffs, wo die Matrosen standen, gesehen werden, das Heck dagegen nicht. Tyrin schob sich zum Heck vor, hob das Verdeck an, kletterte hinein und schob die Hülle von innen her wieder zurück.

Wenn ich jetzt entdeckt werde, ist es vorbei, dachte er.

Tyrin war ein untersetzter Mann, und der Rettungsgürtel vergrößerte seinen Umfang noch. Mit einiger Mühe kroch er durch das ganze Boot zu einer Stelle, von der aus er das Deck durch eine Öse in der Persenning beobachten konnte. Nun hing alles von Ravlo ab.

Er sah zu, wie die zweite Abteilung der Männer über die Leiter in die Barkasse hinabstieg. Dann hörte er den Ersten Offizier fragen: »Wo ist der Funker?«

Tyrin hielt nach Ravlo Ausschau und entdeckte ihn. Sprich, verdammt noch mal!

Ravlo zögerte, dann sagte er: »Er war bei der ersten Gruppe.«

Na also!

»Sind Sie sicher?«

»Ja, ich habe ihn gesehen.«

Der Offizier nickte und machte eine Bemerkung darüber, daß man in diesem Mistregen keinen Mann vom anderen unterscheiden könne.

Der Kapitän rief Koch zu sich, und die beiden Männer unterhielten sich auf der Leeseite eines Schotts, nicht weit von Tyrins Versteck entfernt.

Der Kapitän sagte: »Ich habe noch nie von Savile Shipping gehört. Sie etwa?«

»Nein.«

»Es gehört sich nicht, ein Schiff zu verkaufen, während es noch auf See ist, und dann den Ingenieur an Bord zu lassen, während der Kapitän abgelöst wird.«

»Ja, Kapitän. Ich nehme an, daß diese neuen Eigner nichts von der Seefahrt verstehen.«

»Bestimmt nicht, sonst würden sie sich anders verhalten. Wahrscheinlich Krämerseelen.« Eine Pause. »Sie könnten sich natürlich weigern, allein zu bleiben, dann müßte ich Ihnen Gesellschaft leisten. Ich würde mich später für Sie einsetzen.«

»Ich hätte Angst, meine Lizenz zu verlieren.«

»In Ordnung. Ich hätte es nicht vorschlagen sollen. Also viel Glück.«

»Vielen Dank, Kapitän.«

Die dritte Gruppe der Seeleute war eben in die Barkasse geklettert. Der Erste Offizier wartete oben an der Leiter auf den Kapitän, der immer noch etwas über Krämerseelen murmelte, sich dann aber umwandte, das Deck überquerte und dem Ersten Offizier über Bord folgte.

Tyrin konzentrierte sich auf Koch, der nun glaubte, der einzige Mann an Bord der *Coparelli* zu sein. Der Ingenieur sah zu, wie die Barkasse auf die *Gil Hamilton* zuhielt, und stieg danach die Leiter zur Brücke empor.

Der Russe fluchte laut. Ihm lag daran, daß Koch nach unten ginge, damit er vom vorderen Speicher aus mit der *Karla* Funkkontakt aufnehmen könnte. Er beobachtete die Brücke und sah Kochs Gesicht von Zeit zu Zeit hinter dem Glas auftauchen. Wenn Koch dort blieb, müßte Tyrin bis zum Einbruch der Dunkelheit warten, aber es sah aus, als plante Koch, den ganzen Tag auf der Brücke zu bleiben.

Tyrin stellte sich auf eine lange Wartezeit ein.

*

Als die *Nablus* den Punkt südlich von Ibiza erreichte, wo sie nach Hassans Berechnung auf die *Coparelli* treffen mußte, war kein einziges Schiff in Sicht.

Sie umkreisten den Punkt in einer immer größer werdenden Spirale, während Hassan den trüben, verregneten Horizont durch ein Fernglas absuchte.

»Du hast einen Fehler gemacht«, sagte Mahmud.

»Nicht unbedingt.« Hassan war entschlossen, keine Panik zu zeigen. »Dies war nur der früheste Zeitpunkt, zu dem wir sie treffen konnten. Sie braucht aber nicht mit Höchstgeschwindigkeit zu fahren.«

»Wieso sollte sie sich verspätet haben?«

Hassan zuckte mit gespielter Gleichgültigkeit die Achseln. »Vielleicht funktionieren ihre Maschinen nicht einwandfrei. Vielleicht war das Wetter schlechter als bei uns. Es gibt eine Menge möglicher Gründe.«

»Was schlägst du also vor?«

Hassan merkte, daß auch Mahmud sich unbehaglich fühlte. Auf diesem Schiff hatte er nicht wie sonst alles unter Kontrolle; nur Hassan konnte Entscheidungen treffen. »Wir schlagen südwestlichen Kurs ein und fahren auf der Route der *Coparelli* zurück. Früher oder später müssen wir ihr begegnen.«

»Gib dem Kapitän den Befehl«, knurrte Mahmud, ließ Hassan mit dem Kapitän auf der Brücke zurück und ging nach unten zu seinen Männern. In ihm brannte das Feuer ungestillten Rachedurstes. Diese Spannung zehrte auch an der Euphorie seiner Leute. Sie hatten um Mittag einen Kampf erwartet, und nun mußten sie warten, im Mannschaftsquartier und in der Kombüse die Zeit totschlagen, Waffen reinigen, Karten spielen und von vergangenen Schlachten prahlen. Sie waren psychisch auf die Schlacht eingestellt und neigten dazu, sich selbst und den anderen durch gefährliche Messerspiele ihren Mut zu beweisen. Einer von ihnen hatte sich mit zwei Matrosen wegen einer angeblichen Beleidigung gestritten und beiden mit einem zerbrochenen Glas das Gesicht verletzt, bevor der Kampf unterbunden wurde. Jetzt ging die Besatzung den Feddajin möglichst aus dem Weg.

Hassan fragte sich, wie er an Mahmuds Stelle die Leute behandeln würde. In letzter Zeit hatte er oft ähnliche Gedanken gehabt. Mahmud war immer noch der Kommandeur, aber Hassan hatte die ganze wichtige Arbeit

814

geleistet: Er hatte Dickstein entdeckt, die Nachricht von dessen Plan überbracht, sich die Kaperung durch die Feddajin einfallen lassen und den Standort der *Stromberg* festgestellt. Er begann, darüber nachzudenken, welche Position er in der Bewegung einnehmen würde, wenn alles vorbei war.

Offenbar dachte Mahmud über das gleiche Problem nach.

Nun, wenn es zu einem Machtkampf zwischen ihnen beiden käme, würde er abwarten müssen. Zuerst hatten sie die *Coparelli* zu kapern und Dickstein zu überfallen. Hassan wurde ein wenig übel beim Gedanken daran. Es mochte den schlachterprobten Männern unter Deck leichtfallen, dem Kampf entgegenzufiebern. Aber Hassan war nie im Krieg gewesen, hatte nie eine Waffe auf sich gerichtet gesehen – außer der Cortones in der verwüsteten Villa. Er hatte Angst vor der Auseinandersetzung und hatte sogar noch mehr Angst, sich dadurch mit Schande zu bedecken, daß er seine Furcht zeigte, daß er sich umdrehte und davonlief, daß er sich übergeben mußte wie in der Villa. Doch er war auch erregt, denn wenn sie siegten – wenn sie siegten!

Um 16.30 Uhr wurde falscher Alarm gegeben, als sie ein anderes Schiff sichteten, das auf sie zukam, aber nachdem Hassan es durch sein Fernglas inspiziert hatte, verkündete er, daß es nicht die *Coparelli* sei. Als sie einander passierten, war der Name am Bug klar auszumachen: *Gil Hamilton*.

Das Tageslicht verblich, und Hassan wurde immer nervöser. Bei diesem Wetter konnten zwei Schiffe nachts, sogar mit Positionslichtern, innerhalb einer halben Meile ahnungslos aneinander vorbeifahren.

Und der geheime Sender der *Coparelli* hatte sich den ganzen Nachmittag hindurch nicht gemeldet, obwohl Yaacov berichtet hatte, daß Rostow versuchte, mit Tyrin Kontakt aufzunehmen. Um sicherzugehen, daß die *Co-*

parelli nicht nachts an der *Nablus* vorbeifuhr, wollten sie über Stag gehen, mit der Geschwindigkeit der *Coparelli* auf Genua zuhalten und die Suche erst am Morgen wiederaufnehmen. Aber bis dahin würde die *Stromberg* in der Nähe sein und die Feddajin die Chance verlieren, Dickstein in die Falle zu locken. Hassan wollte Mahmud, der gerade auf die Brücke zurückgekehrt war, den Sachverhalt erklären, als ein einzelnes weißes Licht in der Ferne blinkte.

»Sie liegt vor Anker«, sagte der Kapitän.

»Woher wissen Sie das?« fragte Mahmud.

»Es ist an dem weißen Licht zu erkennen.«

»Deshalb war sie also nicht vor Ibiza, als wir sie erwarteten«, meinte Hassan. »Wenn das die *Coparelli* ist, solltet ihr euch zum Entern bereitmachen.«

»Du hast recht«, stimmte Mahmud zu und verschwand, um seine Männer zu alarmieren.

»Löschen Sie unsere Positionslichter«, befahl Hassan dem Kapitän.

Während sich die *Nablus* dem anderen Schiff näherte, senkte sich die Nacht herab.

»Ich bin fast sicher, daß es die *Coparelli* ist«, sagte Hassan.

Der Kapitän ließ sein Fernglas sinken. »Sie hat drei Kräne an Deck, und alle ihre Aufbauten sind achtern.«

»Ihre Augen sind besser als meine. Es ist die *Coparelli*.«

Er ging nach unten in die Kombüse, wo Mahmud seine Truppen instruierte. Mahmud blickte auf, als er eintrat. Hassan nickte. »Sie ist es.«

Mahmud wandte sich wieder an seine Männer. »Wir erwarten keinen großen Widerstand. Die Besatzung des Schiffes besteht aus gewöhnlichen Seeleuten, und es gibt für sie keinen Grund, bewaffnet zu sein. Wir greifen die Backbordseite mit einem und die Steuerbordseite mit einem anderen Boot an. Wenn wir an Bord sind, müssen wir zuerst die Brücke erobern und die Besatzung daran hindern, das Funkgerät zu benutzen. Danach treiben wir die Mannschaft auf Deck zusammen.« Er machte eine Pause, um sich an Hassan zu wenden. »Sag dem Kapitän, daß er so dicht wie möglich an die *Coparelli* heranfahren und dann die Maschinen stoppen soll.«

Hassan drehte sich um. Plötzlich war er wieder der Laufbursche: Mahmud demonstrierte, daß er immer noch das Kommando hatte. Hassan merkte, wie die Erniedrigung ihm das Blut in die Wangen trieb.

»Yasif.«

Er wandte den Kopf.

»Deine Waffe.« Mahmud warf ihm eine Pistole zu, und Hassan fing sie auf. Es war eine kleine Pistole, fast ein Spielzeug, eine Waffe, wie eine Frau sie in der Handtasche tragen mochte. Die Feddajin brüllten vor Lachen.

Solche Spielchen beherrsche ich auch, dachte Hassan. Er fand das, was wie die Sicherung aussah, und legte sie um. Dann richtete er die Waffe auf den Boden und drückte ab. Ein lauter Knall ertönte. Er jagte alle Kugeln ins Deck.

Stille.

»Mir war, als liefe da eine Maus«, sagte Hassan und warf Mahmud die Pistole wieder zu.

Die Feddajin lachten noch lauter. Hassan ging hinaus. Er kehrte zur Brücke zurück, übergab dem Kapitän die Botschaft und stieg auf das Deck hinab. Es war sehr dunkel geworden. Eine Zeitlang war von der *Coparelli* nichts anderes als das Licht zu sehen. Aber als er seine Augen anstrengte, ließ sich eine pechschwarze Silhouette vor dem Dunkelgrau der Wellen ausmachen.

Die Feddajin, die jetzt schwiegen, waren aus der Kombüse aufgetaucht und standen mit der Besatzung an Deck. Die Maschinen der *Nablus* verstummten. Die Besatzung ließ die Boote hinab.

Hassan und seine Feddajin stiegen über Bord.

Er war im selben Boot wie Mahmud. Die kleine Barkasse hüpfte auf den Wellen, die nun riesig schienen. Sie näherten sich der senkrecht aufragenden Seite der *Coparelli*. An Bord regte sich nichts. Wieso hörte der wachhabende Offizier das Geräusch der beiden Motoren nicht? Keine Alarmsirene ertönte, keine Lichter überfluteten das Deck, niemand brüllte Befehle oder trat an die Reling.

Mahmud kletterte als erster die Leiter hinauf.

Als Hassan das Deck der *Coparelli* erreichte, schwärmte die andere Gruppe schon über das Steuerbordschandeck. Männer drängten sich durch die Niedergänge und über die Leitern. Immer noch war nichts zu sehen von der Besatzung der *Coparelli*. Hassan hatte die fürchterliche Vorahnung, daß irgend etwas schiefgegangen war.

Er folgte Mahmud zur Brücke hinauf. Zwei Männer waren schon dort. Hassan fragte: »Hatten sie Zeit, Notsignale auszusenden?«

»Wer?« entgegnete Mahmud.

Sie stiegen wieder zum Deck hinab. Langsam tauchten die Männer aus dem Innern des Schiffes auf. In ihren Mienen spiegelte sich Erstaunen, und die Waffen in ihren Händen waren kalt.

»Das Wrack der *Marie Celeste*«, sagte Mahmud.

Zwei Männer hatten einen offensichtlich verdatterten Matrosen zwischen sich und kamen über das Deck.

Hassan sprach den Matrosen auf englisch an. »Was ist hier passiert?«

Der Seemann antwortete in irgendeiner anderen Sprache.

Plötzlich überkam Hassan ein entsetzlicher Gedanke. »Laß uns den Laderaum überprüfen«, sagte er zu Mahmud. Sie fanden einen Niedergang und kletterten in den Laderaum hinunter. Hassan entdeckte einen Lichtschalter und knipste ihn an.

Der Laderaum war mit großen Ölfässern, versiegelt und

durch Holzkeile abgesichert, gefüllt. Auf die Fässer war das Wort PLUMBAT gemalt.

»Das ist es«, rief Hassan. »Das ist das Uran.«

Sie betrachteten die Fässer und blickten sich danach an. Für einen Moment war alle Rivalität vergessen.

»Wir haben es geschafft«, sagte Hassan. »Bei Gott, wir haben es geschafft.«

*

Bei Einbruch der Dunkelheit hatte Tyrin beobachtet, wie der Ingenieur nach vorn ging, um das weiße Licht anzuschalten. Danach war er nicht auf die Brücke zurückgekehrt, sondern hatte sich nach achtern in die Kombüse begeben. Er würde sich etwas zu essen holen. Auch Tyrin hatte Hunger. Er hätte seinen Arm für einen Teller Salzheringe und einen Laib Schwarzbrot gegeben. Während er den ganzen Nachmittag hindurch verkrampft in seinem Rettungsboot gehockt und auf Kochs nächste Aktion gewartet hatte, war ihm nichts anderes als sein Hunger eingefallen, und er hatte sich selbst mit Gedanken an Kaviar, geräucherten Lachs, eingelegte Pilze und vor allem an Schwarzbrot gemartert.

Noch nicht, Pjotr, mahnte er sich.

Sobald Koch außer Sicht war, stieg Tyrin aus dem Rettungsboot – seine Muskeln protestierten, während er sich streckte – und eilte über das Deck zum vorderen Speicher.

Er hatte die Kisten und das Gerümpel im Hauptspeicher so angeordnet, daß sie den Eingang zu seinem kleinen Funkraum verdeckten. Nun mußte er sich auf Hände und Knie niederlassen, eine Kiste zur Seite ziehen und durch einen schmalen Tunnel kriechen, um hineinzukommen. Das Gerät wiederholte eine kurze Mitteilung von zwei Buchstaben. Tyrin schlug im Codebuch nach und fand heraus, daß er vor der Bestätigung auf eine andere

Wellenlänge umschalten sollte. Er stellte das Gerät auf Sendung und folgte seinen Anweisungen.

Rostow antwortete sofort. PLANÄNDERUNG. HASSAN WIRD COPARELLI ANGREIFEN.

Tyrin runzelte verwirrt die Stirn und gab zurück: WIEDERHOLEN BITTE.

HASSAN IST EIN VERRÄTER. FEDDAJIN WERDEN *CO-PARELLI* ANGREIFEN.

»Himmel, was ist los?« sagte Tyrin laut vor sich hin. Die *Coparelli* war hier, er war an Bord ... Weshalb würde Hassan ...? Wegen des Urans natürlich.

Rostow fuhr fort: HASSAN WILL DICKSTEIN ÜBERFALLEN. DAMIT WIR UNSEREN PLAN DURCHFÜHREN KÖNNEN MÜSSEN WIR DICKSTEIN VOR DEM ÜBERFALL WARNEN.

Tyrin zog die Brauen zusammen, während er die Mitteilung entschlüsselte. Dann hellte sich seine Miene auf. »Damit geht alles von vorn los«, murmelte er. »Das ist geschickt. Aber was soll ich tun?«

Er sendete: WIE?

DU RUFST *STROMBERG* AUF GEWÖHNLICHER WELLENLÄNGE DER *COPARELLI* UND SENDEST GANZ GENAU WIEDERHOLE GANZ GENAU FOLGENDE BOTSCHAFT. BEGINN *COPARELLI* AN *STROMBERG* WERDE GEENTERT ARABER WAHRSCHEINLICH. VORSICHT ENDE.

Tyrin nickte. Dickstein würde annehmen, daß Koch Zeit gehabt hatte, ein paar Worte zu senden, bevor die Araber ihn töteten. Wenn er gewarnt war, sollte es Dickstein gelingen, die *Coparelli* zu übernehmen. Dann konnte Rostows *Karla* wie geplant Dicksteins Schiff rammen. Tyrin dachte: Aber was wird aus mir?

Er antwortete: VERSTANDEN. Plötzlich hörte er ein fernes Poltern, als wenn etwas den Rumpf des Schiffes getroffen hatte. Zuerst achtete er nicht darauf, dann fiel ihm ein, daß außer ihm und Koch niemand an Bord war.

Er ging zur Tür des vorderen Speichers und blickte hinaus.

Die Feddajin waren angekommen.

Er schloß die Tür und eilte zu seinem Sender zurück.

HASSAN IST HIER.

Rostow entgegnete: WARNE DICKSTEIN JETZT.

Tyrin: UND WAS DANN?

Rostow: VERSTECK DICH.

Vielen Dank, dachte Tyrin. Er meldete sich ab und stellte die normale Wellenlänge ein, um die Nachricht an die *Stromberg* zu senden.

Ihm kam der schauerliche Gedanke, daß er vielleicht nie wieder Salzhering essen würde.

»Bis an die Zähne bewaffnet seid ihr? – Gut, aber ihr übertreibt wohl etwas«, sagte Nat Dickstein, und alle lachten.

Die Warnung von der *Coparelli* hatte seine Stimmung verändert. Zuerst war er schockiert gewesen. Wie hatte der Gegner es geschafft, so viel von seinem Plan zu erfahren, daß er die *Coparelli* hatte vor ihm kapern können? Irgendwo mußte er schrecklichen Fehleinschätzungen zum Opfer gefallen sein. Suza ...? Aber es hatte keinen Zweck, sich noch weitere Vorwürfe zu machen. Ein Kampf stand bevor. Seine tiefe Depression löste sich auf. Die Spannung war immer noch da, fest in seinem Innern zusammengerollt wie eine Stahlfeder, aber nun konnte er ihr nachgeben und sie ausnutzen. Nun war etwas mit ihr anzufangen.

Die zwölf Männer in der Messe der *Stromberg* spürten Dicksteins Veränderung und wurden von seiner Kampflust angesteckt, obwohl sie wußten, daß einige von ihnen bald sterben würden.

Sie waren tatsächlich bis an die Zähne bewaffnet. Jeder hatte eine Uzi-9-mm-Maschinenpistole, eine zuverlässige, kompakte Feuerwaffe, die neun Pfund wog, wenn sie mit dem 25-Salven-Magazin geladen war, und mit ausgeklapptem Metallschaft eine Länge von etwas über sechzig Zentimetern hatte. Jeder trug drei Reservemagazine bei sich, dazu eine 9-mm-Luger in einem Gürtelhalfter – die Pistole ließ sich mit denselben Patronen laden wie die Maschinenpistole – und eine Klammer mit vier Granaten an der anderen Seite seines Gürtels. Mit Sicherheit besaßen sie alle zusätzlich Waffen ihrer eigenen Wahl: Messer, Totschläger, Bajonette, Schlagringe und andere, exotische Geräte, die sie aus Aberglauben, eher als Glücksbringer denn als Kampfinstrumente, bei sich hatten.

Dickstein kannte ihre psychische Verfassung. Er hatte so etwas schon früher vor einem Kampf erlebt. Die Männer hatten Angst, und paradoxerweise veranlaßte die Furcht sie, den Beginn herbeizusehnen, denn das Warten war am schlimmsten. Die Schlacht selbst wirkte wie ein Betäubungsmittel; danach hatte man entweder überlebt oder war tot, und es kam nicht mehr darauf an.

Dickstein hatte seinen Schlachtplan in allen Einzelheiten ausgearbeitet und sie instruiert. Die *Coparelli* war wie ein kleiner Tanker gebaut, mit Laderäumen vorn und mitschiffs, mit dem Hauptaufbau auf dem Achterdeck und einem kleineren Aufbau am Heck. Der Hauptaufbau enthielt die Brücke, das Offiziersquartier und die Messe; darunter lag das Mannschaftsquartier. Im Heckaufbau war die Kombüse untergebracht; darunter lagen Speicher, und unter ihnen der Maschinenraum. Die beiden Aufbauten waren über Deck voneinander getrennt, aber unter Deck durch zwei Passagen verbunden.

Sie würden in drei Gruppen angreifen. Die Männer um Abbas würde sich den Bug vornehmen, die beiden anderen Gruppen, geführt von Bader und Gibli, würden die Backbord- und Steuerbordleitern am Heck hinaufklettern.

Die beiden Gruppen am Heck hatten den Auftrag, nach unten zu gehen, sich vorzuarbeiten und den Feind vor sich herzutreiben, so daß Abbas und seine Leute ihn vom Bug her niedermähen konnten. Diese Strategie würde wahrscheinlich dazu führen, daß sich bei der Brücke ein Widerstandsnest bildete. Deshalb plante Dickstein, die Brücke selbst zu erobern.

Der Angriff würde bei Nacht stattfinden. Sonst würden sie nie an Bord kommen, sondern abgeschossen werden, während sie über die Reling stiegen. Damit stellte sich das Problem, daß man neben den Feinden auch die eigenen Leute beschoß. Aus diesem Grund nannte Dickstein ihnen ein Erkennungssignal, das Wort *Aliyah*, und deshalb sah der Angriffsplan vor, daß sie sich erst ganz am Ende gegenüberstehen konnten.

Jetzt warteten sie.

Sie saßen im lockeren Kreis in der Kombüse der *Stromberg*, die genau jener der *Coparelli* glich, wo sie bald kämpfen und sterben würden. Dickstein sagte zu Abbas: »Vom Bug aus werden sie das Vorderdeck, ein freies Schußfeld, kontrollieren. Lassen Sie Ihre Leute Deckung nehmen und bleiben Sie dort. Wenn die Feinde auf Deck ihr Positionen preisgeben, nehmen Sie sie aufs Korn. Ihr Hauptproblem wird das Sperrfeuer von der Brücke sein.«

Lässig auf seinem Stuhl hockend, erinnerte Abbas noch mehr als sonst an einen Panzer. Dickstein war froh, ihn auf seiner Seite zu haben. »Und wir halten uns zuerst zurück.«

Dickstein nickte. »Ja. Sie haben eine gute Chance, ungesehen an Bord zu kommen. Es hat keinen Zweck, zu schießen, bevor Sie nicht wissen, daß der Rest von uns eingetroffen ist.«

»Wie ich sehe, ist Porush in meiner Gruppe. Sie wissen, daß er mein Schwager ist.«

»Ja. Ich weiß auch, daß er als einziger verheiratet ist. Ich dachte, daß Sie sich vielleicht um ihn kümmern wollen.«

»Danke.«

Feinberg blickte von dem Messer auf, das er säuberte. Der schlaksige New Yorker grinste diesmal nicht. »Wie schätzen Sie diese Araber ein?«

Dickstein schüttelte den Kopf. »Sie könnten zur regulären Armee oder zu den Feddajin gehören.« Feinberg grinste. »Wir wollen hoffen, daß es die reguläre Armee ist – wir schneiden Grimassen, und sie ergeben sich.«

Es war ein lausiger Witz, aber trotzdem lachten alle.

Ish, der ewige Pessimist, hatte die Füße auf einen Tisch gelegt und die Augen geschlossen. »Am schlimmsten wird es, wenn wir über die Reling steigen. Wir werden hilflos sein wie Säuglinge.«

Dickstein sagte: »Vergeßt nicht, daß sie glauben, wir hielten das Schiff für verlassen. Ihr Hinterhalt soll für uns eine große Überraschung sein. Sie erwarten einen leichten Sieg – aber wir sind vorgewarnt. Und es wird dunkel sein –«

Die Tür öffnete sich, und der Kapitän trat ein. »Wir haben die *Coparelli* gesichtet.«

Dickstein stand auf. »Los. Viel Glück, und macht keine Gefangenen.«

16

DIE DREI BOOTE lösten sich in den letzten Minuten vor dem Morgengrauen von der *Stromberg*.

Innerhalb von Sekunden war das Schiff hinter ihnen nicht mehr zu sehen. Sie hatten keine Positionslichter; die Decksbeleuchtung und die Kabinenlampen waren gelöscht worden, sogar unterhalb der Wasserlinie, um die *Coparelli* auf keinen Fall zu warnen.

Das Wetter hatte sich während der Nacht verschlechtert. Der Kapitän der *Stromberg* wollte noch nicht von einem Sturm sprechen, aber der Regen war wie ein Wolkenbruch, der Wind stark genug, um einen Stahleimer polternd über das Deck zu blasen, und die Wellen waren so hoch, daß Dickstein sich jetzt mit aller Kraft an seiner Bank im Motorboot festhalten mußte.

Für eine Weile schwebten sie im Nichts, ohne daß vor oder hinter ihnen etwas zu sehen gewesen wäre. Dickstein konnte nicht einmal die Gesichter der vier Männer erkennen, die das Boot mit ihm teilten. Feinberg brach das Schweigen: »Ich finde immer noch, daß wir mit dieser Angeltour bis morgen warten sollten.«

Es war wie ein Flöten am Friedhof.

Dickstein war so abergläubisch wie die anderen: Unter seiner Ölhaut und seinem Rettungsgürtel trug er die alte gestreifte Weste seines Vaters, mit einer zerbrochenen Taschenuhr über dem Herzen. Die Uhr hatte einst eine deutsche Kugel aufgehalten.

Obwohl Dickstein logisch dachte, wußte er, daß er ein wenig verrückt geworden war. Sein Verhältnis zu Suza und ihr Verrat hatten die Welt für ihn auf den Kopf gestellt. Seine alten Werte und Motive waren ins Wanken geraten, und die neuen, die er durch sie erworben hatte, hatten sich in seinen Händen zu Staub verwandelt. Einige Dinge waren ihm immer noch wichtig: Er wollte diese Schlacht gewinnen, er wollte, daß Israel das Uran bekäme, und er wollte Yasif Hassan töten. Aber sein eigenes Leben war ihm nicht mehr wichtig. Plötzlich hatte er keine Angst mehr vor Kugeln, Schmerz und Tod. Suza hatte ihn verraten, seitdem war seine Sehnsucht nach einem langen Leben geschwunden. Wenn nur Israel seine Bombe erhielt, würde Esther in Frieden sterben, Mottie *Die Schutzinsel* beenden und Yigael sich um die Trauben kümmern.

Er umklammerte den Lauf seiner Maschinenpistole unter seiner Ölhaut.

Sie überwanden den Kamm einer Welle, und plötzlich – im nächsten Wellental – lag die *Coparelli* vor ihnen.

*

Levi Abbas schaltete mehrere Male in rascher Folge vom Vorwärts- in den Rückwärtsgang und ließ sein Boot dichter an den Bug der *Coparelli* herangleiten. Das weiße Licht über ihnen bot ihnen recht gute Sicht, während der nach außen gewölbte Rumpf sein Boot vor den Augen derjenigen schützte, die auf Deck oder auf der Brücke waren. Als das Boot in unmittelbarer Nähe der Leiter war, nahm Abbas ein Tau und band es sich unter dem Ölzeug um die Hüfte. Er zögerte einen Moment, schüttelte dann die Ölhaut ab, wickelte seine Maschinenpistole aus und hing sie sich um den Nacken. Er stand mit einem Fuß im Boot und mit dem anderen auf dem Schandeckel, wartete einen Moment und sprang.

Abbas erwischte mit beiden Füßen und Händen die Leiter. Er löste das Seil an seiner Hüfte und machte es an einer Leitersprosse fest. Dann kletterte er fast bis nach oben und wartete. Sie wollten so dicht hintereinander wie möglich über die Reling steigen.

Er blickte nach unten. Sharrett und Sapier waren schon auf der Leiter. Porush sprang, landete unglücklich und griff daneben. Für ein paar Sekunden stockte Abbas der Atem, aber Porush rutschte nur eine Sprosse hinunter, bevor es ihm gelang, einen Arm um den Holm der Leiter zu haken und sich festzuhalten.

Abbas wartete, bis Porush dicht hinter Sapier war, dann kletterte er über die Reling. Er landete weich auf allen vieren und kauerte sich neben dem Schandeckel nieder. Die anderen folgten ihm rasch: eins, zwei, drei. Das weiße Licht war über ihnen und beschien sie.

Abbas blickte sich um. Sharrett war der kleinste und konnte sich winden wie eine Schlange. Abbas berührte seine Schulter und deutete über das Deck hinweg. »Nimm auf der Backbordseite Deckung.«

Sharrett robbte über zwei Meter offenes Deck, dann wurde er zum Teil von der vorstehenden Kante der vorderen Luke verborgen. Er schob sich nach vorn.

Abbas spähte das Deck auf und ab. Sie konnten jeden Moment entdeckt werden, doch sie würden es erst erfahren, wenn ein Kugelhagel auf sie herniederprasselte. Schnell, schnell! Im Steven war die Ankerwinde mit einer hohen Kettenrolle. »Sapier.« Abbas zeigte auf die Stelle, und Sapier kroch über das Deck auf sie zu.

»Mir gefällt der Kran«, sagte Porush.

Der Derrickkran ragte über ihnen empor und beherrschte das ganze Vorderdeck. Die Steuerkabine befand sich drei Meter über dem Deck. Es würde eine gefährliche Position sein, aber sie bot große taktische Vorteile. »Los«, sagte Abbas.

Porush kroch voran und folgte Sharretts Schatten. Abbas dachte: Er hat einen dicken Hintern – meine Schwester füttert ihn zu gut. Porush erreichte den Fuß des Krans und begann, die Leiter hinaufzuklettern. Abbas hielt den Atem an – wenn einer der Feinde jetzt zufällig aufblickte, während er auf der Leiter war – Dann erreichte Porush die Kabine.

Hinter Abbas, am Bug, führte eine Treppe über ein paar Stufen zu einer Tür. Die Fläche war nicht groß genug, um als Vorderdeck bezeichnet werden zu können, und sie bot sicher kaum eine Lademöglichkeit – es war einfach ein vorderer Speicher. Er kroch dorthin, kauerte sich am Fuß der Treppe in der kleinen Vertiefung zusammen und stieß die Tür vorsichtig auf. Im Innern war es dunkel. Er schloß die Tür, drehte sich um und legte seine Maschinenpistole – in der Überzeugung, allein zu sein – auf das obere Treppenende.

*

Das Heck war nur sehr schwach beleuchtet, und Dicksteins Boot mußte sehr dicht an die Steuerbordleiter der *Coparelli* heranfahren. Gibli, der Anführer der Gruppe, hatte Schwierigkeiten, das Boot zu manövrieren. Dickstein fand einen Bootshaken in der Barkasse und benutzte ihn, um das Boot in Position zu halten. Er zog sie der *Coparelli* entgegen, wenn das Meer sie zu trennen drohte, und stieß sie ab, wenn Gefahr bestand, daß das Boot und das Schiff breitseitig zusammenstießen.

Gibli, der früher zur Armee gehört hatte, bestand auf der israelischen Tradition, daß die Offiziere ihre Männer von vorn, nicht von hinten führten: Er wollte der erste sein. Gewöhnlich trug er einen Hut, um seinen dünner werdenden Haaransatz zu verbergen; nun aber trug er ein Barett. Er kauerte sich am Bootsrand zusammen, während es über einen Wellenkamm glitt; dann, als sich das Boot und das Schiff im Wellental einander annäherten, sprang er, fand Halt und kletterte hinauf.

Auch Feinberg wartete am Bootsrand auf den günstigsten Moment. »Also, ich zähle bis drei und öffne meinen Fallschirm. Stimmt's?« Danach sprang er.

Katzen und Raoul Dovrat waren die nächsten. Dickstein ließ den Bootshaken fallen und folgte ihnen. Auf der Leiter lehnte er sich zurück, blickte durch den strömenden Regen nach oben und sah, wie Gibli den Schandeckel erreichte und ein Bein über die Reling schwang.

Dickstein schaute über die Schulter zurück und bemerkte ein schwaches Band von hellerem Grau am Horizont, das erste Zeichen der Morgendämmerung.

Dann überraschten ihn eine Maschinengewehrsalve und ein Schrei.

Er blickte wieder nach oben, wo Gibli langsam rückwärts von der Leiter fiel. Sein Barett löste sich, wurde vom Wind fortgepeitscht und verschwand in der Dunkelheit. Gibli stürzte an Dickstein vorbei ins Meer.

»Los, los, los!« rief Dickstein.

Feinberg hechtete über die Reling. Er würde auf das Deck rollen und dann – ja, seine Maschinenpistole hämmerte, während er den anderen Feuerschutz gab. Katzen war an Bord; vier, fünf, viele Maschinenpistolen ratterten, Dickstein huschte die Leiter hinauf, zog den Bolzen einer Handgranate mit den Zähnen heraus und schleuderte sie über die Reling etwa dreißig Meter nach vorn, wo sie für Ablenkung sorgen würde, ohne einen seiner eigenen Männer zu gefährden. Dann überwand Dovrat die Reling, prallte auf das Deck, überschlug sich, rappelte sich auf und warf sich hinter den Heckaufbau. Dickstein schrie: »Jetzt komme ich, ihr Arschlöcher«, setzte wie ein Hochspringer über die Reling, landete auf Händen und Knien, bückte sich unter dem massiven Feuerschutz und raste zum Heck.

»Wo sind sie?« brüllte er.

Feinberg hörte auf zu schießen, um ihm zu antworten. »In der Kombüse«, sagte er und deutete ruckartig mit dem Daumen auf das Schott neben ihnen. »In den Rettungsbooten und in den Eingängen mitschiffs.«

»In Ordnung.« Dickstein rappelte sich auf. »Wir halten diese Position, bis Baders Gruppe auf Deck ist. Wenn sie das Feuer eröffnet, geht's weiter. Dovrat und Katzen, ihr nehmt euch die Kombüsentür vor und geht nach unten. Feinberg, Sie geben ihnen Feuerschutz und schieben sich dann an diesem Decksrand nach vorn. Ich kümmere mich um das erste Rettungsboot. Bis dahin müssen wir sie von der Backbordheckleiter und Baders Gruppe ablenken. Feuert nach eigenem Ermessen.«

*

Hassan und Mahmud verhörten den Seemann, als die Schießerei begann. Sie waren im Kartenraum hinter der Brücke. Der Seemann weigerte sich, eine andere Sprache als Deutsch zu sprechen, doch Hassan beherrschte die Sprache. Der Gefangene erzählte, daß die *Coparelli* einen Maschinenschaden gehabt habe und die Besatzung abgezogen worden sei; nur er selbst habe an Bord auf das Eintreffen eines Ersatzteils warten sollen. Er wisse nichts von Uran, Kaperungen oder Dickstein. Hassan glaubte ihm nicht, denn – wie er Mahmud erklärte – wenn Dickstein dafür sorgen könne, daß die Maschinen versagten, könne er mit Sicherheit auch arrangieren, daß einer seiner Männer an Bord zurückgelassen werde.

Der Seemann war an einen Stuhl gebunden, und nun schnitt Mahmud ihm einen Finger nach dem anderen ab, um eine überzeugendere Geschichte von ihm zu hören. Sie hörten einen schnellen Feuerstoß, dann Stille, dann eine zweite Salve, gefolgt von Sperrfeuer. Mahmud steckte sein Messer in die Scheide und ging die Stufen hinab, die vom Kartenraum zum Offiziersquartier führten.

Hassan versuchte, die Lage einzuschätzen. Die Feddajin waren an drei Stellen gruppiert – in den Rettungsbooten, der Kombüse und dem Hauptaufbau mitschiffs. Hassan konnte die Backbord- und die Steuerbordseite des Decks erkennen, und wenn er sich vom Kartenraum zur Brücke vorschob, konnte er das Vorderdeck sehen. Die meisten Israelis schienen am Heck an Bord gekommen zu sein. Die Feddajin – sowohl jene direkt unterhalb von Hassan wie jene in den Rettungsbooten zu beiden Seiten – feuerten auf das Heck. Aus der Kombüse waren keine Schüsse zu hören, was bedeutete, daß die Israelis sie erobert hatten. Sie waren unten, aber sie hatten auch zwei Männer an Deck, einen an jeder Seite, gelassen, um sich nach hinten abzusichern.

Mahmuds Hinterhalt war also fehlgeschlagen. Die Israelis hätten niedergemäht werden sollen, während sie über die Reling kamen. Nun aber hatten sie sich in Deckung gebracht, und die Chancen standen fifty-fifty.

Der Kampf an Deck war an einem toten Punkt angelangt; beide Seiten beschossen einander aus sicherer Deckung heraus. Hassan nahm an, daß die Israelis die Absicht hatten, den Gegner auf Deck zu beschäftigen, während sie unter Deck vordrangen. Sie würden das Bollwerk der Feddajin, den Aufbau mitschiffs, von unten her angreifen; nachdem sie sich zwischendecks über die Passage vorgearbeitet hatten.

Was war die beste Position? Hassan entschied sich für seinen jetzigen Standort. Um ihn zu erreichen, mußten die Israelis sich durch das Zwischendeck, dann nach oben durch das Offiziersquartier und weiter durch die Brücke und den Kartenraum kämpfen. Es war eine Position, die nur schwer erobert werden konnte.

Von der Brücke her erdröhnte eine gewaltige Explosion. Die schwere Tür zwischen Brücke und Kartenraum ratterte, brach aus den Angeln und fiel langsam nach innen. Hassan schaute hinein.

Eine Handgranate war auf der Brücke gelandet. Die Leichen von drei Feddajin lagen über die Schotten verstreut. Alles Glas der Brücke war zersplittert. Die Granate mußte vom Vorderdeck gekommen sein, was bedeutete, daß sich eine weitere Gruppe von Israelis am Bug aufhielt. Wie um seine Vermutung zu bestätigen, krachte eine Salve vom vorderen Kran her.

Hassan hob eine Maschinenpistole vom Boden auf, stützte sie auf den Fensterrahmen und begann zurückzuschießen.

*

Levi Abbas beobachtete, wie Porushs Handgranate durch die Luft auf die Brücke segelte, und er sah, wie die Explosion die Glasreste zerschmetterte. Die Waffen aus jener Richtung schwiegen kurz, dann ließ sich eine neue vernehmen. Zuerst begriff Abbas nicht, worauf die neue Maschinenpistole feuerte, denn kein Einschlag erfolgte in seiner Nähe. Er blickte zu beiden Seiten. Sapir und Sharrett zielten beide auf die Brücke, und keiner von ihnen schien beschossen zu werden. Abbas warf einen Blick nach oben auf den Kran. Porush – Porush stand unter

Feuer. Er antwortete mit einer krachenden Salve aus der Krankabine.

Die Schüsse von der Brücke her waren amateurhaft, wild und ungenau – der Mann verballerte seine Kugeln einfach. Aber er hatte eine gute Position: Er war hoch oben und durch die Wände der Brücke gut geschützt. Früher oder später würde er jemanden treffen. Abbas zog eine Handgranate hervor und schleuderte sie im hohem Bogen, doch nicht weit genug. Nur Porush war nahe genug, um eine Handgranate auf die Brücke zu werfen, aber er hatte alle verbraucht – erst die vierte war im Ziel gelandet.

Abbas feuerte wieder und schaute zur Steuerkabine des Krans empor. Porush stürzte rückwärts heraus, wirbelte in der Luft herum und fiel wie ein Stein aufs Deck.

Was soll ich nur meiner Schwester sagen? dachte Abbas. Der Schütze auf der Brücke stellte das Feuer ein und gab dann eine Salve auf Sharrett ab. Im Gegensatz zu Abbas und Sapir hatte Sharrett nur wenig Deckung; er war zwischen einer Ankerwinde und dem Schandeck eingeklemmt. Abbas und Sapir schossen beide auf die Brücke. Der unsichtbare Schütze wurde besser: Kugeln furchten eine Naht ins Deck und näherten sich Sharretts Ankerwinde. Dann schrie Sharrett auf, sprang zur Seite und zuckte zusammen wie unter einem Stromstoß, während weitere Kugeln dumpf in seinen Körper schlugen, bis er endlich stillag und die Schreie aufhörten.

Es war eine schlimme Situation. Abbas' Gruppe sollte das Vorderdeck beherrschen, aber im Moment tat dies der Mann auf der Brücke. Abbas mußte ihn unbedingt ausschalten.

Er warf noch eine Granate. Sie landete vor der Brücke und explodierte; der Blitz könnte den Schützen für ein oder zwei Minuten benommen gemacht haben, dachte er. Abbas war aufgesprungen und rannte auf den Kran zu. Sapirs schützendes Feuer dröhnte in seinen Ohren. Er erreichte den Fuß der Leiter und begann zu schießen, bevor der Mann auf der Brücke ihn sah. Dann klirrten überall Kugeln gegen die Träger. Jeder Schritt schien eine Ewigkeit zu dauern. Irgendein verrückter Teil seines Hirns ließ ihn die Sprossen zählen: sieben – acht – neun – zehn. – Er wurde von einem Querschläger getroffen. Die Kugel drang knapp unter dem Hüftknochen in seinen Schenkel ein. Sie tötete ihn nicht, aber der Schock schien die Muskeln in der unteren Hälfte seines Körpers zu lähmen. Seine Füße rutschten von den Sprossen der Leiter. Einen Moment lang wurde er von Panik überwältigt, als er merkte, daß seine Beine nicht funktionierten. Instinktiv streckte er die Hände nach der Leiter aus, doch er griff daneben und stürzte. Er drehte sich teilweise, landete unglücklich, brach sich den Hals und starb.

Die Tür zum vorderen Speicher öffnete sich ein wenig, und ein erschrockenes rundliches Gesicht mit weit geöffneten Augen spähte hinaus. Aber niemand sah es; es zog sich zurück, und die Tür schloß sich wieder.

*

Während Katzen und Dovrat die Kombüse stürmten, nutzte Dickstein Feinbergs Feuerschutz, um nach vorn zu kommen. Er rannte gebückt vorwärts, vorbei an dem Punkt, an dem sie das Schiff geentert hatten, vorbei an der Kombüsentür und warf sich hinter das erste Rettungsboot, das schon von einer Granate durchschlagen worden war. Von dort konnte er in dem schwachen, aber immer heller werdenden Licht die Linien des mittleren Aufbaus erkennen, der drei nach vorn ansteigenden Stufen glich. Auf dem Hauptdeck waren die Offiziersmesse, der Offiziersaufenthaltsraum, das Krankenrevier und eine Passagierkabine, die als Trockenspeicher benutzt wurde. Auf der nächsten Ebene befanden sich Offizierskabinen, Treppen und das Kapitänsquartier. Auf dem Oberdeck war die

Brücke mit dem daran angrenzenden Kartenraum und der Funkstelle.

Die meisten Feinde würden jetzt auf dem Hauptdeck in der Messe und im Aufenthaltsraum sein. Er konnte ihnen ausweichen, indem er über eine Leiter am Schornstein zu dem Gang um das zweite Deck kletterte, aber danach war die Brücke nur durch Überqueren des zweiten Decks zu erreichen. Er würde mit allen Soldaten in den Kabinen allein fertig werden müssen.

Dickstein blickte zurück. Feinberg hatte sich hinter die Kombüse zurückgezogen, vielleicht, um neu aufzuladen. Er wartete, bis Feinberg wieder zu schießen begann, und sprang auf. Wild aus der Hüfte feuernd, raste er hinter dem Rettungsboot hervor und rannte über das Achterdeck zur Leiter. Ohne seinen Lauf zu unterbrechen, sprang er auf die vierte Sprosse und hastete hinauf. Ihm war bewußt, daß er ein paar Sekunden lang eine gute Zielscheibe bot. Kugeln dröhnten gegen den Schornstein neben ihm, bis er das Oberdeck erreichte und sich auf den Gang warf, um, vor Anstrengung zitternd, nach Luft zu schnappen. Er drängte sich an die Tür des Offiziersquartiers. »Ich werd' verrückt«, murmelte er.

Er lud seine Maschinenpistole auf, lehnte sich mit dem Rücken gegen die Tür und schob sich langsam bis zu einem Bullauge in Kopfhöhe. Dickstein riskierte einen Blick. Er sah eine Passage mit drei Türen auf jeder Seite und, am entfernten Ende, Leitern, die zur Messe hinab- und zum Kartenraum hinaufführten. Zwar wußte er, daß die Brücke über zwei Außenleitern vom Hauptdeck ebenso wie durch den Kartenraum erreicht werden konnte, aber die Araber kontrollierten jenen Teil des Schiffes immer noch und konnten die Außenleitern unter Feuer nehmen. Deshalb war dies der einzige Weg zur Brücke.

Dickstein öffnete die Tür und trat ein. Er schlich durch die Passage zur ersten Kabinentür, machte sie auf und warf eine Handgranate hinein. Als sich einer der Gegner umwandte, schloß er die Tür. Er hörte, wie die Granate in dem kleinen Raum explodierte. Dann rannte er zu der nächsten Tür auf derselben Seite, öffnete sie und warf eine zweite Granate. Sie explodierte in einer leeren Kabine.

Es gab noch eine Tür auf dieser Seite, aber er besaß keine Handgranate mehr.

Er rannte zu der Tür, stieß sie auf und stürzte schießend hinein. Im Innern war ein Mann. Er hatte durch das Bullauge gefeuert, aber nun zog er seine Waffe aus dem Loch zurück und drehte sich um. Dicksteins Salve schnitt ihn in zwei Teile.

Dickstein wandte sich zur offenen Tür um und wartete. Die Tür der gegenüberliegenden Kabine flog auf, und Dickstein erschoß den Mann dahinter.

Blindlings um sich schießend, betrat er den Gang. Nur noch zwei Kabinen waren übrig. Die Tür der ersten öffnete sich, als Dickstein sie mit einem Kugelhagel eindeckte, und eine Leiche fiel heraus.

Noch eine. Dickstein lauerte. Die Tür öffnete sich einen Spaltbreit, dann schloß sie sich wieder. Er lief den Gang hinunter, trat die Tür auf und überschüttete die Kabine mit Kugeln. Sein Feuer wurde nicht erwidert. Er trat ein: Der Mann war von einem Querschläger getroffen worden und lag blutend auf der Koje.

Rasender Triumph überkam Dickstein: Er hatte das ganze Deck allein erobert.

Nun war die Brücke an der Reihe. Er rannte über den Gang nach vorn. Am entfernten Ende führten die Stufen hinauf zum Kartenraum und hinunter zur Offiziersmesse. Er trat auf die Leiter, blickte hoch und warf sich seitwärts zu Boden, als die Mündung einer Maschinenpistole auf ihn zeigte und zu feuern begann.

Seine Handgranaten waren verbraucht. Der Mann im Kartenraum war gegen Kugeln gefeit. Er konnte hinter dem Aufgang bleiben und blind die Leiter hinunterfeuern. Für Dickstein gab es keinen anderen Weg nach oben.

Er ging in eine der vorderen Kabinen, um das Deck zu inspizieren und die Situation einzuschätzen. Entsetzt sah er, was auf dem Vorderdeck geschehen war: Nur einer der vier Männer aus Abbas' Gruppe feuerte noch, und Dickstein konnte mit Mühe drei Leichen erkennen. Zwei oder drei Maschinenpistolen schienen den letzten Israeli von der Brücke her aufs Korn zu nehmen und ihn hinter einer Ankerrolle festzunageln.

Dickstein spähte zur Seite. Feinberg war immer noch weit achtern – es war ihm nicht gelungen, Raum zu gewinnen. Und noch immer gab es kein Zeichen von den Männern, die nach unten gegangen waren.

Die Feddajin hatten sich in der Messe unter ihm gut verschanzt. Von ihrer überlegenen Position aus konnten sie die Männer an Deck und auf dem Zwischendeck unter sich in Schach halten. Um die Messe zu erobern, mußte man sie von allen Seiten gleichzeitig – auch von oben – angreifen. Aber das bedeutete, daß die Brücke, die unangreifbar war, zuerst fallen mußte.

Dickstein lief zurück durch die Passage und trat achtern hinaus. Es regnete immer noch in Strömen, aber der Himmel war von einem trüben, kalten Licht erhellt. Er konnte Feinberg auf einer und Dovrat auf der anderen Seite erkennen, rief ihre Namen, bis sie auf ihn aufmerksam wurden, und deutete auf die Kombüse. Er sprang vom Gang auf das Achterdeck, preschte hinüber und tauchte in die Kombüse ein.

Sie hatten ihn verstanden. Einen Moment später folgten sie ihm. Dickstein sagte: »Wir müssen die Messe einnehmen.«

»Und wie?« wollte Feinberg wissen.

»Halten Sie den Mund, und Sie werden es hören. Wir stürmen sie von allen Seiten gleichzeitig: backbord, steuerbord, unten und oben. Zuerst müssen wir die Brücke haben. Dafür werde *ich* sorgen. Wenn ich dort bin, schalte ich das Nebelhorn ein. Das wird das Signal sein.

Ihr beide geht nach unten und gebt den Männern Bescheid.«

»Wie werden Sie auf die Brücke kommen?« fragte Feinberg.

»Über das Dach.«

*

Auf der Brücke waren nun neben Yasif Hassan auch Mahmud und zwei seiner Feddajin, die Feuerstellung einnahmen, während ihre Führer sich auf den Boden setzten und berieten.

»Sie können es nicht schaffen«, sagte Mahmud. »Von hier aus kontrollieren wir einen zu großen Teil des Decks. Sie können die Messe nicht von unten angreifen, da der Aufgang zu leicht von oben zu beherrschen ist. Von den Seiten oder von vorn können sie nicht angreifen, weil wir dann von hier oben auf sie feuern würden. Und sie können nicht von oben kommen, da wir die Leiter kontrollieren. Wir brauchen nur so lange zu schießen, bis sie sich ergeben.«

»Einer von ihnen versuchte vor ein paar Minuten, die Leiter zu erobern«, berichtete Hassan. »Ich haben ihn aufgehalten.«

»Du warst allein hier oben?«

»Ja.«

Er legte Hassan die Hände auf die Schultern. »Jetzt bist du einer der Feddajin.«

Hassan gab dem Gedanken Ausdruck, der sie beide beschäftigte. »Und später?«

Mahmud nickte. »Gleichberechtigte Partner.«

Sie verschränkten die Hände.

Hassan wiederholte: »Gleichberechtigte Partner.«

»Ich glaube, daß sie sich noch einmal auf die Leiter konzentrieren werden – es ist ihre einzige Chance.«

»Ich schirme sie vom Kartenraum aus ab«, sagte Hassan. Beide erhoben sich. Dann prallte eine verirrte Kugel vom Vorderdeck her durch die glaslosen Fenster und drang in Mahmuds Hirn ein. Er war sofort tot.

Und Hassan war der Führer der Feddajin geworden.

*

Auf dem Bauch liegend, Arme und Beine ausgebreitet, um Halt zu gewinnen, schob sich Dickstein langsam über das Dach. Es war gewölbt, völlig ohne Ansatzpunkte und vom Regen schlüpfrig. Während die *Coparelli* in den Wellen rollte und schlingerte, neigte sich das Dach nach vorn, nach hinten und zur Seite. Dickstein konnte sich nur an das Metall pressen und versuchen, sein Rutschen zu verlangsamen.

Am Vorderende des Daches war ein Positionslicht angebracht. Wenn er es erreichte, würde er sicher sein, denn er konnte sich daran festhalten. Sein Vorankommen war schmerzlich langsam. Er kam bis auf dreißig Zentimeter an das Licht heran, dann rollte das Schiff nach Backbord, und er rutschte bis zum Dachrand. Einen Moment lang hing er mit einem Bein und einem Arm zehn Meter über dem Deck. Das Schiff schlingerte noch heftiger, sein Bein rutschte ganz hinüber, und er versuchte, die Fingernägel seiner rechten Hand in das bemalte Dachmetall zu bohren. Eine qualvolle Pause.

Dann rollte die *Coparelli* zurück.

Dickstein gab der Bewegung nach und glitt immer schneller auf das Positionslicht zu.

Aber das Schiff bäumte sich auf, das Dach neigte sich zurück, und er rutschte in einem langen Bogen dahin, so daß er das Licht um einen Meter verfehlte. Wieder preßte er Hände und Füße ins Metall, um langsamer zu werden; wieder wurde er bis zum Rand getrieben; wieder hing er über dem Deck. Aber diesmal baumelte sein rechter Arm über den Rand hinaus; seine Maschinenpistole löste sich von seiner rechten Schulter und fiel in ein Rettungsboot. Das Schiff rollte zurück und stampfte nach vorn, so daß Dickstein mit immer größerer Geschwindigkeit auf das Positionslicht zuschlitterte. Diesmal schaffte er es. Er packte es mit beiden Händen. Das Licht war etwa dreißig Zentimeter vom vorderen Dachrand entfernt. Direkt darunter lagen die Vorderfenster der Brücke, deren Glas schon längst zerschmettert war. Die Läufe von zwei Maschinenpistolen ragten hervor.

Dickstein hielt sich an dem Licht fest, aber er rutschte immer noch weiter. Sein Körper beschrieb einen weiten Bogen auf den Rand zu. Er sah, daß das Dach vorn – im Gegensatz zu den Seiten – eine schmale Stahlrinne hatte, die den Regen von dem Glas darunter abhalten sollte. Während sein Körper über den Rand glitt, löste er die Hände von dem Positionslicht, ließ sich mit dem Stampfen des Schiffes nach vorn treiben, packte die Stahlrinne mit den Fingerspitzen und schwenkte die Beine nach unten. Er flog mit den Füßen zuerst durch die zerbrochenen Fenster und landete in der Mitte der Brücke. Er ging in die Knie, um dem Aufprall zu begegnen, und richtete sich dann auf. Seine Maschinenpistole war weg, und er hatte keine Zeit, seine Pistole oder sein Messer zu ziehen. Auf der Brücke waren zwei Araber, an jeder Seite einer, die Maschinenpistolen hielten und hinunter auf das Deck feuerten. Während Dickstein sich aufrichtete, wandten sie sich zu ihm um. Ihre Gesichter drückten grenzenloses Erstaunen aus.

Dickstein war dem Mann auf der Backbordseite um ein paar Zentimeter näher. Er holte zu einem Tritt aus, der, eher durch Glück als durch Berechnung, den Ellbogen des Arabers traf und den Arm mit der Waffe für einen Moment lähmte. Dann sprang er auf den anderen Mann zu. Dessen Maschinenpistole schwenkte den Bruchteil einer Sekunde zu spät auf Dickstein zu, der sich schon an der Mündung vorbeigeschoben hatte. Dickstein riß die rechte Hand zu dem gefährlichsten Doppelschlag hoch, den er kannte: Sein Handballen traf die Kinnspitze des Arabers, warf dessen Kopf zurück, und Dicksteins Hand, die Finger zu einem Karatehieb versteift, bohrte sich in das freiliegende weiche Fleisch der Kehle.

Bevor der Mann zu Boden stürzte, packte Dickstein sein Jackett und schob ihn zwischen sich selbst und den anderen Araber. Der andere riß die Waffe hoch. Dickstein hob den Toten über den Kopf und schleuderte ihn quer durch die Brücke, während die Maschinenpistole zu feuern begann. Die Leiche fing die Kugeln auf und krachte gegen den anderen Araber, der das Gleichgewicht verlor, rückwärts durch die offene Tür taumelte und auf das Deck hinabstürzte.

Im Kartenraum war ein dritter Mann, der den Weg nach unten bewachte. In den drei Sekunden, die Dickstein auf der Brücke gewesen war, hatte der Mann sich erhoben und sich umgedreht. Nun sah Dickstein, daß es Yasif Hassan war.

Er kauerte sich zusammen, stieß einen Fuß vor und trat gegen die zerbrochene Tür, die zwischen ihm und Hassan auf dem Boden lag. Die Tür glitt über das Deck und prallte gegen Hassans Füße. Dadurch wurde er zwar nur aus dem Gleichgewicht gebracht, doch während er die Arme ausbreitete, um sich zu fangen, griff Dickstein an. Bis zu diesem Moment war Dickstein wie eine Maschine gewesen. Er hatte reflexhaft auf alle Geschehnisse reagiert, sein Nervensystem jeden Schritt ohne bewußte Überlegung planen und sich von Training und Instinkt leiten lassen. Aber nun war es mehr geworden. Nun stand er dem Feind all dessen, was er je geliebt hatte, gegenüber. Blinder Haß und wahnsinnige Wut überwältigten ihn.

Sie steigerten sein Tempo und seine Kraft noch.

Er packte Hassans Waffenarm an Handgelenk und Schulter und brach ihn, indem er ihn nach unten gegen sein Knie schmetterte. Hassan schrie auf, und die Maschinenpistole entfiel seiner schlaffen Hand. Dickstein drehte sich ein wenig und holte mit dem Ellbogen zu einem Schlag aus, der Hassan knapp unter dem Ohr traf. Hassan wirbelte herum und fiel. Dickstein ergriff sein Haar von hinten und zerrte seinen Kopf zurück; während Hassan in die andere Richtung sackte, hob er den Fuß hoch und trat zu. Sein Absatz traf Hassans Nacken in dem Moment, als er den Kopf plötzlich zurückzog. Ein Krachen, als alle Spannung die Muskeln des Mannes verließ und sein Kopf lose auf den Schultern wackelte.

Dickstein ließ los, und die Leiche fiel zu Boden.

Er starrte den leblosen Körper an, und der Triumph ließ ihm die Ohren klingeln.

Dann sah er Koch.

Der Ingenieur war an einen Stuhl gefesselt, nach vorn gebeugt, bleich wie der Tod, aber bei Bewußtsein. Seine Kleidung war blutbefleckt. Dickstein zog sein Messer und durchschnitt die Stricke. Plötzlich sah er die Hände des Mannes.

»Himmel.«

»Ich werd's überleben«, flüsterte Koch. Er stand nicht auf.

Dickstein hob Hassans Maschinenpistole auf und überprüfte das Magazin. Es war fast voll. Er ging hinaus auf die Brücke und suchte das Nebelhorn.

»Koch, können Sie aufstehen?«

Der Ingenieur stand auf und schwankte unsicher, bis Dickstein auf ihn zukam, ihn stützte und zur Brücke führte. »Sehen Sie diesen Knopf? Ich möchte, daß sie langsam bis zehn zählen und dann draufdrücken.«

Koch schüttelt den Kopf, um seine Benommenheit zu verscheuchen. »Ich glaube, daß ich es schaffen kann.«

»Also los.«

»Eins«, sagte Koch. »Zwei.«

Dickstein stieg die Leiter hinab und erreichte das zweite Deck, das er selbst gesäubert hatte. Es war immer noch leer. Er stieg weiter hinunter und verhielt kurz vor der Leiter, die in die Messe führte. Er nahm an, daß alle übrigen Feddajin hier waren – sie standen wahrscheinlich gegen die Wände gepreßt und schossen durch Bullaugen und Türen hinaus; einer oder zwei beobachteten vielleicht die Leiter. Es gab keinen sicheren Weg, um eine so starke Verteidigungsstellung zu nehmen.

Mach schon, Koch!

Dickstein hatte beabsichtigt, sich ein oder zwei Sekunden lang auf der Leiter zu verstecken. Jeden Moment konnte einer der Araber zu ihm hochblicken. Wenn Koch zusammengebrochen war, würde er zurückkehren müssen und –

Das Nebelhorn ertönte.

Dickstein sprang und feuerte schon, bevor er landete. Zwei Männer standen dicht am Fuß der Leiter. Er erschoß sie als erste. Das Feuer von außen steigerte sich zu einem Crescendo. Dickstein wirbelte in einem Halbkreis herum, ließ sich auf ein Knie fallen, um eine kleinere Zielscheibe zu bieten, und deckte die Feddajin an den Wänden mit einem Kugelhagel ein. Plötzlich ratterte noch eine Maschinenpistole, als Ish von unten auftauchte. Dann war Feinberg an einer Tür und feuerte. Dovrat, der verwundet war, kam durch eine andere Tür herein. Dann – wie auf ein Signal hin – hörten alle auf zu schießen, und die Stille war wie ein Donnerschlag.

Alle Feddajin waren tot.

Dickstein, der immer noch kniete, senkte erschöpft den Kopf. Nach einer Weile stand er auf und betrachtete seine Männer. »Wo sind die anderen?« fragte er.

Feinberg sah ihn seltsam an. »Es ist noch jemand auf dem Vorderdeck. Sapir, glaube ich.«

»Und die anderen?«

»Damit hat's sich«, sagte Feinberg. »Alle anderen sind tot.«

Dickstein ließ sich gegen ein Schott sacken. »Welch ein Preis«, murmelte er.

Er schaute durch das zerschmetterte Bullauge und sah, daß der Tag angebrochen war.

17

EIN JAHR ZUVOR hatte der BOAC-Jet, in dem Suza Ashford das Dinner serviert hatte, ganz plötzlich ohne jede Erklärung über dem Atlantik an Höhe verloren. Der Pilot hatte die Sicherheitsgurtlämpchen angeknipst. Suza war von einem zum anderen gegangen, hatte erklärt: »Nur eine kleine Bö«, und Passagieren geholfen, ihre Sicherheitsgurte anzulegen. Und dabei hatte sie ständig gedacht: Wir werden sterben, wir alle werden sterben. Genauso fühlte sie sich auch jetzt. Tyrin hatte eine kurze Botschaft geschickt: *Die Israelis greifen an, die Israelis greifen an* – dann war er verstummt.

In diesem Moment wurde Nathaniel beschossen. Er konnte verwundet, in Gefangenschaft oder sogar schon tot sein. Aber während Suza vor Angst und nervöser Schwäche laut hätte schreien mögen, mußte sie dem Funker gegenüber das BOAC-Lächeln aufsetzen und sagen: »Das ist eine prächtige Ausrüstung, die Sie hier haben.«

Der Funker der *Karla* war ein hochgewachsener grauhaariger Mann aus Odessa. Er hieß Alexander und sprach passabel englisch. »Hat 100 000 Dollar gekostet«, antwortete er stolz. »Sie verstehen etwas vom Funken?«

»Ein bißchen ... Ich war früher Stewardeß.« Das »früher« war ihr unbewußt entschlüpft, und nun fragte sie sich, ob ihr altes Leben wirklich vorbei sei. »Ich habe gesehen, wie die Piloten ihre Funkgeräte benutzten. Deshalb habe ich ein bißchen Ahnung.«

»Eigentlich habe ich vier Geräte«, erklärte Alexander. »Eins reagiert auf den Leitstrahlsender der *Stromberg,* das zweite empfängt Tyrins Funksprüche von der *Coparelli*, das dritte belauscht die normale Wellenlänge der *Coparelli*, und dieses ist flexibel. Sehen Sie.«

Er zeigte ihr eine Skala, deren Nadel sich langsam bewegte. »Es sucht einen Sender und bleibt stehen, wenn es einen gefunden hat«, sagte Alexander.

»Das ist unglaublich. Haben Sie es erfunden?«

»Ich bin leider kein Erfinder, sondern nur Funker.«

»Und Sie können mit jedem dieser Geräte Botschaften ausschicken, indem sie einfach auf SENDEN schalten?«

»Ja, im Morsecode oder Sprechfunk. Aber bei dieser Operation wird der Sprechfunk natürlich von niemandem benutzt.«

»Dauerte Ihre Ausbildung zum Funker lange?«

»Nicht sehr lange. Es ist leicht, das Morsealphabet zu lernen. Aber als Schiffsfunker muß man wissen, wie das Gerät repariert wird.« Er senkte die Stimme. »Und als KGB-Funker muß man die Spionageschule besuchen.« Er lachte, und Suza lachte mit ihm. Doch insgeheim betete sie: Melde dich, Tyrin. Dann erfüllte sich ihr Wunsch. Die Mitteilung begann, Alexander schrieb sie nieder und sagte gleichzeitig zu Suza: »Tyrin. Holen Sie Rostow, bitte.«

Suza verließ die Brücke nur widerwillig; sie wollte den Inhalt der Botschaft erfahren. Sie eilte zur Messe, weil sie hoffte, Rostow dort vor einem starken schwarzen Kaffee zu finden, aber der Raum war leer. Nun stieg sie zum nächsten Deck hinunter und näherte sich seiner Kabine. Sie klopfte an die Tür.

Seine Stimme sagte etwas auf russisch, was eine Aufforderung zum Eintreten sein konnte.

Sie öffnete die Tür. Rostow stand nur mit einer Unterhose bekleidet da und wusch sich in einer Schüssel.

»Tyrin meldet sich«, sagte Suza. Sie wandte sich ab.

»Suza.«

Sie drehte sich wieder um.

»Was würden Sie sagen, wenn ich Sie in Ihrer Unterwäsche überraschte?«

»Ich würde sagen: Verziehen Sie sich.«

»Warten Sie draußen auf mich.«

Sie schloß die Tür und dachte: Das hat mir noch gefehlt. Als er herauskam, erklärte sie: »Es tut mir leid.«

Er lächelte etwas gekünstelt. »Ich hätte nicht so unprofessionell sein sollen. Gehen wir.«

Sie folgte ihm hinauf zum Funkraum, der genau unterhalb der Brücke lag – dort, wo eigentlich die Kapitänskabine hätte sein sollen. Wegen der vielen zusätzlichen Ausrüstung, hatte Alexander erläutert, sei es nicht möglich gewesen, den Funker wie üblich neben der Brücke unterzubringen. Suza selbst hatte sich überlegt, daß dieses Arrangement auch den Vorteil hatte, die Besatzung vom Funkraum fernzuhalten.

Alexander hatte Tyrins Mitteilung entschlüsselt. Er reichte sie Rostow, der sie auf englisch vorlas. »Israelis haben *Coparelli* erobert. *Stromberg* längsseits. Dickstein am Leben.«

Suza fühlte sich ganz schlaff vor Erleichterung. Sie ließ sich auf einen Stuhl sinken.

Es fiel niemandem auf. Rostow entwarf schon seine Entgegnung an Tyrin: »Wir schlagen morgen früh um 6.00 Uhr zu.«

Mit Suzas Erleichterung war es vorbei. Sie dachte: Oh Gott, was soll ich jetzt tun?

*

Nat Dickstein, der sich eine Matrosenmütze geborgt hatte, stand stumm da, während der Kapitän der *Stromberg* den Gottesdienst für die Toten hielt und mit seiner Stimme Wind, Regen und Meer übertönte. Einer nach dem anderen wurden die in Segeltuch eingehüllten Körper über die Reling in das schwarze Wasser gekippt: Abbas, Sharret, Porush, Gibli, Bader, Remez und Jabotinsky. Sieben von zwölf waren gestorben. Uran war das teuerste Metall der Welt.

Vorher hatte es schon eine Beisetzung gegeben. Vier Feddajin waren am Leben geblieben – drei Verwundete und einer, der die Nerven verloren und sich versteckt hatte –, und nach ihrer Entwaffnung hatte Dickstein ihnen erlaubt, ihre Toten zu bestatten. Ihre Beisetzung war größer gewesen – sie mußten 25 Leichname dem Meer übergeben. Ihre Zeremonie war hastig unter den aufmerksamen Augen – und Waffen – von drei überlebenden Israelis abgelaufen, die begriffen, daß man auch einem Feind dieses Entgegenkommen schuldig war, wenngleich sie keinen Gefallen daran fanden.

Inzwischen hatte der Kapitän der *Stromberg* all seine Schiffspapiere an Bord gebracht. Die Monteure und Zimmerleute, die mitgekommen waren für den Fall, daß es nötig sein sollte, die *Coparelli* an die *Stromberg* anzupassen, machten sich daran, die Schäden der Schlacht zu beheben. Dickstein befahl ihnen, sich auf das zu konzentrieren, was vom Deck aus zu sehen war; das übrige würde Zeit haben, bis man im Hafen einlief. Sie füllten Löcher aus, reparierten Möbel und ersetzten Glasscheiben und Metallrahmen durch Ersatzteile aus der zum Untergang verurteilten *Stromberg*. Ein Maler ließ sich an einer Leiter hinab, um den Namen *Coparelli* vom Rumpf zu entfernen und statt dessen mit einer Schablone die Buchstaben S-T-R-O-M-B-E-R-G anzubringen. Danach bestrich er die reparierten Schotten und das Holzwerk auf Deck mit Farbe. Alle Rettungsboote der *Coparelli* waren so stark beschädigt, daß sie nicht mehr repariert werden konnten; man hackte sie in Stücke, warf sie über Bord und ersetzte sie durch die Boote der *Stromberg*. Die neue Ölpumpe, welche die *Stromberg* auf Kochs Anweisung hin mitgebracht hatte, wurde in die Maschine der *Coparelli* eingebaut.

Die Arbeit war für die Beisetzung unterbrochen worden. Nun wurde sie fortgesetzt, sobald der Kapitän die letzten Worte gesprochen hatte. Am späten Nachmittag erwachte die Maschine dröhnend zum Leben. Dickstein stand mit dem Kapitän auf der Brücke, während der Anker gelichtet wurde. Die Besatzung der *Stromberg* fand sich rasch auf dem neuen Schiff zurecht, das mit ihrem alten identisch war. Der Kapitän gab den Kurs an und befahl volle Geschwindigkeit voraus.

Es ist fast vorbei, dachte Dickstein. Die *Coparelli* war verschwunden: Praktisch war das Schiff, mit dem er jetzt fuhr, die *Stromberg*, und sie gehörte legal zum Besitz von Savile Shipping. Israel hatte sein Uran, und niemand wußte, woher. Alle in der Operationskette waren jetzt ausgeschaltet – außer Pedler, der immer noch gesetzlicher Eigentümer des Yellow Cake war. Er war der einzige, der den ganzen Plan zum Scheitern bringen konnte, wenn er entweder neugierig oder feindselig wurde. Papagopulos würde sich jetzt um ihn kümmern; Dickstein wünschte ihm Glück.

»Wir sind weit genug entfernt«, sagte der Kapitän.

Der Sprengstoffexperte im Kartenraum legte einen Hebel an seinem Funkzünder um. Dann beobachteten alle die leere *Stromberg*, die jetzt mehr als eine Meile hinter ihnen lag.

Ein lautes, dumpfes Dröhnen erklang wie ein Donnerschlag, und die *Stromberg* schien in der Mitte durchzusacken. Ihre Treibstofftanks fingen Feuer, und der stürmische Abend wurde von einem Flammenschein erhellt, der zum Himmel emporzüngelte. Dickstein verspürte Triumph und leichte Besorgnis beim Anblick einer so großen Zerstörung. Die *Stromberg* begann zu sinken, zuerst langsam und dann schneller. Ihr Heck ging unter, Sekunden später folgte der Bug; einen Moment lang ragte ihr Schornstein aus dem Wasser wie der Arm eines ertrinkenden Mannes, dann war sie verschwunden.

Dickstein lächelte schwach und wandte sich ab.

Er hörte ein Geräusch. Auch der Kapitän hörte es. Sie traten an den Rand der Brücke, sahen hinaus und begriffen, was vorging.

Unten auf dem Deck jubelten die Männer.

*

Franz Albrecht Pedler saß in seinem Büro am Rande von Wiesbaden und kratzte sich den schneeweißen Kopf. Das Telegramm von Angeluzzi e Bianco aus Genua, das Pedlers vielsprachige Sekretärin aus dem Italienischen übersetzt hatte, war einesteils eindeutig und gleichzeitig völlig unverständlich. Es lautete: BITTE BALDMÖGLICHST NEUEN LIEFERTERMIN YELLOW CAKE MITTEILEN. Soviel Pedler wußte, stand dem alten Liefertermin, in zwei Tagen, nichts im Wege. Er hatte bereits an die Reeder telegrafiert: HAT SICH YELLOW CAKE VERZÖGERT? Pedler war ein wenig verärgert über sie. Sie hätten nicht nur den Kunden, sondern auch ihn informieren müssen, wenn es einen Aufschub gegeben hatte. Aber vielleicht waren die Italiener einem Mißverständnis zum Opfer gefallen. Pedler war während des Krieges zu der Ansicht gelangt, daß Italiener nie das taten, was man mit ihnen ausmachte. Und sie hatten sich offenbar nicht geändert.

Er stand am Fenster und sah zu, wie der Abend sich über seine Fabrikgebäude senkte. Fast wünschte er sich, das Uran nicht gekauft zu haben. Der Vertrag mit der israelischen Armee, auf den er Brief und Siegel hatte, würde seiner Firma für den Rest seines Lebens Profite einbringen. Er brauchte nicht mehr zu spekulieren.

Seine Sekretärin kam mit der schon übersetzten Antwort der Reeder herein:

COPARELLI AN SAVILE SHIPPING ZÜRICH VERKAUFT DIE NUN FÜR IHRE FRACHT VERANTWORTLICH SIND. DIE KÄUFER SIND HUNDERTPROZENTIG ZUVERLÄSSIG.

Danach folgten die Telefonnummer von Savile Shipping und die Worte SPRECHEN SIE MIT PAPAGOPULOS.

Pedler gab seiner Sekretärin das Telegramm zurück. »Würden Sie bitte die Nummer in Zürich anrufen und mich mit diesem Papagopulos verbinden?«

Sie kehrte ein paar Minuten später zurück. »Papagopulos wird sich bei Ihnen melden.«

Pedler wart einen Blick auf die Uhr. »Am besten warte ich hier auf seinen Anruf. Da ich einmal angefangen habe, will ich den Dingen auf den Grund gehen.«

Papagopulos rief zehn Minuten später an. Pedler sagte: »Wie ich höre, sind Sie jetzt für meine Fracht an Bord der *Coparelli* verantwortlich. Ich habe ein Telegramm von den Italienern erhalten, die sich nach einem neuen Liefertermin erkundigen – gibt es irgendeine Verzögerung?«

»Ja. Sie hätten informiert werden sollen – es tut mir schrecklich leid.« Der Mann sprach ausgezeichnet deutsch, aber man merkte deutlich, daß er kein Deutscher war. Außerdem merkte man, daß es ihm keineswegs schrecklich leid tat. »Die Ölpumpe der *Coparelli* hat auf See versagt, und sie liegt fest. Wir treffen Maßnahmen, damit Ihre Fracht so bald wie möglich geliefert wird.«

»Und was soll ich Angeluzzi e Bianco antworten?«

»Ich habe ihnen mitgeteilt, daß sie das neue Datum erfahren werden, sobald ich es selbst weiß«, gab Papagopulos zurück. »Bitte, überlassen Sie alles mir. Ich werde Sie beide unterrichten.«

»Also gut. Auf Wiederhören.«

Seltsam, dachte Pedler, während er den Hörer auflegte. Er schaute aus dem Fenster und sah, daß all seine Arbeiter gegangen waren. Der Personalparkplatz war leer, von seinem Mercedes und dem Volkswagen seiner Sekretärin abgesehen. Ach, zum Teufel, es war Zeit, nach Hause zu fahren. Er zog seinen Mantel an. Das Uran war versichert. Wenn es verlorenging, würde er sein Geld zurückerhalten. Er schaltete die Bürolichter aus, half seiner Sekretärin in den Mantel, stieg in seinen Wagen und fuhr nach Hause zu seiner Frau.

*

Suza Ashford tat die ganze Nacht kein Auge zu.

Wieder war Nat Dicksteins Leben in Gefahr. Wieder war sie die einzige, die ihn warnen konnte. Aber diesmal konnte sie keinen anderen dazu verleiten, ihr zu helfen. Sie mußte es allein schaffen.

Es war einfach. Sie mußte in den Funkraum der *Karla* gehen, Alexander loswerden und die *Coparelli* rufen.

Daraus wird bestimmt nichts, dachte sie. Das Schiff ist voll von KGB-Leuten. Alexander ist ein riesiger Kerl. Ich möchte schlafen. Für immer. Es ist unmöglich. Ich kann es nicht.

Oh, Nathaniel.

Um 4.00 Uhr zog sie Jeans, einen Pullover, Stiefel und Ölzeug an. Die volle Wodkaflasche, die sie aus der Messe mitgebracht hatte – »um einschlafen zu können« –, glitt in die Innentasche ihrer Ölhaut.

Sie mußte die Position der *Karla* erfahren.

Suza stieg zur Brücke hinauf. Der Erste Offizier lächelte sie an. »Können Sie nicht schlafen?« fragte er auf englisch.

»Die Spannung ist zu groß.« Das große BOAC-Lächeln. Haben Sie Ihren Sicherheitsgurt festgeschnallt, Sir? Nur eine kleine Bö, kein Grund zur Sorge. »Wo sind wir?«

Er zeigte ihr die Position der *Karla* und die geschätzte Position der *Coparelli* auf der Karte.

»Und in Zahlen?«

Er nannte ihr die Koordinaten, den Kurs und die Geschwindigkeit der Karla. Sie wiederholte die Zahlen einmal laut und zweimal im Kopf, um sie sich todsicher einzuprägen. »Es ist faszinierend«, sagte sie munter. »Jeder

an Bord eines Schiffes hat eine besondere Fertigkeit ...
Meinen Sie, daß wir die *Coparelli* rechtzeitig erreichen?«

»Oh ja, und dann – bums.«

Sie blickte hinaus. Es war stockfinster – keine Sterne
und keine Schiffslichter waren zu sehen. Das Wetter verschlechterte sich.

»Sie zittern«, sagte der Erste Offizier. »Frieren Sie?«

»Ja«, antwortet sie, obwohl nicht das Wetter sie zittern
ließ. »Wann steht Oberst Rostow auf?«

»Er will um 5.00 Uhr geweckt werden.«

»Ich werde versuchen, noch eine Stunde zu schlafen.«

Sie ging hinunter in den Funkraum. Alexander war da.
»Konnten Sie auch nicht schlafen?« fragte sie ihn.

»Nein. Ich habe meinen zweiten Mann ins Bett geschickt.«

Suza betrachtete die Funkausrüstung. »Hören Sie die
Stromberg nicht mehr ab?«

»Das Signal ist verstummt. Entweder haben sie den
Leitstrahlsender gefunden oder das Schiff versenkt. Wir
glauben, daß sie das Schiff versenkt haben.«

Suza setzte sich und zog die Wodkaflasche hervor. Sie
öffnete den Schraubverschluß. »Trinken Sie etwas.« Sie
reichte ihm die Flasche.

»Frieren Sie?«

»Ein bißchen.«

»Ihre Hand zittert.« Er packte die Flasche, setzte sie an
die Lippen und nahm einen langen Schluck. »Ah, vielen
Dank.« Dann gab er ihr die Flasche zurück.

Suza trank einen Schluck, um sich Mut zu machen. Es
war starker russischer Wodka, der ihr die Kehle verbrannte, aber er hatte die gewünschte Wirkung. Sie schraubte
den Verschluß wieder drauf und hoffte, daß Alexander ihr
den Rücken zudrehen würde.

»Erzählen Sie mir vom Leben in England«, bat er im
Konversationston. »Stimmt es wirklich, daß die Armen
verhungern, während die Reichen fett werden?«

»Die wenigsten Menschen hungern«, entgegnete sie. Dreh dich um, verdammt, dreh dich um. Ich kann es nicht, wenn ich dich dabei ansehen muß. »Aber es gibt große Ungleichheit.«

»Hat man verschiedene Gesetze für Reiche und Arme?«

»Wir haben ein Sprichwort: ›Das Gesetz verbietet Reichen und Armen gleichermaßen, Brot zu stehlen und unter Brücken zu schlafen.‹«

Alexander lachte. »In der Sowjetunion sind die Menschen gleich, aber manche haben Privilegien. Werden Sie jetzt in Rußland leben?«

»Ich weiß nicht.« Suza öffnete die Flasche und reichte sie ihm wieder.

Er machte einen langen Zug und hielt sie ihr hin. »In Rußland werden Sie nicht solche Kleider haben.«

Die Zeit verging zu schnell, sie konnte nicht länger warten. Suza stand auf, um die Flasche zu nehmen. Ihr Ölzeug war vorn offen. Sie stand vor ihm, neigte den Kopf zurück, um aus der Flasche zu trinken, und wußte, daß er ihre hervorspringenden Brüste anstarren würde. Sie gestattete ihm einen ausgiebigen Blick, dann packte sie die Flasche fester und schlug sie ihm mit voller Kraft von oben auf den Kopf.

Ein Übelkeit erregender dumpfer Laut, als er getroffen wurde. Er starrte sie benommen an. Sie dachte: Du müßtest ohnmächtig sein! Seine Augen schlossen sich nicht. Was soll ich tun? Sie zögerte, dann biß sie die Zähne zusammen und schlug noch einmal zu.

Seine Augen schlossen sich, und er sackte auf dem Stuhl zusammen. Suza packte ihn bei seinen Füßen und zog. Er rutschte nach vorn, und sein Kopf prallte auf den Boden, so daß Suza zusammenzuckte, aber dann sagte sie sich: Um so besser, er wird länger bewußtlos sein.

Suza zerrte ihn zu einem Schrank. Ihr Atem ging in Stößen – aus Furcht wie aus Erschöpfung. Aus ihrer Jeanstasche zog sie ein langes Stück Packseil, das sie im

Heck aufgelesen hatte. Sie fesselte Alexanders Füße, drehte ihn um und schnürte ihm die Hände auf dem Rücken zusammen.

Sie mußte ihn irgendwie im Schrank unterbringen. Ein Blick auf die Tür: Oh Gott, laß niemanden reinkommen! Sie legte seine Füße hinein, beugte sich über seinen bewußtlosen Körper und versuchte, ihn anzuheben. Er war ein schwerer Mann, Suza richtete ihn halb auf, aber als sie sich bemühte, ihn in den Schrank zu schieben, entglitt er ihrem Griff. Sie trat hinter ihn, legte ihm die Hände unter die Achseln und zog. So war es besser. Sie konnte sein Gewicht gegen ihre Brust lehnen, während sie den Griff wechselte. Wieder richtete sie ihn halb auf, dann verschränkte sie die Arme um seine Brust und schob sich langsam zur Seite. Sie mußte sich ebenfalls in den Schrank zwängen, ihn loslassen und sich dann unter ihm hinauswinden.

Er saß jetzt im Schrank; seine Füße drückten gegen eine Seite, seine Knie waren gebeugt, sein Rücken war gegen die andere Seite gelehnt. Sie überprüfte seine Fesseln: immer noch fest. Aber er könnte um Hilfe rufen! Suza blickte sich nach einem Knebel um. Sie konnte nichts entdecken. Für den Fall, daß er inzwischen zu sich kam, durfte sie den Raum nicht verlassen, um nach einem Knebel zu suchen. Ihr fiel nichts anderes ein als ihre Strumpfhose.

Es schien eine Ewigkeit zu dauern. Sie mußte ihre geborgten Seestiefel, ihre Jeans und ihre Strumpfhose ausziehen, die Jeans und die Stiefel wieder überziehen, den Nylonstoff zusammenknüllen und ihn zwischen seine schlaffen Kiefer stopfen.

Sie konnte die Schranktür nicht schließen. »Oh Gott!« stöhnte sie. Alexanders Ellbogen war im Weg. Seine gefesselten Hände ruhten auf dem Schrankboden, und da sein Körper zusammengesunken war, wurden seine Arme nach außen gedrängt. Wie sehr sie die Tür auch stoßen und schieben mochte, der Ellbogen blieb ein Hindernis. Schließlich mußte sie wieder zu ihm in den Schrank steigen und ihn etwas auf die Seite drehen, so daß er sich in die Ecke lehnte. Nun war der Ellbogen nicht mehr im Weg.

Suza betrachtete ihn noch einen Moment. Wie lange blieb ein Mensch gewöhnlich bewußtlos? Sie hatte keine Ahnung. Es war am besten, noch einmal zuzuschlagen, aber sie hatte Angst, ihn zu töten. Sie holte die Flasche und hob sie sogar über den Kopf, aber im letzten Augenblick verlor sie die Nerven, stellte die Flasche ab und schleuderte die Schranktür zu.

Suza warf einen Blick auf ihre Armbanduhr und stöhnte vor Entsetzen auf: Es war zehn Minuten vor fünf. Die *Coparelli* würde bald auf dem Radarschirm der *Karla* erscheinen, Rostow würde hier sein, und sie hätte keine Chance mehr.

Sie setzte sich an den Funktisch, legte den Schalter auf SENDEN um, wählte das Gerät, das schon auf die Wellenlänge der *Coparelli* eingestellt war, und beugte sich über das Mikrofon.

»*Coparelli*, bitte kommen.«

Sie wartete.

Nichts.

»*Coparelli*, bitte kommen.«

Nichts.

»Zur Hölle mit dir, Nat Dickstein, *sprich*. Nathaniel!«

*

Nat Dickstein stand im mittleren Laderaum der *Coparelli* und musterte die Fässer mit dem sandfarbenen metallischen Erz, das so viel gekostet hatte. Sie sahen nicht nach etwas Besonderem aus – es waren einfach große schwarze Ölfässer, auf die das Wort PLUMBAT gemalt war. Er hätte gern eines geöffnet und das Zeug nur so zum Spaß befühlt, aber die Deckel waren fest versiegelt.

Er war in selbstmörderischer Stimmung.

Statt des Siegestaumels spürte er nur schmerzlichen

Verlust. Er konnte sich nicht über die Terroristen freuen, die er getötet hatte, er konnte nur seine eigenen Toten betrauern.

Dickstein durchlebte die Schlacht noch einmal, wie er es während der ganzen schlaflosen Nacht getan hatte. Wenn er Abbas befohlen hätte, das Feuer zu eröffnen, sobald er an Bord war, wären die Feddajin vielleicht so lange abgelenkt worden, daß Gibli unbemerkt über die Reling hätte klettern können. Wenn er mit drei Männern schon zu Beginn des Kampfes Granaten auf die Brücke geworfen hätte, wäre die Messe vielleicht früher erobert worden, und man hätte Leben geschont. Wenn ... Aber es gab hundert Dinge, die er anders gemacht hätte, wenn er die Zukunft hätte vorhersehen können oder wenn er einfach ein klügerer Mann wäre.

Immerhin würde Israel jetzt Atombomben haben, um auf ewig geschützt zu sein.

Sogar dieser Gedanke ließ ihn keine Freude empfinden. Ein Jahr vorher wäre er begeistert gewesen. Aber ein Jahr vorher war er Suza Ashford noch nicht begegnet gewesen.

Er hörte ein Geräusch und blickte nach oben. Es klang, als wenn Menschen an Deck umherliefen. Zweifellos irgendeine nautische Krise.

Suza hatte ihn verändert. Sie hatte ihn gelehrt, mehr vom Leben zu erwarten als einen Sieg im Kampf. Wenn er sich auf diesen Tag vorbereitet hatte, wenn er daran gedacht hatte, wie es sein würde, diese großartige Leistung vollbracht zu haben, war sie immer in seinen Tagträumen gewesen, hatte irgendwo auf ihn gewartet, bereit, seinen Triumph mit ihm zu teilen. Aber sie würde nicht da sein. Niemand anders konnte sie ersetzen. Und eine einsame Feier konnte keine Freude bereiten.

Dickstein hatte lange genug vor sich hingestarrt. Er stieg die Leiter aus dem Laderaum hinauf und überlegte, was er mit dem Rest seines Lebens anfangen sollte. Auf Deck sah ein Matrose ihn. »Mr. Dickstein?«

»Ja, was ist?«

»Wir haben auf dem ganzen Schiff nach Ihnen gesucht ... Das Funkgerät, jemand ruft die *Coparelli*. Wir haben nicht geantwortet, weil wir schließlich nicht mehr die *Coparelli* sind. Aber sie sagt ...«

»Sie?«

»Ja. Sie ist sehr deutlich zu hören – Sprechfunk, nicht Morse. Scheint in der Nähe zu sein, und sie ist sehr aufgeregt. ›Sprich, Nathaniel!‹ sagt sie dauernd. Oder so ähnlich.«

Dickstein packte den Matrosen beim Arm. »Nathaniel?« brüllte er. »Hat sie Nathaniel gesagt?«

»Ja. Es tut mir leid, wenn ...«

Aber Dickstein rannte schon auf die Brücke zu.

*

Nat Dicksteins Stimme war über Funk zu hören. »Wer ruft die *Coparelli?*«

Plötzlich war Suza stumm. Nach allem, was sie durchgemacht hatte, seine Stimme zu hören, das ließ sie schwach und hilflos werden.

»Wer ruft die *Coparelli?*«

Sie fand ihre Stimme wieder. »Oh, Nat, endlich.«

»Suza? Ist da Suza?«

»Ja, ja.«

»Wo bist du?«

Sie sammelte sich. »Ich bin mit David Rostow auf einem russischen Schiff namens *Karla*. Schreib dir dies auf.« Sie gab ihm die Position, den Kurs und die Geschwindigkeit, die ihr der erste Offizier genannt hatte. »Das war heute morgen um 4.10 Uhr. Nat, das Schiff wird euch um 6.00 Uhr rammen.«

»Rammen? Wieso? Oh, ich verstehe ...«

»Nat, sie können mich jeden Moment am Funkgerät erwischen. Was können wir tun? Schnell ...«

»Kannst du genau um 5.35 Uhr für irgendeine Ablenkung sorgen?«

»Eine Ablenkung?«

»Leg ein Feuer, ruf ›Mann über Bord‹ – tu irgend etwas, um alle für ein paar Minuten zu beschäftigen!«

»Hm – ich werde es versuchen –«

»Gib dir Mühe. Ich möchte, daß alle herumlaufen und keiner genau weiß, was los ist. Gehören alle zum KGB?«

»Ja.«

»Okay. Also ...«

Die Tür des Funkraums öffnete sich – Suza schaltete auf SENDEN, Dickstein verstummte, und David Rostow trat ein. »Wo ist Alexander?« fragte er.

Suza versuchte zu lächeln. »Er hat sich Kaffee geholt. Ich vertrete ihn.«

»Der verdammte Dummkopf ...« Er fluchte auf russisch weiter, während er hinausstürmte.

Suza stellte den Schalter wieder auf EMPFANG.

»Ich habe zugehört«, sagte Nat. »Du solltest dich bis 5.30 Uhr rar machen –«

»Warte«, rief sie. »Was hast du vor?«

»Was ich vorhabe? Ich hole dich ab.«

»Oh. Oh, danke.«

»Ich liebe dich.«

Als sie abschaltete, war auf einem anderen Gerät eine Mitteilung in Morsecode zu vernehmen. Tyrin mußte jedes Wort ihrer Unterhaltung gehört haben, und nun würde er versuchen, Rostow zu warnen. Sie hatte vergessen, Nat von Tyrin zu berichten.

Sie konnte versuchen, wieder mit Nat Kontakt aufzunehmen, aber das wäre sehr riskant. Außerdem würde Tyrin in der Zeit, die Nats Männer benötigen würden, um die *Coparelli* zu durchsuchen, Tyrin zu finden und seine Ausrüstung zu zerstören, mit seiner Botschaft zu Rostow durchgedrungen sein. Dann würde Rostow wissen, daß Nat kam, und sich vorbereiten.

Suza mußte verhindern, daß ihn die Botschaft erreichte. Und sie mußte verschwinden.

Sie beschloß, das Funkgerät zu zerstören.

Aber wie? Alle Drähte mußten hinter der Schalttafel sein. Sie benötigte einen Schraubenzieher. Schnell, schnell, bevor Rostow die Suche nach Alexander aufgibt! Sie fand Alexanders Werkzeuge in einem Winkel und wählte einen kleinen Schraubenzieher. Dann löste sie die Schrauben an zwei Ecken der Schalttafel. Ungeduldig steckte sie den Schraubenzieher ein und riß die Tafel mit den Händen ab. Dahinter drängten sich zahlreiche Drähte wie psychedelische Spaghetti. Sie packte eine Handvoll und zog. Nichts geschah: Sie hatte an zu vielen gleichzeitig gezogen. Suza zerrte an einem; es gab nach. Hastig zog sie an den Drähten, bis fünfzehn oder zwanzig lose herunterhingen. Der Morsecode klapperte immer noch weiter. Sie goß den Rest des Wodkas ins Innere des Gerätes. Die Geräusche verstummten, und alle Lichter an der Schalttafel gingen aus.

Etwas polterte im Schrank. Alexander erwachte aus seiner Ohnmacht. Nun, sie würden ohnehin Bescheid wissen, wenn sie das Funkgerät sahen.

Suza ging hinaus und schloß die Tür hinter sich.

Sie stieg die Leiter hinunter aufs Deck und überlegte, wo sie sich verstecken und welches Ablenkungsmanöver sie inszenieren konnte. Es hatte keinen Zweck, »Mann über Bord« zu rufen – nach dem, was sie mit ihrem Funkgerät und ihrem Funker angestellt hatte, würde ihr niemand glauben. Den Anker hinunterlassen? Sie würde nicht wissen, wie sie es anfangen sollte.

Wie mochte Rostow jetzt vorgehen? Er würde Alexander in der Kombüse, der Messe und in dessen Kabine suchen. Da er ihn nicht finden konnte, würde er in den Funkraum zurückkehren und dann das ganze Schiff nach ihr durchkämmen lassen.

Rostow war ein Mann, der systematisch vorging. Er

würde am Bug beginnen und sich über das Hauptdeck nach hinten durcharbeiten. Dann würde er eine Gruppe ausschikken, um das Oberwerk zu durchsuchen, und eine andere, die sich Deck um Deck, von oben nach unten, vornahm.

Was war der tiefstgelegene Schiffsteil? Der Maschinenraum. Dort würde sie sich verstecken müssen. Suza betrat das Schiffsinnere und schlich zu einer Leiter. Sie hatte den Fuß auf die oberste Sprosse gestellt, als sie Rostow sah.

Und er sah sie.

Sie wußte nicht, wie sie zu den nächsten Worten fähig war. »Alexander ist wieder im Funkraum. Ich komme in einem Moment zurück.«

Rostow nickte grimmig und verschwand in Richtung Funkraum.

Suza kletterte zwei Leitern hinab und tauchte im Maschinenraum auf. Der zweite Ingenieur hatte Nachtdienst. Er starrte sie an, während sie näherkam.

»Dies ist die einzige warme Stelle des Schiffes«, sagte sie freundlich. »Macht es Ihnen etwas aus, wenn ich Ihnen Gesellschaft leiste?«

Er wirkte verblüfft und antwortete langsam: »Ich ... kann nicht ... sprechen ... Englisch ... bitte.«

»Sie sprechen nicht englisch?«

Er schüttelte den Kopf.

»Ich friere.« Sie mimte ein Zittern und streckte die Hände nach der hämmernden Maschine aus. »Okay?«

Der Zweite Ingenieur war überglücklich, daß ihm dieses schöne Mädchen Gesellschaft leisten wollte. »Okay«, erwiderte er und nickte heftig.

Er betrachtete sie weiterhin mit erfreuter Miene, bis ihm plötzlich einfiel, daß er vielleicht seine Gastfreundschaft unter Beweis stellen sollte. Er schaute um sich, zog dann ein Päckchen Zigaretten aus der Tasche und bot ihr eine an.

»Ich rauche sonst nicht, aber ich werde eine Ausnahme

machen«, sagte Suza und nahm eine Zigarette. Ein kleines Pappröhrchen diente als Filter. Der Ingenieur gab ihr Feuer. Suza erwartete beinahe, Rostow im nächsten Moment an der Luke zu sehen. Sie blickte auf ihre Uhr. Es konnte noch nicht 5.25 Uhr sein! Sie hatte keine Zeit nachzudenken. Lenke sie ab, lenke sie irgendwie ab. Rufe »Mann über Bord«, laß den Anker fallen, mach ein Feuer –

Mach ein Feuer.

Womit?

Benzin, es mußte Benzin geben oder Dieseltreibstoff oder sonst etwas – hier im Maschinenraum.

Sie musterte die Maschine. Wo war die Benzinleitung? Das Ding schien nur aus Rohren und Schläuchen zu bestehen. Konzentriere dich! Sie wünschte sich, daß sie den Motor ihres Wagens genauer studiert hätte. Waren Schiffsmaschinen genauso? Nein, manchmal benutzten sie Dieselöl. Und dieses Schiff? Es sollte schnell sein, deshalb würde es vielleicht mit Benzin betrieben. Sie erinnerte sich vage, daß Benzinmotoren in der Unterhaltung teurer, dafür aber schneller waren. Wenn es ein Benzinmotor war, würde er dem ihres Autos gleichen. Gab es Kabel, die zu den Zündkerzen führten? Sie hatte einmal eine Zündkerze ausgewechselt.

Ja, es war wie bei ihrem Auto. Sie erkannte sechs Zündkerzen, die mit einer runden Kappe wie mit einem Zündverteiler verbunden waren. Irgendwo mußte ein Vergaser sein. Das Benzin lief durch den Vergaser. Es war ein kleines Ding, das manchmal verstopfte. – Das Sprachrohr bellte etwas auf russisch, und der Ingenieur ging darauf zu, um zu antworten. Er wandte Suza den Rücken zu.

Jetzt mußte sie es tun.

Sie entdeckte ein Maschinenteil von der Größe einer Kaffeedose mit einem Deckel, das in der Mitte von einer Mutter gehalten wurde. Es konnte der Vergaser sein. Suza streckte sich über die Maschine hinweg und versuchte, die Mutter mit den Fingern zu lösen, doch sie rührte sich nicht von der Stelle. Ein schwerer Kunststoffschlauch führte hinein. Sie packte ihn, zerrte mit aller Kraft daran, konnte ihn aber nicht herausziehen. Da fiel ihr ein, daß sie Alexanders Schraubenzieher in die Tasche ihrer Ölhaut gesteckt hatte. Sie holte ihn hervor und stach auf den Schlauch ein. Der Kunststoff war dick und zäh. Doch sie stieß die Spitze des Schraubenziehers so heftig hinein, daß ein kleiner Riß auf der Oberfläche des Schlauches entstand. Dort setzte sie den Schraubenzieher an und hebelte hin und her.

Der Ingenieur erreichte das Sprachrohr und sagte etwas auf russisch. Suza merkte, wie der Schraubenzieher den Kunststoff durchbohrte. Sie zog ihn heraus. Klare Flüssigkeit spritzte aus einem kleinen Loch, und die Luft erfüllte sich mit dem Geruch von Benzin. Suza ließ den Schraubenzieher fallen und rannte auf die Leiter zu.

Sie hörte, wie der Ingenieur eine Frage aus dem Sprachrohr mit »Da« beantwortete. Ein mit zorniger Stimme gegebener Befehl folgte. Als sie den Fuß der Leiter erreichte, blickte sie sich um. Das lächelnde Gesicht des Ingenieurs hatte sich in eine Maske der Bosheit verwandelt. Sie kletterte die Leiter hinauf, während er durch den Maschinenraum auf sie zulief.

Am Ende der Leiter wandte sie sich um. Sie sah, wie sich eine Benzinlache auf dem Deck ausbreitete und wie der Ingenieur den Fuß auf die unterste Sprosse der Leiter setzte. Suza hielt immer noch die Zigarette in der Hand, die er ihr gegeben hatte. Sie zielte auf die Stelle, wo das Benzin aus dem Schlauch sprudelte, und warf die Zigarette hinunter.

Suza wartete nicht, um zu sehen, wo die Zigarette gelandet war. Sie stieg weiter nach oben. Ihr Kopf und ihre Schultern tauchten auf dem nächsten Deck auf, als von unten ein lautes Zischen ertönte, eine helle Stichflamme loderte auf, und eine Welle sengender Hitze griff um sich. Suza schrie, da ihre Hose Feuer fing und die Haut ihrer Beine brannte. Sie sprang die letzten Zentimeter der Leiter hinauf und wälzte sich über den Boden. Dabei schlug sie auf ihre Hose ein, befreite sich aus der Ölhaut und schaffte es, sie um ihre Beine zu wickeln. Das Feuer war gelöscht, aber der Schmerz wurde schlimmer.

Am liebsten wäre sie liegen geblieben. Sie wußte, daß sie ohnmächtig werden und der Schmerz schwinden würde, wenn sie sich hinlegte, aber sie mußte vor dem Feuer fliehen, und sie mußte an eine Stelle, wo Nat sie finden konnte. Suza zwang sich aufzustehen. Ihre Beine fühlten sich an, als stünden sie immer noch in Brand. Sie schaute hinab, sah, daß sich kleine Stücke wie verbranntes Papier lösten, und fragte sich, ob sie von ihrer Hose oder ihren Beinen stammten.

Suza machte einen Schritt. Sie konnte immer noch gehen. Langsam taumelte sie durch den Gang. Überall an Bord des Schiffes begann der Feueralarm zu ertönen. Sie kam am Ende des Ganges an und stürzte sich auf die Leiter. Nach oben, sie mußte nach oben.

Suza hob einen Fuß, stellte ihn auf die unterste Sprosse und begann die längste Kletterpartie ihres Lebens.

18

ZUM ZWEITENMAL IN 24 Stunden überquerte Nat Dickstein gewaltige Wellenberge in einem kleinen Boot, um ein Schiff zu entern, das in der Hand des Feindes war. Er war so wie beim erstenmal mit Schwimmweste, Ölzeug und Seestiefeln bekleidet; wieder war er mit einer Maschinenpistole, einer Pistole und Handgranaten bewaffnet, doch diesmal war er allein und hatte Angst.

Nach Suzas Funkmitteilung hatte es an Bord der *Coparelli* eine Diskussion über die nächsten Maßnahmen gegeben. Der Kapitän, Feinberg und Ish hatten ihren

Dialog mit Dickstein gehört. Sie hatten das Frohlocken in Nats Miene gesehen und sich zu dem Argument berechtigt gefühlt, daß sein Urteilsvermögen nun von persönlichen Erwägungen beeinflußt werde.

»Es ist eine Falle«, meinte Feinberg. »Sie können uns nicht einholen, deshalb wollen sie, daß wir zurückkommen und kämpfen.«

»Ich kenne Rostow«, erwiderte Dickstein heftig. »Genauso arbeitet sein Geist: Er wartet, bis man zu fliehen versucht, dann schlägt er zu. Die Idee, uns zu rammen, ist typisch für ihn.«

Feinberg wurde wütend. »Dies ist kein Spiel, Dickstein.«

»Hören Sie zu, Nat«, sagte Ish besonnener, »lassen Sie uns weiterfahren und uns für den Fall, daß sie uns einholen, auf einen Kampf vorbereiten. Was haben wir zu gewinnen, wenn wir eine Gruppe zum Entern ausschicken?«

»Davon kann keine Rede sein. Ich gehe allein.«

»Seien Sie kein Narr«, erwiderte Ish. »Wenn Sie gehen, kommen wir mit. Sie können ein Schiff nicht allein erobern.«

Dickstein versuchte, sie zu beruhigen. »Wenn ich es schaffe, wird *Karla* dieses Schiff nie einholen. Wenn nicht, könnt ihr immer noch kämpfen, wenn die *Karla* zu euch aufschließt. Und wenn sie euch wirklich nicht einholen kann und das Ganze eine Falle ist, bin ich der einzige, der hineinfällt. Das ist der beste Weg.«

»Das glaube ich nicht«, sagte Feinberg.

»Ich auch nicht«, stimmte Ish zu.

Dickstein lächelte. »Aber ich, und es geht um mein Leben. Außerdem bin ich hier der ranghöchste Offizier; es ist meine Entscheidung, und zum Teufel mit euch.«

Er hatte sich also umgezogen und bewaffnet, und der Kapitän hatte ihm gezeigt, wie das Funkgerät der Barkasse zu bedienen war und wie er den Abfangkurs auf die *Karla* beibehalten konnte. Sie hatten die Barkasse hinuntergelassen, er war hineingeklettert und davongefahren.

Dickstein hatte schreckliche Angst.

Es war unmöglich, eine ganze Besatzung von KGB-Leuten allein zu überwältigen. Doch das beabsichtigte er auch gar nicht. Er würde mit keinem von ihnen kämpfen, wenn er es vermeiden konnte. Dickstein wollte sich an Bord stehlen, sich verstecken, bis Suzas Ablenkungsmanöver begann, und dann nach ihr Ausschau halten; wenn er sie gefunden hatte, würde er die *Karla* mit ihr verlassen und fliehen. Er hatte eine kleine Magnetmine bei sich, die er am Rumpf der *Karla* anbringen würde, bevor er sich an Bord schlich. Ob es ihm gelang zu entkommen oder nicht, ob die ganze Sache eine Falle oder wahr war, die *Karla* würde ein so großes Loch im Rumpf haben, daß sie die *Coparelli* niemals einholen könnte.

Dickstein war sicher, daß es keine Falle war. Er wußte, daß sie an Bord des Schiffes war, daß man irgendeine Macht über sie gehabt und sie gezwungen hatte, ihnen zu helfen. Ihm war klar, daß sie ihr Leben riskierte, um seines zu retten. Er wußte, daß sie ihn liebte.

Und *deshalb* hatte er solche Angst.

Plötzlich wollte er leben. Die Blutgier war verschwunden. Er war nicht mehr daran interessiert, seine Feinde zu töten, Rostow zu besiegen, die Pläne der Feddajin zu vereiteln oder den ägyptischen Geheimdienst zu überlisten. Er wollte Suza finden, sie mit sich nach Hause nehmen und den Rest seines Lebens mit ihr verbringen. Nun fürchtete er sich vor dem Tod.

Er konzentrierte sich darauf, sein Boot zu lenken. Es war nicht leicht, die *Karla* bei Nacht zu finden. Er konnte einen konstanten Kurs einhalten, aber er mußte in Betracht ziehen, wie weit der Wind und die Wellen ihn seitlich abtrieben. Nach einer Viertelstunde wußte er, daß er sie längst hätte erreicht haben müssen, doch die *Karla* war nirgends zu sehen. Er begann, ein zickzackförmiges Suchmuster zu fahren, und fragte sich verzweifelt, wie weit er vom Kurs abgekommen war.

Dickstein erwog, die *Coparelli* über Funk um eine neue Positionsangabe zu bitten, als die *Karla* plötzlich neben ihm aus der Nacht auftauchte. Sie war schneller als seine Barkasse; er mußte die Leiter an ihrem Bug erreichen, bevor sie vorbei war, und gleichzeitig eine Kollision vermeiden. Dickstein jagte die Barkasse vorwärts, wich aus, als die *Karla* auf ihn zurollte, dann drehte er bei, während sie in die andere Richtung schlingerte.

Dickstein hatte sich schon ein Seil um die Hüfte gebunden. Die Leiter war in Reichweite; er legte den Leerlauf ein, trat auf den Schandeckel und sprang. Die *Karla* stampfte nach vorn, als er auf der Leiter landete. Er klammerte sich fest, während ihr Bug sich in die Wellen bohrte. Das Meer erreichte seine Hüfte, seine Schultern. Er atmete tief ein, bevor sein Kopf unterging. Ihm schien, daß er überhaupt nicht mehr auftauchen würde. Die *Karla* neigte sich immer weiter nach vorn. Seine Lungen drohten zu platzen, da zögerte sie und begann sich aufzurichten. Das schien sogar noch länger zu dauern. Endlich tauchte er auf und schnappte gierig nach Luft. Er kletterte ein paar Sprossen hinauf, löste das Seil an seiner Hüfte, befestigte es an der Leiter und sicherte so das Boot bis zu seiner Flucht. Die Magnetmine hing an einem Tau, das er sich über die Schultern gelegt hatte. Er machte sie los und brachte sie am Rumpf der *Karla* an.

Das Uran war sicher.

Er warf seine Ölhaut ab und kletterte die Leiter empor. Das Geräusch des Barkassenmotors war im Lärm des Windes, des Meeres und der Schiffsmaschinen nicht zu hören, aber irgend etwas mußte die Aufmerksamkeit des Mannes erregt haben, der über die Reling blickte, als Dickstein gerade auf Deckshöhe ankam. Der Mann starrte ihn einen Moment lang verblüfft an. Dickstein streckte die Hand aus, während er über die Reling kletterte. Der andere gehorchte automatisch dem natürlichen Instinkt, jemandem aus dem tobenden Meer an Bord zu helfen, und packte seinen

Arm. Dickstein verhakte sich mit einem Bein an der Reling, ergriff den Arm des Matrosen mit beiden Händen und warf ihn über Bord ins Meer. Sein Schrei verlor sich im Wind. Dickstein zog das andere Bein über die Reling und kauerte sich auf dem Deck zusammen.

Niemand schien den Vorfall bemerkt zu haben.

Die *Karla* war ein kleines Schiff, viel kleiner als die *Coparelli*. Sie hatte nur einen Aufbau, der mittschiffs lag und zwei Decks hoch war. Kräne besaß sie nicht. Am Vorderdeck führte eine große Luke zu einem Laderaum, doch achtern hatte sie keine Lademöglichkeit. Dickstein schloß, daß die Besatzungsquartiere und der Maschinenraum den Platz unter dem Achterdeck ganz ausfüllten.

Er schaute auf seine Uhr. Es war 5.25 Uhr. Suzas Ablenkungsmanöver mußte jede Sekunde beginnen, wenn sie überhaupt eine Chance hatte.

Dickstein schritt am Deck entlang. Die Schiffsbeleuchtung war eingeschaltet, doch ein Besatzungsmitglied mußte schon sehr genau hinsehen, um sich zu vergewissern, daß er nicht zur Mannschaft gehörte. Er zog sein Messer aus der Scheide an seinem Gürtel; wenn es sich vermeiden ließ, wollte er seine Pistole nicht benutzen, denn der Lärm würde die Jagd auf ihn auslösen.

Als er an dem Aufbau angelangt war, öffnete sich eine Tür, so daß ein Keil gelben Lichtes auf das von prasselndem Regen überschwemmte Deck fiel. Dickstein huschte um die Ecke und preßte sich gegen das vordere Schott. Er hörte zwei Stimmen, die russisch sprachen. Die Tür wurde zugeschlagen, und die Stimmen wurden leiser, während die Männer im Regen nach achtern gingen.

Dickstein überquerte das Schiff auf der Leeseite des Aufbaus nach Backbord und schlich weiter auf das Heck zu. Er blieb an der Ecke stehen, blickte sich vorsichtig um und sah, wie die beiden Männer über das Achterdeck gingen und mit einem dritten am Heck sprachen. Er war in Versuchung, alle drei mit einer Salve seiner Maschinenpistole auszulöschen – drei Männer machten wahrscheinlich ein Fünftel seiner Feinde aus –, entschied sich aber dagegen. Es war zu früh, Suzas Ablenkungsmanöver hatte noch nicht begonnen, und er hatte keine Ahnung, wo sie war.

Die beiden Männer kehrten über das Steuerborddeck zurück und traten wieder durch die Tür. Dickstein näherte sich dem anderen am Heck, der Wache zu halten schien. Der Mann sagte etwas auf russisch. Dickstein grunzte unverständlich, der Russe antwortete mit einer Frage, dann war Dickstein nahe genug, schnellte vor und schnitt dem Mann die Kehle durch.

Er warf die Leiche über Bord und legte wieder den gleichen Weg zurück. Zwei Tote, und sie wußten immer noch nicht, daß er an Bord war. Ein Blick auf die Uhr. Die Leuchtzeiger standen auf 5.30 Uhr. Es war Zeit hineinzugehen.

Dickstein öffnete eine Tür und sah eine leere Passage und eine Leiter, die wahrscheinlich zur Brücke führte. Er kletterte die Leiter hinauf.

Laute Stimmen ertönten von der Brücke. Als er am Kopf der Leiter auftauchte, entdeckte er drei Männer – den Kapitän, den Ersten Offizier und vermutlich den Zweiten Offizier. Der Erste Offizier brüllte etwas ins Sprachrohr. Ein seltsames Geräusch kam zurück. Während Dickstein seine Maschinenpistole hob, legte der Kapitän einen Hebel um, und überall an Bord heulte ein Alarmsignal auf. Dickstein drückte ab. Das laute Rattern der Maschinenpistole wurde zum Teil von der wimmernden Sirene des Feueralarms übertönt. Die drei Männer waren auf der Stelle tot.

Dickstein eilte die Leiter hinunter. Suzas Ablenkungsmanöver mußte mit dem Alarm begonnen haben. Nun brauchte er nur noch am Leben zu bleiben, bis er sie fand.

Die Leiter von der Brücke erreichte das Deck am Kreuzungspunkt zweier Passagen – einer seitlichen, die Dickstein benutzt hatte, und einer anderen, die den Aufbau längs durchquerte. Der Alarm sorgte dafür, daß sich Türen öffneten und Männer beide Passagen füllten. Keiner von ihnen schien bewaffnet zu sein; es war ein Feueralarm, kein Aufruf, Kampfstellung zu beziehen. Dickstein entschloß sich zu einem Bluff; nur wenn der Trick versagte, wollte er schießen. Er schritt rasch durch die mittlere Passage, schob sich durch das Menschengewühl und rief auf deutsch: »Aus dem Weg!« Sie starrten ihn an, ohne zu wissen, wer er war oder was er tat – doch er schien eine Autoritätsperson zu sein, und schließlich brannte es irgendwo. Ein oder zwei Männer sprachen ihn an; er beachtete sie nicht.

Von irgendwoher wurde ein Befehl geschnarrt, und die Männer begannen, sich zielgerecht zu bewegen. Dickstein kam am Ende der Passage an und wollte gerade die Leiter hinuntersteigen, als der Offizier, der den Befehl erteilt hatte, sichtbar wurde, auf ihn deutete und mit lauter Stimme eine Frage stellte.

Dickstein kletterte nach unten.

Auf den unteren Decks war man besser organisiert. Die Männer liefen in eine Richtung, auf das Heck zu, und eine Gruppe von drei Matrosen schaffte unter Aufsicht eines Offiziers Feuerlöschgeräte heran. Dort, wo der Gang sich weitete, damit man Schläuche anschließen konnte, sah Dickstein etwas, was ihn für einen Moment aus der Fassung brachte und einen roten Schleier des Hasses vor seinen Augen erscheinen ließ.

Suza saß auf dem Boden, den Rücken an ein Schott gelehnt. Ihre Beine waren ausgestreckt, ihre Hose zerrissen. Er konnte ihre verbrannte und versengte Haut durch die Fetzen erkennen. Rostows Stimme brüllte sie über den Lärm der Sirene hinweg an: »Was hast du Dickstein gesagt?«

Dickstein sprang von der Leiter hinunter auf das Deck. Einer der Matrosen stellte sich ihm in den Weg. Dickstein rammte ihm einen Ellbogen ins Gesicht, so daß er zusammenbrach, und stürzte sich auf Rostow.

Sogar in seiner maßlosen Wut war ihm bewußt, daß er

in dieser Enge, während Rostow so nahe bei Suza war, seine Maschinenpistole nicht benutzen konnte. Außerdem wollte er den Mann mit eigenen Händen töten.

Er packte Rostows Schulter und wirbelte ihn herum. Rostow erkannte sein Gesicht: »Du!« Dickstein trieb ihm zuerst eine Faust in den Magen, so daß er in der Taille zusammenknickte und nach Luft schnappte. Während sich sein Kopf senkte, riß Dickstein schnell und kraftvoll ein Knie hoch, so daß er Rostows Kinn zurückschnellen ließ und ihm den Kiefer zertrümmerte. Ohne die Bewegung zu unterbrechen, legte er all seine Kraft in einen Tritt gegen die Kehle, der Rostow das Genick brach und ihn gegen das Schott prallen ließ.

Bevor Rostow zu Boden gegangen war, federte Dickstein herum, ließ sich auf ein Knie fallen, um sich die Maschinenpistole von der Schulter zu reißen, und eröffnete, mit Suza hinter sich, das Feuer auf drei Matrosen, die im Gang erschienen.

Er drehte sich wieder um, legte sich Suza über die Schulter und versuchte, ihre Brandwunden nicht zu berühren. Nun mußte er einen Moment lang nachdenken. Offensichtlich war das Feuer am Heck, da alle Männer dorthin gelaufen waren. Wenn er jetzt nach vorn ging, hatte er bessere Aussichten, nicht entdeckt zu werden.

Dickstein lief durch die Passage und trug Suza die Leiter hinauf. Das Gefühl ihres Körpers auf seiner Schulter verriet ihm, daß sie immer noch bei Bewußtsein war. Er erreichte das Hauptdeck, fand eine Tür und trat hinaus.

Auf Deck herrschte einige Verwirrung. Ein Mann rannte an ihm vorbei auf das Heck zu, ein anderer lief in die entgegengesetzte Richtung. Irgend jemand war am Bug. In der Heckvertiefung lag ein Mann, über den sich zwei andere beugten. Vermutlich war er durch das Feuer verletzt worden.

Dickstein spurtete auf die Leiter zu, über die er an Bord gekommen war. Er schlang sich die Maschinenpistole über die eine Schulter, verlagerte Suza ein wenig auf der anderen und setzte den Fuß über die Reling. Beim Abstieg warf er einen Blick über das Deck und wußte, daß sie ihn gesehen hatten.

Es war eine Sache, einen Unbekannten an Bord zu treffen und zunächst keine Fragen zu stellen, weil Feueralarm gegeben worden war, aber es war etwas ganz anderes, wenn jemand das Schiff mit einem Körper über der Schulter verließ.

Er hatte nicht ganz die Hälfte der Leiter zurückgelegt, als sie das Feuer auf ihn eröffneten.

Eine Kugel prallte pfeifend neben seinem Kopf vom Schiffsrumpf ab. Er schaute nach oben und sah drei Männer – zwei mit Pistolen –, die sich über die Reling lehnten. Dickstein hielt sich mit der linken Hand an der Leiter fest, packte seine Waffe mit der rechten, richtete sie nach oben und feuerte. Natürlich konnte er nicht zielen, aber die Männer wichen zurück.

Doch er verlor das Gleichgewicht.

Während sich der Bug des Schiffes aufbäumte, schwankte er nach links, ließ seine Maschinenpistole ins Meer fallen und faßte mit der rechten Hand nach der Leiter. Sein rechter Fuß rutschte von der Sprosse ab, und dann begann Suza zu seinem Entsetzen, von seiner linken Schulter zu gleiten.

»Halt dich an mir fest«, schrie er, obwohl er nicht wußte, ob sie nicht schon ohnmächtig war. Er spürte, wie ihre Hände sich an seinen Pullover klammerten, aber sie rutschte weiter ab, und nun zog ihr nicht mehr ausbalanciertes Gewicht ihn noch weiter nach links.

»Nein!« brüllte er.

Sie glitt von seiner Schulter und tauchte ins Meer.

Dickstein drehte sich um, sah die Barkasse, sprang hinunter und landete mit einem Aufprall, der ihm durch alle Knochen fuhr, in dem Boot.

Er rief ihren Namen in das schwarze Meer hinaus, stürzte sich von einer Seite des Bootes zur anderen, und seine Verzweiflung wuchs mit jeder Sekunde, die sie unter Wasser blieb. Dann hörte er einen Schrei, der das Geräusch des Windes durchdrang. Er wandte sich dem Laut zu und sah ihr Gesicht knapp über der Oberfläche, zwischen dem Boot und dem Rumpf der *Klara*.

Sie war außer Reichweite.

Wieder schrie sie auf.

Die Barkasse war mit einem Tau, dessen größter Teil in dem Boot zusammengerollt war, mit der *Karla* verbunden. Dickstein durchschnitt das Tau mit seinem Messer und warf Suza das freie Ende zu.

Während sie die Hand nach dem Tau ausstreckte, schlug wieder eine Welle über ihr zusammen.

Vom Deck der *Karla* aus begann man wieder, über die Reling zu schießen.

Er achtete nicht darauf.

Dicksteins Augen kämmten das Meer ab. Da das Schiff und das Boot in verschiedene Richtungen schlingerten, war die Chance, getroffen zu werden, relativ gering.

Nach ein paar Sekunden, die wie Stunden schienen, tauchte Suza wieder auf. Dickstein schleuderte ihr das Tau zu. Diesmal konnte sie es packen. Rasch zog er sie immer dichter heran, bis er sich gefahrvoll über den Schandeckel der Barkasse beugen und ihre Handgelenke ergreifen konnte.

Nun war sie bei ihm, und er würde sie nie wieder loslassen.

Er zog sie in die Vertiefung der Barkasse. Von oben eröffnete eine Maschinenpistole das Feuer. Dickstein legte einen Gang ein, warf sich über Suza und bedeckte ihren Körper mit dem seinen. Die Barkasse entfernte sich führerlos von der *Karla;* sie trieb über die Wellen wie ein verlorenes Surfboard.

Die Schüsse verstummten. Dickstein blickte zurück. Die *Karla* war außer Sicht.

Sanft drehte er Suza um; ihre Augen waren geschlossen. Dickstein fürchtete um ihr Leben. Er nahm das Ruder der Barkasse, musterte den Kompaß und legte einen ungefähren Kurs an. Dann setzte er das Funkgerät des Bootes in Betrieb und rief die *Coparelli*. Während er auf eine Antwort wartete, hob er Suza zu sich und wiegte sie in den Armen.

Ein dumpfes Donnern rollte wie der Lärm einer fernen Explosion über das Wasser. Die Magnetmine.

Die *Coparelli* meldete sich. Dickstein sagte: »Die *Karla* steht in Brand. Kommt zurück und holt mich an Bord. Bereitet das Lazarett für das Mädchen vor – es hat schwere Verbrennungen.« Er wartete auf die Bestätigung, schaltete danach ab und starrte Suzas ausdrucksloses Gesicht an. »Stirb nicht. Bitte, stirb nicht.«

Suza schlug die Augen auf und sah ihn an. Sie öffnete den Mund und bemühte sich zu sprechen. Er neigte den Kopf zu ihr. »Bist du es wirklich?« flüsterte sie.

»Ich bin es.«

Ihre Mundwinkel verzogen sich zu einem schwachen Lächeln. »Ich werd's schaffen.«

Das Dröhnen einer mächtigen Explosion war zu hören. Das Feuer mußte die Treibstofftanks der *Karla* erreicht haben. Mehrere Sekunden war der Himmel von einer Flammenwand erhellt, die Luft füllte sich mit einem brüllenden Geräusch, und der Regen hörte auf. Dann erstarben das Geräusch und der Feuerschein; die *Karla* war gesunken.

»Sie ist untergegangen«, sagte Dickstein. Er betrachtete Suza. Ihre Augen waren geschlossen, sie hatte das Bewußtsein verloren, doch sie lächelte immer noch.

EPILOG

NATHANIEL DICKSTEIN GAB seine Arbeit im Mossad auf, und sein Name wurde zur Legende. Er heiratete Suza und nahm sie mit in seinen Kibbuz, wo sie tagsüber Trauben anbauten und sich die halbe Nacht hindurch liebten. In seiner Freizeit organisierte er einen politischen Feldzug, um eine Veränderung der Gesetze durchzusetzen, so daß seine Kinder als Juden eingestuft werden konnten. Das Fernziel war, überhaupt alle Klassifikationen abzuschaffen.

Es dauerte noch etwas, bis sie Kinder hatten. Beide waren bereit zu warten: Suza war jung, und er hatte es nicht eilig. Ihre Verbrennungen heilten nie völlig aus. Im Bett sagte sie manchmal: »Meine Beine sind schrecklich«, und er küßte ihre Knie und entgegnete: »Sie sind wunderschön, sie haben mir das Leben gerettet.« Als der Jom-Kippur-Krieg die israelischen Streitkräfte überraschte, wurde Pierre Borg für den Mangel an Geheimdienstinformationen verantwortlich gemacht, und er trat zurück. Die Wahrheit war komplizierter. In Wirklichkeit war ein russischer Geheimdienstoffizier namens David Rostow dafür verantwortlich – ein alt wirkender Mann, der in jeder Sekunde seines Lebens eine Halsstütze tragen mußte. Er war nach Kairo gereist, hatte alle Ereignisse des Jahres 1968, beginnend mit dem Verhör und dem Tod eines israelischen Agenten namens Tofik, erforscht und war zu dem Schluß gekommen, daß Kawash ein Doppelagent sein mußte. Statt Kawash verurteilen und wegen

Spionage hängen zu lassen, hatte Rostow den Ägyptern geraten, ihn mit falschen Informationen zu füttern, die Kawash in aller Unschuld an Pierre Borg weitergab.

Das Ergebnis war, daß Nat Dickstein seinen Dienst wieder antrat und Pierre Borgs Posten für die Dauer des Krieges übernahm. Am Montag, dem 8. Oktober 1973, nahm er an einer Krisensitzung des Kabinetts teil. Nach drei Kriegstagen war die Lage der Israelis ernst. Die Ägypter hatten den Suezkanal überschritten und die Israelis unter schweren Verlusten auf die Sinai-Halbinsel zurückgetrieben. An der anderen Front, den Golanhöhen, drängten die Syrer vor, wobei die Israelis ebenfalls schwere Verluste erlitten. Dem Kabinett war vorgeschlagen worden, Atombomben auf Kairo und Damaskus abzuwerfen. Nicht einmal den militantesten Ministern gefiel diese Idee, aber die Lage war verzweifelt, und die Amerikaner ließen sich Zeit mit dem Abflug ihrer Waffentransporte, durch die das Blatt noch gewendet werden konnte.

Die Sitzungsteilnehmer hatten sich beinahe darauf geeinigt, Atomwaffen zu verwenden, als Nat Dickstein seinen einzigen Diskussionsbeitrag lieferte: »Natürlich könnten wir den Amerikanern *sagen*, daß wir vorhaben, diese Bomben – zum Beispiel am Mittwoch – abzuwerfen, wenn sie nicht sofort ihre Transportflugzeuge in Bewegung setzen.«

Und genau das tat man auch.

*

Die Waffentransporte wendeten das Blatt tatsächlich, und später fand eine ähnliche Krisensitzung in Kairo statt. Wieder war niemand für einen Atomkrieg im Nahen Osten, wieder begannen die am Tisch versammelten Politiker einander zu überzeugen, daß es keine Alternative gab, und wieder wurde der Plan durch einen unerwarteten Beitrag zunichte gemacht.

Diesmal war es das Militär, das einschritt. Da es den Vorschlag kannte, der dem Präsidenten vorliegen würde, hatte es seine nukleare Streitmacht für den Fall einer positiven Entscheidung überprüfen lassen. Man hatte entdeckt, daß alles Plutonium in den Bomben entfernt und durch Eisenspäne ersetzt worden war. Es wurde vermutet, daß die Russen dafür verantwortlich waren, genauso wie sie den Atomreaktor in Kattara auf rätselhafte Weise funktionsunfähig gemacht hatten, bevor sie im Jahre 1972 aus Ägypten ausgewiesen wurden.

In jener Nacht unterhielt sich ein Präsident fünf Minuten lang mit seiner Frau, bevor er in seinem Sessel einschlief. »Es ist alles vorbei«, sagte er. »Israel hat gewonnen – für immer. Es hat die Bombe, und wir nicht. Diese Tatsache wird den Lauf der Geschichte in unserem Gebiet für den Rest des Jahrhunderts bestimmen.«

»Was ist mit den palästinensischen Flüchtlingen?« fragte seine Frau.

Der Präsident zuckte die Achseln und begann, sich seine letzte Pfeife des Tages anzustecken. »Ich erinnere mich an einen Artikel in der Londoner *Times* ... vor vielleicht fünf Jahren. Darin stand, daß die Free Wales Army in einer Polizeiwache von Cardiff eine Bombe versteckt hatte. Hast du eine Ahnung, vor wie langer Zeit die Waliser von den Angelsachsen unterworfen wurden?«

»Nicht die geringste.«

»Ich auch nicht, aber es muß mehr als tausend Jahre her sein, da die Normannen die Angelsachsen vor neunhundert Jahren besiegten. Verstehst du? Tausend Jahre, und sie legen immer noch Bomben in Polizeiwachen! Die Palästinenser werden wie die Waliser sein ... Sie können tausend Jahre lang in Israel Bomben legen, aber sie werden nie gewinnen.«

*

Franz Albrecht Pedler starb im Jahre 1974. Es war ein friedlicher Tod. Sein Leben hatte Höhen und Tiefen gesehen – schließlich hatte er die schändlichste Epoche in der Geschichte seiner Nation erlebt –, aber es war ihm nichts zugestoßen, und er hatte seine Tage glücklich beschlossen.

Er hatte erraten, was mit dem Uran geschehen war. Eines Tages zu Beginn des Jahres 1969 hatte seine Firma einen Scheck über zwei Millionen Dollar, unterzeichnet von A. Papagopulos, mit einer Erklärung (»Für verlorene Fracht«) von Savile Shipping erhalten. Am nächsten Tag war ein Vertreter der israelischen Armee eingetroffen und hatte die Bezahlung für die erste Lieferung von Reinigungsmaterialien überbracht. Beim Hinausgehen hatte der Mann gesagt:

»Was Ihre verlorene Fracht betrifft, würden wir uns freuen, wenn Sie keine weiteren Nachforschungen anstellten.«

Pedler war ein Licht aufgegangen. »Und wenn Euratom mir Fragen stellt?«

»Sagen Sie die Wahrheit«, erwiderte der Mann. »Ihre Fracht ging verloren, und als Sie versuchten, Erkundigungen einzuziehen, merkten Sie, daß Savile Shipping sein Geschäft aufgegeben hatte.«

»Stimmt das?«

»Es stimmt.«

Und genau das hatte Pedler gegenüber Euratom erklärt. Man schickte ihm einen Ermittler, und er wiederholte seine Geschichte, die völlig zutreffend, wenn auch nicht ganz vollständig war. Am Ende fragte Pedler: »Ich nehme an, daß die Sache bald viel Staub aufwirbeln wird?«

»Das bezweifle ich«, meinte der Ermittler. »Das würde ein schlechtes Licht auf uns werfen. Ich glaube nicht, daß wir die Geschichte bekanntmachen werden, wenn wir nicht noch mehr Informationen auftreiben.« Natürlich erhielten sie nicht mehr Informationen – wenigstens nicht zu Pedlers Lebzeiten.

*

Am Jom Kippur des Jahres 1974 setzten bei Suza Dickstein die Wehen ein.

Wie es der Sitte dieses Kibbuz entsprach, wurde das Baby von seinem Vater zur Welt gebracht, während eine Hebamme dabeistand, um Rat und Ermutigung zu spenden. Sobald der Kopf auftauchte, öffnete das Baby den Mund und schrie. Dickstein traten Tränen in die Augen. Er hielt den Kopf, vergewisserte sich, daß die Nabelschnur nicht um den Hals gewickelt war, und sagte: »Gleich ist es geschafft, Suza.«

Suza preßte noch einmal, die Schultern des Babys erschienen, und danach war alles eine Kleinigkeit. Dickstein band die Nabelschnur an zwei Stellen ab, durchschnitt sie und legte das Baby dann – wieder wie es hierzulande Brauch war – in die Arme der Mutter.

»Ist alles in Ordnung?« fragte sie.

»Vollkommen«, sagte die Hebamme.

»Was ist es?«

»Oh Gott«, stöhnte Dickstein, »ich habe gar nicht hingesehen ... Es ist ein Junge.«

Ein wenig später fragte Suza: »Wie wollen wir ihn nennen? Nathaniel?«

»Ich möchte ihn Tofik nennen.«

»Tofik? Ist das nicht ein arabischer Name?«

»Ja.«

»Warum? Warum Tofik?«

»Tja, das ist eine lange Geschichte.«

POSTSKRIPTUM

Aus dem Londoner *Daily Telegraph* vom 7. Mai 1977:
ISRAEL VERDÄCHTIGT,
SCHIFF MIT URAN GESTOHLEN ZU HABEN
Bericht von Henry Miller, New York

Wie gestern bekannt wurde, soll Israel dafür verantwortlich sein, daß eine Uranlieferung, die für dreißig Atombomben ausreichte, vor neun Jahren auf hoher See verschwand.

Offizielle Stellen erklären, daß es sich um »ein echtes James-Bond-Abenteuer« gehandelt und man nie festgestellt habe, was wirklich aus den verschwundenen zweihundert Tonnen Uranerz geworden sei, obwohl die Geheimdienste von vier Ländern sich mit dem Rätsel befaßt hätten.

Zitiert mit Genehmigung von *The Daily Telegraph, Ltd.*

Band 13 967

Glenn Meade
Operation Schneewolf

Deutsche Erstveröffentlichung

Es ist Winter 1952. Mit dem Mut der Verzweiflung flieht Anna Chorjowa aus einem sowjetischen Gulag. Über Finnland gelangt sie nach Amerika, wo die junge Frau ein neues Leben anfangen will. Aber der amerikanische Geheimdienst hat andere Pläne mit Anna: Sie soll helfen, den US-Top-Agenten Alex Slanski in Moskau einzuschleusen. Die Belohnung, die ihr winkt, wäre mit allem Gold dieser Welt nicht aufzuwiegen ...

›OPERATION SCHNEEWOLF vereint die Kraft und Genauigkeit eines historischen Romans mit der gnadenlosen Spannung eines Thrillers, der von einem Höhepunkt zum nächsten jagt.‹ *Cosmopolitan*

Sie erhalten diesen Band im Buchhandel, bei Ihrem Zeitschriftenhändler sowie im Bahnhofsbuchhandel.

**Der Schlüssel zu Rebecca
Dreifach**
Best.: 25358
15,--DM

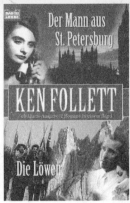

**Der Mann aus St. Petersburg
Die Löwen**
Best.: 25359
15,--DM

20 Jahre
KEN FOLLETT
in der Unternehmensgruppe
LÜBBE

Einmalige Jubiläums-Sonderausgabe !

**Der Modigliani-Skandal
Auf den Schwingen des Adlers**
Best.: 25360
15,--DM

**Nacht über den Wassern
Die Spur der Füchse**
Best.: 25361
15,--DM